ANDREAS BULL-HANSEN
Die Nordland-Saga 4

Buch

Halb vergessene Erinnerungen treiben einen ausgezehrten Jäger aus dem Barkasfjell herab. Die Barkasstämme nennen den geheimnisvollen Mann, der vier Jahrzehnte in der Wildnis lebte, respektvoll Ulv, und an den Feuern erzählt man sich, er trage das Herz eines Wolfes in sich. Aber Ulvs Begegnung mit den Menschen im Süden ändert alles, denn Tarkins Krieger sind über das Meer gesegelt und haben Krieg und Zerstörung gebracht. Ulv wird genau wie Siréd, die Gezeichnete Frau, von Sklavenhändlern gefangen genommen. Sie ist ausersehen, Tarkin einen Sohn zu schenken, doch Ulv gelingt die Flucht ins Tal des Felsenvolkes. Er hilft den Bewohnern, Tarkins Joch abzuschütteln, und zieht anschließend erneut nach Süden, denn er hat versprochen, Siréd zu suchen. Es ist eine schicksalhafte Zeit, und das älteste Volk erzählt sich wispernd, dass die Götter selbst vom Himmel herabgestiegen sind, um an der Seite der Sterblichen zu kämpfen ...

Autor

Andreas Bull-Hansen, geboren 1972, zog schon als Jugendlicher mit dem norwegischen Gewichtheber-Team um die Welt und lernte Indien, die Ukraine, Großbritannien und ganz Skandinavien kennen. Er studierte Wirtschaftswissenschaften, doch seine ganze Leidenschaft gilt dem Schreiben. Die Nordland-Saga machte ihn zu einem der populärsten Autoren Norwegens.

Bereits erschienen:

DIE NORDLAND-SAGA: 1. Die Tränen des Drachen. Roman (24991), 2. Brans Reise. Roman (24992), 3. Das verheißene Land. Roman (24993), 4. Der Zug der Sklaven. Roman (24268)

Weitere Bände sind in Vorbereitung.

Andreas Bull-Hansen

Der Zug der Sklaven

Die Nordland-Saga 4

Aus dem Norwegischen
von Günther Frauenlob und Maike Dörries

BLANVALET

Die norwegische Originalausgabe erschien unter dem Titel
»Cernunnos' komme. Horngudens Tale. Bok IV«
bei Tiden Norsk Forlag A/S, Oslo.

Umwelthinweis:
Alle bedruckten Materialien dieses Taschenbuches
sind chlorfrei und umweltschonend.

Blanvalet Taschenbücher erscheinen im Goldmann Verlag,
einem Unternehmen der Verlagsgruppe Random House GmbH.

1. Auflage
Deutsche Erstveröffentlichung 1/2004
Copyright © der Originalausgabe 2000 by Tiden Norsk Forlag A/S, Oslo
Published by arrangement mit Anke Vogel Literaturagentur, Munich
Copyright © der deutschsprachigen Ausgabe 2004
by Wilhelm Goldmann Verlag, München,
in der Verlagsgruppe Random House GmbH
Umschlaggestaltung: Design Team München
Umschlagillustration: Agt. Schlück/Berni
Satz: deutsch-türkischer fotosatz, Berlin
Druck: GGP Media, Pößneck
Titelnummer: 24268
Redaktion: Alexander Groß
V. B. · Herstellung: Peter Papenbrok
Printed in Germany
ISBN 3-442-24268-1
www.blanvalet-verlag.de

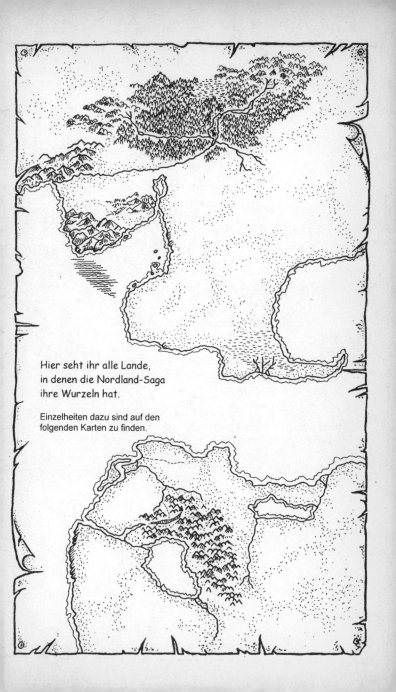

Hier seht ihr alle Lande,
in denen die Nordland-Saga
ihre Wurzeln hat.

Einzelheiten dazu sind auf den
folgenden Karten zu finden.

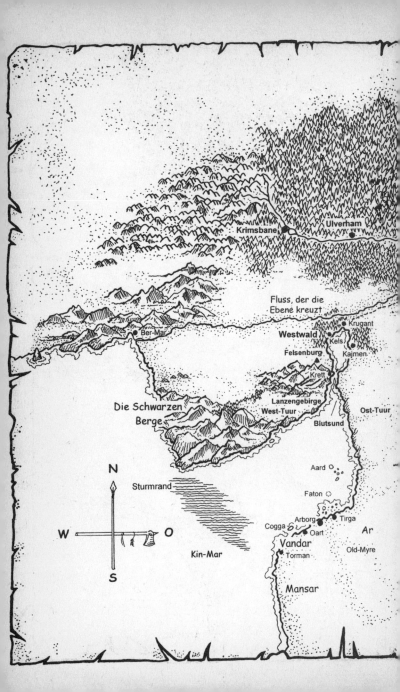

trockenen Zweigen empor, und der Mann setzte sich mit verschränkten Beinen ins Gras. Er murmelte etwas, doch seine dunkle Stimme gebar keine Worte. Manchmal richtete er seinen Blick zum Abendhimmel und heulte leise, doch meistens hielt er den Kopf zur Seite geneigt, saß reglos da und lauschte den Lauten des Waldes; zwei Pfeilschüsse nördlich von sich hörte er eine Eule und etwas weiter im Osten einen Hirsch, der durchs Unterholz schlich.

Als das Feuer niedergebrannt war, trank er ein paar große Schlucke aus dem Wasserschlauch und löste den Riemen um seinen Bauch. Er stand auf und zog sich das Bocksleder über den Kopf. Seine Schultern waren breit. Er hatte einen kräftigen Nacken und starke Oberarme, doch sein Bauch ließ erkennen, dass er eine weite Wanderung mit wenig Nahrung hinter sich hatte. Sieben spitze Zähne hingen an einer Sehne um seinen Hals. Er hockte sich hin und zog einen ledernen Beutel hervor, den er am Gürtel trug. Die Mücken hatten ihn entdeckt, doch er vertrieb sie mit einer Handbewegung und rieb sich die stinkende Mischung aus Bärenkot, Blasenpilz und Wacholderrinde auf den Oberkörper. Dann legte er sich auf die Seite. Er spannte seinen Bogen und legte zwei Pfeile neben sich, ehe er die Bockshaut und das Bärenfell über sich breitete und die Augen schloss.

Bei Tagesanbruch hatte er sein Lager schon weit hinter sich gelassen. Lange bevor die Sonne aufging, war er wegen des Windes aufgewacht. Die Zweige wurden von den stürmischen Böen hin und her gepeitscht, und die Wolken trieben wie Eisschollen auf einem Strom im Frühling dahin. Er hatte in den Südwind geschnuppert und Gras und Erde gerochen, Wasser und wärmeres Land. Dann hatte er von seinem Wasserschlauch getrunken, sich die Riemen um die Taille gebunden, die Bockshaut und das Bärenfell angelegt und war zwischen den Bäumen verschwunden.

Jetzt kämpfte er sich durch das Unterholz. Hier unten im Halbdunkel waren die Zweige längst abgestorben, doch sie waren noch immer stark und zäh wie Weidenwurzeln. Er hatte seine Unterarme wie Keulen geschwungen und sich einen schmalen Pfad durch die Bäume gebahnt. Nur mühsam kam er vorwärts, doch das kannte er. Jedes Tal südlich des Barkasfjells war dicht mit Fichten bestanden, und wer immer nach Süden wollte, musste diese unwegsamen Wälder durchqueren. Er war hier schon einmal gewesen, aber das lag zehn oder zweimal zehn Winter zurück. Doch er hatte kein so gutes Gedächtnis; er war nicht wie die Barkas, die mit ihm in dem Fjell lebten. Wenn er ihnen begegnete, riefen sie ihn herbei und klopften ihm auf den Rücken. Sie hatten Worte gesagt, die er nicht verstand. Die Frauen waren zu ihm gekommen und hatten seine Hand auf ihre schmalen Schultern gelegt. Die Barkasjäger hatten über ihn gelacht. Sie hatten ihm Krüge mit einer Flüssigkeit gereicht, die im Hals brannte. Er hatte sie ausgespuckt, aber ihm war dennoch schwindlig geworden, worauf sich die Barkasmänner lachend auf die Brust schlugen.

Er war nie lange bei den Barkas geblieben. »Wolfsmann«, riefen sie ihm nach, wenn er sich von ihren Feuern entfernte. »Wolfsmann ... Wolfsmann ...« Ihre Worte hallten in seinem Kopf wider, während er sich den Weg durchs Unterholz bahnte. Sie kannten seinen Namen, denn er hatte ihn ihnen genannt, als er zum ersten Mal in den Fjell gekommen war. Er war Ulv, der Bruder der Wölfe. Er war der Mann aus dem Süden, aus den Bergen und Wäldern der Sagen und Lieder. Die Länder im Süden waren wie Träume für ihn. Er hatte sie einmal durchwandert, vor unzähligen Wintern. Ein ganzes Leben war seither vergangen. Er hatte vergessen. Nur die Sehnsucht steckte noch immer in ihm. Er erinnerte sich an Geschöpfe, die wie er selbst aussahen, wie die Frauen und Männer des Barkasvolkes. Einen Jäger, der ihn anlächelte. Eine Frau mit langen, hellen Haaren. Jedes Mal, wenn er das Eis auf den Bächen und Wasserfällen schmelzen sah und sich die Sonne in den Schmelzwasserpfützen spiegelte, musste er an sie denken. Er erinnerte sich auch noch an andere Männer und Frauen, an Hütten aus Baumstämmen, Stimmen und Gerüche. Und an eine lange Wanderung durch einen endlosen Nebel und seine Verwunderung und Neugier, was sich wohl auf der anderen Seite der Berge befand.

Vielleicht waren es diese Erinnerungen, die ihn durchs Unterholz trieben. Er brach die Zweige mit Brust und Armen und kümmerte sich nicht um die Kratzer, die er bekam. Schmerzen quälten ihn nicht. Das hatte ihn der Wald als Erstes gelehrt. Wer sich Schmerzen, Hunger oder Durst beugte, wurde Futter für die Wölfe und Raben. Er selbst hatte manch einen Hirsch erlegt, der vor Erschöpfung im winterlichen Tiefschnee zusammengebrochen war, und in dem Sommer, in dem alle Bäche ausgetrocknet waren, hatte er sich den Bauch mit Fuchsfleisch voll geschlagen. Nur die Barkas ließ er liegen, denn sie waren wie er selbst. Und sterbenden Wölfen hatte er sich auch nie genähert. Das waren seine Väter und Mütter, sie antworteten ihm, wenn er den Mond anheulte. Er trug ihren Namen. Er war Ulv. Er trug ihre Seelen in sich.

Den ganzen Tag über kämpfte sich Ulv durchs Dickicht. Als die Abenddämmerung hereinbrach, sank er an einem Stamm zu Boden. Wieder trank er aus seinem Wasserschlauch. Er wog ihn in den Händen. Er war noch halb voll. Ulv zählte mit den Fingern und kniff die Augen zusammen.

»Dreitag«, murmelte er. »Dreitag trinken.« Er legte den Wasserschlauch in seinen Schoß, lehnte den Bogen an einen Baumstamm, rieb sich den Bauch und schlug den Bärenpelz um sich. Wieder kroch die Dunkelheit um ihn herum. Zweige streckten sich dick und grau in den Himmel, und der Wind rauschte in den Baumwipfeln. Ulv lehnte seinen Kopf an den Stamm und schloss die Augen. Er träumte bereits.

Auch am nächsten Tag kämpfte er sich durch das Unterholz. Er folgte dem Geruch von Wind und Gras, und als das Gelände anzusteigen begann, wusste er, dass er die Wälder bald hinter sich hatte. Nach drei Pfeilschüssen begann es, vor ihm lichter zu werden. Er kam auf die Anhöhe, die er vom Fjell aus gesehen hatte und auf die er zugewandert war. Hier wuchsen keine Bäume. Nur Disteln und Nesseln wucherten auf dem steinigen Boden.

Ulv kletterte auf einen der gewaltigen Felsklötze und hielt sich die Hand über die Augen. Der Wind packte den Bärenpelz und hob seine schmutzigen Haare, doch Ulv stand sicher und fest da, während er seinen Blick über die Landschaft schweifen ließ. Der Wald endete ein paar Pfeilschüsse südlich von ihm. Die Anhöhe zog sich wie eine graue Zunge durch den Fichtenwald und ging schließlich in eine Ebene über. Nur vereinzelte Wacholderbüsche wuchsen auf der dem Wind ausgesetzten Fläche. Das Steppengras war nach der Trockenheit des letzten Mondes golden. Ulv wischte sich den Schweiß von der Stirn und zog sich den Wasserschlauch vor die Brust. Er trank, während er das fremde Land betrachtete. Die Ebene erstreckte sich, so weit das Auge reichte, nach Westen und Osten. Im Süden war nach etwa zwei Tagesmärschen etwas Blaues am Horizont zu erkennen. Er witterte in den Südwind. Es roch nach nasser Erde und Wasser. Ein seltsames Gefühl quoll in ihm empor, und er senkte den Blick und schluckte hart. Fast schien sich der Boden unter seinen Füßen zu bewegen. Er sprang von dem Felsen herunter und atmete aus. Manchmal übermannte ihn dieses seltsame Gefühl, und dann schmerzte sein Kopf von Bildern, die er nicht verstand. Vor seinem inneren Auge sah er einen See ohne Ufer. Er schmeckte Tränen auf der Zunge, Salz im Mund und hörte ein unablässiges Rauschen, wie Wind über Baumwipfeln, nur stärker, mächtiger.

Er schüttelte den Kopf und richtete seinen Blick auf die dahintreibenden Wolken. Ein Rabe kreiste über ihm. Er nistete bestimmt in der Felswand, dachte er. Dort hatten sie ihn entdeckt und waren ihm seither gefolgt. Er war in ihrem Land. Ein Eindringling.

Nach kurzer Zeit brach er wieder auf. Es ging jetzt leichter, denn hier versperrten ihm keine Bäume den Weg. Er sprang von Stein zu Stein, stapfte durch dichte Nesselstauden und schlug mit dem Bogen gegen Steinhaufen, um Schlangen aufzuscheuchen.

Wenn sie aus ihren Verstecken krochen, sprang er fauchend über sie hinweg. Solange er sich erinnern konnte, hatte er seinen Spaß mit ihnen getrieben, denn er war schneller als die Schlangen und nur ein einziges Mal gebissen worden. Da war er zwei Tage krank gewesen, und sein Bein war dick angeschwollen und hatte geschmerzt. Doch er hatte seine Lehre daraus gezogen. Er hatte gelernt, dass ihn nicht einmal die Schlangen töten konnten. »Zauberei«, hatten die Barkas gesagt, als er ihnen die Narben von den Giftzähnen gezeigt hatte. In den Sand vor dem Feuer hatte er das verschlungene Muster gezeichnet, das die Schlange auf dem Rücken trug, und dann hatte er die Barkasmänner angefaucht, wie die Schlange ihn angefaucht hatte. »Dann müsstest du doch tot sein?«, hatten sie erwidert und ihn voller Verwunderung angestarrt. Doch er hatte ihnen nicht geantwortet. Die Worte gingen ihm nicht so leicht über die Lippen.

Ulv folgte der Anhöhe hinunter in die Ebene. Die Disteln blühten und platzten beinahe vor Blütenstaub. Normalerweise würden Hummeln, Bienen und Wespen zwischen den Steinen schwärmen, denn das war jetzt ihre Zeit, doch heute wehte ein kräftiger Wind, so dass Ulv in aller Ruhe ganze Nesselbüsche abschneiden konnte. Er verstaute die Pflanzen in einer Falte seiner Bockshaut und drückte sie eng an sich, während er der Anhöhe weiter nach Süden folgte.

Er rastete erst, als die Sonne hoch am Himmel stand. Dann hockte er sich auf einen Stein und trank fünf Schluck aus seinem Wasserschlauch. Mit zusammengekniffenen Augen sah er zu dem Blau am Rand des Horizonts im Süden, ehe er sich erhob und weitertrottete.

Bei Anbruch der Dämmerung erreichte er die Ebene. Hier ging der Höhenzug in die grasbewachsene Steppe über, und nur ein paar vereinzelte Felsbrocken unterbrachen die flache Landschaft. Ulv schnupperte in den Wind und schritt dann in das hohe Gras. Es wogte ihm entgegen wie die Wellen eines Sees; der Wind zeichnete Muster und Gestalten in die Ebene und erschreckte ihn mit seinen Stimmen. Deshalb ging Ulv am Waldrand entlang, denn er wagte es nicht, jetzt, nach Anbruch der Dunkelheit, die offene Steppe zu betreten. Er lief an den Fichten entlang, blieb kurz stehen und spähte über die Steppe und die wenigen Wacholderbüsche, die dort standen, ehe er wieder zwischen den Bäumen verschwand.

Bei einer der wenigen Kiefern des Waldes blieb Ulv stehen. Er blinzelte durch die krummen Zweige nach oben. Wo es Kiefern gab, wuchsen auch Birken. Er duckte sich unter einem Zweig hindurch und hastete weiter am Waldrand entlang. Manchmal warf er furchtsame Blicke in Richtung Steppe. Der Wind frischte auf. Vielleicht würde dieses Land ihn vertreiben, vielleicht würden die Götter, deren Namen er nicht einmal kannte, ihm erzählen, dass er wieder zurück in den Fjell und die nördlichen Wälder wandern sollte. Dort war er zu Hause.

Da erblickte er den weißen Stamm. Er neigte den Kopf zur Seite und schnupperte, aber der Wind rauschte durch den Wald und brachte bloß Grasgeruch und den Dunst der Erde mit sich. Doch er brauchte die Witterung nicht, um sicher zu sein, dass es eine Birke war, die er sah. Das Weißholz – es war für so vieles nütze. Mit seiner Rinde hatte er so viele seiner Wunden geheilt. Und jetzt musste es ihm wieder helfen.

Er kletterte über einen vom Wind gefällten Stamm und schob ein paar zähe Fichtenzweige zur Seite. Dann stand er am Stamm der Birke. Mit der Hand strich er über die glatte, weiße Rinde. Es war ein noch junger Baum. Er nahm Wasserschlauch und Bogen ab und legte sie zusammen mit dem Bärenpelz und den Nesseln auf den Boden. Dann zog er das Messer aus der Scheide und schnitt eine handlange Kerbe in die Rinde. Mit geübten Bewegungen löste er die Rinde vom Stamm. Dann trennte er den Rindenstreifen ab und schnitt ihn so zurecht, dass er glatte Kanten hatte. Schließlich drehte er die Rinde zu einem Kegel zusammen, ehe er einen Zweig von einer der Fichten schnitt und ihn auf einer Seite spaltete. Mit diesem Zweig hielt er den Rindenkegel zusammen. Jetzt war das Kochgefäß fertig, und Ulv blickte durch die Zweige zum Himmel. Es war bereits Nacht. Er nahm den Bärenpelz, den Bogen und den Wasserschlauch und trug alles zu dem umgestürzten Baum. Dann brach er trockene Zweige von einer Fichte und legte sie in einer Kuhle im Boden zusammen. Mit dem Messer schnitt er sich einen dicken Ast ab, den er tief in den Boden steckte, so dass er schräg über das Feuer, ragte. Dann nahm er den Lederriemen, den er um die Hüfte trug, und stach zwei Löcher in den Rand des Kochgefäßes. Anschließend hängte er das Gefäß über die Feuerstelle und schlug Funken in die trockenen Zweige und die Rinde. Bald brannte das Feuer, und Ulv goss einige wertvolle Schlucke Wasser in das Gefäß. Er schnitt die Nesseln klein, mischte sie mit dem warmen Wasser, rührte mit seinem Messer um und wartete. Sein Magen rumorte. Er hätte gern Fleisch gegessen, doch das Land war ihm unbekannt, und so musste er sich mit Nesselbrei begnügen.

Ulv ließ die Nesseln lange kochen. Das Rindengefäß wurde schwarz und rußig, doch es brannte nicht an, solange Wasser darin war. Er ließ es über dem Feuer hängen, während die Nacht kalt und dunkel wurde, so lange, bis das Gift aus den Nesseln gekocht war. Ungeduld nützte nichts; wenn er die Nesseln nicht lange genug kochen ließ, würden sie seinen Hals verbrennen und ihn krank machen. Diese Erfahrung hatte er früher schon einmal gemacht. Es war wie mit dem Bärenfleisch, auch das musste man lange kochen, denn sonst konnten die rachsüchtigen Geister der Bären in das Blut der Jäger übergehen und sie verrückt machen. Ulv lehnte sich zurück, den Kopf an den morschen Stamm gelehnt. Die Jäger der Barkas hatten ihm von Menschen erzählt, die sich Löcher in die Mägen schnitten, um die Maden und Würmer herauszubekommen, denn sie hatten die Eingeweide von Tieren gegessen und schreckliche Parasiten bekommen. Es gab lachende, unsichtbare Geister, die die Jäger in Moore lockten, Kaskadensänger, die wie Frauen aussahen, Riesen, die Männer mit der bloßen

Faust erschlugen, und Vielfraße, die im Verborgenen hausten und des Nachts ihre Beute unter die Erde zerrten. Der Wald konnte ihn von seiner Beute weglocken und ihn aushungern, und die Berge konnten ihn mit eisigen Winden und Schneestürmen überraschen. Seit er ein kleiner Junge war, lebte er hier draußen. Die Berge und Wälder waren sein Leben, und all das, was vor dem Nebel und dem Heulen der Wölfe geschehen war, lag wie ein ferner Traum im Dunkeln. Er wusste nicht einmal, ob die Erinnerungen Wirklichkeit waren, oder ob er sich all das bloß einbildete. Zu den Barkas hatte er gesagt, dass er schon immer in ihren Wäldern gelebt habe. Sie nannten ihn Wolfsmann und erzählten sich an ihren Lagerfeuern Geschichten über ihn. Und er hatte junge Barkasmänner altern sehen, während er selbst nicht älter wurde. Denn sein Leben währte schon lange, sicher ein ganzes Mannesalter. Oft hatte er sich darüber gewundert, doch der Wald blieb ihm die Antwort schuldig. Die Erinnerungen waren zahlreich. Er dachte an Sommer, in denen er in den Bergen Hasen und Bergziegen gejagt hatte. Er dachte an Winter, in denen die Kiefern vor Kälte barsten und die Hirsche im Tiefschnee stecken blieben. Er erinnerte sich an Nächte, in denen die Füße vor Kälte schmerzten, und an Sommer, in denen ihm die Mücken über Tage hinweg gefolgt waren. Die Erinnerungen kamen wie Tagträume zu ihm. Er sah Herbsttage, in denen er unter den Espen im Smaltal wandelte. Das Laub rieselte um ihn herum zu Boden und legte einen goldenen Teppich auf den weichen Waldboden. Er sah Zeiten im Frühjahr, in denen er sich eine Hütte am Wasserfall baute. Tagelang hatte er dort am Kolk sitzen und das Glitzern der Sonne auf dem schmelzenden Eis beobachten können. Und später, nachdem ihn der Waldbrand nach Osten getrieben und er drei Tage und Nächte lang gelaufen war, lebte er von Elch- und Hirschfleisch und teilte seine Beute mit den zahlreichen Wolfsrudeln. Es waren Tage und Monde, Jahre und Jahrzehnte. Viele Generationen von Wölfen hatte er gesehen, er kannte ihr Heulen, wenn ein Leitwolf starb, und dann heulte er mit ihnen. Das war sein Leben. Es war so, wie es immer gewesen war. Er war ein Wanderer, ein Herumstreifer. »Laufender Wolfsmann«, pflegten ihn die Barkasjäger zu grüßen, doch er sah sie nur selten. Es konnte sein, dass er im Winter mehrmals auf ihre Spuren stieß, und vielleicht sah er auch den Rauch ihrer Lagerfeuer, wenn er in den Bergen war, doch dann schlug er immer einen anderen Weg ein.

Ulv beugte sich vor und nahm das Kochgefäß vom Zweig. Der Nesselbrei brodelte. Er stellte ihn ins Gras und begann, sich unruhig mit dem Oberkörper vor und zurück zu bewegen. Dann schob er ungeduldig zwei Finger in den glühend heißen Brei, fischte einen Klumpen der gräulichen Nesselblätter heraus und stopfte ihn sich in den Mund. Es brannte auf der Zunge, doch Ulv kümmerte sich nicht darum. Er leckte sich die Finger, schluckte und atmete aus. Es schmeckte bitter, doch es war Nahrung. Wieder schob er zwei Finger in den Brei, steckte sie in den Mund und leckte sie ab. Die Stärke kam zu ihm zurück. Er spürte das in seinen Armen. Sein Körper wurde warm. Mit etwas Glück fand er draußen in der Steppe ein paar Heuschrecken. Doch auch wenn nicht, er würde es bis zum Wasser im Süden schaffen. Dort konnte er Fische fangen und in Nahrung schwelgen. Er schloss die Augen und lehnte den Kopf an den Stamm, doch schon bald hörte er, dass die Mücken ihn gefunden hatten. Er nahm etwas Salbe aus dem Ledersäckchen und rieb sich Arme und Gesicht ein, ehe er den Bärenpelz um sich schlug.

Ulv aß den Nesselbrei auf und kratzte auch noch den letzten Rest aus dem Rindengefäß. Er rülpste, trank einen Schluck aus seinem Wasserschlauch und ließ Wasser über seine Hände rinnen, ehe er sie zu den Flammen ausstreckte. Schließlich drehte er die Hände um und betrachtete seine zerfurchten Handteller. Die dicke Haut war von Rissen und Schnitten übersät, aber die würden schnell heilen. Dennoch blieb eine Narbe in seiner linken Handfläche, die sich nie glätten würde. Sie sah wie ein Bogen aus und führte von seinem Zeigefinger bis zum Ballen des kleinen Fingers. Er erinnerte sich nicht, wie er sie bekommen hatte. Die Narbe war schon immer da gewesen. Sie hatte ihn begleitet wie ein Zeichen aus einer längst vergessenen Zeit. So war es auch mit der Kette um seinen Hals. Auch die hatte er immer gehabt. Die sieben Reißzähne hingen an seinem Hals, solange er denken konnte.

Bei Tagesanbruch erwachte Ulv. Er stand auf und schlich sich an den Waldrand, wo er stehen blieb und über die Steppe spähte. Der Wind war nicht abgeflaut, und die offene Landschaft erschreckte ihn noch immer. Die Steppe war wie ein unendlicher, grüner See, auf dem die Wacholderbüsche wie grüne Geister im Wind schwankten. Er versuchte, all seinen Mut zusammenzunehmen, doch er wagte es nicht, die sicheren Stämme zu verlassen. Stattdessen trat er ein paar Schritte zurück und versteckte sich im Schatten. Er schnupperte in den Wind. Dort draußen flogen Vögel über die weite Landschaft. Sie flogen so hoch, dass er nicht erkennen konnte, was es für Vögel waren, doch er glaubte, dass es die gleichen Raben waren, die ihm aus den Bergen gefolgt waren. Vielleicht warteten sie darauf, dass er seinen Mut zusammennahm und sich hinaus ins Unbekannte wagte. Vielleicht warteten sie darauf, dass er dort draußen starb.

Die Sonne stieg hoch, und Ulv schwitzte unter seinem Bärenfell. Er hatte sich kaum bewegt und konnte keinen richtigen Gedanken fassen. Er spürte einzig Furcht vor dieser waldlosen Landschaft, dieser wogenden Endlosigkeit aus Gras. Schließlich sank die Sonne wieder, während Ulv noch immer im Schatten unter den Bäumen stand. Wieder wurde es Abend, und Ulv ging zurück zu seinem Lagerplatz und sammelte Zweige für ein Feuer. Dann schlug er Funken, zündete das Feuer an, trank zwei Schluck aus seinem Wasserschlauch und schlief unter dem Bärenfell ein.

Am nächsten Morgen wachte er früh auf. Bereits vor Anbruch der Dämmerung war er auf den Beinen. Träume waren über ihn gekommen, gute Träume. Er wusste, wie er seine Angst überwinden konnte. Ulv sammelte seine wenigen Sachen ein, zog den Lederriemen um seine Hüfte fest und schlich sich in Richtung Waldrand. Er huschte von Baumstamm zu Baumstamm, bis er die offene Fläche vor sich hatte. Dann trat er einen Schritt vor, legte seine Hand vor die Augen und begann zu gehen.

Der Boden lag eben unter seinen Füßen, und er stapfte blindlings vorwärts und dachte mit einem Lächeln, dass es gut war, so zu gehen. Er sah nichts, und wenn er nichts sah, hatte er auch nichts zu fürchten. Das Heulen des Windes kannte er – diese Stimmen hatten niemals jemanden umgebracht.

Da trat er mit dem Fuß gegen etwas Hartes. Er stolperte, streckte die Hände nach vorn und stürzte seitlich ins Gras. Eine Weile blieb er so liegen. Dann blickte er zurück zum Waldrand und sah, dass dieser bereits einen guten Steinwurf hinter ihm lag. Es war noch immer dunkel, doch bald würde die Sonne hinter den Bergen aufgehen.

Ulv rappelte sich auf und ging weiter. Der Wind zerrte an seinen Haaren. Ulv sah sich immer wieder um, denn er hatte das Gefühl, dass ihn jeder einzelne Baum und jeder Berg dahinter verstohlen beobachteten. Er verließ sie jetzt. Er verließ das Land seiner Heimat, und niemals hatte er von Menschen gehört, die auf Steppen wie dieser hausten. Für die Barkas war dieses Land Ödland. Aber dennoch musste er diesen Weg gehen. Es war ein innerer Drang, wie Hunger oder Durst.

Ulv ging mit raschen Schritten, während sich die Sonne über das Gebirge erhob. Er sah, wie sich sein eigener Schatten lang und beängstigend wie der Umriss eines Riesen im Gras abzeichnete. Noch immer steckte die Furcht in ihm, und er wagte es nicht zu rasten. Er stemmte sich gegen den Wind, ließ Schritt auf Schritt folgen und entfernte sich vom Waldrand. Bald näherte sich der Abend, und er begann sich zu fragen, wo er Schutz für die Nacht finden konnte. Um ihn herum standen nur vereinzelte Wacholderbüsche und windschiefe Birken. Riesen-Findlinge lagen auf dem flachen Steppenboden, und nur im Schutz dieser Felsen wuchsen die Wacholderbüsche dicht an dicht. Ulv begriff, dass er es wie der Wacholder machen und Schutz hinter einem solchen Stein suchen musste. Der Wacholder war klug, denn er überlebte dort, wo sonst kein Baum mehr wuchs. Ulv ging zu einem der Findlinge und hockte sich hin. Trockene Hasenkötel lagen auf dem Boden, doch er fand keine frischen Spuren. Er würde wohl wieder hungern müssen.

Mit der Dunkelheit kam der Schlaf. Ulv rollte sich zusammen, erschöpft von all dem Unbekannten, in das ihn sein Weg geführt hatte. Trotzdem war dieses Land nicht schlecht. Mücken und Fliegen konnten ihn hier draußen nicht finden, so dass er in Frieden schlafen konnte.

Am nächsten Morgen ging er weiter. Das Land machte ihm nicht mehr solche Angst. Er konnte gehen, ohne den Blick auf den Boden zu heften. Seine Beine trugen ihn weiter, während er zum Horizont oder in die Wolken blickte. Im Wald war das nie möglich. Hier draußen konnte er sogar aufrecht gehen, denn es gab keine Bäume und keine Zweige, die ihm den Weg versperrten. Er wusste durchaus, welche Geschöpfe hier draußen lebten, denn das hatten ihm die Barkas gesagt. Nachdem er am Morgen seine Notdurft verrichtet hatte, hatte er alles gut mit Erde zugedeckt, so dass niemand seine Witterung aufnehmen konnte. Und solange es derart windig war und das Gras wogte und seine Spuren verdeckte, mussten die Riesen gute Fährtenleser sein, um ihm zu folgen. Er ließ seinen Blick von Süden nach Westen gleiten, sah aber keine Gestalten, die in den Himmel ragten. Er hörte kein Gebrüll, kein donnerndes Lachen. Fast schien es, als würde es diese Riesen gar nicht geben.

Die Landschaft war eintönig, und Ulv fragte sich, warum hier keine Bäume wuchsen. Der Boden unter seinen Füßen war weich und üppig mit zähem Steppengras bewachsen. Das war guter Boden für Birken. Doch vielleicht war es der Wille der Götter, dass so weit im Süden kein Wald mehr wuchs. Vielleicht sahen sie von ihren himmlischen Jagdgründen auf ihn herunter und lachten über seinen Unverstand. Er sollte im Norden bleiben und nicht über diese Steppen wandern. Noch immer konnte er von dem See nichts sehen, und obgleich ihm der Wind ins Gesicht fegte, konnte er kein Wasser riechen. Der Wasserschlauch war beinahe leer, und wenn er zum Himmel blickte, sah er keine Vögel, die ihn zu einem Bach oder Wasserloch führten.

Ulv ging grübelnd weiter. Er sah, dass die Sonne langsam unterging, und wusste, dass er bald einen geschützten Platz für die Nacht brauchte. Doch er konnte sich nicht entschließen anzuhalten. Da war dieser Drang, diese Stimme in ihm, die ihn weitertrieb. Zum ersten Mal hatte er sie zu Beginn des Frühlings wahrgenommen. Erst waren die Hirsche nach Süden gezogen, und er hatte nicht groß darüber nachgedacht, als er aus dem Barkasfjell herabgestiegen und in die Schutthalden und Wälder gekommen war, die die Barkas »die Täler« nannten. Doch als der Schnee schmolz, war er tief in den Fichtenwäldern gewesen, und es war ihm richtig erschienen, weiter nach Süden zu ziehen. Abends, wenn ihn das Feuer vor der nächtlichen Kälte schützte, starrte er in die Flammen und versuchte, Zeichen und Bilder zu sehen. Manches Mal hatten sie ihm seine Fragen beantwortet, wenn er nicht wusste, in welche Richtung die Rentierherden im Winter gezogen waren oder wo die Bäche im Sommer austrockneten. Doch dieses Mal hatten ihm die Flammen keine Zeichen gegeben. Er hatte den Mond angeheult, und die Wölfe hatten ihm voller Sehnsucht geantwortet. Er hatte den Stamm von Blauzahn, das Rudel von Schwarzpelz und die jagenden Töchter von Revner verlassen. Zu Beginn hatten sie ihm von guten Jagdgründen geheult, doch als der Frühling kam, war er so weit im Süden gewesen, dass er ihr Heulen nur noch als entferntes Rufen gehört hatte.

Mit einem Mal richtete er seinen Blick auf den Horizont. Diese Erinnerungen an die erste Zeit, die nur mehr in seinen Träumen existierte, trieben ihn weiter. Sie sagten ihm, dass er nach Süden wandern musste. Es war beinahe so, als wäre er hier schon einmal gewesen, als ob er irgendwann vor langer Zeit einmal diese baumlose Steppe durchwandert hätte. Vor einem ganzen Leben. Und der Drang zu wandern, der ihn in all diesen Jahren herumgetrieben hatte, zog ihn weiter. In Richtung des Landes, in dem der gelbe Rand über den Horizont kroch und Licht in die Wälder und Berge brachte. In Richtung Wärme, dorthin, wo das Land die Sonne gebar.

Als die Nacht kam, hatte Ulv den See noch immer nicht gesehen. Er hockte sich vor einen Wacholderbusch und spannte seinen Bogen. Der Boden lag grau unter dem sternenklaren Nachthimmel, und der Wind zeichnete breite Schwingen in das wogende Gras.

»Meer«, murmelte er und spuckte rechts neben sich auf den Boden. *Meer* war ein sicheres Wort, eines der vielen, unverständlichen Worte, die in seinem Kopf auftauchten. Er hatte diese Worte einem Barkasjäger genannt, und dieser hatte sie für Geisterworte gehalten. Sie seien sicher gut gegen Zauberei und böse Kräfte, hatte er gemeint. Und dass sie von Ekserk stammten, dem Gott der Jäger.

»Di-lann, tir ...« Ulv strich sich über seinen dichten Bart. Die Dunkelheit lag schwer und mächtig über ihm. Sterne blinkten zwischen den dahintreibenden Wolken und sahen wie die Augen der Götter auf ihn herab.

»Di-lann, tir ...« Er spuckte in die Hände und rieb sich das Gesicht. »Di-lann, tir, ban. Meer, tirr-ga. Tirr-ga, tirr-ga.« Er wiederholte die Worte in seinem Innern, blickte ins Dunkel und legte sich das Bärenfell um die Schultern. Durst brannte in seinem Hals, doch er wollte mit dem Trinken bis Sonnenaufgang warten. Er kniff die Augen zusammen und vermisste den Wald. Die Bäume hatten ihn geschützt. Sie hatten ihn vor Regen und Wind behütet. Hätte ihn doch nur nicht diese leise Stimme in Richtung Sonne getrieben.

Am nächsten Morgen wachte er erst spät auf. Die ersten grauen Sonnenstrahlen schienen bereits über die Steppe, als sich Ulv den

Schlaf aus den Augen rieb. Er lag auf der Seite unter dem Bärenfell. Der Wind spielte mit seinen Haaren und pfiff in dem Wacholderbusch hinter ihm. Das war Zauberei, dachte er und rappelte sich auf. Er konnte sich nicht daran erinnern, wann er zuletzt so lange geschlafen hatte. Das Land hatte ihn mit Schlaf verhext, es wollte nicht, dass er den See erreichte. Ulv schüttelte den Kopf und stand auf. Er drehte dem Wind den Rücken zu und trank die letzten Schlucke aus dem Wasserschlauch. Dann löste er den Riemen um seinen Bauch. Die Steppe sollte lernen, dass er nicht so schnell zu überwältigen war. Er knotete die Sehne auf, mit der der Wasserschlauch zusammengebunden war, erweiterte die Öffnung, hielt den Schlauch vor sich und pinkelte hinein. Dann ging er weiter.

Es wurde ein warmer Tag. Obgleich der Wind über die Steppe fegte, brannte die Sonne auf das trockene Gras herab. Ulv legte bald das Bärenfell und die Bockshaut ab. Er band sie mit einer langen Sehne zusammen, die er um seinen Bogen gewickelt hatte, und hängte sich die Last schräg über die Schulter. Dann ging er mit langen Schritten – den Blick nach Süden gerichtet – über die Ebene. Der Wind blies ihm die Haare aus dem Gesicht, und weder sein struppiger Bart noch die Fältchen an seinen Augen konnten verbergen, dass er die Züge eines jungen Mannes trug. An seinem Oberkörper klebten Dreck und Lehm, doch jetzt wischte er sich über die Brust und kämmte sich mit den Fingern Erde und Schmutz aus dem Bart. Er rollte seine sehnigen Schultern und fuhr sich durch die Haare. Sein Körper roch jetzt so stark, dass er selbst wahrnahm, wie sehr er nach Blut und Schweiß stank. Oben im Fjell hätte er nach Tierkot oder Schlamm Ausschau gehalten, denn auf der Jagd musste er seinen eigenen Geruch verbergen. Doch hier draußen, dachte er und sah sich um, gab es keine Tiere zu jagen. Er strich sich mit der Hand über den schmutzigen Bauch und spürte seine Muskeln wie harte Knoten unter der Haut. Die Wanderung hatte all das Fett verbrannt, das er mühsam im Laufe des Winters angelegt hatte.

Da spürte er es. Er blieb abrupt stehen, schnupperte in den Wind und fletschte die Zähne. Es roch nach Wasser. Sein Mund wurde feucht, und er rannte dem Wind entgegen, während sein Gepäck rhythmisch auf seinen Rücken schlug. Er war in der Lage, Tage zu laufen, wenn es nötig war. Doch jetzt, da ihm der Geruch von nasser Erde und Wasser vom Wind entgegengetragen wurde, wusste er, dass es nicht mehr weit sein konnte. Er konnte den See noch vor dem Abend erreichen. Dann würde er trinken, tauchen und Muscheln suchen und sich zum ersten Mal seit dem letzten Vollmond satt essen.

Doch Ulv erreichte den See an diesem Tag nicht mehr, denn der Wind trieb den Duft des Wassers weit über die Steppe. Es war nicht wie im Wald, wo solch ein Duft bedeutete, dass das Wasser gleich hinter dem nächsten Hügel lag. Als sich die Dunkelheit über ihn senkte, gab Ulv das Laufen auf und sank auf die Knie. Sein Hals war trocken und wund, und der Durst war zu einem brennenden Schmerz geworden. Er warf den Wasserschlauch ab, doch litt er noch nicht schlimm genug, um seinen Urin zu trinken. Er rollte sich auf der Seite zusammen, legte den Kopf ins Gras und schlief ein.

Die Barkas erzählten sich eine Legende über den Wolfsmann. Sie behaupteten, er trüge den Geist der Wölfe in sich und sei unsterblich, solange nicht auch der letzte der Graubärte verhungert oder durch die Pfeile törichter Jäger getötet worden sei. Vielleicht war es so, denn Ulv wachte am nächsten Morgen auf und erhob sich trotz seines Durstes und seiner Schmerzen. Er nahm den Wasserschlauch, schob sich die Öffnung zwischen die Lippen und ließ den Urin in sich hineinrinnen, ehe er schnaubend nach seinem Bogen griff und weiterging. Er hastete mit offenem Mund dem Duft des Wassers entgegen. Ulv brauchte jetzt all seine Sinne. Er musste diesen See erreichen, der ihn mit seiner blinkenden Wasseroberfläche aus den Bergen gelockt hatte.

»Meer ... tirr-ga .... tir ... ban.« Bei jedem Atemzug wiederholte er diese Worte. Sie sollten ihm Glück bringen und ihm helfen. Sie sollten ihn ans Ziel bringen.

Die Sonne stieg am Himmel empor, als er es hörte. Ein neues Geräusch mischte sich unter das Rauschen des Windes. Es war ein seltsamer Laut, wie das Brausen eines Wasserfalls, doch schwächer und rhythmisch wie Herzschläge. Ulv blieb stehen, ehe er wachsam weiterging. Die Ebene stieg leicht vor ihm an. Es musste etwas dahinter liegen, etwas Unbekanntes, etwas, das ihm diesen merkwürdigen Laut entgegenblies. Vielleicht war es ein Riese, der da hinter der kleinen Anhöhe lag. Vielleicht wartete er dort auf ihn, um ihn zu packen und bei lebendigem Leib zu verspeisen.

Ulv spannte den Bogen und legte seinen besten Pfeil an die Sehne. Er spürte den Duft des Wassers jetzt ganz stark, beugte seinen Rücken wie beim Jagen leicht nach vorn und schlich weiter.

Zuerst glaubte er, der Himmel sei mit der Erde verschmolzen. Er fürchtete, ans Ende der Welt gekommen zu sein, an den Ort, wo alles Land endete und Sonne und Himmel und großes Geistermoor eins waren. Aber Ulv ging weiter und stand bald darauf auf dem Gipfel der Anhöhe. Er hatte den See erreicht, und dieser See war größer, als er es sich jemals vorgestellt hatte. Die Anhöhe senkte sich sanft zum Strand, der ein paar Pfeilschüsse vor ihm lag. Der Wind zeichnete weiße Ränder auf das Wasser, und mannshohe Wellen spülten über den Strand. Im Süden konnte er das Ende des Sees erahnen, doch das Ufer war so weit entfernt, das es nur als undeutlicher Nebel zu erkennen war. Richtung Osten und Westen erstreckte sich das Wasser weiter, als das Auge reichte. So etwas Großes hatte Ulv nie zuvor gesehen. Und niemals hatte er geglaubt, dass Seen sprechen könnten, wie es dieser tat. Er versuchte, die Stimmen nachzuahmen, mit denen der See sprach, wenn die Wellen über den Strand spülten, gab es aber bald wieder auf.

Ulv ging zum Strand hinunter und betrachtete die Wellen. Zu guter Letzt zwang ihn sein Durst weiter, und er legte sein Gepäck ab und zog das Messer aus der Scheide. Schritt für Schritt näherte er sich den Wellen, bis er schließlich das Wasser berühren konnte, wenn er sich ausstreckte. Er hockte sich hin, und seine Füße wurden nass, als eine weitere Welle über den Strand spülte. Das Wasser war kühl, wie in einem stillen Bergsee. Er legte seine Hände zu einer Schale zusammen und trank. Es schmeckte nicht nach Erde wie das Wasser der Waldbäche. Dieses Wasser war frisch.

Er trank lange. Als ihn der Durst nicht mehr quälte, ging er wieder zum trockenen Ufer und legte Bärenfell und Bockshaut ab. Er zog Hose und Lederstrümpfe aus und watete nackt ins Wasser, bis ihm die Wellen über den Bauch spülten. Dort wusch er den Wasserschlauch aus, ehe er ihn bis zum Rand füllte und fest verschnürte. Er legte ihn zu seinen Kleidern, nahm das Messer zwischen die Zähne und watete erneut ins Wasser. Der See jagte ihm Angst ein. Die Wellen zerrten an seinen Beinen und wollten ihn nach draußen ziehen, doch er wusste, dass diese Angst nur noch schlimmer werden würde, wenn er es nicht gleich tat.

Mit einem Sprung warf er sich in die Wellen. Er tauchte unter, als ihn die Strömung hinauszog, und trat kräftig mit den Beinen, um nach unten zu kommen. Er sah kaum etwas, spürte aber die glatten Steine unter seinen Fingern. Das war ein guter Grund für Muscheln. Er hatte sie überall gefunden, in Teichen und Kolken in den Bergen und in den Tälern. Es musste sie auch hier geben.

Ulv schwamm so weit hinaus, dass sich die Wellen nicht mehr über ihm brachen. Dann öffnete er die Augen und blinzelte ins Wasser. Eine große Dunkelheit öffnete sich vor ihm. Der Boden sank steil ab. Er musste aufpassen, nicht zu weit hinauszuschwimmen, denn in solchen Tiefen lebten Geister und Ungeheuer. Mit einem Beinschlag schlängelte er am Grund entlang, bis er mit dem Bauch auf den Steinen lag. Von dort aus blickte er nach oben. Zwei Körperlängen über ihm stach die Sonne Pfeile aus Licht durch das Wasser. Er zog die Beine unter sich und stieß sich in Richtung Licht ab.

Seine Haare nahmen ihm die Sicht, als er die Wasseroberfläche durchbrach. Er hörte die Wellen auf dem Strand, doch jetzt erschreckten sie ihn nicht mehr. Dieser See wollte ihm nichts Böses. Er hatte ihn zu sich gelockt, und jetzt war er hier und schwamm in ihm. Ulv tauchte erneut. Mit ein paar kräftigen Beinschlägen erreichte er den Grund und kroch, den Blick auf die grauen Steine geheftet, weiter. Die Muscheln wussten sich gut zu verstecken. Sie ließen die Algen auf ihren Schalen wachsen, so dass sie wie kleine Steine aussahen. Er fuhr mit der Handfläche über den Grund. Manchmal gruben sie sich halb ein, und so drehte er ein paar Steine um und wühlte das Wasser auf. Doch er fand keine Muscheln.

Kurze Zeit später gab Ulv die Suche auf. Er schwamm an Land, setzte sich auf den Strand und wrang das Wasser aus Haaren und Bart. Es tat gut, all den Schweiß und Schmutz abzuwaschen. Die stinkende Salbe, mit der er sich einrieb, um sich vor den Mücken und Fliegen zu schützen, hatte sich unter seinem Kinn fest verklebt, doch er kratzte sie mit dem Messer ab.

Die Sonne stand tief im Westen. Ulv nahm sein Jagdmesser und schlenderte nach Osten am Strand entlang. Er war in eine Bucht gekommen, und einen Pfeilschuss links von ihm war das Ufer dicht von Bäumen bestanden. Er wollte nachsehen, ob es dort Heuschrecken oder genießbare Wurzeln gab. Sie würden ihn nicht satt machen, aber er musste etwas essen. Er ließ den Blick über den See schweifen, und mit einem Mal wurde ihm klar, dass er nicht ans andere Ufer schwimmen konnte. Zuvor hatte er Teiche und Flüsse immer aus eigener Kraft überquert, doch jetzt brauchte er ein Floß und ein Ruder. So etwas hatte er schon mal gesehen. Einmal war eins bei einem Frühjahrshochwasser über den Fluss aus dem Barkasfjell herabgetrieben und unweit seines Jagdlagers angespült worden. Ein toter Säugling war an den Balken festgebunden gewesen, aber ansonsten hatte es keine Spuren der Menschen mehr gegeben, die sich mit diesem Floß auf den Weg gemacht hatten. Er hatte das tote Kind losgebunden und die weiche Decke genommen, in die es eingewickelt war. Auch die Riemen löste er vom Floß, denn er konnte sie gut gebrauchen, um Torfballen zusammenzubinden, aus denen er eine Hütte bauen konnte, wenn der Winter kam. Er schor dem Kleinen sogar die Haare und fütterte damit seine Winterstrümpfe. Dann ließ er den Säugling mit dem Fluss weitertreiben.

Als er sich unter die Zweige schob, erkannte er sofort, dass er keine Heuschrecken finden würde. Zwischen den Baumstämmen waren überall Spinnweben. Fliegen und Kleingetier, die in den Netzen hingen, zeichneten sich als schwarze Flecken auf dem grünen Laub ab. Er schlug die Spinnen mit seinem Bogen weg und bahnte sich einen Weg zwischen den Zweigen hindurch. Es roch faulig-süß, doch nicht nach abgestandenem Wasser oder altem Laub. Er kannte diesen Geruch gut. Das war der Gestank von Aas.

Ulv schlängelte sich zwischen den Bäumen hindurch. Rechts von ihm schlugen die Wellen gegen die Wurzeln, denn die Bäume wuchsen bis ins Wasser. An manchen Stellen hatten die Wellen den Boden unter den Wurzeln weggespült, so dass ganze Gruppen von Bäumen umgestürzt und im Wasser vermodert waren. Ulv stieß mit dem Fuß gegen einen Stein und stolperte weiter. Er konnte sich an einem Stamm festhalten, geriet aber mit dem Gesicht in ein Spinnennetz. Die Spinne krabbelte über seinen Mund. Ulv nahm sie zwischen zwei Finger und hielt sie sich vor die Augen. Sie war grün mit gelben, kurzen Beinen. Er ließ sie zu Boden fallen und wischte sich die Spinnweben aus dem Gesicht. Der Aasgeruch war hier stärker.

Dann schob er die Zweige vor sich auseinander. Ein paar Speerlängen vor ihm hatten sich die Wellen wieder tief in den Wald gegraben. Dort drinnen bewegte sich etwas, ein dunkler Schatten, der vor und zurück schwappte. Ulv witterte in die Richtung, aus der der Gestank kam. Die Wellen schlugen gegen dieses Dunkle und hoben es zwischen den Baumstämmen auf und ab.

Die Neugier trieb ihn Schritt für Schritt weiter. Schließlich stand er am Rand des Wassers und drückte die letzten Zweige zurück.

Es war ein Mensch. Er hockte in einem seltsamen Fahrzeug. Sein Oberkörper war nach vorn über die Knie gebeugt, und seine

Hände hingen an den Seiten herab. Er trug lediglich eine graue Decke, die er sich mit einem Tau um die Hüften gebunden hatte. In seinem Rücken steckte ein Pfeil. Auf seiner blassen Haut waren lange Striemen, und Ulv erkannte, dass er bereits lange tot sein musste. Seine Füße und Finger, die am Boden des Fahrzeugs im Wasser hingen, waren aufgedunsen und begannen zu verwesen.

Ulv neigte den Kopf zur Seite, denn er wunderte sich über das seltsame Floß, in dem der Mann saß. Es sah aus wie eine halbe Nussschale, war aber an beiden Enden spitz. Der Mann saß auf einem flach gehobelten Stock, der quer über das Floß reichte. Auf jeder Seite von ihm lagen Ruder, und an dem Tau, das er sich um die Hüften gebunden hatte, hing ein faustgroßes Ledersäckchen. Ulv trat ins Wasser und watete zu dem Floß. Ein Wort kam ihm in den Sinn, eine dieser unbekannten Lautbildungen, die manchmal aus seiner Erinnerung auftauchten. Er ergriff den Rand des Fahrzeugs und kletterte hinein. Da kippte der Mann auf die Seite. Ulv packte ihn unter den Armen und hob ihn ins Wasser. Das Fahrzeug war kaum länger als ein Mann, so dass nicht genug Platz für sie beide war.

Ulv fuhr mit der Hand über die merkwürdigen Planken. Sie waren glatt und so dicht aneinander geschoben, dass das Wasser nicht hindurchkam. Damit konnte er über den See kommen.

»Boot...« Das Wort tauchte aus seinen vergessenen Gedanken auf. Das war ein Boot. So musste er dieses Ding nennen. Das Boot konnte ihn über den See bringen.

Ulv setzte sich auf den Querholm und rutschte hin und her. Das Boot folgte seinen Bewegungen. Wasser spritzte über den Rand, während ihn die Wellen hin und her schaukelten. Er lächelte. Es war angenehm, so auf dem Wasser zu fliegen.

In diesem Moment musste er an den Toten denken. Er trieb auf der Wasseroberfläche zwischen dem Boot und den Uferbäumen. Der Pfeil ragte aus seinem Rücken. Er hatte rote, gerade Steuerfedern. Das schien ein guter Pfeil zu sein.

Ulv sprang ins Wasser und zog das Boot an Land, so weit zwischen die Bäume, dass die Wellen es ihm nicht mehr rauben konnten. Dann watete er zu dem Mann, packte seinen Arm und zog ihn hinter sich her. Er kletterte zwischen die Bäume und zog den Toten aus dem Wasser, und erst in diesem Moment bemerkte er die Zeichen auf der Brust des Mannes. Der halbrunde Kreis sah wie ein Brandzeichen aus. Ulv drehte den Mann auf den Bauch und stach sein Messer neben dem Pfeil ins Fleisch. Er legte sein ganzes Gewicht auf den Schaft des Messers und drückte die Klinge vor und zurück, denn er wollte den Pfeil in einem Stück herausbekommen. Verwesungsgestank quoll ihm entgegen, als er den Pfeil aus der Wunde zog. Er wischte sein Messer im Gras ab, ehe er sich über die Decke beugte, die sich der Mann umgebunden hatte. Sie war dünn, doch er brauchte keine Decke, solange er das Bärenfell hatte. Er betastete das Ledersäckchen des Toten. Es war schwer und mit etwas Hartem gefüllt. Ulv schnitt es los und wog es in der Hand. Dann schnürte er es auf und kippte den Inhalt auf den Boden. Goldene Steine klirrten und schimmerten ihm entgegen. Es waren viele. Er nahm eines der runden Stücke und roch daran. Das waren keine Steine. Es war goldenes Eisen. Alle Stücke waren flach und rund und trugen das gleiche Zeichen, das auch in die Brust des Mannes eingebrannt war. Ulv sammelte sie ein und steckte sie wieder in das Ledersäckchen. Er wollte die seltsamen Eisenstücke mitnehmen und am Strand sein Lager aufschlagen, denn dieses Wäldchen gefiel ihm nicht. Der Tote konnte hier liegen bleiben und das Boot bewachen.

Ulv ging zum Strand zurück, steckte den Pfeil in seinen Köcher und zog sich an. Das Ledersäckchen band er an seinen Gürtel, ehe er am Spülsaum entlangschlenderte und Stöcke und trockne Zweige sammelte. Dabei blickte er nach Süden und sah die Wolken, die sich zusammenballten. In den Bergen konnte er Regen immer schon drei Tage im Voraus erkennen. Hier waren die Wolken aufgetaucht, während er im Wäldchen gewesen war, und jetzt musste er sich bereits beeilen, genug Holz zu finden und das Fell aufzuspannen.

Es war dunkel, als er sich endlich ans Feuer setzen konnte. Er hatte die Sehnen aufgewickelt, die er am Boden des Pfeilköchers versteckt hatte, und damit das Bärenfell schräg zwischen den Bäumen aufgespannt. Es hatte bereits begonnen, aus dem schwarzen Himmel zu regnen. Er zog sein Messer, wischte es an seiner Hose ab und suchte den Flintstein heraus. Während er Funken auf die Birkenrinde schlug, blickte er über Strand und Wellen. Es war lange her, dass es zum letzten Mal geregnet hatte. Er sollte sich freuen, doch stattdessen kamen mit dem Regen die schweren Gedanken. Er vermisste den Wald und die Berge. Er vermisste das Heulen der Wölfe am Abend. Es gab so vieles in diesem fremden Land, was er nicht verstand. Im See gab es keine Muscheln, obgleich die Steine am Grund rund und glatt waren, wie es die Muscheln liebten. Am Waldrand waren keine essbaren Wurzeln, und im Innern des Wäldchens war bloß ein Mann, der mit einem Pfeil im Rücken hierher gepaddelt war. Er fragte sich, warum der halb nackte Mann getötet worden war. Die Narben auf seinem Rücken und das Brandzeichen verrieten, dass er gefoltert worden war. So etwas taten sie hier unten im Süden, zumindest hatten die Barkas ihm das erzählt. Die Menschen hier unten hielten sich Sklaven, hieß es. Ulv strich sich über die Haare und schlang die Arme um sich. Das Feuer brannte schlecht. Die Flammen mochten den Regen nicht.

Er blickte über das Wasser. Die Wellen zeichneten weiße Streifen ins Dunkel. Der See atmete schwer und brauste auf den Strand. In den Bäumen rauschte der Wind. Wasser tropfte von den nassen Blättern. Er konnte hören, wie die Böen im Gras der Steppe wisperten. Er war hungrig. Heute Nacht würde er nicht schlafen.

Als der Morgen anbrach, regnete es noch immer. Ulv hatte sein Lager abgebrochen und war wieder in das Uferwäldchen gegangen. Er legte seinen Wasserschlauch und das Bärenfell in das Boot und schob es ins Wasser. Ehe er einstieg und sich auf das Ruderbrett setzte, warf er noch einen letzten Blick auf den Toten zwischen den Stämmen. Den Bogen legte er zwischen seinen Füßen auf den Boden des Bootes. Er hatte das Wasser bereits herausgeschöpft, wusste aber, dass er bis auf die Knochen nass werden würde, wenn er erst auf dem offenen See war. Doch Ulv war bereits unzählige Male durch Regenwetter gewandert, und jetzt im Sommer würde er nicht frieren. Er nahm eines der Ruder und schob sich aus der schmalen Bucht. Das Boot glitt unter den herabhängenden Zweigen hindurch. Ulv steckte das Ruder ins Wasser. Es erreichte knapp den Boden. Dann kniete er sich hin und begann zu paddeln. Das Rauschen in den Baumkronen wurde schwächer, und die Wellen schwappten gegen das Boot.

Ulv fand schnell heraus, dass er besser paddeln konnte, wenn er sich auf den Querholm setzte, doch das Boot war schwer und drehte sich bei jedem Zug. Er sah auf das andere Ruder und fragte sich, warum es zwei davon gab. Mit einem Ruder in jeder Hand konnte er doch nicht paddeln.

Als eine Welle gegen den spitzen Bug vor ihm schlug, zog Ulv das Ruder ein und hielt sich am Dollbord fest. Zwei Pinnen waren auf jeder Seite des Querbretts auf dem Dollbord befestigt, und er konnte sich gut daran festhalten, als die Wellen das Boot schaukelten. Er hatte nicht geglaubt, dass es so schwer sein würde zu paddeln, doch hier draußen hatte er sowohl die Strömung als auch den Wind gegen sich. Bis zurück an Land waren es nur wenige Pfeilschüsse, und der Gedanke, wieder zurückzufahren, lockte ihn. Trotzdem packte er das Ruder und trieb es durch das Wasser. Er wollte wissen, was dort auf der anderen Seite des Sees hinter dem Nebel lag. Es war wie ein stiller Lockruf, der über den See schallte und ihn mit all seinen unentdeckten Ländern anzog.

Das Boot wurde plötzlich angehoben, und Ulv stürzte zur Seite. Er stützte sich auf die Ellbogen, hätte aber beinahe das Ruder verloren. Es rutschte aus seinen Händen und fiel zwischen den beiden Pinnen auf die Bordwand. Zu seinem Erstaunen blieb es dort liegen. Die Pinnen schienen als Stützen für die Ruder dort befestigt worden zu sein. Er zog es durchs Wasser. Das Boot drehte sich um das Ruder herum und tauchte in ein Wellental. Ulv strich sich die nassen Haare aus dem Gesicht und blieb eine Weile still sitzen und lauschte dem Regen, der auf das Wasser und die Wellen trommelte, die gegen die Bootswand schlugen. Es war erstaunlich, dass es auf jeder Seite des Bootes solche Pinnen gab, dachte er und drehte das Ruder in seiner Hand. Es gab zwei Ruder und zwei Paar solcher Pinnen. Er wandte das Gesicht in den Regen und schloss die Augen. Das Boot drehte sich, wenn er nur ein Ruder benutzte.

Er öffnete die Augen und legte das Ruder auf die andere Seite des Bootes, ehe er es erneut durchs Wasser zog. Jetzt drehte sich das Boot in die andere Richtung. Ulv kratzte sich im Nacken. Vielleicht verhielt es sich mit einem Boot wie mit einem Mann. Die Ruder waren die Beine. Die Ruder waren Beine, und wenn er ein Ruder auf jede Seite legte, konnte er über das Wasser wandern. Er machte es so, wie er es sich in seinen Gedanken vorstellte, und zog beide Ruder durchs Wasser. Das Boot beschleunigte und hob sich rauschend über eine Welle. Ulv lachte. Er hatte es herausgefunden. Jetzt hatte das Boot beide Beine im Wasser. So konnte er über den See kommen.

Ulv erkannte schnell, dass es besser war, mit dem Rücken zu seinem Ziel zu sitzen. Er bewegte sich vor und zurück, zog die Ruder an und drückte sie wieder hoch, eher er sie erneut ins Wasser tauchte und sich wieder zurücklehnte.

Das Wasser am Bug des Bootes spritzte und zeichnete eine Spur aus Schaumwirbeln.

Als die Sonne im Westen langsam zu sinken begann, war er weit draußen auf dem See. Er ruderte noch bis zur Dämmerung, doch als die Nacht hereinbrach, bekam er Angst und zog die Ruder ein. Er kauerte sich am Boden des Bootes zusammen und zog das Bärenfell über seinen Kopf. Es hatte zu regnen aufgehört, und auf dem riesigen, schwarzen See spiegelten sich die Sterne und der Vollmond. Er war den ganzen Tag über ohne Unterbrechung gerudert, ja er hatte nicht einmal etwas getrunken. Erst jetzt löste er die Verschnürung an seinem Wasserschlauch und trank gierig. Der Hunger schmerzte in seinem Bauch, doch er wusste, dass es noch lange dauern konnte, bis er etwas zu essen fand.

Als er spürte, dass das Boot in ein Wellental glitt, stemmte sich Ulv auf die Ellenbogen und blickte über den Rand des Bootes. Wasser so weit das Auge reichte. Er wusste, dass der Strand und das Wäldchen irgendwo dort hinten im Dunkeln lagen, doch es war jetzt ein ganzer Tag bis dorthin zurück. Wieder kauerte er sich zusammen und versteckte sich unter dem Bärenfell. Vielleicht hatten ihn böse Geister hierher getrieben. Vielleicht missgönnte Ekserk ihm sein Jagdglück und hatte ihn mit seinen Liedern hierher gelockt, um ihn zu ertränken. Und wenn es kein Gott war, der ihm etwas Böses wollte, so gab es viele andere Geister, die gerne ihr Unwesen mit Jägern wie ihm trieben. Er kannte ihre Namen nicht, denn die Barkas meinten, es brächte Unglück, die Namen »der Alten« auszusprechen.

Ulv legte die Hand auf den Schaft seines Messers und kniff die Augen zusammen. Es war verrückt gewesen, hierher zu rudern. Hier draußen gab es kein einziges Versteck. Der ganze See sah ihn. Er wusste nicht, wie tief das Wasser unter ihm war, doch sicher tiefer, als der größte Baum in den Tälern hoch war. Vielleicht lebten dort unten Ungeheuer. Er musste sich still verhalten, so dass sie ihn nicht bemerkten. Nur flach atmen und an die Worte der Geister denken.

Ulv lag eine Weile zitternd da, doch er war müde von dem langen Rudern und vor Hunger erschöpft, so dass er bald einschlief. Der alte Traum kam wieder zu ihm, und er sah sich selbst durch unbekannte Berge wandern. Sein Gesicht war bartlos: Er hatte den Körper eines Jungen. Um ihn herum war Nebel, und Regen lag in der Luft. Irgendwo, weit hinter ihm, rief jemand seinen Namen. Aber die Stimme war weit entfernt, und vor ihm ertönte das Heulen so vieler Wölfe. Er ging weiter, stolperte über bemooste Steine und kletterte an einer Felswand entlang. Ein Wind kam auf, und er ging auf diesen Wind zu und sah, wie sich der Nebel um ihn herum lichtete. »Ulv ... Ulv ...« Die Stimme erstarb, doch das Wolfsheulen lockte ihn weiter. Vor sich erblickte er die Wölfe. Sie liefen rasch und sahen vor der Felswand wie graue Vögel aus. Jetzt lichtete sich der Nebel vollends, und er sah das Tal und die Ebene, diese endlose Ebene. Es roch nach Gras und Sturm. Er ging weiter. Dort unten, ein paar Steinwürfe vor dem Fichtenwald, standen die Wölfe. Sie warteten auf ihn. Er sollte jetzt wandern. Er sollte wie sie werden.

Am nächsten Tag ruderte Ulv weiter. Der Wind hatte gedreht und trieb jetzt das Boot mit den Wellen vor sich her. Der Nordwind brachte kälteres Wetter mit sich. Die Sonne verschwand hinter Wolken, doch das war Ulv nur recht. Er ruderte im Takt mit den Wellen, und mit jedem Ruderschlag schoss das Boot mehrere Körperlängen vorwärts. Mit der Geschwindigkeit würde er bald dort sein, dachte er und warf einen Blick über die Schulter, doch das Ufer war noch weit entfernt.

Erst gegen Mittag ruhte er sich aus. Der Hunger quälte ihn jetzt, er brannte in seinem Magen und vertrieb alle anderen Gedanken. Er blickte über den Bootsrand in die Tiefe, konnte aber weder Seegras noch Fische erkennen.

Während die Dämmerung über dem Wasser hereinbrach und sich der Nebel wie ein dünner Schleier auf die Wellen legte, entschloss sich Ulv, die Nacht durchzurudern. Er wollte sich dem bösen Geist widersetzen, der ihn auf den See gelockt hatte. Wenn er das Ufer erreichte, würde er Nahrung finden und wieder zu Kräften kommen, und dann könnte er in eine andere Richtung weiterwandern. Er war nie weit nach Osten gekommen, doch die Wälder, die er von den Bergen aus gesehen hatte, schienen fruchtbar und voller Wild zu sein. Dort konnte er neue Jagdgründe finden und mit der Zeit dann wieder nach Norden wandern. Sollte er Jagdglück haben, könnte er im Laufe des Winters wieder in die Täler hineinwandern. Er würde Hirsche und Hasen töten, das Fleisch trocknen und sich satt essen.

Das Geräusch vertrieb seine Gedanken. Ein scharfer, ungewohnter Klang. Er drehte sich halb um, zog die Ruder aus dem Wasser und lauschte. Wieder hörte er dieses Geräusch. Es war sehr leise und erinnerte an den Klang, wenn man einen Flintstein gegen eine Messerklinge schlug, wenn es auch höher und klarer war. Der Ton kam aus dem Nebel, aus dem dunklen Nebel vor dem Boot. Er neigte den Kopf zur Seite. Vielleicht hatte der Wind den Nebel dort vorne zusammengetrieben, so dass er das Ufer verdeckte. Der Hunger gurgelte in seinem Magen. Dort im Nebel war Land. Er setzte sich auf den Querbalken und schob die Ruder ins Wasser.

Ulv erreichte die Nebelbank inmitten der Nacht. Die Sommernächte sind niemals so dunkel wie die Nächte im Herbst, doch als das Boot in den Nebel trieb, schloss ihn absolute Dunkelheit ein. Die Geräusche waren verstummt, doch jetzt nahm er den Geruch von Kot, Schweiß und Leder wahr. Es roch wie an den Lagerplätzen der Barkas, nur stärker. Das war der Geruch von Männern und Frauen. Sie würden ihm Nahrung geben, das wusste er. Die Barkas taten das immer.

Die Geräusche wurden lauter, je mehr sich das Boot dem Ufer näherte. Er hörte Stimmen und Gelächter, und irgendwo weinte jemand. Das Boot lief auf dem sandigen Boden auf, und Ulv zog die Ruder ein und stieg ins Wasser. Er war an einem Sandstrand, und als er das Boot an Land zog, bemerkte er, dass dort noch weitere Boote lagen. Alle waren wie sein eigenes Boot gebaut. Einige waren größer, und in diesen lagen Berge von Netzen. Ulv schnupperte an einem davon, denn sie rochen nach Fisch. Aber er fand nichts zu essen.

Er nahm Wasserschlauch, Bogen und Bärenfell mit und befestigte den Pfeilköcher an seinem Gürtel. Der Nebel machte es schwierig, etwas zu sehen, doch etwa einen Steinwurf vor sich, erkannte er, stieg das Gelände an. Er spannte seinen Bogen und hängte ihn sich über die Schulter, ehe er vorsichtig weiterging.

Die Geräusche wurden deutlicher, als er den steilen Hang emporkletterte. Es waren die Stimmen von Männern, Schritte und Gelächter. Schweißtropfen bildeten sich auf Ulvs Stirn. Sein Hals schnürte sich zu und schmerzte wie immer, wenn er sich seiner eigenen Rasse näherte. Er wusste, dass er sich bald wieder Worte abringen müsste. Die Männer würden über ihn lachen, und die Frauen würden am Rand des Lagerfeuers stehen und ihn anstarren. Aber er brauchte etwas zu essen. Und wenn der Morgen kam, konnte er weiterziehen.

Der Hang endete etwa eine Baumlänge über dem Strand. Der Nebel war hier oben nicht minder dick, doch die Geräusche und Gerüche, die ihm entgegenströmten, verrieten ihm alles, was er wissen musste. Hier lebten Menschen, vielleicht mehr als im größten Stamm der Barkas. Es roch nach Vogelkot und verschwitzten Hunden, und vor kurzem musste ein frisch getötetes Beutetier ins Lager getragen worden sein. Er roch das Blut des Tieres, doch nahm er auch noch andere Gerüche wahr, süße Düfte, wie von Blumen und Honig, und den Geruch von Harz, Rinde und faulenden Früchten.

Ulv schlich weiter. Er kam auf einen Pfad, hockte sich hin und fuhr mit der Hand über die Fußabdrücke in dem getrockneten Lehm. Das waren keine Barkas, die hier lebten. Die Barkas machten keine so tiefen Spuren, denn sie gingen leicht und wühlten den Boden nicht mit ihren Zehen auf. Er blinzelte durch den Nebel. Der dunkle Schatten dort vorne war sicher eine Erdhütte.

Er legte einen Pfeil an die Sehne seines Bogens und schlich sich zur Hütte. Dort blieb er stehen, doch es war keine Erdhütte. Er legte seine Hand an die Wand des Blockhauses. Solche Hütten kannte er aus seinen Träumen. Sie waren aus Holzstämmen erbaut, die übereinander gestapelt worden waren, doch er hatte sie noch niemals zuvor gesehen. Die Wand war hart wie Fels. Er streckte seine Hand zum Dach aus und berührte die breiten Rindenbahnen. Auf dem Dach wuchs Gras.

Er hörte ihn, ehe er ihn sah. Das Knurren im Nebel kam von einem Hund. Ulv spannte den Bogen, stellte sich mit dem Rücken an die Wand und zielte in Richtung des Geräusches. Der Hund kam auf ihn zu. Noch niemals zuvor hatte Ulv einen derart kleinen Hund gesehen; das Tier reichte ihm nicht einmal bis ans Knie. Es war grau gescheckt mit schwarzen Flecken und knurrte ihn an wie eine Hündin mit Welpen. Ulv senkte den Bogen und steckte den Pfeil wieder in seinen Köcher, doch als er sich hinkniete, um den Hund zu berühren, fletschte dieser die Zähne und verschwand um die Hausecke. Ulv folgte ihm und entdeckte ihn auf einem Haufen Knochen und Sehnenreste. Er bellte, als Ulv seine Hand danach ausstreckte. Dann nahm er eine Rippe in sein Maul und trollte sich. Ulv hockte sich über die Knochen. Die Sehnenfetzen waren verfault, doch er fand ein paar Knochen mit Fleisch- und Knorpelresten, die er hinter seinen Gürtel schob, ehe er weiter an der Hauswand entlangschlich.

Auf der anderen Seite der Hütte war ein Brennholzlager. Ein schräges Rindendach schützte die hohen Holzstapel. Ulv kroch hinein und versteckte sich hinter einem der Stapel. Es roch nach Schimmel und Rinde, aber der Boden war trocken. Er legte sich den Wasserschlauch zwischen die Beine und nahm den Pfeilköcher von seinem Gürtel. Er konnte im Nebel nichts erkennen, glaubte aber, dass vor dieser Hütte ein offener Platz lag. Wenn der Morgen kam, würde er vielleicht mehr sehen. Doch jetzt musste er essen.

Ulv nagte an den Knochen und saugte Fett und Knorpel ein. Irgendwo vor der Hütte gingen ein Mann und eine Frau vorbei, die miteinander sprachen. Er verstand sie nicht, doch sie hatten ihn wohl nicht gehört. Als sich ihre Schritte entfernten, zog Ulv sein Messer und schlug mit dem Schaft gegen den Knochen. Er zertrümmerte ihn auf einem Holzscheit und saugte das Mark aus den Splittern. Das war gehaltvolle Nahrung, das wusste er. Knochenmark hielt im Winter warm und gab dem Jäger Kraft. Er schlang es in sich hinein und warf die abgenagten Knochen weg. Dann lehnte er sich mit dem Rücken an die Wand und schloss die Augen. Auf dem See hatte er nicht gut geschlafen. Jetzt war er müde, und solange es so neblig war, war er an diesem Ort sicher.

Doch Ulv fand keinen richtigen Schlaf. Er fiel in einen unruhigen Dämmerschlaf und öffnete bei jedem menschlichen Laut, der durch den Nebel zu ihm drang, die Augen. Ferne Erinnerungen kamen zu ihm, und er erinnerte sich an Träume, die er seit unzähligen Wintern nicht mehr geträumt hatte. Vielleicht waren es die fremden Geräusche, die diese Erinnerungen in ihm weckten. Denn wenn er die Augen schloss, sah er viele Blockhäuser, und zwischen diesen Häusern liefen bärtige Männer und Frauen mit langen Haaren herum. Sie trugen Speere und Bögen, und manche von ihnen saßen auf geweihlosen Hirschen, die sie durch die Wälder oder an den Felsen entlangtrugen. Er sah graue Hunde und hatte selbst wieder die Gestalt eines Kindes. Er ging zwischen den Blockhütten hindurch und kam auf einen offenen Platz. Dort blickte er zum Himmel, und ringsherum reckten die Berge ihre gezackten Gipfel in die Wolken. Überall erklangen Stimmen, vertraute Stimmen. Ein Mann hockte sich vor ihm hin. Er hatte blaue Augen. Der Wind hob seine langen Haare an, doch dort, wo ein Ohr hätte sein sollen, befand sich bloß eine lange, weiße Narbe. Dann waren die Stimmen wieder da. Hunde bellten. Die Hirschtiere rannten durch den Wald, und der Mann mit dem einen Ohr hob ihn hoch und trug ihn zu einer der Hütten. Er roch nach Fell und Schweiß. Er roch nach Sicherheit.

Ulv hockte dort hinter dem Holz, bis der Morgen anbrach. In der Dämmerung frischte der Nordwind auf, und der Nebel begann, zwischen den Blockhütten hindurchzutreiben. Auf dem offenen Platz standen viele Hütten. Der Holzschuppen befand sich etwas abseits am Rand des Platzes, doch als Ulv sich hinhockte und hinausschaute, erkannte er, dass sich das Dorf mindestens einen

Pfeilschuss weit erstreckte. Am südlichen Ende, einen guten Steinwurf entfernt von dem Hang, der zum Strand hinunterführte, standen die Häuser dichter. Und irgendwo hinter diesen Hütten zog sich der Fichtenwald wie eine graue Mauer um das Dorf. Zwei Türme überragten die Bäume, und jetzt erkannte Ulv, dass dort oben Menschen standen. Er zuckte zurück und versteckte sich wieder hinter dem Holzstapel. Eine Tür auf der anderen Seite des Platzes knirschte. Eine Frau war herausgekommen. Sie trug ein langes Kleid und hatte die Haare im Nacken zusammengebunden. Ulv sog die kühle Morgenluft ein. An der Ecke der Hütte stand eine Wassertonne, und jetzt beugte sich die Frau darüber und spritzte sich Wasser ins Gesicht. Sie hob ihre Haare an und rieb sich den Nacken. Er konnte sie von seinem Versteck aus riechen. Es war lange her, dass er zuletzt eine Frau gerochen hatte. Noch länger lag es zurück, dass er eine zu Gesicht bekommen hatte. Sie weckten in ihm immer so ein seltsames Gefühl. Ihm wurde warm in der Brust, und ihr Geruch zog ihn an, doch er wagte es nicht, sich zu bewegen.

Eine weitere Tür wurde geöffnet. Ulv konnte nicht erkennen, wo, doch er hörte eine raue Männerstimme. Bald erklangen Axtschläge im Dorf, und immer mehr Menschen tauchten auf dem Platz auf. Er sah bärtige Männer mit struppigen Haaren und Frauen jeden Alters mit Wasserschläuchen und Eimern in den Händen. Auch Kinder waren dort draußen, manche so klein, dass die Frauen sie in Tüchern auf dem Rücken trugen. Ein starker Geruch von Schweiß, Haut und Leder breitete sich auf dem Platz aus. Die Männer riefen einander etwas zu. Einige versammelten sich in der Mitte des Platzes. Sie schlugen einander auf die Schultern, lachten und redeten miteinander.

Plötzlich hörte Ulv Schritte vor seinem Versteck. Er kauerte sich hinter dem Holzstapel zusammen und zog sein Messer. Trockene Zweige und Rinde knackten unter den leichten Schritten. Er blickte an dem Holzstapel vorbei und sah ein Kind, das an den Holzscheiten herumknibbelte. Das Mädchen blickte in Richtung des Halbdunkels, in dem er hockte, ehe es weiter in den Schuppen hineinging. Ulv hielt den Atem an. Sie summte etwas, während sie die Rinde von einem frischen Birkenscheit zog. Dann ging sie weiter, bis sie schließlich auf der anderen Seite des Holzstapels stand, hinter dem Ulv hockte. Ulv sah sie durch die Scheite. Er hoffte, dass sie wieder ging, dass sie ihr Holz holte und ihn in Frieden ließ. Doch das Mädchen beugte sich zu Boden und hob etwas auf. Es war ein Knochensplitter. Sie steckte sich die Haare hinter die Ohren und begann, die Splitter einzusammeln. Ulv warf einen Blick auf den Boden. Er hatte die Knochensplitter weggeworfen, und diese zogen sich jetzt wie eine Fährte um den Holzstapel herum. Das Mädchen sammelte sie in seiner Rockschürze und kam immer näher. Ulv versteckte das Messer hinter seinem Rücken, denn jetzt tauchte sie an der Seite des Stapels auf. Sie hockte sich hin, sammelte die letzten Splitter ein und legte sie zu den anderen. Dann blickte sie auf. Sie starrte ihn mit großen Augen an, ehe sie ihren Mund öffnete und etwas sagte, aber er verstand sie nicht.

»Wolfsmann«, flüsterte Ulv.

Das Mädchen lächelte ihn an. Sie streckte ihm ihre kleine Hand entgegen, berührte sein Knie und ging wieder um den Holzstapel herum. Er hörte ihre Schritte auf der Rinde, ehe sie aus dem Schuppen trat und in Richtung einer der Hütten lief. Eine Tür wurde geöffnet, und dann hörte er weitere Stimmen. Das Mädchen sagte viele Worte, doch eines davon erkannte er wieder. »Wolfsmann«, sagte sie. »Wolfsmann.«

Ulv kroch aus dem Holzschuppen. Er wusste, dass er entdeckt worden war. Früher oder später musste er heraus und sich den Menschen zeigen. Ein Mann mit einer Axt trat aus der Hütte. Ulv nahm Wasserschlauch und Pfeilköcher und trat auf den Platz. Der Mann folgte ihm mit dem Blick, doch er ging ihm nicht nach. Ulv hängte sich den Wasserschlauch über die Schulter und blieb stehen. Überall um ihn herum waren Menschen. Frauen in langen, blau gefärbten Kleidern gingen an ihm vorbei, flüsterten sich etwas zu und hasteten in Richtung Strand. Männer in schmutzigen Umhängen lehnten sich auf ihre Speere und betrachteten ihn. Immer mehr Menschen traten aus ihren Hütten. Es gefiel Ulv gar nicht, dass sie ihn so anstarrten, und so drehte er ihnen den Rücken zu und ging in die andere Richtung des Platzes. Doch auch dort standen Menschen und beobachteten ihn. Einige von ihnen riefen etwas, doch er verstand nicht, was sie sagten.

Langsam ging er an den Menschen vorbei. Sie trugen Bärte und hatten wie er dunkle Haare. Ihre Augen waren braun wie bei den Barkas.

»Wolfsmann.« Ulv deutete auf sich selbst, während er die in Leder gekleideten Jäger betrachtete, denn er hoffte, dass sie von ihm gehört hatten. Aber die Männer steckten bloß die Köpfe zusammen und murmelten etwas, ohne ihn dabei jedoch aus den Augen zu lassen.

Bald erreichte er die andere Seite des Platzes. Hier standen die Hütten dicht an dicht. Er begann, auf die Türme am Südende des Dorfes zuzugehen, denn auf dem offenen Platz fühlte er sich nicht wohl. Er schlich sich an sonnengebleichten Hüttenwänden, Holzstapeln, Wassertonnen und Gestellen vorbei, an denen Tierhäute zur Reinigung aufgespannt waren. Hunde bellten ihn aus ihren Verstecken zwischen den Hütten an, und Kinder wurden durch die schmalen Hüttenöffnungen nach drinnen gerufen.

»Wolfsmann«. Er raschelte mit der Zahnkette, denn daran erkannten ihn die Barkas immer. »Essen.« Er fuhr sich mit der Hand über den Bauch und öffnete den Mund, doch sie antworteten ihm mit bösen Blicken und fauchten ihm Worte entgegen, die er nicht kannte. So wandte er seinen Blick von ihnen ab und schlug sich das Bärenfell enger um die Schultern. Unablässig gingen Menschen an ihm vorbei, während er sich an den Häusern entlangschlich. Ulv blickte auf der Suche nach weiteren Knochenresten hinter die Ecken der Häuser, doch er konnte nichts finden. Trotzdem lag ein Dunst von Fleisch und Blut zwischen den Hütten, der ihn weiter nach Süden, in Richtung der Türme lockte. Es war der Geruch von frisch geschlachteten Tieren, den er schon in der Nacht wahrgenommen hatte, als er den Hügel vom Strand emporgestiegen war.

Das Dorf endete einen Steinwurf vor dem Waldrand. Ulv trat zwischen den Hütten hindurch und bemerkte, dass er auf einen anderen Platz gekommen war, doch hier waren weniger Menschen. Die Türme waren aus dicken Stämmen errichtet worden und ragten drei Baumlängen über ihm in die Höhe. Hinter den Türmen öffnete sich der Wald für einen breiten Weg, der in das Halbdunkel unter den Bäumen führte. Diesen Weg musste er nehmen. Er spürte, dass dies der richtige Weg war. Doch erst brauchte er etwas zu essen. Er sah sich um. Ein Rudel struppiger, langbeiniger Hunde war an einem der Türme angebunden. Ulv kannte diese Rasse. Auch die Barkas hatten Halbwölfe. Er trat auf den Platz, und die Halbwölfe erhoben sich und nahmen seine Witterung auf. Doch Ulv ging nicht zu ihnen hinüber, denn jetzt hatte er entdeckt, woher der Blutgeruch kam. An der Ostseite des Platzes war ein Gestell errichtet worden, an dem zwei Männer einen Hirsch zerlegten. Sie schnitten das Fleisch in Streifen und hängten es zum Trocknen über Sehnen. Der Hirsch war auf den Rücken gedreht, und die Eigenweide waren herausgezogen und auf ein Bett aus Fichtenzweigen gelegt worden. Ein Junge leerte die Därme aus, wobei er sie durch zwei Finger zog und den Inhalt in einen Krug drückte.

Die Männer erblickten ihn jetzt. Er ging auf sie zu, zeigte ihnen seine offenen Handflächen und lächelte. Der Junge lächelte zurück, doch einer der Männer zog ihn hoch und drückte ihn an sich.

»Wolfsmann.« Ulv fasste sich an den Bauch. »Essen.«

Die Männer zogen die Stirn in Falten und ließen ihn nicht aus den Augen. Beide waren klein und dick und starrten ihn unter buschigen Augenbrauen hinweg an. Sie schienen ihn nicht zu verstehen, und so zog Ulv sein Messer und hockte sich bei der Beute hin. Er stach in die entbeinte Keule, löste eine Faser Fleisch und trennte sie ab. Es war gutes Fleisch, lag schwer in der Hand und troff vor Blut. Er schnitt ein fingergroßes Stück ab und steckte es sich in den Mund.

Da griff einer der Männer zu einer Axt und kam auf ihn zu. Er hob sie drohend in die Höhe und zeigte auf das Hirschfleisch. Ulv wich vor ihm zurück, doch der Mann folgte ihm. Der Jäger gebärdete sich wild, woraufhin weitere Männer angerannt kamen. Ulv warf einen Blick zum Waldrand, doch für eine Flucht war es zu spät. Sie umzingelten ihn mit Messern und Speeren und trieben ihn zu dem dicken Mann.

»Essen.« Ulv reckte das Fleisch über seinen Kopf, damit sie es sehen konnten. »Hirsch. Wolfsmann Hunger.«

Sie waren taub für seine Worte. Er spürte das warme, zitternde Gefühl in seinen Armen. Er musste töten, er musste angreifen, ehe sie es taten. Seine Hand legte sich auf den Griff des Messers.

Da trat ein großer, bartloser Mann aus der Menge. Über den Schultern trug er einen abgenutzten Umhang, und seine nackten Füße waren mit ledernen Strümpfen umwickelt. Er hob die Hände über den Kopf und rief den Jägern etwas zu, woraufhin es still wurde.

»Handelssprache?« Der Große strich sich durch seine kurz geschnittenen Haare. »Du sprichst Handelssprache, nicht wahr? Woher kommst du, Fremder? Ulverham oder Firt? Bist du an Kargaths Pforte zurückgewiesen worden? Ich hoffe nur, dass es Gold ist, was du da in deinem ledernen Säckchen aufbewahrst, denn hier in Alvar knüpfen wir Diebe auf.«

Ulv schluckte hart. Er erkannte einige der Worte wieder, verstand aber nicht, was der Mann sagte. »Wolfsmann Hunger, ich.« Er schnupperte an dem Fleisch, wie um zu zeigen, was er meinte.

»Du hast Hunger, sagst du!« Der Mann deutete auf das Ledersäckchen an seinem Gürtel. »Bezahl, dann bekommst du zu essen.«

Ulv blickte auf das Säckchen, das er bei dem toten Mann im Boot gefunden hatte. In diesem Lederbeutel waren die runden Stücke, die in der Sonne glänzten.

»Gib es mir«, sagte der Mann.

Ulv verstand diese Worte. Er löste den Gürtel, zog das Säckchen herunter und reichte es dem Mann. Der Große wog den Beutel in der Hand und lächelte breit. »Ist das vielleicht Gold? Ich zähle es gerne für dich. Ich mache dir einen guten Preis, Fremder.« Er hob seine Stimme und brüllte den Jägern etwas zu, und alle brachen in Lachen aus. Ulv gefiel das nicht. Er hielt seine Hand am Messer und drückte mit der anderen das Fleischstück auf seine Brust, denn er hatte Angst, sie könnten es ihm wegnehmen.

»Einen guten Preis«, grinste der Große. Er öffnete das Säckchen und schüttete die Hälfte in seine Hand. »Wir Jäger nehmen nicht mehr, als wir brauchen. Den Rest bekommst du zurück.« Er ließ das Säckchen los, und Ulv kniete sich hin, um es aufzuheben. Die gelben Stücke waren auf den Boden gefallen, denn der große Mann hatte den Beutel nicht wieder zugeschnürt. Das war nicht die Gastfreundschaft, die er von den Barkas kannte. Ihre schmutzigen Beine umringten ihn. Er nahm das Säckchen und versuchte wegzukrabbeln, aber sie versperrten ihm den Weg. Ulv kam wieder auf die Beine. Er drehte sich hin und her und suchte nach einem Ausweg, doch die Jäger standen grinsend Schulter an Schulter um ihn herum. Sie waren kleiner als er, so dass er über ihre Köpfe hinweg auf die Blockhütten schauen konnte. Immer mehr Menschen kamen angerannt. Die Männer oben in den Türmen schrien etwas.

»Zwei, vier, sechs ...« Der Große blinzelte auf die goldenen Stücke, drehte und wendete sie und unterbrach plötzlich sein Zählen. Er rief den Jägern etwas zu, die den Hirsch zerlegten, und die dicken Männer kamen zu ihm. Er zeigte ihnen die Goldstücke, und sie betrachteten sie genau.

»Trar«, brummte der eine. Seine Miene wurde hart, und tiefe Falten zogen sich über sein Gesicht, als er Ulv ansah. »Gold da Trar.«

Ulv spürte einen Speerschaft im Rücken. Er drehte sich um, zog sein Messer und stieß in die Menge. Einer von ihnen spuckte ihn an. Ulv fauchte zurück. Diese Jäger waren ihm böse gesinnt. Er musste sehen, dass er wegkam.

Wieder stieß ihm jemand in den Rücken. »Gold da Trar!« Die Rufe ertönten ringsumher. »Trar-Gold!«

Ulv schwang seine Faust in eines der schreienden Gesichter. Der Mann stürzte nach hinten in die Menge. Wieder wurde ihm ein Speerschaft auf den Rücken geschlagen. Ulv stach mit seinem Messer um sich, doch die Jäger schlugen ihm auf die Hände und warfen sich gegen seinen Rücken. Sie brüllten ihn an, packten seine Arme, schlugen ihm mit Stöcken in die Kniekehlen und zerrten ihn zu Boden. Das Stück Fleisch und der Wasserschlauch rutschten aus seinen Händen. Sie rissen ihm den Pfeilköcher weg und drückten ihn ins Gras. Ulv rang nach Atem. Die Halbwölfe heulten.

Ulv wurde gefesselt und zu den Türmen geschleppt. Dort banden sie seine Arme an die Tragbalken und ließen ihn mit dem Rücken zum Platz stehen. Er versuchte, ihre Worte zu begreifen, doch diese Sprache hatte er noch niemals zuvor gehört. Außerdem war ihm durch die Schläge in den Magen übel geworden. Seine Stirn brannte. Blut rann über seine Nase. Er zitterte. Er hatte Angst vor diesen Menschen. Sie taten ihm Böses an.

Ein Mann kam zu ihm. Ulv zerrte an den Tauen. Er stand mit dem Rücken zu dem Fremden und sah nicht, was dieser tat. Doch er spürte die Klinge des Messers auf seinem Rücken und wusste, dass der Jäger gekommen war, um ihn zu foltern. Der Mann hob Ulvs Haare an und zog an der Bockshaut. Mit zwei Schnitten trennte er sie durch. Dann trat er ein paar Schritte zurück. Ulv hörte, dass er etwas auspackte, ein Riemen fiel zu Boden.

Dann knallte es. Ulv drehte den Kopf zur Seite, doch die Fesseln saßen fest, so dass er nicht sehen konnte, was geschah. Erneut knallte es hinter ihm in der Luft. Die Menschen kreischten und jubelten.

Da traf ihn die Peitsche. Ulv zuckte zusammen, er zerrte an seinen Fesseln, bis das Blut zwischen den Riemen hervortrat. Wieder brannte die Peitsche auf seinem Rücken. Er schrie vor Wut und Schmerzen, doch die Peitsche schnitt sich wie die Klinge eines Messers in seine Haut.

»Wolfsmann!« Ulv zog sich an seinen festgebundenen Fäusten hoch. »Ich Wolfsmann! Essen! Hunger!«

Die Peitsche traf ihn auf der Schulter. Der Mann dort hinter ihm sagte etwas. Er lachte. Ulv biss mit den Zähnen in seine Fesseln. Er wollte sie durchbeißen, während der Mann ihn peitschte. Er wollte sich losreißen. Dann würde er den Mann töten und fliehen. Zurück nach Norden. Er würde in die Täler wandern, nach Hause in die Berge und Wälder.

Plötzlich wurde es still. Ulv spannte seinen Körper an und wartete auf den nächsten Peitschenhieb. Die Menschen waren ruhig. Er fürchtete, dass sie ihn nun töten würden. Vielleicht spannten sie jetzt ihre Bögen und schossen ihm Pfeile in den Rücken. Der große Mann kam zu ihm und baute sich neben ihm auf. Ulv zerrte an den Fesseln.

»Diese Münzen gehören Trar.« Der Große biss in eines der Goldstücke und präsentierte dabei einen Mund voller brauner Zähne. »Du hast das Gold gestohlen, es gehört unserem Häuptling. Es trägt das Oval, Trars Zeichen. All sein Eigentum trägt dieses Zeichen.«

Ulv blinzelte, denn Blut rann ihm in den Augenwinkel. Er verstand nicht, was der große Mann sagte.

»Du wirst zehn mal zehn Peitschenhiebe bekommen.« Der Große strich sich über sein bartloses Kinn. »Starke Männer überleben das manchmal. Du kannst dieser Strafe entgehen, wenn du doppelt so viel Goldstücke bezahlst, wie du gestohlen hast. Aber du hast wohl nur das Gold, das sich in deinem Ledersäckchen befindet, oder?«

Ulv antwortete nicht. Er zerrte mit den Handgelenken an den Riemen und knurrte den großen Mann an, kam aber nicht frei. Dann streckte er sich wieder und biss in die Taue. Die Peitsche brannte auf seinem Rücken. Er brüllte und ließ sich wieder sinken. Der Lederriemen biss in seine Haut.

Sieben Mal schlug die Peitsche zu. Ulv schrie zum Himmel, er zerrte an den Riemen und wand sich hin und her, doch immer wieder war die Peitschenschnur da und schnitt sich in seinen Rücken. Nach dem achten Mal hörten die Schläge auf. Ulv rang nach Atem. Ihm wurde übel vor Wut. Speichel rann in seinen Bart, und Ulv stöhnte und wimmerte.

»Ich bin Trar.« Die Stimme war dicht hinter ihm.

Ulv richtete sich auf. Ein alter Mann sprach zu ihm.

»Das Gold, das du bei dir hattest, gehört mir. Es wurde mir von einem Sklaven gestohlen, den ich letztes Jahr von den Karawanenhändlern gekauft habe. Es heißt, er sei aus Kajmen gewesen. Er war ein untreuer Diener, Fremder. Er floh in einem Ruderboot, aber wir erwischten ihn, als er das Boot ins Wasser schob, und schossen unsere Pfeile auf ihn ab. Jetzt weiß ich, dass er es bis über den See geschafft hat. Er ist dir begegnet, und du hast ihn getötet und ihm das Gold abgenommen.«

Ulv drehte den Kopf zur Seite und schnupperte. Der Alte stand nur wenige Schritte von ihm entfernt. Er trug wollene Kleider und musste sich erst vor kurzem gewaschen haben, denn er roch nicht nach Schweiß.

»Du redest wohl nicht viel.« Der Alte kam näher. »Vielleicht glaubst du, ich lasse dich gehen? Aber das werde ich nicht. Die Münzen trugen ein Zeichen – es sind die gleichen, die mir der Sklave gestohlen hat. Also sind es meine Münzen, mit denen du dir Fleisch kaufen wolltest. Darauf steht eine hohe Strafe. Dennoch sollst du die Wahl haben. Die Peitschenhiebe können dir erspart bleiben, und das sage ich, Trar, der Häuptling dieses Ortes. Verstehst du, was ich sage?«

Ulv verstand nicht allzu viel, doch einige der Worte erkannte er wieder. Er glaubte, der Mann nannte sich Trar. Der Alte senkte die Stimme und kam näher.

»Heute Abend wird es einen Zweikampf geben«, sagte Trar.

»Dreizahn und ich haben gewettet. Wir haben viel Gold auf unsere Krieger gesetzt. Doch mein Mann hat ein Pferd gestohlen und heute Nacht die Flucht ergriffen, und jetzt will niemand gegen Dreizahns Meister antreten. Wenn du dazu bereit bist, kannst du der Peitsche entgehen. Du siehst stark aus und wirst ein gutes Schwert bekommen. Du musst einen Mann töten, dann kannst du gehen.«

»Wolfsmann«, sagte Ulv. »Hunger.«

»Du wirst Essen und Trinken bekommen. Wir werden dich gut pflegen.«

Ulv atmete aus. Trar sprach Worte, die er kannte. Seine Stimme gab ihm Sicherheit.

Der Alte drehte sich zur Menge um und rief ihnen etwas zu, und gleich darauf kamen zwei Männer zu Ulv und banden ihn los. Ulv schwankte, als sie ihn zwischen sich stützten. Trar wies ihnen den Weg zwischen den Blockhütten hindurch. Er war ein kleiner Mann in einem grauen Wollumhang. Seine Glatze war von langen, weißen Haaren gesäumt. Ulv blickte zum Himmel empor und bemerkte die grauen Wolken, die von Norden herangetrieben waren. Bald würde es anfangen zu regnen.

Die Männer führten ihn in eine Blockhütte. Drinnen war es dunkel, doch ein paar Wandluken waren ein wenig geöffnet, so dass genug Tageslicht hereinfiel, damit er das Ende des Raumes erkennen konnte. Die Wände ringsherum waren mit Hirschleder und Pelzen behängt, und getrocknetes Fleisch hing an Sehnen von der Decke. Niemals zuvor hatte Ulv eine so große Hütte gesehen. Bloß in seinen Träumen über dieses weit entfernte Tal waren ihm solche Bilder erschienen. Knochenflöten und Primstäbe lagen auf Brettern an den Wänden, und mitten im Raum stand ein breiter Tisch. Die Männer führten ihn am Tisch vorbei zur Feuerstelle am Ende der Hütte. Dort ließen sie ihn auf ein Fell sinken. Ulv legte sich auf die Seite und stöhnte, denn jetzt begannen seine Wunden zu schmerzen. Trar setzte sich auf eine Bank an der Wand, und bald darauf kam eine Frau zu ihm. Sie unterhielten sich flüsternd, und schließlich deutete Trar auf Ulv, ehe die Frau wieder verschwand.

»In meiner Zeit als Karawanenführer habe ich die Handelssprache gelernt.« Trar faltete die Hände vor seinem Bauch. »Das ist die Sprache, die du sprichst, nicht wahr? Verstehst du, was ich jetzt sage?«

Ulv richtete sich auf die Ellbogen auf. Er konnte nicht hier drinnen liegen bleiben. Er musste so schnell wie möglich weg von hier.

»Ja, das habe ich beinahe vergessen ...« Trar stützte sich auf seinen Knien auf und ging mit steifen Beinen zur anderen Seite des Raumes. Dort löste er eine Sehne von der Wand und nahm ein Bündel mit getrockneten Fleischstückchen von der Decke. Er warf es Ulv zu und setzte sich wieder auf die Bank.

Ulv richtete sich auf und begann zu essen. Trar war ein guter Mann, dachte er. Ein Freund.

Da kam die Frau zurück. Sie hatte ein Holzfässchen bei sich, einen Lappen und ein Tongefäß. Trar lächelte sie an und zeigte auf Ulv. Ulv selbst bemerkte sie kaum, denn jetzt, da er zu essen begonnen hatte, wollte er sich gleich für mehrere Tage satt essen. Die Frau strich ihm mit dem Lappen über die Wunden. Sie band seine Haare hoch und schmierte ihm Salbe aus dem Tongefäß auf den Rücken. Als sie fertig war, ging sie zurück zu Trar. Ulv sah sie an und rülpste.

»Freund.« Ulv rappelte sich auf. »Wolfsmann muss jagen, jetzt gehen. Mann finden, töten Mann mit Peitsche.« Er griff nach seinem Messer, doch es war nicht an seinem Platz. Sie mussten es ihm auf dem Platz abgenommen haben.

»Du vermisst dein Messer.« Trar nickte der Frau zu, die sich von der Bank erhob und zum Tisch eilte. »Du wirst ein großes Messer von mir bekommen, Fremder. Essen sollst du haben, Bogen und Pfeile. Aber zuvor musst du mir noch einen Dienst erweisen. Hast du verstanden, was ich dir draußen auf dem Platz gesagt habe?«

Ulv wischte sich den Mund ab. Die Worte des Alten dröhnten in seinem Kopf. Einige von ihnen wirkten bekannt, doch alle zusammen ergaben keinen Sinn. »Peitschenmann töten«, wiederholte er. Er fühlte sich jetzt stark und wollte den Mann finden, der ihn ausgepeitscht hatte, um ihn zu töten. Das war nicht schwer. Er hatte schon zuvor getötet. Damals, in dem Winter, als die Barkas begonnen hatten, sich untereinander zu bekämpfen, hatten sich die Männer des Graufellstammes in den Kopf gesetzt, ihn zu töten und sein Blut zu trinken, da sie darin große Zauberkraft und Lebensenergie vermuteten. Aber er hatte sie gejagt, wie sie ihn gejagt hatten, und nachdem er drei ihrer besten Jäger getötet hatte, hatten sie nie wieder einen Versuch unternommen, sich ihm zu nähern.

»Nein, nein, das darfst du nicht ...« Trar schnippte mit den Fingern, und Ulv entdeckte die Männer, die die Tür bewachten. Sie richteten lange Speere auf ihn.

»Du musst dich jetzt ausruhen«, sagte Trar. »Erst heute Abend sollst du nach draußen gehen. Leg dich jetzt hin, ruh dich aus, und sammle deine Kräfte. Du wirst sie brauchen, Fremder. Du wirst all deine Kraft brauchen. Dreizahn wird heute Abend einen guten Sklaven in der Kampfgrube haben. Dieser Mann hat bereits drei Kämpfe gewonnen. Du musst dich vor ihm in Acht nehmen, Fremder.«

Der Alte wackelte o-beinig zum Tisch und setzte sich neben die Frau. »Ich werde dir ein gutes Schwert geben«, sagte er, den Blick auf Ulv gerichtet. »Aber jetzt musst du dich ausruhen.«

»Ausruhen ...« Ulv erinnerte sich an dieses Wort. Es war ein Wort voller Schlaf, das nach Lagerfeuer und Fell schmeckte. Und wenn er in sich ging, spürte er, dass er müde war. Er wollte sich hinlegen und schlafen und nach dem Aufwachen das Dorf verlassen. Der alte Mann war ein guter, gastfreundlicher Mann, der ihm nichts Böses wollte.

Ulv ging zur Feuerstelle zurück und setzte sich mit verschränkten Beinen hin. Er knabberte noch etwas an dem Trockenfleisch herum, und kurz darauf brachte ihm die Frau einen Krug Wasser. Ulv kippte es in sich hinein, wischte sich den Bart trocken und kratzte sich an der Brust. Die Frau stocherte in der Glut herum und blies in die Flammen, bis ein Rindenbündel Feuer fing. Dann nahm sie trockene Zweige, die neben der Feuerstelle auf einem Eisenkessel lagen, und stapelte sie über die Rinde. Als das Holz zu brennen begann, holte sie einen verrußten Kessel und hängte ihn über die Flammen. Sie nahm ihm den Krug ab, füllte ihn in einem Fass, das an der Wand stand, und goss das Wasser in den Kessel. Ulv kaute schmatzend auf dem Fleisch herum, während die Frau einen kleinen Sack Wurzelknollen ins Wasser fallen ließ. Sie fügte fein gehacktes Fleisch hinzu, und bald darauf erfüllte der warme Geruch die ganze Hütte. Ulv hob den Kopf und schnupperte. »Freunde«, sagte er. »Wolfsmann Hunger, Freunde.«

Die Frau sah ihn an. Aber sie lächelte nicht.

Als sie die Wurzeln gekocht hatte, füllte sie Schalen für Trar, die zwei Männer an der Tür und für Ulv. Sie selbst aß die Reste aus dem Kessel. Die Männer sprachen laut miteinander in ihrer eigenen Sprache. Hin und wieder warfen sie mit den Fingern zeigend einen Blick zu ihm hinüber, ehe sie sich wieder Trar zuwandten und mit den Fäusten auf den Tisch schlugen. Ulv ließ sie reden und setzte sich, das Fell um die Schultern geschlagen, in eine Ecke.

Die Rufe weckten ihn. Ulv gähnte und griff nach seinem Bogen, doch dann erinnerte er sich, dass er ihn nicht mehr hatte. Er hatte geträumt, die Barkas jagten ihn. Sie hatten einen Pfeil in seinen Oberschenkel geschossen und ihn mit gezückten Messern verfolgt. Ulv blinzelte ins Dunkel. Die Luken in der Wand waren geschlossen worden. Die Frau saß noch immer an der Feuerstelle, doch die Flammen waren niedergebrannt. Das einzige Licht im Raum kam von einem Talglicht, das auf dem Tisch stand, an dem Trar saß. Dort glänzte etwas Blankes. Die zwei jüngeren Männer waren als dunkle Schatten an der Tür zu erkennen.

Wieder hörte er die Rufe draußen vor der Hütte. Die Menschen kreischten und jubelten vor Begeisterung. Ulv gefiel das gar nicht. Diese Stimmen machten ihm Angst.

»Du bist aufgewacht.« Trar schob seinen Stuhl zurück, stützte sich auf die Knie und stand auf. »Das ist gut. Komm jetzt her, Fremder, ich werde dir ein Messer geben.«

Ulv warf das Fell ab. Seine Wunden schmerzten noch immer, aber er war jetzt satt und bereit für eine lange Wanderung durch die Nacht. Er rieb sich die Augen, während er zum Tisch ging. Trar schob das blanke Ding auf ihn zu.

»Hast du so etwas schon einmal gesehen?« Er blickte über seinen grauen Bart zu Ulv auf.

Ulv neigte den Kopf zur Seite. Die Klinge war breit und lang wie ein Arm. Der Griff war dick und mit zwei kurzen Eisenbügeln geschützt. Er glaubte, sich an so etwas erinnern zu können. Es war wie ein unklares Bild seiner Träume. Er erinnerte sich an eine Kiste in einer Hütte wie dieser, eine große Kiste mit einem schweren Schloss. In dieser Kiste waren Kleider und Tücher, Stoffe, die über seine Finger glitten. Und am Boden der Kiste, eingewickelt in eine Decke, hatte er so ein langes Messer gefunden.

Trar hob das Messer am Griff hoch. »Das wirst du heute Abend brauchen, Fremder. Es ist mein bestes Schwert. Nimm es in die Hand, und zeig mir, wie du Dreizahns Mann begegnen willst.«

Trar reichte ihm das lange Messer. Ulv legte seine Hand um den Griff. Er war mit Leder umwickelt und lag gut in der Hand. Das Messer war schwer wie eine Axt, und wenn er es ins Licht hielt, blinkte die Klinge wie das Mondlicht auf einem See.

»So, ja. Zeig mir einen Schlag.« Trar trat einen Schritt zurück. »Du kennst dich doch wohl mit Schwertern aus?«

Ulv schwang das Schwert in einem weiten Bogen. Das war kein Messer. Das war ein Schwert, wie Trar es gesagt hatte. Männer benutzten so etwas, um sich zu töten. Er erinnerte sich an eine Stimme, einen Mann mit nur einem Ohr, der ihm von Kämpfen und blutigen Schlachten erzählte.

»Schwert.« Ulv hielt es vor sich. »Ich erinnere mich daran.«

Trar nickte, ehe er den zwei jüngeren Männern zuwinkte. Die drei wechselten ein paar Worte. Wieder ertönten draußen die Rufe. Der eine warf einen Blick auf Ulv und wandte sich dann wieder den anderen zu. Er schüttelte den Kopf. Ulv begriff, dass sie uneins waren über etwas, denn die jüngeren Männer deuteten zur Tür, ballten die Fäuste und sprachen mit lauten Stimmen. Trar strich sich über die Stirn und zuckte mit den Schultern.

»Wir haben niemanden sonst.« Er wandte sich an Ulv. »Deshalb habe ich dir die Wahl gelassen, Fremder. Zehn mal zehn Peitschenhiebe oder der Kampf. Gewinne ihn, und du bekommst Waffen und Nahrung und bist frei.«

»Wolfsmann.« Ulv senkte das Schwert. Wieder all diese schwierigen Worte. »Wolfsmann nichts Hunger. Gehen jagen, nach Norden.«

Die zwei jüngeren Männer grinsten sich an. Trar seufzte und öffnete die Tür.

Draußen erwartete ihn eine große Menschenmenge. Ulv sah Männer und Frauen, Kinder und Alte, die vor der Hütte zusammengelaufen waren. Sie blickten hinein, doch Trar und seine Männer schoben sie beiseite. Trar drehte sich halb zu Ulv um. »Folge mir«, sagte er. »Wir müssen zur Grube.«

Ulv tat, was von ihm verlangt wurde. Ihm blieb keine andere Wahl, die Menschen umringten ihn wie die Bäume in einem Wald. Er folgte dem alten Mann wie ein zahmer Hund, begleitet von den beiden jüngeren Männern, die die Herumstehenden auf Abstand hielten. Ulv fauchte sie an, denn es waren die gleichen Menschen, die zugesehen hatte, wie er ausgepeitscht wurde. Er suchte die Menge ab, doch er konnte den Mann mit der Peitsche nicht finden. Vielleicht versteckte er sich voller Angst vor der Rache, die ihm blühte.

Trar ging zwischen den Blockhütten hindurch. Der Boden war lehmig, und Ulv erkannte, dass es geregnet haben musste, während er geschlafen hatte. Er sah zum Himmel empor. Er war dunkel und voller schwarzer Wolken. Die Nacht war sternenlos, doch die Menschen hielten Fackeln in den Händen und erhellten den Weg. Trar führte ihn über einen Pfad, der in Richtung Osten aus dem Dorf hinausführte. Sie näherten sich dem Waldrand. Irgendwo zwischen den Fichten hörte er Trommeln und erkannte den Schein weiterer Fackeln. Stimmen. Dort warteten weitere Menschen.

Trar reckte seine Faust in die Höhe und rief seinen Namen. Jemand drinnen im Wald antwortete ihm.

»Dreizahns Männer sind bereit.« Er sprach über seine Schulter mit Ulv.

Ulv antwortete nicht, denn jetzt betraten sie den Wald. Der Pfad führte an einem umgestürzten Baum vorbei, hinter dessen bemooster Wurzel er eine kleine Lichtung erkannte. Viele Männer warteten dort. Sie schlugen mit Keulen gegen hohle Baumstämme und hatten sich um eine Grube versammelt, die so breit wie eine Blockhütte war. Sie hielten Fackeln in den Händen.

Trar packte Ulvs Handgelenk und zog ihn neben sich. »Du bist ein Wanderer, ein Nordländer. Sklaven fürchten Menschen wie dich.«

Ulv blieb stehen. Er wollte nicht auf die Lichtung. Der Große, der die Goldstücke gezählt hatte, stand dort, und Ulv sah auch die Jäger, die ihn auf dem Platz überfallen hatten. Unter ihnen war der Mann mit der Peitsche, doch Ulv wollte sich nicht mehr rächen. Er wollte weg. Er wollte vor der Grube dort vorne fliehen, vor den Fackeln, die auf den Holzstämmen und in den Händen der Jäger brannten.

»Komm!« Trar zog an seinem Handgelenk, und die zwei Männer packten Ulv an den Armen und schoben ihn weiter. Die Männer auf der Lichtung brüllten vor Lachen und zeigten auf ihn. Der Große bahnte sich einen Weg an den Jägern vorbei und streckte Trar seine Handflächen entgegen. Sie packten sich an den Fäusten und lächelten sich hart an. Ulv wurde zum Rand der Grube geführt. Dort unten stand ein Mann. Er hatte breite Schultern, lange Haare und trug einen zerfetzten Lendenschurz. Sein Mund war durch eine frische Wunde entstellt, und seine Unterlippe war genäht. Auf der Brust hatte er ein pfeilförmiges Brandzeichen. Ulv begriff, dass das ein Sklave sein musste. In der Hand hielt er ein Schwert. Ulv zuckte zurück, als der Sklave die Zähne fletschte und ihm die Faust entgegenstreckte. Wieder lachten die Männer.

»Fremder.« Trar kam auf ihn zu und legte ihm die Hand auf die Schulter. »Verteidige dich mit dem Schwert, und lass ihn den ersten Angriff führen. Zeige deine Stärke. Überrasche ihn.«

Ulv riss sich aus der Umklammerung der Männer und rannte zum Waldrand, doch die Jäger waren zu zahlreich. Sie warfen sich auf ihn und drückten ihn zu Boden. Er verlor sein Schwert.

Dreizahn stellte sich an den Rand der Grube und rief seinen Männern zu, und als Ulv sich zu erheben versuchte, packten sie seine Beine und trugen ihn zu der Grube. Trar hinkte mit dem Schwert hinterdrein, doch die Jäger warteten nicht. Ulv wurde über die Kante geworfen und landete mit den Schultern im Lehm. Trar heulte und gebärdete sich wie wild. Ulv rappelte sich auf, er hörte das Brüllen und wandte sich dem anderen Mann zu. Das Narbengesicht sprang auf ihn zu, doch Ulv wich dem Schwert aus und warf sich zur Seite. Er rutschte im Matsch aus, fiel auf die Knie und drehte sich mit dem Rücken zur Erdwand. Trar drängte sich zwischen den Jägern hindurch und warf das Schwert nach unten. Die Männer hatten die Grube umringt. Sie hielten Lederbeutel und Goldstücke in den Händen und brüllten wie Verrückte.

Da stürzte sich der Sklave erneut auf ihn. Ulv duckte sich, kam unter den Schwertarm und schlug ihm den Ellbogen gegen den Mund. Beide fielen zu Boden, doch es gelang dem Sklaven, einen Arm freizubekommen und seine Fingernägel in Ulvs Wunden auf dem Rücken zu schlagen. Ulv kroch von ihm weg, erblickte das Schwert am Rand der Grube und taumelte auf den blanken Stahl zu. Das Narbengesicht krümmte den Rücken und fauchte wie eine Schlange. Dann stürzte sich der Sklave wieder nach vorn. Ulv bückte sich zum Schwert hinunter, doch der Sklave schlug auf ihn ein und verletzte Ulv an der Schulter. Ulv wagte es nicht zu schreien. Er wagte es nicht, Furcht zu zeigen, denn dieser Mann war wie ein verwundeter Bär. Der Sklave drehte sich um, rutschte im Matsch aus und fiel auf die Knie. Da ergriff Ulv das Schwert. Sein Gegner erhob sich, öffnete den entstellten Mund und spuckte Blut und Erde.

»Versetz ihm einen Hieb!« Trar fuchtelte oben am Rand der Grube wild mit den Armen. Er stand Dreizahn auf der anderen Grubenseite gegenüber, und beide feuerten ihre Männer an. »Nimm dein Schwert, Wolfsmann! Töte ihn!«

Ulv hob das Schwert wie einen Speer über die Schulter. Er schleuderte es auf den Sklaven, doch das Narbengesicht wich dem Schwert aus. Trar jammerte und raufte sich den Bart. Der Sklave lächelte und leckte sich die blutigen Lippen. Er trat einen Schritt zurück, nahm das zweite Schwert und hob beide Klingen über den Kopf. Die Jäger jubelten. Dreizahn grinste mit seinen braunen Zähnen.

»Du bist tot«, rief Trar. »Wolfsmann, wenn das dein Name ist, du hast mich eine Menge Gold gekostet!« Der alte Mann schüttelte den Kopf und gab ein Ledersäckchen ab.

Der Sklave schlug auf Ulv ein, zwang ihn an den Rand der Grube zurück und war bereit, den tödlichen Stoß zu setzen. Ulv konnte seine eigene Angst riechen. Das Narbengesicht sah mit seinen zwei Schwertern übermächtig aus, unverwundbar. Er streckte die Klingen zur Seite und lachte.

Da stürzte sich Ulv auf ihn. Der Sklave konnte nicht schnell genug reagieren, und Ulv trat die Beine unter ihm weg und warf ihn zu Boden. Dann packte er seine Haare und riss seinen Kopf nach hinten. Die Männer brüllten, als Ulv dem Sklaven in die Kehle biss. Er schmeckte das Blut in seinem Mund. Der Sklave strampelte und schrie, doch Ulv biss immer fester zu und ruckte mit dem Kopf hin und her. Als das Harte im Hals des Sklaven nachgab, wusste Ulv, dass es vollbracht war. Er kroch von dem Mann weg und richtete sich am Rand der Grube auf. Das Narbengesicht rappelte sich auf die Knie hoch, während das Blut aus seiner Kehle spritzte. Um die Grube herum war es jetzt still, und Ulv hörte, wie der Sklave nach Luft rang. Seine Augen quollen aus dem schmutzigen Gesicht. Er ließ die Schwerter fallen und fasste sich an die Wunde. Dann stürzte er nach hinten und blieb liegen.

Ulv trat zu ihm. Er hob das Schwert auf und rieb sich die Augen. Er wollte weg. Er hatte getötet, und die Jäger standen gaffend mit ihren Goldstücken und Ledersäckchen am Rand der Grube.

»Wolfsmann jagen, nach Norden gehen.« Er wandte seinen Blick zu Trar. »Wolfsmann Freund, jetzt gehen.«

Trar nickte vor sich hin. Dann fuhr er sich mit den Handflächen über den Umhang und nahm seinem Nebenmann das Ledersäckchen ab. Doch Dreizahn schien das ganz und gar nicht zu gefallen, denn er begann zu schreien und ihm mit der Faust zu drohen. Er deutete zum Dorf und dann auf Ulv. Trar schüttelte den Kopf, doch Dreizahn schleuderte sein Ledersäckchen in die Grube hinunter und verschwand in der Menge. Trar bekam von einem der Männer ein Seil. Er warf es zu Ulv nach unten, doch in diesem Moment zitterte ein Pfeil in der Erdwand. Dreizahns Männer spannten ihre Bögen und zielten auf Ulv. Trar zog das Seil wieder hoch.

»Warte«, sagte er. »Dreizahn führt etwas im Schilde.«

Ulv sah zu den Jägern hoch. Sie hatten Pfeile an die Sehnen gelegt und beobachteten ihn. Vielleicht hätte er das Narbengesicht nicht töten sollen, dachte er und sah zu dem Toten hinüber. Er lag in einer Pfütze am Rand der Grubenwand, halb von Schlamm bedeckt. Das Blut war in einer Lache an seinem Hals zusammengelaufen.

Der Regen setzte leise ein, wie ein Rauschen über dem Wald. Ulv stand noch immer in der Grube, als er die ersten Tropfen im Gesicht spürte. Die Fichten reckten sich hoch über die beleuchtete Lichtung, und der Nachthimmel zeigte sich in einer schmalen Öffnung zwischen den dunklen Zweigen. Die Jäger mit den Fackeln suchten unter den Bäumen Schutz, doch die Bogenschützen bewachten ihn weiter. Ulv hörte Geräusche aus dem Dorf. Eine Frau weinte. Die Stimme des Großen war bei den Hütten zu hören. Zwei Männer näherten sich über den Pfad.

Trar fasste sich an die Stirn. Die Männer um ihn herum flüsterten miteinander. Ulv gefielen ihre Blicke gar nicht. Der alte Mann wiegte den Kopf hin und her.

»Segga!« Einer der Jäger trat aus dem Schutz der Bäume und deutete mit der Fackel in Richtung Pfad. Die Männer drehten sich um. Das Wort huschte von Mund zu Mund.

»Das ist Segga.« Trar stützte sich auf seine Knie. »Dreizahn muss ihm viel Gold dafür gegeben haben. Ich werde mit ihm sprechen, Fremder. Du hast gewonnen und hast ein Recht auf deine Freiheit.«

Die Männer wichen zur Seite und ließen Dreizahn vortreten. Bei ihm war ein großer, bärtiger Mann, der einen rußigen Hirschlederumhang trug. In der einen Hand hielt er ein einseitig geschliffenes Schwert, in der anderen ein Jagdmesser. Als er Ulv erblickte, machte er eine ruckartige Bewegung mit dem Kopf und spuckte aus. Er richtete ein paar Worte an Dreizahn, und dieser antwortete mit einem Lachen.

Trar drohte ihnen mit der Faust, woraufhin sie wieder zu streiten begannen. Ulv bemerkte, dass die Jäger auf ihren jeweiligen Seiten blieben, so als hätten die zwei Männer jeweils die Hälfte des Dorfes auf ihrer Seite. Dreizahn löste den Gürtel des schwarz gekleideten Jägers und nahm ihm Umhang und Hemd ab. Trar trat an die Grube und kratzte sich im Nacken.

»Segga ist Schwertmeister«, sagte er. »Dreizahn behauptet, der Sieg gelte nicht, da du ihn nicht mit dem Schwert erlangt hast. Du musst noch einmal kämpfen. Nicht einmal ich, der ich Häuptling bin, kann das verhindern. Dreizahn sagt, Segga würde die Hälfte des Gewinns bekommen. Segga ist Krieger. Er stammt aus dem Süden.«

Ulv nahm die Witterung des großen Mannes auf. Seine haarige

Brust war von Narben übersät. Die Nase hing flach und schief über dem schwarzen Bart. Er hatte ein breites Gesicht, eng aneinander stehende Augen und kurze Haare. Dann trat er an den Rand der Grube, drehte sich zu Dreizahn um und bellte ihm ein paar Worte zu. Dreizahn reagierte und hob ein Ledersäckchen an, in dem Goldmünzen klimperten. Als Segga danach griff, zog Dreizahn das Säckchen zurück und deutete auf Ulv. Der Krieger spähte zu Ulv und dem Toten hinunter und sprang in die Grube.

Der große Mann landete weich im Lehm. Er hatte den Blick auf Ulv gerichtet, der zur Wand der Grube zurückwich. Irgendwo über dem See donnerte es. Er hörte eine Windböe über dem Wald. Der Regen wurde immer stärker. Segga kümmerte sich nicht darum. Er kam mit gebeugtem Rücken langsam näher und hatte seine Arme wie lange Haken nach vorne gestreckt. Wieder begannen die Jäger zu schreien. Ulv hob sein Schwert, als er die Erdwand hinter sich spürte. Segga blieb stehen und blinzelte, um das Regenwasser aus seinen Augen zu zwinkern. In diesem Moment warf sich Ulv zur Seite. Segga schlug nach ihm, traf aber nur die Erdwand. Ulv landete auf dem Bauch im Schlamm, rappelte sich auf und hieb mit dem Schwert nach Seggas Beinen. Dieser sprang hoch, drehte sich im Sprung um und trat Ulv in den Bauch, so dass dieser auf die Seite stürzte und nach Atem rang, doch Segga trat weiter auf ihn ein. Die Schmerzen jagten unerbittlich durch seinen Körper. Ulv hatte Schlamm in den Augen. Er hob sein Schwert und hieb blind vor sich durch die Luft. Schließlich kam er auf die Knie, doch Segga packte ihn an den Haaren und schlug ihm gegen das Kinn. Ulv schluckte Blut, als Segga ihn an den Haaren hochzog. Er kniete vor dem großen Mann. Er wollte blinzeln, um den Schlamm aus den Augen zu bekommen, doch in diesem Moment bemerkte er, dass er das Schwert noch immer in der Hand hielt. Segga trat einen Schritt zurück. Er hob die Arme und brüllte. Jetzt würde er ihn töten.

Ulv hob sein Schwert aus dem Matsch und stieß es nach vorne. Segga holte zum Schlag aus, als Ulv ihm das Schwert in den Bauch rammte. Der große Mann traf ihn mit den Bügeln des Griffes am Kopf, und Ulv stürzte über den toten Sklaven. Segga heulte und packte das Schwert, das über dem Gürtel aus seinem Bauch ragte. Er fiel auf die Knie, legte seine Fäuste um die Schwertklinge und zog sie heraus. Dann stand er auf und blickte auf seine blutigen Hände. Ulv fragte sich, ob er sich nach einer Waffe umschaute, doch Segga taumelte in die Mitte der Grube und suchte den Kreis der Jäger ab. Ulv fasste sich an die Stirn. Er blutete, aber das war nichts im Vergleich zu dem großen Mann. Segga versuchte, eine Hand auf die Wunde zu pressen, doch das Blut quoll zwischen seinen Fingern hervor. Er stöhnte wie ein sterbender Hirschbulle und streckte seine Arme einer kleinen Gestalt am Rand der Grube entgegen. Ulv rieb sich den Schlamm aus den Augen. Es war eine Frau. Die Jäger hielten sie fest, denn sie wollte nach unten springen. Ihre langen, nassen Haare klebten an ihrer Wange. Sie schrie und wand sich in den Armen der Jäger. Der große Mann taumelte auf sie zu. Er stützte sich an die Erdwand, konnte sie aber nicht erreichen. Dann gaben seine Beine unter ihm nach, und er stürzte in den Schlamm.

Die Jäger starrten Ulv an, der sich nach unten beugte und das Schwert aufhob. Zwei Männer hatte er für sie getötet, und jetzt waren die Jäger still wie Steine. Regentropfen zischten in den Flammen der Fackeln. Ulv blickte zu Trar, doch der alte Mann wollte das Seil noch immer nicht zu ihm nach unten werfen.

»Wolfsmann«, sagte Ulv. »Jagen. Gehen nach Norden.«

Trar nahm mit einem raschen Blick zur anderen Seite der Grube das Seil von seiner Schulter. Er entrollte es und warf das eine Ende nach unten.

»Was glaubst du, wohin du gehen kannst?« Dreizahn hatte das Wort ergriffen. Er nickte einem Jäger zu, der Trars Seil wieder hochzog. »Du bist ein Sklave«, sagte Dreizahn und hockte sich am Rand der Grube hin. »Du hast einen freien Mann getötet. Dafür wirst du sterben.«

Ulv stürzte zum Rand der Grube, doch Dreizahn zuckte zurück. Die Jäger sprangen vor und traten Ulv auf die Finger, so dass er wieder nach unten in den Schlamm stürzte.

Erneut begannen Trar und Dreizahn zu streiten. Die Jäger reckten Speere und Bögen über ihren Köpfen in die Höhe. Ulv hockte sich am Rand der Grube hin, denn die Wunde auf seiner Stirn schmerzte. Er hörte die Stimmen um sich herum, verstand aber nicht, was sie sagten. Er wusste nur, dass sie ihm nicht die Freiheit geben würden. Die Frau, nach der sich der große Mann ausgestreckt hatte, kauerte am Rand der Grube. Die nassen Haare hingen ihr ins Gesicht, und ihr Rücken zitterte.

Trar, Dreizahn und die meisten der Jäger stritten sich eine Weile, bis sie der Regen wieder zurück ins Dorf trieb. Zwei Männer sprangen in die Grube hinunter und legten Segga ein Seil um die Arme, während die Bogenschützen Ulv mit gespannten Bögen bewachten. Sie zogen den toten Krieger hoch, ließen Ulv und den toten Sklaven aber zurück. Eine Hand voll Bogenschützen blieb an der Grube stehen, als die Jäger den Toten forttrugen. Ulv hörte ihre Schritte im Wald. Die Frau weinte noch immer.

Er riss einen Streifen vom Lendenschurz des Sklaven ab und band sich diesen um den Kopf, und schließlich hörte seine Schläfe zu bluten auf. Dann kauerte er sich zusammen, während der Regen über seinen von der Peitsche zerschundenen Rücken rann. Die Nacht war schwer und voller fremder Laute. Er hörte den Atem der Bogenschützen und die in den Schlamm fallenden Tropfen.

Ulv hockte die ganze Nacht dort. Der Regen ergoss sich aus dem schwarzen Himmel und verwandelte die Grube in ein riesiges Schlammloch. Das Wasser reichte ihm bald bis über die Knöchel, und Ulv betrachtete den toten Sklaven, der wenig später von Schlamm bedeckt war. Immer wieder brach etwas von den Wänden herunter, weshalb sich Ulv in die Mitte der Grube setzte, die die Bogenschützen, geschützt unter ihren ledernen Umhängen und Kappen, wie steinerne Säulen umringten. Ulv verstand nicht, warum sie ihn dort unten in der Grube festhielten, doch er hatte begriffen, dass es ihnen nicht gefallen hatte, dass er den großen Mann getötet hatte. Der Tod des Sklaven war wohl nicht so schlimm, dachte er mit einem Blick auf die reglose Gestalt am Rand der Grube. Er trug ein Brandzeichen, wie der Tote im Boot. Er war kein freier Mann. Doch er war es sicher einmal gewesen.

Er ging zu dem Toten und hob ihn aus dem Schlamm. Die Bogenschützen spannten ihre Bögen, als er ihn an der Erdwand aufrichtete und ihm den Schlamm aus dem Gesicht wischte. Ulv erkannte, dass der Mann noch jung war. Der Riss in seiner Unterlippe hatte keine Gelegenheit mehr zu verheilen, und das Brandzeichen auf seiner Brust war noch immer erhaben. Vielleicht hatte ihn Dreizahn gerade erst gekauft. Vielleicht war der Tote aber auch ein Wanderer, wie er selbst. Er war in dieses Dorf gekommen, und die Jäger hatten ihn gefangen und versklavt. Ulv stand auf und fauchte die Bogenschützen an, doch sie lachten nicht einmal über ihn. Er beugte sich nach unten und begann, im Schlamm herumzuwühlen. Schließlich kroch er, die Hände langsam durchs Wasser bewegend, durch die Grube. Zu guter Letzt fand er, wonach er gesucht hatte. Er nahm das Schwert, mit dem der Sklave gekämpft hatte, und schleuderte es in Richtung des ersten Bogenschützen, doch es traf mit dem Schaft, so dass sich der Bogenschütze bloß an den Bauch fasste und fluchte. Er spannte seinen Bogen, doch die anderen riefen ihm etwas zu und brachten ihn dazu, den Bogen wieder zu senken. Der Mann antwortete ihnen mit einem Grunzen, ehe er zum Rand der Grube vortrat und seinen Gürtel löste. Er ließ seinen Urin in das Schlammloch laufen, und die anderen lachten und taten es ihm nach. Ulv kauerte sich in der Mitte der Grube zusammen und verbarg den Kopf zwischen seinen Armen.

Den Rest der Nacht saß er so da. Bei Tagesanbruch regnete es nicht mehr, und Ulv erhob sich und blickte in den Nebel auf, der zwischen den Bäumen trieb. Die Bogenschützen bewachten ihn noch immer. Sie hatten ihre Kapuzen in die Nacken gezogen. Es war bereits warm, und die ersten Sonnenstrahlen glitzerten auf den regennassen Fichtenzweigen. Der Wald war von Vogelgezwitscher erfüllt, und Ulv erkannte das Singen und Rufen der Drosseln, eines Rotkehlchen und das Krächzen einer Elster. Es wäre ein guter Tag, um fortzuwandern. Die Wolfsrudel in den Tälern zogen in dieser Zeit nach Norden. Er wollte ihren Spuren folgen und sich von ihnen in gute Jagdgründe führen lassen.

Die Bogenschützen warfen rasche Blicke in Richtung Dorf. Auf dem Pfad näherte sich jemand, und Ulv erkannte die Stimmen von Trar und Dreizahn. Bei ihnen war ein dritter Mann, und alle drei sprachen aufgeregt miteinander. Ulv nahm das Schwert in die Hand. Vielleicht brachten sie ihm noch einen Mann, den er töten musste. Oder sie kamen, um die Bogenschützen aufzufordern, ihre Pfeile auf ihn abzuschießen.

Die drei Männer traten auf den Platz. Die Bogenschützen grüßten mit einem kurzen Nicken, und dann kamen Trar und Dreizahn am Rand der Grube zum Vorschein.

»Hier ist er.« Trar stemmte seine Hände in die Hüften und stand dick und breitbeinig im nassen Gras. »Wir nennen ihn Wolfsmann. Er hat heute Nacht zwei Männer getötet. Er ist stark und gefährlich.«

Jetzt trat der dritte Mann zwischen Trar und Dreizahn. Es war ein kleiner, pockennarbiger Mann mit dünnem Bart. Er trug ein kurzes Wams, einen breiten Gürtel um die Hüften und einen kurzen Lederumhang auf dem Rücken.

»Er ist schmutzig«, sagte der Mann. »Seid ihr euch sicher, dass er nicht die Krätze hat oder womöglich Läuse?«

»Das können wir nicht wissen.« Dreizahn grinste mit seinen braunen Zähnen. »Er kam aus dem Norden, und bei diesen Nordländern weiß man ja nie. Aber er ist stark wie ein Ochse und wild wie ein Wolf. Er hat meinem Sklaven die Kehle durchgebissen.«

Dreizahn deutete auf den Toten, und der Fremde strich sich über den Bart. »Ich gebe dir zehn Goldmünzen«, brummte er. »Zehn, mehr ist er nicht wert.«

Ulv watete auf die Männer zu. Er versuchte, ihre Worte zu verstehen, denn sie verwendeten die Sprache, die er kannte. Sie sprachen über Gold und den toten Sklaven. Aber das andere begriff er nicht.

»Wolfsmann!« Er drohte ihnen mit dem Schwert. »Nach Norden wandern!«

Die Männer schwiegen plötzlich. Der Fremde sah ihn mit großen Augen an, ehe er grinsend auf ihn zeigte. »Er spricht!« Der Fremde fuhr sich durch die Haare und wiegte den Kopf hin und her. »Er spricht die Handelssprache! Das ist der reinste Schatz, Männer aus Alvar!«

»Die Barkas sprechen eine Abart der Handelssprache.« Trar legte die Hand auf die Schulter des Fremden. »Vielleicht hat er das von ihnen gelernt. Das macht ihn doch wohl etwas wertvoller, Kosh? Die meisten hier oben sprechen bloß Alvar oder Firtisch.«

Der Fremde hockte sich hin und neigte den Kopf zur Seite. Ulv erwiderte seinen Blick und starrte zurück. Jetzt verstand er mehr. Der Pockennarbige war ein Sklavenhändler.

»Ihr habt ihn schlecht behandelt. Wegen der Wunde auf der Stirn und dem Schnitt in der Schulter muss ich etwas abziehen, außerdem habt ihr ihn ausgepeitscht. Aber er trägt noch kein Brandzeichen. Das ist gut. Die Mächtigen im Süden ziehen es vor, ihre Sklaven selber zu brandmarken.«

»Dreißig Goldmünzen. Das ist ein guter Preis, Kosh.« Dreizahn streckte seine Faust vor.

Kosh spuckte verächtlich aus. »Fünfzehn, höchstens. In Krugant bekomme ich höchstens dreißig für ihn. Und es kostet mich einiges, ihn den ganzen Weg dorthin durchzufüttern.«

Trar schob die Hände hinter seinen Gürtel. »Zwanzig und vier extra. Denk dran, er hat Segga getötet. Und von Segga hast sogar du schon gehört, Kosh. Ich würde den Wolfsmann selber behalten und in Zweikämpfen Hunderte von Goldmünzen verdienen, aber Dreizahn und ich haben ein Abkommen getroffen. Wir verkaufen den Sklaven, weil er einen freien Mann getötet hat. Dreizahn hätte ihn gerne gehängt, aber ich mache lieber ein gutes Geschäft. Wir geben der Witwe zehn Goldmünzen und teilen uns den Rest.«

»Zwanzig Goldmünzen.« Kosh löste einen ledernen Beutel von seinem Gürtel und begann, das Geld abzuzählen. »Gebt der Witwe sechs, und nehmt den Rest selbst.«

Trar und Dreizahn sahen einander an. Dreizahn nickte. Trar kratzte sich im Nacken. »Gut, zwanzig«, sagte er, »aber dann kümmerst du dich selbst um die Ketten.«

»Ketten habe ich genug.« Kosh zählte die Münzen in die ausgestreckten Hände der Männer. »An der Pforte Kargaths erwarte ich gute Geschäfte, denn es heißt, die Zöllner hätten ein paar Dörfer im Süden geplündert. Sie verkaufen mir ihre Beute sicher günstig. Die Zöllner haben einen guten Ruf. Sie rühren die Frauen nicht an und verkaufen sie so rein, wie sie bei ihrer Gefangennahme waren. In den Häfen kann man dafür einen guten Preis erzielen.«

Dreizahn stopfte die Münzen in das Ledersäckchen und drückte Koshs Hand. Dann ging er ins Dorf zurück.

Trar stützte sich mit den Händen auf die Knie und blickte zu Ulv hinunter. »Du musst jetzt mit Kosh gehen. Er kam gestern zu uns und wird dich mit nach Süden nehmen. Dreizahn wollte dich töten, aber ich konnte ihn umstimmen. Du wirst der dritte Sklave des Zuges sein. Sei stark, und du kannst überleben. Und sei gewiss, dass ich nie etwas gegen dich hatte, Wolfsmann. Die Gesetze des Dorfes zwingen mich, das zu tun.«

Kosh grinste schief, als Trar ihm die Hand gab. Dann entfernte sich der Alte langsam von der Grube.

Kosh blieb stehen, und Ulv beobachtete ihn, als er langsam am Rand der Grube entlangging. Bald kamen noch weitere Männer zur Grube. Die dunkelhaarigen Sklavenhändler trugen kurze Gewänder und hohe Stiefel. Sie warfen ein Tau hinunter, und Kosh winkte Ulv zu sich. Ulv ging zum Tau, doch da richteten die Männer ihre Speere auf ihn. Kosh befahl ihm, die Schwerter wegzulegen. Ulv tat es, denn er dachte, er könnte sie alle töten, wenn er erst aus der Grube heraus war. Doch als er nach oben kletterte, umringten ihn die fünf Männer mit ihren Speeren, und Kosh wandte sich dem Pfad zu. Die Sklavenhändler stachen ihm in die Wunden auf seinem Rücken, als er nicht gleich folgte. Er schlug nach ihnen, doch da wurde ihm der Schaft eines Speeres in den Nacken geschlagen.

Ulv tat, wie Kosh ihn geheißen hatte, und folgte ihm über den Pfad. Als er über die Schultern nach hinten blickte, sah er, dass die Bogenschützen den Toten aus der Grube zogen. Dann versperrten die Bäume den Blick auf die Lichtung. Als sie aus dem Wald traten, blieb Ulv stehen, doch die Sklavenhändler stachen erneut mit den Speerspitzen in seine Wunden und zwangen ihn weiter. Kinder und Frauen standen bei den Blockhütten und starrten ihnen nach. Ulv rief ihnen die Worte zu, die er im Kopf hatte, denn er hoffte, dass ihm jemand helfen würde. Doch die Dorfbewohner unternahmen nichts.

Bald erreichten sie den Platz, auf dem Ulv gefangen und ausgepeitscht worden war. Vor den Türmen stand ein Wagen. Er war schmal, so lang wie zwei Speere und an den Seiten und der Decke mit Leder verkleidet. So etwas hatte Ulv noch niemals zuvor gesehen, und er wunderte sich über die flachen Scheiben, auf denen dieses merkwürdige Ding thronte. Was ihn aber am meisten erschreckte, waren die zwei Männer, die am Wagen standen. Sie trugen einen eisernen Ring um den Hals und waren mit körperlangen Ketten am Wagen festgebunden. Beide waren schmutzig und in Lumpen gekleidet. Sie sahen ihn mit müden Augen an, als hätten sie viele Tage nicht geschlafen.

»Knie nieder!« Kosh wandte sich an Ulv und zeigte zu Boden. »Hier, Sklave!«

Die Speere stachen ihm in die Schultern. Ulv ließ sich auf die Knie fallen. Wut kochte in ihm hoch, doch er wagte keinen Angriff, solang sich die Speerspitzen in seine Haut schnitten. Kosh schlug mit der Faust gegen die Seite des Wagens, und ein Junge kam unter einer Decke hervor und sprang heraus.

»Kette ihn an.« Kosh deutete auf Ulv. »Und fessle seine Arme. Er ist gefährlich.«

Der Junge kletterte in den Wagen und wühlte zwischen Decken, Säcken und Fellen herum. Schließlich fand er einen Eisenbügel, wie ihn die anderen Sklaven trugen. Er sprang hinunter und stellte sich breitbeinig vor Ulv, während er sich durch die dunklen Haare fuhr.

»Du musst dich hinlegen …« Er warf einen Blick zu Kosh, der ihm lächelnd zunickte. Dann wandte sich der Junge wieder an Ulv und stemmte die Hände in die Hüften. »Leg dich hin«, rief er mit seiner hellen Jungenstimme. »Leg dich auf den Bauch!«

Ulv knurrte, aber die Speere stachen ihm in den Rücken. Er bekam einen Schlag gegen den Hinterkopf und stürzte nach vorn. Die Sklavenhändler drückten ihn mit den Füßen zu Boden. Ulv rang nach Atem und griff nach ihren Füßen, aber starke Hände zwangen seine Arme auf den Rücken und fesselten sie mit einem Seil. Er spürte kaltes Eisen im Nacken, als der Junge den Bügel um seinen Hals legte. Ulv wand sich hin und her, als sich der Junge neben ihn kniete. Eine Kette klirrte, und der Junge schlug mit einem Hammer auf den Eisenbügel.

»Haltet ihn fest, während ich den Bolzen hineinschlage.« Der Junge schob seine Haare zur Seite. Die Sklavenhändler drückten ihre Knie in Ulvs Rücken. Dann dröhnten drei Schläge in seinen Ohren, und der Eisenbügel kratzte über seinen Hals.

»Drei Schläge!«, jubelte der Junge. »Vater, ich habe es mit drei Schlägen geschafft.«

»Das ist gut«, sagte Kosh. »Befestigt jetzt die Kette am Wagen. Wir müssen los.«

Die Kette klirrte, als der Junge sie mit einem Bolzen am Wagen befestigte.

»Hast du sie gut festgemacht?« Wieder war es der pockennarbige Sklavenhändler, der das Wort ergriffen hatte. Ulv versuchte, sich zur Seite zu drehen, doch da ruckte der eiserne Bügel an seinem Hals. Kosh zog an der Kette, ehe er sie losließ und auf die andere Seite des Wagens ging. Holz knirschte. »Lasst ihn los«, sagte Kosh. »Wir brechen auf.«

Die Männer erhoben sich. Ulv spürte keine Speere mehr im Rücken. Er rappelte sich hoch. Der eiserne Kragen saß eng an seinem Hals. Er hing am Ende der Kette, deren Anfang mit einem Bolzen an einem Bügel des Wagens befestigt worden war.

»Wolfsmann!« Er wandte sich zu den Menschen auf dem Platz um. »Nach Norden gehen. Fliehen. Jagen!«

Die Jäger sahen ihn mit finsteren Blicken an, und die Frauen drückten die Kinder an sich. Irgendwo zwischen den Blockhütten bellte ein Hund.

Nach einem Peitschenknall setzte sich der Wagen in Bewegung. Ulv hängte sich in die Kette. Die beiden anderen Männer waren aufgestanden und folgten dem Wagen mit gesenkten Häuptern.

»Wolfsmann!« Ulv brüllte zum Himmel und stemmte sich mit den Beinen in den Boden. Doch der Wagen zerrte ihn weiter, und bald folgte er ihm ebenso gehorsam wie die beiden Sklaven. Als der Wagen auf den Weg einbog, warf er einen Blick zurück zum Platz. Die Menschen liefen auseinander. Der Himmel über dem Dorf hing voller grauer Wolken. Er konnte den See riechen. Er heulte, laut und lang gezogen, wie es ihn die Wölfe gelehrt hatten. Doch hier antwortete ihm niemand. Die Fichten schlossen sich um ihn. Der Wagen knirschte, der eiserne Bügel drückte seinen Hals zusammen, und die Kette zwang ihn weiter.

Der Sklavenweg

Das Gefolge der Sklavenhändler bewegte sich in raschem Tempo gen Süden. Sie folgten dem Pfad, den die Alvarer den »Sklavenweg« nannten. Es hieß, die Karawanen rollten schon so lange durch die ausgefahrenen Wagenspuren, wie die Götter die Flussbetten mit ihren Tränen füllten. Die Händler transportierten auf diesem Weg Eisen aus Krugant, Felle aus Ulverham und Kupfer aus Firt. Von den Häfen in Kajmen und Ost-Tuur brachten sie Honig und Kräuter, Palmstricke und Wunder wirkende Salben. Unterwegs tauschten sie alles, was sich tauschen ließ. Honig gegen Bast, Bögen gegen Schwerter, Eisen gegen Sklaven; die Karawanen waren das Blut, das durch die Adern der Siedlungen an der Nordküste des Meeres floss.

Ulv wusste von alldem nichts. Er lief hinter dem Wagen her, die entzündete Haut an seinen Handgelenken und am Hals schmerzte. Am ersten Tag hatte er noch unentwegt an der Kette gezerrt, aber die Eisenschelle um seinen Hals hatte die Haut aufgescheuert und Fliegen und Mücken angelockt. Dreimal hatten die Sklavenhändler den Wagen anhalten lassen und ihn mit ihren Speerschäften geschlagen, bis er zu Boden ging, doch er war immer wieder aufgestanden und hatte sich weiter gegen die schweren Ketten gesträubt. Aber die Tage waren lang, und der Wagen rollte schnell durch die Wagenspuren, so dass er schon bald genug damit zu tun hatte, Schritt zu halten. Er senkte den Kopf und lief Schulter an Schulter mit den anderen Sklaven. Die beiden Männer waren bärtig und mager, und ihre lederne Fußbekleidung hing in Fetzen herunter. Ulv hatte sie bislang nicht angesprochen. Der eine der beiden Sklaven schwieg ebenfalls die ganze Zeit, während der andere Worte murmelte, die Ulv nicht verstand. Aber ihre eingefallenen Wangen und die Narben auf ihren Rücken erzählten auch so eine Geschichte voller Schmerz. Ulv warf sehnsüchtige Blicke zum Waldrand, von wo aus ihn, wie es ihm vorkam, die Fichten beobachteten, während er von dem Eisenbügel um seinen Hals vorwärts gezerrt wurde.

Die Sklavenhändler hatten ihre Pferde im Wald nicht weit von der Siedlung versteckt. Kurz vor diesem Versteck hielt der Wagen, und zwei Männer, die im Verborgenen gewartet hatten, führten die Pferde auf den Weg. Ulv wusste, was das für Tiere waren, er hatte sie in seinen Träumen durch das Tal laufen sehen, das seine Erinnerung ihm zeigte, und er wusste, dass sie in der Lage waren, Menschen über weite Entfernungen hinweg zu tragen.

Die Sklavenhändler ritten vor dem Wagen, sechs Männer mit schwarzen Umhängen und Peitschen und Dolchen am Gürtel. Inzwischen kannte er sie alle. An der Spitze ritt Kosh, seine vornübergebeugten Schultern schaukelten im Gleichtakt mit dem Pferd. Ihm folgte Mesjer, das Haar zu einem Zopf zusammengefasst, so dass das rote Brandmal in seinem Nacken zu sehen war. An seiner Seite ritt Kajm, ein untersetzter, fetter Mann mit Goldkette. Er stank nach Schweiß und Kot. Die übrigen drei Männer waren dünn, schmächtig und hatten allesamt schwarze Haare. Ulv nahm an, dass sie Brüder waren.

Immer wieder scherte einer der Reiter aus, verlangsamte das Tempo und ließ den Wagen an sich vorbeiziehen. Dann senkte Ulv jedes Mal den Blick, denn die Peitschen saßen locker an den Gürteln der Sklavenhändler. Ulv fürchtete sie, und er hasste sie. Wenn der Wagen abends endlich hielt, sank er auf der Stelle auf die Erde und rieb sich die schmerzenden Handgelenke. Später lösten die Sklavenhändler den Strick um seine Hände und warfen ihm und den anderen Sklaven sehnige Streifen Trockenfleisch hin. Er aß schnell, da die anderen beiden ihm alles wegschnappten, was sie zu fassen kriegten. Kosh warf ihnen einen Wasserschlauch vor die Füße und ließ sie ein paar Schlucke trinken. Am ersten Abend hatten die beiden anderen so lange getrunken, dass Kosh den Wasserschlauch wieder wegnahm, ehe Ulv zum Trinken gekommen war. Daraus hatte er gelernt, um sein Wasser zu kämpfen.

Sie durften unter dem Wagen schlafen, aber Felle oder Decken bekamen sie nicht. Die Ketten waren kurz, und die Erde war nass und aufgeweicht. Er kroch unter den Wagen und beobachtete von dort aus die Sklavenhändler, die um die Feuerstelle saßen und sich unterhielten. Sie brieten Fleisch über den Flammen und reichten rote Tonkrüge um das Feuer. Sie lachten und hielten ihre Goldmünzen in das flackernde Licht. So saßen sie jeden Abend da, während Ulv sich einrollte und versuchte, sich die Mücken vom Leib zu halten, aber erschöpft, wie er war, schlief er bald ein. Am nächsten Tag ging er wieder Schritt für Schritt hinter dem knarrenden Wagen her. Ab und zu ritten die Sklavenhändler vor, um den Weg zu erkunden, und dann zerrte Ulv an seiner Kette und versuchte, sich zu befreien. Aber Koshs Sohn, der den Wagen lenkte und die Pferde bewachte, hatte gute Ohren. Er sprang vom Kutschbock und ließ die Peitsche über seinem Kopf knallen. Ulv verachtete den Jungen, weil er jedes Mal, wenn die Sklavenhändler zurückkamen, seinem Vater sofort berichtete, was vorgefallen war. Ulv erwartete eine Strafe, aber die Sklavenhändler ließen ihn in Ruhe. Vielleicht meinten sie, dass sein Zustand schon Strafe genug war.

Ulv hörte zu, was sie sagten, während er ging. Er erkannte einzelne Worte und den Tonfall aus seinen Träumen wieder und versuchte, sich zu erinnern und sie zu verstehen. Die Worte hatten die ganze Zeit in ihm geschlummert, seit seiner Kindheit, als er allein durch den Nebel gewandert war. Jetzt fielen sie ihm plötzlich wieder ein, all die vergessenen Laute. Die Sklavenhändler streckten ihre dreckigen Hände zum Himmel und zeigten auf Vögel, die er kannte. Die Krähe hatte einen Namen, genau wie die Taube. Die Sklavenhändler reihten die Worte aneinander und sangen sie sich vor, und wenn Ulv den Gesang wieder in einzelne Wörter zerlegte, verstand er häufig, was sie sagten. Die Worte malten Bilder und erzählten Geschichten; sie ließen die Erinnerung vor seinen Augen lebendig werden.

Fünf Tage, nachdem sie die Siedlung verlassen hatten, stolperte einer der Sklaven über ein Grasbüschel auf dem Pfad. Ulv hatte sich schon daran gewöhnt, denn die beiden Männer waren ausgemergelt und schwach. Aber dieses Mal stand der Mann nicht wieder auf. Er hing in der Halsschelle und wurde von der Kette mitgeschleppt. Ulv schob sich zu ihm und lief seitwärts neben ihm her, damit der Mann seine auf dem Rücken gefesselten Hände ergreifen konnte, aber es half nichts. Schließlich blieb der Wagen stehen, und Kosh stieg vom Pferd.

»Steh auf!« Kosh löste die Peitsche vom Gürtel.

Der Mann kam auf die Knie. Unter der Halsschelle tropfte Blut hervor. Er stöhnte und spuckte roten Speichel ins Gras.

Da knallte die Peitsche, und Ulv sah den roten Streifen, der über den Rücken des Mannes lief.

»Auf! Hoch mit dir, du lausiges Stück Dreck!«

Der Mann zitterte und brach zusammen. Wieder riss die Peitsche einen Striemen in die Haut auf seinem Rücken.

Nach fünf Peitschenhieben lag der Mann noch immer reglos am Boden. Ulv kniete sich neben ihn, aber da knallte die Peitsche über seinem Kopf.

»Misch dich da nicht ein.« Kosh wickelte die Peitsche auf und zog seinen Dolch. Ulv erhob sich, ohne sich von dem halb toten Mann wegzubewegen. Da rief Kosh die anderen Männer herbei, die sich augenblicklich um den Wagen scharten.

»Er wird die Reise nicht überleben.« Kajm griff an seine Goldkette und neigte den Kopf zur Seite. »Das war mir schon klar, als wir ihn gefangen haben, Kosh. Er ist nicht kräftig genug, um den langen Weg von Firt bis nach Krugant zu laufen. Und verdienen werden wir auch nichts mehr an ihm.«

Kosh fuhr sich mit der Zunge über die Lippen. »Wir könnten ihn für die Zweikämpfe verkaufen. Die brauchen immer Schlachtvieh für die besten Kämpfer.« Er ging zu dem Sklaven und trat ihm in die Rippen. »Los, auf die Beine mit dir! Steh auf, oder ich schneide dir die Kehle durch!«

Der Mann stemmte sich ächzend auf den Ellbogen hoch. Dann zog er die Knie unter den Bauch und kroch zum Wagen. Schließlich stand er auf und wischte sich die Augen trocken. Aus seinem Mund hing ein blutiger Schleimfaden.

Kosh schob den Dolch in die Scheide und stieg in den Sattel. Sein Sohn trieb die Pferde wieder an, und der Zug setzte sich in Bewegung.

Sie rasteten erst, als es bereits dämmerte. Der erschöpfte Mann war noch mehrmals gestürzt und hinter dem Wagen hergezogen worden. Brust und Knie waren blutig, aber er hatte sich jedes Mal aufgerappelt und weitergequält. Jetzt sank er kraftlos zu Boden, und als Mesjer ihnen den Wasserschlauch hinwarf, war er nicht einmal mehr in der Lage, sich auf die Seite zu rollen, um etwas zu trinken. Ulv ließ den anderen Sklaven lange trinken, ehe er den Wasserschlauch an sich riss und selber trank. Er stieß den halb toten Mann mit dem Fuß an, während er gierig von dem lauwarmen Wasser trank. Der andere Mann wollte ihm den Schlauch wieder wegnehmen, aber Ulv wehrte ihn ab und hielt ihn dem entkräfteten Mann hin. Als der sich nicht rührte, drehte Ulv ihn auf den Rücken.

»Trink«, sagte er. Er erinnerte sich an immer mehr Wörter und hoffte, dass der Sklave ihn verstand. »Trink Wasser. Dann kein Durst mehr.« Er schob ihm das hölzerne Mundstück zwischen die Zähne und hob den Wasserschlauch an. Als sein Mund sich mit Wasser füllte, hustete er und stöhnte.

»Trink«, wiederholte Ulv. »Nicht sterben.«

Der erschöpfte Mann trank ein paar Schluck Wasser, dann spuckte er das Mundstück aus und ließ den Kopf zur Seite fallen. Ulv zog ihn mit sich unter den Wagen, weil die Sklavenhändler ihre Hände fesselten, wenn sie sich nicht ruhig verhielten. Und es war unmöglich, unter dem Wagen hervorzukriechen, ohne dass die Ketten klirrten. Die Mücken hatten inzwischen die Peitschenstriemen entdeckt, und Ulv versuchte vergeblich, sie zu verscheuchen.

»Ruhe da drüben!« Kosh, der am Feuer saß, drehte sich zu ihnen um. Er schnäuzte sich zwischen den Fingern und zeigte mit dem Dolch auf Ulv.

Ulv legte sich auf die Erde und bedeckte den Rücken des kraftlosen Mannes mit seinem eigenen Körper. Es begann überall zu jucken, als die Mücken seine nackte Haut entdeckten. Er spähte zwischen den Rädern hindurch. Die Sklavenhändler hatten ihr

Lager wenige Speerlängen vom Wagen entfernt aufgeschlagen, direkt neben einem großen Felsen am Waldrand. Im Wald war es bereits dunkel. Der Himmel über den Baumwipfeln war schwarz wie getrocknetes Blut. Er konnte ein paar Sterne sehen und erinnerte sich an die Geschichte von einem Raben, der so groß war, dass seine Flügel den ganzen Himmel überspannten. Jeden Abend spreizte er seine Flügel und verdeckte die Sonne. So wurde es Nacht. Und die Sterne, das waren die Edelsteine in seinem Federkleid.

Der ermattete Mann stöhnte. Ulv legte seinen Arm um ihn und warf einen Blick zu dem anderen Sklaven, der sich mit dem Rücken zu ihnen zusammengerollt hatte. Vielleicht fürchtete er sich vor dem, was dem anderen passiert war. Vielleicht konnte er das Leiden nicht ertragen.

Der Abend ging in die Nacht über. Die Sklavenhändler hatten ihre Pferde an die Bäume am Waldrand gebunden und legten sich um das Feuer herum unter ihre Felle. Wie immer blieb einer von ihnen wach, den Blick auf die Glut gerichtet, das Gesicht unter der schwarzen Kapuze verborgen. Vorsichtig zog Ulv die Kette näher zu sich heran, verharrte aber, als die Wache den Kopf hob. In dieser Nacht war es Mesjer, und da Ulv wusste, wie leicht Mesjer einschlief, wartete er, bis dessen Kopf vornübersackte, ehe er den Rest der Kette einholte. Er zog sie stramm, indem er sich mit den Beinen gegen die Radachse stemmte, und ruckte an dem Bolzen, wie er es jede Nacht gemacht hatte. Bis jetzt hatten die Sklavenhändler die Kerbe noch nicht entdeckt, die die Kette in den Querbalken am hinteren Wagenende gescheuert hatte. Ulv bewegte sie hin und her, drehte sie von einer Seite zur anderen und hoffte, dass der Bolzen irgendwann nachgeben würde.

Mitten in der Nacht begann der Sklave neben ihm zu keuchen. Ulv ließ die Kette los und setzte sich neben ihn, strich ihm das verklebte Haar aus den Augen und legte eine Hand auf seine behaarte Brust. Das Herz schlug schnell unter den Rippen. Der Mann starrte Ulv an, während sein Mund versuchte, Worte zu formen. Er packte Ulv am Arm und drückte fest zu, während sein Atem rasselte. Ulv sah ihn an, doch plötzlich lockerte der Mann den Griff und starrte mit leerem Blick an den Wagenboden. Ulv legte die Hand auf seine Brust. Das Herz hatte aufgehört zu schlagen.

Er legte sich neben den Toten und schlief ein. Er träumte von dem Tal und dem einohrigen Mann und badete in einem Fluss voller Lichtflecken und glatt geschliffener Steine.

Als er wach wurde, war der Wald noch silbrig grau vom Morgentau. Zwischen den Bäumen waberte Nebel. Der Tote neben ihm war kalt. Die Sklavenhändler waren noch nicht aufgewacht, und Ulv nutzte die Gelegenheit, zwischen die Räder zu kriechen und weiter an der Kette zu zerren. Er rüttelte an dem Bolzen, doch der war mit einem Nagel an der faustdicken Querachse befestigt und gab kein Stück nach. Die Sklavenhändler hatten vorsorglich sämtliche Messer, Hammer und alles, was er hätte nutzen können, um den Bolzen zu lösen, aus dem Wagen geräumt. Und mit einem Stein auf den Bolzen zu schlagen hatte keinen Sinn, weil die Sklavenhändler das sofort gehört hätten. Erneut griff er nach der Kette und warf sich nach hinten. Die Pferde begannen, unruhig zu werden, aber Ulv beachtete sie nicht. Er wollte nicht wie der andere Mann mit dem eisernen Bügel um den Hals krepieren. Er zerrte an der Kette, bog sie hin und her, bis er seine Finger kaum noch spürte. Dann trat er gegen den Bolzen. Der Schmerz schoss durch sein ganzes Bein, als die Ferse das Eisen traf. Er ließ sich nach hinten fallen und blieb im nassen Gras liegen. Die Sklavenhändler wurden wach. Kajm schwankte auf ihn zu. Ulv krümmte sich. Der Tritt traf ihn am Rücken. Danach ließ der kräftige Mann von ihm ab und sagte etwas zu den anderen. Er hatte den Toten entdeckt.

Die Sklavenhändler befreiten den leblosen Körper aus der Eisenschelle. Kosh fluchte vor sich hin, als die Männer den Sklaven an den Waldrand schleppten. Dort zogen sie ihm das verdreckte

Wams aus und warfen es Ulv zu. Kosh forderte ihn auf, es überzuziehen, ehe die Mücken ihn ganz auffraßen. Ulv zog es über den Kopf. Die Sklavenhändler rollten ihre Felle zusammen und bereiteten sich zum Aufbruch vor. Ulv sah ihnen zu, wie sie die Kette von dem Bolzen loshämmerten. Er hatte geglaubt, dass man den Bolzen lösen musste, aber jetzt sah er Kosh und Mesjer mit zwei Zangen das letzte Kettenglied aufbiegen. Danach klopften sie den kleinen Bolzen aus dem Halsring und verstauten alles zusammen in dem Wagen. Die Sklavenhändler stiegen in ihre Sättel, der Junge trieb die Pferde an, und der Zug setzte sich in Bewegung.

Nach einer Weile begann es zu regnen. Ulv blickte an den grauen Himmel und sog den Duft der nassen Bäume ein. Es roch nach Erde und Laub. Das Zwitschern der Drosseln verhieß lang anhaltenden Regen. Der andere Sklave hatte die Arme um den Oberkörper gelegt und lief mit gesenktem Kopf neben Ulv her. Seine Unterlippe zitterte, und wäre ihnen der Regen nicht in Rinnsalen übers Gesicht gelaufen, hätte Ulv geglaubt, dass er weinte.

»Du bist woher?«, fragte er, als Kosh und Mesjer vorausritten, um den Weg zu erkunden. Der Mann schüttelte den Kopf und murmelte etwas Unverständliches. Wasser tropfte aus seinen langen Haaren. Ulv bemerkte erstmals die dünnen Zöpfe, die zwischen die langen Strähnen geflochten waren. Die Barkas hatten von Stämmen erzählt, bei denen es Brauch war, für jeden getöteten Feind einen Zopf ins Haar zu flechten.

»Dein Name?« Ulv kamen die Worte inzwischen über die Lippen, ohne dass er nachdenken musste. »Name«, sagte er. »Dein Name.«

Der Sklave richtete sich auf und sah ihn an, aber wieder schüttelte er nur den Kopf und murmelte etwas mit halb offenem Mund.

»Dein Name.« Ulv fasste ihn an der Schulter. »Ich Wolfsmann. Wer du?«

Da zeigte der Mann in seinen geöffneten Mund, und Ulv sah den dicken Klumpen. Seine Zunge war herausgeschnitten.

»Ich Wolfsmann«, flüsterte Ulv und wandte sich von ihm ab.

Der Stumme schlug ihm auf die Schulter und legte die Hand vor den Mund. Mit der anderen Hand fuhr er durch die Luft, ehe er auf die Sklavenhändler vor dem Wagen zeigte. Jetzt wusste Ulv, wer seine Zunge herausgeschnitten hatte. Vielleicht hatte der Sklave sich über den Eisenring beschwert oder nach Wasser verlangt. Vielleicht hatte er geschrien, als sie ihn ausgepeitscht hatten. Ulv hatte gesehen, wie Kosh jedes Mal zum Dolch griff, wenn er die anderen Sklavenhändler anherrschte oder zu ihnen herüberstarrte. Er nahm sich vor, von nun an den Blick abzuwenden, um Kosh keine Veranlassung zu geben, ihm womöglich die Augen auszustechen. Er wollte genauso stumm sein wie der andere Sklave. Er würde seinen Hass vor ihnen verbergen und sich in den Nächten daran wärmen.

Tage und Nächte lösten einander ab. Ulv gab es bald auf, sie zu zählen, denn alles, was er noch wahrnahm, waren die Halsschelle und die Erde unter seinen wunden Füßen. Atemwolken standen vor seinem Mund, während es unaufhörlich weiterregnete, und nachts fror er unter dem Wagen an der Seite des Stummen. Er wusste nicht, wie viele Tage es jetzt schon regnete, aber als die Sonne erstmals wieder hinter den Wolken auftauchte, waren die Schwellungen der Mückenstiche abgeklungen. Ulv hielt das Gesicht in den Wind, der sein Haar trocknete, blickte zu den vorbeitreibenden Wolken hinauf und wusste, dass ein Sturm aufzog. Die Insekten flogen tief und suchten Schutz unter den Blättern, und der Wald war still.

Der Wagen rollte weiter, während die Fichten sich unter den Windstößen beugten. Die Sklavenhändler zeigten zum Himmel und wickelten sich fester in ihre Umhänge. Bei Einbruch der Dunkelheit schlugen sie ihr Lager auf und warfen Ulv und seinem stummen Begleiter einen Wasserschlauch hin. An diesem Abend machten sie kein Feuer, dazu war der Wind zu stark. Ulv lag unter dem Wagen und knetete seine wund gelaufenen Füße. Er versuchte nachzurechnen, wie viele Tage er jetzt schon angekettet war.

»Siedlung«, flüsterte er dem Stummen zu. »Kette. Wann mich mitgenommen? Zehn Tage? Zehn und fünf Tage?«

Der Stumme sah ihn an. Seine Augen leuchteten weiß im Dunkeln. Er streckte die Hand aus und legte seine Finger auf Ulvs Stirn. Fünf Mal nacheinander. Ulv verstand, was er damit sagen wollte, aber er war nicht in der Lage zusammenzuzählen, wie viele Tage das ergab.

»Lang«, sagte er. »Aber du bist länger gewandert. Einen Mond?«

Der Stumme streckte erneut die Hand aus und tippte öfter mit den Fingern auf Ulvs Stirn, als dieser zählen konnte. Dann ballte er die Hände zu Fäusten und krümmte sich. Ulv legte seine Hand auf die magere Schulter. Vielleicht war der Stumme einst ein mächtiger Krieger gewesen, ein von seinen Feinden gefürchteter Mann. Die Zöpfe in seinem Haar zeugten davon, dass er viele von ihnen getötet hatte. Die Barkas würden es wahrscheinlich »Mut« und »Ehre« nennen. Ulv wusste nicht, was diese beiden Worte bedeuteten, aber sie flößten ihm ein eigentümliches Gefühl ein. Er lugte unter dem Wagen hervor. Der Wald rauschte, die Fichten bogen sich, schwankten und tanzten im Wind wie die Frauen der Barkas um ein Lagerfeuer. Er sah die Wolken über den Baumkronen, ein graues Nebelgebirge unter der schwarzen Himmelskuppel. Ehre und Mut waren wie die mächtigen Wolken, die der Sturm vor sich hertrieb, sie waren wie die Windböen über den dunklen Baumspitzen. Es erstaunte ihn, dass Worte solche Gefühle in ihm auslösten, aber mit jedem Tag, der verging, kamen neue Wörter zu ihm und riefen Erinnerungen und Gefühle wach.

»Ban«, sagte er. »Tir, Meer, Tirga, Hag-da, Konvai.« Die Worte gaben ihm Sicherheit, obgleich viele gerade erst aus seiner Erinnerung aufgetaucht waren. Er verstand ihren Inhalt nicht, aber sie gaben ihm Wärme, Hoffnung und Kraft. Sie machten ihm Mut, dachte er und schaute zum Wald. Er fühlte sich den Bäumen verwandt, die sich unter den Windstößen beugten und doch immer wieder aufrichteten. Die Sklavenhändler konnten ihn auspeitschen, ihn zum Gehorsam zwingen, ihn aushungern, aber er würde sich immer wieder erheben.

Am nächsten Tag ließ der Wind nach. Er hatte die Wolken von der Himmelskuppel verjagt, und als das Gefolge seinen Marsch nach Süden antrat, schien im Osten die Sonne. Ulv wusste, dass der Tag heiß werden würde, darum beugte er den Nacken und versuchte, dem Wagen zu folgen, ohne allzu viel Kraft zu verbrauchen. Wie gewöhnlich hatten die Sklavenhändler ihm die Hände auf den Rücken gebunden. Ulv nahm an, dass sie warten wollten, bis er mager und schwach war, ehe sie ihn mit freien Händen weitergehen ließen wie den Stummen.

Die Landschaft hatte sich nicht verändert, seit sie die Siedlung verlassen hatten. Der Wald wuchs dicht zu beiden Seiten des Pfades, der gerade wie ein Pfeil nach Süden verlief. Nur selten einmal wich er einem Felsen, Steinhaufen oder umgestürzten Baumstamm aus. Ulv sah immer wieder Feuerstellen am Wegesrand, einen Ring aus rußgeschwärzten Steinen um verkohlte Holzreste. Zwischen den Wagenspuren lagen Pferdeäpfel, denen Ulv und der Stumme schon lange keine Beachtung mehr schenkten. Sie traten auf die trockenen Ballen, und höchstens, wenn sie frisch von den Pferden vor dem Wagen stammten, machte Ulv sich die Mühe, seine Füße zu heben. Koshs Sohn, der auf dem Bock saß und die Zügel hielt, drehte sich jedes Mal um und lachte sie aus, aber Ulv hatte längst gelernt, seinen Blick zu ignorieren. Er sah zu Boden und hob den Blick nur, um zum Waldrand oder an den Himmel zu schauen. Er lauschte den Drosseln in den Baumkronen, den Krähen, die sich krächzend untereinander verständigten, und den grellen Schreien der Eichelhäher. Die Geräusche des Waldes waren die gleichen wie im Norden, und er wünschte sich nichts sehnlicher, als seinen Peinigern zu entkommen und in den Wald zu fliehen. Er würde von dem leben, was das Land ihm gab, so wie er es immer getan hatte. Und vielleicht würde er ihnen sogar folgen, um sich eines Nachts, wenn sie alle schliefen, an ihnen zu rächen.

Die Sonne stand hoch über den Baumwipfeln, als die Sklavenhändler Halt machten. Ulv stützte die Hände auf die Knie, und der Schweiß tropfte an ihm herunter. Der Stumme zeigte am Wagen vorbei, und Ulv entdeckte einen mannshohen und von Moos und Flechten überzogenen Stein, der eine Wegscheide markierte. Hinter dem Stein teilte sich der Weg. Ein Teil führte weiter geradeaus, der andere nach rechts in den Wald hinein.

Kosh ritt nach rechts und winkte den Rest des Gefolges hinter sich her. Knirschend setzte sich der Wagen in Bewegung. Die Pferde zögerten, aber die Sklavenhändler traten ihnen in die Flanken, und Koshs Sohn setzte sogar die Peitsche ein. Bald schloss der Wald sich über ihnen. Dieser Pfad war noch schmaler als der, dem sie bisher gefolgt waren. In den Wagenspuren wuchs Gras. Ulv sah noch mehr aufgerichtete Steine zwischen den Bäumen, die fast wie Menschen aussahen. Er fragte sich, wer die Steine wohl aufgestellt haben mochte, und aus welchem Grund. Von den Barkas wusste er, dass sie über ihren Toten Bautasteine errichteten, als Andenken an die Vorfahren. Ulv hatte nie verstanden, warum sie das machten; der Wald und die Berge gaben ihm alle Erinnerungen, die er brauchte. Er spürte den Geist der toten Wölfe im Heulen des Wolfsrudels und im Schmelzen des Schnees im Frühjahr, und die Hirsche, die er erlegt hatte, wanderten unsichtbar durch den Morgennebel, und wenn der Wind durch die Felsspalten pfiff, riefen sie sich etwas zu.

Die Sklavenhändler ritten schweigend den schmalen Pfad entlang. Die Zweige kratzten über die Seiten des Wagens, und Pferde wie Reiter wurden von Fliegen umschwärmt. Ulv ruckte immer wieder an seiner Kette, während die Sklavenhändler damit beschäftigt waren, die Fliegen zu verscheuchen und nach Mücken zu schlagen. Der Wagen holperte über den unebenen Untergrund. Bald merkte Ulv, dass es bergab ging, und als er sich aufrichtete und Luft einsog, konnte er Wasser riechen.

Einen Steinwurf entfernt erreichten sie das Ende des Gefälles. Der Wald öffnete sich zu einer Lichtung, in deren Mitte ein Steinzirkel stand. Kosh führte das Gefolge am Rand der Lichtung entlang. Ulv fragte sich, warum er den Wagen nicht einfach zwischen den Bautasteinen hindurchlenkte, als er sah, dass die Wagenspuren ebenfalls in einem weiten Bogen um die Steine herumführten. Sie waren größer als die, die Ulv zwischen den Bäumen gesehen hatte, mindestens zwei Mannslängen hoch, aber nicht breiter als ein Baumstamm. In den erstaunlich ebenmäßigen Steinen waren Figuren gemeißelt, Jäger mit Speeren und Bögen, und als der Wagen knarrend im Kreis daran vorbeirollte, veränderten sich die Motive. Auf der anderen Seite liefen Hirsche und gewaltige Stiere über den Stein, und gemeißelte Schlangen wanden sich darum. Auf jedem dieser Steine stand zwischen den Tieren ein Hüne mit ausgebreiteten Armen. Er sah aus wie ein Mensch, trug aber ein Geweih. Ulv überkam ein seltsames Gefühl, als er um den Steinzirkel herumging. Ihm war, als würde der Riese zu ihm sprechen, als hörte er Gesang auf dem offenen Platz zwischen den Bautasteinen. Ein lockender Gesang, wie der Ruf, der ihn nach Süden getrieben hatte.

Die Lichtung endete an einem kleinen Weiher. Kosh hob die Hand, als Zeichen, dass der Zug anhalten sollte, bevor er selbst aus dem Sattel sprang und zu dem schwarzen Wasser ging. Ulv trat neben den Wagen, um besser sehen zu können. Er wand die Handgelenke in den Fesseln und blinzelte zu dem schattigen Uferstreifen. Ein Bach floss in den Waldsee, und direkt vor Koshs Füßen sprudelte Wasser aus einer Quelle. Kosh formte die Hand zu einer Schale und roch an dem Wasser, dann nickte er und trank.

»Es ist frisch!« Er goss eine Hand voll Wasser über sich aus, ehe er sich den Mund abwischte. »Wir füllen hier unsere Schläuche. Um die Sklaven kümmern wir uns morgen«, sagte er mit einem Blick zum Himmel. Die Dämmerung brach an.

Die Sklavenhändler schlugen ihr Lager am Ufer des Weihers auf. Der Boden war uneben und steinig, und das Feuer brannte schlecht auf dem nassen Untergrund. Ulv und der Stumme verkrochen sich unter den Wagen und kauten auf ihren zähen Fleischfasern, während sie die Sklavenhändler beobachteten, die sich um das Feuer drängten. Die Gespräche waren verstummt, als die Nacht sich über die Lichtung senkte und die Blicke der Sklavenhändler zu dem Steinzirkel wanderten. Ulv konnte ihre Furcht spüren, er sah, wie sie sich fester in ihre Felle wickelten und bei jedem Laut aus dem Wald nach ihren Dolchen griffen. Ulv erkannte, dass die Sklavenhändler nur hierher gekommen waren, um die Wasserschläuche zu füllen, verstand aber nicht, weshalb sie solche Furcht vor ein paar moosigen Steinen hatten.

Auf der anderen Seite des Weihers heulte eine Eule. Die Sklavenhändler wendeten ihre Blicke in die Richtung, aus der das Geräusch kam. Ulv grinste, als er ihnen den Rücken zudrehte und zum Steinzirkel hinübersah. Von der Nordseite der Lichtung schoben sich Nebelschwaden wie graue Finger zwischen die Steine. Ulv atmete die feuchte Nachtluft ein. Das war nicht der Geruch von gewöhnlichem Nebel. Dieser Nebel roch nach Rauch und Salzstein. Er rüttelte den Stummen an der Schulter, aber der war so erschöpft, dass er nicht einmal die Kraft hatte, sich umzudrehen.

Ulv lag lange mit offenen Augen da und starrte in den Nebel. Die Sklavenhändler hatten sich im Lichtschein des Feuers zusammengerollt, und nur Mesjer war noch wach. Ulv betrachtete die Tropfen, die sich auf den Grashalmen sammelten und im Mondlicht glitzerten. Fast ein ganzer Mond war vergangen, seit sie ihn an die Kette gelegt hatten. Die Haut unter der Halsschelle war aufgescheuert worden, hatte geblutet und war schließlich wieder verheilt. Da er seine Lederschuhe nicht, wie er es gewohnt war, ausbessern konnte, hingen sie in Fetzen von seinen Füßen. Die wunden Stellen waren zu Schwielen geworden. Genauso verhielt es sich mit seinen Handgelenken. Jeden Abend, wenn sie die Fesseln an seinen Händen lösten, massierte er sich die schmerzenden Gelenke. Aber auch hier war die Haut hart und gefühllos geworden. Er war abgehärtet. Er war ein Sklave geworden.

Am Waldrand knackte ein Zweig. Ulv richtete den Blick auf das Geräusch, konnte aber nichts sehen. Er drehte sich auf die Seite. Mesjer wackelte mit dem Kopf. Kosh, Kajm und die anderen lagen reglos neben dem Feuer.

Ulv robbte unter dem Wagen hervor und tastete den Boden ab. Hinter einem Rad fand er einen scharfkantigen Stein. Der Stumme kam hinter ihm her und zog ihn am Bein, aber Ulv schüttelte den Kopf. Der Nebel war bis aufs Wasser hinausgetrieben, und solange er sich still verhielt, würde Mesjer ihn nicht bemerken. Ulv beugte sich über die Kette, um das Geräusch zu dämpfen, und begann zu feilen.

Lange saß er so gegen das Rad gelehnt da und kratzte mit dem Stein über die Kette. Er wusste, dass er Geduld haben musste, aber als der Mond sich im Westen senkte und den nahenden Morgen ankündigte, war Ulv doch enttäuscht, als er die Kette untersuchte. Das Metall war heiß wie ein Stein, der die ganze Nacht im Feuer gelegen hatte, aber seine Bemühungen hatten kaum eine Schramme hinterlassen. Die scharfe Kante des Steins dagegen war stumpf und seine Hand von feinem Steinstaub überzogen. Er schleuderte den Stein weg, griff nach den Eisenbügeln um seinen Hals und versuchte, sie auseinander zu biegen. Aber alle Mühe war umsonst.

Da hörte er die Schritte. Direkt hinter dem Waldrand bewegte sich etwas. Er stand auf und spähte in die dunkle Nacht. Der Nebel lag wie eine Decke über dem Boden, und die Steine in der Mitte des offenen Platzes schienen zu schweben. Das Geräusch der Schritte kam von der anderen Seite der Lichtung. Ein vierbeiniges Wesen war das nicht. Es war ein Mensch. Vielleicht ein Barkasjäger. Die kamen weit in den Süden, wenn es im Norden zu wenig Wild gab. Der Mann könnte ihnen helfen zu entkommen. Ulv duckte sich, kroch unter den Wagen und weckte den Stummen.

»Da kommt Mann«, flüsterte er.

Der Stumme kroch hinter ihm her. Beide hielten sie ihre Halsschellen fest, als sie sich am Wagen hochzogen, damit sie nicht klirrten.

Die Gestalt stand jetzt am Waldrand. Die Beine hoben sich dunkel von dem Nebel ab. Ulv hob die Hand, worauf sich der Mann ein paar Schritte auf sie zubewegte. Ulv wich erschrocken zurück, als er sah, dass es kein Mensch war. Es war der Hüne, den er auf den Bautasteinen gesehen hatte. Das Wesen maß mindestens drei Mannslängen, und als er sich in der Mitte des Steinzirkels aufbaute, sah Ulv das Hirschgeweih auf seinem Kopf, dessen Enden sich den Baumwipfeln entgegenstreckten. Der Hüne hatte sich einen Lederschurz um die Hüfte gewickelt, war aber ansonsten nackt. Sein breiter Brustkorb hob und senkte sich mit jedem Atemzug. Das Gesicht lag im Dunkeln, aber Ulv sah, dass Nebel aus seinem Mund strömte, zu Boden sank und sich zwischen die Bautasteine legte.

Ulv griff dem Stummen an die Schulter, aber der Sklave stand nur da und blinzelte in die Dunkelheit. Die Sklavenhändler schliefen tief, und auch Mesjer war zur Seite gekippt.

»Sieh …« Die Stimme rauschte wie ein Windstoß durch den Wald. Ulv sank auf die Knie. Es lief ihm eiskalt über den Rücken, und das Herz schlug hart in seiner Brust.

»Sieh …« Der Hüne streckte seine gewaltigen Arme zur Seite aus. »Sieh dein Spiegelbild. Suche deine Bestimmung.«

Ulv liefen Tränen übers Gesicht. Der Riese öffnete seine Hände, und es rann Blut aus der rechten und Wasser aus der linken.

»Geh nach Süden, Adharkach. Finde deine zwei Völker.« Der Riese legte den Kopf in den Nacken und blies Nebel zu den Sternen, und Ulv glaubte, unter dem Geweih zwei blaue Augen aufblitzen zu sehen. »Das Volk, das du verließest, und das Volk der drei Stämme. Finde sie, Adharkach. Und führe sie in den Krieg der Götter.«

Der Riese drehte sich um und verschwand mit schweren Schritten im Nebel am Waldrand. Danach kehrte wieder absolute Stille ein.

Ulv sank auf der Erde zusammen. Sein Kopf dröhnte, kalter Schweiß rann ihm von der Stirn. Der Stumme beugte sich über ihn und half ihm auf. Ulv drehte sich noch einmal zum Steinzirkel um, aber der Riese war verschwunden.

»Hast du gesehen ...« Er schluckte und strich sich mit zitternder Hand über die Stirn. »Hast du auch gesehen, was ich gesehen habe?«

Zwischen den Augenbrauen des Stummen bildete sich eine tiefe Falte. Er legte Ulv die Hand auf die Stirn, als wollte er nachprüfen, ob Ulv Fieber hatte.

»Der Hüne«, flüsterte Ulv. »Hast du ihn gesehen?«

Der Stumme schüttelte den Kopf, dann drehte er sich um und zeigte zu den Sklavenhändlern. Mesjer reckte sich und gähnte und blinzelte unter dem Kapuzenrand hervor. Der Nebel breitete sich rasch auf dem Lagerplatz aus, hing aber noch immer so tief, dass Mesjer sie sehen konnte.

Mesjer löste die Peitsche vom Gürtel und kam auf sie zu, aber Ulv und der Stumme schafften es gerade noch rechtzeitig, sich zwischen den Rädern unter den Wagen zu rollen. Der Sklavenhändler bückte sich und blickte unter den Wagen, ehe er zur Feuerstelle zurücktorkelte.

Ulv lag den Rest der Nacht wach. Unverwandt starrte er zu dem Steinzirkel, aber der Nebel war gestiegen und verhüllte sowohl Steine als auch Waldrand. Und der Wald schwieg. Der Stumme lag zitternd neben ihm, wie immer bei kühler Witterung. Ulv war unbegreiflich, wieso der Stumme den Hünen weder gehört noch gesehen hatte, waren sie doch beide nur wenige Speerlängen von der gewaltigen Gestalt entfernt gewesen. Er fragte sich, wie der Hüne so lautlos durch den Wald hatte schleichen können, denn die Bäume standen dicht um die Lichtung herum. Aber er wusste auch, dass er kein sterbliches Wesen gesehen hatte. Der Hüne hatte Nebel geatmet, und die Nacht hatte ihn in ihre Dunkelheit gehüllt. Er hatte einen Geist gesehen, einen Gott. Und dieser Gott hatte zu ihm gesprochen. Ulv hatte seine Sprache verstanden, weil sie in ihm lebte. Der Hüne hatte ihn aufgefordert, nach Süden zu gehen und zwei Völker zu finden. Er hatte vom

Krieg der Götter gesprochen. Er hatte ihn Adharkach genannt. Ulv wusste nicht, was der Name bedeutete, aber er rief gute Erinnerungen in ihm wach. Er sah die Frau mit den blonden Haaren vor sich. Sie strich ihm über die Wange und breitete eine Decke über ihn. Sie sang ihm etwas vor, und er schlief mit ihrer Hand auf der Stirn ein. Adharkach ... Das Wort hatte sie gesungen.

Kosh und seine Männer mochten den Nebel nicht. Als sie beim Erwachen den grauen Schleier sahen, der die Bäume einhüllte, spuckten sie nach beiden Seiten aus und murmelten etwas von Verwünschungen und Unterirdischen. Kosh befahl Mesjer und den anderen, die Wasserschläuche zu füllen und die Pferde zu tränken, ehe er zum Wagen herüberkam und an den Ketten zog.

»Zieht euch aus«, sagte er, als der Stumme und Ulv hervorkrochen. »Ihr seid dreckig wie Wildschweine. Runter mit den Fetzen.«

Ulv tat, was von ihm verlangt wurde, da Kosh die Peitsche in die Hand nahm und sich breitbeinig vor ihnen aufbaute. Er zog die Lederhose, das Wams und die zerfetzten Schuhe aus und stand wenig später nackt neben dem Stummen. Kosh rief die anderen Männer.

»Schütte ein paar Fässer Wasser über ihnen aus, Mesjer.« Er zeigte mit der aufgerollten Peitschenschnur auf Ulv. »Schrubb ihnen den Dreck vom Leib. Aber straffe zuerst die Kette. Und fessle dem Großen die Hände. Sein Widerstand ist noch nicht gebrochen, das sehe ich in seinen Augen.«

Ulv starrte ihn an. Er wusste, dass Kosh sich außerhalb der Reichweite der Ketten hielt, weil er ahnte, dass Ulv sich sonst auf ihn stürzen und ihm das Genick brechen würde, wie man einen morschen Zweig zerbricht.

»Dreh dich um!« Der Fettwanst mit der Goldkette stieß ihm mit dem Speerschaft in die Rippen, und Ulv tat, was er sagte. Nun kam Mesjer und band ihm die Hände auf den Rücken. Die drei Brüder kletterten auf den Wagen und zogen die Ketten straff. Als

Ulv stolperte, setzte Kosh ihm den Fuß in den Nacken und drückte ihn zu Boden.

»Schneidet ihm die Haare ab«, sagte der Sklavenhändler. »Der Filz hängt ihm ja über den ganzen Rücken.«

Ulv fühlte ein Messer im Nacken.

»Wartet«, unterbrach Mesjer sie. »Die adeligen Frauen im Süden mögen das. Und der hier ist noch nicht ganz so mager. Wir könnten ihn an die Reichen in Krugant verkaufen. Ein echter Nordländer, Kosh. So einen besitzt dort nicht jeder.«

Ulv wand sich und versuchte freizukommen, aber Kosh drückte seinen Stiefel noch fester auf Ulvs Nacken. »Die braunen Zotteln sind sicher völlig verlaust«, sagte er. »Und wer will schon einen Sklaven mit Ungeziefer.«

Mesjer beugte sich vor und stocherte in Ulvs Haaren herum. Er zog an den Strähnen hinter den Ohren und schabte mit dem Dolch über die Kopfhaut.

»Ich kann nichts finden«, murmelte Mesjer. »Aber er ist ja auch noch nicht so lange angekettet. Ich glaube nicht, dass er Läuse hat.«

Kosh nahm seinen Fuß weg. »Gut, dann lasst ihm seine Haare. Aber wascht ihn gründlich. Ich werde versuchen, ihn in Kargath loszuwerden. Dieser Kerl ist hinterlistig. Ich will ihn nicht länger behalten als unbedingt nötig.«

Kosh marschierte davon. Ulv wollte aufstehen, aber zwei der Sklavenhändler traten ihm auf die Hände. Als er den Kopf zur Seite drehte, sah er Mesjer eine Wassertonne hochstemmen. Der Sklavenhändler schüttete sie über ihm aus, kniete sich neben ihn und begann, seinen Rücken mit einem Leinenlumpen zu bearbeiten. Ulv schrie laut auf, als die Narben von den Peitschenhieben aufrissen, aber Mesjer goss noch mehr Wasser über ihm aus und wusch Ulv in den Kniekehlen und sogar zwischen den Zehen, ehe die Männer ihn auf den Rücken drehten und noch mehr Wasser über ihn ausgossen. Mesjer zog Ulvs Kopf an den Haaren nach hinten und schrubbte ihm den Hals und die Ohren, die Brust und den Bauch, während Koshs Sohn Kajm half, die leeren Fässer im See zu füllen. Ulv kniff die Augen zusammen, als sie das lauwarme Wasser über ihm ausschütteten. Es schmeckte moorig und nach Erde.

»Es wundert mich gar nicht, dass er die Männer in der Grube getötet hat«, sagte Kosh, als die Sklavenhändler Ulv losließen. »In seinen Armen steckt Kraft. Ich bin froh, dass ich nicht gegen ihn antreten musste.«

Die Sklavenhändler lachten. Ulv beobachtete sie durch die nassen Haarsträhnen und maß den Abstand zwischen sich und ihnen. Koshs Sohn stand direkt vor Mesjer.

»Pass auf, Kheth!« Kosh winkte seinen Sohn zu sich. »Er ist gefährlich.«

Ulv strich sich das Haar aus der Stirn, und Mesjer zog den Jungen von ihm weg.

Mesjer blieb stehen und bewachte ihn mit einem Speer, während die übrigen Sklavenhändler sich um den Stummen scharten und ihn zu Boden zwangen. Sie lachten, als er sie anfauchte und mit seinem zungenlosen Mund Worte zu formen versuchte. Dann schütteten sie Wasser über ihn und schrubbten ihn von oben bis unten ab. Kosh befahl seinem Sohn, den Kopf des Stummen zu halten, damit Mesjer seine Haare scheren konnte.

Währenddessen beobachtete Ulv die Lichtung. Der Steinzirkel war noch immer von Nebel verhüllt. Die Sonne hing wie eine Luftspiegelung über dem Waldrand im Osten. Von dem Hünen war keine Spur mehr zu sehen.

Die Sklavenhändler warfen Ulv und dem Stummen saubere Leinentücher hin, spannten die Zugpferde vor den Wagen und stiegen in ihre Sättel. Ulv tat es dem Stummen nach und band sich das Tuch um die Hüfte. Die alten Kleider blieben am Lagerplatz zurück, als der Wagen sich wieder in Bewegung setzte. Ulv warf noch einen letzten Blick zu dem Steinzirkel, weil er wissen wollte, ob der Hüne vielleicht Spuren im Gras hinterlassen hatte. Aber der Nebel verbarg alles, und bald rollte der Wagen wieder durch den Wald.

Kosh führte das Gefolge eine sanfte Steigung hinauf und zurück auf den verwilderten Pfad. Es dauerte nicht lange, bis sie die Wegscheide erreichten. Diesmal wandten die Sklavenhändler sich nach Süden. Ein paar Steinwürfe hinter der Weggabelung kroch Koshs Sohn ans hintere Ende des Wagens und warf Ulv und dem Stummen Decken zu. Danach hielt er ihnen lächelnd ein Stück Trockenfleisch hin. Der Geruch des fettigen Hammelfleisches stieg ihnen in die Nase. Der Stumme machte einen Schritt auf den Wagen zu, aber da zog der Junge das Stück Fleisch schnell zurück. Sein Blick war auf Ulv gerichtet, und er schnalzte mit der Zunge. Ulv machte einen Satz auf ihn zu, und der Junge zuckte zurück. Dabei fiel ihm das Fleisch aus der Hand und landete auf dem Boden. Ulv bückte sich und hob es auf, ehe er von der Kette weitergezerrt wurde. Kosh rief seinen Sohn, der eilig auf den Bock zurückkroch, während sich Ulv das Fleischstück hastig in den Mund stopfte. Kosh würde seinen Sohn bestrafen, wenn er das herausfand.

Ulv wickelte sich in die Decke ein und kaute auf dem zähen Fleisch herum, wobei sein Blick immer wieder zwischen die Bäume neben dem Pfad wanderte. Die Landschaft begann sich zu verändern. Die Bäume wuchsen nicht mehr so dicht, und er sah graue Steinhalden. Der Stumme zeigte auf einen Bautastein, der direkt neben dem Weg aufgestellt worden war. Es waren Zeichen in ihn gehauen, kreisrunde Symbole und andere, die wie gekreuzte Pfeile oder Lanzen aussahen.

Je weiter sie an diesem Tag nach Süden vordrangen, desto mehr Bautasteine sahen sie. Und alle trugen sie die gleichen Kreise und sich kreuzende Lanzen. Der Wald wurde lichter, und immer wieder kamen sie an Lichtungen vorbei, auf denen einzelne Birken mit hängenden Zweigen standen. Auch die Luft roch anders. Ulv nahm den frischen Duft von Gras und Wind wahr, wie damals, als er über die Ebene südlich der Täler gewandert war. Und ihn überkam die gleiche Furcht wie damals. Er verstand nicht, was die Bautasteine am Wegrand mit ihren eigentümlichen Symbolen bedeuteten. Die Sklavenhändler saßen aufrecht in ihren Sätteln und redeten mehr als gewöhnlich. Ulv biss die Zähne zusammen; er witterte Gefahr. Er zog an der Kette, aber nicht einmal darum kümmerten sie sich. Sie feixten und lachten, klopften einander auf die Schulter und tranken gierig aus den Wasserschläuchen.

An diesem Abend gab es reichlich zu essen. Die Sklavenhändler hatten einen Kessel vom Wagen geladen und kochten einen Eintopf aus Fleisch und süßen Wurzeln. Damit füllten sie zwei Schalen und reichten sie Ulv und dem Stummen. Später durften sie so viel Wasser trinken, wie sie wollten. Ulv spülte das Essen hinunter, wie er es gewohnt war, aber niemand kam, um ihnen den Wasserschlauch wieder wegzunehmen. Die Sklavenhändler saßen um das Feuer und sangen. Das hatten sie vorher noch nie getan. Ulv wunderte sich über ihre Heiterkeit und ahnte Unheil.

Am nächsten Tag stieg die Sonne über die Baumwipfel. Die Sonnenspeere vertrieben den Nebel, und als die heißeste Phase des Tages erreicht war, umschwirrten Mücken den Wagen. Sie stachen ihn in die Beine und krochen unter seinen Lendenschurz. Die Sklavenhändler hatten ihm die Hände hinter dem Rücken zusammengebunden, aber der Stumme verscheuchte die Mücken für sie beide. Als Kosh und Mesjer vorausritten, um die Gegend zu erkunden, forderte er den Stummen auf, seine Fesseln zu lösen, damit sie sich befreien konnten. Dann könnten sie die Sklavenhändler töten, ihre Pferde nehmen und damit nach Norden reiten. Aber der Stumme schüttelte nur den Kopf und zeigte auf die Peitschennarben.

Je länger die Schatten auf dem Pfad wurden, desto offener wurde die Landschaft. Der Pfad führte südwärts auf einen niedrigen

Bergrücken zu. Sie hatten den Nadelwald verlassen. Um sie herum wuchsen nur noch Birken, die sanft in der Abendbrise zitterten. Der Boden war von riesigen Felsbrocken und Steinhaufen übersät. Ulv hatte solch eine Landschaft noch nie gesehen, aber jetzt war ihm wenigstens klar, woher die Bautasteine stammten. Unterhalb des Bergrückens betrug der Abstand zwischen den Steinplatten höchstens noch einen Steinwurf, und jede einzelne trug das Symbol der gekreuzten Lanzen.

An diesem Abend schlugen die Sklavenhändler ihr Lager früher auf als sonst. Und wieder kochten sie süße Wurzeln und Fleisch für sich und die Sklaven. Mesjer band Ulvs Hände los und gab ihm die Decke. Sie aßen gierig, bis der Stumme sich an den Bauch fasste und stöhnte. Er erleichterte sich wie gewöhnlich hinter dem Wagenrad. Ulv dachte nicht weiter darüber nach. Solange sie mit den Ketten am Wagen festgebunden waren, hatten sie keine andere Möglichkeit.

Sobald die Sklavenhändler lauter sprachen oder lachten, zog er wieder an seiner Kette, feilte am letzten Glied vor dem Bolzen und riss daran. Die Glut in seiner Brust brannte nach wie vor, geschürt von einem Hass, der es ihnen unmöglich machen würde, ihn zu zerbrechen. Er war der Wolfsmann. Er war den Stimmen der Geister gefolgt und nach Süden gewandert. Und nun hatte er ein Zeichen bekommen, eine Botschaft von dem Riesen mit dem Geweih. Adharkach ... Er stemmte die Füße gegen die Radachse und zog mit solcher Wucht an der Kette, dass der Wagen knarrte. Da drehte sich Kosh, der am Feuer saß, um. Er wickelte die lange Ochsenpeitsche aus und holte zum Schlag aus. Ulv rollte sich auf die Seite, doch das Ende der Peitsche schnitt wie Feuer über seinen Rücken.

Noch vor Morgengrauen riefen die Sklavenhändler zum Aufbruch. Kosh hatte Ulv und dem Stummen die Decken weggenommen, und jetzt arbeitete sich der Wagen knarrend den Berg hoch. Der Wind hatte im Laufe der Nacht gedreht und trug Laute und

Gerüche aus dem Süden mit sich. Ulv roch Rauch und Dung. Er hörte Axthiebe und Hämmer, die auf Eisen schlugen. Sie näherten sich einer Siedlung. Vielleicht wollten die Sklavenhändler, dass er wieder für sie kämpfte, so wie in der Siedlung am See. Wie immer waren seine Hände gefesselt, aber diesmal hatten sie seine Arme nicht hinter den Rücken gezwungen. Er zerrte an der Kette, weil er Gefahr spürte. Der Stumme lief wie immer mit gesenktem Kopf neben ihm her. Der Wind trug den Klang von Trommeln und Flötenspiel zu ihnen herüber. Er hörte Lachen und Männerstimmen. Pferde wieherten. Es roch nach Fellen und Blut.

Kargaths Pforte

Sie sahen sie erst, als sie den höchsten Punkt der Anhöhe erreichten. Kargaths Pforte, der steinerne Bogen, das Gewölbe der gekreuzten Lanzen; so viele Namen hatten die Menschen im Norden über die Generationen hinweg diesem Bauwerk gegeben. Es war hoch wie zwei Bäume, breit wie ein Steinwurf und aus massiven Steinblöcken erbaut. Die Pforte stand wie ein grauer Koloss auf einer Erhöhung inmitten der Ebene, die vor der Anhöhe lag, und ihr Schatten erstreckte sich bis zum Waldrand im Westen. Dort schlängelte sich ein schmaler Fluss aus dem Laubwald, ehe er nach einem weiten Bogen wieder im Halbdunkel unter den Eichen verschwand. Mitten in dem viereckigen Koloss öffnete sich ein hohes Portal, durch das der Sklavenweg weiter nach Süden führte. Es heißt, Krim habe seinen Kriegern befohlen, die Pforte als eine Erinnerung an Kargath, seinen gefallenen Sohn, zu errichten, den er in der Schlacht gegen die Barkas auf dieser Ebene verloren hatte; andere behaupteten, Krims Sklaven hätten das Bauwerk errichtet, um der Nachwelt zu zeigen, wie weit sich das Reich Tarkins erstreckte. Aber ob es nun Sklaven oder Krieger waren, die ihr Blut vergossen hatten oder beim Bau herabgestürzt waren und deren gebrochene Knochen das Erdreich neben dem Bauwerk spickten – die Pforte Kargaths war zu Ehren Tarkins errichtet worden. Denn die gekreuzten Lanzen prangten auf jeder Seite des Portals, und jeder Händler wusste, dass dies das Zeichen Tarkins war. Dennoch, viele Generationen waren vergangen, seit Tarkins Volk über die Ländereien nördlich von Ar herrschte, und nur wenige Karawanenführer waren so weit herumgekommen, dass sie jemals von Vandar und Mansar und den sagenumwobenen Ländern südlich von Torman gehört hatten. Viele behaupteten, südlich von Mansar käme nichts mehr außer öden Wüsten und wilden Küsten, an denen die Wellen jeden verschlangen, der dort zu segeln versuchte. Die Gerüchte erzählten auch von einem großen Heer aus dem Süden, von Plünderungen entlang der Ostküste des Meeres und von blutigen Schlachten in Ar und auf den Inseln Aard. Doch so war es immer an Kargaths Pforte gewesen – hier schwirrten die Gerüchte ebenso dicht wie die Fliegen über den Pferdeäpfeln auf dem Weg. Hier trafen sie sich, die Sklavenhändler, die Karawanenführer und Händler. Hierher kamen die gedungenen Krieger, um bei den Wagenzügen anzuheuern und sich etwas Gold zu verdienen, ehe sie zu den Stadtheeren entlang der Küste zogen. Hierher kamen die Schmiede und Jäger, um ihre Waren zu tauschen, und hierher zogen die Nomaden, um sich am Met der Händler um Sinn und Verstand zu trinken.

Zahlreiche Hütten standen um den steinernen Bogen herum, und diese wiederum waren umgeben von eingezäunten Wiesen mit Pferden und Schweinen und zahlreichen Buden, in denen die Händler ihre Felle, Krüge und Waffen anpriesen. Lagerfeuer brannten entlang des staubigen Weges, und dicke Männer aus dem Flussvolk drehten Grillspieße und schnitten verrußte Fleischstücke von den gebratenen Lämmern. Ulv sah Männer mit Falken auf den Armen und Zwerge, die, umringt von zahlreichen Männern, mit Stöcken gegeneinander kämpften. Zwischen den Zelten und Hütten erkannte er auch noch weitere Sklaven wie ihn selbst, festgekettet an Wagen oder Pfosten. Dort unten waren auch Frauen, schmale Gestalten, die um die Männer herumschlichen und ihnen über die Schultern streichelten. Er sah zu dem Stummen hinüber, der den Blick auf den Boden geheftet und die Arme um sich geschlungen hatte. Der Stumme hatte Angst. Ulv zerrte an den Ketten. Doch da trieb Kosh die Pferde an, und der Wagen begann, den Hügel hinabzurollen.

»Kargaths Pforte!«, rief Kosh. Ulv ging neben dem Wagen her, damit er besser sehen konnte. Einige Männer grüßten den Sklavenhändler, und irgendwo blies jemand eine Lure. Ulv kannte das hohle Geräusch, denn die Barkas verwendeten oft Birkenluren, um sich in den Bergen miteinander zu verständigen. Die Händler sahen von ihren Buden auf, und einige Männer, die zwischen den Hütten herumliefen, deuteten in Richtung des kleinen Gefolges. Der Sklavenhändler winkte ihnen zu, und die Menschen liefen am Rand der Siedlung zusammen. Flötenspiel und Trommeln verstummten, und die Stimmen wurden immer lauter.

Ulv zerrte an den Ketten. Er wollte fort von diesem Ort, doch der Wagen zog ihn weiter.

Kosh und seine Männer folgten dem Karrenweg hinunter zu den Hütten. Als sie den festgetrampelten Platz erreichten, scharten sich Jäger, Nomaden und Siedler um sie. Die Sklavenhändler kannten diesen Ort gut und lächelten den Händlern zu, während sie sie mit offenen Handflächen begrüßten. Hier, im Schatten von Kargaths Pforte, konnten sie Sklaven und Pelze zu einem guten Preis gegen Bärenklauen und Bernstein verkaufen und diese dann wieder gegen Salben, Harz, Met, Waffen und all das andere eintauschen, was in den Städten im Süden begehrt war. Hier war Kosh schon oft seine lästigen Sklaven losgeworden, und jetzt wollte er die zwei in seinem Schlepptau verkaufen. Die Zöllner, die auf diesem Platz lebten und auf jeden Handel im Schatten des Steinbogens Zoll erhoben, erachteten ihn als rechtschaffenen Mann, und so hoffte Kosh auf einen guten Handel und vielleicht auch darauf, eine Frau auf dem Markt ersteigern zu können.

Denn es war gut, Sklavinnen mit nach Süden zu nehmen. Behandelte er sie gut, waren sie gehorsam und still und behielten ihre Schönheit lange. Er hatte auf diesem Markt schon manch einen guten Fund gemacht, denn die Zöllner hatten keinen Blick für Schönheit und wussten nicht, welchen Preis sie verlangen konnten. Vielleicht konnte er den großen Mann gegen eine Frau eintauschen.

Ulv blickte zum Sklavenhändler auf, während dieser an der Seite des Wagens ritt. Kosh hielt die Menschenmenge auf Abstand. Dicke Händler streckten ihre Finger nach Ulv aus, und jemand fasste ihm in die Haare und betastete seine Unterarme. Ulv schüttelte sie ab, doch immer neue Hände griffen nach seinen Schultern und zogen ihn an den Haaren. Kosh bekam einen Speer von Mesjer und schob die Händler zur Seite. Rufe schallten durch die Luft, und Ulv sah, dass Kosh lächelte, als die Männer ihre Goldsäckchen in die Höhe reckten.

»Sie bieten gut«, sagte Mesjer. »Wir können ihn heute Abend verkaufen.«

Kosh nickte. »Ich will dreißig Goldstücke, keines weniger. Der Stumme kostet die Hälfte.«

»Ich hab es dir ja gesagt«, erwiderte Mesjer. Er ritt auf der anderen Seite des Wagens, neben dem Stummen. »Als du ihm die Zunge rausgeschnitten hast, hast du den Preis verdorben, Kosh. Das hättest du nicht tun sollen.«

Kosh spuckte aus. »Das holen wir uns mit dem Großen wieder zurück.« Er wandte sich den Händlern zu und erhob seine Stimme: »Zwei Männer! Er tötete zwei Männer im Zweikampf in Alvar! Bietet heute Abend für ihn, Freunde! An der Pforte, heute Abend!«

Die Rufe hagelten auf den Sklavenhändler nieder. Die anderen Händler wussten, dass eine Versteigerung den Preis in die Höhe treiben würde, und so drängten sie sich zu Kosh vor und schlugen verschiedene Tauschhandel vor. Doch Kosh schob sie weg und deutete auf den steinernen Bogen. »Heute Abend! Heute Abend!«

Seine raue Stimme dröhnte über den Zelten und Buden. »Wartet bis heute Abend, Freunde!«

Ulv verstand wenig von all den Geschehnissen, doch sie gefielen ihm nicht. Als der Wagen in den Schatten des mächtigen Bauwerks rollte, hob Kosh die Hand, und das Gefolge hielt inne. Sie standen vor einem Langhaus. Um sie herum waren Einfriedungen, leere Wagen und Stapel mit Fellen und Tonnen. Ein viel begangener Weg führte hinunter zum Fluss. Ulv blinzelte in die Sonne, die sich im Wasser spiegelte, und entdeckte, dass dort unten am Ufer viele Floße lagen. Drei bärtige Jäger mit ledernen Umhängen standen am Rand des Wassers und sprachen miteinander. Sie sahen wie Barkas aus. Ulv hob seine gefesselten Hände, doch sie bemerkten ihn nicht.

Kosh sprang vom Pferd und führte es in eine Umzäunung. Er wickelte die Zügel um einen Stock und ging auf das Langhaus zu. Ein dicker Mann erschien in der Türöffnung. Er trug ein Leinenhemd, ein rotes Wams und einen mit Goldstücken besetzten Hüftgürtel. Die zwei Männer gaben sich die Hand, steckten die Köpfe zusammen und flüsterten miteinander. Kosh schüttelte den Kopf, und der Dicke nickte. Dann schüttelte auch der Dicke den Kopf, woraufhin Kosh ihm die Hand auf die Schulter legte und ihm etwas ins Ohr flüsterte. Da nickte der Dicke wieder. Kosh lächelte, löste sein Goldsäckchen vom Gürtel und gab dem Dicken drei Goldmünzen. Dann gaben sich die beiden Männer erneut die Hand, und Kosh holte sein Pferd und kam zum Wagen zurück.

Sie bekamen einen Lagerplatz am Fluss. Kosh und Mesjer stritten sich lange mit dem Alten, der sie an den Holzstapeln am Ufer vorbeiführte, denn sie waren unzufrieden mit dem Platz. Kosh wollte sein Lager in der Nähe des Bogens aufschlagen, doch der Alte mit dem weißen Bart schüttelte den Kopf und deutete mit krummen Fingern zur Pforte. Andere Sklavenhändler hatten dort bereits ihre Lager aufgeschlagen. Sie hätten in der Ebene ein paar

Flüchtlinge aufgegriffen, sagte der Alte. Versprengte Mitglieder eines Klans, der vor den Kämpfen geflohen sei. Eine Hand voll von ihnen sei den Sklavenhändlern vor dem Waldrand im Süden in die Falle gegangen.

Ulv und der Stumme saßen am Wagen, während Kosh und seine Männer Stangen in den Boden schlugen und Felle und Decken zum Schutz gegen Wind und Regen darüber spannten. Dann holten sie Krüge und Bärenfelle aus dem Wagen und reihten sie neben Ulv und dem Stummen auf. Einige der Händler, die neben ihnen ihre Lager aufgeschlagen hatten, kamen mit auf dem Rücken verschränkten Händen angeschlendert und stellten sich vor sie. Sie flüsterten einander etwas zu, zeigten auf ihn und neigten die Köpfe zur Seite. Ulv wandte sich von ihnen ab, zerrte an den Ketten und hockte sich ins Gras. Der Stumme hatte sich unter dem Wagen verkrochen, und als die Händler näher kamen, machte Ulv es wie er.

Bis es dunkel wurde, lag er unter dem Wagen. Der Duft der Feuer zog zu ihm herüber und erzählte ihm von gebratenem Schweinefleisch und verschwitzten Männern. Er hörte sie rufen und lachen. Manchmal begannen auch die Trommeln zu schlagen. Sie ertönten dann aus allen Richtungen der Siedlung, vom steinernen Koloss und von den Hütten im Osten, den Pferdegehegen im Süden und dem Flussufer gleich neben ihm. Ulv versuchte, die Stimmen der Sklavenhändler in all dem Lärm zu verstehen, und begriff schließlich, dass sie über Gold und Felle sprachen. Kosh redete aufgeregt über ein Ereignis, das an diesem Abend stattfinden sollte. Aber sie müssten warten, meinte er. Sie müssten warten, bis die Zöllner die Menschen zusammenriefen. Erst dann kämen die reichen Karawanenführer zum Handeln.

Ulv wartete lange unter dem Wagen. An diesem Abend gab ihm niemand eine Decke, doch sie hatten ihm wenigstens die Handfesseln abgenommen. Ulv schlug nach den Mücken, denn sie summten in seinen Ohren und ließen ihn nicht in Frieden. Der Stumme war neben ihm eingeschlafen, und die Insekten hockten dicht an dicht auf dem nackten Körper. Ulv versuchte, sie fortzujagen, doch der Stumme schien sich nicht darum zu kümmern. Einmal weckte Ulv ihn, doch der Stumme sah ihn bloß an und schüttelte den Kopf.

Es war Nacht, als Kosh sich erhob und sich den Gürtel umschnallte. Er sprach leise und ernsthaft mit seinen Männern, ehe ihm Mesjer und Kajm zum Wagen folgten.

»Wir fahren mit dem Wagen dort hinauf«, sagte Kosh. »Ich wage es nicht, den Großen aus den Ketten zu lösen.«

Es knirschte, als sie auf den Bock kletterten. Die anderen Männer spannten die Zugpferde an. Kosh gab den Pferden die Peitsche, und der Wagen setzte sich in Bewegung.

Ulv und der Stumme krochen rasch unter dem Wagen hervor, ehe die Ketten sie weiterzogen. Kosh steuerte in Richtung Steinkoloss. Am Fuße des Bogens waren große Fackeln entzündet worden.

Wieder begannen die Trommeln zu schlagen. Ulv blickte über die Siedlung. Fackeln und Lagerfeuer erhellten die Ebene, auf der die Fackeln wie Glühwürmchen aussahen, die dichter und dichter schwärmten, je näher sie dem Steinbogen kamen. Die Händler versammelten sich am Fuße von Kargaths Pforte.

Die Luren heulten. Ulv sah die Lurenspieler auf den Podesten; sie trugen rote Kleider und hielten sich die langen Rindenluren vor die Münder. Sie sahen wie der dicke Mann aus, mit dem Kosh gesprochen hatte, und es musste sich bei ihnen, wie Ulv zu verstehen glaubte, um Männer aus dem Volk der Zöllner handeln. Kosh trieb die Pferde an. Der Wagen rollte zwischen den Tischen hindurch.

Als sie zum Handelsplatz kamen, hatten die anderen Händler ihre Sklaven bereits auf die Tische geführt. Kosh hielt seinen Wagen an, sprang in die Menge der Zuschauer und gebärdete sich wild. Er verlangte einen eigenen Tisch für seine Sklaven und wollte, wie es Sitte war an Kargaths Pforte, dass die Zöllner den Händlern von seinem guten Ruf erzählten. Ulv versteckte sich hinter dem Wagen, während Kosh auf einen freien Tisch kletterte. Die Zöllner deuteten auf ihn und machten viele Worte, die Ulv aber nicht verstand. Doch er erblickte die vielen Menschen an den Tischen, hörte ihr Gerede und sah, wie sie ihre Ledersäckchen schwenkten. Mehrere Tische standen auf dem Markt, und auf jedem der Tische standen Sklavenhändler und präsentierten ihre angeketteten, halb nackten Sklaven. Die meisten Sklaven hatten helle Haare, einige trugen Halsschellen. Er sah, wie die Sklavenhändler sie herumdrehten, während die Händler sie betrachteten und ihr Gold in der Hand wogen. Die Stimmen der Zöllner erhoben sich singend über die Menge, und die Menschen begannen zu jubeln. Die Zuschauer tranken aus Krügen und Wasserschläuchen. Sie grölten und lachten.

Mesjer fuhr den Wagen zu dem Tisch hinüber, auf dem Kosh stand. Kajm richtete einen Speer auf Ulv, als Mesjer ein paar Lederriemen heraussuchte und Ulvs Hände auf dem Rücken zusammenband. Dann trieben die Sklavenhändler sie zu Kosh hinauf.

»Und hier ...« Ein Zöllner ganz in der Nähe von ihnen streckte seine Hand zu Kosh aus. »Hier haben wir Kosh mit den kostbaren Waren, bekannt für seine Ehrlichkeit und seine Heil bringenden Salben. Er bringt Waren aus Alvar im Norden, aus Firt, aus Krugant und Kajmen. Kosh ist weit gereist, Freunde. Bei ihm kann man manch guten Tausch machen.«

Kosh hob die Arme über den Kopf. »Heute Abend ...« Er blickte über die Menge und wartete, bis der Jubel sich legte. »Heute Abend möchte ich zwei Sklaven versteigern.« Er packte den Stummen am Arm und zog ihn mit sich. »Einen Mann aus dem Flussvolk, ein starker Mann, der mehrere Tage laufen kann, ohne etwas zu essen. Er taugt als Pferdeknecht für einen Karawanenführer oder als Krieger. Er ist still und beklagt sich nie.«

Der Sklavenhändler ließ ihn los und packte Ulv am eisernen Kragen. »Aber meine beste Ware haben die meisten von euch schon gesehen. Ein echter Nordländer!«

Ulv wand sich verzweifelt, doch Kosh zog ihn am Eisenkragen hinter sich her.

»Ich habe ihn in Alvar gefunden, in einer Grube, in der sie Zweikämpfe veranstalten. Er hatte bereits zwei Männer getötet. Er ist stark wie ein verwundeter Bär, wild wie ein tollwütiger Hund, und er hat die Ausdauer eines jungen Pferdes.« Kosh schlug ihm auf die Brust. »Geboren und aufgewachsen im Norden von Alvar, sagen die Menschen dort oben. *Ulvmanna* nennen ihn die Barkas, was in unserer Sprache so viel wie Wolfsmann bedeutet. Also, gebt eure Gebote für den Wolfsmann ab, Freunde. Bietet, und ich werde euch einen guten Preis machen!«

Die Händler streckten ihm ihre Geldbeutel entgegen und boten, und das Echo ihrer Stimmen wurde am steinernen Bogen zurückgeworfen. Ulv wich zurück, aber Mesjer stand hinter dem Tisch und stieß ihm mit dem Schaft eines Speeres in den Rücken.

»Ein guter Krieger für Burgheere oder als Schutzwache für reiche Männer!« Kosh klopfte ihm auf die Schulter. »Lasst uns mit dreißig Goldstücken anfangen. Dreißig Goldstücke für diesen Sklaven!«

Die Händler wurden mit einem Mal still. Sie sahen einander an und blickten dann zu den anderen Tischen hinüber. Die dortigen Sklavenhändler klirrten mit ihren Ketten und drohten Kosh mit den Fäusten.

»Dreißig und drei extra!« Ein vernarbter, großer Mann vor dem Tisch reckte seine Faust in die Höhe. Kosh nickte und wiederholte das Gebot. Ein anderer Händler erhöhte, und Kosh heizte sie weiter an.

Ulv beobachtete die Sklaven auf den anderen Tischen. Nicht alle Händler hatten sich an Koshs Tisch versammelt. Einige standen auch an den übrigen Tischen und leuchteten mit ihren Fackeln zu den anderen empor. Ulv versuchte zu zählen, doch er gab es rasch auf. Er sah, dass die Tische voller Männer waren, doch er hatte keine Worte für diese Anzahl. Kosh schlug ihm auf die Schulter und brüllte in die Menge. Ulv kümmerte sich nicht um ihn, denn die Sklavenhändler auf den anderen Tischen nahmen ihren Sklaven die Decken ab und zeigten sie der Menge. Die Hälfte von ihnen waren Kinder, doch hinter einem breitschultrigen Mann mit Peitschennarben auf der Brust stand auch eine Frau.

»Steppenkrieger!« Der Sklavenhändler auf dem Tisch nebenan, ein einäugiger Mann mit kurz geschorenen Haaren, erhob seine Stimme, um Kosh zu übertönen. »Gefangen vor achtzehn Tagen, frisch und stark. Bei mir macht ihr einen guten Handel. Hört nicht auf Kosh, er betrügt euch!«

Das hörte Kosh. Er löste die Peitsche von seinem Gürtel und drohte damit dem anderen Sklavenhändler, der die Drohung mit seiner Peitsche erwiderte. Sie starrten einander an, spuckten vor Verachtung aus und wandten sich dann wieder den Händlern zu. Die Gebote gingen weiter. Jeder Sklavenhändler brüllte den Preis für seine Sklaven in die Menge, und die Händler antworteten ihm und klimperten mit ihren Geldbeuteln.

Ulv hätte sich die Ohren zugehalten, wenn Kosh nicht seine Hände auf dem Rücken gefesselt hätte. Die Stimmen schnitten sich durch seinen Kopf, und er zerrte an den Ketten. Den Zuschauern schien das zu gefallen, denn sie zeigten lachend auf ihn. Mesjer schlug ihm mit dem Speerschaft auf den Rücken.

»Drei mal zehn, und dann noch acht extra!« Kosh packte Ulv an den Haaren und hielt die langen Strähnen hoch. »Ein echter Nordländer, Leute! Ein Kämpfer, ein Krieger! Lasst mich fünfzig hören, für fünfzig verkaufe ich!«

Ulv sah zu dem nächsten Tisch hinüber. Einer der angeketteten Jungen wurde vom Tisch geführt und einem dicken Händler übergeben. Der breitschultrige Mann mit den Peitschennarben streckte sich nach ihm aus, und der Lichtschein der Fackeln glänzte auf seinen nassen Wangen. Die Sklavenhändler schlugen ihm mit Stöcken in den Bauch und trieben ihn zurück. Die Frau stand noch immer hinter ihm. Sie hatte blonde Haare, die über ihre Schultern herabhingen. Ihr Blick war gesenkt, so dass ihre Haare ihr Gesicht verdeckten. Sie erinnerte ihn an die Frau aus seinen Träumen, die die Decke über ihn gebreitet und ihm über die Wangen gestreichelt hatte. Auch sie hatte blonde Haare gehabt. So etwas hatte er niemals zuvor gesehen. Es spiegelte das Licht der Fackeln und glänzte auf ihrer Brust wie frisch gefallener Schnee.

»Steh still!« Kosh packte ihn am Arm und zog ihn zurück in die Mitte des Tisches. Mesjer kletterte hoch und nahm den anderen Arm. Die zwei Männer hielten ihn fest, und Ulv starrte auf die Menschen vor den Tischen. Sie streckten ihm Fäuste mit Gold entgegen und schrien wie Krähen über einem toten Hirsch. Der Vorderste von ihnen schrie am lautesten.

»Fünfzig?« Kosh legte die Hand hinter sein Ohr. »Habe ich fünf mal zehn gehört?«

Der Mann, der eben noch so laut gebrüllt hatte, fasste sich erschrocken an den Mund.

»Du hast fünf mal zehn Goldstücke geboten.« Kosh deutete mit zitternden Fingern auf ihn. »Fünf mal zehn. Wer bietet mehr?«

Die Händler blickten zu Boden. Die Hintersten drehten sich um und gingen zu den anderen Tischen hinüber. Dort boten die Sklavenhändler ihre Steppenkrieger an. Auf dem Nachbartisch stand die Frau mit den blonden Haaren. Die Männer zogen ihr das Kleid von den Schultern und streckten die Hände nach ihren nackten Brüsten aus. Ulv zerrte an den Ketten, doch Mesjer zog seine gefesselten Hände nach hinten.

»Ich muss mir die Ware erst ansehen!« Der faltige Mann kletterte mühsam auf den Tisch. Er trug ein langes Gewand und hatte goldene Ringe an den Fingern. Seine Haare waren kurz geschnitten. Ulv atmete schnuppernd ein, denn der Mann roch merkwürdig, wie Blumen und Honig.

Kosh und Mesjer strafften die Fesseln. Der faltige Mann streckte die Hand nach Ulv aus. Er hatte lange Nägel, die Ulv an Klauen erinnerten, so dass er einen Schritt zurückwich, ehe ihn die Sklavenhändler wieder nach vorn schoben.

»Ein Mann aus dem Norden ...« Der Händler kratzte mit seinen langen Nägeln über seine Brust. »Ich sehe, dass er einen starken Körper hat. Mein Häuptling mag so etwas.«

Ulv erwiderte den Blick, als ihm der Mann ins Gesicht sah.

»Harte Züge«, sagte der Händler. Er sprach mit einer weichen, hohen Stimme, die fast wie eine Frauenstimme klang. Ulv drehte den Kopf weg, als er ihm über das Kinn strich. »Den Bart müssen wir ihm natürlich scheren. Und die Haare können auch nicht einfach so herabhängen.« Er schob seine Finger in Ulvs Haare. Ulv fletschte die Zähne und fauchte ihn an. Der Händler machte ein überraschtes Gesicht, ehe er lächelnd Ulvs Wange tätschelte. »Ein echter Nordländer«, sagte er. »Ein Wilder. Das gefällt mir. Zu Beginn sind sie immer wild, doch wenn sie erst lang genug die Peitsche gespürt haben, werden sie fügsam und tun alles, was man von ihnen will. Nicht wahr, Nordmann?« Der faltige Mann tätschelte ihm den Bart, und seine langen Nägel fuhren über Ulvs Mundwinkel. »Du wirst schon tun, was ich von dir verlange ...«

Ulv fing den Mittelfinger des Mannes mit den Zähnen ein, so dass der Händler aufschrie. Kosh und Mesjer zerrten Ulvs Arme nach hinten, doch Ulv ließ nicht los. Blut rann über seine Zunge. Er warf den Kopf hin und her, bis die Knochen knackten und er den Finger mit einem Ruck abbeißen konnte. Der Händler fiel auf die Knie. Er hielt sich die Hand vor den Mund, während das Blut aus der Wunde rann. Ulv spuckte den Finger aus.

Kosh und Mesjer drückten ihn zu Boden. Mesjer stellte seinen Stiefel in Ulvs Nacken, während Kosh dem Verwundeten vom Tisch half. Ulv hörte, wie die Händler schrien und brüllten. Einige von ihnen traten gegen den Tisch und nannten Kosh einen Schwindler.

»Fünfzig Goldstücke für einen ungezähmten Sklaven!« Ihre groben Stimmen übertönten Kosh und Mesjer. »Und was beißt er als Nächstes ab? Wie kannst du es wagen, mit einem gerade erst gefangenen Wilden hier auf dem Markt aufzutauchen, Kosh? Du hast behauptet, er habe seine Lektion gelernt.«

»Schluss mit den Geboten!« Die Zöllner schoben die Händler mit Stöcken vom Tisch weg. »Schluss mit den Geboten für diesen Sklaven! Wir kommen zum Nächsten!«

Die Händler spuckten voller Verachtung aus, doch Kosh zog

den Stummen zu sich und packte ihn am Unterkiefer. »Ein stummer Sklave«, rief er, denn jetzt wagte er es nicht mehr, die Händler zum Narren zu halten. »Er hat keine Zunge, ist aber stark und ausdauernd. Beginnen wir mit zehn Goldstücken. Zehn Goldstücke für diesen Sklaven.«

Die Händler schüttelten die Köpfe und winkten ab. Die meisten gingen zu den anderen Tischen, und nur einige wenige blieben vor Kosh stehen. Mesjer löste den Stummen vom Wagen und stieß Ulv vom Tisch. Die Händler warfen mit Steinen und spuckten ihm nach, als Mesjer auf den Bock kletterte und die Pferde antrieb. Kosh und Kajm blieben mit dem Stummen auf dem Tisch zurück. Ulv sah, wie sie ihn herumdrehten und den Händlern zeigten. Dann aber wurde er von der Kette fortgezerrt und hastete an Buden und Hütten vorbei, und als er sich das nächste Mal umdrehte, war der Stumme verschwunden.

In dieser Nacht frischte der Wind auf. Ulv saß am Wagen, lauschte den Rufen vom Sklavenmarkt und hörte Mesjer und die Brüder am Feuer flüstern. Der Wind rauschte in den Bäumen am Rand der offenen Fläche, und wenn Ulv den Kopf hob, konnte er bis zum Waldrand im Süden von Kargaths Pforte blicken. Mesjer hatte seine Handfesseln gelöst und ihm eine Decke gegeben, so dass er sich gegen die Mücken wehren konnte. Ulv blickte durch einen Spalt des zerschlissenen Stoffes. Der Wind trug ihm den Duft des Nadelwaldes zu. Er wünschte sich, wieder frei zu sein und in den Wald laufen zu können. Er wollte in die Berge, das Land der Nebel durchqueren bis in das Reich der Wölfe, wie er es damals vor so vielen Wintern getan hatte. Jahr auf Jahr wollte er wandern. Das Land würde ihm zeigen, wohin er gehen musste. So war es immer gewesen. Aber jetzt, dachte er mit einem Blick auf den grauen Steinkoloss, jetzt würde es nie wieder so werden, wie es gewesen war. Die Barkas würden sagen, die Geister hätten ihm Zeichen gesandt. Vielleicht war Ekserk selbst seinen Spuren gefolgt und hatte sein Unglück gesehen. Doch Ekserk war ein selbstsüchtiger Gott, der sich nur selten um die Menschen kümmerte, und Ulv wusste, dass er allein zurechtkommen musste. Er musste sich von diesen Ketten befreien und Kosh und Mesjer und all die anderen, die ihm Böses angetan hatten, töten. Doch er wusste nicht, wie ihm dies gelingen sollte.

Ulv grübelte lange darüber nach. Er zerrte an der Kette und zog am Bolzen, doch obgleich dieser nicht mehr ganz so fest im Holz steckte wie zuvor, war es unmöglich, ihn herauszuziehen. Deshalb setzte er sich wieder ans Rad, schlug die Decke um sich und schloss die Augen. Der Lärm der Siedlung machte ihn schläfrig. Er kauerte sich zusammen und träumte sich fort von der eisernen Halsschelle, fort von den langen Fingern der Händler und ihren geifernden Gesichtern. Er wischte sich den Blutgeschmack aus den Mundwinkeln und spürte den Schlaf kommen. Doch er wollte nicht schlafen, er wagte es nicht. Der Mann mit den langen Fingern könnte kommen, um sich zu rächen. Vielleicht lauerte er bereits, wahnsinnig vor Rachlust, zwischen den Buden. Ulv sah seine rötlichen Augen im Dunkel vor sich, roch den merkwürdigen Duft nach Honig und Blumen und riss sich von den Ketten los und stürzte in Richtung Fluss. Doch der Fluss verwandelte sich in eine Wand aus Nebel, das Ufer wurde zu einem steinernen Hang, und das Geräusch von Hammerschlägen und Pferden drang an seine Ohren. Er war müde, streckte die Arme vor sich aus und schlich sich Schritt für Schritt vorwärts. Als sich der Nebel lichtete, sah er, dass er in eine tiefe Schlucht gekommen war. Rechts und links reckten sich steile Felswände in einen grauen Himmel. Er fiel auf die Knie, kroch weiter, und die scharfen Steine schnitten sich in seine Haut. Er sah das Ende der Schlucht, den blauen Himmel und hörte eine Stimme. Schritte. Jemand kam auf ihn zu.

»Adharkach …« Die Frau sang seinen Namen. »Komm nach Hause … Sie warten auf dich …«

Er kroch weiter. Jetzt fehlten nur noch ein paar Schritte bis nach oben.

»Adharkach.«

Die Stimme war so nah, und er blickte auf. Sie stand vor ihm in einem weißen Leinenkleid. Ihre hellen Haare hingen über ihre Schultern herab. Er streckte die Hand nach ihr aus, doch da war sie wieder verschwunden, und der Nebel trieb über ihn.

»Weit ...« Ihre Stimme war überall um ihn herum. »Weit musst du wandern. Bran ... Dein Vater ... Im Süden.«

Er kippte auf die Seite, und ihre Stimme entschwand. Tränen brannten in seinen Augen. Der Nebel erstickte ihn, und die Steine pressten sich schmerzhaft in seinen Rücken. Eine andere Stimme drang zu ihm vor, grob und laut.

»Sklave!«

Ulv öffnete die Augen. Vor ihm stand Kosh.

»Komm hoch!« Der Sklavenhändler trat ihm in den Rücken. »Du hast mich viel gekostet, du dreckiger Nordländer!«

Ulv rappelte sich hoch. Kosh und Kajm blickten auf ihn herab. Kajm hielt eine Kette in den Händen, und am Ende dieser Kette stand eine Gestalt mit gesenktem Haupt. Sie trug einen langen Umhang, der vor Hals und Brust verschnürt war, und hatte eine Kapuze auf dem Kopf. Ulv bemerkte sie kaum im Dunkel, doch er begriff, dass Kosh einen neuen Sklaven gekauft hatte.

Die Faust traf ihn am Kiefer. Er stürzte gegen den Wagen und klammerte sich an der Leinenplane fest. Kosh packte ihn am eisernen Kragen, zog ihn mit sich und schlug ihm mit dem Ellbogen in den Nacken. »Dieses Mal wirst du deiner Strafe entgehen, aber nur, weil ich dich weiter im Süden verkaufen will!« Kosh ließ ihn los, und Ulv sackte zusammen. Er kroch zum Wagenrad und verbarg den Kopf zwischen den Armen, doch Kosh ging zu dem neuen Sklaven.

»Hier ist meine neue Ware.« Kosh packte den Sklaven am Arm und zog ihn ins Licht des Lagerfeuers. Die Brüder und Mesjer versammelten sich um ihn, und Koshs Sohn kroch aus dem Wagen, in dem er geschlafen hatte.

»Ein guter Handel«, sagte Kosh. »Fünf Felle und den Stummen gegen die hier.« Er zog der schmalen Gestalt den Umhang von den Schultern, und blonde Haare fielen über ihre nackten Brüste.

Ulv erhob sich. Das war die Frau von dem anderen Tisch. Sie legte die Arme um sich und wich zurück, doch Kosh zog sie an der Kette zurück. Auch sie trug einen eisernen Kragen um den Hals. Tränen zeichneten Streifen auf ihre schmutzigen Wangen.

»Soll sie mit dem Großen hinter dem Wagen hergehen?« Mesjer packte sie am Arm und streckte ihre langen Finger aus.

»Das soll sie.« Kosh zog sie mit sich. »Das Einauge hat gesagt, sie stamme von einem Steppenvolk. Sie wird es wohl schaffen.«

Ulv betrachtete sie, als Kosh sie vorbeiführte. Sie wandte ihren Blick von ihm ab und versuchte beständig, ihre Brüste zu bedecken. Ulv verstand das nicht, denn die Frauen der Barkas taten das nie.

»Fessle seine Hände!« Kosh deutete auf Ulv, ehe er mit der Faust gegen den Wagen schlug. »Mesjer! Hammer und Bolzen!«

Ulv spürte einen Speerschaft im Rücken und kniete nieder, während die Brüder seine Handgelenke fesselten. Die Frau bekam ihren Umhang zurück. Sie verschnürte ihn vor dem Hals, während Kosh und Mesjer die Kette am Wagen befestigten. Hammerschläge dröhnten über den Lagerplatz. Die Frau zog die Kapuze über den Kopf. Ulv nahm ihren Geruch wahr. Sie roch nach Erde und Schweiß, doch er nahm auch diesen seltsamen, warmen Duft wahr, den er bei den Frauen der Barkas gerochen hatte.

Kosh reichte den Hammer an Mesjer und baute sich vor Ulv auf. »Du dreckiger Wilder, ich sehe sehr wohl, wie du sie anstarrst! Diese Frau ist rein, Einauge und seine Männer haben nicht bei ihr gelegen. Das verspricht höhere Preise im Süden, aber davon verstehst du ja nichts.« Er zog seinen Dolch und hockte sich vor Ulv hin. Ulv spürte die scharfe Klinge in seinem Schritt. »Aber das verstehst du, nicht wahr? Rühr sie einmal an, und ich schneide dir alles ab, was dich zum Mann macht.«

Kosh steckte den Dolch wieder ein. Ulv wartete, bis ihm der Sklavenhändler den Rücken zudrehte, ehe er sich wieder erhob. Die Brüder hatten seine Hände gefesselt. Kosh und Mesjer hämmerten den Bolzen fest und warfen den Hammer wieder in den Wagen. Dann gingen sie und setzten sich ans Feuer.

Den Rest der Nacht saß Ulv beim Wagen und betrachtete die Frau. Sie hatte sich am Wagenrad zusammengekauert, Umhang und Kapuze über sich gezogen und bewegte sich kaum. Nur eine einzelne Haarsträhne lugte unter der Kapuze hervor, doch Ulv erkannte den Umriss des schmalen Rückens unter dem Umhang, sah die schlanken Schultern und roch die Wärme, die von ihr ausging. Er flüsterte die alten Worte, die ihm Sicherheit gaben, denn jetzt, da er so nah bei einer Frau angekettet war, wusste er nicht, was er tun sollte. Er hatte Angst, sie zu sehr anzustarren, denn vielleicht würde Kosh das bemerken und ihn bestrafen.

»Ban, Tir, Meer ... Tirr-ga, Tirr-ga.« Ulv murmelte die Geisterworte wieder und wieder. Die Frau rührte sich nicht. Er fragte sich, ob sie ihn ebenso fürchtete wie die Sklavenhändler oder ob sie vor Erschöpfung eingeschlafen war. Mesjer hielt am Feuer Wache, und Ulv wagte es nicht, sie zu berühren. Dennoch konnte er an nichts anderes denken. Die Sklavenhändler hatten ihm die Decke weggenommen, und die Mücken saßen dicht an dicht auf seinem Rücken, doch seine einzigen Gedanken galten dieser schmalen Gestalt vor ihm.

Bei Tagesanbruch brachen die Sklavenhändler das Lager ab. Ulv saß am Wagenrad und lauschte ihren Worten, während die Brüder mit Krügen und Fellen auf und ab gingen und Kosh sie vom Lagerfeuer aus fluchend antrieb. Er wollte aufbrechen, bevor der Sonnenaufgang die anderen in der Siedlung weckte, denn sein Ruf war hier an der Pforte zugrunde gerichtet, und er fürchtete, die Händler könnten kommen und Steine auf seine Krüge werfen oder seine Felle in Brand stecken. So etwas hatte er schon einmal gesehen, und damals war der Schwindler nur mit Mühe und Not dem Galgen entgangen.

Die Männer luden die Waren in den Wagen, und Mesjer ließ fünf Felle als Beigabe für den Stummen zurück, wie er es Einauge versprochen hatte. Kosh pinkelte in die Glut und spuckte verächtlich in Richtung Pforte, ehe er die Zügel ergriff.

Der Wagen rollte rasch an den Buden vorbei, und Ulv folgte ihm wie gewöhnlich. Die Frau hastete neben ihm her. Sie hatte die Kapuze noch immer auf dem Kopf. Sie war einen Kopf kleiner als er und musste fast rennen. Er schnupperte in ihre Richtung und sah ihre Brüste unter dem Umhang auf- und abwippen.

»Tir«, sagte Ulv, denn beim Anblick der Frau kam ihm immer dieses Wort in den Sinn. »Tirr-ga.«

Sie drehte den Kopf in seine Richtung. Er sah blaue Augen aufblitzen, ehe sie sich wieder abwandte.

Ulv schloss den Mund. Die Unterhaltungen der Sklavenhändler hatten die Erinnerung an viele Worte zurückgebracht, doch statt mit ihr zu sprechen, murmelte er die Geisterworte, die nur er verstand. Sie musste ihn für verrückt halten. Es war besser zu schweigen, dachte er und ließ seinen Blick über die Buden schweifen.

Der Wagen hatte jetzt wieder den Sklavenweg erreicht. Kosh ritt einen guten Steinwurf voraus. Er führte Mesjer und die anderen in Richtung des steinernen Portals. Die ersten Sonnenstrahlen schienen bereits über die Siedlung, und Kargaths Pforte warf einen langen Schatten nach Westen über die Ebene. Nur eine Hand voll Menschen waren auf den Beinen. Ein Mann stand auf dem Sklavenmarkt und hackte Holz, und ein Hund kam am Weg hinter einer Tonne hervor und bellte ihnen nach.

Der Wagen rollte die leichte Steigung zur Pforte empor, doch erst als Kosh und Mesjer unter das breite Portal ritten, sah Ulv, wie groß es war. Die Hufschläge hallten an den steinernen Wänden wider, und Ulv sah zu der gewölbten Decke empor und dachte, dass es Götter gewesen sein mussten, die dieses mächtige Bauwerk errichtet hatten. An den Wänden und an der Decke konnte er merkwürdige Zeichen erkennen. Sie erhoben sich aus den Schatten und fauchten ihn mit Tierschnauzen und weit aufgerissenen Mäulern an. Die Geister des Windes schienen hier gefangen und zu Stein geworden zu sein. Ulv wand seine gefesselten Hände und zerrte an den Ketten, so dass sein Nacken schmerzte, denn er hoffte, die Geister würden ihn sehen. Vielleicht konnten sie sich von den Steinwänden losreißen, sich auf die Sklavenhändler stürzen und ihm die Kraft einflößen, sich von seinen Ketten zu befreien und zu fliehen. Doch Kosh gab den Pferden die Peitsche und ließ sie im Trab gehen. Ulv begann zu laufen. Die Frau rannte neben ihm und gab klagend ihr Äußerstes, um mitzuhalten. Dann rollte der Wagen aus dem Dunkel, und Kosh streckte seine Hand nach Süden aus. Der Wagen fuhr weiter die Anhöhe hinunter, vorbei an einem Schweinepferch und einigen Langhäusern. Ein paar Speerwürfe später knirschte der Wagen in eine alte Spur, die über den Sklavenweg in Richtung des Waldes im Süden der Ebene führte. Die Espen strichen mit ihren dicht belaubten Zweigen über den Pfad, und Kosh brüllte und hieß die Männer langsamer fahren. Ulv sah zu der Frau hinüber. Sie hatte sich jetzt aufgerichtet und folgte schwer atmend, aber in raschem Tempo dem Wagen. Die Haare waren ihr ins Gesicht gefallen, doch obgleich ihre Arme nicht gefesselt waren, versuchte sie nicht, es zur Seite zu streichen. Ulv senkte den Blick, denn die Frau weckte seltsame Gefühle in ihm. Er fürchtete sich nicht mehr davor, was die Sklavenhändler ihm antun könnten, er hatte Angst davor, was sie mit ihr anstellen würden. Es war merkwürdig, dachte er, so etwas für einen Menschen zu empfinden. Er hatte das niemals zuvor erlebt. Er hatte niemals an andere zu denken brauchen, denn der Wald und die Berge hatten ihn gelehrt, allein zurechtzukommen. Sie hatten ihm gezeigt, wie sie mit Kälte, Trockenheit und Hunger töten konnten. Die Berge hatten ihm sein Wissen gegeben und ihn zu einem Teil ihrer selbst werden lassen. Er war Ulvmanna, der Wolfsmann, der seinen Weg allein suchte. Er tötete und verzehrte seine Beute. So war es immer gewesen.

Die Strafe

Sie rasteten erst wieder, als es bereits dämmerte. Die Frau sank zu Boden. Ulv blieb neben ihr stehen und betrachtete sie, während Kosh die Pferde ausschirrte und sie an die Böschung neben dem Weg führte. Unterdessen sammelte sein Sohn am Waldrand trockene Zweige, während die Brüder Felle und Decken zu einem alten Lagerplatz zwischen den Pappeln trugen. Ulv hockte sich hin und machte sich so klein wie möglich, denn kaum waren sie stehen geblieben, fielen auch schon die Mücken über ihn her.

Kajm kam zu ihnen herübergelaufen. Der dicke Mann ließ die Frau liegen, warf Ulv ein abgetragenes Wams vor die nackten Füße und stieß ihm den Speerschaft gegen die Brust.

»Zieh dir was an, Sklave!« Er drückte ihm eine Lederhose und Fußlappen in den Arm, ehe er sich zum Feuer umdrehte und Koshs Sohn zu sich winkte. »Kheth, komm her, und binde ihn los. Er muss sich was überziehen.« Der Dicke schlug sich mit der flachen Hand auf die Wange. »Bevor die Mücken ihn auffressen.«

Kheth legte die Zweige auf die Erde, die er gerade im Arm hielt, und kam eilig angelaufen. Er kniete sich hinter Ulv und zerrte an dem Strick, bis er sich lockerte.

»Gut«, sagte der Dicke. »Und jetzt geh, und bring das Feuer in Gang, Kheth. Ich kümmere mich so lange um die Sklaven.«

Kheth tat, was der Dicke von ihm verlangte. Ulv folgte ihm mit dem Blick, als er zur Feuerstelle trottete. Der Junge versuchte, älter und kräftiger zu erscheinen, als er war, er spreizte die Arme ein wenig vom Körper ab und schwankte von einer Seite zur anderen, als wäre er ein großer, kräftiger Jäger. Er kniete sich neben die Brüder und stapelte die trockenen Zweige aufeinander. Kosh hockte sich neben ihn und fuhr ihm durchs Haar.

»Hörst du nicht, was ich sage?« Der Dicke schlug Ulv mit der flachen Hand ins Gesicht, ehe er auf die Hose und das zerschlissene Wams zeigte. »Zieh die Sachen an!«

Ulv stieg in die Hose. Sie spannte über den Oberschenkeln, aber wenigstens war das Leder dick genug, um ihn vor Mückenstichen und Fliegen zu schützen. Er wickelte die Lederstreifen um die Füße und zog das zerlumpte Wams über, das mitten auf der Brust ein Loch hatte. Um das Loch war ein rotbrauner Fleck. Der Dicke zeigte auf eine zerfaserte Lederschnur, die auf der Erde lag, worauf Ulv sich bückte, sie aufhob und sich um die Taille band.

»Gut so. Und nun unter den Wagen mit dir.«

Ulv zögerte, aber Kajm kümmerte sich schon nicht mehr um ihn. Der dicke Mann richtete bereits seine ganze Aufmerksamkeit auf die Frau. Sie hatte immer noch die Kapuze auf. Als Kajm sie an der Schulter packte, drehte sie sich weg. Da zog der Sklavenhändler ihr die Kapuze vom Kopf. Er packte sie an den Armen und hielt sie vor sich, aber ihr Gesicht war von ihren Haaren verdeckt. Der Sklavenhändler griff in ihre blonden Strähnen. Die Frau schüttelte den Kopf und versuchte, sich aus seinem Griff zu befreien, aber er presste sie gegen den Wagen und strich ihr das Haar aus dem Gesicht. Ulv nahm die Kette in die Hand. Ihm missfiel, was der Sklavenhändler da machte. Die Frau wand sich in seinem Griff.

»So ...« Kajm packte sie an den Schultern und lehnte sich etwas zurück, während er sie musterte. »Kosh hatte Recht. Du bist schön. Auf dem Markt konnte ich dich nicht so gut sehen.« Er fuhr sich mit der Zunge über die Lippen und schob eine Hand in ihr Haar. »Ich bin Kajm aus Kajmen. Du brauchst keine Angst vor mir zu haben.«

Da blickte sie dem Sklavenhändler ins Gesicht. Ulv sah, dass sie jung war, die Haut unter dem verkrusteten Dreck glatt und faltenlos. Sie hatte hohe Wangenknochen, ein schmales Gesicht und blaue Augen. Ulv war noch nie einem Menschen mit blauen Augen begegnet. Die Barkas hatten braune Augen, und er hatte immer geglaubt, er wäre der Einzige, dessen Augen die Farbe des Himmels hatten. Er ließ die Kette los. Irgendetwas war mit ihr, sie rief unbekannte Gefühle in ihm wach. Es war ungefähr so, wie wenn er an einem Berghang stand und spürte, wie die erste Frühjahrssonne ihn wärmte, und doch noch irgendwie anders. Außerdem war er zornig und hätte sich am liebsten auf den Sklavenhändler gestürzt und ihn von ihr weggerissen.

»Schön …«, raunte der dicke Mann. »Ich werde zu dir kommen, wenn Kosh schläft. Ich werde gut zu dir sein …«

Sie spuckte ihm ins Gesicht, worauf Kajm augenblicklich von ihr abließ und sich über die Augen wischte. Er fluchte und schimpfte, bis Kosh sich auf seinem Fell am Feuer aufrichtete und nach ihm rief. Der Dicke zog sie an der Kette zu sich, aber da kam Kosh bereits angelaufen und zerrte ihn weg.

»Verfluchte Wildkatze!« Kajm schüttelte den Kopf und griff nach der Peitsche an seinem Gürtel. »Lass mich sie zähmen, Kosh! Sie hat mir ins Gesicht gespuckt, dieses Biest!«

»Niemand peitscht einen derart guten Fang.« Kosh zog ihn hinter sich her. »Und ich kenne dich, Kajmann. Wenn du sie noch einmal anrührst, kriegst du es mit mir und Mesjer zu tun. Sie ist unschuldig, das habe ich dir doch gesagt. Das bringt uns unten im Süden ein Vermögen.«

Die beiden Männer setzten sich ans Feuer und begannen, sich über die Frau und das Gold zu streiten, das sie auf dem Markt in Krugant für sie bekommen könnten.

Ulv sah sie an. Sie saß mit dem Rücken an das schlammige Wagenrad gelehnt da. Gerne hätte er etwas zu ihr gesagt. Aber er fand nicht die richtigen Worte und wollte ihr keine Angst machen. Mit seinem Bart und so verdreckt, wie er war, sah er sicher Furcht erregend aus. Die jungen Barkas schoren ihre Bärte meist kurz, wenn sie um die Gunst einer Frau warben. Er hatte sie in hellen Sommernächten ums Feuer tanzen sehen und von Schönheit und Fruchtbarkeit singen hören.

»Wolfsmann.« Er sprach ganz leise, aus Angst, die Sklavenhändler könnten ihn hören. Aber sie hörte ihn dennoch, wandte ihm das Gesicht zu und sah ihn mit ihren blauen Augen an. Ulv schluckte, und Wärme breitete sich in ihm aus.

»Siréd«, sagte sie und legte ihre schmale Hand auf die Brust.

Ulv neigte den Kopf zur Seite. »Siréd«, flüsterte er und streckte ihr die Hand entgegen, aber da zog sie schnell die Kapuze über den Kopf und wandte sich wieder von ihm ab.

Danach sagte er nichts mehr zu ihr. Er wagte es nicht. Er begnügte sich damit, ihrem Atem zu lauschen. Er roch den Schweiß auf ihrer Haut und musste sie immer wieder ansehen. Sie erinnerte ihn an die Frau aus seinen Träumen, die bei ihm saß und ihn in den Schlaf sang. Auch sie hatte blaue Augen, und ihr Haar war so blond wie das Haar dieser Frau. Er starrte die Locken an, die sich unter der großen Kapuze hervorstahlen, und es kam ihm vor, als leuchteten sie in der Dunkelheit. Die Frau aus seinen Träumen war zu ihm gekommen. Die Geister hatten seine Not erkannt und sie zu ihm geschickt, um ihm Hoffnung zu geben. Vielleicht hatte sie ja der Gott mit dem Geweih aus seiner Erinnerung heraufbeschworen. Er wollte ihn Der, der Hörner trägt nennen. Und Der, der Hörner trägt erwartete sicher Mut und Stärke von ihm. Es war seine Aufgabe, die Frau vor den Sklavenhändlern zu beschützen. Der gehörnte Gott hatte die blauäugige Frau nicht ohne Grund zu ihm geschickt. Der Gott wollte, dass er freikam, damit er nach Süden gehen konnte. Und er würde sie mitnehmen.

Die Sklavenhändler brachen in der Morgendämmerung auf. Kosh ließ Ulv und Siréd aus einem Wasserschlauch trinken und gab jedem einen Streifen Trockenfleisch, auf dem sie während des Gehens kauen konnten. Mesjer hielt die Zügel. Die Sklavenhändler ließen sich viel Zeit bei ihrem Marsch in den Süden.

Ulv hörte genau zu, als Kosh neben dem Wagen ritt und sich mit Mesjer unterhielt. Inzwischen verstand er das meiste, und was er nicht verstand, versuchte er zu erraten. Die Sklavenhändler sprachen von der Ebene im Süden und dass sie hofften, dass der Weg nicht weggespült war. Es gab Gerüchte über Unwetter nördlich von Krugant, aber Kosh sorgte sich am meisten wegen der Klane auf der Ebene. Keiner der beiden Männer wusste, welchem

Klan die Frau angehörte; auf dem Markt hatten sie nur erfahren, dass die meisten Mitglieder ihres Stammes umgebracht worden waren und der Rest nach Norden geflohen war. Mesjer meinte, darüber könnten sie froh sein, dass sie aber trotzdem damit rechnen mussten, auf ihrem Weg durch die Ebene einem Klan zu begegnen, der mit dem Stamm der Frau befreundet war, und wenn sie diesen Kriegern den Namen ihres Stammes zurief, brauchten sie nicht mit Gnade zu rechnen. Kosh hatte die ausgebrannten Reste etlicher Karawanen entlang des Sklavenweges gesehen und wusste, dass die Strecke durch die Ebenen gefährlich war. Erst in Krugant würden sie sicher sein.

Die Männer sprachen lange miteinander, und Ulv folgte ihrem Gespräch, so gut er konnte. Sie sprachen von den Wäldern und Sümpfen auf der Südseite des Flusses und von rachsüchtigen Firtern, die einem hinter den Felsblöcken am Wegrand auflauerten. Mesjer rieb sich den Hals und zeigte zum Wald, und Ulv sah, dass sich die Landschaft allmählich veränderte. Hier wuchsen mehr Fichten, und der Boden war nicht mehr so flach wie zuvor. Er sah schwarze Mücken- und Fliegenschwärme zwischen den Bäumen und roch abgestandenes Wasser und moorigen Boden. Die Sklavenhändler zogen sich Kapuzen und Tücher über die Köpfe, bevor die Insektenschwärme über sie herfielen, und Ulv wurde schlagartig klar, wieso die Sklavenhändler ihm morgens nicht wie gewohnt die Hände gefesselt hatten. Er zog sich das lange Haar vors Gesicht und schob die Hände in die Achselhöhlen.

Während sie gingen, spähte er immer wieder zu der Frau hinüber. Die Kapuze bedeckte ihr Gesicht, aber ihre Beine waren nackt, und die Fußriemen reichten ihr gerade bis über die Knöchel. Ulv wünschte, der Sklavenhändler hätte ihr die Hose gegeben, die er bekommen hatte, auch wenn er wusste, dass die Mücken dann über ihn herfallen würden.

Mittags führte der Weg sie in eine Landschaft aus gigantischen Steinhügeln. Kosh ritt voraus und wartete auf den Hügelkuppen auf die anderen, während Ulv und Siréd sich über die scharfkantigen Steine die Hänge hinaufquälten. Die Fliegenschwärme folgten ihnen, während die Sonne im Osten unterging. Kurz bevor es dunkel wurde, bog der Sklavenweg in einen Einschnitt zwischen zwei Hügeln ab. Ulv wunderte sich, dass die Fliegenschwärme ihnen nicht weiter folgten, war es doch angenehm schattig und kühl zwischen den Kuppen. Der Wagen rollte auf einen offensichtlich häufig genutzten Lagerplatz neben einer rußigen Feuerstelle. Sogar einen Bach gab es hier. Die Sklavenhändler schirrten die Pferde aus und ließen sie trinken. Ulv sah den Männern dabei zu, wie sie die Felle auf dem Platz ausbreiteten und Hammer und Zangen, Pfeilköcher, Schwerter und alles Übrige vom Wagen luden. Die Krüge mit Salben und die Bärenfelle ließen sie liegen, weil die ihm bei einem Befreiungsversuch wenig nutzen würden. Die Frau saß hinter ihm; er spürte ihre Wärme und hörte ihren Atem. Und wieder breitete sich dieses eigenartige, warme Gefühl in seinem Magen aus. Es war ein gutes Gefühl. Es machte ihn stark.

Die Sklavenhändler wuschen sich in dem Bach, und Ulv beobachtete, wie sie sich auszogen und in dem braunen Wasser herumwateten. Kosh wusch seinem Sohn mit einer Salbe aus einem der Krüge die Haare, während Mesjer ausgestreckt dalag und sich vom Wasser umspülen ließ. Ulv blickte zu Siréd, wandte aber hastig den Blick wieder ab. Sie hockte auf der anderen Seite des Wagens und hatte Umhang und Rock bis über die Knie gerafft. Es rieselte ins Gras. Sie verrichtete ihre Notdurft, solange die Sklavenhändler am Bach beschäftigt waren.

»Tir, Ban, Tirr-Ga ...« Er murmelte die Geisterworte, denn plötzlich überkam ihn Angst, was die Sklavenhändler mit ihr anstellen könnten. Die Barkas hatten ihm von alten Fehden erzählt, in denen feindliche Stämme ihre Frauen geraubt und sie zu ihren eigenen gemacht hatten. Das war eine große Schande, sagten sie. Und Ekserk verachtete solche Schandtaten.

Ulv sah zu den Sklavenhändlern hinüber. Kajm hatte am Abend zuvor mit ihr gesprochen und sie begehrlich angesehen. Jetzt stand der dicke Mann da und putzte seine Goldkette. Sein untersetzter Körper war stark behaart, und sein Bauch hing schwer über seinen Schritt.

Siréd kam zurück. Sie hockte sich hinter ihn, als wollte sie sich dort verstecken. Auch Ulv setzte sich hin und legte die Arme auf die Knie. Keiner sollte ihr etwas antun.

»Du ...« Sie berührte seine Schulter. »Nimm das hier.«

Er drehte sich zu ihr um, und sie legte ein längliches Stück Eisen in seine Hand. Es war rostig, hatte eine scharfe Kante und sah wie die Beschläge aus, mit denen die Wagenräder an der Achse befestigt waren.

»Das lag auf der Erde.« Sie sah ihm in die Augen, und wieder fühlte Ulv das warme Gefühl in der Brust. Er schob den Beschlag hinter den Gürtel.

»Nachts, wenn sie schlafen ...« Siréd blickte zu den Sklavenhändlern. »Nimm das Eisen. Und schleif damit über die Kette.«

Ulv hob die Kette hoch und wickelte sie um den Unterarm. »Wir fliehen«, sagte er und zog an der Kette.

Sie schaute zum Bach. Die Sklavenhändler waren jetzt alle aus dem Wasser gestiegen, sie wrangen ihre Haare aus und schnäuzten sich zwischen Zeigefinger und Daumen. Kosh und Mesjer lachten, und Kheth rannte nackt zwischen den Bäumen hin und her und brach trockene Zweige ab.

»Es wird nicht mehr lange dauern, bis der Dicke kommt.« Sie sah wieder zu den Sklavenhändlern. Kosh zog sein Hemd über die Schultern, aber Kajm stand immer noch dort und kratzte sich am Bauch.

»Er wird warten, bis Kosh schläft«, sagte sie. »Dann wird er zu mir kommen. Du musst wegschauen.«

Ulv zog das Hemd über die Hose und legte die Hand auf den Eisenbeschlag. »Fliehen«, sagte er, obgleich er wusste, dass es noch etliche Nächte dauern könnte, bis sie sich befreit hätten.

Siréd zog die Kapuze über den Kopf und kroch unter den Wagen, aber Ulv blieb am Wagenrad sitzen. Er wagte es nicht, sich neben sie zu legen. Sie war so schön und duftete so süß und fremdartig.

»Siréd ...«, murmelte er so leise, dass nur er es hörte. Sie war die erste Frau, die ihm ihren Namen genannt hatte. Ihre Finger hatten ihn berührt und einen Schmerz gelindert, von dessen Existenz er bis dahin nichts gewusst hatte, und nun war er stark und voller Mut. Er war inzwischen überzeugt, dass Der, der Hörner trägt sie gesandt hatte, damit sie ihm Stärke und Kraft gab. Er sah, wie die Sklavenhändler sich um das Feuer versammelten. Kosh tätschelte seinem Sohn den Kopf, während er das Feuer anfachte. Kajm zog ein schmutzig gelbes Hemd über den Kopf, ehe er sich umdrehte und zum Wagen herüberschaute.

Ulv saß noch immer an das Rad gelehnt da, als Mesjer mit Wasser und getrocknetem Fleisch zu ihnen herüberkam. Er warf Ulv einen Streifen vor die Füße und ließ ihn eine Weile trinken, ehe er ihm den Wasserschlauch wegnahm und mit dem Fuß zu Siréd unter den Wagen schob. Ulv hörte ihr gieriges Schlucken und kurz darauf, wie sie schmatzend auf dem zähen Fleisch kaute. Mesjer schlurfte zurück an die Feuerstelle.

An diesem Abend saßen die Sklavenhändler lange um das Feuer. Sie lachten und sangen von Frauen, Gold und Met. Ulv wartete, dass sie sich endlich in ihre Schlaffelle rollten, damit er mit dem Feilen der Kette beginnen konnte. Aber die Sklavenhändler ließen sich Zeit, und die Lieder hatten viele Strophen.

Der Mond stand bereits hoch über den Steinhügeln, als Kosh endlich das Fell über seinem Sohn ausbreitete und die anderen aufforderte, ruhig zu sein. Widerstrebend legten die Männer sich unter ihre Felle und Decken. Kosh befahl Kajm, Wache zu halten, und der dicke Mann weigerte sich nicht. Er setzte sich mit dem Rücken zum Bach hin. Da kroch Ulv ebenfalls unter den Wagen. Er wusste, dass der Sklavenhändler von nun an jede seiner Bewegungen überwachen würde.

Er legte sich neben Siréd, achtete aber darauf, ihr nicht zu nahe zu kommen. Er sah das Weiße ihrer Augen und wusste, dass sie wach war. Dann zog er den Eisenbeschlag unter dem Gürtel hervor und zeigte ihn ihr, ehe er einige Handbreit unterhalb der Halsschelle an der Kette zu feilen begann. Eisen kratzte über Eisen. Er hielt die Luft an, aber Kajm rührte sich nicht. Erneut zog er den Eisenbeschlag über die Kette und betastete hinterher die Stelle. Es war nichts zu fühlen, aber er hatte ja noch die ganze Nacht vor sich.

Unermüdlich arbeitete er weiter. Hin und wieder hielt er inne und lauschte, aber Kajm verließ seinen Platz am Feuer nur einmal. Ulv lugte zwischen den Rädern hervor und sah, wie der Dicke auf den Wagen zugeschlichen kam. Auf halber Strecke knotete er den Gürtel auf, ehe er weiterging. Ulv fasste Siréd vorsichtig am Arm. Aber da wälzte Kosh sich auf die Seite, und Kajm blieb stehen. Er warf noch einen enttäuschten Blick zum Wagen, bevor er sich umdrehte und zu seinem Platz am Feuer zurückkehrte. Ulv feilte weiter. Neben sich hörte er Siréds schnellen Atem. Sie hatte Angst, und das schmerzte ihn. Er drückte das Eisen mit aller Kraft gegen die Kette und zog es hin und her, bis er seine Finger kaum noch bewegen konnte. Sie hatten nicht mehr viel Zeit. Siréd hatte ihm ihren Namen genannt, und er fühlte diese eigenartige Wärme, wenn sie ihn berührte. Er hasste die Sklavenhändler, die sie an die Kette gelegt hatten, und er hasste den fetten Mann, der sie besitzen wollte. Er würde sie alle töten. Sollten die Raben ihre Augen aushacken und die Wölfe ihnen die Gedärme herausreißen.

Ulv erwachte in der Morgendämmerung. Er lag allein unter dem Wagen. Er hörte die Stimmen der Sklavenhändler und das Knirschen des Zaumzeugs. Dann sah er Siréds Füße neben einem der hinteren Wagenräder. Sie war allein. Er fuhr mit den Fingern über die Kette. Es war kaum mehr als eine winzige Kerbe zu spüren. Er war über dem Feilen eingeschlafen, konnte sich aber erinnern, dass er durchgehalten hatte, bis die Mondschatten sich vom Lagerplatz zurückgezogen hatten. Wenn er in einer Nacht nicht mehr schaffte als das, würde er lange brauchen, bis die Kette durchgefeilt war. Einen Mond oder länger. Das hatte keinen Sinn. Er musste versuchen, den Bolzen loszubekommen. Vielleicht konnte er mit dem Eisenbeschlag Holzfasern aus dem Querbalken hebeln, bis das Loch um den Bolzen groß genug war, um ihn herauszuziehen. Er schob das Eisenstück hinter den Gürtel und hängte das Wams über die Hose. Dann kroch er unter dem Wagen hervor und blinzelte in das helle Licht. Kosh und Mesjer waren damit beschäftigt, die Decken und Felle zusammenzurollen, und die Brüder füllten die leeren Wasserschläuche auf, während der Junge und Kajm den Pferden das Zaumzeug anlegten. Ulv stellte sich neben den Wagen und rieb sich den Schlaf aus den Augen. Siréd hielt die Kette in der Hand. Ulv nahm sie ihr ab, stemmte den Fuß gegen den Wagen und ruckte an der Verankerung. Da löste Kosh seine Peitsche und ließ die Schnur in seine Richtung knallen. Ulv ging so weit auf die Sklavenhändler zu, bis der Eisenring um seinen Hals ihn am Weitergehen hinderte. Er wollte Kosh zeigen, dass er keine Furcht vor ihm hatte. Aber Kosh zog den Dolch einen Fingerbreit aus der Scheide, und Ulv verstand die Geste. Er drehte sich um. Kosh rollte die Peitschenschnur auf und rief seinen Sohn. Die beiden kletterten auf den Wagen, und Kheth nahm die Zügel. Mesjer sprang in den Sattel, und im nächsten Augenblick rollte der Wagen los.

Es wurde ein warmer Tag. Ulv fühlte, wie ihm der Schweiß unter dem Wams herunterlief, aber er konnte es nicht ausziehen, weil über ihnen ein dichter Mückenschwarm hing. Siréd lief gebeugt neben ihm her. Er sah, wie erschöpft sie war. Immer wieder rieb sie sich das Schlüsselbein, weil der Eisenring ihre Haut aufscheuerte. Wie gern hätte Ulv den Eisenbügel aufgebogen und ihn ihr abgenommen. Er zog den Gürtel über dem Eisenstück fester. Er durfte es nicht verlieren.

Die Sklavenhändler folgten dem Weg an den Steinhaufen und

Hügeln vorbei durch ein dunkles Waldstück. Über den Hügeln brannte die Sonne, aber der Waldboden, über den der Weg sich schlängelte, war feucht und voller Wasserlöcher und sumpfiger Stellen. Zwischendurch sorgten Steine dafür, dass die Wagenräder nicht einsanken. Immer noch wurden sie von Mücken umschwärmt, die keinen Unterschied zwischen Sklaven und Sklavenhändlern machten. Ulv hörte sie fluchen, zog den Eisenbeschlag unter dem Gürtel hervor und wickelte die Kette um den Unterarm. Dann schob er sich so dicht wie möglich an den Wagen heran, damit er die Kette zwischen die Felle und Decken im hinteren Teil des Wagens legen konnte. Da die Sklavenhändler von den Mückenschwärmen abgelenkt waren, nutzte Ulv die Gelegenheit und fing an, das Holz um den Bolzen zu bearbeiten, der durch den faustdicken Querbalken am hinteren Wagenende getrieben worden war. Der Balken war alt, und schon nach kurzer Zeit hatte Ulv eine ordentliche Kerbe in das Holz geschnitzt. Er fuhr damit fort, während der Wagen über die Graspolster holperte.

Die Landschaft veränderte sich nicht nennenswert im Laufe des Tages, aber als die Schatten zwischen den Bäumen länger wurden und die Dämmerung ankündigten, begann es in den Baumwipfeln zu rauschen. Kosh hob die Hand und veranlasste den Zug zu halten. Wenige Speerlängen vor ihnen war im Wald eine Lichtung zu sehen. Der Sklavenhändler ritt auf die grüne Wiese und drehte die Handflächen zum Himmel. Dann lächelte er und nickte. Es regnete.

Die Sklavenhändler schlugen ihr Nachtlager auf der Wiese auf. Ulv und Siréd saßen an den Wagen gelehnt da und ließen den Regen auf sich herabprasseln, während die Sklavenhändler Felle und Decken als Schutz aufspannten. Ulv wusste, warum sie das Lager auf der Wiese aufgeschlagen hatten: Mücken mochten keinen Regen und würden im Wald bleiben, solange er anhielt.

Mesjer warf Siréd und Ulv zwei Felle zu und forderte sie auf, unter den Wagen zu kriechen. Sie taten, was er sagte, denn der

Himmel war grau, und der Regen würde nicht so schnell nachlassen. Ulv wartete, bis Siréd ihr Fell ausgebreitet hatte, weil er sah, wie erschöpft sie war und dass sie den Schlaf dringend nötig hatte. Erst als sie sich zurechtgelegt hatte, legte er sich neben sie. Er presste die Stirn gegen das Wagenrad und starrte in den Regen hinaus. Er wollte sich ausruhen, um später, sobald die Männer eingeschlafen waren, weiter an dem Holzbalken arbeiten zu können. Aber er kam nicht zur Ruhe. Er hörte ihren Atem hinter sich und hatte ihren Duft in der Nase. Auf der anderen Seite hörte er die Sklavenhändler reden und schmatzen. Der Regen machte die Männer schläfrig, und Ulv wusste, dass Mesjer mit der Wache an der Reihe war. Aber Mesjer nickte meist ein, und bei diesem Regenwetter würde er sich erst recht nicht wachhalten können.

Ulv lag geduldig da und wartete. Immer wieder sah er zu den Männern hinüber. Kosh brachte seinem Sohn bei, die Peitsche richtig zu halten, und zeigte ihm, wie er sie schwingen musste. Der Knall der Peitschenschnur hallte vom Waldrand wider. Der Junge rollte lächelnd die Peitsche auf, und Kosh klopfte ihm auf die Schulter. Die Sklavenhändler redeten und lachten. Trotz der Nässe war es ihnen gelungen, ein Feuer zu machen, und jetzt beugten sie sich vor, um ihre Hände an den Flammen zu wärmen. Ulv ließ sie nicht aus den Augen, als sie den Wasserschlauch herumreichten. Sie hatten Felle zwischen die Äste gespannt, die sie in die Erde gerammt hatten, und drängten sich nun unter dem Regenschutz. Die Männer waren fröhlicher als gewöhnlich, und selbst Kosh stimmte mit ein, als die Brüder zu singen begannen. Mesjer band seinen Pferdeschwanz auf, gähnte und stützte sich auf den Ellbogen. Die Männer waren müde, und als alle Strophen gesungen waren, krochen Kosh und sein Sohn unter ihre Felle und drehten sich mit dem Rücken zum Feuer. Die Brüder sangen noch ein paar Strophen, bevor sie sich ebenfalls schlafen legten. Kajm rülpste und breitete eine Decke über sich. Mesjer legte Holz nach und setzte sich aufrecht hin. Stille senkte sich über das Lager.

Ulv rührte sich nicht und starrte auf die Tropfen, die sich an der verdreckten Achse zwischen den Rädern sammelten, bis sie herunterfielen und auf dem nassen Gras zerplatzten. Er hatte es immer geliebt, so dazuliegen und Regentropfen zu betrachten, sie gaben ihm ein eigentümliches Gefühl von Sicherheit und Frieden. Ein alter Barkasjäger hatte ihm von einem endlosen See im Süden erzählt, der sich bis ans Ende der Welt erstreckte. Jeder einzelne Regentropfen floss irgendwann in diesen See, hatte der zahnlose Geschichtenerzähler gesagt, und gemeinsam bildeten sie Wellen so hoch wie Berge. Ulv hatte ihm nicht recht geglaubt, denn wie sollten Regentropfen, die so klein waren, dass sie auf der Spitze des kleinen Fingers Platz fanden, so groß werden, dass sie einen endlosen See füllen konnten? Dennoch konnte er nicht vergessen, was der Barkasjäger gesagt hatte, denn seine Träume hatten ihm seltsame Bilder von lang gestreckten Hütten gezeigt, die unter riesigen Vogelschwingen auf dem Wasser schwammen. Und er hatte die Sonne in einem See versinken sehen, der keine Ufer hatte.

Siréd lag still hinter seinem Rücken. Er hörte ihren Atem, aber sie rührte sich nicht. Vielleicht hatte sie Angst, sich zu bewegen, dachte Ulv und drehte sich auf den Rücken. Bestimmt hatte sie Angst vor Kajm. Aber er würde dafür sorgen, dass niemand ihr etwas antat. Er zog den Eisenbeschlag unter dem Gürtel hervor und drehte sich mühsam auf die andere Seite. Es wurde Zeit, dass er seine Arbeit fortsetzte. Er spähte in den Regen hinaus. Mesjer schnarchte mit dem Kinn auf der Brust. Die anderen Männer hatten ihre Decken und Felle über den Kopf gezogen. Er konnte beruhigt anfangen. Sie würden ihn nicht hören.

Als er ins Freie kroch, hob er die Kette auf und legte sie in den Wagen, damit sie nicht klirrte. Danach drückte er den Eisenbeschlag direkt über dem Bolzen gegen das Holz. Der Balken war hart, aber schon nach kurzer Zeit hatte er ein paar Splitter herausgebrochen. Er wischte sie mit dem Finger beiseite und ritzte eine weitere Kerbe ins Holz. Der Regen weichte das Holz auf und erleichterte ihm seine Arbeit. Er blinzelte das Regenwasser aus den Augen und stützte sich mit noch mehr Gewicht auf den Beschlag.

Ein dicker Splitter löste sich. Die Kerbe wurde breiter, aber noch immer hatte er mindestens eine Handbreit Holz vor sich. Er packte den Bolzen und versuchte, ihn hin und her zu biegen, aber er saß noch genauso fest wie vorher. Mit neuer Kraft hackte er mit dem Eisenstück auf das Holz ein. Seine Hände waren nass, und der rostige Beschlag scheuerte an seinen Fingern.

Ein Windstoß fuhr durch die Baumkronen. Der Regen schlug gegen seinen Rücken. Er wischte sich mit dem Ärmel über die Stirn und strich mit den Fingern über die Kratzspuren im Holz. Plötzlich ging ihm auf, dass die Sklavenhändler sein Vorhaben entdecken würden, ehe der Bolzen auch nur annähernd freigelegt wäre. Die Spuren seiner Arbeit waren bereits jetzt mehr als deutlich zu sehen. Er sammelte die Splitter vom Boden auf und legte sie sorgfältig zurück in die Kerben. Sie würden nicht halten. Dieses Mal würde Kosh ihn für das, was er hier tat, bestrafen.

Da fühlte er einen Stich im Rücken. Im nächsten Moment legte sich eine Hand über seinen Mund. Er griff nach der Hand, aber da spürte er den Dolch auf seiner Haut. Die grobe Hand erstickte seinen Schrei.

»Schweig, Sklave«, zischte eine Stimme in sein Ohr. »Ich könnte dich auf der Stelle töten, Nordländer. Aber du sollst weiterleben, wenn du nichts sagst.«

Der Mann nahm den Dolch weg, und Ulv drehte sich um. Vor ihm stand Kajm. Der Regen rann über das runde Gesicht. Ulv wich zurück, weil Kajm mit dem Dolch auf seine Kehle zielte. Der Sklavenhändler hatte sich hinter seinem Rücken angeschlichen, als er mit dem Bolzen beschäftigt gewesen war.

»Auf die Knie.« Kajm bedeutete ihm mit einem Kopfnicken, sich auf die Erde zu knien. »Da, vor das Rad.«

Der Dolch ritzte über seinen Hals. Ulv kniete sich in das nasse Gras. Kajm ging um ihn herum, den Dolch die ganze Zeit auf seinen Hals gerichtet.

»Leg dich auf den Bauch.«

Ulv hörte, wie er den Gürtel losband. Dann packte der Sklavenhändler ihn im Nacken und zwang ihn auf die Erde. Siréd wurde unruhig. Ulv versuchte, sich aufzurichten, aber da spürte er den Dolch im Rücken.

»Lieg still.« Kajm hockte sich rittlings auf ihn. »Streck die Hände nach vorn.«

Der Dicke zwang Ulv, seine Arme um das Wagenrad zu legen, und band die Handgelenke mit dem Gürtel zusammen.

Dann streckte er sich. »Ein Mucks von dir, und ich schneid dir die Zunge raus.«

Ulv wand sich und schaffte es schließlich, die Beine unter sich anzuziehen und sich bis in die Hocke aufzurichten, aber weiter kam er nicht. Kajm steckte den Dolch in die Stiefelscheide, ging zum hinteren Ende des Wagens und nahm Siréds Kette in die Hand. Ulv beugte sich vor, um zu sehen, was Siréd machte. Sie hielt sich an der Achse zwischen den vorderen Rädern fest, als Kajm sie an der Kette unter dem Wagen hervorzuziehen versuchte. Der dicke Mann keuchte wie ein Ziegenbock.

Ulv begann wie wild zu graben; er musste es irgendwie schaffen, sich zu befreien. Aber das Rad war in der aufgeweichten Erde eingesunken. Siréd rief Koshs Namen, aber Kajm lachte sie aus.

»Wein«, sagte er. »Starker Wein von Kargaths Pforte. Kosh und die anderen haben viel davon getrunken.«

Ulvs Hände gruben sich in die Erde. Siréd würde sich nicht mehr lange festhalten können, die Eisenschelle schnitt ihr jedes Mal in den Hals, wenn Kajm an der Kette zog. Ulv riss ganze Erdplacken los, aber das Rad sank nur noch tiefer ein.

Siréd ließ los, und Kajm zerrte sie an der Kette unter dem Wagen hervor. Ulv wand und drehte die gefesselten Hände, packte das Rad und versuchte, es loszureißen, aber es rührte sich nicht.

»Kosh! Mesjer!« Er rief so laut er konnte. Kosh stützte sich auf den Ellbogen, kippte aber gleich wieder zur Seite. Sein Sohn setzte sich auf, aber Kosh murmelte etwas, und da legte er sich wieder hin.

Ulv reckte sich, so weit seine Fessel es zuließ, und versuchte, um den Wagen herumzusehen. Kajm hatte Siréd an den Schultern gepackt und versuchte, sie auf die Erde zu zwingen, aber sie wehrte sich mit aller Kraft und klammerte sich an der Wagenkante fest. Der dicke Mann griff in ihr Haar und warf sie aufs Gras. Sie schrie. Sie schlug ihn, aber er hielt sie an den Armen fest und presste sein Gesicht in ihre Halsbeuge.

Ulv hockte sich wieder hin und schob die Schulter unter den Wagen. Das durfte er nicht zulassen. Die Geister hatten seine Träume gesehen und ihm Siréd geschickt. Sie war ein Zeichen für die kommende Zeit. Sie war alles, was ihm gefehlt hatte.

Er holte tief Luft und ließ alle Kraft in seine Beine strömen. Der Wagen knarrte, und ein jäher Schmerz schoss durch seine Schulter, aber er biss die Zähne zusammen und stemmte den Wagen hoch. Ganz langsam löste sich das Rad vom Boden. Mit einem Ruck riss er den Gürtel darunter hervor und ließ den Wagen wieder herunter. Er richtete sich auf und schwankte um den Wagen herum. Kajm lag über ihr und zwang ihre Beine auseinander. Der Sklavenhändler hatte noch nicht einmal gemerkt, dass Ulv den Wagen angehoben hatte.

»Kajm.« Ulv baute sich mit dem Gürtel in den Händen hinter ihm auf. Der dicke Mann zuckte zusammen, ehe er herumfuhr, um nach dem Dolch in seinem Stiefel zu greifen.

Ulv trat gegen seine Hand, legte den Gürtel um Kajms Hals und zerrte den dicken Mann von Siréd herunter. Er zog den Gürtel stramm und umklammerte ihn mit einer Hand, während er mit der anderen Hand den Dolch aus Kajms Stiefel zog und ihn wegwarf. Kajm schnappte nach Luft, als Ulv ihn auf die Erde zwang und den Gürtel mit beiden Händen packte. Der Sklavenhändler strampelte mit den Beinen, doch Ulv zog den Gürtel noch straffer. Der dicke Mann keuchte. Dann lag er still.

Siréd stand auf und starrte den Sklavenhändler an. Ulv ließ den Gürtel los und leckte sich das Blut von den Lippen. Er blutete aus der Nase, und ihm war noch immer schwindlig vom Hochstemmen des Wagens.

»Du hast ihn getötet«, sagte sie.

Ulv stützte sich blinzelnd am Wagen ab. Sie hatte Erdklumpen und Blätter im nassen Haar. Regentropfen rannen über ihren Hals und vermischten sich mit dem Blut, wo der Eisenkragen die Haut aufgescheuert hatte.

Sie drehten den Sklavenhändler auf den Rücken. Er starrte mit weit aufgerissenen Augen in den Regen. Die Zunge hing ihm aus dem Mund.

»Toter Mann.« Ulv wischte sich das Blut unter der Nase weg. »Kann dir nichts mehr tun.«

Siréd kniete sich neben den Sklavenhändler. »Der Dolch.« Sie zog die leere Scheide aus Kajms Stiefel. »Wir brauchen den Dolch.«

Ulv suchte den Boden ab. Er hatte ihn weggeworfen, wusste aber nicht mehr, wohin. Beim Wagen lag er jedenfalls nicht.

»Dort.« Siréd zeigte auf ein Grasbüschel mehrere Speerlängen vom Wagen entfernt. »Da kommen wir nicht hin.«

Er blinzelte in die Dunkelheit. Mit dem Messer hätte er den Bolzen freilegen können. Er hätte die Sklavenhändler töten und mit ihr auf den Pferden fliehen können. Er verfluchte sich selbst, dass er den Dolch so weit weggeworfen hatte. Der Blutrausch hatte seinen Verstand vernebelt.

»Lass uns versuchen, den Wagen näher an den Dolch heranzuziehen.« Siréd hob die Ketten vom Boden auf.

Ulv stellte sich neben sie und stemmte sich mit seinem ganzen Gewicht gegen den Wagen. Die Räder knarrten und bewegten sich langsam vorwärts. Sie bohrten sich mit den Fersen in die aufgeweichte Erde und schoben aus Leibeskräften, als die vorderen Räder in einer Vertiefung verschwanden und der Wagen stecken blieb. Ulv versuchte erneut, ihn anzuheben, aber seine Schulter schmerzte so heftig, dass es ihm nicht gelang, den Wagen auf die Seite zu kippen. Schließlich gab er auf und setzte sich in das nasse Gras. Siréd sank neben ihm zu Boden. Der Regen prasselte auf sie ein, und Ulv dachte, dass es vielleicht gut war, dass der Wagen sich nicht umkippen ließ. Sie wären dadurch nicht näher an den Dolch herangekommen und hätten Kosh nur noch einen zusätzlichen Grund gegeben, ihn zu bestrafen. Denn dass der Sklavenhändler ihn bestrafen würde, war sicher. Er hatte einen seiner Männer getötet und zu fliehen versucht. Möglicherweise würde Kosh ihm die Zunge herausschneiden, wie er es ihm schon mehrmals angedroht hatte. Ulv schaute zur Seite. Siréds Blick war starr auf den Toten gerichtet. Er wollte etwas zu ihr sagen, etwas, das ihr die Angst nahm, fand aber keine passenden Worte. Stattdessen zog er die Knie an den Brustkorb und schloss die Augen. Er sprach tröstende Geisterworte zu sich selbst, weil ihm vor dem graute, was ihnen bevorstand. Da fühlte er ihre Hand auf seiner Schulter. Sie strich ihm über den Nacken. Er sah sie an. Sie lächelte, als wüsste sie genau, was er dachte, und als wollte sie ihn trösten. Dann legte sie die Arme um ihn und ließ ihn mit dem Gesicht an ihrer Schulter ausruhen.

In jener Nacht lief der Himmel über. Die Barkas hätten ihre groben Fäuste gen Himmel gestreckt und gesagt, dass die Windgeister weinten, aber im Nachtlager der Sklavenhändler gab es keine Barkas. Ulv befand sich weiter im Süden, als je ein Jäger der drei Stämme Barkas gewandert war. Nördlich des großen Sees war er der Wolfsmann gewesen, der Jäger, der länger als ein Menschenalter durch die Jagdgründe der Stämme Barkas gewandert war. Er war eine Legende gewesen, einer, von dem die Frauen ihren Kindern voller Furcht und Bewunderung erzählten. Aber hier im Süden war er ein einfacher Sklave, und seine Welt war begrenzt durch die Kette und den Eisenkragen. Ulv weinte stumm an Siréds Schulter, denn er wusste, dass es kein Erbarmen für ihn geben würde, wenn Kosh seine Tat entdeckte. Der Regen klatschte gegen seinen Rücken und weckte Erinnerungen an die Peitsche. Er hatte Geschichten von Männern gehört, die zu Tode gepeitscht worden waren. Das war, wie bei lebendigem Leib die Haut abgezogen zu bekommen. Ulv schüttelte sich, aber nicht, weil er fror. Kosh war bösartig, und bösartige Menschen kannten viele Methoden, ihre Feinde zu töten. Sie könnten seinen Bauch aufschlitzen und ihn über die Lichtung jagen, bis er zusammenbrach und um seinen Tod bettelte. Sie könnten ihn bei lebendigem Leib verbrennen. Das hatte Ulv schon häufiger gesehen, damals, als die Stämme Barkas ihre Fehden hatten. Er hatte die Schreie zwischen den Bergen widerhallen hören, aber wenn er sie erreichte, war nie mehr viel Leben in den Opfern gewesen. Das waren böse Erinnerungen. Böse Träume.

Ulv saß in Siréds Armen, bis die Sonne über die Baumwipfel kletterte. Dann kroch er auf allen vieren von ihr weg und stand auf, weil er nicht wollte, dass die Sklavenhändler ihn so sahen. Er zerrte an der Kette und rüttelte an dem Wagen, obgleich er wusste, dass es nichts nützen würde. Deshalb ließ er schließlich die Kette zu Boden gleiten und schaute zu Kosh und seinen Männern. Mesjer rührte sich als Erster unter seiner Decke, dann wälzte sich Kheth auf die Seite.

Ulv stand neben dem Wagen und wartete. Er wollte ihnen von Angesicht zu Angesicht gegenübertreten. Kheth gähnte und schlug einen Zipfel seines Fells zur Seite. Er sagte etwas zu seinem Vater, was Kosh mit einem Brummen beantwortete. Da setzte Kheth sich aufrecht hin und streckte die Arme. Er rieb sich die Augen und wischte sich mit dem Ärmel unter der Nase entlang, ehe er zum Wagen schaute.

Der Junge riss die Augen auf. Ulv verschränkte die Arme vor der Brust. Kheth stand auf und starrte ungläubig auf den Toten. Dann rüttelte er seinen Vater an der Schulter, aber Kosh schlug nach ihm wie nach einer lästigen Fliege. Der Junge beugte sich zu ihm hinunter und flüsterte ihm etwas ins Ohr. Da schleuderte Kosh sein Fell zur Seite und kam mühsam auf die Beine. Als er sah, was geschehen war, stieß er einen lauten Schrei aus.

Die Männer griffen im Halbschlaf nach ihren Waffen und erhoben sich schwankend. Kosh zeigte laut brüllend auf den Toten.

Ulv verstand nicht, was er sagte, da Kosh jetzt eine andere Sprache sprach. Gleich darauf schritt der Sklavenhändler über das feuchte Gras, kniete sich neben Kajm und legte die Finger an seinen Hals. Der Gürtel hatte Würgemale hinterlassen.

»Mesjer!« Kosh zog den Dolch aus der Gürtelscheide. »Bei allen Göttern von Kels, jetzt kriegt der Nordländer mein Messer zu schmecken!«

Mesjer sah erst zu Ulv, dann zu dem Toten und kratzte sich am Kopf. »Hat er Kajm getötet?«

»Siehst du das denn nicht?« Kosh packte ihn am Arm und stieß ihn beiseite. »Er hat ihn erdrosselt!« Der Sklavenhändler sah Ulv an. »Und sie haben den Wagen bewegt. Sie wollten wohl fliehen. Kajm wird sie dabei erwischt haben und dem Nordländer zu nahe gekommen sein.«

Kheth hob Kajms Gürtel aus dem Gras auf, aber Kosh stieß ihn weg und ging auf Ulv los.

Ulv wich so weit zurück, wie die Kette es zuließ. Kosh legte ihm seinen Dolch an die Kehle. »Willst du sterben?« Der Sklavenhändler schüttelte den Kopf und fletschte die Zähne. » Du glaubst wohl, du kannst dem Ganzen einfach entkommen? Vielleicht legst du es ja darauf an, dass ich dir die Gurgel durchschneide, damit dein Leid ein Ende hat? Aber glaub mir, Nordländer, noch weißt du nicht, was Leid ist.«

Ulv schluckte. Koshs Augen waren rot unterlaufen. Mesjer stand hinter ihm und klopfte ihm vorsichtig auf die Schulter, aber Kosh beachtete ihn nicht. Die Brüder hoben den dicken Mann zwischen sich auf.

»Macht ihn vom Wagen los!« Kosh wandte sich von Ulv ab. »Und bindet ihn an einen Baum.«

Als Mesjer zurück zu den Schlaffellen lief, rutschte er auf einem Grasbüschel aus, fing sich aber wieder. Kosh bohrte mit dem Messer in dem Querbalken des Wagens, er hatte die Kerben entdeckt, die Ulv mit dem Eisenbeschlag hinterlassen hatte.

Bald darauf kam Mesjer mit zwei Zangen zurück. Mit Koshs

Hilfe bog er das innerste Kettenglied auf. Ulv wankte nach hinten, als die Kette sich löste, aber die Brüder waren bereits zur Stelle und stießen ihn mit ihren Speerschäften zurück. Mesjer zog ihm das Wams aus.

»Da drüben.« Kosh zeigte zu einer Eiche am Rand der Lichtung. »Bindet ihn dort an.«

Sie führten ihn vom Wagen weg. Er musste die Arme ausstrecken, damit die Brüder seine Handgelenke zusammenbinden konnten. Siréd stand neben dem Wagen, die Kette in der Hand. Niemand schien sie zu beachten. Er hoffte, dass sie sie ihn Ruhe lassen würden.

Die Sklavenhändler warfen ein Seil über einen Ast und knoteten die Enden um Ulvs zusammengebundene Hände. Er konnte sich drehen und wenden, wie er wollte, aber er hing an dem Baum fest. Während Kosh seinen Dolch in der Glut erhitzte, luden Mesjer und die Brüder den Toten auf den Wagen.

Ulv stellte sich mit dem Rücken gegen den Baumstamm. Siréd stand immer noch neben dem Wagen. Seine Augen begannen zu brennen, als sie den Blick abwandte. Kosh erhob sich mit dem rußschwarzen Dolch. Er schnäuzte sich zwischen den Fingern und kam breitbeinig auf ihn zu.

Da schrie sie. Ulv schüttelte den Kopf, als sie an ihrer Kette rüttelte und sich auf die Knie warf. Er ahnte, was sie vorhatte.

»Ich war es«, sagte sie. »Ich habe es getan. Ich habe ihn getötet.«

Kosh drehte sich zu ihr um. Er stapfte zu ihr und zog sie an der Kette hoch. »Haltet sie fest!«

Die Brüder kamen herbeigelaufen und packten sie an der Schulter. Mesjer blieb vor Ulv stehen. Er zog die Augenbrauen hoch und wiegte den Kopf hin und her, als gefiele ihm nicht, was Kosh tat.

»Du hast ihn also getötet?« Kosh richtete seinen Dolch auf ihr rechtes Auge. »Du hast ihn mit deinen eigenen Händen zu Boden geworfen und die Kette um seinen Hals gelegt?«

Siréd senkte den Blick. Kosh steckte den Dolch in die Scheide und machte einen Schritt nach hinten. Im nächsten Augenblick holte er aus und rammte ihr die Faust in den Bauch.

Sie sackte stöhnend auf die Knie. Ulv brüllte und wand die gefesselten Hände.

»Du lügst, um den Nordländer zu schützen«, sagte Kosh und spuckte ihr ins Haar. »Du bist eine schwache Frau und nicht in der Lage, einen Mann wie Kajm zu töten. Sei froh, dass ich dir nicht glaube.«

Der Sklavenhändler ließ von ihr ab. Kosh nahm die Peitsche, die Kheth ihm reichte, schlug damit nach einem Ast am Waldrand und durchtrennte ihn glatt.

»Du hingegen bist stark.« Kosh baute sich breitbeinig vor Ulv auf und ließ die steife Schnur der Ochsenpeitsche durch das Gras schlängeln. »Und du hast viel ausgehalten auf der Reise, Nordländer.«

Er machte eine jähe Bewegung mit dem Arm, und die Peitschenschnur schnellte aus dem Gras hoch. Ulv biss sich in die Zunge, als sie sich in seine Haut hineinfraß. Er schaute an sich hinab. Aus einem roten Striemen auf seinem Bauch tropfte Blut.

»Er wollte sie nehmen!« Ulv spannte die Armmuskeln an und sah Kosh in die Augen. »Er wollte ihr wehtun!«

Die Peitsche biss in seine Oberschenkel. Ulv schrie und drehte dem Sklavenhändler den Rücken zu.

»Du bist ein Sklave«, sagte Kosh. »Und du hast einen freien Mann getötet. Dafür wirst du sterben.«

Wieder knallte die Peitschenschnur. Ulv wand sich vor Schmerz. Er schnappte nach Luft und zuckte zusammen, als der Lederschwanz mit seiner Haut verschmolz. Der Sklavenhändler sagte nichts mehr. Die Peitsche brannte auf seinem Rücken. Er wand sich, er biss in die Rinde und stöhnte jedes Mal laut auf, wenn die Peitschenschnur einen neuen Graben in die Haut auf seinem Rücken riss. Jetzt ist es so weit, dachte er. Der Tod, den er so viele Male überlistet hatte, hatte ihn am Ende doch eingeholt.

»Zehn.« Kosh klang kurzatmig. »Stehst du nach weiteren zehn

Schlägen auch noch aufrecht, Sklave? Wirst du hundert Schläge überleben?«

Die Peitsche knallte in der Luft. Ulv stöhnte und fiel gegen den Baumstamm, doch Kosh ließ ihm keine Zeit, sich wieder aufzurichten. Die Peitsche biss sich in seine Schulter, Blut spritzte ihm ins Gesicht. Sein Rücken glühte derart, dass er die Peitschenhiebe kaum noch spürte. Er kniff die Augen zu und presste die Stirn gegen die Rinde. Bilder flackerten an seinem inneren Auge vorbei, Bilder aus den Tiefen seiner Erinnerung, die Jahrzehnte in ihm geschlummert hatten. Er sah den einohrigen Jäger. Er lächelte ihn an, als er ihm die Kette mit den Haifischzähnen um den Hals legte. Und da waren noch andere Männer. Sie lachten. Sie nannten sich beim Namen. Der Einohrige hieß Ban. Neben ihm stand ein schmaler, schwarzhaariger Mann und legte dem Einohrigen die Hand auf die Schulter. »Di-lann«, sagte der Einohrige. »Di-lann, mein Bruder. Erinnerst du dich noch, wie wir im Gebirge um die Felsenburg gejagt haben? Das waren gute Tage, Bruder. Gute Jagdgründe ...« Di-lann lachte und zeigte zu einem Hang. Sie liefen an einem Waldrand entlang, am Fuß eines Bergkammes. »Habichte«, sagte er. »Das ist ein gutes Zeichen.« Der Einohrige drehte sich um und streckte die Hand aus. Ulv rannte zu ihm. Er roch nach Fell und Schweiß. Er verströmte Wärme und Sicherheit.

»Willst du nicht aufstehen?« Koshs grobe Stimme verscheuchte die Traumbilder. »Bist du nicht der Wolfsmann, der starke Nordländer?«

Ulv versuchte, die Beine anzuziehen, aber seine Knie verweigerten ihm den Dienst. Kosh lachte ihn aus. Gleich darauf knallte wieder die Peitsche. Er hörte Siréd seinen Namen schreien und wünschte, dass sie schweigen würde, damit sie die Sklavenhändler nicht reizte. Lieber sterben, als zu sehen, wie sie ihr das Gleiche antaten wie ihm.

Die Peitschte schnitt sich wieder und wieder in seine Haut. Er sackte zusammen und hing mit dem ganzen Gewicht an seinen Händen. Um ihn herum waren nur noch dunkle Schatten. Die Erinnerungen, die zu ihm gekommen waren, schwiegen und verschwammen wie Umrisse in gekräuseltem Wasser. Er hatte keine Kraft, sie wieder heraufzubeschwören. Alles, was er noch spürte, waren die Peitschenhiebe und die Sehnsucht nach dem ewigen Schlaf.

»Vier mal zehn!« Kosh brüllte ihn an. »Hältst du noch zwei mal zehn durch, Sklave?«

Er wurde von einer anderen Stimme unterbrochen. »Du bringst ihn um ...« Ulv erkannte, dass es Mesjer war. »Er ist viel Gold wert ... Kajm wollte sie vergewaltigen, das weißt du. Es war seine eigene Schuld ...«

Kosh antwortete ihm nicht. Ulv stöhnte auf, als der Peitschenschlag ihn im Nacken traf.

»Nein, Kosh!« Mesjer hob die Stimme. »Er ist ein Sklave, aber es ist nicht richtig, was du tust! Lass ihn in Ruhe, sage ich.«

Koshs Atem ging schwer. »Nehmt das Seil ab«, murmelte er. »Kettet ihn wieder an den Wagen. Er soll leben, wenn er in der Lage ist, uns zu folgen.«

Ulv wälzte sich auf die Seite, als die Sklavenhändler zu ihm kamen. Er schaute zum Wagen. Sie stand noch immer da. Der Regen lief über ihr Gesicht, und sie hielt die Kette in der Hand.

Mesjer und die Brüder banden ihn los, während Kosh auf den Bock stieg. Die Brüder packten Ulv unter den Armen und schleppten ihn zum Wagen. Er sackte zu Boden, als sie ihn losließen. Kosh schalt sie, er war ungeduldig und wollte aufbrechen. Die Brüder beeilten sich, die Kette wieder an den Bolzen zu klemmen, und liefen zum Feuer, um die Felle, Decken und Leinentücher, die sie zum Schutz gegen den Regen aufgespannt hatten, zusammenzupacken. Sie warfen die Bündel auf den Wagen und schirrten die Zugpferde an. Kosh rief seinen Sohn, der reglos neben der Feuerstelle stand. Ulv blinzelte sich das Wasser aus den Augen. Der Junge hatte schützend die Arme um sich gelegt und starrte ihn an. Es sah aus, als zittere er, als Mesjer dem Jungen durchs Haar fuhr und ihm mit dreckigen Fingern über die Augen wischte. Dann führte er ihn zu den Pferden und stieg mit den anderen Männern in den Sattel.

Der Wagen setzte sich in Bewegung. Ulv hörte das Knarren der Räder und merkte, wie der Eisenring um seinen Hals sich straffte, aber er war nicht in der Lage aufzustehen. Er wurde an der Kette hinterhergeschleppt. Er versuchte, auf allen vieren zu kriechen. Die Regentropfen brannten in den offenen Wunden auf seinem Rücken.

Da beugte Siréd sich zu ihm und umfasste seinen Arm, so dass er auf die Knie kam. Die Kette straffte sich und riss ihn nach vorn. Wieder zog sie an seinem Arm. Und als er sich aufrichtete, legte sie seinen Arm um ihre Schultern und stützte ihn. Kosh schlug mit den Zügeln auf die Pferderücken ein und bog auf den Weg ab, der nach Süden führte.

Die schwarzen Männer

Ulv taumelte an den Bäumen entlang, an deren grauen Stämmen der Regen herabrann. Siréd stützte ihn. Sie sprach auf ihn ein und deutete auf Buckel und Zweige, denen er ausweichen musste. Der Wagen rollte durch dunkle Wälder, vorbei an steilen Steinhalden und überfluteten Mooren, in deren dunkle Wasser der Regen Kreise malte. Er ging unablässig weiter und dachte einzig daran durchzuhalten. Bei jedem Schritt schmerzten seine Wunden. Sein Rücken brannte unter ihrem Arm, doch er war froh, dass sie bei ihm war. Sie war eine starke Frau und hatte Mut gezeigt, als sie die Schuld für den Totschlag auf sich nehmen wollte. Jetzt stützte sie ihn. Sie trug seine Schwäche und seinen Schmerz.

Es war Abend, als der Wagen endlich an einer der zahlreichen Steinhalden stoppte. Siréd half Ulv zu Boden und drehte ihn auf die Seite. Die Sklavenhändler schirrten die Pferde aus und spannten Segeltücher auf. Kheth und Mesjer begannen, das Lager aufzuschlagen, während Kosh und die Brüder den dicken Mann aus dem Wagen hoben. Sie legten ihn am Fuß der Steinhalde ab und begannen, ihn mit flachen Steinen zu bedecken. Mesjer schien sich nicht darum zu kümmern, was sie taten, und als Kosh und die Brüder ihn beerdigt hatten und schweigend am Grab standen, kam er mit einem Leinenlappen und einem Wasserschlauch zu Siréd und Ulv. Er ließ den Schlauch zu Boden fallen und warf ihr den Lappen zu.

»Pflege ihn«, sagte der Sklavenhändler. »Wasch seine Wunden aus. Mach ihn gesund.«

Ulv blickte Mesjer nach, als er sich wieder von ihnen entfernte. Der Sklavenhändler hockte sich neben Kheth und klopfte ihm auf die Schulter. Der Junge schlug Funken in das nasse Holz des Lagerfeuers.

Siréd wusch Ulvs Wunden aus. Es brannte, als sie ihm über die Risse strich. Jedes Mal, wenn sie den Lappen auswusch, war dieser rot von Blut. Sie sagte ihm, der Regen sei daran schuld, dass sich seine Wunden nicht schlössen, doch Ulv war froh über den Regen, denn dann hielten sich die Fliegen von seinem Rücken fern.

Als Siréd seine Wunden ausgewaschen hatte, löste sie ihren Umhang und breitete ihn über ihn. Die Sklavenhändler auf dem Markt hatte ihr Kleid zerrissen, doch es war ihr gelungen, den Stoff über den Schultern wieder zusammenzuknoten. Sie zog Ulv unter den Wagen und legte sich neben ihn. Er zitterte, doch sie schlang ihre Arme um ihn und wärmte ihn mit ihrem eigenen Körper.

Früh am nächsten Morgen zogen sie weiter. Ulv gelang es, selbst aufzustehen, doch als der Wagen in die Spur knirschte und Kosh die Pferde antrieb, stürzte er. Siréd half ihm wieder auf die Beine und stützte ihn wie tags zuvor.

Ulv gab sich Mühe, dem Wagen zu folgen. Er hatte seinen Blick auf den Querbalken geheftet, an dem die Kette befestigt war, und ließ die Schritte dem Takt der hin und her schwingenden Kette folgen. Sie war blank und jetzt bei dem Regen ganz kalt, und der eiserne Kragen engte seinen Hals ein. Er konnte sich kaum mehr daran erinnern, wie es war, frei und ohne dieses kalte Eisen am Hals umherzuwandern. An dem Tag, an dem ihn die Dorfbewohner an Kosh und seine Männer verkauft hatten, war sein Blick voller Abscheu über angekettete Sklaven gehuscht. Doch jetzt war er selbst einer von ihnen. Er fasste sich an die Seite und betastete seine Rippe. Sie zeichneten sich unter seiner Haut ab wie die Zweige unter den Tierhäuten einer Barkashütte.

Da nahm sie seine Kette, hastete vor zum Wagen, schob sich die nassen Haare hinter die Ohren und zerrte an dem Kettenglied ganz vorn am Bolzen. Er begriff nicht, was sie vorhatte, fürchtete aber, die Sklavenhändler könnten sie bemerken. Mesjer ritt einen Steinwurf vor dem Wagen, gefolgt von den Brüdern, die nebeneinander ritten.

Sie winkte ihn zu sich. Er nahm die Kette, während er auf sie zutaumelte. Siréd ergriff seinen Arm und hielt das erste Kettenglied am Bolzen hoch. Erst jetzt bemerkte er, dass das Glied nicht ganz geschlossen war.

»Sie haben es nicht richtig zusammengedrückt«, flüsterte sie. Dann legte sie seinen Arm über ihre Schultern und ging weiter. »Kosh hat sie zur Eile angetrieben, als sie dich festgekettet haben. Vielleicht können wir den Spalt erweitern, wenn wir daran ziehen. Wir warten, bis es dir besser geht. Dann kannst du freikommen und fliehen.«

Ulv antwortete nicht, denn er hatte kaum Kraft genug, sich auf den Beinen zu halten. Und wenn es ihm jemals gelingen würde, das Kettenglied aufzubiegen, würde er nicht ohne sie fliehen.

An diesem Abend rasteten die Sklavenhändler unter einem gewaltigen Felsvorsprung. Es war ein häufig genutzter Lagerplatz mit verrußten Steinringen und festgetrampelter Erde. Kosh und sein Sohn fällten einen Baum am Wegesrand und zogen ihn unter den Felsvorsprung. Ulv saß neben Siréd und beobachtete, wie die

Sklavenhändler Zweige vom Baum abbrachen und sie übereinander stapelten.

Bald darauf kam Mesjer mit Leinenlappen und Wasserschlauch. Er reichte beides Siréd und drückte ihr dann auch noch eine Hand voll getrocknetes Fleisch in die Hand. Der Sklavenhändler blickte auf Ulv und schüttelte den Kopf, ehe er den ledernen Umhang um sich schlug und zurück unter den Felsvorsprung trat.

Siréd nahm ihm den Umhang ab und wusch ihn mit dem Leinenlappen. Sie hob seine Haare an und fuhr ihm über die Wunden. Ulv sah zu den Sklavenhändlern hinüber. Sie hatten sich ausgezogen und saßen halb nackt da, während Kheth Speere in den Boden stieß und die nassen Kleider ans Feuer hängte. An dem Platz, an dem Siréd und er saßen, senkte sich der Nieselregen wie ein grauer Nebel zwischen den Bäumen herab. Er rann an der Plane des Wagens nach unten, und jede Faser, die Ulv trug, war vollkommen durchnässt.

»Wo hast du die her?« Sie legte ihre Hand an seinen Hals und strich die Haare zur Seite. »Die Kette? Solche Zähne habe ich noch niemals gesehen.«

Ulv spürte ihre Hände auf seiner Brust, als sie die scharfen Reißzähne anhob. Er wusste nicht, was er antworten sollte. Die Kette hatte immer dort gehangen. Manchmal hatte er die Sehne gewechselt, doch die Reißzahnkette hatte er, solange er denken konnte.

»Ist das ein Geschenk von jemandem deines Stammes?«

»Kein Stamm.« Ulv beugte sich vor. Sein Kopf war warm, alles drehte sich. Er mochte es nicht, dass sie danach fragte. Alle Menschen hatten einen Stamm und ein Volk, alle, nur er nicht.

Sie fuhr damit fort, ihn zu waschen. Ulv beobachtete die Sklavenhändler, denn er wollte nicht reden, solange sie noch nicht schliefen. Seine Wunden brannten, und er hatte Angst. Wenn er Wundfieber bekam, würde er dem Wagen nicht mehr folgen können.

Siréd bat ihn, die Hände auszustrecken, denn auch an den

Handgelenken hatte er Wunden. Ulv bemerkte das erst jetzt. Sie sagte, das käme davon, dass er sich in den Riemen gewunden habe, als Kosh ihn ausgepeitscht hatte. Die Handgelenke waren angeschwollen, doch sie wusch die wunde Haut und riss zwei Fetzen von ihrem Kleid, mit denen sie seine Gelenke verband. Dann drehte sie seine Hände um.

»Die ist alt«, sagte sie und fuhr mit dem Finger über die lange Narbe in seiner linken Handfläche.

Ulv nickte. Mit der Narbe war es wie mit der Reißzahnkette: sie war immer dort gewesen.

Als Siréd das Trockenfleisch nahm und unter den Wagen kroch, stützte sich Ulv an eines der Räder und rappelte sich auf. Er pinkelte ins Gras, ließ aber die Sklavenhändler nicht aus den Augen.

Da wandte sich Kosh vom Feuer ab. Er nahm einen Stein und schleuderte ihn in seine Richtung. Ulv duckte sich, doch es war zu spät. Der Stein traf seine Schulter. Er stolperte und fiel. Kosh beschimpfte ihn und befahl ihm, unter den Wagen zu kriechen.

Ulv blieb auf dem Boden liegen. Er hatte keine Kraft mehr, seine Wunden schmerzten derart, dass ihm übel wurde und er sich erbrechen musste. Doch es gelang ihm nicht einmal, sich aus dem stinkenden Erbrochenen zu erheben. Die Sklavenhändler ließen ihn liegen, und Ulv dachte, dass sie sich bestimmt wünschten, dass er Wundfieber bekam und starb. Vielleicht wäre das wirklich das Beste, dachte er, denn dann wären auch diese Schmerzen verschwunden.

Ihre Stimme weckte ihn. Ihm war warm, doch es war eine gute Wärme. Sie hatte ihre Arme um ihn gelegt, und er lag mit seinem Gesicht an ihrer Brust. Sie hatte ein Fell über ihn gebreitet.

Ulv legte den Kopf in den Nacken und blickte nach oben zu dem schmutzigen Wagenboden. Um ihn herum war es dunkel, und er hörte nur den Regen, der auf die Plane des Wagens trommelte. Er roch an ihrer Haut, die einen seltsamen Duft nach Honig und Schweiß verströmte. Er liebte es, so zu liegen, dicht bei ihr. Sie wärmte ihn, und er spürte ihre Beine an den seinen.

»Du bist dort draußen zusammengebrochen«, sagte sie. »Aber ich habe dich hierher gezogen, unter den Wagen.« Sie zog einen Streifen getrocknetes Fleisch aus ihrem Kleid und begann, darauf herumzukauen. Ulv roch das Fett und spürte den Speichel im Mund.

»Hier, iss.« Sie steckte ihm das vorgekaute Fleisch in den Mund. »Es ist leichter zu essen, wenn ich es erst ein bisschen vorkaue. Mein Vater hat das auch so gemacht, als mein Bruder in der Schlacht gegen den Trei-Klan verletzt wurde.«

Ulv zermalmte das Fleisch zwischen seinen Zähnen. »Ich habe ihnen auf dem Sklavenmarkt zugehört«, sagte er schluckend. »Aus den Steppen ... Sie sagten, ihr stammt aus dem Süden, aus den Steppen.«

»Ich bin Siréd vom Klan der Cogach. Ich bin die Tochter von Intar, Intors Sohn. Vater sagt ... Vater sagte, dass wir einmal ein mächtiges Volk waren.«

Sie steckte sich erneut einen Brocken Trockenfleisch in den Mund und kaute darauf herum, ehe sie es an ihn weiterreichte.

Ulv biss in das Fleisch. Die Barkas hatten sich viele Geschichten über die kriegerischen Steppenvölker erzählt, und er erinnerte sich daran, dass die Sklavenhändler etwas davon gesagt hatten, dass sie auf der Flucht gewesen seien, nachdem ein anderer Klan ihren Stamm ausgerottet hatte. Er versuchte zu schlucken, doch da kam das ganze Fleisch wieder hoch, und er musste sich auf die Seite drehen und sich erbrechen.

»Ich ...« Er drehte sich auf den Rücken, zuckte aber zusammen, weil seine Wunden brannten.

Sie legte ihre Arme um ihn und drehte ihn auf die Seite.

»Ich bin krank.« Er fasste sich an die Stirn. Sein Kopf glühte. »Geh weiter. Lass mich liegen.«

»Du darfst nicht sterben.« Sie stützte seinen Kopf mit ihrem Arm. »Du musst durchhalten, Wolfsmann.«

»Wolfsmann ...« Ihre Worte rissen ihn aus dem Fieber. Er kniff die Augen zusammen. Sie lag dicht bei ihm. Ihre blauen Augen waren warm wie die der Frau aus seinem Traum und gaben ihm Sicherheit. »Ich erinnere mich«, sagte er. »An Stimmen, Gestalten. Ein Tal. Ich sehe es in meinen Träumen.«

Sie legte ihre Hand auf seine Stirn, ehe sie die Decke enger um ihn schlug.

»Nach Süden«, murmelte er. »In Richtung Sonne. Die Geister sagten ...« Er hustete. Die Worte gingen ihm jetzt leicht von der Zunge, und er fragte sich, ob es das Fieber war, das seinen Gedanken Laute gab. »Sie sagten, ich solle nach Süden wandern. Jetzt bin ich erschöpft.«

»Woher kommst du?« Sie nahm seine Hand zwischen die ihren und streichelte ihm über die Narbe auf der Handfläche. »Wer hat dir diese Narbe beigebracht? Sie sagten, du seist ein Nordländer, ein Barkas.«

»Ich bin kein Barkas.« Ulv schluckte, denn es gab ihm ein so merkwürdiges Gefühl, wenn sie ihn berührte. »Ich bin der Wolfsmann. Ich wandere allein.« Er zog die Hand zurück. »Immer allein. Ich bin durch den Nebel gegangen. In die Berge. Die Wölfe ...«

Es gelang ihm nicht, noch mehr zu sagen. Die Erinnerungen überwältigten ihn. Er sah die Gesichter aus seinen Träumen und hörte die Stimmen der Geister. Der Endlose See öffnete sich um ihn herum, und er trieb auf den Wellen, während er zu einer gigantischen Möwenschwinge emporblickte.

»Das ist das Fieber.« Sie zog ihn an sich und legte seinen Kopf auf ihren Arm. »Es hat begonnen, mit dir zu kämpfen. Du musst jetzt stark sein. Du musst durchhalten.«

»Ich verstehe nicht ...« Ulv hielt die Luft an und berührte ihre Haare. »Du bist sie. Diese hellen Haare ... Du stammst aus meinen Träumen. Ich bin gewandert ... so viele Jahre. Die Barkas sagen, vier mal zehn Jahre. Ich bin durch vier mal zehn Winter gewandert. Ein ganzes Leben.«

»Du bist ein junger Mann«, sagte sie. »Du bist stark. Du wirst überleben.«

»Alle sterben.« Ulv schloss die Augen. »Die Geister rufen mich. Das Feuer ... Ich habe Flammen in meiner Brust.«

Siréd sagte nichts mehr, und Ulv fiel in einen unruhigen Fieberschlaf. Sie streichelte über seine langen Haare und hielt den zitternden Körper in ihren Armen, wie sie es dereinst mit ihrem sterbenden Vater getan hatte. Der Tod war kein Fremder für sie, doch sie betete zu Ebona, der Göttin ihres Stammes, und richtete stille Worte an ihre Vorväter. Sie flehte sie an, Ulv das Fieber zu nehmen, denn sein Rücken war von der Sehne der Peitsche aufgerissen, und nur die Vorväter konnten ihn noch retten.

Neun Tage lang taumelte Ulv, gestützt von Siréd, hinter der Kette her. Sie half ihm jedes Mal auf, wenn er fiel, und zog ihn abends unter den Wagen. Die Sklavenhändler wunderten sich, dass er noch immer am Leben war, als sie die Brücke über den Fluss Alvarath erreichten, der etwas weiter unterhalb in den großen Strom aus dem Norden mündete.

Ulv wusste nichts von den Gefahren, die auf sie warteten, als der Sklavenweg nach Südwesten über die Steppen führte, und er kümmerte sich nicht um die Gespräche der Sklavenhändler, wenn sie abends um das Feuer saßen. Siréd pflegte ihn so gut es nur ging. Sie wusch seine Wunden, bekam neue Leinenlappen von Mesjer, kaute ihm das Trockenfleisch vor und reichte ihm Wasser. Ulv war geschwächt vom Fieber, und jeden Morgen kamen die Sklavenhändler, um zu sehen, ob er die Nacht überlebt hatte. Aber Ulv starb nicht, obgleich es Momente gab, in denen er sich wünschte, die Geister würden ihn zu sich rufen und ihn im Schatten unter den Bäumen wandeln lassen.

Siréd sprach jeden Abend mit ihm und tröstete ihn mit Geschichten über die Helden ihres Klans. Sie berichtete von Klan-Kriegern, die sich weit in die östlichen Steppen hinausgewagt hatten, um nach den Riesen zu suchen, denn es hieß, sie würden eines Tages zurückkehren und den guten Klans helfen, die Bösen zu bekämpfen. Sie sang von Frauen, die ihre Brüder im Kampf begleiteten, von Zauberern, die mit den Ahnen sprachen und Drachen in den Sand zeichneten. Sie erzählte von fremden Ländern, von dem großen Meer, auf dem Schiffe mit Seeungeheuern und Raubfischen kämpften und wo die Wellen so hoch wie Bäume waren. Ulv fragte, ob ein Schiff ein großes Boottier sei. Da lächelte sie ihn an und sagte, dass diese Schiffe größer als jedes Tier seien und dass sie von Menschenhand erschaffen würden. Sie streichelte ihm über den Bart und erzählte ihm von den Schiffen, die von den Küstenstädten lossegelten, und von den Städten selbst, in denen die Häuser so dicht standen wie Pilze im Wald und in denen die Menschen so zahlreich waren wie Ameisen. Ulv begriff nicht viel davon, doch das machte nichts. Er mochte es, ihre Stimme zu hören und nah bei ihr zu liegen. Das gab ihm die Kraft, das Fieber zu überstehen.

Und vielleicht war es Siréd, die ihn aus dem Feuer des Fiebers rettete. Denn am zehnten Tag nach der Bestrafung erwachte Ulv unter dem Wagen, blickte in den diesigen Morgen und spürte, dass das Fieber gewichen war.

Jetzt näherte sich die kleine Gruppe der offeneren Ebene, und die Sklavenhändler hatten die Bögen gespannt und die Pfeilköcher an den Sätteln befestigt. Siréd ging an Ulvs Seite und erzählte ihm flüsternd von den Banden, die oftmals im Morgennebel am Sklavenweg lauerten. Auch ihre Brüder hatten Karawanen ausgeplündert, und sie selbst hatte gesehen, wie sie mit den Skalps der Händler und Sklaventreiber an den Lanzen durch das Lager geritten waren.

Der Waldboden wurde flacher, je weiter sie nach Süden kamen. Ulv sah keine Steinhalden mehr, die sich über die Bäume erhoben, und zwischen den Stämmen waren auch keine Moore mehr. Vereinzelt lagen große Findlinge herum, doch entlang des Weges waren keine Bautasteine errichtet worden. Die Wagenspuren führten geradewegs durch den Wald. Sie lagen wie graue Striche in dem hohen Gras des Weges vor ihnen. Die Sklavenhändler schienen dieses Land zu lieben, denn hier gab es keine Fliegen, und abends brauchten sie nicht lange nach einem Lagerplatz zu suchen. Sie brachen trockene Zweige von den Bäumen und hockten sich um das Feuer, ehe sie einschliefen und dem Unglücklichen, der wachen musste, die Aufsicht über die Sklaven überließen.

Aber Ulv wusste mittlerweile, wann sie schliefen, und er wartete geduldig, bis die Nacht dunkel und schwarz wurde und das Lagerfeuer niederbrannte. Mesjer schlief schnell ein, während die drei Brüder bei jedem Geräusch aufschraken. Kheth hatte Angst vor der Dunkelheit und zog sich die Decke über den Kopf, kaum dass sein Vater eingeschlafen war, doch Kosh selbst war wachsam und blieb die meiste Zeit wach. Ulv und Siréd beobachteten die Sklavenhändler und krochen unter dem Wagen hervor, sobald die Wache eingeschlafen war. Dann packten sie Ulvs Kette und versuchten, sie auseinander zu ziehen. Siréd meinte, das erste Glied klaffe inzwischen stärker, doch Ulv war sich da nicht so sicher. Sein Rücken war wund und steif, und er fürchtete, Kosh könne sie entdecken. Doch Siréd feuerte ihn mit Geschichten über heldenhafte Ahnen, Schlachten und Kriege an. Sie sprach von Männern, Frauen und Göttern und erzählte ihm die traurige Geschichte ihres eigenen Klans. Nach der letzten Schlacht gegen den Trei-Klan wurden ihr Vater und ihre Brüder getötet, und die Trei-Krieger waren in ihr Lager geritten, um die Kinder zu töten und die Frauen zu rauben. Sie war mit einer Hand voll Überlebender nach Norden geflüchtet, doch am Waldrand waren sie in die Hände von Sklavenhändlern geraten, die sie alle gefangen nahmen und zur Pforte Kargaths brachten.

Siréd wurde still, nachdem sie das erzählt hatte, blickte zu Boden und fasste sich an die Augen. Als Ulv ihren Arm berührte, richtete sie ihren Blick auf ihn und sagte, dass es nicht immer so gewesen sei. Sie erinnerte sich an die Steppe und den Wind, der Wellen ins Gras zeichnete, und an Winter, in denen die Stürme über den Zelten heulten und die Männer den Pferden Felle umbinden mussten. Die Menschen ihres Volkes waren Nomaden. Sie wanderten über die Steppen im Nordosten des großen Meeres und besaßen nur das, was sie auf dem Rücken ihrer Pferde transportieren konnten. Denn die Pferde waren ihr Leben und ihr ganzer Stolz. Sie hatte zu reiten gelernt, ehe sie laufen konnte, und der erste Geist, mit dem ihre Eltern sie vertraut gemacht hatten, war Ebona gewesen, die Göttin der Pferde. Ulv lauschte all ihren seltsamen Worten; über ihren Vater, der zwischen den Zelten zu stehen pflegte und zum Wind sang, und über den Zauberer, der mit den Pferden sprach und sie tröstete, ehe die Krieger in den Kampf zogen. Ihr Klan war der nördlichste aller Steppenklane gewesen. Sie waren im Sommer den Rentieren entlang des Alvarath gefolgt und hatten im Winter eine südliche Richtung über die östlichen Ebenen eingeschlagen.

Sie bat ihn, von seinem Volk zu erzählen, von seiner Familie und dem Land, aus dem er stammte. Ulv wusste ihr nicht viel zu sagen, denn die Worte kamen ihm nicht so leicht wie ihr über die Lippen. Es war erst ein paar Monate her, dass er kaum hatte ausdrücken können, was er sah, und er musste noch immer nachdenken, wenn er etwas sagen wollte. Aber Siréd war geduldig. Sie wartete, während er nach Worten rang und sie zusammensetzte, und lächelte ihn an, wenn er von den Bergen im Norden sprach, über die Barkas, die er kannte, und von den Wölfen, die den Himmel anheulten. Er flüsterte ihr etwas von dem weißen, flackernden Licht zu, das sich im Winter unter den Sternen zeigte, und von den Geistern, die einander in den Abgründen nördlich der Täler etwas vorsangen.

Ulv bewunderte sie für all das Fantastische, das sie zu erzählen wusste. Sie war wie eine Fee aus den Sagen der Barkas. Ein paar Mal hatte Mesjer vergessen, den Wasserschlauch zu holen, ehe sich die Sklavenhändler schlafen legten. Dann war sie unter dem Wagen hervorgekrochen, hatte sich das Kleid von den Schultern gezogen und sich am Oberkörper gewaschen. Ulv hatte den Blick abgewandt, doch er wusste nicht, warum. In den Lagern der Barkas hatte er oft halb nackte Frauen gesehen, doch bei Siréd war das anders. Manchmal sah er verstohlen zu ihr hinüber, aber er hatte Angst, sie könne bemerken, wie er ihre Brüste und ihre schmalen Schultern anstarrte. Ihr Rücken war gefleckt wie der Bauch einer Singdrossel, und einmal fragte sie ihn, ob er das hässlich fände. Er hatte eine Antwort gestammelt, aber den Kopf geschüttelt, als sie sich ihm zuwandte. Sie sei mit dieser Zeichnung auf dem Rücken auf die Welt gekommen, erklärte sie, ehe sie sich wieder abwandte. Sie wischte sich mit dem Leintuch über den Rücken, und Ulv folgte ihrer Hand mit seinen Augen. Die Muttermale lagen glatt wie die restliche Haut auf ihrem schmalen Rücken, und den schlanken Hüften. Auf der Wirbelsäule hatte sie ein faustgroßes Muttermal, das wie die gekreuzten Lanzen aussah, die er an der Pforte Kargaths gesehen hatte. Er sagte ihr das, aber sie mochte es nicht, dass er den Ort erwähnte, an dem sie von den Letzten ihres Klans getrennt worden war, und so sprach Ulv nicht mehr davon.

Siréd fragte ihn oft, wo er aufgewachsen sei und welchem Klan er angehöre. Doch Ulv konnte ihr keine Antwort geben, denn er erinnerte sich bloß an die Berge und Wälder im Norden. Er war durch den Nebel gewandert, von einem Leben in ein anderes, und erinnerte sich an nichts mehr von diesem ersten Leben. Siréd konnte das nicht verstehen. Er musste einen Klan und eine Familie haben, meinte sie. Vielleicht habe er das vergessen, aber irgendwo musste es eine Mutter und einen Vater geben und vielleicht auch Geschwister, die auf ihn warteten. Sie fragte ihn, ob er wisse, wie viele Winter er bereits erlebt habe, aber Ulv wusste nur, was die Barkas ihm gesagt hatten: dass er bereits seit vier mal zehn Wintern durch ihr Land wanderte. Siréd legte ihre Hand auf seine Stirn und Wangen, schüttelte den Kopf und sagte, das könne nicht stimmen, denn er habe keine Falten, und seine Arme seien stark wie die Arme eines jungen Mannes. Ulv sagte, er spüre die Jahre nicht so wie andere Menschen. Er wüsste nicht, warum, aber so sei es immer gewesen. Siréd konnte das nicht glauben und fragte ihn, ob er sich an etwas aus seiner Kindheit erinnere. Aber Ulv hatte keine solchen Erinnerungen. Er hatte bloß Träume, und die waren ihm von den Geistern gegeben worden.

Es war Abend, als Koshs Gefolge den Waldrand erreichte. Ulv hatte die Tage gezählt, seit ihn das Fieber verlassen hatte, und den ganzen letzten Tag über hatte er gerochen, dass sie sich offenem Land näherten. Jetzt rollte der Wagen an einem Wäldchen dünner, junger Birken vorbei, und vor ihnen tat sich die Steppe auf. Die überwältigende Landschaft erstreckte sich vor ihnen in der Dämmerung, und die Wagenspuren zeichneten sich wie schwarze Rinnen in der flachen, abendgrauen Ebene ab. Kosh hob die Hand und ergriff die Zügel. Der Wagen hielt an. Die Sklavenhändler erhoben sich in ihren Sätteln und spähten ins Halbdunkel. Niemand sagte etwas. Kosh winkte Mesjer zu sich, der einen Pfeil an die Sehne des Bogens legte, und führte das Pferd ins Gras hinaus.

Ulv schnupperte in den Wind, denn der erzählte ihm mehr, als er sehen konnte. Es roch trocken und warm dort draußen, nicht so, wie er es von den Steppen im Norden des Sees kannte. Der Südwind führte den Duft von sonnenverbranntem Boden und trockenem Gras mit sich. Das Birkenlaub auf dem Weg raschelte. Der Wald war still hier draußen, als ob alle Bäume sie beobachteten und voller Erwartung, was ihnen dort draußen blühen würde, den Atem anhielten.

Mesjer ritt einen Pfeilschuss weit in das offene Land hinein. Dort spähte er lang in alle Richtungen, ehe er sich wieder den anderen zuwandte. Er sprach mit Kosh, und die Sklavenhändler verließen den Weg und zogen den Wagen am Waldrand entlang. Bei einer umgestürzten Birke blieb der Wagen stehen. Die Sklavenhändler stiegen von ihren Pferden und breiteten die Felle aus. Kheth zündete ein Feuer an und Mesjer ließ die Pferde grasen.

An diesem Abend sprachen die Sklavenhändler nur wenig. Sie blickten über die Steppe, während sie sich über das Feuer beugten und die Hände über den Flammen rieben. Kheth hatte ein kleines Feuer gemacht und legte nur vorsichtig Holz nach. Ulv verstand gut, warum, denn in dem offenen Land waren die Flammen weit zu sehen. Wie gewöhnlich brachte Mesjer Siréd und ihm getrocknetes Fleisch und Wasser, und sie aßen und tranken so schnell wie möglich. Doch Mesjer kam an diesem Abend nicht zurück, um ihnen den Wasserschlauch wieder abzunehmen. Er setzte sich zu Kosh, legte sich den Bogen auf den Schoß und starrte in die dunkle Steppe.

Ulv und Siréd schliefen abwechselnd, denn weder Kosh noch Mesjer schienen müde zu sein. Beide Sklavenhändler hielten an diesem Abend Wache, und Ulv wagte es nicht, aus dem Schutz des Wagens zu kriechen, um die Kette zu dehnen. Und obgleich Siréd sagte, dass er nicht aufgeben sollte, konnte er nicht erkennen, dass sich der Spalt weitete. Sie sprach über die Ehre ihres Klans zu ihm, über Kraft und Rache, doch das alles half wenig, solange die Sklavenhändler sie bewachten und die Ketten sie festhielten. Wieder sagte er die Geisterworte vor sich hin. Er erinnerte sich an den Gott, der sich auf der Lichtung am See gezeigt hatte, und an dessen Worte. Zwei Völker sollte er finden. Er sollte nach Süden wandern. Den Krieg der Götter ... Vielleicht hatte er das Ganze geträumt, denn die Kette hielt ihn noch immer fest, und im Süden der Steppen warteten fremde Städte, Sklavenmärkte und neue Ketten.

Er schrak auf. Männer gingen neben dem Wagen durch das Gras. Die Pferde wieherten. Er lag auf der Seite, und sein Arm war unter ihm eingeschlafen. Siréd packte ihn an der Schulter. Sie half ihm, sich auf den Rücken zu drehen, Ulv blickte unter dem Wagen hervor. Da sah er die drei Reiter. Sie standen einen Steinwurf vom Wagen und vom dem Lager der Sklavenhändler entfernt und saßen reglos in ihren Sätteln.

Ulv und Siréd krochen nach draußen. Kosh und die anderen Sklavenhändler kümmerten sich nicht um sie, sondern gingen mit gespannten Bögen langsam auf die Reiter zu.

»Kajmen?« Kosh ließ seinen Bogen sinken. Er trug keine Stiefel. Es sah aus, als hätten die Fremden die Sklavenhändler überrascht.

Die Reiter sagten noch immer nichts. Ulv hielt sich die Hand über die Augen, um die bleiche Morgensonne abzuschirmen. Die drei Männer hatten sich die Gesichter weiß bemalt. Sie trugen weder Hose noch Umhang. Stattdessen hatten sie sich schwarze Tücher um den Leib gewickelt. Ulv traute seinen Augen kaum. Die Männer hatten schwarze Haut. Ulv verstand, warum die Sklavenhändler so misstrauisch waren, denn niemals zuvor hatte er von solchen Männern gehört.

»Mansara? Mansara eh?« Koshs nackter Rücken schwitzte.

Die Reiter sahen einander an. Der Mittlere schnalzte mit der Zunge, woraufhin sein Pferd etwas nach vorne trippelte. Der schwarze Mann löste den kurzen Speer, den er auf dem Rücken trug, und stieß ihn über sich in die Luft. »Mansara. Vendhur-am.«

Kosh sah zu Mesjer, doch dieser schüttelte bloß den Kopf.

»Handelssprache!« Kosh legte die Pfeilhand an sein Kinn. »Kajmanisch, Nordarenisch. Sprecht mit unseren Worten, oder sucht das Weite!«

Der Reiter fasste sich an seine weiß bemalte Stirn. Dann winkte er die anderen zu sich. Auch sie lösten ihre Lanzen vom Sattel. Der Mittlere deutete auf Siréd. Ulv baute sich vor ihr auf.

»Wir sprechen Worte wie ihr. Nordarenisch ist gute Sprache«, sagte der schwarze Mann schließlich.

Kosh senkte seinen Bogen. »Woher kommt ihr? Und wohin wollt ihr? Ihr seid schwarz, wie die Krieger, von denen man sich erzählt. Wie heißt euer Häuptling?«

Der Reiter sprang aus dem Sattel. Er trug leichte Lederstiefel, und seine langen, in einem Pferdeschwanz zusammengebundenen Haare waren ebenso schwarz wie seine Haut.

»Wir kommen aus dem Süden.« Der schwarze Mann streckte Kosh seine offene Hand entgegen. »Wir sind Späher. Wie heißt dein Häuptling?«

Kosh erwiderte den Gruß der Reiter. »Ich habe keinen Häuptling. Ich bin Händler. Und ich habe Gerüchte über das schwarze Volk aus dem Süden gehört.«

Der Späher grinste, so dass der weiße Lehm auf seinem Gesicht Risse bekam. »Das ist gut. Ich bin Talma von Pethar. Der Einzige von uns«, er drehte sich um und nickte in Richtung der anderen, »der Handelssprache spricht. Wir sind Kundschafter von Vendhurs Heer.«

Kosh trat einen Schritt zurück und beugte sich zu Mesjer. Sie flüsterten miteinander, und Ulv sah, dass Kosh auf den Lederbeutel deutete, den der Schwarze am Gürtel trug.

Plötzlich streckte Kosh seinen Arm zum Feuer aus. Ulv hörte nicht, was er sagte, aber die Reiter stiegen von ihren Pferden und folgten den Sklavenhändlern zum Lager. Mesjer holte einen Weinschlauch vom Wagen, und Kheth blies in die Glut. Bald saßen die Sklavenhändler mit den Fremden zusammen, und der Weinschlauch wurde um das Feuer gereicht. Kosh saß dem Reiter gegenüber, der zuerst zu den Sklavenhändlern getreten war, und forderte die Fremden auf, zu trinken und sich vom Trockenfleisch zu nehmen.

Ulv und Siréd standen noch immer beim Wagen. Sie erkannten, dass Mesjer ihnen an diesem Morgen weder Fleisch noch Wasser bringen würde, doch Ulv war froh darüber. Die Sklavenhändler setzten alles daran, die Fremden betrunken zu machen. Ulv zog und zerrte an der Kette, denn die Männer am Feuer grölten und lachten und achteten nicht auf ihn oder Siréd. Ulv stemmte sich mit einem Fuß gegen den Wagen, packte die Kette mit beiden Händen und lehnte sich nach hinten, während Siréd ganz vorn am Bolzen zog. Einmal legte sie ihre Hand auf die seine, damit er innehielt, denn einer der Reiter am Feuer deutete lachend auf sie, wobei Speichel über sein bartloses Kinn rann. Kosh drehte sich um und griff zur Peitsche, und Ulv ließ die Kette los. Als der Sklavenhändler erneut zum Weinschlauch griff, bat Siréd Ulv weiterzumachen. Doch Ulv war müde, und die Wunden auf seinem Rücken brannten. Er sank am Rad zusammen und wischte sich die Stirn ab. Die Sonne war aufgegangen, und die Hitze flimmerte über die Steppe. Ulv legte die Hand über die Augen und spähte am Waldrand entlang. Diese offene Landschaft schien kein Ende zu haben. Bald würden die Sklavenhändler den Wagen weiterziehen, und er würde seinen Weg in Richtung Südwesten über den Sklavenweg fortsetzen. Vielleicht trafen sie dort unten noch mehr Schwarze. Vielleicht sahen die Menschen in Krugant oder Kajmen oder in all den anderen Städten, von denen die Sklavenhändler gesprochen hatten, ja so aus. Er blickte zu den Pferden am Waldrand hinüber. Die Reiter hatten Pfeilköcher und lange Bögen am Sattel befestigt. An einem der Sättel hing eine steife Rolle. Die Haare waren von dem dünnen Leder geschabt worden, und Ulv wusste, dass es solche Häute waren, auf denen weise Männer ihre Worte festhielten. Er konnte sich nicht daran erinnern, bei welchem Stamm der Barkas er das gesehen hatte, aber vielleicht hatte er das auch nur geträumt.

Ulv und Siréd saßen am Wagen und lauschten den Männern am Feuer, doch deren Worte waren kaum zu verstehen, denn die Reiter sprachen mit einem seltsamen Tonfall, und Kosh beugte sich oft zu ihnen vor und flüsterte etwas. Manchmal deutete Kosh auf Ulv und Siréd. Die Reiter hatten ihnen den Rücken zugewandt, drehten sich dann aber regelmäßig um und sahen sie mit braunen Augen an. Es gefiel Ulv gar nicht, wie sie Siréd anstarrten, und so setzte er sich vor sie, was die Fremden mit einem erneuten Lachen quittierten. Sie tranken gierig, und die weiße Paste bröckelte von ihrer dunkelbraunen Haut.

Siréd saß still da und hörte ihnen zu. Ulv verstand nur wenig, doch Siréd beugte sich zu ihm vor und berichtete ihm flüsternd, was sie gesagt hatten. Sie sprachen über ein Heer mit unzähligen Schiffen und Kriegern und über einen großen Kriegerhäuptling mit Namen Vendhur. Vendhur hörte nur auf Tarkin, den Gott der schwarzen Männer. Die Reiter sprachen über ein großes Land südlich von Mansar und den Ebenen der Oldamenn. Sie sagten, sie seien über das Meer gesegelt.

Ulv nickte, denn er hatte von Tarr-Kin gehört, Dem, der die Lanze trägt, dem uralten Gott des Südens. Siréd wunderte sich, dass es ein Meer südlich von Mansar geben sollte, doch Ulv fand das nicht erstaunlicher als all das andere, was er von den Sklavenhändlern während des langen Weges gehört hatte.

Siréd legte ihre Hand auf Ulvs Arm und sah zu den Männern am Feuer hinüber, denn der Reiter, der zuerst zu Kosh gekommen war, richtete sich taumelnd auf und reckte den Speer in die Luft. Er lallte etwas von einem großen Unglück, das über sein Volk gekommen wäre, und von Vendhur, der Tarkins Rasse in eine neue Zeit führte. Zwei Flotten hatte Vendhur über das Meer geschickt: Die Westflotte war nach Norden gesegelt, während die Ostflotte den Sturmrand überquert und auf dem Weg nach Kels und Krugant war. Der schwarze Mann schlug sich auf die Brust und sagte, er sei stolz darauf, Späher in Vendhurs Heer zu sein. Dann ließ er sich wieder zu Boden fallen und griff nach dem Weinschlauch.

Die Sklavenhändler tranken lange mit den Reitern. Ulv und Siréd saßen im Schatten des Wagens, aber dennoch quälte sie die Hitze. Einmal erhob sich Ulv und zerrte an der Kette, aber da wälzte Kosh sich herum und ließ die Peitsche knallen. Ulv wusste, dass der Sklavenhändler getroffen hätte, wenn er nicht so viel getrunken hätte, aber er wagte es nicht, einen neuen Versuch mit der Kette zu unternehmen. Kosh war noch immer nüchtern genug, um mitzubekommen, was sie taten, und als er die Peitsche aufrollte, brüllten die schwarzen Männer vor Lachen. Ulv hasste sie ebenso, wie er die Sklavenhändler hasste, und er wünschte nichts sehnlicher, als sich von der Kette losreißen zu können und sich mit all seiner Wut auf sie zu stürzen. Die Barkas hatten ihm jedes Mal, wenn sie ihn trafen, Ehre erwiesen und ihn mit Fellen und Fleisch beschenkt. Sie hatten ihn wie einen Freund begrüßt, und nur während der Stammeskriege hatten einige von ihnen Jagd auf ihn gemacht, um ihn zu töten. Aber selbst dafür hatten sie Gründe, denn sie hatten den Geist der Wölfe gejagt, den er, Ulvmanna, in sich trug.

»Heute Nacht ist Vollmond«, sagte Siréd auf einmal. Sie deutete zum Horizont im Süden, an dem sich der bleiche Mond über die Baumwipfel erhob. Die Sonne stand noch immer hoch am Himmel, doch es war Sommer, und da zeigte sich der Mond bereits am helllichten Tag. Wenn die Nacht kam, würde er weiß über Steppe und Wald scheinen.

»Vollmond.« Ulv senkte den Kopf. Das war der zweite Vollmond in Ketten.

»Vater sagte, dass uns der Vollmond Kraft gibt«, flüsterte Siréd. »Heute Nacht versuchen wir es erneut. Wir dehnen deine Kette, nehmen die Pferde und reiten nach Osten. Wenn wir weit genug reiten, kommen wir in die Jagdgründe der Klane.«

Ulv sah zu den Pferden am Waldrand hinüber. Siréd konnte sicher reiten, doch er hatte diese Tiere zum ersten Mal bei den Sklavenhändlern gesehen. Lieber würde er die Sklavenhändler und die Schwarzen töten, so dass sie ihnen nicht folgen konnten. Aber darüber musste er sich keine Gedanken machen, denn er glaubte nicht daran, dass der Spalt im ersten Kettenglied größer geworden war.

»Versprich mir, dass du mich nicht allein lässt.« Siréd streichelte ihm über den Nacken. »Wenn wir dich losbekommen, musst du die Zangen aus Koshs Sack holen und meine Kette öffnen.«

Ulv legte seine Hand auf ihre. »Siréd«, flüsterte er. »Du bist ein Freund. Ich werde dich nicht ...« Er senkte den Blick und betrachtete ihre schmale Hand. »Ich werde dich nicht verlassen. Wir werden fliehen. Die Geister werden uns helfen.«

Sie kroch dicht neben ihn und legte ihre Wange auf seine Brust. »Halt mich fest«, sagte sie.

Ulv legte seine Arme um sie, wie sie es so viele Male bei ihm getan hatte. Es war seltsam, ihren weichen Körper an seinem zu spüren. Ihre Haare waren verfilzt und schmutzig. Sie atmete leicht und langsam.

Da knallte Koshs Peitsche. Siréd zuckte zusammen, doch Ulv hielt sie fest. Kosh stand am Feuer und hielt die Peitsche in der Hand. Er zeigte lachend auf sie, und die drei Reiter rappelten sich auf. Mesjer lag, einen leeren Weinschlauch auf dem Bauch, zwischen den Decken.

»Sklaven! Ich werde euch Sklaven zeigen!« Kosh schlug Talma auf den Rücken und wankte zum Wagen. »Wir haben nur gute Ware, das könnt ihr diesem Vendhur berichten!« Er sackte auf die Knie, aber sein Sohn kam ihm zu Hilfe und half ihm wieder auf. Die Brüder folgten ihm.

»Eine Steppenfrau!«, rief Kosh. »Und ein starker Nordländer! Wir werden sie in Krugant verkaufen, und ich werde Wein und Huren kaufen!«

Die Sklavenhändler taumelten auf sie zu. Ulv stellte sich vor Siréd, denn die schwarzen Männer deuteten grinsend auf sie.

»Kümmert euch nicht um den Nordländer«, lallte Kosh. »Er glaubt, sie zu besitzen. Wolfsmann heißt er. Und er ist starrköpfig wie kein Zweiter. Er hat vierzig Peitschenhiebe überlebt.«

Talma nickte anerkennend, ehe er sich an die zwei anderen Reiter wandte und etwas in ihrer eigenen Sprache zu ihnen sagte. Für Ulv waren die halb erstickten Laute, die sie einander zuwarfen, ebenso fremdartig wie ihr Aussehen, denn nicht einmal in seinen Träumen hatte er solche Männer gesehen. Sie standen nur eine Speerlänge vor ihm und Siréd, und er sah die bunten Federn, die in den Gürteln der Männer steckten, und die Bänder, mit denen sie ihre langen Haare im Nacken zusammengebunden hatten. Ihre Gesichter waren schmal wie bei Kosh, doch ihre Haut war schwarz wie getrockneter Schlamm. Es musste ein Gott der Nacht gewesen sein, der sie so geformt hatte, ein Gott der Dunkelheit und des Todes.

Die drei Brüder richteten ihre Speere auf ihn, doch Ulv weigerte sich zurückzutreten, bis die Speerspitzen seine Haut aufritzten und ihn zurück zum Wagen drängten. Kosh befahl ihm, seinen Umhang auszuziehen, und Ulv gehorchte. Der Sklavenhändler schien doch nicht so angetrunken zu sein, doch Mesjer lag noch immer schnarchend unter den Decken.

»Starker Mann«, sagte Talma. »Aber viele Wunden. War er früher Krieger?«

Kosh schüttelte den Kopf. »Er war immer ein Jäger, denke ich. Er wanderte dort oben nördlich des Alvarsees herum, bis ich ihn gekauft habe. Die Wunden stammen von Zweikämpfen in einem Dorf.« Kosh nickte den Brüdern zu, und die Speerspitzen stachen in seine Schulter. Er drehte sich um.

»Ich habe ihn ausgepeitscht.« Kosh griff zur Ochsenpeitsche. »Er hat einen meiner Männer getötet.«

Die Speerspitzen drückten jetzt in seine andere Schulter, und so stellte Ulv sich wieder mit dem Rücken zum Wagen. Er spürte, dass Wind aufkam. Das Laub der Birken am Waldrand raschelte, und der Wind spielte mit den Haaren der Schwarzen.

»Aber seht euch auch die Frau an.« Kosh zog Siréd mit der Kette zu sich. Ulv fauchte die Sklavenhändler an und ging auf sie zu, doch da richteten sich die Speere auf seine Brust.

»Sie ist hübsch.« Kosh hielt sie am Arm fest und riss ihr das Kleid von den Schultern. Siréd versuchte, ihre Brüste zu verbergen, doch Kosh schlug ihre Hände zur Seite. »Seht sie an«, sagte er. »Sie ist sicher noch nicht einmal zwanzig Winter alt. Gute Ware für einen reichen Mann im Süden, denke ich.«

Ulv schlug nach den Speeren, doch Kosh fasste ihr mit den schmutzigen Fäusten in die Haare. »Auf dem Rücken ist sie getüpfelt wie eine Taube, aber so etwas sieht man ja oft bei den Steppenvölkern.« Er strich ihr über ihren fleckigen Rücken und zog ihr das Kleid bis zur Hüfte hinunter. »Vielleicht war es die Sonne, die sie über Generationen so hat werden lassen. Sie werden angeblich schon so geboren.«

Da sprang Talma vor. Er schob Kosh zur Seite und fasste Siréd an der Schulter. Ulv stürzte sich auf ihn, doch die Speere wurden ihm in den Nacken geschlagen.

»Tarkinar!« Talma spuckte ihr auf den Rücken und rieb an den

Muttermalen. Die drei Reiter umringten sie. Ulv erinnerte sich an das letzte Mal, als er dieses seltsame Mal gesehen hatte. Sie hatte sich gewaschen und ihm gesagt, dass sie dieses Zeichen bereits bei ihrer Geburt gehabt hätte. Das Muttermal auf ihrer Wirbelsäule sah aus wie zwei gekreuzte Lanzen oder Pfeile, und es war dieses Mal, auf das die schwarzen Männer deuteten.

»Du hast es ihr eingebrannt!« Talma drohte Kosh mit der Faust. »Du kennst die Weissagung, Händler! Mit Flammen hast du sie gezeichnet.«

Kosh zeigte ihnen seine offenen Handflächen. »Ich habe sie nicht gestraft. Sie ist so, wie ich sie gekauft habe.«

Talma nahm einen Zipfel ihres Kleides und rieb damit über das Muttermal. Siréd krabbelte von ihm weg und verkroch sich unter dem Wagen, und Talma ließ sie gewähren.

»Tarkinar Ethem.« Talma fasste sich an die Brust. »Die Gezeichnete Frau. Wir haben sie gefunden.«

Die Reiter hockten sich hin und blickten unter den Wagen. Talma streckte Siréd seine Hand entgegen, doch als sie nach ihr trat, zog er sie zurück. Er kniete nieder und verbeugte sich kurz. Dann stand er auf und streckte Kosh die Hand entgegen.

»Wir sind Späher«, sagte er. »Nur Kundschafter. Wir zeichnen die Länder des Nordens auf Häute und bringen diese unseren Kaanen. Doch die Weissagung und Tarkins Botschaft gilt für alle Krieger Vendhurs.«

Kosh gab den Sklavenhändlern ein Zeichen, Ulv in Ruhe zu lassen, doch Ulv blieb stehen und blickte ihnen nach. Er verstand nicht, warum der schwarze Mann Siréds Rücken gerieben hatte, aber er erkannte, dass ihr das Angst machte.

»Du bist ein Fremder hier oben im Norden.« Kosh stemmte die Hände in die Hüften und sah Talma an. »Wir haben dich und deine Männer gastfreundlich aufgenommen. Sag mir, warum du meine Sklavin angefasst hast! Ich habe dir nicht das Recht dazu gegeben. Und hüte deine Zunge, Fremder. Mein Freund am Lagerfeuer ist nicht betrunken, und sein Pfeil ist scharf.«

Die Reiter blickten zur Feuerstelle. Mesjer lag nicht mehr zwischen den Decken, sondern zielte mit gespanntem Bogen auf sie.

Ulv trat so weit von den Sklavenhändlern weg, wie es die Kette erlaubte. Die schwarzen Männer trugen krumme Säbel an ihren Gürteln, und Talma berührte den weißen Knochengriff. »Wir haben keine bösen Absichten«, sagte er. »Aber du kennst die Weissagung nicht. Ich werde dir die Weissagung von Tarkin und seinem Sohn, den die Gezeichnete Frau gebären wird, erzählen.«

Kosh hob die Hand, und Mesjer senkte den Bogen. Ulv zerrte an der Kette, denn um ihn kümmerte sich niemand. Der Wagen knarrte, als er sich mit aller Macht nach hinten stemmte.

»Das Muttermal auf dem Rücken der Sklavin sieht aus wie das Zeichen Tarkins.« Talma verschränkte die Unterarme vor sich, wie um Kosh zu zeigen, was er meinte. »Sie trägt die Gekreuzten Lanzen. Sie ist die Gezeichnete Frau. Alle Krieger Vendhurs haben den Auftrag, nach der Gezeichneten zu suchen. Wir müssen sie nach Kanath bringen. So lautet unser Auftrag.«

»Kanath?« Kosh fasste sich an den Bart. »Du hast uns von dem Land auf der anderen Seite des Meeres erzählt, Talma von Pethar. Es ist weit bis dort. Kein Mann nördlich von Mansar ist jemals dort gewesen, und nur wenige haben davon gehört. Die Vandarer und ihre Verbündeten halten die Legenden über Tarkins Land vor den Arern und Kajmenern und allen anderen hier im Norden geheim.«

»Das stimmt.« Talma schob seine braunen Daumen hinter den Pelzgürtel. Schweiß glänzte auf seinem nackten Bauch. »Vandar und Mansar sind Freundesland. Sie sagen nichts über Kanath. So war es in Vandar und Mansar seit Generationen. Aber jetzt reiten wir gen Norden. Als wir die Ebenen von Old-Myre verließen, erzählten die Gerüchte, dass Vendhurs Kaane Arborg und Tirga erobert hatten. Es hieß, die alten Skerge seien getötet worden. Unser Volk wird sich wieder ausbreiten, wie zu Krims Zeiten.«

Kosh spuckte ins Gras. »Ich kümmere mich nicht um so etwas«, sagte er. »Ich verkaufe an alle Völker der Welt. Aber ich verstehe nicht, was das mit der Sklavin zu tun hat.«

»Die Weissagung.« Talma fasste sich an den Bauch. »Die Priester haben die Schalen mit Tarkins Blut befragt. Sie haben Tarkinar Ethem gesehen, die Frau, die sein Zeichen trägt. Sie haben den Sohn gesehen, den sie zur Welt bringen wird. Es ist Tarkins Sohn. Denn Tarkin … Das Alter lastet auf Tarkin, es macht ihn krank. Die Gezeichnete Frau soll Tarkinars Sohn hervorbringen. Und der wird die Kraft seines Vaters haben.«

Talma hockte sich hin und blickte wieder unter den Wagen. Kosh kratzte sich im Nacken und murmelte einem der Brüder etwas zu. Ulv ließ die Kette los und kroch unter den Wagen. Siréd suchte in seinen Armen Zuflucht. Er selbst hatte nicht viel von dem verstanden, was der schwarze Mann gesagt hatte, denn er verdrehte die Worte mit seiner merkwürdigen Aussprache so sehr. Doch Ulv hatte begriffen, dass er von einem Gott und einem weit entfernten Volk gesprochen hatte.

»Wir haben Gold. Wir geben dir, was du verlangst, Händler.«

Ulv lauschte den Stimmen vor dem Wagen und sah Koshs schlammige Stiefel gleich neben dem Rad. Der Sklavenhändler baute sich breitbeinig auf und räusperte sich. »Ich hatte nicht vor, sie hier zu verkaufen. Unten in Krugant zahlen sie viel für Jungfrauen. Ich will vier mal zehn Goldmünzen.«

Ulv sah die Beine der schwarzen Männer am Ende des Wagens. Talma war der Einzige, der Stiefel trug. Die anderen hatten sich Felle um die Füße gewickelt. Einer ließ ein Ledersäckchen zu Boden fallen, und eine braune Hand hob es auf.

»Drei mal zehn Goldstücke und drei Bronzescheiben.« Talma trat um die Ecke des Wagens, und Ulv sah seine Beine neben denen von Kosh. »Ich habe nicht mehr.«

Ulv schloss die Augen und lauschte. Der Sklavenhändler schnürte das Ledersäckchen auf. Münzen klirrten.

»Hol sie heraus«, murmelte Kosh. »Damit sie sie genauer betrachten können.«

Ulv streichelte ihr über die Haare. Sie lag in seinen Armen und versuchte, die Fetzen ihres Kleides über den Schultern zusammenzuknoten. Er half ihr. Er wollte nicht, dass die Sklavenhändler sie so sahen.

Die Sklavenhändler zogen an der Kette. Ulv drückte sie an sich. Er wollte nicht, dass die schwarzen Männer sie mitnehmen. Er wollte seine Arme schützend um sie legen, wie der Himmelsvogel seine Schwingen über den Wäldern und Bergen im Norden ausbreitete. Speerspitzen stachen ihm in den Rücken, doch er weigerte sich herauszukommen. Kosh zerrte an der Kette.

»Stich ein bisschen fester zu«, rief er und trat gegen den Wagen.

Ulv schrie auf, als die Speerspitze seinen Rücken aufritzte. Er kroch noch weiter unter den Wagen, aber die Speerspitze riss den Schorf auf seinen Peitschennarben auf.

Dann war die Speerspitze verschwunden. Ulv rang nach Atem. Siréd legte ihre Hand auf seine Wunden.

»Hier sind bloß zwanzig und acht Goldstücke«, sagte Kosh.

Ulv drehte sich herum, um zu sehen, was vor sich ging. Das Ledersäckchen landete im Gras vor den Füßen des Sklavenhändlers. Talma hockte sich hin, um es aufzuheben, aber Kosh stellte seinen Stiefel darauf.

»Wir müssen die Gezeichnete haben!« Talma erhob seine Stimme. »Du musst verstehen, Händler! Vendhur hat uns befohlen, nach ihr zu suchen. Und jetzt haben wir sie gefunden! Die Priester haben gesagt ...«

»Gib mir deinen Dolch«, sagte der Sklavenhändler. »Das scheint eine gute Arbeit zu sein. Den Dolch und alles, was in dem Säckchen ist. Dann ist die Frau dein.«

Talma trat ein paar Schritte zurück. Die anderen Reiter stellten sich neben ihn. Ulv zog die Kette zurück. Kosh hatte die Schwarzen beleidigt, dachte er, und jetzt würden sie kämpfen.

»Es ist Vaters Dolch«, sagte Talma. »Du bittest um viel, Sklavenhändler.«

»Sie ist die Gezeichnete, nicht wahr?« Kosh trat zu ihm vor. »Wenn ihr sie unbedingt haben wollt, müsst ihr auch den Preis zahlen, den ich verlange.«

»Bist du dir sicher, dass das Mal echt ist?« Talma hockte sich erneut hin.

Ulv drückte Siréd an sich und starrte das schwarze Gesicht an.

»Vor einigen Sommern kam eine Frau zu Tarkin ...« Talma erhob sich, aber Ulv hörte gut, was er sagte, denn jetzt sprach Talma langsam und deutlich. »Die Frau trug Tarkins Zeichen auf dem Rücken. Die Familie der Frau brachte sie zum Tempel Tarkins. Sie sagten, sie sei rein und unberührt. Unberührt war sie. Aber die Priester betrachteten sie. Und sie sahen, dass das Zeichen eingeritzt war. Sie trug ein falsches Mal, Sklavenhändler. Tarkin verurteilte die Frau und ihre ganze Familie zum Tode. Wenn Talma Tarkin eine falsche Frau bringt, wird mit ihm das Gleiche geschehen. Du wirst den Dolch von Talmas Vater bekommen, Sklavenhändler. Aber du musst schwören, dass dieses Mal echt ist.«

»Das kann ich beschwören.« Es knirschte, als Kosh sich gegen den Wagen lehnte. »Sie war so, als wir sie kauften, und ich habe niemals von Völkern gehört, die ihre Frauen so zeichnen. Sie ist echt, Kanathener.«

Ulv wickelte ihre Kette um sein Bein. Sie weinte an seiner Brust, und das erstaunte ihn, denn bis jetzt war sie die Starke gewesen. Sie hatte seine Wunden gepflegt und mit ihm geredet, doch jetzt schien sie alle Hoffnung verloren zu haben.

»Du musst mich loslassen«, flüsterte sie. »Sie werden dich töten, wenn du mich zurückzuhalten versuchst.«

Ulv drückte ihren Kopf an seinen Hals. Er streichelte ihr über den Nacken, wie sie es so viele Male bei ihm getan hatte. Etwas in ihm wusste, dass sie Recht hatte. Er konnte nicht gegen die Sklavenhändler kämpfen, solange er angekettet war. Er konnte die schwarzen Männer nicht daran hindern, sie ihm wegzunehmen.

Die Räder knirschten. Die Männer stemmten ihre Fersen in den Boden und legten ihr ganzes Gewicht gegen den Wagen. Ulv löste die Kette von seinem Bein und kroch unter dem Wagen nach vorn, doch die Sklavenhändler schoben schneller, als er krabbeln konnte. Als der Wagen über ihm wegrollte, packten die Brüder seine Beine und richteten ihre Speere auf ihn. Mesjer kam mit den Zangen und half Kosh, Siréds Kette zu öffnen. Ulv rappelte sich unter den Speeren hoch, fiel aber wieder zu Boden, als die Brüder ihm in den Nacken schlugen. Die schwarzen Männer packten Siréd an den Armen und führten sie zu den Pferden.

Ulv kroch ihr nach. Er kümmerte sich nicht um die Speere, die ihm auf den Rücken schlugen. Aber die Kette straffte sich, und Kosh zog ihn zurück.

»Siréd!« Ulv richtete sich auf die Knie auf. Sie drehte sich zu ihm um und streckte ihm die Arme entgegen, doch die Reiter trieben sie zu den Pferden, wo Talma sie in seinen Sattel hob.

Die schwarzen Männer lösten die Taue, mit denen die Pferde angebunden waren, und stellten die Füße in die Steigbügel. Dann führten sie die Pferde auf den Weg und grüßten die Sklavenhändler mit offenen Händen.

»Viel Glück auf eurem Weg!« Kosh reckte das Ledersäckchen in die Höhe und lächelte in die Sonne. »Nehmt sie nicht zu hart ran, sonst verliert sie rasch ihren Wert.«

Talma wendete das Pferd und spuckte auf den Weg. Er hielt Siréd vor sich. »Für diese Worte würde Vendhur dich töten, Sklavenhändler! Die Frau ist Tarkins Auserwählte! Sie soll bis zur Empfängnis rein und unberührt sein! Wir werden sie vor allen Gefahren schützen, wie es unser Auftrag ist!«

»Wohin reitet ihr?«, rief Mesjer.

»Wir reiten nach Südwesten.« Talma straffte die Zügel und machte eine Bewegung mit dem Kopf. »Wir folgen dem Sklavenweg bis nach Kajmen. Dann gehen wir auf ein Schiff und segeln mit ihr über den Sturmrand, südöstlich von Mansar.«

Talma drückte die Hacken in die Flanken des Pferdes. Das Tier begann zu traben, und die Sklavenhändler sahen ihnen nach.

Ulv stand auf und zerrte an der Kette. »Siréd!« Er packte den Eisenkragen mit beiden Händen und versuchte, ihn aufzubiegen. »Siréd! Ich werde dir folgen! Ich werde dich finden!«

Da begannen die Pferde zu galoppieren, Staub wirbelte auf.

Rasch verschwanden die Reiter nach Süden, und bald sah er nur noch die Staubwolke.

Die Sklavenhändler gingen zu ihrem Lagerplatz zurück, doch Ulv legte die Hand über die Augen und blickte den Pferden nach. Die Hufschläge waren noch immer zu hören. Noch einmal rief er ihr nach, ehe er auf dem Weg zusammenbrach. Er verbarg das Gesicht in den Händen. Noch immer spürte er ihren Geruch an seinen Fingern.

Ulv lag lange neben dem Wagen. Er hörte den Wind, der in den Birken rauschte und die Plane des Wagens flattern ließ. Die Sklavenhändler saßen singend und lachend an den knisternden Flammen. Goldmünzen klirrten. Er hörte, dass sie sich über das gute Geschäft freuten, und hasste sie dafür. Siréd hatte ihm Hoffnung gegeben, sie hatte ihn gewärmt und war seine Vertraute gewesen. Jetzt spürte er Trauer, und diese Trauer war größer, als er sie jemals gespürt hatte. Sie brannte in seiner Brust, und sein Kinn zitterte. Er wischte sich seine schmerzenden Augen trocken. Wieder war er allein, wie er es immer gewesen war. Doch dieses Mal erschreckte ihn die Einsamkeit. Wie ein kalter Herbstwind blies sie über seinen Rücken und raubte ihm jegliche Wärme. Er spürte weder seine Wunden noch seinen Hunger. Dieser neue Schmerz war schlimmer als alles andere. Es war so, als wären die schwarzen Männer mit einem Teil von ihm selbst davongeritten. Sie hatten ihm Siréd genommen. Sie hatten sie ihm entrissen, sie, die blonde Frau aus seinen Träumen. Ulv kauerte sich zusammen und hielt sich die Ohren zu. Die Geister wisperten ihm vom Waldrand aus zu. Der Gott mit dem Hirschgeweih sprach mit einer Stimme zu ihm, die wie Sturmwind klang, der über tiefe Klüfte wehte. Er hatte versagt. Es war ihm nicht gelungen, sie bei sich zu halten, und jetzt bestraften ihn die Geister und erfüllten ihn mit Sehnsucht.

Die Sonne senkte sich langsam zum Horizont im Westen, und die Schatten am Waldrand wurden länger. Als die Sonne ihre letzten goldenen Strahlen über das graue Steppengras warf, waren dunkle Wolken im Süden aufgezogen. Der Wind war abgeflaut. Ulv hatte den ganzen Tag über am Wagen gelegen, doch als er die wärmere Luft spürte, richtete er sich auf und stützte sich gegen den Wagen. Weit im Süden hörte er Donnergrollen. Dort war der Himmel bedrohlich schwarz. Den ganzen Tag über hatte der Wind die Wolken nach Norden getrieben, und es würde nicht mehr lange dauern, bis der Regen einsetzte. Er nahm den Umhang aus dem Gras und zog ihn an, ehe er in Richtung Waldrand spähte. Kosh und Mesjer lagen auf ihren Fellen und hatten die Goldmünzen um sich herum ausgebreitet. Der eine der Brüder saß zusammengekauert am Feuer. Er hielt noch immer den Weinschlauch in der Hand. Die anderen lagen unter ihren Decken und Fellen. Ulv hörte, dass sie schliefen.

Wieder zerrte er an der Kette. Die Sklavenhändler rührten sich nicht. Sie hatten den Handel begossen, dachte er und nahm die Kette mit beiden Händen. Er stemmte den Fuß gegen den Wagen. Siréd hatte gesagt, er dürfe nicht aufgeben. Sie hatte ihm geholfen, die Kette zu dehnen. Wenn er stärker gewesen wäre, hätten sie sich vielleicht befreien und zum Waldrand fliehen können. Jetzt war es zu spät dafür, dachte er und drehte die Kette hin und her. Die Sklavenhändler hatten sie verkauft, und die schwarzen Männer hatten sie ihm genommen.

Ulv setzte sich auf den Boden, die Füße gegen den Wagen gestützt. Er legte die Kette hinter seinen Rücken und drückte sich nach hinten. Die eisernen Glieder schnitten sich in seinen vernarbten Rücken. Er sah zum Himmel empor, von dem aus der Vollmond weiß und kalt auf ihn herabschien. Wieder donnerte es im Süden, doch dieses Mal klang es näher. Er biss die Zähne zusammen, bis sein Kiefer schmerzte. Sie war irgendwo dort draußen. Sie hatte Angst. Vielleicht taten die schwarzen Männer ihr etwas an.

Die Kette platzte mit einem Knall. Ulv schlug mit dem Hinterkopf auf dem Boden auf. Er hielt den Atem an und zog an der Kette. Sie hatte sich gelöst. Das vorderste Glied war gebrochen. Er hob die Kette auf und sah zu den Sklavenhändlern hinüber. Sie bewegten sich noch immer nicht.

Er blieb am Wagen stehen und schätzte die Entfernung zu den Pferden ab. Nach so langer Zeit in Gefangenschaft erschreckte ihn seine plötzliche Freiheit beinahe. Er wusste nicht, ob er die Sklavenhändler töten sollte, oder ob es besser war, ein Pferd zu nehmen und fortzureiten, ehe sie aufwachten. Etwas in ihm verlangte Rache, doch ihm wurde bewusst, dass er nicht viele würde töten können, ehe die anderen aufwachten und ihn bemerkten. Er wickelte sich die Kette um die Hüften und befestigte das Ende an seinem Gürtel, ehe er in Richtung der Pferde schlich. Die großen Tiere waren am Waldrand an den Bäumen festgebunden, und jetzt warfen sie ihre Köpfe in den Nacken und wieherten. Ulv blieb am Rand des Lagerplatzes stehen und sah sich um. Er wusste, dass ihn die Sklavenhändler einholen würden, wenn er zu Fuß floh. Sie würden vom Rücken der Pferde aus seinen Spuren folgen. Er musste sich eines der Tiere schnappen und die anderen in die Steppe hinausjagen, damit Kosh und seine Männer ihn nicht einholen konnten.

Ulv hockte sich hin, als der Donner über ihm grollte. Die schwarzen Wolken verdeckten den Mond. Sein Blick glitt über die Decken, die Weinschläuche und die schlafenden Männer. Kosh und Mesjer schliefen mit den Köpfen auf ihren Sätteln, doch die Brüder hatten ihre Sättel zu den Speeren und Weinschläuchen gelegt.

Vorsichtig schlich er über den Lagerplatz. Die Pferde stampften mit den Hufen auf. Die großen Tiere hatten Angst vor dem Gewitter, und er wusste, dass er sich ohne Sattel nicht auf dem Pferderücken würde halten können.

Kosh drehte sich um. Ulv blieb wie angewurzelt stehen, doch der Sklavenhändler zog sich nur schmatzend die Decke bis zu den Ohren. Die anderen bewegten sich noch immer nicht. Mesjer schnarchte. Kheth hatte sich etwas abseits der drei Brüder in eine

Decke gewickelt. Ulv krümmte seinen Rücken und schlich Schritt für Schritt weiter, bis er die andere Seite des Lagers erreichte. Er kam zu den Sätteln. Dort lag auch ein Dolch. Er erkannte ihn wieder. Es war der Dolch, mit dem ihm der dicke Mann gedroht hatte, als er Siréd zu nehmen versucht hatte. Ulv steckte die Klinge hinter seinen Gürtel und nahm einen Pfeilköcher vom ersten Sattel. Er hob den Sattel auf und klemmte ihn sich unter den Arm.

In diesem Moment erblickte er Kheth. Der Junge hatte sich in seinen Decken aufgerichtet. Ulv sah ihn an. Kheth starrte zurück, doch er sagte nichts. Ulv legte seine Hand auf den Dolch und trat einen Schritt zurück. Der Junge schluckte hart und kniete sich hin. Ulv zog den Dolch. Er sah die Angst des Jungen. Er trat noch einen Schritt weiter zurück. Vielleicht verstand Kheth, dass er fliehen musste. Vielleicht verstand er, dass das Geschäft seines Vaters böse war. Ulv legte den Dolch an die Lippen. Der Junge musste still sein, er musste ihn fliehen lassen.

Da drehte Kheth den Kopf zur Seite. Ulv ließ den Sattel fallen, als Kheth den Mund öffnete. Er stürzte sich auf ihn, drückte den dünnen Körper zu Boden und stach ihm den Dolch in die Brust. Der Junge stöhnte auf, doch Ulv hielt ihm die Hand vor den Mund und erstickte seinen Schrei. Krämpfe durchzuckten den Körper des Jungen, als Ulv sein ganzes Gewicht auf die Klinge legte. Dann nahm er die Hand vom Mund des Jungen und zog den Dolch heraus. Er nahm den Sattel und taumelte davon. Mesjer drehte sich auf die Seite und erblickte ihn, und Kosh rappelte sich auf. Die Brüder tasteten nach den Bögen, und Mesjer zeigte brüllend auf ihn.

Ulv rannte zu den Pferden. Er warf dem erstbesten Tier den Sattel auf den Rücken und machte die Riemen unter dem Bauch fest, wie er es bei den Sklavenhändlern gesehen hatte. Das Pferd hatte keine Trense im Maul, doch ihm war Zaumzeug um den lang gestreckten Kopf gebunden. Er durchtrennte das Seil, mit dem das Pferd am Baum angebunden war, stellte den Fuß in den Steigbügel und kletterte auf den Pferderücken. Das Tier wieherte und lief seitwärts in Richtung Lager. Die Brüder stützten den toten Jungen, doch Mesjer kam auf ihn zugerannt. Ulv bekam den anderen Fuß in den Steigbügel und packte die Zügel. Kosh schleuderte einen Speer in seine Richtung, verfehlte ihn aber. Die Sklavenhändler brüllten, und die Brüder legten Pfeile an ihre Sehnen. Mesjer warf sich zur Seite, als das Pferd einen Sprung nach vorn machte. Kosh rannte ihm nach, doch Ulv stieß die Hacken in die Flanken des Pferdes, und das entsetzte Tier stürmte aus dem Lager.

Er klammerte sich an der Mähne fest, als das Pferd über die Steppe galoppierte. Pfeile schossen an ihm vorbei, und als das Pferd zusammenzuckte, begriff Ulv, dass es getroffen worden war. Er packte die Zügel und sah sich um. Ein Pfeil steckte tief im Schenkel des Tieres. Das Lager war bereits weit entfernt, doch jetzt waren auch die Sklavenhändler bei den Pferden. Kosh brüllte sie an, den toten Jungen im Arm. Die Brüder zurrten die Sattelgurte fest, doch Mesjer konnte sich kaum auf den Beinen halten. Sie hatten zu viel getrunken, dachte Ulv und versuchte, den Rhythmus des Pferdes anzunehmen. Er hatte einen guten Pfeilschuss Vorsprung, doch die Händler waren gute Reiter, auch wenn sie getrunken hatten.

Ulv ritt in den Regen hinein. Der Himmel hatte sich über der Steppe geöffnet, und die Götter brüllten ihn mit Donnerstimmen an. Das Pferd galoppierte über die Steppe, deren Gras vom Unwetter zu Boden gedrückt wurde. Erst jetzt erkannte er, dass das Grasland nicht ganz eben war. Wasser sammelte sich in Gräben und Senken. Einige waren mehrere Speerlängen breit, während andere wie ausgegrabene Fuchshöhlen aussahen. Er versuchte, das Pferd an den Schlammlöchern vorbeizuleiten, denn wenn es in eines davon trat, könnte sein Bein brechen wie ein trockener Zweig.

Doch das Tier galoppierte ruhelos weiter, während Schaum aus seinem halb geöffneten Maul spritzte. Das Pferd war verrückt vor Schmerzen. Er hörte den Hufschlag irgendwo hinter sich und wusste, dass ihn die Sklavenhändler rasch einholen würden, wenn das Pferd nicht mehr weiterkonnte.

Aber das Tier hielt durch. Es trug ihn weit über die Steppe und galoppierte durch die Nacht, während der Regen vom rabenschwarzen Himmel peitschte. Als sich das graue Tageslicht durch die Wolkendecke drängte, hörte Ulv seine Verfolger nicht mehr. Er blickte sich um und sah nur die endlose Weite der Steppe hinter sich.

Er zog an den Zügeln. Das Pferd warf den Kopf zur Seite und wieherte. Es wurde langsamer und fiel in Trab, ehe es schnaubend weiterging. Ulv wandte sich im Sattel um. Die Pfeilwunde im Schenkel des Pferdes blutete. Er musste den Pfeil herausziehen und die Blutung stoppen. Das Tier würde ihn mit einem Pfeil im Schenkel nicht mehr weit tragen können.

Ulv sprang ins Gras. Er wickelte sich die Zügel einmal um den Unterarm und straffte sie, so dass das Pferd nicht davonlaufen konnte. Der Boden gluckste unter seinen Füßen. Es regnete noch immer, und die Spuren der Pferdehufe verschwanden, kaum dass das Tier an eine andere Stelle trat. Vielleicht war das der Grund, weshalb er den Sklavenhändlern hatte entkommen können. Sie konnten ihn bei diesem Wetter nicht aufspüren. Aber so würde es ihm auch nicht gelingen, die Spuren der schwarzen Männer zu finden. Sie hatten gesagt, sie wollten nach Südwesten in Richtung Kajmen reiten. Er wusste nicht, wo das lag, aber wenn er in diese Richtung ritt, würde er es wohl finden.

Das Pferd beruhigte sich. Ulv tätschelte seinen Hals. Das Fell dampfte. Das Tier senkte den Kopf, und er näherte sich vorsichtig dem Pfeil. Ulv legte seine Hand um den Schaft. Er wusste, dass er schnell sein musste.

Mit einem Ruck zog er den Pfeil heraus. Das Pferd bäumte sich auf den Hinterbeinen auf und wieherte. Es schlug mit dem Kopf und zog ihn an den Zügeln hinter sich her. Ulv versuchte, sich an Grasbülten festzuhalten, und zerrte an den Zügeln, doch das Pferd fiel wiehernd in Galopp. Ulv packte die Riemen mit beiden Händen. Die Graspolster schlugen gegen seinen Bauch. Er schoss über den Boden, und die Pferdehufe dröhnten neben ihm. Er strampelte mit den Füßen, drehte sich von den Hufen weg und erkannte zu spät seinen Fehler. Die Zügel waren noch immer um seinen Unterarm gewickelt, und das Pferd würde ihn über die Steppe zerren, bis nichts mehr von ihm übrig war. Er rollte sich auf den Rücken und zog seinen Dolch. Ein Stein knallte gegen seine Schulter, warf ihn wieder herum und riss ihm den Dolch aus der Hand. Dann packte er die Zügel mit der freien Hand, zog sich heran und wickelte seinen Unterarm los. Das Pferd galoppierte weiter.

Er stand auf und hinkte zurück zu dem Dolch, während er die Kette wieder um seine Hüfte wickelte. Das Pferd war bereits weit entfernt. Seine Knie schmerzten, und die Peitschenwunden brannten. Er schob den Dolch in die Scheide und sah sich um. Das Pferd hatte ihn einen guten Steinwurf von der Stelle mitgeschleppt, an der er abgesessen war.

Ulv ging weiter. Er hoffte, dass das Pferd irgendwo warten würde. Da hörte er Hufschläge. Es lief ihm kalt über den Rücken, als er sich umdrehte und die grauen Umrisse im Regen erkannte. Die Sklavenhändler hatten das Pferd wiehern hören und wussten jetzt, wo er war.

Ulv rannte zum nächsten Schlammloch. Es war etwa so breit wie ein Mann, und als er hineinkroch, reichte ihm das Wasser bis zu den Knien. Er drückte sich an die Seite der Böschung.

Die Hufschläge näherten sich. Jetzt hörte er auch Koshs und Mesjers Stimmen. Ulv nahm eine Hand voll Schlamm und schmierte sie sich ins Gesicht und auf den Umhang. Dann schloss er die Augen und drückte sich auf den Boden.

Die Hufe donnerten über den Boden, fielen aber in Schritttempo, als sie sich dem Schlammloch näherten.

»Da vorne ist er vom Pferd gestiegen.«

Das war Mesjers Stimme.

»Ich sehe deinen Pfeil. Da ist Blut im Gras. Er muss angehalten haben, um den Pfeil herauszuziehen.«

Die Pferde traten hin und her, und eines von ihnen blieb dicht neben der Schlammgrube stehen. Ein Mann saß ab. »Sucht ihn!«

Ulv hielt den Atem an. Es war Kosh, der direkt über ihm stand.

»Hier sind Spuren«, sagte Mesjer. »Es sieht so aus, als hätte das Pferd ihn mitgezogen.«

»Dann ist er müde.« Sattelgurte knirschten, als Kosh wieder aufsaß. »Lasst uns weiterreiten. Wir werden ihn bald einholen. Und ich werde dafür sorgen, dass er langsam stirbt, Mesjer.«

Kosh brüllte und peitschte sein Pferd, und die Sklavenhändler ritten weiter. Die Hufschläge wurden schwächer.

Ulv atmete aus. Er wischte sich den Schlamm aus dem Gesicht, wagte es aber noch nicht, aus der Grube zu kriechen. Vielleicht würden sie sein Pferd finden und zurückkommen, um ihn zu suchen.

Bis es dunkel wurde, blieb Ulv in der Grube liegen. Es regnete nicht mehr, aber er war durchnässt und zitterte vor Kälte. Im Schutz der Dämmerung kroch er aus dem Schlamm und richtete sich auf. Der Wind war stärker geworden. Er zerrte an seinen nassen Haaren. Über ihm trieben die Wolken nach Norden. Er wärmte sich die Hände in den Achselhöhlen und begann, nach Süden zu gehen. Die ganze Nacht würde er wandern. Weder Hunger noch Kälte sollten ihn aufhalten. Er wollte nicht eher ruhen, bis er sie gefunden hatte.

Seon

Die Festung erhob sich wie ein dunkler Schatten auf dem höchsten der Hügel, ein gigantisches Wesen, das mit seinen Fackelaugen über die Hausdächer stierte. Die Einwohner der Stadt hatten sie errichtet, Zimmerleute und Sklaven hatten im Westwald die hohen, gerade gewachsenen Bäume gefällt und sie mit jedem zur Verfügung stehenden Pferd den Hügel hinaufgezogen. Die Festung stand am Nordrand von Krugant, der Hafenstadt am Meer. Es gab sie noch nicht lange, denn bis vor einiger Zeit hatten die Kruginer sich noch sicher gefühlt. Doch im Laufe der letzten Sommer waren mit den Händlern viele Gerüchte nach Krugant gekommen, Gerüchte von einem fremden Volk und einem Krieg in den Ländern südlich des Blutsundes. Die Arer boten ihre Waren billig feil und suchten über den Winter Liegeplätze für ihre Langschiffe und ihre Mannschaften. Die Händler kamen mit ihren Frauen und Kindern von weit her, aus Arborg, und keiner von ihnen brachte gute Nachrichten. Die einen segelten weiter nach Westen, um sich am Rande des Westwaldes niederzulassen, die anderen zu den Stränden des Rotlaubwaldes. Die Tuurer waren mit leeren Sklavenschiffen gekommen, und jetzt standen sie auf der Mole und spähten schweigend aufs Meer. Und es hieß, die Kelser hätten ihre Reiter zur Königsburg zurückgerufen. Die Zeichen mehrten sich, und aus diesem Grund hatten die Handelsmänner von Krugant ihre Goldbeutel zusammengeworfen und beschlossen, auf den Hügeln eine Festung zu errichten, in der die Einwohner Schutz vor den Pfeilen der Feinde suchen konnten. Keiner wusste genau, wer der Feind war, die Gerüchte erzählten mal dies, mal das. Die Tuurer waren überzeugt, dass es ihre alten Feinde waren, die Vandarer, die alle ans Meer grenzenden Länder erobern wollten. Die Arer sprachen von schwarzen Männern, die in großen Scharen angeritten kamen und ihre Gegner mit Lanzen töteten. In jedem Fall waren es schlechte Nachrichten, und die Kruginer standen auf den Ausläufern der Mole und hielten Ausschau nach fremden Segeln am Horizont.

Die Festung war mit gedungenen Kriegern bemannt. Die Kruginer nannten sie »Leihschwerter«, und die Bewohner ließen ihre Töchter und Frauen nicht aus den Augen, wenn die bärtigen Krieger durch die Gassen der Stadt ritten. Von nah und fern waren sie gekommen, als die Nachricht ausgesandt wurde, dass Krugant Krieger suchte, die die Stadt verteidigten. Ausgestoßene waren von den Rändern der Östlichen Ebenen herbeigeeilt und hatten als Zeichen ihrer Ergebenheit und Treue ihre Schwerter auf den

Boden geworfen. Nordländer waren über die Hügel gewandert und hatten mit ihren kräftigen Pranken gegen das Stadttor gehämmert. Räuber und Gesetzlose waren in Kajmen und Tuur an Land gegangen und hatten sich für das Verteidigungsheer beworben. Der Muru persönlich hatte im Festungshof ihre Namen auf Pergamente geschrieben. Anfangs hatte er wohl tatsächlich noch geglaubt, dass es ihm gelingen würde, sie zu lenken. Aber der Muru war ein alter Mann, dessen Pflicht darin bestand, sich um die Geschicke der Stadt zu kümmern. Von Kriegsführung verstand er wenig. Und so verbreiteten die nach Norden ziehenden Karawanen noch eine weitere Nachricht: Krugant suchte einen mächtigen Krieger, einen Heerführer, der die wilde Bande zu zähmen vermochte, die nun das Stadtheer ausmachte. Während des Sommers kamen drei Männer. Der erste war ein einarmiger Arer, der augenblicklich auf sein Schiff zurückkehrte, als er feststellte, dass auch Tuurer in dem Heer waren. Bei dem zweiten handelte es sich um einen jungen Fischerssohn aus einer Siedlung am Westwald, dem es nicht gelang, den Muru zu überzeugen. Auf den dritten Mann mussten die Kruginer lange warten, er kam erst, als der erste Schnee bereits gefallen war. Er kam von Kels, wo er als Wache im Heer des Königs gedient hatte. Er war verschlossen, und der Stadtrat warnte den Muru, dass er ein Betrüger wäre. Aber der Muru war ein kluger Mann, er sah die Narben auf den Handrücken des Fremden und die Kerben in seiner Schwertklinge. Der Fremde war dunkelhäutig, und als der Muru ihn fragte, weshalb er wie einer der schwarzen Männer aussah, von denen die Gerüchte berichteten, antwortete er, dass er seine Hautfarbe der Sonne zu verdanken habe. Er hieß Seon und war es gewohnt, verlaustes Räuberpack zu bändigen. Er verlangte keinen hohen Lohn, nur ein paar Goldmünzen und jeden Neumond ein Fässchen Wein. Daraufhin führte der Stadtrat ihn zur Festung und zeigte ihm die Baracke, in der er wohnen würde.

Seitdem waren ein Winter und das Frühjahr ins Land gegangen. Seon hatte sich rasch Respekt im Stadtheer verschafft. Er hatte die

Aufsässigen auspeitschen lassen und die Taugenichtse weggeschickt. Mit dem Schwert in der Hand war er an den Reihen verdreckter Krieger vorbeimarschiert und hatte ihnen ausgemalt, welche Grausamkeiten diejenigen erwarteten, die den Feinden in die Hände fielen. Er hatte zwei Regeln erlassen, eine, die den Männern verbot, aus der Schlacht zu fliehen, ehe nicht der letzte Feind erschlagen war, und die zweite, die es ihnen streng untersagte, Krugants Frauen anzurühren. Mehr Regeln brauchten sie nicht.

Jetzt neigte der Sommer sich seinem Ende entgegen. Seon stand auf der Plattform, die am oberen Rand hinter der hohen Holzpalisade entlanglief. Er hatte eine Hand hinter den Gürtel geschoben, die andere ruhte auf einem der Holzbalken. Der Wind bauschte seinen schwarzen Umhang auf. Darunter trug er ein Hemd und lederne Hosen. An seinem breiten Gürtel hing ein Kurzschwert. Er war nicht groß, ganz anders als die Kelser, in deren Dienst er gestanden hatte. Der Muru hatte nicht ohne Grund gefragt, woher er kam, denn nicht nur seine Haut war dunkler, auch seine Gesichtszüge unterschieden sich von denen der meisten Menschen, die am Meer lebten. Mit grauen Augen blickte er zu den Häusern und Fackeln am Hafen, und die Falten über den hohen Wangenknochen verliehen ihm einen harten und unfreundlichen Ausdruck. Sein Nasenrücken war schmal und sein dunkler Bart kurz geschoren, genau wie sein glattes, schwarzes Haar.

Seon verschränkte die Arme vor der Brust und warf einen Blick zur Seite. An den Ecken der Palisade standen Wachen, für jede Himmelsrichtung eine. Jetzt schwiegen die Männer, aber er wusste, dass sie an der Südseite zusammenlaufen und wie aufgescheuchte Kinder miteinander tuscheln würden, sobald er in seiner Baracke verschwunden war. Er hatte die Gerüchte gehört, lange bevor die Nachricht aus Krugant Kels erreicht hatte, und er zweifelte nicht länger, woher der Feind kam. Seine Mutter hatte ihm von dem Volk auf der anderen Seite des Meeres erzählt. Sie hatte ihm von seinem Vater erzählt, dem Sklaven von Pethar. Dort im Süden waren alle wie er. Die Bewohner von Kanath hatten schwarze Haut. Aber selbst dort würde er niemals vollständig akzeptiert werden, weil er nicht reinrassig war. Das war sein Fluch.

Wolken trieben vom Meer heran, aber weil es so wenige waren, verloren sie sich schnell an der Himmelskuppel. Seon sah zu den Sternen auf. Der Himmelswagen drehte sich jede Nacht ein wenig mehr. Die Nächte wurden dunkler und sagten ihm, dass der Herbst nicht mehr fern war. Die Feinde aus dem Süden würden wahrscheinlich versuchen, noch vor Einbruch des Winters das Nordende des Meeres zu erreichen. Er hatte in letzter Zeit viel darüber nachgedacht, aber erst an diesem Abend waren seine Befürchtungen bestätigt worden. Kurz vor der Wachablösung hatte ein Kurier ans Tor geklopft, und die Männer hatten ihn eingelassen. Seon hatte ihn sofort als Mansarer erkannt und in seine Baracke gelotst, ehe die anderen sich seiner annehmen konnten. Das Haar des hohlwangigen Reiters war blutverkrustet, und er berichtete, dass er auf dem Weg von Krett nach Krugant zwei Pferde verschlissen habe. Zuerst hätte er in Kels nach ihm gesucht, aber die Krieger des Königs hatten ihm mitgeteilt, dass Seon nach Krugant gezogen sei, um sich als Anführer des Stadtheeres zu bewerben. So war er also weiter an der Küste nach Norden geritten, im Schatten des Westwaldes, um Seon das Pergament zu überreichen. Er sei ein loyaler Krieger, sagte er. Aber die größte Loyalität empfinde er für den Kaan. Und eben jener Kaan sei es, der ihn mit dem Pergament nach Norden geschickt habe. Seon fragte ihn nach dem Namen des Kaan, worauf der Kurier antwortete, sein Meister heiße Kotar. Da bat Seon den Mansarer, sich zu setzen, und tischte ihm Wein und gesalzenes Fleisch auf. Während der Reiter die Mahlzeit hinunterschlang, las Seon das Pergament. Als er zu Ende gelesen hatte, schickte er den Reiter wieder fort. Der Kurier fragte, ob er Kotar eine Antwort überbringen solle. »Sag meinem Halbbruder, er möge sich vor den Pfeilen der Arer in Acht nehmen«, antwortete Seon, als er den Mansarer zum Tor begleitete. »Denn das Volk Horngottes ist das gefährlichste von allen, die Tarkin zu zähmen versucht hat. Und sag ihm, er soll beten, dass er nicht nach Krugant geschickt wird, denn wenn wir uns dort im Kampf gegenüberstehen, müssen wir einander töten.«

Das war Seons Antwort an den Kurier. Er hatte am Tor gestanden und ihm hinterhergeschaut, als er zwischen die Hügel ritt. Der Mansarer folgte den Wagenspuren Richtung Osten und verschwand in der Dunkelheit. Seitdem hatte Seon hinter der Brustwehr gestanden und über das Meer und die Dünung geschaut, die gegen die Mole schlug. Er hatte das Salzwasser, den Tang und den Teer gerochen, mit dem die Boote abgedichtet wurden. Kein Hafen duftete so wie Krugants Hafen – wie oft war er die Hafengasse entlanggeschlendert, mit dem Geruch von Tang, getrocknetem Aal und gegerbten Häuten in der Nase. Der Hafen war ein Sammelplatz für Kaufleute, Sklavenhändler und Schiffer. Dort wurden die neuesten Gerüchte und aktuellen Preise für Wein ausgetauscht, oder wie viel Korn noch in den Lagern war. Dort wurde von geheimen Routen entlang der Küste berichtet und mit Frauen und Reichtum geprahlt.

Krugant, dachte Seon, als er sich mit den Ellbogen auf die Brustwehr stützte, war keine große Stadt, die Hausdächer erstreckten sich nicht weiter als vier Pfeilschüsse an der Küste entlang. Die wenigen Äcker zwischen den Hügeln und der Stadtmauer im Norden ließen sich an einer Hand abzählen. Aber die Kruginer waren auch schon immer ein Handelsvolk gewesen, das Korn und Fleisch und alles, was es zum Leben brauchte, gegen andere Waren eintauschte. Innerhalb der Stadtmauer drängten sich die Häuser, durchzogen von schmalen Straßen und engen Gassen. An den Kreuzungen brannten Fackeln in hohen Eisenhaltern. Dort waren die Werkstätten der Handwerker, der Trockenplatz für die Segel, die Scheunen und Lagerhäuser und die Wirtshäuser, in denen sich die Seeleute zum Trinken trafen. Dort war die Mühle, in der die Händler ganze Abende verbrachten, um über Kornpreise zu sprechen und Gerüchte auszutauschen. Und nicht zu vergessen der Galgenplatz, auf dem die Diebe gehängt wurden. Er hatte erfahren, dass die Stadt noch nicht lange so aussah – vor dem großen Brand musste sie sehr schön gewesen sein. Zehn Winter waren vergangen, seit das Felllager in der Hafenstraße abgebrannt war. Bis dahin hatten die Kruginer ihre Häuser aus gelbem Sandstein gebaut, der am Strand zu finden war, aber die letzte Generation hatte stattdessen Bäume aus dem Wald herbeigeschafft und Holzhäuser gebaut. Und diese neuen Häuser waren allesamt dem großen Brand zum Opfer gefallen. Als die Flammen erstarben, lag die halbe Stadt in Schutt und Asche. Einzig das Kornlager unten am Hafen war unversehrt geblieben; keiner konnte sich erklären, warum, da es wie die anderen Gebäude mit Holzplanken gebaut war. Vielleicht hatte Avn, Krugants Meeresgöttin und Beschützerin der Stadt, ihre Hände behütend um das Kornlager gelegt. Wäre es niedergebrannt, hätte Krugant unweigerlich eine Hungersnot erlebt. Aber so hatten die Kruginer mehr Holz aus dem Wald geholt, neue Häuser gebaut und versucht, das Geschehene zu vergessen.

Er rieb sich den Nacken und ließ seinen Blick am Waldrand westlich der Festung entlangwandern. Die Kruginer erzählten unheimliche Geschichten über den Westwald. Morgens lag dichter Nebel vor dem Waldrand, und manches Mal war es ihm so vorgekommen, als bewegten sich Gestalten im Schutz des grauen Schleiers. Zuerst hatte er sie für Jäger gehalten, aber dafür waren die Wesen zu klein, und außerdem zogen sie sich immer mit dem Nebel in den Wald zurück. Als er die Einwohner nach den geheimnisvollen Gestalten fragte, hatten sie auf den Boden gespuckt und geantwortet, das seien Seelenfresser. Die Geschöpfe wurden aus dem Nebel geboren und waren unsterblich wie der Westwald selbst. Sie rieten ihm, den Blick abzuwenden, denn es kam immer wieder vor, dass die Geschöpfe Menschen in den Nebel lockten und ihnen die Seele aussaugten.

Seon lächelte über die Furcht der Kruginer, obgleich die Jahre ihn gelehrt hatten, dass in jedem Aberglauben ein Körnchen Wahrheit steckte. Er wusste nicht, ob es sich tatsächlich um Lebewesen in dem Dunstschleier handelte, vielleicht waren es auch nur

Wurzeln oder Äste, die diese Trugbilder im Morgennebel hervorriefen. Abgesehen davon hatte er im Moment andere Sorgen. Er schob die Daumen hinter den Gürtel und blickte auf die Stadt hinunter. Ein Teil des Hafens war von den hoch gebauten Häusern hinter den Fischerhütten verdeckt. Aber er sah die glatte Wasserfläche und die an der Mole vertäuten Schiffe. Zweimaster aus Vandar und Schiffe aus Kels, Langschiffe aus Ar und Teerboote aus Tuur. Da sie fast alle untereinander verfeindet waren, hatten sie versucht, so weit voneinander entfernt wie möglich zu ankern. Aber als immer mehr Schiffe kamen, waren sie irgendwann gezwungen gewesen, nebeneinander anzulegen. Auf den Anlegern, auf denen die Seemänner hin und her liefen, mischten sich zahllose Sprachen. An Krugs Steinkopf am äußeren Ende der Mole hatte jemand ein Feuer entzündet; er roch das salzige Aroma von gebratenem Fisch. Seon war oft unten im Hafen, um sich mit den Seeleuten zu unterhalten, und er beobachtete, wie die Mannschaften sich mit der Zeit freundschaftlich zu begrüßen begannen. Was eigentlich nicht weiter verwunderlich war, waren sie hier doch alle weit weg von zu Hause. Sie alle waren Seeleute, und das Meer war ihr Reich, und einer wie der andere kämpften sie gegen Stürme und Strömungen. Und wie den meisten Seeleuten war es jedem von ihnen ein Bedürfnis, anderen von seinen Erlebnissen zu erzählen.

Er ging in die Ecke, wo die Leiter stand. Gerne wäre er in die Stadt geritten, um sich mit ihnen zu unterhalten, aber in dieser Nacht hatte er etwas anderes zu erledigen. Der Mond hatte bald seinen höchsten Punkt erreicht, das war die vereinbarte Zeit.

Seon kletterte die Leiter hinunter und schritt über den Hofplatz. Die Festung maß von der Ost- zur Westwand einen Pfeilschuss und war auf dem Kamm des höchsten Hügels errichtet worden. Der Boden war uneben und steinig und von alten Hasenbauten unterhöhlt. Die Männer schliefen unter Leinendächern, die vor der Palisade aufgespannt waren, und als er zu den Baracken an der Ostwand schlenderte, dachte er, was für ein bunter Haufen von Männern doch hier versammelt war. Es war ihnen streng verboten, in die Stadt zu reiten oder mit den Karawanen Handel zu treiben, die gelegentlich in der Festung um ein Nachtlager baten, und dennoch gelang es ihnen auf geheimen Wegen, Wein in die Festung zu schmuggeln. Die Kretter hatten sich um eine Feuerstelle unten am Eingangstor versammelt und waren mit Weinschläuchen und Fässern im Arm umgekippt. Seon konnte nicht viel mehr dagegen unternehmen, als sie mit langen Wachen zu bestrafen, wenn sie aus ihrem Rausch erwachten. In Kels hätte der König befohlen, sie zu hängen, aber hier galten andere Regeln. Er brauchte jeden einzelnen Mann, den er hatte; insgesamt zählten sie nicht mehr als zweihundert. Und mit diesen zweihundert Mann sollte er die Festung gegen den Feind aus dem Süden verteidigen.

Der Boden auf dem Hofplatz war festgestampft und grau von getrocknetem Lehm. Seon ging an der langen Holzpalisade entlang, die nach Süden wies, und nickte den Torwachen zu, die sich auf ihre langen Speerschäfte stützten. Er ging an den Wasserfässern vorbei, die in der Ecke aufgestapelt waren, und passierte einen Holzstapel und einen Reisighaufen, die unter einem löchrigen Leinendach zusammengeschoben worden waren. Die Baracken standen an der Ostwand. Er bedauerte es, dass die Festung zum Zeitpunkt seines Kommens bereits fertig gestellt war. Die Kruginer hatten nämlich die Baracken in einer Reihe an die Palisadenwand gebaut. Für ein Heer, das die Festung einnehmen wollte, gab es kaum einen besseren Scheiterhaufen, um sie niederzubrennen. Ein Feuerpfeil würde genügen, um erst die Baracken und dann die Palisade in Brand zu setzen. Aber daran war jetzt auch nichts mehr zu ändern. Er warf einen Blick zu der Koppel an der Nordwand. Pferde spürten Gefahr oft eher, als die Wachen sie sahen. Aber in dieser Nacht waren die Tiere ruhig; nicht einmal das Wiehern der jungen Hengste war zu hören.

Seon ging an der Baracke vorbei, in der der Trockenfisch und die Fässer mit Pökelfleisch gelagert waren, bog hinter dem Heuhaufen ab und trat in die Dunkelheit vor der Palisade. Er schnallte den Gürtel auf und schlug sein Wasser ab, bevor er seinen Weg an den Baracken vorbei fortsetzte. In der einen befand sich das Waffenlager, in der nächsten lag ein fieberkranker Vandarer. Neben der Krankenbaracke befand sich der Viehstall und daneben der Hühnerstall. Seon rümpfte die Nase wegen des beißenden Güllegestanks, bis er schließlich die letzte Baracke erreichte. Die windschiefe Hütte war nicht viel breiter als eine Speerlänge. Er öffnete die Tür und trat in den stockdunklen Raum, hockte sich vor die Feuerschale auf den Boden und zog sein Messer. Als Nächstes tastete er nach dem Feuerstein unter der Schale und schlug Funken in das trockene Gras, das darin lag. Gleich darauf züngelten Flammen aus der Feuerschale. Seon nahm das Talglicht aus der Wandhalterung, hielt den Docht in die Flamme und hängte das Licht zurück an seinen Platz. Dann setzte er sich auf die Bank und lehnte den Kopf gegen die Wand, während der Lichtschein langsam das Innere der Hütte erhellte. Hier drinnen befand sich sein ganzer Besitz. An einem Haken über seinem Kopf hing der Waffengürtel mit den tuurischen Schwertern, das Panzerhemd hing auf dem Stuhl am Fußende der Schlafbank. Der Helm, den er vom Kelskönig bekommen hatte, lag auf dem kleinen Tisch, der an die Nordwand genagelt war. An der Wassertonne neben der Tür lehnten drei Pfeilköcher, und die getrockneten Fleischstücke hatte er an einen Haken unter der Decke gebunden. Er bückte sich, um den Weinschlauch hervorzuziehen, den er unter dem Bett versteckt hatte, zog den Korken heraus und nahm ein paar ordentliche Schlucke. Der Händler, der ihm den Schlauch verkauft hatte, behauptete, es sei Wein aus Ost-Tuur, aber Seon war sicher, dass er log. Das Gesöff schmeckte wie simpler Harzwein. Er schluckte das bittere Getränk hinunter und korkte den Schlauch wieder zu. Es war ratsam, an diesem Abend nicht zu viel zu trinken. Obgleich Wein ihm immer Trost spendete. Wie oft hatte er seine Angst mit starkem Gebräu betäubt, ehe er in die Schlacht gezogen war? Und Schlachten hatte er viele erlebt, viel zu viele. Es war jetzt beinahe zwei Jahrzehnte her, seit er Mansar verlassen hatte. Er war damals gerade zwölf gewesen, aber den ersten Tag in Freiheit würde er niemals vergessen. Die südlichen Ebenen waren ihm endlos erschienen, die Länder im Norden hatten ihn viel mehr gelockt. Am Totenwald war er auf die Vandarer gestoßen. In ihren Augen war er unrein, aber sie hatten viele Männer im Kampf verloren und brauchten neue Krieger. Für etwas zu essen und zu trinken kämpfte er an ihrer Seite in der Schlacht gegen die Oldamenn. Hinterher überließen sie ihm die Plünderung der Gefallenen. Das war damals sein Lohn gewesen. Ein Halbblut wie er durfte nichts anderes erwarten.

Er beugte sich vor und stützte die Ellbogen auf die Tischplatte. Vor ihm lag das Pergament, das der Bote ihm gebracht hatte. Seon entrollte die steife Ziegenhaut. Er hatte die Nachricht bereits mehrmals gelesen. Sein Halbbruder war nie ein gelehrter Mann gewesen, aber Seon begriff, was dort stand. Kotar wollte ihn warnen.

Seon hielt das Pergament gegen das Licht und betrachtete die keilförmigen Schriftzeichen. Die Nachricht war in Mansarisch geschrieben, einer Sprache, die Seon vertraut war. Seine Mutter, die Schreiberin bei einem Kaan gewesen war, hatte sie ihn gelehrt. Kotar war jünger als er, aber auch er lernte lesen und schreiben. Dies war die dritte Nachricht, die er von seinem Bruder erhalten hatte. Die erste hatte ihm mitgeteilt, dass ihre Mutter am Bluthusten gestorben war, die zweite, dass Kotar zum Kaan ernannt worden war. Es war nicht auszuschließen, dass er noch mehr Nachrichten gesandt hatte, Pergamente, die ihr Ziel nie erreichten. Denn Seon war weit herumgekommen in den letzten zehn Jahren, seit es ihn nach West-Tuur verschlagen hatte. Er selbst hatte ebenfalls Nachrichten nach Mansar geschickt, aber aus Vandars Häfen segelten nur wenige Schiffe nach Süden. Darum folgten die meisten Nachrichten in den Süden den Wegen der Händler, und auf Händler war selten Verlass.

Das Pergament war recht frisch und stank noch immer nach

Ziegenfett. Es sah aus, als hätte Kotar die Zeichen in Eile geschrieben. Er hatte vergessen, Mond und Jahr zu notieren, aber der Bote hatte erzählt, er habe zwanzig Tage für die Reise von Krett nach Krugant gebraucht. Seitdem konnte viel passiert sein. Seon fuhr mit dem Finger über die Keilschrift und sagte die Worte leise vor sich hin:

An meinen Bruder und fehlenden Kameraden:

Ich schreibe dir, um dich zu warnen.

Die Kanathener sind über das Meer gekommen und haben große Siedlungen an der Küste von Mansar errichtet. Sie haben einen Heerführer, von dem es heißt, er sei der Höchste nach Tarkin. Sein Name ist Vendhur, den Gerüchten zufolge ein mächtiger Krieger. Der König hat Tarkin die Treue geschworen und schickt uns, um Vendhurs Heer zu verstärken. Ich segele mit der Ostflotte, um die Küste zu plündern. Die Skerge von Ar haben die Waffen gestreckt, und Tuurs Zwillingsreiche leisten keinen Widerstand. Krett ist abgebrannt. Die übrigen Kaane sind nach Norden gesegelt. Heute Nacht wird Kajmen fallen.

Vendhurs Heer ist gewaltig. Die Kanathener kämpfen mit Ausdauer und großem Mut. Es heißt, ihr Heimatland sei ausgelaugt, und ihre Frauen und Kinder stürben vor Hunger. Ihre Äcker wurden von Sandstürmen heimgesucht. Kanath ist geschwächt. Viel haben die Schwarzen mir nicht erzählt, jedenfalls nicht mehr als das, was ich nicht sowieso schon wusste. Es wird gesagt, dass Tarkin bald sterben wird und dass das Land mit ihm leidet. Wir haben den Auftrag, eine Frau zu suchen, die Tarkins Zeichen trägt. Sie soll Tarkins Sohn gebären. Erst dann wird Kanath wieder fruchtbar werden und mit Tarkins Sohn wachsen.

Ich schicke diesen Brief nach Kels, da mir zu Ohren gekommen ist, dass sich dort ein Mann mit dunkler Haut aufhält. Solltest du das sein, Seon, bitte ich dich, meinem Rat zu folgen: Verlass den Ort, ehe wir kommen, Bruder. Flieh! Vendhur hat uns befohlen, alle Siedlungen einzunehmen und nach der Frau zu suchen, die Tarkins Zeichen trägt.

Dein Bruder Kotar

Seon nahm noch einen Schluck aus dem Weinschlauch. Der Brief bestätigte, was die Gerüchte von dem großen Heer aus dem Süden erzählten. Die Kanathener drangen nach Norden vor. Das Volk würde kämpfen und sterben, und die Überlebenden würden ihre Häupter vor ihnen beugen und voller Hass unter der Herrschaft der Kaane leben, so wie er es in Taraman und den Städten südlich der Wüste erlebt hatte. Das waren ferne Länder, so fern, dass die Arer noch nicht einmal von ihnen gehört hatten. Aber nun, da die Kanathener nach Norden vorstießen, würde nichts mehr so sein wie vorher. Die Menschen würden sie hassen und im Geheimen ihre schwarzen Gesichter verfluchen.

Er rollte das Pergament wieder zusammen und erhob sich von der Bank. Er war als Kind von seinem eigenen Volk verstoßen worden, die Vandarer hatten ihn bespuckt und als unrein beschimpft. Also hatte er auf einem Schiff angeheuert und sich auf der Ruderbank abgerackert, bis er am Ende in West-Tuur an Land gegangen war. So jemanden wie ihn hatten die Menschen dort noch nie gesehen, und deshalb jagten sie ihn fort. Aber mit der Zeit hatte er ihnen bewiesen, dass er kämpfen konnte, und sie hatten gelernt, ihn zu respektieren. In den ersten Jahren war er ziellos durch die Gegend gewandert, aber zum Mann wurde er erst in der Stadt der Schmiede. Dort begegnete er ihr. Und für eine kurze Zeit gehörte sie ihm, aber es war nicht von Dauer. Er war nicht wie sie, er war ein Fremder. Nicht einmal Brage hatte daran etwas ändern können.

Seon schob das Pergament unter die Decke auf der Bank und legte Umhang und Hemd ab. Über seinen Bauch zog sich eine lange Narbe, und das kreisrunde, weiße Mal über der Brust erzählte von einer Pfeilwunde. Er roch an dem Hemd, ehe er es auf den

Tisch legte und ein frisches vom Haken über der Schlafbank nahm. Als er es angezogen hatte, angelte er einen Lederbeutel unter der Decke hervor und knotete ihn an den Gürtel. Danach warf er den schwarzen Umhang über die Schultern und verließ die Hütte.

Das Pferd stand bei der Koppel bereit; er hatte dem Stallknecht aufgetragen, es zu satteln. Der braune Hengst wieherte, als Seon sich näherte. Es war eins der besten Pferde, das er je gehabt hatte, und er hätte schwören können, dass es seine Gedanken lesen konnte.

»Ganz ruhig«, sagte er, als er das Tier erreichte. Das Pferd sah ihn mit großen, dunklen Augen an. Er machte die Zügel von dem Pfahl los, setzte den Fuß in den Steigbügel und schwang sich in den Sattel. Die Wachen hinter der Brustwehr hörten ihn und drehten sich um. Er zeigte ihnen die offene Hand und ließ das Pferd im Schritt zum Tor laufen. Die Torwachen rieben sich die Augen und richteten sich auf. Seon ritt mit lockeren Zügeln an den Baracken vorbei, um die schlafenden Männer unter den Leinendächern nicht zu wecken. Der Hengst schritt ruhig an dem Hühnerstall und dem Waffenlager vorbei, an der Krankenbaracke und weiter bis zu den Wasserfässern in der Ecke. Bei der Pforte zeigte Seon mit einem kurzen Kopfnicken auf die mächtigen Torflügel. Die Wachen nahmen den Querbalken ab und schoben das Tor auf, und Seon presste die Fersen in die Flanken des Pferdes.

Er ritt im Trab den Pfad hinunter, der zur Stadt führte. Kühle lag in der Luft, und auf dem Gras sammelte sich nächtlicher Tau. Der Herbst kam in diesem Jahr früh, dachte er, als er den Fuß des Hügels erreichte. Er ritt den Bach entlang, in dem seine Männer die Wasserfässer füllten. Die Quelle, der der Bach entsprang, befand sich einen knappen Steinwurf weiter oben am Hang.

Der Pfad führte ihn zwischen die Hügel, und als er die steilen Hänge hinaufschaute, verstand er, weshalb die Kruginer diesen Ort »die Hügelgräber« nannten. Es war eine ganz eigene Welt. Die dickblättrigen Büsche am Wegrand wuchsen nirgendwo anders als hier, und die weißen Steine, von denen die Erde übersät war, gab es ebenfalls nur hier. Die Kruginer glaubten, die Hügelgräber seien der Aufenthaltsort unterirdischer Wesen, aber Seon hatte nie ein solches Wesen zu Gesicht bekommen, weder hier noch in irgendeinem anderen Land am Meer. Er schnalzte mit der Zunge und ließ das Pferd dem bekannten Weg zwischen den Hügeln nach Süden folgen. Bald öffnete sich die Landschaft vor ihm. Der Gestank von Dung, Tang und Fisch schlug ihm entgegen, als er den Pfad verließ und über das Brachland vom Nordhof ritt. Der zottelige Köter war in dieser Nacht wie in allen anderen auf der Hut. Seon erkannte ihn als dunkle Silhouette im Lichtschein der Fackel am Brunnen. Ein merkwürdiger Hund war das, dachte er, als er auf die Gebäude zuhielt. Er schlug nicht an, als er über den Acker auf ihn zurannte, aber Seon hörte sein Knurren. Er straffte die Zügel und öffnete die Satteltasche, in die der Stallknecht ihm, wie aufgetragen, eine getrocknete Fischhälfte gepackt hatte. Seon brachte das Pferd zum Stehen und wartete, bis der schwarze Hund bei ihm ankam. Er sprang das Pferd nicht an, umkreiste es aber knurrend. Seon hielt ihm die getrocknete Fischseite hin und schnalzte leise mit der Zunge. Der Hund kam zu ihm und schnupperte an dem Fisch. Seon ließ ihn fallen und ritt weiter.

Er trabte auf den Stall zu und schob sich in den dunklen Schatten unter dem Dachvorsprung. Dort lenkte er das Pferd um die Ecke auf den Trampelpfad, der an den Heuhaufen vorbeiführte. Von hier hatte er direkten Ausblick auf den Galgenplatz. Die Schlinge hing hoch über der Plattform, auf die die Verurteilten gebracht wurden. Seit er in Krugant war, war nur ein Mann gehängt worden. Die Einwohner waren noch Tage später stumm vor Grauen gewesen. Es war ein Seemann, der eine Frau gegen ihren Willen genommen hatte, aber der Kretter hatte alles abgeleugnet, bis der Strick sich um seinen Hals zuschnürte. Er hatte keinen schnellen Tod gehabt, sondern wie ein Fisch gezappelt, während die grobe Schlinge seinen Hals aufscheuerte. Es war ein trauriger Anblick gewesen, den Seon schon viele Male zuvor gesehen hatte.

Am Ende des Pfades lenkte er das Pferd auf die Schmiedegasse. Hinter dem Haus des Fassbinders bog er links ab und ließ das Pferd im Schritt laufen. Es stank nach Mist, als er den Kopf unter der Dachtraufe einzog und das Tier durch die enge Seitengasse zwischen den Häusern lenkte. Die Kruginer entsorgten ihre Abfälle durch die Fensterluken, und für gewöhnlich karrten die Männer des Muru den Dreck zum Hafen, um ihn dort vor der Kaimauer abzuladen. Aber um abgelegene Gassen wie diese kümmerte sich niemand. Seon legte den Umhang vor Mund und Nase, stieß dem Pferd die Fersen in die Seiten, worauf es in Trab verfiel.

Die schmale Gasse führte ihn in die Mitte des Ortes. Er kam auf einen Sandweg, dessen Namen er sich nie merken konnte und der parallel zum Hafen im neueren Teil der Stadt verlief. Hier hatte der Brand Lager und Schmieden, die Werkstätten der Seildreher und die Bodenräume der Segelmacher verwüstet. Die Kruginer waren fleißige Menschen, dachte er, als er in westlicher Richtung an den masthohen Gebäuden vorbeiritt. Sie hatten die Baumstämme aus dem gefürchteten Westwald in gerade Planken zerlegt und daraus die riesigen Lager am Hafen gezimmert. Tagsüber strömten Händler durch die breiten Türen, aber jetzt war alles ruhig. Die Händler hatten sich zum Schlafen in ihre Wagen und Schiffe zurückgezogen, die Handwerker schliefen bei ihren Frauen und Kindern. Sie hatte einen guten Platz gewählt. Hier würde sie niemand hören.

Seon brachte sein Pferd vor dem Haus des Segelmachers am Ende des Sandweges zum Stehen. Nachdem er sich mit einem Blick über die Schulter vergewissert hatte, dass niemand in der Nähe war, führte er das Pferd in einen dunklen Durchschlupf, der auf den kleinen Hinterhof führte, in den die Segelmacher die Händler baten, um ihnen etwas zu trinken anzubieten und um Preise zu feilschen. Der Platz war zwischen grauen Bretterwänden eingezwängt und bot gerade Raum genug für einen Tisch und drei Stühle. Es roch feucht und salzig. In einer Ecke erahnte Seon die Tür, die in das Langhaus des Segelmachers führte. Nachts war sie von innen verriegelt. Er band die Zügel um eins der Tischbeine und schaute mit zusammengekniffenen Augen zu dem kleinen Viereck Himmel über den Hausdächern empor. Die Wolken hatten sich zusammengezogen, wahrscheinlich würde es bald anfangen zu regnen. Er suchte die Hauswände ab. In der Ecke zwischen dem Segelmacherboden und dem angrenzenden Lager war eine Strickleiter heruntergelassen. Die Luke unter dem Dachfirst stand weit offen. Er schob den Geldbeutel am Gürtel nach hinten, ging zu der Leiter und zog sich Sprosse für Sprosse zu der Luke hoch, schob das Knie über die Einfassung und kletterte auf den Dielenboden. Die Decke war niedrig, und der ganze Raum lag voller Segel und Tauwerk. Sie verbarg sich nicht vor ihm wie beim ersten Mal, sondern erwartete ihn bereits in der Mitte des Raums, neben dem Fell.

»Seon«, sagte sie. »Ich habe schon auf dich gewartet.«

Seon legte den Umhang ab. »Ein Bote hat mich aufgehalten. Er hatte Nachrichten aus dem Süden.«

Die Frau trat in das schwache Mondlicht, das durch die Luke hereinfiel. Sie war barfüßig und trug ein schmutzig weißes Hemdkleid. Das schwarze Haar hing offen über ihre Schultern. Seons Augen verengten sich, als sie seine Hand nahm. Er hatte sie nie nach ihrem Alter gefragt, aber ihre runden, weichen Züge waren die eines jungen Mädchens.

»Von dem großen Feind?« Sie sah ihm in die Augen. »Von den schwarzen Männern, von denen die Seeleute erzählen?«

»Gerüchte.« Seon strich ihr durchs Haar. »Lauter Gerüchte. Nichts, worüber du dir den Kopf zerbrechen musst.«

Sie schmiegte sich an ihn. Seon streichelte ihr mit beiden Händen über den Rücken. Sie drückte sich an ihn und fuhr mit der Hand an seinem Gürtel entlang. Er merkte, wie sie die Münzen in dem Lederbeutel wog. Im nächsten Moment begann sie, sein Hemd aus der Hose zu ziehen.

»Du hast versprochen, dich um mich zu kümmern«, flüsterte sie, während sie den Gürtel aufschnallte.

Seon zog die Schwertscheide vom Gürtel und das Hemd über

den Kopf. Sie legte die Hände auf seine Brust und strich ihm über den Bauch. Er schloss die Augen, als ihre Finger die Narbe berührten; er war dort noch immer empfindlich.

»Tut das weh?«, fragte sie.

Er schüttelte den Kopf.

»Komm.« Sie drehte sich von ihm weg und trat zwischen die Segel. Seon folgte ihr mit dem Blick. Sie legte sich auf das Fell und zog das Hemd über die Schenkel. Seon bewegte sich langsam auf sie zu. Der Bretterboden knarrte unter seinen Stiefeln. Wenige Schritte von ihr entfernt blieb er stehen und schluckte. Sie zog das Hemd über die Taille, streckte ihm die Arme entgegen und winkte ihn zu sich.

Er kniete sich neben sie, legte die Hand auf ihre Hüfte und hörte seinen eigenen Atem, als er ihre weiche Haut streichelte. Plötzlich begann seine Hand zu zittern, und er zog sie weg.

»Du denkst an sie«, sagte sie. »Soll ich dich festhalten wie beim letzten Mal?«

»Nicht sprechen.« Er fasste sich in den pochenden Schritt. »Sag nichts.«

Sie drehte sich auf den Rücken und sah an die Decke. Seon schob sich auf sie und verbarg sein Gesicht in ihrer Halsbeuge. Sie duftete nach Öl und Honig. Ihre Hände strichen über seinen Rücken, und sie schlang die Beine um seine Taille. Als er in sie eindrang, wimmerte sie leise in sein Ohr. Er wünschte, sie wäre still, aber sie wand sich, flüsterte seinen Namen und kratzte ihm über den Rücken. Er biss ihr in den Hals, hielt sie fest und versuchte, sie nicht zu fühlen. Das Fell war rau und kratzte an seiner Stirn. Ihr Körper bewegte sich ruckartig unter seinem. Als er die Augen zusammenkniff, sah er das Gesicht, das er verlassen hatte. Denn eigentlich war sie es, die dort unter ihm lag, es war ihre Wärme, die er spürte. Und die Worte, die das Mädchen in sein Ohr hauchte, waren ihre Worte.

Ehe er wirklich etwas fühlen konnte, war es vorüber. Das Mädchen küsste ihn auf die Wange, aber Seon rollte sich keuchend auf den Rücken. Sie legte sich neben ihn, ihr Kopf ruhte auf seinem Arm. Er war nicht in der Lage, sich aufzurichten, und so schob sie ihr Bein über seinen Schenkel und strich ihm über den Bart.

Seon schluckte; sein Mund war voll Speichel. Ihm war warm, er schwitzte, er hätte jetzt gern seinen Weinschlauch gehabt, denn dann hätte er sich in den Schlaf trinken können wie so viele Abende zuvor.

»Wasser«, flüsterte er. »Hast du Wasser mitgebracht?«

»Bist du durstig?« Sie legte einen Finger auf seine Lippen. »Begleite mich nach Hause. Dort gibt es frisches Wasser, so viel du willst. Ich habe Linsen aus Tuur gekauft und könnte dir eine Suppe kochen ...«

Seon wälzte sich unter ihr weg und stand auf. Er schob die Schwertscheide wieder über den Gürtel, zog das Hemd an und steckte es in die Hose. Er knotete den Umhang vor dem Hals zusammen, ehe er den Gürtel um die Taille band und das Schwert nach hinten schob. Dann warf er einen Blick in den Hinterhof, ehe er sich wieder zu ihr umdrehte.

»Drei Tage.« Er knotete den Lederbeutel auf und entnahm ihm zwei Kupfermünzen. »In drei Tagen treffen wir uns wieder. An derselben Stelle. Wenn der Mond seinen höchsten Punkt erreicht hat.«

Er legte die Kupfermünzen auf den Boden, warf den Umhang über die Schulter und setzte sich auf die Lukeneinfassung. Sie kam zu ihm, packte ihn am Arm und sah ihm in die Augen wie bei ihrem ersten Treffen auf dem Segelmacherboden.

»Pass auf, dass dich niemand sieht. Niemand darf von diesen Treffen wissen. Wenn der Muru das erfährt, jagen sie mich aus der Stadt.«

»Mich wird niemand sehen.« Seon setzte den Fuß auf die Strickleiter.

»Ich habe Angst.« Sie nahm seine Hand zwischen ihre. »Man sagt, der Feind hätte Krett erreicht. Was soll ich machen, wenn sie hierher kommen? Ich habe niemanden, mit dem ich fliehen könnte. Und was, wenn ich schwanger werde, Seon? Außer dir habe ich niemanden. Es wäre dein Kind. Unser Kind.«

»Die Frauen im Hafen haben doch sicher Kräuter dagegen? Kräuter, die dich unfruchtbar machen?« Er sah zu ihr hoch.

Sie nickte, ließ seine Hand los und trat ins Dunkel zurück. Er hörte, wie sie die Münzen aufsammelte. Seine Brust schnürte sich zusammen, wie jedes Mal, wenn er bei ihr gewesen war. Sie wusste, dass er sie ausnutzte, um seine Sehnsucht zu stillen. Die ersten Male hatte er sich nicht weiter Gedanken darüber gemacht, immerhin gab er ihr die Kupfermünzen, von denen sie sich Getreide und Fleisch kaufen konnte. Aber in letzter Zeit quälte ihn die Erinnerung, und er wusste, dass das, was er tat, falsch war. Sie war nur ein Körper für ihn, eine Schale, die er mit der Erinnerung an eine andere Frau füllte. Denn obgleich er wusste, dass er nie mehr nach Ber-Mar zurückkehren konnte, würde er die Frau niemals vergessen, die er dort zurückgelassen hatte.

Der Wind kündigte den Herbst an. Das hatte er bereits bei dem Sturm vor neun Tagen gespürt. Die Steppe hatte gewogt wie ein endloses Meer, der Sturm hatte gebrüllt, und die schwarzen Wolken hatten die Sterne in dunkle Schleier gehüllt. Er fürchtete die Nächte, weil es hier draußen keinen Ort gab, an dem man sich verstecken konnte. Er hatte sich auf der flachen Erde zusammengerollt, den Kopf zwischen die Arme gelegt und dabei immer wieder die Geisterworte gemurmelt. Aber selbst wenn die Worte seine Angst vertrieben, gegen den nagenden Hunger halfen sie nicht. Es war einen halben Mond her, seit er den Hasen erlegt hatte, aber das Fleisch hatte bloß für vier Tage gereicht. Er kroch auf allen vieren durch das hohe Gras und hatte nicht einmal mehr die Kraft, die Hände vor den Disteln zu schützen, die hier in Büscheln wuchsen. Die Kette schleifte wie eine sich windende Schlange hinter ihm her. Seit zwei Tagen war ihm immer wieder der Geruch von Feuer und Dung, von Fleisch und Schweiß in die Nase gestiegen. Er hörte leise Geräusche und Stimmen irgendwo hinter den

Hügeln und schloss daraus, dass in der Nähe eine Siedlung war. Die Festung hatte er schon vor längerem entdeckt, sie beherrschte den hohen Hügel einen knappen Pfeilschuss zu seiner Linken. Er konnte die Menschen und Pferde hinter den hohen Holzwänden riechen, wusste aber, dass es ihm nicht gelingen würde, dort hineinzukommen.

Kurz darauf erreichte Ulv den Kamm des Hügels. Sein Blick wanderte über die Palisaden der Festung, und als er niemanden hinter der Brustwehr entdecken konnte, richtete er sich auf und spähte nach Süden.

Ein gewaltiger Anblick bot sich ihm. Ulv hatte noch nie zuvor so viele Häuser auf einem Fleck gesehen. Die Dächer rieben sich unter dem Mond aneinander, und die Fackeln an den Hausecken leuchteten gegen die Dunkelheit an. Das musste eine dieser Städte sein, von denen die Barkas erzählten, in denen die Menschen dicht gedrängt wie Ameisen lebten. Gestank schlug ihm entgegen, und er hörte Gelächter und Gesang. Hinter der Stadt erstreckte sich ein riesiger See endlos nach Osten und Westen, und nicht einmal im Süden konnte er ein Ufer erkennen. Er musterte die eigenartigen Bäume am Ufer – sie ließen sich mit nichts vergleichen, was er kannte. Es sah aus, als würden nackte Stämme mit langen Seilen aufrecht gehalten. Hinter dem Steinwall, der das Land vor der See schützte, lagen lange Boote, aus deren Rumpf diese nackten Stämme wuchsen.

Pferdegetrappel riss ihn aus seinen Gedanken. Die Angst vor den Sklavenhändlern steckte ihm noch immer in den Knochen, deshalb kauerte er sich schnell auf den Boden, den Blick zu den Äckern im Norden gewandt. Aus der Stadt kam ein Mann herausgeritten, direkt auf den Hügel zu. Er war allein.

Ulv streckte sich im Gras aus und beobachtete, wie der Reiter auf dem Pfad zwischen den Hügeln verschwand. Ulv erahnte einen grauen Trampelpfad am Fuß des Grashügels, den er bestiegen hatte. Ein guter Platz für einen Hinterhalt, dachte er, und sah sich um. Seit er vor den Sklavenhändlern geflohen war, war er ununterbrochen in südwestlicher Richtung gewandert. Er war durch das Steppengras gelaufen, immer in Sichtweite der Wagenspuren, die den Weg der Sklavenhändler über die Ebene nachzeichneten. Näher als ein paar Pfeilschüsse hatte er sich nicht an den Weg herangewagt, denn er fürchtete, dass die Sklavenhändler dort nach ihm suchten, obwohl er von Kosh und seinen Männern nichts mehr gesehen hatte. Wahrscheinlich waren sie nach Süden geritten, um ihn auf der Ebene zu suchen. Er aber war nach Südwesten gegangen, denn die schwarzen Männer hatten gesagt, dass sie dem Sklavenweg bis nach Mansar folgen wollten. Sie hatten auch von einer anderen Stadt im Süden gesprochen – Krugant –, am nördlichsten Punkt des Meeres. Ulv vermutete, dass die Siedlung dort unten am Wasser dieses Krugant war. Die schwarzen Männer waren wahrscheinlich an der Küste nach Süden geritten und hatten mit ihren Pferden sicher bereits einen großen Vorsprung. Zu Fuß würde er es niemals schaffen, Siréd einzuholen.

Als der Reiter hinter einem Hügel verschwand, robbte Ulv durch das Gras, ehe er aufsprang und gebückt zum Fuß des Berges rannte. Es gab nur wenige Stellen, die Schutz boten, aber dicht am Pfad stand ein Busch, hinter den er sich kauern konnte. Die Dunkelheit würde ihn verbergen. Er band die Kette um die Taille und griff nach dem Dolch.

Es dauerte nicht lange, bis das Pferd auf dem Pfad auftauchte. Der Reiter trug einen schwarzen Umhang. Ulv konnte in dem Zwielicht kein Gesicht erkennen. Jetzt veranlasste der Mann das Pferd, im Schritt zu gehen. Ulv hielt die Luft an, als der Reiter den Kopf hob und Luft durch die Nase ausstieß, als ob er ihn wittere. Er führte das Pferd an den Bach und sprang aus dem Sattel. Noch einmal sah er sich um, kniete sich dann aber ans Bachufer und spritzte sich eine Hand voll Wasser ins Gesicht. Dann beugte er sich vornüber und begann zu trinken.

Ulv erhob sich ganz langsam. Das Pferd stand zwei Speerlängen von ihm entfernt. Der Mann schlürfte eine Hand voll Wasser nach der anderen und schien nichts zu bemerken. Ulv trat aus dem

Schatten des Busches. Das Pferd hob den Kopf, aber der Mann trank weiter. Ulv machte noch einen Schritt auf das Tier zu. Das Pferd schnaubte, und der Mann hörte auf zu trinken. Er richtete den Oberkörper auf und griff nach dem Schwert an seinem Gürtel. Ulv hob den Dolch, aber da beugte der Mann sich wieder nach vorn, um noch eine Hand voll Wasser zu trinken.

Ulv schob einen Fuß vor. Das Pferd sah ihn an. Er streckte den Arm nach dem Sattel aus.

Da fuhr der Mann herum und riss das Schwert aus der Scheide. Ulv sah in ein schwarzes Gesicht und taumelte rückwärts. Das Pferd wieherte. Er rollte sich zur Seite, um sich vor den Hufen in Sicherheit zu bringen, als der Mann ihm den Dolch aus der Hand trat, sich über ihn warf und ihm das Schwert an die Brust hielt. Irgendetwas ließ ihn zögern. Er bewegte die Schwertspitze zu Ulvs Hals und klopfte damit gegen die Halsschelle.

»Bist du vom Sklavenmarkt geflohen?« Der schwarze Mann untersuchte die Kette. »Bist du mit dem tuurischen Schiff gekommen?«

Ulv drehte den Kopf zur Seite. Der Dolch lag eine Armlänge von seiner Hand entfernt.

»Versuch das ja nicht.« Der schwarze Mann legte die Klinge an Ulvs Hals. »Du wärest nicht der erste Pferdedieb, den ich töte.«

Ulv versuchte, dem Blick des Mannes standzuhalten, aber ihm war schwindlig vor Hunger. Der Schwarze saß rittlings auf seinem Brustkorb, und die kalte Klinge ritzte ihm in die Haut. Er war kleiner als die drei Männer, die Siréd mitgenommen hatten.

»Wolfsmann.« Ulv schluckte und bekam kaum Luft, sein Hals war wie zugeschnürt. »Aus dem Norden. Ich wandere … suche nach Siréd.«

Der schwarze Man schüttelte den Kopf. Er erhob sich, griff nach dem Ende der Kette und zeigte mit dem Schwert auf ihn. Ulv kam mühsam auf die Beine.

»Weißt du, wer ich bin?« Der schwarze Mann zog ihn von dem Dolch weg.

Ulv antwortete nicht. Er wollte dem anderen die Kette entreißen und fliehen, hatte aber kaum genug Kraft, sich auf den Beinen zu halten.

»Ich bin Seon«, sagte der schwarze Mann. »Seon aus vielen Reichen werde ich genannt. Ich kann dich töten oder hängen lassen. Oder aber du erzählst mir, was du hier zwischen den Hügeln zu suchen hast und weshalb du ausgerechnet mein Pferd stehlen wolltest, wo es auf dem Nordhof doch so viele gibt.«

»Sie sahen aus wie du.« Ulv streckte die Hand nach dem Fremden aus. »Die, die sie mitgenommen haben. Sie waren schwarz.«

Seon zog Ulv an der Kette näher zu sich, und Ulv fiel auf die Knie.

»Schwarze Männer?« Seon schob sein Schwert in die Scheide. »Sag mir, wo du sie gesehen hast, dann werde ich dafür sorgen, dass die Wachen dir Wasser und Fleischsuppe geben. War es in Kajmen? Kommst du von dort?«

Ulv sagte nichts, ruckte nur an der Kette. Seon ließ sie los, worauf Ulv sie aufhob und um die Taille wickelte. Dann stand er auf und setzte sich taumelnd in Bewegung.

»Die Kette wird dich verraten.« Seon stieg in den Sattel. »Die Männer des Muru werden dich als entflohenen Sklaven entlarven und dich noch vor Morgengrauen hängen. Folge mir. Ich werde dafür sorgen, dass du die Kette loswirst. Wenn du mir erzählst, wo du die schwarzen Männer gesehen hast, werde ich dich reich belohnen.«

Ulv blieb stehen. Der Fremde führte sein Pferd zurück auf den Pfad und setzte sich in Bewegung. »Es liegt an dir. Ich werde dem Muru eine Nachricht schicken, und wenn er erfährt, dass du den großen Feind gesehen hast, wird er keine Gnade kennen. Er wird dich in jedem Fall zum Reden bringen und dich so lange foltern, bis du darum bettelst, gehängt zu werden.«

Ulv spähte in die Dunkelheit zwischen den Hügeln. Er wusste nicht, wer der Muru war, aber wenn die Stadt von Kriegern bewacht wurde, war ihm dieser Weg versperrt.

Er hob den Dolch auf und schob ihn hinter den Gürtel. Der Fremde war nicht mehr zu sehen, aber er hörte das Schlagen der Hufe auf dem Pfad. Er hatte von Fleischsuppe und Wasser gesprochen. Ulv kniete sich ans Bachufer und schlürfte ein paar Mund voll Wasser. Auf der Ebene hatten die Vögel ihm Wasserlöcher gezeigt, aber der Hunger hatte ihn unablässig gequält. Der Fremde hatte nichts anderes getan, als sich zu verteidigen, und Gnade gezeigt, als er ihn hätte töten können. Ulv wischte sich über den Mund. Vielleicht war er kein so schlechter Mann wie die drei Kundschafter, die ihm Siréd weggenommen hatten. Er hatte ihn aufgefordert, ihm von den schwarzen Männern zu erzählen, als kenne er seine eigenen Brüder nicht. Vielleicht waren hier alle so schwarz von der heißen Sonne im Süden. Der Hunger brannte in seinen Eingeweiden

Ulv machte sich daran, dem Reiter zu folgen. Er ging dem Pfad nach, der um den Hügel herumführte, aber als er den Fremden schließlich erblickte, wurde er langsamer. Der schwarze Mann drehte sich im Sattel um und lachte, ehe er seinen Weg zur Festung fortsetzte.

Ulv folgte Seon den Hügel hinauf zur Festung, doch als sich das riesige Tor öffnete, blieb er stehen. Die Wachen hinter der Brustwehr leuchteten ihnen mit Fackeln entgegen und flüsterten miteinander. Seon gab Ulv ein Zeichen, ihm zu folgen, als er durch das Tor ritt. Ulv schlug der beißende Geruch von Pferdemist, Teer und Schweiß entgegen; dieser Geruch bedeutete Nahrung und etwas zu trinken. Schließlich schlich er zwischen den groben Balkentoren hindurch auf den Festungsplatz.

Es kamen nur wenige Männer, um sie in Empfang zu nehmen. Seon sprang vom Pferd und reichte einem bärtigen, älteren Mann mit nacktem Oberkörper die Zügel, damit er das Tier wegführte. Danach zeigte Seon auf ein Vordach am anderen Ende des Platzes.

»Der Grobschmied ist noch nicht gekommen«, sagte er. »Ich habe einen Boten nach ihm gesandt, aber er hat einen langen

Weg.« Er strich sich über den kurzen Bart und schaute zum Nordhimmel.

»Gebt mir Hammer und Zange, dann schaffe ich es auch allein.« Ulv folgte ihm über den Platz.

Seon wich alten Hasenbauten aus und musterte Ulv. »Ich werde dich von der Kette befreien, Fremder. Als einzige Gegenleistung verlange ich von dir, dass du mir von den schwarzen Männern erzählst. Ich will wissen, woher du kommst und was du hier tust. Wir leben in einer Zeit des Unfriedens, in der niemand grundlos über die Ebenen wandert.«

Der Platz war rasch überquert. Ulv sah die Männer, die vor der Palisade unter ihren Fellen und Decken schliefen, und die Wachen, die im Schein der Fackeln an der Brustwehr lehnten. Die Pferde rührten sich kaum, als der Alte Seons Hengst in die Koppel führte. In der ganzen Festung herrschte Nachtruhe.

»Dort drüben.« Seon zeigte mit einem Nicken zu einem steinernen Kamin, der hinter einer undichten Wand aus Zweigen aufragte. »Wir konnten die Schmiede noch nicht nutzen, aber es ist in jedem Fall gut, eine zu haben, falls die Festung belagert wird.«

Sie traten hinter die Wand aus Zweigen. Dort lagen Haufen von unbearbeiteten Eisenstücken, Gussformen für Pfeilspitzen und Axtköpfe, Säcke mit Sand und Torf und ein großer Blasebalg. Vor der ovalen Feuerstelle stand ein Amboss, und neben dem Amboss lagen Hämmer und zwei Zangen.

Ulv wickelte die Kette von seiner Taille und drehte die Eisenschelle. Sie saß so eng um seinen Hals, dass er kaum einen Finger darunter schieben konnte.

»Lass mich mal sehen.« Seon betastete den Eisenbügel und den Bolzen, der die Schelle zusammenhielt. »Solides Handwerk, das muss man sagen. Waren es West-Tuurer, die dich in Ketten gelegt haben?«

»Kheth hat mir den Ring angelegt.« Ulv schloss die Augen, ihm wurde schon wieder schwindlig. »Ein Junge. Koshs Sohn. Ich habe ihn getötet, als ich geflohen bin.«

Seon machte den Mund auf, drehte sich dann aber zur Seite, ohne etwas zu sagen. Er nahm den Hammer und eine der Zangen und forderte Ulv auf, sich vor den Amboss zu knien. Ulv folgte seiner Aufforderung, er hatte nicht die Kraft, dem schwarzen Mann zu misstrauen. Seon drehte die Eisenschelle so, dass er sie mit der Zange festhalten konnte. Ulv sah nicht, was er tat, aber plötzlich dröhnte ein Hammerschlag. Er hielt sich die Ohren zu und biss die Zähne zusammen, als die Schelle sich mit einem gewaltsamen Ruck in seine Haut schnitt. Seon griff mit der Zange nach, und der nächste Schlag ertönte. Ulv wand sich, wollte fliehen, aber Seon presste ihm das Knie gegen den Kopf und zwang ihn, stillzuhalten. Die Kette klirrte. Mit jedem Schlag fraß sich der Eisenring tiefer in seine Haut.

Plötzlich lockerte sich die Schelle. »Sie ist rostig«, sagte Seon und packte sie mit beiden Händen. Die Scharniere kreischten, als er die Bügel auseinander bog.

Ulv stand auf und betastete seinen Hals. Die Haut war blutig und schrundig von den Narben, aber die Eisenschelle war nicht mehr da. Der schwarze Mann stand mit dem grausamen Bügel in der Hand vor ihm.

»Du bist frei«, sagte Seon. »Und jetzt erzähl mir, wo du den Kanathenern begegnet bist.«

Ulv sah sich um. Mit einem Mal kam ihm alles so verändert vor. Die glitzernden Sterne zwischen den Wolken, der Wind, der durch seine Haare fuhr, die Gerüche auf dem Festungshof. Vorher hatten sie ihm Angst gemacht, aber jetzt fühlte er sich wieder stark und furchtlos. Er atmete tief ein und spürte, wie das Leben in ihn zurückkehrte.

»Ich habe meinen Teil der Abmachung erfüllt.« Seon warf die Kette mit der Halsschelle in die Ecke. »Jetzt halte du deinen und erzähl mir, was du gesehen hast.«

Ulv fasste sich an den Bauch. »Gib mir vorher was zu essen.«

Seon lächelte, klopfte Ulv auf die Schulter und trat auf den Platz hinaus.

Ulv begleitete Seon in seine Hütte, wo er dicke Scheiben von einer gepökelten Lammkeule schnitt und einen Krug mit Wasser füllte. Ulv setzte sich an den Tisch und begann zu essen. Nach so vielen Tagen ohne Nahrung fiel es ihm schwer, das zähe Fleisch hinunterzubekommen, aber er spülte mit Wasser nach. Er musste so schnell wie möglich weiter nach Kajmen. Die schwarzen Männer hatten gesagt, dass sie von dort nach Süden segeln wollten. Er hoffte, dass sie nicht schon abgelegt hatten.

»Woher kommst du?« Seon schenkte Wasser in seinen eigenen Krug.

»Norden.« Ulv blickte kaum von seinem Essen hoch. »Vom anderen Ende der Ebenen.«

Seon setzte sich auf die Schlafbank und trank einen Schluck aus seinem Krug. »Das ist weit«, murmelte er. »Bist du den ganzen Weg gelaufen?«

Ulv wischte sich über den Mund. »Am Anfang hatte ich ein Pferd, aber das ist mir weggelaufen. Also bin ich zu Fuß weitergegangen.«

»Du hast schwarze Männer gesehen.« Seon strich sich über die Wange. »Männer wie mich. Wo hast du sie gesehen? Wo kamen sie her?«

Ulv riss sich ein Stück Fleisch ab und schob es in den Mund. Während er über die Ebenen gewandert war, hatte er immer wieder Worte und Laute wiederholt, die aus seinen Erinnerungen aufgetaucht waren. Darum fiel es ihm jetzt auch nicht schwer, seinen Gedanken Stimme zu verleihen. »Ich werde dir von den schwarzen Männern erzählen«, sagte er schmatzend, »wenn du mir verrätst, wie ich nach Kajmen komme. Sie haben gesagt, dass sie sie dorthin mitnehmen wollen.«

Seon beugte sich über den Tisch. »Du sprichst in Rätseln, Fremder. Was ist das für eine Frau, von der du die ganze Zeit redest? Warum haben sie sie mitgenommen?«

Ulv schluckte und lehnte sich gegen die Wand. Es behagte ihm gar nicht, dass der schwarze Mann so viel über sie wissen wollte.

Vielleicht wollte auch er sie besitzen. Vielleicht wollte er sie den Kundschaftern entreißen, um sie selbst nach Süden zu bringen.

»Du wirst durstig sein.« Seon zog einen zweiten Wasserschlauch unter der Bank hervor. »Für die Durstigen habe ich etwas besonders Gutes.«

Seon leerte seinen Krug und schenkte sich etwas ein. Das war kein Wasser, so viel konnte Ulv erkennen. Das Getränk war rot wie Blut, und es sah aus wie das Gebräu, das die Barkas ihm manchmal zu trinken gegeben hatten.

»Das ist ein guter Trunk«, sagte Seon und reichte ihm den Krug. »Gut für einen erschöpften Wanderer wie dich. Trink. Heute Nacht kannst du bei mir schlafen.«

Ulv schnupperte an dem Getränk und nahm einen Schluck. Es schmeckte süß, nicht so bitter wie das Barkasgebräu. Er trank einen zweiten Schluck und bemerkte das wohlig warme Gefühl, das sich in seiner Brust ausbreitete.

»Du kommst also aus dem Norden.« Seon schenkte sich selbst nach. »Und du suchst nach einer Frau. Kommt sie auch aus dem Norden? War sie deine Frau?«

Ulv nahm einen weiteren Schluck. »Sie haben sie mitgenommen«, sagte er. »Weil sie die Frau ist, die das Zeichen trägt. Kajmen, haben sie gesagt. Sie wollten in Kajmen in See stechen.«

Seon nickte. »Kajmen ist ein Küstenort im Südosten. Es ist ein weiter Weg bis dorthin.«

»Ich muss ihnen folgen.« Ulv griff sich an die Stirn, weil ihm plötzlich wieder schwindlig wurde. »Sie hat mir geholfen, als Kosh mich ausgepeitscht hat. Da hat sie mich gestützt. Sie ist mein Freund. Der einzige Freund, den ich habe. Ich bin der Wolfsmann und wandere allein, seit der Nebel ...«

Ulv rülpste und schmiss den Krug um, als er danach greifen wollte. Ihm war übel. Er saß da und sah zu, wie sich die blutrote Flüssigkeit auf dem Tisch ausbreitete. »Kanath«, murmelte er. »Sie wollen sie nach Kanath bringen, zu einem, der Tar-Kinn heißt. Ich muss sie finden. Siréd. Meine Frau ...«

Seon stellte seinen Krug auf dem Tisch ab. »Wo ist das passiert? Wo haben sie sie dir weggenommen? Ich habe den Auftrag, diese Stadt zu verteidigen, und wenn die Kanathener bereits Kundschafter über die nördlichen Ebenen schicken, kann das nur bedeuten, dass die Kriegsflotte auch bald hier sein wird.«

Ulv hob den Kopf und versuchte, seinen Blick scharf zu stellen, doch das Gesicht des Mannes auf der anderen Seite des Tisches verschwamm mit der Dunkelheit. »Das war am Rand der Ebene ...« Ulv griff nach der Tischkante und richtete sich auf. »Wir hatten das Ende des Waldes erreicht. Sie kamen morgens. Drei Männer. Schwarz. Aber die Gesichter ...« Er rieb sich über die Wange. »Die schwarzen Männer hatten ihre Gesichter mit weißem Lehm eingerieben.«

»Späher.« Seon stand auf und nahm einen Pfeilköcher von dem Haken an der Wand. Er zog eine zusammengerollte Karte hervor und breitete sie auf dem Tisch aus. »Sie sind weit gekommen«, murmelte er. »Viel zu weit. Vendhur schickt keine Kundschafter so weit in den Norden, wenn er nicht plant, die Jagdgründe der Klane zu erobern. Aber ich verstehe noch nicht, was er mit den Steppen und Ebenen vorhat. Haben sie etwas darüber gesagt, Fremder?«

Ulv nahm das Stück Fleisch, das er kurz zuvor auf den Tisch gelegt hatte. »Ich habe unter dem Wagen gelegen«, sagte er. »Sie redeten viel. Zum Beispiel, dass sie für Tar-Kinn sein sollte. Aber sie ist meine Frau.«

»Tarkin«, sagte Seon und nahm die Karte von der nassen Tischplatte. »Er heißt Tarkin. Man nennt ihn auch den Lanzenkrieger, Der, der die Lanze trägt, oder Den Schwarzen aus dem Süden. Er ist der Gott der Kanathener. Ich erwarte natürlich nicht, dass du weißt, wer die Kanathener sind, das wussten vor Ausbruch des Krieges noch nicht einmal Ars Schriftgelehrte.«

»Sie sagten, dass sie das Mal trägt.« Ulv wischte sich über den Mund. »Ein Geburtsmal auf dem Rücken, das aussieht wie ...« Er biss in das Fleischstück und verschränkte die Arme vor dem Bauch.

»Die Gekreuzten Lanzen. Tarkins Zeichen.« Seon sank gegen die Wand. »Und du sagst, die Frau trug dieses Zeichen?«

Ulv nickte und nahm noch einen Bissen.

Seon griff sich an die Stirn. »Dann ist alles verloren. Die Prophezeiung geht in Erfüllung. Verglichen mit dem, was unter Vendhurs Befehl geschehen wird, war Krims Heerzug ein jämmerliches Geplänkel. Die alten Götter werden erwachen. Tarkins Feinde, die Riesen, die die Welt geformt haben. Sie werden alle Völker unter sich versammeln und so lange kämpfen, bis niemand mehr lebt.«

Seon beugte sich vor und heftete seinen Blick auf Ulv, der das Fleischstück hinunterschluckte und den Stuhl vom Tisch wegschob.

»Du begreifst wahrscheinlich nicht viel von dem, was ich sage, nicht wahr?« Seon lächelte, aber seine Augen waren voller Bitterkeit. »Wer erinnert sich hier im Norden schon an die alten Götter?«

»Ich habe einen Gott gesehen.« Ulv schob den Rest des Fleisches unter das Hemd. »Auf einer Waldlichtung bei einem Weiher. Er sagte Worte, die ich nicht verstand. Aber ich weiß, dass Siréd mich braucht. Sie wollen sie zu Tar-Kinn bringen. Ich muss sie zurückholen. Sie retten.«

»Jeder von uns hat etwas, das er retten muss. Aber wenn die Frau tatsächlich Tarkins Zeichen trägt, dann rate ich dir, sie so schnell wie möglich zu vergessen. Bis die Prophezeiung sich erfüllt und sie Tarkins Sohn zur Welt bringt, werden wir alle leiden. Es wird sein wie zu Krims Zeiten, aber dieses Mal werden die Kanathener das Reich nicht untergehen lassen. Sie haben aus den Kriegen der Söhne Krims gelernt. Dieses Mal wird ihre Herrschaft mehrere Menschenalter überdauern.«

Ulv stemmte sich vom Stuhl hoch. Der schwarze Mann sagte viele Worte, die er nicht verstand, und das Getränk schmeckte ihm auch nicht mehr. Ulv wandte sich zur Tür, aber Seon kam hinter ihm her und legte ihm eine Hand auf die Schulter.

»Du hast mir noch nicht gesagt, woher du kommst.«

Ulv drehte sich um. Er verstand nicht, wieso der schwarze Mann das unbedingt wissen wollte.

»Bist du aus Firt?« Seon neigte abwägend den Kopf zur Seite. »Doch, du klingst wie ein Firter, würde ich sagen.«

»Ich komme aus den Bergen. Nördlich der Täler. Aus dem Barkasfjell.«

Seon musterte ihn mit zusammengekniffenen Augen. »Von diesen Bergen habe ich noch nie etwas gehört. Sind sie weit im Norden?«

»Ich bin mit der Schneeschmelze nach Süden aufgebrochen.« Ulv legte seine Hand an den Dolchgriff. »In den Tälern gibt es viel Wild.«

Seon wich einen Schritt zurück. Da bemerkte Ulv, dass er im Schein des Talglichts stand und der schwarze Mann ihn von Kopf bis Fuß musterte.

»Hast du schon viele Menschen getötet?« Seon biss sich auf die Unterlippe. »Du hast Koshs Sohn erwähnt. War Kosh ein Häuptling dort oben? Haben sie dich deswegen gefangen?«

»Nein.« Ulv trat aus dem Lichtstreifen heraus. »Kosh ist Sklavenhändler. Er hat Siréd gekauft. Sie und ich waren gemeinsam hinter dem Wagen angekettet. Wir sind nebeneinander gelaufen.«

Seon nahm seinen Krug vom Tisch und trank, ohne Ulv aus den Augen zu lassen. »Du scheinst viel erlebt zu haben«, sagte er und setzte den Krug wieder ab. »Solche wie dich brauche ich. Es wird nicht mehr lange dauern, bis die Kriegsflotte hier eintrifft, und ich soll die Stadt verteidigen. Schließ dich meinem Heer an, dann bekommst du einen Teil des Gewinns, wenn wir siegen. Gold, Wein, Waffen, all das, was sie in ihren Schiffen transportieren. Das alles gehört uns, wenn es uns gelingt, die Kanathener zu besiegen.«

Ulv kratzte sich im Nacken. Er wollte gehen, aber das Getränk hatte ihn schläfrig gemacht.

»Du bekommst ausreichend zu essen und zu trinken, Waffen

und neue Kleider. Und ich werde Vierfinger bitten, Wasser für dich heiß zu machen, damit du dir den Dreck abwaschen kannst.«

»Ich muss Siréd finden.« Ulv schüttelte den Kopf und ging auf die Tür zu. »Ich muss weiter.«

Seon folgte ihm nach draußen. Es war dunkel geworden, die Wolken hatten sich zusammengezogen und verdeckten Mond und Sterne. Der Wind hatte sich gelegt. Die Fackeln schienen über der Brustwehr zu schweben, die in nächtliches Dunkel gehüllt war.

»Die Wachen werden dir das Tor nicht öffnen.« Seon verschränkte die Arme vor der Brust. »Außer für mich öffnen sie es für niemanden. Warte bis morgen, Fremder. Schlaf dich erst einmal aus.«

Ulv ging an den Baracken vorbei. Ihm war noch immer schwindlig von dem Gebräu, aber trotzdem erkannte er ganz deutlich die massiven Torflügel am hinteren Ende der Südwand. Der schwarze Mann hatte von einem Hof gesprochen, auf dem es Pferde gab. Nordhof hatte er gesagt. Er würde immer seiner Nase nachgehen und eins der Pferde stehlen, um damit nach Süden zu reiten. Bei Tagesanbruch wäre er bereits weit weg.

Er stolperte über einen Stein, fing sich aber schnell wieder. Die Wachen schauten von der Brustwehr zu ihm herunter, doch er beachtete sie nicht und torkelte weiter. Seon rief etwas hinter ihm her, aber er hörte nicht zu.

Die Wachen gingen zurück an ihre Plätze und wandten ihre Blicke den Ebenen zu, als er mit den Fäusten gegen die grob gehauenen Planken schlug.

Mit dem Rücken am Tor glitt er zu Boden. Schon wieder war er gefangen. Aber diesmal war es anders, Seon hatte ihn von der Kette befreit und ihm zu essen und zu trinken gegeben. Vielleicht hätte Ulv es sogar Gastfreundschaft genannt, wenn sie ihn hinausgelassen hätten.

Ulv spähte zu der Baracke auf der anderen Seite des Hofes hinüber. Seon drehte ihm den Rücken zu, ging hinein und schloss die Tür hinter sich. Wenigstens bedrängte er ihn nicht weiter.

Morgen, dachte er und lehnte den Kopf gegen das Tor, morgen würde er aufbrechen. Nach einer Mahlzeit könnte er einen halben Tag laufen. Er würde der Küste nach Süden folgen und sich von Hirschen, Hasen oder was immer hier sonst lebte ernähren. Irgendwo dort unten wartete Siréd auf ihn. Er sah sie vor sich, langes Haar rahmte ihr Gesicht wie ein Wasserfall aus Licht. Sie schenkte ihm ein Lächeln, weil er wie versprochen zu ihr gekommen war.

Ulv erwachte noch vor der Morgendämmerung. Er hatte mit den Händen unter den Achselhöhlen zusammengerollt vor dem Tor geschlafen. Es war kalt; als er sich aufsetzte, stand eine weiße Atemwolke vor seinem Mund. Er rieb sich die Augen und schaute über den Hofplatz. Der Boden war feucht vom Morgentau, es roch nach nasser Erde und trübem Wetter. Es roch nach Herbst.

Er stand auf und streckte seine steifen Beine. Die meisten Männer schliefen noch unter ihren Decken vor der Palisade. Bei den Tonnen stand ein Krieger mit nacktem Oberkörper über einen Wasserbottich gebeugt und wusch sich. Irgendwo hustete jemand, und über sich hörte Ulv die Schritte der Wachen hinter der Brustwehr. In Seons Hütte war alles still.

Da das Tor nach wie vor geschlossen war, schlenderte er über den Platz und füllte seine Lungen mit der frischen Morgenluft. Im Norden war der Morgen immer seine liebste Zeit gewesen, die kurze Spanne vor Sonnenaufgang, wenn alles still zu stehen schien, die Hirsche reglos an den Wasserlöchern verharrten und die Spinnen ohne sich zu rühren in ihren Silbernetzen hingen.

Plötzlich wurde seine Aufmerksamkeit auf die Wache an der Ostwand gelenkt. Der Mann hatte oben hinter der Brustwehr auf seinen Speerschaft gestützt dagestanden, aber mit einem Mal streckte er sich und schaute über die Ebene. Gleich darauf rief er die anderen Wachen zu sich. Sie zeigten aufgeregt nach Osten. Einer von ihnen kletterte die nächste Leiter hinunter und lief zu Seons Hütte.

Der Lärm weckte die Schlafenden. Sie kamen unter ihren Fellen hervor, räusperten sich und schnäuzten sich zwischen den Fingern. Ein paar griffen nach ihren Schwertern und Bögen, während andere sich die zerzausten Bärte kratzten und unbekümmert gähnten. Ulv schloss sich einer Gruppe Männer an, die die Leiter hochkletterten. Seon hatte auf ihn gewirkt wie ein Mann mit viel Macht. Er war offensichtlich der Häuptling dieser Männer. Ulv fragte sich, was so wichtig sein konnte, dass die Wache ihn weckte. Er folgte den Männern über den schmalen Absatz hinter der Brustwehr bis zur Ostwand. Die Krieger schienen sich nicht weiter daran zu stören, dass er sich unter sie mischte. Hinter ihm drängten immer mehr Männer die Leiter hinauf, und allmählich wurde es eng. Ulv zwängte sich zwischen den Männern hindurch und wäre fast von dem Absatz gestoßen worden, doch im letzten Augenblick packte ihn jemand am Gürtel und zog ihn zurück. Seon. Der schwarze Mann nickte Ulv kurz zu, ehe er weiterlief. Die Krieger rückten zur Seite und machten ihm Platz.

Ulv schaute dem Krieger, der vor ihm stand, über die Schulter. Auf dem Sklavenweg, der aus nordöstlicher Richtung in einem weiten Bogen um die Hügel herumführte, fuhr ein Wagen. Er wurde von zwei Ochsen gezogen und schaukelte gemächlich durch die tiefen Wagenspuren. Ulv beschattete die Augen. Der Mann an den Zügeln hob zum Gruß die Hand, und Seon erwiderte den Gruß. Der Wagen war breit und lang und hatte kein Tuchdach. An einem Speer an der Seite hing ein schlaffer roter Stofffetzen. Obgleich der Wagen noch mehrere Pfeilschüsse entfernt war, konnte Ulv bereits den scharfen Schweißgeruch der zottigen, massigen Tiere riechen. Als der Mann sich erhob und an das hintere Ende des Wagens ging, wirkten die Tiere mit einem Mal gar nicht mehr so groß. Denn der Fuhrmann war ein Hüne. Er war mindestens einen Kopf größer als Ulv und hatte ein auffallend breites Kreuz. Während er sein schmutziges Wams auszog, pflügten die Ochsen weiter durch die Wagenspuren. Er stand zwischen Säcken und Haufen von Eisenstangen, und als der Wagen noch ein

Stück näher gekommen war, erkannte Ulv die von Narben fleckigen, kräftigen Arme. Schon einmal hatte er einen Mann mit solchen Narben gesehen, das war in jenem Winter gewesen, als er den Spuren der Barkas gefolgt war und ihr Lager entdeckt hatte. Er hatte sein Messer an einem Elchknochen zerbrochen, aber der Mann in der heißen Erdhütte hatte die Klinge wieder zusammengeschmiedet. Als er ihm das Messer zurückgab, hatte Ulv die starken Schmiedearme gesehen, in die glühende Kohlestückchen zahllose Male gebrannt hatten.

Der Fuhrmann wühlte in einem der Säcke, bis er schließlich ein blaues Wams fand und es überzog. Jetzt war der Wagen höchstens noch einen Pfeilschuss von der Festung entfernt. Der Mann zog an den Zügeln und lenkte die Ochsen vom Sklavenweg auf den schmalen Trampelpfad, der zur Festung führte.

In dem Moment kam eine Brise vom Meer und blähte die Flagge an dem Speerschaft auf, und Ulv erkannte einen Raben auf rotem Grund.

»Brage! Endlich kommst du!«

Der große Mann kratzte sich an dem buschigen, dunklen Bart. Das schulterlange, verfilzte Haar stand nach allen Seiten ab, und man konnte unmöglich erkennen, wo das Haupthaar endete und der Bart anfing.

»Seon!« Der Bart öffnete sich in einem breiten Grinsen. »Alter Kampfgenosse und Zechkumpan! Ich habe gehört, die Tuurer hätten dir am Blutsund den Garaus gemacht und dass dein Bauch von tuurischen Speeren aufgeschlitzt worden sei!«

Seon schüttelte lachend den Kopf. »Gerüchte«, rief er. »Du solltest es besser wissen und nicht auf die alten Frauen in Ulverham hören! Aber vielleicht ziehst du ja inzwischen ihre Gesellschaft vor?«

Der große Mann legte den Kopf in den Nacken und lachte polternd. Seon schob die Männer vor sich her zur Leiter, und Ulv kletterte mit den anderen nach unten. Seon kam als Letzter, nur die Wachen blieben oben hinter der Brustwehr stehen. Die Männer warteten gespannt, als die Wachen den Schlagbaum wegnahmen und das Tor öffneten. Sie drängten sich vor dem Eingang zusammen, um den Fremden aus der Nähe zu betrachten. Ulv stand mitten im Gedränge und vergaß für kurze Zeit sogar Siréd und die schwarzen Männer, als die Ochsen schnaufend durch das Tor einzogen. Brage hielt die Zügel in der einen Hand und stützte sich mit der anderen auf dem Knie ab. Er grinste Seon breit an, der ihm entgegenging.

»Ein Bote brachte mir die Nachricht, dass ein guter Schmied hier viel Gold verdienen könnte.« Der große Mann legte die Hand über die Augen und schaute über den Festungsplatz. »Aber ich muss feststellen, dass dieser Ort nicht wie die Wohnstatt eines reichen Mannes aussieht. Ein ärmliches Fleckchen Erde scheint mir das zu sein, eher wie ein kretterschaes Winterlager. Die Reichen der Stadt bezahlen dich nicht gut, wie ich sehe.«

Seon schüttelte den Kopf und grinste. »Es tut gut, dich wieder zu sehen, Brage. Viele Winter sind vergangen …« Er senkte den Blick, ehe er an den Wagen trat und Brage die Hand reichte. »Wir beide wissen, dass es anders hätte kommen können. Aber so, wie es war, konnte es nicht weitergehen. Das hätte ich eher merken müssen.«

Brage sprang vom Wagen. Seon wirkte regelrecht klein, als Brage ihm den Arm um die Schultern legte. »Ich verstehe dich«, sagte er. »Aber diese Geschichte ist nichts für die Ohren deiner Männer.«

Seon zeigte zu seiner Hütte am Ende der Barackenreihe, und die beiden Männer setzten sich in Bewegung. Brage legte einem der Krieger die Hand auf die Schulter und trug ihm auf, die Ochsen vor dem Wagen auszuspannen. Dann zeigte Seon Brage den Steinkamin drüben bei der Schmiede, und Brage strich sich über den Bart, ehe er sich umdrehte und auf die Hütte zuging.

Ulv sah den beiden hinterher, während die Menschen auseinander liefen und jeder wieder an seinen Platz zurückging. Der graubärtige Alte, der sich am Vorabend um Seons Pferd gekümmert hatte, setzte sich auf den Bock und schnalzte mit den Zügeln, aber die Ochsen rührten sich nicht vom Fleck. Die Torwachen stemmten sich mit der Schulter gegen die Torflügel und schoben sie wieder zu. Ulv schaute nach draußen. Er sah die Rauchsäulen über den Dächern der Stadt und den steinernen Arm, der die großen Schiffe, die dort vertäut lagen, vor den Wellen schützte. Seon hatte erzählt, unten in der Stadt gäbe es Pferde. Beim Nordhof, hatte er gesagt.

Die Männer riefen hinter ihm her, als er sich durch den Spalt zwängte und so schnell er konnte den Pfad hinunterlief, aber niemand schickte einen Pfeil hinter ihm her. Erst im Schutz der Grashügel blieb er stehen und schnappte nach Luft. Die Sonne warf lange Schatten zwischen die Hügel, und ein Hahnenschrei hallte aus der Stadt herauf. Wenn er ein Pferd ergattern wollte, ehe die Stadt erwachte, musste er sich beeilen.

Ulv folgte dem Weg an den Hügeln vorbei zu den Äckern. Einen knappen Pfeilschuss von einem Hof entfernt hörte er plötzlich Stimmen und das Bellen eines Hundes. Zwischen den Langhäusern tauchte ein Reiter auf, starrte Ulv an und griff nach dem Bogen an seinem Sattel. Er drehte sich um und rief jemandem etwas zu, den Ulv nicht sehen konnte. Dann trat er dem Pferd in die Flanke, worauf es in Trab verfiel. Hinter dem Reiter kamen Männer in Lederwämsern und Frauen mit dicken Wollumhängen zwischen den Langhäusern zum Vorschein. Auf einem leichten Karren, der von vier Pferden gezogen wurde, saß ein Haufen Kinder, gefolgt von weiteren Pferden, deren Schweife mit den Trensen der folgenden Tiere zusammengebunden waren. Der erste Reiter führte sie auf den Sklavenweg, begleitet von dem Hund, der neben dem Karren herrannte.

Ulv blieb auf dem Acker stehen, bis das Gefolge hinter den Hügeln verschwunden war. Das schien der Nordhofbauer mit seiner gesamten Familie gewesen zu sein. Hoffentlich gab es noch andere Pferde in der Stadt.

Als Ulv auf den Hofplatz trat, schlug ihm Blutgeruch entgegen. Die Häuser bildeten einen Ring um den Platz, in dessen Mitte ein Brunnen stand. Um den Steinbrunnen herum lagen unzählige Kadaver. Die Erde unter den geschlachteten Tieren war rot von Blut. Die Eingeweide lagen in kleinen Haufen herum. Er kniete sich neben einem Schaf auf den Boden. Die Hofleute hatten alles Fleisch von den Knochen gelöst und das Fell derart zerschnitten, dass es höchstens noch für Lederriemen taugte. So waren sie mit allen Tieren verfahren, Ochsen, Schafen und Ziegen. Über den Kadavern surrten schwarze Fliegenschwärme.

Er überquerte rasch den Hofplatz und stellte sich in den Schatten einer Hauswand. Von dort aus konnte er zwischen zwei Gebäuden auf eine breite, mit Steinen gepflasterte Straße sehen, auf deren gegenüberliegender Seite mehrere Häuser dicht an dicht standen wie Bäume in einem Wald. Ein Stück entfernt hörte er Stimmen, und da fiel ihm wieder ein, dass Seon gesagt hatte, dass die Einwohner der Stadt für einen wie ihn nichts übrig hatten. Aber jetzt, wo er keine Kette mehr um den Hals trug, konnten sie nicht wissen, dass er ein entflohener Sklave war.

Er blieb eine Weile vor der Hauswand stehen und lauschte auf die Geräusche um sich herum. Aus der Stadt drang buntes Stimmengewirr herüber, das Wiehern von Pferden und das Jaulen und Kläffen von Hunden. Mit einem wachsamen Blick um die Hausecke näherte er sich der Straße, die zu beiden Seiten von Häuserreihen gesäumt war. Aus einer der Türen stürzten zwei Kinder ins Freie und kamen direkt auf ihn zugelaufen. Er drückte sich dicht an die Wand. Die beiden Mädchen trugen Lederbeutel über der Schulter und aufgerollte Decken unter dem Arm, und obgleich sie ihn gesehen hatten, liefen sie einfach an ihm vorbei. Er trat auf die Straße. Aus den Häusern in unmittelbarer Nähe drang kein Laut, aber weiter entfernt in der Stadt herrschte großer Tumult. Er hörte Rufe und Schreie und fragte sich, was der Grund dafür war. Die Sonne hatte sich kaum über die östliche Ebene erhoben, und die Steinhaufen waren noch feucht vom Morgentau.

Die breite Straße führte ihn zum Wasser. Plötzlich hörte er Pferdegetrappel auf dem Pflaster und knarrende Wagenräder. Ein langer Zug von Menschen kam auf ihn zu, und er huschte in eine enge Gasse und schlich an den feuchten Hauswänden entlang. Es stank nach Kot. Der Boden war aufgeweicht und mit Knochenresten und Tonscherben übersät. Einige Speerlängen von der gepflasterten Straße entfernt bog er nach rechts ab. Diese Gasse war noch enger als die vorige. Über seinem Kopf wuchsen die Dachtraufen zusammen und sperrten auch den letzten Sonnenstrahl aus. Er hörte Stimmen, das Knarren von Wagenrädern auf dem Pflaster und das rhythmische Getrappel von Pferdehufen. Genau wie die Leute vom Nordhof schien dieser Zug die Stadt zu verlassen. Seon hatte von einer Flotte erzählt, von Schiffen, die sich der Stadt näherten. Er hatte von Männern erzählt, die schwarz waren wie er selbst, von dem großen Feind. Vielleicht flüchteten die Einwohner ja vor den schwarzen Männern, aufgescheucht durch die Gerüchte und Nachrichten aus dem Süden. Die Furcht trieb sie fort, aber Ulv wusste aus Erfahrung, dass Furcht kein guter Wegbegleiter war. Er brauchte ein Pferd und Nahrung. Was aus der Stadt und aus Seon oben in der Festung wurde, interessierte ihn nicht. Menschen führten Kriege und starben. Das war ihr Schicksal.

Die Gasse stieß auf eine weitere schmale Straße, die nicht gepflastert und von Pferdehufen aufgewühlt war. Dort waren ganze Menschenströme unterwegs. Sie liefen mit Säcken und Beuteln beladen hin und her. Zu seiner Rechten sah Ulv ein paar Karren. Männer in Wollumhängen und Lederhosen, mit Schwertern und Dolchen an den Gürteln und Pfeilköchern und Bögen über der Schulter, luden Säcke auf die Karren und legten Satteltaschen über die Rücken der Pferde. Die Frauen hoben die Kinder auf die Karren und trieben die Männer zur Eile an. Ein alter Mann humpelte, auf einen Stock gestützt, laut schimpfend hin und her. Ulv verstand nur einen Teil dessen, was er sagte, aber er begriff, dass sich der Alte über die Geschehnisse beklagte. Er wollte bleiben, rief er, und Vendhurs Kriegern entgegentreten, doch schließlich wurde auch er auf einen der Karren gehoben, und gleich darauf setzte sich die Kolonne in Bewegung.

Es dauerte nicht lange, bis die Straße sich geleert hatte. Ulv trat aus der engen Gasse. Noch immer hörte er rundum Stimmen in der Stadt, aber sie wurden weniger, und das leiser werdende Knarren der Wagenräder verriet ihm, dass die Kolonnen die Stadtgrenze erreicht hatten. Er folgte dem Sandweg an den gelben Steinhäusern vorbei, als ihm wieder einfiel, dass er schon einmal von einem Ort wie diesem gehört hatte. Aber es waren nicht die Barkas, die ihm davon erzählt hatten, nicht sie hatten ihm die Worte gesagt, die plötzlich aus seiner Erinnerung auftauchten. Als er die nackten Baumstämme über den Dächern aufragen sah, wusste er, dass er nicht mehr weit vom Hafen entfernt war. Er ging weiter und folgte der Straße bis zu einem gepflasterten Platz. Hier öffnete sich die Stadt zum Hafen. Ulv blieb stehen und ließ den Blick über die Schiffe mit ihren Masten und Flaggen schweifen, und er sah die Seeleute, die auf der Mole standen und aufs Meer spähten. Das war nämlich kein See, wie er geglaubt hatte, das war das Meer, das er in seinen Träumen gesehen hatte. Die Sonne warf ihr goldenes Netz aus Licht über die Wellen, und das Meer erstreckte sich bis zum Horizont und verschmolz im Süden mit dem Himmelsgewölbe. Die Erinnerungen spülten über ihn hinweg, wie die Wellen durch die Öffnung zwischen den Molearmen. Er erinnerte sich an den einohrigen Mann, der ihm lächelnd von fremden Ländern und der großen Fahrt über das Meer erzählte. Die Frau mit den blonden Haaren sang, sie besänftigte den Takt der Wellen, den Herzschlag des Meeres. Das Meer war in ihm, es zog ihn an.

Ulv hatte keine Angst vor den fremden Seeleuten. Der Duft des Meeres strömte ihm entgegen, ein unbekannter und doch irgendwie vertrauter Geruch. Er hatte keine Worte für den salzigen Duft des Windes und des Wassers, denn die Seen in den Tälern hatten anders gerochen. Dieser Duft war schwerer, voll Blut und Leben. Die Wellen sprachen zu ihm, wie ihm die Bäume im Norden von bevorstehendem Wind und Wetter gesungen hatten. Als der Wind in sein Haar fuhr, erfüllte ihn ein eigenartiges Gefühl, wie damals, als er das erste Mal die Wolfshöhe erklommen und über die Jagdgründe des Ny-Klans geschaut hatte. Die ganze Welt lag vor ihm. Er sah alles. Er war alles.

Voller Bewunderung und Ehrfurcht vor den mächtigen Gebilden ging er an den Booten vorbei. Wie schlafende Drachen lagen sie vor der Kaimauer, einige schwarz wie Kohle, andere weiß wie Kalk. Sie streckten die Häupter auf ihren langen Hälsen und fletschten die Zähne, während die Taue rhythmisch gegen die Masten schlugen. Ulv blieb stehen und ließ seinen Blick über den Anleger schweifen, der um den ganzen Hafen herumlief. Dort lagen dicke Seile in mannshohen Rollen, und vor den verdreckten Hauswänden stapelten sich Tonnen. Graue Netze hingen über langen Balken, und auf der breiten, gepflasterten Straße vor den Anlegestegen lagen leere, umgekippte Tische. Die Boote waren an mächtigen Pfählen vertäut, die tief in den Grund gerammt waren, weil sie mindestens zweimal zehn schlafende Drachen halten mussten. Einige hatten Anker geworfen, andere waren seitlich an den Steinarmen vertäut, die den Hafen gegen die Wellen schützten. Erst jetzt bemerkte er, dass der Wind aufgefrischt hatte und weiße Ränder auf die Wellen malte.

Weit und breit war kein einziges Pferd zu sehen, was ihn nicht weiter überraschte. Die Einwohner der Stadt flüchteten; er war zu spät gekommen, um sich ein Pferd zu besorgen. So wie er die Ebenen im Norden durchwandert hatte, würde er auch nach Kajmen wandern. Er schaute die Straße entlang. Ein Mann und eine Frau hasteten mit schwerem Gepäck auf dem Rücken vorbei. Als die Frau sich noch einmal zum Hafen umdrehte, sah Ulv die Angst in ihrem Gesicht. Im nächsten Augenblick zog der Mann sie hinter sich her.

Ulv lief zur Mole und stieg über ein paar Ruder und eine Kettenrolle. Die Seeleute auf den Booten nahmen kaum Notiz von ihm, sie waren mit ihren eigenen Angelegenheiten beschäftigt. Ulv ging die Steinstufen hinauf, die von der Straße auf die Mole führten. Die Männer spähten unablässig aufs offene Meer. Ein bunt zusammengewürfelter Haufen hatte sich dort versammelt. Einige trugen Lumpen und Felle, andere leichte Umhänge, die sich im Wind bauschten. Doch ob sie nun lange Bärte, dicke Bäuche oder kurz geschorene Haare hatten, alle starrten im grellen Licht der Sonne schweigend über das Meer. Ulv blinzelte ins Licht, konnte aber nichts sehen. Auf beiden Seiten des Hafens erstreckte sich das Land in einer Wölbung bis an den diesigen Horizont. Ein paar Pfeilschüsse in westlicher Richtung begann der Wald, den er schon von der Ebene aus gesehen hatte. Im Osten war nichts außer den Ebenen, endlosen Steppen, die in weiße Strände übergingen, an denen das Meer das Land verschlang.

»Habe ich dich nicht schon mal irgendwo gesehen?« Der Seemann, der Ulv am nächsten stand, musterte ihn.

Ulv sah ihn an. Der Mann trug ein langes graues Wams und speckige Lederhosen und stand breitbeinig, die Füße in groben Stiefeln, zwischen den Steinen. Er hatte einen roten Bart und graue Haare und betrachtete ihn durch ein Netz aus Sonnenrunzeln.

»Nein.« Ulv legte eine Hand an den Gürtel, direkt über dem Dolch. »Ich komme aus dem Norden.«

»Aus dem Norden?« Der Seemann kratzte sich am Ohr. »Jetzt, wo alle aus dem Süden flüchten, kommt doch niemand mehr aus dem Norden.«

Ulv sah zu den anderen Seeleuten hinüber, aber sie waren völlig gefangen vom Horizont und bekamen nicht mit, was der Rotbärtige sagte.

»Ich könnte schwören, dich schon mal in Kels gesehen zu haben.« Der Seemann zeigte auf ihn und musterte ihn misstrauisch. »Aber Kelser kleiden sich anders als du. Du siehst aus wie ein Bauernlümmel. Aber die Bauern verlassen heute alle die Stadt, also scheinst du nicht zu ihnen zu gehören.«

Ulv trat einen Schritt zurück, als der Seemann auf ihn zukam.

»Kengber«, sagte er und hielt ihm die offene Hand hin. Ulv sah, dass ihm der kleine Finger fehlte. »Ich habe unter Visikal gedient«, sagte der Alte grinsend.

»Ich bin der Wolfsmann.« Ulv griff nach der Hand, wie er es bei den Barkas gesehen hatte, wenn sie jemandem friedliche Absichten und guten Willen zeigen wollten.

»Wolfsmann?« Kengber ließ die Hand los und legte die Stirn in Falten. »Das klingt wie der Name eines Nordländers. Was tust du noch hier, wenn alle anderen flüchten?«

Ulv schob die Daumen hinter den Gürtel und schaute aufs Meer. »Ich muss nach Kajmen. Und ich brauche ein Pferd.«

»Das wirst du hier nicht finden.« Der Alte griff sich ins Kreuz. »Die Kruginer laden ihr gesamtes Hab und Gut auf ihre Klepper und fliehen über den Sklavenweg nach Norden. Was sie nicht mitnehmen können, liefern sie in der Festung ab, in der Hoffnung, dass Seon in der Lage ist, Vendhurs Heer in die Flucht zu schlagen!«

Er hustete und lachte. Ulv drehte sich um und wollte gehen, aber der Alte rief ihn zurück.

»Komm her«, forderte er Ulv auf. »Geh nicht, Fremder! Vendhur kommt frühestens am Abend, wenn man den Gerüchten glauben kann! Wir haben noch Zeit, und ich habe eine halbe Bootsladung geräucherte Lammkeulen und einen Krug guten Wein!«

Ulv blieb stehen. Der Alte lud ihn zu einer Mahlzeit ein. Und Ulv brauchte so viel Essbares, wie er tragen konnte, wenn er es zu Fuß bis nach Kajmen schaffen wollte.

»Ich warte auf Vendhurs Pfeile.« Kengber sah ihn mit finsterem Blick an, als Ulv sich ihm wieder zuwandte. »Wir alle, die wir hier warten, sind Schiffer. Wir haben unsere Mannschaften fortgeschickt, aber keiner von uns wird sein Schiff Vendhurs Männern kampflos überlassen. Komm mit mir, iss und trink mit mir. Hör meine Worte, und trage sie weiter, wenn du mein Boot verlässt.«

Einige der übrigen Schiffer auf der Mole wandten den Blick vom Meer ab und sahen zu ihnen herüber. Die letzten Worte des

Alten hatten sie gehört, und Ulv wusste, dass es unhöflich wäre, die Einladung zum Essen auszuschlagen. Er nickte, worauf der Alte ihm lächelnd ein Zeichen gab, ihm zu folgen, und die Steinstufen hinunterhumpelte. Er beugte sich über eins der Taue, mit dem das Boot vertäut war, und zog daran. Der schwimmende Drachen bewegte sich kaum, aber der Alte zog unter einem Seilhaufen ein Brett hervor und legte es wie eine Brücke vom Steg bis zur Reling. Danach humpelte er über das Brett auf das Boot. Ulv folgte ihm. Obwohl es eins der kleinsten Boote im Hafen war, erschien es Ulv noch immer gewaltig. Als er von der Reling aufs Deck sprang, blies ein Windstoß über das Hafenbecken. Die Taue schlugen gegen den hohen Mast, und der Drachenkopf am Bug neigte sich leicht zur Seite. Ulv entdeckte eine Reihe Pfeilköcher, die unter der Reling an der Bordwand befestigt waren. Bögen und Speere lagen zusammengebunden auf dem Deck. Der Alte öffnete eine Luke neben dem Mast, winkte ihn hinter sich her und verschwand im Bauch des Drachen. Ulv schaute in das dunkle Loch hinunter, aus dem ein merkwürdig strenger Geruch aufstieg. Vielleicht waren es die Eingeweide des Drachen, die so stanken, dachte er und blickte an den zahllosen Tauen empor, die bis zur Mastspitze gespannt waren. Plötzlich fielen ihm lauter Namen für die Körperteile des Drachen ein. Dort, wo der Drachenkopf sich an dem Steg rieb, war der Bug, dort, wo das Steuerruder an der Reling festgezurrt war, der Achtersteven. Die Worte flogen ihm zu wie Erinnerungen aus einem Traum.

»Komm, Fremder!« Der Alte stand im Halbdunkel unter der Luke und schaute zu ihm hoch, ehe er im Bauch des Drachen verschwand. Ulv hörte ihn dort unten hantieren, und kurz darauf erhellte ein Lichtschein die Dunkelheit. Kengber tauchte mit einer Fackel in der Hand unter der Luke auf. Wieder starrte er zu ihm hoch. Er strich sich über den Bart und wiegte den Kopf hin und her. »Jetzt weiß ich ...«, der Mund in dem runzligen Gesicht verzog sich zu einem Lächeln, »... an wen du mich erinnerst. Er kam auch aus dem Norden. Aber jetzt komm, ich habe reichlich und gut zu essen und zu trinken!« Der Alte stützte sich auf den Knien ab und hielt Ulv einen Lederbeutel hin.

Ulv zögerte, aber der Lederbeutel roch verführerisch nach Fleisch, und das, was er in der Festung bekommen hatte, war nicht genug gewesen, um seinen Hunger zu stillen. Er kletterte in den Drachenbauch hinab. Der alte Mann schlurfte zwischen den Balken, die das Deck stützten, ins Innere des Bauches. Ulv folgte ihm und versuchte, etwas in dem dämmrigen Dunkel zu erkennen. Es war wirklich wie im Bauch eines Drachen, um ihn herum hingen Taurollen, Felle, Krüge und Wasserschläuche an den Balken wie die Eingeweide eines großen Tieres. Die Balken standen dicht an dicht wie Rippenbögen, und in der Mitte des Bootes, von achtern bis zum Bug, lief eine Rinne mit Sand wie eine lange Wirbelsäule. An beiden Seiten lagen lange Ruder über viele Reihen von Holzbänken.

Der Alte ging bis in den Bug, stieg unter Mühen über einen Querbalken und stützte sich auf einen Tisch. Die Fackel steckte er in eine Halterung an einem der Stützbalken. Dann zog er einen Stuhl an den Tisch und lehnte sich zurück, ehe er hinter sich griff, einen Weinschlauch hervorholte und zwei Krüge auf den Tisch stellte.

»Normalerweise lade ich keine Fremden auf mein Boot ein.« Der Alte schenkte ihnen beiden Wein ein und band den Lederbeutel auf. »Aber als ich dich sah, war ich mir sicher, dich schon einmal gesehen zu haben.«

Ulv trat an den Tisch und setzte sich, während der Alte dicke Scheiben von dem gepökelten Fleisch schnitt.

»Du kannst mich nicht kennen«, sagte Ulv. »Ich bin noch nie hier gewesen. Ich bin der Wolfsmann und komme aus dem Norden. Ich suche nach einer Frau.«

»Wer tut das nicht?« Der alte Mann grinste ihn gewitzt an und reichte ihm ein Stück Fleisch. »Bei Visikals weingetränktem Bart, Frauen sind der Männer Glück und Leid. Ich habe meine Frau seit Ausbruch des Krieges nicht mehr gesehen. Aber sie ist immer noch meine Frau, und Frauen von Seeleuten kommen auch allein zurecht. Um sie mache ich mir keine Sorgen. Anders als um meine Söhne.« Kengber trank einen Schluck und schob sich einen Streifen Pökelfleisch in den Mund. Er hatte nur noch wenige Zähne, kaute aber so gut er konnte.

»Jetzt hör mir zu.« Er wischte sich die Nase am Ärmel ab. »Du magst Recht haben, dass ich dich noch nie gesehen habe. Aber du ähnelst einem Mann, den ich einmal kannte. Wärst du so alt wie ich, könntest du sein Bruder sein. Aber der Mann, von dem ich spreche, ist mit seiner Familie und seinem gesamten Stamm nach Westen über das Meer gesegelt und niemals von dort zurückgekehrt. Es wird erzählt, der Sturmrand habe sie verschlungen.«

»Der Sturmrand.« Ulv griff sich an die Stirn. Das Wort hatte er schon einmal gehört. Von dem einohrigen Mann, der in seinen Träumen zu ihm sprach. Er hatte etwas gemurmelt von blutroten Wellen und Ungeheuern, die im Wasser lebten. Aber das waren nur Träume, Erinnerungen aus der Zeit vor der langen Wanderung, vor dem Nebel.

»Ja, das Ende der Welt.« Der Alte wiegte den Kopf. »Wir hatten sie gewarnt, nicht in diese Richtung zu segeln. Aber er wollte nicht auf uns hören. Er hätte den Kurs in seinen Träumen gesehen, sagte er. Das war Wahnsinn. Und er nahm die Galuene mit, die Tochter von Visikals Bruder, und mehrere Männer aus der Stadt.«

Ulv nahm einen Schluck aus dem Krug. Das Getränk war süß und kühl wie ein Bergbach. Der Alte lächelte. »Das habe ich lange unter Verschluss gehalten. Es ist ein guter Tropfen aus Tuur, den ich in Tirga verkaufen wollte. Aber nun sieht es ganz so aus, als würde ich nie mehr dorthin zurückkehren.«

Der alte Mann starrte finster vor sich hin. Ulv stellte den Krug ab. Durch die Luke drang das Geräusch der schlagenden Taue und Wellen. Die Vertäuung knarrte. Der Wind wurde stärker.

»Ich kann auf ein langes Leben zurückblicken«, sagte der Alte. »Aber nun nähert es sich seinem Ende. Ich will an Deck meines Schiffes stehen, wenn sie kommen, und sie und ihren Gott verhöhnen. Ich habe lange darüber nachgedacht, weißt du. Ich bin ein alter Mann, meine Brust bereitet mir Schmerzen. Meine Geschichte wird hier in Krugant enden, auf dem Deck meines eigenen Schiffes.«

»Warum fliehst du nicht?« Ulv legte eine Hand auf den Tisch. »Die Bewohner der Stadt reiten nach Norden. Du könntest dich ihnen anschließen.«

Kengber hob den Krug und prostete in das Halbdunkel hinter Ulvs Rücken. »Ich ehre meine gefallenen Freunde«, flüsterte er. »Zwei Messer und Storm, Vosnabar und Nosnavar, Tarba und meinen Herrscher Visikal. Mögen sie mir einen Platz bereiten in Cernunnos' Hallen. Denn ich werde bald kommen, auf Schwingen aus Blut und Ehre!«

Der Alte trank in großen Schlucken, und der Wein rann aus seinen Mundwinkeln. Er hob erneut den Krug gegen das Halbdunkel, rülpste und lächelte Ulv bitter an.

»Ich bin allein«, sagte er. »Meine Mannschaft befindet sich hoffentlich längst tief im Westwald. Ich habe sie fortgeschickt, obgleich viele hier bleiben und an meiner Seite kämpfen wollten. Es sind tapfere Männer. Aber ich habe ihnen gesagt, dass sie an der Nordküste bessere Dienste leisten könnten. Mit der Zeit könnten sie dort ein Heer sammeln und Tarkins Kräfte zurückdrängen.«

»Tarkin?« Ulv richtete sich auf. Die schwarzen Männer hatten Siréd mitgenommen, weil sie Tarkins Frau werden sollte. Tarkin war der Lanzenträger, der Gott der Südvölker.

»Ja, Tarkins verfluchte Krieger. Sie haben einen mächtigen Kriegskönig, Vendhur nennen sie ihn. Er ritt persönlich an der Spitze seiner Männer in Tirga ein. Ylmer, Ylmers Sohn, fiel durch seine Hand.«

»Du sprichst von Männern, die ich nicht kenne.« Ulv lehnte sich im Stuhl zurück. »Deine Worte sind mir fremd. Du sprichst von einem Krieg. Ich habe nie von diesen Völkern und ihren Fehden gehört, ich verstehe nicht ...«

»Warte ab, bald wirst du es verstehen.« Der Alte sah ihn mit schmalen Augen an. »Blut, Feuer, Schmerz und Erniedrigung, das ist Vendhurs Sprache. Seine Schiffe werden heute Nacht eintreffen. Du wirst die Schreie hören und die Flammen sehen, die sich zum Himmel emporrecken. Und du wirst in Todesangst fliehen.«

»Alle Menschen kennen Angst.« Ulv sah ihm in die Augen. »Aber nicht alle Menschen fliehen.«

Der Alte beugte sich vor und klopfte ihm auf die Schulter. »Das sind Worte nach meinem Geschmack. Das ist, als hörte ich Bran selbst. Wäre er doch nur hier!«

Ulv schloss die Augen. Der Alte hatte eins der Geisterworte ausgesprochen. Wieder sah er den einohrigen Mann vor sich, er hörte die Frau singen und spürte weiches Gras unter den Füßen. Er lief durch den Nebel, die Rufe entfernten sich immer mehr. Er wollte umkehren, aber das Wolfsrudel lockte ihn zu sich. Er konnte nicht zurück, er musste weiter. Bis ans Ende der Welt.

»Wer …« Ulv schluckte und sah den Alten an. »Wer war Bran?«

Der Alte sank in den Stuhl zurück. »Bran kam aus dem Norden wie du. Er war Häuptling eines kleinen Volkes, aber er kämpfte tapfer in Visikals Heer und wurde von Blutskalle zum Skerg ernannt. Aber das ist eine lange Geschichte, zu lang für einen Tag wie diesen. Vergiss nicht, du musst den Hafen und die Stadt noch vor Sonnenuntergang verlassen, Fremder. Nimm meine Geschichte mit auf deinen Weg und erzähle sie überall weiter, wohin du kommst.«

Ulv nickte. Er begann zu verstehen. Der Alte wollte den Schiffen des Feindes entgegentreten und bis zum bitteren Tod kämpfen. Er wollte mit Ehre sterben, wie die alten Barkas, die in die Berge gingen, um ihren letzten Kampf gegen einen Bären zu kämpfen.

»Ich werde tun, worum du mich bittest«, sagte Ulv. »Aber mein Weg führt mich nach Süden. Ich muss nach Kajmen. Drei schwarze Männer, drei Späher, haben meine Frau mitgenommen. Ich habe ihr versprochen, sie zurückzuholen.«

»Dann musst du tun, was du versprochen hast. Ich wünsche dir viel Glück dabei.« Der Alte nahm einen Schluck Wein. »Aber sei dir im Klaren darüber, dass Vendhur in südlicher Richtung alle Siedlungen an der Küste erobert hat. Wir hier oben sind von einem Hafen zum nächsten geflohen. Nur Kels hält noch stand, aber auch ihr König wird nachgeben, wenn Vendhurs Männer ihn nur lange genug belagern. Sei wachsam, Fremder. Vielleicht findest du deine Frau wieder, aber vielleicht findest du auch nur den Tod dort im Süden. Aber wenn das dein Weg ist, wirst du ihn gehen müssen.«

Der Alte sah ihn unter müden Augenlidern an, während er den Krug leerte. Er stellte ihn auf den Tisch und schnitt sich noch ein Stück Fleisch ab. Dann reichte er Ulv das Messer und forderte ihn auf, sich zu bedienen, ehe er wieder ins Dunkel zwischen den Stützbalken blickte.

»Ich war mein Leben lang ein Krieger. Der Tod macht mir keine Angst, denn ich habe ihm öfter ins blutige Antlitz geschaut, als ich zählen kann. Der Tod ist schmerzvoll, er ist alles Leiden einer langen Wanderung, konzentriert auf einen einzigen Augenblick. Ein langer Schritt in die Welt der Götter. Ich bin bereit, diesen letzten Schritt zu tun. Ich höre meine alten Kameraden bereits nach mir rufen.«

Wieder führte er den Krug zum Mund. Ulv schnitt sich eine dicke Scheibe von der Keule ab. Der alte Mann tat ihm Leid, aber er wusste nicht, was er sagen sollte. Der Alte hob die vierfingrige Hand über den Kopf und erzählte von Orten, die Ulv unbekannt waren. Er rieb sich mit dem Finger unter der Nase und sprach von seiner Kindheit in Tirga, beschwor alte Erinnerungen an die zwölf Türme hervor, an die Lieder der Handelsmänner, an die zahllosen Abende auf dem Meer. Und er erzählte von seinen Eltern und Geschwistern. Er wischte sich verstohlen über die Augen, als er von seiner Mutter sprach, die gestorben war, während er mit dem Langschiff unterwegs war, um im Inselreich im Norden Steuern einzutreiben. Kengber war Krieger wie sein Vater und weit herumgekommen. Er hatte den Schnee über Arborgs schwarzen

Mauern schmelzen sehen und war mit seinen Kampfgenossen unter den schroffen Klippen im Osten gewandert. Er hatte an Bord von Visikals Schiff gekämpft. Über Visikal wusste der Alte viel zu berichten. Visikal war Skerg der Stadt Tirga gewesen, einer von insgesamt drei Häuptlingen und der mächtigste von allen. Drei Frauen hatte er, aber Zeit seines Lebens wurde ihm kein Sohn geboren. Wenige Jahre, nachdem Bran die Tochter seines Bruders mitgenommen hatte, starb Visikal den Strohtod. Es hieß, die Trauer darüber, dass ihm seine einzige Verwandte genommen wurde, habe ihm das Herz gebrochen. Er wurde mit seinem Langschiff auf dem Meer verbrannt, denn Visikal hielt an den alten Bräuchen fest.

Aber Kengber hatte noch mehr zu erzählen, in seinem langen Leben hatte er viele Menschen getroffen. Er erzählte von seinen Söhnen und seinen zwei Töchtern. Sie lebten noch immer in Tirga, und er hoffte, dass Vendhurs Männer sie verschonten. Ulv musste nachfragen, da er nicht wusste, wer Vendhur war, und nicht verstand, was in dem Land geschehen war, von dem der Alte erzählte. Aber Kengber klopfte ihm auf die Schulter und sagte, er solle noch ein wenig Geduld haben, es gäbe noch viel zu erzählen, bis sie zu dem großen Krieg kämen.

Vorher erzählte Kengber noch von seinen Jahren auf See, er schloss die Augen und sprach ganz leise von den Nächten, in denen sich die Sterne im Wasser spiegelten, und von Tagen, die so klar waren, dass man den schwarzen Nebel des Sturmrands erkennen konnte, von Stunden, in denen er allein am Steuer gestanden und das Schiff über die rollende Dünung gelenkt hatte. Ein gutes Leben war das gewesen, er hatte unter rechtschaffenen Männern gedient, und seine Frau war ihm treu gewesen. Bereits in jungen Jahren wurde er Tileder mit der Verantwortung für zehn Krieger, und er lernte früh, was es hieß, seine Freunde durch die Pfeile der Vandarer sterben zu sehen. Er lernte, was Krieg hieß, und wurde geformt von Eisen, Feuer und Blut. Er wurde ein harter Mann, der tat, was von einem Tileder erwartet wurde. Im Kampf war er der

Herrscher über seine Männer. Und sie siegten oder starben immer ehrenhaft.

Draußen auf dem Meer hatte er sonderbare Dinge gesehen. Nördlich von Coggas Felsküste hatte er Frauen gesehen, die Fischschwänze anstelle von Beinen hatten. Und eines Nachts waren Sterne vom Himmel gefallen und im Meer versunken. Das Fahrwasser im Westen, dort wo die Welt zu Ende war, hatte er fürchten gelernt. Er verstand noch immer nicht, warum sein Kampfgenosse seinen Stamm in die schwarzen Stürme hineingeführt hatte. Der Alte legte die Hand über die Augen und schüttelte den Kopf, und Ulv verstand, dass diese Erinnerung schmerzlich für ihn war. Kengber ballte die Hände zu Fäusten und sah mit tränennassen Augen an die Decke, ehe er Ulv zurück über das Meer in die Länder im Süden führte. Kengber war damals noch jung und erst wenige Jahre Tileder gewesen, als sich die Nachricht, dass Unbekannte in den Hafen gerudert kämen, wie ein Lauffeuer verbreitete. Sie hatten einen verletzten Mann bei sich, der in Cernunnos' Turm getragen wurde, wo die Galuenen ihn zu heilen versuchten. Kurz darauf wurde bekannt, dass das Volk des Verletzten Tir Fa Ton mitgebracht hatte. Sie hatte den Angriff der Vandarer auf den Inseln im Norden überlebt, aber die Gerüchte erzählten, dass sie von Sklavenhändlern gefangen und an Sar verkauft worden war, den Inselkönig von Aard. Visikal raste vor Zorn, und die Skerge drohten mit einem Vergeltungsschlag.

Noch im gleichen Herbst verließen ihre Langschiffe den Hafen. Der verletzte Mann war genesen, hatte den Rang eines Tileders erhalten und segelte zusammen mit Kengber auf Visikals eigenem Schiff. Zuerst segelten sie nach Aard, wo Tirgas Krieger sich tapfer schlugen. Zwei Männer des Fremden fielen durch Pfeile des Inselvolkes, aber der Fremde selbst erwies sich als furchtloser Krieger.

»Bran«, sagte Kengber. »Er hieß Bran, und er kam aus dem Norden.« Ulv sah in die Dunkelheit hinter dem Alten. Der Name rief Bilder in ihm wach, das Bild des einohrigen Mannes, der vor einem

Jungen kniete und zwischen die schlanken Birkenstämme zeigte. Es war Frühling, und die Hirsche fraßen die jungen Blatttriebe.

Kengber holte ihn aus seiner Erinnerung zurück und führte ihn durch die Geschichte des Krieges, in dem die Tirganer sich seit langen Zeiten erstmals wieder einer Übermacht aus Vandar gegenübersahen. Von Aard wandten sie sich nach Südwesten, wo die Skerge von Arborg ihre Männer zum Krieg zusammenriefen und mit Tirgas Schiffen hinausschickten. Es war eine gewaltige Streitmacht, die in jenem Winter in das Fahrwasser der Vandarer hineinsegelte, aber die Vandarer hatten sich vorausschauend mit den Mansarern verbündet. Sie waren in der Überzahl und verteidigten ihre Häfen wie Wolfsmütter. Tirgas und Arborgs Krieger kehrten mit großen Verlusten heim.

Im folgenden Frühjahr verließen Bran und sein Volk Tirga und segelten nach Westen. Kengber hatte im Hafen gestanden und die zwei Langschiffe am Horizont verschwinden sehen. Die alten Fischer hatten die grauhaarigen Häupter geschüttelt, und vielleicht war es tatsächlich so gekommen, wie es die Alten vorausgesagt hatten. Jedenfalls hatte seitdem niemand mehr etwas von Bran oder einem seiner Männer gehört. In den Jahren, die folgten, sah man Visikal häufig auf der Mole stehen und nach Westen blicken, hatte er doch zwei seiner Krieger mit Bran geschickt, die zurückkommen und Bericht erstatten sollten, falls es auf der anderen Seite des Sturmrands tatsächlich Land gab. Aber die Winter und Sommer gingen ins Land, ohne dass sich ein Schiff zeigte. Und Visikal wurde alt und starb.

Ulv schlang gierig das Fleisch hinunter, während er zuhörte. Er hätte gern mehr über Bran erfahren, denn es wunderte ihn, dass dieser Mann aus dem Süden das Geisterwort kannte. Aber der Alte sah ihn nicht einmal an. Er zeigte in das Halbdunkel zwischen den Balken und erzählte von fremden Ländern, Kriegern und Frauen. Die vielen Namen reihten sich wie die Worte eines Liedes aneinander, die der alternde Krieger in seine Geschichte einwebte wie Silberfäden in einen kostbaren Umhang. Kengber erzählte von Männern, die er gekannt, von Feinden, die er gehasst, und von Frauen, die er geliebt hatte. Er weinte und lachte, prahlte mit seinen Söhnen und Töchtern und trank große Schlucke aus seinem Krug. Schließlich kehrte er zurück nach Tirga, wo Visikals Nachfolger Ylmer inzwischen der mächtigste Skerg war. Vare, der dritte Skerg im Bunde, starb zwei Monde nach Ylmers Ernennung, aus Sorge, wie manche glaubten. Denn Ylmer war ein Kriegsherr, und die Mütter fürchteten um das Leben ihrer Söhne. Aber als die Schiffe der Vandarer die Stadt angriffen, zweifelte niemand mehr an Ylmers Klugheit und Weisheit. Die Tirganer kämpften und schlugen die Vandarer in die Flucht, aber trotzdem eroberte der Feind in den folgenden Jahren immer mehr von Ars stolzem Land. Die Neusiedler im Westen flüchteten nach Arborg, und die Oldamenn kamen aus Old-Myre geritten, wo die Vandarer alles verwüstet hatten. Es folgten lange Jahre des Kampfes. Die Frauen hängten blutgetränkte Umhänge aus den Fenstern und betrauerten die Gefallenen. Ylmer führte Tirgas Männer nach Westen, und dort, an der Grenze von Arborgs Land, kämpfte Kengber in einer Schlacht, die fünf Tage dauerte. Tirgas Männer schlugen sich tapfer und trugen am Ende den Sieg davon.

Der Alte heftete den Blick auf Ulv und sagte, er wünschte, er wäre damals gefallen. Dann wäre er wenigstens glücklich gestorben, weil er tapfer gekämpft hatte und seine Männer ihn voller Respekt ansahen. Aber er sollte noch viele Winter weiterleben. Als er heimkehrte, legte er endgültig die Brünne ab und kaufte sich für die Reichtümer, die er im Laufe der Jahre als Tileder angesammelt hatte, das Langschiff, in dem sie jetzt saßen. Damit hatte er Tang aus dem Inselreich geholt und gegen Felle und Waffen eingetauscht. So hatte er für die Mitgift seiner Töchter und das Glück seiner Frau gearbeitet. Er führte ein gutes Leben; Häfen, die er ansteuern konnte, gab es immer, und auch Handelsmänner, mit denen man Neuigkeiten austauschen konnte. Darum hatte er sich auch wenig Gedanken darüber gemacht, was an Arborgs Grenzen vor sich ging. Er hörte nicht auf seine Mannschaft, die nach Hause wollte, um ihre Kinder und Frauen aus der Stadt zu holen und in Sicherheit zu bringen. Und so kam der Tag, an dem er erfuhr, dass Tirga gefallen war. Fremde Krieger waren an der Küste Mansars entlanggesegelt und hatten sich unter Tarkin mit den Mansarern und Vandarern verbündet. Ars Reich hatte einen neuen Feind: Unter Vendhurs Führung eroberten die Kanathener das ganze Land. Sie waren schwarz wie die Nacht, und es hieß, dass sie über das Meer kamen. Tirgas zwölf Türme standen in Flammen, und die Skerge waren ermordet.

Ulv starrte den Alten an. Nach und nach setzten sich die Worte in seinem Kopf zusammen, und langsam wurde ihm klar, wovon Seon oben in der Festung gesprochen hatte. Nun verstand er auch, weshalb Seon ihn davor gewarnt hatte, nach Kajmen zu wandern. Dann waren es also Kanathener, die ihm Siréd genommen hatten. Vendhur war ihr Häuptling und Tarkin ihr Gott. Er biss die Zähne aufeinander. Siréd war sicher schon weit im Süden.

»So sieht es aus«, sagte der Alte und wischte sich ein paar Tropfen Wein aus dem Bart. »Während ich von Hafen zu Hafen segelte, eroberten die Kanathener im Norden eine Stadt nach der anderen. Jetzt bin ich im nördlichsten Hafen und harre mit den anderen Schiffern der Dinge, die da kommen sollen. Jeden Tag schauen wir aufs Meer hinaus, die Schwerter griffbereit.« Kengber beugte sich vor, hob ein Kurzschwert vom Boden auf, zog es aus der Lederscheide und legte es auf den Tisch. Der Holzgriff war abgegriffen und voller Kerben. »Ich will an Deck stehen, wenn sie kommen«, sagte der Alte. »Ich will ihnen begegnen, wie es sich für einen Krieger ziemt.«

Ulv legte das Messer weg und schob den Beutel mit dem Fleisch zu dem Alten hinüber. »Wir könnten gemeinsam fliehen. Du könntest mir den Weg nach Kajmen zeigen.«

Kengber schüttelte den Kopf. »Ich kann mein Schiff nicht verlassen. Ich habe Cernunnos um Rat gefragt, und er hat gesagt, dass meine Reise hier enden wird.«

Ulv erhob sich vom Tisch, und der Alte schob das Fleisch zu

ihm zurück. »Nimm das mit, Fremder. Und behalte die Worte im Gedächtnis, die ich dir anvertraut habe.«

Ulv klemmte den Lederbeutel mit dem Fleisch unter den Arm. Der Alte kratzte sich im Nacken und zog ein Pergament aus einem Pfeilköcher. »Ich muss noch aufschreiben, was heute gewesen ist«, murmelte er. »Das tue ich jeden Tag ...« Er nahm eine Feder und einen kleinen Krug aus einer Schublade unter der Tischplatte, tauchte die Feder in den Krug und begann, Zeichen auf das Pergament zu malen.

Ulv schaute ihm schweigend dabei zu. Der Alte hatte ihm Gastfreundschaft erwiesen, und Ulv widerstrebte es, ihn einfach dem Feind zu überlassen. Aber der Alte hob den Kopf und bedeutete ihm mit der Hand, zu verschwinden, ehe er sich wieder über das Pergament beugte. Immer mehr Zeichen flossen aus der Feder. Und wieder blickte der Graubärtige zu Ulv auf. »Geh jetzt«, sagte er. »Ich habe noch viel zu tun.«

Ulv folgte seiner Aufforderung. Er kletterte die Stiege hinauf und lief über das Deck, bückte sich unter den Tauen im Bug und sprang auf den Anleger. Der Wind hatte graue Wolken über das Land getrieben. Die Seeleute standen noch immer auf der Mole. Der Wind zerrte an ihren Haaren und bauschte ihre langen Umhänge. Sie warteten, genau wie der Alte in seinem Schiff. Ulv drehte ihnen den Rücken zu und überließ es den Seeleuten, auf den Feind zu warten, der ihr Schicksal besiegeln würde. Er lief zwischen die Häuser und folgte der menschenleeren Straße nach Osten.

Krugant in Flammen

Die Nacht hatte sich über die Festung gesenkt, und nur der Lichtschein der Fackeln flackerte über die Palisaden, die die Hütten, Pferde und schlafenden Männer umringten. Die Wachen hinter der Brustwehr standen nicht wie gewöhnlich dicht bei den Fackeln, sondern verbargen sich im Dunkel des wolkenverhangenen Nachthimmels. An diesem Abend waren keine Stimmen zu hören. Die Männer waren still. Sie spähten über das Meer nach Süden.

Im Laufe des vergangenen Tages waren die ersten Wagen über den Sklavenweg an ihnen vorbeigerollt. Krugants mächtige Familien trieben ihre Sklaven und Pferde, schwer beladen mit Essensvorräten, Wasser und Gold, nach Norden. Pferdehufe und Wagenräder wirbelten Staub auf und zogen graue Wolken hinter den hastig über die Steppe verschwindenden Gruppen her. Die Krieger hinter der Brustwehr sahen ihnen lange nach. Sie wussten, dass ihnen die Kruginer kaum Hoffnung gaben zu überleben. Die ältesten Familien Krugants verließen ihre Häuser und die Stadt ihrer Vorväter, und nur wenige Handelsfamilien nahmen sich die Zeit, an der Festung anzuhalten, um die Schatzkisten abzuladen, die zu schwer für die Reise nach Norden waren. Seon öffnete die Tore und ließ die Sklaven die Reichtümer hereintragen, ehe er den Händlern eine gute Reise wünschte und die Männer bat, die Tore wieder zu verriegeln. Die Krieger flüsterten leise, Seon plane, die Festung mitsamt dem Gold zu verlassen. Und niemand, der einen Funken Verstand im Kopf hatte, blieb hinter den Palisaden, wenn sich die gesamte Kriegsflotte Vendhurs näherte.

Doch der Tag war ohne ein Anzeichen dafür vergangen, dass Seon seine Flucht vorbereitete, und die Schatzkisten und Goldsäcke lagen gut verschlossen in der Waffenkammer. Seon selbst war mit dem Schmied, der am Morgen gekommen war, in seiner Hütte. Die Krieger sprachen darüber, die Tür des Waffenlagers aufzubrechen und mit den Satteltaschen voller Gold aus der Festung zu reiten, doch noch hatte das niemand gewagt. Und so blieben sie auf ihren Posten, und diejenigen, die frei hatten, lungerten auf dem Platz herum und warfen lange Blicke in Richtung Waffenlager.

Seon hatte die Tür einen Spaltbreit geöffnet und blickte ins

Dunkel des Abends hinaus, denn er wusste, was dort vor sich ging. Viele Jahre des Unfriedens hatten ihn gelehrt, den Männern Furcht und Respekt einzuflößen, und er glaubte, dass sie sich erst im Laufe der Nacht zur Revolte zusammenfinden würden. Und wenn es stimmte, was ihm die Händler erzählt hatten, würde es dann bereits zu spät sein.

»So kommen wir also wieder zusammen«, sagte Brage und hob den großen kupfernen Krug an. Der Schmied schob seinen Stuhl zurück, während er Seon betrachtete, der durch den Türspalt nach draußen blickte.

»Ja, das tun wir.« Seon schloss die Tür und ging langsam zurück zum Tisch. Das Talglicht flackerte in der Eisenfassung an der Wand und warf einen schwachen Lichtschein auf den kräftigen Mann, der Seons besten Trank durch seine Kehle rinnen ließ.

»Es ist viel zu viel Zeit vergangen.« Brage stellte den Krug auf den Tisch und kratzte sich im Nacken. »Wir zwei sind schon verrückt, Seon. Wir könnten Frauen und kleine Schreihälse haben, wenn wir gewollt hätten. Wir könnten am Feuer sitzen und unsere Füße auf weichen Decken ausruhen, doch stattdessen sitzen wir hier in deiner engen Hütte und warten auf die Übermacht.«

Seon setzte sich auf die Kante seines Bettes. Der Schmied legte seine schweren Fäuste um den Krug und stützte die Ellbogen auf den Tisch. Brage hatte seinen blauen Umhang gegen eine enge Lederweste getauscht, und das Licht fiel flackernd auf seine vernarbten Oberarme. Er nahm einen Schluck aus dem Krug, lehnte sich zurück und schlug die Beine übereinander. Der Stuhl knirschte unter ihm.

»Du klingst anders als sonst.« Seon blickte auf die Streitaxt, die Brage an die Wand gestellt hatte. Die blau schimmernde Klinge verriet, dass sie frisch geschmiedet war. »Die Gerüchte besagen, dass du lange dort oben im Norden gewesen bist. Hast du die Gewohnheiten der Ulverhamner angenommen?«

»Ich habe die Sprache meiner Väter nicht verlernt«, sagte Brage mit einem Lächeln und sprach plötzlich in dem harten Tonfall, den Seon aus Ber-Mar kannte. »Sie entspricht mir immer noch am besten. Aber es sind viele Winter vergangen, seit ich zum letzten Mal die schwarzen Strände von Ber-Mar gesehen habe, und so fällt es mir leichter, wie die Völker hier im Osten zu sprechen.«

»Es sind viele Jahre vergangen.« Seon heftete seinen Blick auf die grob zugehauenen Planken der Tischplatte. »Viel zu viele, neun Winter, Brage. Ich war ein junger Mann, als ich ging.«

»Da warst du nicht der Einzige.« Brage fasste sich in die Haare und streckte ihm eine der langen Strähnen entgegen. »Aber noch habe ich hier keine grauen Haare entdeckt. Auch wenn ich älter war als du, so war ich damals noch ein Jüngling. Vater sagte, ich hätte in der Schmiede noch viel zu lernen, doch ich dachte oft daran, es wie du zu machen. Es war nicht leicht, dort zu Hause, nach allem, was geschehen war. Aber ich brauchte ein paar Jahre, bis ich die Kraft hatte zu gehen, Seon. Vier lange Jahre bin ich in der Schmiede meiner Familie geblieben. Vater sagte es nie, aber ich wusste, dass ich Schande auf mich geladen hatte, da du mein bester Freund und Waffenbruder warst. So bin ich schließlich doch gegangen. Fünf Jahre sind vergangen, seit ich dem Fluss nach Osten folgte, und seither bin ich nicht mehr zu Hause gewesen.«

Seon blickte zu ihm hinüber. »Fünf Jahre, das ist eine lange Zeit. Mir ist zu Ohren gekommen, dass du im Norden warst, aber ich wusste nicht, dass du wegen der Sache mit ihr und mir gegangen bist.«

»Es schadet nicht, ihren Namen zu nennen.« Brage sah ihn unter seinen buschigen Augenbrauen finster an. »Es gab genug Menschen, die wegschauten, wenn sie vorbeiging, die sie wie Luft behandelten. Das Mindeste, was du tun kannst, ist, sie bei dem Namen zu nennen, den meine Mutter ihr gab.«

Seon ergriff seinen Krug und legte sich den Weinschlauch auf die Schulter. Er goss sich selbst ein, drückte den Korken hinein und führte den Krug an die Lippen. Brage betrachtete ihn, während er trank.

»Einsame Männer suchen oft Trost in starkem Gebräu«, sagte der Schmied, als Seon den Krug abstellte.

»Ich hoffe nicht ...« Seon rülpste und wischte sich die Mundwinkel ab. »Ich hoffe nicht, dass du gekommen bist, um mich zu verurteilen, Brage.«

»Ich verurteile niemanden.« Brage erhob sich und ging zur Tür. »Aber ich sehe, was ich sehe.«

Seon trank den Krug aus, während der Schmied durch den Türspalt starrte.

»Einen verfluchten Haufen hast du da draußen«, sagte Brage grinsend. »Sie geifern nach den Schatzkisten, die die Kruginer hereingetragen haben. Vorne an der Scheune stehen drei Männer. Gedrungene Gestalten. Sie sehen wie Tuurer aus, finde ich.«

»Du bist wohl kaum jemals Tuurern begegnet, Brage.« Seon füllte die Krüge noch einmal und nahm dann einen Schluck aus dem seinen.

Brage murmelte eine unverständliche Antwort.

»Ich werde sie schon zähmen.« Seon nahm einen weiteren kräftigen Schluck, stellte den Krug aber rasch weg, als Brage sich umdrehte.

Der Schmied ließ sich auf den Stuhl fallen, sah ihn an und schüttelte den Kopf.

»Heute Nacht.« Seon schluckte und blickte auf die Rüstung und die Waffen, die er neben sich aufs Bett gelegt hatte. »Heute Nacht werden sie kommen. Vielleicht bei Tagesanbruch.«

»Sollen sie doch.« Brage verschränkte die Arme vor seinem Bauch. »Ein vernünftiger Mann würde fliehen, Seon. Sei gewiss, dass ich nur deshalb hier bleibe, weil du mein alter Freund bist. Aber ich erinnere mich an alles, was geschehen ist, und glaube zu wissen, warum du hier bleiben willst.«

Seon blickte in seinen Krug. »Du bist Schmied, Brage. Ich bin der Krieger. Woher willst du wissen, welche Pläne ich habe?«

Brage beugte sich zu ihm vor und sah ihm in die Augen. »Um so etwas kümmere ich mich nicht. Aber du bist aus Ber-Mar geflohen, Seon. Und ich glaube, dass du hier in der Festung bleibst, weil du einfach nicht noch einmal weglaufen kannst. Wer weiß, was dich dort draußen erwartet? Es gibt mehr im Leben als Unfrieden und Kampf, Seon. Es gibt fremde Länder, gastfreundliche Steppenvölker und Reichtümer für jeden, der sie zu suchen wagt. Es gibt Frauen dort draußen, Seon. Hast du vollkommen vergessen, wie du warst, als wir uns begegnet sind? Wir hatten Hoffnung, Seon! Wir wagten es, nach dem Glück zu suchen!«

Seon sah ihn nicht an. Er legte seine Hand auf die Ringbrünne und strich über die dichten Eisenringe. Brage war voller Worte und Fragen, doch dafür war jetzt nicht die Zeit. Sie mussten an die bevorstehende Schlacht denken. Er hatte noch immer nicht entschieden, was er tun wollte, wenn die Kanathener mit brennenden Pfeilen angriffen. Er hatte noch nie aus einem Holzfort heraus gekämpft.

Da klopfte es an der Tür. Brage erhob sich und griff nach der Axt. Seon zog das Schwert aus der Scheide und stellte sich neben die Tür, ehe er sie mit der Schwertspitze aufschob. Doch es stürmte niemand herein, und es klatschten auch keine Pfeile in die Wand. Seon blickte durch die Tür. Es war Vierfinger, der dort stand. Er fasste sich an den grauen Bart, glotzte auf das Schwert und starrte dann Seon an.

»Das Tor«, stammelte er. »Da steht eine Gruppe … Die Letzten, glaube ich. Sie haben sicher ein paar Kisten, auf die wir aufpassen sollen. Soll ich …« Er streckte die Hand nach Süden aus. »Soll ich die Männer bitten, das Tor zu öffnen?«

Seon ging wieder in die Hütte. Er schob das Schwert in die Scheide und befestigte diese am Gürtel. Brage folgte ihm, als er hinausging. Vierfinger hastete vor ihnen her zum Tor, während er nach Süden in den Nachthimmel deutete und ihnen seine Sorgen kundtat. Der Wind nahm zu und drohte, die Fackeln auszublasen, und die Männer fragten sich, wann die Kanathener wohl kommen würden. Sie wollten mehr Pfeile und hatten Vierfinger gefragt, ob er die Waffenkammer nicht öffnen könne. Doch das konnte er nicht, ohne Seon zu fragen, denn Seon war der Herr der Festung. Vierfinger fürchtete, dass es die gedungenen Krieger aus Tuur nur auf das Gold abgesehen hatten, doch er wollte sie nicht vorschnell verdächtigen. Seon blieb still, während sie an den Männern vorbeigingen, die aus ihren Schlafmulden an den hohen Palisadenwänden zu ihnen emporblinzelten. Brage schwankte mit schweren, bedrohlichen Schritten, die Streitaxt in der Hand, hinter ihnen her. Die Männer murmelten und gestikulierten, doch Seon kümmerte sich nicht darum. Er kletterte die Leiter zur Brustwehr empor, von wo aus er das Gefolge sehen konnte, das vor dem Tor wartete. Es war ein Händler mit seinen Leuten, der zu der Festung gekommen war. Seon erkannte den dicken Gerber wieder, der ihm zuwinkte, doch es waren weit mehr Menschen als nur der Gerber und seine Familie. Mindestens zwanzig Frauen, Männer und Kinder standen um den Wagen herum. Die meisten von ihnen trugen die schmutzig weißen Umhänge und Decken, die die Armen in Krugant kennzeichneten. Seon nahm die Fackel aus der nächsten Halterung und leuchtete zu ihnen nach unten. Eine der Frauen hinter dem Wagen schob sich das Tuch von den Haaren und blickte zu ihm empor. Sie strich sich die schwarzen Haare aus dem Gesicht, und er erkannte sie. Das war die Frau, die er nachts auf dem Lagerboden traf.

»Wir sind die Letzten!« Der Gerber ließ die Zügel fallen und richtete sich auf dem Bock auf. »Jetzt ist niemand mehr in der Stadt. Nur ein paar Seeleute, aber die wollen ihre Schiffe nicht verlassen. Dann müssen sie dort auf den Tod warten!«

Seon nickte. Der Gerber schnippte mit den Fingern, und ein paar der Männer hoben einen ledernen Sack und eine kleine Holzkiste aus dem Wagen. »Der zehnte Teil davon gehört dir, wenn die Sachen noch hier sind, wenn wir zurückkommen!« Die Männer stellten die Schätze vor das Tor und gingen zurück zu den Pferden. Der Gerber setzte sich wieder und ergriff die Zügel. »Wir ziehen zur Pforte Kargaths, um Handel zu treiben. In der Stadt gibt es jetzt weder Gold noch Fleisch. Wir haben alles geschlachtet und den Brunnen mit Steinen gefüllt. Vendhur wird nichts finden; vielleicht verlässt er die Stadt dann ja wieder und geht zurück nach Süden.«

»Rechne nicht damit.« Seon gab die Fackel an die Wache zurück. »Er ist ein mächtiger Feind. Vielleicht müsst ihr den ganzen Winter und noch das kommende Frühjahr an der Pforte Kargaths verbringen.«

»Dann soll es so sein!« Der Gerber schlug mit den Zügeln, und die Pferde zogen den Wagen davon. Die Reiter folgten, und die Armen beeilten sich, nicht den Anschluss zu verlieren. Die Frau mit den schwarzen Haaren blieb stehen, als hoffte sie, in die Festung gerufen zu werden. Doch Seon sah nur auf sie herab, so dass auch sie sich schließlich umdrehte und hinter den anderen herhastete.

»Wer war das?«, fragte Brage, als das Gefolge in der Nacht verschwand. Der Schmied stand neben ihm und blinzelte ins Dunkel.

»Ich weiß es nicht.« Seon rieb sich den Nacken und ging langsam auf die Leiter zu. »Eine der Armen. Es gibt so viele davon.«

Er kletterte auf den Platz hinunter und forderte Vierfinger auf, das Tor zu öffnen und das Gold des Gerbers hereinzutragen. Dann ging er wieder auf die Hütten zu. Er hatte die Schlüssel zu allen Hütten an seinem Gürtel, wählte einen davon aus, schloss die Waffenkammer auf und begann, Bündel von Pfeilen hinauszutragen. Brage half ihm, während Vierfinger mit dem Ledersack auf dem Rücken über den Festungsplatz schwankte. Zwei Kelser, die Seon ins Burgheer berufen hatten, kamen hinzu. Sie gehörten zu den wenigen Kriegern, denen Seon vertraute, und während die Tuurer, die Kajmener, die Kruginer und die Söhne der Nomaden um sie herumstanden und ihnen zusahen, trugen Seon, Brage, Vierfinger und die zwei Kelser alle Waffen hinaus. Sie legten die Bögen auf einen Haufen, reihten die Schwerter auf und stachen die Speere in den Boden. Die Kelser trugen den Sack und die Kiste ins Waffenlager, und Seon verschloss die Tür. Er bat Vierfinger, dafür zu sorgen, dass die Waffen an die Männer verteilt wurden, und ging selbst wieder zu seiner Hütte.

Brage schritt schweigend an den Verschlägen vorbei, doch als sie in die Hütte kamen und Seon die Tür hinter ihnen schloss, warf er die Axt auf den Tisch und schüttelte den Kopf.

»Es ist genau so, wie ich befürchtet habe«, sagte er, als sich Seon auf die Bettkante setzte und ihre Krüge füllte. »Glaubst du etwa, ich sehe nicht, was mit dir geschehen ist? Ich habe die Sehnsucht gesehen, die du diesem Mädchen gegenüber verspürst. Sie liebt dich, aber du hast keine Miene verzogen, als sie ging. Du bist ein harter Mann, Seon. Und ich weiß nicht, ob mir das gefällt.«

»Und wenn schon.« Seon nahm einen kräftigen Schluck. »Ich zwinge dich nicht, hier zu bleiben. Noch hast du Zeit zu gehen. Du wusstest, was hier im Süden passieren wird, Brage. Du hättest nicht kommen brauchen.«

»Das bin ich aber. Als der Bote erklärte, wer nach mir geschickt hatte, wusste ich, dass die Zeit gekommen war, nach Süden zu ziehen. Furcht ist mir nicht unbekannt, Seon. Aber ich habe unsere Freundschaft nicht vergessen.«

Der Schmied legte seine kräftigen Unterarme auf den Tisch und beugte sich zu Seon vor. »Ich hätte durchaus dort oben im Norden bleiben können, denn der Bote sprach auch von Vendhurs Heer. Aber ich bin gekommen, um an deiner Seite zu kämpfen, Seon. Ich habe viel darüber nachgedacht, als der Ochsenkarren über die Ebene rollte. Ich dachte, dass für jeden einmal die Zeit kommt, da er nicht mehr weglaufen kann. Vielleicht bin auch ich geflohen, als ich von Ber-Mar fortging. Fünf Jahre sind eine viel zu lange Zeit. Jetzt ist es an der Zeit, nach Hause zu gehen. Und so bin ich gekommen, um herauszufinden, ob du noch immer so mutig bist wie in deiner Jugend. Und sollte das der Fall sein, möchte ich dich bitten, mit mir zurück nach Ber-Mar zu gehen.«

Seon stützte die Ellbogen auf der Tischplatte auf und fasste sich an die Stirn. Brage starrte ihn mit seinen braunen Augen an. Sie brannten wie glühende Kohlen und riefen in Seon Erinnerungen an eine andere Zeit wach, eine Zeit, in der ihn ein anderer Schmied so angestarrt hatte. Damals war es Karr gewesen, der ihn mit seinem Blick gefangen hatte. Karr, der Meisterschmied, der Vater von Brage und Mian, war ein mächtiger Mann in Ber-Mar gewesen. Er stand in seiner Schmiede an der Talflanke, ein breitschultriger Mann mit grau melierten Haaren. »So, du bist also Seon«, brummte er und ließ den Hammer auf dem Amboss ruhen. »Meine Tochter hat viel von dir erzählt. Und Brage prahlt mit dir und behauptet, du hättest bei der Schlacht im Westwald mit der Kraft vieler Männer gekämpft. Das ist gut für einen Mann, den die Sonne derart schwarz verbrannt hat.«

Seon lächelte und trat näher. Goldenes Laub lag auf dem Boden, und der Wind rauschte in den Bäumen, die den Hofplatz säumten. Er reichte dem Schmied seine rechte Hand, und Karr drückte sie. »Ich bin weit gereist, um eine Frau wie deine Tochter zu finden«, sagte Seon. »Sie ist sehr schön. Ich hoffe, ich kann dir beweisen, dass ich ihrer wert bin.« Der Schmied reagierte kaum auf diese Worte, sondern beugte sich über das Schwerteisen und begann wieder zu hämmern. Brage stand hinten am Blasebalg, ebenso verschwitzt und kräftig wie sein Vater. Er lächelte und nickte in Richtung Weg. Das war das verabredete Zeichen. Karr war kein Mann vieler Worte, und jetzt hatte er genug geredet. Und so grüßte Seon den Meisterschmied zum Abschied und ging wieder hinunter in die Stadt.

»Ich sehe, dass du dich erinnerst.« Brage deutete von der anderen Seite des Tisches auf ihn. »Du erinnerst dich an sie. An Mian, meine Schwester. Ich sehe es in deinen Augen.«

»Ich habe nie etwas anderes behauptet.« Seon stand auf und nahm den Kelserhelm von dem kleinen Bord an der Nordwand der Hütte. Er strich den Staub von dem rußigen Eisen und legte den Helm auf die Ringbrünne. Brage folgte ihm mit den Augen, und als Seon sich nach vorne beugte, um noch einen Schluck zu trinken, nahm ihm Brage den Krug weg.

»Ein betrunkener Mann ist ein schlechter Kämpfer.« Brage stellte den Krug auf den Boden und nickte in Richtung Bett. »Setz dich, Waffenbruder. Ich will hören, was du in all den Jahren getan hast.«

Seon setzte sich auf die Bettkante. Er verschränkte die Arme vor der Brust, denn jetzt, da ihm Brage den Krug weggenommen hatte, wusste er plötzlich nicht mehr, was er mit seinen Händen machen sollte. »Ich habe nicht viel getan«, sagte er. »Bin im Grunde nur von Burg zu Burg gezogen. Habe in ein paar Schlachten gekämpft, ein paar Narben bekommen und etwas Gold verdient. Wer hier an der Küste mit einem Schwert umzugehen weiß, kann sich leicht ein paar Münzen verdienen, doch die Händler fordern das meiste für Essen und Wein zurück. Ich bin hier oben im Norden ein paar Mal über das Meer gesegelt. Sonst gibt es nicht viel zu erzählen. Aber du bist doch auch weit herumgekommen, wenn die Gerüchte stimmen. Es war die Rede von einem Schmied an der Pforte Kargaths, dessen Schwerter härter waren als alle anderen. Warst du das?«

Brage strich sich über den Bart. Seon kannte diese Angewohnheit noch aus den Jahren, in denen sie wie Brüder waren. Er bemerkte, dass Brage Falten auf der Stirn bekommen hatte. Die Jahre hatten ihn seinem Vater noch ähnlicher werden lassen.

»Ich habe das Geheimnis niemandem verraten«, brummte der Schmied. »Und sicher nicht den gierigen Händlern in Kargath. Ich mische den Kohlenstaub immer nur dann hinein, wenn ich allein bin. Vater hat mich darum gebeten. Die anderen Völker müssen nicht wissen, wie wir das machen. Nur die oben in den Bergen kennen unser Geheimnis, aber die sehen wir nur selten.«

»Du warst also an der Pforte Kargaths«, sagte Seon mit einem Lächeln. »Das ist weit weg von Ber-Mar.«

»Ich war bis oben am Alvarsee«, sagte Brage. »Aber die letzten Jahre habe ich in Ulverham verbracht. Das sind rechtschaffene Leute dort oben in Ulverham. Fast wie wir in Ber-Mar.«

»Dann werde ich dort nicht hingehen.« Seon nahm den Helm und blickte durch die Augenlöcher der Gesichtsmaske. Wenn er den Kelserhelm aufsetzte, konnte niemand sehen, dass seine Haut schwarz war. Vielleicht hatte ihm der König von Kels deshalb diesen Helm gegeben.

Brage beugte sich wieder zu ihm vor. Er legte seine Hand auf

Seons Unterarm, doch dieser blickte nicht auf. »Es ist lange her«, flüsterte Brage. »Begrabe deinen Groll. Die Ber-Marer sind auch nur Menschen. Sie hatten niemals zuvor einen Mann wie dich gesehen. Wenn sie dich sahen, sahen sie nicht den Mann, den Mian liebte. Sie sahen einen Mann mit schwarzer Haut. Sie bekamen Angst, Seon. Doch sie versuchten, ihre Angst zu verbergen, denn Vater sprach gut über dich.«

»Ja, dein Vater sprach gut über mich und machte viele Worte.« Seon blickte auf seine dunklen Handrücken hinab.

»Er konnte nicht wissen, dass die Menschen ihn missverstehen würden.« Brage legte seine Hand auf den Helm, so dass Seon aufblickte. »Vater hat nicht darüber nachgedacht. Er dachte, sie würden mit dem Gerede aufhören, wenn sie erfuhren, dass deine Mutter ebenso weiß war wie wir. Er dachte, sie würden dich dann als den Mann sehen, der du bist, und nicht …«

»Als Krieger Tarkins.« Seon zog die Lippen zurück und riss den Helm an sich. »Die Gelehrten suchten ihre Pergamente heraus, Brage. Sie lasen in den ältesten Versen von den Schwarzen im Süden, Tarkins Meuchelmördern, Menschen wie meinem Vater. Die Legenden verurteilten mich. Die Ahnen unserer Vorväter sprachen durch die vermoderten Pergamente miteinander und machten mich zum Feind. Aber warte nur, Brage. Warte nur, bis Vendhurs Krieger die Festung umstellt haben. Dann wirst du sehen, wie ich die Männer töte, die so schwarz sind wie ich. Du wirst mich kämpfen sehen. Und bete für mich, dass es ihnen nicht gelingt, mich zu fangen, denn ein Verräter wie ich wird keinen schnellen Tod sterben!«

Brage betrachtete ihn mit gerunzelter Stirn. »Ich habe nie daran gezweifelt«, sagte er. »Weder ich noch Vater. Wir baten dich zu bleiben, Seon. Für Mian. Für uns alle.«

Seon legte den Helm wieder auf das Bett. Die Wut wich von ihm, denn er wusste, dass Brages Worte stimmten. Brage war ein kluger Mann. Das war er immer gewesen.

»Du hast Recht. Deine Familie hat mich mit Gastfreundschaft

aufgenommen.« Er betrachtete den großen Schmied. »Wie geht es ihnen, hast du etwas von deinem Vater gehört?«

Brage schüttelte den Kopf. »Ich habe seit mehr als drei Jahren keine Neuigkeiten mehr aus Ber-Mar bekommen. Aber es ist auch ein weiter Weg für einen Boten von Ber-Mar nach Ulverham. Vater war alt, als ich ging. Ich hoffe nur, dass er noch lebt.«

»Dann hast du auch nichts von Mian gehört.« Seon betrachtete seine Handflächen und kratzte an den groben Schwielen. »Du weißt nicht, ob sie einen anderen gefunden hat? Aber das hat sie bestimmt. Eine Frau wie sie bleibt nicht lange allein. Es ist vielleicht besser, wenn du ohne mich zurückkehrst. Vielleicht ist sie jetzt glücklich. Ich will nicht kommen und …«

»Unsinn!« Brage schlug mit der Faust auf den Tisch. »Das ist das Geschwätz eines Feiglings. Sie hat tagelang geweint, nachdem du gegangen warst, Seon, und mir gesagt, dass sie nie einen anderen Mann lieben wird als dich. Sie wollte warten, sagte sie. Sie tat mir Leid, und so sagte ich, dass ich gehen und dich holen würde. Vielleicht verstehst du jetzt auch, warum ich fünf lange Jahre fort war. Ich konnte nicht ohne dich zurückkehren, Seon. Und es dauerte Winter und Sommer, bis ich erfuhr, wo du warst.«

Das Dach der Hütte knirschte. Seon blickte zu den grob behauenen Planken empor. Der Wind heulte zwischen den Wänden der Blockhütten.

»Es ist Herbst«, sagte Brage und streckte sich nach seinem Umhang aus. »Es wird jeden Tag kälter. Wir sollten so schnell wie möglich aufbrechen, um Ber-Mar zu erreichen, ehe der erste Schnee fällt.«

Seon antwortete nicht. Er stand auf, ging zur Tür und sah nach draußen. Die Fackeln auf der Brustwehr der Festung waren erloschen, und die Männer liefen auf dem Festungshof herum. Sie sammelten sich zum Aufstand, getrieben von Geldgier und der Angst vor den Lanzen der Kanathener. Gegen die Gier konnte er nichts ausrichten, doch es lag in seiner Macht, sie dazu zu bringen, ihn mehr zu fürchten als die Krieger Vendhurs. Brage erhob sich, und der Boden knirschte unter seinem schweren Körper. Der Schmied würde schon wissen, was zu tun war, denn in ihrer Jugend waren sie weit herumgekommen und hatten in verschiedenen Heeren im Süden und Osten gedient. Brage war älter als Seon, doch als sie sich zum ersten Mal trafen, war es Seon gewesen, der ihm gezeigt hatte, wie man auf den Steppen und in den Schwarzen Bergen überlebte. Der Sohn des Schmiedes hatte gerade seine Lehre beendet, er war auf den Wanderjahren, wie es die Ber-Marer nannten. Er war wie ein Kind mit dem Körper eines Riesen gewesen, doch dieses Kind war bald einem Mann mit großem Mut und wenig Gnade gewichen. Brage war berüchtigt, und die Klane gaben ihnen viel Gold, damit sie in den bevorstehenden Schlachten an ihrer Seite kämpften.

Die Krieger näherten sich dem Waffenlager. Sie hatten Schwerter an den Gürteln, Speere in den Händen und Bögen über den Schultern, denn Vierfinger hatte die Waffen ausgeteilt. Seon zählte drei mal zehn Männer, doch im Schutz der Wände warteten sicher noch mehr. Sie waren nie verlässlich gewesen; es war das Gold, das die Stadt bezahlte, das sie bleiben ließ. Auch waren sie ihm nicht ergeben, wie es die Nomaden gegenüber ihren Häuptlingen waren. Doch so war es überall gewesen. Die Menschen misstrauten ihm, sie sahen seine dunkle Haut und fragten sich, was für ein Mensch er war. In den ersten Jahren hatte er noch von seiner Mutter aus dem stolzen Mansar und seinem Vater erzählt, der aus einer anderen Welt, von der anderen Seite des Meeres im Süden stammte. Doch niemand hatte so etwas glauben wollen, und schnell hatte er begriffen, dass er auf andere Weise zeigen musste, wer er war. Und so tötete er für sie. Ein Zweikampf für den König, ein Pfeilschuss von der Burgmauer; der erste Tote überzeugte sowohl Burgherren als auch Häuptlinge und Könige. Er verkaufte seine Loyalität für Gold und Wein. Er war ein gedungener Krieger, ein Mann ohne Heimat, ein Krieger vieler Reiche.

»Sie kommen näher«, murmelte Brage. »Der große Mann dort vorne hat eine Axt.«

Seon nickte. »Sie wollen das Waffenlager aufbrechen. Sie glauben nicht, dass ich sie hindern werde, weil sie in der Überzahl sind.«

»Brauchst du Hilfe?« Brage packte seine Schulter.

Seon legte seine Hand auf den Griff des Schwertes, trat nach draußen, deutete auf die Männer und zog sein Schwert, wobei er schnell auf sie zuging. »Zurück auf eure Wachposten! Ich will Ruhe in der Festung! Wartet meine Befehle ab!«

Ein paar der Männer schlichen sich weg, doch der Rest blieb stehen. Seon erkannte einige von ihnen. Es waren die Tuurer, die bei seiner Ankunft bereits hier gewesen waren, und einige der Kretter, die auf den Handelsschiffen abgemustert hatten, als sie hörten, dass in der Festung Gold zu verdienen sei.

Der große Mann hob seine Axt und brummte etwas auf Tuurisch. Er trug das typische weiße Gewand seines Volkes, und sein kahler Schädel verriet, dass er von einem Klan an der Küste stammte. Seon verstand nur wenig von dieser Sprache, doch er wusste, was der Mann meinte. Der Tuurer wollte seinen Teil vom Gold, ehe die Kanathener kamen.

»Leg die Axt weg!«, sagte Seon und richtete das Schwert auf ihn.

Der Tuurer spuckte zu Boden und sah ihn mit weit aufgerissenen Augen an. Auf seiner Stirn stand Schweiß, und seine Hände klammerten sich zitternd um den Griff der Axt. Seon wartete, bis er drei Schritte von ihm entfernt war, ehe er stehen blieb und dem Tuurer in die Augen starrte. Dann wandte er den Blick langsam zur Seite.

Die Axt schnitt sich durchs Dunkel. Seon riss sein Schwert nach oben und traf den Kopf der Axt, doch es gelang ihm nicht, den Schwung vollständig abzufedern. Die Axt traf ihn mit der flachen Seite am Kopf, und er taumelte ein paar Schritt zurück und verlor das Schwert aus den Händen. Der Tuurer beugte sich nach unten, um die Waffe aufzuheben, doch er hatte getrunken und war unsicher auf den Beinen. Da zog Brage Seon zurück. Der Schmied schlug dem Tuurer die Faust ins Gesicht, so dass dieser nach hinten stürzte und mit blutverschmiertem Mund liegen blieb. Die Männer traten einen Schritt zurück.

»Hat sonst noch jemand etwas zu sagen?« Brage drohte ihnen mit der Faust. Die Männer standen stumm und gebannt vor Schreck vor ihm. Seon hob sein Schwert auf und fasste sich an den Kopf. Als er bemerkte, dass er nicht blutete, stieß er sein Schwert in die Scheide und ging zu dem am Boden liegenden Tuurer. Er trat ihm gegen den Kopf und in den Bauch, bis er um Gnade winselte. Dann spuckte Seon ihm ins Gesicht und ließ ihn davonkriechen. Schließlich wandte er sich wieder an die anderen Männer. »Geht auf eure Posten!« Er trat zum letzten Mal nach dem am Boden liegenden Mann und zog sein Schwert.

Die Männer starrten ihn an, als Seon ihnen mit dem Schwert drohte. »Verfluchtes Pack, tut, was ich euch sage!« Er wandte sich an Vierfinger und zog den alten Mann am Kragen zu sich. »Achte darauf, dass die Tuurer heute Nacht hinter der Brustwehr Wache halten. Lösch die restlichen Fackeln, und sieh zu, dass alle leise sind. Jeder Mann braucht einen Köcher Pfeile, einen Speer und ein Schwert. Ich will dreißig Mann hinter der südlichen Brustwehr und fünf auf jeder der anderen Seiten. Und jeder soll ein paar große Steine mit nach oben hinter die Palisaden nehmen. Ihr anderen nehmt die Felle und Häute und legt sie auf die Dächer der Verschläge und Hütten. Gießt Wasser in das Heu der Pferde.«

Die Männer senkten die Blicke. Seon drehte ihnen den Rücken zu und ging wieder zur Hütte zurück. Brage blieb stehen, bis Vierfinger begann, die Wachen einzuteilen. Der Alte beorderte alle auf den Burgplatz, um Steine auszugraben, und bald waren die Männer damit beschäftigt, Häute auf den Dächern auszubreiten und Pfeilköcher an ihre Gürtel zu binden. Brage schwankte zurück zur Hütte. Seon hatte die Tür offen gelassen. Der Schmied warf einen Blick nach oben, ehe er hineinging. Der Himmel war schwarz, wie er es nur in einer Herbstnacht sein konnte, und die hastig dahintreibenden Wolken verbargen die Sterne. Die Männer löschten die letzten Fackeln, und bald war die Festung nur noch ein Schatten in der Nacht.

Der Strand schien in der Dunkelheit kein Ende zu nehmen. In immer neuen Windungen erstreckte er sich zwischen der graswachsenen Ebene und den Wellen und war an manchen Stellen breit wie ein Pfeilschuss, an anderen Orten aber so schmal, dass die Wellen über seine Füße spülten. Ein steiler, sandiger Hang führte zum Rand des unterspülten Ufers empor, das wie ein Dach aus trockenem Gras und Torf über ihm hing. Ulv stemmte sich beim Gehen gegen die Böen. Er hatte versucht, über die Ebene voranzukommen, hatte aber unter dem sternenlosen Nachthimmel schnell die Orientierung verloren. Dann war er dem Geräusch der Wellen gefolgt, hatte den Strand wieder gefunden und war ihm in östlicher Richtung gefolgt. Die Stadt lag jetzt verborgen im Dunkeln hinter ihm. Die Seeleute hatten ihre Fackeln gelöscht, wenn sie der Wind nicht ausgeblasen hatte. Alles, was er vom Hafen erkennen konnte, waren die Wellen, die gegen die Mole schlugen. Das Meer war wie aus einem Dämmerschlaf erwacht und peitschte jetzt Schaum und spitze Wellen voran. Der Wind kam aus Süden, und der Nebel, der über dem Wasser gelegen hatte, war fortgeblasen worden. Er sah dort draußen nichts als Wellen und konnte nicht verstehen, wie ein Schiff dieses Unwetter überstehen konnte.

Am Ostende der Stadt hatte er die leeren Häuser nach Waffen und Nahrung durchsucht, denn er wusste nicht, wie lange es dauern würde, bis er wieder Wild jagen konnte. Der Tag war vergangen, während er verzweifelt den Spuren der Pferdehufe auf den lehmigen Pfaden gefolgt war. Doch er hatte kein Pferd gefunden, und als er endlich aus der Stadt kam, war es bereits Abend. Lediglich den abgenutzten wollenen Umhang, den er jetzt trug, und einen Wasserschlauch hatte er gefunden. Seine Füße gruben sich bei jedem Schritt in den losen Sand, doch der Strand zeichnete einen Pfad in die Nacht. Er wollte ihm folgen, bis es hell wurde, und dann auf die Ebene emporsteigen.

Ulv sprang über einen Bach, der den Strand kreuzte. Der Wind riss die Schaumkronen von den Wellen und spritzte Meerwasser über ihn. Es schmeckte seltsam salzig, fast wie Blut. Das Meer ängstigte ihn mit seinem Brodeln und Wüten. Es hatte sich im Laufe der Nacht vollkommen verändert, und jetzt zeichnete der Wind verzerrte Gesichter in die Wellen. Er wandte sich vom Wasser ab und blickte nach Osten über den Strand, konnte dort aber kaum etwas erkennen. Er zog den Riemen des Wasserschlauches enger um seine Schulter und blinzelte, als ihm der Wind Wasser in die Augen warf.

Da bemerkte er es. Ein schwarzer Flügel, groß wie eine Lichtung in einem Wald. Er kam aus der Nacht, getragen von einem Schiff gleich dem, das er in der Stadt gesehen hatte. Der Flügel zitterte im Wind, als das Schiff über die Wellen rauschte. Am Bugsteven erkannte er den aufgerissenen Rachen eines Tieres. Es waren Männer an Deck, viele Männer. Sie hielten sich an langen Tauen fest und schwankten im Gleichklang mit dem Meer.

Ulv wich an den Rand der Ebene zurück. Dort draußen waren viele Schiffe. Die schwarzen Flügel zitterten und flatterten, wenn sich die Schiffsrümpfe im Wasser von einer Seite auf die andere warfen. Sie waren zahlreich wie die Schwalbenschwärme im Herbst.

Die Furcht trieb ihn weiter. Er rannte durch den Sand, während die Wellen über seine Füße spülten. Er stolperte, rappelte sich wieder auf und hastete weiter. Überall auf dem Meer waren Schiffe, doch in Ulvs Augen waren sie Drachen, die von Tarkin, dem fremden Gott, nach Norden gesandt worden waren. Es musste ein Gott sein, dachte er, denn kein Mensch konnte so mächtig sein, derartige Geschöpfe zu dirigieren.

Er drückte sich an die sandige Böschung und begann schließlich, den steilen Hang zur Ebene emporzuklettern. Bis zu den Graswurzeln waren es gut zwei Mannslängen, doch er krabbelte nach oben und griff nach den trockenen Steppengrasbulten. Die Seeleute im Hafen waren verloren. Niemand konnte eine Schlacht gegen so viele Krieger gewinnen. Er musste fliehen und sich in der Nacht verbergen.

Da rutschte der Sand unter seinen Füßen weg. Ulv griff nach einem Grasbüschel, doch der ganze Bult löste sich und fiel auf ihn, so dass er mit Sand in den Augen nach hinten stürzte. Dann spürte er einen Stoß an seinem Hinterkopf. Ulv versuchte aufzustehen. Sein Kopf und sein Nacken schmerzten, und er sah nichts als Dunkel. Er hörte die Wellen, die auf den Strand spülten, doch da war auch noch ein anderer Laut, und zwar jener, der ihn aus den Tälern in das Dorf gebracht hatte, in dem er die Zweikämpfe hatte ausfechten müssen. Ruderschläge, er erinnerte sich. Das Platschen im Wasser stammte von vielen Rudern, die sich näherten.

Er rappelte sich aus dem Sand auf und rieb sich die Augen. Ein riesenhafter, schwarzer Flügel glitt aus der Nacht. Der Flügel drehte sich, flatterte und faltete sich zusammen. Jetzt erkannte er auch den Kopf des Drachen, der sich auf einem langen Hals erhob. Der breite Bug knirschte über den Sand. Taue wurden über die Reling geworfen, und mit Leder und rußigen Metallplatten gekleidete Männer ließen sich herab. Sie wateten an Land, während die Wellen ihre Beine umspülten. Es war mindestens ein Dutzend, und weiter im Osten waren noch mehr Schiffe auf dem Strand aufgelaufen. Der Rest der Schiffe segelte weiter auf die Stadt zu. Vielleicht sollten diese Krieger hier ein Lager aufschlagen oder mit versteckten Einheiten die Stadt umzingeln. Wie auch immer, sie hatten ihn umringt, und er musste fliehen, ehe sie ihn bemerkten. Er fasste sich an den Kopf und betastete die Wunde, während er zurück nach Norden taumelte. Die Krieger riefen und schrien, doch als er sich umdrehte, um sich zu vergewissern, ob sie ihn nicht bemerkt hatten, sah er, dass sie breite Landgänge auf den Strand zogen. Die Schiffe sahen nicht wie die aus, die er im Hafen gesehen hatte. Diese waren breiter und höher und hatten zwei Ruderreihen, und nicht einmal den Wellen gelang es, sie jetzt, da sie auf dem Strand lagen, zu bewegen. Die Krieger begannen, Pferde über die Landgänge nach unten zu führen.

Ulv hatte den Bachlauf erreicht und folgte dem Einschnitt, den das Wasser in den Sand gegraben hatte. Er krabbelte durch den Bach, bis er sich schließlich oben auf der sandigen Böschung aufrichten konnte. Von hier aus konnte er die Schiffe besser sehen. Es waren nicht mehr, als er Finger an einer Hand hatte, aber auf dem Strand wimmelte es bereits von Menschen. Einige von ihnen erklommen mit Seilen in der Hand die Böschung, und ganz hinten, bei dem am weitesten entfernten Schiff, war es ihnen bereits gelungen, das erste Pferd nach oben auf die Ebene zu bekommen. Er duckte sich, doch zu spät, einer der Krieger am vordersten Schiff hatte ihn entdeckt. Er zeigte auf ihn und rief den anderen etwas zu. Die dunklen Gesichter wandten sich ihm zu, und Eisen blinkte auf, als sie ihre Schwerter zückten. Der Mann, der auf ihn gezeigt hatte, nahm den Bogen von der Schulter und legte einen Pfeil an die Sehne.

Der Pfeil schnitt sich durch die Dunkelheit. Ulv sah ihn nicht, doch er hörte den zischenden Laut, als er zur Seite sprang und die Flucht ergriff. Rufe erschallten am Strand. Die Krieger rannten am Wasser entlang und schossen auf ihn, während er sich den Umhang überwarf und über das dunkle Grasland rannte. Er hörte die Eisenschnäbel durch die Dunkelheit fauchen und das Getrappel der Hufe hinter sich. Ein Reiter verfolgte ihn. Er warf einen Blick über die Schulter. Der Krieger hielt einen Kampfspeer in der einen und eine kurze Lanze in der anderen Hand, während er dem Pferd die Sporen gab.

Der Schmerz brannte in seinem Kopf, als er davonrannte. Er blinzelte und versuchte, sich das Blut aus den Augen zu wischen. Überall um ihn herum war es dunkel. Er spürte den Boden unter den Füßen und hörte die Wellen, den Wind und das Trommeln der immer näher kommenden Hufschläge. Als er sich umdrehte, hatte der Reiter die Lanze nach vorn gestreckt. Der schwarze Mann brüllte. Er war kaum einen Steinwurf entfernt.

Da wandte Ulv sich wieder zum Strand. Die Wellen waren hoch und brachen sich weiß. Er wusste nicht, warum er die Richtung änderte, doch der Strand schien ihm ein besserer Ort zum Sterben als die öde Steppe. Der Reiter holte ihn ein, er konnte das Pferd jetzt schnaufen hören. Er sah sich um. Der Reiter krümmte den Arm und fletschte die Zähne, und das Wiehern des Pferdes übertönte das Trommeln der Hufe.

Ein Stoß drang durch seinen Schenkel, und von Schmerzen gepackt stürzte Ulv zu Boden. Er spürte einen gewaltigen Schlag gegen den Arm, als das Pferd an ihm vorbeigaloppierte. Dann wälzte er sich auf die Seite, schnappte nach Luft und fasste sich ans Bein. Der Lanzenschaft steckte hinten in seinem Oberschenkel, doch die Spitze ragte eine Handbreit über Ulvs Knie auf der Vorderseite heraus. Er stützte sich auf den Ellbogen und versuchte, weiter Richtung Steppe zu kriechen. Die Krieger waren jetzt unmittelbar unter ihm, er konnte ihre Stimmen hören. Der Reiter wendete sein Pferd und kam im Schritt auf ihn zu. Ulv packte die Lanze und versuchte, sie herauszuziehen, doch der Schmerz lähmte ihn. Er erbrach sich ins Gras und schleppte sich weiter. Das Pferd ging jetzt neben ihm her, und er erahnte den Krieger im Sattel. Dann waren die Schritte von Stiefeln zu hören, Männer kletterten die Böschung empor und umringten ihn.

Ulv legte die Arme schützend über den Kopf. Die schwarzen Krieger stachen ihn mit ihren Lanzen und krummen Säbeln, ehe sie ihn an den Beinen packten und auf den Bauch drehten. Er schrie auf, als sie den Schaft der Lanze drehten, und ihre Stimmen hüllten ihn ein und brannten in seinen Ohren. Dann spürte er einen Stiefel auf seinem Oberschenkel. Die Lanzenspitze schnitt sich in sein Fleisch, ehe der Krieger sie mit einem Ruck herauszog. Ulv heulte auf. Er versuchte, sich mit den Armen von ihnen fortzuziehen, doch die Kräfte hatten ihn verlassen. Er schloss die Augen, wie es die Hirsche taten, wenn er sie halb tot aufspürte und sein Messer zückte. Das also sollte sein Tod sein.

Da zogen sich die Krieger von ihm zurück. Jemand packte ihn unter den Armen und richtete ihn auf. Ein anderer stieß ihm in den Rücken. Ulv stürzte zu Boden und robbte durch das Gras weiter. Sie standen noch immer dort, wo er gefallen war; schwarz gekleidete Männer mit Lanzen und Säbeln in den Händen. Ulv rappelte sich auf die Knie auf und kroch von ihnen weg. Gedanken schossen durch seinen Kopf; er fragte sich, warum sie ihn gehen ließen, und begriff nicht, wieso sie dort am Rande der Böschung stehen blieben und ihm nachblickten. Er fasste sich an seinen linken Oberschenkel, während er sich in die Dunkelheit vorkämpfte. Auf seinem Schenkel klaffte ein breiter Schnitt. Er blutete stark und wusste, dass es nicht lange dauern würde, ehe der Blutverlust ihn tötete. Er warf einen Blick über die Schulter und riss einen Streifen von seinem Umhang. Die Krieger kletterten die Böschung empor und stellten sich in Reihen auf. Einige von ihnen zeigten auf ihn. Er zog den Stofffetzen über der Wunde straff und kroch weiter. Der harsche Geruch von Urin mischte sich mit dem Gestank des Blutes, als er auf die Beine kam und weiterhinkte. Dann sah er die Flammen, die aus den Hausdächern am Hafen leckten, und all die Langschiffe, die die Mole umringten. Er hörte Männer, die vor Wut und Angst schrien, doch das alles drang wie durch Nebel zu ihm. Als er sich in Richtung der grasbewachsenen Hügel im Norden der Stadt wandte, ertranken die Geräusche im Rauschen des Meeres. Jetzt spürte er nur noch die Schmerzen. Doch irgendwo hinter diesem Schmerz steckte die Erinnerung an den schwarzen Mann, der ihn von dem eisernen Kragen befreit und ihm zu essen gegeben hatte. Der schwarze Mann hatte ihm geholfen. Ulv zwang sein verletztes Bein weiter. Er warf einen Blick über die Schulter. Die Krieger standen jetzt still da und folgten ihm mit ihren Blicken. Er drehte ihnen den Rücken zu und biss die Zähne zusammen. Er musste zurück zur Festung. Nur dort war er vor den Kriegern in Sicherheit.

Ulv kämpfte sich am Rande der Sandböschung weiter. Einen Pfeilschuss von den ersten Häusern der Stadt entfernt riss er seinen Blick von den brennenden Dächern los und hinkte in Richtung Norden auf die Hügel zu. Er konnte die Festung kaum erkennen. Es war ein vager Schatten irgendwo unter dem dunklen Himmel, doch er erkannte die Felder wieder und den Sklavenweg, der in Richtung Norden führte. Zitternd zog er sein verletztes Bein durch das Gras. Als er den Weg erreichte, stolperte er in eine Wagenspur. Er warf seinen Proviantbeutel und den Wasserschlauch weg, richtete sich mühsam auf und humpelte weiter. Die Wagenspuren führten ihn in einem weiten Bogen um den Hügel herum, und als er die Festung erblickte, fiel er auf die Knie und kroch die Anhöhe empor in Richtung Tor. Er sah keine Fackeln auf den Palisaden, und hinter der Brustwehr waren keine Wachen. Tränen brannten in seinen Augen, während er zum Tor kroch und durch den Spalt zwischen den Stämmen blickte. Auf dem Platz hinter dem Tor standen Männer. Schwerter blitzten auf. Er schlug mit der Faust gegen das Tor und schrie zu ihnen hinein. Seine Wunde pochte vor Schmerzen, und seine Hose war von Blut durchtränkt. Dann schob er seine Finger in den Spalt und rüttelte am Tor, ehe er sich aus vollem Hals brüllend dagegen warf. Hinter ihm loderten die Flammen bis in den Himmel. Er hörte Hornsignale und Männer, die in einer fremden Sprache redeten. Die Krieger kamen hinter ihm her. Er konnte Hufschläge hören und das Geklirr von Säbeln und Lanzen. Wieder schrie er etwas zu den Männern hinter dem Tor. Er sank vor den schweren Toren zu Boden und verbarg den Kopf in seinen Händen, als plötzlich rostige Scharniere knirschten und er von kräftigen Fäusten am Umhang gepackt und nach innen gezogen wurde. Er wurde hinter die Palisaden geschleppt. Der Schmied stand über ihn gebeugt; er schüttelte den Kopf, wandte sich ab und verschwand. Ulv schlug die Arme um sich und kippte auf die Seite. Der Schmied brüllte jemandem auf der anderen Seite des Platzes etwas zu. Ulv hörte Schritte und wurde dann plötzlich am Umhang gepackt und auf den Rücken gedreht. Seons dunkles Gesicht betrachtete ihn. Der schwarze Mann sagte etwas, aber Ulv verstand die Worte nicht. Dann war Brage wieder zur Stelle und schob Seon weg. Er riss das Hosenbein auf und wickelte schmutzige Stofffetzen um die Wunde. Ulv stöhnte, als der Schmied ihn unter den Armen packte und zwischen zwei Tonnen zog. »Lass ihn liegen ...« Seon und Brage sprachen durcheinander. »Dummer Nordländer ... Jetzt sterben wir alle ...«

Ulv blieb zwischen den Tonnen liegen und zerrte an den Verbänden, die seinen Schenkel einschnürten. Er sah Männer, die über die Leiter direkt über ihm nach oben kletterten, und hörte die Kriegshörner, die draußen vor der Festung ertönten. Seon rief seinen Männern etwas zu. Die Plattform über ihm knirschte, als sich die Bogenschützen hinter der Brustwehr duckten. Ulv drehte sich herum und blickte durch einen Spalt zwischen den Palisaden.

Sie standen auf den Grashügeln. Drei Reihen Männer, ebenso schweigsam und schwarz wie die Nacht, aus der sie gekommen waren. Die erste Reihe trug hohe Schilde als Deckung für die Bogenschützen, die sich dahinter verbargen. Sie trugen schwarze Brünnen, schwarze Hemden und weite Hosen, die über ihre Stiefel hinabreichten. Licht blinkte hinter ihren Schultern, denn sie trugen kurze Kampfspeere auf dem Rücken.

»So viele ...« Er hörte die Männer hinter der Brustwehr flüstern. »Vendhurs Männer, wir haben nicht einmal genug Pfeile.«

Wagen knirschten über den Weg, der zwischen den Hügeln hindurchführte. Pferde gingen unter einem Überbau aus Schilden, doch Ulv sah ihre Hufe zwischen den Wagenrädern. Der erste Wagen trug einen langen, dicken Stamm mit einem eisernen Kopf. Dahinter folgten weitere Wagen, die mit Tonnen, Schilden und brennenden Fackeln beladen waren. Ein Hornsignal ertönte, und sofort begannen die Männer, die Fackeln auszuteilen. Sie zogen die Pfeile durch die Flammen und legten sie mit brennenden Spitzen an die Sehnen ihrer Bögen.

Ulv kniff die Augen zusammen. Er wusste, dass er sich vor den Kriegern nicht verstecken konnte, doch zwischen den Tonnen konnte er nicht liegen bleiben. Er kroch in den Schlamm und zog sein verletztes Bein hinter sich her.

Dann hagelten die Pfeile gegen die Palisaden. Ulv verbarg seinen Kopf zwischen den Armen. Ein Mann stürzte von der Plattform über ihm und blieb schreiend liegen, während Ulv weiter auf den Pferch auf der anderen Seite des Platzes zukroch. Die einzige Hoffnung, die er hatte, waren die Pferde. Nur auf dem Rücken eines Pferdes würde er der Schlacht entfliehen können.

Seon brüllte seine Befehle, doch niemand hörte auf ihn, denn wieder trommelten die Pfeile gegen die hölzernen Wände. Der Gestank von brennendem Teer drang durch die Palisaden. Dann kam der dritte Pfeilhagel. Dieser traf nicht die Wand. Die Bogenschützen hatten nach oben gezielt, und Ulv erkannte die in den Himmel steigenden Pfeile. Sie kamen aus allen Richtungen, ehe sie sich hoch über der Festung sammelten und wieder nach unten schossen. Die Männer hinter der Brustwehr schrien. Die Pfeile schlugen zwischen ihnen ein, nagelten sie an die Plattform. Ulv krümmte sich zusammen. Ein Mann rannte mit Pfeilen im Rücken über den Platz, ehe er kurz vor ihm zusammenbrach. Sein Rücken brannte. Ulv robbte zu ihm und nahm ihm das Schwert ab. Die Furcht gab ihm Kraft, und er kam wieder auf die Beine und hinkte zum Pferch. Hinter ihm knackte das Tor. Die Männer hasteten an ihm vorbei, stürzten und schrien mit Pfeilen in der Brust auf.

»Zu den Pferden!« Seon brüllte, um ihr Geheul zu übertönen. »Zu den Pferden, Männer! Wir müssen uns nach draußen kämpfen!«

Ulv fiel auf die Knie, stützte sich aber auf das Schwert und schleppte sich weiter. Wieder rannten Männer an ihm vorbei, denn einige der Tiere waren bereits von den Pfeilen getroffen worden und lagen tot im Pferch. Die Pferde reichten nicht einmal für die Hälfte von ihnen. Ulv wurde zur Seite gestoßen, als sich ein Kelser an ihm vorbeidrängte. Er kroch weiter, während die ersten Männer aufsaßen und mit den Tieren zum Tor jagten. Ulv blickte sich um und sah die Krieger, die durch das zertrümmerte Tor in die Festung eindrangen. Seon war bereits unten beim Tor, er trieb das Pferd mit den Knien an, während er auf die Kanathener einschlug, die ihn umringten. Ulv taumelte auf den Pferch zu und sah die verschreckten Pferde auf den Festungsplatz galoppieren. Seons Männer stürzten ihnen nach, fingen sie ein oder rangen mit anderen Männern, die in den Sattel zu steigen versuchten. Ulv rappelte sich auf und hinkte auf eines der verängstigten Tiere zu. Er bekam die Zügel zu fassen, packte den Sattel und klammerte sich fest, während das Tier mit den Hufen stampfte. Als sich das Pferd beruhigte, zog er sich am Sattelknauf hoch, doch jemand packte ihn am Bein und zog ihn wieder nach unten. Ulv drehte sich um und hob das Schwert. Ein graubärtiger Alter zerrte an seinem Umhang, trat ihm gegen den Schenkel und zog ihn zu Boden. Ulv spürte einen Schlag gegen den Kopf, sank zusammen und hörte das Donnern der Hufe auf dem Boden. Dann war alles still.

Die Flucht durch den Westwald

Ein Flüstern ging durch die Nacht. Ulv spähte mit zusammengekniffenen Augen in die Dunkelheit, aber er konnte nichts sehen. Zweige raschelten im Wind, und ganz in der Nähe knisterten Flammen. Als er einatmete, schoss ein stechender Schmerz durch seinen Oberschenkel. Sein Kopf glühte, und er wälzte sich auf die Seite. Da krampfte sich sein Magen zusammen, und er erbrach sich, am ganzen Leib zitternd. Der Schmerz brachte die Schreie zurück, beschwor die Hornsignale und die wild durcheinander laufenden Männer herauf. Das zertrümmerte Tor stand in Flammen, er kroch zwischen den Toten herum und versuchte vergeblich aufzustehen. Der Schmerz raubte ihm alle Kraft, er sackte zusammen und blieb am Boden liegen. Um ihn herum das Klirren von Schwertern und Säbeln und Schreie von Männern in Todesangst. Von seinem Platz zwischen den toten Leibern konnte er nichts sehen, er spürte nur die Wärme der blutüberströmten Körper. Ein paar starke Hände griffen ihm unter die Arme, es roch nach Fell und Pferd, direkt neben seinem Ohr das Brüllen des Mannes, der ihn auf den Pferderücken zerrte. Die groben Hände hielten ihn fest, und über sich sah er ein bärtiges Gesicht.

»Seon.« Der Mann drehte sich zur Seite.

Das Rascheln von Laub und trockenem Gras. Ulv fühlte eine Hand auf seiner Schulter. Die beiden Männer knieten neben ihm und starrten ihn mit weiß leuchtenden Augen aus der Dunkelheit an. Er erkannte das breite Kreuz des Schmiedes und die harten Züge in Seons dunklem Gesicht.

»Nordländer«, sagte Brage. »Du bist verwundet und hast viel Blut verloren.«

Ulv griff sich an die Stirn. Das Blut in seinem Haar war getrocknet. Ihm war schlecht vor Schmerzen. »Die Krieger vom Meer ...« Er wandte den Kopf in die Richtung, aus der das Knistern des Feuers zu hören war. »Sie haben mich gejagt ...«

Brage legte seine Hand auf Ulvs Stirn und beugte sich über ihn. Ulv konnte ihn im Dunkeln kaum sehen, aber der Schmied roch nach Blut und Schweiß. »Du bist an der Küste nach Osten geflohen, oder? Du hättest die Festung nicht verlassen sollen, Nordländer. Wusstest du nicht, dass die Kanathener im Anmarsch waren?«

Ulv würgte. Erst jetzt merkte er, dass er mit dem Kopf an einem Baumstumpf lehnte, und sah die krummen Stämme, die sich vor dem dunklen Hintergrund abhoben. Seon und Brage hatten direkt neben einem Kolk gehalten. Neben Ulv lag ein Mann mit einer klaffenden Bauchwunde. Die Bäume streckten ihre gekrümmten Zweige über das Wasserloch, und Ulv hörte den Wind, der durch die Baumkronen säuselte.

Er drehte den Kopf zur anderen Seite und schaute in Seons schwarzes Gesicht. »Du hast mich von der Kette befreit. Ich bin geflohen. Vor den Kriegern.«

Seons Augen verengten sich zu schmalen Schlitzen. Ulv schnappte nach Luft, als Seon ihn am Hemd packte und hochzog. »Du hast die Kanathener zur Festung geführt! Es ist deine Schuld, dass meine Männer sterben mussten! Ich hätte dir die Kehle durchschneiden sollen, Sklave!«

Brage griff nach Seons Arm. »Sie hätten die Festung auch ohne ihn gefunden, Seon. Ihn trifft keine Schuld. Spätestens in der Morgendämmerung hätten sie die Festung entdeckt.«

Ulv versuchte, sich aus Seons Griff zu befreien, aber der schleppte ihn hinter sich her zwischen die Baumstämme. Ulv stöhnte, als sein Bein gegen eine Wurzel schlug; zum Schreien fehlte ihm die Kraft. Plötzlich packte Seon ihn an den Armen und lehnte ihn gegen einen Baum. Ulv schaffte es nicht, aufrecht stehen zu bleiben, aber da kam Brage, um ihn zu stützen. Seon hatte ihn zum Waldrand gezerrt, und von hier aus konnte Ulv die Feuer sehen, glühende Flecken in der Nacht, zwischen denen Schatten über die Ebene huschten. Er hörte Männer brüllen und vor Schmerz stöhnen. Seon bog ein paar Zweige zur Seite, damit Ulv die Flammen sehen konnte, die aus der Festung emporstiegen. Auf dem Schlachtfeld standen Langspeere, auf deren Spitzen Männer aufgespießt waren. Die Kanathener liefen über die Ebene, auf dem Sklavenweg rollten Pferdekarren voller toter und verwundeter Krieger. Er sah die Streitwagen, die die brennenden Palisaden umringt hatten, Wagen, die mit Schilden abgedeckt waren und von panzergekleideten Pferden gezogen wurden. Das Tor der Festung lag in Trümmern, und die Palisade war von brennendem Teer überzogen. Ein paar Krieger sammelten Pfeile vom Boden auf, andere gingen zwischen den Gefallenen umher und suchten nach Überlebenden.

»Das ist deine Schuld, Nordländer.« Seon blickte ihn über die Schulter an. »Hättest du die Kanathener nicht zur Festung geführt, hätten wir noch fliehen können. Ich hatte die Krieger bereits zum Aufbruch versammelt. Wir wollten nach Norden reiten.«

Brage ging zu ihm. Hinter seinem Gürtel steckte eine schwere Axt, sein zerrissenes Wams war blutbefleckt. Der Schmied legte Seon die Hand auf die Schulter. »Dazu hätte die Zeit nicht mehr gereicht«, sagte er. »Und keiner hat geglaubt, dass du tatsächlich vorhattest, vor der Schlacht zu fliehen. Du hattest deine Männer versammelt, um dem Feind entgegenzutreten, Seon. Aber das konntest du ihnen nicht sagen. Gib also nicht dem Nordländer die Schuld an dem Sieg der Kanathener.«

Seon ließ die Zweige zurückschnellen. Er senkte den Blick, als er an Ulv vorbei zwischen die Bäume schritt. Brage legte seinen Arm um Ulvs Rücken und half ihm zurück zum Lagerplatz. Ulv zog das Bein hinter sich her und sank neben dem Wasserloch auf die Erde. Seon hatte ihnen den Rücken zugekehrt. Er schnallte sein Schwert ab, beugte sich vor und zog das Panzerhemd über den Kopf, ehe er die Stiefel von den Füßen schüttelte und ins Wasser watete. Er schrubbte die Arme und die blutige Lederhose und setzte sich anschließend ins trockene Gras, um das Wasser aus den Kleidern zu wringen.

Der Schmied beugte sich über Ulv und legte eine Hand über die Wunde an seinem Bein. »Die Lanze hat deinen Schenkel durchbohrt.« Brage setzte sich mit dem Rücken gegen einen Baumstamm. »Das ist eine gefährliche Wunde, Nordländer. Wenn sie sich entzündet, verlierst du das Bein.«

Ulv griff sich an den Oberschenkel. Grobe Stoffstreifen waren um die Wunde gebunden.

»Ich glaube nicht, dass etwas gebrochen ist«, sagte Brage. »Die Spitze scheint seitwärts durchs Fleisch gegangen zu sein.«

»Wie ...« Ulv drehte das Gesicht den Geräuschen zu, die von der Ebene zu ihnen herüberdrangen. »Wieso bin ich nicht tot?«

»Ich habe einen Mann getötet und sein Pferd genommen.« Brage sah ihn mit finsterem Blick an. »Seon und ich kämpften uns den Weg nach draußen frei, zusammen mit den Söldnern aus Kels. Sie haben die meisten Pferde unter unserem Leib aufgespießt, und als nur noch drei Mann von uns übrig waren, haben sie uns ziehen lassen. Vielleicht wollten sie, dass wir überleben, damit wir weitererzählen können, was wir hier erlebt haben.«

Ulv holte tief Luft. Hinter seiner Stirn pochte ein dumpfer

Schmerz. Ihm war schwindlig. Er hatte keine Vorstellung, wie er hierher in den Wald gelangt war, nachdem er mitten auf dem Schlachtfeld zusammengebrochen war. Brage lehnte den Kopf gegen den Stamm und schloss die Augen.

»Ich habe dich zwischen den Verwundeten und Toten herumkriechen sehen«, sagte er. »Du bist ein Nordländer, und die Nordländer waren immer gastfreundlich und ehrlich zu mir. Darum habe ich dich in meinen Sattel gehoben und mitgenommen.«

Ulv stützte sich auf den Ellbogen und blinzelte in die Dunkelheit. Zwischen den Bäumen war ein Pferd angebunden, gleich hinter dem Krieger mit der klaffenden Wunde am Bauch. Seon richtete sich auf und stieß den am Boden Liegenden mit dem Fuß an, dann blickte er zu Brage und schüttelte den Kopf.

»Wir müssen weiter.« Seon ließ Brünne und Helm im Gras liegen und beugte sich über den Toten, um ihm den Gürtel abzuschnallen. Er zerschnitt die Riemen der Lederbrünne und zog ihm das schmutzige Hemd aus. »Wascht euch das Blut ab«, murmelte er. »Wenn die Vegas unsere Witterung aufnehmen, töten sie uns noch vor Ablauf der Nacht.«

Seon zog sein Wams an, ging zu dem Pferd, ergriff die Zügel und zog es aus dem Versteck zwischen den Bäumen. Brage erhob sich ebenfalls und klopfte dem Pferd auf die Mähne, während Seon den Wasserschlauch vom Sattel losband. Er stellte sich breitbeinig über den Bach und füllte den Schlauch mit Wasser. Unterdessen strich Brage mit beiden Händen über den Körper des Tieres.

»Das andere wurde getötet.« Er warf einen Blick zur Seite, als wollte er Ulvs Aufmerksamkeit auf sich ziehen. »Das hier ist das einzige Pferd, das überlebt hat.«

Ulv drehte sich so, dass er sich auf die Knie setzen konnte, und wurde vom Schmerz überrollt, als er das Gewicht auf das linke Bein verlagerte. Er kroch zu dem Toten, der mit offenen Augen in die Baumkronen stierte. Aus der Wunde in seinem Bauch sickerte noch immer Blut, und die Därme, die aus dem langen Schnitt hervorquollen, glichen schwarzen Schlangen. Ulv öffnete die

Gürteltasche des Toten und fand dort einen Feuerstein und einen Leinenbeutel mit Zunder. Außerdem steckte hinter dem Gürtel ein langer Dolch mit Holzgriff und kurzem Querbügel. Ulv zog ihn aus der Lederscheide und prüfte die Klinge. Sie war scharf. Er schob den Dolch wieder in die Scheide und knotete das zerfaserte Lederband auf, das er um seine Taille geschnürt hatte, um sich den Gürtel des Toten umzubinden.

Während Ulv sich zum Bach schleppte, um gierig von dem Wasser zu trinken, trug Seon den Wasserschlauch zum Pferd. Die trockenen Sommer in den Tälern hatten Ulv gelehrt, genügend Flüssigkeit für zwei Tage zu sich zu nehmen, und so war sein Magen schwer, als er zu den beiden Männern zurückkroch. Seon hatte in der Zwischenzeit den Wasserschlauch am Sattel festgebunden, während Brage vor dem Kolk kniete und sein Wams mit Wasser ausspülte.

»Los geht's«, sagte Seon und führte das Pferd um den Kolk herum.

Brage spritzte sich Wasser ins Gesicht und nickte Ulv zu. »Was machen wir mit dem Nordländer, Seon?«

»Er muss sich allein durchschlagen.« Seon schob das Kurzschwert auf den Rücken und zog das Pferd hinter sich her zwischen die Bäume.

Der Schmied erhob sich. Er drehte sich zu Ulv um, dann schaute er Seon hinterher und kratzte sich am Bart.

Ulv schleppte sich zum nächsten Baum und strich sich das Haar aus den Augen. Der Schmied stand noch immer neben dem Kolk, als wäre er unschlüssig, was er machen sollte. Ulv zog den Dolch und stemmte sich auf dem gesunden Bein hoch. Er dachte daran, wie er einmal im nördlichen Teil der Täler von einem Felsen gestürzt war, und wusste, dass ihm eine schmerzvolle Zeit bevorstand. Er humpelte zu einem der überhängenden Äste, bog ihn herunter und zog die scharfe Schneide mit einer raschen Bewegung über den Ast. Danach sah er Brage an. »Geh«, sagte er. »Folge deinem Freund. Ich werde nach Süden wandern. Zu Siréd.«

Der Schmied kam auf ihn zu. »Seon hat mir davon erzählt.« Brage warf einen Blick zum Waldrand. »Die Späher glauben, sie sei die Gezeichnete, geboren mit Tarkins Zeichen auf dem Rücken, auserwählt, seinen Sohn zu gebären, der die Welt regieren soll. Ich habe nie an diese Legende geglaubt, Nordländer. Aber ich weiß, dass die Kanathener daran glauben.«

Ulv senkte den Kopf. Der Schmerz schwächte ihn, und er hatte kaum Kraft, sich auf den Beinen zu halten. Und in diesem Moment begriff er, dass die Späher sie längst so weit fortgebracht hatten, dass er sie niemals mehr würde einholen können.

»Die Kanathener werden dich töten, wenn du dich wieder auf die Ebenen begibst.« Brage legte ihm einen Arm um den Rücken. »Du kommst mit uns, Nordländer.«

Der Schmied stützte ihn, und Ulv hinkte über den Stab gebeugt neben ihm her. Die Signale der Kriegshörner hallten über die Ebene. Der Schmied hatte Recht. Noch immer hörte er die Schreie der Verwundeten und roch den Qualm der brennenden Festung. Sie umrundeten den Kolk und duckten sich unter den Zweigen hindurch, hinter denen die Dunkelheit sie vor dem Zorn der Kanathener schützte.

Die drei Männer wanderten tief in den Westwald hinein. Sie stiegen über Steinhalden, die von Moos überwuchert waren, und duckten sich unter Geäst, unter dem ihnen die Bartflechten über den Rücken strichen. Ulv stützte sich auf seinen Stock, während Brage die Äste beiseite bog und ihn an Böschungen und bewaldeten Hängen entlangführte. Das Bein war gefühllos und kalt, aber Ulv wusste, dass die beiden Krieger nicht auf ihn warten würden, wenn er fiel. Seon schien den Wald zu kennen, da er das Pferd zielstrebig zwischen den Bäumen hindurch und quer über ausgetrocknete Moorsenken und Bäche, die sich in den Waldboden eingegraben hatten, nach Westen führte. Brage fragte, wohin er sie brachte, aber Seon schwieg. Bei einem umgekippten Baumstamm blieb Brage stehen und griff sich an die Schulter. Erst jetzt entdeckte Ulv, dass der Schmied aus einer Schnittwunde blutete. Sie waren von Fliegen umschwärmt, und Brage versuchte, die Wunde mit dem zerfetzten Wams zu bedecken. Seon drehte sich um und warf ihnen einen finsteren Blick zu, worauf Brage sich beeilte, ihm zu folgen.

Ulv stolperte hinter den Männern her. Der Waldboden war in Schatten getaucht. Aber obgleich das Tageslicht den Boden nicht erreichte, wusste er, dass Morgen war. Die Wunde schmerzte und bereitete ihm Übelkeit, und es dauerte nicht lange, bis Seon und Brage nur noch als verschwommene Umrisse vor ihm zu erkennen waren. Aber er schwankte weiter vorwärts und orientierte sich an dem Geruch des Pferdes, der ihn durch den dichten Wald führte. Aber da waren auch noch andere Gerüche um ihn herum. Der Gestank von abgestandenem Moorwasser und ganz in der Nähe ein totes Tier. Währenddessen gingen Seon und Brage immer weiter; sie blieben nicht stehen, um den Vögeln zu lauschen, die zwischen den Zweigen herumflatterten und Warnschreie ausstießen. Brage wartete schließlich an einem großen Stein auf ihn, legte einen Arm um Ulvs Taille und half ihm weiter, während er flüsternd etwas über Verfolger und böse Waldgeister murmelte. Ulv glitt auf dem feuchten Moos aus, aber der Schmied zog ihn wieder hoch. Er lief in einem Dämmerzustand des Schmerzes weiter, sah die kräftigen Äste über seinem Kopf und spürte, wie ihm die Zweige ins Gesicht schlugen. Das Tageslicht, eben noch zwischen den Baumkronen zu sehen, war verschwunden, und wenig später war es so dunkel, dass man kaum die Hand vor Augen sah. Die Bäume wurden kräftiger, und Brage murmelte etwas von Seelenfressern und Erdriesen, wobei er unablässig über die Schulter zurückschaute. Ulv hatte den Blick auf die Erde geheftet, wo die Wurzeln sich verknoteten und sich um seine Füße zu winden versuchten. Seon war weit vor ihnen; von irgendwoher aus der Dunkelheit hörte Ulv den Hufschlag auf dem Waldboden. Er fragte sich, ob der schwarze Mann wusste, wohin er wollte, oder ob er sie einfach nur so weit weg von dem Schlachtfeld wie möglich brachte. Seon hatte den Kampf verloren und die Festung aufgeben müssen, und seine Krieger waren von Lanzen aufgespießt worden. Vielleicht hatte er Angst, dass sie ihn fanden und sahen, dass er einer von ihnen war. Seon hatte die Lederbrünne am Kolk liegen lassen – jetzt flüchtete er vor dem Feind.

Viele Stunden marschierten die Männer so durch den Wald. Seon wartete am Fuß eines Hügels, als Ulv und Brage ihn einholten. Er spähte in die Baumkronen und nickte kurz, ehe er seinen Weg nach Westen wieder aufnahm. Der Boden zwischen den Bäumen wurde mit einem Mal abschüssig. Ulv und Brage liefen einen langen Hang hinunter in eine Senke, wo sie erneut auf Seon trafen, der dort stehen geblieben war und sich im Nacken kratzte.

»Bis hierher«, sagte er und wischte sich den Schweiß aus der Stirn. »Weiter als in diese Talsenke bin ich noch nie geritten. Aber ich habe Karten gesehen in Kels. Wir müssten eigentlich bald bei den Turmbäumen sein.«

»Ich dachte, du kennst dich hier aus.« Brage lehnte sich mit dem Rücken gegen einen Stamm. Er nahm die Hand von der Schulter und betrachtete seine Finger. Sie waren blutig. Die Wunde hatte sich noch immer nicht geschlossen.

»Niemand kennt sich im Westwald aus.« Seon öffnete den Gürtel und schlug sein Wasser an einen Baum ab, wobei er über die Schulter mit Brage sprach. »Irgendwo weiter im Westen soll es eine Siedlung geben, aber die Kelser und Kruginer glauben, dass ein Fluch über dem Wald liegt. In der Halle des Kelskönigs steht ein merkwürdiger Schädel, der von einem Waldteufel stammen soll. Die treiben hier drinnen ihr Unwesen, sagen die Kelser. Na ja, die Kelser hinter ihren hohen Burgmauern waren schon immer sehr abergläubisch.«

Ulv kroch zu einem der Bäume, die in der Talsenke wuchsen und sich dem Licht wie lange Lanzen entgegenstreckten. Ob das die Turmbäume waren, von denen Seon gesprochen hatte? Etwas sagte ihm, dass es tiefer im Wald noch größere Bäume gab. Und dass es dort noch dunkler sein würde.

»Ich kann nicht mehr weiter.« Brage setzte sich auf die Erde und ließ das Kinn auf seinen breiten Brustkorb sinken. »Lass uns bis morgen hier ausruhen.«

Seon ließ die Zügel los und tätschelte dem Pferd den Nacken. Die kahlen Flecken im Fell der gelben Stute erzählten davon, dass sie schon viele Schlachten mitgemacht hatte. Seon bückte sich und hob einen trockenen Zweig vom Boden auf. »Wir müssen ein Feuer machen«, sagte er mit einem Blick zwischen die Stämme.

Ulv fingerte an dem Stoffstreifen, der um seinen Oberschenkel geknotet war. Als er ihn entfernt hatte, vergrößerte er das Loch in der Lederhose und beugte sich vor, um besser sehen zu können. Das Bein war auf der Vorderseite des Oberschenkels um einen handlangen Schnitt herum angeschwollen. Als er die Hand auf die hintere Seite des Oberschenkels führte, ertastete er die offene Einstichstelle, wo die Lanzenspitze eingedrungen war. Er lehnte den Kopf gegen den Stamm und schloss die Augen. Fliegen schwirrten um ihn herum, aber er hatte keine Kraft, sie zu verscheuchen. Die Barkasjäger sagten, dass die Geister jedem Mann und jeder Frau den Tod brachten, aber er hätte nicht geglaubt, dass er auf diese Weise zu ihm kommen würde. Die Wunde war zu groß, um von allein heilen zu können; es würde nicht mehr lange dauern, und der Tod würde nach ihm greifen und das Leben aus ihm herausziehen. Das könnte Tage dauern. Er wälzte sich auf die Seite und legte den Kopf auf das Laub.

»Ich glaube, er hat Wundfieber.« Der Schmied hockte sich neben Ulv und verband die Wunde wieder mit dem Stoffstreifen. »Wir müssen ein Feuer machen, Seon.«

»Wir hätten ihn zurücklassen sollen.« Es raschelte im Laub, als Seon sich erhob. »Es grenzt an ein Wunder, dass er sich bis jetzt auf den Beinen gehalten hat. Aber morgen müssen wir weiter. Wir können keine Rücksicht auf ihn nehmen.«

Ulv sah die beiden Männer unter halb geschlossenen Augenlidern an. Sie sprachen miteinander, und Seon zeigte zwischen die Stämme. Brage beugte sich vor, um ein paar trockene Zweige aufzusammeln, als Seon den Lederbeutel an Brages Gürtel entdeckte, den er auf den Rücken geschoben hatte. Der Schmied packte Seon an der Schulter und stieß ihn von sich, wobei sich die Schnur, mit der der Lederbeutel befestigt war, löste. Seon schnürte den Beutel auf und warf eine Hand voll Goldmünzen auf den Boden. Brage stemmte die Hände in die Seiten und wandte den Blick ab, während Seon die Münzen und Edelsteine wieder aufsammelte. Der Schmied zog die Schultern hoch und verschwand zwischen den Bäumen.

Wenig später kam er mit einem Arm voll trockener Zweige zurück. Seon hatte das Gold in den Beutel zurückgelegt. Die beiden Männer beäugten sich misstrauisch. Kurz darauf kam der Schmied zu Ulv und zog ihn an die Feuerstelle. Dann hockte er sich selbst hin, legte ein Stück Rinde auf den Boden und begann, einen Stab zwischen den Handflächen zu drehen.

»Ich konnte das mal«, sagte er und warf einen Blick zu dem Lederbeutel, der auf Seons Schoß lag.

Seon hielt Brage den Beutel hin und sah ihn mit zusammengekniffenen Augen an. »Vielleicht könntest du es immer noch, wenn du deine Finger von dem Gold hättest lassen können. Aber du bist gierig, Brage. Du bist wie dein Vater geworden. Du raffst Gold zusammen, wo immer du hinkommst. Und wenn du es aus den Schatzkisten der Handelsmänner stehlen musst.«

Brage ließ den Stab fallen und riss Seon den Beutel aus der Hand. Ulv fingerte an dem Riemen der Gürteltasche. Er fand den Feuerstein und reichte ihn Brage. Der Schmied nahm den Feuerstein und griff in die Tasche, um eine Hand voll Zunder herauszuholen.

»Der Nordländer hat den Zunderbeutel des toten Kelsers mitgenommen, Seon.« Brage zog die Axt vom Gürtel und schlug Funken an dem Eisen. Als der Zunder sich entzündete, schob er ihn unter die Zweige. »Daran haben weder du noch ich gedacht. Obgleich dieser Bursche es wahrscheinlich auch ohne Feuerstein versteht, ein Feuer zu machen. Da sind wir schlechter dran, Seon.

Alt sind wir geworden, alt und bequem, und haben vergessen, was unsere Väter uns gelehrt haben. Aber vielleicht ist das auch unwichtig, schließlich haben wir keine Söhne oder Töchter. Wir sind verdorrte Zweige am Baum unserer Familie. Wir vergessen die Weisheit unserer Väter und ziehen in fremden Ländern umher. Wir werden einsam sterben, Seon. Und niemand wird sich an uns erinnern.«

»Hauptsache, du hast daran gedacht, dich mit Gold zu bereichern.« Seon beugte sich vor und blies in die Flammen.

»Die Handelsmänner werden nie mehr zurückkommen.« Brage schob den Lederbeutel wieder in den Rücken. »Und mir schien es sinnvoll, ein wenig von dem Gold zu retten, bevor die Kanathener die Festung stürmten.«

Seon antwortete nicht, aber er zog sein Messer und legte die Klinge zwischen die Zweige. Die Flammen leckten über das trockene Holz, und Ulv drehte sich auf den Rücken. Der Wald war den ganzen Tag still gewesen, aber jetzt erwachten die Tiere der Nacht. Ein Stück entfernt raschelte es im Laub, und durch das Unterholz auf dem Kamm des Hügels brach ein größeres Tier. Einen Steinwurf westlich heulte eine Eule. An Abenden wie diesem hatte er im Norden mit dem Feuerstab in der Hand dagesessen, und als er die Augen schloss, konnte er das reibende Geräusch hören und den Stab zwischen den Handflächen spüren. Auf diese Weise hatte er all die Jahre Feuer gemacht, bevor er das Messer bekommen hatte. Alles wurde leichter, als er mit einem Feuerstein Funken an der Metallklinge schlagen konnte. Er hatte sich wie ein Halbgott gefühlt, wenn die Flammen zum Himmel loderten. Mit Erde und Wasser konnte er das Feuer ersticken, und mit wenigen Schlägen des Feuersteins an die Messerklinge konnte er es immer wieder neu aufleben lassen.

Als das Holz herabgebrannt war, rückten sie näher ans Feuer. Brage wärmte seine Hände, und Ulv zog die Beine an die Brust und versuchte, die Übelkeit zu unterdrücken. Mit der nächtlichen

Dunkelheit kam die Kälte, und bald stand Brage auf und verschwand zwischen den Bäumen. Seon schnalzte der gelben Stute zu, die am Rand des Lagerplatzes stand, und zog sie am Zügel in den Lichtkreis hinein, ehe er sich wieder ans Feuer setzte.

Brage kam mit drei langen Ästen zurück. Zwei Äste bohrte er direkt neben dem Feuer in den Boden, den dritten legte er quer darüber. Danach schnallte er den Gürtel auf, zog Hose und Wams aus und hängte sie zum Trocknen auf. Die Stiefel stopfte er mit trockenem Laub aus. Schließlich setzte er sich wieder ans Feuer und kratzte sich den nackten Bauch. Die Flammen warfen Schatten auf seine behaarte Brust.

Seon tat es Brage gleich, und bald dampften die Kleider der beiden am Feuer. Sie saßen auf verschiedenen Seiten der Feuerstelle, so wie Jäger es in fremder Umgebung zu tun pflegen, und starrten in die Dunkelheit hinter dem Feuer.

Ulv wollte sich aufrichten, aber als er sich auf die Ellbogen stützte, wurde ihm schwarz vor Augen, und er ließ sich fallen. Brage zog ihn näher zu sich heran, so dass Ulv den Kopf auf seinen Oberschenkel legen konnte. Ulv griff sich an den Hals, legte die Hand an die Kette und ließ die Finger mit den Reißzähnen spielen. Er murmelte Geisterworte, in der Hoffnung, dass die Geister ihn sahen und ihm Stärke gaben.

Plötzlich beugte Seon sich über das Feuer. »Die Kette, die du trägst.« Er zeigte mit dem Schwert auf Ulvs Hals und tippte mit der Schwertspitze gegen die Kette. »So etwas habe ich bisher nur in Mansar gesehen. Wo hast du die her?«

Ulv schob die Kette schnell wieder unter das Wams. Seon hatte kein Recht, ihn danach zu fragen. Außerdem konnte Ulv sich nicht erinnern, woher sie stammte. Er hatte die Kette, so lange er denken konnte.

Seon drehte das Messer in der Glut. Er fragte nicht weiter nach der Kette, aber Ulv dachte über seine Worte nach. Er wusste nicht, wo Mansar lag, aber er entsann sich, die schwarzen Späher mit Kosh über diesen Ort sprechen gehört zu haben, bevor sie Siréd mitgenommen hatten. Sie wollten sie in ein großes Land südlich von Mansar bringen.

Ulv kroch von Brage weg und sank direkt neben der Feuerstelle zusammen. Die Klinge von Seons Messer war rußschwarz. Brage murmelte, dass die Hitze die Klinge zerstören würde, aber Seon sah ihn nur an und schüttelte den Kopf. Er schob das Messer tiefer in die Glut, worauf der Ruß verglühte und die rot glühende Klinge freigab.

Ulv betrachtete den schwarzen Mann auf der anderen Seite des Feuers. Seon war insgesamt nicht von kräftiger Statur, aber seine Schultern waren breit und sehnig, und über seinen Unterarm schlängelten sich dicke Adern, als er sich vorbeugte und das Messer wendete. Über seinen Bauch zog sich eine lange Narbe, und an der Brust leuchtete eine weiße Pfeilwunde.

»Die Gerüchte haben also doch nicht gelogen«, sagte Brage plötzlich. »Es hieß, ein tuurischer Speer hätte dir den Bauch aufgeschlitzt. Das sieht nach einer hässlichen Verletzung aus, Seon.«

Seon nahm das Messer aus dem Feuer und hielt es vor sich. »Ich hatte Glück«, antwortete er und stierte auf die glühende Messerspitze. »Ich habe überlebt. Obgleich ich damals wahrlich lieber gestorben wäre. Die Kelser mussten meine Eingeweide in die Bauchhöhle zurückpressen, als sie mich vom Schlachtfeld trugen. Sie nähten den Schnitt und ließen mich im Gras liegen. Zwei Tage lag ich dort. Am dritten kamen sie zurück. Als sie sahen, dass ich noch lebte, nahmen sie mich mit auf ihre Burg.«

Brage runzelte die Stirn und musterte Seon, als wollte er nicht recht glauben, dass sein Freund eine derartige Verletzung überlebt hatte. Der Schmied legte sich den Wasserschlauch über den Arm und zog den Korken heraus, als Seon plötzlich aufstand und zu ihm ging. Brage senkte den Kopf und ballte seine Pranken zu Fäusten. Seon nahm den Wasserschlauch und goss einen Schluck Wasser in die Wunde an Brages Schulter. Er wusch mit der Handfläche das verkrustete Blut ab, während Brage einen Zweig vom Boden nahm und sich zwischen die Zähne schob. Und dann presste Seon die Messerklinge auf die Wunde. Haut und Fleisch zischten, und Brage biss den Zweig mitten durch. Seon drehte das Messer um und presste die andere Seite der Klinge auf die Wunde. Der Geruch von verbrannter Haut breitete sich aus.

»So, das wäre erledigt.« Seon nahm das Messer von der Wunde und schob es erneut in die Glut.

Brage schnappte nach Luft und rieb sich mit der Hand über die Augen. Das verbrannte Fleisch um die Wunde sah grau aus, aber sie blutete nicht mehr. Der Schmied fuhr mit dem Finger über das Brandmal und blickte Ulv an.

Ulv stützte sich auf die Ellbogen und versuchte wegzukriechen, weil er mit einem Mal begriff, was sie vorhatten. Aber Brage war schneller und zog ihn zurück ans Feuer. Während Seon das Messer in der Glut wendete, nahm Brage Ulv den Verband ab und riss seine Hose auf.

»Halt ihn fest.« Seon nahm das Messer aus dem Feuer und kam auf sie zu.

Ulv wand sich in der Umklammerung des Schmieds, aber Brage setzte ein Knie auf seinen Nacken und drückte ihn zu Boden. Als sein Wams nach oben rutschte, spürte Ulv Brages grobe Hände auf den Narben der Peitschenhiebe.

»Bei Mans Hammer«, murmelte Brage. »Hast du das gesehen, Seon?«

»Er ist ausgepeitscht worden«, sagte Seon. »Die übliche Strafe für einen Sklaven.«

Ulv presste die Zähne aufeinander und kniff die Augen zu. Trotzdem traf es ihn völlig unerwartet, als sich die Messerklinge in sein Fleisch brannte. Ulv schrie, während der Schmerz in endlosen Wellen durch seinen Körper jagte, er bog den Oberkörper nach oben, aber Brage legte sich mit seinem ganzen Gewicht auf ihn. Seon drehte die Klinge um. Wieder schossen Feuerblitze durch seinen Körper.

»Dreh ihn auf den Rücken.« Seon nahm das Messer von der Wunde, und Ulv spürte Brages kräftige Hände an seinem Arm, als der Schmied ihn auf den Rücken drehte und sich rittlings auf seinen Brustkorb setzte. Und wieder der brennende Schmerz der Klinge.

»Lass ihn los.«

Seons Stimme holte ihn aus dem Schmerz zurück. Der grobe Griff des Schmiedes lockerte sich. Ulv hustete und krümmte sich zusammen. Vor seinen Augen flackerte das Feuer.

»Ich hatte heute Glück.« Seon stach das Messer in die Erde und hockte sich neben das Feuer. »Ich bin nicht verwundet worden. Aber meine Männer wurden getötet, und das erfüllt mich mit großer Trauer. Heute Nacht will ich an sie denken. Aber morgen werde ich weitergehen.«

Brage spuckte in die Flammen und nahm einen großen Schluck aus dem Wasserschlauch. Dann reichte er ihn an Ulv weiter, aber der war nicht in der Lage, sich aufzurichten. Der Schmied zog ihn näher ans wärmende Feuer und wischte das Erbrochene aus seinem Mundwinkel, ehe er ihm die Holztülle zwischen die Zähne schob. Ulv schlürfte gierig ein paar Schlucke Wasser, bevor er sich auf die Seite drehte. Er befühlte die Wunden an seinem Oberschenkel; sie hatten sich geschlossen, aber die verbrannte Haut war heiß und gefühllos. Er legte den Kopf auf den Boden und atmete tief und langsam ein. Seon und Brage hatten ihre Unterhaltung wieder aufgenommen.

»Ich denke, wir sollten nach Westen gehen«, sagte Brage. »Vater nimmt uns sicher mit offenen Armen auf, Seon. Es sind viele Jahre vergangen. Die Leute haben vergessen. Vielleicht wird Mian ja …«

»Ich will nichts von ihr hören. Und von Ber-Mar auch nicht.«

»Aber die Kanathener werden uns verfolgen. Wir können uns nicht ewig hier verstecken, Seon.«

Seon sagte eine Weile nichts. Einzig das Knacken des Holzes war zu hören, als er frische Zweige aufs Feuer legte. »Die Kanathener fürchten sich vor dem Westwald«, sagte er. »Sie glauben, dass hier die Seelenfresser leben.«

Brage spuckte ins Feuer. »Ich bleibe dabei, wir müssen nach

Westen. Wir müssen die Turmbäume erreichen, ehe die Erdriesen unsere Witterung aufnehmen.«

»Morgen gehen wir weiter. Heute Nacht werden die Flammen sie fern halten.«

Die Männer wurden still. Ulv deckte sich mit dem zerrissenen Wollumhang zu. Er schloss die Augen und beschwor Bilder von Siréd herauf. In dieser Nacht hätte er sie gern bei sich gehabt, damit sie sich neben ihn legte und ihn wärmte. Und ihm Mut machte mit Geschichten von den tapferen Taten ihrer Vorfahren. Aber Siréd war weit weg. Und die Kraft, die sie ihm gegeben hatte, war mit ihr verschwunden.

»Wir haben einen langen Weg vor uns.« Brage stand auf und schlurfte zwischen die Bäume. Er wurde von der Dunkelheit verschluckt, aber Ulv hörte seine Bewegungen. Es raschelte im Laub, und gleich darauf tauchte der Schmied mit dem Arm voller Zweige und Blätter wieder auf, die er neben dem Feuer ablegte, ehe er erneut in der Dunkelheit verschwand. Seon folgte ihm.

Die beiden Männer klaubten an einer Böschung einen knappen Steinwurf vom Feuer entfernt Laub zusammen. Brage zog es vor, mit Erdklümpchen und Käfern im Haar aufzuwachen, als die ganze Nacht zu frieren. Sie mussten mehrmals gehen, ehe sie genug Blätter zusammenhatten. Und als Brage schließlich einen Laubhaufen über Ulv schaufelte, war der vor Schmerz und Erschöpfung so ermattet, dass er kaum noch mitbekam, dass die Männer sich wieder ans Feuer setzten. Brage legte den Rest des Holzes nach. Danach sagte keiner der beiden Männer mehr etwas. Sie lauschten den scharrenden Geräuschen um den Lagerplatz und den Schreien der Eulen. Weit weg im Westen ertönte ein lang gezogenes Heulen. Seon rollte sich unter dem Laub zusammen und starrte in die Dunkelheit. Das Pferd hob den Kopf und stieß schnaubend graue Atemwolken aus. Danach war es wieder still.

Er erwachte bei Tagesanbruch. Die Erde war noch feucht vom Morgentau, und zwischen den Bäumen stand Nebel. Das Erste, was in sein Bewusstsein drang, war der Schmerz. Als er sich aufsetzte und den Stoffstreifen löste, sah er, dass der Oberschenkel geschwollen war. Die Brandmale waren rot und voller Blasen. Er stemmte sich auf dem unversehrten Bein hoch und hüpfte zu dem Stab, den er im Laub fallen gelassen hatte. Beim Bücken kippte er nach vorn und schlug mit dem Kopf gegen eine Baumwurzel. Ulv verbiss sich den Schrei und ballte die Faust um den Stab, aber er war nicht mehr in der Lage, sich wieder aufzurichten. Sein Gesicht glühte, und die Bäume schienen zu schwanken.

Da fühlte er eine Hand um seinen Arm. Es war Brage, der ihn zurück an die Feuerstelle holte. Seon hatte sich in seinem Laubhaufen aufgesetzt und hustete, ehe er aufstand und seine Kleider von dem Ast nahm. Ulv lag auf dem Rücken und beobachtete, wie die beiden Männer sich zum Aufbruch bereitmachten.

»Wir müssen weiter«, sagte Seon und griff nach den Zügeln des Pferdes. »Den Nordländer werden wir zurücklassen müssen. Tragen können wir ihn nicht.«

Ulv wälzte sich auf den Bauch und stemmte sich auf den Ellbogen hoch. Allein hätte er keine Chance zu überleben. Noch nie in seinem ganzen Leben hatte er sich so schwach gefühlt. Nicht einmal, als er am Bluthusten litt, war er dem Tod so nah gewesen.

»Eine Tragbahre.« Brage lief zwischen die Stämme. »Eine Tragbahre, Seon! Dann kann das Pferd ihn ziehen.«

»Dafür haben wir keine Zeit!«, rief Seon ihm nach. »Sicher haben sie schon unsere Witterung aufgenommen, Brage. Sie riechen das Blut in seiner Wunde!«

Ulv klammerte sich an den Stab und schaffte es bis auf die Knie. Der Schmerz verschlug ihm fast den Atem. Er sah Seon an, und der schwarze Mann starrte zurück. Ulv wusste genau, weshalb Seon ihn nicht mitnehmen wollte, er dachte ähnlich wie die Barkasjäger. Ein Verwundeter lockte böse Geister an.

Kurz darauf kam Brage mit ein paar langen Ästen über der Schulter zurück. Er schlug die überstehenden Zweige mit der Axt ab, während Seon schweigend neben dem Pferd stehen blieb. Als der Schmied die Seilrolle vom Sattel nehmen wollte, packte Seon ihn am Handgelenk. »Wir brauchen das Seil«, flüsterte er. »Es ist unvernünftig, es in Stücke zu schneiden, um damit eine Tragbahre für einen Sterbenden zusammenzuknoten.«

Ulv legte beide Hände um den Stab und zog sich vom Boden hoch. Mit Hilfe des Stockes schaffte er es sogar, sich auf den Beinen zu halten. Aber er würde es niemals schaffen, mit Seon und Brage Schritt zu halten. Als er auf das Pferd zuhinkte, gaben die Beine unter ihm nach.

»Ich tue nur, was ich für richtig halte«, sagte Brage. »Ein Krieger lässt keinen Verwundeten im Stich, Seon. Du warst es, der mich das gelehrt hat.«

»Aber er ist kein Krieger. Er kam als Sklave nach Krugant. Ich war es, der ihn von seiner Halsschelle befreit hat, Brage.«

Das Zaumzeug knarrte, als Brage den Riemen um die Seilrolle löste. Ulv lag zusammengekrümmt auf der Erde und verfolgte aufmerksam, wie der Schmied mehrere Äste bearbeitete und zusammenband. Einmal hatte er von einer Anhöhe aus eine Gruppe Barkasjäger beobachtet, die einen Mann auf einem Gestell aus Ästen hinter sich herzogen. So etwas hatte er vorher noch nie gesehen. Er war ihnen gefolgt und hatte sie nicht aus den Augen gelassen. Sie hatten das Gestell über Sümpfe und durch Schilfgürtel gezogen, vorbei am Winterlager des Bären in der Felsspalte, bis zu den Klippen im östlichen Teil der Täler. Drei Tage war er ihnen gefolgt, und am vierten roch er den Rauch des Leichenfeuers.

Als Brage ihm unter die Arme griff, fragte sich Ulv, ob sie ihn auch so lange mitschleppen würden, bis er starb. Er wollte sie bitten, ihn zu verbrennen, wie es Brauch war bei den Barkas. Aber das Reden strengte ihn zu sehr an. Der Schmied knotete seinen Gürtel auf und band ihn damit an der Bahre fest. Dann schnalzte er dem Pferd zu, und gleich darauf schleiften die Äste über den Waldboden. Ulv sah die Baumkronen und Stämme an sich vorbeigleiten. Er schloss die Augen und träumte sich zurück in die Berge.

Die Männer wanderten weiter nach Westen, Seon voran, Brage mit dem Pferd hinterher. Der Schmied führte das Tier um Moorlöcher und die größten Baumwurzeln herum, aber je weiter sie in den Wald vordrangen, desto häufiger musste er die Bahre über Steine und vom Wind umgeworfene Baumstämme tragen. Ulv döste und wurde kurz wach, sah an das dunkle Blätterdach und schlief wieder ein. Der Schmerz erschöpfte ihn, die Fahrt zehrte an seiner Kraft. Er versuchte, den Stimmen des Waldes zu lauschen, und sog die feuchte Luft ein, während der Wald und das Gestrüpp um sie herum immer dichter wurden. Es war noch dunkel, als er die Schritte zum ersten Mal hörte, aber dort oben zwischen den Zweigen erahnte er bereits das Tageslicht. Seon und Brage gingen weiter, doch die Schritte folgten ihnen. Es raschelte im Laub, aber Ulv war zu schwach, um sich aufzurichten und nachzusehen. Er drehte den Kopf zur Seite und sah den Nebel zwischen den Stämmen und hörte das Wispern des Windes in den Baumkronen. Als die Bahre gegen eine Wurzel schlug, legte Ulv den Kopf zurück und schloss die Augen.

Bis zum Morgengrauen hörte Ulv keine Schritte mehr. Sie hatten eine Steinhalde erreicht, die wie ein gewaltiger Hügel zwischen den Bäumen aufragte. Brage ließ das Pferd los und band Ulv von der Bahre. Seon ließ sich auf ein Graspolster fallen, als Brage zwischen den Bäumen verschwand, um Feuerholz zu sammeln. Die Männer stapelten die Zweige übereinander und machten Feuer. Ulv lag auf der Bahre und versuchte, die Augen offen zu halten. Das Feuer würde die Tiere abhalten, aber wenn sie von einem schwarzen Krieger verfolgt wurden, würde es ihn nur anlocken. Ulv legte die Arme um den Oberkörper und drehte der Dunkelheit den Rücken zu. Was immer es war, das ihnen folgte, er würde sich nicht allein verteidigen können. Er fror. Seon sah immer wieder zu ihm herüber, als wunderte er sich, dass Ulv immer noch lebte. Brage beugte sich zum Feuer und wiegte den bärtigen Kopf.

»Wir müssen zusammenhalten. Das haben wir uns geschworen.« Der Schmied trank einen Schluck aus dem Wasserschlauch. Sein Gesicht sah im Feuerschein hart und zerfurcht aus.

»Es ist viele Jahre her, dass ich diese Worte aus deinem Mund gehört habe.« Seon war in dem Halbdunkel auf der anderen Seite des Feuers nur als schwarzer Schatten zu erkennen. Er wärmte seine Hände über den Flammen. »Aber es ist anders gekommen. Nichts ist so geworden, wie wir es uns erhofft haben.«

Seon legte einen Ast aufs Feuer. Ulv drehte sich auf die Seite und versuchte, die Übelkeit zu ignorieren, die in seinem Magen rumorte. Das flaue Gefühl kam nicht nur von der Wunde, er hatte die letzten Wochen viel zu wenig gegessen, und der Hunger forderte seinen Tribut.

»Wir waren Krieger.« Brage schaute auf seine großen Hände. »Wir haben einander Brüderschaft geschworen und Rücken an Rücken gekämpft. Das waren gute Zeiten, Seon. Erinnerst du dich nicht mehr daran, dass wir Pläne geschmiedet haben, uns niederzulassen und eine Familie zu gründen?«

»Ich erinnere mich an den Unfrieden.« Seon strich sich über die Stirn. »Das Morden. Die Angst. Nachts aufzuwachen, wenn die Geister der Toten dir in deinen Träumen erscheinen. Daran erinnere ich mich. So hat mein Leben seither ausgesehen. Du bist in Ber-Mar geblieben, Brage. Du weißt nicht, wie sich das Leben hier im Osten entwickelt hat.«

Brage legte einen Ast aufs Feuer, beugte sich vor und ließ die Flammen Schatten in sein zerfurchtes Gesicht malen. »Du hast Angst, Seon. Angst zu sterben. Wer andere umgebracht hat, dem geht es oft so.«

Seon blickte ins Feuer. Wieder einmal schwiegen die beiden Männer. Ulv stemmte sich auf den Ellbogen und streckte die Hand nach dem Wasserschlauch aus, der auf Brages Knien lag. Brage reichte ihn ihm und ließ ihn trinken. Dann nahm er ihn Ulv wieder ab und verschloss ihn mit dem Korken. Ulv wickelte sich in den Umhang und zog die Beine an. Der Schmerz pochte in den Brandwunden.

Seon und Brage saßen eine ganze Weile unbeweglich und stumm da, nur das Knistern der Flammen war zu hören. Außerhalb des Lichtkegels herrschte dichte, kalte Finsternis, und die Männer warfen regelmäßig wachsame Blicke zwischen die Stämme. Die ganze Welt schien von der pechschwarzen Nacht verschluckt zu sein. Nur das ferne Heulen der nächtlichen Jäger und der Eulen in den Baumkronen zeugten davon, dass es außer ihnen noch andere Lebewesen gab. Der Rauch stieg zwischen den Bäumen auf und vermischte sich mit dem Nebel. Ulv döste vor sich hin, aber jedes Mal, wenn er einen Laut hörte, schlug er die Augen auf und starrte in die Dunkelheit zwischen den Ästen. Er spürte, dass dort draußen etwas war, dass sie etwas beobachtete. Es war die gleiche Vorahnung wie damals, als die Barkas versucht hatten, ihn umzubringen. Tagelang waren sie seinen Spuren gefolgt, sicher, dass er irgendwann einschlafen würde, wenn die Erschöpfung nicht mehr auszuhalten war. Aber er war nicht eingeschlafen. In der fünften Nacht war er umgekehrt und in seiner eigenen Spur zurückgegangen. Er fand die Barkas schlafend und tat, was er tun musste. Damals hatte sein Messer zum ersten Mal Menschenblut geschmeckt. Aber jetzt war er zu schwach zum Kämpfen.

Da hörte er wieder die Schritte in der Dunkelheit. Ein Rascheln im Laub. Jemand bewegte sich über den Waldboden, aber er konnte nicht ausmachen, ob es sich um ein zweibeiniges oder vierbeiniges Wesen handelte. Für einen Fuchs oder eine Schneekatze waren die Schritte zu schwer. Vielleicht gab es hier ja Wölfe. Ein einsamer Wolf, dachte Ulv und schloss die Augen. Einem ausgestoßenen Wolf, gesättigt von Rehwild und Rentieren, könnte es in der Tat einfallen, ihnen aus reiner Neugier zu folgen. Aber bei einem Wolf würde er nicht diese Furcht spüren. Außerdem hörten die Schritte sich schwerer an. Möglicherweise war es ein Bär.

Ein Zweig knackte. Seon richtete sich auf und spähte ins Dunkel. Ein Schatten huschte an einem Baumstamm vorbei. »Da draußen ist etwas«, sagte er flüsternd.

Brage räusperte sich und nahm die Axt in die Hand. »Vendhurs Männer«, stöhnte er. »Sie sind gekommen, um uns zu töten. Ich habe es gewusst, Seon. Sie sind uns gefolgt.«

Ulv stützte sich auf den Ellbogen und griff nach seinem Dolch, aber der Gürtel war an der Bahre festgebunden, die in der Dunkelheit zwischen den Bäumen lag.

»Vegas.« Seon zog das Schwert und stellte sich mit dem Rücken zum Feuer. »Das könnte ein Vega sein, ein Erdriese. Wahrscheinlich steht er im Dunkeln und beobachtet uns.«

Brage rückte näher ans Feuer. Er murmelte etwas von Aberglauben und Verwünschungen, als er den Korken aus dem Hals des Wasserschlauches zog und ein paar kräftige Schlucke nahm.

»Vegas ...« Seon zielte mit dem Schwert in die Dunkelheit. »Die können einem tagelang folgen. Das ist ihre Art zu jagen. Jeden Tag kommen sie ein kleines Stückchen näher. Jetzt kratzt er mit seinen Klauen über die Rinde, damit wir wissen, dass er uns gesehen hat. Nicht mehr lange, und das Geräusch wird uns wahnsinnig machen vor Angst. Und dann sind wir eine leichte Beute.«

Er nahm einen Ast aus dem Feuer und schleuderte ihn zwischen die Stämme, wo er den Troll vermutete. Wieder knackten Zweige, und dann hörten sie Schritte auf dem Waldboden, die sich in einem Bogen um den Lagerplatz herumbewegten. Ulv folgte dem Geräusch mit dem Blick. Das Wesen hatte die andere Seite des Lagerplatzes erreicht und kratzte an einem Baumstamm. Das Pferd begann zu wiehern und unruhig mit den Hufen zu trampeln, so dass Seon es vorsichtshalber mit den Zügeln an einem Ast festband.

Sie saßen eine Ewigkeit einfach nur da und starrten in die Dunkelheit. Das Wesen war jetzt nicht mehr zu hören, und mit einem Mal wurde ihnen bewusst, wie still es geworden war. Das ferne Heulen war verstummt, und die Eule schwieg. Ulv schnupperte in den Nachtnebel, aber außer dem feuchten Atem der Herbstnacht und des Moosbodens nahm er nichts wahr. Die grauen Stämme starrten ihn aus schwarzen Astlöchern an und streckten ihre moosigen Äste nach dem Feuer aus. Die Nacht griff mit klammen

Händen nach ihm. Seon glaubte zwar, dass der Erdriese sich verzogen hatte, hielt es aber für ratsam, den Rest der Nacht Wache zu halten. Er bat Brage, ihn zu wecken, wenn die Hälfte der Nacht um sei, und legte sich neben das Feuer. Der Schmied beugte sich hustend vor. Ulv sah, dass er vor Kälte zitterte. Seon drehte sich mit dem Rücken zum Feuer und rollte sich zusammen. Brage blieb unterdessen frierend am Feuer sitzen, doch irgendwann kippte auch er zur Seite und schlief ein.

Seon weckte ihn im Morgengrauen. Ulv schwitzte und bekam kaum Luft, und als Brage ihn zur Bahre schleppte, merkte er, dass die Brandwunde nässte. Seon erlaubte ihnen nicht, viel Wasser zu trinken, denn die Wasservorräte reichten höchstens noch ein paar Tage.

Der Nebel hatte sich verzogen, und wenig später lichtete sich auch das Unterholz. Die Bäume wurden kräftiger und streckten ihre von Moos überzogenen Wurzeln über den Boden. Hier gab es weder Licht noch Erde für junge Bäume, so dass es Brage erspart blieb, die Bahre über Hindernisse im Unterholz zu heben. Sie kamen schnell voran, da der Boden flach wie ein Eisenschild war. Hier und da wanden sich Baumwurzeln um einen Felsbrocken, aber ansonsten war der Untergrund weich und von Moos bedeckt. Der Waldboden war von verdorrten Zweigen übersät, und zur Mitte des Tages brach plötzlich ein morscher Ast aus einer Baumkrone und fiel krachend hinter den Männern zu Boden. Wie eine Kuppel aus Ästen und Laub breiteten die Bäume ihre Arme über den Wald, und mit jedem Windhauch zitterte und rauschte das Laubdach. Der Wald sprach zu Ulv, aber er verstand nicht, was er sagte. Er lag da und schaute in das Laubwerk, und irgendwann spürte er die Wunde nicht mehr. Aber als er sich auf die Seite drehen wollte, konnte er das Bein nicht mehr bewegen.

Gegen Mittag erreichten sie eine Waldlichtung, die sich wie ein großer Platz unter dem dichten Laubdach öffnete. Das Moos wuchs hier in dicken Bulten, und die Stämme waren scheckig von Pilzen. Auf der Lichtung hielt Seon an und ging zurück zu der Bahre. Ulv konnte sich nicht bewegen, sah aber, wie der schwarze Mann ihn ansah und den Kopf schüttelte. Dann winkte er Brage zu sich. Der Schmied kniete sich neben Ulv, der den Gestank der aufbrechenden Wundblasen ebenfalls bemerkt hatte. Erneut schüttelte Seon den Kopf und legte Brage die Hand auf die Schulter.

Ulv schloss die Augen, als die Männer die Bahre vom Sattel knoteten. Ihm war klar, warum sie angehalten hatten und was sie jetzt vorhatten. Brage band ihn von der Bahre los und legte ihm den Gürtel wieder um die Taille. Ulv sah die beiden Männer miteinander reden, aber ihre Worte gingen im Rauschen der Baumkronen unter. Plötzlich beugte der Schmied sich zu ihm nach unten und legte ihm eine Hand auf den Arm.

»Du bist schwach«, sagte Brage. »Ich werde Holz für dich sammeln, und dann werden Seon und ich ins Dorf der Jäger gehen und Hilfe holen.«

Seon packte ihn an der Schulter. »Sag ihm die Wahrheit, Brage. Wir lassen dich hier zurück. Von nun an musst du allein zurechtkommen.«

Brage schlug Seons Hand weg. Ulv sah in seine braunen Augen. Die beiden Männer hatten keine andere Wahl. Mit ihm im Schlepptau hatten sie keine Chance, ihre Verfolger abzuschütteln.

Ulv legte die Hand an den Dolchgriff. Der Schmied half ihm, sich aufzurichten, und zog ihn zu einem Baum. Ulv lehnte den Kopf gegen den Stamm und zog den Dolch. Seine Arme waren kraftlos, aber weder ein Raubtier noch ein Mensch würde ihn widerstandslos töten. Alte Wölfe gaben erst auf, wenn Frost und Hunger ihnen den Lebensgeist nahmen. Sie kämpften bis zum letzten Atemzug gegen die Barkasjäger.

Brage nahm einen Zweig und legte ihn vor Ulvs Füße. Seon zog das Pferd am Zaumzeug, aber der Schmied sammelte unverdrossen weiter trockene Zweige vom Waldboden auf und legte sie vor

Ulv ab. Aber Ulv wusste, dass es wenig Sinn machen würde, ein Feuer zu entzünden. Wieder hörte er die Schritte auf dem Waldboden und das Schaben an den Baumstämmen. Er neigte den Kopf zur Seite. Das Farnkraut zwischen den Bäumen zitterte, aber er konnte niemanden sehen. Seon zog sein Schwert und wickelte die Zügel um seinen Unterarm. Brage richtete sich auf.

Ulv starrte zwischen die Bäume und hörte ein Scharren auf dem Waldboden. Er sah in die Richtung, aus der das Geräusch kam, aber außer dem Farn, der am Rand der Lichtung wuchs, konnte er nichts sehen.

»Ich sehe ihn.« Brage zeigte auf eine Stelle im Farn und griff nach der Axt an seinem Gürtel. »Dort sitzt er. Gleich neben dem Baum. Ich sehe ihn. Ein Erdriese.«

Ulv wischte sich über die Stirn. Einer der Felsen bewegte sich auf ihn zu. Schweiß lief ihm in die Augen. Jetzt wütete das Fieber in ihm.

Die gelbe Stute wieherte und warf den Kopf zur Seite. Seon hielt die Zügel fest, aber das Pferd begann, unruhig mit den Hufen zu trampeln, und riss sich los. Brage löste die Axt vom Gürtel.

Da bewegte sich der von Moos überwucherte Felsblock. Der Erdriese gab ein grollendes Knurren von sich, als er sich auf seinen krummen Beinen erhob. Er war ein Geschöpf des Waldes, auf seinen langen Armen und dem Rücken wuchs Moos, nur der ausgemergelte Bauch war nackt. Der Kopf war noch das Menschlichste an ihm, aber die Augen lagen eng beieinander, und der vorgeschobene Unterkiefer gab den Blick auf ein Maul voller Reißzähne frei. Das Wesen krümmte sich und grapschte mit Klauen nach ihnen, die so lang wie der Unterarm eines Mannes waren.

Ulv kroch zum Waldrand. Er schleppte das lahme Bein hinter sich her und stieß sich mit dem gesunden vom Boden ab. Er schrie vor Todesangst, als der Erdriese hinter ihm her sprang und mit seinen langen Klauen sein Fußgelenk packte, ihn zurückzog und auf den Rücken drehte. Dann stellte der Erdriese seinen Fuß auf Ulvs Brustkorb und ballte die Klauen zu Fäusten. Er stieß einen gellenden Schrei aus, der zwischen den Baumkronen widerhallte, während Ulv sich unter dem gewaltigen Gewicht verkrampfte. Er würde sterben und hatte noch nicht einmal die Kraft, sich zu wehren.

»Vega!« Brages Stimme riss ihn aus dem Schmerz. »Kämpf gegen mich!«

Der Erdriese wandte den Kopf zur Seite, und Ulv sah den braunen Bart des Schmiedes. Im nächsten Augenblick grub sich die Axt in die Rippen des Waldwesens. Es lief laut jaulend und humpelnd davon, und aus der klaffenden Wunde in der von Moos überwucherten Haut strömte Blut.

»Nordländer!« Brage packte Ulv am Arm, zog ihn vom Boden hoch, warf ihn über die Schulter und rannte auf den Waldrand zu. Ulv sah Seon, der ihnen folgte. Das Pferd war auf die andere Seite der Lichtung gelaufen und hatte sich in einem Dornengestrüpp verfangen.

In diesem Moment sprang der Erdriese auf Seon zu, aber Seon war schneller und brachte sich zwischen den Bäumen in Sicherheit. Da galoppierte das Wesen zu dem Pferd, packte es am Hals und zwang es zu Boden. Die Stute wieherte jämmerlich, als die Klauen ihr den Bauch aufschlitzten. Dann schlug der Erdriese seine Reißzähne in den Pferdehals und schüttelte seine Beute, während ihm das Blut über den moosigen Rücken lief.

Die Männer taumelten vorwärts. Ulv hing über Brages Rücken. Das Pferd war verstummt, aber das Geräusch, wie der Erdriese das Tier zerfleischte, folgte ihnen in die Dunkelheit. Einen Steinwurf von der Lichtung entfernt rutschte Brage im Moos aus, und Ulv versuchte aus eigener Kraft, auf Händen und Füßen weiterzukriechen. Brage griff ihm unter die Arme und zog ihn hinter sich her über Baumwurzeln und Moosbulten. Brandwunden und Durst waren vergessen, und sie kümmerten sich nicht darum, in welche Richtung sie liefen. Die Angst trieb sie weiter. Mit der Nacht kam der Nebel, aber die Männer blieben nicht stehen. Sie zogen Ulv hinter sich her eine Böschung hinunter und rollten in ein Bachbett, dem sie dann folgten. An einer umgestürzten Baumwurzel sanken sie schließlich zu Boden. Ulv hustete, von Fieber geschüttelt, und merkte kaum noch, wie Seon und Brage ihn zwischen sich zogen. Im Schutz des Wurzelballens rückten sie dicht zusammen und starrten in die Nacht hinaus. Irgendwo da draußen brüllte der blutberauschte Erdriese vor Schmerz.

Das Ende der vier Jahrzehnte

Seit sieben Tagen tropfte der Regen durch das Laubdach, doch die Männer kämpften sich zwischen Baumstämmen hindurch, über verwachsene Wurzeln, durch Schluchten und über Moore, in denen ihnen das braune Wasser bis an die Hüften reichte. Die Nächte waren kalt gewesen, und abends hatten sie nur mit Mühe genug Brennholz gefunden. Ulv war noch immer bei ihnen, obgleich es ihm nur selten gelang, die Augen zu öffnen und den Fiebernebel zu durchdringen. An dem Morgen, nachdem der Erdriese ihnen das Pferd geraubt hatte, war Brage aus dem Versteck gekrochen und hatte aus Ästen und Zweigen eine Bahre gebunden, und seither hatten sich er und Seon damit abgewechselt, Ulv zu ziehen. Ulv hatte sie streiten hören, denn Seon war in den ersten Tagen nach der Flucht vor dem Erdriesen dagegen gewesen, Ulv weiter mitzuschleppen. Aber Brage hatte Seon überredet, ihn noch ein paar Tage mitzunehmen, denn keiner von beiden glaubte daran, dass Ulv länger leben würde. Und sowohl Seon als auch Brage fürchteten seinen Geist, wenn sie ihn in Einsamkeit sterben ließen. Doch Ulv lebte noch immer, und jetzt schien es so, als wollte auch Seon seinen Beitrag leisten, um ihn in die Siedlung der Jäger zu bringen. Vielleicht sah er etwas Ehrenvolles in Ulvs Kampf, diese kalten Nächte zu überleben. Vielleicht war er aber auch zu müde, um sich weiter mit Brage zu streiten. Ulv wusste es nicht, und er hatte weder Mut noch Kraft, ihn zu fragen. Wenn die

Männer die Bahre nach einer weiteren Nacht am Feuer anzogen, zwang er sich, die Augen zu öffnen, in den Nebel zwischen den Stämmen zu starren und auf die Stimmen der Männer zu lauschen. Doch Seon und Brage sprachen jetzt nur wenig; sie kämpften sich vorsichtig durch den Wald weiter und blieben häufig stehen, um sich umzublicken. Ulv hatte sie über Erdriesen reden hören und über Geister, die in der Lage waren, ihnen die Seelen zu rauben. Aber die Männer hatten auch über den Karrenweg im Westen gesprochen. Wenn sie den erst erreicht hatten, konnten sie sich nach Süden wenden und ihm bis zur Kelsburg an der Küste folgen. Den Gerüchten nach sollte die Siedlung der Jäger an diesem Karrenweg liegen, und wenn diese Gerüchte stimmten, konnte Ulv dort Hilfe bekommen.

Jetzt waren sie in den Wald der Turmbäume gelangt. Seon und Brage kämpften sich zwischen den Stämmen hindurch, kletterten über tonnendicke Wurzeln und wanderten durch Höhlengänge, an denen die Wurzeln dicke Schollen des Waldbodens angehoben hatten. Sie befanden sich in einer dunklen Welt, in der nur das Rauschen der entfernten Baumwipfel daran erinnerte, dass es irgendwo dort oben über dem Laub einen Himmel gab. Der Regen rann in dicken Strömen an den Stämmen herab, und Brage und Seon blieben oft stehen, um zu trinken oder ihre Wasserschläuche zu füllen. Sie litten keinen Durst, aber der Hunger zehrte an ihren Kräften. Jeden Tag fiel es ihnen schwerer, Ulv durch das Unterholz zu ziehen, und abends schoben sie ihn dicht ans Feuer. Sie froren sich durch die Nächte, denn ihre Kleider waren durchnässt von Schweiß und Regen.

Am achten Abend schlugen sie ihr Lager an einem gewaltigen, umgestürzten Baum auf. Farnkraut wucherte dicht um den gefallenen Riesen herum. Sie lehnten Ulv mit dem Rücken an den Stamm. Brage suchte Holz und begann, Funken zu schlagen, während Seon das Farnkraut abschnitt. Er legte zwei Haufen Farnwedel neben das Feuer, denn der Boden war durchnässt und gurgelte unter ihren Füßen. Die mannshohen Farne waren dick und steif, zogen aber keine Nässe aus dem Moos. Seon schnitt noch einen weiteren Wedel ab und legte ihn über Ulv, während Brage Splitter vom Holz schnitt und das Feuer anfachte. Ulv wälzte sich auf die Seite und kroch dichter ans Feuer, denn er fror. Sein verletztes Bein war noch immer taub, doch er wollte nicht, dass die Männer es aufschnitten. Brage hatte sich über ihn gebeugt und gesagt, dass es vielleicht das Beste sei, die Wunde aufzuschneiden, um den Eiter herauszubekommen. Doch Ulv hatte sich von ihm weggeschleppt, denn er erinnerte sich noch an die Schmerzen, die er hatte erleiden müssen, als Seon ihn mit dem glühenden Messer brannte. Jetzt lag er am Feuer und lauschte, was Seon über die Länder im Süden erzählte. Jeden Abend seit dem Angriff des Erdriesen hatte er das getan. Vielleicht brauchte Seon jemanden zum Reden, wie ein ausgestoßener Barkasjäger, der zu lange in Einsamkeit gewandert war. Nur wenige Menschen waren dazu geschaffen, einsam zu wandern, und Ulv wusste noch, wie sich die Barkas verwundert gefragt hatten, wo er, der er weder eine Familie noch einen Stamm hatte, denn herkam. Doch auch Seon war einsam umhergeirrt. Er hatte Königreiche und fremde Herrschaftsgebiete durchstreift und mehr Schlachten geschlagen, als Ulv zählen konnte. Er hatte von den Kämpfen der Eharbrüder erzählt, die sich mit ihren berittenen Horden um die Macht in Mansar stritten, und von den Burgen, die zehn Tage brannten. Seon war mit den Vandarern geritten und hatte gegen die Oldamenn gekämpft, doch er machte keinen Hehl daraus, dass er die Vandarer hasste. Die Männer schliefen in ihrem eigenen Dreck und ließen die Frauen für sich arbeiten und konnten sich in ihrer Niedertracht nur noch mit den Krettern messen.

Mehrere Jahre war er durch die Länder südlich von Ar gewandert und hatte vielen Völkern und Klanen gedient. In dem letzten dieser Jahre hatte er seine Treue wieder an die Vandarer verkauft und in ihren Burgen gewacht, bis es ihm nach bereits einem Winter gereicht und er auf einem Schiff angeheuert hatte. So war er in die Länder nördlich des Meeres gekommen, wo er seither geblieben war.

Der Abend wurde langsam zur Nacht. Seon und Brage saßen dicht bei den Flammen und starrten in das Dunkel des Waldes, während Ulv gegen das Wundfieber kämpfte. Er hörte die Regentropfen, die durch das Laubdach fielen, kalte Tropfen, die hoch dort oben in der dunklen Stille auf die Blätter klatschten, ehe sie auf den weichen Waldboden tropften. Manche verzischten im Feuer, andere trafen seinen Kopf und rannen ihm über die Stirn. Der Wald roch nach Erde und Regen, nach Herbst und Kälte.

In der Morgendämmerung brachen sie wieder auf. Seon und Brage packten jeder einen Tragestock und schleppten die Bahre weiter. Sie zogen sie an dem herausgebrochenen Wurzelteller vorbei in den Farnwald, und keiner von ihnen sagte mehr etwas. Dafür waren sie zu müde. Wo ihnen die Wurzeln den Weg versperrten, hoben sie die Bahre zwischen sich an und kletterten weiter. Sie rutschten im Moos aus und schlugen sich die Knie auf, doch es machte keinen Sinn anzuhalten. Der Regen hatte sie mitten in der Nacht geweckt, und jetzt waren sie nass bis auf die Haut, so dass die Schwielen in ihren Handflächen weich wurden und aufplatzten, und erneut wollte Seon Ulv zurücklassen. Doch Brage wollte davon nichts hören, das sei eine Schande, und er habe sein ganzes Leben gelebt, ohne Schande auf sich und seine Ahnen zu laden. Seon schnaubte verächtlich, als Brage dies sagte, denn er musste an den Winter denken, den sie in den Schwarzen Bergen zugebracht hatten, und an das Bergvolk, das sie dort aufgenommen hatte. Er erinnerte sich noch gut an Brages Frau und das Kind, das sie erwartete, als die roten Dämonen sie nach Norden gejagt hatten. Doch er erwähnte nichts davon, denn er wusste, wie schmerzhaft diese Erinnerung für den Schmied war. Und unter schmerzlichen Erinnerungen litten sie beide mehr als genug. Seon war erschöpft, und der Hunger wühlte wie eine Klaue hinter der Narbe auf seinem Bauch. Wie immer, wenn er müde war, begann er an die Frauen zu denken, die er gekannt hatte. Er hatte sie mit dem Gold zu sich gelockt, das er verdient hatte, weil er die Feinde der Burgherren tötete. Die tanzende Vaia in Torman, die tuurische Sklaventochter und das verarmte Mädchen in Krugant; in allen von ihnen hatte er Mian gesehen. Die Vaia hatte ihre Augen, und Mians Stimme hörte er in der gebrochenen Sprache der Sklavin. Und es gab noch mehr Frauen, an die er sich kaum mehr erinnerte und zu denen er gegangen war, wenn der starke Trunk nicht ausgereicht hatte, um seine Erinnerungen zu ertränken. Doch keine war wie sie gewesen. Und vielleicht war das auch gut so, denn was für ein Leben konnte er ihnen bieten? Er war Seon aus Vielen Reichen, er war ein Krieger ohne Heimat, eine jämmerliche Gestalt, die ihre Loyalität sogar an Vandarer und Tuurer verkaufte. Er war gefürchtet, wie es sein sollte bei einem Krieger, doch er hatte keine Familie, keinen Stamm. Er hatte nicht einmal ein Volk, zu dem er sich zugehörig fühlte. Niemand würde um ihn weinen, wenn er starb.

Da blieb Brage stehen. Er packte Seon an der Schulter und sah nach rechts zwischen die Farnkräuter.

»Der Vega.« Seon zückte sein Schwert. »Er hat uns eingeholt.«

Ulv wachte auf, als sie die Bahre absetzten, und blickte Seon an, der einen Schritt zurücktrat und das Schwert hob. Brage murmelte etwas von Erdriesen.

Ulv legte den Kopf zur Seite und sog die feuchte Luft ein. Der Vega hatte keinen Geruch abgegeben, doch dieses Geschöpf tat es. Er roch eine Spur von Rauch und Blut. Es könnte ein Mensch sein.

»Wir gehen weiter.« Seon ging ans Ende der Bahre und hob sie an. Ulv stöhnte auf, als sein Schenkel gegen einen Baum stieß, doch die Männer kümmerten sich nicht darum. Sie gingen zwischen den Bäumen hindurch, während Ulv willenlos auf der Bahre durchgeschüttelt wurde. Wieder hörten sie das Kratzen und Knacken an Baumstämmen und im Unterholz hinter sich, und Ulv legte seine Hand auf den Dolch. Bei den Barkas gab es eine Legende über einen Geiste rvielfraß, der unter der Erde laufen konnte. Manchmal folgte er den Männern und zog sie in tiefe Löcher hinab, wo er sie bei lebendigem Leib auffraß. In den Wäldern des Nordens hatte Ulv solche Geräusche wie jetzt noch nie gehört, aber er war auch noch niemals zuvor in einem Wald wie diesem gewesen.

Jetzt raschelte das Farnkraut vor ihnen. Seon stellte die Bahre ab und schlich sich zu einem Baum. Brage löste die Axt und hockte sich zwischen den Farnkräutern hin. Ulv hielt den Atem an und lauschte. Einen Steinwurf vor den Männern hörte er Schritte. Sie waren leichter als die Schritte von Menschen und entfernten sich rasch in südlicher Richtung. Seon und Brage hoben die Bahre an und gingen weiter nach Westen.

Was auch immer es war, was sie gehört hatten, an diesem Tag kam es nicht wieder. Seon und Brage kämpften sich weiter voran, bis es dunkel wurde. Sie stellten die Bahre ab und begannen, Farnkraut und Holz zu sammeln, und als Seon das Feuer entzündet und Brage ein paar Wedel Farnkraut über Ulv gebreitet hatte, hockten sie sich dicht an die wärmenden Flammen und tranken aus ihren Wasserschläuchen. Erst jetzt bemerkten die Männer, dass der Regen aufgehört hatte. Ulv blinzelte in das Laubdach und verbarg seine frierenden Hände in den Achselhöhlen. Das klare Wetter brachte Kälte.

Seon und Brage schliefen an diesem Abend schnell ein. Sie lagen reglos auf den Farnwedeln, während das Feuer brannte und sich der Dunst der Nacht über sie legte. Ulv warf den Kopf hin und her und murmelte etwas über die Wälder und Berge, die er verlassen hatte. Tränen rannen über seine bärtigen Wangen und gefroren in seinen Haaren. Er vermisste die Frau, die ihn gehalten hatte, und litt, weil es ihnen nicht gelungen war, aus der Gefangenschaft der Sklavenhändler zu fliehen, ehe die schwarzen Männer kamen und sie ihm nahmen. Ulv drehte sich auf die Seite und blinzelte durch einen Schleier aus Fieber und Hunger und erahnte die zwei Männer, die sich an der Glut zusammengekauert hatten. Dann drehte er sich wieder zurück und starrte zwischen den Stämmen hindurch in die Nacht. Irgendetwas bewegte sich dort im Dunkeln. Eine Gestalt trat aus dem Nebel und kam auf ihn zu. Doch Ulv fürchtete sie nicht, denn sie löste den Riemen, der ihn an die Bahre fesselte, und half ihm fort. Der Fremde legte eine warme Hand um seinen Nacken und führte ihn aus dem Nebel.

Seon und Brage wachten von dem Wind auf, der bei Sonnenaufgang auffrischte und von den östlichen Steppen herüberfegte. Die Baumwipfel schwankten in den Böen, und die Vögel flatterten im Halbdunkel auf die Erde und kreischten panisch wegen der aus den Baumkronen herabstürzenden, trockenen Äste. Der Boden war mit Raureif bedeckt, und als Seon sich aufrichtete, zitterte er vor Kälte. Sein Atem war weiß. Brage lag mit dem Rücken zu dem ausgebrannten Feuer. Seon rieb sich die Augen. Ulv war verschwunden.

Seon stand mit steifen Beinen auf. Er hob das Schwert auf und blinzelte zwischen die bereiften Baumstämme, doch er sah keine Spuren.

Hinter ihm knackte ein Zweig. Er drehte sich um und hob das Schwert an. Ulv lag mit dem Rücken an einem Stamm. Er war mit Decken und kurzen, grauen Umhängen zugedeckt. Um ihn herum standen seltsame Geschöpfe. Sie starrten Seon unter buschigen Augenbrauen an und umklammerten ihre Speere mit ihren faltigen Fäusten. Die vier Geschöpfe trugen Lodenkleider und Umhänge, die mit dem Moos hinter ihnen verschmolzen. Auf den Rücken trugen sie Rucksäcke. Sie hatten lange graue Bärte, bis auf den einen Weißbärtigen, der neben Ulv kniete. Er hielt einen Becher in seiner Hand und strich sich über die Bartflechten, während er zu Seon aufblickte. Die vier reichten einem erwachsenen Mann kaum bis zur Hüfte, waren aber von kräftiger Statur und richteten ihre Speere mit geschmeidigen Bewegungen auf Seon. Er trat einen Schritt zurück und stieß Brage mit dem Fuß an. Der Schmied rappelte sich hustend auf. Als er die Geschöpfe erblickte, verstummte er abrupt.

Der Weißbärtige stützte sich auf seine Knie auf und erhob sich. Er schüttelte seinen Speer, schloss den Mund und stöhnte und jammerte wie ein Verrückter. Seon sah die Skalps und Hautstreifen an den Speeren der vier und dachte an die Bräuche einiger Steppenstämme, ihre Feinde zu skalpieren. Doch diese vier waren zu kleinwüchsig für Steppenkrieger.

Auf einmal verstummte der Weißbärtige wieder. Er beugte sich über Ulv, der hustete, als der Alte den Inhalt des Bechers zwischen seine trockenen Lippen goss.

»Lass ihn in Frieden!« Brage trat neben Seon. »Verschwindet! Bluttrolle! Seelenfresser! Kämpft gegen mich, wenn ihr Menschenblut wollt!«

Der Weißbärtige zog die Augenbrauen hoch und neigte den Kopf zur Seite. Die anderen blickten einander grinsend an. Brage schlug auf die Speere ein, doch die kleinwüchsigen Jäger bauten sich schützend vor Ulv auf und bedrohten den Schmied mit ihren Speeren. Da sagte der Weißbärtige etwas zu ihnen, und sofort senkten sie die Speere und ließen Brage näher kommen. Er ergriff Ulvs Arm, doch der Weißbärtige legte seine Hand auf Ulvs Stirn und schüttelte den Kopf.

»Unfug«, sagte er und wischte Ulvs Stirn mit seinem langen Bart ab. »Unfug, einen kranken Mann zu ziehen. Unfug, den Troll zu jagen, den Loke jagt.«

Brage zog Ulv am Arm, doch Ulv wehrte ihn hustend ab.

»Waldgeister!« Der Weißbärtige legte den Speer weg und drohte den anderen Jägern mit der Faust. »Trockene Zweige und Brennholz! Elende Trollbengel! Wie oft muss ich euch noch darum bitten? Wir brauchen hier ein Feuer! Ein Feuer für den kranken, großen Mann!«

Der größte der drei deutete auf einen Holzhaufen hinter Loke. »Haben wir gesammelt, ehe sie aufgewacht sind. Erinnerst du dich nicht?«

Loke drehte sich um und kratzte sich im Nacken. Seine weißen Haare hingen in zotteligen Strähnen über seinen Rücken herab und waren voller kleiner Zweige und trockener Blätter. »Bile! Bile Feuermacher!« Er deutete mit seinem kurzen Zeigefinger auf den Holzhaufen. »Zünde das Feuer dort am Turmbaum an, während ich mit den Großen rede.«

Die kleinwüchsigen Jäger versammelten sich um Ulv und den Zweighaufen, während der Weißbärtige zu Seon watschelte. Brage blieb bei Ulv, was den Weißbärtigen verwirrte. Er blickte hin und her, bis schließlich auch Brage zu Seon trat. Da nickte der Waldgeist und strich sich über die Bartflechten.

»Ich bin Loke«, sagte er. »Und das sind meine untauglichen Schüler!« Er zeigte mit der Hand auf die drei bei Ulv. Sie sammelten die Zweige zusammen und schleppten das Holz zur Feuerstelle neben der Bahre. »Sie werden ein Feuer entzünden, und ich werde einen Sud für den Kranken brauen. Er wird wieder gesund werden, wenn die bösen Wundgeister ihn noch nicht gefunden haben.«

Loke beugte sich zu Boden und hob eines der bereiften Blätter auf. »Heute Nacht hat es gefroren«, sagte er. »Wir haben gesehen, wie der Kranke gezittert hat, und haben ihn zu dem Baum hinübergetragen. Ich habe gesungen und den Turmbaum gebeten, ihn zu wärmen. Wir haben ihn mit Decken zugedeckt. Er ist krank, der große Mann.«

»Ich weiß, dass er krank ist.« Brage schnäuzte sich in seine Finger. »Und wir haben keine Zeit, hier zu warten. Ich weiß nicht, wer ihr seid, kleines Volk, doch wir müssen den Nordländer nach Kels schaffen, ehe er stirbt.«

»Es ist weit bis Kels.« Loke stemmte die Hände in die Hüften.

Brage nickte Seon zu. »Dann tragen wir ihn in die Siedlung der Jäger.«

»Es ist weit bis in die Siedlung der Jäger«, sagte Loke und schob seine Daumen unter den Gürtel, der um seinen runden Bauch gespannt war.

Seon warf einen Blick auf Ulv. Die kleinen Jäger hatten ihn zugedeckt und ihm zu trinken gegeben. »Warum helft ihr ihm?« Seon senkte sein Schwert. »Er ist bloß ein entflohener Sklave.«

Loke watschelte zur Feuerstelle. »Ich habe euch viele Worte zu sagen. Aber ihr werdet nicht verstehen.« Er hockte sich hin und wühlte mit der Spitze seines Speeres in der Asche herum. »Nur so viel, ihr habt den Troll verletzt, den ich seit fünf Monden verfolge. Jetzt ist er sicher weit nach Süden geflüchtet. Und bis zum nächsten Frühjahr kann er in den Norden gezogen sein und die Steppe überquert haben. Aber so ist es ja immer mit euch Großen. Andere müssen für euren Unfug leiden.«

Brage fasste sich an den Bauch. Aus dem Rucksack des Weißbärtigen roch es nach Essen.

Loke blinzelte ihn an und schnaubte missmutig. »Soso, ihr seid also geflohen. Nicht wahr?« Der Weißbärtige zeigte mit dem Speer nach Osten. »Ich habe die Schlacht vom Waldrand aus beobachtet und gesehen, wie ihr weggelaufen seid, doch viele haben ihr Leben gelassen.« Brage ging zu Ulv hinüber und setzte sich. Er legte ihm die Hand auf die heiße Stirn, aber Loke wollte noch nicht Ruhe geben. Der zwergenwüchsige Jäger ging ihm nach und streckte vor ihm den Zeigefinger in die Höhe. »Ich habe meinen Schülern gesagt, dass das eine Warnung ist. Der Wald singt, dass die Schwarzen aus dem Süden kommen. Der alte Gamle, also der Gamle, der vor dem neuen Gamle da war, sagte zu mir, dass die Schwarzen kommen werden, wenn vier mal zehn Jahre vorüber sind. Sie seien das Volk Tarkins, sagte Gamle.«

Brage sah weg, doch der Weißbärtige stützte sich auf seinen Speer und starrte ihn an.

»Woher weißt du von Tarkin?« Seon kam zu ihnen herüber. »Du sprichst über Menschen wie mich, dunkelhäutige Menschen. Du hast die Schlacht gesehen und beobachtet, wie wir geflohen sind. Du und deine Krieger seid uns seither gefolgt. Woher soll ich wissen, dass ihr keine Kundschafter von Vendhur seid?«

Der Weißbärtige schüttelte den Kopf. »Wir Waldgeister sind vielleicht klein von Statur, doch ihr Großen habt wenig Verstand. Trotzdem seid ihr die von den Göttern auserwählte Rasse. Ihr seid die Herrscher der neuen Zeit.« Er deutete auf Seon und

Brage. »Ich könnte euch von der alten Weissagung erzählen und von der letzten Schlacht, die noch aussteht, ehe die alten Götter von den Menschen vergessen werden. Ich könnte euch von den vier Jahrzehnten berichten, die nun bald vorüber sind, und davon, warum ich am Waldrand entlanggewandert bin und so viele Jahre lang über die Steppen gespäht habe. Aber ihr würdet mich nicht verstehen.«

Brage legte Ulv erneut die Hand auf die Stirn. Ulv hustete, er hatte Schüttelfrost. »Die Kälte bringt ihn um«, sagte Brage. »Wir müssen weiter. Der Karrenweg kann nicht weit entfernt sein.«

»Drei Tage.« Loke streckte drei kurze Finger in die Höhe. »Drei Tage für uns, vier für euch. Der Große stirbt, ehe ihr dort seid.«

»Dann lassen wir ihn hier.« Seon stieß sein Schwert in die Scheide und drehte ihnen den Rücken zu. »Ich gehe jetzt weiter. Kümmert euch um den Nordländer, wenn ihr wollt. Komm, Brage.«

Brage blieb bei Ulv sitzen. Seon stand am Rand des Lagerplatzes und sah sich um. Der Schmied blickte ihn mit finsterer Miene an und schüttelte den Kopf.

»Der schwarze Mann trägt viel Schmerz in sich«, murmelte Loke und deutete mit dem Speer auf Seon. »An deinem Gang erkenne ich, dass du noch unter einer alten Bauchverletzung leidest, und deine Augen sind voll verdrängter Sehnsucht. Ich habe dich gegen deine eigene Rasse kämpfen sehen und die Furcht in deinem Blick erkannt, als du deine sterbenden Männer zurückgelassen hast. Du bist immer auf der Flucht gewesen, Mann aus dem Süden, und jetzt fürchtest du, dass es keinen Ort mehr gibt, an dem du dich verstecken kannst. Und der Verletzte erschreckt dich, denn er erinnert dich daran, dass wir alle einmal sterben müssen. Deshalb gehst du weiter. Du wagst es nicht, stehen zu bleiben.«

Seon stützte sich mit dem Rücken an einen Baum. Er kniff die Augen zusammen und knetete den Griff seines Schwertes.

»Du weißt, dass es so ist.« Loke schob die Hand hinter seinen

Gürtel und sah zu Brage hinüber. »Und dein Begleiter weiß das auch. Er blickt dir in die Seele. Er sieht, dass du Angst hast.«

Plötzlich drehte Seon sich um und zückte sein Schwert. Er richtete es auf den Weißbärtigen. »Ihr seid doch Seelenfresser! Verfluchte Seelenfresser! Ihr habt uns verfolgt und jeden Abend belauscht, und jetzt wollt ihr uns mit Worten verhexen. Doch ihr werdet uns nicht bekommen. Ich kann euch jetzt töten, euch Untiere!«

Loke blinzelte ihn mit müden Augen an. »Das könntest du«, sagte er. »Aber du wirst es nicht tun, denn du weißt, dass ich Recht habe.«

Seon spuckte ins Laub. Brage trat einen Schritt von den Waldgeistern weg und löste die Axt von seinem Gürtel. Die graubärtigen, kleinwüchsigen Jäger knieten noch immer am Feuer, als kümmerten sie die Geschehnisse gar nicht. Mit ihren Flintsteinen schlugen sie Funken.

»Ach, ich sehe das ...« Loke lächelte und deutete auf Seon. »Ich sehe das in deinen Augen. Es ist eine Frau. Das ist doch immer so bei euch Großen. Hass, Sehnsucht, Liebe, das sind die Dornen auf eurem Weg.«

Seon ließ sein Schwert sinken. Vielleicht waren es der Hunger und die Erschöpfung, die an ihm zehrten, denn er sank am Stamm zusammen und blieb, das Schwert auf dem Schoß, am Boden sitzen. Er war still, während die Jäger das Feuer entzündeten und ihre Decken an der Feuerstelle ausbreiteten, und vermochte sich nicht einmal zu erheben, als Brage Ulv in die Wärme schleppte. Loke meinte, es sei das Beste, sich den Rest des Tages in der Wärme des Feuers aufzuhalten, so dass sich der Verletzte ausruhen konnte. Aber die Wunde war groß, und Loke war sich nicht sicher, ob das Fieber von Ulv weichen würde. Wenn er den Tag überlebte, überlebte er vielleicht auch die Nacht. Doch erst bei Tagesanbruch würden sie erkennen, ob er es schafft.

Schließlich gesellte sich auch Seon zu ihnen. Er legte das Schwert beiseite und setzte sich ans Feuer, war aber noch immer still. Brage klopfte ihm auf den Rücken, doch Seon blickte nicht einmal auf. Er saß mit verschränkten Beinen da und starrte auf seine Hände, und so blieb er lange sitzen, sehr lange.

Der Wind frischte im Laufe des Tages weiter auf. Trockene Äste fielen aus den Baumkronen herab und zerbrachen auf dem nassen Waldboden. Die Böen raschelten im Laub. Manchmal schnitten sich Säulen aus Licht durch die Ritzen im Laubdach, doch die Zweige schwankten immer wieder zurück und ließen die Dunkelheit zwischen den Stämmen regieren.

Die Jäger hatten einen kleinen Kessel in die Flammen gestellt, den Loke zur Hälfte mit Wasser aus seinem Wasserschlauch gefüllt hatte. Jetzt öffnete er ein Stoffbündel und streute eine Hand voll trockener Blätter ins Wasser. Er murmelte vor sich hin und rührte mit seinem Messer um, ehe er seine Gürteltasche öffnete und so etwas wie Erde in die Suppe rieseln ließ. Ein harscher Geruch nach Wacholderbeeren, Tiermist und Blut breitete sich am Feuer aus. Loke spuckte in die Suppe und rührte noch einmal mit dem Messer um. Dann steckte er seinen Finger in den braunen Sud und biss sich auf die Unterlippe. Schließlich richtete er seinen Blick auf die Männer und lächelte.

»Das ist ein gutes Gebräu«, sagte er und wischte sich den Finger im Bart ab. »Das wird die Wundgeister aus dem Großen vertreiben.«

Einer der Graubärtigen legte Holz nach. Das Feuer war klein, brannte aber gleichmäßig und wärmte gut. Brage legte seine Unterarme auf die Knie und versuchte, den quälenden Hunger zu besiegen. Die kleinen Jäger hatten noch immer kein Essen aus ihren Rucksäcken geholt. Er räusperte sich und nickte in Richtung des Weißbärtigen. »Wir haben seid vielen Tagen nichts mehr gegessen«, sagte er und klimperte mit dem Ledersäckchen, das an seinem Gürtel hing. »Ich kann euch Gold geben, wenn ihr uns etwas zu essen gebt.«

»Von Gold haben wir schon einmal gehört.« Loke blickte auf die Goldmünzen, die Brage dicht am Feuer in der offenen Hand hielt. »Eure Rasse bekommt von diesem goldenen Eisen böse Geister ins Blut. Ihr tötet dafür. Wir Waldgeister sind anders.«

Seon beugte sich am Feuer vor und heftete seinen Blick auf Loke. »Wir haben auch Edelsteine, aber die haben wir vor den Händlern in Krugant versteckt.«

Brage kniete sich hin und wühlte in seinem Ledersäckchen, ehe er einen violetten, kantigen Stein in der Größe eines Fingernagels fand. »Ein Amethyst, Fremder.« Er hielt ihn ins Licht. »Er hilft euch gegen Kopfschmerzen, wenn ihr zu viel getrunken habt. Die Menschen im Süden würden euch gute Schwerter und ganze Wagenladungen voll Bärenfelle für diesen Stein geben.«

Der weißbärtige Jäger lächelte und schüttelte den Kopf. Dann stellte er seinen Rucksack auf seinen Schoß und fischte ein paar Leinensäckchen und einen Krug heraus. In den Säckchen hatte er getrocknete Äpfel und Pilze, die er den anderen gab. Brage und Seon nahmen die getrockneten Früchte an und kauten auf den zähen Stücken herum. Loke schöpfte einen Becher voll Flüssigkeit aus dem Kessel. Er nahm einen Schluck, rührte mit dem Finger um und flößte Ulv den Rest ein. Dann zog er den Korken aus dem Krug und roch an dem Gebräu. Brage legte den Amethyst zurück in sein Säckchen.

»Wir sollten uns unsere Namen sagen«, erklärte der weißbärtige Jäger und blickte zu Brage und Seon hinüber. »Nur gut, dass ihr den Lanzen der schwarzen Männer entkommen seid. Es ist, wie der alte Gamle sagte. Die vier Jahrzehnte ...« Er deutete auf seine Stirn. »Es stimmt. Alles stimmt. Wenn der Große wieder gesund ist, werde ich zum Waldrand zurückgehen. Ich muss nach dem suchen, der kommen soll. Denn meine Schüler und ich, wir sind keine Seelenfresser, wie viele von euch Menschen in dieser Zeit vielleicht glauben. Wir sind Waldgeister, und wir sind so alt wie dieser Wald. Wir, die Schüler und ich, haben eine Aufgabe. Doch jetzt will ich wissen, wie ihr heißt.«

Seon biss in ein Stück Apfel. »Ich bin Seon«, schmatzte er. »Mehr braucht ihr nicht zu wissen.«

Loke sah ihn streng an, ehe er seinen Blick auf Brage richtete. Der Schmied schluckte einen Bissen hinunter und wischte sich die Finger im Bart ab. »Brage«, sagte er. »Brage aus Ber-Mar. Ich bin der Sohn von Karr, dem Meisterschmied aus dem Westen.«

Loke kratzte sich am Bart und wiegte den Kopf hin und her, als wolle er eine alte Erinnerung vertreiben. Dann streckte er die Hand zu dem graubärtigen Jäger aus, der links neben ihm saß.

»Das ist Bile.« Loke legte ihm die Hand auf die Schulter und lächelte. »Bile hat sich als guter Waldgeist erwiesen, niemand kann so sicher das Wetter deuten wie er. Er kann selbst mit den nassesten Zweigen ein Feuer entfachen und braut ein gutes Beerengebräu. Doch er hat noch viel zu lernen.«

Bile klopfte sich auf seinen dicken Bauch. Er war der größte der kleinwüchsigen Jäger, einen Kopf größer als Loke, und hatte breite Schultern. Um den Hals trug er vier Zapfen, die er an einer Schnur aufgereiht hatte, und an seinem Weidengürtel hing ein langes Messer. Wie die anderen Jäger hatte er einen Bogen und einen Pfeilköcher am Rucksack befestigt. Er trug ein knielanges Wams und eine kurze Weste über den Schultern. An den Füßen hatte er hohe Stiefel aus Birkenrinde. Bile lehnte sich auf den Ellbogen zurück und schlug die Beine übereinander. Sein langer, grauer Bart bauschte sich auf seiner Brust.

»Sein Bruder Vile ...« Loke nickte dem Jäger zu, der neben Bile saß. »Vile hat uns seine Fähigkeiten lange vorenthalten. Aber wer sollte auch wissen, dass er so wunderbar Flöte spielt, dass selbst die Waldteufel bei seinem Spiel in Tränen ausbrechen. Spiel für uns, Vile! Spiel Tränen in die Augen der Waldteufel! Ich bin mir sicher, dass jetzt einer von denen über uns in den Zweigen hockt. Die Tränen werden ihn verraten, denke ich!«

Vile zog eine Holzflöte aus seinem Rucksack und setzte sie an die Lippen. Seine kurzen Finger huschten über das Instrument, und wehmütige Töne erklangen zwischen den Stämmen. Vile war der kleinste der Jäger. Er war nicht so kräftig gebaut wie die anderen, und sein Bart fiel weich und lockig über seine Brust. Er trug die gleichen Kleider wie sein Bruder, hatte aber kein Messer am Gürtel.

Der letzte von Lokes Schülern saß rechts neben dem Weißbärtigen.

Loke klopfte dem kräftigen Waldgeist auf die Schulter.

»Das ist Bul. Er wird meinen Platz als Trolljäger einnehmen, wenn es mich nicht mehr gibt. Bul hat viel Mut, und mit den Jahren hat er auch die Weisheit bekommen, die ihm als Jüngling fehlte. Kein Schüler hat so viele Trolle gefällt wie Bul.«

Bul zog den Speer zu sich heran. Er trug schwarze Lodenkleider und hatte eine lange Narbe auf der Brust. Bul saß am nächsten bei Ulv, und jetzt beugte er sich vor und zog die Kette hervor, die Ulv unter seinem Hemd trug. Bul fuhr mit den Fingern über die Reißzähne, die an einer Sehne befestigt waren, bis Brage schließlich aufstand. Da zog der Waldgeist die Hand zurück und flüsterte Loke etwas zu, woraufhin dieser die Stirn runzelte und Ulv anstarrte.

»Was ist los?« Brage setzte sich wieder ans Feuer. »Geht es ihm schlechter?«

Loke antwortete nicht, sondern kratzte sich im Nacken und sah hinauf zu den Baumkronen. Ein Tropfen klatschte ins Feuer. Ein weiterer tropfte hinter Bul ins Laub. Bile streckte die Hand aus. Es hatte wieder zu regnen begonnen.

»Seht nur, das ist Vile, der Flötenmeister.« Loke machte es sich am Feuer bequem. »Jetzt hockt der Waldteufel dort oben und weint. Spiel weiter, Vile! Lass die Waldteufel heulen.«

Bile riss ein Stück von einem getrockneten Pilz und zeigte auf Ulv. »Der kranke Große muss auch einen Namen haben.«

»Ja«, sagte Loke und richtete seinen Blick auf die Männer. »Sagt mir, wie er heißt.«

Seon streckte die Hände zu den Flammen aus. »Er nannte sich selbst Ulvmanna, der Wolfsmann. Er kam aus dem Norden über die Steppen und Ebenen.«

»Aus dem Norden?« Loke strich sich über die Bartflechten. Er neigte den Kopf zur Seite und betrachtete Ulv.

Brage schluckte den letzten Rest Apfel hinunter. Als er die Hand ausstreckte, stieß Bile Loke an. Der Weißbärtige sah von Ulv auf und gab dem Schmied eine Hand voll getrocknete Pilze.

»Morgen trennen wir uns«, sagte Loke. »Geht weiter nach Westen, Volk der Großen. Wenn ihr auf den Karrenweg stoßt, wendet euch nach Süden in Richtung der Siedlung der Jäger.«

»Wohin geht ihr von hier aus?« Brage legte einen Zweig aufs Feuer und rieb sich die Hände über den Flammen.

Loke schluckte ein Stück Pilz hinunter und kratzte sich im Nacken. »Nach Osten. Zurück zum Waldrand. Wir warten. Das ist jetzt die Zeit.«

»Welche Zeit?« Brage zog die Axt näher zu sich und stützte den Schaft gegen seinen Schenkel. »Warum müsst ihr zurück zum Waldrand? Vendhurs Männer sind dort, Fremde!«

Loke blickte wieder zu Ulv. »Warum schenkt die Sonne der Erde Licht? Warum töten Menschen einander? Warum ist mein Bart weiß? Ihr Großen müsst immer wissen, warum.«

Ulv lag unter den Decken und atmete schwer und langsam. Loke rutschte näher und befühlte seine Stirn. »Wir mögen Tarkin und seine Krieger nicht«, murmelte er. »Wir sahen euch vor ihren Lanzen fliehen, aber die Kriege der Großen gehen uns nichts an. Außerdem hatte ich einen Troll zu jagen. Aber ihr habt ihn vor mir gefunden. Bul verfolgte euch und sah, dass ihr einen Kranken mit euch trugt. Und weil ich ein guter Heiler bin, dachte ich, dass es an der Zeit sei, einmal wieder mit Männern vom Volk der Großen zu sprechen.«

Loke berührte die Reißzahnkette. Sein Gesicht wurde hart und faltig, als er die Zähne zählte. Sieben Zähne waren auf der Sehne aufgereiht. Er blickte zurück zu Bul, und Bul nickte, während er Loke anstarrte. Da schob Loke die Kette unter Ulvs Hemd und setzte sich wieder ans Feuer. Er nahm einen Schluck aus dem Krug, rülpste laut und reichte ihn an Bile weiter.

»Trink«, sagte der Weißbärtige. »Das ist der Apfelwein des vergangenen Sommers. Ein gutes Gebräu für Herbsttage wie diesen.«

Bile nahm einen kräftigen Schluck und reichte den Krug an Vile weiter. Der Waldgeist legte die Flöte in den Schoß und folgte dem Vorbild seines Bruders, ehe er den Krug an Brage weiterreichte. Der Schmied roch an dem Trunk, sah weg und fluchte.

»So, du trinkst nicht?« Loke stand auf und streckte den Speer über das Feuer. »Ich habe dir gesagt, dass dies ein guter Trunk ist. Ich habe ihn den ganzen Sommer über getragen, und er wird getrunken, wenn ich das sage!«

Brage trank widerwillig und reichte den Krug an Seon.

»Seht, das ist ein Mann mit Sinn für Lokes Gebräu!« Der weißbärtige Waldgeist deutete auf Seon und lachte. Seon stützte sich mit einer Hand am Boden ab, während er den Kopf in den Nacken legte und das Gebräu die Kehle hinunterrinnen ließ.

»Trink nicht alles!« Loke schlug ihm mit der Speerspitze aufs Knie. »Es muss bis Erste Schneeflocke reichen, Großer!«

Seon wischte sich den Mund ab und reichte den Krug an Bul weiter, doch Loke nahm den Krug an sich und drückte den Korken hinein. Bul blickte in seine leeren Hände, ehe er zu Seon aufsah, doch der holte bloß tief Luft und gähnte zufrieden. Er setzte sich auf den Rand der Bahre und streckte die Beine aus. Jetzt regnete es. Der Regen drang zwar nicht durch das dichte Laubdach, doch immer wenn der Wind die nassen Zweige bewegte, fielen dicke Tropfen auf den Waldboden.

»Da kommt übles Wetter auf«, sagte Bile mit einem Räuspern. »Blitz und Donner, Loke. Der Mächtige schlägt mit seinem Hammer auf die Berge.«

»Unfug.« Loke verstaute den Krug in seinem Rucksack. »Das sind die Waldteufel, die weinen. Spiel weiter, Vile.«

Vile begann wieder zu spielen, und die Waldgeister schwiegen. Vielleicht lauschten sie Viles Spiel, oder sie hatten an diesem Tag nichts mehr zu sagen, denn bald legten sie sich am Feuer zu Boden und zogen ihre Umhänge über sich. Loke murmelte etwas von einer langen Wanderung, die vor ihnen läge, und dass seine alten Beine Ruhe bräuchten.

Brage und Seon sahen zu, wie sie sich unter ihren lodenen Umhängen zusammenrollten. Die bärtigen Jäger zogen ihre Speere zu sich und legten ihre Köpfe auf die Rucksäcke. Vile blickte noch eine Weile ins Feuer, doch dann schlief auch er ein. Brage legte noch mehr trockene Zweige aufs Feuer, denn es war kälter geworden, und obgleich der Tag schon weit fortgeschritten war, war der Raureif auf dem Boden nicht getaut.

Die zwei Männer saßen lange da und starrten in die Flammen. Sie lauschten dem Rauschen des Regens in den Baumkronen und dem Klatschen der Tropfen auf dem Waldboden. Sie hatten noch immer Hunger, doch das Regenwetter und das wenige Tageslicht ließen auch sie schläfrig werden. Als alles Holz auf dem Feuer lag, legten auch sie sich mit dem Rücken zur Feuerstelle hin.

Den ganzen Tag über wehte der Wind über den Westwald. Die Tränen der Waldteufel regneten auf den Waldboden und rannen an den Stämmen herab, und als die Nacht kam, zogen die Geister ihre grauen Schleier durch den Wald. Brage war einmal aufgewacht und hatte sich durch den Nebel getastet, denn das Feuer war niedergebrannt und Ulv zitterte. Er suchte Zweige, die der Wind von den Baumkronen geschlagen hatte, legte sie auf die Glut und schlief schließlich wieder ein, als die Flammen erneut über das Holz leckten. Doch das Feuer war gierig, und als es zum zweiten Mal niederbrannte, wachte Brage nicht auf. Die Glut blinzelte mit müden Augen in die Nacht, und Waldgeister und Menschen verschwanden im Nebel.

In dieser Nacht hatte Ulv einen Traum. Er wanderte durch einen Nebel, der dichter war als selbst der bedrohlichste Geisterschleier. Der Boden um ihn herum war mit scharfen Steinen gespickt, und seine Schritte hallten im Dunst wider. Er erkannte, dass er durch eine Schlucht ging, und schlich sich unsicher weiter. Das entfernte Heulen, vor dem er floh, jagte ihm Angst ein, doch ebenso fürchtete er das Unbekannte, das ihn am anderen Ende der

Schlucht erwartete. Schritt für Schritt tastete er sich durch den Nebel vorwärts. Seine Füße bluteten auf den Steinen. Er weinte, doch es fielen keine Tränen. Er rief, doch es kamen keine Worte. Er war ein Tier, ein Geschöpf, entsprungen aus dem Geheul der Wölfe, während der langen Winternächte. Und er stahl sich zwischen den Berghängen vorwärts, taumelte an den Rand des Abhangs und erblickte das Tal unter sich. Es war ein Land voller grüner Wiesen und Eichenwälder. Er sah Hirsche zwischen den Bäumen und hörte Stimmen und Gelächter von den Lichtungen im Süden, und auf diese Laute ging er zu.

Einen Tag und eine Nacht wanderte er unter den Eichen entlang. Der Wald war ihm fremd. Die Hirsche grasten auf den Wiesen und schienen keine Furcht vor ihm zu haben. Raben kreisten über den Bäumen, doch sie krächzten nicht. Er folgte dem Laut der Stimmen. Er hörte Männer und Frauen, Kinder und Alte. Die Stimmen lockten ihn zu sich.

Am zweiten Tag sah er die Langhäuser. Er stand am Waldrand zwischen den Bäumen, doch die Menschen draußen auf der Lichtung bemerkten ihn nicht. Jäger ritten mit am Sattel befestigten Bögen und langen Speeren in den Händen vorbei. Frauen schabten das Fett von den Häuten, die an Rahmen aufgespannt waren. Kinder tollten mit halb zahmen Wolfshunden umher. Drei alte Männer saßen auf einem Baumstamm im Schatten einer Eiche. Sie lachten und prosteten sich mit großen Holzkrügen zu.

Ulv trat aus dem Schatten. Er war kein Mann mehr, sondern ein Junge. Die Alten auf dem Baumstamm zeigten rufend auf ihn, und die Jäger hielten ihre Pferde an und drehten sich zu ihm um. Ulv zögerte, denn er hatte Angst vor diesem fremden Volk.

Ein alter Mann mit einem grauen Bart stolperte zu ihm herüber. Tränen rannen über seine faltigen Wangen. Der Alte warf seinen Umhang über die Schultern nach hinten und rieb sich die Augen mit seinen groben Fäusten. Dann fiel er vor Ulv auf die Knie. Er nahm seine Hand und fuhr mit einem Finger über die Narbe in seiner Handfläche.

»Ulv«, flüsterte er. »Du bist es wirklich. Du bist nach Hause gekommen. Wir haben so lange gewartet.« Der alte Mann sah ihn mit müden Augen an. »Aber dein Vater ist nicht mehr hier. Und deine Mutter ...«

Ulv sah zum Himmel auf. Die Berggipfel stachen wie Stoßzähne in den Himmel, und der Wind heulte an den Talhängen. Doch in diesem Wind lagen Worte, ein Flüstern in den Baumkronen ringsherum. »Adharkach ...« Der Name wehte über das Dorf und wirbelte durch die Haare der Frauen. »Adharkach ...«

Ulv blinzelte. Die rußigen Zweige des Feuers waren mit Reif bedeckt. Er lag auf der Seite, und dicht vor ihm stand eine kleine Gestalt mit langem, weißem Bart und starrte ihn an. Das musste ein Geist sein. Sie waren gekommen, um ihn zu holen, wie sie die Seelen der toten Barkas holen.

»Adharkach«, flüsterte der Geist. »Du bist es wirklich.«

Ulv zog seine Hand zurück. Seine Beine waren steif, und er fror am Rücken, aber das Fieber war verschwunden. Als er an seinen Schenkel fasste, spürte er, dass die schmutzigen Stofffetzen ausgewechselt worden waren. Jemand hatte Farnwedel und Rinde auf die Wunde gelegt. Er stützte sich mit den Händen auf, und der Geist legte seinen kurzen Arm hinter seinen Rücken und half ihm, sich aufzurichten. Ulv blinzelte ins Dunkel. Brage und Seon waren bis ganz dicht ans Feuer herangekrochen. Doch sie waren nicht allein am Feuer. Er sah bloß die grauen Bärte, denn der Rest der Geschöpfe verschwamm in der Dunkelheit. Die Geister schliefen, bis auf den mit dem weißen Bart, der jetzt seine linke Hand nahm und ihm über die Handfläche streichelte.

»Ich bin tot«, murmelte Ulv. »Willst du mich zurück in die Berge holen?«

Der Geist lächelte. »Du bist nicht tot. Aber Tarkins Krieger haben dich gezeichnet. Dein Schicksal ist vorbestimmt, wie es die Prophezeiung sagte.«

Ulv berührte das Knie seines verletzten Beins. Er spürte die

Schmerzen in der Wunde. Lange hatte er nichts mehr gefühlt. Jemand hatte ihn in kurze Decken gewickelt, deren Gewicht er auf den Zehen spürte.

Der Geist mit dem weißen Bart streckte ihm die Faust entgegen und deutete auf die Narbe in seiner Handfläche. »Als ich dich hier am Feuer liegen sah, kamst du mir irgendwie bekannt vor. Aber ich konnte nicht glauben, dass es wahr sein sollte.«

Ulv verschränkte die Arme vor der Brust. Er fror und wusste nicht, wovon der Geist redete.

»Gamle hat gesagt, dass es geschehen wird.« Loke nickte vor sich hin und fasste sich an die Bartflechten. »Die vier Jahrzehnte sind vorüber, und erneut sollen wir uns auf eine Wanderung begeben. Denn du bist es. Du bist der Sohn von Tir und Bran. Du bist zurückgekehrt.«

»Bran?« Ulv erinnerte sich an diesen Namen. Der alte Seemann in Krugant hatte über einen Krieger mit Namen Bran gesprochen, mit dem er in einem Krieg weit im Süden gekämpft hatte. Die Worte des Alten waren voller Sehnsucht gewesen, denn Bran hatte ihn verlassen und war mit seinem Volk über das Meer gesegelt.

»Ja«, sagte Loke. »Erinnerst du dich nicht an Bran, deinen Vater?«

Ulv blickte zu Boden. So viele Gedanken schwirrten durch seinen Kopf. Der alte Seemann hatte auch gesagt, dass er diesem Bran ähnlich sehe. Aber er konnte nicht begreifen, wie ein Mann, der mit den Völkern des Südens gekämpft hatte und der mit seinem Volk aufs Meer hinausgesegelt war, um nie wiederzukommen, sein Vater sein sollte.

»Adharkach ...« Loke klopfte ihm auf die Schulter.

»Adharkach?« Ulv erinnerte sich an dieses Wort. Der Riese mit dem Hirschgeweih hatte ihn damals an dem kleinen Weiher so genannt.

Loke streckte sich und legte ihm eine harte, kleine Hand auf den Mund. »Der Gesang der Wölfe hat dich vergessen lassen,

Bransohn. Aber sprich nicht so laut. Ich will jetzt mit dir reden, und deine Freunde brauchen diese Worte noch nicht zu hören.«
Loke zog die Kette unter Ulvs Hemd hervor. »Sieben Haizähne«, flüsterte er. Dann nahm er Ulvs linken Arm und öffnete seine Hand. Er klopfte mit dem Zeigefinger auf die Narbe. »Und eine Narbe in der linken Handfläche. Diese Narbe stammt von dem goldenen Dolch, den ich dir geschenkt habe. Du warst damals noch ein Säugling.« Der Waldgeist trat einen Schritt zurück und betrachtete ihn. »Wie du gewachsen bist, Ulv! Du ähnelst deinem Vater, das konnte ich ja sehen. Doch du trägst den Lebenslauf der Götter in dir und alterst nicht so schnell wie andere Menschen. Wie es in Gamles Prophezeiung hieß. Nach vier Jahrzehnten solltest du noch immer wie ein junger Mann aussehen.«

Ulv wandte den Blick ab, denn es gefiel ihm nicht, wie ihn dieser Geist anstarrte. Und er konnte nicht verstehen, woher dieses Geschöpf wissen konnte, dass er Ulv hieß.

»Es wird bald Morgen.« Loke sah zu den Baumkronen auf. »Und wenn es hell wird, werden wir nach Westen wandern, zum Karrenweg. Doch jetzt haben wir noch viele Worte zu wechseln, Bransohn.«

»Ich bin nicht Bransohn.« Ulv strich sich die Haare aus dem Gesicht und rieb sich die kalten Unterarme. »Ich bin Ulvmanna.«

»Ulvmanna«, wiederholte Loke. Das ist nicht der Name, den dir die Götter gaben. Erinnerst du dich nicht, Ulv? Hast du alles vergessen?«

Ulv versuchte aufzustehen, doch er war noch zu schwach. Loke nahm seinen Umhang ab und legte ihn um Ulvs Schultern.

»Ich glaube, du erinnerst dich«, sagte er. »Die Erinnerungen kommen zu dir, wenn deine Gedanken schlafen. Du nennst sie Träume. Ich kann dir erklären, was sie bedeuten, Ulv.«

Ulv schloss die Augen. Er hörte die Geisterworte und sah die blonde Frau und den Mann mit dem einen Ohr vor sich. Er sah die Pferde und den breiten Bach, der an den Langhäusern entlangfloss. Niemals waren die Erinnerungen so klar gewesen.

Loke warf einen Blick zu Brage und Seon hinüber. Sie schliefen noch immer, und so wandte er sich wieder an Ulv. »Du hast die Augen deines Vaters, und du trägst die Kette, die er dir einst gab. Ich hätte es eher merken müssen, aber die vier Jahrzehnte sind nicht spurlos an mir vorbeigegangen. Doch jetzt sehe ich, dass du Adharkach bist, Der, der Hörner trägt; deine Mutter gab dir diesen Namen, doch wir werden ihn nicht mehr aussprechen, denn dieser Name wurde dir von den Göttern gegeben und soll keinem sterblichen Menschen zu Ohren kommen.«

Loke zupfte seine Bartflechten zurecht und grinste breit. »Griom wird neidisch sein, wenn ich ihm erzähle, dass ich dich gefunden habe, Ulv. Wenn doch nur der alte Gamle noch leben würde! Er sagte das alles voraus. Ich würde dich finden, sagte er. Und ich war es, den er auf diese lange Reise nach Westen schickte. Doch all das werden sie dir erzählen, wenn ihr erst dort seid.«

»Wer sind die?« Ulv legte sich wieder hin und sah zu dem Geist mit dem weißen Bart auf. »Und wohin soll ich? Ich verstehe deine Rätsel nicht.«

Loke lächelte. »Das musst du auch nicht. Die Wahrheit wird dir mit der Zeit bewusst werden. Dein Weg muss nach Süden führen, wie du es selbst gewünscht hast. Das ist dein Schicksal, und so wurde es prophezeit. Doch du hast noch einen weiten Weg vor dir, ehe du diese Richtung einschlagen kannst.«

»Siréd?«, fragte Ulv. »Hast du auch sie gesehen? War es auch vorherbestimmt, dass ich sie traf?«

Loke ging zum Feuer und nahm einen Ast heraus. Er blickte zwischen die Stämme und schien Ulvs Frage nicht gehört zu haben.

»Weißt du etwas über sie?« Ulv drückte sich auf den Ellbogen hoch. »Du bist doch ein Geist, hast du auch gesehen, ob ich sie wiedersehe?«

Loke richtete seinen Blick in die Baumkronen. »Ich habe keine Eingebungen«, flüsterte er. »Diese Gabe ist mir nicht zu Eigen. Nur der Gamle kann hören, was ihm der Wald über die bevorstehende Zeit zuflüstert. Aber sei gewiss, Ulv: Die Zukunft ist wie ein Baum. Sie hat ihre Wurzeln in der Erde der Vergangenheit. Er wächst auf dem vermoderten Laub entschwundener Sommer.«

Ulv fuhr mit dem Finger über die Reißzähne der Kette. Loke hatte sie »Haizähne« genannt. Er hatte von einem goldenen Dolch gesprochen. Ulv blickte in seine linke Hand und strich sich über die Narbe.

»Ja«, sagte Loke. »Das ist gut, Ulv. Lass die vergessenen Erinnerungen kommen.«

Ulv sah ihn an. Loke kam zu ihm, nahm seine Hand und starrte ihn mit glühenden Augen an, die in einem Netz von Falten zu liegen schienen. »Du kannst dich an die lange Reise über das Meer nicht erinnern. Du warst damals noch ein Säugling. Dein Vater führte seine Frau und sein Volk von Tirga im Süden bis hinauf nach Ber-Mar im Nordwesten. Ein Mann vom Volke deines Vaters schoss einen Pfeil in Tir, deine Mutter. Doch Bran holte sie aus dem Wasser zurück, und ich erweckte sie wieder zum Leben. Ich zog ihr den Pfeil aus der Schulter und brannte ihre Wunde aus. Dein Vater hatte sie sehr gern, Ulv. Sie war die Hoffnung in seinem Leben. Denn dein Vater war ein von Krieg und Schmerz gezeichneter Mann.«

Ulv blickte in die Schatten zwischen den Bäumen. Fast war es so, als könne er den einohrigen Jäger dort hinten erkennen. Das Haar flatterte über der weißen Narbe, und er stützte sich auf einen Speer und streckte ihm die Hand entgegen. Ulv kniff die Augen zusammen. Als er sie wieder öffnete, war der Mann mit dem einen Ohr verschwunden.

»Lass die Erinnerungen kommen«, sagte Loke. »Geh in dich, sieh durch den Nebel, reise zurück in das Tal.«

»Ich …« Ulv sah zu den Gestalten am ausgebrannten Feuer hinüber. »Ich verstehe nicht. Ich war mein ganzes Leben im Norden. Im Land der Barkas.«

»Es gab eine Zeit, bevor du Ulvmanna wurdest.« Loke drückte seine Hand mit seinen borkigen Fäusten. »Von dieser Zeit erzählen dir deine Träume. Zweifle nicht, Ulv. Die Zweifel waren auch deinem Vater immer im Weg.«

Ulv blinzelte, denn seine Augen wurden mit einem Mal nass. Er spürte den Tropfen, der über seine Wange rann, verstand aber die Trauer nicht, die plötzlich über ihn gekommen war. »Mein Vater«, sagte er. »Wer war er?«

»Dein Vater war Bran, der Sohn Febals.« Loke ließ seine Hand los. »Als junger Mann wurde er zum Häuptling seines Volkes bestimmt. Damals lebten sie in der Felsenburg südlich dieses Waldes. Doch der Vogelmann, Kraggs Sendbote, warnte sie vor der neuen Zeit und riet ihnen, die Berge zu verlassen. Bran führte sie aufs Meer hinaus.«

»Aufs Meer hinaus?« Ulv erinnerte sich an die Nacht, in der er am Strand gestanden und gesehen hatte, wie die Langschiffe auf die Küste zuschossen. Das Meer hatte ihn damals erschreckt. Es hatte Blut und Schmerzen nach Krugant gebracht.

»Ja, sie segelten nach Süden, und ihre Reise war lang und voller Gefahren. Dein Vater rettete Tir aus den Klauen des Inselkönigs; er liebte sie vom ersten Augenblick an.« Loke warf einen Blick zum Feuer. Seon hustete und streckte die Beine. »Aber wir haben jetzt nicht genug Zeit für diese Geschichte. Deine Freunde wachen bald auf, und wir müssen weiter.«

»Ich erinnere mich an ein Tal.« Ulv fasste sich an die Stirn. »Meine Träume haben mir ein Tal gezeigt. Ich erinnere mich an einen einohrigen Mann und an eine Frau mit Haaren wie die Sonne.«

»Das war Tir, deine Mutter.« Loke zupfte an seinen Bartflechten. »Sie hatte blonde Haare wie viele ihres Volkes. Und der Mann mit nur einem Ohr war Bran. Er wurde verletzt, als sein Volk aus der Felsenburg floh. Sie mussten auf der Ebene eine Schlacht überstehen. Eine der vielen Schlachten, in der Bran kämpfen musste. Er war ein großer Krieger, aber als Häuptling war er sicher besser in Kriegszeiten als im Frieden. Er war der Richtige, um dein Volk in das neue Land zu führen, das Tal im Norden.«

»Das Tal?« Ulv schüttelte den Kopf. »Ich sehe ein Tal in meinen Träumen. Aber das ist ein Traum. Es gibt kein solches Tal. Und du sprichst über meinen Vater. Aber ich erinnere mich nicht an ihn. Ich habe niemals Mutter oder Vater gehabt. Ich kann nicht glauben, was du sagst. Ich kann nicht verstehen …«

»Aber du wirst glauben.« Loke sah ihn an. »Und du wirst verstehen. Dein Schicksal ist von den Göttern vorherbestimmt, Adharkach. Du kannst ihm nicht entfliehen.«

Zweige knackten. Seon richtete sich auf und hustete erneut.

»Wir reden in den nächsten Tagen weiter«, sagte Loke. »Meine Schüler und ich werden euch durch den Wald bis auf die Ebene begleiten. Es ist wichtig, dass ihr nach Ber-Mar kommt.«

Der Waldgeist schlenderte zurück zum Feuerplatz. Seon rieb sich die Augen und wärmte sich die Hände in den Achselhöhlen, während Loke Bile, Vile und Bul mit dem Fuß wachrüttelte. Bald rappelten sich die Waldgeister auf, und Loke sammelte Zweige und entfachte das Feuer. Ulv blieb liegen, während Seon und Brage zu ihm herübersahen und bemerkten, dass er wach war. Sie sprachen Loke daraufhin an, denn beide hatten geglaubt, dass Ulv die Nacht nicht überleben würde. Doch Loke zuckte mit den Schultern und sagte, dass es der Wille des Waldes sei, dass Ulv lebte. Und jetzt würden er und seine Schüler sie nach Westen begleiten. Seon wollte wissen, was sie dazu gebracht hatte, ihre Meinung zu ändern, denn noch am Abend zuvor hatte der Weißbart davon gesprochen, sich zu trennen. Doch Loke blieb still, während er Wasser in den kleinen Kessel schüttete und Suppe kochte. Er teilte sie zwischen Menschen und Waldgeistern auf, ehe er Ulv eine Tasse einflößte. Nachdem er getrunken hatte, legte sich Ulv wieder hin und dachte über das nach, was ihm Loke gesagt hatte. Er hatte von einem fremden Volk gesprochen und von einem Mann, der dieses Volk über das Meer geführt hatte. Sie waren nach Ber-Mar gesegelt. Das war die Heimatstadt des Schmiedes, und Ulv verstand nicht, warum ein Häuptling seinen Stamm in die Stadt eines anderen Volkes führte. Loke hatte über seine Mutter gesprochen. Er hatte sie Tir genannt. Ulv hatte dieses Wort unzählige Male geflüstert, denn es war eines der Geisterworte, das ihm Sicherheit gab. Doch es war nicht das einzige Wort der Geister, das Loke genannt hatte. Er hatte auch von Tirga gesprochen, Tirr-Ga. Und auch Bran war eines dieser Geisterworte. Für ihn war es »Ban« gewesen, wie er den Namen als Kind ausgesprochen hatte. Lokes Worte waren voller Wahrheit, doch diese Wahrheit erschreckte ihn. Sie rief Erinnerungen in seinem Kopf wach, Gesichter und Stimmen, die er längst vergessen hatte. Er schloss die Augen und ließ sich von den Stimmen zurück ins Tal führen. Der Nebel begann sich zu lichten.

Die Waldgeister führten sie durch den Wald, während Seon und Brage die Bahre schleppten. Loke schien zu wissen, wohin sie gehen mussten. Er kletterte über Wurzeln und stapfte durch Farnwälder, in denen die Männer nur noch die Speerspitzen der Waldgeister sahen. Die Waldgeister gingen rasch und mussten immer wieder auf die Männer warten. Ulv roch den Schweiß in ihren schmutzigen Kleidern. Er wusste, dass er bald wieder auf die Beine kommen musste, um ihnen aus eigener Kraft zu folgen. Seon und Brage erkannten, dass es ihm besser ging, und bald würden sie erwarten, dass er sich von der Bahre erhob. Doch noch eiterte seine Wunde. Er erinnerte sich daran, wie ihn die Lanze durchbohrt hatte, und begann auf Schritte und Stimmen zu lauschen. Wenn er den Kopf zur Seite neigte, glaubte er, die kanathenischen Krieger zwischen den Stämmen zu sehen. Sie richteten ihre Lanzen auf ihn und flüsterten von Blut und Ehre, und er fürchtete sie.

Gegen Mittag erreichten sie eine Lichtung. Zum ersten Mal seit ihrer Flucht konnten die Männer aus dem Farndickicht treten und den Himmel sehen. Ulv lag auf der Bahre und streckte die Arme zu dem Blau über sich aus, er schirmte das Sonnenlicht ab und sah die Bäume, die sich turmhoch über ihn reckten. Niemals zuvor hatte er so hohe Bäume gesehen. Die belaubten Baumkronen sahen unter den dahinziehenden Wolken beinahe wie bemooste

Berge aus, doch die Waldgeister schien das nicht zu beeindrucken. Sie begannen, Farnkraut abzuschneiden und süße Wurzeln auszugraben. Brage und Seon starrten in den Himmel und zu den mächtigen Bäumen, während Bile Feuer machte. Als Loke den Kessel über die Flammen gestellt hatte und die Waldgeister begannen, die Wurzeln zu reinigen, zogen sie die Bahre dicht ans Feuer.

Ulv sah zu, wie die Waldgeister die Wurzeln klein schnitten und zu einem dicken Brei kochten. Er war hungrig, hatte aber kaum genug Kraft, um um Essen zu bitten. Als er hustend den Arm zum Kessel ausstreckte, nahm Loke ihn vom Feuer und reichte ihn Ulv. Ulv nahm mit der Hand etwas Brei heraus und steckte ihn sich in den Mund. Dann reichte der Waldgeist den Kessel um das Feuer herum. Es schmeckte bitter, aber Loke meinte, die Wurzeln würden Kraft geben. Vile begann zu spielen, und Loke sammelte die Farnwedel zusammen. Dann kratzte der weißbärtige Waldgeist den Rest aus dem Kessel und schmierte ihn auf Ulvs Wunden. Genauso verfuhr er mit der Wunde auf Brages Schulter. Als die anderen Waldgeister ihre Rucksäcke gepackt und das Feuer ausgetreten hatten, deutete Loke zum Himmel und sagte, dass es noch drei Tage bis zum Karrenweg seien. Es käme jetzt ein gefährlicher Teil des Waldes, denn die Erdriesen hielten sich oft dicht am Weg auf, um Jagd auf die Reisenden zu machen, die dem Alten Weg nach Norden folgten. Dann schüttelte er seinen Speer und trat wieder zwischen die Bäume.

An diesem Tag war von den Erdriesen weder etwas zu sehen noch etwas zu hören. Als sich der Abendnebel über den bemoosten Waldboden legte, winkte Loke sie unter die Wurzel eines umgestürzten Baumes. Der vom Wind gefällte Stamm hatte einen großen Wurzelteller aus dem Boden gerissen und eine breite Steinplatte freigelegt. Sie schnitten totes Holz ab und sammelten Zweige, und Bile entzündete dicht am Stamm ein Feuer, während sich die anderen auf die Steinplatte setzten. Seon und Brage halfen Ulv ans Feuer und stützten ihn, und Seon wickelte ihn in die Decken der Waldgeister. Loke gab ihnen aus dem Krug zu trinken, und der Schmied schmatzte zufrieden.

An diesem Abend sprachen sie nur wenig. Die Dunkelheit war voller Laute, und selbst die Waldgeister spähten wachsam in die Nacht hinein. Loke bat Bul, die erste Wache zu übernehmen, denn sie waren jetzt im ältesten Teil des Waldes, in dem die Zauberkraft der Waldteufel am stärksten war. Er bat Brage und Seon, Axt und Schwert abzulegen, denn Menschen waren leichte Opfer für rachsüchtige Waldteufel, die ihren Geist mit ihrer Zauberei verwirren konnten. Doch weder Seon noch Brage wagten es, ihre Waffen außer Reichweite zu haben. Zweige knirschten und Laub raschelte, und das entfernte Heulen erschreckte sie. Loke brummte missmutig und drehte ihnen den Rücken zu. Seon kroch dicht neben Brage unter die Decke, und bald schliefen alle außer Bul und Ulv. Denn Ulv fühlte sich jetzt besser. Er hatte keinen Hunger mehr, und der Brei hatte den Schwindel aus seinem Kopf vertrieben. Er zog den Umhang um sich und blickte in die Flammen. Bul saß auf der anderen Seite des Feuers mit dem Rücken zu den Flammen und starrte ins Dunkel. Er hielt den Speer mit einer Hand umklammert, richtete sich bei jedem Heulen auf und blickte in Richtung des Geräusches. Ulv blieb liegen und beobachtete ihn eine Weile. Er fragte sich, ob Bul damals dabei gewesen war, als Loke seinen Vater getroffen hatte. Aber vielleicht war das Ganze ja bloß eine Geschichte und Loke bloß ein dem Moos entsprungener Geist. Bul drehte sich um und sah ihn an, doch seine braunen Augen verrieten weder Wahrheit noch Lüge. So richtete Ulv seinen Blick wieder auf das Feuer und sah, wie die Flammen an der herausgerissenen Wurzel emporleckten. Die Funken, die mit dem Rauch ins Dunkel emporstiegen, sahen wie Sterne aus, und Ulv schloss die Augen und ließ sie nach Süden ziehen. Sie flogen über Steppen, Meere und fremde Länder und blieben irgendwo dort im Süden am Himmel stehen, so dass Siréd sie sah und wusste, dass er an sie dachte.

Loke weckte ihn früh am nächsten Morgen. Der Waldgeist mit dem weißen Bart zerrte an seinem Handgelenk und hielt sich den Zeigefinger vor den Mund. Er fragte, ob Ulv in der Lage sei aufzustehen, und reichte ihm seinen Speer. Ulv packte den knorrigen Schaft und schob sein gesundes Bein unter sich, ehe er sich hochzog. Loke gab ihm ein Zeichen, ihm aus dem Lager zu folgen und an einem der Bäume Platz zu nehmen. Ulv hinkte durch das bereifte Laub. Seine Wunde stach, als er mit dem linken Fuß auftrat, doch Loke meinte, es sei an der Zeit, das verletzte Bein wieder zu belasten, damit das Blut die Wundgeister vertreiben könne. Ulv schleppte sich zu der Wurzelknolle, an der Loke Platz genommen hatte, und sank an dem dicken Stamm zu Boden. Er streckte sein verletztes Bein aus und legte die Hand auf seinen Verband. Die Schwellung war zurückgegangen, doch noch immer stank die Wunde nach Eiter. Doch Loke scherte sich nicht darum. Er ergriff Ulvs Unterarm und fragte ihn, ob er sich denn niemals gefragt habe, wo er herkomme. Ulv schüttelte den Kopf. Die Barkas sagten, er sei immer dort im Norden gewesen, und mit den Jahren hatte er begonnen, das selbst zu glauben. Vielleicht hatte ihn jemand als Kind im Wald ausgesetzt, um dort zu sterben. Die Barkas sagten, so etwas käme manchmal vor. Da lächelte Loke, tätschelte Ulvs Handrücken und sagte, dass Tir und Bran so etwas niemals getan hätten. Loke wusste nicht, wie Ulv in den Barkasfjell gekommen war, da das Tal, das sein Vater gefunden habe, viel weiter im Südwesten läge. Aber vielleicht sei das ja der Wille der Götter gewesen. Es gab viel, was nicht einmal Loke verstand, und mit der Zeit hätte er gelernt, nicht zu viele Fragen zu stellen. Er bat Ulv, diesen Rat ebenfalls zu befolgen, denn in den bevorstehenden Monaten und Jahren würde er viel erleben. Die Wahrheit sei wie ein Weiher inmitten des Waldes, sagte Loke. Wer lange genug sucht, wird schließlich an seinem Ufer stehen. Doch für denjenigen, der die Suche auf halber Strecke aufgibt, wird er für immer verborgen sein, und die spiegelnde Wasserfläche der Wahrheit wird durch die Worte anderer Menschen gefärbt sein.

Der Waldgeist bat ihn, das immer in Erinnerung zu behalten, dann ging er zum Lager zurück und weckte die anderen. Ulv sah zu, wie sie sich aus ihren Decken schälten. Brage drückte sich auf den Ellbogen hoch und richtete sich auf. Bile öffnete den Wasserschlauch und reichte ihn an Loke weiter, ehe dieser ihn abermals weiterreichte. Seon lächelte und rieb seine kalten Finger.

Sie wanderten weiter durch den Wald. Ulv stützte sich auf Lokes Speer, denn so kam er schneller vorwärts, als wenn die Männer ihn trugen. Die Waldgeister hatten ihnen getrocknete Pilze und Wurzeln gegeben, und obgleich Ulvs Wunde noch immer schmerzte, fürchtete er nicht mehr um sein Leben. Bul ging gemeinsam mit Seon und Brage voran, während die anderen Waldgeister bei Ulv blieben und ihm mit den Speeren den leichtesten Weg durchs Unterholz wiesen. Der Nebel lag wie ein Teppich auf dem Waldboden, und er spürte, dass es im Laufe der Nacht kälter geworden war. Das gefrorene Laub knirschte unter seinen Füßen. Loke führte ihn an Schlammpfützen und kleinen Wasserläufen vorbei, in denen das Wasser zwischen weiß bereiften Steinen entlangrieselte. Alle füllten ihre Wasserschläuche, denn Loke wies sie darauf hin, dass der Wald im Norden trocken und frostig sei. Bald seien sie am Karrenweg, und wenn es die Turmbäume gut mit ihnen meinten, würden sie ihr Ziel erreichen, ohne von Erdriesen angegriffen zu werden.

Weder die Waldgeister noch die Männer sagten viel auf ihrer Wanderung. Sie hörten die Warnrufe des Waldes, die ihren Weg begleiteten. Die Vögel schrien lange, wachsame Laute in den Baumwipfeln, und heiseres Röhren verriet, dass auch die Hirsche die Menschen im Wald bemerkt hatten.

Bul erklomm immerfort Wurzeln und spähte zwischen den Stämmen hindurch, ehe er wieder nach unten sprang und das Gefolge weiter anführte.

Loke ging an Ulvs Seite und berichtete ihm von Brans Reise zu dem Tal im Norden. Loke wollte Ulv bis auf die Ebene begleiten, von der aus sie die Berge sehen konnten, die Bran einmal vor langer Zeit mit seinem Volk überwunden hatte. Der Waldgeist wollte, dass Ulv nach dem verheißenen Land suchte, wie es dereinst sein Vater getan hatte. Ulv lauschte dem Weißbärtigen, denn obgleich dieser viele Worte machte und schwer zu verstehen war, trösteten sie ihn. Wenn es stimmte, was Loke sagte, war er nicht mehr einsam. Dann hatte er ein Volk und einen Stamm.

Sie wanderten lange. Gegen Mittag rasteten sie, doch Loke ließ sie nicht lange ausruhen. Ulv hielt so gut er konnte mit, doch als sich der Abend näherte und die Schatten lang wurden, spürte er wieder die Hitze auf seiner Stirn und die Übelkeit in seinem Bauch. Er sog den Duft des Herbstes und des gefrorenen Bodens ein, während sich die Kälte zwischen den Stämmen breit machte. Loke behauptete, diesen Teil des Waldes besser als seine eigene Westentasche zu kennen, und erwähnte einen guten Lagerplatz, der sich ein paar Pfeilschüsse westlich von ihnen befände. Während Bul das Gefolge in die Dämmerung führte, blieb Loke an Ulvs Seite und erzählte ihm von den fremden Ländern und Geschöpfen, denen Bran und sein Volk auf ihrer Reise über das Meer begegnet waren. Loke sprach auch davon, wie er und seine Schüler Bran und seinen Bruder in den Schwarzen Bergen gefunden hatten, und von dem Kampf gegen die roten Dämonen, den sie nur durch die Hilfe von Ulvs Waffenbrüdern aus Tirga hatten gewinnen können. Ulv wollte, dass er mehr über Bran und Tir erzählte, denn wenn das wirklich seine Eltern waren, musste er mehr über sie wissen. Doch er hatte nicht die Kraft, darum zu bitten.

Als die Nacht hereinbrach, erreichten sie den Hügel. Er erhob sich wie ein riesenhafter, grauer Schädel zwischen den Bäumen, und Bul führte sie auf einen Pfad, der sich zwischen Steinhalden und Graspolstern hindurch nach oben wand. Die Waldgeister verteilten sich neben dem Weg und sammelten trockenes Holz, während sich Seon, Brage und Ulv durch die Dunkelheit tasteten. Der Pfad war schmal und verwildert. Doch Loke behauptete, dass er ihn früher oft benutzt habe. Mehr als hundert Jahre seien vergangen, seit er mit grauem Bart und einer Flöte am Gürtel durch den Westwald gestreift sei. Damals sei er jung und töricht gewesen, wie Vile. Doch die Jahre hätten ihn weise werden lassen, und mit der Zeit habe er gelernt, den Stimmen der Turmbäume zu lauschen.

Auf dem Gipfel des Hügels nahmen die Waldgeister um einen verrußten Steinkreis herum Platz. Sie schlugen Funken in das trockene Holz und breiteten ihre Decken aus, und Vile holte seine Flöte hervor. Seon und Brage setzten sich ans Feuer, während die Töne in die Nacht schwebten. Die Waldgeister kochten einen Brei aus getrockneten Früchten und Kräutern, die Bile auf der Wanderung gesammelt hatte. Ulv kauerte sich mit dem Rücken zum Feuer zusammen und ließ seinen Blick über die Baumwipfel schweifen. Der Wald schien sich endlos in die Nacht zu erstrecken. Er bewegte die schwer belaubten Zweige, und Ulv dachte, dass Loke Recht hatte, wenn er davon sprach, den Stimmen der Turmbäume zu lauschen. Denn jetzt sprach der Wald, er erzählte von den Winden und Ebenen im Osten und von dem Frost, der sich auf den Waldboden legte. Er flüsterte ihm vom herannahenden Winter.

Die Männer und die Waldgeister aßen schweigend. Sie waren erschöpft, und nachdem Bile den Wasserschlauch herumgereicht hatte, legten sich Seon und Brage dicht ans Feuer. Loke starrte in die Flammen, während sich seine Schüler aneinander kauerten. Bile und Vile teilten sich eine Decke, da sie die andere Seon und Brage gegeben hatten.

Ulv blieb liegen und starrte über den Wald, doch schon bald erhob sich Loke und holte den Krug aus seinem Rucksack. Er trat zu Ulv und fuhr sich mit der Hand über seine Bartzöpfe, ehe er sich neben ihn setzte. Dann zog er den Korken heraus und nahm einen kräftigen Schluck.

»Ein weiser Waldgeist trinkt erst, wenn die anderen schlafen«, sagte er schmatzend. »Dann hält der Trunk länger.«

Er reichte Ulv den Krug, der sich aufrichtete und das Gefäß ergriff.

»Gut gegen Entzündungen«, sagte Loke. »Das vertreibt die üblen Wundgeister und ruft die guten Geister herbei.«

Der Waldgeist nickte lächelnd, und Ulv nahm einen kräftigen Schluck. Auch wenn das Gesöff bitter war – es wärmte im Bauch.

»Sieh«, flüsterte Loke und reckte einen kurzen Finger zum Himmel. »Das Sternbild des Wagens steht im Süden. Der Winter kommt.«

Ulv blinzelte und richtete den Blick zum Himmel. Es hatte ihn schon immer gewundert, dass die Sterne derart glänzen konnten, Nacht für Nacht, Jahr für Jahr. Die Barkas nannten sie Die Glühenden Steine des Himmels, doch kein Stein konnte wohl ewig brennen.

»Du sprichst nicht viel«, murmelte Loke. »Das hast du von deinem Vater.«

»Mein Vater ...« Ulv blickte auf den Waldgeist hinab. »Lebt er noch?«

Loke lächelte und heftete seinen Blick auf die Flammen. »Die Winde sprechen zu mir«, flüsterte er. »Sie sprechen von Trauer und Sehnsucht, Glück und Liebe. Mehr kann ich nicht sagen. Denn du selbst musst seinen Spuren folgen, Ulv. Und du musst ins Tal zurückkehren, wie es die Prophezeiung sagt.«

Ulv blickte auf seine Hände. Die Narben auf seinen Handflächen warfen schmale Schatten. Er spürte die Reißzähne an der Kette auf seiner Brust. Alles in ihm wünschte sich, dem weißbärtigen Jäger glauben zu können, doch er zweifelte dennoch. Sein ganzes Leben lang war er allein gewandert. Er trug den Geist der Wölfe in sich, er war der einsame Jäger, über den die Barkas an ihren Feuern erzählten. Er hatte keinen Vater, keine Mutter. Er hatte nur Träume und Erinnerungen, die er nicht verstehen konnte. Und jetzt war er verletzt und schwach.

»Du wirst in die Berge im Nordwesten gehen.« Loke klopfte ihm auf die Hand. »Mit deinen eigenen Augen wirst du sehen, dass meine Worte wahr sind. Heute Nacht musst du mir zuhören, doch nimm das, was ich dir sage, wie die Erzählung eines fremden Skalden auf. Aber berichte mir erst von deinen vier Jahrzehnten im Norden. Und von deiner Sehnsucht und der Frau, die du dir herbeiwünschst.«

Ulv fasste sich an den Schenkel. Die Wunde schmerzte. Loke bat ihn, sich hinzulegen, und löste dann den Verband und befühlte den Farnumschlag.

»Das sind gute Schmerzen«, sagte der Waldgeist und drückte den Breiumschlag auf die Wundränder. »Die Wunde wächst zu, das ist es, was du spürst. Du hast die Strafe der Sklaventreiber überlebt, und du wirst auch jetzt überleben.«

Ulv richtete sich wieder auf. Er hatte die Peitschennarben unter seinem Hemd versteckt gehalten. Doch Loke fuhr mit einem harten Finger über die Narben. »Ich habe sie gleich in der ersten Nacht gesehen, als wir euch gefunden haben«, erklärte Loke und starrte ihn unter seinen buschigen Augenbrauen an. »Es schmerzte mich zu sehen, wie dich die Boshaftigkeit der Menschen gezeichnet hat. Und jetzt trägst du einen Hass in dir, gegen den ich nichts tun kann.«

Ulv wich ein wenig vor ihm zurück. »Ich habe den Sohn des Sklavenhändlers getötet. Das war meine Rache.«

»Du glaubst, du bist stolz.« Loke deutete auf ihn. »Das ist der Mensch in dir, der jetzt spricht. Du hast etwas über die Bosheit der Menschen gelernt, und diese Lehre macht dich stolz. Doch sei gewiss, hinter diesem Stolz verbirgt sich die Furcht, und diese Furcht wird dich dazu verleiten, furchtbare Dinge zu tun, Ulv. Die Menschen werden dich fürchten, wie sie deinen Vater gefürchtet haben.«

Ulv warf einen Blick auf die Männer am Feuer. Seon drehte sich auf die Seite und drückte sich an Brage. Ulv spürte die Kälte im Nachtwind, der mit seinen Haaren spielte und ihm in die Wangen biss. Loke starrte ihn an. Er sagte nichts, doch Ulv begriff, dass der Weißbart wissen wollte, was geschehen war.

»Ich bin geflohen«, sagte Ulv. »Fort von Kosh. Über die Ebenen.«

»Vier mal zehn Jahre sind vergangen.« Loke nickte in Richtung der Waldgeister, die unter ihren Decken schnarchten. »Meine Schüler haben graue Bärte bekommen, seit sie dich zuletzt gesehen haben. In all diesen Jahren habe ich gewartet ...« Loke trat einen Schritt auf ihn zu, legte die Hand auf seinen Arm und senkte die Stimme. »Vier Jahrzehnte habe ich auf dein Kommen gewartet. Ich kann dir nichts über die Prophezeiungen sagen, Ulv, noch nicht. Wir müssen uns trennen und werden uns wieder begegnen, und dann wirst du so viel gesehen haben, dass du etwas mehr von dem Schicksal verstehen wirst, das die Götter für dich auserkoren haben. Du wirst verstehen, dass du nicht bloß ein Mensch bist. Du wirst dir über dein bärtiges Kinn streichen und dich in deinem Schwert spiegeln und verstehen, warum du nicht älter als zwanzig Jahre geworden bist. Doch jetzt will ich dich erzählen hören, Ulv. Ich bin zwar alt, aber neugierig bin ich noch immer. Erzähl mir von den Wintern im Norden, Ulv! Erzähl von deinem Weg nach Süden!«

Und Ulv erzählte. Er blickte in die Flammen und suchte nach vergessenen Worten für die Tage, in denen der Schnee über das Blauzahngebirge rieselte, und für die Sommer, in denen er auf der Jagd nach einem Hirsch mit den Wölfen um die Wette rannte. Er sprach von den drei Stämmen der Barkas, den Blutfehden, den Stürmen, die riesige Kiefern mitsamt den Wurzeln aus dem Boden rissen, und von den Frühjahrsfluten, die den Boden von den Berghängen spülten. Ulv sah ins Feuer und erinnerte sich an das erste Mal, als sie eine Frau vor ihn stellten. Wie er sich über ihre glatte Haut gewundert hatte und dann vor dem Lachen und den Trommeln auf dem Lagerplatz davongelaufen war. Flüsternd erzählte er von den Geschichten, die sich die Barkas über ihn erzählten, von den Wolfssippen und von den Wintern, die so kalt waren, dass die

Rinde von den Birken platzte. Er berichtete über alles, an das er sich von seinem Leben dort im Norden erinnern konnte, und als die Kälte der Nacht seinen Rücken packte, legten sie die letzten Zweige aufs Feuer und sprachen über das Frühjahr, in dem er plötzlich den Drang verspürt hatte, nach Süden zu wandern. Ulv erinnerte sich an den Toten, den er am Seeufer gefunden hatte, und an die Zweikämpfe in dem Dorf auf der anderen Seite des breiten Wassers. Er erinnerte sich an die Schmerzen, an seine Furcht und an die Kette, die ihn fortgerissen hatte. Loke wischte sich über seine alten Augen, als Ulv von dem Sklaven berichtete, der auf der Wanderung gestorben war. Doch Ulv sah Loke beim Sprechen nicht an, denn die Erinnerungen waren in ihm zu neuem Leben erweckt worden. Er sah den Hörner tragenden Gott dort am See und erinnerte sich daran, dass diese traumgleiche Gestalt gesagt hatte, er solle seine zwei Völker finden. Da nickte Loke und sagte, Ulv solle nicht zweifeln. Doch Ulv hörte ihn nicht. Er kam zur Pforte Kargaths und sah die Händler, die ihre prall mit Goldstücken gefüllten Geldbeutel schwangen, und er erblickte die an den Wagen gekettete Frau. Dann hasteten sie weiter nach Süden, und er sah ihr Gesicht vor sich und wärmte sich an ihr. Ulv sprach über den Mann, den er getötet hatte, und über die Peitschenhiebe, die Kosh ihm verpasst hatte, er erzählte von den schwarzen Männern, die sie mit sich genommen hatten, und von seiner Flucht nach Krugant. Und da nickte Loke, denn jetzt kannte er Ulvs Geschichte. Die vier Jahrzehnte waren nicht mehr bloß eine lange Winternacht. Der Wille der Götter erschien ihm jetzt klarer. Die Jahre im Norden und die Wanderung nach Süden hatten Ulv auf das vorbereitet, was jetzt kommen sollte.

Die zwei saßen schweigend am Feuer, und Loke dachte über Ulvs Worte nach. Der Waldgeist nahm kräftige Schlucke aus seinem Krug und drehte Locken in seinen Bart, wie er es zu tun pflegte, wenn er ernste Gedanken wälzte. Erst als das Feuer zusammenfiel und die Funken zum Himmel stoben, wandte er sich wieder an Ulv und räusperte sich.

»Vier Jahrzehnte sind eine lange Zeit«, sagte er. »Viel kann in dieser Zeit mit deinem Volk geschehen sein, Ulv. Ich weiß nicht, ob deine Eltern noch leben. Und sollten sie leben, weiß ich nicht, ob sie Hunger leiden oder im Überfluss schwelgen, ob Krieg oder Frieden herrscht. Aber ich weiß, wo sie sich aufhalten, Ulv. Und ich will, dass du dort im Norden in die Berge wanderst und zu dem Tal zurückfindest, das du dereinst verlassen hast.«

»Ich bin verletzt.« Ulv schob die halb ausgebrannten Zweige in die Glut. »Die Wunde raubt mir die Kräfte. Aber ich bin immer ein Wanderer gewesen.«

»Auch in diesem Punkt bist du deinem Vater ähnlich.« Loke neigte den Kopf zur Seite und lächelte vor sich hin. »Ich wünschte nur, Bran wäre jetzt hier. Er wäre stolz auf dich, denn du bist ein starker Mann und trägst zahlreiche Kampfwunden. Bran würde dir vom Krieg gegen die Vandarer und Mansarer erzählen, von Visikal und seinen Waffenbrüdern aus Tirga. Er würde von der großen Reise berichten und von seinen Träumen, die ihn in das Tal geführt haben.«

Ulv schob sich näher ans Feuer heran. »Erzähl«, bat er. »Erzähl mir von dem Tal und meinen Eltern. Wenn ich einen Stamm habe, nenn mir den Namen, mit dem sie sich rufen.«

»Sie vergaßen den Namen ihres Stammes viele Generationen, bevor dein Vater geboren wurde. Aber als ich ihnen zum ersten Mal begegnete, nannten sie sich das Felsenvolk, denn solange sie denken konnten, lebten sie zwischen den Klippen des Lanzengebirges.« Loke löste seinen Weidenholzgürtel und nahm einen Schluck aus dem Krug. Dann sah er zu Ulv hinüber und lächelte. »Ich kannte Karain. Ich traf ihn in diesem Wald. Damals wusste ich nicht, dass er zum Vogelmann werden würde, zum Sendboten Kraggs. Er war nur ein Junge, der sich verlaufen hatte. Doch die Geschichten der Götter beginnen häufig dort, wo wir sie am wenigsten vermuten. Ich habe fantastische Dinge gesehen, Ulv. Wunder. Doch all das geschah, lange bevor dein Vater geboren wurde.«

»Dann erzähl mir von Vater«, sagte Ulv. Er verstand nicht viel von dem, was der Waldgeist erzählte, doch wenn es so war, dass Loke seinen Vater kannte, wollte er alles wissen.

Loke drückte den Korken in den Krug und legte sich auf die Seite. Er stützte sich auf dem Ellbogen auf und blickte ins Feuer. »Ich weiß kaum, wo ich beginnen soll«, murmelte er. »Und wenn ich dir alles erzählen würde, würdest du mir nicht glauben. Ich kann dich nur auffordern, in die Flammen zu blicken, Ulv. Und ich kann dich bitten, die Zweige zu einem Schiff werden zu lassen und die Glut zu den Wellen eines schier endlosen Meeres. Sieh deinen Vater, er steht am Steuer des einen Langschiffes und segelt auf die Stürme im Westen zu. Er fürchtet die schwarzen Wellen, denn deine Mutter erwartet ein Kind. Du bist es, den sie in sich trägt, Ulv. Tir, die Nichte von Ars mächtigstem Mann, hat ihr Volk verlassen, um deinem Vater in das verheißene Land zu folgen.«

Ulv blickte in die Flammen, die an den Zweigen emporloderten, und tatsächlich wuchs dort ein Schiff heran und aus der Glut wurden Wellen. Loke streckte seine Hand zum Feuer aus und ließ die unglaublichsten Bilder entstehen. Er erzählte von einem Volk, das auf der anderen Seite der Stürme lebte, Manannans Volk. Sie waren halb Fisch, halb Mensch, und von ihnen erhielt Bran eine Kette mit Haizähnen. In der Meeresstadt der Fischmenschen gebar Tir einen Sohn, und Bran hielt ihn empor und ließ ihn vom Felsenvolk hochleben. Dann segelten sie nach Norden, und in dem Land der Schwarzen Berge stieß Loke auf Bran und seinen Bruder Dielan. Loke brachte einen goldenen Dolch mit, den er Tirs neugeborenem Sohn überreichte. Und Ulv brach diesen Dolch entzwei, wie es der Gamle prophezeit hatte.

Loke begleitete Ulv nordwärts über das Meer. Bran war ein tüchtiger Seemann geworden und führte sein Volk durch gefährliche Fahrwasser. Dann kamen sie endlich nach Ber-Mar, der Stadt der Schmiede. Nicht einmal Loke konnte das Unglück vorhersehen, das Tir dort widerfuhr. Aber Bran zeigte seine Stärke, und Tir überlebte.

Das Volk von Ber-Mar nahm sie gastfreundlich auf und gab ihnen Korn und Fleisch, doch Bran wusste, dass er weitermusste. Und so führte er sein Volk in die Berge und fand schließlich das Tal, das zur Heimat des Felsenvolks wurde.

»Aber wie geschah es, dass ich von ihnen getrennt wurde?« Ulv betrachtete den Waldgeist mit dem weißen Bart, doch Loke schüttelte bloß den Kopf.

»Ich weiß es nicht«, sagte er. »Der Wille der Götter ist schwer zu verstehen. Ich habe dir alles erzählt, was ich weiß. Doch dein Volk dort im Norden kann dir sagen, was geschehen ist. Du musst dorthin gehen, Ulv. Das ist dein Schicksal.«

Ulv kratzte sich am Bart. Es gefiel ihm nicht, was Loke sagte. Auch die Barkas hatten immer über das Schicksal gesprochen, doch er selbst war ein freier Mann und war immer dem Weg gefolgt, den er gehen wollte. Jetzt musste er nach Süden. Er musste Siréd finden.

Loke blieb stumm, und so legte sich Ulv dicht bei der Glut hin. Er sah zum Sternenhimmel empor, über den graue Wolken zogen. Er hörte das Rauschen der Baumkronen und spürte die Kälte im Rücken. Loke saß da und blickte müde in die Flammen. Vielleicht war es wirklich so, wie der Waldgeist gesagt hatte. Ulv wollte es gerne glauben, doch er konnte es nicht. Loke vermochte ihm nicht zu sagen, wie er von Bran und Tir und seinem Stamm getrennt worden war. Vielleicht war Loke bloß ein weißbärtiger Scharlatan, und seine Geschichten waren Traumgespinste aus den Nebeln der Nacht.

Loke blieb an der Glut sitzen. Er verbarg seine Hände hinter dem Bart, denn die Nacht hielt ihn mit eisigen Fingern fest. Der alte Waldgeist blinzelte zu den Sternen empor und erinnerte sich an eine Nacht wie diese, in der er und seine Schüler an einem Lagerfeuer etwas weiter östlich in diesem Wald saßen und sich über das merkwürdig behaarte Gesicht des Jungen und dessen Klauenfinger wunderten. Wenn er sich nicht irrte, waren seither beinahe hundert Jahre vergangen. Karain war ein Gesandter, er war ein

Vorbote wie der Rabe, der ihm die Gestalt gab. Er war aus den Gedanken der Menschen verschwunden, und das auserwählte Volk war mit einem neuen Häuptling fortgezogen. Auch Bran hatte eine Rolle im Spiel der Götter. Er war der Krieger, der Seefahrer und Wanderer, der die Berge fand, in denen der Schmiedegott Karr lebte. Bran war der Mann, der Tir liebte, und aus ihrer beider Blut wurde eine mächtige Gestalt geboren.

Loke blickte zu Ulv hinüber. Wie ein verwundetes Tier hatte er sich an der Glut zusammengerollt. Er war der verlorene Sohn. Er war der Mann, der das Blut der zwei Völker in sich trug. Es musste der Wille der Götter sein, dass er überlebt hatte, denn kein normaler Sterblicher hätte die Verletzung durch die Lanze überlebt. Ulv war jetzt schwach, doch er würde bald wieder bei Kräften sein. Und dann würde er den Blick nach Westen richten und die Stimmen seiner Ahnen hören. Loke stand auf und ging zu ihm hinüber. Er zog die Decke bis zu Ulvs Hals und drehte die Zweige in der Glut um, ehe er sich wieder setzte. Das Feuer loderte noch einmal auf und warf flackerndes Licht auf Ulvs Gesicht. Er hatte die Augen seines Vaters. Doch Loke wusste, dass durch Ulvs Adern das Blut eines kriegerischen Volkes floss, denn Tir stammte von einer Reihe großer Krieger ab. All das wusste Loke, denn einiges hatte der Gamle von den Bäumen zugeraunt bekommen, und den Rest hatten ihm Dielan, Turvi und die Tirganer erzählt, die Bran begleiteten. Doch niemand von ihnen wusste von der Trauer und dem Unfrieden, der Ulv bevorstand. Sie hatten nicht mit dem Gamle zwischen den ältesten Wurzeln gesessen und ihn von der Prophezeiung erzählen hören, die sich bald erfüllen würde. Sie hatten nicht gehört, was der Gamle über die Schlacht bei Arborg erzählt hatte, bei der der letzte der Hörnertragenden von Tarkins unzähligen Kriegern getötet worden war. Sein Name war Cernunnos, und er war wie ein Häuptling für sein Volk der Riesen. Nur die Arer kannten seinen wahren Namen und beteten ihn wie einen Gott an: Sie nannten ihn den Horngott, Den, der Hörner trägt. Der Gamle hatte Loke zu sich gewunken und ihm die alte Prophezeiung anvertraut. Die Zeit sei gekommen, hatte Gamle geflüstert. In einem Mann aus Fleisch und Blut sollte Cernunnos' Geist wiedergeboren werden. Zweimal sollte er geboren werden; das erste Mal von einer Frau, doch das zweite Mal sollten die Berge und Wälder des Nordens seine Mütter sein. Er würde sich gegen seinen alten Feind im Süden erheben, denn Tarkin würde seine Männer nach Norden entsenden und die Welt erobern. Und davon hatte Loke geträumt. Zahllose lange Winternächte hatte er am Feuer gelegen, während die Zweige unter der Last des Schnees knackten, und Gamles Stimme aus den Turmbäumen vernommen. Der Gamle war tot, doch er lebte in den Bäumen und Wurzeln und in dem Wind, der über fremde Länder wehte. Und der Wind sang ihm von Meer und Sand, er heulte von Krieg und Hungersnot und von einem Volk, das seine schwarzen Gesichter gen Norden wandte. Er sang von Zweikämpfen, einem grausamen Zweikampf zweier Götter. Denn Cernunnos lebte, und er wollte Tarkin stellen und mit Stahl und Feuer gegen ihn kämpfen.

Der alte Waldgeist erhob sich und rieb sich die Knie. Die Jahre waren nicht spurlos an ihm vorübergegangen, und es gab Abende, an denen er sich wünschte, der Gamle hätte jemand anderen als ihn auserwählt. Seine Schüler waren schon längst für die Trolljagd ausgebildet. Bile und Vile waren schon lange keine vorwitzigen Jugendlichen mehr, und Bul sollte schon seit vielen Jahren als Trolljäger umherziehen. Manchmal dachte er, dass Griom oder einer der anderen Weißbärte diese vier Jahrzehnte hätte warten sollen. Er war jetzt müde, und obgleich seine Schüler nicht darüber sprachen, wusste er, dass sie sahen, wie kraftlos er den Speer schleuderte. Er sollte seinen Weg mittlerweile allein gehen, ohne Trolle, die er zu jagen hatte, und ohne Götter, die seine Gedanken einnahmen. Dann könnte er sich mit einem Krug Apfelwein zwischen die ältesten Wurzeln setzen und den ewigen Schlaf antreten.

Loke zog die Decke aus seinem Rucksack und legte sich an die Glut. Er hätte mehr Wein haben sollen, denn Wein half gegen diese Gedanken. Bereits zweimal zuvor war er zu solch langen Wanderungen aufgebrochen. Das erste Mal mit Karain und das zweite Mal, um das Kind zu finden, das Cernunnos' Geist in sich trug. Jetzt war Ulv zurückgekehrt, und Loke wusste, dass es bald an der Zeit war, die dritte Wanderung anzutreten. Der Gamle hatte nicht gesagt, wie es ihm und den Schülern ergehen würde. Er hatte nicht einmal vorhersagen können, wie es mit Ulv ausging. »Loke«, hatte er gesagt. »Im Herbst deines Lebens wirst du den Wiedergeborenen erneut treffen. Er wird deine Hilfe brauchen, Loke. Und du musst tun, was du für richtig hältst. Du wirst es wissen, und du wirst es sehen.«

Er hatte Gamle gefragt, wie er den Wiedergeborenen erkennen würde. Gamle hatte ihn mit müden Augen angesehen, und seine Stimme war schwach wie ein Windhauch gewesen. »Der Wiedergeborene altert nicht so schnell wie die anderen seines Volkes. Er wird wie ein junger Mann aussehen, obgleich er reich an Wintern ist. Und du wirst ihn an einer Narbe in der linken Handfläche und an einer Kette aus Haizähnen erkennen.«

»Der Wiedergeborene«, murmelte Loke und blinzelte zu Ulv hinüber. »Es gab Zeiten, in denen ich Zweifel hegte, Gamle. Aber jetzt sehe ich, dass du Recht hattest. Ich sehe Cernunnos kommen.«

Die Baumkronen rauschten im Wind, und Loke schloss die Augen und nickte. Er schlug die Decke um sich, und der Wind nahm ihn mit sich und ließ ihn von einem fremden Land träumen.

Sie wachten mit der Sonne auf. Vile kochte einen Brei aus Wurzeln und Pilzen und die Männer hockten sich vor Kälte schlotternd um das Feuer. Der Wind war abgeflaut, doch im Laufe der Nacht war es noch kälter geworden. Seon, Brage und Ulv erhielten jeder eine Decke, die sie sich um den Hals banden und wie einen kurzen Umhang trugen. Dann führte Loke sie in den Wald hinunter, wo sie sich nach Westen wandten und in die Schatten eintauchten.

Loke führte die kleine Gruppe an und ließ Bul hinten bei Ulv gehen. Der schwarz gekleidete Waldgeist blickte manchmal verschlossen und still zu ihm auf, während er den Speer mit seinen kleinen, faltigen Fäusten umklammerte. Nur der Laut der Schritte auf dem gefrorenen Moos begleitete sie zwischen den Stämmen.

Den ganzen Tag über führte Loke sie durch den Wald. Ulv hinkte hinter Seon und Brage her, er schleppte sich über Wurzeln und Moosbuckel und senkte jedes Mal den Kopf und fraß den Schmerz in sich hinein, wenn die Menschen anhielten, um auf ihn zu warten. Gegen Mittag rasteten sie einen Moment, um etwas zu trinken, gingen dann aber gleich weiter. Der Wald war kalt und frostgrau. Jetzt hörten sie keine Vögel mehr in den Baumwipfeln, und das Röhren der Hirsche war nur noch weit entfernt im Südosten zu vernehmen. Das Gefolge kämpfte sich zwischen flachen Hügeln und steinigen Abhängen hindurch, an denen die Turmbäume ihre Wurzeln über bemooste Steine wuchern ließen. Sie überquerten zwei Bäche, über denen dicker Raunebel hing, doch dort, wo sich Schluchten oder neblige Senken auftaten, murmelte Loke Beschwörungen und suchte einen anderen Weg.

Der Tag war schon weit fortgeschritten, als sie das Brüllen hörten. Loke blieb abrupt stehen, und Seon zog sein Schwert. Brage fummelte an der Streitaxt an seinem Gürtel herum, doch das Brüllen war noch viele Pfeilschüsse entfernt. Ein lang gezogener Schrei hallte durch den Wald. Loke legte sein Gesicht in Falten und sah sich mit besorgter Miene um. Bile nickte ihm zu, und Loke ging weiter. An einem dicken Stamm schlugen sie ihr Lager auf. Loke murmelte, dass sie den Karrenweg am nächsten Tag erreichen würden, und Bile machte Feuer und kochte einen Brei aus den letzten Wurzeln. Männer und Waldgeister aßen schweigend, während sich die Kälte der Nacht über sie senkte. Dann legten sie sich ans Feuer und breiteten die Decken über sich. Ulv folgte ihrem Beispiel, und als Brage ihn fragte, ob ihn die Wunde quälte, schüttelte er den Kopf und legte noch mehr Holz auf die Flammen. Dann drehten die Männer ihre Rücken zum Feuer und schliefen ein.

Loke weckte sie früh am nächsten Morgen. Der Waldgeist bat Ulv und Brage, die Verbände von den Wunden zu nehmen, und als Loke Ulv den Kräuterumschlag abnahm, betastete Ulv seine Wunde und bemerkte, dass die Schwellung verschwunden war. Der Waldgeist meinte, es sei das Beste, die Wunde sich selbst zu überlassen; Männer dürften ruhig ein paar Narben haben. Dann setzte Loke seinen Rucksack auf und stapfte weiter durch den Wald. Bile, Vile und Bul sammelten die Decken, Speere und Rucksäcke zusammen und hasteten ihm nach, und auch Ulv rappelte sich auf und folgte ihnen.

Der Weißbart ging an diesem Morgen schnell, und als sie ein paar Pfeilschüsse vom Lager entfernt waren, roch auch Ulv, was Loke derart angetrieben hatte. Der Wind hatte gedreht, und die schwache westliche Brise führte den Gestank von Blut mit sich. Es war der Geruch von Aas, doch für Ulv war das ein guter Geruch. In den Wäldern des Nordens war er oft diesem Geruch gefolgt und hatte Hirschkadaver gefunden, die die Wölfe zurückgelassen hatten. Der Hunger quälte ihn, denn obgleich ihn der Brei der Waldgeister gesättigt hatte, war es doch Fleisch, wonach sich sein Magen sehnte.

Sie folgten dem Gestank des Blutes nach Westen. Der Wald war hier dicht; dicke Wurzeln wanden sich wie Riesenschlangen über die Erde und rissen breite Schollen aus dem Waldboden. Loke führte sie durch Farndickichte und durch ausgetrocknete Bachläufe, denen sie lange Zeit folgten.

Der Tag neigte sich, als er seinen Speer anhob und stehen blieb. Der Blutgeruch war hier stärker, und Ulv spähte zwischen den Stämmen hindurch.

»Hier war ein Erdriese.« Loke deutete auf den Stamm vor ihnen. Die Rinde war eine gute Körperlänge über dem Boden aufgerissen. »Wir haben ihn gestern gehört. Den Schrei. Der Erdriese hat nicht weit von hier Beute gemacht.«

Loke bahnte sich einen Weg durch das Farnkraut und verschwand in Halbdunkel zwischen den Stämmen. »Der Karrenweg«, rief der Waldgeist. »Hier ist er.«

Sie kämpften sich durch die Farnwedel, und auf der anderen Seite der Stämme öffnete sich der Wald. Die Männer stolperten auf einen breiten Weg. Er war mit Farn und Moos überwuchert, und die Bäume streckten dicke Zweige über die Vertiefungen der Wagenspuren. Abgebrochene Äste waren aus den Baumkronen herabgefallen und Spinnenweben hingen wie graue Schleier zwischen den Stämmen. Loke stand zwischen den bereiften Farnwedeln und stocherte mit dem Speer im Moos herum. »Er wird nicht mehr so häufig benutzt«, sagte er. »Aber hier sind Hufspuren. Ein Mann ist gestern hier entlanggeritten.«

Ulv hinkte zu ihm hinüber. Pferdehufe hatten das Moospolster auf einem Stein aufgerissen. Er folgte den Spuren mit den Augen. Der Weg machte einen Steinwurf vor ihnen eine Biegung, doch so weit war das Pferd nicht gekommen. Einige Speerlängen vor ihnen war das Moos deutlich aufgewühlt. Das Pferd war gestürzt, jemand musste es aus dem Wald heraus angegriffen haben. Er hörte die Fliegen und bemerkte etwas zwischen den Wurzeln. Blut glänzte.

Auch Seon hatte die Spuren gesehen. Er zückte sein Schwert und rannte zu der nur undeutlich zu erkennenden Gestalt. Loke rief ihm nach, doch Seon hörte nicht. Er hockte sich an den Wegrand und wedelte die Fliegen weg. Dann zog er den Kadaver aus dem Farnkraut.

Loke und Brage traten zu ihm. Ulv hinkte ihnen nach. Es war ein Mann, der dort lag, doch er hatte weder Arme noch Kopf. Sie waren ihm vom blutigen Körper gerissen worden. Sein Bauch war zerfetzt, und die Gedärme waren auf dem Boden verteilt. Ulv erkannte die Überreste eines blauen Wamses über der Lodenhose. Der Mann trug hohe Lederstiefel, und an seinem Gürtel hing eine leere Schwertscheide. Ulv suchte mit den Augen die Wurzeln ab und erblickte schließlich das blutige Schwert zwischen den Bäumen. Er hinkte zwischen dem Farnkraut hindurch und hob die

Waffe auf. Es war eine derart meisterhafte Schmiedearbeit, wie er sie niemals zuvor gesehen hatte. Die Klinge war so lang wie sein Arm und breit wie zwei Finger. Er konnte sie mit beiden Händen halten, und der mit Lederriemen umwickelte Griff lag gut in der Hand. Der Querbügel war wie ein aufgerissener Raubtierrachen geschmiedet.

Seon hockte sich hin und nahm dem Toten den Gürtel ab. Der Mann trug zwei Taschen. Seon wischte das Blut im Moos ab und öffnete eine von ihnen. Sie war randvoll mit Trockenfleisch. Er steckte sich eine Faser in den Mund und befestigte die Tasche dann an seinem eigenen Gürtel.

»Ich sehe das Pferd«, rief Bile. Gemeinsam mit Bul und Vile verschwand er im Wald.

Loke folgte den Waldgeistern. Ulv beugte sich zur anderen Tasche hinunter, denn er hoffte, dass sich auch in dieser Fleisch befand. Doch Seon schnappte sie ihm unter den Fingern weg. Er öffnete die Tasche und ließ drei Silbermünzen in seine Hand gleiten. Brage fluchte und griff nach den Münzen, doch Seon trat einen Schritt zurück und steckte seine Hand in die Tasche.

»Hier ist ein Pergament«, sagte er und zog ein zusammengefaltetes Stück Leder heraus. Er warf einen Blick auf den Toten und strich sich über den Bart. »Er war ein Kelser. Ich erkenne seine Stiefel wieder. Ich hatte auch solche Stiefel, als ich im Stadtheer war.«

Brage nahm ihm das Pergament ab. »Was sind das für Zeichen?« Der Schmied zog seine buschigen Augenbrauen zusammen und drehte die Haut hin und her.

»Das sind Kelszeichen.« Seon nahm das Pergament wieder an sich und breitete es aus. »Der Tote spricht zu uns. Ich glaube, er war ein Bote. Und er hatte schlechte Nachrichten zu überbringen.«

Ulv spähte auf die seltsam geschwungenen Zeichen hinab, die sich über das Pergament schlängelten. Sie sahen wie kleine, gewundene Würmer aus, und er konnte nicht fassen, wie Seon daraus Worte entnehmen konnte.

»Es ist mit Tusche geschrieben«, sagte Seon. »Nur der König und seine obersten Männer haben Zugang dazu.« Seon fuhr mit dem Finger über die Zeichen und räusperte sich. »*Bei den heimlichen Namen unserer Götter und unserem vergänglichen Leben: Vendhurs Schiffe segeln mit Feuer und Trommeln auf unsere Küste zu. Wir werden mit Ehre sterben, denn wir sind ein stolzes Volk. Aber, Freunde weit im Westen, ihr müsst fliehen. Und nehmt euer Geheimnis mit euch!*«

Seon knüllte die Haut zusammen und warf sie weg. »Der König persönlich hat sein Siegel darunter gesetzt.«

Brage legte seine Hand auf Seons Schulter. »Dann ist Kels gefallen«, sagte der Schmied. »Das erfüllt uns alle mit großer Trauer, Seon. Und jetzt können wir nicht weiter nach Süden gehen. Wir müssen nach Ber-Mar. Vielleicht war es meine Heimatstadt, die der Reiter warnen wollte.«

»Es ist zu spät.« Seon ging einen Schritt weiter und raufte sich die Haare. »Vendhurs Männer sind überall.«

»Nicht in Ber-Mar.« Brage klopfte auf seine Axt. »Vater und die anderen würden es niemals zulassen, dass Fremde die Stadt besetzen. Komm mit mir, Seon. Es sind viele Jahre vergangen. Jetzt haben sie sicher vergessen.«

Seon schüttelte den Kopf und setzte sich auf eine Wurzel am Rande des Weges. Brage verschränkte die Arme vor der Brust und sah den Pfad entlang.

Ulv hob die leere Schwertscheide auf und schob sie auf seinen Gürtel. Er stieß das Schwert hinein und drückte sie über seine Hüfte nach hinten. Es überraschte ihn nicht, dass Kels gefallen war. Als er in Krugant am Strand gestanden und die Schiffe gesehen hatte, ähnelten diese eher den Drachen aus den Sagen der Barkas. Niemand konnte einer solchen Macht widerstehen.

»Sonst können wir nirgendwo hingehen.« Brage zuckte mit den Schultern und sah zu Ulv hinüber, als hoffte er auf Unterstützung von ihm. »Ich meine, wir sollten versuchen, nach Ber-Mar zu kommen. Oder was meinst du, Nordländer?«

Ulv sah den Weg hinunter. Seon hatte gesagt, er führe nach Kels. Diese Richtung konnten sie jetzt nicht einschlagen, sie mussten dem Weg nach Norden folgen, noch weiter fort von Siréd. »Sie haben sie mir genommen«, sagte er. »Ich muss sie finden. Ich habe es versprochen. Ich muss nach Süden.«

»Ulv!« Loke rief ihn von den Bäumen aus. »Bring die Großen mit und komm! Hier gibt es Fleisch genug für einen weiten Weg.«

Sie traten zwischen die Stämme und fanden die Waldgeister bei dem zerfetzten Pferdekadaver. Der Kopf war abgebissen worden und hing bloß noch an einer einzigen Faser am aufgerissenen Körper des Tieres. Der Erdriese musste sich an den Eingeweiden gelabt haben, denn die Gedärme waren verschwunden. Doch den Rest des Pferdes hatte sich der Erdriese aufbewahrt.

Die Waldgeister kletterten auf Moospolster und Wurzeln und hielten Wache, während die Männer das Fleisch von den Knochen lösten. Loke meinte, der Troll würde bald zurückkehren, um den Rest seiner Beute zu holen, und dann müssten sie schon weit entfernt sein. Ulv trennte die Sehnen heraus und fädelte die Fleischstücke auf, wie er es in den Wäldern im Norden getan hatte, wenn er einen Hirsch überwältigt hatte. Gemeinsam mit Brage enthäutete er das Tier und wickelte die Haut um einen Berg Fleisch. Sie hängten sich die Sehnen mit den blutigen Fleischstücken über die Schultern und nahmen so viel mit, wie sie tragen konnten. Dann gingen sie zurück zum Weg und wandten sich Richtung Norden. Es dunkelte bereits, doch ihr Lager konnten sie erst weit entfernt aufschlagen. Ulv beugte seinen Rücken unter dem Gewicht des Fleisches und umklammerte Lokes Speer. Seon hastete über den Karrenweg nach Norden, und Brage warf sich das Hautbündel mit dem Fleisch auf den Rücken. Auch die Waldgeister begannen zu gehen, und Ulv hinkte ihnen nach. Er wusste, dass keine Zeit war, um auszuruhen, solange der Erdriese durch den Geruch des Blutes angelockt werden konnte. Sie mussten die ganze Nacht wandern. Wenn der Morgen dämmerte, wollten sie ein Feuer machen und die Fleischstücke im Rauch garen. Geräuchertes Fleisch hielt lange. Brage erzählte von dem Fluss, der durch die Ebene floss, und von der Hoffnung, die in der Heimatstadt am schwarzen Strand wartete. Er erzählte vom Klang der Schmiedehämmer und von den Langhäusern, in denen sie seine Freunde mit Met und Hirschfleisch willkommen heißen würden. Doch der Weg, den sie vor sich hatten, war weit. Und auch der Winter blies bereits seinen eisigen Atem in den Wald.

Auf dem Katamaran

Taraman, die Stadt der Türme, hatte Talma sie genannt. Er hatte von den Bogengängen gesprochen, den Säulen und den rothaarigen Mansarern, die mit den Kanathenern verbündet waren. Siréd hatte sich entschlossen, Taraman zu verachten, wie sie Talma und sein Volk verachtete, doch als sie hinter der Reling stand und über die Gassen und Hausdächer blickte, musste sie sich ganz einfach fragen, welche Götter diese riesenhafte Stadt geschaffen hatten. Die Steinhäuser waren dicht an dicht an dem steilen Hang errichtet worden, und gepflasterte Gassen und Straßen wanden sich in die Höhe. Dort oben erhoben sich Türme unter der Himmelswölbung. Sie sahen wie ein von Menschenhand geschaffenes Gebirge aus, umgeben von Bogengängen und Bautasteinen, die über die Hausdächer ragten. Siréd verschränkte die Arme vor der Brust und trat von der Reling zurück, denn die Menschen unten am Hafen zeigten auf sie. Talma drohte ihnen mit seiner Lanze, doch die schmutzigen Seeleute lachten ihn aus. Es wimmelte von Menschen auf dem kleinen Hafenplatz. Händler boten Körbe mit Früchten und Wurzeln feil, und in Lumpen gehüllte Bettler krochen mit ausgestreckten Armen an den Hauswänden entlang.

Der tuurische Schiffer hatte das Schiff an der Landzunge vorbeigeführt, die Talma Taraman nannte, und während der ganzen Strecke um die Halbinsel bis in die Bucht hinein, die den Hafen beherbergte, hatte sie die unzähligen Häuser und Türme angestarrt.

»Wir müssen in die Stadt«, sagte Talma, als er neben ihr stand. »Zum Schriftgelehrten. Du musst mitkommen.«

Talma wagte es nicht, sie aus den Augen zu lassen, und traute nicht einmal den beiden Männern, mit denen er seit Jahren geritten war. Der dunkelhäutige Mann fasste sie an, doch Siréd wich ihm aus und trat in die Mitte des Decks. Das Schiff war groß, und überall an Deck standen Wassertonnen und lagen Netze herum. Die tuurische Mannschaft kümmerte sich nicht um sie, sie hatte genug damit zu tun, das Schiff zu vertäuen. Der dicke Schiffer stand am Steuerruder und kaute auf einem Stück Trockenfisch herum, und als Talma hinter Siréd herrannte, schob er sich den Trockenfisch lachend hinter den Gürtel. Die drei Kundschafter trieben sie nach vorn in den Bug, wo sie sich ihnen ergeben musste. Schließlich packte Talma sie am Handgelenk und deutete in Richtung Stadt.

»Du kannst nicht allein hier bleiben. Komm mit mir zum Schriftgelehrten.«

Sie kletterten über den Landgang. Talma drohte der Menge mit dem Speer und bespuckte die Bettler. Er zog Siréd dicht an sich und bahnte sich einen Weg über den Hafenplatz, doch erst als sie einen Steinwurf hinter der Kaimauer die schmale Gasse erreichten, die nach oben führte, wurden sie von den Bettlern und Händlern in Ruhe gelassen. Talma atmete aus und ging weiter zwischen den Buden der Händler empor.

»Der Katamaran wird uns von hier aus weiterbringen.« Talma streichelte ihr lächelnd über die Haare. »Ich werde mit dem Kaan sprechen. Wir segeln schnell nach Kanath weiter.«

Siréd ballte die Faust, doch Talma umklammerte ihr Handgelenk und zog sie weiter.

Sie gingen durch verschiedene Gassen, vorbei an Verschlägen und Nischen, in denen alte Bettler und einarmige Krieger um Kupfermünzen und Essen bettelten. Die drei Kundschafter drängten sich durch Scharen von Frauen und Kindern, bis sie etwa einen Pfeilschuss oberhalb des Hafens eine breite Querstraße erreichten. Siréd hatte niemals zuvor so viele Menschen wie dort zwischen den Steinhäusern gesehen. Dunkelhäutige Männer und Frauen gingen Seite an Seite mit rothaarigen Mansarern, und Krieger mit glänzenden Rüstungen führten ihre Pferde an den Buden vorbei, in denen die Händler ihre Waren anpriesen. Sie verkauften Fisch und Wein, Brot und Felle und alles andere, was die Bewohner der Stadt brauchen konnten. Sie waren überall, und unzählige Sprachen hallten von den Wänden wider. Talma führte sie weiter stadtaufwärts auf eine breite Gasse mit offenen Schmieden. In den verrußten Werkstätten lagen Stapel von Lanzenspitzen und Hunderte von Säbeln, Kurzschwertern und Schilden. Die Schmiede fütterten die Helme mit Leder und schmiedeten Brustplatten für die schwarzen Krieger, die auf den Gassen warteten. Talma sagte, dass die Schmiede Taramans tüchtig seien und Tarkin ergeben, doch das Geheimnis von Ber-Mar hätten sie noch nicht lüften können.

Sie fragte nach, denn Ber-Mar war ein Name, den sie aus den alten Sagen kannte. Doch Talma schüttelte bloß den Kopf und sagte, dass eine Frau so etwas nicht verstehen könne. Dann gingen sie weiter, vorbei an den Ständen der Schmuckmacher, in denen die Goldschmiede Ringe und Ketten anboten sowie Spangen für die Umhänge der Krieger.

Sie folgten der Gasse zu den Türmen oben auf der Anhöhe, und schließlich standen sie auf dem ersten der breiten Plätze. Er lag wie eine ausgedehnte Lichtung inmitten der Häuser, und die Pflastersteine glitzerten silberweiß. Grauhaarige Männer in langen Gewändern liefen in Gespräche vertieft hin und her. Frauen in roten Kleidern schlenderten an Talma und den zwei Kundschaftern vorbei und winkten ihnen mit dünnen Schleiern zu. Siréd hörte ihr Kichern und Flüstern. Sie zeigten mit Fingern auf sie, doch sie kümmerte sich nicht darum, warf den Kopf in den Nacken und sah an den Türmen empor. Sie schienen sich bis hinauf in den Himmel zu strecken. Die weißen Seevögel, die Talma »Möwen« nannte, kreisten um die Spitze des Turmes. Unten war der Turm breit wie ein Langschiff, doch er wurde schmaler, je höher er sich über die Hausdächer erhob. Talma sagte, die Schiffer stiegen bis ganz nach oben, um zu wissen, wie der Wind im Süden blies. An einem klaren Tag könne ein Mann mit guten Augen bis zum Westkap sehen oder viele Tagesreisen in den Süden. Dann geleitete Talma sie über den Platz in den Schatten des Turmes. Sie gingen zur anderen Seite hinüber und kamen in eine weitere Gasse. Jetzt waren sie ganz oben in der Stadt, von wo aus ein Weg zum offenen Meer am Rande der Landzunge hinunterführte. Westlich davon gab es noch mehr Türme, und zwischen den Häusern ragten Bogengänge über Karrenwege und kleine Marktplätze. Die drei Kundschafter führten sie durch einen dunklen Quergang auf eine breitere Gasse, wo sie auf eine Herde Schafe stießen. Die wolligen Tiere stürmten auf sie zu und trennten sie von Talma und den anderen.

Siréd rannte die Straße hinunter. Sie drängte sich zwischen Händlern, Frauen und Kindern hindurch und rutschte im Schlamm aus. Talma schrie ihr nach, doch sie rappelte sich auf und schlüpfte zwischen zwei Stände, an denen Fliegen glänzende Aale umschwirrten. Überall waren Menschen; Männer in schmutzigen Gewändern und Reiter, die ihre Pferde an den Hauswänden entlangführten. Sie drängte sich zwischen ihnen hindurch und hastete weiter. Als sie sich über die Schulter nach hinten umblickte, waren Talma und die anderen in der Menge verschwunden.

Da stieß sie gegen eine Brustplatte, stürzte zu Boden und krabbelte durch den Schlamm weiter, doch grobe Hände packten sie unter den Armen und hoben sie hoch. Der schwarze Krieger grinste sie an und zerrte an ihrem Kleid. Er drückte sie an sich, und sie spürte seine Lippen auf ihrem Hals.

Da war Talma zur Stelle. Er schlug den Schaft seiner Lanze in den Nacken des Kriegers und stieß ihn weg. Die anderen Späher umringten den Mann, warfen ihn zu Boden und traten auf ihn ein, bis er blutete. Talma nahm ihren Arm. Er sprach in seiner eigenen Sprache auf sie ein und schüttelte den Kopf.

Siréd unternahm keine weiteren Fluchtversuche mehr. Sie blieb bei Talma, denn der versuchte wenigstens nicht, ihr die Kleider vom Leib zu reißen. Die drei Späher folgten dem lehmigen Pfad hinunter zur Seeseite der Landzunge. Sie gingen an Koppeln mit unzähligen Pferden vorbei, und sie sah eine Gruppe von Menschen, die auf merkwürdigen Tieren mit Buckeln ritten. Überall hasteten Menschen vorbei, Bettler, die aus ihren Nischen krochen, und Wasserverkäufer, die unter ihren mit Wasserschläuchen gefüllten Kiepen umhertaumelten. All das jagte ihr Angst ein. Sie konnte nicht verstehen, wie diese Menschen bei diesem Lärm und Gestank überleben konnten.

Der Schriftgelehrte lebte in einem Haus unten am Meer. Der magere, alte Mann saß inmitten eines Berges von Pergamenten, als sie hereinkamen. Er grüßte sie und fragte, was sie geschrieben haben wollten und in welcher Sprache er es schreiben solle. Talma sagte, er habe eine wichtige Botschaft für Vendhur, den Meister der Kaane. Er wollte ihm von der Frau berichten, die er gefunden hatte, denn Vendhur kämpfte im Norden. Es sollte auf Kanathenisch geschrieben und so schnell wie möglich mit einem Schiff verschickt werden.

Der Schriftgelehrte spitzte eine Feder und ging gleich ans Werk. Talma sprach langsam und lange und trat dabei oft neben den Schriftgelehrten und wiederholte die kanathenischen Worte. Als er fertig war, rollte der Alte das Pergament zusammen. Er tropfte das Wachs einer Kerze darauf und drückte sein Siegel hinein, ehe er das Pergament in einen Leinenbeutel schob. Zum Schluss hinkte er zur Tür, wo ein breites Bronzefass stand, das er aus der Tür streckte, ehe er mit einem Stab dagegen schlug. Dann ging er zu seinem Platz zwischen den Pergamenten zurück.

Talma drehte seine Lanze ungeduldig zwischen seinen Händen, doch bald darauf erschien ein Junge in der Tür. Der Schriftgelehrte gab ihm das Pergament und sprach in seiner eigenen Sprache mit dem Jungen, der gleich darauf in dem Gewirr von Gassen verschwand.

Der alte Mann versicherte Talma, dass der Junge direkt zum Hafen laufen und das Pergament an Bord eines der beiden Langschiffe bringen würde, die morgen nach Norden auslaufen sollten. Talma schien damit nicht zufrieden zu sein, denn er spuckte auf den Boden und weigerte sich, die sieben Kupfermünzen zu bezahlen, die der Schriftgelehrte verlangte. Schließlich löste Talma die Börse von seinem Gürtel und warf dem alten Mann fünf Münzen hin, ehe er Siréd vor sich her durch die Tür schob.

Sie blieben über Nacht in Taraman. Talma zahlte noch eine Kupfermünze und mietete einen Raum in einem schmutzigen Wirtshaus am Hafen. Das Zimmer war abgesehen von der Feuerstelle vor dem breiten Fenster leer. Draußen standen zahlreiche Händler und schrien ihre Angebote über den Hafenplatz. Zum ersten Mal ließ Talma die zwei anderen Kundschafter mit Siréd allein, während er selbst hinausging. Siréd kauerte sich vor die Wand und starrte die zwei Männer an der Tür an, bis Talma zurückkam. Er hatte Obst und frisches Fleisch gekauft und lächelte ihr zu, während er das Feuer unter dem Rost vor dem Fenster entzündete. Dann schnitt er Obst und Fleisch klein und grillte es. Sie aßen schweigend, und als das Feuer heruntergebrannt war, ging Talma wieder hinaus. Er blieb fort, bis es dunkel wurde. Als er zurückkam, erzählte er, dass er mit dem Schiffer eines Katamarans gesprochen habe, der Pergamente und Nachrichten von den Kämpfen im Norden an die Kaane in Kanath überbringen sollte. Das Schiff sollte am nächsten Morgen den Hafen verlassen, und er hatte den Schiffer überredet, sie mitzunehmen.

Später am gleichen Abend hockte sich Talma vor Siréd hin und reichte ihr ein gewebtes Leinenband. Er sagte, er habe es für sie gekauft. Es war ein Haarband, mit dem sie ihre Haare hochbinden konnte. Er legte es in ihre Hand, doch sie warf es weg. Da nahm er ihren Arm, griff in ihre Haare und zischte ihr etwas in seiner eigenen Sprache zu. Doch dann ebbte seine Wut wieder ab, und er ließ sie in Ruhe.

Als die Sonne am nächsten Tag aufging, hatte der Katamaran Taramans Hafen längst verlassen. Sie waren noch vor Morgengrauen von der Mannschaft hinausgerudert worden, und nun saß Siréd fest in ihren Umhang gewickelt zwischen den Tonnen an Deck. Dort fand sie Schutz vor dem Wind, und außerdem war sie in diesem Versteck einigermaßen sicher vor den Blicken der schwarzen Seeleute. Die Mannschaft kämpfte mit den Tauen und rannte auf dem breiten Deck hin und her. Zwei Männer bedienten das Steuerruder. Die Wellen brachen sich über den beiden Bugen des gigantischen Fahrzeugs, und die Masten, in jedem Rumpf einer, knarrten bei jedem Windstoß. Zwischen ihnen spannten sich unter beweglichen Querbäumen riesige Segel. Talma hatte voller Begeisterung erzählt, der Katamaran sei das schnellste Schiff der kanathenischen Flotte. Es schwamm auf zwei schmalen, länglichen Rümpfen, von denen jeder so lang wie ein kanathenisches Kriegsschiff war. Die beiden Rümpfe waren durch ein Deck aus Planken miteinander verbunden, in dessen Mitte eine niedrige Hütte mit einem Leinendach stand. Siréd hatte den Katamaran bereits gesehen, als sie auf dem Schiff der Tuurer in den Hafen von Taraman eingefahren war. Das Schiff war ebenso breit wie lang. Zwischen den Rümpfen wurde das Wasser nach oben gedrückt, so dass bei jeder Welle ein Zittern durch die Decksplanken ging.

Siréd wickelte sich fester in ihren Umhang. Sie war froh, die Stadt hinter sich zu lassen, die Enge und der Lärm der dreckigen, stinkenden Gassen hatten ihre Gedanken erstickt. Außerdem hatte Talma sie, seit sie an Bord gegangen waren, in Frieden gelassen, so dass sie in Ruhe über die Geschehnisse der letzten Zeit nachdenken konnte. In Kajmen hatte er warme Kleidung für sie besorgt, damit sie auf See nicht fror. Und auf der Reise von Kajmen in den Süden hatte er sie dann immer häufiger angesehen und sie angelächelt, als glaubte er, sie würde etwas anderes für ihn empfinden als Hass, doch in Siréds Augen war er nicht besser als Kosh und seine Männer, schließlich war sie seine Gefangene. Er und die zwei anderen Späher hatten sie während der ganzen Reise über die Ebene wie einen kostbaren Schatz bewacht, und auch an Bord des tuurischen Langschiffes hatten sie sie Tag und Nacht nicht aus den Augen gelassen und die Seeleute, die ihr zu nahe kamen, mit ihren Lanzen bedroht. Dem Schiffer hatten sie erzählt, dass sie dem Ruf der Priester Tarkins nach Süden folgten und so schnell wie möglich Mansar erreichen mussten. Von dort wollten sie auf einem Katamaran weiter über das Meer segeln. Siréd wusste inzwischen, weshalb so große Eile geboten war, denn Talma hatte ihr von der Prophezeiung erzählt. Talma war der einzige der drei Späher, der die Sprache der Händler sprach; er hatte auch versucht, die Tuurer in Kajmen zu überreden, nach Süden zu segeln. In Kriegszeiten segelte kein kanathenisches Schiff nach Süden, und so waren sie auf den guten Willen der Tuurer angewiesen, die jedoch nicht gerade für ihre Freundlichkeit bekannt waren. Aber nur wenige Tage nach ihrer Ankunft in Kajmen wollte einer der Kaane nach Süden, wofür er mit purem Gold bezahlte. In seinem Gefolge verließen sie dann schließlich doch Kajmens Hafen. Siréd hatte an der Reling gestanden und zu den abgebrannten Häusern und schwarz geteerten Langschiffen zurückgeschaut. Sie sah Krieger durch die Straßen patrouillieren und die Überlebenden hinter den zerbrochenen Fensterscheiben. Talma hatte zwar gesagt, die Einwohner der Stadt hätten sich kampflos ergeben, aber die Blutlachen auf den Straßen sprachen eine andere Sprache.

Die Segel bauschten sich, und die schwarzen Seeleute schrien Kommandos über das Deck. Der Katamaran drehte bei, und die Segel knallten, als der Wind sie spannte. Siréd hielt sich an den Fässern fest. Über beide Rümpfe spritzte Wasser. Die Bretter unter ihren Füßen bebten, als die Rümpfe immer schneller über das Wasser schossen. Die Männer am Ruder hielten Kurs aufs offene

Meer. Talma hatte ihr erzählt, dass der Schiffer ein Schaf geopfert hätte, damit der Nordwind sie schnell nach Kanath trieb, und sie hatte das ungute Gefühl, dass die kanathenischen Seeleute mehr Wind bekamen, als sie erbeten hatten. Der Schiffer stand mit verschränkten Armen in der Mitte des Decks, sein Pelzumhang flatterte im Wind. Das lange, glatte Haar peitschte ihm ins Gesicht, als er sich umdrehte und auf sie zeigte. Er brüllte etwas, das sie nicht verstand, aber im nächsten Augenblick war Talma da und stellte sich schützend vor sie. Der Späher schlug sich auf die Brust und schüttelte den Kopf. Siréd hatte im Laufe der Zeit gelernt, die Gesten der schwarzen Männer zu verstehen, und wusste, dass Talma den Schiffer zurechtwies. Beide schlugen mit geballten Fäusten in die Luft, obwohl sie etliche Mannslängen voneinander entfernt standen. Schließlich schüttelte der Schiffer den Kopf und kehrte Talma den Rücken zu. Talma zuckte mit den Schultern und sah Siréd an. Sie erwiderte seinen Blick wie sonst auch, wenn er sie auf diese Weise ansah, um ihm zu zeigen, wie sehr sie ihn hasste. Aber Talma lächelte und verneigte sich, ehe er wieder zu den anderen Spähern eilte.

Siréd schaute aufs Meer. Sie hatten eine lange Reise hinter sich und Dinge gesehen, von denen nicht einmal die Ältesten wussten. Nach ihrer Abreise aus Kajmen folgten Tage auf wogender See. Sie kannte das Meer von früher; vor vielen Wintern war ihr Klan nach Süden gezogen und an der Küste entlanggeritten. Damals hatte sie ein Schiff auf der blauen Ebene gesehen, und ihr Vater hatte mit dem Speer auf das eigenartige Wesen gezeigt und gesagt, das sei ein vom Himmel gefallener Drache, den die Götter verurteilt hätten, bis in alle Ewigkeit über das Meer zu treiben. Aber inzwischen wusste sie, dass das nicht stimmte. Kein Gott hatte sie gesehen, als das Schiff sie nach Süden brachte, oder ihr geholfen, als sie über Bord gesprungen war, um sich an die Küste zu retten, obgleich sie eine Frau der Ebene war und nie schwimmen gelernt hatte. Talma selbst war hinter ihr hergesprungen und hatte sie zurück an Bord gebracht. Drei Tage hatte sie in Fesseln gesessen, während Talma wie ein Hund um sie herumschwänzelte und ihr vorwarf, dass ihr nicht klar wäre, welch ehrenvolles Schicksal sie erwarte.

Am Anfang war sie seekrank gewesen. Talma hatte sie mit gesalzenem Fleisch und Wasser versorgt, aber sie hatte, unfähig, auch nur einen Bissen bei sich zu behalten, alles erbrochen. Das Schiff schwankte ohne Unterlass, während die Ruder es durch die Wellen schoben. Das Meer war niemals still oder stumm, wie die Ebenen es sein konnten. Selbst wenn sie in einer Flaute dahintrieben, spürte sie die Bewegung unter dem Schiff. Das Meer war wie ein ungezähmtes Pferd, das sie abwerfen wollte.

Die Männer lockerten die Taue, worauf die dreieckigen Segel sich drehten und wie Flügel über den schmalen Rümpfen ausbreiteten. Die Steuermänner hielten das Ruder jetzt ganz ruhig, so dass das Fahrzeug die Wellen gerade durchschnitt. Es krängte nicht wie die tuurischen Schiffe, aber Meerwasser spülte trotzdem über das Deck. Der Schiffer rief etwas und winkte, worauf die schwarzen Seeleute die Segel strafften. Ihre nackten Rücken glänzten von Schweiß und Gischt. Siréd bemerkte ihre Seitenblicke sehr wohl, aber Talma sagte, sie solle gar nicht darauf achten. Das seien einfache Männer, sagte er, die noch nie eine weiße Frau gesehen hätten. Sie hatten ihr einen Namen gegeben, den sie sich nicht merken konnte, aber Talma hatte ihn ihr übersetzt. Er bedeutete so viel wie »die Frau mit dem Meer in den Augen«. Außerdem seien die Männer verlegen, meinte er, weil sie es nicht gewohnt waren, eine schöne Frau an Bord zu haben.

Siréd presste die Lippen aufeinander und suchte den Horizont mit dem Blick ab. Sie verfluchte Talma und sein Volk. Die Späher hatten sie gekauft, um sie zu Tarkin zu bringen, und Talma hatte ihr erzählt, was Tarkin mit ihr vorhatte. Sie sollte seinen Sohn austragen. So hatten es die Priester in den Sternen und in den Schalen mit Tarkins Blut vorausgesehen. Man würde sie verehren und in alle Ewigkeit in Erinnerung behalten, hatte Talma gesagt. Siréd verachtete ihn für diese Worte, denn Talma hatte sie ihrer Freiheit beraubt, um sie zu einem König zu bringen, der sie gegen ihren Willen nehmen würde.

Sie konnte noch immer Land sehen. Türme und Bogengänge überragten die gedeckten Dächer. Taraman klammerte sich an der Landzunge fest, die wie ein Haken ins Meer ragte. Ein paar Langschiffe glitten langsam in Richtung Westen an der felsigen Steilküste entlang. Reihen von Rudern schoben die Schiffe vorwärts. Sie hörte die Trommeln, die den Takt für die Sklaven schlugen. Der gleiche Rhythmus, der sie auf dem Schiff der Tuurer wach gehalten hatte. Und in den Nächten, in denen es zu kalt gewesen war, um hinter der Reling zu schlafen und Talma sie mit unter Deck genommen hatte, hatte sie sie gesehen. Die Sklaven saßen im Halbdunkel gekrümmt über den Rudern an den Seitenwänden. Ihre Ketten glänzten im Schein der Talglichter, und der herbe Gestank von Schweiß und Exkrementen schlug ihr entgegen. Sie sah keine alten Männer an den Rudern, aber mehrere halbwüchsige Jungen. Talma sagte, das seien Kriegsgefangene, um die sie sich nicht zu kümmern brauchte. Aber ihr gingen diese ausgemergelten Gestalten, die sich an den Rudern abquälten, nicht mehr aus dem Kopf. Sie erinnerten sie an einen anderen Mann, an den Sklaven, der an ihrer Seite hinter Koshs Wagen hergelaufen war. Sie hatte versucht, ihn zu vergessen, nachdem die Späher sie mit auf die Reise in den Süden genommen hatten, weil sie wusste, dass sie ihn nie wieder sehen würde. Er hatte sich Wolfsmann genannt und ihr in unbeholfenen Worten erzählt, dass er aus den Wäldern im Norden kam. Der Name passte zu ihm; er hatte etwas Animalisches an sich, wie er so hinter dem Wagen hergetrottet war und unruhig an den Ketten gezerrt hatte. Aber er hatte sie gerettet, in jener Nacht, als der fette Sklavenhändler ihr Gewalt antun wollte. Der Wolfsmann hatte den Sklavenhändler mit seinem eigenen Gürtel erdrosselt, und damit stand sie in seiner Schuld. Noch immer hatte sie das Knallen von Koshs Peitsche im Ohr und den aufgerissenen Rücken und das Blut vor Augen.

Siréd ging über das Deck. Sie würde ihn niemals vergessen.

Nachdem Kosh ihn ausgepeitscht hatte, hatte sie ihn jeden Abend gepflegt. Der Wolfsmann wollte nicht sterben. Nachts hatte sie ihn festgehalten und ihr Gesicht in seiner zottigen Mähne vergraben. Er hatte ihr das Leben gerettet und einen Feind getötet, und das machte ihn zu einem Mann ihres Klans. Aber dieser Mann hatte noch etwas anderes an sich gehabt, das ihr, trotz des Schmerzes und der Erschöpfung in der Welt der Sklavenhändler, Sicherheit gegeben hatte. Wenn er sie ansah, war es, als würde er bis auf den Grund ihrer Seele schauen. Und die Berührungen seiner rauen, vernarbten Finger lösten Gefühle in ihr aus, die ihre Brüder oder die anderen Männer des Klans niemals in ihr wachgerufen hatten.

Talma stellte sich neben sie, aber sie hatte gelernt, ihn zu ignorieren. Sie trat an den hinteren Rand der Plattform und sah ins Wasser hinab, das eine halbe Mannslänge unter ihr unter dem Deck hervorschoss. Talma griff vorsichtig nach ihrem Handgelenk, und sie wehrte sich nicht. Er hatte Angst, dass sie über Bord springen könnte. Aber selbst, wenn sie hätte schwimmen können, es wäre viel zu weit bis zum Land gewesen, und das Wasser war viel zu kalt. Als sie vor Mansars Küste gesegelt waren, hatte sie häufig Rückenflossen die Wasseroberfläche durchbrechen sehen. Talma hatte von »Haien« gesprochen, und sie hatte die Furcht in seinen braunen Augen gesehen.

»Zurück«, sagte Talma. »Nicht hier stehen. Gefährlich.«

Der Schiffer brüllte seine Männer an. Die verkanteten Querbäume knarrten, Segel zitterten, und die Männer zurrten die Taue um die Haken, die an den äußeren Rändern der schmalen Rümpfe befestigt waren. Unterdessen kämpften die Steuermänner mit dem Ruder.

»Zurück, Frau.« Talma zog an ihrer Hand. »Wellen groß.«

Sie folgte ihm an ihren Platz hinter den Tonnen. Frau ... Das war Talmas Name für sie. Eigentlich nicht verwunderlich, ihren richtigen Namen hatte sie ihm verschwiegen. Sie hatte erzählt, dass sie Intars Tochter sei, und versucht, ihm zu drohen, indem sie gesagt hatte, dass der Cogach-Klan, ihr Klan, ihnen folgen und sie töten würde. Aber die schwarzen Männer hatten die Köpfe geschüttelt und nach Süden gezeigt. Wie kam sie darauf, ihnen mit derartigen Lügen drohen zu können? Sie hatte keinen Klan mehr. Die meisten Männer waren im Frühjahr in den Kämpfen gefallen, und zu Beginn des Sommers befanden sich die Übrigen auf der Flucht. Und die Ebenen waren gnadenlos, sie boten keinen Schutz für einen Flüchtenden. Ihr Vater war als einer der Ersten gefallen, und ihre Brüder starben einer nach dem anderen bei den Zusammenstößen mit dem Trei-Klan. Die Männer hatten von Ehre und dem Willen der Vorväter gesungen, während die Frauen um ihre Männer und Söhne weinten und die Kinder nach ihren Vätern riefen, die nie mehr zurückkommen würden. Der Klan war am Aussterben. Eines Morgens hatten die Männer des Trei-Klans das Lager überfallen. Vielleicht hatten ihre Geisterredner ihnen eingeredet, jeden auszurotten, durch dessen Adern Cogachs Blut floss, vielleicht waren sie auch nur mordlüstern. Jedenfalls trampelten die Angreifer mit ihren Pferden Frauen und Alte nieder und erschossen Kinder mit ihren Pfeilen. Nur wenige entkamen. Sie hatte zu den zu Tode Geängstigten gehört, die durch das hohe Steppengras geflohen waren. Sie hatte den Morgentau an den Waden gespürt, während hinter ihr das Siegesgeheul der Feinde über die Steppe hallte. Einen ganzen Tag war sie gelaufen. Sie blieb nicht stehen, um denen zu helfen, die vor Erschöpfung zusammenbrachen. Keiner von ihnen tat das. Sie liefen bis spät in die Nacht. Bei Anbruch des Morgens erreichten sie den Waldrand, und erst im Schutz der Bäume sanken sie zu Boden. Sie leckten den Tau vom Moos und schliefen ein. Als sie in die Runde sah, zählte sie fünf Frauen, vier Männer und drei Kinder. Das waren alle, die von ihrem Klan noch übrig waren.

Sie hielt sich an den Tonnen fest, als das Schiff durch eine Welle pflügte. Talma stand neben ihr und erzählte ihr etwas, aber sie hörte ihm nicht zu. Er war wie all die anderen. Männer wie er hatten ihren Klan ausgerottet. Wäre sie stark gewesen wie der Wolfsmann, hätte sie Talma getötet und wäre ins Meer gesprungen. Sie hätte allen Haien und kalten Strömungen getrotzt und das Land erreicht. Aber sie war nicht stark genug, ihr Kampfeswille war gebrochen. Er war an jenem Morgen mit ihrem Klan gestorben, als sie dort am Waldrand unter den Speerspitzen der Sklavenhändler erwacht waren. Erschöpft wie sie waren, hatten sie sich nicht wehren können, als die Sklavenhändler sie hinter ihren Wagen banden. Und so war sie mit den letzten Überlebenden ihres Klans dem knarrenden Wagen bis in den Schatten von Kargaths Pforte gefolgt, wo sie ein Albtraum aus Stimmen und Gerüchen erwartete. Die Männer ihres Klans hoben an, die Namen ihrer Vorväter zu singen, wie die Alten es taten, wenn sie merkten, dass sie bald sterben würden. Siréd dankte Den Geistern Der Vier Winde, dass keine der Frauen zu einem der Männer gehörte, denn sie waren auf einem Sklavenmarkt gelandet. Die Sklavenhändler begrapschten sie und schnüffelten an ihrem Haar, bis Kosh sie ersteigerte und mit zu seinem Wagen nahm. Dort hatte sie ihn das erste Mal gesehen. Ein verdrecktes Etwas, das schlafend neben dem Wagenrad lag. Kosh weckte ihn mit Tritten und schalt ihn aus. Sie stand nackt und hilflos daneben, als er sie an den Wagen ketten ließ. Dann erst gaben sie ihr einen Umhang. Den Rest der Nacht hatte der fremde Sklave dagesessen und sie angestarrt. Damals hatte sie sich noch vor ihm gefürchtet, weil er aussah wie ein gefangenes Raubtier, mit dem sie zusammengekettet war.

»Taraman bald weg.« Talma lächelte und zeigte zurück an Land. »Taraman wie du, Frau.« Er strich sich über die Wange. »Schön. Schöne Stadt, schöne Frau.«

Siréd sammelte ihr Haar hinter dem Kopf und band es mit einem Faden zusammen, den sie aus dem Rockstoff gezogen hatte. Da öffnete Talma seine Gürteltasche und gab ihr das gemusterte Haarband, das er in Taraman für sie gekauft hatte. Sie machte einen Schritt nach hinten und spuckte ihm vor die Füße. Talmas Augen verengten sich, und er griff nach ihr, aber Siréd ballte die Hände zu Fäusten und stellte sich eine Mannslänge entfernt mit der Seite zu ihm auf. Ihre Brüder hatten ihr beigebracht zu kämpfen, und obgleich Talma sie leicht hätte niederschlagen können, wusste sie, dass er das nie wagen würde. Sie war der Schatz, den er gefunden hatte und den er zu seinem König und Gott bringen sollte. Darum konnte sie sich sicher sein, dass er ihr nichts antat.

Der Schiffer schlenderte lachend über das Deck. Talma zerknüllte das Haarband in seiner Hand, wandte sich von Siréd ab und setzte sich wieder zu den anderen Spähern. Siréd hockte sich mit dem Rücken an eine Tonne. Noch konnte sie die Türme auf der Landzunge zählen. Die Langschiffe hatten bereits die westliche Grenze der Stadt hinter sich gelassen. Vielleicht befand sich das Pergament ja an Bord eines dieser Schiffe, dachte Siréd und zog den Umhang fester um sich. Sie sah, wie die Segel von den Querbäumen herabgelassen wurden. Die Schiffe beschleunigten ihre Fahrt vor der felsigen Küste. Eins von ihnen trug möglicherweise die geheime Nachricht des Schatzes, den Talma gefunden hatte: die Gezeichnete Frau, die Tarkins Kind empfangen sollte. Talmas Worte brannten in ihrem Kopf, und als sie auf das offene Meer hinaussah, fragte sie sich, ob es nicht besser wäre, sich von Bord zu stürzen. Es gab Augenblicke, in denen sie selbst fast an die Prophezeiung glaubte, denn das Geburtsmal auf ihrem Rücken glich tatsächlich zwei gekreuzten Lanzen. Ihre Mutter hatte gesagt, das sei das Zeichen für ihren Kampfeswillen, aber davon spürte sie momentan wenig. Sie war erschöpft und müde vom ewigen Auf und Ab der Wellen und sehnte sich nach den Ebenen und der Freiheit, die sie früher einmal besessen hatte.

Den Rest des Tages verbrachte Siréd zwischen den Tonnen und schaute zurück zum Festland. Als der Abend anbrach, waren die Türme im Meer versunken, und alles, was sie noch sehen konnte, waren das Meer und der Himmel. Die Dämmerung senkte sich als Vorbote der Nacht auf die See hinab, und die Seeleute verschmolzen mit der Dunkelheit, während der Katamaran weiter die Wellen durchschnitt. Sie sah die Segel im Nachtwind flattern und hörte das Knarren des Steuerruders. Talma und die beiden anderen Späher waren neben der Hütte in der Mitte des Decks zusammengerückt; sie konnte das Weiße in ihren Augen sehen und wusste, dass sie jede ihrer Bewegungen überwachten. Deshalb zog sie sich noch weiter zwischen die Tonnen zurück und wickelte sich in den Umhang. Sie hatte den Duft der Stadt nicht länger in der Nase. Um sie herum war das Meer, das mit unzähligen Stimmen zu ihr sprach. Die Masten sangen im Wind, während die Wellen von unten gegen die Decksplanken schlugen. Die alte Welt war endgültig im Norden verschwunden, und das Meer raunte ihr zu, dass sie nie mehr dorthin zurückkehren würde. Siréd schloss die Augen und bat ihre Vorväter, auf sie herabzusehen. Sie hoffte, dass ihre Brüder über die Ebenen des Himmels gelaufen kamen und ihre Pfeile zu ihr herunterschickten, damit sie endlich wieder mit ihrem Klan vereint war.

Die Siedlung des Flussvolkes

Ulv stolperte hinter Brage und Seon her, die etwa einen Steinwurf vor ihm liefen. Er sah sie als dunkle Schemen vor der frostweißen Steppe. Brage blieb stehen und rief ihm etwas zu, aber Ulv hatte keine Kraft zu antworten. Er warf einen Blick über die Schulter, während er sich schwerfällig durch das Heidekraut schleppte. Loke war direkt hinter ihm und trieb ihn an, indem er ihm mit dem Speerende gegen den Rücken stieß. Es war Nacht, aber Loke gestattete ihm keine Pause. Da hallte ein Brüllen aus dem Wald. Die anderen Waldgeister waren einen Pfeilschuss vom Waldrand entfernt zurückgeblieben, um die Erdriesen in Empfang zu nehmen. Als Ulv sie zwischen Fichten und Büschen hervorstürzen sah, humpelte er keuchend weiter. Die Vegas trieben sie jetzt bereits seit zwei Tagen vor sich her, immer weiter nach Norden; seit zwei Tagen liefen die Männer und die Waldgeister nun schon um ihr Leben. Sie hatten nur angehalten, um ein Stück Trockenfleisch hinunterzuschlingen und ein paar Schlucke aus dem Wasserschlauch zu trinken, bevor Loke sie erneut antrieb. Die Erdriesen waren von dem Blutgeruch des Pferdefleisches angelockt worden, das sie mitgenommen hatten, und nicht einmal Loke konnte gegen fünf Vegas gleichzeitig kämpfen. Also waren sie auf die Steppe geflohen, da die Erdriesen die offene Landschaft scheuten.

Ulv schluckte den Blutgeschmack in seinem Mund hinunter. Sein Körper war bis in den letzten Winkel von Schmerz erfüllt, seine Wunde brannte, und es pochte hinter seiner Stirn. Glücklicherweise hatte er einen langen Stab gefunden, auf den er sich stützen konnte, während das gefrorene Steppengras gegen seine Beine peitschte. Das Schwert schlug gegen seinen Oberschenkel, und das Bündel Pferdefleisch hing schwer über seiner Schulter. Er hörte, wie die Waldgeister etwas riefen, und als er sich umschaute, sah er die finsteren Gestalten zwischen den Baumstämmen. Die Erdriesen sammelten sich zum Angriff.

»Lauf!« Loke versetzte ihm einen Stoß mit dem Speer. »Lauf so schnell du kannst, Ulv Bransohn!«

Ulv zwang seine Füße vorwärts. Es stach wie Feuerpfeile in seiner Wunde, als er den Stab hob und auf die Steppe zurannte. Seon und Brage waren von der Nacht verschluckt worden. Ulv stöhnte vor Schmerz, aber Loke trieb ihn weiter, während er nach Bul und Vile rief. Erdriesen fürchteten den Mond, aber in dieser Nacht hatten sich Wolken vor die Sterne geschoben, so dass die Erdriesen ihnen über die Steppe folgen würden, bis die Morgendämmerung sie wieder in den Wald zurücktrieb. Die Waldgeister kehrten den Riesen den Rücken zu und liefen weiter über das frostweiße Gras.

Mitten in der Nacht blieben die Waldgeister stehen. Sie hatten Seon und Brage eingeholt. Ulv folgte ihnen, begleitet von Bul, in einem guten Pfeilschuss Abstand. Als sie die anderen erreichten, hatten die Waldgeister bereits ihre Rucksäcke abgelegt und das steife Steppengras platt getreten. Bil hatte während der Flucht Zweige für das Feuer gesammelt und kochte ein Süppchen. Ulv sank völlig erschöpft auf eine der Decken. Unterdessen verteilte Loke die Suppe und erklärte, dass sie jetzt vor den Erdriesen sicher seien. Er riet den Männern, bis Sonnenaufgang zu schlafen. Das ließ Ulv sich nicht zweimal sagen und rollte sich neben dem Feuer zusammen. Seon und Brage wälzten sich auf den Rücken und schliefen auf der Stelle ein. Sie merkten nicht einmal mehr, dass die Waldgeister Wollgrasdecken über sie breiteten.

Zwölf Tage folgten sie den Wagenspuren nach Norden. Sie gingen im Schutz der moosgrünen Stämme und kämpften sich durch riesige Spinnennetze und Farnwälder. Die Nächte waren kalt und dunkel. Das geräucherte Pferdefleisch stillte den gröbsten Hunger, aber je weiter ihre Wanderung sie nach Norden führte, desto kälter wurde es. Die Herbsttage neigten sich unweigerlich dem Winter entgegen. Loke berechnete die Mondzeiten, indem er Kerben in einen Primstab ritzte, den er in seinem Rucksack bei sich trug. Sie hatten den Karrenweg am Abend vor einer Vollmondnacht erreicht. Inzwischen stand der Mond als Sichel am Himmel, die letzte Mondphase des Herbstes war angebrochen. Loke hatte ihnen von einem Fluss erzählt, der sich knappe sechs Tagesmärsche vom Waldrand entfernt westwärts durchs Land schlängelte. Die Männer wussten, dass sie ihn erreichen mussten, ehe es anfing zu frieren. Der Fluss kam aus dem Barkasfjell, strömte durch den Alvarsee und sammelte alle Bäche des Waldes in sich, die Ulv hinter dem Wagen der Sklavenhändler überquert hatte. Es war der gleiche Fluss, den er bei Kargaths Pforte gesehen hatte. Aber jetzt würde sie der Fluss in Brages Heimat führen.

Als die Sonne im Osten über den Horizont kletterte, standen die Männer auf und rieben ihre Hände und Füße, bis die Wärme zurückkehrte, während die Waldgeister die Decken zusammensuchten und ihre Rucksäcke packten. Immer wieder warfen die

Männer verstohlene Blicke zu dem bereiften Waldrand, ehe sie sich nach Norden wandten und ihren Weg über die gefrorene Steppe fortsetzten.

Sie wanderten durch eine Landschaft mit sanften Hügeln und weiten Ebenen, die genauso flach wie windstille Waldseen waren. Das steif gefrorene Gras zitterte im Ostwind und streute Raureif über die Beine der Männer und auf die langen Bärte und Umhänge der Waldgeister. Hier draußen gab es weder Baum noch Strauch, die ihnen Schutz vor dem Wind hätten bieten können, und die Blicke der Männer wanderten immer wieder sehnsüchtig zu den fernen Bergen im Norden. Loke erzählte ihnen, dass der Fluss durch eine tiefe Senke floss, die frühestens in einem Tag zu sehen sein würde. Brage nickte zustimmend. Der Schmied war auf dem Weg nach Ulverham über diese Ebenen geritten. Als die Sonne ihren höchsten Punkt erreichte, kniete er sich auf den Boden und streckte den Arm nach Norden. Er maß den Schatten, den seine Hand über das widerspenstige Gras warf, und ließ danach den Blick über die flache Landschaft schweifen. Wenn sie von hier aus immer nach Norden gingen, würden sie ganz in der Nähe der Siedlung des Flussvolkes auf den Strom stoßen. Brage erzählte den anderen von dem gastfreundlichen Volk, das ihn vor fünf Jahren bei sich aufgenommen hatte; sie hatten ihre Siedlung in der Senke am Ufer des Flussbettes gebaut, so dass sie von der Steppe aus nicht zu sehen war. Dadurch hatte das Volk viele Generationen in Frieden leben können. Der Schmied meinte, sie seien eine eigene Rasse, kleiner als gewöhnliche Männer und am Rücken und auf der Brust wie Hunde behaart. Rechtschaffen waren sie in jedem Fall, die Männer und Frauen des Flussvolkes, und wenn Brage ihnen erklärte, dass sie Ber-Mar so schnell wie möglich erreichen mussten, würde der Häuptling ihnen vielleicht sogar eines seiner Flöße zur Verfügung stellen.

Aber noch war es ein weiter Weg bis zum Fluss, und als die Männer an diesem Abend um das Feuer saßen, das Bile aus den letzten Zweigen gemacht hatte, kam Wind auf. Das Steppengras neigte sich unter den Windstößen, und die Männer und Waldgeister rückten enger zusammen und wickelten sich in ihre Decken. Ulv blieb noch eine Weile sitzen, als die anderen sich ums Feuer herum schlafen legten, und als die Flammen fast vollständig heruntergebrannt waren, hörte er einen heiseren Schrei am Himmel. Er sah einen Raben unter den dunklen Wolken, einen schwarzen Schatten in der Nacht, der nach Süden flog. Ulv wusste, dass das ein Zeichen war, denn Raben hatten ihm schon häufig den Weg zu einem Wasserloch oder einer Beute gewiesen. Der Rabe flog zu Siréd. Die Sehnsucht nagte an ihm, und er bereute es, Seon in jener Nacht in die Festung gefolgt zu sein. Er hätte an der Küste entlang nach Süden gehen und fliehen sollen, ehe die Kanathener Krugant einnahmen. Jetzt trieb der Krieg ihn immer weiter nach Norden, und er wusste nicht, ob er sie jemals wieder sehen würde. Er drehte den Rücken gegen den Wind und zog sich die Decke über die Schultern.

Ihre Wanderung brachte sie immer weiter nach Norden über die Steppe, die von einer weißen Frostschicht überzogen war. Loke führte sie direkt auf die Berge zu. Die Sicht war schlecht, weil der Wind Reif mit sich trug, der sich von dem schwankenden Gras gelöst hatte. Die Männer rieben sich die Wangen und zerschlugen das Eis in den Wasserschläuchen. Sie schliefen sitzend, weil die Erde gefroren war und ihren liegenden Körpern auch noch den letzten Rest an Wärme entzogen hätte. Sie schwiegen sich durch die Abende und starrten in die Dunkelheit auf der leblosen Steppe. Im Morgengrauen erwachten sie aus der Betäubung und liefen weiter durch die gefrorene Landschaft, während der Wind heulend über den Himmel jagte und ihnen mit zahllosen Stimmen etwas einflüsterte, aber die Männer überwanden ihre Erschöpfung, sie wussten, dass sie nicht stehen bleiben durften. Sie mussten die Flusssenke erreichen, weil die Ebene ihnen keinerlei Schutz vor dem Wind bot. Am Flussbett würden sie Holz und Ruhe finden.

Am vierten Tag entdeckte Brage einen Schatten am Horizont, der sich wie eine Kerbe von Osten nach Westen durch die Steppe zog. Loke erklärte ihnen, dass das die Flusssenke sei. Er und seine Lehrlinge waren damals dem Fluss gefolgt, als sie das Tal des Felsenvolkes verlassen hatten und nach Osten gewandert waren. Ulv wollte mehr darüber wissen, weil ihm wieder einfiel, was Loke ihm über Bran und Tir und ihren Stamm erzählt hatte, der in den Bergen lebte. Er wollte wissen, wohin er gehen musste, wenn er zu ihnen wollte, denn wenn Loke die Wahrheit sagte, würde er dort seine Familie und sein Volk finden. Aber Loke zeigte nach Norden und wiegte den Kopf hin und her. Ulv würde die Berge schon noch früh genug zu sehen bekommen, meinte er. Seine Erinnerungen würden ihn leiten.

Noch eine weitere Nacht rückten sie unter den Decken zusammen. Sie drehten dem Wind den Rücken zu und setzten sich dicht nebeneinander, um die Wärme zu halten, denn der Wind flaute nicht ab. Es war, als würden selbst die Wolken vor Vendhurs Macht im Osten fliehen. Sie jagten über den dunklen Himmel wie nach Westen reitende Heere, und jeder Windstoß berichtete den Männern heulend von Schmerz und Tod. Die Männer schlossen die Augen und ließen sich von ihren Gedanken von der Kälte und der Furcht wegführen. Sie träumten sich zurück in andere Zeiten, als sie noch jung waren und die Welt vor ihnen lag wie ein unbekanntes Abenteuer. Brage erinnerte sich an den Tag, an dem er Abschied von seinem Vater genommen hatte und nach Süden in die Schwarzen Berge gewandert war, um die Welt zu erkunden. Er war unerfahren gewesen und voller Hoffnung, Reichtum, neue Länder und schöne Frauen zu finden. Zu der Zeit ahnte er noch nichts vom Unfrieden in den Wüsten oder dass er Seon begegnen würde, auf der Flucht vor den Pfeilen der Reiter. Seon wiederum träumte nicht vom Unfrieden in den Wüsten. Er träumte von Mian, von den Tagen im Frühjahr, als sie zusammen unter den Bäumen am Talhang von Ber-Mar spazieren gegangen waren. Er erinnerte sich noch genau, wie weich ihre Lippen waren, als sie ihm das erste Mal über die Wange streichelte und ihn küsste. Die Erinnerung wärmte ihn, als der Wind an seiner Decke zerrte.

So träumten die Männer sich durch die Nacht. Ulv kippte auf die Seite und streckte das verletzte Bein aus; er schaffte es nicht, wie die anderen in der Hocke zu sitzen. Sein Schlaf war leicht, bei jedem Windstoß schlug er die Augen auf und starrte an den schwarzen Himmel. Sein Blick wanderte zu dem flachen Bergzug, der schemenhaft im Norden zu sehen war, und er spürte wieder dieselbe Sehnsucht, die ihn aus dem Barkasfjell gelockt hatte. Er hörte die Stimmen der Geister, aber ihr Gesang trieb ihn nicht länger nach Süden. Jetzt zogen sie ihn nach Westen, seinen Erinnerungen entgegen.

Der Sturm weckte sie. Die Waldgeister rammten ihre Speere in die Erde und hielten sich daran fest, als der Wind unter ihre Bärte und Umhänge fuhr. Loke winkte sie hinter sich her, und die Männer folgten ihm auf das Flussbett zu. Sie mussten vornübergebeugt gehen, die Decken an den Leib gepresst, während ihnen das Haar ins Gesicht peitschte.

Je weiter sich der Tag dem Abend zuneigte, desto deutlicher war die Flusssenke zu sehen. Die dunkle Scharte erstreckte sich, so weit das Auge reichte, in westlicher Richtung über die flache Ebene. Im Osten verschwand sie in einem Bogen zwischen den sanften Hügeln. Weder den Männern noch den Waldgeistern behagte der Gedanke an eine weitere, schutzlose Nacht auf der Steppe, weshalb sie immer weiter in die Dämmerung hineinliefen.

Die Flusssenke war in der dunklen Nacht bald nicht mehr zu sehen, aber Loke führte sie unverwandt weiter nach Norden. Ulv lief neben Brage, der unentwegt Verwünschungen gegen die Windgeister am Himmel ausstieß. Er sagte, dass er sie damals auf dem Weg nach Ulverham auch gehört hätte. Der Wind, der hier wehte, war nicht von guten Göttern gebraut, davon war er überzeugt. Der Schmied schüttelte den bärtigen Kopf, und Ulv gab ihm Recht. Er hatte noch nie so viele Stimmen im Wind gehört, und nie zuvor hatte er in den Wolken so viele Gesichter und Augen gesehen wie jetzt. Es war, als würden die Götter persönlich aus der Himmelskuppel auf die Erde heruntersteigen. Im Osten war das Dröhnen ihrer Schritte zu hören, das Klirren von Schwertern und Speeren. Und wie so oft in letzter Zeit hatte Ulv eigenartige Visionen; er sah Heerscharen von Männern über verbrannte Erde rennen und zwischen ihnen Riesen mit blutigen Schwertern und Äxten. Er sah den Riesen mit den Hörnern und einen gigantischen Krieger, der eine Lanze über seinen Kopf hob. Um ihn herum scharten sich schwarze Männer. Tarkinar … Sie sangen seinen Namen. Tarkinar, Herrscher.

Mitten in der Nacht erreichten sie endlich die Flusssenke. Loke, Bile, Vile und Bul hatten sich ein wenig abgesetzt, und als Ulv, Seon und Brage bei ihnen eintrafen, standen die kleinwüchsigen Jäger nebeneinander am Rand der Senke und schauten eine dunkle Böschung hinunter. Weiter unten plätscherte Wasser, und Ulv roch Gras und feuchte Erde.

Der Sand und die Erde gaben unter ihren Füßen nach, als sie den steilen Hang hinunterliefen. Das Gefälle nahm überhaupt kein Ende, und ungefähr eine Speerlänge über dem Boden verlor Ulv den Halt unter den Füßen und fiel. Er schlug sich das Bein an einem Stein an, kam aber schnell wieder auf die Füße und sah, dass er in einem Wäldchen von Laubbäumen gelandet war. Die Erde war von gelben Blättern bedeckt, obgleich das meiste Laub noch an den Ästen hing. Der Wind blies hier unten längst nicht mehr so stark wie auf der Ebene. Als die anderen ebenfalls unten angekommen waren, humpelte Ulv weiter und stieß gleich darauf auf das Flussufer. Der Fluss war etwa einen Steinwurf breit, und das Wasser wirbelte gurgelnd um Steine, Äste und Wurzeln herum, die im Ufersand hängen geblieben waren.

Ulv kam es vor, als röche er irgendwo weiter unten am Fluss

Fleisch, aber da der Wind aus Osten wehte, konnte er nicht sicher sein.

Die Gruppe schlug ihr Lager zwischen den Bäumen auf. Sie machten ein Feuer und wärmten sich auf, und zum ersten Mal, seit sie sich auf die Ebene begeben hatten, konnten sie schlafen, ohne dass der Wind an ihren Decken zerrte. Die Männer schliefen rasch ein, sie waren müde, und es war spät in der Nacht. Loke und seine Lehrlinge aber holten Wasser aus dem Fluss und kochten eine Suppe aus süßen Wurzeln. Loke war schweigsam und blickte immer wieder in das Dunkel zwischen den Bäumen. Es war nicht nur die Stille in der Flusssenke, die ihn beunruhigte. Es war noch etwas anderes als die Einsamkeit, das ihn nervös machte. Die Nacht war dunkel, und Loke legte mehr Holz ins Feuer und schob die Hände unter den Bart. Dann ermahnte er die Lehrlinge, sich ebenfalls schlafen zu legen, weil die Nacht bald vorüber sein würde.

Am nächsten Morgen schliefen sie lange. Die Männer hatten sich unter den kurzen Decken zusammengerollt, und die Waldgeister lagen bequem mit den bärtigen Köpfen auf ihren Rucksäcken. Nicht einmal Ulv wachte auf, als ein paar Rehe zum Trinken ans Flussufer kamen.

Erst die Schreie der Raben weckten ihn. Er warf die Decke beiseite, stand auf und streckte sich und blinzelte ins Tageslicht. Brage hustete und stemmte sich mühsam hoch, als Ulv seinen Stab schnappte und zwischen den Bäumen verschwand. Er betrat den Uferstreifen und folgte dem Flusslauf mit dem Blick in westlicher Richtung. Und dort, einen knappen Pfeilschuss von ihrem Nachtlager entfernt, entdeckte er die Pfahlhütten auf beiden Seiten des Flusses. Es waren mehr, als er zählen konnte, und an mehreren Stellen führten Pfade und Stiegen zur Ebene hinauf. Die ganze Siedlung war gut verborgen am Grund der Flusssenke gebaut worden. Auf dem Strand lagen Ruderboote und Flöße, aber er konnte keine Menschen entdecken.

Ulv ging zurück zu den anderen und berichtete ihnen, was er gesehen hatte. Die Waldgeister packten ihre Rucksäcke, und Brage begann, von dem Gebräu und der Fischsuppe zu schwärmen, mit denen das Flussvolk ihn bei seinem letzten Besuch bewirtet hatte. Dann begaben sie sich gemeinsam zum Fluss und folgten dem Ufer bis zu den Häusern.

»Es ist ungewöhnlich still«, erklärte Brage. »Aber um diese Zeit sind sie meist auf dem Fluss und fischen.«

Seon zeigte auf die Schießscharten in den grauen Plankenwänden. »Vielleicht haben sie uns kommen sehen. Bestimmt haben sie von den Schlachten im Süden gehört.«

»Nimm das hier.« Brage reichte ihm die Decke, die er über der Schulter trug. »Verhüll dein Gesicht damit, damit sie nicht gleich sehen, dass du dunkelhäutig bist, Seon.«

Loke blieb stehen und stützte sich auf seinen Speer. Sie waren jetzt nicht mehr weit von den ersten Hütten entfernt. Der weißbärtige Waldgeist schüttelte den Kopf. »Du wirst die Decke nicht brauchen, Großer.«

Ulv humpelte an seine Seite und schnupperte in Richtung der Häuser. Es roch nach gegerbten Fellen und Abfällen, aber der Geruch war schwach wie bei einer alten Fährte. Da sah er zwischen den Hütten die zerrissenen Lederhäute in den Gerbrahmen. Und er sah die Sandwälle, die sich an den Booten gebildet hatten. Die Leitern, die in die Pfahlhütten hinaufgeführt hatten, lagen im Sand.

»Ich verstehe das nicht.« Brage ging auf die Häuser zu. »Wo sind sie?«

Seon schob die Hände hinter den Gürtel und folgte ihm. »Es ist etliche Jahre her, dass du hier warst. In der Zwischenzeit kann viel passiert sein. Die Dinge sind nicht mehr so, wie sie einmal waren, Brage. Es ist lange her, dass die Gerüchte von Vendhurs Eroberungszügen in Ar umgingen. Vielleicht hatten sie Angst und sind nach Norden geflohen.«

Brage antwortete nicht, sondern nahm stattdessen eine Leiter und stellte sie gegen das Pfahlhaus, das am nächsten stand. Er schob die Axt am Gürtel nach hinten und setzte den Fuß auf die untere Sprosse. Die Leiter ächzte unter dem Gewicht des kräftigen Mannes, und auf halber Höhe zerbrach eine morsche Sprosse unter seinem Fuß. Er konnte sich gerade noch mit beiden Händen an der oberen Sprosse festhalten. Leise vor sich hinfluchend richtete er sich wieder auf, zog sich auf den schmalen Absatz vor der Hütte, öffnete die Tür und verschwand im Inneren.

Die anderen warteten gespannt, während der Schmied oben in der Hütte herumpolterte. Fensterläden flogen auf, und eine Tür knarrte, bis Brage schließlich wieder aus der Hütte trat und den Fluss mit dem Blick absuchte. »Frieden! Ich komme mit friedlichen Absichten!«, rief er und schlug mit der Faust gegen die Hauswand. »Zeigt euch, Flussvolk! Ich bin es, Brage, Karrs Sohn aus Ber-Mar!«

Die Raben krächzten. Sie sammelten sich auf den Dächern auf der anderen Flussseite. Die schwarzen Vögel beobachteten ihn, als wunderten sie sich, warum er nicht nach Süden gegangen war, wie er es versprochen hatte.

Seon zog einen Zweig aus dem Holzstapel zwischen den Pfählen. »Vielleicht haben sie Fallen ausgelegt«, sagte er. »Das machen Stämme häufig, bevor sie fliehen.«

»Wenn sie noch Zeit dazu hatten.« Brage sprang von der Leiter. »Und die hatten sie, wie ich es sehe, nicht mehr. Die Bewohner dieser Hütte sind Hals über Kopf aufgebrochen. Unter der Decke hängt noch gesalzenes Fleisch, und im Topf kleben noch Breireste.«

»Aber die Reste sind alt«, murmelte Loke. »Ist es nicht so? Wenn ihr mich fragt, ist es mindestens ein Jahr her, seit das Volk die Siedlung verlassen hat.« Der Waldgeist bückte sich und begann, im Sand herumzustochern. Er legte einen Knochengriff frei und zog ein rostiges Messer aus dem Sand.

»Ich begreife das nicht.« Brage breitete die Arme aus. »Sie hatten hier doch ein gutes Leben. Es gab Fisch und Treibholz im

Fluss, und die Reisenden bezahlten gut im Wirtshaus.« Der Schmied zeigte zwischen die Pfahlhäuser. »Da drüben liegt es, das Langhaus gleich am Hang. Lasst uns dorthin gehen.«

Sie folgten dem Flussufer noch ein Stück weiter. Alle Häuser um sie herum waren leer, die Fensterläden hingen schief, und die Türen standen offen. Brage zeigte auf die umgestürzten Holzgestelle am Strand und erzählte, dass das Flussvolk dort die Forellen und Aale getrocknet hatte, die es im Fluss gefangen hatte. Er hatte sie als friedliche und gastfreundliche Menschen in Erinnerung. Ihre Frauen waren klein gewachsen wie junge Mädchen, aber unglaublich hübsch und geschickte Köchinnen. Seon konnte sich ein Grinsen nicht verkneifen.

»Vor dem Westwald haben sie Angst, daher nehme ich an, dass sie nach Norden gegangen sind«, sagte der Schmied. »Vielleicht nach Ulverham oder Krimsbane. Oder sie haben sich abseits von allen im Wald niedergelassen.«

Seon nickte. Ulvs Blick fuhr suchend zwischen den Häusern hin und her, wo er unzählige Spuren von Füchsen und Hasen entdeckte. Eine Fährte führte zu einem Bau hinter einem Grasbüschel, aber er nahm keine Witterung von einem Tier wahr. Im Frühling würden die Füchse vielleicht zurückkommen, um ihre Jungen hier zur Welt zu bringen. Jetzt kam erst einmal der Winter, dachte er mit einem Blick an den Himmel, an dem der Wind die Wolken nach Westen trieb.

Das Wirtshaus lag am Rand der Siedlung. Auf dem Weg dorthin kamen sie an Flößen und Ruderbooten vorbei, die mit Laub und Wasser gefüllt waren. Seon schlug mit seinem Zweig gegen jedes Stöckchen und jedes Stück Garn, das aus dem Sand ragte, aber er konnte keine Falle entdecken, und so erreichten sie die breite Treppe, die zu dem Wirtshaus hinaufführte, das wie die übrigen Hütten auf einer von Pfählen erhöhten Plattform stand. Ulv stützte sich auf seinen Stock und humpelte die Stufen hoch. Seon und Brage warteten nicht auf ihn; sie liefen mit raschen Schritten auf den breiten Absatz vor der Hütte, während die Waldgeister gleich hinter ihnen die hohen Stufen emporkletterten.

»Hier habe ich gesessen und Met getrunken.« Brage trat an den Rand der Plattform und sah nach unten auf den Strand, der ein paar Mannslängen unter ihm lag. »Im Sommer sorgt der beständige Wind dafür, dass man ungestört von Mücken und Fliegen ist.«

Ulv hatte inzwischen ebenfalls die Plattform erreicht und sah erstaunt, dass der hintere Teil der Hütte im Hang verschwand.

»Dort haben sie ihr Lager.« Brage schlug ihm auf die Schulter. »Vielleicht finden wir ja etwas Gutes zu trinken. Wein oder Met.« Er warf Seon einen Blick zu. »Obwohl der inzwischen sauer sein dürfte. Wir sollten besser nach geräuchertem Fleisch suchen.«

»Ich habe für den Rest des Winters genug geräuchertes Fleisch gegessen.« Seon rückte das schlaffe Bündel mit Pferdefleisch auf der Schulter zurecht. Es war immer noch etwas von dem Fleisch übrig, das sie im Westwald geräuchert hatten.

Da ging Loke zur Tür. Weil er nicht an den geschmiedeten Türgriff heranreichte, schob er die Speerspitze in den Türspalt. Die rostigen Scharniere kreischten, als er die Tür aufzog.

Ein strenger Geruch schlug ihnen entgegen. Ulv humpelte zu der offenen Tür. Gleich hinter der Türschwelle lagen die vertrockneten Überreste eines Mannes. Er lag auf dem Bauch, die Haut über seinem Rücken und den Rippen war faltig. Sein Hinterkopf war zerschmettert, und das lange schwarze Haar hing in Büscheln an seinem Schädel. Die knochigen Arme waren zur Tür ausgestreckt.

»Der ist schon lange tot«, sagte Loke. Bul nickte und tippte den Leichnam mit seinem Speer an.

»Das ist ein schwarzer Mann.« Ulv hielt sich am Türrahmen fest, als er sich über den Toten beugte. Die Haut war teilweise löchrig und verwest, aber immer noch schwarz. In seinem Gesicht waren noch Reste von weißem Kalk zu sehen. Der Mann war wahrscheinlich ein kanathenischer Späher gewesen, wie die Männer, die Siréd mitgenommen hatten. Ulv schaute in das Innere des

Raumes und sah weiter hinten im Halbdunkel einen langen Tisch. An dem Tisch saß noch ein Mann über die Tischplatte gebeugt, vor ihm lag ein umgekippter Krug.

Seon und Brage traten ein. Sie beugten sich über den Leichnam an der Tür, während Ulv das Schwert zog und sich vorsichtig dem Tisch näherte. Der Mann rührte sich nicht.

»Er ist tot.« Seon stellte sich neben Ulv und schlug mit dem Schwert auf die Tischplatte. »Mach die Fensterläden auf, Brage! Damit wir sehen können, was hier passiert ist!«

Brage nahm die Axt von seinem Gürtel und stemmte die Fensterläden an der Längswand auf, worauf Licht in den großen Raum flutete. Jetzt konnten sie den Dolch sehen, der noch immer im Rücken des Toten steckte. Wie bei dem anderen war sein Oberkörper nackt und das Gesicht weiß gekalkt.

»Das waren Späher«, sagte Ulv. »Ich habe Männer wie sie schon früher gesehen. Im Norden. Sie haben mir Siréd weggenommen.«

Seon zog den Dolch aus dem Rücken des Toten. »Ja, das waren Späher«, bestätigte er. »Und die Bewohner haben das offensichtlich durchschaut. Den einen haben sie getötet, während er hier saß und trank. Als der andere fliehen wollte, haben sie ihn an der Tür erschlagen.«

Brage legte die Axt auf den Tisch. Dann kratzte er sich im Nacken und ging nachdenklich zur Feuerstelle im hinteren Teil des Raumes. An beiden Seiten der Feuerstelle standen zwei kleinere Tische, und auf einem Brett an der Wand stapelten sich große Holzkrüge. An den Deckenbalken hingen getrocknete Hirschkeulen und gefüllte Därme. Die Wände waren mit Fellen und Geweihen von Hirschen und Rehböcken behängt. Vor der Querwand, neben einer niedrigen Tür, stand ein Fass.

»Ich verstehe das nicht«, jammerte Brage und klopfte gegen das Fass. »Was hatten Späher in der Siedlung des Flussvolkes zu suchen? Was wollten Vendhurs Männer an diesem Ort? Das Flussvolk besitzt keine Reichtümer, und es war zu klein, um jemandem gefährlich zu werden.«

Seon steckte das Schwert zurück in die Scheide. »Diesen zwei haben sie jedenfalls den Garaus gemacht.«

»Eigenartig, dass sie sie nicht beseitigt haben.« Brage ruckelte an dem Fassdeckel. »Sie hätten sie im Sand vergraben oder vom Fluss wegtreiben lassen können.«

»Ich glaube, sie hatten Angst.« Seon sah zu der Leiche an der Tür. »Nicht alle Menschen sind dazu geboren, zu kämpfen und zu töten. Sie haben sie empfangen, ihnen hier im Wirtshaus starke Getränke eingeflößt und sie hinterrücks erstochen. Das Flussvolk muss etwas von Vendhurs Heerzug gewusst haben, und die Späher werden die Bestätigung gewesen sein, die sie veranlasst hat, ihre Sachen zu packen und wegzugehen. Was mir Sorgen macht, ist, dass seitdem so viel Zeit verstrichen ist. Diese Männer sind bereits etliche Monde tot, vielleicht schon über ein Jahr.«

Der Wind pfiff um die Hütte, und die Tür fiel knallend zu, aber Bul und Bile stießen sie wieder auf. Dann zogen sie den Toten über die Schwelle nach draußen. Es rauschte in den Laubkronen der Bäume am Flussufer.

»Richtet eins der Flöße her«, sagte Loke, »so dass ihr es morgen zu Wasser lassen könnt. Ihr müsst weiter nach Westen.«

»Nach Westen.« Brage nickte. »Nach Ber-Mar.«

Ulv setzte sich auf die Bank an dem Tisch, während Seon und Brage gemeinsam den Fassdeckel anhoben. Seon schnupperte an dem Inhalt, wandte sich abrupt ab und spuckte auf den Boden. Brage hatte unterdessen mit dem Fuß die niedrige Tür neben dem Fass aufgestoßen. Die beiden Männer duckten sich unter dem Türpfosten hindurch und verschwanden in der Dunkelheit.

Ulv und die Waldgeister folgten ihnen. Vile hatte neben der Feuerstelle ein Talglicht entdeckt, das Bul rasch mit einer Hand voll Zunder zum Brennen brachte. Mit dem Speer im Anschlag und dem Licht über dem Kopf trat er über die Türschwelle in den dunklen Raum.

Vor ihnen öffnete sich eine geräumige Höhle. Bul reichte das Licht an Ulv weiter, der es dicht unter die Erddecke hielt, die von

Stämmen und kantigen Balken gestützt wurde. An vielen der Balken hingen Schafskeulen und getrocknetes Fleisch, und an den Wänden stapelten sich Felle und Decken. Auf dem groben Bretterboden standen mehrere Fässer. Während Seon das erste Fass öffnete, wühlte Brage im hintersten Winkel der Höhle in einem Haufen Decken herum.

»Hier sind Kleider«, sagte er. »Pelzjacken, Stiefel und warme Wämser. Geeignete Kleidung für den Winter.«

Seon musste beide Arme um den Fassdeckel legen, um ihn anzuheben. Er schnupperte vorsichtig am Inhalt, und diesmal verzog sich sein Mund zu einem Lächeln. Er schöpfte eine Hand voll von dem Gebräu und schlürfte es in sich hinein, schnalzte mit der Zunge und leckte sich die Finger ab.

Ulv ging vorsichtig zwischen den Fässern und Fellen herum. Auf der linken Seite hatten die Wirtsleute Holzscheite gestapelt. Vor seinen Füßen floh eine große Spinne über den Boden. Er zog das Schwert und stach in einen der Ledersäcke, die an den Balken hingen. Graue Körner rieselten auf den Boden.

»Das ist Getreide«, murmelte Loke und fuhr mit der Fußspitze zwischen den Körnern herum, die sich mit schwarzen, toten Käfern mischten. »Die Säcke hängen schon lange hier.«

Ulv schob das Schwert zurück in die Scheide und duckte sich unter einem Spinnennetz. Brage hatte seine Stiefel ausgezogen und probierte eine Schaffellweste an. Ulv stellte sich neben ihn und hob einen schwarzen Umhang mit Kapuze auf, den Brage auf den Boden geworfen hatte. Er legte ihn sich über die Schultern und schloss die glänzende Schnalle vor der Brust.

Brage zeigte auf ihn und grinste. »Das ist ein Jagdumhang. Der kleidet dich gut, Nordländer.«

Ulv hockte sich auf den Boden. Solche Reichtümer hatte er noch nie zuvor gesehen. Seine Fingerkuppen strichen über die weichen Kleider, und fast war ihm, als könnte er die Wärme in ihnen spüren. Der Schmied zog ein blaues Lodenwams an und setzte eine graue Kappe auf den Kopf. Einer nach dem anderen kamen die

Waldgeister näher. Loke und die Lehrlinge stocherten in dem Kleiderhaufen und schüttelten ihre bärtigen Köpfe. Für sie war nichts dabei. Aber Seon fischte ein weites, grauweißes Lodenwams aus dem Kleiderberg und zog es über den Kopf. Dazu fand er eine Lederhose und einen Kapuzenumhang, die er über seine alten Kleider zog. Ulv öffnete die Spange und legte den Umhang ab, bevor er das zerrissene Wams, die Hose und die durchgelaufene Fußbekleidung auszog. Er hatte plötzlich das Gefühl, dass die Sachen nach den Sklavenhändlern rochen, von denen er sie bekommen hatte, und wollte sie nicht länger tragen. Brage reichte ihm eine schwarze Lodenhose und ein Paar hirschlederne Stiefel mit weicher Ledersohle. Ulv suchte sich ein Leinenhemd dazu und ein graues Lodenwams, das er mit dem Gürtel, den er dem toten Krieger nach der Schlacht in Krugant abgenommen hatte, um die Taille band.

Die Männer untersuchten die Höhle bis in den letzten Winkel. Sie schnitten das gesalzene Fleisch von den Balken und packten es in Lederbeutel, und Seon füllte einen Wasserschlauch mit Wein. Die Waldgeister gingen hinaus und setzten sich auf die Plattform vor der Hütte. Brage erinnerte sich, dass Grandar, der Wirt, ihn damals überreden wollte, bei ihnen zu bleiben, um das Flussvolk in das Geheimnis des Stahlschmiedens einzuweihen. Dazu hatte der gutmütige Mann aus der Höhle Waffen herbeigeholt, um Brage zu zeigen, was ihr eigener Schmied geschmiedet hatte. Jetzt suchte Brage hinter den Fässern und Fellen nach diesen Waffen, und am Ende entdeckte er tatsächlich ein paar rostige Äxte, Pfeilköcher und ein Bündel Pfeile. In einer Ecke standen einige Kurzbögen. Der Schmied nahm alles mit und legte es auf den Tisch in der Wirtsstube.

Später trugen sie die Leichen zum Strand hinunter. Seon trank aus dem Weinschlauch, während Ulv und Brage die toten Männer begruben. Die Waldgeister untersuchten unterdessen eins der Flöße. Loke klopfte mit dem Speer auf die angegrauten Rundhölzer und teilte den anderen mit, dass das seiner Meinung nach ein geeignetes Bootstier sei. Nachdem Ulv und Brage die Toten begraben hatten, ging der Schmied zu dem Floß und fegte den Sand und das Laub zwischen den breiten Stämmen weg. Brage meinte, ein größeres, besser zusammengebundenes Floß würden sie in der ganzen Siedlung nicht finden.

Als die Sonne ihren höchsten Punkt erreicht hatte, begaben sich die Männer zurück ins Wirtshaus und schnitten dicke Scheiben von den gesalzenen Schafskeulen, die sie schweigend aßen. Die Waldgeister kauten getrocknete Pilzstückchen und Wurzeln und weigerten sich, etwas von dem Fleisch zu nehmen, das Brage ihnen anbot. Fleisch war Nahrung für das Volk der Großen, nicht für Waldgeister, erklärte Loke. Und Seon nickte und spülte seine Fleischbissen mit noch mehr Wein hinunter.

Später am Nachmittag gingen Brage und Ulv noch einmal zurück in das Wäldchen, in dem sie in der Nacht zuvor gelagert hatten. Sie schlugen drei dünne Stämme zum Staken, entfernten die Zweige und trugen die Stangen zum Floß. Seon saß oben auf der Plattform vor der Wirtsstube und trank. Er rief Brage zu, dass er unbedingt probieren müsste, worauf Brage ihm fluchend den Rücken zukehrte.

Die Waldgeister halfen den Männern, den Sand wegzuschaufeln, der sich um das Floß aufgehäuft hatte. Nachdem das Laub und der Sand aus den Ritzen entfernt waren, konnten sie sehen, dass die Stämme mit Bast zusammengebunden waren. Das einfache Floß maß zwei Speerlängen in der Breite und zwei in der Länge. Brage lobte das solide Handwerk. Dann stemmte er sich mit den Füßen in den Sand, legte den Rücken gegen die rauen Stämme und begann zu schieben, aber es gelang ihm nicht, das Gefährt vom Fleck zu bekommen. Ulv legte seinen Stock beiseite und humpelte zu ihm. Er stemmte sich mit dem gesunden Bein ab, und schließlich gab das Floß nach. Brage brüllte laut, als es ins flache Uferwasser glitt. Ulv ließ sich fallen und kroch auf allen vieren zu seinem Stock. Loke streckte seinen Speer zum Himmel und pries ihre Stärke. Ulv betastete vorsichtig die Wunde an seinem Bein, die wieder zu schmerzen begann. Aber der Schorf war hart und trocken. Er richtete sich auf und wischte sich den Schweiß von der Stirn. Er hatte sich selbst nie als stark empfunden. Im Norden gab es Wichtigeres. Entweder war ein Mann ein guter Jäger, oder er wurde zur leichten Beute für die Wölfe. Aber auch er bewunderte die Kraft in Brages Armen; der Schmied trottete wie ein Bär um das Floß herum und zog mit kräftigen Fingern die Knoten nach.

Seon verschwand in der Wirtsstube, als Ulv und Brage sich daran machten, einen Windschutz auf dem Floß zu errichten. Solche niedrigen Unterschlupfe mit schräg abfallendem Dach hatten ihn im Norden vor den Winterstürmen geschützt. Brage holte Felle und weitere Sehnen aus dem Wirtshaus, und gemeinsam dichteten sie den Unterschlupf mit den Fellen ab; er bot Platz für zwei Männer.

Es war Abend, als sie das letzte Fell über den Windschutz spannten. Sie legten die Stangen auf das Floß und gingen zum Wirtshaus hoch. Es pfiff noch immer ein frischer Wind durch die Flusssenke, und als sie die Wirtsstube betraten, hörten sie, wie das Dach unter den Windstößen ächzte. Aber hier drinnen war es warm, denn Seon hatte ein Feuer gemacht. Er hing mit dem Oberkörper auf dem langen Tisch und schlief. Vor seinen Füßen lag der schlaffe Weinschlauch. Aus seinem Mundwinkel rann Speichel. Brage ging zu ihm und trug ihn zur Feuerstelle, wo er ihn auf den Boden legte. Danach holte er Felle und Decken aus der Höhle, rollte Seon auf ein Fell und deckte ihn zu.

»Ihn plagen schreckliche Erinnerungen«, erklärte Brage und setzte sich neben ihn. »Darum trinkt er. Er kann nichts dagegen machen.«

Die Waldgeister setzten sich an das wärmende Feuer. Ulv tat es ihnen nach und streckte sein schmerzendes Bein aus. Seon schnarchte laut. Sein schwarzes Haar war während der Wanderung gewachsen, und sein Bart begann, sich zu kräuseln.

»Die beiden toten Männer ...« Ulv zeigte mit einem Nicken zur Tür. »Sie waren schwarz. Wie Seon. Ist Seon einer von ihnen?«

Brage kratzte sich am Bart. Dann stand er auf, holte einen Weinschlauch und reichte ihn Loke. Der Waldgeist nahm einen Schluck, schmatzte geräuschvoll und wischte sich mit dem Handrücken über den Bart.

»Sein Vater war ein Sklave.« Brage setzte sich wieder. »Seon hat mir nie erzählt, wie sein Vater nach Mansar kam oder warum er zur Sklaverei verurteilt war. Ich weiß nur, dass er ein versklavter Kanathener war und eine mansarische Frau liebte. Die Frau brachte einen Sohn zur Welt, dem sie den Namen Seon gab.«

Der Weinschlauch landete in Brages Armen, und er nahm einen Schluck. »Er ist nach dem Flammengott der Mansarer benannt. Und Seon hat in mehr Schlachten gekämpft und mehr Burgen brennen sehen, als ich mir vorstellen kann. Ein passender Name also für meinen Blutsbruder.«

»Blutsbruder?« Ulv warf Brage über die Feuerstelle einen erstaunten Blick zu. »Seon ist dein Blutsbruder?«

Brage neigte den Kopf, so dass sein Gesicht in dunkle Schatten gehüllt wurde, und legte seine große Hand auf Seons Stirn. »Wir sind zusammen gewandert. Und er liebte meine Schwester. Wir waren wie Brüder.«

Loke zeigte mit einem Pilzstück auf Brage. »Erzähl«, forderte er den Schmied auf. »Erzähl mir, was geschehen ist. Ihr habt euch viele Jahre nicht gesehen. Was war der Grund dafür?«

Brage kratzte sich am Nacken. »Das ist kein Geheimnis. Nach unseren gemeinsamen Wanderjahren kehrte ich mit Seon nach Ber-Mar zurück, wo er Mian kennen lernte. Sie verliebten sich ineinander. Ich hätte mir nichts Besseres wünschen können. Mein bester Freund würde der Mann meiner Schwester werden. Das war eine glückliche Zeit.«

»Aber Seon hat sie verlassen.« Loke warf einen Blick auf den Schlafenden. »Warum?«

»Die Leute haben sich vor ihm gefürchtet. Es war keine Bosheit, die sie dazu trieb.« Brage trank noch einen Schluck Wein. »Sie begriffen nicht, dass er ein guter Mann war. Sie hatten von Tarkins schwarzen Kriegern gehört und setzten Gerüchte über ihn in die Welt, zum Beispiel, Tarkin könne durch seine Augen sehen. Sie waren überzeugt, Tarkin habe ihn geschickt, um den Schmieden ihr Geheimnis zu entlocken, und Vater und mir warfen sie vor, wir seien Verräter, weil wir ihm vertrauten.«

»Haben sie ihn vertrieben?« Loke stand auf und schob das Holzstück weiter ins Feuer. Der Rand der Feuerstelle reichte ihm bis an die Brust.

»Nein, vertrieben haben sie ihn nicht.« Brage gab den Schlauch an Bul weiter, ehe er sich wieder Loke zuwandte. »Aber sie wandten sich von ihm ab, wo immer sie ihm begegneten, und die Händler weigerten sich, Mian oder mir Korn und Fleisch zu verkaufen. Sie redeten nicht mehr mit uns. Das waren schlimme Zeiten. Vater glaubte, es würde besser werden, wenn er ihnen nur sagte, dass Seon ein Halbblut war. Also erzählte er es ihnen eines Abends. Aber das hätte er besser nicht tun sollen.«

Loke stützte die Ellbogen auf den Rand der Feuerstelle. Der Schein der Flammen flackerte über sein zerfurchtes Gesicht. »Warum? Erzähl es mir. Die Gedanken deines Volkes sind mir fremd. Warum hätte er es besser nicht erzählen sollen?«

Bile reichte den Weinschlauch an Ulv weiter, der gierig ein paar Schlucke trank, wobei er Brage nicht aus den Augen ließ. Der Schmied beugte sich vor und senkte den Blick. Seine Augen verschwanden im Schatten.

»Wir sind ein stolzes Volk«, murmelte er. »Und wir haben von der Boshaftigkeit der Südländer gehört. Ein Kind, das unter Gewalt empfangen wird, trägt einen Schmerz in sich, und wenn es erwachsen ist, wird es sich dafür an der ganzen Welt rächen. Das hat mein Vater mir erzählt, als er Seon noch nicht kannte.«

Loke wiegte das bärtige Haupt. »Und sie wollten nicht auf dich hören, als du ihnen versichert hast, dass seine Mutter den Kanathener geliebt hat, ist es nicht so?«

»Nein, das wollten sie nicht.« Brage sah in die Flammen. Sein dunkler Bart glänzte im Schein des Feuers goldrot. »Also hat Seon uns verlassen. Er konnte nicht anders. Eines Morgens wachte ich auf und fand seine Schlafbank leer vor. Er hatte das Wenige mitgenommen, das ihm gehörte, und war im Schutz der Nacht davongeritten.«

»Und kam nicht mehr zurück.« Loke schüttelte den Kopf.

»Nein, er kam nicht mehr zurück.« Brage legte die Stirn in Falten; das Feuer malte Schattenlinien in die tiefen Furchen. »Mian weinte und betete zu den Göttern, aber das brachte Seon auch nicht zurück. Am Anfang verachtete ich ihn, weil er uns verlassen hatte, aber mit der Zeit verstand ich, dass er keine andere Wahl hatte. Er war wegen Mian gegangen. Er konnte nicht ihr Mann werden. Nicht in Ber-Mar. Und Seon hatte weder einen Klan noch einen Stamm oder ein Heimatland, in das er Mian hätte mitnehmen können. Und so kehrte er zurück in die Reiche im Osten.«

Loke schnäuzte sich in seinen Bart und murmelte etwas vom Unverstand und Hass der Großen.

»Und dann hast du Ber-Mar ebenfalls verlassen.« Bile legte einen halb abgenagten Pilz neben die Feuerstelle und kratzte sich in dem widerspenstigen, grauen Haar. »Weil du deinen Blutsbruder finden wolltest? Allein?«

»Hast du die Vurminge im Wind gesehen?« Vile schaute an die Decke, die unter den Windstößen knackte. »Wir haben auf unserem Heimweg aus dem Gebirge Vurminge gesehen. Sie lebten in den Wolken und starrten uns mit unheimlichen Gesichtern an.«

Ulv und Brage sahen den kleinwüchsigen Waldgeist fragend an. Vile griff nach Biles Arm, und Bile sah zu Loke. Aber der hatte seinen Primstab hervorgeholt und war damit beschäftigt, eine neue Kerbe in den Stab zu ritzen, und schien nichts von dem mitzubekommen, was sich um ihn herum abspielte.

»Nein, ich habe keine Vurminge gesehen«, sagte Brage. »Aber in den Ebenen fand ich genau die Einsamkeit, die ich nach den Jahren mit Vater und Mian in Ber-Mar brauchte. Ich wanderte nach Osten und arbeitete als Schmied in den Wäldern im Norden. Ich wurde gut bezahlt und lebte wie ein Häuptling. In Ulverham kamen mir erstmals Gerüchte zu Ohren, dass im Süden ein schwarzer Mann lebte, und ich schickte einen Boten zu ihm mit der Nachricht, dass Brage der Meisterschmied sich in Ulverham aufhielt. Als ich eine Antwort bekam, brach ich nach Süden auf, wo ich endlich meinen Blutsbruder wieder sah.«

Loke blickte auf und nickte, und seine Lehrlinge nickten ebenfalls. Ulv rieb sich über die stechende Wunde am Oberschenkel. Aber es war ein wohltuender Schmerz, denn bisher hatte er an den Stellen, wo die Lanze ihn durchbohrt hatte, kaum etwas gefühlt.

»Bald werden wir wieder zu Hause bei Vater und Mian sein.« Brage klopfte dem Betrunkenen auf die Schulter. »Neun Winter sind vergangen, seit Seon uns verlassen hat. Die Einwohner haben sicher vergessen, was damals war. Aber Mian hat nicht vergessen. Als ich Ber-Mar verließ, hat sie noch immer auf ihn gewartet.«

»Wie weit ist es noch?« Ulv rückte näher an die Feuerstelle heran.

»Nach Ber-Mar, meinst du?« Der Schmied zuckte mit den Schultern. »Vielleicht einen Mond oder zwei, kommt auf die Strömung an. Wenn sich der Ostwind hält, schaffen wir es schneller.«

»Ein Mond ...« Bile sah Loke an, der den Primstab nickend unter das Wams steckte. Dann erhob sich der alte Waldgeist und ging zur Tür. Draußen war es inzwischen dunkel geworden. Er trat auf die Plattform hinaus und spähte in die Nacht.

Brage ging noch einmal in die Höhle und kam mit einer Schafskeule und Feuerholz zurück. Er legte ein Scheit ins Feuer und schnitt dicke Scheiben von der Keule. Seon schlief tief und wachte nicht auf, als Brage ihn zu wecken versuchte. Bile erklärte, dass Waldgeister von Fleisch krank wurden, also teilten Ulv und Brage die salzige Keule untereinander. Die beiden Männer aßen schweigend. Sie lauschten dem Wind, der durch die Flusssenke heulte und an den Wänden und der Tür rüttelte. Loke stand noch immer draußen auf der Plattform. Der Wind fuhr unter sein langes Haar und seinen Bart.

Nachdem Ulv und Brage sich satt gegessen hatten, legte Brage sich neben die Feuerstelle und breitete eine Decke über sich. Er faltete die Hände über dem Bauch und seufzte. Kurz darauf hörte man ihn schnarchen. Ulv griff nach seinem Stock und stemmte sich hoch; er musste noch einmal an die frische Luft, ehe er sich schlafen legte.

Loke starrte den Fluss hinunter, als Ulv über die Türschwelle trat. Der Weißbärtige schien ihn nicht zu bemerken, also stieg Ulv die Treppe hinab und ging weiter bis ans Flussufer. Die Wassermassen wälzten sich vorbei, und von den Hängen der Flusssenke fegten kalte Windböen herunter, die Vorboten von Schnee und Frost. Im Norden war sicher schon der erste Schnee gefallen, dachte Ulv und schaute zum Himmel. Der Orion wurde als Wintersternbild sichtbar. Der fünfte Neumond war vorbei, seit er in der Siedlung am See gefangen worden war, und in dieser Zeit war mehr geschehen als in den letzten vierzig Jahren zusammen.

Ulv rupfte eine Hand voll Blätter von einer niedrigen Birke und stellte sich in den Windschatten eines der vielen Ruderboote. Seine Wunde schmerzte, als er in die Hocke ging. Nur wenige Schritt von ihm entfernt strömte der Fluss nach Westen, genauso schwarz wie der Nachthimmel. Als die Wolken für einen kurzen Augenblick den Mond freigaben, spiegelte sich die Silbersichel im Wasser. Gleich darauf war der Mond wieder hinter den Wolken verschwunden. Vielleicht würde er bald das Tal sehen, das seine Träume ihm gezeigt hatten.

Ulv erhob sich und humpelte zurück zum Wirtshaus, die Dunkelheit unten am Fluss war ihm unheimlich. Als er sich die letzten Stufen der Treppe hinaufquälte, reichte Loke ihm die Hand und lud ihn ein, sich zu ihm auf die oberste Stufe zu setzen. Ulv folgte seiner Bitte, und der Waldgeist legte lächelnd die Hand auf seine Schulter.

»Morgen tretet ihr eure Flussfahrt an«, sagte Loke und strich ihm über das lange Haar. »Die Lehrlinge und ich wünschen euch Glück und eine gute Reise, aber wir werden euch nicht begleiten.«

Ulv sah ihn fragend an. Der Weißbärtige hatte sie den weiten Weg durch den Westwald bis hierher zu dem Fluss geführt. Sie waren aus dem Dickicht aufgetaucht wie aus dem Morgentau geborene Geister. Ulv wollte nicht glauben, dass sich ihre Wege so schnell wieder trennen sollten.

»Es muss so sein.« Loke setzte sich neben ihn. »Ber-Mar ist kein Ort für uns Waldgeister.«

»Aber ich habe nicht vor ...« Ulv schaute hinter sich, aber Seon und Brage lagen still neben der Feuerstelle. »Ich werde nicht nach Ber-Mar gehen«, flüsterte er. »Dort habe ich nichts verloren. Ich will in die Berge gehen, so wie du es gesagt hast. Ich will nach dem Tal aus meinen Träumen suchen.«

Loke wiegte den Kopf und lächelte. »Es ist, als hörte ich deinen Vater reden. Das Tal der Träume ... Was würde ich darum geben, wenn jetzt der alte Turvi hier wäre. Und Hagdar. Sie wären stolz auf dich, Ulv.«

Ulv verschränkte die Arme vor der Brust und schob die Hände in die Achselhöhlen, weil der Wind so kalt war. Loke sprach von Menschen mit fremden Namen, und doch kamen sie ihm bekannt vor. Die Namen riefen Bilder hervor. Er sah einen großen Stein unter einem Baum und hörte den Klang eines Hammers, der auf einen Amboss schlug.

»Ja«, sagte Loke. »Du bist auf dem richtigen Weg. Irgendwann wirst du verstehen, was ich jetzt sage, Ulv. Suche, und du wirst das finden, was dich im Frühjahr nach Süden gelockt hat. Ber-Mar bedeutet Unfrieden, aber in der Stadt der Schmiede wirst du den ersten Schlag gegen Tarkin führen.«

»Den ersten Schlag?« Ulv blickte zum Fluss hinunter. Das schwarze Wasser lockte ihn nach Westen, wie ihn ein paar Monde zuvor die Frühlingssonne nach Süden gelockt hatte.

»Den ersten Schlag.« Loke strich sich über die Zöpfe an seinen Schläfen. »Der Fluss wird dich in die Stadt der Schmiede bringen, und dort wirst du weitersehen. Dort wirst du verstehen. Das sagt mir der Wind, Ulv. Ich fühle es. Die alten Götter singen wieder.

Sie sind aus dem Himmel herabgestiegen und sammeln alle Völker der Welt zum großen Krieg. Im Süden sind bereits viele Schlachten geschlagen worden. Im Moment ist Tarkin sicher, er wartet auf die Gezeichnete Frau. Aber in Ber-Mar wird etwas geschehen. Ich weiß nicht, was, aber ich spüre eine große Unruhe. Viele Menschen werden sterben.«

»Die Gezeichnete.« Ulv stand auf. »Siréd. Sie haben sie inzwischen sicher weit weggebracht. Ich muss nach Süden.«

»Dahin wirst du auch noch kommen.« Loke erhob sich auf seinen kurzen Beinen und kletterte auf die Plattform. »Du hast die Ungeduld deines Vaters geerbt, Ulv. Komm erst einmal in Ber-Mar an, dort wirst du erfahren, was du tun musst. Du wirst es verstehen, und du wirst den Weg sehen, den du gehen musst.«

Loke trat an den Rand der Plattform und pinkelte auf den Strand hinunter, ehe er hineinging und sich zu den anderen Waldgeistern an die Feuerstelle legte.

Ulv blieb allein auf der Plattform zurück. Die Bäume bogen sich im Wind, die gelben Blätter wirbelten durch die Dunkelheit und fegten raschelnd über den Sand. So hatte er im Herbst oft an den Bächen in den Tälern gestanden und den Blättern hinterhergeschaut, die mit dem Wasser davontrieben. Er hatte sich gefragt, wohin sie wohl segelten, und jetzt wusste er es. Der Fluss führte sie nach Ber-Mar. Er führte sie zu seiner Hoffnung im Westen, zu den Bergen und dem Tal aus seinen Träumen.

Ulv lauschte auf den Wind, auf die dahintreibenden Wolken unter der Himmelskuppel. Wenn er die Augen schloss, konnte er die Geisterstimmen hören, die auch schon früher zu ihm gesprochen hatten. Er streckte die Arme der Dunkelheit entgegen, um ihnen seine Furcht offen zu zeigen. Er sprach leise mit ihnen, fragte sie, wohin er gehen musste, um sie zu finden. Aber die Götter antworteten ihm nicht. Alles, was er hörte, war das Rauschen des Flusses.

Am nächsten Morgen bereiteten sie alles für einen frühen Aufbruch vor. Brage hatte in der Höhle ein paar Leinensäcke gefunden, in denen sie die Decken, Lodensocken, Schafskeulen und gesalzene, mit Fett und Korn gefüllte Tierdärme verstauen konnten. Der Schmied seilte die Säcke auf den Strand ab und warf jedem der Männer eine Pelzmütze zu. Die hatte er ebenfalls in der Höhle gefunden, und er meinte, dass sie nicht nur warm hielten, sondern außerdem eine angemessene Kopfbedeckung für Männer waren, die in Ber-Mars stolze Stadt reisten. Ulv und Seon setzten sie auf und luden die Säcke und das Brennholz auf das Floß. Während Brage die Säcke an den dicken Stämmen festzurrte, versteckte Seon einen Weinschlauch in dem Unterschlupf. Die Waldgeister beobachteten ihr Tun von der Treppe aus, und Loke strich sich nachdenklich über die Zöpfe in seinem Bart. Noch immer fegte ein frischer Wind durch die Flusssenke. Die dünnen Birken bogen sich unter den Windstößen. Der Fluss war im Laufe der Nacht angeschwollen und schwemmte den Sand unter dem Floß weg.

Als Brage das letzte Fell im Unterschlupf verstaut hatte, sprang er auf den Strand. »Wir sind fertig«, sagte er und stemmte die Hände in die Seiten. »Die Strömung ist stark, aber ich sehe keine Gefahr, so lange wir ihr folgen und uns vom flachen Wasser fern halten. Wir sollten jetzt aufbrechen.« Er warf Seon einen finsteren Blick zu, der sich auf die Treppe gesetzt hatte, um sich einen Schluck aus einem Weinschlauch zu genehmigen.

»Ja, es ist Zeit, Abschied zu nehmen.« Loke blinzelte zum Himmel hoch. »Schiebt das Floß ins Wasser, und seht zu, dass ihr loskommt.«

»Kommt ihr nicht mit?« Brage sah den kleinwüchsigen Jäger an.

Loke lehnte den Speer an die Schulter. »Nein«, antwortete er. »Ab hier trennen sich unsere Wege. Aber so die Götter es wollen, werden wir uns wieder sehen.«

Der Schmied bückt sich und streckte dem weißbärtigen Waldgeist die Hand entgegen. Loke griff nach seinem Daumen.

»Wandert in Frieden«, sagte der Schmied lächelnd. »Wohin auch immer das Leben euch führen mag.«

»Frieden wird das Leben uns sicher nicht bringen«, erwiderte Loke mit einem Blick auf Ulv. »Aber das gilt für jeden von uns. Und jetzt los mit euch. Vile wird euch eine Glücksmelodie mit auf die Reise geben.«

Brage ging zum Floß und winkte Ulv und Seon zu sich. Ulv kam angehumpelt, aber Seon war mit dem Weinschlauch beschäftigt. Brage rief ihn noch einmal, und da kam auch er endlich angelaufen. Er drückte einen Korken in den Weinschlauch und schleuderte ihn in den Unterschlupf. Danach stemmten sich die Männer mit ihrem ganzen Gewicht gegen die Stämme und schoben das Floß ins Wasser.

Das schwere Gefährt wurde schnell von der Strömung erfasst. Seon zog sich auf das Floß und lehnte sich mit dem Rücken gegen den Unterschlupf. Brage nickte Ulv zu, worauf die beiden Männer gleichzeitig auf das Floß kletterten und nach den Holzstangen griffen. Die Waldgeister kamen ans Ufer, als Ulv und Brage das Floß vom Strand abstießen. Loke, Bile und Bul hoben die Hände und wünschten ihnen Glück, und Vile setzte die Flöte an die Lippen und ließ ihnen eine traurige Melodie auf den Fluss hinaus folgen.

»Die Berge«, rief Loke und streckte den Speer zum Himmel. »Du musst in die Berge gehen, Ulv!«

Ulv machte einen Schritt in die Mitte des Floßes, ehe es vom Strom gepackt wurde und sich drehte. Er streckte Loke zum Abschied die offene Hand entgegen.

»Such das Tal, Ulv!« Loke stapfte ins flache Wasser. Er hielt den Speer über den Kopf, und der lange Bart und das Haar flatterten im Wind.

Ulv hielt sich an dem Unterschlupf fest, als die Strömung das Floß weiter den Fluss hinuntertrieb. »Wenn es dort ist, werde ich es finden!«

Loke streckte beide Arme über den Kopf. Ulv meinte, den alten Waldgeist lachen zu hören, aber das konnte ebenso gut das Glucksen des Wassers sein, das gegen das Floß schlug. Sie hatten die Mitte des Flusses erreicht, wo die Strömung am stärksten war. Brage zog die Stange aus dem Wasser und setzte sich neben Seon. Vor ihnen schnitt sich das Flussbett in westlicher Richtung durch die Ebene, während hinter ihnen die Siedlung des Flussvolkes allmählich zwischen den Laubbäumen verschwand. Die Waldgeister auf dem Sandstrand wurden kleiner und kleiner. Loke hielt noch immer den Speer über dem Kopf. Ulv nahm den langen Stab und legte ihn in eine Rinne zwischen den Rundhölzern. Das Floß trieb seitwärts, und der Wind fegte von der Steppe heran und rüttelte an seinem Umhang. Die Bäume am Ufer warfen ihre gelben Blätter ab. Ulv folgte ihrem Tanz über den Fluss. Als er sich zum Wirtshaus umsah, konnte er die Waldgeister nicht mehr sehen, aber Viles Flöte hörte er noch immer. Ulv wickelte sich fester in den Umhang und legte sich neben den Unterschlupf. Die traurigen Töne sangen ihm ein Lied von alten Erinnerungen. Sie sangen von vierzig Jahren Einsamkeit.

Die Prüfung der Priester

Ein ganzer Monat war vergangen, seit der Katamaran Taraman verlassen hatte. Der Wind war gleichmäßig aus Norden gekommen, und die Meeresströmungen halfen allen, die im Herbst nach Süden wollten. Jede Nacht hatte der Schiffer an seiner Kajüte gestanden und zu den Sternen emporgeblickt, während die Mannschaft beständig nach Land im Süden Ausschau hielt.

Siréd hatte sich zwischen einigen Tonnen einen Windschutz gebaut. Sie hatte ein Fell über den Platz gespannt, an dem sie schlief, und eine dicke Decke um sich gewickelt, um nicht zu frieren. Es war kalt auf See, doch Talma meinte, es würde wärmer, sobald sie an Land kämen. Auch die drei Kundschafter hielten sich bei den Tonnen auf und bewachten sie abwechselnd, doch nur Talma sprach mit ihr. Sie gab ihm nur selten Antwort und saß meistens nur da und starrte aufs Meer. Die Wellen hoben und senkten sich, sie schoben das Schiff gen Süden und wogten die zwei Rümpfe durch Tag und Nacht. Sie wurde es niemals leid, über das Meer zu blicken, denn es umgab sie wie ein Rätsel und seufzte an den Rümpfen des Schiffes, als versuchte es, ihr von einer verborgenen Welt zu erzählen; von Ebenen, Königreichen und Wäldern, die tief dort unten unter den Wellen verborgen waren. Sie hatte Fische gesehen, die auf silberschimmernden Flügeln über die Wellen flogen, ganze Schwärme von Haien und gigantische Fische, die an die Oberfläche kamen und Wasser aus Löchern in ihrem Rücken bliesen. Drei Tage nachdem sie Taraman verlassen hatten, hatte sich ein Schwarm körperlanger, grauer Fische zu dem Katamaran gesellt, und Talma hatte auf sie gedeutet und sie als Menschenfische bezeichnet. Sie sprangen in weiten Bögen aus dem Wasser, umspielten die Rümpfe dicht unter der Wasseroberfläche und schienen Gefallen daran zu haben, das Schiff zu begleiten. Eines Nachts spießte einer der Jungen an Bord einen der Menschenfische mit seinem Speer auf, während der Schiffer in seiner Kajüte schlief, doch er erwachte, als das zappelnde Geschöpf an Bord gezogen wurde. Voller Wut sah er, was der Junge getan hatte; er schlug ihn nieder, band ein Seil um seinen Fuß und warf den Jungen ins Wasser, so dass er hinter dem Schiff hergezogen wurde. Die Wellen waren so hoch, dass es dem Jungen nicht gelang, sich wieder an Bord zu ziehen. Der Schiffer ließ ihn eine lange Zeit im Wasser, und als er ihn schließlich wieder an Deck zog, war der Junge so schwach, dass er es nicht einmal in seinen Verschlag schaffte. Er lag den Rest der Nacht auf den Decksplanken, und als der Morgen kam, drehten ihn die Männer um und sahen, dass seine Lippen ganz blau waren. Schließlich hatten sie ihn in seinen Verschlag gezogen, wo er seither lag.

Siréd zog es vor, allein zu sein. Sie saß zwischen den Tonnen und sah zu, wie die Mannschaft zwischen Schoten, Tauen und Stagen hin und her rannte. Der Schiffer stand gewöhnlich inmitten des breiten Decks und betrachtete die Segel, und sobald er seine Befehle brüllte, stürzten sich die Männer in die Wanten. Sie spannten oder lockerten die Taue, damit die Segel so im Wind standen, wie es der Schiffer wollte. Wenn sie flatterten oder zu sehr gespannt waren, drohte ihnen der Schiffer mit der Faust. Er war ein kräftig gebauter Mann mit breitem Gesicht, und Siréd sah förmlich, wie ihn die Männer fürchteten. Sie senkten die Blicke, wenn er mit ihnen sprach, und wagten es nicht einmal, die Taue loszulassen, wenn diese durch eine plötzliche Bewegung des Segels ihre Handflächen zerschnitten. Nur Talma wagte es, mit dem Schiffer zu sprechen, und er tat dies jedes Mal, wenn der große Mann sich Siréd näherte. Der Seefahrer wollte wissen, wer sie war und warum es derart eilte, sie nach Kanath zu bringen. Siréd hatte ihn nicht verstanden, doch Talma hatte ihr erklärt, was die fauchenden Worte des Schiffers bedeuteten. Talma hatte oft mit ihr geredet, in den langen, kalten Nächten hatte er bei ihr gesessen und ihr gesalzenes Fleisch gegeben, das er in Salzwasser eingeweicht hatte, und ihr schließlich seine eigene Decke über die Beine gelegt. Wenn sie ihm in die Augen sah, schlug er seinen Blick nieder, doch sie wusste, dass sie mehr als eine Gefangene für ihn war. Trotzdem durfte sie nicht hoffen, dass er ihr zu fliehen half. Er war es, der sie gefangen hatte, und immer wieder erzählte er ihr von dem ehrenvollen Schicksal, das auf sie wartete. Er hatte von Tarkin erzählt, dem alten Riesen, der im Tempel am östlichen Ende der Spalte Arak lebte. Tarkin war der Gott, der den Ältesten getrotzt hatte. Er hatte gegen Ekserk gekämpft, gegen Man, Manannan und all die anderen Götter, als die Welt noch jung war und die Menschen noch den Geist der Tiere hatten. Diese alten Götter würden bald untergehen, doch Tarkin sollte sterben und weiterleben. Denn er sollte eine Frau befruchten, die sein Zeichen trug. So würde sein Geist weiterleben. Sie war die Frau, denn sie trug das Zeichen, wie es die Priester in den Schalen mit Tarkins Blut gelesen hatten. Sie hatten die ältesten Schriften befragt, die in die Bronzeplatten geritzt waren, und die Nachricht über Tarkins bevorstehenden Tod war an alle Kaane und Späher weitergegeben worden. Bei der nächsten

Wintersonnenwende sollte die Gezeichnete Frau vor ihn geführt werden, damit Tarkins Sohn empfangen werden konnte. Tarkin selbst würde am Morgen nach der Empfängnis sterben, doch er würde durch seinen eigenen Sohn wiedergeboren werden.

Siréd hatte zu den Sternen aufgesehen, als Talma ihr das erzählte, denn wenn sie schon nicht die Schriftzeichen deuten konnte, wie es die Priester vermochten, so hatte ihr Vater sie doch gelehrt, die Sterne zu deuten. In der Nacht, als der Vollmond zum zweiten Mal seit ihrer Abreise aus Taraman über das Meer schien, erkannte sie an der Stellung des Wagens, dass noch ein Vollmond bis zur Wintersonnenwende vergehen würde. Sie hatte noch ein Jahr und einen Mond zu leben, denn sie würde sich lieber selber töten, als die Mutter von Tarkins Kind zu werden.

Das hatte sie auch Talma gesagt, und in diesem Moment hatte er in ihren Augen erkannt, dass sie von einem stolzen Geschlecht abstammte. Einmal hatte sie seine Hand genommen und ihn gebeten, mit ihr zu fliehen, doch Talma hatte bloß den Kopf geschüttelt und war weggegangen. Seither hatte sie kein Wort mehr mit ihm gewechselt. Sie hatte zwischen den Tonnen gesessen und in den Nächten von den Steppen im Norden geträumt. Sie sah ihre toten Brüder mit Speeren in den Händen und Bögen an den Sätteln reiten. Und sie sah den Wolfsmann. Er stand auf einem Berg. Seine Hände waren rot von Blut, und auf jeder Schulter saß ein Rabe.

Wenige Tage nach dem zweiten Vollmond sahen sie Land. Es war kurz vor der Dämmerung, doch die Wache im Ausguck war auf den Steuerbordmast geklettert und hielt sich an den Fallseilen fest. Er schrie und deutete nach Süden. Der Schiffer warf seinen Pelz ab und kletterte auf den anderen Mast. Jubelnd ballte er die Faust über dem Kopf, ehe er wieder nach unten kletterte und den Männern befahl, die Segel zu straffen.

Weder Siréd noch sonst jemand sah den gelben Streifen Land vor dem Morgengrauen. Doch als sich die Sonne über das Meer erhob, entdeckten sie das Land, das sich im Süden am Horizont erstreckte, und die Männer reckten ihre Handflächen zum Himmel und dankten Manannan, dass er sie sicher in die Heimat geführt hatte. Der Schiffer brüllte sie an und beschimpfte sie in zahlreichen Sprachen, denn sein Schiff war schnell und hätte bis Pethar nicht mehr als einen Mond brauchen dürfen.

Doch es dauerte noch ein paar Tage, bis das Schiff in den Sund Tars einfahren konnte. Talma hielt Siréd am Arm, während er zum Land deutete und ihr von den großartigen Städten erzählte, die sie zu Gesicht bekommen würde. Das Schiff drehte nach Südwest, denn zuerst mussten sie Mansaras Bucht durchqueren, in der fast das ganze Jahr über dicker Nebel hing. Sie würden an der Insel Peth vorbeisegeln und zwischen Kazmar und dem Festland in den Sund eintreten. Pethar lag im Norden des Sundes, und dort wollte Talma sie an Land bringen.

Sieben Tage lang segelte der Katamaran an den gelben Sandstränden entlang. Das Land war öde und gleichförmig, und lange stand Siréd da und suchte den Strand nach etwas Lebendigem ab. Doch es gab dort nichts anderes als lange Tangfetzen, die das Meer angespült hatte.

Talma war jetzt immer bei ihr. Jedes Mal, wenn sie zwischen den Tonnen hervorkroch, stand er auf und folgte ihr. Sie durfte tun, was sie wollte, doch wenn sie sich dem Rand des Decks näherte, nahm er ihren Arm und hielt sie zurück. Der Katamaran segelte nur wenige Pfeilschüsse vom Land entfernt, denn der Schiffer wollte die Landzunge nördlich von Mansaras Bucht umrunden und dann östlich von Peth aus heransegeln, um die Strömungen im Sund zu umgehen. Talma deutete an Land und erzählte, dass sein Vater über diese Strände gewandert sei und Datteln von den Palmen gepflückt habe. Doch das sei vor den Sandstürmen gewesen und bevor die Felder im Süden verdorrten. Die Priester in Rur und Taz-Ka sagten, das Land teile Tarkins Schicksal, und jetzt, da Tarkin bald sterben sollte, litt das Land mit ihm. Talma legte ihr die Hand auf den Rücken und erzählte von Nataz-Ka, der Wüste im Süden. Sie breitete sich jedes Jahr weiter nach Norden aus und erreichte jetzt bald die Felder von Hur. Das Land konnte seine Menschen nicht mehr ernähren. Hungersnöte herrschten in Taz-Ka, in Rur, ja sogar im Norden in der Gegend um Pethar. Kinder hungerten und starben in den Armen ihrer Mütter. Es war ein großes Unglück für das kanathenische Volk, doch Vendhur hatte alle Männer des Reiches zu einem Kriegszug versammelt, um die Länder im Norden zu erobern und dort das Land zu bestellen.

Siréd sah ihn an, als er das alles erzählte, denn jetzt begann sie zu begreifen, warum die schwarzen Männer die Länder im Norden eroberten. Wenn es so war, wie Talma sagte, hatten sie kaum eine andere Wahl. Doch Talma legte seine Hand auf ihren Rücken, lächelte sie an und klopfte auf den Dolch an seinem Gürtel. Er habe viel Leid gesehen, sagte er. Er wusste, dass Krieg die schlimmste aller Plagen war. Unfrieden gebar neuen Unfrieden, doch er musste sie zu Tarkin bringen, und wenn Der, der die Lanze trägt sie zu Gesicht bekam, brauchte Vendhur die Länder im Norden nicht mehr zu erobern. Er konnte seine Männer zu ihren Frauen zurückrufen. Denn in ihr würde Tarkins Sohn heranwachsen, mit dem das Land wieder aufblühen würde. Die Priester hatten darüber geschrieben. Wenn Tarkin durch seinen eigenen Sohn wiedergeboren wurde, würden sich die Schleusen des Himmels öffnen, so dass die Bauern wieder ihre Felder bestellen konnten. Die Wüste würde sich zurückziehen und das Land wieder fruchtbar werden.

Der Katamaran umrundete die Landzunge nördlich von Mansaras Bucht, und der Schiffer stand selbst am Ruder, als sich die Rümpfe in das unruhige Fahrwasser schoben. Sie segelten jetzt wieder vom Land weg. Siréd hielt sich an den Tonnen fest, während die Wellen über das Deck spülten. Die See war voller spitzer Wellen, und der Wind wurde immer stärker, je weiter die Landzunge sich am diesigen Horizont im Norden entfernte. Der Wind kam jetzt aus Osten; er war warm und trug den Geruch von Land mit sich. Die Männer zogen sich die Schals über die Nasen, denn der Wind war voller Sand. Siréd spürte ihn auf der Haut prickeln, und sie blinzelte zum Land und sah die gelbe Wolke, die sich über dem Wasser ausbreitete.

Der Sandsturm wütete zwei Tage über dem Meer. Siréd hockte zwischen den Tonnen und verbarg ihr Gesicht hinter ihrem Umhang, denn der gelbe Sand drang überall ein. Die Mannschaft stand hustend über die Seile gebeugt und wurde vom Schiffer wie gewöhnlich angebrüllt. Er ließ niemanden ruhen, und nur Talma und die anderen zwei Kundschafter durften ruhig dasitzen, während das Schiff nach Süden schoss. Talma kroch oft zu ihr herüber und sagte, dass sie keine Angst haben müsse und dass sie bald in Pethar seien. Dort würde er sie zu den Priestern der Stadt bringen, damit diese ihr Zeugnis ablegten, dass sie wirklich Die Gezeichnete war. Talma brauchte die Bestätigung der Priester, denn nur sie hatten das Gold, die Sklaven und die Pferde, die er brauchte, um sie ins Landesinnere zu bringen. Siréd fragte ihn, wohin er sie bringen würde, doch Talma wollte darauf nicht antworten und streichelte ihr bloß lächelnd über den Arm. Da schlug sie den Umhang über sich und drehte ihm den Rücken zu.

Am dritten Tag hellte es sich morgens im Süden auf. Der Wind flaute ab, und der Sand legte sich auf die Wellen und versank in der Tiefe. Der Schiffer hastete in den Bug des Steuerbordrumpfes und legte die Hand über die Augen. Ein paar Pfeilschüsse vor dem Katamaran erhob sich das Land aus dem Meer. Es war eine von hohen Klippen umrahmte Insel, auf denen eine Burg thronte. Die steinernen Türme ragten in den blauen Himmel, und die Mauer folgte dem Rand der Klippen bis zum Nordende der Insel. Als sich der Katamaran näherte, kamen Krieger hinter der Brustwehr zum Vorschein. Die Sonne blinkte auf Schilden und Speerspitzen, und weiße Flaggen flatterten im Wind. Auf allen waren die gekreuzten Lanzen Tarkins.

Der Schiffer hisste ein Banner auf dem Steuerbordmast und grüßte die Krieger mit offenen Händen, während der Katamaran östlich der Insel in den Sund glitt. Siréd kroch zwischen den Tonnen hervor, denn vor ihr zeigte sich eine weit gestreckte Landschaft. Auch hier spülten die Wellen über gelbe Strände, doch das Land dahinter war nicht mehr gar so öde. Seltsame Farne mit breiten Wedeln wehten im Wind. Sie waren hoch, hatten nackte Holzstämme, und alle Blätter thronten in einem Büschel an der Spitze des Stammes. Der Boden war mit grauen Büschen und grünen Riesenknollen überwuchert, und schwarze Vögel flatterten am Strand entlang. Siréd stand lange da und sah sich die karge Landschaft an, während Talma ihr alles erklärte. Doch sie hörte ihm nicht zu. Sie wollte nicht wissen, welche Götter das Land erschaffen hatten, und auch das Volk, das dort lebte, interessierte sie nicht. Sie wünschte sich einzig, dass der Schiffer das Schiff wendete und in die Welt zurücksegelte, die sie kannte, wenn sie auch wusste, dass das nicht geschehen würde. So blieb sie stehen, während der Katamaran an der Küste entlangsegelte, einen ganzen Tag lang, bis Talma sie zurück zu den Tonnen führte. Dort hockte sie dann unter ihrer Decke und starrte Richtung Land, bis sich die Dunkelheit über sie senkte. Sie hatte Angst, denn im Dunkeln sahen diese merkwürdigen Bäume wie Riesen aus, und die Knollen auf dem Boden verwandelten sich in Köpfe, die ihr mit bösen Stimmen zuraunten.

Als sie am nächsten Morgen aufwachte, hatte sich die Landschaft verändert. Der Katamaran musste in dieser Nacht weit gesegelt sein, denn sie konnte weder Bäume noch grüne Knollen im Sand ausmachen. Stattdessen wuchsen überall mannshohe, grüne Büsche. Nach allem, was sie sehen konnte, wuchsen sie in geraden Reihen auf dem flachen Land, die lediglich durch ebenso gerade Gräben unterbrochen waren. Zwischen den Büschen waren Menschen, dunkelhäutige Männer und Frauen, die Wasser aus den Gräben schöpften. Talma kam zu ihr herüber und sagte, dass das die Maisfelder Pethars seien, die sich eine Tagesreise weit im Norden von Pethar erstreckten. Am nächsten Morgen würden sie ankommen.

Der Katamaran folgte den Feldern nach Westen. Sie segelten jetzt nicht mehr weiter nach Süden, denn der Schiffer hatte das Schiff hinter die Insel Peth dirigiert, deren graue Klippen sich im Norden senkrecht aus dem Meer erhoben. Die Strömung im Sund war stark und führte in dieser Jahreszeit nach Westen. Es war warm, und so legten die Männer ihre Umhänge ab. Das Land schoss an ihnen vorbei, und bereits als der Abend dämmerte, konnte Siréd den Rauch der Lagerfeuer an Land riechen. Das Leben in der Steppe hatte ihr gute Sinne gegeben und ihr beigebracht, den Geruch des Feuers zu erkennen, denn das bedeutete in der Regel, dass jemand vom Trei-Klan in der Nähe war. Doch als sie nun dastand und sah, wie sich die Dunkelheit auf die endlosen Reihen der Büsche senkte, hätte sie sich lieber auf der Steppe Treis Männern zum Kampf gestellt. Talma hielt ihren Arm und sprach sanft mit ihr, doch seine Umklammerung war hart. Sie sah ihn an, ehe sie wieder zwischen die Tonnen kroch und vor ihm auf das Deck spuckte, denn sie wollte, dass er sah, wie sehr sie ihn hasste. Und vielleicht tat Talma das auch, denn er streckte den Arm nach ihr aus und bat sie, doch zu verstehen. Dann öffnete er seine Gürteltasche und reichte ihr das Haarband, das er in Taraman gekauft hatte, doch als sie es nicht nehmen wollte, senkte er den Blick und ließ sie in Ruhe.

Es war der Geruch, von dem sie wach wurde. Sie kroch aus ihrem Versteck zwischen den Tonnen, doch noch immer lag die graue Dunkelheit über dem Meer. Es war kurz vor Sonnenaufgang, und der Katamaran segelte nach wie vor an der Küste entlang. Die Buschreihen zitterten im Nachtwind, und weiße Wellen spülten über den Strand. Doch der Rauchgeruch war hier stärker. Er mischte sich mit dem Gestank von Mist, und sie schien die Menschen an Land beinahe körperlich zu spüren. Vorsichtig erhob sie sich. Talma und die anderen schliefen unter ihren Decken. Der Schiffer stand steuerbord im Bug und starrte nach vorn, und nur zwei Männer hatten Segelwache.

Sie schlich sich über das breite Deck nach backbord. Das Wasser konnte hier nicht so kalt wie auf dem offenen Meer sein, dachte sie, denn der Wind war warm. Sie spähte durch das Dunkel. Das Land war höchstens vier Pfeilschüsse entfernt.

Siréd stellte sich an den Rand des Decks und ließ ihren Blick über den grauen Streifen Land schweifen. Die Sonne lugte gerade erst über den Horizont. Vielleicht würde sie im Meer sterben, aber das wäre immer noch ein besseres Schicksal als das, das Talma für sie bestimmt hatte. Sie setzte sich an den Rand. Das Wasser spritzte unter ihren Füßen. Jetzt musste sie es allein schaffen. Sie musste schwimmen. Erneut warf sie einen Blick zum Land.

Da sah sie ihn. Der riesenhafte Körper erhob sich über den Feldern im Süden. In einer Hand hielt er eine Lanze. Er war groß wie mehrere Bäume. Das war Tarkin. Das musste er sein. Der, der die Lanze trägt, der Riese, zu dem Talma sie bringen sollte.

Eine Hand packte sie an der Schulter. »Siréd!« Talma zog sie hoch und drückte sie an sich. »Bleib bei mir! Wir sind bald da. Pethar, dort hinten!«

Er zeigte auf den Riesen. Die Sonne erhob sich über die Maisäcker und schien auf die graue Gesichtshaut des Riesen. Seine Arme waren steif und bewegten sich nicht. Er blickte über die Felder, doch seine Augen waren leblos. Er war aus Stein.

»Der fünfte Tarkin.« Talma zeigte mit der Hand zur Statue. »Du musst verstehen, Frau. Tarkin war der einzige der ältesten Götter, der nicht unsterblich war. Alle zweihundert Jahre muss Tarkin sterben. Und eine Frau muss seinen Sohn gebären.«

Siréd schlug den Umhang um sich. Der steinerne Riese erhob sich hoch über die Felder. Er hatte die gleichen, schmalen Züge wie Talma und die anderen seiner Rasse, doch Nase und Ohren waren abgefallen. »Dann ist er kein Gott«, sagte Siréd. »Götter sterben nicht.«

»Alle sterben!« Talma legte den Arm um ihre Schulter. »Auch Götter. Aber Tarkins Geist ist stark. Er wird alle zweihundert Jahre wiedergeboren. Die Götter im Norden, sie sind alt. Sie sind schwach. Sie haben nicht die Fähigkeit, Kinder zu bekommen. Sie werden den Kampf gegen Tarkins Sohn nicht gewinnen. Deinen Sohn.«

Talma sah sie an, doch in seinem Blick lag keine Freude. Siréd nahm seinen Arm weg. Sie wollte weggehen, doch Talma hielt sie fest.

»Sieh.« Er deutete zum Land. »Pethar.«

Siréd richtete ihren Blick nach Süden. Der Katamaran umrundete eine Landzunge, doch sie erblickte ein paar spitze Hügel auf der anderen Seite.

Der Schiffer brüllte der Mannschaft etwas zu, und die Männer schälten sich aus ihren Decken, krochen aus ihren Kajüten und strafften die Schoten. Die Segel drehten, und der Katamaran schoss auf die Spitze der Landzunge zu.

»Pethar!«, brüllte der Schiffer. Die Morgenbrise brachte den Katamaran zum Kap.

»Pethar!« Talma antwortete dem Schiffer. Er deutete auf die Stadt, die jetzt hinter der Landzunge zum Vorschein kam. »Das mächtige Pethar! Das schöne Pethar! Sieh doch, Frau! Die Grabstätten der Kaane! Die Statuen Tarkins!«

Und Siréd sah. Sie sah die spitzen Steinhügel, die die Stadt in einem weiten Zirkel umgaben, sie sah die Steinriesen, die über die unzähligen Hausdächer hinausragten. Die Stadt war mindestens doppelt so groß wie Taraman. Die Häuser breiteten sich so weit das Auge reichte auf dem flachen Land aus, und das Hafengebiet schien sich viele Pfeilschüsse nach Süden zu erstrecken. Die Stadt war um eine Burg herum gebaut, und allein diese Burg nahm eine Fläche ein, die so groß wie eine gewaltige Lichtung war. Die Mauern führten bis ins Wasser und bildeten eine Bucht im Meer. An Land waren diese Mauern hoch wie Schiffsmasten, doch im Wasser senkten sie sich ab. Zahlreiche Schiffe hatten daran festgemacht. Sie nutzten sie als Anleger und als Lagerplatz für Schiffsfrachten. Sie zählte sieben Steinriesen außerhalb der Mauern und drei innerhalb. Inmitten der Burg ragte ein weiterer Steinhügel über die Stadt. Auch er war von einer Mauer umgeben. Flaggen waren an langen Stangen gehisst, und alle trugen das Zeichen Tarkins.

»Pethar ist meine Heimatstadt«, sagte Talma. »Hier bin ich aufgewachsen. Im Ostteil der Stadt, hinter der Burg. Von hier aus kann man es nicht sehen.«

Siréd rieb sich die Augen. Der Wind war voller Staub und Sand. Die Sonne hatte sich kaum über den Horizont erhoben, doch schon brannte die Wärme auf ihrem Gesicht. Sie hielt sich die Hand über die Augen und ließ ihren Blick über die gelben Steinhäuser schweifen. Breite, gerade Straßen führten wie Strahlen von der Öffnung der inneren Burgmauer in die Stadt, und Menschen rannten wie Ameisen zwischen den Häusern hin und her. Oben auf der Burgmauer standen Krieger in eisernen Rüstungen und schwarzen Lederkleidern. Die Burgmauer selbst war breit wie ein Schiffsdeck, und sie konnte dort oben Wagen und Pferde erkennen.

Der Schiffer stellte sich ans Steuerruder und lenkte den Katamaran auf die Öffnung der Mauer zu. Sie war kaum mehr einen Pfeilschuss entfernt, und die Gerüche und Geräusche der Stadt strömten auf sie ein. Sie hörte das Klingen zahlreicher Schmiedehämmer und die Rufe der Händler. Es roch nach Schafsmist, Blut und Rauch. Frauen riefen Worte, die sie nicht kannte, und Männer brüllten einander an. Eisen schlugen gegeneinander, und irgendwo knirschten Kies und Sand.

Talma deutete zum nördlichen Ende der Stadt. Ein Steinriese lag auf dem Rücken auf einer steilen, sandigen Anhöhe. »Der zwölfte Tarkin«, sagte Talma. »Sie richten ihn auf, wenn du niederkommst.«

Siréd schlang ihre Arme um sich. Um den Steinriesen herum wimmelte es von Menschen. Sie hörte Hammerschläge auf Stein. Die Gesichtszüge des Riesen waren grob, und die Steinmetze krochen wie kleine schwarze Käfer über die Nase und den halb geöffneten Mund.

Der Katamaran glitt zwischen den Mauern hindurch. Der Schiffer rief der Mannschaft etwas zu, und das Schratsegel wurde an Steuerbord herabgelassen. Jetzt öffnete sich die Hafenbucht vor ihnen. Siréd spürte, wie Talmas Umklammerung fester wurde. Er zog sie in die Mitte des Decks zurück. Schwarz geteerte Langschiffe waren überall an der Hafenmauer vertäut, und es waren weit mehr, als sie zählen konnte. Einige von ihnen lagen auch inmitten der Bucht zwischen Handelsschiffen und Katamaranen vor Anker. Talma sagte, die meisten Kriegschiffe seien im Norden, denn nach all den Kämpfen dort oben bewachten sie jetzt die eroberten Häfen. Doch einige Schiffe hatte Vendhur zur Verteidigung in Pethar zurückgelassen, so dass in der Bucht noch immer mehr Schiffe lagen, als Siréd jemals gesehen hatte. Der Katamaran glitt an ergrauten, mit Tang beladenen Kriegsschiffen und hölzernen Flößen vorbei, auf denen dunkelhäutige Jungen schmale Ruderboote ins Wasser schoben. Sie ruderten dem Katamaran hinterher und boten Muscheln an. Krieger standen an Deck der Langschiffe und flickten Taue und Segel, während sie den Schiffer und seine Mannschaft beobachteten.

Der Katamaran schob sich zwischen zwei Pulks von Kriegsschiffen, und der Schiffer rief der Mannschaft etwas zu, woraufhin das andere Segel herabgelassen wurde. Die Männer trugen den Anker aus dem Verschlag und ließen ihn über die Reling hinab, ehe sie das Ankertau am Steuerbordbug vertäuten. Der Katamaran drehte sich an diesem Tau herum und blieb einen guten Steinwurf vom Land entfernt im Schatten der Mauer liegen. Die gelben Steinhäuser waren hoch übereinander gebaut. Treppen wanden sich an den Wänden empor, und schwarze Frauen beugten sich über die Geländer auf den Dächern und sahen zu dem neu angekommenen Schiff herunter.

Talma zog die Kapuze über Siréds Gesicht und bat sie, diese nicht abzunehmen, denn niemand in Pethar hatte jemals zuvor einen weißen Menschen gesehen. Sie mussten in den inneren Teil der Stadt, wo er darum bitten wollte, zu den Priestern vorgelassen zu werden. Talma deutete zu dem spitzen Steinhügel, der sich über der inneren Mauer erhob. Das war das Haus der Priester.

Sie wurden zum Anleger gerudert. Bettler und Wasserverkäufer paddelten auf Strohbündeln zu ihnen herüber, doch Talma und die Kundschafter hielten sie mit ihren Lanzen auf Abstand. Im hinteren Teil der Hafenbucht stiegen sie an Land. Die Männer halfen Siréd über eine glitschige Eisentreppe nach oben, die in die Steinmauern geschlagen worden war. Sie kamen auf einen breiten Platz, der zu einer gepflasterten Straße führte. Siréd blickte nach vorn. Die Straße führte zwischen den Häusern hindurch zu dem offenen Burgtor und weiter hinauf bis zum Fuß des Steinhügels. Auf beiden Seiten überragten Steinriesen die Häuser. Talma sagte, das seien die Abbilder der elf Gestalten Tarkins. Der Erste stand dicht beim Tempel hinter der inneren Mauer, und der Fünfte war inmitten der Maisfelder errichtet worden, denn es sei der fünfte Tarkin gewesen, der den Kanathenern gezeigt habe, wie man Wasser aus den Flüssen im Inland ableiten konnte. Wenn die Priester ihm Zeit gaben, würde er sie zur elften Statue führen, die die Züge des jetzigen Tarkin trug. Er zeigte zu dem Steinriesen, der sich am weitesten im Norden über die Dächer erhob. Doch Siréd zog sich die Kapuze tief ins Gesicht und sah weg.

Talma geleitete sie über den Platz, vorbei an Fischhändlern, Schlachtern und zahlreichen Wasserverkäufern, die ihnen ihre schmutzigen Krüge und Wasserschläuche entgegenstreckten. Am Ende des Platzes trat Talma in eine schmale Gasse. Sie folgten dieser Gasse zwischen den hohen Häusern hindurch, unterquerten Treppen und Bogengänge und stiegen über Brücken, auf denen ihnen der Gestank durch die morschen Planken entgegenströmte. Dann waren sie wieder auf einer breiten Straße. Siréd wusste weder, wo sie waren, noch wie weit es bis zum Meer war, denn die hohen Häuser versperrten ihr in allen Richtungen die Sicht. Die

Kundschafter gingen weiter die Straße empor. Sie wunderte sich über die Bäche, die an den Hauswänden entlangflossen. Männer und Frauen tranken daraus und kümmerten sich weder um Talma noch um sie. Sie wollte sich die Kapuze in den Nacken schieben, doch Talma ließ das nicht zu.

Sie betrachtete die Menschen, während sie Talma folgte. Sie waren so dunkelhäutig wie er und die anderen Kundschafter, waren aber anders gekleidet. Die Frauen trugen schwarze Umhänge und Gewänder und hatten die Haare zu Zöpfen geflochten, und manche von ihnen hatten sich mit goldenen Ringen oder Ketten geschmückt. Aber es gab auch einige Frauen auf den Straßen, die graue, zerschlissene Lumpen trugen. Diese hatten breitere Gesichter und waren kleiner als die anderen, und Siréd bemerkte, dass diese den schwarz gekleideten Frauen niemals in die Augen blickten. Auf den Wangen trugen sie ein Brandzeichen. Siréd nahm an, dass das bleiche Kreuz das Zeichen Tarkins war, die gekreuzten Lanzen. Es waren kaum Männer auf den Straßen, und die meisten von ihnen hatten die gleichen Zeichen wie die grau gekleideten Frauen. Einige trugen Bündel von Trockentang auf den Schultern, andere schöpften Wasser aus den Bächen.

»Sklaven«, sagte Talma. »Vom Volk der Nataz. Sie sind schwach. Taugen nicht als Krieger.«

Siréd sah weg. Die breit gebauten Männer senkten die Köpfe, als die Kundschafter vorbeigingen.

Die Straße endete an einer zwei Mann hohen Steinmauer. Hinter dieser Mauer befand sich das größte Haus, das sie jemals gesehen hatte. Es war mit schmalen Türmchen und Vordächern verziert und von einem großen Garten umgeben. Durch das schmiedeeiserne Tor konnte sie den grasbewachsenen Hügel erkennen. Vögel, groß wie Gänse, stolzierten über das Gras und schleppten lange, bunte Schwanzfedern hinter sich her. Kieswege kreuzten die kleine Wiese vor dem Haus, an dem eine breite Treppe zu einer geöffneten Tür emporführte.

Ein Mann kam oben auf der Mauer zum Vorschein. Sie konnte sehen, dass er ein Sklave war, denn obgleich er bessere Kleider trug, hatte er die gleiche Narbe auf der Wange. Er sah über die Brustwehr und sagte etwas zu Talma, der ihm antwortete und ihm die geöffnete Handfläche entgegenstreckte. Da beugte sich der Sklave über die Brustwehr und starrte zu ihm hinunter, ehe er lächelnd seinen Namen wiederholte, sich umdrehte und etwas hinter die Mauer rief. Das Tor wurde geöffnet, und der Sklave kam ihnen entgegen und begleitete sie. Er küsste Talma den Handrücken. Kaum waren sie innerhalb der Mauern, wurde das Tor geschlossen, und zahlreiche gebrandmarkte Sklaven kamen auf sie zu. Die drei Kundschafter gaben ihre Lanzen ab, doch Talma ließ es nicht zu, dass sich die Sklaven Siréd näherten.

Sie wurden über eine Treppe in einen Saal geführt. Siréd sah zu den schmalen Scharten ganz oben unter der Decke empor, durch die das Sonnenlicht hereinfiel und Muster auf den gepflasterten Boden zeichnete. An den Wänden standen einige Stühle und ein paar Truhen, doch ansonsten war der Raum leer. Der Sklave, der von der Mauer aus mit ihnen gesprochen hatte, schlüpfte am Ende des Raumes durch eine Tür. Auch die anderen gingen hinaus und ließen sie allein.

Siréd riss sich von Talma los, doch als sie sich der Tür näherte, durch die sie hereingekommen waren, waren die Sklaven zur Stelle und führten sie zurück zu den Kundschaftern. Talma strich sich durch seine glatten, schwarzen Haare und verschränkte die Arme vor der Brust. Siréd blieb neben ihm stehen, doch Talma sah sie nicht einmal an. Zum ersten Mal, seit er sie von den Sklavenhändlern gekauft hatte, war seine Aufmerksamkeit auf etwas anderes gerichtet. Die zwei anderen Späher stellten sich hinter Talma und hefteten ihre Blicke auf die Tür am Ende des Raumes. Siréd ging zur Wand hinüber. Sie mochte die Stille im Saal nicht. Die Wände bedrückten sie. Der Wind wisperte in den schmalen Fensterluken.

Da wurde die Tür geöffnet. Ein grauhaariger Mann kam am Ende des Raumes zum Vorschein. Er trug ein blaues Gewand und einen juwelenbesetzten Gürtel um die Hüften. Sein schwarzes Gesicht war von einem grauen, lockigen Bart eingerahmt, und er stützte sich auf einen Stock, als er auf Talma zuhinkte. Siréd zog sich die Kapuze tiefer ins Gesicht. Vielleicht war das einer der Priester oder Weisen, von denen Talma gesprochen hatte.

»Talma!« Der Alte wedelte mit dem Stock vor den Kundschaftern herum.

Talma kniete sich hin. Er sagte dem Alten viele Worte, doch er sprach in seiner eigenen Sprache. Siréd kauerte sich hin und verbarg ihre Hände unter dem Umhang. Vielleicht würde sie der Alte für eine Sklavin halten und sich nicht um sie kümmern.

Der Alte trat dicht an Talma heran. Talma nahm seine Hände und drückte sie auf seine Stirn. Der Alte befühlte Talmas Gesicht, ehe er plötzlich die Arme um ihn legte und ihn umarmte. Talma klopfte ihm auf den Rücken. Dann stand er auf und streckte seinen Arm zu Siréd aus. Wieder sagte er etwas zu dem Alten, der sich über den Bart strich, dann aber den Kopf schüttelte und zur Tür zurückging.

»Frau.« Talma winkte ihr zu. »Komm mit mir. Heute Abend begleitet er uns zu den Priestern. Jetzt müssen wir essen.«

Siréd warf einen Blick zum Ausgang. Wenn sie schnell war, könnte sie es vielleicht schaffen, an den Sklaven vorbeizukommen. Sie könnte sich in den Gassen verstecken und vielleicht über die Felder nach Norden fliehen.

»Komm.« Talma ergriff ihren Arm. »Wir müssen essen. Die Sklaven bringen uns gutes Essen. Ich war vier Jahre nicht zu Hause. Vater hat gewartet.«

Siréd ging mit ihm zum Ende des Raumes. Sie konnte kaum glauben, dass Talma einen Vater hatte. Der alte, fast erblindete Greis war schwach und zahnlos. Er ähnelte dem Mann überhaupt nicht, der sie jetzt schon so lange gefangen hielt. Und sie verstand nicht, warum Talma sie zu ihm gebracht hatte.

Sie duckten sich unter der niedrigen Tür hindurch und kamen auf einen Flur. Eine schmale Treppe wand sich um eine Steinsäule, und der Alte kletterte so gut er konnte empor. Talma zog sie hinter sich her. Sie hörte Stimmen aus dem Raum über der Treppe und roch Essen und Rauch.

Die Treppe führte in einen weiteren Saal. Dieser war noch breiter als der erste. Der Boden war mit blauen Teppichen ausgelegt, und mitten im Raum lagen viele Kissen in einem Kreis um eine Feuerstelle herum. Steinmalereien schmückten die Wände und Decken. Sie zeigten Jäger auf Pferden, die mit Speeren und Bögen einen Hirsch verfolgten, und Männer und Frauen, die vor einem Krieger knieten, der eiserne Platten und lederne Kleider trug. An die Decke waren grüne Blätter gemalt worden, und es sah aus, als blicke man in eine gewaltige Baumkrone. Der Alte ging zu den Kissen hinüber und setzte sich. Er deutete an die Westwand und sprach lange auf Talma ein. Die großen, geöffneten Fenster gaben eine gute Aussicht auf das Meer und den Hafen. Talma zog Siréd zu sich auf die Kissen. Sie setzten sich auf die andere Seite der Feuerstelle. Die beiden anderen Kundschafter blieben an der Treppe stehen, bis sich der Alte umdrehte und sie zu sich winkte. Sie erkannte, dass er nicht vollständig blind sein konnte. Der Alte sah ein wenig wie eine Schildkröte aus, als er den Kopf hin und her wiegte und zu den jungen Männern hinübersah. Er räusperte sich und klatschte in die Hände. Versteckte Türen öffneten sich in den Wänden, und zwei Frauen betraten mit breiten Schalen den Raum. Sie hockten sich zuerst zu dem Alten. Die Schalen waren voller brauner Früchte, kleiner Fische und Fleisch. Siréd erkannte den fetten Geruch von Schafsfleisch, und Hunger keimte in ihr auf. Auf dem Katamaran hatte sie kaum etwas anderes als Trockenfisch gegessen.

»Datteln«, sagte Talma, als sich die Frauen zu ihm herabbeugten. »Fisch aus dem Sund und gekochtes Lamm. Gutes Essen, Frau.« Er gab ihr ein Stück kaltes Fleisch und ein paar braune Früchte. »Iss, Frau. Ich werde Vater erzählen, wer du bist. Er ist Kaan, und er wird die Priester bitten, uns zu empfangen.«

Talma wandte sich an den Alten, legte die Hand auf ihre Schulter und begann zu sprechen. Der Alte riss Fetzen vom Fleisch, während die Frauen herumgingen und den Männern Bronzekrüge mit Wein reichten. Talma redete ohne Unterlass, er breitete die Arme aus und ballte die Fäuste. Einige der Worte erkannte sie wieder; er erwähnte Krugant und Kajmen und deutete nach Norden. »Tarkinar«, sagte er und ergriff Siréds Schulter. »Tarkinar Ethem.«

Da knallte der alte Mann den Krug auf den Boden. Talma versuchte, etwas zu sagen, doch der Alte drohte ihm mit der Faust. Er rief die Frauen und ließ sich aufhelfen.

Talma zog seinen Dolch. Siréd wehrte sich, doch er zwang sie auf den Bauch und riss ihr das Kleid vom Rücken. »Tarkinar«, rief er. »Ethem!« Er hielt den Stoff zur Seite, so dass ihr Rücken sichtbar war.

Der alte Mann verstummte. Sie hörte seine Schritte und das Klopfen des Stockes auf den Steinen. Er hinkte um die Feuerstelle herum und kniete neben ihr nieder. Seine Hände trieften vor Schafsfett, als er über ihren Rücken strich.

»Tarkinar«, flüsterte er. »Tarkinar Ethem …«

Die zwei Männer sprachen leise miteinander, während sie am Boden lag. Immer wieder strichen sie ihr über den Rücken, zupften an ihrer Haut und führten die Finger über ihr Muttermal. Sie vermochte sich nicht mehr zur Wehr zu setzen, denn sie wusste, dass Talma sie so lange festhalten würde, wie er wollte.

Nach einer Weile ließen die Männer sie los. Der alte Mann hinkte davon und verschwand über die Treppe.

»Vater geht zu den Priestern«, sagte Talma. Er lächelte sie an, ehe er seinen Krug hob und den anderen beiden Kundschaftern zutrank. »Vielleicht empfangen sie uns noch heute Abend. Sie werden sehen, dass du die Gezeichnete Frau bist, und werden dich zu Tarkins Tempel schicken. Aber fürchte dich nicht. Ich werde dich begleiten.«

Siréd sah zum Fenster hinüber. Draußen im Garten waren Schritte zu hören. Der Alte rief nach den Sklaven. Talmas Vater wurde sicher durch die Straßen getragen, dachte sie. Er war schwach wie ein Säugling, konnte aber trotzdem über den Willen anderer Männer entscheiden. In ihrem Klan hätten die Menschen gelacht, wenn ein Alter wie ein Häuptling zu reden versuchte, denn es war die Stärke eines Mannes, die ihm seine Autorität gab. Doch das war vor den Kämpfen gewesen. Vor den Sklavenhändlern. Talma tätschelte ihren Arm und reichte ihr Schafsfleisch. Sie nahm es entgegen und biss hinein. Sie brauchte die Stärke ihres Vaters und ihrer toten Brüder.

Nach der Mahlzeit führten die Kundschafter sie in einen Nebenraum des Saals. Talma erzählte, dass es einer der Schlafräume seines Vaters sei. Boden und Wände waren mit gewebten Teppichen bedeckt, und in der Mitte des Raumes stand ein Bett. Drei Sklavinnen blieben zurück, um sie zu bewachen. Sie stellten sich vor die Tür und blieben dort stehen, als sie sich auf das Bett setzte und zu den Fensterscharten unter der Decke emporblickte. Die Öffnungen waren zu schmal, um nach draußen zu kriechen, doch solange die Sklavinnen sie beobachteten, konnte sie ohnehin nicht fliehen. Sie legte sich aufs Bett und starrte an die wie ein Nachthimmel bemalte, dunkelblaue Decke, an der ein Halbmond und goldene Sterne prangten. Sie erinnerte sich an die Nächte, in denen sie unter dem Wagen der Sklavenhändler gelegen und in die Nacht hinausgestarrt hatte. Der eiserne Kragen hatte an ihrem Hals gescheuert und der Hunger in ihrem Magen gebrannt. Sie hatte die Sterne angefleht, hatte zu allen Göttern gebetet, von den ewigen Steppen über dem Himmelsrund herunterzukommen und sie zu befreien. Doch kein Gott war gekommen. Als hätten die Geister ihrer Vorfahren niemals existiert. So hatte sie all ihre Hoffnung und all ihren Mut gesammelt und an den Wolfsmann weitergegeben. Denn er hatte die Stärke und den Trotz, und jedes Mal, wenn er die Sklavenhändler erblickte, strahlte Hass aus seinen blauen Augen. Doch nicht einmal seine Stärke hatte ausgereicht, um sie aus den Fesseln zu befreien.

Siréd sah zu den Sklavinnen hinüber. Sie wollte mit ihnen über die Freiheit sprechen, sie wollte sie bitten, wegzusehen und sie fliehen zu lassen, doch sie konnten sie nicht verstehen. Ein Mond in den Ketten der Sklavenhändler hatte sie gelehrt, was Schmerz ist und wie die Menschen ihre Sklaven knechteten. Außerdem verrieten die Brandzeichen auf den Wangen der Frauen, dass sie bereits lange Jahren versklavt waren. Für sie war die Freiheit ein vergessener Traum.

Sie schloss die Augen und ließ sich von ihren Gedanken entführen. Sie hatte die Gabe, zu sehen und zu träumen. Wenn die Männer des Trei-Klans ihren Klan nicht ausgerottet hätten, wären vielleicht irgendwann die Ältesten auf sie zugekommen und hätten sie gebeten, ihre Träume zu deuten. Man hätte sie aufgefordert, mit den Ahnen zu reden, und diese hätten ihr ihre Augen geliehen und sie sehen lassen, wohin die Rentierherden zogen und wo es regnete.

Siréd schlief ein. Vielleicht waren es die langen Nächte zwischen den Tonnen an Bord des Katamarans, die sie so erschöpft hatten, oder vielleicht war es die Hitze der Sonne, die Pethars Land versengte und ihr den Schlaf brachte. Sie blinzelte und spürte, dass sie einschlief, vermochte sich aber nicht mehr zu erheben. Der Schlaf nahm sie mit sich, fort von der Furcht und all dem Fremden. Sie träumte, und die Träume verliehen ihr Flügel und brachten sie zurück in die Steppen jenseits des Meeres. Sie ritt mit ihren Brüdern an der Spitze des Klans. Es schneite, und sie suchten nach einem guten Lagerplatz am Ufer des Flusses, denn schon bald würde der Schneesturm über ihnen sein. Sie war noch ein junges Mädchen, doch ritt sie an erster Stelle. Das Pferd stapfte durch den Schnee, und sie ließ es eine offene Stelle im Fluss suchen. Sie hatte es groß gezogen, seit es ein Fohlen war, und es trug niemanden außer ihr.

Sie ritten über die Böschung zum Flusslauf hinunter, an der der Vater ihres Vaters als junger Mann gestürzt war und sich ein Bein gebrochen hatte. Die Männer errichteten die Zelte und trieben die

Pferde zusammen. Die Frauen saßen am Ufer des Flusses und füllten die Wasserschläuche. Der Schneesturm war jetzt über ihnen, und sie suchten Schutz in den Zelten. Sie kroch neben ihrer Mutter unter ein Bärenfell, drückte sich an sie und lauschte dem Schneesturm, der über die Steppe fegte. Doch ein Teil von ihr war noch immer draußen im Schnee. Es war so, als hätten die Ahnen ihre Gedanken aus dem Zelt gelockt und ihnen eine Gestalt gegeben, denn sie stand am Ufer des Flusses, und das Wasser umspielte ihre Füße. Sie blickte nach Westen und starrte in die Nacht aus wirbelndem Schnee. Sie spürte etwas. Es war wie ein Gewitter, bevor es wirklich losbrach, wie die donnernden Hufe der Wildpferde, wenn sie im Herbstdunkel am Lager vorbeigaloppierten. Dort draußen im Westen war etwas; ein ungeträumter Traum, eine unausgesprochene Sage. Eine mächtige Zukunft.

Sie erwachte, als die Tür geöffnet wurde. Talma trat ein. Er trug einen blauen Umhang über der nackten Brust, und sie konnte riechen, dass er sich gewaschen hatte. Der dunkelhäutige Mann duftete nach Kräutern und Öl, und seine Haare waren im Nacken zusammengebunden. Er setzte sich auf die Bettkante. Sie wich zurück, doch er versuchte nicht wie sonst, sie zu berühren.

»Frau.« Talma legte seine Hände auf die Knie und senkte den Blick. »Es wird Zeit für die Priester. Vater war im Tempel. Heute Nacht werden sie dich auf die Probe stellen.«

Siréd stand aus dem Bett auf. Die Sklavin stellte sich vor die halb geöffnete Tür. Talma sah nach ihr. Seine Brust und seine Arme glänzten ölig. »Frau«, sagte er. »Hab keine Angst. Ich weiß, dass du die Gezeichnete bist.«

»Was für eine Probe?« Siréd verschränkte die Arme vor der Brust. »Wollen sie sich das Mal auf meinem Rücken ansehen?«

Talma lächelte, doch seine Augen waren voller Trauer. Sie glaubte, er lächelte, weil sie mit ihm sprach. Sie hatte das nicht oft getan, denn Schweigen war das beste Zeichen für Hass. Einmal hatte Talma sie gebeten, ihm zu vergeben, dass er sie aus ihrem Land fortgebracht hatte, und sie hatte an ihren Vater denken müssen, der ihr einmal von den Stadtvölkern im Süden erzählt hatte. Er hatte gesagt, sie seien so schwach, dass sie den Hass auf ihre Feinde vergäßen. Sie nannten das *vergeben*. Vater hatte mit der Hand über die Steppen gedeutet und gesagt, dass die Steppenvölker ihren Hass niemals vergäßen. Sie seien Krieger und kämpften mit der Stärke ihrer Ahnen in sich.

»Die Priester wollen sehen, ob du rein bist.« Talma erhob sich und fasste sich in den Schritt. »Sie trauen Talma nicht. Sie glauben, dass ich dich beschmutzt habe. Oder …« Er sah weg. »Oder dass andere Menschen geraubt haben, was Tarkin gehört. Als Vater zurückkam, fragte er mich, ob du dort im Norden einen Mann hattest. Das konnte Talma nicht beantworten. Deshalb werden dich die Priester heute Abend auf die Probe stellen.«

Sie warf einen Blick zur Tür. Die schwarze Sklavin war kleiner als sie. Sie konnte die beiden anderen Kundschafter an der Feuerstelle sehen. Sie lagen zwischen den Kissen und tranken aus ihren Weinschläuchen.

»Denk nicht an sie.« Talma nickte in Richtung seiner beiden Begleiter. »Sie dienen in Vaters Heer. Er wird sie mit dem nächsten Schiff nach Norden schicken. Vater und ich werden dich zum Tempel begleiten. Wenn du die Prüfung bestehst, bist du die Gezeichnete. Dann werde ich zum Kaan, denn ich bin vier Jahre Kundschafter gewesen. Und ich werde dich zu Tarkins Tempel begleiten.«

»Ich bin Siréd vom Cogach-Klan«, sagte sie. »Weder Priester noch Götter dürfen mir Unrecht tun, lieber sterbe ich.«

Talma ging zur Tür, doch bei der Sklavin blieb er stehen und sah sie an. »Wenn du nicht die Gezeichnete wärst …« Er schüttelte den Kopf und senkte den Blick, ehe er auf dem Absatz kehrtmachte und hinausging.

Siréd setzte sich aufs Bett. Es fiel nicht mehr so viel Licht durch die Fensterscharten unter der Decke. Der Tag war alt. Sie legte die Arme um sich und versuchte, sich daran zu erinnern, was Vater zu ihren Brüdern gesagt hatte, ehe sie gegen den Trei-Klan in den Kampf zogen. Er hatte sie gebeten, die Furcht zu vergessen und mit großem Mut zu kämpfen. Sie wünschte sich, er könne sich vor ihr zeigen und jetzt die gleichen Worte sagen, denn sie hatte Angst. Die Priester wollten herausfinden, ob sie einen Mann hatte. Ihr Klan würde für solch eine Demütigung in den Krieg ziehen, doch ihren Klan gab es nicht mehr. Sie wusste, dass ihre Ahnen von ihr erwarteten, dass sie sich verteidigte. Sie würden ihr von Blut und Rache flüstern, und sie musste kämpfen und sich gegen die Priester verteidigen. Sie musste es um ihrer selbst willen tun und für die Ehre ihres Klans. Vielleicht würden sie sie schlagen und knechten wie ein Tier, doch sie würde sich bis zum letzten Moment wehren. Damals, als der dicke Sklavenhändler sie begehrte, hatte sie ebenfalls gekämpft. Trotzdem hatte er sie zu Boden geworfen und sich auf sie gelegt. Der Wolfsmann hatte sie damals gerettet. Das würde sie ihm nie vergessen. Doch jetzt befand sie sich in einer anderen Welt, und die Erinnerungen und die Sehnsucht waren alles, was sie noch hatte. Sie vermisste seine gebeugte Gestalt und seinen Atem in der Nacht. Sie vermisste es, ihn zu umarmen, wie sie es getan hatte, als er krank war. Die Erinnerungen an ihn erfüllten sie mit Wärme, doch sie wollte nicht an ihn denken. Er war ein Teil des Vergangenen, er lebte in der vergangenen Zeit und in dem Land auf der anderen Seite des Meeres.

Es war spät am Abend, als die Sklaven das Tor öffneten und das Gefolge auf die menschenleere Straße winkten. Die Händler hatten ihre Buden abgebaut. Es war jetzt still in der Stadt, denn die Seeleute waren in den Wirtshäusern unten am Hafen und betranken sich hinter dicken Steinwänden. Nur die Gesänge aus dem Tempel erklangen über der Stadt. Sie lagen wie ein Flüstern im Wind und brachten den Kanathenern den Schlaf.

Das kleine Gefolge ging rasch die Straße empor, denn zu dieser Tageszeit kamen die hurischen Diebe aus ihren Verstecken. Die Sklaven waren mit Speeren bewaffnet und bildeten auf beiden Seiten der Sänfte eine Reihe. Ganz vorne ritt Talma und erleuchtete die Straße mit einer Fackel.

Sie folgten der Straße nach Süden in Richtung Tempel. Vendhur hatte die Order gegeben, sparsam mit dem Brennmaterial der Stadt umzugehen, solange der Krieg andauerte, und so wanden sich die dunklen Gassen wie tiefe Schluchten zwischen den Häusern hindurch.

Nur am Tempel brannten die Kohlelampen; sie beleuchteten die Treppen, die zum Portal führten, das einen Steinwurf über ihnen eine Öffnung in der enormen Steinpyramide bildete.

Siréd kauerte hinter dem Vorhang im Innern der Sänfte. Ihr gegenüber saß Talmas Vater. Der alte Mann blinzelte sie mit seinen matten, halb blinden Augen an, doch sie versuchte, ihn nicht anzusehen. Er hatte viele Worte mit ihr gesprochen, Worte, die sie nicht verstand, denn er sprach ausschließlich kanathenisch. Und er war schwach und bot einen jämmerlichen Anblick in der schwankenden Sänfte.

Immer wieder lugte sie durch den Vorhang. Draußen rann das Wasser in den Gräben an den Hauswänden entlang. Vereinzelte Sklaven schlichen herbei und glotzten dem Gefolge nach. Sie konnte Stimmen und Gelächter vom Hafen her hören, das Bellen von Hunden und weit entfernte Hammerschläge. Die Dunkelheit lastete zäh auf der Stadt.

Talma leitete die Gruppe auf die breite Tempelstraße. Einen Steinwurf weiter oben führte die Straße durch eine Öffnung in der inneren Mauer, hinter der eine breite, gepflasterte Treppe zum Tempel emporführte. Der Gesang war hier deutlicher zu hören, die lang gezogenen Töne schwebten wie Geisterstimmen durch das Dunkel. Siréd streckte den Kopf heraus und blickte zum Hafen hinunter; sie versuchte, die Entfernung zum dunklen Wasser abzuschätzen, und suchte nach möglichen Verstecken. Doch in dieser Straße standen an jeder Hauswand Wachen, und überdies wurde sie von den Sklaven beobachtet, von denen einer jetzt den Vorhang wieder zuzog. Talmas Vater beugte sich vor und tätschelte ihr Knie. Noch mehr Worte kamen aus dem zahnlosen Mund. Sie zog ihre Beine zurück und hob einen Zipfel des Vorhangs an. Die Sklaven hatten ihren Blick starr nach vorne gerichtet, und je näher sie dem Tempel kamen, desto lauter wurde der Gesang.

Sie riss den Vorhang zur Seite und sprang aus der Sänfte. Die Sklaven drehten sich um und versuchten, sie zu packen, doch sie schlüpfte an ihnen vorbei und hastete die Straße hinunter. Talma brüllte ihr hinterher. Sie hörte die Schritte der Sklaven, die hinter ihr herrannten.

Der Schlag traf sie am Kopf. Sie stolperte, warf die Hände nach vorn und rutschte über die Pflastersteine, während ein heißer Schmerz in ihre Hände und Knie fuhr. Als sie sich umdrehte, sah sie den Speer, der ein paar Körperlängen hinter ihr lag. Er zeigte mit dem stumpfen Ende des Schaftes auf sie. Einer der Sklaven beugte sich über sie und zog sie am Arm. Sie blickte auf ihre blutroten Handflächen. Talma zog an den Zügeln und stieg vom Pferd. Er kam mit der Fackel in der Hand auf sie zu, während der Sklave auf ihn einredete. Talma reichte ihr die freie Hand, ehe er dem Sklaven die Fackel an den Kiefer schlug. Dann streichelte er ihren Nacken. Sie spürte die Schmerzen an der Stelle, an der der Speerschaft sie getroffen hatte. Talma hob sie hoch, ging zu der Gruppe zurück und trug sie weiter.

Siréd hatte nicht mehr die Kraft, sich gegen Talma zu wehren, als dieser sie den Bogengang emportrug, denn der Schlag hatte sie schwindlig werden lassen, und noch immer tropfte das Blut aus den Schürfwunden an Händen und Knien. Talma stieg die Treppe hinauf und kam unter das Portal, das in den Tempel führte. Sie spürte, wie kalt und dunkel es wurde. Die Schritte hallten zwischen den steinernen Wänden wider.

Talma trug sie hinein. Aus lauter Furcht vor dem Gesang, der ihnen entgegenschallte, klammerte sie sich an sein Gewand und bat ihn anzuhalten, doch Talma drückte ihren Kopf an seine Brust und begann, eine steile Treppe emporzusteigen. Hier brannten Fackeln an den Wänden. Sie blickte über seine Schulter und sah, dass ihnen die Sklaven mit der Sänfte folgten. Ihre dunklen Gesichter glänzten vor Schweiß.

Die Treppe führte sie in einen großen Saal. Hier wartete Talma auf die Sklaven. Sie setzten die Sänfte ab und halfen seinem Vater heraus. Der alte Mann stützte sich auf seinen Stock und sah sich um. Die Wände des Saales waren von zahlreichen Fackeln erhellt, und am anderen Ende des großen Raumes standen drei dunkelhäutige Krieger.

Die Sklaven führten den alten Mann zu den Kriegern. Siréd taumelte ein paar Schritte von Talma weg, doch er ging ihr nach, packte sie und hob sie wieder hoch.

Als sich das Grüppchen den Kriegern näherte, traten diese einen Schritt vor und hoben ihre Speere. Siréd hörte die rauen Stimmen und sah die Säbel an ihren Gürteln. Die Krieger waren nackt. Ihre Haare waren abrasiert, und ihr linkes Ohr fehlte.

»Die Wache der Priester«, flüsterte Talma. »Davon gibt es zweihundert hier im Tempel. Aber hab keine Angst. Die Priester werden erkennen, dass du die Gezeichnete bist.«

Sie verbarg ihr Gesicht an seiner geölten Brust. Talmas Vater redete mit den Wachen, ein Riegel wurde zurückgeschoben, und sie spürte den Luftzug, als sich eine Tür öffnete. Dann gingen sie weiter.

Sie zählte Talmas Schritte, als sie auf einen anderen Flur kamen, doch hier gab es keine Fackeln. Bald darauf fiel die Tür wieder ins Schloss, und die Dunkelheit umgab sie. Die Sandalen der Sklaven kratzten über den Steinboden, und sie dachte, dass sie sich losreißen sollte, doch es gab keinen Ort, an den sie fliehen konnte, und ihre Kräfte hatten sie verlassen.

Bald darauf erreichte die Gruppe das Ende des Ganges. Talmas Vater klopfte mit seinem Stock gegen eine Tür. Talma drückte sie fest an seine Brust. Siréd konnte spüren, wie er zitterte, und fragte sich, ob er die Priester ebenso fürchtete wie sie. Doch sie erfuhr niemals, ob es die Furcht war, die ihn zittern ließ, oder die Kälte auf dem dunklen Gang. Denn die Türen öffneten sich, und gelbes Licht flutete ihnen entgegen. Die Sklaven hielten sich die Ohren zu. Flammen knisterten, und der Gesang, der über der Stadt geschwebt hatte, war hier laut und wurde von vielen Stimmen getragen.

Siréd hob den Kopf, als die Gruppe den Saal der Priester betrat. Er war einen guten Steinwurf breit und ebenso lang, und die Wände waren von einer ganzen Reihe von Fackeln verrußt. In der Mitte des Bodens leckten hohen Flammen aus ölgefüllten Rinnen. Säulen, die hoch wie mehrere Masten waren, reckten sich zur Deckenkuppel empor. Es gab mehrere Öffnungen in dieser Decke, durch die der Rauch in den Nachthimmel entwich. In schmalen Nischen hoch oben in den Wänden standen blau gekleidete Männer und sangen. An der anderen Seite des Saales war ein Steinriese errichtet worden, der den anderen, die sie in der Stadt gesehen hatte, glich. Dieser war kleiner, doch auf dem Altar vor den Füßen des Riesen lagen fünf alte Männer. Zwei von ihnen lagen mit weit aufgerissenen Mündern und entstellten Gesichtern da, und die anderen waren bis auf die Knochen abgemagert und kahlköpfig. Sie bewegten sich nicht, und der Gestank, der der kleinen Gruppe entgegenschlug, erzählte von Tod und Verwesung.

Sie gingen zwischen den brennenden Ölrinnen weiter, blieben aber stehen, als sie die Mitte des Saales erreicht hatten. Nur Talmas Vater trat weiter vor, doch als Talma ihm folgen wollte, hielt ihn sein Vater zurück. Jetzt traten zahlreiche nackte Krieger aus den Schatten hinter den Säulen. Zweimal stießen sie mit den Schäften ihrer Speere auf den Boden, woraufhin der Gesang verstummte.

»Pethars fünf Priester«, flüsterte Talma. »Das müssen sie sein. Vater hat darüber gesprochen. Sie schlafen, sie träumen an den Füßen Tarkins. Jetzt haben sie uns gehört. Sieh doch, sie erheben sich.«

Siréd spähte zum anderen Ende des Saales hinüber. Nicht alle diese mageren Gestalten waren tot. Drei von ihnen ließen sich vom Altar herab, sackten am Boden zusammen, richteten sich beschwerlich wieder auf und rieben sich die Augen. Als sie Talmas Vater erblickten, humpelten sie mit schleppenden Schritten auf ihn zu. Der alte Mann hob die Hand und deutete mit seinem Gruß Frieden und gute Absichten an, doch die Priester erwiderten den Gruß nicht. Als sie ihn erreichten, umringten sie ihn und packten seine Arme. Sie schnupperten an ihm und nickten mit ihren faltigen Köpfen.

»Die Priester wollen wissen, was wir hier wollen.« Talma flüsterte ihr leise ins Ohr. »Der Gesang hat sie aus ihren Lotusträumen gerissen.«

Sie wagte es nicht, etwas zu sagen. Die halb nackten Gestalten stanken nach Kot. Lumpen hingen an ihren dürren Gliedern herab, und ihre Augen waren gelb geschwollen. Auch diesen Männern fehlte ein Ohr. Talmas Vater sprach laut und schnell, während ihn die Priester anstarrten.

»Die Priester sind weise«, flüsterte Talma. »Sie werden erkennen, wer du bist.«

Der Vater drehte sich um und zeigte auf sie. »Tarkinar«, rief er. »Tarkinar Ethem!«

Die Priester ließen ihn los und wandten sich ihr zu. Talma trat einen Schritt zurück, und sie spürte, wie er sie an sich drückte. Die mageren Gestalten hinkten auf sie zu und glotzten sie mit gelben Augen an. Sie verkroch sich in seinen Armen und verbarg ihr Gesicht. Gestank schlug ihr entgegen, als die Priester begannen, über ihren Rücken zu streichen. Talma wagte sich nicht zu bewegen. Sie spürte die langen Nägel der Alten auf ihrem Nacken. Sie strichen ihr durch die Haare und über den Rücken und flüsterten miteinander, ehe einer von ihnen etwas zu Talma sagte. Talma stand still und regungslos da, doch als die Priester ihn erneut ansprachen, stellte er Siréd auf den Boden und trat drei Schritte zurück. Die Priester umringten sie. Siréd bedeckte ihr Gesicht mit den Armen. Sie sprachen sie an, doch Siréd verstand die kanathenischen Worte nicht.

»Siréd«, sagte Talma. »Hab keine Angst.«

Die Priester schrien ihn an. Ihre heiseren Stimmen schnitten sich durch den Saal, und Siréd versuchte wegzulaufen, doch sie hielten sie an den Haaren fest.

»Tarkinar Ethem ...« Ihre Stimmen atmeten in ihr Ohr. »Weiße Frau ... Handelssprache, ja ...«

Sie riss sich von ihnen los, doch die Wachen hatten sie bereits umringt. Sie packten sie, und die Priester hinkten herbei und musterten sie mit zusammengekniffenen Augen. Dann drehten die Wachen sie herum, und die alten Männer traten zu ihr und öffneten ihr Kleid. Nägel kratzten über ihren Rücken, während die Alten murmelten und flüsterten. Dann drehten die Wachen sie erneut um, so dass Siréd den greisen Priestern ins Gesicht sehen musste.

»Tarkinar Ethem, bist du?« Der mittlere der drei Priester streckte seine knochige Hand zu ihrem Bauch aus. »Rein, bist du? Keine Männer?«

»Ich bin Siréd«, sagte sie. »Siréd vom Cogach-Klan. Meine Ahnen werden mich rächen.«

»Ahnen, ja ...« Die Priester nickten und richteten ihre verquollenen Augen zur Kuppel. »Froh sein werden Ahnen, wenn du Prüfung überstehst. Froh sein wird Tarkin, wenn du rein bist.«

Sie zuckte zurück, doch die Wachen ließen sie nicht los. Sie spürte eine Speerspitze im Rücken.

»Zwei Schlangen wirst du treffen.« Die Priester starrten noch immer zur Decke. »Die eine hat kein Gift mehr und beißt dich mit Fieber, doch du wirst überleben. Die andere wird dich töten. Aber Tarkin sagt, nur eine wird beißen. Wenn du rein bist, Frau, wirst du leben. So spricht Tarkin und rät uns.«

Die Priester traten von ihr weg und hinkten zurück zum Steinriesen, und Siréd blieb stehen und sah zu, wie die alten Männer mühsam auf den Altar kletterten und sich zwischen den zwei Leichen auf den Rücken legten. Erneut erklang der Gesang.

Zehn Wachen geleiteten die Gruppe hinaus. Sie gingen durch den dunklen Gang zurück in den ersten Saal. Talma ging an Siréds Seite und sprach flüsternd über die große Ehre, die die Priester ihr zuteil werden ließen. Das sei die gleiche Prüfung, die die Priesterinnen in Ataz' Heiliger Stadt zu überstehen hatten, ehe sie auserwählt waren und von Tarkins Blut trinken durften. Er zweifelte nicht daran, dass sie rein und wirklich die Gezeichnete war, und wenn sie aus dem Fieber erwachte, wäre sie bereits auf dem Weg zu Tarkin. Er würde mit ihr reisen, denn die Priester würden ihm den Rang eines Kaans geben und ihn das Gefolge durch die Wüste führen lassen.

Die nackten Wachen brachten sie zum Ende des Saals, wo eine steile Treppe nach unten führte. Am Fuß dieser Treppe mussten die Sklaven zurückbleiben, während Siréd, Talma und sein Vater den Wachen weiter durch einen schmalen Gang folgen durften. Dieser Gang führte in einen beleuchteten Raum, der nur ein paar Körperlängen breit war. Die Türen dieses Raumes waren so niedrig, dass die Männer sich bücken mussten, um ihn zu betreten. Eine einzelne Fackel an der Wand direkt vor ihr warf Licht auf den Holzkasten, der in der Mitte des Raumes stand.

Die Wachen schoben Talmas Vater aus dem Raum. Talma wehrte sich, doch die Wachen schoben auch ihn durch die Tür. Einer der Männer hielt Siréd fest, während ein anderer den Kasten öffnete und sie die Schlangen sehen ließ, die sich darin wanden. Die Wache, die den Kasten geöffnet hatte, zog den Säbel und stieß ihn in einen der fauchenden Schlangenkörper. Er spießte das Tier auf und hob es aus dem Kasten. Die Schlange hatte die Länge eines Männerarms und war schwarz wie die Haut der Kanathener. Er schleuderte das Tier gegen die Wand, ehe er es zertrat und ihm den Kopf abhackte. Dann schlitzte er den Bauch der Schlange auf und zog die grauen Eingeweide heraus. Sie hielten Siréd fest, als sie die tote Schlange hochhoben und deren Blut auf ihre Beine schmierten. Die Wache zerdrückte die Eingeweide und ließ die stinkende Flüssigkeit auf ihre Füße tropfen. Dann ließen sie Siréd los, nahmen die tote Schlange und den Kasten und verließen damit den Raum. Die Tür fiel ins Schloss, und Siréd hörte, dass ein Riegel vorgeschoben wurde.

Siréd schlang die Arme um sich und stellte sich in die Mitte des Raumes. Fast schien sich die steinerne Decke herabzusenken, als sie zu ihr aufblickte. Ein bedrückendes Gefühl erfüllte sie, und sie hockte sich hin und verbarg den Kopf zwischen ihren Armen. Alles Mögliche hätten sie mit ihr anstellen können, nur nicht das. Sie spürte, wie sich ihr Hals zuschnürte, während sie den Schritten draußen lauschte. Die Wachen entfernten sich, eine Tür schlug zu, und dann war es still. Sie versuchte, sich das Blut von den Beinen zu wischen, doch es war zu klebrig, und der Gestank wurde nur noch schlimmer, wenn sie daran rieb. Sie kniff die Augen zusammen und versuchte, sich daran zu erinnern, was ihr Vater ihr über Mut beigebracht hatte, doch sie konnte einzig an die Worte der Priester über die zwei Schlangen denken, die sie beißen würden. Sie heftete ihren Blick auf die Tür. Ganz unten war ein Loch in den massiven Eichenbohlen. Das Licht der Fackel flackerte und zitterte. Die Flamme war bereits bis zum Stiel heruntergebrannt, und sie wusste, dass sie bald erlöschen würde. Die Priester hatten das vorbereitet, sie hatten diesen Raum für sie hergerichtet, und bald würden die Schlangen durch das Loch in der Tür hereinkommen.

Eine Weile später erlosch die Fackel. Siréd tastete sich zur Halterung vor und zog den Stiel heraus. Die Dunkelheit brachte sie fast um, doch sie kroch über den Boden, fand die Tür und steckte die Fackel ins Loch. Vielleicht konnte sie diese dort festhalten, so dass die Schlangen nicht hereinkamen. Sie roch das Blut an ihren Händen und Beinen und wusste, dass die Schlangen von diesem Geruch beinahe verrückt werden würden. Sie würden sich geräuschlos heranschlängeln und sie beißen. Siréd kroch an die Wand und drückte die Stirn auf ihre Knie. Sie spürte, wie die Angst ihr eisig über den Rücken lief, doch das Schlimmste war, dass die Ahnen sie in diesem Verlies nicht sehen konnten. Die schwarzen Priester hatten sie unter einem Berg von Steinblöcken versteckt, wo sie nur der Unterirdische finden konnte.

Da hörte sie Schritte draußen auf dem Flur. Sie kroch zur Tür und drückte den Fackelstiel fest ins Loch. Die Schritte verstummten direkt vor ihrer Tür.

Als die Wachen gegen den Stiel drückten, legte sie sich hin und presste ihn zurück ins Loch. Jetzt hörte sie Stimmen draußen vor der Tür. Es mussten mindestens zwei Männer sein. Sie versuchten, den Stiel wegzuschlagen, doch Siréd stemmte sich dagegen.

Plötzlich wurde es still. Scharniere knirschten. Sie stand auf. Eine der Wachen sah durch die Tür. Das Licht einer Fackel schnitt sich in den Raum, ein schwarzer Arm kam zum Vorschein und ließ zwei Säcke auf den Boden fallen. Dann fiel die Tür wieder ins Schloss.

Siréd wich an die hintere Wand zurück. In den Säcken zischte es, und etwas wand sich über den Boden. Mit einem Sprung war sie an der Tür. Sie zog den Fackelstiel heraus, horchte auf die zischenden Laute und schlug auf den Boden. Sie konnte die Bewegungen der Schlangen am Boden hören, wusste aber nicht, wo im Raum sie sich befanden.

Siréd presste sich an die Wand. Sie schlug um ihre Füße herum und starrte in die Finsternis.

Ein zischelndes Fauchen war zu hören, und gleich darauf peitschten lange Körper den steinernen Boden. Die Tiere kämpften. Sie wanden sich umeinander und bissen sich. Siréd holte zu einem neuen Schlag aus, traf aber nur den Boden. Die Schlangen fauchten im Todeskampf. Noch immer hörte sie das Schleifen auf dem Boden, doch die Bewegungen waren jetzt langsamer.

Bald hörte sie die Schlangen nicht mehr. Sie schlug den Fackelstiel vor sich auf den Boden und bewegte sich vorsichtig vorwärts. Drei Schritte von der Wand entfernt trat sie gegen die tote Schlange. Sie hob sie hoch. Sie war armlang und blutete aus zahlreichen Bisswunden. Sie warf sie an die Wand und schlug mit dem Stiel um sich. Vielleicht hatten die Ahnen sie doch gesehen und die Schlangen einander totbeißen lassen.

Plötzlich zischte es direkt neben ihr. Sie schlug zu, doch der Stiel der Fackel zerbrach am Boden. Sie rannte zur Wand zurück und hielt den Atem an. Die Schlange wand sich über den Boden. Sie näherte sich.

Siréd presste ihren Rücken gegen die Wand und schrie den Namen ihres Klans ins Dunkel. Ein Schmerz durchzuckte ihr Bein, und Gift drang brennend in ihren Körper. Siréd krümmte sich zusammen, erbrach sich, schlug mit der Stirn gegen die Wand und versuchte, sich an den Steinen festzuklammern, als die Beine unter ihr nachgaben. Dann brach sie, nach Atmen ringend, vollends zusammen. Das Blut brannte in ihren Adern. Sie konnte sich nicht bewegen, nichts hören und spürte einzig Schmerzen.

Als die Wachen Siréd am nächsten Morgen im Raum der Prüfung fanden, war sie fieberheiß und verschwitzt. Sie wurde in den Saal der Priester getragen, wo sie die Priester begutachteten und erkannten, dass sie am Leben war. Seit der Botschaft von Tarkins bevorstehendem Tod und seiner Wiedergeburt hatte man ihnen viele gezeichnete Frauen gebracht, doch keine hatte die Prüfung überlebt. Jedes Mal hatten die Sandschlangen ihre Falschheit offenbart. Es war eine alte Prüfung aus Ataz' Heiliger Stadt: Die Priester töteten ein Schlangenweibchen und schmierten eine Frau mit dem Blut und dem Saft ihrer Drüsen ein. Die zwei Schlangen, die in den Raum geworfen wurden, waren Männchen, doch eine von ihnen hatte vorher in ein Fell gebissen und so den Großteil ihres Giftes verspritzt. Wenn die Schlangenmännchen den Geruch des toten Weibchens wahrnahmen, griffen sie einander an, wie sie es taten, wenn das Schlangenweibchen paarungswillig war und seinen Geruch absonderte. Ihr eigenes Gift tötete sie nicht, doch die stärkere der beiden Schlangen drückte die andere zu Tode. Das Schlangenmännchen, das noch all sein Gift in den Giftdrüsen hatte, würde sie töten. Gewann die andere Schlange den Kampf und wurde sie von dieser gebissen, fiel sie in heftiges Fieber, denn auch diese Schlange hatte noch einen Rest Gift in ihren Drüsen. Doch dieses Fieber würde die Frau nicht töten, und nach ein paar schmerzvollen Tagen würde sie wieder erwachen. Das war die Prüfung, denn Tarkin sah und spürte alles in seinem Reich und würde die Gezeichnete nicht sterben lassen.

Die Priester starrten ihr Muttermal mit gelben Augen an und flüsterten einander zu, denn was sie kaum zu hoffen gewagt hatten, war eingetreten. Das Mal der weißen Frau war echt und stellte die gekreuzten Lanzen Tarkins dar. Sie hatte die Prüfung überlebt. Nur unberührte Frauen taten das. Und so fielen die Priester vor ihr auf die Knie, küssten ihre Hände und ließen die Sänger singen, denn sie war die Frau, die Tarkins Sohn empfangen, in dem Tarkin selbst wiedergeboren werden würde. Sie war Tarkinar Ethem, die Mutter Tarkins.

Die Priester riefen die Wachen, und die nackten Krieger traten aus dem Schatten der Säulen und lauschten den Anweisungen. Talma, der Kundschafter, der mit der Frau gekommen war, sollte zum Kaan ausgerufen werden. Er sollte Siréd zum Tempel Tarkins an der Spalte Arak bringen. Zwölf Krieger sollten ihn begleiten, einer für jedes Glied des Geschlechtes von Tarkin. Talmas Haus sollte mit Gold, Sklaven und edlen Ölen belohnt werden, und Talma selbst sollte drei Frauen guter Abstammung bekommen. Er sollte in den Schriften vermerkt werden, und seine Familie würde von jetzt ab zum höchsten Adel Pethars zählen.

Siréd wurde ein schwarzes Kleid übergestreift und ein schwarzer Umhang umgelegt. Dann wurde sie auf einen Karren gebettet. Zwei hurische Heiler wurden in den Tempel gerufen. Sie befühlten Siréds Handgelenke und sahen ihr in die Augen, ehe sie ihr Kräuter gegen das Fieber und den Schlangenbiss verabreichten. Ihre Aufgabe war es, dafür zu sorgen, dass sie wieder gesund wurde und zu Kräften kam, und sie sollten mit ihr in den Tempel Tarkins reisen. Noch war es ein Jahr bis zur nächsten Wintersonnenwende, an der Tarkin die Gezeichnete zur Frau nehmen und sie befruchten sollte, ehe er selbst starb, doch die Reise zur Spalte Arak dauerte selten weniger als drei Monate. Talma sollte dem Fluss Othas durch die Wüste südlich der Hurischen Mauer folgen und über die Gebirgspässe zur Spalte Arak reisen.

Boten wurden zu Talmas Haus entsandt; grau gekleidete Sklaven betraten den Saal, in dem Talma saß und mit seinem Vater Wein trank. Sie riefen Talma in den Saal der Kaane, wo er die Rüstung und das Gewand des Kaans bekommen sollte. Seine zwölf Krieger würden noch am gleichen Abend am Portal auf ihn warten, denn die Priester hatten befohlen, dass das Gefolge noch vor Sonnenaufgang außerhalb der Stadtgrenzen sein sollte. Sie berichteten ihm von den drei Frauen, die bei seiner Rückkehr auf ihn warten würden, doch das schien Talma nicht zu freuen. Er bat die Sklaven darum, das Gold und die kostbaren Öle in seiner Abwesenheit seinem Vater zu geben. Dann ging er nach draußen und folgte der Straße nach unten zum Saal der Kaane.

Der Tag neigte sich langsam gen Abend, während Talma an den Langtischen des Saales wartete, in dem die heimgekehrten Kaane sich trafen, um gemeinsam zu trinken und Neuigkeiten über das Land, den Krieg und die Siege im Norden auszutauschen. Er trug den schwarzen Umhang der Kaane, einen Säbel im breiten Ledergürtel und ein Hemd, das weich auf seiner Brust lag. Lange hatte er gedankenverloren dagesessen, denn nach den Jahren im Norden erschien ihm alles hier zu Hause so seltsam. Seit er ein kleiner Junge war, hatten ihm Vater und Mutter immer wieder erzählt, wie sehr das Land mit Tarkin verbunden war. Der Lanzenkrieger im Süden lebte zwei Jahrhunderte, und am Ende seiner Zeit wurde er immer schwächer, und das Land darbte mit ihm. Die Priester hatten Boten ausgesandt und alle freien Männer gewarnt, denn niemals zuvor hatte die Hungersnot derart schlimm in Kanath gewütet wie jetzt, und auch die Wüste hatte sich noch nie so weit nördlich von Hur ausgebreitet. Die Priester hatten jedes Haus aufgefordert, sparsam mit Mais, Holz und Trinkwasser umzugehen, denn bald würde die Wüste auch die Felder Pethars erreichen.

Doch Talma verstand nicht, warum es so war, wie die Priester sagten. Die Völker nördlich des Meeres hatten viele Götter, und er hatte sowohl mit Steppenkriegern, Krettern als auch den Händlern aus den Wäldern gesprochen und sie gefragt, ob das Land jemals unter der Schwäche der Götter gelitten habe. Sie hatten ihn grinsend angesehen und gesagt, die Götter hätten mit sich selbst genug zu tun und kümmerten sich nur selten um die Menschen. Diese Ansicht gefiel ihm besser; im Norden war er frei und konnte reiten, wohin er wollte. Hier in Kanath herrschten die Priester, und ihr Wille bestimmte sein Leben. Er musste tun, was sie befahlen, er musste die Gezeichnete zu Tarkin bringen. Dafür gaben ihm die Priester den Rang eines Kaans, sie legten ihm den schwarzen Umhang um die Schultern und überschütteten das Haus seines Vaters mit Reichtümern. Sie wollten ihm Frauen geben, und er konnte nicht verstehen, warum er sich nicht darüber freute. Er musste die ganze Zeit an die Sklavin denken, die er dort im Norden gekauft hatte. Ihn erzürnte, was die Priester mit ihr gemacht hatten, und er hasste sich selbst dafür, sie in diesem engen Raum allein gelassen zu haben. Deshalb trank er heftig vom Wein der Kaane, bis die Sehnsucht und Reue erstickt waren.

Als der Abend dämmerte, kamen die zwölf Krieger zu Talmas Haus geritten. Sie trugen blaue Gewänder und hatten lange Leinenschals um ihre Hälse gewickelt. Jeder Krieger hatte ein eigenes Packpferd, das Wasserschläuche, Korn, Decken und Fleisch transportierte, und die zwei Heiler führten die Pferde, die den Karren zogen. Siréd lag auf dicken Fellen, umgeben von den Krügen und Kräutern der heilkundigen Männer. Sie war noch immer bewusstlos.

Talmas Vater empfing die Gruppe und ließ die Sklaven die zwei

Pferde hinausführen, die sie für die Reise vorbereitet hatten. Sie waren bereits gesattelt, und Essen, Wasser, Decken und Waffen waren an den Satteltaschen festgezurrt. Talma selbst kam die Treppe heruntergeschwankt und grüßte seinen Vater mit einem Klaps auf die Schulter, ehe er zum Karren taumelte und sich an Siréd drückte. Die Krieger beobachteten ihn, als er ihre Wangen streichelte, denn sie alle kannten die Botschaft der Priester, dass sie die wahre Tarkinar Ethem war, die sie zum Tempel zu bringen hatten. Doch Talma kümmerte sich nicht um die anderen. Er ging unsicher zu dem Reitpferd, das die Sklaven festhielten, und kletterte mühsam in den Sattel. Und sein Verhalten war auch nicht das eines Kaans, als er sein Pferd mit einem Schnalzen antrieb und seinem Vater zum Abschied zuwinkte.

Die Krieger folgten mit ihren Pferden langsam dem betrunkenen Mann.

Im Norden ritten sie aus der Stadt heraus. Hier machten die Stadthäuser Höfen, Pferdekoppeln und Getreidemühlen Platz, die von riesigen Ochsen gedreht wurden. Talma kannte den Weg gut, denn bevor er ins Heer berufen worden war, hatte er zu denen gehört, die durch die Maissäcker ritten, um die Sklaven zu beaufsichtigen. Er folgte dem Karrenweg, der zu den Äckern führte, blinzelte beim Reiten an den sternenklaren Himmel und murmelte etwas über die Stellung der Sternzeichen vor sich hin. Seit er als Späher in den Norden gezogen war, hatte er die Stellung des Mondes beobachtet. Die schmale Mondsichel verkündete den baldigen Neumond, und er wusste, dass dies der letzte Neumond vor der Wintersonnenwende war. Danach war es noch ein Jahr bis zu Tarkins Tod. Er kannte die Gesetze Tarkins; der Lanzenkrieger wollte mit der Gezeichneten die Nacht verbringen, ehe er selbst für immer verschied. Nur so konnte seine Seele an seinen Sohn übergeben werden. Talma dachte nur ungern daran, doch jetzt, da sich sein Rausch langsam legte, wusste er, dass es so sein musste. Das Land würde mit Tarkin sterben, wenn die Gezeichnete ihm keinen Sohn schenkte. Die Priester hatten das vorausgesagt, und das Wort der Priester war Wahrheit.

Einige Zeit später hatten sie die Maisfelder erreicht. Talma blickte zwischen die Reihen der trockenen Maispflanzen, die im Wind raschelten. Selbst jetzt, mitten in der Nacht, waren die Sklaven bei der Arbeit. Es war höchste Zeit, die trockenen Blätter einzusammeln, denn sie waren gutes Brennmaterial und würden die Wärme in den Steinhäusern halten, wenn die Winterstürme kamen. Die Sklaven waren gut in dieser Arbeit; ihre Hände pflückten die Blätter so rasch von den Pflanzen, dass er ihnen kaum mit den Augen folgen konnte. Ihre Rasse kam aus Taz-Ka, doch es gab keine freien Taz-Kaer mehr. Sie waren vor vielen Generationen nach Norden gewandert, vertrieben von ihren Ländereien durch Wüstenstürme und Dürre. Sie hatten ihre Freiheit gegen Nahrung und Sicherheit eingetauscht, hatten seither als Sklaven gedient und bekamen ihr Brandzeichen, wenn aus Jungen Männer und aus Mädchen Frauen wurden. Es war gut so, dachte er, denn alle freien Männer waren nördlich des Meeres und kämpften in Vendhurs Heer, und die Frauen und Kinder brauchten schließlich Nahrung und Brennmaterial.

Sie folgten dem Karrenweg bis zu den Hügeln nördlich der Stadt. Hier, einen halben Tagesritt vom Hafen entfernt, teilte sich der Weg. Der eine folgte der Küste, während der andere an den Kanälen entlang zum Fluss Othas führte. Talma wendete das Pferd und blickte sich noch einmal zur Stadt um, denn die Sonne ging gerade über den Feldern im Osten auf. Er sah die Statuen, die sich über die Stadt erhoben, und die Schiffe hinter der Mole. Im Norden gab es keine Städte wie Pethar. Dort gab es keine prunkvollen Schiffe, keine Kriegsschiffe oder Katamarane. Die Menschen dort oben waren einfach, hatten aber dennoch etwas Liebenswertes. Oft hatte er sich die kleinen Siedlungen entlang des Meeres angeschaut und sich vorzustellen versucht, dass sein Volk einmal so gelebt hatte. Doch das musste viele Generationen her sein, denn Kanath war bereits vor Vendhurs Zeiten ein mächtiges

Reich gewesen. Die Flotte umfasste vierhundert Schiffe, und es hieß, die Kaane befehligten über zweimal zehntausend Krieger. Sie hatten Ar zerstört, und er glaubte, dass die letzte Stadtburg erobert worden war, als er mit der Gezeichneten nach Süden segelte. Es fiel ihm nicht leicht, daran zu denken, obgleich er wusste, dass er sich über Kanaths Macht hätte freuen sollen.

Talma wendete das Pferd und folgte dem Karrenweg nach Osten. Die Räder des Wagens knirschten am Ende des kleinen Trupps. Dort lag Siréd, und er wusste, dass sie vom Fieber geschüttelt wurde. Er nahm das Haarband aus seiner Gürteltasche und strich mit dem Daumen über das gewebte Muster. Als er es in Taraman gekauft hatte, war er noch ein unvernünftiger Späher gewesen. Jetzt war er Kaan, und die törichten Gedanken eines jungen Spähers waren gefährlich für ihn selbst und seine Männer. Er ließ das Haarband auf den Boden fallen und ritt weiter. In drei Tagen würden sie in der Wüste sein.

Ber-Mar

Sie erlebten den zweiten Vollmond auf dem Floß. Wie ein riesiger Silberschild hing er direkt über dem Sternbild des Jägers. Ulv stand vor dem Unterschlupf und hatte den Umhang vor der Brust zusammengerafft, während das Floß von der Strömung an den schneebedeckten Ufern vorbeigetrieben wurde. Mit dem letzten Neumond war die Kälte gekommen, aber da Ulv eben erst unter den Decken hervorgekrochen war, um Seon abzulösen, fror er noch nicht. Seon, Brage und er waren froh über die Pelzmützen, Umhänge und wärmenden Lodenstrümpfe in den Stiefeln. In den wenigen Tagen nach ihrem Aufbruch aus der Siedlung des Flussvolkes hatte sich eine dicke Schneeschicht über die Uferstreifen gelegt. Die Bäume neigten sich unter der Last der schneebedeckten Äste, und der Wind hatte auf beiden Seiten der Flusssenke

Schneewehen über die abschüssigen Hänge geweht. Der Fluss zog sich wie eine schwarze Ader durch die Winterlandschaft, immer nach Westen, einem schlammgrauen Horizont entgegen.

Ulv lehnte sich gegen die Stange, während sein Blick die Dunkelheit absuchte. Er war nicht länger auf den Stock angewiesen, die Wunde an seinem Oberschenkel war verheilt, und der Schorf hatte sich von selbst gelöst. Aber es kam noch immer vor, dass er nachts aus dem Schlaf hochfuhr und sich ans Bein griff, doch es war nicht der Schmerz, der ihn weckte, sondern die Erinnerung. Immer wieder träumte er von den schwarzen Kriegern am Strand, die ihn verfolgt hatten und ihm ihre Lanze ins Bein rammten, als er stürzte. Ulv sprach mit Brage und Seon nicht über seine Albträume; er wollte nicht, dass sie von seiner Angst wussten.

Er wandte den Blick nach vorn und verlagerte das Gewicht auf das gesunde Bein. So verschneit war das Ufer leichter zu erkennen, aber dennoch bestand die Gefahr, auf eine Sandbank aufzulaufen. Er hatte es längst aufgegeben zu zählen, wie oft er schon ins eiskalte Wasser springen musste, wenn das Floß auf Grund gelaufen war.

Brage hatte mit ein paar flachen Steinen, die er im Uferwasser gefunden hatte, eine Feuerstelle auf dem Floß eingerichtet. Dort brannte Tag und Nacht ein kleines Feuer aus trockenen Ästen und Rinde, die sie von den Bäumen schnitten. So konnten sie Wasser erhitzen und ihre klammen Kleider zum Trocknen aufhängen. Wenn das Floß durch den Frostnebel trieb, saßen sie um die kleine Feuerstelle herum und wärmten sich die Hände über den Flammen. Der Schmied hatte jeden Tag eine Kerbe in eins der Rundhölzer geritzt, und am vorigen Abend hatte er verkündet, dass es nun nicht mehr lange dauern würde, bis sie Ber-Mar erreichten. Sie hatten die Siedlung vor mehr als dreißig Tagen verlassen. Brage sagte ihnen voraus, dass die Strömung bald stärker werden würde. Dann wäre es ratsam, das Floß ans nördliche Ufer zu lenken und zu Fuß weiterzugehen, denn das letzte Stück, bevor der Fluss ins Meer mündete, war voller Stromschnellen und Wasserfälle.

Ulv stellte sich an den Rand des Floßes und steckte die Stange ins Wasser. Einen Steinwurf vor ihnen floss der Fluss in einem weiten Bogen an einem breiten Sandstrand vorbei. Eine halbe Stangenlänge unter dem Floß traf die Stange auf Grund. Ulv stieß sich ab. Das Floß begann sich zu drehen und trieb wieder in die Mitte des Flusses. Ulv zog die Stange aufs Floß und blickte ins Wasser. Es war ebenso schwarz wie der Nachthimmel über ihm. Er liebte diese ruhigen Momente, denn dann waren seine Erinnerungen ganz klar. Er hatte viel nachgedacht über den Nebel, der ihn vor vier Jahrzehnten fort aus dem Tal und weit weg von dem einohrigen Mann geführt hatte. Inzwischen war er überzeugt, dass der Einohrige sein Vater war. Er erinnerte sich, dass sie mit einigen anderen Männern durch einen Birkenwald gelaufen waren. Die Bögen der Männer waren gespannt gewesen. Vor lauter Nebel hatten sie kaum die Hand vor Augen gesehen, als sie sich aufteilten. Er war mit seinem Vater einen Berghang hinaufgestiegen, und dann war sein Vater plötzlich verschwunden gewesen, und er war völlig allein, umgeben von Nebel, der ihm wie ein böser Geist ins Ohr flüsterte. Da war er fortgelaufen, dem Heulen der Wölfe entgegen. Denn er war Ulvmanna, der Wolfsmann, und der Wolf war sein Geistertier. So begann seine Wanderung, bis er wurde wie sie.

Kopfschüttelnd ging er zum Unterschlupf zurück. Brage schnarchte wie meist um diese Zeit. Der Schmied war ein guter Mann. Er hatte Ulv viel über seine Heimatstadt erzählt, von der Kunst des Schmiedens und den schönen Frauen, die dort auf sie warten und ihnen köstliche Speisen zubereiten würden. Sein Vater war der Meisterschmied der Stadt, wie schon sein Vater und dessen Vater vor ihm. Sein Zeichen galt mehr als alle anderen. Brage durfte dieses Zeichen ebenfalls benutzen und ritzte es in jedes Stück Schmiedearbeit, das in seinen Händen Form annahm: einen Raben mit ausgebreiteten Flügeln, das Zeichen Ber-Mars, das nur der Meisterschmied und seine Söhne benutzen durften.

Ulv lehnte sich mit dem Rücken gegen den Unterschlupf, nachdem das Floß die Biegung hinter sich gelassen hatte und der Fluss wieder gerade verlief. Er legte die Stange über die Oberschenkel und kratzte sich am Bart, der inzwischen bis auf seinen Brustkorb reichte. Im Winter ließ er seinen Bart meist wachsen. Die Winter im Norden waren einsam gewesen, weil die Barkas nach Süden zogen und ihn allein im Gebirge zurückließen. Dann war er auf den höchsten Gipfel gestiegen und hatte den Mond und die schneebedeckten Berge angeheult wie ein Wolf. Damals hatte er noch nichts von der Sehnsucht gewusst, und es hatte ihn nicht gestört, dass es manchmal Tage oder Monde dauerte, bis er auf die Fährte anderer Jäger oder Wolfsrudel stieß. Er war einem inneren Drang gefolgt, und erst jetzt war ihm klar, dass es die Einsamkeit war, die ihn fortgetrieben hatte. Er hatte sich nach den Rauchsäulen der Feuer in den Lagern der Barkas gesehnt. Genau, wie er sich jetzt nach etwas anderem sehnte. Manchmal stand er auf dem Floß und suchte im Wind nach ihrem Duft. Sie fehlte ihm. Sie war wie die Wolfsrudel und die Rauchsäulen von den Feuern der Barkas. Sie war das Wild und die weiße Wintersonne, die schwach über dem Horizont im Westen leuchtete. Er sehnte sich nach ihr und sah oft an den Sternenhimmel, um ja kein Zeichen und keinen Hinweis der Götter zu übersehen. Er wollte wissen, wo sie war. Er wollte wissen, wie es ihr ging, und hoffte, dass die Geister sie beschützten, wie sie ihn so viele Nächte beschützt hatten, wenn der Hunger an seinen Eingeweiden nagte und die Winterkälte in seinen Füßen stach. Aber die Geister schwiegen.

Ulv blieb an den Unterschlupf gelehnt sitzen, bis der Morgen die Dunkelheit aus der Flusssenke vertrieb. Seon und Brage schnarchten unter ihren Decken, als Ulv sich an den vorderen Rand des Floßes stellte und in die Morgendämmerung spähte. Frostschleier hingen über dem Fluss und trieben wie tanzende Geister an dem Floß vorbei. Seit dem Morgen, als er ein Rudel Hirsche am Flussufer beobachtet hatte, hatte er außer ein paar Krähen und Ottern keine Tiere mehr gesehen. Er sog den Duft von Frost und Nebel ein, und als er die wärmenden Sonnenstrahlen auf seinem Rücken spürte, wusste er, dass wieder ein neuer Tag geboren war.

Brage kam hustend aus dem Unterschlupf gekrochen. Er kratzte sich unter den Armen und kniete sich neben Ulv an die Floßkante, um sich Wasser ins Gesicht zu spritzen. Danach stand er auf, klopfte Ulv auf die Schulter und sah den Fluss entlang. »Hast du etwas gesehen?«, fragte er.

Ulv schüttelte den Kopf. Die Nacht war ruhig und dunkel gewesen. Er hatte nur den Wind gehört, der über die Ebene pfiff.

»Allmählich müssten wir uns Ber-Mar nähern.« Brage rieb sich die Augen und gähnte. »Aber jetzt leg dich erst mal schlafen, Nordländer, ich löse dich ab.«

»Ich bin nicht müde.« Ulv legte die Stange beiseite und setzte sich wieder an den Unterschlupf.

Brage schob die Daumen hinter den Gürtel und suchte die beiden Ufer ab. Da das Floß in gleichmäßigem Tempo in der Mitte des geraden Flusses dahintrieb, setzte er sich neben Ulv, nachdem er seinen Umhang aus dem Unterschlupf gezogen hatte. Seon schmatzte und murmelte etwas im Schlaf.

»Seon träumt vom Wein.« Brage grinste. »Den wir ins Wasser gegossen haben. Erinnerst du dich noch?«

»Und ob.« Ulv nahm die Pelzmütze ab und wärmte seine Hände darin. Seon hatte die ersten zwei Tage auf dem Floß ununterbrochen getrunken, aber in der dritten Nacht hatte Brage die Weinschläuche aus dem Unterschlupf genommen und in den Fluss geworfen. Als Seon am nächsten Morgen aufwachte, hatte er laut zu zetern angefangen, weil er seine Weinschläuche nirgends finden konnte. Als Brage ihm gestand, was er getan hatte, wollte der betrunkene Mann ihn schlagen, aber Brage hatte Seon einfach am Nacken gepackt und seinen Kopf ins Wasser getaucht. Danach hatte er ihn zurechtgewiesen und ihm klar gemacht, dass er auf dem Weg zu Mian war und sich gefälligst zusammenreißen sollte. Seitdem hatte Seon kein Wort mehr über den Wein verloren.

»Es ist gut, wieder nach Hause zu kommen«, sagte Brage. »Ich weiß, dass Vater mich vermisst hat.«

»Das hat er sicher.« Ulv versuchte zu lächeln, aber wie jedes Mal, wenn Brage über seine Familie sprach, musste er an Siréd denken.

»Ich bin sein einziger Sohn.« Brage schloss den Umhang und schaute in den Unterschlupf. »Obgleich Seon auch fast wie ein Sohn für ihn war. Und wie Mian sich erst freuen wird, ihren Geliebten wieder zu sehen.«

Ulvs Blick war auf das nördliche Ufer gerichtet; ihm war, als hätte er oben auf der Ebene etwas gehört. Es klang wie das Heulen vieler Wölfe oder wie ein Sturmwind, der durch eine Felsspalte pfiff.

»Ist was?« Brage richtete sich auf.

Ulv lehnte sich wieder zurück. »Nein, nichts. Ich dachte, ich hätte etwas gehört. Aber da war nichts.«

Brage nickte vor sich hin. »Doch, das kann schon sein«, murmelte er. »Das passiert hier häufig. Wir nähern uns Ber-Mar. Bald haben wir den äußeren Rand der Welt erreicht. Hinter Ber-Mar ist nur noch das Meer.«

»Das Meer ...« Ulv blickte in das Wasser, das das Floß umgab. »Ich habe vom Meer geträumt, bevor ich es gesehen habe.«

»Bevor du nicht in Ber-Mar warst, hast du das richtige Meer nicht gesehen«, sagte Brage. »Das Meer im Osten nimmt sich dagegen wie ein großer See aus. In Ber-Mar schlagen die Wellen aus dem offenen Meer ans Ufer. Dort draußen gibt es Eisberge, Seeschlangen und Meeresströmungen, die so stark sind, dass sie große Schiffe in die Tiefe ziehen können.«

»Ich erinnere mich ...« Ulv fasste sich an die Stirn. »Ich erinnere mich an ein Meer. Wellen, endlose Wellen. Als ich in Krugant an Bord des Langschiffes ging, kehrten die Erinnerungen zu mir zurück. Aber sie sind weniger deutlich als die Erinnerungen an das Tal. Als hätte ich sie nur geträumt.«

Brage strich sich nachdenklich über den Bart. Ulv sah ihn an. Er hatte dem Schmied und Seon von dem Tal erzählt, das seine Erinnerung ihm zeigte, aber er hatte mit keiner Silbe erwähnt, was Loke zu ihm gesagt hatte. Brage hatte ihm erklärt, dass es durchaus möglich sei, einmal Gesehenes oder Erlebtes wieder zu vergessen. Und der große Mann wurde nie müde zuzuhören, er verlor nie die Geduld, wenn Ulv stammelte oder nach Worten rang. Und er bekam nie genug von den Geschichten aus den Tälern und dem Barkasfjell und den Wintern im Norden.

»Vielleicht haben dein Vater oder deine Mutter dir vom Meer erzählt.« Brage sah seine kräftigen Handballen an. »Und jetzt erinnerst du dich an ihre Geschichten, als ob du sie selbst erlebt hättest. Oder es sind tatsächlich nur Träume, sehr lebendige Träume.«

»Ja, so sind meine Träume. Lebendig.« Ulv setzte die Pelzmütze wieder auf und rieb sich die Hände. In Gesprächen wie diesem hatte er viele neue Worte gelernt, mit denen er seine Gedanken formen konnte. Könnte Siréd ihn jetzt nur hören, wenn er von den Bergen im Norden erzählte, von der Jagd und von den Barkas. Inzwischen beherrschte er ihre Sprache fast so gut wie Brage und Seon.

Brage ging um den Unterschlupf herum und nahm trockene Zweige und Äste von dem Holzstapel. Er zerbrach sie und häufte sie auf die flachen Steine. Kurz darauf leckten die Flammen um das Holz. Das Knistern weckte Seon, und in eine Decke gehüllt kam er nach draußen gekrochen. Er gähnte und kratzte sich im rabenschwarzen Bart, ehe er sich an den Floßrand stellte und in den Fluss pinkelte. Ulv wandte den Blick ab. Als die Männer ihn auf der Bahre durch den Westwald gezogen hatten, hatte er alles durch einen Nebel aus Fieber wahrgenommen. Aber in den langen Nächten auf dem Floß hatte er genügend Gelegenheit gehabt, nachzudenken und sich zu erinnern. Und er erinnerte sich, wie Seon Brage aufgefordert hatte, Ulv liegen zu lassen und seinem sicheren Tod zu überlassen. Ulv hatte Brage gefragt, warum sie das nicht getan hatten, und der Schmied hatte ihm geantwortet, weil er wüsste, wie es sei, im Feindesland verwundet zu werden. Als junger Mann hatte er sich in den Schwarzen Bergen ein Bein gebrochen, und damals hatte Seon ihn gerettet, indem er ihn zur nächsten Siedlung gebracht hatte. Aber Seon habe im Laufe seines Lebens zu viel Unfrieden erlebt, meinte Brage, so dass der Mensch in ihm am Ende dem Krieger gewichen sei. Der schwarze Mann setzte sich zu ihnen ans Feuer und wärmte sich die Hände. Brage holte getrocknetes Fleisch und verteilte es. Ulv riss kleine Bissen von dem gefrorenen Fleisch und ließ sie im Mund auftauen. Sein Blick war nach vorn gerichtet, dorthin, wo der Fluss eine leichte Biegung nach Süden machte. Nebelgeister huschten über das Wasser und zogen lange, graue Schleier hinter sich her.

Sie saßen auf dem Floß, während der Morgen allmählich in den Tag überging. Je höher die Sonne stieg, desto mehr frischte auch der Wind wieder auf. Schneewolken fegten die Hänge herab und wirbelten um das Floß herum. Die Männer saßen in ihre Umhänge gewickelt und dicht aneinander gedrängt mit dem Rücken am Windschutz.

Die Sonne hatte ihren höchsten Punkt erreicht, als Brage plötzlich aufsprang und auf einen großen Felsbrocken am nördlichen Ufer zeigte. »Den erkenne ich wieder«, rief er. »Dort habe ich mein zweites Nachtlager aufgeschlagen, als ich Ber-Mar vor fünf Jahren verlassen habe. Hinter dem Felsen habe ich geschlafen!« Der Schmied sah ins Wasser. »Habt ihr nicht auch das Gefühl, dass das Wasser hier schneller fließt?«

Ulv schaute über den dunklen Wasserspiegel. Ihm fiel keine Veränderung auf.

»Je näher wir Ber-Mar kommen, desto schneller wird die Strömung.« Brage wischte sich die Schneeflocken von den Augenbrauen und schaute mit zusammengekniffenen Augen in Fahrtrichtung. »Wir sollten nicht mehr allzu lange damit warten, das Floß ans nördliche Ufer zu bringen.«

Seon kratzte sich im Nacken. »Wenn es bis Ber-Mar noch zwei Tagesritte sind, haben wir Zeit genug.«

Brage kam zum Unterschlupf zurück und setzte sich neben Seon. »So weit ist es nicht mehr. Am ersten Tag habe ich es damals nur knapp hinter die östliche Stadtgrenze geschafft, da ich erst nachmittags aus Ber-Mar aufgebrochen bin. Vater hatte mir noch viel mit auf den Weg zu geben.«

Ulv sah den Schmied an. Der große Mann konnte kaum still sitzen. Er drehte die Stange in den Händen und sah erwartungsvoll den Fluss hinunter.

»Der Fluss fließt schneller«, sagte er. »Das fühle ich. Lasst uns nicht mehr zu lange warten, bis wir am Nordufer anlegen.«

»Du wiederholst dich.« Seon schob die Pelzmütze ins Gesicht und lehnte den Kopf gegen den Unterschlupf. »Weckt mich, wenn es so weit ist.«

Brage kratzte sich am Kopf und stand wieder auf, nahm die Stange in die Hand und stellte sich an den vorderen Rand des Floßes. Und dort blieb er stehen, während die Strömung sie vorwärts trieb.

Sie legten an diesem Tag noch einen weiten Weg zurück. Brage hielt Ausschau nach Landmarken am Ufer und rief immer wieder, dass ihm die Gegend bekannt vorkam. Aber sowohl der Tag als auch der Abend verstrichen, ohne dass die Strömung zunahm. Brage verzog sich in den Unterschlupf und murmelte, dass sie noch vor Anbruch des nächsten Morgens am Ziel sein würden. Kurz darauf schnarchten er und Seon um die Wette. Ulv blieb wach. Der Wind ließ ihn nicht zur Ruhe kommen; es kam ihm vor, als ob er ihm Warnungen oder Zeichen zuraunte. Der Himmel über ihnen war schwarz und wolkenverhangen, aber da war noch etwas anderes. Er hielt die Nase in den Wind, der einen leichten Geruch von Rauch mit sich brachte.

Plötzlich stand das Floß still. Ulv ahnte den Schatten einer Sandbank unter den Rundhölzern. Er sprang auf und versuchte, sich mit der Stange abzustoßen, aber die Strömung war zu stark und drückte das Floß immer wieder auf den sandigen Grund zurück. Ulv zog Stiefel und Hose aus und stieg in das eiskalte Wasser. Die Knoten unter dem Floß hatten sich in einer Wurzel verfangen. Ulv streckte sich nach dem Schwert auf dem Floß aus, als er plötzlich ein Geräusch am Ufer hörte. Schnell kletterte er zurück auf das Floß, doch er konnte nichts sehen. Jetzt war nur noch das leise Rascheln des Windes in den Bäumen zu hören.

Der dichte Nebel kam wie aus dem Nichts. Ulv hatte ihn noch nie so schnell herantreiben sehen. Die Nebelbänke flossen von der Ebene in die Senke herunter, und Ulv war erstaunt, denn das war kein Raunebel, der sich über den Fluss legte, sondern feuchter, dichter Nebel. Da hörte er wieder Schritte am anderen Ufer. Er schob die Hand in den Unterschlupf und tastete nach Bogen und Pfeilköcher. Im seichten Wasser war ein Plätschern zu hören, als ob jemand durchs Wasser lief. Er legte einen Pfeil an die Sehne und sah im nächsten Moment die Gestalt im Nebel. Dann hörte er eine Stimme. Sie war wie das Raunen des Windes. Er ließ den Bogen fallen und sank neben dem Unterschlupf auf die Knie, als er das mächtige Geweih auf dem Kopf des Hünen sah. Da drüben stand der Horngott, und der Wind trug seine Stimme über den Fluss.

»Siehe …« Der Hüne streckte ihm einen Arm entgegen. »Siehe, Adharkach. Ich bin das Antlitz im Wasser. Erinnere dich …«

Das Floß riss sich von der Wurzel los. Ulv musste sich am Unterschlupf festhalten, als es plötzlich von der Strömung ergriffen und von der Sandbank gezogen wurde. Der Hüne stand im Wasser, seine Augen waren hinter einem Nebelschleier verborgen.

»Finde sie … Wecke sie.« Er hob die Hand und ballte sie zur Faust. »Führe sie, Adharkach. Die Götter sind aus dem Himmel herabgestiegen.«

Die Hand öffnete sich. Eine dunkle Flüssigkeit rann in den Fluss, und ein schwerer, bekannter Geruch breitete sich um das Floß herum aus. Ulv steckte die Hand ins Wasser und sah, dass es Blut war.

Er presste sich an den Unterschlupf, als am Himmel zahllose Stimmen durcheinander zu brüllen begannen. Kriegslanzen, an deren Spitzen sterbende Männer hingen, reihten sich dicht wie Bäume in einem Wald am Rand der Ebene auf. Um das Floß herum trieben Leichen, und an den Ufern krochen von Pfeilen durchbohrte Männer umher. Er legte sich die Hände auf die Ohren und schloss die Augen, aber die Stimmen bohrten sich durch seinen Schädel. Ein gewaltiger Schmerz erfüllte ihn. Er fasste sich an die Schläfen und spürte, wie die Haut aufplatzte. Aus den offenen Stellen wuchsen Hörner. Er erhob sich und spiegelte sich im blutigen Wasser. Er war Adharkach. Er war Der, der Hörner trägt. Er war zurückgekehrt, und sein Name war in aller Munde. Denn in ihm war Cernunnos wiedergeboren.

Brage wurde im Morgengrauen wach. Er merkte sofort, dass das Floß stillstand, griff nach der Axt und kroch ins Freie. Dort fand er Ulv mit dem Rücken an den Unterschlupf gelehnt. Er saß in seinen Umhang gewickelt da und schlief fest. Das Floß war mitten im Fluss auf eine Sandbank gelaufen. Der Schmied kratzte sich am Bart und machte sich daran, das Gefährt mit der Stange abzustoßen, aber ihm war bald klar, dass sich das Floß irgendwo verhakt haben musste. Fluchend spuckte er ins Wasser.

Ulv erwachte. Er griff nach seiner Mütze, aber sie saß nicht auf seinem Kopf. Brage sah ihn fragend an und zeigte auf seine nackten Beine. »Warst du im Wasser und hast versucht, uns frei zu bekommen? Warum hast du mich nicht geweckt?«

Ulv rieb sich die eiskalten Füße. Er hatte Sand zwischen den Zehen. Dann stand er auf und zog Hose und Stiefel an. Am Ufer war niemand zu sehen, nicht einmal Spuren im Schnee. Dann hatte er wohl doch nur geträumt.

»Lass es uhs von dieser Seite probieren.« Brage ging an den Rand des Floßes und setzte die lange Stange auf der Sandbank auf.

Ulv nahm seine Stange und half ihm. Es knirschte unter den Baumstämmen, und endlich war das Floß frei, so dass die Männer es wieder ins tiefere Wasser manövrieren konnten, wo es von der Strömung erfasst und weitergetragen wurde.

Im Laufe des Tages wurde die Strömung stärker. Als die Sonne zu sinken begann, zeigte Brage ans nördliche Ufer und sagte, dass die Stromschnellen jetzt nicht mehr weit seien. Der Fluss rauschte in immer höherem Tempo an den Sandbänken vorbei, und Ulv und Seon halfen Brage, das Floß sicher durch die Biegungen zu lenken. Nachdem sie eine Sandbank umrundet hatten, sahen sie, dass sich die Flusssenke wenige Steinwürfe vor ihnen verengte. Auch die Böschung wurde steiler. Brage zeigte auf die eigenartigen Felsformationen am Rand der Ebene. Sie hatten die Vurming-Klamm erreicht. Reisende, die sie durchquerten, mussten sich vor den Vurmingen in Acht nehmen. Brage erklärte den anderen, dass Vurminge Windgeister waren. Er legte die Hand hinters Ohr und lauschte, aber weder er noch Ulv oder Seon hörten etwas. Das Floß neigte sich ein wenig zur Seite, als die Strömung es an einem Felsvorsprung vorbeischob. Die Männer klammerten sich an den Windschutz, denn der Fluss glich immer mehr einer brausenden Mühle aus Steinen und Stromwirbeln.

»Hinter der Klamm wird es ruhiger!« Brage stützte sich am Unterschlupf ab, als das Floß sich zwischen zwei Steinen verkeilte. »Ich kann mich gar nicht erinnern, dass die Strömung damals schon so stark war.«

Ulv kroch an den Rand des Floßes und stieß sich mit der Stange vom Grund ab. Wieder wurden sie von der Strömung gepackt und mitgerissen. Ulv klammerte sich an die Rundhölzer. Das eiskalte Wasser spritzte über Deck, und bald waren sie bis auf die Knochen durchnässt. Seon wollte in den Unterschlupf kriechen, aber Brage hielt ihn zurück. Wenn das Floß kenterte, wäre Seon dort unter Wasser gefangen.

Sie hielten sich an den Tauen fest, als das Floß immer heftiger hin und her geworfen wurde. Es schlug gegen Steine und kreiselte wie ein Stück Rinde auf einem Bach. Die Wände der Klamm wurden immer höher. Der Fluss maß in der Breite nur noch wenige Speerlängen, und die steinigen Uferstreifen wurden immer schmaler. An einigen Stellen ragten Felsen aus dem Wasser, und die Verknotung ächzte jedes Mal, wenn das Floß dagegen gedrückt wurde.

Die Männer klammerten sich an die Baumstämme und überließen es dem Fluss, sie durch die Stromschnellen zu bringen. Als die Strömung endlich ruhiger wurde, warfen sie die durchnässten Umhänge ab und griffen nach den Stangen. Etliche Knoten hatten sich gelöst, und das Floß lag jetzt tiefer im Wasser. Brage zeigte auf eine Stelle am Nordufer, wo der Fluss eine Bucht bildete. Ulv steckte die Stange ins Wasser, das so flach war, dass er die Steine auf dem Grund erkennen konnte. Seon und Brage taten das Gleiche, und mit vereinten Kräften schoben sie das Floß quer über den Fluss, während die Strömung sie weiter flussabwärts trieb, doch schließlich erreichten sie die Bucht. Das Floß schob sich auf den verschneiten Sandstrand, und die Männer sprangen mit einem Satz ans Ufer. Brage nahm das Haltetau und legte es um einen der vielen Steine.

Sie rollten so viel Fleisch in die Decken und banden so viele Felle zusammen, wie sie tragen konnten. Es pfiff ein frischer Wind um die Klippen, und Seon schlug vor, sich einen windstillen Platz am Ufer zu suchen und ein Feuer zu machen, um ihre Kleider zu trocknen. Aber Brage hörte nicht zu; er hängte sich die Wasserschläuche über die Schulter und wandte sich der steilen Böschung zu, da es nicht mehr weit bis zur Stadt war. Wenn sie sich beeilten, könnten sie noch vor Einbruch der Dunkelheit dort sein. Der Schmied wartete die Antwort der beiden anderen Männer nicht ab, und so blieb Seon und Ulv gar nichts anderes übrig, als ihre nassen Umhänge und Sachen zu schultern und Brage zu folgen.

Sie kletterten die steile Böschung hinauf und stapften durch den Schnee. Die weiße Landschaft erstreckte sich endlos in Richtung Süden, Osten und Westen, während sich im Norden Berge mit bewaldeten Hängen und schneeweißen Gipfeln erhoben, die Ulv seltsam vertraut vorkamen. Die Geisterstimmen in ihm meldeten sich und riefen Erinnerungen an eine lange, kalte Wanderung wach.

Schnee fegte über die Hänge, und Ulv wusste, dass dies die Berge waren, von denen Loke gesprochen hatte.

Die drei Männer folgten der Flusssenke in westlicher Richtung. Der Wind hatte den Schnee zu hohen Wehen aufgetürmt, so dass die Ebene einem vereisten, weißen Meer glich, auf dem die niedrigen, lang gestreckten Schneewellen mit dem Ostwind herangerollt kamen. Immer wieder wanderte Ulvs Blick zu den Bergen. Je weiter nach Westen sie kamen, desto näher rückten die Hänge. Während der Fluss eine leichte Biegung nach Norden machte, schoben sich die Ausläufer der Berge immer weiter in die Ebene hinein. Und weit hinten am Horizont, unter einem tiefblauen Himmel, schienen Tal und Berge zusammenzustoßen. Am Himmel kreisten die gleichen weißen Vögel, die er bereits in Krugant gesehen hatte, und da wusste er, dass das Meer nicht mehr weit sein konnte.

Die Männer zerdrückten das gefrorene Wasser in den Schläuchen und tranken im Gehen. Sie schoben sich getrocknete Fleischfasern in den Mund, während sie weiter durch den Schnee stapften, denn sie wussten, dass die Kälte in ihre nassen Kleider kriechen würde, sobald sie stehen blieben.

Die Sonne stand bereits tief im Westen, als Brage an den Horizont zeigte und einen Schrei ausstieß. Er rannte zu Seon und klopfte ihm auf den Rücken.

»Das Meer!« Brage drehte sich zu Ulv um. »Da ist das Meer, Freunde! Kommt, jetzt ist Ber-Mar nicht mehr weit!«

Die Männer begannen zu laufen. Ulv konnte mit Brages und Seons Tempo nicht mithalten, aber jetzt sah auch er den dunklen Streifen zwischen dem Himmel und der Ebene. Und er roch den salzigen Duft des Meeres wie schon in Krugant. Der dunkle Meeresstreifen wurde mit jedem Schritt breiter, und bald konnte er die weißen Schaumkronen auf den Wellen erkennen und sah Eisberge wie gewaltige Schiffe auf dem Wasser treiben. Wenige Pfeilschüsse vor ihm endete die Ebene und fiel sanft zum Meer ab.

Wenig später erreichte auch er das Ende der Ebene, wo Brage und Seon ihn bereits ungeduldig erwarteten. Vor ihnen lag ein schmales, in goldenes Abendlicht getauchtes Tal. Und dort unten, geschützt vor dem Wind und den Blicken aus der Ebene, lag eine Stadt. Die Langhäuser standen dicht gedrängt in einem Netz aus ausgetretenen Pfaden im Schnee. Im Süden war die Stadt durch eine Bergwand abgeschirmt, die einen guten Steinwurf ins Meer ragte. Der Fluss, dessen Ufer von hohen Holzbaracken gesäumt war, folgte dem Schwung der Bergwand. Im Norden stieg das Tal zu den steilen Bergen an. Über die bewaldeten Hänge zogen sich breite Kahlschlagschneisen, die vermuten ließen, dass große Teile der Stadt erst in den letzten Jahren errichtet worden waren. Am nördlichen Rand der Stadt, zur Meerseite, war ein Hügel, der von einer hohen schwarzen Steinmauer eingefasst war. Hinter der Mauer glänzten geteerte Holzwände. Die Gebäude innerhalb der Mauer waren höher als die Langhäuser unten im Tal. Sie säumten in zwei Reihen eine Straße, die durch ein Tor in der Südseite der Mauer in die Stadt hinunterführte.

Das ganze Tal bildete einen Kessel, der sich zum Meer hin öffnete, wo die Dünung sich an einem lang gestreckten Strand aus schwarzen Geröllsteinen brach. Auf dem Schnee lagen Fischerboote und weiter unten am Strand Langschiffe, schwarze Langschiffe, so wie Ulv sie in Krugant gesehen hatte.

»Das verstehe ich nicht ...« Brage nahm die Pelzkappe ab und wischte sich den Schweiß von der Stirn. »So hat es nicht ausgesehen, als ich weggegangen bin. Sie haben neue Häuser auf den Äckern am Fluss gebaut.«

Seon ließ sein Gepäck in den Schnee fallen, spannte den Bogen und rückte den Pfeilköcher zurecht. Mit finsterem Blick befestigte er die Schwertscheide am Gürtel.

»Die Mauer da drüben gab es auch noch nicht, als ich von hier fortgegangen bin.« Brage schüttelte den Kopf. »Und die Langschiffe am Strand habe ich hier noch nie gesehen.«

Ulv legte die Hand an den Schwertknauf. An den Pfeilern der Holzbrücke, die über den Fluss führte, standen hohe Stangen mit weißen Stoffbannern, und als ein Windstoß zwischen sie fuhr, erkannte er, dass darauf die gekreuzten Lanzen Tarkins abgebildet waren.

»Das hatte ich befürchtet.« Seon zeigte auf die schwarzen Krieger, die bei der Brücke standen. »Vendhur hat die Stadt eingenommen.«

Brage fiel auf die Knie. Er schnappte nach Luft und schluckte schwer. Der große Mann schnallte sein Gepäck ab und griff nach seiner Axt. Tränen liefen über sein dreckverschmiertes Gesicht.

»Was sollen wir jetzt machen?« Ulv blinzelte in die untergehende Sonne. Bei den Hütten am Fluss waren viele Menschen. Kanathener – er erkannte sie an ihrer dunklen Hautfarbe wieder. Zwischen den Langhäusern sah er ein paar Frauen und zottelige Hunde, die sich an den Hauswänden ein Plätzchen zum Schlafen gesucht hatten. Am Waldrand sammelte ein Mann, der in grauen Loden und Leder gekleidet war, Zweige und Äste.

»Die Hämmer und Ambosse schweigen.« Brage rieb mit zitternder Hand über die Axt. »Dann gibt es keine Hoffnung mehr für mein Volk.«

Seon packte ihn am Kragen und zog ihn auf die Beine. »Sie können uns sehen. Wir müssen uns in den Bergen verstecken.«

»Ich hätte es wissen müssen.« Brage schleppte das Gepäck hinter sich her. »Ich hätte es wissen müssen, dass etwas nicht stimmt, als ich keine Schmiedeklänge gehört habe.«

Die Männer gingen in ihren eigenen Spuren zurück. Bald würde es dunkel werden. Ulvs Füße waren eiskalt, die Hirschlederstiefel waren völlig durchnässt. »Wir müssen ein Lager aufschlagen«, sagte er. »Wir brauchen ein Feuer, wenn wir die Nacht überleben wollen.«

Seon nickte und zog Brage hinter sich her in Richtung Berghang. »Brage und ich sind früher gemeinsam in den Bergen auf die Jagd gegangen, dort gibt es viele geschützte Ecken. Dort können wir ein Lager aufschlagen und etwas essen. Und morgen entscheiden wir, was wir machen.«

Ulv warf einen Blick zurück zur Stadt. Er hörte die Wellen, die an den Strand schlugen, und roch den Pferdedung, den Rauch der Feuerstellen und das Meer. Irgendwo in der Dunkelheit trieben die Eisberge. Sie hatten das Ende der Welt erreicht, aber nicht einmal hier ließen die Kanathener sie in Frieden. Im Süden, auf der anderen Seite der Flusssenke, begannen die endlosen Ebenen. Bald würde er dort wandern und sich auf die Suche nach ihr machen, wie er es ihr versprochen hatte. Aber nun, mit den Bergen, die vor ihm in den Himmel ragten, hörte er einen anderen Ruf. Die Geisterstimmen sprachen wieder zu ihm, wie im Frühjahr. Sie sagten ihm, dass er in die Berge gehen sollte, durch Schluchten, in denen der Wind voller Schnee und Eis war.

Als die Männer den Waldrand erreichten, war der Wind wieder aufgefrischt. Sie kämpften sich durch das Unterholz des Kiefernwaldes. Die Baumwipfel schwankten und warfen Schneeplacken auf sie herunter, aber wenig später gingen sie durch reinen Laubwald und kletterten einen steilen Hang hinauf. Am Ende des Hanges wurde es spürbar flacher, und die Bäume standen dichter. Brage murmelte, dass einige Bäume neu dazugekommen wären, seit er das letzte Mal an diesem Berghang auf der Jagd gewesen sei. Dann wandte er sich wieder nach Westen und gab ihnen ein Zeichen, ihm zu folgen. Er kannte einen Pfad, der an dem Berghang entlangführte. Dieser Pfad würde sie an der Stadt vorbei zu der Schmiede seines Vaters führen, die ziemlich weit oben in den Bergen lag.

Ulv und Seon folgten dem Schmied in die Dunkelheit zwischen den Bäumen. Der Schnee war hier genauso tief wie auf der Ebene, weil der Wind jede noch so kleine Schneelast von den kahlen Ästen blies. Sie gingen in westlicher Richtung an dem Hang entlang. Hin und wieder blieb Brage stehen, um zu lauschen und ins Tal hinunterzuschauen.

Wenige Pfeilschüsse später endete der Hang abrupt vor einer Steinhalde. Brage kletterte weiter. Jetzt war es so steil, dass sie sich an den Baumstämmen nach oben ziehen mussten. Ulvs Bein schmerzte, aber ihm war klar, dass er nicht rasten durfte, ehe sie einen Platz gefunden hatten, der ihnen Schutz bot.

»Sie haben Fackeln angezündet«, sagte Brage, als sie die Spitze der Steinhalde erreicht hatten. Schwer atmend zeigte er auf die Stadt unter ihnen. »Da unten zwischen den hohen Häusern auf dem Hügel und am Fluss. Seht ihr? Sie lassen Fackeln brennen.«

Ulv sah die Fackeln im Wind flackern. Die Flammen warfen Licht auf die Brustpanzer und Helme der schwarz gekleideten Wachen. Er zählte fünf unten am Fluss und zehn hinter der Mauer auf dem Hügel. Zwischen den Langhäusern bewegte sich auch etwas, aber er konnte nicht erkennen, ob es schwarze Krieger oder Einwohner waren.

»Wir müssen noch weiter.« Brage suchte Halt im Schnee und kletterte weiter. »Vater soll uns erzählen, was geschehen ist. Und ich hoffe, er hat gute Gründe, wieso die Männer die Fremden nicht aus der Stadt gejagt haben.«

Darauf sagte Seon nichts, aber Ulv sah, wie er den Kopf beugte und ins Tal hinunterblickte. Er hatte nicht überrascht ausgesehen wegen der Langschiffe und der schwarzen Krieger. Aber Seon war ebenfalls ein Krieger, und nach allem, was er erzählt hatte, hatte er von Jugend an von Krieg und Unfrieden gelebt. Vielleicht wusste er, wie Vendhur und seine Männer dachten, und vielleicht hatte er die ganze Zeit damit gerechnet, dass sie ihnen in Ber-Mar begegnen würden.

Ulv folgte Brage und Seon über die Steinhalde. Sie schauten nach einem geeigneten Platz zwischen den niedrigen Fichten, aber Brage wollte weiter. Ulv fragte sich, ob der Schmied womöglich bis an den Fuß des Berges wollte, wo die steile Felswand wie eine Götterburg über ihnen in den Himmel ragte. Wenn er sich an den Stämmen festhielt und an dem grauen Fels hinaufblickte, sah es so aus, als stächen die schneeweißen Spitzen Löcher in die Himmelskuppel.

Nach einer Weile änderte Brage erneut die Richtung. Ulv sah, dass sie auf einen Pfad gestoßen waren, der sich wie eine Kerbe über den Hang nach unten zog, der steil bis zum Meer abfiel. Brage lehnte sich gegen einen Baumstamm und wischte sich den Schweiß von der Stirn. Er warf einen Blick ins Tal, wobei seine Stirn sich in Falten legte. Seon legte eine Hand auf seinen Arm.

In dem Augenblick schallte ein Hornsignal aus der Stadt herauf, das gleich darauf von einem zweiten beantwortet wurde.

»Wachablösung«, sagte Seon und blickte zu den Sternen. »Der Mond steht hoch. Ich nehme an, sie haben zwei Wachwechsel pro Nacht. Sie haben die Gewohnheiten der Mansarer angenommen.«

Ulv bog einen Zweig zur Seite. Er sah ein paar Häuser und die Langschiffe und schwarze Gestalten, die vor den Fackeln hin und her huschten.

»Das gefällt mir gar nicht«, murmelte Brage. »Wir müssen so schnell wie möglich zur Schmiede, um Vater und Mian vor Vendhurs Männern in Sicherheit zu bringen!«

Brage lief eilig weiter, während er die Axt von seinem Gürtel nahm. Ulv rannte hinter ihm her, aber Seon blieb stehen. »Das ist Wahnsinn«, rief er. »Sie werden uns fangen!«

Brage fuhr herum und zeigte mit der Axt auf Seon. »Du bist ein Feigling, Seon. Der Wein und die käuflichen Frauen aus Krugant haben einen Schwächling und Jammerlappen aus dir gemacht!«

Seon drehte sich um und begann, die Steinhalde hinabzuklettern. Ulv und Brage folgten ihm eine Weile mit dem Blick, aber es dauerte nicht lange, bis die dunkle Gestalt von der Nacht verschluckt wurde. Brage kratzte sich im Nacken. Er hängte die Axt wieder an den Gürtel und starrte zwischen die Stämme. Ulv hörte Seons Schritte weiter unten am Hang. Seon wartete nicht auf sie. Er war auf dem Weg zurück in die Ebene.

»Du solltest ihm folgen«, sagte Brage. »Ihr könntet der Bergkette folgen, bis ihr die nördlichen Fichtenwälder erreicht. In Krimsbane werden sie euch freundlich aufnehmen.«

Ulv ließ seinen Blick über die Bergkette schweifen. Brage hatte Recht. Was hatte er in dieser Stadt verloren? Städte hatten ihm nur Pech gebracht. Aber der Schmied war seit ihrer ersten Begegnung in Krugant immer freundlich und hilfsbereit zu ihm gewesen. Er konnte ihn jetzt nicht einfach im Stich lassen, nachdem sie so weit zusammen gereist waren, um seine Heimatstadt zu erreichen.

»Ich bleibe bei dir.« Ulv legte seine Hand auf die Schwertscheide. »Die Nacht wird uns schützen.«

Brage nahm die Pelzmütze ab. Der Wind ergriff seine Haare. »Das werde ich dir nie vergessen, Nordländer.« Er rückte sein Gepäck auf der Schulter zurecht und zeigte auf den Pfad vor ihnen. »Der Pfad führt uns zu der Schmiede. Es ist nicht mehr weit.«

Ulv schob die Schwertscheide wieder auf den Rücken und folgte Brage. Mehr als ein blauer Schatten war von dem Pfad nicht zu sehen. Der Wind heulte um die Vorsprünge und Klippen. Schneewolken fegten ins Tal hinab. Brage hatte ihn in ein fremdes Land geführt.

Der Pfad führte sie über eine Lichtung, auf der eine eingefallene Steinmauer aus dem Schnee ragte, dann durch einen jungen Birkenwald und weiter über eine der breiten Kahlschlagschneisen. Brage schüttelte den Kopf über den Unverstand der schwarzen Männer, denn er zweifelte keinen Augenblick daran, dass sie es waren, die dem Wald diese Wunden zugefügt hatten. Jeder Ber-Marer wusste, dass es das Wurzelwerk der Birken und anderer Laubbäume war, das den Boden hielt, wenn bei der Schneeschmelze breite Wasserbäche aus dem Gebirge herunterrauschten. Der Schmied zeigte Ulv die tiefen Rillen im Schnee, wo der Regen die Erde auswusch. Er fluchte und erhob drohend die Axt gegen die Stadt unten im Tal, ehe sie wieder in den Schutz des Waldes auf der anderen Seite der Lichtung eintauchten.

Wenige Steinwürfe vom Kahlschlag entfernt blieb Brage plötzlich stehen. Vor ihnen lag ein Hof. Brage zeigte mit der Axt auf das mittlere Gebäude, ein breites Blockhaus, dessen Dach auf einer Seite über die Querwand hinausgebaut war. Darunter stand ein gewaltiger Amboss; gleich daneben an der Tür lehnte ein Spaten. Und an der überdachten Wand hingen zwei Schmiedehämmer.

»Es ist niemand da.« Ulv trat zwischen den Bäumen hervor. Nicht ein einziger Fußabdruck war im Schnee zu sehen. Von dem Hof führte ein breiter Pfad zur Stadt hinunter, aber auch dort waren keine Spuren zu erkennen.

»Vater!« Brage lief auf die Schmiede zu, riss die Tür auf und trat in den dunklen Raum.

Ulv warf einen Blick ins Tal hinunter. Dort, wo die Fackeln brannten, konnte er ein paar Häuser erkennen. Das Morgenlicht würde sicher ihre Spuren im Schnee offenbaren.

Er folgte Brage in die Blockhütte. Der Schmied hockte vor dem Kamin im hinteren Teil des Raumes. Sein Gepäck lag auf dem groben Bretterboden. Ulv konnte ihn deutlich erkennen, da durch mehrere Luken in den Wänden Mondlicht hereinfiel. Er wunderte sich allerdings, dass kein Luftzug zu spüren war. Neugierig ging er zu einer der Luken. Sie war mit einer durchsichtig glänzenden Scheibe verschlossen. Er fuhr mit dem Finger darüber. Die Scheibe war kalt wie Eis.

»Das ist Glas«, murmelte Brage. »Vater hat weißen Sand geschmolzen, den wir von den Händlern aus den Schwarzen Bergen gekauft hatten.«

»Glas.« Ulv leckte seine Fingerkuppen ab, die nass von geschmolzenem Eis waren.

»Ja, Glas.« Brage fegte sich den Schnee von den Beinen. »Vater hätte dir mehr darüber erzählen können, wenn er hier wäre. Ich begreife das nicht. Diese Schmiede wurde vom Vater meines Großvaters errichtet. Hier haben wir Schwerter und Äxte geschmiedet, die eines Gottes würdig gewesen wären. Vater wäre niemals hier weggezogen, er fühlte sich unten im Tal nicht wohl.«

Ulv sah sich um. Der Tisch und mehrere Sitzbänke waren an die Westwand geschoben worden. Über Brages Kopf befand sich der Schlafboden, der über eine Leiter an der Westwand zu erreichen war. Zu beiden Seiten des Kamins standen zwei breite Betten. Im Schatten hinter der Tür stand eine Tonne, und die Wände waren mit gewebten Teppichen behängt. Ulv sah zu den Dachbalken hoch und stieß Luft durch die Nase aus. Dort hing eine Hirschkeule, aber sie war von grauem Schimmel überzogen.

»Vater hat seine Schmiedearbeiten von der Wand genommen.« Brage setzte die Pelzmütze ab. »Ich verstehe das nicht. Die erste Schwertklinge, die ich geschmiedet habe, hing über der Tür. Über dem Ostfenster hing Großvaters Schild. Und die Bronzekette, die Vater für Mutter geschmiedet hatte, hing seit ihrem Tod hier neben dem Kamin.«

Ulv stellte sein Gepäck ab und setzte sich neben Brage. »Ich friere«, sagte er und rieb sich das schmerzende Bein. »Wir müssen Feuer machen.«

Brage nickte. »Ich hole Holz. Wir haben immer welches unter dem Dachvorsprung gelagert.«

Der Schmied ging nach draußen. Ulv hörte das Knirschen seiner Schritte im Schnee und das Rascheln trockener Blätter, als er sich zur Wand vorbeugte und sich mit den Holzscheiten belud. Ulv ließ sich auf dem Rand der Feuerstelle nieder und sah sich in dem Raum um. Zwischen den Dachbalken hingen Spinnweben, und die ganze Hütte roch muffig und kalt wie eine Berghöhle. Wo immer Brages Vater sein mochte, hier war er jedenfalls schon lange nicht mehr gewesen.

Da stieg Brage über die Türschwelle. Er trat die Tür hinter sich zu und wankte bis oben hin beladen mit Holzscheiten durch den Raum. »Vater kommt sicher, sobald er sieht, dass jemand in der Schmiede ist«, sagte er, lud die Holzlast vor dem Kamin ab und begann, die Scheite mit der Axt zu spalten. »Sicher ist er bei Garr. Garr ist der Sohn vom alten Garr, der wiederum der Bruder meines Großvaters war. Er lebt unten am Fluss.«

»Aber ...« Ulv stand auf, als Brage das Holz in der Feuerstelle zu stapeln begann. »Was ist, wenn die schwarzen Männer den Rauch sehen?«

»Nicht jetzt mitten in der Nacht.« Brage nickte zu der Schlafbank an der Wand. »Hol Birkenrinde und Zunder. Sie müssten unter Vaters Bett liegen, wenn ich mich recht entsinne.«

Ulv kniete sich vor die Bank und fand ganz hinten an der Wand ein Stück Rinde und einen kleinen Lederbeutel. Er reichte sie an Brage weiter, der sie zwischen die Scheite schob.

»Schlag du die Funken, Nordländer«, sagte Brage und rieb sich die Hände. »Du kannst das besser als ich. Bald haben wir es schön warm hier drinnen. Ich werde in der Zwischenzeit nachschauen, ob Vater oben auf dem Schlafboden nicht noch ein wenig von seinem Gebräu hat.«

Ulv schnürte den Lederbeutel auf und schüttete sich ein paar Zunderstreifen in die offene Hand. Dann legte er das Schwert neben die Feuerstelle, nahm den Feuerstein aus seiner Gürteltasche und schlug Funken in den Zunder. Trocken wie er war, fing er augenblicklich Feuer. Ulv schob ihn schnell unter die Birkenrinde, damit die Flammen sich unter den Holzscheiten ausbreiten konnten.

»So eine warme Hütte ist schon etwas Gutes.« Der Schmied legte seinen Lodenumhang ab. »Wir werden die Kanathener aus der Stadt jagen, warte es nur ab. Vater und ich werden mit Garr sprechen, und dann werden wir die Fremdlinge vertreiben.«

Ulv knotete seinen Umhang auf, zog die Stiefel und die Lodenstrümpfe aus und legte sie auf den Rand der Feuerstelle, damit sie trocknen konnten.

»Morgen«, murmelte er. »Spätestens morgen werden die schwarzen Männer wissen, dass wir hier sind. Wir müssen deinen Vater noch vor Anbruch des Tages finden.«

»Das werden wir«, sagte Brage überzeugt. »Wir werden heute Nacht in die Stadt hinuntergehen. Mian muss ich schließlich auch noch finden.«

Ulv zog die Beine an und wärmte die blau gefrorenen Zehen zwischen den Händen. Der Wind rauschte in den Bäumen, die um den Hof herum standen, und das Dach knackte unter den Windböen, die von oben aus der steilen Bergwand herunterkamen. Er schaute durch die Fensterluke. Die Bäume warfen blaue Schatten über den Schnee, und ihre Fußspuren hoben sich als schwarze Vertiefungen in der weißen Fläche ab. Die Nacht war sternenklar. Ein Jäger mit guten Augen würde die Spuren schon aus weiter Entfernung sehen.

»Er war nicht immer so.« Brage blickte zu Ulv. »Seon war ein guter Mann, Nordländer. Für die, die ihm nahe standen, hat er alles getan. Damals hätte er uns niemals verlassen.«

»Er fürchtet die Männer, die aussehen wie er.« Ulv fasste sich an die Wange. »Die schwarzen Krieger. Wenn sie ihn fangen, werden sie ihn töten.«

Brage legte seine Hand auf Ulvs Schulter und sah ihm in die Augen. »Das gilt für jeden von uns, Nordländer. Vendhurs Männer verschonen niemanden. Aber so etwas hätte Seon nicht abgeschreckt, als wir noch zusammen gewandert sind.«

Ulv sah ins Feuer. Die Flammen leckten über die gespaltenen Holzscheite. Die Wärme machte ihn schläfrig.

»So, jetzt schaue ich aber wirklich nach, ob es oben noch etwas zu trinken gibt.« Brage erhob sich. »Das ist gut, um die Kälte aus dem Körper zu verscheuchen.«

Die Leiter knarrte, und als Ulv aufblickte, sah er, wie die Bretter sich unter dem Gewicht des Schmiedes bogen, als er über den Schlafboden kroch. Er warf ein paar Felle und eine Decke nach unten, ehe er kopfschüttelnd wieder herunterkam. »Ich kann nichts finden. Aber es sähe Vater auch nicht ähnlich, zu Garr zu gehen, ohne seinen guten Tropfen mitzunehmen.«

Ulv band den Gürtel auf und legte das Schwert auf den Boden. In seine Decke waren noch ein paar Stücke getrocknetes Fleisch eingewickelt, darum knotete er die Lederriemen von seinem Bündel auf und rollte es auseinander. Drei faustgroße Fleischbrocken waren noch übrig. »Drei Tage«, stellte er fest. »Das reicht für drei Tage.«

»Unten in der Stadt bekommen wir mehr.« Brage nahm eins der Fleischstücke und schnitt einen Streifen mit der Axt ab. »Vater kocht uns sicher Korngrütze. Das hat er immer getan, wenn Seon und ich von der Jagd heimkehrten.« Der Schmied sah ihn mit gerunzelter Stirn an. »Meine Mutter ist früh gestorben, weißt du. Sie starb einen Mond nach Mians Geburt. Die Götter haben sie zu sich gerufen, sagt mein Vater.«

Ulv legte die Pelzmütze auf die Decke. Brage starrte in die Flammen. »Torheit«, flüsterte er. »Torheit, sonst nichts. Ich hätte es wissen müssen. Ich hätte daran denken müssen. Ich war ein Narr, Seon hierher zurückzubringen. Er hat es die ganze Zeit gewusst.«

»Du bist erschöpft.« Ulv legte ein Stück Holz nach. »Ich kann Wache halten, während du schläfst.«

»Ich bin nicht müde.« Brage schob das Stück Fleisch in den Mund.

Ulv setzte sich mit dem Rücken zum Feuer auf den Rand der Herdstelle. Der Schein der Flammen flackerte durch den Raum, aber es war noch immer kalt. »Dein Klan lebt hier.« Er sah den Schmied an. »Und du machst dir Sorgen um sie.«

»Ich war fünf Jahre fort.« Brage wischte sich mit dem Handrücken über die Augen. »Fünf lange Jahre. In dieser Zeit kann viel passiert sein. Vater war bereits ein alter Mann, als ich aufbrach. Ich hätte früher nach Hause zurückkehren sollen. Aber vorher wollte ich unbedingt Seon finden. Das habe ich ihr versprochen. Ich habe ihr gesagt, dass ich ihn finden und zu ihr zurückbringen würde.«

»Und du hast ihn gefunden.« Ulv legte den Kopf in den Nacken und blickte zu den Deckenbalken, zwischen denen große Spinnweben hingen.

»Ja, das habe ich«, seufzte der Schmied. »Aber er hat sich verändert. Welcher Mann verändert sich nicht in neun Jahren? Seon war jung, als er Mian traf. Er hat sie mehr geliebt, als je ein Mann eine Frau geliebt hat.« Brage legte seine Hand auf Ulvs Arm und lächelte. »Du hättest sie sehen sollen, Nordländer. Sie waren ständig zusammen. Sie haben sich an den Händen gehalten und lange Wanderungen in den Bergen oder am Strand gemacht. Vater machte sich Sorgen, dass Mian schwanger werden könnte, darum ist er ihnen überallhin gefolgt. Abends haben wir immer zusammen um diesen Tisch gesessen und gegessen. Das war eine gute Zeit, Nordländer. Mians Glück hat mich glücklich gemacht, genau wie Seons.«

»Glücklich ...« Ulv ließ sich das Wort auf der Zunge zergehen; es gab ihm ein Gefühl von Sicherheit, rief Erinnerungen an ein frisch erlegtes Wild oder warme Frühlingstage wach. »Im Norden, wenn die Wälder voller Wild waren, war ich satt und schläfrig und legte mich in die Heide, um zu schlafen. Bedeutet das ›glücklich sein‹?«

Brage kratzte sich am Kopf. »Kann schon sein, dass das für dich Glück bedeutet. Aber ich glaube, ein Mann weiß nicht, was Glück wirklich bedeutet, wenn er noch nie eine Frau geliebt hat.«

»Ich hatte auch eine Frau.« Ulv zeigte zur Tür. »Sie ist jetzt im Süden. Aber ich werde sie finden.«

Brage zog die Felle näher ans Feuer. Ulv riss ein Stück von dem Fleischbrocken ab, während der Schmied sich auf die Seite legte und die Decke über sich ausbreitete. »Ich will nicht schlafen«, sagte er gähnend. »Nur ein wenig ausruhen. Du hast Recht, Nordländer, ich bin erschöpft.«

Ulv blieb am Kamin sitzen. Er wendete die Lodenstrümpfe und schob die Hirschlederstiefel ein wenig vom Feuer weg, damit die starke Hitze das Leder nicht zerstörte. Brage schnarchte laut unter seiner Decke. Den Streifen Fleisch hielt er noch immer in der Hand. Auch Ulv war müde, aber die Furcht, dass die schwarzen Krieger ihre Spuren oder den Rauch am Nachthimmel gesehen haben könnten, hielt ihn wach. Er lauschte auf Schritte im Schnee, aber außer dem Wind in den Bäumen hörte er nichts.

Als die Müdigkeit seinen Körper immer schwerer werden ließ, zwang er sich aufzustehen. Er ging zu der Fensterluke in der Westwand, berührte vorsichtig die kalten Eisblumen und sah nach draußen. Ihm war nach wie vor unklar, wie ein sterblicher Mensch solche Scheiben schmieden konnte. Obgleich sie kalt wie Eis waren, hatte er verstanden, dass sie aus etwas anderem bestehen mussten. Eis war gefrorenes Wasser, und kein Schmied konnte

Wasser schmieden. Es war ein fremder, sonderbarer Ort, an den Brage ihn gebracht hatte; die Stadt lag eingeklemmt zwischen der Ebene, dem Gebirge und dem Meer. Vielleicht hatte Brages Vater die Eisplatten mit Hilfe von Göttern und Geistern geschmiedet, die den Menschen im Osten unbekannt waren.

Ulv ging zu der anderen Wand und legte dort seine Fingerkuppen gegen die Eisplatte in der Fensterluke. Das Eis schmolz unter seinen Fingern, aber er konnte kein Loch in die Scheibe schmelzen. Sie war hart wie Eisen. Er schaute durch die blanken Abdrücke, die seine Fingerkuppen hinterlassen hatten. Wenn Loke jetzt doch nur da wäre. Der weißbärtige Waldgeist wusste so unendlich viel, sicher hätte er auch hierfür eine Erklärung gehabt.

Plötzlich hörte er ein Geräusch, einen Laut im Wind, ein leises Knirschen. Er starrte auf die Tür. Das waren Schritte. Jemand näherte sich über den Pfad.

Ulv nahm Bogen und Pfeilköcher und schüttelte Brage an der Schulter. Der große Mann schmatzte und drehte sich auf die andere Seite. Ulv legte einen Pfeil an die Sehne und stellte sich mit dem Rücken vors Feuer. Die Schritte hatten den Hofplatz erreicht. Es war nur ein Mann. Die Wachen wären zu mehreren gekommen.

Die Schritte verstummten. Ulv hob den Bogen, aber er zögerte, ihn zu spannen. Vielleicht war das Seon, der es sich anders überlegt hatte und ihren Spuren gefolgt war.

Jetzt wurde auch Brage wach. Er rieb sich die Augen und blinzelte in Richtung Tür. Die Schritte setzten sich wieder in Bewegung und kamen näher. Der Unbekannte hatte jetzt die Schmiede erreicht. Brage griff nach der Axt. Der Türgriff bewegte sich nach unten, und die Tür wurde langsam aufgeschoben. Ulv legte die Pfeilhand ans Kinn und hielt die Luft an. Der Unbekannte war hinter der Wand stehen geblieben und schob die Tür mit einer langstieligen Axt auf.

»Zeig dich!« Brage ging wachsam auf die Tür zu. »Beim Namen meines Vaters, komm zum Vorschein!«

Eine breitschultrige Gestalt erschien in der Türöffnung. Der bärtige Mann trug dunkle Lodenkleider und hatte sich ein Fell um die Schultern geschlagen. Das zerzauste Haar hing über seine Brust. Der Lichtschein des Feuers fiel auf sein blasses Gesicht mit der zerfurchten Stirn, und er starrte sie an, als würde er seinen Augen nicht trauen.

»Das kann doch nicht wahr sein ...« Er machte einen Schritt in den Raum und strich sich das lange Haar aus der Stirn. »Das muss ein Traum sein.«

Brage ließ die Axt zu Boden fallen. »Garr«, sagte er leise. »Ich bin es, Brage. Ich bin nach Hause gekommen.«

Garr breitete lachend die Arme aus. Brage lief auf ihn zu, und Garr umarmte ihn und schlug ihm mit seinen großen Händen auf den Rücken.

»Ich war draußen, um Holz zu holen«, sagte Garr, »und da habe ich Rauch aus dem Schornstein der Schmiede steigen sehen. Wahrscheinlich ein paar Jäger vom Felsenvolk, dachte ich, und habe mich auf den Weg gemacht, um sie zu warnen.«

Brage legte den Arm um Garrs Schulter und ging mit ihm zur Feuerstelle. Ulv nahm den Pfeil von der Sehne. Der Fremde streckte ihm die Hand entgegen, und Ulv ergriff sie. »Friede und gute Absichten«, sagte er. »Aber ihr kommt in einer Zeit des Kummers und des Unfriedens.«

»Die schwarzen Männer.« Ulv warf einen Blick zur Türöffnung.

»Ja, die schwarzen Männer.« Garr war mit wenigen Schritten bei der Tür und schob sie zu. »Wir müssen das Feuer ausmachen. Die Wachen könnten den Rauch sehen.«

Brage schlug mit der Axt gegen die Holzscheite. »Vater hätte sich niemals damit abgefunden. Was ist passiert? Wo ist er? Und wo ist Mian?«

Garr ging zu ihm und legte ihm die Hand auf die Schulter. »Dein Vater ist tot«, sagte er. »Aber Mian lebt.«

Brage stützte sich auf den Rand des Kamins. Er sah Garr kopfschüttelnd an, ehe er ihn an den Schultern packte und von sich wegstieß. »Du lügst! Vater hat gesagt, er wartet auf mich, bis ich zurückkomme! Ich wollte ihm meine Schmiedearbeiten zeigen, die ich im Norden gemacht habe! Diese Axt ...« Er hob die Axt und schüttelte sie in der Luft. »Die habe ich in Ulverham geschmiedet. Ich wollte sie ihm doch zeigen!«

Garr stellte sich ans Feuer und sah in die Glut. »Viele sind in der Schlacht gefallen. Dein Vater war einer von ihnen.«

Brage schleuderte die Axt auf den Boden und durchquerte den Raum. Unter dem Fenster an der Ostwand sackte er zusammen und legte die Hände vors Gesicht. Ulv ging zu ihm, aber der große Mann nahm keine Notiz von ihm. Er wiegte den Kopf hin und her und bewegte die Lippen, als ob er mit jemandem spräche. Ulv strich über seinen Arm, als er sah, dass der Schmied weinte.

»Wir sind kein freies Volk mehr.« Garr hielt die Hände über die wärmende Glut. »Vier Jahre ist es her, seit die Kanathener ihre Langschiffe auf unseren Strand gezogen haben. Vier Jahre seit jenem blutigen Morgen, an dem Vendhur uns unsere Freiheit nahm.«

»Vendhur.« Ulv sah aus dem Fenster. Während der Fahrt auf dem Fluss hatten Seon und Brage oft von dem Heerführer der Kanathener gesprochen. Obgleich keiner von ihnen Vendhur je gesehen hatten, fürchteten sie beide seine Macht. Die Gerüchte sagten, er habe von Tarkins Blut getrunken und sei dadurch zum Halbgott geworden.

»Ja.« Garr drehte sich zu ihnen um. »Vendhur war sein Name. Es heißt, er sei jetzt im Süden. Aber als er abzog, ließ er vierhundert Krieger hier zurück. Das ist ein großes Unglück für unser Volk. Die Kaane haben Händler, Frauen und Kinder des schwarzen Volkes hierher gebracht. Sie haben sich auf dem Hügel am Meer und unten am Fluss niedergelassen. Und sie behandeln uns wie Sklaven.«

Brage holte tief Luft und wischte sich mit dem Handrücken die Tränen aus den Augen. »Ich muss Mian finden«, erklärte er. »Sag mir, wo sie ist, Garr.«

Der langhaarige Mann starrte in die Glut. Der schwache Lichtschein malte tiefe Furchen in sein Gesicht. Garr war ein gestandener Mann mit grauen Strähnen im dunkelbraunen Haar, und sein Blick sprach von einer langen Zeit des Kummers und der Verzweiflung.

Brage erhob sich und hob die Axt vom Boden auf. »Ich werde zu den Kanathenern gehen und Blutrache für Vater nehmen. Und dann werde ich meine Schwester von hier fortbringen. Also sag mir endlich, wo sie ist!«

Garr griff sich an die Stirn. »Es gibt viel zu erzählen, ehe du in die Stadt gehen kannst, Brage. Nur eins ist sicher, nämlich dass sie dich töten werden, wenn du jetzt in die Stadt läufst, um Blutrache zu üben.«

Brage packte ihn an der Schulter. »Dann sterbe ich eben heute Nacht. Aber ich muss Mian wieder sehen.«

Garr warf Ulv einen Blick zu, als wollte er ihn bitten, den Schmied zur Vernunft zu bringen. Aber Ulv verstand Brages Kummer und seine Rachegedanken. Ulv band sich den Schwertgürtel um die Taille und ging zur Tür. Er öffnete sie einen Spaltbreit und schaute ins Tal hinunter. Die Wachen standen immer noch im Lichtschein der Fackeln.

»Du musst so schnell wie möglich fort von hier«, sagte Garr. »Nimm den Fremden mit, und flieh, solange du noch Gelegenheit dazu hast! Spätestens morgen werden die Wachen eure Spuren im Schnee entdecken und eure Verfolgung aufnehmen. Geht in die Berge, und versteckt euch dort.«

»Ich will nicht fliehen!« Brage sah ihn an. »Ich will kämpfen. Komm mit uns, Garr! Wir sind starke Männer. Wir töten die Nachtwachen und stecken die Baracken der Kanathener in Brand. Ragmar und Sgatter kommen sicher mit uns.«

»Ragmar ist in der Schlacht gefallen. Und Sgatter ist einer von vielen, die mit den Langschiffen nach Süden geschickt wurden, um in Tarkins Schmieden Stahl zu schmieden. Und die übrigen Männer haben Angst vor dem, was die Kaane ihren Familien antun werden, wenn ein solcher Aufstand misslingen sollte.«

»Aber er wird nicht misslingen! Die Kanathener können sich

nicht mit uns messen, Garr! Jeder von uns ist stärker als drei von ihnen, und mit unseren Waffen sind wir ihnen weit überlegen.«

Ulv schloss die Tür wieder. Die beiden Männer standen voreinander an der Feuerstelle. Brage hielt Garr noch immer an den Schultern gepackt, aber Garr schüttelte den Kopf und fasste sich in den Nacken.

»Die Schwarzen haben uns unsere Waffen weggenommen. Und sie zwingen mich und alle anderen Schmiede, Stahlklingen für sie zu schmieden. Das ist schmachvoll, aber wir haben keine andere Wahl. Es sind vierhundert Krieger. Und die Wachen beobachten uns Tag und Nacht.«

Brage ließ ihn los und ging ans Fenster. Dort blieb er stehen und sah hinaus auf den Hofplatz.

»Sie haben uns verboten, im Dunkeln unsere Häuser zu verlassen. Um auf die Jagd zu gehen, brauchen wir die Einwilligung der Kaane, und sie verbieten uns, unsere Frauen mitzunehmen. Ich bin die ganze Strecke vom Langhaus bis zum Waldrand durch den Schnee gekrochen. Wenn sie mich dabei erwischt hätten, wäre ich in eine der Baracken unten am Fluss gebracht und dort in Ketten gelegt worden. Und dann hätten sie mich ausgepeitscht, Brage. Früher haben sie das oft gemacht. Wie mit Sgatter, als er sich weigerte, auf das Langschiff zu gehen.«

Ulv hob sein Bündel auf und legte es auf den Tisch an der Wand. Er band die Wasserschläuche los und rollte die Decken und Felle auf. Solange noch Schnee lag, würde er kein Wasser brauchen und mit zwei Decken und einem Fell auskommen. Er rollte die Decken und das Fell um die Fleischstücke, befestigte den Pfeilköcher an dem Bündel und knotete die Lederriemen so, dass er das Bündel über den Rücken hängen konnte.

»Was tust du?« Brage lehnte sich mit dem Rücken gegen die Wand und nickte ihm zu. »Wir brauchen so viele Decken, wie wir tragen können, Nordländer. Geh du mit mir in die Stadt hinunter. Wenn wir Mian gefunden haben, gehen wir in die Berge. Vielleicht finden wir ja das Felsenvolk.«

»Ich habe gesagt, dass ich mit dir gehe.« Ulv ging zur Feuerstelle und zog die Lodenstrümpfe und die Hirschlederstiefel an. »Vielleicht ist das Felsenvolk mein Stamm, nach dem ich suche. Wir werden gemeinsam in die Berge gehen. Und wir werden das Tal aus meinen Träumen finden.«

Brage durchschritt den Raum und lud sich sein Bündel auf die Schulter. Garr stand noch immer am Feuer, aber als Brage zur Tür ging, folgte er ihm.

»Ich werde euch zeigen, wo sie ist«, sagte Garr. »Aber sei darauf vorbereitet, dass keiner der Einwohner euch hilft, falls etwas schief geht.«

Brage stieß die Tür mit dem Fuß auf und legte in der Schmiede kurz die Hand auf den Amboss und blickte ins Tal. Ulv lief als Erster über den Hofplatz in das Dunkel zwischen den Bäumen. Brage und Garr folgten ihm. Garr zeigte zu den Langhäusern und erklärte, dass die Wachen zwar den Waldrand abschritten, dafür aber nur selten die ganze Runde um den Hügel machten, wo die Familien der Kanathener lebten. Und genau dort, hinter der Steinmauer, würden sie Mian finden. Sie war Dienerin eines Kaans. Als Brage das hörte, ballte er die Hand zur Faust und schlug gegen einen Baumstamm. Dann leckte er das Blut von seinen Knöcheln und spuckte roten Speichel in den Schnee, ehe er die Axt hob und das Blatt an die Stirn legte. Garr schüttelte den Kopf, als Brage allen Kanathenern Tod und Rache schwor für den Tod seines Vaters und das Unglück seiner Schwester.

Sie gingen im Schutz der Bäume zügig den Berg hinunter, und wenige Pfeilschüsse unterhalb des Hofes gab Garr ihnen ein Zeichen, ihm westwärts am Hang entlang zu folgen. Ihr Weg führte sie bergab direkt aufs Meer zu. Der Wald wurde dichter. Die nackten Stämme standen kalt und grau um sie herum, und nur ihre Schritte brachen die Stille. Garr führte sie an einer Steinhalde und einem vom Wind gefällten Baum vorbei, bis sie in ein Buschwerk aus dicht wachsenden Wacholderbüschen gelangten. Der Berghang wurde allmählich flacher. Auf der anderen Seite der Wacholderböschung kamen sie auf eine Lichtung, auf der Baumstümpfe aus dem Schnee ragten. Die Männer blieben stehen.

»Dort.« Garr zeigte auf ein Waldstück auf der anderen Seite der Lichtung. »Hinter den Buchen. Da ist der Hügel.«

»Ich weiß«, brummte Brage. »Mag schon sein, dass ich lange fort war, aber ich erinnere mich noch gut an den Wald, in dem ich als Kind gespielt habe.«

»Kommen wir über die Mauer?« Ulv nahm die Pelzmütze ab und wischte sich den Schweiß von der Stirn.

»Sie ist nicht hoch.« Garr hielt die Hand ein kleines Stück über seinen Kopf. »Das schafft ihr leicht. Es sind die Wachen, vor denen ihr euch in Acht nehmen müsst.«

»Die Wachen sollen sich lieber vor uns in Acht nehmen.« Brage legte die Hand auf den Schaft seiner Axt. »Der Kanathener, der mich daran hindern will, Mian von hier fortzubringen, ist ein toter Mann!«

Garr kratzte sich im Nacken. »Die Nachtwachen bleiben meist in der Nähe der Fackeln, sie sind also leicht auszumachen. Aber sie sind aufmerksam wie Raubtiere und schlagen sofort Alarm, sobald sie Gefahr wittern. Und ihre Pfeilspitzen sind scharf. Ich selbst habe sie geschmiedet.«

Brage stellte den Fuß auf einen Baumstumpf und stützte sich mit dem Ellbogen auf sein Knie. Er schob die Pelzmütze hinter den Gürtel und spannte die Sehne auf den Bogen.

»Es ist das achte Haus hinter der Pforte.« Garr hockte sich auf den Boden und malte einen Kreis in den Schnee. »Das achte Haus, wenn ihr die breite Straße nehmt. Aber das werdet ihr nicht tun. Das Beste wird sein, ihr schleicht an der Mauer entlang. Hier …« Er fuhr mit dem Finger an dem Kreis entlang und malte mehrere Vierecke in den Schnee. »Das achte Haus. So weit ich mich erinnere, ist es in der zweiten oder dritten Gasse. An der Hausecke an der Straße brennt eine Fackel. Ich war einmal dort, um Schwerter abzuliefern.«

Brage sah auf den Kreis und die Vierecke im Schnee. »Komm mit uns«, bat er Garr. »Alleine finden wir es nie. Du könntest uns den Weg zeigen, Garr.«

Garr erhob sich und raffte das Fell vor dem Hals zusammen. »Ich kann nicht. Ich habe Frau und Kinder, Brage. Ohne mich würden sie nicht überleben.«

»Aber das hier ist deine Heimatstadt, Garr!« Brage packte ihn am Arm. »Das hier ist Ber-Mar! Und Mian ist deine Verwandte! Ich bitte dich in Vaters Namen, mir zu helfen, Garr!«

Der langhaarige Schmied sah Ulv an. »Ihr wisst nicht, worum ihr mich bittet«, sagte er. »Sie werden uns zu Tode peitschen, wenn sie uns innerhalb der Mauer entdecken.« Danach wandte er sich wieder an Brage. »Du warst viele Jahre fort, Brage. Was weißt du schon davon, was hier geschehen ist?«

Brage drehte sich wortlos um, lief über die Lichtung und verschwand zwischen den Buchenstämmen. Ulv blickte zum Himmel empor. Der Mond war hinter ein paar Wolken verborgen, würde aber bald wieder zum Vorschein kommen. Ohne lange zu zögern, rannte er hinter Brage her, der am Waldrand auf ihn wartete. Gemeinsam durchquerten sie das kleine Wäldchen.

Kurz darauf sahen sie die Mauer. Sie ragte einen knappen Steinwurf vom Waldrand entfernt wie ein schwarzer Schatten aus dem Schnee.

»Sie haben den Wald gerodet.« Brage nickte in Richtung des kahlen Streifens zwischen Waldrand und Mauer.

Ulv spähte zu den Häusern, die die Mauer überragten. »Wenn die Sonne aufgeht, sehen sie unsere Spuren.«

»Noch ist es Nacht.« Brage löste die Axt vom Gürtel. »Als Erstes müssen wir Mian finden.«

Hinter ihnen knackte ein Zweig. Ulv fuhr herum und warf sein Bündel ab. Er kämpfte noch mit der Sehne seines Bogens, aber Brage hatte bereits einen Pfeil angelegt. Ulv erkannte die gedrungene Gestalt ihres Verfolgers. Es war Garr. Er kam zu ihnen und hockte sich hinter einen Stamm.

»Ich tue es im Andenken an deinen Vater«, flüsterte er. »Irgendwann müssen wir schließlich alle sterben.«

»Das ist wahr.« Brage lächelte ihn an. »So müssen wir die Wachen wenigstens nicht fragen, wo wir meine Schwester finden.«

Garr grinste, aber Ulvs Blick war auf die Mauer gerichtet. Er hatte etwas gehört, wahrscheinlich Schritte im Schnee. Jetzt war es wieder still. »Hast du das auch gehört?« Er sah Brage an.

Brage schüttelte den Kopf. Dann nahm er sein Bündel ab und befestigte den Pfeilköcher am Gürtel. Er nahm den Bogen in die eine und die Axt in die andere Hand, ehe er loslief.

»Wie sein Vater«, sagte Garr, ehe er hinter ihm herhumpelte. Ulv drückte den Bogen auf den Boden und spannte die Sehne. Die beiden Schmiede hatten bereits die Mauer erreicht, und Brage winkte ihm zu. Ulv band den Pfeilköcher an den Gürtel, hielt die Pfeile fest und rannte in Brages Spuren über die Schneefläche. Als er die Mauer erreichte, drückte er sich gegen die schwarzen Steine.

»Wir müssen noch ein Stück weiter«, flüsterte Garr und setzte sich in westlicher Richtung in Bewegung. Brage und Ulv folgten ihm dicht auf den Fersen. Ulv horchte auf Stimmen oder Schritte; er wurde das Gefühl nicht los, hinter der Mauer etwas zu hören, als ob ein Mann durch den Schnee liefe. Aber das Geräusch war sehr leise und wurde vom Rauschen des Windes übertönt, der in die kahlen Baumkronen fuhr.

»Hier.« Garr blieb vor der Mauer stehen, die an dieser Stelle einen Knick in südliche Richtung machte. Irgendwo in der Dunkelheit rollten die Wellen an den Strand. Es duftete nach Meer und Tang.

Die Männer schoben die Finger zwischen die vereisten Steine und kletterten über die Mauer. Es war schwierig, an den glatt geschliffenen Steinen Halt zu finden, und eine Mannslänge über dem Boden rutschte Brage ab und landete rücklings im Schnee. Er schnappte nach Luft und rollte sich auf die Seite, während Ulv auf Geräusche auf der anderen Seite der Mauer lauschte. Aber es waren keine Schritte zu hören, und keine Wache schlug Alarm.

Ulv zog sich hoch und legte sich flach auf die Mauerkrone. Wenige Speerlängen entfernt stand ein großes Haus mit dicken Plankenwänden, eins von vielen dieser Art. Sie standen in einer langen Reihe parallel zur Mauer. Es war dunkel, aber auf der anderen Seite der Häuser sah Ulv den Schein von Fackeln.

»Die Wachen patrouillieren normalerweise nicht an der Mauer«, flüsterte Garr ihm ins Ohr und zeigte auf ein paar einzelne Spuren im Schnee, die an den Hauswänden vorbeiführten. Ulv folgte den Fußabdrücken mit dem Blick. Sie kamen aus einer schmalen Gasse fünf Häuser vor ihnen und verschwanden hinter einer Ecke gleich rechts von ihnen.

Jetzt hatte auch Brage die Mauerkrone erreicht. Garr nickte ihm kurz zu, worauf die beiden Schmiede sich auf der anderen Seite der Mauer herabließen. Ulv spähte ins Dunkle, schnupperte, ob er Leder oder Schweiß roch, aber es schien keine Wache in der Nähe zu sein. Also sprang er zu Brage und Garr hinunter, und Garr winkte sie hinter sich her.

Sie schlichen zwischen die Häuser. Garr zeigte auf die Spuren und flüsterte, dass hier ein mächtiger Kaan lebe. Die Spuren zeugten davon, dass er der Nachtwache befohlen hatte, um die Häuser zu gehen. Der Kaan hatte drei Frauen, und jede dieser Frauen bewohnte mit ihren Bediensteten ein eigenes Haus. Ulv schaute in die dunklen Gässchen. Vor ihnen lagen zwei Häuser, zwischen denen sich die Spuren verloren.

»Kein Wunder, dass sie den halben Berg gerodet haben«, murmelte Brage. »Hier stehen ja mehr Häuser als in Ulverham.«

Garr hob den Arm und zeigte auf das Gebäude vor ihnen. »Da, seht ihr die Fackel an der Ecke?«

»Ja, ich sehe sie.« Ulv zog den Umhang zurecht.

»In das Haus habe ich die Schwerter geliefert. So weit ich weiß, schläft Mian ganz oben unter dem Dach. Wir können an dem Vorsprung an der Wand hochklettern.«

Ulv schüttelte den Kopf. Die Wolken gaben den Mond frei, und es zeichneten sich blaue Schatten auf dem Schnee ab. Die Spuren endeten genau hinter dem Vorsprung in der Mitte der Längswand. Er legte einen Pfeil an die Sehne. Derjenige, von dem die Spuren stammten, musste dort im Schatten der Wand stehen.

»Ja, jetzt sehe ich es auch.« Brage legte die Pfeilhand ans Kinn. »Das muss eine Nachtwache sein. Wir müssen sie töten, ehe sie die anderen Wachen warnen kann.«

In dem Augenblick trat der Mann aus dem Schatten. Brage zielte, aber Ulv zögerte noch. Der Krieger trug einen Umhang und eine Pelzmütze. Ulv schlug Brage auf den Arm, als der Pfeil sich von der Sehne löste. Er pfiff durch die Dunkelheit und blieb sirrend in der Hauswand stecken.

»Das ist Seon«, sagte Ulv.

Brage senkte den Bogen. Garr schüttelte den Kopf und zog Brage hinter sich her. »Wir haben mehr Glück als Verstand, wenn uns die Wachen jetzt noch nicht gehört haben. Kennt ihr etwa den Kanathener dort drüben?«

»Das ist kein Kanathener.« Brage hängte sich den Bogen über die Schulter. »Das ist Seon, mein Blutsbruder. Mians Mann. Er ist zurückgekommen.«

Die drei Männer liefen zum Haus und drängten sich in den Schatten hinter dem Vorsprung. Brage umarmte Seon und klopfte ihm auf den Rücken. Von hier aus konnte Ulv die Fackel an der Hausecke gut sehen. Die schmale Gasse endete hier, und vor dem Haus war der Schnee matschig und von Wagenspuren und Fußabdrücken aufgewühlt. Er blickte an dem Vorsprung an der Wand empor. Vom Boden bis unter den Dachvorsprung ragten Stammenden aus der Wand. Und ungefähr eine Armlänge davon entfernt, direkt unter dem Dach, befand sich eine klafterbreite Luke, die mit einem Laden verschlossen war.

»Wie hast du hierher gefunden?« Brage packte Seons Schultern. Sein ganzes Gesicht strahlte.

Seon legte seine Hand auf Brages Hand, und der Schmied trat einen Schritt nach hinten und hielt die Hand hoch. Sie war voller Blut.

»Die Nachtwache hat geschlafen.« Seon wischte sich die Hand am Umhang ab. »Ich habe ihn hinter einen Holzstapel gezerrt und ihn gefragt, wo Mian ist. Am Ende hat er mir eine Antwort gegeben.«

Garr sah ihn finster an. »Du hast ihn getötet, Fremder.«

»Er hätte die anderen gewarnt.« Seon suchte mit dem Fuß Halt auf dem Vorsprung und zog sich an den groben Stämmen nach oben.

Garr warf einen Blick auf die Straße. »Das werden wir mit dem Leben bezahlen«, flüsterte er. »Sie werden uns die Beine und Arme abhacken und uns auf lange Stangen spießen.«

Ulv stellte sich mit dem Rücken zur Wand. Auf der Straße lief ein schwarz gekleideter Krieger vorbei. Seine Schritte knirschten im Schnee.

»Ich komme mit dir, Seon.« Als Brage auf den unteren Absatz stieg, schlug seine Axt gegen die Wand. Die Schritte auf der Straße hielten inne.

Ulv und Garr drückten sich gegen die Wand. Ulv nahm den Bogen von der Schulter und legte einen Pfeil an die Sehne. Seon war bereits halb oben. Sobald der Mond das Tal erleuchtete, könnte die Wache ihn sehen. Ulv spannte den Bogen, als sich die Schritte entfernten.

»Ich bleibe hier unten und halte Wache«, flüsterte Garr. »Hilf du den beiden. Sag ihnen, sie sollen sich beeilen!«

Ulv zog sich an den Balkenenden hoch. Seon war jetzt unter der Dachtraufe angelangt, hielt sich mit einer Hand daran fest und beugte sich zu der Luke. Brage stöhnte und versuchte, sich an dem vereisten Vorsprung festzuhalten.

Seon zog seinen Dolch, stieß ihn in die Wand und hielt sich an dem Schaft fest, während er mit der anderen Hand den Rahmen unterhalb der Luke zu erreichen versuchte. Er schaffte es, ihn so weit zu öffnen, dass er die Hand darunter schieben konnte, doch da verlor er den Halt unter den Füßen und hing nur noch an seinen Fingern. Der Laden knallte gegen seine Hände.

Brage zog sich höher hinauf, gefolgt von Ulv. Der Schmied hatte längere Arme als Seon und versuchte nun, den Laden zu öffnen. Da knarrten die Scharniere, und der Laden schwang auf. Eine schmale Hand kam zum Vorschein und klemmte einen Stock zwischen Fensterrahmen und Laden.

»Mian!« Brage streckte sich. »Ich bin es, Brage!«

Eine dunkelhaarige Frau lehnte sich aus der Luke. Ihr Blick huschte zuerst zu Brage und dann zu Seon, der immer noch an den Fingern am Fensterrahmen hing. Ulv sah, wie sie den Mund öffnete und den Kopf schüttelte und wieder im Innern des Raumes verschwand. Seon stöhnte verzweifelt auf. Einen Augenblick später war Mian wieder da, packte seine Handgelenke und versuchte, ihn durch die Luke zu ziehen. Es gelang Seon, einen Unterarm über den Rahmen zu schieben; danach zog er sich aus eigener Kraft hoch und rollte in den Raum. Brage bekam den Rahmen zu fassen, und Seon zog ihn an seinem Wams durch die Luke.

Als Letzter kam Ulv. Er landete auf einem groben Bretterboden, und als er sich aufrichtete, schlug er mit dem Kopf an einen Dachbalken. Brage drückte die dunkelhaarige Frau weinend an sich. Neben einer schmalen Schlafbank am Ende des Raumes brannte ein Talglicht. Am Fußende lag ein zurückgeklapptes Schaffell. Unter der Dachschräge war es zu niedrig, um aufrecht zu stehen, aber Mian und Brage standen in der Mitte des Raums, wo die Dachbalken etwas höher waren. Ulv ging gebückt durch den Raum, während Seon im Halbdunkel an der Wand verharrte. Ulv entdeckte eine Klappe im Boden, legte sich auf den Bauch und schnupperte durch den Spalt zwischen den Brettern. Es roch nach Fleisch und Rauch. Am anderen Ende des Dachbodens war ein Schornstein, aber eine Feuerstelle gab es hier oben nicht. Es war eiskalt, der Atem stand in einer weißen Wolke vor seinem Mund.

»Ich bin zurück«, sagte Brage. »Und ich habe Seon mitgebracht, wie ich es versprochen habe.«

Ulv stand auf. Brage ließ die Frau los und streckte Seon die Hand entgegen, der noch immer im Schatten bei der Wand stand.

Die Frau machte einen Schritt auf ihn zu und strich sich das Haar aus dem Gesicht. Keiner von beiden sagte etwas. Als Seon sich abwandte, trat Mian neben ihn, griff nach seiner Hand, küsste sie und legte sie an ihre Wange.

»Seon?« Mian berührte seinen Hals. »Bist du es wirklich?«

Da drehte Seon sich zu ihr um. Er schloss sie in die Arme und verbarg sein Gesicht in ihrem dunklen Haar. Seine Hand zitterte, als er ihr über den Rücken strich.

Da hörte Ulv Schritte in dem Raum unter ihnen. Direkt unter der Luke blieben sie stehen. Es knarrte, als ob jemand die Leiter hochkletterte. Ulv legte sich über die Luke. Gleich darauf versuchte jemand, sie von unten zu öffnen, aber er hielt mit seinem Gewicht dagegen.

»Mian?« Eine Frauenstimme zerriss die Stille. »Was ist da oben los?«

Seon zog sein Schwert, aber Mian schüttelte den Kopf. »Das ist die älteste Frau des Kaans«, flüsterte sie. »Sie tut niemandem etwas. Sie ist die Einzige im Haushalt des Kaans, die unsere Sprache gelernt hat.«

»Mian?« Die Frau schlug von unten gegen die Luke. »Bist du da?«

Mian trat an die Luke. »Ja, ich bin hier«, antwortete sie. »Ich konnte nicht schlafen.«

Wieder knarrte die Leiter. »Leg dich hin. Du musst morgen früh aufstehen. Die Grütze für die Söhne des Kaans muss fertig sein, ehe sie auf die Hirschjagd gehen.«

Ulv blieb über der Luke liegen, bis er keine Schritte mehr hörte. Da zog Brage die Axt aus dem Gürtel und ging zu Mian. »Kochst du Grütze für diese Menschen? Jagen sie etwa die Hirsche in unseren Wäldern?«

Mian legte eine Hand auf seinen Arm. »Die Zeiten haben sich geändert. Wir sind jetzt ein Volk von Sklaven.«

Ulv kam auf die Beine. Seon folgte ihm mit dem Blick, als er an die Fensterluke trat und nach draußen schaute. Garr stand noch immer im Schatten hinter dem Vorsprung. Er winkte ihm zu und nickte in Richtung Straße. Dort standen drei Wachen. Sie unterhielten sich und zeigten zur Südseite des Hügels.

»Wir müssen uns beeilen«, sagte Ulv an Seon und Brage gewandt.

Seon ging zu Mian. »Komm mit mir«, sagte er. »Wir müssen fort von hier.«

»Du hast mich allein gelassen.« Mian legte ihre Hand an seine bärtige Wange. »Das ist jetzt neun Jahre her. Neun Jahre, Seon.«

Seon nahm ihre Hand, aber Mian wich zurück. Sie stellte sich auf die Bodenluke und wischte sich die Tränen weg. »Ihr müsst so schnell wie möglich weg von hier«, sagte sie. »Der Kaan tötet euch, wenn er euch entdeckt. Flieht in die Berge.«

In dem Moment klopfte es gegen die Wand. Ulv schob den Kopf aus der Fensterluke. Garr presste sich gegen die Wand. Zwei Wachen hatten die Spuren zwischen den Häusern entdeckt und waren auf dem Weg zu Garr.

»Sie haben uns entdeckt.« Ulv zog den Kopf ein und suchte den Raum nach weiteren Fensterluken oder Öffnungen ab, aber es gab keine.

Brage und Seon starrten zum Fenster. Die Schritte kamen näher. Seon nahm Brages Bogen und legte einen Pfeil an die Sehne. Dann stellte er sich ans Fenster und sah hinaus.

»Zieh dir etwas an«, sagte Brage zu Mian. »Und roll das Fell und ein paar Decken zusammen.«

Mian lief zum Bett und öffnete eine Kiste, die an der Wand stand. Sie zog schnell ein braunes Lodenkleid und einen Kapuzenumhang über, ehe sie einen Gürtel um die Taille band und das Schaffell zusammenrollte.

Die Wachen riefen etwas. Seon spannte die Sehne und schoss den Pfeil ab. Kampfgeräusche durchbrachen die Stille. Ulv stürzte zum Fenster, aber Seon schlug den Stock weg, der den Laden aufhielt.

»Wir wollen den Wachen doch nicht auf ihre Speerspitzen

springen.« Seon drehte sich zu Mian und Brage um. »Befinden sich viele Männer hier im Haus?«

»Eine Wache und drei waffenlose Sklaven«, erwiderte Mian.

Brage trat an die Bodenluke und zog an dem Eisenring. »Ich gehe als Erster. Das ziemt sich so, würde ich sagen.«

Der Schmied öffnete die Luke, worauf ein gelber Lichtstreifen in den Bodenraum fiel. Seon griff nach Mians Hand, und gemeinsam folgten sie Brage die Leiter hinunter. Ulv schloss die Luke über sich und sprang in den darunter liegenden Raum. Das verletzte Bein gab unter ihm nach, aber er fing sich schnell wieder und humpelte von der Leiter weg. Der Raum war groß. Hinter der Leiter befand sich ein langer Tisch, um den kunstvoll geschnitzte Stühle standen. An den Wänden waren mehrere Schlafbänke, auf denen mindestens zehn Kinder lagen. Sie waren alle wach, und zwei Jungen waren bereits auf dem Weg zu der Treppe am anderen Ende des Raums. Seon hob einen Stuhl über den Kopf, schleuderte ihn hinter den Jungen her und traf einen von ihnen am Rücken. Der Junge fiel vornüber und schlug mit dem Kopf gegen die Wand. Mian schrie auf, aber Seon zog sein Schwert und rannte hinter dem anderen Jungen her, der gerade die Treppe erreicht hatte. Brage packte Mian am Arm und rannte mit ihr zur Treppe, während um sie herum die anderen Kinder ängstlich heulten und schrien. Ulv hörte Stimmen aus dem unteren Raum. Stühle fielen zu Boden. Waffengeklirr.

Ulv stützte sich auf das Geländer und humpelte die Treppe nach unten in eine warme Stube. Der Boden war mit grauen Teppichen und Fellen ausgelegt. Um einen Tisch neben der Feuerstelle saßen ein paar Frauen. Seon stand mit dem schwarzen Jungen im Arm an der Tür, während Brage seine Axt gegen einen ledergekleideten Kanathener erhoben hatte. Mian stand mitten im Raum.

»Wir müssen weg hier!« Brage trat dem Krieger gegen das Knie und schlug ihm die flache Seite der Axt gegen die Stirn. »Mian!« Der Schmied drehte sich um, als der Kanathener hintenüberfiel. »Mian! Komm!«

Ulv hatte Mian erreicht und packte sie am Arm. Seon schleuderte den Jungen gegen die Wand und trat die Tür auf. Mit einem kurzen Blick zurück zu Ulv und Mian lief Brage nach draußen und stürzte sich mit einem lauten Schrei auf die Krieger, die ihn dort draußen erwarteten. Als Ulv und Mian die Tür erreichten, schnappte sich Seon zwei Pfeile aus Ulvs Pfeilköcher. Einen schoss er durch die offene Tür und legte sofort den nächsten an. Der Pfeil verschwand in der Dunkelheit. Seon zog sein Schwert und sprang mit einem Satz ins Freie.

Ulv hielt Mian immer noch am Arm, und er merkte, wie sie sich sträubte, als er sie zur Tür zog. Vor dem Haus waren insgesamt sechs Wachen, von denen zwei mit Pfeilen im Bauch am Boden lagen. Seon und Brage kämpften wie Wahnsinnige, und Ulv wusste, dass sie es allein nicht schaffen würden, weil auf der Straße noch mehr Wachen mit Bögen und Speeren angelaufen kamen. Ulv brüllte laut, als er das Schwert über den Kopf hob und nach draußen lief. Er schlug nach einer Wache, aber der schwarze Krieger parierte den Hieb mit seinem Säbel. Ulv taumelte nach hinten, verlagerte sein Gewicht auf das gesunde Bein und schlug erneut zu. Diesmal traf er den Krieger am Hals. Die Wache ließ den Säbel fallen und griff sich an die Wunde, als Brage dem Krieger neben ihm die Axt in den Bauch schlug. Danach stieß Brage Mian in Richtung der schmalen Gasse zwischen den Häusern. Die Krieger auf der Straße waren höchstens noch einen Steinwurf entfernt, aber die beiden überlebenden Krieger zogen sich zurück. Seon und Ulv folgten Brage um die Hausecke, wo sie Garr fanden. Er lag auf dem Rücken im Schnee. Seon wollte an ihm vorbeilaufen, aber Mian und Brage knieten sich neben den Schmied.

»Wir haben keine Zeit!« Seon packte Mian am Arm.

Die Hornsignale hallten durch das ganze Tal. Ulv sah Brage an, aber Brage blieb im Schnee knien und sah hinter Seon her, der mit Mian zwischen den Häusern verschwand.

»Lauft!«, rief er. »Ich komme allein zurecht, Seon! Bring sie weg von hier!«

Ulv schaute zurück. Die Wachen sammelten sich mit erhobenen Speeren am Eingang der Gasse.

Er rannte los. Die Angst trieb ihn fort von Brage, trieb ihn auf die Mauer zu, die sich wie ein schwarzer Schatten aus dem Schnee erhob. Er warf einen Blick über die Schulter und sah, wie Brage Garr über seine Schulter legte. Die Wachen waren direkt hinter ihm.

»Lauf, Nordländer!« Brage schwankte unter der schweren Last auf seiner Schulter. »Denk nicht an mich!«

Ulv rutschte im Schnee aus und kroch auf allen vieren weiter. Als er sich aufrichtete, sah er Brage am Boden liegen. Die Wachen hatten sich um ihn geschart und schlugen mit den Speeren auf seinen Rücken ein. Ulv rappelte sich hoch und lief weiter. Seon und Mian hatten die Mauer erreicht. Seon erklomm die Mauerkrone und reichte Mian die Hand.

Da tauchten überraschend Krieger aus einer dunklen Gasse zwischen den Häusern auf. Sie packten Mians Bein und warfen sie in den Schnee. Seon sprang von der Mauer und stieß einem von ihnen das Schwert tief in die Brust, aber es waren mindestens noch zehn weitere Krieger da. Sie schlugen ihm mit den Speeren auf den Nacken, entwanden ihm das Schwert und drängten ihn gegen die Mauer. Eine Wache stieß ihm das Ende ihres Speers in den Bauch. Seon klappte zusammen und landete mit dem Gesicht im Schnee.

Ulv hielt die Luft an. Sein verwundetes Bein zitterte, und er befürchtete, dass die Wunde aufgebrochen war. Er stand auf halber Strecke zwischen der Straße und der Mauer. Hinter ihm war das Klirren von Waffen zu hören. Und wieder erschallten die Hornsignale im Tal. Die Krieger standen über Seon und Mian gebeugt. Sie schleppten Seon zur Mauer, zwangen seine Arme hinter den Rücken und banden sie mit einem Lederriemen zusammen. Mian wurde hochgezogen. Einer der Krieger schlug ihr mit der flachen Hand ins Gesicht. Ulv umfasste das Schwert in seiner Hand fester und warf einen Blick zurück über die Schulter. Brage kniete zwischen den schwarzen Kriegern. Aus seinem Mund quoll Blut. Er versuchte aufzustehen, aber die Wachen traten ihm gegen den Rücken. Einer von ihnen zeigte auf Ulf und hob seinen Speer. Ulv maß die Entfernung zur Mauer. Die Krieger, die dort standen, hatten ihn nun ebenfalls entdeckt. Seon und Mian lagen wie leblos im Schnee. Ein Teil der Krieger blieb bei ihnen, die anderen rannten auf ihn zu. Ulv sah sich nach allen Seiten um.

Dann stürzte er um eine Hausecke, bog in eine Quergasse ein und hastete zwischen den Häusern entlang. Die Krieger liefen hinter ihm her, er hörte ihre Pfeile durch die Dunkelheit surren. Hinter der nächsten Hausecke stolperte er über einen Holzstapel, kam wieder auf die Beine und bog in den nächsten Durchschlupf. Er wusste nicht, wohin er lief, aber die Angst vor erneuter Gefangenschaft und der Schmerz trieben ihn vorwärts. Die Wachen riefen hinter ihm her. Ihre Schritte waren überall. Er schob das Schwert in die Scheide und nahm im Laufen den Bogen von der Schulter. Dann nahm er die zwei Pfeile, die noch übrig waren, und spannte den Bogen. Er drehte sich um und schoss die Pfeile auf die Krieger ab. Gleich darauf hörte er Schreie, aber er wartete nicht, bis er sie fallen sah. Schließlich warf den Bogen weg und rannte in die Dunkelheit hinein.

Die Wachen gaben es auf, weitere Pfeile hinter ihm her zu schießen, als sein schwarzer Wollumhang ihn mit der Dunkelheit verschmelzen ließ. Kurz darauf hatte er das westliche Ende des Hügels erreicht und kletterte nach Atem ringend über die Mauer. Die Wachen waren einen Steinwurf hinter ihm und legten ihre Bögen an, als er sich an der Mauer hochzog. Er wälzte sich über die Mauerkrone und rollte das Geröllfeld auf der anderen Seite hinunter. Als er den steilen Hang hinabkugelte, flog ein ganzer Pfeilregen über die Mauer. Er klammerte sich an einen Busch und schlug sich das Knie an einem Stein auf. Unmittelbar unter ihm stürzten Steine und Schneebrocken in einen Abgrund. Weiter unten war das Rauschen des Meeres zu hören.

Dann hörte er auch wieder die Wachen auf der anderen Seite der

Mauer. Er hangelte sich an den Rand des Abgrunds und sah nach unten. Mehrere Mastlängen unter ihm brachen sich die Wellen an der senkrechten Felswand.

Drei Krieger waren auf die Mauer geklettert und suchten die Dunkelheit nach ihm ab. Er setzte den Fuß auf die Kante des Abgrunds und richtete sich auf. Die Männer spannten ihre Bögen und zielten auf ihn.

Da sprang Ulv. Er stieß sich von der Kante ab und fiel in die Nacht. Ein Pfeil bohrte sich durch seinen Umhang. Er drehte sich in der Luft und sah die Sterne an der Himmelskuppel, bevor das Meer gegen seinen Rücken prallte und das Wasser sich um ihn schloss.

Ulv sank immer tiefer in die absolute Finsternis. Eisige Kälte umklammerte ihn und presste einen Schrei aus ihm heraus. Er schluckte Wasser und ruderte mit den Armen. Seine Lunge schrie nach Luft. Er stemmte sich in die Richtung, in der er die Oberfläche vermutete, und stieß mit dem Kopf gegen einen Stein. Dann drückte ihn die Strömung gegen die Felswand, um ihn Augenblicke später wieder aufs offene Meer zu ziehen. Er durchbrach die Oberfläche und schnappte nach Luft, als schon die nächste Welle über ihn hinwegspülte. Wieder wurde er gegen die Felswand geschleudert. Ulv wartete, bis die Strömung ihn erneut zurückzog, strampelte mit den Füßen und tauchte ab. Er schwamm unter Wasser, bis der Schmerz in der Brust ihn an die Oberfläche zwang. Die Brandung hatte er jetzt hinter sich gelassen und überließ sich der Strömung, wobei er versuchte, das Ufer nicht aus den Augen zu verlieren. Es war kaum einen Steinwurf weit entfernt. Aber die Wellen schlugen ständig über ihm zusammen und drückten ihn unter Wasser. Das Salzwasser brannte an den Schläfen, und als Ulv sich mit der Hand über das Gesicht fuhr, fühlte er die Schrammen auf der Haut. Die Strömung zog ihn immer weiter hinaus, und so stieß er sich mit den Beinen ab und schwamm parallel zum Ufer in südlicher Richtung weiter. Am Nordende des Strandes waren die

Wellen zu hoch, er musste versuchen, näher an die Schiffe heranzukommen.

Die Kälte stach wie Messerspitzen in seine Gesichtshaut, als er durch die Wellen tauchte. Immer wieder rollte die Dünung über ihn hinweg, und er hatte schon längst kein Gefühl mehr in den Füßen. Er schnappte nach Luft und versuchte zu sehen, wie weit es noch bis zum Ufer war. Die Kälte würde sein Tod sein, wenn er nicht bald an Land kam. Aber die Wellen brachen sich weiter mit einer derartigen Wucht an den Ufersteinen, dass es ihn wahrscheinlich erschlagen würde. Er hob den Kopf und suchte in der Dunkelheit nach den Langschiffen, sah aber, dass sich auch dort vor der ganzen Küste ein weißer Streifen entlangzog.

Ulv schwamm wider alle Vernunft auf das Land zu. Lieber an den Steinen zerschmettert werden, als in der eisigen Finsternis ertrinken. Er tastete nach der Schwertscheide und legte die Hand um den Griff. Sobald er merkte, dass die Brandungswellen ihn mitrissen, zog er das Schwert aus der Scheide. Die Wellen zogen ihn zurück, ehe sie ihn nach vorne warfen. Er wurde herumgeschleudert und auf die Steine gedrückt. Als die Strömung ihn wieder nach draußen ziehen wollte, stieß er das Schwert zwischen die Steine und klammerte sich an dem Griff fest. Die See zerrte an ihm, er schrammte sich den Hals an einer Muschel und riss sich die Hand auf, bis er schließlich zwischen den Steinen liegen blieb. Er stemmte sich hoch, rutschte auf dem Tang aus und fiel hin. Gleich darauf erwischte ihn die nächste Welle von hinten. Wieder stieß er das Schwert zwischen die Steine und stemmte sich gegen die Strömung. So verharrte er, bis die Wellen sich zurückzogen; dann erhob er sich und taumelte an den Strand.

Er schleppte sich zu einem der Fischerboote, rollte sich im Windschatten zusammen, und blieb zitternd liegen. Salzwasser tropfte aus seinem Haar und brannte in den Schrammen in seinem Gesicht. Er atmete schwer und spähte in die Dunkelheit. Es waren weder Schritte noch Stimmen zu hören. Die Krieger gingen vermutlich davon aus, dass er im Meer ertrunken war. Er wälzte sich auf die Knie, wischte sich Wasser und Blut aus den Augen und entdeckte mehrere Langhäuser hinter dem Strand. Die Kälte schnitt in seine Haut, er musste unbedingt ins Warme. Garr hatte gesagt, dass die Kanathener in den hohen Häusern am Fluss und auf dem Hügel lebten. Die Häuser hier waren niedrig mit breiten, schneebedeckten Dächern und windschiefen Wänden. Die Halme, die aus dem Schnee ragten, verrieten, dass die Hütten alt waren.

Ulv stützte sich auf das Fischerboot und stemmte sich hoch. Er wollte den Umhang über seinen Schultern zurechtrücken, aber seine Finger saßen wie leblose Krallen an den eiskalten Händen. Wenige Schritte vom Boot entfernt gaben seine Beine unter ihm nach, also kroch er auf allen vieren durch den Schnee. Von seinem Kinn tropfte Blut. Er rang nach Luft, als ihm das Haar vor die Augen fiel. Mit letzter Kraft kam er wieder auf die Beine und stolperte auf das nächste Langhaus zu. Es kümmerte ihn nicht mehr, ob die Wachen ihn sahen. Die Wärme, die ihn dort drinnen erwartete, war das Einzige, was noch für ihn zählte. Er tastete sich an der Wand entlang. Als er die Tür erreichte, schlug er mit den Händen gegen die Bretter und wollte etwas rufen, aber seine Stimme versagte. Er sackte im Schnee vor der Türschwelle zusammen. Da ging die Tür auf, und verlockend warmes Licht fiel nach draußen. Ein paar kräftige Hände schoben sich unter seine Arme und zogen ihn auf den Boden der Hütte. Die Tür schlug hinter ihm zu. Jemand drehte ihn auf den Rücken und strich ihm die Haare aus dem Gesicht. Ein bärtiger Mann mit einer Axt in der Hand beugte sich über ihn.

»Nein«, sagte er. »Das ist kein Schwarzer.« Er reichte die Axt an einen Jungen weiter, der vor der Bretterwand saß.

»Wer bist du?« Der bärtige Mann zog ihn am Wams hoch. »Die Wachen blasen in ihre Hörner, Fremder. Was geht da draußen vor?«

Da tauchte eine Frau neben ihnen auf. Sie legte eine Hand auf den Arm des Mannes, worauf er Ulv losließ. Die Frau hatte ein fülliges, rundes Gesicht und trug eine Schaffellweste über ihrem langen Lodenkleid.

»Bring ihn in die Wärme«, sagte sie und ging zu der Feuerstelle mitten im Raum. »Und zieh ihm die Kleider aus, bevor er erfriert.«

Der Mann legte sich Ulvs Arm über die Schulter und zog ihn mit sich zu der Feuerstelle. Ulv sah sich blinzelnd in dem Raum um. Die Bretterwände waren mit Fellen behängt, und entlang der Wände standen mehrere Schlafbänke. Außer dem Jungen gab es noch drei weitere Kinder. Sie saßen in ihren Betten und starrten ihn neugierig an. Da trat ein alter Greis aus dem Schatten hinter dem Feuer. Er kratzte sich im grauen Haar und stützte sich auf einen knorrigen Stock, aber als Ulv auf das Fell vor dem Feuer fiel, zog er sich humpelnd ins Halbdunkel zurück.

Der bärtige Mann band ihm den Umhang ab und zog ihm die Stiefel und Lodenstrümpfe von den Füßen. Ulv griff nach seinem Schwert, aber der Mann schob seine Hand zur Seite und schnallte ihm den Gürtel ab. Dann befreite er ihn von dem Lodenwams und dem Leinenhemd, ehe er ihm die Hose auszog. Die füllige Frau wendete die Kleider von innen nach außen und hängte sie über eine Sehnenschnur neben dem Feuer, während der Mann eine Decke über Ulv legte. Jetzt traute sich der Alte wieder aus seinem Versteck hervor. Er hatte einen Krug unter dem Arm und fuchtelte mit dem Stock herum, als der Bärtige ihn wegzuschieben versuchte.

»Er braucht einen Schluck Feuertrunk«, sagte der Alte und zog den Korken aus dem Krug. Ulv zog die Decke an die Nase und wehrte mit zitternden Händen ab, aber der Alte ließ sich nicht abhalten, setzte den Krug an Ulvs Lippen und flößte ihm etwas von dem Getränk ein. Danach goss er ein wenig von der Flüssigkeit in seine hohle Hand und rieb Ulvs Schrammen damit ein. Ulv wand sich. Das Gebräu brannte wie Feuer.

»Das hilft gut bei Wunden!«, rief der Alte. »Trink noch einen Schluck, Mann aus den Bergen!« Der Alte packte ihn fest an der Schulter und hob den Stock über den Kopf. »Sag mir, Mann aus den Bergen, wie viele gibt es noch von euch! Ist Dielan noch immer euer Häuptling? Habt ihr gute Waffen?«

Der Bärtige fasste den Alten am Arm und führte ihn zu einer der Schlafbänke, wo er ihn zwang, sich hinzulegen, doch er richtete sich wieder auf, kaum dass der Bärtige ihm den Rücken zudrehte. Er starrte Ulv an, während er den Krug an die Brust drückte.

Ulv kroch ans Feuer und wärmte sich die Hände. Seine Finger kribbelten. Die Kinder hatten sich aus ihren Betten gewagt und stierten ihn mit offenen Mündern vom Tisch aus an.

»Du blutest, Fremder.« Der bärtige Mann zeigte auf sein Gesicht, ehe er sich zu der Frau umdrehte. Sie holte einen Lappen und füllte eine Schale mit Wasser aus der Tonne neben der Tür. Dann setzte sie sich auf den Rand der Herdstelle und begann, Ulvs Gesicht zu waschen. Ulv zuckte, als sie mit dem groben Lappen über die Schrammen fuhr, aber der Bärtige hielt ihn fest.

»Sag uns, wo du herkommst«, verlangte er. »Stimmt es, was Vater sagt, bist du einer vom Felsenvolk?«

Ulv betastete sein Gesicht. Die Stirn und die rechte Wange waren aufgerissen. Sein Auge war geschwollen, und sein Kopf schmerzte. »Ich bin Ulv«, sagte er leise. »Die Barkas nennen mich den Wolfsmann.«

Der Bärtige kratzte sich im Nacken, dann winkte er den Jungen zu sich und flüsterte ihm etwas ins Ohr. Der Junge schlüpfte in ein Paar Stiefel, warf sich einen Umhang über die Schultern und verließ die Hütte.

»Das ist unser Ältester«, sagte der Mann mit einem Nicken zur Tür. »Ich habe ihn rausgeschickt, damit er deine Spuren verwischt. Wenn die Schwarzen sehen, dass du bei uns bist, bringen sie uns in die Baracken am Fluss. Sie schonen niemanden, Fremder.«

»Ich werde so schnell wie möglich wieder gehen.« Ulv rieb sich die Hände über den wärmenden Flammen, stand auf und befühlte seine nassen Kleider. Er fror nicht mehr und wollte so schnell wie möglich weiter, um herauszufinden, wohin die Wachen Brage, Seon und Mian gebracht hatten.

»Was du brauchst, werden wir dir geben.« Der bärtige Mann wischte sich mit dem Ärmel unter der Nase entlang. »Aber geh nicht, bevor du nicht etwas gegessen hast. Ich bin Fischer und habe noch ein wenig geräucherten Dorsch aus dem Sommer zurückgelegt.« Er nickte dem Alten zu, der grinsend zwei Trockenfische unter den Fellen seiner Schlafbank hervorzog.

»Trockene Kleider kannst du von mir bekommen, Fremder!« Der Alte schlug die Trockenfische mit einem zahnlosen Lächeln gegeneinander. »Wenn du uns erzählst, woher du kommst.«

»Ja«, sagte der Fischer. »Dass du im Meer warst, kann ich sehen, und die Hornsignale haben uns gesungen, dass die Schwarzen hinter dir her sind. Bald werden sie alle Häuser durchsuchen. Aber ehe du gehst, musst du uns sagen, was du hier in Ber-Mar zu suchen hast. Und wenn du ein Mann des Felsenvolkes bist und Dielan Febalsson dein Häuptling ist, dann sag es uns, denn wir warten schon lange darauf, dass ein befreundetes Volk von unserem Leid erfährt.«

»Wir waren zu dritt.« Ulv blinzelte. Seine Augen begannen zu brennen, als er daran dachte, was oben auf dem Hügel geschehen war. »Seon, Brage und ich. Wir sind aus Krugant gekommen.«

»Brage?« Der Fischer griff ihm an die Schulter. »Doch nicht Brage, Karrs Sohn?«

Ulv strich sich das nasse Haar hinter die Ohren. »Doch, er hat gesagt, dass sein Vater Karr heißt.«

Der Fischer lief durch den Raum, den Blick auf die Tür gerichtet. »Da Brage nicht bei dir ist, gehe ich davon aus, dass sie ihn gefangen genommen haben, ist es nicht so?«

»Wir wollten Mian holen.« Ulv rieb sich das schmerzende Bein. »Aber die Wachen haben uns entdeckt. Sie haben uns alle gefangen, auch Mian. Und Garr haben sie getötet.«

»Garr?« Der Fischer fuhr herum und sah Ulv an. »War Garr bei euch?«

»Er hat uns das Haus gezeigt.« Ulv setzte sich auf den Rand der Feuerstelle. »Sie haben ihn getötet.«

Der Junge kam mit einem Tannenzweig in der Hand herein. Der Fischer nahm den Zweig und warf ihn ins Feuer. Die dicke Frau trat auf die Schneeklumpen, die der Junge hereingetragen hatte, und verteilte sie auf dem Boden, so dass sie schmolzen. Der Alte schwang die Beine über die Bettkante und wollte aufstehen, aber die Frau ging zu ihm und drückte ihn wieder auf das Fell.

»Geht jetzt schlafen, Kinder.« Der Fischer wartete, bis die Flammen den Tannenzweig verschlungen hatten. Dann legte er Holzscheite nach, nahm Ulvs Kleider von der Sehnenschnur und verschwand damit hinter der Herdstelle. Der Junge folgte ihm, zog ihn am Wams und zeigte auf die Tür.

»Ich habe Wachen gesehen«, sagte er. »Sie hatten Gefangene dabei. Drüben bei der Brücke.«

»Hast du gesehen, wohin sie sie gebracht haben?« Der Fischer dämpfte die Stimme, als wollte er vermeiden, dass jemand ihn hörte. Ulv richtete sich auf und lauschte.

»In die Baracke«, flüsterte der Junge. »Unten bei der Brücke. Dort, wo sie Sgatter ausgepeitscht haben. Einen Mann haben sie zwischen sich getragen. Glaubst du, dass er tot war?«

Der Fischer antwortete nicht. Die Bodenbretter knarrten, und der bärtige Mann stellte sich vor Ulv. »Ich denke, es ist besser, du gehst jetzt«, sagte er. »Versuch, im Schutz der Dunkelheit in die Berge zu gelangen. Ich gebe dir mit, was du brauchst. Solltest du das Felsenvolk finden, berichte ihnen, was hier vorgefallen ist. Sag ihnen, dass wir zum Kampf bereit sind.«

Ulv fuhr sich über das geschwollene Auge. Der Fischer zog Bogen und Pfeilköcher unter einer der Schlafbänke hervor und legte sie zusammen mit Ulvs Schwert auf den Tisch, während der Alte eine Lodenhose, ein paar verdreckte Fetzen und einen Weinschlauch aus einer Kiste an der Wand hervorkramte.

»Das ist Wein«, flüsterte er und stieß Ulv mit dem Ellbogen in die Seite. »Nimm das mit. Hier lassen sie mich doch nicht trinken.«

Die Frau zog ein paar Decken unter einer Bank hervor, und der

Fischer knotete einige getrocknete Fischhälften zusammen. Ulv zog die Lodenhose an, Strümpfe und ein Paar hohe Stiefel, die die dicke Frau ihm reichte. Dann zog er das graue Wams über, das auf dem Tisch lag, während der Fischer aus einer Kiste hinter der Herdstelle einen Pelzumhang holte. Ulv band den Gürtel um. Der Dolch, den er dem Toten nach der Schlacht in Krugant abgenommen hatte, hing nach wie vor in der Scheide. Er schob ihn auf den Rücken neben das Schwert. Der Alte drückte ihm einen Beutel mit einem Feuerstein und Zunder in die Hand. Die Frau rollte den Fisch in drei dicke Decken und schnürte sie mit Sehnen zusammen. Ulv hängte das Deckenbündel über die eine Schulter und Bogen und Weinschlauch über die andere, danach befestigte er den Pfeilköcher am Gürtel. Der Junge füllte ihn mit einer Hand voll Pfeile. Ulv wrang sich das Wasser aus den Haaren, ehe der Alte ihm die Kapuze über den Kopf zog.

»Hier«, sagte die Frau, als Ulv sich zur Tür wandte. Sie legte ihm ein Stück getrocknetes Fleisch in die Hand und wischte ihm mit dem Ärmel über den Bart. »Geh über den Nordhang in die Berge. Noch ist die Nacht nicht zu Ende.«

Ulv legte die Hand auf den Türgriff. Ihm war warm, und der Pelzumhang hing schwer um seine Schultern. Die Hornsignale waren verstummt, aber er wusste, dass überall dort draußen Krieger herumliefen. Vielleicht glaubten sie, das Meer hätte ihn geholt. Vielleicht suchten sie aber auch noch immer nach ihm. Er drehte sich zu dem Fischer um. Der stämmige, bärtige Mann hatte seinen Arm um die Frau gelegt. Der Alte stützte sich auf seinen Stock, den Blick auf den Weinschlauch geheftet, und führte zwinkernd den Daumen zum Mund. Ulv drehte sich um, öffnete die Tür und schlich in die Dunkelheit hinaus.

Ulv bewegte sich im Schutz der Hauswände vorwärts. Er konnte die Holzbrücke und die Baracken am Südende des Tals erkennen, aber dort war niemand zu sehen. Und keine Stimme verriet ihm, wohin die Wachen die Gefangenen gebracht hatten. Ulv hockte sich hinter einen Holzstapel und sog die kühle Nachtbrise ein. Er befand sich etwa in der Mitte des Tals, einen Pfeilschuss zu seiner Linken erhob sich der Hügel vor dem Nordhang. Er sah die schwarze Mauer und die flackernden Fackeln an der offenen Pforte. Das Mondlicht malte Schatten in die Wagenspuren, die ins Tal führten. Hier und da stiegen Rauchsäulen aus den Langhäusern auf, und er vermutete, dass die Fischerfamilie am Strand nicht die Einzigen waren, die von den Hornsignalen geweckt worden waren.

Er lief über einen offenen Platz und verkroch sich unter einem Pferdekarren. Der Mond stand inzwischen ziemlich tief am Westhimmel und kündigte das Ende der Nacht an. Sobald es hell wurde, konnten die Wachen seinen Spuren folgen; bis dahin musste er so weit oben in den Bergen sein wie nur möglich. Er hörte Stimmen und Schritte unten am Strand. Die Wachen suchten nach seinem ertrunkenen Körper. Gut, dass der Junge seine Spuren verwischt hatte. Die Wachen würden keine Gnade kennen, wenn sie herausfanden, dass die Fischerfamilie ihm geholfen hatte.

Ulv schlich zur nächsten Hausecke. Von dort konnte er den Nordhang überblicken. Bis zum Waldrand waren es nur wenige Pfeilschüsse. Er drehte sich um und schaute über die Ansammlung von Dächern. Eine Stimme in ihm schrie, dass er fliehen sollte, aber es war ihm unmöglich, Brage und Seon im Stich zu lassen. Sie waren seine Freunde, ob er es wollte oder nicht. Ein Wolfsrudel hielt zusammen, denn ein einsamer Wolf jagte nie so erfolgreich wie im Rudel. Er musste in Erfahrung bringen, wo die Wachen sie hingebracht hatten.

Ulv schlich durch die Dunkelheit zu den Häusern. Er kreuzte fest getretene Pfade und Wagenspuren, die zwischen den Langhäusern verliefen. Er hörte Stimmen und Schritte unten am Strand und am Fluss, aber ansonsten war es vollkommen still. Die Stiefel, die er von dem Fischer bekommen hatte, waren warm, aber steif und schwer, darum zog er sie aus und steckte sie hinter den Gürtel. Er lief barfuß durch den Schnee, wie er es oft getan hatte, wenn er sich an eine Beute heranpirschte.

Einen knappen Pfeilschuss vom Fluss entfernt nahm er den Bogen von der Schulter und legte einen Pfeil an die Sehne. Er drückte sich gegen eine Hauswand und spähte angestrengt zu den Baracken. Die Bretterhütten standen in zwei Reihen am Flussufer. Vor der Holzbrücke, die über den Fluss führte, lag ein offener Platz. Dort standen drei Wachen im Lichtkegel einiger Fackeln. Er hörte Schritte und gedämpfte Stimmen aus den Baracken, konnte aber außer den Wachen an der Brücke keine weiteren Krieger entdecken. Ulv hängte sich den Bogen wieder über die Schulter und steckte den Pfeil zurück in den Köcher. Es würde nichts nützen, einen von ihnen zu töten. Sie waren in der Überzahl. Er schloss die Augen. Garr hatte gesagt, dass die Krieger in den Baracken wohnten. Vielleicht gelang es ihm ja, Mians Witterung aufzunehmen. Er beugte sich vor und schnupperte. Aber alles, was er wahrnahm, war der Geruch von Rauch, Pferdemist und Leder.

Ein Schrei zerriss die Stille. Ulv erstarrte. Er war aus einer der Baracken gekommen. Und wieder ertönte ein halb erstickter Schrei. Es musste die zweite oder dritte Baracke hinter der Brücke sein, in der ihm zugewandten Reihe. Und es war ein Mann, der schrie.

Ulv schlich auf die Rückseite des Langhauses, huschte über einen matschigen Pfad und versteckte sich hinter der nächsten Ecke. Die Wachen am Fluss standen bewegungslos unter den Fackeln. Keiner von ihnen blickte in seine Richtung. Ulv lehnte sich mit dem Rücken gegen die Hauswand und streckte sein schmerzendes Bein. Zwischen ihm und den Baracken lag noch ein Langhaus.

Er schlich an der Rückseite des Langhauses entlang. Seine Füße waren nach dem unfreiwilligen Bad im eiskalten Wasser nicht wieder richtig warm geworden, und die Zehen taten weh. Aber er hatte jetzt keine Zeit, sich darum zu kümmern. Er schlich bis zur Ecke des Langhauses. Er lauschte auf Schritte, aber die Wachen unter den Fackeln rührten sich nicht. Von hier aus waren es nur noch wenige Speerlängen bis zu den Baracken. Er hielt die Luft an und schloss die Augen. In der Baracke, die am nächsten stand, sprach jemand. Die Stimme war fremd. Dann ertönte ein dumpfes Geräusch, als ob etwas zu Boden fiel oder gegen die Wand schlug. Ein Mann stöhnte, und die fremde Stimme wurde lauter. Ulv riskierte einen Blick um die Ecke und sah zu den Wachen. Die eine drehte sich gerade um und schaute in Richtung der Langhäuser. Der Mann kratzte sich im Schritt und wickelte sich fester in seinen Umhang ein, ehe er sich wieder den anderen beiden zuwandte.

In dem Moment lief Ulv los. Die Nacht war schon weit fortgeschritten, er konnte nicht länger warten. Mit sechs langen Sätzen erreichte er den Durchschlupf zwischen zwei Baracken. Im Schutz einer Tonne sank er auf die Erde und legte die Hände um seine kalten Zehen. Die Nägel waren schon ganz weiß, und er fühlte nichts, als er sich in die Haut kniff. Er rieb die Zehen zwischen den Händen, bevor er die Lodenstrümpfe und die Stiefel überzog. Dann stand er auf und schob die Hände in die Achselhöhlen.

In diesem Moment hörte er die Stimme. Sie kam von irgendwo über ihm. Er blickte hoch und entdeckte eine Speerlänge über dem Boden eine angelehnte Fensterluke. Schwacher Lichtschein fiel nach draußen. Er stieg auf die Tonne und legte seine Nase an den Fensterspalt. Es roch nach Rauch und Blut. Er hörte eine Frau weinen. Er berührte die Eisplatte und ließ das Eis unter seiner Hand schmelzen. Die Scheibe wurde klarer. Dann stellte er sich auf die Zehen und sah hinein.

Der lang gezogene Raum lag im Halbdunkel, aber im Kamin im hinteren Teil des Raumes brannte ein Feuer. Ulv griff instinktiv nach dem Schwert, als er in der Mitte des Raumes drei bekannte Gestalten sah, die mit über dem Kopf verschränkten Armen an den Handgelenken festgekettet waren. Es waren Mian, Brage und Garr. Garrs Kopf hing auf der Brust, aber wenn kein Leben mehr in ihm gewesen wäre, hätten sie ihn sicher nicht angekettet. Unterhalb des Fensters stand ein Tisch, und auf diesem Tisch lag Seon. Er war nackt, und seine Hände und Füße waren an der Tischplatte angekettet. Neben ihm lagen eine Zange und ein Messer. Zwei Kanathener standen bei ihm. Der eine trug einen schwarzen Umhang und hatte langes, schwarzes Haar. Er beugte sich vor und flüsterte Seon etwas ins Ohr. Seon zerrte an den Fesseln. Seine Füße waren mit Fußeisen aneinander gekettet. Die Knöchel und Handgelenke waren blutig gescheuert. Der Krieger mit dem schwarzen Umhang nickte dem anderen zu, der die Zange nahm und sich ans Tischende stellte. Er klemmte Seons Zeigefinger zwischen die Backen, und Seon wand sich schreiend hin und her. Da drehte der Krieger die Zange ruckartig herum und hielt Seon einen blutigen Fingernagel vors Gesicht.

Ulv wischte über die Scheibe und sah die Tür. Sie hatten keinen Riegel vorgelegt. Wenn er auf die andere Seite der Baracke ging, könnte er durch die Tür eindringen.

Er kletterte von der Tonne und schlich an die Ecke. Vor dem Eingang waren drei Wachen postiert, und gerade kam eine vierte Wache von der Brücke herübergeschlendert. Ulv zog sich in sein Versteck zurück. Selbst, wenn es ihm gelingen sollte, die Krieger vor der Tür mit seinen Pfeilen zu töten, könnte er nicht in die Baracke gelangen, ohne von den Wachen an der Brücke entdeckt zu werden. Erneut kletterte er auf die Tonne und schob die Fensterluke mit äußerster Vorsicht weiter auf. Die Öffnung war groß genug, um von seinem Platz aus auf die beiden Krieger zu schießen, aber er musste sie schon am Hals treffen, damit sie nicht schreien und die anderen warnen konnten. Er zerbrach einen Pfeil, um die Fensterklappe aufzuhalten. Die Stimmen waren schlagartig deutlicher zu verstehen. Einer der schwarzen Krieger brüllte Seon an.

»Du weigerst dich also, in deiner Muttersprache zu sprechen?«, schrie er. »Du hast wohl zu lange beim Feindesvolk gelebt, dass du dich für einen von ihnen hältst?«

Seon stöhnte. Mian weinte, aber Brage redete auf sie ein und versuchte, sie zu beruhigen.

»Welchem Kaan bist du entflohen, Krieger? Sprich!«, bellte die gleiche Stimme. »Sag es, dann lasse ich dich am Leben!«

»Ich bin nicht …« Das war Seons Stimme. »Ich habe keinen Kaan. Ich komme nicht aus Kanath. Lasst mich gehen …«

Ulv hörte einen Faustschlag. Er legte einen Pfeil an die Sehne und spähte durch die Luke. Die beiden Krieger banden Seon los und schleppten ihn in die Mitte des Raums. Sie stützten ihn und zwängten seine Hände in ein paar schwere Handschellen. Dann ging einer der Krieger an die hintere Wand und drehte an einem Rad, so dass Seon neben Brage an einer Kette nach oben gezogen wurde. Ulv legte den Bogen an, als er Schritte auf der Vorderseite der Baracke hörte, und presste sich gegen die Wand. Die Wachen vor der Tür unterhielten sich mit dem vierten Krieger. Ulv konnte nicht verstehen, was sie sagten, aber sie sprachen mit gedämpften, wachsamen Stimmen. Kurz darauf knirschte es im Schnee, und der Krieger ging an dem Durchgang zwischen den Baracken vorbei.

Ulv richtete sich wieder auf und schaute in den Raum. Die beiden Krieger hatten Mian von der Kette losgebunden und zerrten sie an den Haaren zu dem Tisch. Ulv spannte den Bogen und zielte, aber gerade in diesem Augenblick warfen sie Mian auf die Tischplatte und banden sie an den Fesseln fest. Von seinem Platz aus und auf Zehenspitzen stehend konnte er nicht sicher genug zielen, wenn sie so nah bei Mian standen.

Der Krieger mit dem Umhang drehte sich zu Seon um, als er einen Dolch aus der Gürtelscheide zog. »Die Wachen haben gesagt, sie hätten dich zusammen mit der Sklavin gefangen, Krieger. Vielleicht wirst du ja gesprächiger, wenn ich ihr mit dem Messer zu Leibe gehe?« Er legte Mian das Messer an den Bauch. Seon schrie Worte, die Ulv nicht verstand, und auch Brage überschüttete die Männer mit Flüchen.

Ulv nahm das Deckenbündel von der Schulter und legte es sich unter die Füße, damit er besser auf die Krieger zielen konnte. Der mit dem Umhang fuhr mit dem Dolch über Mians Bauch und legte die Schneide unter ihre Brust. Seon brüllte wie ein Wahnsinniger, und Brage zerrte an seinen Handschellen und der Kette. Ulv versuchte zu zielen, aber er hätte den Bogen in den Raum halten müssen, um die Krieger zu treffen.

Da schrie Mian. Ulv zögerte nicht länger, schob den Bogen durch die Luke und schoss. Einer der Männer ging zu Boden. Ulv schaute nicht nach, welcher es war. Er zog sich am Fensterrahmen hoch und stemmte den Oberkörper durch die Luke. Der Krieger mit dem Umhang hockte mit einem Pfeil in der Schulter am Boden, der zweite war auf dem Weg zur Tür.

Ulv zog einen Pfeil aus dem Köcher und legte ihn an die Sehne. Er schoss, in der Fensteröffnung hängend, und der Pfeil bohrte sich in den Rücken des fliehenden Kriegers. Der mit dem Umhang kam auf die Beine, zog ein Jagdmesser aus dem Gürtel und hob es zum Wurf über den Kopf. Ulv griff erneut nach einem Pfeil, wusste aber im gleichen Moment, dass er es nicht schaffen würde. Er drehte sich zur Seite und merkte, wie die Schneide des Messers seinen Arm aufriss und das Wams am Fensterrahmen festnagelte. Er nahm den Pfeil zwischen die Zähne und zog das Messer aus dem Holz. Der Krieger drehte sich um und lief zur Tür, aber Ulv hatte das Jagdmesser an der Spitze gepackt und schleuderte es hinter dem Fliehenden her. Der Griff knallte mit voller Wucht gegen den Hinterkopf des Kriegers, der in die Knie ging. Jetzt konnte Ulv den Pfeil anlegen. Er zog die Pfeilhand ans Kinn, zielte auf den Nacken des Kriegers und ließ die Sehne losschnellen. Der schwarze Krieger stürzte vornüber und blieb vor der Türschwelle liegen.

Ulv zwängte sich durch das Fenster und landete kopfüber auf der Tischplatte. Mian stöhnte auf, als er sich auf den Boden rollen ließ und ihr dabei die Schulter in den Bauch drückte. Die Stelle, wo das Messer ihn getroffen hatte, brannte. Er hob Bogen und Pfeile auf, die auf den Boden gefallen waren. Die Wachen vor der Tür schienen nichts mitbekommen zu haben.

»Binde sie los!« Brage zerrte an seiner Kette. »Bring sie von hier weg, Nordländer!«

Ulv stützte sich auf die Tischplatte. Ihm war schwindlig vor Schmerzen. Er nahm das Messer, das auf dem Tisch lag, und schnitt die Fesseln um ihre Hand- und Fußgelenke auf. Unter Mians linker Brust war ein großer Blutfleck, aber sie sprang sofort auf und lief zu den Männern. Seon und Brage hingen eine gute Armlänge über dem Boden und waren beide übel zugerichtet. Ihre Gesichter waren geschwollen.

»Wir müssen sie da runterholen.« Mian hielt die Hand auf die Brust gepresst, als sie zu dem Rad an der hinteren Wand lief. Gleich darauf hatte Seon wieder Boden unter den Füßen. Mit Ulvs Hilfe hatten sie kurz darauf auch Brage und Garr heruntergelassen. Garr war bewusstlos, aber Brage stützte ihn und wischte ihm das Blut von der Stirn.

»Der Kaan hat den Schlüssel«, sagte Seon und zeigte auf den am Boden liegenden Krieger mit dem Umhang.

Ulv rollte den Kanathener auf den Rücken. An seinem Gürtel hing ein Ring mit drei fingerlangen Eisenstäben. Das mussten die Schlüssel sein. Ulv schnitt den Gürtel durch und lief zu Seon. Er schlug mit dem Eisenring gegen die Handschellen, aber sie öffneten sich nicht.

»Steck die Schlüssel in das Schlüsselloch!« Seon streckte ihm seine Hände entgegen. »Beeil dich, Ulv!«

Ulv tat, was er sagte. Der erste Eisenstab war zu groß für das Loch, aber der zweite passte. Seon forderte Ulv auf, ihn herumzudrehen, und als er das tat, schüttelte Seon plötzlich die Handschellen ab. Der schwarze Mann riss Ulv den Eisenring aus der Hand und steckte einen Stab in das Loch an seiner Fußschelle. Er probierte alle drei Stäbe, aber keiner schien zu passen. Seon schlug mit der Faust gegen die Fußschelle und versuchte es erneut, aber auch diesmal gelang es ihm nicht, sie zu öffnen.

»Befrei Brage und Garr.« Er reichte Ulv den Schlüsselring und kroch zu dem toten Krieger. Ulv befreite die beiden Männer von ihren Handschellen, aber auch zu ihren Fußschellen passten die Schlüssel nicht.

»Die hat uns ein anderer Krieger angelegt«, sagte Brage und hüpfte zu dem Kamin. »Wenn sie hier nur einen guten Hammer haben, werde ich uns schon losbekommen.«

Ulv sah sich um. Abgesehen von dem Tisch und den Toten vor

der Tür war der Raum leer. Es wunderte ihn, dass die Wachen nichts von dem Kampf mitbekommen hatten. Wahrscheinlich dachten sie, dass das zur Folterung der Gefangenen gehörte. Er sah Mian an. Ihr Kleid war unter der Brust aufgerissen, und der Blutfleck wuchs stetig.

»Hier ist kein Hammer.« Brage sank auf den Rand des Kamins. »Mit den Fußketten kommen wir nicht weit, Seon.«

»Ich weiß.« Seon warf eine leere Gürteltasche weg und legte die blutüberströmte rechte Hand auf sein Knie. »Und mehr Schlüssel gibt es auch nicht.«

Ulv ging zu der Tür und legte ein Ohr an die Bretter. Die Wachen davor unterhielten sich miteinander. Inzwischen waren es mindestens fünf oder sechs.

»Du musst Mian mitnehmen«, sagte Brage. »Geh in die Berge. Dort oben gibt es ein Volk, Ulv. Sie leben in einem Tal, etwa einen halben Mond von hier entfernt. Berichte ihnen, was hier im Tal geschieht.«

Ulv sah Mian an. Sie hatte die Hände auf die Brust gepresst. Sie waren beide verletzt. Vorsichtig betastete er die Wunde an seinem Oberarm. Sie war zu tief, um von allein zu heilen.

»Brage hat Recht.« Seon kam auf die Beine. »Verschwindet von hier, so lange euch noch Zeit dafür bleibt.«

Ulv beugte sich über den Krieger und nahm ihm den Umhang ab. Darunter konnte er den Pelzumhang, den der Fischer ihm gegeben hatte, verbergen. Dann zog er dem anderen Krieger die Kleider aus und reichte sie Mian. Brage wandte den Blick ab, als sie das Kleid auszog und in die Hose schlüpfte. Sie stieg in die Stiefel und band den Gürtel um die Taille, aber als sie das schwarze Wollhemd überziehen wollte, kam Seon zu ihr. Ulv hatte es von Anfang an gesehen, aber nichts zu sagen gewagt, da sie eine Frau war. Aus dem Schnitt unter ihrer Brust tropfte unablässig Blut.

Seon riss einen breiten Streifen von Ulvs Umhang und band ihn um ihre Brust. Seine schwarzen Wangen waren zu Ulvs Erstaunen tränenüberströmt; er hatte Seon noch nie weinen sehen. Seon riss einen weiteren Streifen von Ulvs Umhang und verband damit die Wunde. Danach zog er ihr das Hemd über und befestigte die Lederbrünne um ihren Oberkörper. Sie war ihr viel zu groß, aber Seon band ihr den Gürtel des Kriegers darüber und strich ihr das Haar aus der Stirn. Dann drückte er sie an sich.

Brage wischte sich über die Augen. Da hörte Ulv die Stimmen der Wachen vor der Tür. Sie sprachen jetzt lauter; wahrscheinlich wunderten sie sich, dass die schwarzen Krieger so lange nichts mehr gesagt hatten. Er nahm das Messer vom Tisch, ging zu Brage und steckte die Messerspitze in das Loch an Brages Fußeisen.

Da klopfte es an der Tür. Eine raue Stimme sagte etwas in fremder Sprache.

»Ihr müsst los.« Brage legte Ulv die Hand auf die Schulter. »Mach dir keine Gedanken über uns, Nordländer. Seon und ich werden es schon schaffen.«

Ulv schob die Toten vor die Tür, in der Hoffnung, dass die Wachen zuerst in die Baracke gehen würden, ehe sie ihre Spuren entdeckten. Mian umarmte Brage, und der Schmied wischte sich mit seiner breiten Hand die Tränen unter den Augen weg.

»Zieh uns wieder hoch.« Seon stellte sich unter die Kette, die von der Decke herabhing. »Schließ die Handschellen und zieh uns wieder hoch. Wenn die Wachen Verdacht schöpfen, dass wir die Kaane umgebracht haben, erleben wir den nächsten Morgen nicht mehr.«

»Er hat Recht.« Brage schob Mian von sich weg und lief zu den Ketten. »Tu, was er sagt, Nordländer.«

Mian wandte sich ab, als Ulv den Männern die Handschellen anlegte und sie an den Ketten befestigte. Dann drehte er an dem Rad an der Wand und zog sie eine Armlänge über den Boden, so wie sie gehangen hatten, als er sie entdeckt hatte.

»Und jetzt sieh zu, dass du wegkommst!« Brage ballte die gefesselten Hände zu Fäusten.

Die Wachen stemmten sich gegen die Tür. Die Stimmen wurden lauter, als sie feststellten, dass sie blockiert war. Waffen klirrten.

Ulv schob Mian zum Tisch. Als sie hinaufgeklettert war, drehte sie sich noch einmal zu Seon und Brage um.

»Geh mit ihm.« Seon schloss die Augen. »Tu es für mich, Mian.«

Die Wachen stießen ihre Speere durch den Spalt zwischen Tür und Rahmen, als Ulv Mian unter die Arme griff und zu der Fensterluke hochhob. Es blieb keine Zeit nachzusehen, ob die Wachen schon den Durchgang vor dem Fenster absuchten; er fasste sie um die Beine und schob sie durch die Öffnung. Er hörte, wie sie gegen die Tonne schlug.

Ulv drehte sich noch einmal zu den Männern um. Die Wachen konnten die Tür jeden Moment aufgestemmt haben. Er hätte Seon und Brage gern versprochen, dass er zurückkommen würde, aber er wusste nicht einmal, ob er die Flucht in die Berge überlebte. Also schob er sich durch die Luke und kletterte nach draußen. Er ließ sich fallen und schlug mit dem Rücken auf der Tonne auf, ehe er im Schnee landete. Mian half ihm auf die Beine, als die Wachen in die Baracke stürmten. Er hängte sich das Deckenbündel über die Schulter, griff nach Mians Hand und rannte mit ihr auf die Langhäuser zu.

Ulv und Mian liefen in nördlicher Richtung durch das Tal. Die Hornsignale aus der Baracke ließen nicht lange auf sich warten, und bald schon wimmelte es auf den aufgeweichten Pfaden nur so von schwarzen Kriegern. Auf dem Hügel war das Rufen der Wachen zu hören. Laute Stimmen brüllten Befehle, und Krieger verteilten sich in der Stadt, um den Feind zu suchen. Ulv hörte ihre Schritte aus allen Himmelsrichtungen und war sicher, dass es ihnen nicht gelingen würde, sich unbemerkt aus der Stadt zu schleichen. Er rückte den schwarzen Umhang zurecht und trat auf einen Pfad zwischen den Langhäusern. Mian sammelte ihr Haar im Nacken und steckte es unter die Lederbrünne. Ein Stück entfernt hinter einer Hausecke tauchte eine Wache auf, aber Ulv drehte ihr einfach den Rücken zu und ging rasch weiter. Die Wache rief etwas hinter ihm her. Ulv nahm den Bogen von der Schulter und legte einen Pfeil an. Er musste den Mann töten, ehe er die anderen warnen konnte. Aber als Ulv sich umdrehte, um zu schießen, war der Mann schon weitergegangen.

Sie liefen weiter zwischen den Langhäusern hindurch. Mian schwieg und verbarg ihre bleichen Hände in den Hemdsärmeln. Aus der Baracke waren keine Schreie zu hören, aber Ulv gefiel die Stille gar nicht. Vielleicht hatten die Wachen Seon und Brage getötet, nachdem sie die Toten entdeckt hatten. Seon hatte gesagt, dass der eine ein Kaan war, und Ulv erinnerte sich an das, was Seon ihm während ihrer Floßfahrt über die Kanathener erzählt hatte. Die Kaane waren die größten Krieger der Kanathener. Sie waren so etwas wie Häuptlinge und Herrscher über viele Krieger. Kein Wunder also, dass der mit dem Umhang so gut mit dem Messer getroffen hatte. Ulv fasste sich an den Arm und drückte die Hand auf den noch immer blutenden Schnitt.

Die meiste Zeit hielt Ulv sich im Schatten der Hauswände, nur wenn eine Wache vorbeilief, raffte er den Umhang vor der Brust zusammen und schritt entschlossen aus. Solange Mian unauffällig hinter ihm blieb, hielten die Wachen sie mit ein wenig Glück für zwei von ihren Männern. An der Querwand eines Holzschuppens entdeckten sie ein paar verkohlte Zweige in einer Feuerstelle. Ulv zerbröselte die Kohleklumpen in der Hand und rieb Mians und sein Gesicht damit ein. Mian zitterte am ganzen Körper, als er sie am Arm packte und hinter sich herzog. Sie waren nur noch einen knappen Steinwurf vom Nordhang entfernt, wo der Pfad auf der offenen Fläche zwischen dem letzten Haus und dem Waldrand endete. Genau dort stand eine Wache, sie hatte ihnen den Rücken zugewandt. An diesem Mann konnten sie kaum unbemerkt vorbeikommen. Ulv senkte den Kopf und ging direkt auf ihn zu. Der Kanathener hörte die Schritte und drehte sich um, und als Ulv nicht auf seinen Ruf reagierte, kam der Kanathener auf sie zu.

An der Ecke des äußeren Langhauses trafen sie sich. Die Wache war mit einem Speer bewaffnet, den er vor sich hielt, als ob er ihnen den Weg versperren wollte. Ulv blieb stehen. Die Wache musterte sie im Halbdunkel. Mit der einen Hand raffte Ulv den Umhang vor der Brust zusammen, während seine andere zum Schwertknauf wanderte. Er starrte in das schwarze Gesicht, denn sobald der Mann den Mund aufmachte, musste er ihn töten, ehe er die anderen warnen konnte. Aber da wandte sich der Kanathener an Mian und sagte etwas, das Ulv nicht verstand. Er legte ihr die Hand unters Kinn und sah ihr ins Gesicht. Ulv legte die Hand um den Schwertgriff, als die Wache auf einmal in die Knie ging. Mian presste ihm schnell die Hand auf den Mund. Zwischen ihren Fingern quoll Blut hervor, als sie den Dolch herauszog. Der Mann griff sich an den Bauch. Mian wich von ihm zurück und ließ ihn vornüber in den Schnee kippen. Dann ließ sie hektisch atmend den Dolch fallen.

Ulv zog den Mann vor die Hauswand und nahm den Dolch an sich. Mian zitterte am ganzen Leib, als er sie zum Waldrand führte. Dahinter begann der Anstieg. Ulv schob Mian vor sich her und sah sich erst wieder um, als sie ein gutes Stück am Hang zurückgelegt hatten. Mian war so erschöpft, dass sie sich in den Schnee legte.

Ulv schob die Zweige zur Seite und sah ins Tal hinunter. Auf den Pfaden rannten schwarze Krieger hin und her. An der Brücke hatte sich ungefähr ein Dutzend Reiter eingefunden. Der Himmel über den Dächern verfärbte sich langsam grau, und das Mondlicht über dem Meer im Westen wurde schwächer. Ulv sah Reiter am Osthang, der auf die Ebene führte. Sicher hatten sie die Spuren vor der Baracke entdeckt und begriffen, dass er nicht im Meer ertrunken war.

Ulv zog Mian aus dem Schnee und ging weiter. Bald würde die Sonne über die Ebene steigen; spätestens dann würden die Kanathener den Toten und ihre Spuren entdecken, die zum Waldrand führten. Die Krieger würden die Verfolgung aufnehmen und sie wie verwundetes Wild jagen.

Sie hatten keine Zeit, sich auszuruhen, sie mussten weiter nach Osten, hoch ins Gebirge. Dort würde es genügend Verstecke für sie geben. Das Gebirge war sein Land.

Der Pfad der Erinnerung

Es dämmerte, als Ulv einen geschützten Platz hinter einer Steinhalde fand. Den ganzen Tag über waren sie am Hang entlanggewandert, sie waren durch die Birken zur Waldgrenze emporgestiegen und dann der schneebedeckten Bergflanke gefolgt. Ein paar Pfeilschüsse über ihnen ragten die Felswände empor, doch noch hatte Ulv keinen Pass entdeckt, über den sie nach Norden in das Gebirge hineinwandern konnten.

Mian hatte den ganzen Tag über geschwiegen. Ein paar Mal hatte sie im Schnee den Halt verloren, doch sie hatte sich nie beklagt, sondern war wieder aufgestanden und weitergegangen. Jetzt war sie unten am Waldrand. Sie stapfte durch den Schnee und brach trockene Zweige von den Birken. Ulv hatte noch nichts zu ihr gesagt, doch er beobachtete sie. Mian erinnerte ihn an Brage, sie hatte die gleichen, braunen Augen und dichtes, lockiges Haar. Die Brünne und die schwarzen Männerkleider ließen sie größer wirken, als sie war, aber ihre Schultern waren tatsächlich breiter als bei den meisten Frauen, die er gesehen hatte. Sie war größer als Siréd, aber dennoch einen Kopf kleiner als er.

Ulv hockte sich hinter der Steinhalde hin, als sie mit den Zweigen unter dem Arm zurückkam. Er schob den Schnee beiseite und kappte das Heidekraut an der Stelle, wo er das Feuer machen wollte. Mian ließ die Zweige neben ihm zu Boden fallen, ehe sie sich mit dem Rücken zur Steinhalde hinsetzte. Sie fasste sich an die linke Brust, wo der Kanathener sie verletzt hatte. Dann legte sie den Pelzumhang enger um sich und zog sich die Kapuze in die Stirn. Der Fischer hatte Ulv diesen Umhang gegeben, doch sie brauchte ihn jetzt dringender als er. Es dunkelte bereits, und jetzt brauchten sie ein Feuer, um die Nacht zu überleben. Ulv fingerte an dem Knoten herum, mit dem der Zunderbeutel an seinem Gürtel befestigt war. Der Wind kam noch immer aus Osten. Wenn die Schwarzen Krieger in der Nähe waren, würden sie den Rauch riechen. Den ganzen Tag über hatte er gelauscht, ob er Schritte oder Stimmen hörte, doch die Schwarzen waren entweder tüchtige Jäger und verfolgten ihn lautlos, oder sie hatten seine Spur verloren, was er kaum zu hoffen wagte. Mian brach die Zweige in kleine Stücke und legte sie aneinander. Dann nahm sie Ulv den Flintstein ab und schlug Funken in den Zunder.

»Wir brauchen Holz.« Mian legte den Zunder auf ein Stück Birkenrinde und schob diese unter das aufgestellte Holz. »Dicke Äste. Die dünnen Zweige verbrennen zu schnell.«

Ulv streckte die Hände zu den Flammen aus, die zwischen den Zweigen emporleckten. Mian sprach genauso wie Garr, sie nahm sich Zeit für jedes Wort, doch ihre helle Frauenstimme klang beinahe wie Gesang.

»Äste«, wiederholte sie. »Äste, Fremder.«

»Sie könnten die Hiebe hören.« Ulv sah zum Wald hinunter.

»Die Kälte wird uns umbringen.« Mian stand auf und stemmte ihre schlanken Hände in die Hüften. »Ich sterbe lieber im Kampf als wie ein ausgehungertes Tier in den Bergen.«

Ulv stellte sein Schwert an einen Felsbrocken. Er wusste nicht, was er sagen sollte. Sie war eine Frau, aber trotzdem war sie nicht wie Siréd. Er hatte erwartet, sie würde sich zurückziehen und still und voller Sorgen sein, da Brage und Seon in der Stadt gefangen waren. Oft hatte er sich im Laufe des Tages zu ihr umgesehen und bemerkt, wie sie sich über die Augen wischte, doch jetzt schien sich ihre Trauer in Wut verwandelt zu haben. Sie kam auf ihn zu und streckte die Hand nach seinem Schwert aus, doch da ergriff er es und legte es sich auf den Schoß.

»Das gehört mir.« Er stand auf und ging von ihr weg. »Ich habe es im Westwald gefunden.«

»Brage hätte dich auch aufgefordert, Äste zu schlagen.« Sie hockte sich mit dem Rücken zu den Felsen hin. »Mein Bruder hat vor niemandem Angst. Aber bei dir ist das wohl anders?«

Ulv wandte ihr den Rücken zu und ging zum Waldrand hinunter. Eine Frau wie sie hatte ihm nichts über Angst zu sagen. Sie hatte nicht in den Ketten der Sklavenhändler gelegen. Sie war nicht ausgepeitscht worden. Er blickte zu ihr nach oben und befühlte die Schnittwunde auf seinem Arm. Sie blutete nicht mehr, schmerzte aber noch immer. Mian war oft stehen geblieben und hatte sich an den Schnitt unter der Brust gefasst, doch jetzt saß sie am Feuer und streckte ihre schmalen Hände zu den Flammen aus.

Er fällte eine junge Birke und zog sie zum Lagerplatz. Die Schwerthiebe hallten in die Nacht hinein, als er den Stamm in der Mitte teilte und beide Teile über das Feuer legte. »Frisches Holz«, murmelte er. »Das hält uns die Nacht über warm.«

Sie sagte nichts dazu. Ulv strich sich die Haare aus dem Gesicht und sah zur Felswand empor. Auf allen Felsvorsprüngen und in den Klüften der steilen Wand lag Schnee, und die Nacht gab ihnen die Form von Untieren und Dämonen. Kalter Wind blies an den Felsen entlang. Er legte den Umhang über sich, doch da brannte sein Oberarm wieder. Die Dolchwunde war angeschwollen. Er biss die Zähne zusammen und rieb an den Wundrändern, bis sie wieder zu bluten begannen.

Mian sagte nichts, als er seinen Dolch zog und in die Glut legte. Sie betrachtete ihn, als er den Umhang und die Lodenkleider ablegte. Die Reißzähne der Kette verhakten sich in seinem Bart, und er schob sie über die Schulter nach hinten. Sein rechter Arm schmerzte. Er legte die Hand auf die Wunde und sah weg. Da schob sie seine Haare beiseite. Er spürte ihre Finger auf seinen Narben.

»Du bist ausgepeitscht worden«, sagte sie. »Haben das die Kanathener gemacht?«

Ulv senkte den Kopf. Sein langer Bart bauschte sich auf seiner Brust. Seons Frau ging das nichts an. Sie war nicht Siréd. Sie konnte nicht verstehen, was er durchgemacht hatte.

»Seons Vater ist auch ausgepeitscht worden.« Mian befühlte die Reißzähne an seiner Kette. Ulv zog sie wieder nach vorn vor die Brust. Heide knisterte, als Mian sich hinkniete, um ihr Bündel aufzuschnüren. »Sie haben ihn ausgepeitscht, weil er eine Frau aus Mansar liebte. Seon hat mir das erzählt. Die Mansarer waren schlecht. Sie schickten den kanathenischen Sklaven zurück, nach Süden über das Meer.«

Ulv drehte sich zu ihr um. »Das Meer ...« Er neigte den Kopf und sah sie an. »Das Meer ist groß. Wie eine Ebene ohne Ende.«

Mian lächelte und reichte ihm eine Decke. »Vater sagte immer, dass alles Gute und alles Böse über das Meer kommt. Im Frühling schenkt es uns Schwärme von Fischen, doch im Herbst kann es die Boote mit wilder Kraft versenken. Das Felsenvolk kam in Freundschaft über das Meer, doch danach kamen die Kanathener und brachten uns Krieg.«

Ulv legte seine Hand auf die Wunde. Das Felsenvolk ... das mussten die sein, die in dem Tal lebten. Die Gestalten aus seinen Träumen, sein Volk. Er sah zu ihr hinüber. »Über das Meer? Das Felsenvolk kam über das Meer?«

»Sie kamen mit zwei Langschiffen.« Mian drehte den Dolch in der Glut. »Doch das war lange vor meiner Geburt.«

Ulv blickte in die Glut. Die Schneide des Messers war schwarz verrußt; bald würde sie heiß genug sein, um die Wunde auszubrennen. Ihm graute davor.

»Als wir klein waren, erzählte Vater von dem Volk, das über das Meer kam.« Mian legte die Decken um sich. »Wir sollten vom Felsenvolk lernen. Er sagte, sie seien von weit her gekommen.«

»Das Meer ist groß«, wiederholte Ulv. Er wollte nicht, dass sie noch mehr über das Felsenvolk erzählte, denn ihre Worte weckten die Erinnerungen in ihm, und diese Erinnerungen ließen ihn zweifeln. Vielleicht waren Loke und seine Schüler nur böse Geister, die seine Gedanken gelesen und das gesagt hatten, was er sich zu hören wünschte.

Mian zog das Messer eine Handbreit aus dem Feuer. Die Spitze wurde langsam weiß. Ulv schluckte. Er konnte es ebenso gut schon jetzt tun. Er nahm seinen Umhang als Hitzeschutz und zog das Messer aus der Glut. Dann beugte er sich zum Feuer vor, damit er die Wunde besser sah. Er näherte sich mit dem Messer der Wunde, bis er die Wärme der Klinge spürte. Da wurde ihm übel, und seine Hand begann zu zittern. Er berührte mit der Klinge seine Haut, doch der Schmerz ließ ihn zurückzucken.

»Warte.« Mian nahm ihm das Messer ab. »Ich kann das machen.«

Ulv wich zurück, doch Mian war schneller. Sie presste die Klinge auf die Wunde und hielt sie dort fest, bis Ulv sich von ihr wegdrehte. Er taumelte ins Dunkel, stürzte und drückte seinen Oberarm in den Schnee. Mian folgte ihm. Sie nahm eine Hand voll Schnee und presste ihn auf die Brandwunde, ehe sie mit frischem Schnee über seinen Arm rieb und das Blut abwusch. Ulv rappelte sich auf, denn obgleich die Wunde schmerzte, schreckte ihn dieser Schmerz nicht mehr so sehr wie beim letzten Mal. Er legte die Hand auf die Brandwunde. Sie würde verheilen, wie die Schnitte in seinem Schenkel verheilt waren. Doch die Kanathener hatten ihn ein weiteres Mal gezeichnet.

Ulv zog sein Hemd an und setzte sich wieder ans Feuer. Es stach jedes Mal, wenn der raue Stoff die Wunde berührte, doch er versuchte, nicht daran zu denken. Mian hatte sich unter die Decke gekauert. Verstohlen blickte er zu ihr hinüber. Sie biss die Zähne zusammen, als sie den Arm hob und die Decke weiter hochzog.

»Der Kanathener ...« Er räusperte sich und fasste sich an die Brust. »Er hat dich verletzt.«

»Mach dir deshalb keine Gedanken.« Mian legte ihren Kopf auf einen Stein. »Eine Narbe kann ich wohl verkraften. Doch wenn sie Brage und Seon töten ...«

Ulv stieß sein Schwert neben sich in den Schnee. »Sie sind starke Männer«, sagte er. »Und ich werde sie da rausholen. Das verspreche ich.«

Mian antwortete nicht. Sie war still, und der Wind spielte mit ihren langen Haaren. Ulv sah weg, denn wie sie so dalag und in die Nacht starrte, erinnerte sie ihn an Siréd. Er hatte Siréd versprochen, ihr zu folgen, doch noch immer war er nicht auf dem Weg nach Süden. Es war töricht, Mian zu versprechen, dass er Seon und Brage retten würde. Er war bloß ein Mann. Ein Jäger. Er konnte ihr nichts versprechen.

Ulv wachte in der Morgendämmerung auf. Er warf den Umhang ab und starrte zum Waldrand hinunter. Es war niemand zu sehen, dennoch war er sich sicher, dass ihn ein Geräusch geweckt hatte. Mian hatte sich, den Bogen vor den Füßen, dicht an der Steinhalde zusammengerollt. Als er den Bogen nahm, öffnete sie die Augen. Ulv stand auf und suchte mit den Augen den Waldrand ab. Die schwarzen Krieger konnten die ganze Nacht gewandert sein. Es war dumm gewesen, ein Feuer zu machen.

Mian warf Schnee über den Lagerplatz, während Ulv Fetzen vom Trockenfisch schnitt. Den Weinschlauch hatte er schon wenige Pfeilschüsse vom Tal entfernt weggeworfen, da er zu schwer war. Er schmolz Schnee im Mund und teilte den Trockenfisch mit Mian, packte den Rest aber gleich wieder ein, denn sie hatten bald das erste der fünf Fischstücke aufgegessen. Der Proviant würde nicht lange reichen, wenn er ihn nicht rationierte. Seit sie den Berghang emporgestiegen waren, hatten sie weder Vögel noch Tiere gehört. Das Wild schien sich, wie Brage es gesagt hatte, in die Wälder im Osten verzogen zu haben. Und überdies hatte er jetzt nicht die Zeit zu jagen. Er musste in die Berge kommen und das Tal finden. Wenn es wirklich ein Volk hinter den steilen Felsen gab, konnte es ihm vielleicht helfen, Brage und Seon zu befreien.

Sie gingen weiter nach Osten. Die Sonne stieg langsam am blauen Himmel empor, und Ulv verfluchte den Ostwind, der die Wolken über das Meer geblasen hatte. Jetzt hätte er Schnee gebrauchen können, damit ihre Spuren verwischt wurden. Doch er hatte in der letzten Zeit viel über die Götter gelernt und wusste, dass sie sich nur selten um die Menschen kümmerten. Als sie über die Steppe gezogen waren, hatte er zu den Wolken aufgesehen und sich gefragt, ob es die Götter waren, die er hörte. Loke sagte, die alten Götter seien vom Himmel herabgestiegen, um in den Reihen der Sterblichen zu kämpfen. Doch er verstand nicht, wie das vor sich gegangen sein sollte. Das blaue Himmelsrund reichte bis ans Ende der Welt, und er hatte noch von keinem Menschen gehört, der das Ende erreicht und den Ort gesehen hatte, an dem sich der Himmel aus dem Boden erhob. Vielleicht war das Felsenvolk von dem Ort herübergesegelt, an dem das Himmelsrund im Meer versank. Vielleicht waren sie Götter. Er warf einen Blick über die Schulter. Mian ging eine Speerlänge hinter ihm. Sie hatte den Blick auf den Boden geheftet und trat in seine Spuren. Ein unerfahrener Spurenleser würde meinen, dass hier nur eine Person gegangen war. Doch die Schwarzen würden sich nicht so leicht täuschen lassen.

Sie blieben etwa einen Pfeilschuss über der Baumgrenze. So war es am sichersten, denn obgleich sie leicht zu sehen waren, konnten sie nicht von den Schwarzen beschossen werden, ohne dass diese den Wald verlassen mussten. Manchmal glaubte Ulv, das Brechen eines Astes oder das Kratzen eines Zweiges an Leder oder Pelz zu hören, doch die Geräusche waren leise, und er konnte niemanden sehen, weder zwischen den Bäumen noch oben im Fels. Deshalb setzten sie ihren Weg nach Osten fort.

Mian zupfte ständig an seinem Hemd und reichte ihm Hände voller Schnee, und Ulv tat, was sie sagte, und drückte den Schnee auf die Brandwunde an seinem Oberarm. Sie wusste wohl, was sie tat, denn die Wunde war weder geschwollen noch hatten sich, wie im Westwald, Eiterblasen gebildet. Mian hatte seit dem Verlassen des Nachtlagers kaum etwas gesagt, doch das war ihm nur recht. Er war sicher, dass sie ihn einiges fragen wollte, denn Brage hatte wohl kaum Zeit gefunden, ihr von der Reise von Krugant oder den Jahren im Norden zu erzählen. Und Seon war neun Winter von ihr getrennt gewesen. Auch wenn Frauen fremde Geschöpfe für ihn waren, konnte Ulv sich doch vorstellen, dass sie sich danach sehnte zu erfahren, was Seon in all diesen Jahren gemacht hatte.

Ulv und Mian gingen an der Felswand entlang, bis sich die Sonne wieder dem Horizont näherte. Sie hatten noch immer nichts aus dem Wald gehört und sahen auch keine Spuren hinter sich. Es war im Laufe des Tages kälter geworden, und so traten sie zwischen die Bäume und begannen, einen Lagerplatz zu suchen. Sie sammelten trockene Zweige, und dann hockte sich Ulv an einem vom Wind umgestürzten Baum hin und schob den Schnee beiseite. Das reichte als Lagerplatz, denn der Wald würde sie während der Nacht schützen und mit Brennmaterial versorgen.

Auch an diesem Abend entzündete Mian das Feuer. Ulv trat in den Schnee und schlug Zweige von den benachbarten Kiefern. Er wusste, dass die Schläge weit zu hören waren, doch er wollte nicht, dass Mian fror. Wenn Seon und Brage da gewesen wären, hätten sie abwechselnd an der Baumgrenze Wache halten können. Jetzt mussten sie zusehen, dass ihre Körper warm blieben und ein wenig Schlaf bekamen.

Ulv zog die Zweige ans Feuer und setzte sich neben Mian. Sie schnitt Streifen vom Trockenfisch und teilte diese zwischen ihnen auf. Ulv nahm eine Hand voll Schnee und ließ ihn im Mund schmelzen, ehe er noch einmal in den Schnee griff und seine Wunde kühlte. Mian schlug die Decken um sich und sah ihn an. Ulv hatte nur eine Decke.

»Ich brauche nicht beide Decken«, sagte sie und schlug die äußere zur Seite. »Ich habe ja deinen Pelz. Du kannst die eine haben, wenn du willst.«

»Nein.« Ulv schlug seinen wollenen Umhang um sich. »Du sollst sie haben.«

Mian kaute ein Stück Trockenfisch, ehe sie ihn wieder anblickte. »Törichte Männer reden so«, sagte sie schmatzend. »Du frierst doch, nicht wahr?«

»Ich friere nicht.« Ulv zog die Decke bis zu seinem Hals hoch. »Und du bist eine Frau. Du brauchst die Decke.«

Mian schüttelte lächelnd den Kopf. »Jetzt hörst du dich an wie mein Vater, Fremder.« Sie kam zu ihm und hockte sich dicht neben ihn. Dann legte sie die Decke um sie beide. »So«, sagte sie und schlug ihre Kapuze hoch. »Besser wir halten beide die Wärme, damit die Kälte keinen von uns holt. Die Berge sind gefährlich, Fremder.«

»Gefährlich«, wiederholte Ulv. Er starrte ins Dunkel, denn wieder glaubte er, etwas gehört zu haben.

»Du kannst schlafen«, sagte Mian. »Ich werde wachen. Wenn sich die Kanathener nähern, höre ich das.«

Ulv richtete sich auf. Wieder war da etwas im Dunkel, doch das Geräusch war so leise, dass er nicht erkennen konnte, woher es kam.

»Hast du das gehört?«, fragte er.

Mian hielt den Atem an. Das Feuer knisterte, und der Wind rauschte in den kahlen Zweigen über ihnen. Sie schüttelte den Kopf.

Ulv biss in das Fischstück. Mian lebte in einer Stadt und konnte nicht viel über die Berge wissen. Ein guter Jäger aber spürte die Gefahr, ehe er sie hörte. Doch jetzt hörte auch er nichts mehr. Die Nacht war still und schwarz, und er wurde langsam müde. Er spürte ihre Knie an seinen, hörte ihren Atem und fühlte, wie sich ihre Schultern bei jedem Atemzug hoben. Wäre es doch Siréd, die da neben ihm saß, dachte er. Wieder übermannte ihn dieses bedrückende Gefühl, und er richtete seinen Blick nach Süden und starrte zwischen die Kiefernstämme. Irgendwo dort unten war sie. Er spürte, dass sie noch am Leben war, fragte sich aber voller Furcht, was die schwarzen Männer mit ihr anstellen würden.

Als Mian einschlief, rückte Ulv ein wenig von ihr weg. Er schlug beide Decken um sie und legte die dicksten Zweige über das Feuer, so dass sie die Flammen verdeckten. Dann nahm er seinen Bogen und den Pfeilköcher und stapfte durch den Schnee. Das

Fischfleisch war ungewohnt für ihn, und ihm wurde ein wenig übel. Er zog die Hose herunter und hockte sich hinter einem verschneiten Wacholder hin.

Da hörte er wieder die leisen Geräusche. Lange starrte er ins Dunkel zwischen den Stämmen, doch erst, als er sich erhob, um zum Lagerplatz zurückzugehen, erkannte er, aus welcher Richtung die Geräusche kamen. Es waren Schritte, vorsichtige Schritte im Schnee. Jemand näherte sich aus westlicher Richtung über die Bergflanke.

Ulv schlich sich zurück zum Lager und warf Schnee auf die Feuerstelle. Mian schlief noch immer, und so warf er sich den Bogen über die Schulter und nahm einen Pfeil in den Mund. Das Schwert legte er vor ihre Füße, denn er würde es nicht brauchen, solange er den Bogen hatte. Und sollten die Schwarzen das Lager finden, hatte sie eine Waffe, mit der sie sich verteidigen konnte.

Langsam schlich er zum Waldrand empor, hockte sich unter einen Birkenzweig und suchte mit den Augen die Bergflanke im Westen ab. Zuerst sah er nichts, doch dann bemerkte er die Gestalten zwischen den Birken. Es waren fünf Männer. Drei von ihnen waren mit Speeren bewaffnet. Er konnte nicht erkennen, ob sie Bögen hatten. Sie waren etwa zwei Pfeilschüsse entfernt, doch schienen sie nicht nach einem Lagerplatz Ausschau zu halten. Einer von ihnen streckte seine Hand zur Felswand aus. Er deutete auf ihre Spuren, die sich in der sternenklaren Nacht wie schwarze Flecken im Schnee abzeichneten. Der Mond schien.

Ulv umklammerte die Pfeile in seinem Köcher und schlich sich wieder in den Wald hinunter. Er trat vorsichtig auf, und jedes Mal, wenn er einen Zweig oder Laub unter seinen Stiefeln spürte, stellte er seinen Fuß an einer anderen Stelle auf. Er hielt sich einen Steinwurf unterhalb des lichten Birkengürtels und stahl sich im Schutz der Kiefern nach Westen. Von dort konnte er die Krieger nicht sehen, und so blieb er häufig stehen und lauschte auf ihre Schritte. Sie waren zu fünft, und das hieß, dass er sie alle töten musste, ehe sie sein Versteck entdeckten.

Als Ulv die Schritte unmittelbar über sich hörte, blieb er stehen und duckte sich hinter einen Kiefernstamm. Die Männer gingen weiter nach Osten. Vermutlich wollten sie ihr Nachtlager überfallen. Es war jetzt nicht mehr weit bis zu der Stelle, an der ihre Spuren nach unten in Richtung Lager führten, wo sie Mian finden würden. Er musste den Waldrand erreichen, ehe sie zwischen den Bäumen verschwanden.

Ulv schlich sich zwischen den Birken nach oben. Er legte einen Pfeil an die Sehne, denn er hatte gehört, dass die Verfolger stehen geblieben waren. Jetzt mussten sie die Stelle erreicht haben, an der Mian und er nach unten gestiegen waren, um einen Lagerplatz zu suchen. Als er den Waldrand erreichte, hockte er sich hinter eine Birke und spannte den Bogen. Die fünf Männer schlichen sich zwischen die Bäume, doch der Hinterste war noch immer in offenem Gelände. Er drehte sich zur Seite und Ulv bemerkte, dass der Mann ihn gesehen hatte.

Ulv zielte und schoss den Pfeil ab. Der schwarze Krieger schrie auf, ehe er nach hinten stürzte. Ulv legte einen weiteren Pfeil an die Sehne. Als einer der anderen Krieger aus dem Wald eilte und den Verwundeten zurückzuziehen begann, schoss Ulv erneut. Der Schwarze fiel stumm zu Boden. Ulv konnte nicht sehen, wo er getroffen hatte, aber beide Männer lagen wie tot am Boden. Doch es gab noch drei weitere Krieger, und die wussten jetzt, wo er war. Er hörte sie durch den Schnee hasten. Sie näherten sich im Schutz der Kiefern und trennten sich unterhalb von ihm, als wollten sie ihn auf den offenen Berghang treiben. Ulv nahm einen Pfeil zwischen die Zähne und rannte nach unten. Er duckte sich unter den Birkenzweigen hindurch und sprang über Steine und Moospolster, bis er die Kiefern erreichte, wo er sich hinter einem Stamm zusammenkauerte. Einen Steinwurf links von ihm knirschte Leder: Zwei Männer schlichen unweit von ihm zwischen den Bäumen hindurch. Er versuchte, sie genau zu erkennen, doch es war zu dunkel.

Da bohrte sich ein Pfeil hinter ihm in den Baum. Ulv wirbelte herum und spannte den Bogen. Etwas Blankes glänzte zwischen den Bäumen, und er schoss seinen Pfeil ab, der sich zitternd in einen Baumstamm bohrte. Ulv sprang auf und hastete nach links zu einer umgestürzten Birke, hinter der er sich versteckte. Es war jetzt still im Wald, doch er konnte sie riechen. Nur wenige Speerlängen von ihm entfernt musste ein Mann sein, während sich die anderen von Westen näherten. Er legte einen Pfeil an die Sehne. Es war nicht leicht, ihre Spuren zu erkennen, denn die Kiefern schirmten das Mondlicht ab.

Erneut schwirrte ein Pfeil durch die Luft. Dieser flog über seinen Kopf hinweg, doch jetzt hatte er den Schützen erblickt. Der schwarze Mann warf sich gleich links von ihm hinter einem Wacholderbusch zu Boden. Ulv nahm seine Witterung auf. Der Mann schwitzte und atmete schnell und angestrengt. Sie waren gelaufen, um ihn einzuholen, und erschöpfte Männer zielten schlecht. Ulv spannte den Bogen und zog die Pfeilhand unter sein Kinn. Dann trat er hinter dem Stamm hervor und zielte auf den Busch. Leder knirschte, und als sich der Krieger zum Schießen erhob, schoss Ulv seinen Pfeil ab. Er schnitt sich durch den Wacholder, und gleich darauf stürzte der Mann zu Boden. Der eisenbeschlagene Schild auf seinem Rücken glänzte. Der Pfeil steckte in der Brust des auf der Seite liegenden Mannes, der hustend nach Atem rang. Ulv legte sich hin und kroch zu dem schreienden Mann hinüber. Der Kanathener versuchte, seinen Dolch zu zücken, doch Ulv nahm ihm das Messer ab und riss ihm den Eisenschild vom Rücken. Einen Steinwurf rechts von ihm knirschte es im Schnee. Den Schild vor sich haltend, ging er gebeugt auf das Geräusch zu. Eine Pfeilspitze bohrte sich dicht über seinem Arm durch den Schild. Ulv ließ sich hinter einen Baum fallen und tastete nach seinem Köcher. Seine Hände zitterten, und die Angst machte ihn schwach. Ein weiterer Pfeil bohrte sich durch den Schild. Ulv hielt den Atem an und blickte über den eisenbeschlagenen Rand. Er konnte den schwarz gekleideten Krieger hinter einem Baum stehen sehen. Ulv legte einen Pfeil an die Sehne und warf einen Blick über die Schulter. Auch hinter ihm knirschte jetzt der Schnee. Der andere Krieger kam näher, um ihm in den Rücken zu schießen.

Ulv hielt den Bogen mit dem Schildarm und legte sich auf die Seite. Er wusste, dass sie schießen würden, sobald er sich erhob, doch ihm blieb keine andere Wahl. Sie hatten ihn aus zwei verschiedenen Richtungen in die Enge getrieben. Er zog die Beine unter sich und spannte den Bogen.

»Nordländer!«

Ulv zuckte zusammen. Es war Mian, die ihn gerufen hatte. Sie musste aufgewacht sein. Er schloss die Augen und lauschte. Die Schritte hinter ihm verharrten. Dann drehte sich der schwarze Krieger um und begann, in ihre Richtung zu laufen.

Mit einem Satz war Ulv oben. Er hörte die Sehne des Bogens, die losgelassen wurde, und spürte den Pfeil, der an seinem Kopf vorbeizischte. Als er sich fallen ließ, erblickte er den Krieger, der hinter einem Stamm kniete. Ulv schoss den Pfeil noch im Fallen ab, ehe er im Schnee landete. Der Bogenschütze schrie auf, als Ulv sich wieder erhob und den Schild wegwarf. Der Kanathener lag auf dem Rücken zwischen den Zweigen. Der Pfeil hatte ihn in die Brust getroffen. Ulv drehte sich um und rannte hinter dem anderen Krieger her.

»Mian!« Er legte einen Pfeil an die Sehne und versuchte zu zielen, doch der fünfte Krieger war bereits zwischen den Stämmen verschwunden. Ulv sprang über den Toten beim Wacholder, hastete zwischen zwei Birken hindurch und drückte die Zweige auseinander. Dann blieb er stehen und lauschte.

»Mian!« Seine Augen suchten den Wald ab.

»Nordländer!« Das war ihre Stimme. Sie war noch beim Lager. »Hier sind tote Männer, Nordländer!«

Ulv wischte sich den Schnee aus den Haaren. Vielleicht war der letzte Krieger geflohen. Er konnte den Hang hinuntergelaufen sein und sich versteckt haben. Ulv drehte sich zur Seite und starrte ins Dunkel zwischen den Bäumen. Vielleicht hatte er die Jagd aufgegeben. Ulv hängte den Bogen über seine Schulter und legte die Hand auf die Pfeile. Ihm blieben noch so viele Pfeile, wie er Finger an einer Hand hatte. Dann schnupperte er in den Ostwind und drehte sich um.

Der Krieger stand zwischen den Bäumen. Ulv warf den Bogen von der Schulter und hob den Dolch, als der schwarze Mann seinen Säbel zog und sich auf ihn stürzte. Die krumme Schneide zischte durch die Dunkelheit. Ulv sprang zur Seite, doch der Kanathener schlug ihm mit der Faust auf die Brust. Dann packte der Schwarze seinen Umhang und schlug erneut zu. Ulv kam unter seinen Arm, doch sein Dolch drang nicht durch die Rüstung des Mannes. Brüllend versuchte der Kanathener, ihn abzuschütteln, doch Ulv schlang seinen Arm um den Nacken des Mannes und zwang ihn zu Boden. Der Krieger drehte sich noch im Fallen um, so dass Ulv unter ihn zu liegen kam. Der Schwarze packte Ulvs Kehle und drückte zu. Ulv rang nach Atem und versuchte, ihn abzuwerfen, doch der Krieger packte ihn mit beiden Händen am Hals. Ulv stach mit dem Dolch auf ihn ein, und als er endlich eine weiche Stelle oberhalb der Brünne fand, bohrte er die Klinge mit aller Wucht hinein. Der Kanathener ließ ihn los und rollte zur Seite. Ulv rappelte sich auf und stützte sich mit dem Rücken an einen Baumstamm. Der Dolch steckte im Arm des Kriegers, der jetzt seinen Säbel hochriss und brüllend auf Ulv zustürzte. Er tauchte unter dem Hieb hinweg, doch erneut riss ihn der Kanathener mit sich. Ulv versuchte, sich an einem Baum festzuhalten, als der Krieger die Beine unter ihm wegtrat, so dass er zu Boden stürzte. Der Kanathener setzte sich rittlings auf ihn und drückte die gebogene Klinge gegen Ulvs Kehle. Ulv packte den Schaft, doch der Schwarze drückte den Säbel nach unten.

Da ging ein Zucken durch den schweren Körper, und der Kanathener ließ den Säbel fallen. Ulv spürte Blut auf seinem Gesicht. Der Krieger schrie und fasste sich in den Nacken. Etwas Warmes, Nasses tropfte in Ulvs Haare. Mian stand neben ihm. Der Kanathener versuchte wegzukrabbeln. Doch Mian ging ihm nach und schlug ein weiteres Mal auf seinen Nacken ein, so dass der Kanathener zusammenbrach und im Schnee liegen blieb.

»Ich habe dich gehört, Nordländer!« Mian blickte auf ihre blutigen Hände. »Das war der Letzte von ihnen, oder?«

Ulv kroch zu dem toten Mann. Die Schwerthiebe hatten ihm die Wirbelsäule durchtrennt, doch der Kopf saß noch immer fest. »Ja«, sagte er schluckend, »das war der Letzte.«

Er zog den Dolch aus dem Arm des Mannes und wischte ihn im Schnee ab, ehe er ihn in die Scheide steckte. Dann drehte er den Kanathener um und öffnete seine Gürteltasche. Er fand ein Leinensäckchen mit Zunder und einen silbernen Ring. Er nahm das Zundersäckchen und band es an seinen Gürtel, den Ring ließ er im Schnee liegen.

»Ich habe Vater gerächt.« Mian ließ das Schwert zu Boden fallen. »Ich habe einen von ihnen getötet, wie sie ihn getötet haben.«

Ulv nahm eine Hand voll Schnee und wischte sich das Gesicht ab. Die Schnitte an Stirn und Wange brannten, und er fühlte sich mit einem Mal unendlich müde. Er lehnte sich mit dem Rücken an den nächsten Baum und zog das Schwert zu sich herüber.

»Müde«, murmelte er. »Ich bin müde.« Er strich sich die nassen Haare aus den Augen.

Mian reichte ihm die Hand, doch Ulv stützte sich am Stamm ab und kam auf die Beine. »Wir müssen die Pfeile aus ihnen herausziehen. Wir brauchen Pfeile. Und Essen. Decken.« Er warf einen Blick auf den Toten, doch er trug weder Proviant noch Decken mit sich.

Ulv ging zu dem Krieger am Wacholder. Bei ihm fand er sowohl ein Stück Fleisch als auch eine dicke Decke, die er wie einen Umhang über dem Rücken trug. Ulv nahm seine Pfeile und füllte damit seinen eigenen Köcher. Der Kanathener, der zuletzt geschossen hatte, war weggekrochen; sie mussten der Blutspur einen guten Steinwurf in den Kiefernwald folgen, ehe sie ihn fanden. Er lag zusammengekauert im Unterholz und atmete noch, als Ulv ihm den Umhang abnahm und seine Taschen durchwühlte. Mian wollte nicht näher kommen, doch Ulv öffnete die Augen des Verwundeten und schüttelte ihn. Er wusste nicht, warum, aber der sterbende Mann tat ihm Leid. Der Kanathener sah ihn mit halb geschlossenen Lidern an, und in seinem Blick lag weder Wut noch Hass. Ulv breitete den Umhang über ihn und wandte dem Verwundeten dann den Rücken zu.

Sie fanden zwei weitere Proviantbeutel in den Gürteltaschen der beiden Krieger, die Ulv am Waldrand getötet hatte. Sie hatten dicke Umhänge über den Schultern und volle Pfeilköcher. Ulv wählte die schärfsten Pfeile aus und steckte sie in seinen Köcher. Dann gingen sie zurück zum Lager.

In dieser Nacht schliefen sie nicht mehr. Der Wind rauschte in den kahlen Birkenzweigen und flüsterte wie die Geister toter Männer. Ulv schlug die Decken um sich und starrte ins Dunkel. Er hatte den Bogen neben sich in den Schnee gesteckt und die Hand auf den Schwertgriff gelegt, weil er fürchtete, der sterbende Mann könne sich zum Lager schleppen und sich rächen. Die Bäume zeichneten verwachsene Gestalten in die Nacht, und obgleich er wusste, dass der Kanathener kaum noch leben konnte, glaubte er, ihn ständig im Dunkel zu sehen. Manchmal lehnte sich der schwarze Krieger an eine knorrige Birke unterhalb des Lagers, und dann wand er sich wieder wie eine Schlange durch den Schnee. Ulv wagte es nicht, die Augen zu schließen, denn dann hörte er stets seinen röchelnden Atem. Mehrmals erhob er sich, um zurückzugehen und den Kanathenern die Kehlen durchzuschneiden, aber dann sagte er sich immer wieder, dass sie längst tot waren und der Wind ihre Geister mitgenommen hatte.

Bei Tagesanbruch weckte er Mian und gab ihr eine Hand voll Trockenfleisch. Dann gingen sie zurück zum Waldrand und von dort aus weiter am Berghang nach Osten. Sie wanderten, bis die Sonne hoch am kalten Himmel stand, ehe sie eine Pause machten und erneut etwas Fleisch aßen. Mian war schweigsam, doch sie beklagte sich nicht. Sie legte Schnee auf die Brandwunde auf seinem Arm, und als sie weitergingen, trottete sie in seinen Spuren hinterher.

Der Berghang wurde immer steiler, je weiter sie nach Osten kamen, und die felsigen Gipfel schienen bis in den Himmel zu ragen. Der Wald unterhalb war weiß verschneit, und die vereinzelten Fichten überragten die Laubbäume wie weiße Türme. Viele Pfeilschüsse südlich des Waldes erstreckte sich die Ebene wie ein gefrorenes Meer. Sie konnten das Tal und die Küste im Westen nicht mehr sehen, denn die Gebirgskette führte sie in nordöstlicher Richtung. Doch sie sahen noch immer den Flusslauf, der sich wie ein dunkler Schatten auf der weißen Fläche abzeichnete. Ulv verbarg seine Hände in den Ärmeln des Hemdes und hatte die Kapuze tief in die Stirn gezogen. Er hatte Eis im Bart, und der Wind fegte an den Felswänden entlang und zerrte an seinem Umhang.

Im Laufe des Tages wurde es noch kälter, und als sie am Abend zum Waldrand hinabstiegen, knackte der Schnee unter ihren Stiefeln. Ulv brach steif gefrorene Zweige von einer Kiefer, während Mian trockene Äste sammelte und den Zunder entfachte. Sie kauerten sich zusammen unter die Decken, schnitten Fetzen vom Fleisch und aßen schweigend. Ulv gingen so viele Fragen durch den Kopf; er wollte sie fragen, wie lange es her war, dass die Schwarzen nach Ber-Mar gekommen waren, und warum sie als Dienerin für einen Feind gearbeitet hatte, doch er dachte, dass es töricht war, solche Fragen zu stellen. Ein kluger Mann würde verstehen, ohne Fragen zu stellen, und Ulv wollte sich nicht zum Narren machen. So heftete er seinen Blick auf die Flammen und war froh darüber, dass sie die toten Männer weit hinter sich gelassen hatten. Am nächsten Tag würden sie weitergehen, und er wollte mit den Augen die Felswand absuchen. Irgendwo mussten die Bergwände zurückweichen, so dass sich eine Scharte ins Innere des Gebirges öffnete. Dann würden sie zwischen den Felsen hindurchwandern, und wenn die Götter ihm wohl gesonnen waren, würde er das versteckte Tal finden und darin das Volk, das dort lebte.

Vier Tage wanderten Ulv und Mian an der Bergflanke entlang, doch die Felswand ragte noch immer wie eine uneinnehmbare Götterburg aus dem schneebedeckten Hang. Abends stiegen sie zum Waldrand ab und machten mit trockenen Zweigen und Birkenrinde Feuer. Sie schlotterten unter ihren Decken und schnitten Fetzen von dem tiefgefrorenen Fleisch und dem Trockenfisch. Die Nächte waren kalt, und der Wind blies Eis und Schnee über das Gebirge. Abends ließ Ulv seinen Blick an der Felswand entlanggleiten, er blickte zu den scharfen Gipfeln auf, die in den Himmel ragten, und sah über den bewaldeten Hang zur Ebene hinunter. Es war ein Land voller Eis und Schnee, wie er es aus dem Norden gewohnt war. Die Kälte fürchtete er ebenso wenig wie die Geister, die in den winterblauen Himmel heulten. Doch er wusste, dass Mian das tat. Sie war in den letzten Tagen immer stiller geworden, und abends hockte sie regungslos unter den Decken, ehe sie das Essen aß, das er ihr gab, und die Augen schloss. Er wusste nicht einmal, ob sie in den langen Nächten schlief oder bloß dahockte und sich Sorgen um Seon und Brage machte. Zwei Nächte nachdem sie die Kanathener getötet hatten, sagte er ihr, dass er nach Ber-Mar zurückkehren und sie befreien würde, doch sie schüttelte den Kopf und sagte, dass die Schwarzen sie bereits umgebracht hätten. Ulv verstand nicht, wie sie das wissen konnte, doch er fürchtete, dass sie Recht hatte. Und er erinnerte sich daran, wie Seon Brage zu überreden versucht hatte, ihn, Ulv, im Westwald zurückzulassen. Seon hatte ihm keine Gnade erwiesen, warum sollte er also umkehren und ihn retten? Doch Seon war nicht mehr nur der Krieger, er war ein Mann, und Mian liebte ihn. Außerdem waren Brage und Garr gemeinsam mit ihm festgekettet. Brage hatte Ulv durch den ganzen Westwald geschleppt. Er verdankte dem Schmied sein Leben. Trotzdem hatte er eine grausame Vorahnung, wenn Mian sagte, dass die Männer tot seien. Sollten sie noch leben, hatten die Kanathener sie sicher hart für die Morde an den Wachen bestraft, die er getötet hatte.

Ulv grübelte viel darüber nach. Er versuchte, nicht an seine Freunde zu denken, und sagte sich selbst, dass er der Wolfsmann aus dem Norden war und dass er immer alleine gewandert war. Er brauchte niemanden. So war es immer gewesen. Doch in diesem Sommer war so viel geschehen, und durch die Begegnung mit Siréd hatte sich alles verändert. Er hatte versprochen, ihr zu folgen und sie aus den Händen der Schwarzen zu befreien, und jetzt hatte er auch noch Mian gelobt, Brage und Seon zu retten. Er war nicht mehr frei, wie er es dort oben im Norden gewesen war. Er war kein Jäger mehr, und sein Weg führte ihn nicht mehr einfach dorthin, wo er hinwollte. Deshalb fragte er sie schließlich. Es war am fünften Abend nach ihrer Flucht aus Ber-Mar. Er reichte ihr das Fleisch und fragte sie, was für ein Mann er sei. Mian sah ihn an, neigte den Kopf zur Seite und flüsterte: »Ein Krieger ...« Das Wort stieg mit den Funken des Feuers in die Nacht empor. »Du bist ein Krieger, Nordländer, was sonst?« Dann kauerte sie sich am Feuer zusammen und sagte nichts mehr.

Er dachte darüber nach, bis er endlich einschlief, und am nächsten Morgen waren diese Gedanken gleich wieder zur Stelle, bis er die Spuren fand. Er fasste an den Griff seines Schwertes und sah sich um, denn er fürchtete, von noch mehr Kanathenern gejagt zu werden. Ein Krieger war ein Mann mit Feinden, und als er sich bei den alten Trittspuren im Schnee hinhockte, suchte er den Waldrand ab, der gut einen Steinwurf unterhalb von ihnen lag, und erwartete beinahe, einen schwarz gekleideten Bogenschützen zu entdecken. Doch es zeigten sich keine weiteren Kanathener, und als er den Fußspuren an dem Berghang folgte, erkannte er schnell, dass sie nicht von Feinden stammten. Die Spuren tauchten zwischen den Birken auf und führten in östlicher Richtung an der Bergflanke entlang. Sie stammten von zwei Männern, die keine Stiefel trugen, sondern Felle oder Lederstrümpfe, und die

Tiefe der Fährten verriet ihm, dass sie etwas Schweres zwischen sich getragen hatten. Die Spur führte um eine Felsnase herum, wo er die Reste eines Feuers entdeckte. Im Schnee waren Blut und Haare. Die Männer hatten eine Beute am Feuer abgelegt. Ulv schnupperte an den Resten und erkannte schnell, dass es ein Hirsch gewesen sein musste. Die Jäger hatten ihn vermutlich unten im Wald erlegt und hier heraufgetragen, wo sie ihn aufgeschnitten und die Leber verspeist hatten, wie es Hirschjäger zu tun pflegten.

Ulv und Mian folgten ihren Spuren, bis es dunkel wurde. Da waren sie hoch oben an der Bergflanke, und Ulv sah bereits, wo die Jäger ihr Lager aufgeschlagen hatten. Der Platz lag wie eine schwarze Markierung ein paar Pfeilschüsse vor ihnen im Schnee, doch Ulv erkannte gleich, dass es kein guter Lagerplatz war, denn es gab weder Felsen noch Bäume, die sie vor dem Wind schützten. Die Jäger mussten Holz aus dem Wald mitgenommen und Häute aufgespannt haben, doch Mian und er würden ohne ein Feuer erfrieren. So stapften sie durch den tiefen Schnee zur Waldgrenze hinunter und suchten zwischen den Kiefern am Waldrand Schutz. Er hackte Holz und schnitt ein großes Stück Rinde von der nächsten Birke. Daraus formte er einen Becher, den er mit Schnee füllte und ins Feuer stellte. Als der Schnee geschmolzen und das Wasser heiß war, reichte er ihn Mian. Sie lächelte ihn an. Ulv senkte den Blick, denn sie erinnerte ihn an Siréd.

»Warst du einer von Seons Kriegern?« Mian sprach mit leiser Stimme. »Es heißt, er sei dort im Osten ein Burgherr gewesen. Hast du ihm gedient?«

Ulv schlug die Decke enger um sich und setzte sich auf die Fichtenzweige, die er um das Feuer herum ausgebreitet hatte. Er sah sie an, denn es überraschte ihn, dass Mian plötzlich mit ihm sprach.

»Warst du ein gedungener Krieger?« Mian wärmte ihre Hände an dem Rindenbecher, während ihre braunen Augen ihn anstarrten.

»Seon hat mir zu essen gegeben«, sagte Ulv. »Ich bin aus dem Norden gekommen und über die Steppen gewandert.«

»Aus dem Norden?« Mian blickte ins Dunkel. »Aus Ulverham oder Krimsbane?«

»Nein.« Ulv schüttelte den Kopf. »Aus den Bergen, dem Barkasfjell.«

Mian strich sich die Haare aus der Stirn. »Von dem Gebirge habe ich noch nie gehört. Ist das weit im Norden?«

Ulv fasste sich an den Bart. Er ließ die Eiszapfen unter seinen Händen schmelzen, während er sie betrachtete. Er wusste nur wenig über Frauen, doch sicher war es ungewöhnlich, dass eine Frau so viel fragte.

Mian lächelte. »Ich sehe, dass du verwundert bist, Nordländer. Ich sollte schweigen, nicht?«

Ulv legte einen Zweig aufs Feuer. Mian war wortgewandter als er. Mit Siréd war es leichter gewesen. Sie hatte ihn verstanden, ohne dass er etwas zu sagen brauchte.

»Vater wollte keine gehorsame Bauerntochter als Kind«, erklärte Mian. »Nach dem Tod meiner Mutter gab es nur uns zwei. Brage war viel weg, er war auf Reisen und wanderte mit Seon. Also habe ich mich um das Haus gekümmert, Nordländer. Ich habe die Händler aus Krimsbane empfangen und darauf geachtet, dass die Jäger, die aus den Bergen kamen, ein Dach über dem Kopf und etwas zu essen hatten. Vater war die meiste Zeit in der Schmiede. Also musste ich mich um die Tauschpreise und all das kümmern.«

Ulv wischte sich die Nase ab. »Jäger aus den Bergen, sagst du? Kamen die aus dem Tal?«

»Sie kamen aus dem Tal hinter dem Felsengebirge«, sagte Mian nickend. »Sie trugen Lederkleider und sprachen ähnlich wie du. Es waren rechtschaffene Männer.«

»Weißt du, wie wir in das Tal gelangen können?« Ulv beugte sich zum Feuer vor. »Ein Bergpass, eine Scharte …«

»Sie haben nie etwas gesagt. Manchmal ging ein Mann oder eine Frau aus meinem Volk mit ihnen, um mit einem Ehepartner im Tal zu leben, doch wenn sie zurückkamen, um ihre Väter oder Mütter zu besuchen, wollten sie den Weg ins Tal nie verraten.«

Ulv schnäuzte sich in die Finger. Mian lehnte sich mit dem Rücken an die geschlagenen Birkenzweige. Sie sah nachdenklich in die Flammen. Etwas in ihrem Gesicht, die Art, wie sie die Zähne zusammenbiss, verriet Hass. Auch Brage hatte so dagesessen und in die Flammen gestarrt. Oft hatte er sich gefragt, an was der Schmied dachte, und auch jetzt stellte er sich wieder diese Frage. Er verstand nicht, warum es so viele Schmieden in Ber-Mar gab, und ebenso wenig konnte er begreifen, warum die Kanathener diese kleine Stadt eingenommen hatten. Sie zwangen die Schmiede, Waffen für sie zu schmieden, aber die Kanathener hatten doch sicher auch gute Schwerter und Lanzen. Die Wunde, die er in Krugant erhalten hatte, war Beweis genug dafür.

Mian richtete ihren Blick auf ihn. »Brage hat nie über Frauen gesprochen«, flüsterte sie. »Aber ich glaube, dass er dort im Süden jemanden kennen gelernt hat, als er mit Seon auf Wanderschaft war. Stimmt das, Nordländer?«

Ulv riss einen Fetzen Fleisch ab. »Brage hat nie darüber gesprochen.«

»Und du?« Mian rückte näher ans Feuer. »Hast du einen Stamm oder einen Klan, dem du dich zugehörig fühlst?«

»Nein.« Ulv schluckte und blickte ins Dunkel, das den Lagerplatz umgab. »Keinen Stamm, keinen Klan. Ich bin der Wolfsmann.«

Mian warf einen Zweig aufs Feuer. Ulv biss ins Trockenfleisch und aß Schnee, denn er wollte nicht weiterreden, weder über Brage noch über den Stamm, der ihm fehlte. Denn er spürte auch noch eine andere Sehnsucht, und wenn er die Augen schloss, sah er Siréd vor sich. Er wollte diese Erinnerung nicht verlieren. Vielleicht verwässerten die Worte die Erinnerung und machten sie undeutlich, wie die Wellen das Spiegelbild in einem stillen Bergsee. Deshalb wollte er nicht mehr über sie reden. Nicht mit Mian. Mit niemandem.

Ulv weckte Mian bei Tagesanbruch. Er ließ sie essen und die Decken zusammenpacken, ehe er zu den Spuren an der Bergflanke emporstapfte. Mian hastete hinter ihm her, doch er wartete nicht auf sie. Er hatte die Wolken bereits beim Aufstehen bemerkt, als er die Beine ausgestreckt hatte, und der Eiswind, der von den Bergen herunterwehte, gefiel ihm gar nicht. Die Fußspuren waren bereits zur Hälfte verweht, und wenn es zu schneien begann, würde es nicht lange dauern, bis er aufgeben musste. Auch hier endete die Bergflanke in senkrechten Felswänden; das Gebirge sah wie eine Reihe von Zähnen aus, die in den Himmel bissen. Die Fußspuren der Jäger folgten der Felswand nach Nordosten.

Gegen Mittag drehte er sich um und wartete, bis Mian ihn einholte. Sie trugen beide jeweils drei Decken auf dem Rücken, doch jetzt nahm er ihr Gepäck. Er deutete auf die Schneewolken, die aus Osten herantrieben. »Unwetter«, sagte er und warf sich das Gepäck über die Schulter.

Ulv wanderte ruhelos nach Osten. Er beobachtete die Sonne, die hinter der Ebene versank, denn wenn der Wind nicht abflaute, würden die Schneewolken sie im Laufe der Nacht erreichen. Der Himmel im Osten war hellgrau, denn die Schneefront breitete sich wie ein eisiger Nebel über den Bergen und der Ebene aus. Deshalb ging er so schnell weiter, wie ihn sein verletztes Bein tragen konnte. Er hatte keine Zeit, zu frieren oder zu essen. Die Schmerzen pochten in der Brandwunde auf seinem Arm, doch jetzt durfte er nicht stehen bleiben, um sie mit Schnee einzureiben. Wenn er die Spuren verlor, würde er das Tal niemals finden. Und dann würde er niemals wissen, ob es sein Volk war, das dort lebte.

Erst als es dämmerte, hielt er an. Mian war weit hinter ihm, doch er konnte ihre Silhouette noch immer im Dunkel ausmachen. Ulv aß Fleisch und ließ Schnee im Mund und auf seiner Brandwunde schmelzen, ehe er sich über die Spuren beugte und ihnen mit dem Blick folgte. Ein paar Steinwürfe vor ihm war eine

Felsnase, hinter der die Spuren verschwanden. Er glaubte, dass die Jäger dort Schutz gesucht hatten.

Ulv wartete, bis Mian einen Pfeilschuss hinter ihm war, ehe er den Spuren weiter folgte. Zuvor nahm er den Bogen von seiner Schulter und legte einen Pfeil an die Sehne, denn er konnte nicht wissen, was auf der anderen Seite des Felsvorsprungs auf ihn wartete. Vielleicht hatten die Jäger ihn gesehen und ihn mit ihren Spuren in einen Hinterhalt gelockt, denn Mian war wie ein kanathenischer Krieger gekleidet, und auch er selbst trug einen ihrer schwarzen Umhänge. Ulv ließ seinen Blick über die steile Felswand gleiten. Sie war hier nicht so glatt, auf zahlreichen Vorsprüngen und schmalen Scharten lag Schnee. Doch er konnte dort oben keine Menschen ausmachen, und der Wind heulte unter dem Abendhimmel und kündigte eine weitere eisige Nacht an.

Als er den Felsvorsprung erreichte, schlich er sich vorsichtig an die vereiste Wand heran. Er hielt den Bogen vor sich, bereit, die Sehne zu spannen. Die Spuren führten hinter den Vorsprung. Er schnupperte, ob er Rauch oder Schweiß wahrnahm, doch er roch nur Schnee und Frost. Dann ging er weiter und sah gleich darauf die breite Kluft, die sich hinter der Felsnase auftat. Ulv blinzelte in das abendliche Dunkel. Die Kluft war eher wie ein schmales Tal, umgeben von hohen Bergwänden. Sie war ein paar Steinwürfe breit, und ganz hinten ragte eine hohe Eiswand in den Nachthimmel. Ulv stapfte durch den hohen Schnee und legte seine Hand an einen Birkenstamm. Dicht am Fels standen viele Birken, doch der freie Platz in ihrer Mitte verriet, dass dort ein See sein musste. Er tastete sich zwischen den Birken hindurch und betrat die flache Lichtung. Der Boden unter seinen Stiefeln war eben. Es musste ein zugefrorener See sein, dachte er und blickte an der Eiswand am Ende der Kluft empor. Die Spuren führten geradewegs über den See, doch sie endeten ein paar Speerlängen vor der Eiswand. Ulv sah sich um, denn dies gefiel ihm gar nicht. Vielleicht hatten ihn böse Geister in die Irre geführt? Er zielte mit dem Bogen auf die Bergwände über der Kluft, konnte dort oben aber nichts erkennen. Die Männer waren auch nicht in ihren eigenen Spuren zurückgegangen. Es war so, als hätten sie plötzlich Flügel bekommen und wären über die Felswände davongeflogen.

Ulv sagte nichts davon, als Mian ihn einholte. Das Dunkel der Nacht hatte sich über die Bergflanke gesenkt, und so brachen sie Zweige von den Birken und schlugen ihr Lager auf. Ulv fällte einen der jungen Bäume, während Mian zum Schutz gegen den Wind eine Decke aufspannte. Zum ersten Mal, seit sie aus Ber-Mar geflohen waren, zitterten Mians Hände, als sie mit dem Flintstein Funken schlagen wollte. Ulv nahm ihn ihr ab, entfachte den Zunder, und als die Flammen an den Birkenzweigen emporleckten, setzte er sich neben sie. Sie hatte ihre Hände in die Achselhöhlen geschoben, doch er zog sie heraus und hielt sie in den Lichtschein des Feuers. Die Nägel waren weiß und ihre Finger blass bis zu den Knöcheln.

»Die Füße«, sagte Ulv und ließ ihre Hände los. »Sind deine Füße so kalt wie die Hände?«

Mian nickte und kauerte sich zitternd unter die Decken.

»Es ist kalt.« Er blickte zum Himmel auf. Die Wolken waren von Osten herangetrieben, und er sah weder Sterne noch Mond. Bald würde es zu schneien beginnen.

»Glaubst du ...« Mian streckte ihre zitternden Finger zum Feuer. »Glaubst du, dass wir das Tal finden? Oder sind wir hier oben gefangen?«

»Wir sind nicht gefangen.« Ulv legte einen Zweig auf die Glut. »Aber die Kälte bringt dich bald um.«

Mian sah ihn an. Sie öffnete den Mund, sagte aber nichts. Ulv nahm eine seiner Decken ab, ehe er sich erhob und den Schnee an einer Stelle wegschob. Die Feuerstelle war etwa eine Körperlänge von der Felswand entfernt; er hatte sie dort errichtet, damit die Wärme von den Steinen zurückgeworfen wurde. Doch die Nacht war kalt, so kalt, dass das Feuer nicht einmal das Eis im Heidekraut schmolz. Er legte die Decke auf den nackten Boden und zog sein Schwert. Dann stapfte er wieder ins Dunkel. Er fällte eine welke Birke unten am See, zog sie zu ihrem Lagerplatz und schnitt die Äste ab. Mit Hilfe der trockenen Zweige errichtete er eine zweite Feuerstelle dicht an der Wand. Er nahm einen brennenden Zweig und hackte den Stamm der Birke in vier Stücke, während das Feuer zu brennen begann. Dann legte er die Stammstücke über die Feuerstelle.

»Leg dich hin.« Er breitete eine weitere Decke am Boden aus und deutete auf den Platz zwischen den zwei Feuern. »Dort sollst du liegen.« Er beugte sich hinunter und zog ihr die schwarzen Lederstiefel aus. Sie waren nass und steif gefroren.

Mian zitterte, als sie sich auf die Decke legte. Ulv drückte ihre weißen Zehen und hielt sie zum Feuer, und dann legte er die restlichen Decken über sie. Er war froh, dass sie den Kanathenern die Decken abgenommen hatten, denn sie würden helfen, Mians Körper wieder aufzuwärmen.

Ulv fällte eine weitere Birke, während Mian unter den Decken zitterte. Es ging langsam, denn er musste seine ungeschützten Hände ständig unter seinen Achselhöhlen aufwärmen. Auf der Wanderung hatte er sie immer unter dem Umhang gehabt, doch jetzt musste er die vereiste Birke durch den Schnee ziehen. Auch bei diesem Baum schnitt er die Äste ab; er hackte den Stamm klein und fütterte die Flammen damit. Mian rollte sich zusammen, und er sah, wie sie die Hände vor Schmerz zusammenballte. Die Wärme kam in ihren Körper zurück.

Im Laufe der Nacht fällte Ulv vier weitere Birken. Er schleppte sie alle zum Lager hoch, und während Mian schlief, bewachte er die beiden Feuer. Der Schnee schmolz in einem weiten Ring um die Feuerstellen herum, und Ulv döste in der Wärme. Er saß in der Hocke, wie er es während des Winters im Norden oft getan hatte, damit der gefrorene Boden ihm nicht die Wärme aus dem Körper saugte. Er wachte jedes Mal auf, wenn die Feuer zusammenbrachen, blinzelte in die nach oben stiebenden Funken und erhob sich, um Holz nachzulegen. Die Nacht war lang, und immer wieder wachte er auf, weil er auf die Seite kippte. Schließlich richtete er sich auf, sah zu Mian hinüber und hörte ihren ruhigen Atem.

Kurz vor Tagesanbruch schlief er wieder ein. Er merkte, dass er auf die Seite fiel, doch dieses Mal gelang es ihm nicht mehr, sich zu erheben. Die Feuer hatten den Boden zwischen der Heide getrocknet und angewärmt, und so zog er seinen Umhang um sich und legte die Hand auf den Griff seines Schwertes.

Mian weckte ihn. Ulv gähnte, als sie an seiner Schulter rüttelte, doch es gelang ihr, ihn hochzuziehen. »Sieh doch«, sagte sie und deutete über den Hang. »Es schneit.«

Ulv kratzte sich an den Wangen und pflückte das Heidekraut aus seinem Bart. Der Wind war abgeflaut, und die Schneeflocken schwebten langsam aus dem grauen Himmel zu Boden. Zuerst dachte er, das sei ein gutes Zeichen, denn der Schnee brachte milderes Wetter. Er konnte sehen, wie sich die Baumkronen am Hang unter dem Gewicht des Schnees, der im Laufe der Nacht gefallen war, beugten. Alles war still. Das war ein guter Tag für die Jagd, denn der Schneefall dämpfte alle Laute. Bei einem solchen Schneetreiben nützte es nichts, ihren Fährten zu folgen ...

Da kam es ihm in den Sinn. Er drehte sich um. Die Spuren waren bereits verschwunden. Er strich sich die Haare aus der Stirn und rieb sich die Augen. Dann rannte er zum See hinunter und beugte sich über die noch schwach sichtbaren Abdrücke seiner eigenen Stiefel.

»Die Spuren hörten am Wasserfall auf«, sagte Mian.

»Wasserfall?« Ulv kratzte sich am Bart und blickte zur Eiswand hinüber. Jetzt sah auch er es. Das war ein gefrorener Wasserfall. Vielleicht waren es die Geister des Wasserfalls, die ihn hierher gelockt hatten. Vielleicht hockten sie dort drinnen und sahen ihn durch die Eiswand an. »Geister«, flüsterte er. »Es waren Geister, die uns hierher geführt haben.«

»Was hast du gesagt?« Mian kam hinter ihm her und legte sich den Umhang über die Schultern.

Ulv ging wieder zum Lager zurück. Sie standen zwischen den knorrigen Birken, während er seinen Bogen spannte und den Pfeilköcher am Gürtel befestigte. Er wollte überprüfen, ob es nicht doch noch Reste von Spuren am Wasserfall gab, doch sollten die Wassergeister angreifen, brauchte er Bogen und Schwert, denn diese Geister waren schwer zu töten.

»Was hast du vor?« Mian packte seinen Umhang, als er wieder zum See hinunterging.

»Bleib am Lagerplatz.« Ulv löste sich aus ihrer Umklammerung. »Ich will nach Spuren suchen.«

Mian blieb bei den Birken stehen. Ulv watete durch den Tiefschnee und ging quer über den See. Das Eis führte direkt bis zum Wasserfall, und so legte er einen Pfeil an die Sehne und schlich sich heran. Das Wasser hatte sich in Eissäulen verwandelt, die eine Wand bildeten, die so breit wie ein Langhaus war. Er wischte den Schnee vom Eis und blickte durch eine der blanken Säulen.

Das Eis war zu dick, um etwas auf der anderen Seite zu erkennen.

»Nordländer!« Mian rief ihm nach. »Was machst du, Nordländer?«

Ulv antwortete nicht. Er hockte sich hin und starrte über den Schnee. Manchmal waren die Spuren noch als flache Senken im Neuschnee zu erkennen. Doch dort, wo er meinte, die Spuren am vergangenen Abend gesehen zu haben, konnte er nichts finden. Das änderte nicht viel, dachte er und stand auf. Hier verloren sich die Spuren, genau hier am Wasserfall. Er ging an der Eiswand entlang und sah an den Felsen empor, die die Kluft umringten. Im Sommer musste das hier ein guter Lagerplatz sein, denn hier gab es sowohl Wasser als auch Schutz vor dem Nordwind. Er legte die Hand auf die Eiswand, drehte seinen Kopf und sah zu Mian hinüber. Sie war zurück zum Lager gegangen und rollte die Decken zusammen. Mian war eine kluge Frau. Sicher hatte sie verstanden, dass er die Spuren verloren hatte. So mussten sie weiter der Bergflanke folgen, bis sie einen Pass fanden.

Er nahm die Hand von der Eiswand. Die Handfläche war kalt und nass. Er ballte die Faust, ehe er die Finger mit seiner anderen Hand wärmte. Da sah er das Blut. Gebannt starrte er auf seine Handfläche. Rot gefleckter Schnee schmolz auf den Linien seiner Hand.

Ulv kniete vor den Eissäulen nieder und bürstete den Schnee ab. Unter dem Neuschnee waren frische Blutflecken, und als er den Schnee mit dem Fuß wegschob, fand er Haare und noch mehr Blut. Die Jäger mussten hier ihre Beute abgelegt haben. Eine Rinne im Schnee verriet, wo sie das Tier entlanggezogen hatten. Er folgte der Spur bis zum Rand des Wasserfalls, wo sie hinter einer Eissäule weiterführte. Zwischen dem Eis und der Felswand war ein körperbreiter Spalt. Ulv hängte sich den Bogen über die Schulter und zog sein Schwert, ehe er sich zwischen den Eissäulen hindurchzwängte. Hier war noch mehr Blut im Schnee. Er sprach die Geisterworte vor sich hin, als sich die Öffnung weitete. Unter seinen Füßen waren Sand und Steine.

Er schnürte das Zundersäckchen auf und schlug Funken an seinem Schwert. Als der Zunder aufloderte, sah er, dass der Felsengang nach innen ins Dunkel weiterführte. Der Rauch zog in die Höhle, als ob es irgendwo dort drinnen eine Öffnung gäbe.

»Nordländer!«

Mians Stimme hallte an den Wänden wider. Ulv hielt den Atem an, doch er konnte keine Geister hören, die sich dort drinnen im Dunkel bewegten. Dann schnürte er sein Zundersäckchen wieder zu, drehte sich um und ging zum Eingang zurück.

Mian wartete dicht vor dem gefrorenen Wasserfall auf ihn. Sie sagte nichts, aber er musste sie zurückhalten, damit sie nicht hinter die Eiswand trat.

»Vorsicht!«, sagte er. »Geister wohnen hinter dem Wasserfall.«

»Geister?« Mian reichte ihm das Gepäck. »Ich glaube nicht an Wassergeister, Nordländer. Aber ich weiß, dass Vater gesagt hat, der Pass zum Felsenvolk sei gut versteckt. Er muss das hier gemeint haben.«

Ulv hängte sich das Gepäck über die Schulter. Die Jäger aus Ber-Mar hätten den Gebirgspass, der ins Tal führte, sicher längst gefunden, wenn er nicht so gut versteckt wäre. Vielleicht führte sie die Höhle auf die andere Seite der Berge.

»Wir müssen ins Dunkel hinein.« Er blickte zum Himmel. Schneeflocken trieben vor den Bergwänden. Die Birken bogen sich im Wind, und der Schnee hatte sich bereits auf ihr Lager gelegt. »Aber wir brauchen Holz. Und Fackeln.«

Ulv folgte seinen eigenen Spuren zum Ufer des Sees. Sowohl Geister als auch Tiere fürchteten das Feuer, deshalb musste er Feuer mit in die Höhle nehmen und in der Hand halten. Er hatte das schon einmal getan und wusste, wie er die Flammen zähmen und doch zum Leuchten bringen konnte. Er schnitt eine lange Kerbe in einen Birkenstamm, ehe er begann, die Rinde abzuschaben.

Als er genug Rinde gesammelt hatte, wickelte er sie um sechs Stäbe und schnürte sie mit Fäden fest, die er von seinem Umhang riss. Mian saß am Wasserfall, während er Holz hackte und trockene Zweige und Scheite in eine Decke wickelte. Als er sich das Gepäck über die Schulter hängte und zurück über den See stapfte, hatte der Wind zugenommen. Schnee wurde von den Wänden der Kluft gewirbelt. Ulv gab ihr den Dolch und steckte das Schwert in die Scheide. Er stellte das Bündel ab, als er sich in die Höhle zwängte, und entzündete sogleich den Zunder, als er den Höhlenboden betrat. Mian stellte sich neben ihn und starrte ins Dunkel. Ulv führte die erste Fackel über den Zunder, und die Rinde fing rasch Feuer. »Es ist ein Höhlengang«, flüsterte Mian, als er die Fackel vor sich ins Dunkel streckte. »Sieh doch, er führt weiter. Es sieht wie der Eingang zu Mans Schmiede aus.«

»Mans Schmiede?« Ulv gab ihr die Fackel und legte sich das Gepäck auf den Rücken.

»Mans Schmiede«, wiederholte sie nickend. »Man ist der Gott, der das erste Eisen schmiedete. Er lebte an den Wurzeln des Gebirges. Doch nach dem Krieg der Götter hatte Karr die Macht über die Berge und lehrte mein Volk, Stahl zu schmieden.«

Ulv glaubte sich daran zu erinnern, dass Brage etwas über die alten Götter und das neue Eisen gesagt hatte, das die Ber-Marer »Stahl« nannten, doch er hatte jetzt keine Zeit für die Geschichten fremder Völker. Er nahm Mian die Fackel ab, hielt sie an die Höhlendecke und ging vorsichtig weiter. Unter dem Eis, das den Boden bedeckte, waren zahlreiche Fußspuren zu erkennen. Hier waren Männer gegangen, Jäger wie er. Ihre Spuren waren im Sand eingefroren.

Sie gingen im Licht der Fackel weiter. Auf dem Boden waren noch mehr Blutflecken, doch bald hörten sowohl die Blutflecken als auch die Spuren auf. Der Höhlengang wurde so breit, dass er weder Decke noch Wände sehen konnte. Die Jäger mussten ihre Beute angehoben haben, dachte er und leuchtete ins Dunkel. Er hätte Blutflecken oder Haare sehen müssen, wenn sie das Tier über den steinigen Boden gezogen hätten.

Ulv und Mian gingen weit ins Dunkel hinein. Wie weit, wussten sie nicht, denn als Ulv stehen blieb und mit der Fackel um sich leuchtete, konnte er noch immer weder Felswände noch eine Höhlendecke sehen. Der Steinboden, über den sie gingen, schien endlos in der dunklen Nacht weiterzuführen, und er konnte nicht sagen, wie lange sie bereits in der Höhle unterwegs waren.

»Wir müssen bergan gehen«, sagte Mian, als er zur Seite des Höhlenganges ging. »Man lebt am Fuße des Gebirges und mag keine Menschen.«

Ulv streckte die Fackel zur Felswand, an der Eis und schwarze Steine glitzerten. An manchen Stellen war Wasser ausgetreten und zu Eiszapfen gefroren. Er berührte sie mit den Fingern.

»Ulv?«

Wieder sprach sie ihn an. Er drehte sich um und hielt die Fackel in ihre Richtung, doch da erlosch die Flamme. Er blies in die Glut, die Rinde war ausgebrannt.

»Mian!« Ulv kniete sich hin und holte eine neue Fackel aus seinem Bündel. »Bleib, wo du bist, Mian!«

Er öffnete das Zundersäckchen und schlug Funken an seinem Schwert, doch das alles war bei der drückenden Dunkelheit nicht leicht. Die Funken erloschen im Dunkel.

»Ich bin hier«, sagte sie. »Ich höre dich. Zünde die Fackel an, Nordländer. Wenn Man uns findet, zerrt er uns in seine Höhlen.«

Ulv schnitt sich an der Schwertklinge, doch er hatte jetzt nicht die Zeit, sich darum zu kümmern. Wenn Man wirklich am Fuß des Gebirges lebte, hatte er sie sicher längst gehört. Er schlug den Flintstein an die Schwertspitze, und endlich landete ein Funken im Zunder. Die Glut breitete sich rasch in dem trockenen Schwämmchen aus. Er hielt die Fackel darüber und entzündete die Rinde.

»Mian?« Er stand auf und ging ein paar Schritte in die Richtung, aus der ihre Stimme gekommen war.

»Ich bin hier.« Da kam sie im Schein der Fackel zum Vorschein. »Lass uns weitergehen, Nordländer. Ich spüre einen Luftzug.«

Ulf drehte die Fackel hin und her, so dass die Rinde überall Feuer fing. Der Rauch wurde in die Richtung geblasen, aus der sie gekommen waren. Irgendwo musste Luft in die Höhle gelangen.

»Halt dich an meinem Gürtel fest.« Ulv schlug seinen Umhang zur Seite, und sie legte ihre Hand um seinen Gürtel. »Wir dürfen uns nicht verlieren.«

Ulv hielt das Schwert in der einen und die Fackel in der anderen Hand, als er weiterging. Er leuchtete nach vorn und lief rasch durch das Dunkel, denn wenn die dritte Fackel niedergebrannt war, mussten sie umkehren und rasch zum Wasserfall zurückgehen.

Sie wanderten lange in die Höhle hinein. Ulv war hungrig, doch er wagte es nicht anzuhalten. Er lauschte auf Schritte, auf das Kratzen von Klauen auf dem steinigen Boden oder den Atem fremder Geschöpfe, denn ob nun die Wassergeister hier lebten oder der uralte, vergessene Gott – sicher mochte keiner von ihnen die Eindringlinge aus dem Licht dort draußen. Manchmal sah er Felsklötze, die aus der unebenen Höhlenwand herausragten, und hin und wieder hingen auch bleiche Eiszapfen über ihren Köpfen herab. Es war, als ob das Gebirge blutete und als wäre dieses Blut in der Kälte des Winters zu Eis erstarrt. Seon und Brage sollten jetzt mit ihm hier sein, dachte er. Brage würde diese Höhle mögen, denn auf dem Floß hatte er oft darüber gesprochen, wie die alten Götter das Land mit ihren mächtigen Fäusten geformt hatten. Doch der Schmied war nicht bei ihm, und vielleicht hatten die Kanathener ihn und Seon bereits getötet. Ulv erinnerte sich an den stummen Sklaven, der neben ihm, hinter dem Wagen der Sklavenhändler hergelaufen war. Auch er war verschwunden. Nach Siréds Kommen hatte er nur noch selten an den Stummen gedacht, doch jetzt wurde ihm bewusst, dass er nicht die leiseste Ahnung hatte, was mit ihm geschehen war. Nach dem Abend auf dem Sklavenmarkt war Kosh mit Siréd zurückgekommen und hatte gesagt, dass er Siréd gegen ihn eingetauscht habe. So war es mit allen, die ihm begegnet waren, dachte Ulv. Denn auch Siréd war aus seinem Leben verschwunden. Als sorgten die Götter persönlich dafür, dass er einsam blieb. Er musste alleine wandern, wie er es immer getan hatte. Loke hatte mit ihm über das Schicksal gesprochen, über Den, der Hörner trägt. So viele unverständliche Worte hatte er gesprochen, doch Ulv erinnerte sich daran, dass ihn der Weißbart gebeten hatte, in die Berge zu gehen. Jetzt tat er, was Loke wollte. Die Wanderung nach Ber-Mar und die Flucht vor den Schwarzen hatten ihn hierher getrieben. Jetzt reckte er die Fackel ins Dunkel, und seine Schritte führten ihn immer weiter in den Berg hinein.

Die Fackel brannte rascher herunter, als ihm lieb war, doch er entzündete die dritte in den sterbenden Flammen und ging weiter. Mian hielt sich noch immer an seinem Gürtel fest. Sie sagte nichts, und Ulv mochte die Stille nicht, die sie umgab. Im Wald und im Gebirge gab es immer irgendwelche Geräusche; das Rauschen der Baumkronen oder das Geschrei der Vögel am Himmel. Doch hier gab es nur die bedrückende Dunkelheit, und die einzigen Geschöpfe waren die Felsklötze, die plötzlich aus der Dunkelheit auftauchten. Immer wieder beugte er sich nach unten und leuchtete über den Boden, denn er hoffte, die Spuren der Jäger wieder zu finden. Doch der Steinboden war fest gefroren und zeigte keine Spuren von sterblichen Wesen.

Mian reichte ihm ein Stück Trockenfleisch aus ihrem Bündel. Sie aßen im Gehen, doch bald begann die Flamme der Fackel wieder zu flackern. Ulv nahm die vierte aus seinem Bündel und entzündete sie.

»Wir müssen umkehren«, flüsterte Mian. »Die dritte Fackel ist erloschen. Die anderen drei brauchen wir für den Rückweg!«

Ulv ging weiter, doch Mian zog ihn am Gürtel.

»Die Höhle führt uns hinunter zu Man«, sagte sie. »Wir müssen umkehren!«

Ulv packte ihren Arm. »Noch einen Steinwurf.« Er hielt die Fackel vor sich in die Höhe und leuchtete ins Dunkel. »Wir gehen noch einen Steinwurf weiter.«

Er zog sie mit sich. Der steinige Boden veränderte sich hier, und tiefe Rinnen zeichneten sich zwischen ihren Füßen ab. Sie sahen wie schmale Bäche aus, und als Ulv sich hinkniete, erkannte er, dass diese Rinnen mit Eis gefüllt waren. Wasser war hier geflossen, und Wasser floss nur nach unten. Ihr Weg führte sie also bergauf. Er leuchtete zur Decke empor. Sie war niedriger, aber hier gab es keine Eiszapfen.

»Jetzt sind wir schon einen Steinwurf weiter.« Mian riss sich von ihm los. »Ich kehre um, Nordländer.«

Er drehte sich um. Mian trat einen Schritt zurück. »Komm«, sagte sie. »Wir können nicht weitergehen. Ohne Fackeln finden wir niemals zurück.«

»Ich will weiter.« Ulv schluckte und leuchtete zur Höhlendecke. Er wusste, dass sie Recht hatte, doch irgendwie schienen die Geister wieder erwacht zu sein und ihn weiterzulocken, wie sie ihn aus dem Barkasfjell und den Tälern gelockt hatten.

Da warf sie sich auf ihn. Sie griff nach der Fackel, doch Ulv streckte seinen Arm nach oben. Mian fiel auf seine Brust, durchwühlte das Bündel und nahm die anderen beiden Fackeln. Dann rannte sie ins Dunkel.

»Mian!« Ulv leuchtete hinter ihr her, und er hörte, wie sich ihre Schritte durch den Höhlengang nach unten entfernten. Plötzlich schrie sie auf, und er hörte, dass sie stürzte. Er ging dem Geräusch nach. Mian weinte schluchzend irgendwo dort im Dunkel. Er roch Haut und Schweiß und folgte diesem Geruch, bis sie im Schein der Fackel auftauchte. Sie lag auf der Seite und umklammerte ihre rechte Hand.

Ulv hob sie hoch. Mian blutete aus einem Schnitt in der Hand, doch die Wunde war nicht groß. Er bat sie, das Blut abzulecken, und führte sie dann weiter. Sie weinte, als er ihr Handgelenk nahm und mit der Fackel zur Höhlendecke leuchtete, denn sie verstand, dass er nicht umkehren wollte.

Ulv folgte dem Höhlengang, bis die vierte Fackel erlosch. Dann zündete er die vorletzte Fackel an und leuchtete zur Wand. Die Höhle war hier schmaler, und der Boden begann jetzt deutlich anzusteigen. Unter dem Eis waren Spuren, es musste hier also jemand gegangen sein, ehe das Wasser gefroren war. Er ließ Mian los und folgte den Spuren, doch sie hörten nach wenigen Schritten auf. Erneut fürchtete er, dass es Wassergeister waren, die ihn in den Berg gelockt hatten. Die Höhle wurde immer enger. Doch er wusste, dass es jetzt zu spät war, um umzukehren. Er nahm Mians Arm und lief weiter. Die Flamme der Fackel flackerte, als er durch das Dunkel hastete. Jeder Schritt führte ihn weiter nach oben, denn die Höhle war zu einem Schacht im Gebirge geworden. Er hielt die Fackel unter die niedrige Höhlendecke und starrte nach vorn. Alles, was er brauchte, war ein Hauch von Tageslicht.

Da rutschte er aus. Er schlug mit dem Knie auf dem Steinboden auf und verlor die Fackel. Dunkelheit hüllte ihn ein, und er drehte sich um, während die Schmerzen in seinem Knie brannten. Mian beugte sich zu ihm hinunter und zog die letzte Fackel aus seinem Gepäck. Er betastete sein Knie. Seine Hose war zerrissen. Es blutete nicht, aber die alte Lanzenwunde schmerzte, und sein linkes Bein fühlte sich taub an.

Mian schlug Funken, und es gelang ihr, etwas Zunder zu entfachen. Sie entzündete die Fackel und leuchtete auf den Höhlenboden, um die andere zu finden. Die Rinde hatte sich vom Fackelstab gelöst. Sie begann, die verrußten Stücke einzusammeln, doch Ulv richtete sich auf und schob sein Gepäckbündel zurecht. »Lass es liegen«, sagte er und schnupperte ins Dunkel. Er spürte noch immer den Luftzug. Die Flamme beugte sich, und jetzt nahm er den Geruch von Frost und Schnee wahr. Mian reichte ihm die Fackel, als er weiterhumpelte.

Der Höhlengang wurde immer enger, doch einen guten Pfeilschuss von der Stelle entfernt, an der Ulv gestürzt war, spürten sie beide den Wind, der durch den Gang fegte. Ein paar Speerlängen vor ihnen bog der Gang um einen Vorsprung, und Ulv hastete weiter. Er umrundete den Felsen, auf dessen anderer Seite sich die Höhle zu einem etwa hüttengroßen Raum weitete. Es schneite in die Höhle hinein. Mian und Ulv taumelten zur Öffnung und stapften in den Schnee. Sie kamen auf einen leicht geneigten Hang. Der Schnee fiel dicht im nächtlichen Dunkel, und der Wind blies die Fackel aus. Ulv stützte sich auf die Knie und schnupperte in den Wind. Die Geister hatten ihm die Wahrheit gesagt. Sie hatten ihm den Pass durch das Gebirge gezeigt. So hatte Loke es ihm vorhergesagt. Er sollte durch die Berge wandern und würde dort sein Volk finden. Der, der Hörner trägt hatte es ihm bereits damals gesagt, als er noch in den Ketten der Sklavenhändler lag. Der weißbärtige Waldgeist hatte mit ihm über das Schicksal gesprochen, dem er folgen müsse. Deshalb wollte er nicht mehr zweifeln.

Er ging wieder zurück in die Höhle und fand in einer dunklen Ecke Schutz vor dem Wind. Hier war eine Art Bank in die Höhlenwand gehauen worden. Als er den Schnee vom Boden wischte, entdeckte er eine verrußte Feuerstelle, und gleich daneben waren trockenes Holz und Zweige aufgeschichtet worden. Die Jäger mussten das hier bereitgelegt haben, damit sie es nutzen konnten, wenn sie das nächste Mal hier waren. Doch in dieser Nacht würde das Holz ihn und Mian wärmen.

Wintersonnenwende

Sie erwachten bei klarem Himmel. Der Höhlenboden war von einer dicken Schneeschicht bedeckt. Ulv trat an die Höhlenöffnung und blickte über die weite Ebene, die von verschneiten Bergen umgeben war. Sie zu durchwandern würde vermutlich mehrere Tage dauern. Er suchte die Decken und die restlichen Holzscheite zusammen, ehe er in den Schnee hinaustrat. Mian folgte ihm und taute eine Hand voll Schnee in ihrem Mund auf. Eigentlich mussten sie etwas essen, denn wer hungrig war, fing schneller an zu frieren. Aber Ulv war ungeduldig, er wollte so schnell wie möglich aufbrechen. Zum ersten Mal, seit er den See südlich der Täler überquert hatte, hatte er ein Ziel vor Augen. Er hatte das Gefühl, schon einmal über diese Hochebene gewandert zu sein, und so stapfte er zielstrebig auf den schattigen Einschnitt in dem Bergmassiv auf der anderen Seite der Ebene zu. Vielleicht hatte er es nur geträumt oder die Geister hatten es ihm eingeflüstert, aber er glaubte zu wissen, dass es dort auf der anderen Seite eine Klamm gab. Mian wollte wissen, wohin er sie führte, aber er antwortete nicht. Er ging rasch, pflügte durch den tiefen Schnee und hob immer wieder den Kopf, um in die windstille Luft zu schnuppern. Über der Ebene kreiste ein Rabe. Auch das kam ihm bekannt vor. Sie überquerten die Ebene der Raben. Das war das Land der Raben.

In der Mitte des Tages machten sie Rast. Mian setzte sich in den Schnee und aß getrocknetes Fleisch, und Ulv verzehrte den Rest des Fisches. Sie schmolzen Schnee in ihren Händen und schlürften das Wasser. Der Bergeinschnitt war näher gekommen und sah breiter aus. Es schien tatsächlich eine Art Klamm zu sein, aber davon gab es viele um die Ebene herum. Die Felsen waren nicht so hoch wie am anderen Ende des Höhlenganges, und Ulv vermutete, dass sie sich auf einem Hochland zwischen den Berggipfeln befanden. Als sie sich wieder in Bewegung setzten, flatterte ein Rabe auf und flog vor ihnen auf die Klamm zu. Ulv drehte sich um und sagte zu Mian, dass der Rabe ihnen ein Zeichen gäbe. Aber Mian sah ihn nicht an. Sie stützte sich auf den Knien ab und strich sich über die Stirn.

Als die Sonne sank, hatten sie etwa den halben Weg zu der Klamm zurückgelegt. Die Dunkelheit senkte sich rasch über die Ebene, aber als Ulv Halt machen wollte, bat ihn Mian weiterzugehen. Sie zeigte mit zitternder Hand zu der Klamm. »Da sind wir geschützt«, sagte sie und zog den Umhang fester um sich.

So gingen sie weiter, während die Nacht sich auf die Ebene senkte. Die schmale Mondsichel spendete nicht viel Licht, aber die Sterne zeigten ihm die Richtung. Sie wanderten nach Norden, dem hellen Nordstern entgegen, der hoch über dem Sternbild des Wagens stand. Ulv war auf eine lange Nacht vorbereitet, denn er wusste, dass die längste Nacht des Jahres vor ihnen lag. Von nun an würden die Tage wieder länger werden. Im Barkasfjell war er zur Sonnenwende immer auf einen Gipfel geklettert, um den Morgen zu empfangen. Eine halbe Mondphase hatte die Sonne sich kaum über den Horizont im Süden erhoben, aber nun würde sie bald wieder höher steigen. Die Tage würden heller werden, und das Wild würde in die Wälder und Berge zurückkehren.

Mian ging in seinen Spuren, und obgleich kein Laut der Klage über ihre Lippen kam, konnte sie nicht mit ihm Schritt halten. Er musste immer wieder stehen bleiben, damit sie ihn einholen konnte. Ihr Gesicht war von der Kapuze verdeckt, und als er sie fragte, ob sie sich ausruhen wollte, ging sie wortlos weiter. Sie waren wie zwei alte Jäger, dachte er, zu rastlos, um anzuhalten, nachdem sie einmal beschlossen hatten, einen guten Lagerplatz zu suchen. Und so wanderten sie weiter, während die Mondsichel sich langsam über die Himmelskuppel schob.

Die Nacht war dunkel und kalt, als die felsigen Berge endlich in greifbare Nähe rückten. Ulv kämpfte sich noch immer durch den Schnee, aber er war erschöpft und wusste nicht, wie lange er noch durchhalten würde. Der weiße Felshang erhob sich nur wenige Pfeilschüsse vor ihnen aus der Ebene. Das nächtliche Dunkel erfüllte die enge Klamm, und hinter ihnen malten ihre Spuren eine lange Schattenkette in den Schnee. Er blieb stehen und stemmte die Hände in die Seite. Mian war einen Steinwurf hinter ihm. Schritt für Schritt schleppte sie sich durch den Schnee. Sie hatte die Kapuze in den Nacken geschoben und hob das Gesicht. Ulv zeigte zu dem Felshang.

Da stürzte sie. Sie fiel einfach vornüber in den Schnee und machte keine Anstalten, wieder aufzustehen. Ulv lief zu ihr. Er schob seine Hände unter ihre Achseln und zog sie hoch.

»Ich friere ...« Mian klammerte sich an ihn. Ulv legte ihr die Hand auf die Stirn. »Ich habe Schmerzen«, hauchte sie und berührte ihn mit eiskalten Fingern. »Meine Brust. Da, wo er mich verletzt hat ...«

Ulv legte sie behutsam über die Schulter. Mian hatte Wundfieber, und es würde nicht mehr lange dauern, bis ihre Finger erfroren waren. Falls ihre Stiefel noch nass gewesen waren, als sie am Morgen die Höhle verlassen hatten, waren ihre Zehen wahrscheinlich auch schon erfroren. Er musste so schnell wie möglich einen geeigneten Lagerplatz finden und ein Feuer machen, sonst würde das Fieber alle Wärme in ihr aufgezehrt haben, ehe die Nacht vorüber war.

Mit Mühe erreichte er den Felshang und betrat die Klamm. Der Schnee lag hier noch höher als auf der Ebene, aber Ulv wollte nicht anhalten, ehe er nicht einen geschützten Platz gefunden hatte. Er suchte die Wände nach Felsvorsprüngen oder einer Höhle ab. Es strengte ihn an, sie durch den tiefen Schnee zu tragen, denn sie hing wie eine Tote über seiner Schulter, und nur ihr Atem verriet ihm, dass sie noch lebte.

Nachdem er ein Stück Weg in der Klamm zurückgelegt hatte, rückten die Felswände enger zusammen, und der Boden stieg an. Ulv kletterte zwischen schneebedeckten Felsblöcken und Büschen nach oben. Aber er konnte keine Stelle entdecken, an der sie Schutz vor dem Wind und der Kälte fanden. Und noch immer sank er bis über die Knie im Schnee ein, an manchen Stellen sogar bis zur Taille. Er kam sich vor, als liefe er durch eine endlose Schneewüste. Allmählich kamen ihm doch Zweifel, ob die Jäger diesen Weg gegangen waren, denn nirgends war ein Pfad zu sehen, und die Klamm schien kein Ende zu nehmen; sie verlor sich im Dunkel zwischen den steilen Felshängen, und er konnte kaum die weißen Felsspitzen unter dem Nachthimmel ausmachen. Der Mond war hinter den Berggipfeln verschwunden, was ihm Hoffnung gab, dass die Sonne bald aufging. Er schaute zurück. Sie waren etwa einen Pfeilschuss vom Eingang der Klamm entfernt. Wenn er nicht so schnell wie möglich einen Lagerplatz fand, würde Mian sterben.

»Mian.« Er sagte ihren Namen, während er sich weiter durch den Schnee kämpfte. »Ich werde ein Feuer machen, Mian.«

Ihre Antwort war ein leises Murmeln. Da fiel sein Blick auf eine steile Böschung zwischen zwei Felsblöcken. Er holte tief Luft und machte sich an den Anstieg. Seine Füße versanken im Tiefschnee, und mit Mians zusätzlichem Gewicht auf der Schulter kam er kaum voran. Er legte sie in den Schnee und zog sie an den Armen hinter sich her. Auf diese Weise erreichte er den oberen Rand der Böschung, wo es wieder flacher wurde. Er wischte den Schnee aus ihrem Gesicht und wärmte ihre Hände zwischen seinen. Mians Augen waren geschlossen, aber ihre Stirn glühte noch immer. Ulv legte sie wieder über die Schulter und sah sich um. Vielleicht hätte er doch lieber am Grund der Klamm weitergehen sollen, denn hier oben blies der Wind wieder kräftiger. Vor ihm machte die Klamm einen Bogen nach rechts und entzog sich hinter einem Felsvorsprung seinem Blick. Er schaute an den Himmel, weil es ihm so vorkam, als würde es langsam heller. Er atmete tief durch und ging weiter. Der Morgen erhob sich über das Gebirge, aber das würde Mian auch nicht retten. Er suchte den Felshang ab, konnte aber auch dort keinen geschützten Platz entdecken.

Da hörte er es. Ein Heulen wie von einem Wolf oder Haushund. Es kam von der anderen Seite der Klamm. Er richtete sich auf und lauschte. Zweimal noch ertönte das lang gezogene Heulen. Er hielt die Luft an. Das sind Wölfe, dachte er. Die Wölfe riefen ihn, so wie sie damals im Barkasfjell nach ihm gerufen hatten. Vielleicht wollten sie ihm einen Weg zu guten Jagdgründen oder zu einer Lichtung zeigen, wo er Holz und einen windgeschützten Platz für ein Feuer fand. Er lief los und fiel vornüber. Ulv rieb sich den Schnee aus den Augen und rappelte sich wieder hoch, hob Mian über die Schulter und marschierte weiter. Als er um den Felsvorsprung bog, erkannte er, dass das Gelände wieder steiler wurde. Aber jetzt sah er über sich den Himmel. Gedämpftes Morgenlicht fiel über die Berggipfel. Erneut ertönte das Heulen, aber diesmal wurde es unterbrochen. Ulv blieb stehen, weil er eine Stimme hörte, die Stimme eines Mannes.

Er lief auf das Ende der Klamm zu, und ein Windstoß trug ihm den Geruch von Rauch entgegen. Er pflügte durch den Schnee. Plötzlich öffnete sich vor ihm ein Tal, ein weites Tal. Als er aus der Klamm trat, neigte sich die Landschaft vor ihm in einem sanften Hang zu einem Wald mit schneebedeckten Eichen. Bis zum Waldrand waren es nur wenige Pfeilschüsse. Die Rinne im Schnee verriet ihm, dass dort ein Fluss zwischen den dicken Stämmen hervortrat, der ein Stück weiter westlich wieder zwischen den Bäumen verschwand. An einer Stelle war ein Loch im Eis, und rundherum sah er Spuren im Schnee. Er machte einen Schritt nach vorn und blickte über das Tal. Es war mehrere Pfeilschüsse breit und erstreckte sich in nördlicher Richtung. Der Wald unter ihm war wie von vielen Lichtungen durchlöchert, und nun sah er auch den Rauch, der zwischen den verschneiten Baumkronen emporstieg. Er hörte ein Husten und ein weinendes Kind. Ein Hund kläffte, und eine Frau lachte.

Ulv schwankte mit letzter Kraft auf den Fluss zu. Seine Augen brannten. Die Tränen waren heiß auf seiner kalten Haut. Das war das Tal, das Loke ihm zu suchen aufgetragen hatte. Diese Eichen hatte er in seinen Träumen gesehen. Er war schon einmal hier gewesen, war an diesem Fluss entlanggegangen.

Da tauchte ein Mann am Waldrand auf. Er ging auf Schneeschuhen und trug ein Joch mit zwei Bottichen über den Schultern. Als er die Zweige zur Seite schob, rieselte Schnee auf das Fell, das er sich über den Rücken gelegt hatte. Er wischte sich den Schnee aus dem zottigen Haar und hockte sich vor das Loch im Eis. Dann nahm er eine Axt von seinem Gürtel und hackte gegen die Eiskante, ehe er den Wamsärmel hochkrempelte und einen Bottich mit Wasser füllte.

Ulv machte einen Schritt nach vorn. Der Mann hörte ihn nicht, aber Ulv sah seinen schwarzen Bart und das kantige, zerfurchte Gesicht. Er erinnerte ihn an eine Gestalt aus seinen Träumen. Die Erinnerungen kamen zu ihm zurück. Er erinnerte sich an einen Wintertag, an dem er in den Spuren der erwachsenen Jäger durch einen Eichenwald gegangen war.

In dem Augenblick hob der Mann den Kopf. Ulv legte Mian in den Schnee und nahm den Bogen von seinem Fellbündel. Der Mann richtete sich auf und rannte in den Wald. Die Schneeschuhe wirbelten den Schnee auf, als er zwischen den Stämmen verschwand. Ulv hörte ihn etwas rufen. Ein paar Hunde fingen an zu bellen, und das Rufen des Mannes wurde von mehreren Stimmen beantwortet. Ulv legte einen Pfeil an die Sehne, schaute zurück zur Klamm und dann wieder in das Tal. Schließlich schob er den Pfeil zurück in den Köcher und hob Mian auf die Schulter. Sein ganzes Leben war er Fremden mit Furcht und Misstrauen begegnet, aber dieses Tal war ihm nicht fremd. Er setzte sich wieder in

Bewegung. Zwischen den Bäumen tauchten fünf Männer auf, zwei mit gespannten Bögen, die übrigen unbewaffnet. Ein rothaariger, großer Mann streckte ihm die offene Hand entgegen, während er langsam auf ihn zuging, und Ulv erwiderte den Gruß. Da senkten die Jäger ihre Bögen und folgten dem Rotbärtigen. Sie zeigten auf Ulv und redeten durcheinander. Der Tiefschnee bereitete den Jägern mit ihren Schneeschuhen keine Mühe. Sie überquerten den Fluss und kamen ihm entgegen.

»Ist sie verletzt?« Der Mann mit dem schwarzen Bart, den Ulv am Wasserloch gesehen hatte, blieb einen Steinwurf von ihm entfernt stehen. Ulv verschlug es die Sprache; er hatte nicht damit gerechnet, dass die Männer die gleiche Sprache wie die Völker im Osten sprechen würden.

»Helft ihm, Männer!« Der Rothaarige zeigte auf Ulv. »Sie muss ins Warme!« Dann drehte er sich zum Waldrand um, wo ein paar Jungen und ein zottiger Wolfshund aufgetaucht waren. »Weckt Konvai, Jungs! Bittet ihn, Feuer zu machen!«

Die Jungen liefen in den Wald, aber der Hund blieb bellend stehen. Der Rothaarige drehte sich um und schalt ihn aus, aber das nützte wenig. Ulv blieb stehen, als die Männer ihn erreichten.

»Wie ein Jäger aus Kragg-Nar siehst du nicht aus.« Der Schwarzbärtige, der ihn als Erster entdeckt hatte, stellte sich vor ihn. »Woher kommst du?«

Ulv wischte sich mit dem Handrücken über die Augen, weil ihm noch immer Tränen übers Gesicht liefen. Zwei der Männer hoben Mian von seinen Schultern, und der Schwarzbärtige befühlte ihre Stirn und ihre Hände. »Bringt sie ins Warme«, sagte er und zeigte zum Wald, worauf die Männer sie zwischen sich nahmen und losliefen. Ulv wollte ihnen folgen, aber der Schwarzbärtige hielt ihn zurück.

»Wer bist du?« Er sah zu den Spuren, die vom Eingang der Klamm herunterführten. »Die Jäger aus Kragg-Nar kommen nicht durch die Südklamm. Zu welchem Volk gehörst du, Fremder?«

Ulvs Blick schweifte über den weiß verschneiten Wald. Es war früher Morgen, und die Rauchsäulen verrieten, dass dort drinnen ein Dorf lag.

»Bist du stumm?« Der Schwarzbärtige legte seine Hände um Ulvs Gesicht und drehte seinen Kopf hin und her, als wollte er ihm in den Mund schauen. »Das Beste wird sein, ich bringe dich zu Konvai.«

Ulv folgte dem Schwarzbärtigen zum Fluss. Sie gingen über das Eis und duckten sich unter den tief hängenden Ästen am Waldrand. Am Anfang des festgetretenen Pfades wartete der Wolfshund auf sie. Er beschnupperte Ulv neugierig, bevor er schwanzwedelnd zu dem Schwarzbärtigen lief.

»Kaenack scheint dich zu mögen, Fremder.« Der Schwarzbärtige tätschelte dem Hund den Kopf. »Und die Jäger aus Kragg-Nar mag er nicht.«

Auch darauf blieb Ulv ihm eine Antwort schuldig, weil er in dem Moment zwischen den Bäumen noch mehr Leute entdeckte. Einen Steinwurf hinter einem großen Felsblock, der am Fuß einer alten Eiche stand, mündete der Weg in eine große Lichtung, auf der mehrere Langhäuser standen. Die Jäger, die Mian zwischen sich trugen, hatten gerade eins davon erreicht und klopften an die angelehnte Tür. Eine Frau in einem langen Kleid kam heraus. Sie rief ein Mädchen in der Mitte der Lichtung zu sich, die das Feuerholz, das sie gerade trug, fallen ließ und angelaufen kam. Die Männer trugen Mian in das Langhaus, gefolgt von den beiden Frauen. Kurz darauf wurden die Jäger hinausgejagt, und die Tür wurde hinter ihnen zugeschlagen.

Ulv und der Schwarzbärtige folgten dem Pfad auf die Lichtung. Am Waldrand blieb Ulv stehen. Vor den Häusern standen Jäger mit Lederkleidung und Fellumhängen und gafften ihn an; Frauen erschienen in den Türrahmen und stemmten die Hände in die Hüften. Die Kinder beobachteten ihn aus ihren Verstecken hinter Holzstapeln oder Schneehaufen, und nur die Hunde trauten sich näher heran, um ihn neugierig zu beschnuppern.

Der Schwarzhaarige klopfte ihm auf die Schulter, und Ulv folgte ihm über den Platz. Ein Jäger ritt an ihnen vorbei, schnalzte mit der Zunge und trabte in westlicher Richtung davon. Ulv folgte ihm mit dem Blick. Die Lichtung zog sich weit in den Wald hinein, und es standen mehr Langhäuser darauf, als er Finger an seinen Händen hatte. Ein Blick in den Wald offenbarte noch mehr schneebedeckte Dächer zwischen den Bäumen, und die Rauchsäulen verrieten ihm, dass es weiter im Norden noch mehr Lichtungen wie diese gab. Ulv sog die Luft ein. Der Duft war ihm vertraut, diese Mischung aus brennendem Eichenholz und Getreidegrütze. Schon wieder brannten Tränen in seinen Augen, aber er wischte sie weg. Er erinnerte sich an diese Langhäuser und erkannte die Lichtung wieder.

Der Schwarzbärtige führte Ulv zum größten der Langhäuser, in das die Jäger Mian getragen hatten. Es war so lang wie ein Schiff, und aus dem Dach ragte ein breiter Schornstein. Der Schwarzbärtige klopfte an die Tür, die gleich darauf von einer Frau in einem weißen Leinenkleid geöffnet wurde. Der Schwarzbärtige flüsterte ihr etwas zu und zeigte auf Ulv. Sie schaute über die Schulter in den halb dunklen Raum. »Konvai! Karga ist hier! Er hat einen Fremden mitgebracht!«

Ein Mann hustete. Ulv konnte einen Teil des Feuers sehen, das in dem großen Kamin in der Mitte des Langhauses brannte. Davor lag Mian auf einem Fell. Neben ihr knieten zwei Frauen. Sie hatten Mian die Kleider ausgezogen und wuschen die Wunde unter ihrer Brust. Im Hintergrund stand ein alter, graubärtiger Greis. Er stützte sich auf einen Stock und sah mit zusammengekniffenen Augen zur Tür.

Plötzlich trat ein Mann über die Türschwelle nach draußen. Das schwarze Haar war zerzaust, als wäre er gerade erst aufgewacht, und außer einer langen Hose trug er nichts. Er kratzte sich an der behaarten Brust und rieb sich die Augen, ehe er sich am Türrahmen abstützte und Ulv musterte. Er schüttelte den Kopf und legte die Stirn in Falten.

Der Schwarzbärtige machte einen Schritt auf ihn zu. »Ein Fremder, Konvai. Er ist durch die Südklamm gekommen.«

»Ich sehe doch selbst, dass er ein Fremder ist«, sagte Konvai brummig.

Nun trat der große, rothaarige Jäger vor. »Er hatte eine Frau dabei. Rotdolch und Kais Sohn haben sie gerade ins Haus gebracht ...«

»Ich weiß.« Konvai machte einen Schritt auf Ulv zu und strich sich das Haar aus der Stirn. »Es ist lange her, dass Fremde sich hierher verirrt haben. Woher kommst du? Wer bist du?«

Ulv schluckte; die Worte wogen auf einmal so schwer. »Ich ...« Er wandte den Blick von den Jägern ab und ließ ihn über die Berge schweifen. Dort oben war er auch schon mal gewandert. »Ich bin Ulv«, sagte er.

Der graue, alte Mann drängte sich an Konvai vorbei. Er war dick und trug einen Wollumhang über der Tunika. Das lange Haar fiel filzig über seine Schultern. Der Alte hatte tiefe Furchen im Gesicht, buschige Augenbrauen und starrte ihn mit wässrig blauen Augen an. Seine langen Finger krümmten sich um den Stock, und sein halb geöffneter Mund zitterte. »Ulv ...« Er streckte eine Hand nach ihm aus, zog sie aber schnell wieder zurück, als habe er Angst vor der Berührung.

Konvai legte dem Alten den Arm um die Schulter und drehte ihn zur Tür. »Komm, Vater, setz dich schon mal an den Tisch. Ich komme gleich nach, dann gibt es Grütze.«

Der Alte stieß ihn barsch beiseite und humpelte zu Ulv. »Das kann nicht sein, du bist ein junger Mann. Aber mir war doch, als hätte ich verstanden ... Sag mir deinen Namen noch einmal, Fremder.«

Ulv sah sich um. Inzwischen hatte sich etwa ein Dutzend Jäger vor dem Langhaus eingefunden. Sie alle starrten ihn an.

»Ulv«, wiederholte er und legte die Hand an den Schwertgriff. »Das ist mein Name.«

Der Alte griff nach seiner linken Hand und fiel auf die Knie.

Ulv wich einen Schritt zurück, aber der graubärtige Greis ließ ihn nicht los und drehte seine Handfläche nach oben. Ulv machte eine Faust, als der Alte seine Finger aufbiegen wollte.

»Zeig mir die Narbe!« Der Alte zog an Ulvs Fingern. »Die Narbe von Lokes Geschenk! Von dem goldenen Dolch, an dem du dich geschnitten hast!«

Ulv zog den Arm weg. Am liebsten wäre er weggerannt. Der Alte machte ihm Angst.

»Zeig mir die Narbe, Fremder! Wenn du der Sohn meines Bruders bist, hast du eine Narbe in der linken Handfläche!«

Ulv begriff nicht, woher der Alte wusste, dass er in der linken Handfläche eine Narbe hatte. Und er hatte Lokes Namen genannt.

»Narbe.« Ulv blickte auf seine Hände. »Ich habe viele Narben. Von den Peitschenschlägen. Aus der Schlacht bei Krugant. Viele Wunden und viele Narben.«

Die Jäger halfen dem alten Mann auf. Er stützte sich schwer atmend auf seinen Stock. Ulv sah ihn an. Und dann öffnete er ganz langsam die linke Hand, so dass der Alte sie sehen konnte. Da nickte der Alte, legte die Hand an die Stirn und senkte den Blick. »Unter deinem Wams trägst du eine Kette aus Haizähnen«, murmelte er. »Sieben Haizähne.«

Ulv zog die Kette hervor. Der Alte hob den Blick und lächelte. »Die Kette deines Vaters«, sagte er. »Er hat sie dir geschenkt, als du noch ein kleiner Junge warst.«

»Bran. Vater.« Ulv erinnerte sich an das, was Loke ihm über Bran und Tir, seine Eltern, erzählt hatte.

»Ja, dein Vater«, sagte der Alte lächelnd. »Mein Bruder Bran war dein Vater. Ich bin Dielan.«

»Di-lann.« Das war auch eins der Geisterworte, die er häufig leise vor sich hingemurmelt hatte, weil sie ihm ein Gefühl von Sicherheit gaben.

»Dielan, genau.« Der Alte strich sich über den Bart, kam zu ihm und legte ihm die Hand auf die Schulter. »Erinnerst du dich an mich?«

»Doch, ich erinnere mich«, sagte Ulv. »Aber da sind so viele andere Erinnerungen. Und Träume. Und hier werden sie Wirklichkeit.«

»Ja, sie sind Wirklichkeit.« Dielan lachte. »Obwohl es mir fast so vorkommt, als läge ich unter meiner Decke am Feuer und träumte. Du bist vier Jahrzehnte fort gewesen, Ulv. Vier Jahrzehnte. Niemand hätte geglaubt, dass du jemals zurückkehren würdest. Dein Vater ...«

Ulv fasste ihn am Arm. »Mein Vater«, wiederholte er. »Bran. Wo ist er?«

Dielans Blick wanderte zu den Bergen. »Dein Vater hat uns verlassen. Er hat viele Jahre nach dir gesucht, Ulv. Als Tir starb, gab es nichts ...«

»Tir ist tot?« Ulv sah ihn ungläubig an. »Tir. Meine Mutter. Wann ist sie gestorben?«

Dielan klopfte ihm auf die Schulter. »Das ist schon lange her, Ulv. Sie war sehr krank. Sie starb wenige Jahre nach deinem Verschwinden. Bran hat sie unter einem Steinhaufen dort oben bestattet.« Er zeigte an den Berghang im Westen. »Ich werde dir die Stelle zeigen.«

Der Alte humpelte auf den Platz vor dem Langhaus. Die Jäger machten ihm Platz, und Dielan winkte Ulv hinter sich her. Ulv sah, wie die Leute tuschelnd die Köpfe zusammensteckten. »Brans Sohn ... Er ist zurückgekommen ...« Die Worte gingen von Mund zu Mund, während Ulv dem Alten folgte. Der schwarzbärtige Jäger beugte sich zu einem Jungen hinunter und flüsterte ihm etwas ins Ohr, worauf der Junge losrannte und zwischen zwei Langhäusern verschwand. Ulv vermutete, dass der Schwarzbärtige den Jungen losgeschickt hatte, um die übrigen Dorfbewohner von der Neuigkeit zu unterrichten, aber das schien gar nicht nötig. Überall kamen Männer und Frauen aus den Häusern, ihre Kinder ängstlich an sich gedrückt. Aus dem Wald kamen Jäger angeritten, zogen an ihren Zügeln und ließen ihre Pferde neben ihm herlaufen.

»Das ist Ulv«, sagte der Alte zu jedem. »Sagt es allen weiter, Männer. Brans Sohn ist nach vierzig Jahren zu uns zurückgekehrt! Kragg hat in Gnade auf uns herabgesehen, Freunde! Holt Met und frisches Hirschfleisch. Heute Abend wollen wir den Sohn meines Bruders feiern!«

Ulv ging an der Seite des Alten, während immer mehr Jäger und langhaarige Frauen zwischen den Bäumen und vor den Häusern auftauchten. Ein paar Kinder hatten sich zusammengetan und liefen von einer Horde zotteliger Hunde begleitet vor ihnen her. Das ganze Dorf, das bis eben noch so friedlich und still gewesen war, schallte nun von Stimmen und Hundegebell wider. Ein grauhaariger Greis hinkte unter dem Dach eines offenen Schuppens hervor. Er hielt einen Schmiedehammer in der Hand, und sein Wams war rußig und saß stramm über dem dicken Bauch. Dielan hob den Arm zum Gruß.

Der Grauhaarige legte die Hand über die Augen und blinzelte ihnen zu. »Dielan!«

Dielan blieb stehen und legte seine Hand auf Ulvs Schulter.

Der alte Schmied fasste sich an den Rücken und kam durch den Schnee auf sie zugehumpelt. »Ist es wahr, was Karga sagt? Ist das ... Ist er es?«

Dielan nickte. »Zeig ihm die Narbe in deiner Handfläche, Ulv. Und zeig ihm die Haizahnkette!«

Ulv streckte dem Schmied die linke Hand hin, während Dielan mit der Haizahnkette rasselte. »Das ist Ulv!«, rief er. »Wer sonst sollte es sein? Er hat die Narbe und Brans Kette!«

Der alte Schmied trat vor Ulv und nahm die Hand zwischen seinen beiden Pranken. Er hielt die Handfläche dicht vor seine Augen und runzelte die Stirn. »Die Narbe von dem goldenen Dolch«, flüsterte er und fuhr mit dem Finger über die Narbe. Dann betrachtete er mit zusammengekniffenen Augen die Kette und betastete die scharfen Zähne. »Die Kette ... Queyas Kette ...« Er legte Ulv die Hände auf die Schulter und sah ihm tief in die Augen.

Ulv hielt seinem Blick stand, denn er kannte diesen Mann. Er erinnerte sich an das breite Gesicht und die braunen Augen. Der alte Mann, der vor ihm stand, war einer der Männer aus seinem Traum. Aber in seinen Träumen war er jung, und sein Lachen hallte zwischen den Langhäusern wider. Abends hockte er mit Bran und Tir am Feuer. Sein Vater saß an der Wand und unterhielt sich mit ihm.

»Hagdar ...« Ulv strich dem Alten über den widerspenstigen grauen Bart. »Vaters Freund.«

Der grauhaarige Hüne drückte ihn an sich. Ulv erinnerte sich, wie Hagdar ihn immer in die Luft geworfen hatte und mit ihm auf den Schultern über den Platz zwischen den Langhäusern gerannt war. Aber das war ein stärkerer Hagdar gewesen. Sein Bart war braun und seine Schultern waren breit gewesen.

»Aber ...« Hagdar schob Ulv ein Stück von sich weg und schüttelte den Kopf. »Wie ist das möglich?« Er legte seine Hand an Ulvs Wange.

»Was meinst du?« Dielan stützte sich auf seinen Stock. »Das ist Ulv, sage ich. Wir wollen jetzt zu den Gräbern gehen. Und dann werde ich ihm erzählen, was passiert ist, seit er verschwunden ist.«

»Das ist gut«, sagte Hagdar. »Ich bin seitdem viermal zehn Jahre älter geworden, aber der Mann, der hier vor mir steht, ist nur knapp über zwanzig. Seine Haut ist weich und ohne Falten, und seine Zähne sind weiß. Ich sehe einen jungen Mann vor mir.«

Ulv ging zu Dielan und ließ Hagdar zurück, der seine spärlich gewordene Zahnreihe betastete und sich über den Kopf und die tiefen Falten auf der Stirn strich. Dielan zog Ulv hinter sich her.

»Er hat Recht«, sagte Ulv. »Die Barkas sagen auch, dass für mich eine andere Zeit gilt als für andere Menschen. Ich bin kein junger Mann mehr. Ich habe viele Winter erlebt, mehr als ich zählen kann.«

Dielan lächelte ihn an und führte ihn weiter. Er zeigte an den Talhang. »Wir beide haben viele Fragen. Einige können wir sicher noch heute beantworten. Andere werden warten müssen. Das Wichtigste ist, dass du zurückgekommen bist. Deine Eltern sind nicht mehr bei uns, aber von nun an werde ich dein Vater sein.«

Ulv sah zu den Frauen und Männern, die vor den Langhäusern standen. Die meisten Frauen waren blond. Sie erinnerten ihn an die Frau aus seinen Träumen. Sie erinnerten ihn an Tir, seine Mutter. Und sie erinnerten ihn an Siréd.

»Diese Menschen ...« Ulv zeigte auf sie. »Gehören sie zu meinem Stamm?«

Dielan nahm seine Hand. »So ist es, Ulv. Sie sind das Felsenvolk, dein Volk. Aber nun komm, wir haben noch einen weiten Weg vor uns.«

Ulv folgte Dielan an einer Reihe Langhäuser vorbei bis zu einem Pfad am Rande der Lichtung, der nach Westen durch ein Wäldchen führte. Dielan atmete schwer, als sie zwischen die Bäume traten. Kurz darauf blieb er stehen, beugte sich vor und hustete. Sein Atem ging jetzt pfeifend. Ulv legte den Arm des Alten über seine Schulter und stützte ihn. Ein Stück hinter der Lichtung endete der Pfad. Nur ein paar schwache Abdrücke im Schnee verrieten, dass hier vor ihnen schon jemand gegangen war. Dielan klammerte sich an seinen Stock, und gemeinsam bahnten sie sich ihren Weg durch den Schnee.

Am Westende des Tals stiegen sie einen steilen Hang hinauf, bis sie zwei Pfeilschüsse über den Baumkronen auf einen Pfad zwischen zwei Felskuppen stießen. Diesem Pfad folgten sie bis zu einem Felsvorsprung. Von dort aus konnte man über das ganze Tal blicken. Ulv sah seine Spuren vor der Südklamm, und er sah die Dächer und offenen Plätze zwischen den Langhäusern im Eichenwald. Dielan schien die Aussicht nicht zu interessieren, er rieb sich über die Augen und ging über den breiten Vorsprung zu zwei Erhebungen im Schnee. Dort blieb er auf seinen Stock gestützt stehen.

»Hier.« Er zeigte auf den Hügel zu seiner Rechten. »Hier liegt Gwen, meine Frau. Und dort ...« Er drehte sich zu dem zweiten Hügel um. »Dort liegt Tir, deine Mutter.«

Ulv stellte sich neben ihn. »Tir ...« Die Erinnerung an sie war plötzlich ganz klar. An ihre Stimme. Sie saß an der Feuerstelle und sang ihm von fremden Ländern vor, vom Meer und von ihrem eigenen Volk im Süden. Er sah sie deutlich vor sich, klarer als je zuvor. Sie lächelte ihn an, mit ihren Augen, die genauso blau waren wie seine. Sie deckte ihn mit dem Fell zu und sang ihn in den Schlaf.

»Meine Mutter.« Er kniete sich vor die Hügel und fegte den Schnee von den Steinen. »Mutter ...« Das Wort tat weh, aber er konnte nicht anders.

»Warum ...« Er sah zu Dielan hoch. »Warum lebt sie nicht mehr? Warum ist sie nicht mehr hier? Ich bin so weit gewandert. Ich habe geglaubt ...«

Dielan wiegte den Kopf hin und her. »Sie wurde krank, Ulv. Von einer alten Verletzung.« Er legte seine Hand auf die Brust. »Hier drinnen. Das Atmen fiel ihr oft schwer.«

Ulv schloss die Augen. Schon wieder brannten Tränen auf seinen Wangen.

»Weine nicht, Sohn meines Bruders.« Dielan legte eine Hand auf Ulvs Kopf. »Tir weiß, dass du zu uns zurückgekommen bist. Sie sieht dich, Ulv.«

Ulv stand auf. Er wollte nichts mehr hören. Seine Mutter war tot, daran konnte er nichts ändern. Er würde die Sehnsucht nach ihr bis ans Ende seines Lebens mit sich herumtragen. Er entfernte sich ein paar Schritte von den Steinhügeln, ehe er sich wieder umdrehte. »Und Vater? Was ist mit Bran?«

Dielan stützte sich auf seinen Stock. »Dein Vater ...« Mit einem letzten Blick auf den zweiten Grabhügel ging er langsam zu den Felskuppen zurück. »Niemand weiß genau, was mit deinem Vater ist. Er hat uns verlassen, und wenn du mich fragst, ist er wieder aufs Meer hinausgefahren.«

»Ich habe das Meer gesehen.« Ulv wischte sich die Tränen unter den Augen weg. »Und Schiffe. Viele Schiffe. Die Kanathener ...«

»Nicht hier!« Dielan hob abwehrend die Hand und humpelte energisch in ihren Spuren zurück. »Hier oben an diesem Ort dulde ich kein Wort von Unfrieden und Krieg! Ich weiß, was in Ber-

Mar geschehen ist, Ulv. Ich weiß von Vendhur und seinen Kriegern. Konvai, Karga und Rotdolch haben von einem Versteck am Berghang beobachtet, wie die Mauer errichtet wurde. Und sie haben die Langschiffe gesehen.«

»Ich war dort.« Ulv legte den Arm des Alten über seine Schulter und half ihm beim Abstieg. Erst jetzt fiel ihm wieder ein, warum er eigentlich hierher gekommen war. Die Erinnerung an Ber-Mar brach über ihn herein. Eine Zeit lang hatte er Seon und Brage vollkommen vergessen.

»Die Frau, mit der ich hierher gekommen bin, ist aus Ber-Mar.« Er sprach leise, um den Frieden der Grabstätten hinter ihnen nicht zu stören. »Sie hat einen Bruder. Und einen Mann. Die beiden sind Gefangene der schwarzen Krieger. Wir kamen aus Krugant, im Glauben, dass in Ber-Mar Frieden herrscht.«

»Lass uns heute Abend weiter darüber reden.« Dielan schnäuzte sich zwischen den Fingern. »Aber zuerst einmal müssen wir ins Warme. Außerdem musst du dringend etwas essen. Wir haben uns viel zu erzählen, Sohn meines Bruders. Sehr viel.«

Ulv nickte. Es kam ihm immer noch vor wie ein Traum, was ihm hier widerfuhr. Er konnte kaum glauben, dass Dielan, der Bruder seines Vaters, hier an seiner Seite durch den Schnee humpelte. Die Sonne schien auf die schneebedeckten Dächer herab, und er hörte Lachen, Rufen und menschliche Stimmen. Jeder Schritt brachte ihn dem Leben näher, das er vor seiner langen Wanderung durch den Nebel gelebt hatte. Auch die Erinnerung daran war plötzlich viel klarer. Er erinnerte sich an die Wölfe, die ihn zu sich gerufen hatten. Und an die Angst und Einsamkeit, die ihn weitergetrieben hatten. Er war tagelang gewandert, und aus Tagen wurden Monate. Er war dem Nordstern gefolgt, weil sein Vater ihm einmal gesagt hatte, dass ihr Volk von allen Völkern, die er auf der Welt kannte, am weitesten im Norden lebte. Aber der Nordstern hatte ihn nicht nach Hause geführt. Und aus den Monden wurden Jahre, bis die Erinnerungen schließlich verblassten und zu verschwommenen Traumbildern wurden.

Dielan ließ keinen der anderen Dorfbewohner an Ulv heran, als sie wieder im Tal waren; er verscheuchte sie mit seinem Stock und rief nach Hagdar. Der alte Schmied erwartete sie bereits in seiner Schmiede unter dem Vordach an der Querwand seines Langhauses. Er begrüßte sie, hielt ihnen die Tür auf und bat sie einzutreten. Aber Ulv folgte Hagdars Einladung nicht, als er ihn zu Met und Fleisch hereinbat. Er ließ die beiden Alten einfach stehen und ging zu Dielans Langhaus. Augenblicklich war er von einer Horde Kinder umringt, die an seinem Umhang zupften. Die Tür war verschlossen, aber er stieß sie auf und betrat den dämmrigen Raum. Er entdeckte Mian sofort im Lichtschein vor dem Kamin. Die Frauen hatten ihre Beine mit Decken umwickelt, aber ihr Oberkörper war nackt. Die Wunde unter ihrer Brust leuchtete rot und war geschwollen. Eine der Frauen war gerade damit beschäftigt, eine graue Salbe darauf zu verteilen.

»Mian.« Er machte einen Schritt auf sie zu, traute sich dann aber aus Angst, sie könnte tot sein, nicht weiter. »Mian«, sagte er noch einmal. Da drehte sie ihm das Gesicht zu und sah ihn unter schweren Lidern an, ehe sie die Augen wieder schloss.

»Seon …«, hauchte sie, aber Ulv hörte es. Mian versuchte, sich aufzurichten, aber die Frau drückte sie zurück auf das Fell. Dann stand sie auf und ging zu Ulv, packte ihn am Arm und schob ihn energisch zur Tür. Ihr Haar war weiß wie das Brustfell eines Junghirsches. Sie lächelte Ulv an und schüttelte den Kopf.

»Ich bin Nemni«, flüsterte sie. »Mach dir keine Sorgen um sie. Sie hat Fieber, aber sie wird überleben.«

»Die Wunde.« Ulv sah zu Mian. Der Schnitt, den das Messer des Kanatheners ihr zugefügt hatte, leuchtete rot auf ihrer blassen Haut. »Das war ein Kanathener. Sie wollten …«

»Geh jetzt, Fremder.« Sie schob ihn zur Tür. »Niemand in diesem Dorf versteht sich so gut aufs Heilen wie ich. Sie wird wieder gesund werden.«

Ulv ging hinaus, und die Frau schloss die Tür hinter ihm. Er kratzte sich im Nacken und schaute über den Platz. Ein paar

Speerlängen von ihm entfernt standen ein paar Männer und hackten Holz auf einem Baumstumpf. Kaum dass sie ihn sahen, steckten sie die Köpfe zusammen und sprachen leise miteinander, ehe sie den nächsten Holzklotz auf den Stumpf legten. Ulv fragte sich, warum sie nicht zu ihm kamen und ihn begrüßten, wie die anderen. Die Frau in Dielans Langhaus hatte ihn Fremder genannt, und das erstaunte ihn. Er hatte geglaubt, dass inzwischen alle wussten, wer er war.

»Ulv!« Dielan stand vor Hagdars Schmiede und winkte ihn zu sich. Der alte Schmied erinnerte ihn an Brage, vielleicht würde Brage einmal genauso aussehen, wenn er älter war. Falls er das noch erlebte, dachte Ulv. Er musste Dielan so schnell wie möglich erzählen, was in Ber-Mar geschehen war.

»Ulv, Sohn meines Bruders. Komm zu uns!« Dielan stützte sich auf dem Amboss ab. »Es gibt viel zu erzählen, Ulv! Komm schon! Sorg dich nicht um deine Frau. Sie ist in guten Händen!«

Ulv ging kopfschüttelnd zurück zur Schmiede. Die alten Männer glaubten also, Mian wäre seine Frau, und vielleicht dachte der Rest der Dorfbevölkerung das auch. Er musste ihnen erzählen, wie es sich wirklich verhielt. Und dann würde er ihnen von Siréd erzählen und den schwarzen Männern, die sie ihm weggenommen hatten. Von den Sklavenhändlern, von der Schlacht bei Krugant und von Seon und Brage. Und wenn dies wirklich sein Stamm war, würden sie ihm helfen.

Als Ulv das Langhaus erreichte, verschwand Hagdar gerade im Inneren. Man hörte den alten Hünen poltern und fluchen, und Augenblicke später stürmten mehrere Hunde und drei Jungen ins Freie. Hagdar hob drohend die Faust und blinzelte wütend hinter ihnen her. »Verwandtschaft«, schnaubte er. »Haben einen Haufen Hunde und Kinder und glauben, sie könnten sich alles erlauben.«

Dielan zog Ulv am Ärmel hinter sich her ins Haus. »Pass bloß auf, bald sind die Jungen so weit und trinken heimlich von deinem Met. Hast du nachgeschaut, ob es in letzter Zeit weniger geworden ist?«

Die beiden Greise verschwanden in einer dunklen Ecke hinter dem Holzstapel. Ulv strich die Haare aus den Augen und sah sich in dem lang gestreckten Raum um. An den Wänden hingen Felle und gewebte Teppiche, und in der Mitte des Raums stand ein breiter Kamin. Über der Feuerstelle hing ein riesiges Geweih. Ulv stellte sich vor den Kamin und sog genüsslich den Duft von Getreidegrütze und Asche ein. Er nahm sein Bündel und den Umhang ab und legte sie auf den Lehmboden. Erst jetzt fiel ihm auf, wie hungrig er war. Auf dem Kaminrand stand ein Kessel mit einem Rest Grütze. Er hockte sich davor und nahm eine Hand voll von dem kalten Brei. Er schmeckte süß. Er schlang den Bissen hinunter und leckte sich die Finger ab, dann schob er noch eine Hand voll in den Mund. Ein paar Körner blieben in seinem Bart kleben. Er schluckte und stieß auf. Die Grütze war leicht hinunterzubekommen, wie Brennnesselsuppe, aber viel nahrhafter. Er konnte sich nicht erinnern, wann er das letzte Mal so etwas Gutes gegessen hatte. Er kippte den Kessel auf die Seite und schob den letzten Rest mit den Fingern zusammen.

Da stand Dielan plötzlich neben ihm. »Hagdar!« Er schlug mit dem Stock gegen den Kamin. »Vergiss den Met, Hagdar! Hol dein bestes Wildfleisch! Der Junge ist hungrig!«

Ulv schluckte die Grütze hinunter, während Hagdar fluchend durch den Raum humpelte. Der alte Schmied konnte sich nicht entsinnen, wo die Frauen das Fleisch versteckt hatten. Ausgerechnet jetzt, wo er sie alle weggeschickt und gebeten hatte, sie für den Rest des Tages in Ruhe zu lassen. Während Hagdar sich in den dünnen Haaren kratzte, schaute Dielan zu den Dachbalken hoch, wo sowohl das zerlegte Wild als auch die prall mit Speck und Getreide gefüllten Därme hingen. Die Stricke, an denen sie hochgezogen wurden, waren an der Wand befestigt. Dielan löste einen der Stricke, und Hagdar zuckte erschrocken zusammen, als hinter ihm eine Hirschkeule zu Boden fiel. Dielan lachte leise in sich hinein.

Die alten Männer brachten die Hirschkeule und drei randvolle

Metkrüge in den hinteren Teil des Raumes. Hinter dem Kamin stand ein langer Tisch, und Ulv ließ sich auf einer der Bänke nieder. Hagdar schob ihm einen Holzkrug hin, hob seinen eigenen und prostete ihm und Dielan zu. Das Getränk schmeckte süß, nicht so stark und herb wie das Gebräu der Waldgeister. Dielan hatte sich ihm gegenüber auf die Bank gesetzt. Er schnitt dicke Scheiben von der Hirschkeule und schob sie über die raue Tischplatte. Ulv nahm einen Bissen. Die beiden Männer sahen ihm beim Kauen zu.

Als er schluckte, warf Dielan Hagdar einen kurzen Blick zu. »Kragg sieht wohlwollend auf uns herab. Entsinne ich mich recht, ist es nicht länger als fünf Winter her, dass ich oben in der Höhle gesessen und meinem Großsohn von Bran erzählt habe? Ich sagte zu ihm, dass ich Ulv wohl nie wieder sehen würde. Aber Kragg hat mich irren lassen, Hagdar!«

»Das ist ein großes Glück.« Hagdar hob den Holzkrug. »Brans Geschlecht wird weiterleben. Ulvs Frau wird gesund werden und ihm viele Kinder gebären. Ein großes Glück, Dielan.«

Ulv beugte sich zu ihnen. »Mian ist nicht meine Frau«, erklärte er. »Mian, die Frau, die ich auf meinen Schultern hierher getragen habe, ist Seons Frau.«

»Seon?« Hagdar kratzte sich am Bart. »Ist das nicht der Flammengott der Südländer, Dielan?«

Dielan antwortete ihm nicht, aber das schien Hagdar nicht zu stören. Er nahm einen großen Schluck aus seinem Krug. Dielans Blick war auf Ulv geheftet. »Erzähl uns von dir.«

Und Ulv erzählte. Er suchte nach Worten, die lange im Verborgenen geschlummert hatten, Worte von endlosen Wanderungen, Hunger und Schmerz. Er erzählte von den Wintern im Barkasfjell, von den Barkas und seinem Leben im Norden. Von der Einsamkeit erzählte er, denn endlich hatte er einen Namen für das kalte, dunkle Gefühl, das ihn in den langen Winternächten befiel. Er berichtete von der Sage, die die Barkas sich an ihren Lagerfeuern erzählten; von dem Wolfsmann, der den Geist der Wölfe in sich trug. Er erzählte von den Kämpfen und den Jägern, die ihn gejagt hatten, um ihm die Stärke der Wölfe zu stehlen. Dann kam der Frühling, in dem er zum ersten Mal die Sehnsucht gespürt hatte, als die Geister ihn nach Süden führten. Hagdar schenkte ihnen Met nach, und Dielan fragte, wie lange Ulv im Norden gelebt hatte. Ulv hob beide Hände und streckte viermal die Finger. Vier Jahrzehnte hatte Loke die Sommer und Winter zwischen den schneebedeckten Felsen des Barkasfjells genannt.

Er aß von dem Hirschfleisch, während er sich erzählend weiter nach Süden vortastete. Das Sprechen fiel ihm mit jedem Satz leichter, weil sich plötzlich Worte, die er bis dahin nicht gekannt hatte, auf seiner Zunge formten und seinen Gedanken Laute verliehen. Die Worte trugen ihn über den großen See, ließen ihn die Zweikämpfe in der Tiergrube überleben und führten ihn weiter nach Süden, angekettet an den Wagen der Sklavenhändler. Dielan rieb sich die Augen, als Ulv davon erzählte. Er wiegte den Kopf hin und her und lehnte sich vor, nahm Ulvs Hand und streichelte seinen Handrücken, als wäre er ein kleiner Junge. Ulv erhob sich von der Bank. Er stellte sich mit dem Rücken vor den Kamin und starrte in das Halbdunkel des Langhauses, weil seine Worte die Erinnerung an die Wanderung und Koshs Peitschenhiebe wachriefen. Ulv erzählte von dem Sklaven, der gestorben war, und von dem Stummen, dem sie die Zunge herausgeschnitten hatten. Er erzählte von der Nacht an dem Waldsee, in der sich ihm der Horngott zum ersten Mal gezeigt hatte. Die alten Männer lauschten ihm mit großen Augen, als Ulv von Kargaths Pforte erzählte und wie er auf den Tischen am Fuß der Pforte zum Kauf angeboten wurde. Dort hatte er sie zum ersten Mal gesehen. Der Hass brannte in ihm, als er mit unterdrücktem Zorn erzählte, wie die Sklavenhändler ihr das Kleid von den Schultern rissen, sie begrapschten und den Händlern zum Kauf anboten. Und Kosh kaufte sie und kettete sie neben Ulv hinter den Wagen. So hatte ihre gemeinsame Wanderung nach Süden begonnen.

Hagdar wischte sich mit dem Handrücken über den Bart, beugte sich über den Tisch und schüttelte den Kopf. »Tir, deine Mutter, war auch Sklavin«, sagte er. »Dein Vater hat sie befreit. Hat er dir davon erzählt?«

Ulv sah den alten Schmied an. Er konnte sich nicht erinnern, dass ihm jemand davon erzählt hatte. Seine Mutter, die Frau aus den Träumen, hatte ihm etwas vorgesungen und ihm mit ihrer warmen Hand über die Wange gestrichen. Er erinnerte sich an keine Worte, dass sie jemals Sklavin gewesen war. Vielleicht hatten sie ihn schonen wollen. Sicher war er damals noch zu klein gewesen, um das zu verstehen.

»Quäl ihn nicht mit diesen Dingen.« Dielan hielt Hagdar seinen Krug hin. »Schenk lieber nach, Hagdar. Du bist Schmied und Metbrauer, kein Geschichtenerzähler.« Er wandte sich wieder Ulv zu. »Und nun lass uns hören, wie du wieder zu uns zurückgefunden hast.«

Ulv legte die Hand auf den Schwertgriff. Er hätte Dielan gern gebeten, ihm zuerst mehr von Tir und Bran zu erzählen. Wenn Männer wie Kosh seiner Mutter ein Leid angetan hatten, würde er sie rächen.

»Erzähl«, sagte Dielan. »Erzähl uns von der Wanderung über die Ebene. Erzähl, woher die Schrammen in deinem Gesicht stammen. Lass mich deine Geschichte hören, Sohn meines Bruders.«

Ulv griff sich an die Stirn. Die Schrammen, die er sich zugezogen hatte, als die Wellen ihn auf die Steine des schwarzen Strandes warfen, hatte er vollkommen vergessen. Aber Seon und Brage hatte er nicht vergessen, genauso wenig wie Garr, der ihnen das Haus gezeigt hatte, in dem Mian lebte. Es war so viel geschehen, seit die Sklavenhändler ihn hinter ihren Wagen gekettet hatten, und ihm fehlten die Worte, um den alten Männern zu erklären, was er für Siréd empfand. Er erzählte ihnen von ihren Augen, die so blau wie seine eigenen waren. Ihr blondes Haar war wie aus seinen Träumen, und erst jetzt ging ihm auf, wie sehr sie ihn an Tir erinnerte. Aber so vieles an Siréd war anders. Sie duftete wunderbar und süß. Sie hatte mit ihm gesprochen. Und sie hatte ihn bei seinem Namen genannt. Siréd ...

Dielan und Hagdar blickten in ihre Metkrüge, als er erzählte, wie er den Sklavenhändler getötet hatte, der sie mit Gewalt nehmen wollte. Ulv legte seinen Gürtel ab und zog das Wams über den Kopf. Er griff sich an die Wunde an seinem Oberarm, und als Dielan Anstalten machte aufzustehen, um den Arm zu säubern und zu verbinden, bat ihn Ulv, sich wieder zu setzen. Er hatte so viele Wunden, und jede hatte eine eigene Geschichte. Er drehte ihnen den Rücken zu, als er von jener Nacht erzählte, in der Siréd und er nebeneinander im Regen gesessen und auf ihre Strafe für den Mord an dem Sklavenhändler gewartet hatten. Und die Strafe folgte. Unzählige Peitschenhiebe und ein Schmerz, der schlimmer war als alles, was er vorher erlebt hatte. Aber Siréd hatte ihn gewaschen und ihn gestützt, als sie weitergingen. Niemand hatte sich jemals so um ihn gekümmert. Sie hatte ihn zurück ins Leben geholt.

Dann kam der Morgen, als die schwarzen Späher sie ihm wegnahmen und er sich von der Kette losriss. Danach folgte eine nicht enden wollende Flucht vor den Kanathenern, die alles eroberten, was auf ihrem Weg lag. Er war von ihren Lanzen umringt gewesen, und als er wieder zur Besinnung kam und den Schmerz in seinem Oberschenkel spürte, hatte Brage ihn in den Westwald gebracht. Seons ganze Armee war von den Lanzen der schwarzen Krieger aufgespießt worden. Nur sie drei hatten überlebt. Aber vor ihnen lagen unzählige Gefahren, denn der Westwald war ein unbekannter und geheimnisvoller Wald. Auf ihrer Flucht vor den Erdriesen waren sie schließlich auf Loke gestoßen.

»Loke?« Dielan schüttelte ungläubig den Kopf. »Loke, der Waldgeist?«

Ulv verstummte. Dielan schien den weißbärtigen Waldgeist tatsächlich zu kennen. Loke hatte Ulv von einer langen Reise erzählt, auf der er Bran kennen gelernt hatte und mit ihm übers Meer gefahren war.

»Loke hat dich gefunden?« Dielan stützte sich auf der Tischplatte ab und erhob sich. »Loke, der Trolljäger? Waren Bile, Vile und Bul bei ihm?«

»Ja.« Ulv verschränkte die Arme vor der Brust. »So hießen sie. Loke hat mir von einer Reise erzählt. Und von Fischmenschen und Stürmen.«

»Das waren wirklich Stürme.« Dielan sah Hagdar an, der zustimmend nickte und vor sich hinmurmelte. »Und mein Bruder, dein Vater, hat gegen die Mächtigen gekämpft. Gegen die Haie, Ulv. Du wurdest bei den Kinlendern geboren, mitten auf dem Meer. Aber daran wirst du dich wohl kaum noch erinnern, oder?«

Ulv fasste sich an den Kopf. Die Traumbilder wurden wieder undeutlicher. Aber eine andere Erinnerung tauchte auf; er dachte an Kengber, den alten Seemann aus Krugant. Kengber hatte ihm seine Geschichte anvertraut und ihn gebeten, sie weiterzuerzählen. Und er hatte von einem Fremden erzählt, einem Mann, der nach Tirga gekommen war, in Kengbers Heimatstadt. Der Fremde hatte Bran geheißen. Dieser Fremde war sein Vater gewesen.

»Denk jetzt nicht daran.« Dielan ging um den Tisch herum und legte ihm die Hand auf den Rücken. Ulv fühlte, wie er mit den Fingern über die Narben der Peitschenhiebe fuhr. Der Alte biss sich auf die Unterlippe, und sein Gesicht verhärtete sich, was die Runzeln noch tiefer werden ließ. »Erzähl uns den Rest deiner Geschichte«, bat er. »Danach werde ich dir die Geschichte deines Volkes erzählen.«

Ulv holte tief Luft. Er trat an den Tisch und zog sich das Wams über, ehe er sich wieder setzte und mit seinem Bericht fortfuhr. Mit Worten reiste er wieder nach Ber-Mar und sah die Langschiffe der Kanathener und die schwarz gekleideten Krieger. Sein Blick suchte abwechselnd Dielan und Hagdar, als er von den Geschehnissen in Ber-Mar erzählte, denn es war wichtig, dass die beiden alten Männer begriffen, dass die Zeit knapp war. Er erzählte von seiner Flucht vor den Wachen und seinem Sprung ins Meer, und die zwei Männer nickten mit ernsten Gesichtern, als er mit geballten Fäusten von der Fischerfamilie erzählte, die ihm etwas zu essen und trockene Kleider gegeben hatte. Seon und Brage waren nun keine Unbekannten mehr für die alten Männer, und Dielan starrte mit finsterem Blick auf die Tischplatte, als Ulv sich erinnerte, wie Seon der Fingernagel abgerissen wurde. Seine Stimme wurde leiser, als er von Mians und seiner Flucht in die Berge und von dem Kampf gegen die schwarzen Krieger berichtete. Und schließlich erreichte er das Tal am Ende der Klamm und schaute über den Eichenwald, aus dem Stimmen und die Rauchsäulen von den Herdstellen aufstiegen. Und er wusste, dass er heimgekommen war.

Dielan strich sich über den Bart und spähte zu Hagdar. Der alte Schmied hatte beide Hände um den Metkrug gelegt und schwieg. Ulv stützte die Ellbogen auf den Tisch. Er hatte länger geredet als je zuvor, die Worte waren zu ihm gekommen, damit er seine Geschichte erzählen konnte.

»Brage aus Ber-Mar ...« Hagdar räusperte sich und sah Ulv an. »Ich kannte sowohl seinen Vater als auch seinen Großvater. Sie hießen beide Karr und waren rechtschaffene Männer. Es heißt, der jüngere Karr sei im Kampf gegen die schwarzen Krieger gefallen.«

»So ist es.« Dielan legte die Hände auf den Tisch und betrachtete seine zerfurchten Handflächen. »Und viele andere sind mit ihm gestorben. Mian, die Frau, die Ulv mitgebracht hat, ist seine Tochter. Sie sind unser Brudervolk. Es sind unsere Brüder und Schwestern, die da leiden.«

»Das hast du beim letzten Mal auch schon gesagt.« Hagdar hob den Krug hoch und schüttelte den Kopf. »Ja, es ist mehr als ein befreundetes Volk, aber das wird deinen Sohn nicht weiter kümmern. Er ist ein bodenständiger Mann, dein Konvai. Ein guter Jäger und Bauer. Aber kein Krieger.«

Ulv sah von einem Mann zum anderen. Dielan hatte sich aufgerichtet und klammerte sich mit beiden Händen an die Tischplatte. Er biss sich auf die Unterlippe und hatte die Stirn in Falten gelegt, als ob er über etwas nachgrübelte. Hagdar setzte den Krug auf dem Tisch ab und wischte sich mit dem Ärmel über den Bart. »Konvai wird die Männer nicht auffordern, sich zum Krieg zu rüsten. Er ist vernünftig, Dielan. Dein Sohn versteht sich auf so etwas. Er weiß, dass Krieg Leben kostet, und ...«

»Schande!« Dielan stemmte sich hoch und humpelte durch den Raum. »Es ist eine Schande, hier rumzusitzen, während unsere Freunde in Ber-Mar leiden und den Schwarzen als Sklaven dienen. Das habe ich schon damals gesagt, als Konvai berichtete, was er unten im Tal gesehen hatte. Und ich werde noch einmal zu ihm gehen und ihm das Gleiche sagen. Er hat auf seinen Vater zu hören!«

»Du bist nicht mehr der Häuptling.« Hagdar schob den Krug in die Mitte des Tisches. »Du hast deinem Sohn die Führung übergeben, als du krank wurdest. Erinnerst du dich nicht daran?«

»Natürlich erinnere ich mich.« Dielan hinkte zu Ulv und berührte ihn an der Schulter. »Ebenso gut, wie ich mich an die Kraftprobe erinnere, die wir als junge Männer gemacht haben. Du hast aufgegeben, Hagdar, aber Bran hat durchgehalten. Damals haben wir ihn zum Häuptling gewählt und beschlossen, dass nach ihm seine Söhne unser Volk anführen sollten.«

Ulv merkte, wie sich die Hand des Alten auf seiner Schulter verkrampfte, als suche er nach einem Halt. Sein Vater war der Häuptling des Felsenvolkes gewesen. Und nach ihm sollten seine Söhne die Führung übernehmen, hatte Dielan gesagt. Seine Söhne ... Ulv blickte zu dem alten Mann auf, und Dielan nickte. »Du bist der Häuptling«, sagte er leise.

Ulv stand hastig auf und entfernte sich ein paar Schritte von Dielan. »Ich ...« Er stellte sich in den Schatten hinter dem Kamin und verbarg das Gesicht in den Händen. »Das kann ich nicht. Ich bin kein Häuptling.«

»Er will nicht«, sagte Hagdar. »Und wenn er nicht will, kann niemand ihn zwingen, Häuptling zu werden. Vergiss nicht, was Turvi uns über die Gesetze unseres Volkes gelehrt hat. Konvai wird ihn zum Zweikampf der Häuptlinge auffordern, wenn Ulv versucht, ihm die Macht aus der Hand zu nehmen, Dielan. Und vergiss nicht, Konvai ist dein Sohn!«

»Konvai wird es verstehen.« Dielan nahm seinen Stock und stützte sich darauf. »Er und Ulv haben als Kinder zusammen gespielt. Er kennt Ulv, und er wird es verstehen.«

Hagdar schnaubte und wandte den Blick ab, während Dielan wieder Ulv ansah. Ulv gähnte. Er war müde und erschöpft, und ihm missfiel das ganze Gerede über die Häuptlingsmacht. Er musste Dielan begreiflich machen, wer er war und was die Geister ihm aufgetragen hatten. Der Horngott hatte ihn aufgefordert, seine zwei Völker zu finden, und das eine hatte er nun gefunden. Das zweite war vielleicht die Sippe seiner Mutter im Süden, denn der Hüne hatte ihm aufgetragen, nach Süden zu gehen und sie in den Krieg der Götter zu führen. Vielleicht würde die erste Schlacht in Ber-Mar stattfinden. Er wusste es nicht. Er hatte so viele Fragen, und je mehr Dielan erzählte, desto mehr kamen dazu.

»Ulv.« Dielan humpelte auf ihn zu. »Das waren viele Worte über die Häuptlingsmacht, Sohn meines Bruders. Du bist noch nicht bereit dafür.«

Hagdar knallte den Krug auf den Tisch. »Du hast immer viele Worte, Dielan. Siehst du denn nicht, dass der Junge müde ist? Er ist sicher die ganze Nacht gegangen, um hierher zu kommen. Ist es nicht so, Ulv?«

Ulv nickte. Hagdar beugte sich über den Tisch und stemmte sich hoch. Sein üppiger Bauch hing über den Gürtel. »Du kannst hier schlafen«, sagte er. »Und heute Abend werden wir deine Rückkehr feiern. Wir hätten auch so gefeiert, weil heute die Nacht der Wintersonnenwende ist. Aber nun haben die Männer noch einen Grund mehr, meinen Met in sich hineinzuschütten!«

Dielan und Hagdar bereiteten Ulv mit einer Wolldecke und einem Fell einen Schlafplatz vor dem Kamin. Sie hatten offenbar entschieden, dass er jetzt schlafen sollte.

»Hol Wasser«, sagte Dielan und schickte Hagdar zu einer der Tonnen neben der Tür. »Ich will dem Jungen das Blut und den Dreck abwaschen, ehe er sich hinlegt.«

Ulv sank auf den Rand der Feuerstelle und folgte Hagdar mit dem Blick, als er Wasser aus der Tonne in einen Kessel schöpfte, den er zurück zum Kamin trug und über die Glut hängte, ehe er ein paar Holzscheite nachlegte. Danach schlurfte der alte Mann vor sich hin murmelnd zur Tür. Er drehte sich noch einmal kurz um und nickte ihnen zu, ehe er die Tür öffnete und nach draußen verschwand.

Ulv und Dielan saßen schweigend nebeneinander, während das Wasser heiß wurde. Dann holte Dielan einen Leinenlappen aus einer der Kisten an der Wand und streute eine Hand voll Wacholderbeeren in den Kessel. Ulv betrachtete ihn, als er zwischen den Schlafbänken und dem Fell vor dem Kamin hin und her lief und Selbstgespräche führte. Hin und wieder hob er den Blick zur Decke und schüttelte den Kopf, als ob er mit jemandem dort oben Zwiesprache hielte. Er ist alt, dachte Ulv. Und alte Menschen werden häufig ein wenig seltsam.

Nach einer Weile überprüfte Dielan die Temperatur des Wassers, rührte es einmal um und bat Ulv, den Kessel vom Feuer zu nehmen. Der alte Mann befeuchtete den Lappen und drückte ihn Ulv in die Hand. Ulv saugte daran. Das Wasser war warm, es hatte die richtige Trinktemperatur, aber Ulv verstand nicht, wozu der Lappen gut sein sollte.

»Wasch dich.« Dielan wischte sich demonstrativ mit den Fingern über die Wange.

Ulv ließ den Lappen in den Kessel fallen. Dann zog er Wams, Stiefel und Hose aus. Das Schwert und den Pfeilköcher lehnte er gegen den Kamin. Der Bogen war nicht mehr da, und er konnte sich nicht erinnern, wo er ihn zuletzt gehabt hatte. Es sah ihm nicht ähnlich, ihn irgendwo zu vergessen. Vielleicht hatte einer der Dorfbewohner ihm den Bogen abgenommen, dachte er mit einem Blick zur Tür. Vielleicht trauten sie ihm nicht, weil er ein Fremder war.

»Du bist ein erwachsener Mann geworden«, sagte Dielan. »Es ist seltsam, dich so zu sehen. Ich habe dich als kleinen Jungen in Erinnerung, Ulv. Damals reichtest du mir gerade bis zur Brust, aber nun bist du größer als die meisten unseres Volkes. Und wie ich sehe, hast du die Kraft deines Vaters geerbt.«

Ulv griff sich ans Bein. Die Narbe über dem Knie war heller als die übrige Haut und länglich gebogen wie eine Mondsichel.

»Ich sehe es.« Dielan kam zu ihm, stützte sich auf seinen Stock und untersuchte mit zusammengekniffenen Augen das Bein. »Das ist eine alte Verletzung von einem Speer. Hier ist er eingedrungen …« Er legte die Hand auf die Rückseite von Ulvs Oberschenkel und betastete die glatte Narbe, ehe er sich aufrichtete und Ulv in die Augen sah. »Der Speer ist durch das Bein durchgegangen, Ulv. Normalerweise hätte dich eine solche Verletzung töten müssen, aber die Wunde ist gut verheilt. Wie viele Jahre ist es her, dass das passiert ist?«

»Das ist in Krugant passiert.« Ulv sah auf sein Bein hinunter. »Als die schwarzen Männer kamen.«

Dielan sah ihn mit einer tiefen Falte zwischen den Augenbrauen an. Dann streckte er den Arm aus und berührte die Brandwunde an seinem Arm. »Dein Vater hatte auch solche Wunden. Einmal traf in ein Pfeil in den Arm, ein andermal stach ihm jemand ein Messer in den Oberschenkel. Die letzten Jahre, die er hier verbracht hat, humpelte er. Vielleicht ist es ja von den Göttern vorherbestimmt.«

Dielan zog ein Messer aus seinem Gürtel. Ulv wich zurück, aber Dielan lächelte ihn an. »Vertrau mir«, sagte er. »Ich bin der Bruder deines Vaters. Ich würde dir niemals ein Leid antun, Ulv.«

»Di-lann.« Ulv erinnerte sich an das Geisterwort, das er so oft leise vor sich hin gesagt hatte, wenn er sich im Norden durch die kalten Winternächte fror. Er wollte dem alten Mann vertrauen.

Dielan steckte das Messer in den Kessel und fischte den Lappen heraus. »In dem Wasser sind Wacholderbeeren. Wacholder hat reinigende Wirkung. Und jetzt wasch dich.« Er drückte Ulv erneut den Lappen in die Hand. »Danach werde ich die Wunde an deinem Arm verbinden.«

Ulv sah fragend auf den Lappen in seiner Hand. Da lachte Dielan, nahm den Lappen, und wischte über seine Schultern, tauchte ihn erneut ins Wasser und schrubbte ihm den Nacken. Er wusch Ulv den Rücken und die Arme und rieb den Lappen in kreisenden Bewegungen über den Brustkorb. Danach gab er Ulv den Lappen zurück und setzte sich auf eine der Schlafbänke. Ulv, der endlich begriffen hatte, was er machen sollte, tauchte den Lappen in den Kessel und wusch sich im Schritt und an den Beinen. Unterdessen holte Dielan seinen Metkrug und leerte ihn in einem Zug. Ulv war inzwischen bei seinen Füßen angelangt und war erstaunt, dass das warme Wasser die Flecken unter seinen Fußsohlen entfernte, und als er schließlich den Lappen in den Kessel warf und das nasse Haar aus dem Gesicht strich, duftete er von Kopf bis Fuß nach Wacholder. Der Duft erinnerte ihn an etwas, und plötzlich sah er sich wieder vor dem Feuer stehen, während seine Mutter ihn mit warmem Wacholderwasser wusch. Aber das lag lange zurück, dachte er und sah zu dem alten, graubärtigen Mann. Aus jungen Männern waren Greise geworden.

»Dein Gesicht ...« Dielan zeigte auf ihn. »Du siehst Bran sehr ähnlich. Die Schrammen werden heilen, und ich glaube ...« Der Alte hievte sich von der Schlafbank hoch und humpelte durch den Raum. »Es wäre leichter zu erkennen, wenn dein Bart nicht so lang und verfilzt wäre. Und dein Haar reicht dir ja fast bis zur Taille.«

Ulv griff sich in den Bart. »Ich schere ihn immer im Frühjahr. Im Winter lasse ich ihn wachsen.«

Dielan nickte gedankenverloren und musterte ihn von Kopf bis Fuß. »Du hast viele Narben, Ulv. Das deutet auf ein Leben in Unfrieden.«

Der Alte drehte sich zur Tür um, öffnete sie einen Spaltbreit und steckte den Kopf nach draußen. »Nemni!«, rief er laut. »Nemni! Ich brauche Salbe und Leinentücher! Nemni!«

Die letzten Worte gingen in eine Hustenattacke über. Dielan setzte sich auf den Holzstapel neben der Tür und klopfte sich auf die Brust.

Der Alte blieb sitzen, als Ulv sich die Hose anzog. Aber als er den Waffengürtel anlegte, stand Dielan auf und schlurfte, eine Hand ins Kreuz gestützt, durch den Raum zu der Längswand, wo er sich über eine Kiste beugte. Er nahm ein paar leere Pfeilköcher heraus und legte sie auf den Boden. Dann rollte er ein Lederbündel auf, stützte sich auf seinen Stock und richtete sich wieder auf. In seiner Hand lag ein gebogenes Messer.

Ulv verließ seinen Platz am Kamin, als Dielan mit dem Messer in der Hand auf ihn zukam.

»Du hast etwas von einer Frau erzählt.« Dielan blieb stehen und stützte sich auf den Stock. »Siréd war ihr Name.«

»Siréd.« Ulv warf einen Blick zu der angelehnten Tür. »Sie ist jetzt im Süden. Ich habe ihr versprochen …«

»Junge Frauen mögen Männer ohne verfilzte Bärte.« Dielan lächelte und nickte ihm zu. »Vertrau mir, ich weiß das.«

Ulv griff sich ans Kinn. Darüber hatte er sich noch nie Gedanken gemacht.

Der Alte setzte sich auf den Kaminrand. »Und wenn dein Bart ein wenig kürzer wäre, würden alle im Tal sehen, dass du wie Bran aussiehst.«

»Sehe ich ihm wirklich so ähnlich?« Ulv ging zu dem Alten. »Bran? Sehe ich aus wie mein Vater?«

Dielan streckte die Hand aus und strich ihm über die Wange. »Am meisten ähnelst du Bran, ja. Das konnte man gleich nach deiner Geburt sehen. Aber je älter du wurdest, desto ähnlicher wurdest du Tir in deiner Art. Du warst ein stilles und nachdenkliches Kind. Bran war ein Wildfang. Du hast uns Erwachsene Löcher in den Bauch gefragt, weil du alles wissen wolltest. Und du hast immer wieder gefragt, was auf der anderen Seite der Berge ist.«

»Auf der anderen Seite …« Ulv senkte den Kopf. »Ich habe euch verlassen. Ich bin durch den Nebel gewandert. Durch die Kluft …«

»Ja, so wird es gewesen sein.« Dielan schob ein Birkenscheit in die Glut. »Du bist am Eingang der Kluft im Norden verschwunden, nicht weit entfernt von der Stelle, wo mein Bruder und ich unseren ersten Hirsch in diesem Tal erlegt hatten. Aber lass uns jetzt nicht darüber reden. Du bist erschöpft und brauchst Ruhe. Heute Abend werden wir feiern.«

Ulv kniete sich vor ihn. »Scher mir den Bart, Dielan, wenn ich dadurch meinem Vater ähnlicher werde. Alle sollen sehen, dass ich Brans Sohn bin. Sie sollen wissen, dass ich zurückgekommen bin.«

»Sie werden trotzdem zweifeln.« Dielan legte das Messer an Ulvs Kinn und schnitt das erste Haarbüschel ab. »Das ist die Schwäche unseres Volkes. Sie glauben nicht an den Willen der Götter. Selbst nach der Reise, die uns in dieses Tal geführt hat, das Bran in seinen Träumen gesehen hatte, tun sie sich schwer, ihr Schicksal als etwas anzunehmen, das die Ältesten für uns vorherbestimmt haben. Aber wir zwei ...« Er schabte mit der Messerschneide über Ulvs Wange. »Wir dürfen nicht zweifeln.«

Ulv wunderte sich über Dielans Worte, aber er fragte nicht nach, was der Alte damit meinte. Dielan hatte ihn angestarrt, als er von seiner Begegnung mit dem Horngott erzählt hatte. Ulv war klar, dass der Alte mehr wusste, als er sagen wollte. Leise vor sich hin summend, schor er Ulvs Bart, aber als er auch noch die Haare stutzen wollte, schüttelte Ulv den Kopf. Auch die Sklavenhändler hatten versucht, ihm das Haar zu scheren, und die Erinnerung daran schmerzte zu sehr. Aber Dielan drängte ihn nicht und fegte die langen Bartzotteln mit der Hand zusammen.

»Wie ich es mir gedacht habe ...« Dielan legte die Hand an die Wange und schüttelte den Kopf. »Es ist, als hätte ich meinen Bruder vor mir. Du hast seine Züge. Seine blauen Augen ... Du bist ganz ohne Zweifel sein Sohn.«

Ulv strich sich über das Kinn. Die kurzen Bartstoppeln kratzten in seiner Handfläche. Er wusste nicht mehr, wann er das letzte Mal die Haut unter seinem Bart gespürt hatte. Er zog das Schwert aus der Scheide, putzte die Klinge und spiegelte sich darin. Über seine Stirn und die rechte Schläfe zogen sich fünf rote Schrammen. Im Vergleich zu der ledrig braunen Haut seiner Stirn war das Kinn blass. Aber er sah einen jungen Mann, der wenig Ähnlichkeit mit dem dreckigen, haarigen Wesen hatte, das ihm auf der Jagd nach einer Forelle aus dem Wasserspiegel entgegenblickte.

Dielan warf die Bartzotteln ins Feuer, richtete sich mühsam auf und legte das Messer wieder in die Kiste zwischen die Pfeilköcher.

Da pochte es an der Tür. Die weißhaarige Frau aus dem anderen Langhaus stieg über die Schwelle. Sie reichte Dielan ein Bündel mit aufgerollten Leinentüchern und einen faustgroßen Krug. Wortlos wickelte sie sich in ihren Schal und verließ den Raum wieder.

»Das war Nemni«, sagte Dielan. Er ließ sich auf dem Rand des Kamins nieder und beugte sich zu Ulv. »Nemni ist eine mürrische alte Frau. Aber im Grunde ihres Herzens ist sie ein guter Mensch. Deine Mutter hat sie in die Heilkunst eingeweiht. Jetzt ist es Nemni, die sich um uns kümmert, wenn wir uns bei der Jagd verletzt oder die Knochen gebrochen haben.« Dielan lachte still vor sich hin, während er Salbe auf die Wunde an Ulvs Oberarm auftrug. Ulv fand, dass es wie Hirschurin roch, und fragte lieber nicht nach, was es war. Die Heilerin sollte ihre Geheimnisse für sich behalten. Oft steckte Zauberkraft in den Salben, über die man besser nicht sprach, um keine bösen Geister heraufzubeschwören.

Dielan wickelte einen Stoffstreifen um Ulvs Arm und klopfte ihm auf die Schulter. »So. Die Wunde ist zwar so gut wie verheilt, aber die Salbe kann nicht schaden. Jetzt ruh dich ein wenig aus. Heute Abend komme ich und wecke dich.«

Der Alte lehnte sich an den Kamin und wischte sich mit dem Handrücken unter der Nase entlang. Als er zur Tür ging, stand Ulv auf und folgte ihm. Er hatte nicht vergessen, weshalb er aus Ber-Mar geflohen war. »Wir können nicht warten«, sagte er. »Seon und Brage ...«

Dielan hob die Hand. »Ich habe deine Freunde nicht vergessen. Während du schläfst, werde ich mit meinem Sohn reden. Wir wissen schon lange von dem Unrecht, das in Ber-Mar geschieht. Und so Kragg will, werden die Männer des Felsenvolkes ihre Pferde sammeln und nach Ber-Mar reiten.«

Dielan hinkte mühevoll über die Schwelle und schloss die Tür hinter sich, worauf es im Raum schlagartig dunkel wurde. Ulv legte mehr Holz aufs Feuer. Er fühlte sich sicher in dem Langhaus, und als er sich auf die Decke legte und das Fell über sich breitete, glaubte er fast, am Tisch hinter dem Kamin Männer lachen und mit Metkrügen anstoßen zu hören. Sie prahlten mit ihrer Jagdbeute, und ihre Stimmen hatten etwas Vertrautes. Dielan saß dort, und Hagdar und Virga. Brans Stimme war tief, wie seine eigene. Sein Vater erzählte von dem neugeborenen Fohlen. Ulv sollte es bekommen, wenn es größer wäre, damit er es aufzog. Darauf stießen die Männer an, und Ulv rollte sich in der Wärme ein und schlief mit ihrem Lachen im Ohr ein. Im warmen Lichtschein des Feuers träumte er dann von den Ländern aus den Geschichten der Erwachsenen. Er segelte auf dem Langschiff seines Vaters durch die Fahrwasser der Vandarer, kletterte auf die Türme der Kinlender und schaute über das endlose Meer. Ein unruhiger Schlaf war das; er wälzte sich unter dem Fell hin und her und wachte häufig auf. Aber die Stimmen der Männer lullten ihn wieder in den Schlaf und trugen ihn mit sich durch das Tal nach Norden. Sie flüsterten von den Schluchten, in die die Hirsche kamen, um zu weiden. Und in seinem Traum wanderte er an der Seite seines Vaters durch die Jagdgründe im Norden, über Berge und Ebenen, doch als er sich umdrehte, war sein Vater nicht mehr da. Er war allein und die Stimme seines Vaters nur noch eine ferne Erinnerung. Er flüsterte seinen Namen, er sagte ihn leise vor sich hin, während er weiterwanderte, der Herbst ging in den Winter über, und auf den Winter folgten Frühjahr und Sommer. Und immer noch flüsterte er den Namen seines Vaters, sagte ihn mit seiner inneren Stimme zusammen mit den anderen Geisterworten, die ihn an das erinnerten, was er verlassen hatte. Aber die Erinnerungen verblassten mit jedem Mond ein wenig mehr, und bald waren die Geisterworte was Einzige, an was er sich noch erinnern konnte.

Ulv schlief lange nach der Kräfte zehrenden Flucht. Das Feuer im Kamin brannte herunter, aber das Langhaus hatte dicke Wände und hielt die Wärme. Zwischendurch weckten ihn Stimmen vor dem Haus, er schlug die Augen auf und blickte kurz an die Dachbalken, wo die Lebensmittel hingen, ehe er die Augen wieder schloss und weiterschlief.

Die Dorfbewohner trugen trockenes Birkenholz zusammen, das sie seit dem Sommer aufbewahrt hatten, jede Familie trug etwas bei. Denn es war Brauch im Tal, am Abend vor der Wintersonnenwende ein großes Feuer zu entzünden, das die Sonne herbeilockte, um ihnen wieder längere Tage zu bringen. Das Feuer wurde auf Gorms Lichtung errichtet, der größten Lichtung am südlichen Ende des Tals, einen Pfeilschuss von der Lichtung entfernt, auf der Dielans und Hagdars Langhäuser standen. Die meisten Feste fanden auf Gorms Lichtung statt, weil die alten Brüder Gorm und Orm guten Met brauten und eine große Familie hatten, die die Äcker am Ostende des Tals pflügte. Von dort bekamen die Bewohner alles Getreide, das sie brauchten. Und an einem Abend wie diesem, an dem die Wintersonnenwende gefeiert werden sollte, kochten die Frauen für alle Kinder des Dorfes Grütze, und die Männer trugen Fleisch zusammen, das sie an Spießen über den Winterfeuern brieten. Das war ein Abend für alte Geschichten, an dem der im Sommer angesetzte Honigtrank probiert wurde, ein Abend, an dem selbst besonnene Männer wie Hagdar und Virga betrunken waren und die jungen Jäger zum Wettschießen und Armdrücken herausforderten. Aber als die Sonne an diesem Abend hinter den schroffen Bergspitzen im Westen versank, waren die Metfässer noch immer ungeöffnet. Die jungen Männer, die seit Tagen all ihren Mut sammelten, um den Mädchen aus dem Dorf ihre Liebe und Männlichkeit zu beweisen, saßen in den Langhäusern ihrer Eltern und lauschten, was die Alten über den Fremden zu erzählen wussten. Das Gerücht hatte jetzt auch das letzte Haus erreicht, und die Jäger, die an diesem Nachmittag aus den Bergen eintrafen, bekamen als Erstes die Neuigkeit zu hören. Ein fremder Mann war mit einer verletzten Frau durch die Südklamm gekommen. Dielan hatte ihn empfangen und behauptete, der Fremde wäre Brans Sohn. Ulv, der vor vierzig Jahren verschwunden war, war zurückgekommen. Aber sein Gesicht war das eines jungen Mannes. Nur die Alten konnten sich noch an den Tag erinnern, als Ulv verschwand; für die folgenden Generationen waren Bran, Tir und Ulv Gestalten der Legende, die erzählte, wie ihr Volk in das Tal gekommen war. Darum lauschten die Jungen andächtig den Alten, die vor den Feuerstellen und Kaminen saßen und von Bran, Tir und Ulv und der großen Trauer berichteten, die das Dorf ergriff, als er verschwand.

Ulv bekam von alledem nichts mit. Er war satt, und ihm war warm, und er wachte noch nicht einmal auf, als Dielan eintrat und auf den Stock gestützt zum Kamin ging. Er setzte sich auf den Rand der Feuerstelle und betrachtete den Sohn seines Bruders. Im Halbdunkel vor der Glut hatte er das Gefühl, Bran vor sich zu haben. Aber das war nicht sein Bruder, der dort lag, es war dessen Sohn, und sein Name war eigentlich nicht Ulv. Tir hatte ihm einen anderen Namen gegeben, einen Namen aus ihrer alten tirganischen Sprache. Es war Adharkach, der vor Hagdars Kamin lag und schlief, und Dielan wusste auch, was der fremde Name bedeutete. Bran hatte es ihm ein paar Jahre nach Tirs Tod gesagt, weil er wollte, dass das Felsenvolk seinen gottgegebenen Namen kannte, wenn er eines Tages zu ihnen zurückkehren sollte. Adharkach bedeutete Der, der Hörner trägt. Dielan streckte die Hand aus und berührte Ulvs langes Haar. Loke hatte ihm das eine oder andere erzählt, als er und die Waldgeister mit seinem Volk gewandert waren, und den Rest hatte er mit den Jahren verstanden. Es war kein gewöhnlicher Mann, der dort vor ihm lag. In Ulv lebte der Geist von Cernunnos. Bran hatte nie aufgehört zu träumen; selbst nach Tirs Tod hatte er noch Visionen gehabt. So hatte Bran Dielan auch von dem Wanderer erzählt, der in das Tal zurückkehren würde, um sein Volk in eine neue Zeit des Unfriedens zu führen. Ulv war dieser Wanderer, und obgleich seit seinem Verschwinden vier Jahrzehnte verstrichen waren, war er noch immer ein junger Mann. Dielan zog die Hand zurück. Ulv alterte nicht so schnell wie andere Menschen. Und jeder, der die alten Göttersagen kannte, wusste, dass dies ein Zeichen der Göttlichkeit war.

Ulv drehte den Kopf zur Seite und seufzte. Dielan richtete sich auf und räusperte sich. Das war nicht die rechte Zeit für Grübeleien. Bald würden die Männer das Feuer auf Gorms Lichtung entzünden, und es gab wichtige Dinge zu bereden. Die Zusammenkunft auf der Wiese dauerte selten lange, denn wenn alle sich satt gegessen hatten, zogen sich die meisten in ihre Häuser zurück und feierten dort weiter. Dielan rieb mit dem Ärmel unter der Nase entlang, dann bückte er sich und tätschelte Ulvs Arm.

Ulv fuhr jäh hoch, griff nach der Hand auf seinem Arm, kam auf die Knie und blinzelte ins Dunkel des Raumes. Erst allmählich fiel ihm wieder ein, wo er war, und jetzt sah er auch den alten Mann, der vor ihm hockte. Dielan klammerte sich mit der anderen Hand an den Stock und starrte ihn mit schreckgeweiteten Augen an. Er hatte blaue Augen. Wie er selbst. Ulv ließ seine Hand los.

»Du bist sehr wachsam.« Dielan rückte näher an die Glut in der Feuerstelle. »Genau wie dein Vater.«

»Ich …« Ulv zog das Fell ans Kinn. »Ich habe geträumt.«

Dielan lächelte. »Durch unsere Träume sprechen die Götter zu uns. Es ist also gut, dass du träumst.«

Ulv stand auf, aber Dielan bat ihn, sich zu ihm zu setzen. »Du hast doch sicher Fragen, oder? Du wunderst dich über diesen Ort. Und du wunderst dich über mich. Wer ich bin. Wie viel ist dir aus der Zeit vor deinem Verschwinden noch in Erinnerung?«

Ulv schaute den graubärtigen Greis an. »Ich erinnere mich an deinen Namen. Dein Name ruft Bilder hervor.« Er griff sich an den Kopf. »Hier drinnen. Es ist wie mit den Worten. Dieses Tal ruft viele Erinnerungen in mir wach.«

»Was siehst du, Ulv?« Dielan wackelte mit dem Kopf, als Ulv ihn ansah. »Wenn du meinen Namen hörst, welche Bilder erscheinen dann in deinem Kopf?«

Ulv setzte sich auf die Decke. »Ich sehe einen jungen Mann mit schwarzen Haaren. Das ist Dielan. Aber du bist …«

»Älter.« Dielan lachte. »Ich bin älter geworden, Ulv. Vierzig Jahre älter.«

»Du bist ein alter Mann.« Ulv strich sich über die Bartstoppeln. »Im Barkasfjell werden die Menschen nicht so alt.«

»Der Barkasfjell ist weit weg von hier, nicht wahr?« Dielan lächelte ihn an, ehe er sich umdrehte, um Holz nachzulegen. Er stützte sich auf den Ellbogen und blies in die Glut, fing aber sofort an zu husten. Er beugte sich vor und schnappte nach Luft.

Ulv übernahm es, Leben in die Glut zu blasen. Dielan tat ihm Leid. Sein Leben würde bald zu Ende sein, der alte Mann war sehr schwach. Ulv sah es ihm an. Und sie wussten es beide.

Als die Flammen aufloderten, setzte Ulv sich wieder auf die Decke zu Dielans Füßen. »War Vater ...« Ulv sah in das Feuer. »War Vater jünger als du?«

»Nein, er war älter.« Dielan räusperte sich und schnäuzte sich in den Ärmel. »Ein paar Jahre älter als ich. Wenn er noch lebt, ist er genauso ein alter Greis wie sein kleiner Bruder. Sein Hinken wird sich verstärkt haben, denke ich. Und die Verletzung in seinem Nacken ...«

Ulv sah Dielan an. »Die Verletzung. Die Narbe. Vater hatte nur ein Ohr. Er ist der einohrige Mann. Ich sehe ihn in meinen Träumen.«

Dielan holte tief Luft und stieß sie mit einem kurzen Husten wieder aus. »Dein Vater wurde von einer Vokkerkeule getroffen. Er war noch jung, aber er hat sich nie wieder richtig von diesem Schlag erholt, der ihn ein Ohr gekostet hat. Und später kämpfte er in vielen Schlachten. In Aard wäre er beinahe von einem Messer getötet worden. Dort fand er deine Mutter.«

»Meine Mutter.« Ulv schluckte das schmerzliche Gefühl von Trauer herunter. Nun, da er wusste, dass er sie niemals wieder sehen würde, vermisste er sie noch mehr.

»Sie war eine Gefangene der Vandarer, wenn mein Gedächtnis mich nicht im Stich lässt. Und die Vandarer haben sie an Sar verkauft, den Inselkönig. Aber Bran hat ihn getötet.« Dielan wiegte den Kopf, dann erhob er sich unter Stöhnen und humpelte zu dem Metfass. »Das ist eine lange Geschichte«, sagte er. »Ich brauche etwas, um meine Kehle zu schmieren, während ich erzähle.«

Ulv blieb vor dem Kamin sitzen, als der Alte sich einen Krug Met einschenkte. Er wunderte sich über so viele Dinge. Früher war er überzeugt gewesen, dass die Bilder, die seine Erinnerungen ihm eingaben, nur Träume waren und dass nicht alle Träume etwas bedeuteten. Aber inzwischen zweifelte er nicht mehr, dass dies das Tal aus seinen Träumen war, nach dem er so lange gesucht hatte. Der alte Mann vor dem Metfass war Dielan, und der graubärtige Schmied war Hagdar. Beide waren sie Wesen aus seinen Erinnerungen, die mit einem Mal Wirklichkeit geworden waren. Er erinnerte sich an immer mehr Bruchstücke aus seinem Leben hier im Tal. Da waren Tage, an denen er unter den Bäumen gesessen und Rindenboote gebastelt hatte, und Abende, an denen er seiner Mutter geholfen hatte, Fußbekleidung und Ledersocken zu nähen. Aber es gab auch vieles, was er nicht verstand. Kengber, der alte Seemann in Krugant, hatte von Bran gesprochen. Loke hatte ihm von einer langen Reise erzählt und dem Schicksal, das ihm vorherbestimmt war. Und der Horngott, der Hüne, der sich ihm gezeigt hatte, hatte ihm Zeichen und rätselhafte Worte mit auf den Weg gegeben.

Dielan kam zurück und setzte sich ans wärmende Feuer. Er trank einen großen Schluck Met und wischte sich mit dem Handrücken über den Bart. Dann begann er wieder, leise vor sich hin zu murmeln, er wackelte mit dem Kopf und sah in den dunklen Teil des Raumes, als spräche er mit unsichtbaren Geistern. Ulv folgte seinem Blick, konnte aber nichts sehen. Schließlich räusperte sich Dielan, kratzte sich an dem dicken Bauch und rückte näher zu Ulv. Und dann begann er seine Geschichte.

Ulv hörte aufmerksam zu, als die Worte des Alten ihn mit sich nahmen in das fremde Land zwischen dem Westwald und Krett. Dielan erzählte vom Lanzengebirge, in das das Felsenvolk vor den Klanen der Ebene und den Kriegern aus dem Süden geflohen war.

Es war die Geschichte von einer Zeit des Unfriedens, die nur Mühe und Misstrauen kannte. Aber das Felsenvolk entdeckte ein enges Tal in dem Gebirge, eine Burg, die von den Händen der Götter geformt war. Dort bauten sie sich eine neue Heimat auf und lebten in Frieden vor den Bedrohungen der Ebenen.

Dielans Rede war lang, und immer wieder musste er sich unterbrechen, um zu husten und zu Atem zu kommen. Er erzählte von Karain, dem fremden Wanderer in der Gestalt des Himmelsvogels Kragg. Karain war als Fremder in die Felsenburg gekommen, und Karain war es, der vorhersagte, dass Kraggs Volk über die Ebenen wandern musste, um ein neues Land zu suchen. Ulv verstand nur wenig von dem, was Dielan ihm erzählte, weil die Orte und Menschen ihm fremd waren. Aber als er plötzlich den Namen seines Vaters hörte, sah er Dielan mit tränenfeuchten Augen in die Dunkelheit starren. Auf dem Weg über die Ebene fand eine Schlacht statt, in der viele Männer des Felsenvolkes starben. Dort wurde Bran auch die Verletzung zugefügt, die ihn für den Rest seines Lebens zeichnen sollte, und dort wurde der alte Häuptling lebensgefährlich verletzt. Trotzdem erreichte das Felsenvolk die Küste. Sie errichteten ein Lager und pflegten den Häuptling bis zu seinem Tod. Bran wurde zum neuen Häuptling gewählt und führte sein Volk aufs Meer, um ein neues Land für sie zu suchen. In seinen Träumen hatte Bran das Tal gesehen, in dem sie leben sollten. Seine Traumbilder führten sie immer weiter nach Süden. Sie führten sie nach Aard, wo Bran Tir zum ersten Mal sah. »Für sie hat er sogar getötet«, sagte Dielan und hob den Krug. »Und dafür hätte er beinahe mit seinem eigenen Leben bezahlt.«

Der Alte beschwor mit seinen Worten riesige Heere und Langschiffe herauf, die sich aufeinander zubewegten wie kämpfende Drachen. Bran kämpfte in einem Krieg für Tirs Volk und wurde ein großer Häuptling im Süden. Dielan zählte die Heldentaten seines Bruders auf und berichtete, wie sehr der Krieg ihn veränderte und verhärtete. Ulv hatte viele dieser Worte schon gehört, und nun erinnerte er sich wieder, wer ihm vor Dielan von den

Kriegen im Süden erzählt hatte. Kengber, der alte Seemann, den er in Krugant getroffen hatte. Er hatte dem alten Mann versprochen, seine Geschichte weiterzutragen. Und so erzählte Ulv Dielan von Kengber und den schwarzen Schiffen, die aus der Nacht herausgesegelt waren und Krugant in Brand gesetzt hatten. Dielan nickte. Er konnte sich an Kengber erinnern, und es stimmte ihn sehr traurig, dass Brans Kampfgenosse tot war. Er würde dafür sorgen, dass Kengbers Geschichte an den Feuern weitererzählt wurde, gab es doch etliche Familien im Dorf, die aus Tirga stammten. Es waren sogar noch ein paar wenige Tirganer am Leben, die damals zusammen mit Brans Volk aus Tirga aufgebrochen waren. Bran hatte sie westwärts über das Meer geführt, ins Fahrwasser der Vandarer. Ulv versuchte, sich ins Gedächtnis zu rufen, was Loke darüber gesagt hatte, aber der Weißbärtige hatte nur Bruchstücke von dem wiedergegeben, was Dielan ihm nun erzählte. Dielan streckte die Hand aus und beschwor aus dem Dunkel hinter dem Feuer Erinnerungen an die Tage herauf, als er mit seinem Bruder am Steuerruder gestanden und das Meer mit Blicken abgesucht hatte. Sie waren so lange nach Westen gesegelt, bis das Land im Osten nicht mehr zu sehen gewesen war. Sie segelten weiter auf das Ende der Welt zu, als je ein Mensch vor ihnen gesegelt war. Und das Felsenvolk hatte sich vor dem Sturmrand gefürchtet, der sie dort draußen erwartete, vor den alles verschlingenden Stürmen und dem Mahlstrom blutroter Wellen. Aber auf der anderen Seite gab es ein neues Meer und eine neue Welt.

Es war eine sonderbare Geschichte, die Dielan danach erzählte. Von einem Volk eidechsenartiger Menschenwesen, die auf der anderen Seite der Stürme lebten. Dielan fuhr mit den Fingern über die Haizahnkette um Ulvs Hals und erzählte von Queya, dem Kinlender, der Bran die Kette gab, als Ulv in der Stadt der Kinlender, die aus Schiffswracks und Flößen errichtet worden war, geboren wurde.

Das Feuer war zu einem Gluthaufen zusammengesunken, als Dielan schließlich Ber-Mar erreichte. Dort konnten sie neue Kräfte sammeln und sich ausruhen, denn die Ber-Marer waren gastfreundliche Menschen. Einer von ihnen, Brages Großvater Karr, hatte Hagdar das Geheimnis des Stahlschmiedens anvertraut. Aber Ber-Mar war nicht das Land, das Bran suchte. Also brachen sie wieder auf und wanderten in die Berge, um den Bildern zu folgen, die die Götter Bran eingaben. Und tatsächlich fanden sie das Tal, bauten Langhäuser und wurden sesshaft.

Die ganze Zeit, während Dielan erzählte, hatte Ulv auf der Decke vor dem Kamin gesessen. Jetzt stand er auf. Dielan trank den letzten Schluck aus dem Metkrug und schwieg. Ulv hörte Leute draußen am Langhaus vorbeigehen und etwas weiter entfernt Gesang und Lachen. Das Dorf feierte die Wintersonnenwende, aber bevor er feiern konnte, musste er erst wissen, was mit seinen Eltern passiert war.

»Was geht dir durch den Kopf?«, fragte Dielan plötzlich. Er stellte den Metkrug auf dem Kaminrand ab und winkte Ulv zu sich.

»Meine Mutter.« Ulv legte die Hand auf die Stirn, weil die Trauer wieder in ihm hochkam. »Wie ist sie gestorben? Und mein Vater ...«

Dielan klopfte auf den Stein neben sich. »Setz dich, Sohn meines Bruders. Ich werde es dir erzählen. Aber du musst mir versprechen, dich nicht auf die Suche nach ihm zu machen.«

Ulv setzte sich neben den Alten. Dielan räusperte sich und nahm Ulvs Hand. »Es ist so eigenartig, dich als erwachsenen Mann zu sehen, Ulv. Es ist viele Winter her, seit ich die Hoffnung, dich jemals wieder zu sehen, aufgegeben habe. Du warst für uns verloren, verstehst du?«

»Der Nebel ...« Ulv schloss die Augen und beschwor die Erinnerungen an die lange Wanderung herauf. Er hörte das Heulen der Wölfe und fühlte die kantigen Steine unter den Füßen. Er ging immer weiter in die Kluft hinein, gelockt vom Heulen der Wölfe. Sie waren seine Brüder, sie hatten ihm seinen Namen gegeben.

»Ja, es war neblig damals. Und es war deine erste Jagd, Ulv. Wir sind nach Norden gegangen. Plötzlich warst du im Nebel verschwunden. Aber das weißt du bereits. Lass uns nicht mehr von diesem Tag reden. Es war ein großes Unglück für unser Volk, als du fort warst. Immerhin warst du der Sohn des Häuptlings. Und der Sohn meines Bruders. Dein Vater suchte mehrere Tage nach dir. Ich war es schließlich, der Tir die Nachricht überbringen musste, dass du in den Bergen verschollen warst.«

Ulv sah ihn an. »Tir ... Mutter. Ich habe sie jeden Tag vermisst. Sie war die Frau mit dem blonden Haar. Sie hat für mich gesungen.«

»Ja, sie hat oft für dich gesungen.« Dielan blickte lächelnd durch den Raum. »Lieder von ihrer Familie im Süden, über ihre Vorfahren und über das Land, das sie nie mehr wieder sehen würde. Nachdem du fort warst, hat sie kein einziges Mal mehr gesungen. Und vier Winter später brach sie einfach zusammen, draußen auf dem Platz vor dem Haus. Bran war bei ihr, als sie starb.«

Ulv sah auf den Lehmboden. Hätte er das Tal nicht verlassen, wäre sie vielleicht noch am Leben. Aber er war ein kleiner Junge gewesen und hatte nicht mehr zurückgefunden. Trotzdem trug er die Schuld an ihrem Tod. Wäre er nicht dem Heulen der Wölfe gefolgt, hätte er die anderen nicht aus den Augen verloren.

Dielan legte einen Arm um seine Schulter. »Die Götter lenken unser Leben«, sagte er leise. »Daran können wir nichts ändern. Nicht einmal du.« Der Alte hustete und wischte sich den Mund ab. »Aber wir müssen nach vorne blicken. Und zuallererst gehen wir jetzt auf Gorms Lichtung und feiern deine Rückkehr.«

»Du hast noch nicht erzählt, was mit Vater geschehen ist.« Ulv hob das Fell auf und legte es sich um die Schultern. »Warum hat er euch verlassen?«

Dielan beugte sich vor und hustete. Er schnappte nach Luft und versuchte, den Hals frei zu bekommen. Dann richtete er sich auf und griff nach Ulvs Händen. »Er hat getrauert«, sagte er. »Um deine Mutter hat er getrauert, nichts machte ihm mehr Freude. Die erste Zeit war er ständig oben bei ihrem Grab oder unternahm lange Ausritte ans Nordende des Tals. Was immer er dort zu finden hoffte, er gab es bald auf. Er wollte nicht mehr mit uns auf die Jagd, und die Abende verbrachte er schweigend vor dem Feuer und starrte in die Flammen. Ich habe auf ihn eingeredet, Ulv, habe versucht, ihm klar zu machen, wie gut es unserem Volk ging. Ich erzählte ihm von den Geburten, die uns stärker machten, und von den Hirschrudeln, die uns genug Nahrung gaben. Aber nichts konnte ihn aufmuntern.«

Ulv glaubte, er könnte seinen Vater sehen, dort in der dunklen Ecke vor der hinteren Querwand. Er saß in eine Decke gewickelt da und nahm gerade einen Schluck aus seinem Metkrug. Sein Gesicht war hinter Schatten verborgen, aber der Lichtschein der Flammen spiegelte sich in den halb geschlossenen Augen wider. Sein Vater sah ihn an und fragte, warum er nicht zurückgekommen war.

»Die Leute begannen, schlecht über ihn zu sprechen«, sagte Dielan mit belegter Stimme. »Und es dauerte viele Jahre, bis sie ihm verziehen, dass er einfach gegangen ist. Aber das war kein Leben mehr für Bran hier im Tal. Er hatte uns durch fremde Länder und Meere hierher geführt, aber er war kein Häuptling für friedliche Zeiten. Nachdem Tir gestorben war …« Dielan neigte den Kopf. »Er war ein Wanderer, Ulv. Ein Wanderer wie du. Und er hatte das Meer in sich. Im fünften Winter nach dem Tod deiner Mutter bat er mich, mit ihm den Talhang hinaufzusteigen. Ich erinnere mich noch, dass an jenem Abend dichter Nebel über dem Tal lag. Bran hinkte, die alte Verletzung machte ihm mit den Jahren immer mehr zu schaffen. Er ging mit mir zur Südklamm, und am Eingang der Klamm bat er mich, den anderen zu sagen, er sei auf die Jagd gegangen. Als der Nebel ihn verschluckte, wusste ich, dass Bran nicht mehr zurückkommen würde. Manche meinten, er wäre losgezogen, um dich zu suchen, aber ich wusste, dass es nicht so war. Mein Bruder kehrte aufs Meer zurück. Denn das Meer war in ihm, Ulv. Er hatte es im Blut. Und vielleicht hat er da draußen ja seinen Frieden gefunden.«

Ulvs Blick wanderte wieder in die dunkle Ecke. Da saß niemand. Sein Vater war weit fort. Er segelte über das Meer. Er war ein alter Mann, und sein graues Haar flatterte im Wind. Ulv drehte sich zu Dielan. »Glaubst du, dass Vater noch lebt?«

Dielan zuckte mit den Schultern. »Das wissen allein die Götter. Aber ich hoffe noch immer, dass er eines Tages zurückkommt. Wie du, Ulv.«

Da ertönte ein Hornsignal. Dielan griff nach seinem Stock und kam auf die Beine. »Sie rufen uns«, sagte er hustend. »Ich bin trotz allem der Vater des Häuptlings. Und es werden viele Leute da sein, die dich begrüßen wollen, Ulv. Die Freunde deines Vaters sind ebenso alte Greise wie ich, aber sie erinnern sich noch an dich als kleinen Jungen.«

Ulv zog das Wams an und legte den Umhang um. Dann band er den Waffengürtel um die Taille und stieg in die Stiefel. Dielan hielt ihm die Tür auf, und gemeinsam traten sie unter das Vordach von Hagdars Schmiede. Es war dunkel geworden. Der schwarze Nachthimmel war mit Sternen übersät. Ulv sah einen jungen Burschen, der auf dem Platz stand und zu ihnen herüberschaute. Er fasste Dielan an die Schulter und zeigte auf den Jungen, und als der Alte ihn entdeckte, lächelte er und rief ihn zu sich.

»Shian«, sagte er und streckte dem Jungen die Hand entgegen. »Du hast Ulv noch nicht begrüßt, oder?«

Ulv sah den jungen Mann an. Seine Kleider waren aus Leder und Loden, und über seinen Schultern lag ein dicker Wollumhang.

»Ich habe Shian die Geschichte von deinem Vater erzählt«, sagte Dielan. »Da ich nicht damit gerechnet habe, dich je wieder zu sehen, Ulv, fand ich es an der Zeit, die Geschichte deines Vaters an die nächste Generation weiterzugeben.«

Shian schob die Brust vor und räusperte sich, als wollte er sich größer und älter machen, als er war. »Vater sagt, ihr sollt jetzt kommen. Sie haben das Feuer entzündet.«

Dielan lachte und drückte den Jungen an sich, fuhr ihm durch die Haare und sagte zwinkernd, er solle schon mal vorlaufen. Der

Junge rannte los und war gleich darauf zwischen den Langhäusern verschwunden.

Sie blieben noch einen Moment vor der Schmiede stehen und blickten zum Himmel. Ulv dachte an die Nächte, in denen er die Wanderung des Mondes über die schwarze Kuppel beobachtet hatte. Die Nächte im Norden waren lang und kalt gewesen, und die Dunkelheit hatte ihm Worte und Erinnerungen eingeflüstert, die er nicht verstanden hatte.

»Siehst du Kraggs Schwingen?« Dielan zeigte an den Himmel und nickte vor sich hin. »Der Himmelsvogel bringt uns die Nacht. Kannst du dich erinnern, dass dein Vater dir das beigebracht hat, Ulv?«

»Ich erinnere mich.« Ulv ließ seinen Blick über die schwarze Kuppel schweifen. Die Berggipfel im Süden streckten sich zum Zeichen der Bärentatze, und der Mond war nur ein blasser Schatten.

Dielan hustete und bat Ulv, ihn zu stützen. Sie folgten dem Pfad zwischen den Langhäusern bis zu dem Wäldchen. Der Geruch von Rauch und gebratenem Fett wehte ihnen entgehen, aber Ulv war mit den Gedanken woanders.

»Hast du mit dem großen Mann gesprochen?« Ulv griff fester um den Rücken des Alten, als sie über eine vereiste Baumwurzel stiegen.

»Konvai.« Dielan nickte. »Mein Sohn. Ich habe ihm die Häuptlingsmacht übertragen, als ich langsam schwach zu werden begann. Der Husten, weißt du. Inzwischen macht er mir sehr zu schaffen.«

»Hast du mit ihm über Seon und Brage und Ber-Mar gesprochen?«

»Ja«, antwortete Dielan. »Ich habe mit ihm gesprochen. Aber wie Hagdar bereits sagte, mein Sohn ist ein vorsichtiger Mann. Erwarte keine Heldentaten von ihm, Ulv. Konvai ist ein guter Mensch, aber er ist kein Krieger. Ich habe ihn gebeten, noch heute Abend eine Entscheidung zu treffen, weil mir klar ist, dass die

Sache mit deinen Freunden eilt. Außerdem ist das Volk der Ber-Marer mit dem unserem befreundet.«

»Dann seid ihr also bereit, einen Krieg gegen die Kanathener zu führen?« Ulv sah den Alten aufmerksam an.

Dielan lächelte und schüttelte den Kopf. »Krieg«, murmelte er. »Dein Vater ist in den Krieg gezogen, und das hätte ihn fast das Leben gekostet. Konvai muss das entscheiden, Ulv. Er ist jetzt der Häuptling. Mein Sohn …« Dielan hustete und schnäuzte sich zwischen den Fingern. »Mein Sohn war in Ber-Mar, verstehst du. Er und einige andere Männer hatten sich auf den Weg dorthin gemacht, um Felle zu tauschen. Aber als sie sahen, dass die fremden Krieger die Stadt erobert hatten, haben sie sich am Berghang versteckt. Sie haben die Langschiffe am Strand und die großen Häuser auf dem Hügel gesehen, und sie sahen Männer, die die Sonne schwarz gemacht hatte. Mein Sohn fürchtete ihre Übermacht, aber als die Jäger nach Hause kamen, berichteten sie uns von den Dingen, die sie in Ber-Mar gesehen hatten. Das bereitet uns sehr großen Kummer, Ulv.«

Sie folgten dem Pfad einen Steinwurf in das Wäldchen hinein. Kurz vor dem Waldrand bat Dielan Ulv, ihn loszulassen, weil er nicht wollte, dass die Dorfbewohner sahen, wie schwach er war. Ulv schaute auf den offenen Platz, auf dem die Bewohner sich um ein großes Feuer versammelt hatten. Ein paar Männer spielten auf ihren Flöten, während junge Frauen mit weißen Schals um das Feuer tanzten. Am Rand des Platzes brannten mehrere kleine Feuer, über denen gerupfte Schneehühner und blutige Fleischstücke gebraten wurden. Hagdar stand bei dem großen Feuer und stützte sich laut lachend auf eine Tonne. Die Männer um ihn herum stimmten in sein Lachen ein.

Um den Platz herum standen mehr Langhäuser als auf der anderen Lichtung. Aus den Häusern drangen Stimmen und Gelächter.

Dielan zupfte ihn am Ärmel, und Ulv folgte ihm auf den Platz. Frauen, Männer und Kinder drehten sich zu ihm um, und schlagartig wurde es still; nur die Hunde bellten weiter. Ein paar kamen angeschwänzelt und beschnupperten Ulv. Er erkannte den Wolfshund des schwarzbärtigen Mannes wieder, der ihn am Morgen in Empfang genommen hatte.

»Konvai!« Dielan hinkte über den Platz. »Mein Sohn, Häuptling! Willst du deinem Freund aus Kindertagen nicht Met und Fleisch anbieten?«

Konvai trat aus der Menge hervor. Er trug einen blau gefärbten Wollumhang. In der einen Hand hielt er ein halb abgenagtes Schneehuhn, die andere hob er zum Gruß. »Sei gegrüßt, Vater. Und auch du, Fremder, sei gegrüßt!«

Ulv blieb am Rand des Platzes stehen, als Dielan auf den großen Mann zuhumpelte. Konvai starrte ihn feindselig an, aber Ulv hielt seinem Blick stand.

»Siehst du denn nicht, dass das Ulv ist?« Dielan war bei Konvai angelangt und fasste ihn am Arm. »Erkennst du ihn nicht wieder, Konvai?«

»Ich sehe einen jungen Mann.« Konvai schüttelte den Kopf und sah wieder zu Ulv. »Brans Sohn war in meinem Alter. Ich habe es dir bereits gesagt, Vater: Es fällt mir schwer zu glauben, dass dieser Mann Ulv sein soll.«

»Aber er ist es!« Dielan humpelte zu Ulv zurück. »Alle, die zweifeln, seht euch die Narbe von Lokes Golddolch an! Und erkennt ihr nicht Brans Haizahnkette an seinem Hals?«

Ulv zog die Kette unter dem Wams hervor und hielt sie so, dass die anderen sie sehen konnten. Dielan rief ihn zu sich und zeigte den anderen Ulvs linke Hand.

»Kommt her, Freunde! Seht euch die Narbe in seiner Hand und die Haizähne an.« Dielan rasselte mit der Kette.

Zwei Männer traten näher. Der eine hatte weiße Haare und hielt einen Holzkrug in der Hand, der andere kratzte sich an seinem schwarzen Bart und spuckte in den Schnee. Nachdem sie die Narbe begutachtet und die Kette mit den Fingern berührt hatten, legte der Weißhaarige die Stirn in Falten und nickte. »Er trägt die

Zeichen«, sagte er. »Und er ähnelt seinem Vater. Ich glaube, dass es Ulv ist. Aber es ist wirklich merkwürdig, dass er in den vierzig Jahren so wenig gealtert ist.«

»Gewachsen ist er jedenfalls, Virga.« Der andere Mann streckte die Hand aus und lächelte. »Ich glaube dir, Ulv. Erinnerst du dich an mich? Ich bin Torden, Vermers Sohn.«

Ulv ergriff seine Hand und nickte, obwohl er sich weder an den Namen noch an das Gesicht erinnern konnte.

»Da seht ihr es!« Torden drehte sich zu den anderen um. »Vater! Komm und begrüß ihn, Vater! Das ist Ulv!«

Zwei jüngere Männer stützten einen alten Greis. Er hatte Ähnlichkeit mit Dielan, aber seine Schultern waren breiter, und sein Bart schütterer. An ihn erinnerte Ulv sich ebenso wenig, aber er lächelte, als der Alte die Hand ausstreckte.

Jetzt kamen auch noch andere. Grauhaarige Frauen und Männer mit langen, weißen Bärten scharten sich um ihn und wollten die Kette und seine linke Hand begutachten. Ihre Gesichter legten sich in ernste Falten, und sie riefen ihre Töchter und Söhne herbei und unterhielten sich flüsternd miteinander. Einige klopften ihm auf die Schulter und sagten, dass sie ihn vermisst hätten, und die Ältesten legten ihre zitternden Arme um ihn und nannten ihn »Brans Sohn«. Das gefiel Ulv, obgleich er außer Hagdar und Dielan niemanden wieder erkannte. Die Alten schienen jedenfalls alle zu wissen, wer er war. Nur Konvai und einige der jüngeren Männer blieben am großen Feuer stehen und schauten feindselig zu ihm herüber.

Da kam ein glatzköpfiger, rotbärtiger Mann auf ihn zu und ergriff seine Hand. »Ich bin Vare«, sagte er. »Choggs Sohn. Ich bin Arer. Tir, deine Mutter, hat dir sicher von ihrer Familie in Tirga erzählt. Kannst du dich erinnern, Ulv? Erinnerst du dich, von welchem Geschlecht du abstammst?«

Ulv blickte zur Seite. Die Leute drängten sich um ihn, fassten ihn an und redeten durcheinander.

»Erinnerst du dich, Fremder?« Der Glatzköpfige schüttelte ihn an der Schulter. »Die Familie deiner Mutter. Wenn du Ulv bist, wirst du dich doch wenigstens an ihren Onkel erinnern!«

»Ich ...« Ulv wandte sich von ihm ab. »Ich kann mich nicht erinnern. Es gibt so viele Erinnerungen.«

»Du erinnerst dich nicht an die Familie deiner Mutter?« Der Glatzköpfige zog ihn näher an sich heran. »Erinnerst du dich nicht an Visikal, Skerg von Tirga? Dann nenne ich dich einen Mörder, der Brans Sohn getötet und seine Kette gestohlen hat!«

Plötzlich stand Dielan neben ihnen. Er stieß den Glatzköpfigen zurück und holte zu einem Schlag aus. Vare fiel hintenüber, wurde aber von ein paar Jungen aufgefangen, die hinter ihm gestanden hatten.

»Töricht seid ihr!« Dielan hob drohend die Faust. »Und verflucht sollt ihr sein! Mag Kragg seine Krallen in die Zweifler schlagen! Alles, worum ich euch bitte, ist, mir zu glauben, wenn ich sage, dass Brans Sohn zurückgekehrt ist!«

Ulv stellte sich neben ihn, weil der Alte sich zitternd an seinen Stock klammerte. Er legte ihm den Arm um den Rücken.

»Seht ihr denn nicht, dass dies Ulv ist? Seht ihr nicht die Ähnlichkeit mit seinem Vater?« Auf den Stock gestützt bat Dielan Ulv, sich umzudrehen, und Ulv tat, was er von ihm verlangte. Dielan schlug Ulvs Umhang nach hinten und schob das Wams hoch. »Seht euch an, was er erleiden musste! Das war die Peitsche eines Sklavenhändlers, die ihm diese Narben zugefügt hat, Freunde! Sollte also noch ein Funken Ehrgefühl in euch stecken, heißt ihn willkommen. Seht ihm in die Augen, wenn ihr wollt, fragt ihn, wie er in unser Tal gekommen ist. Denn kein anderer als Brans Sohn hätte den Weg durch die Südklamm hierher gefunden.«

Dielan räusperte sich und schnappte nach Luft, ehe er sich unter die Leute mischte. Ulv sah ihm nach, als er auf den Stock gestützt auf Hagdar und die Tonne vor dem Feuer zusteuerte. Dort stand auch Konvai. Es sah aus, als ob sie sich stritten, weil Dielan mit dem Stock auf den Schnee schlug und die Arme ausbreitete.

Ulv blieb stehen, wo Dielan ihn verlassen hatte. Die alten Greise musterten ihn mit gerunzelter Stirn, steckten die Köpfe zusammen und nickten. Zwei von ihnen, die abgenutzte Lederbrünnen trugen, drückten ihm die Hand und bestätigten ihm, dass er die Züge seines Vaters trüge. Sie stellten sich als Krieger aus Tirga vor, die seinen Vater auf der Fahrt über das Meer begleitet hatten. Sortsverd und Cergan waren ihre Namen, und sie waren die Ältesten zweier Klane im Tal. Hagdars zahlreiche Söhne, Töchter und Enkel scharten sich um ihn und baten ihn, sie am nächsten Tag auf die Jagd zu begleiten. Orm und Gorm streichelten ihm über die Wange und murmelten, dass er die blauen Augen seiner Eltern hätte, um gleich darauf laut über den ganzen Platz zu rufen, dass das tatsächlich Ulv wäre, der in ihr Tal zurückgekehrt sei. Die alten Männer schüttelten seine Hand und klopften ihm auf die Schulter. Es kamen immer mehr, um ihn zu begrüßen, aber als er endlich dazu kam, zu dem großen Feuer zu gehen, stand immer noch etwa ein Dutzend Männer bei Konvai, die sich weigerten, ihm die Hand zu geben und ihre friedlichen Absichten zu zeigen. In diesem Moment spielten die Flötenspieler wieder auf, und die Leute begaben sich an die Feuer mit den Grillspießen und Metfässern.

Dielan und Hagdar riefen Ulv zu sich, und dieser ging zu ihnen. Hagdar schenkte ihm einen Krug Met ein, den Ulv gierig trank. Die Frauen hatten zu tanzen begonnen, und ein paar junge Männer legten ihnen den Arm um die Taille und drehten sie im Kreis. Die Mädchen rannten lachend vor den Männern davon und klatschten den Takt zum Flötenspiel. Die Männer liefen hinter ihnen her, fingen die Mädchen und schwangen sie durch die Luft, ehe sie einen großen Ring um das Feuer bildeten. Das Lachen der Frauen ließ ihn an Siréd denken. Er hatte sie niemals lachen hören. Wenn er sie irgendwann fand, würde er sie mit hierher in das Tal nehmen und mit ihr um das Feuer tanzen, damit sie lachen und ihn anlächeln würde, wie die jungen Mädchen die Männer anlächelten.

Er trank einen Schluck Met und sah an den Nachthimmel. Dies war die längste Nacht des Jahres. Der Winter war noch nicht zu

Ende, aber ab jetzt würden die Tage wieder länger und wärmer werden. Das Frühjahr war eine gute Zeit, aber er konnte sich nicht richtig freuen. Er musste Konvai fragen, ob das Felsenvolk ihm helfen würde, Seon, Brage und Garr zu retten. Sich anzuschleichen und sie heimlich zu befreien, würde nicht funktionieren. Nach allem, was geschehen war, waren die Kanathener sicher auf der Hut. Sie mussten die schwarzen Krieger überfallen, ihre Häuser niederbrennen und sie mit Pfeilen erschießen. Und um das zu schaffen, mussten sie zahlreich sein. Garr hatte von vierhundert kanathenischen Kriegern in Ber-Mar gesprochen. Und die, die Ulv gesehen hatte, trugen Brünnen und waren mit guten Waffen ausgerüstet.

Ulv sah zu Konvai hinüber. Der Häuptling stand einige Speerlängen vom Feuer entfernt und starrte finster vor sich hin. Ulv stellte den Krug auf die Erde. Es hatte keinen Sinn, noch länger zu warten. Jeder Tag, der tatenlos verstrich, konnte Seons und Brages letzter sein.

Er schwang den Umhang über die Schulter und ging auf Konvai zu. Dielan folgte ihm, aber Ulv wartete nicht auf ihn. Konvai sah ihn auf sich zukommen, und blitzschnell waren ein paar Jäger an seiner Seite. Ulv trat vor sie. Konvai hatte etwas Vertrautes. Dielan hatte erzählt, dass sie als Kinder zusammen gespielt hatten, und etwas in dem schmalen Gesicht Konvais rief Erinnerungen in ihm wach.

»Du kommst, um mit mir über Ber-Mar zu sprechen«, sagte Konvai mit dunkler Stimme, ehe sein Blick sich seinem Vater zuwandte. Dielan stellte sich nach Luft ringend neben Ulv.

»Ich habe die Ungerechtigkeit in Ber-Mar erlebt.« Ulv schluckte und suchte nach Worten. »Seon und Brage wurden gefangen genommen. Sie sind meine Freunde. Und Garr, der uns gezeigt hat, wo wir Mian finden konnten ...«

»Es ist höchste Zeit, dass wir unseren Freunden helfen!«, fiel Dielan ihm ins Wort. Er hielt sich an Ulvs Schulter fest und hob den Stock über den Kopf. »Sie haben schon viel zu lange gelitten, Konvai. Wenn ich noch Häuptling wäre, hätte ich ...«

»Du hättest unser ganzes Volk in den Krieg geführt, Vater.« Konvai sah zu den Flötenspielern und fuhr sich mit dem Daumen über die Kehle. Es wurde schlagartig still, und die Tänzer entfernten sich vom Feuer. Ulv sah sich um. Das Stimmengewirr verstummte. Die Leute drehten sich um und sahen zu ihnen herüber. Die Frauen riefen ihre Kinder zu sich.

»Ja, das hätte ich, Sohn.« Dielan humpelte zu Konvai und tippte ihm mit dem Zeigefinger auf die Brust. »Weil es eine Schande ist, hier herumzusitzen, während unsere Freunde leiden.«

»Ich habe über das nachgedacht, was du gesagt hast.« Konvai ließ den Blick über den Platz schweifen. »Und ich habe eine Entscheidung getroffen. Aber bevor ich verkünde, was unser Volk machen soll, will ich mir anhören, was Ulv in dieser Angelegenheit zu sagen hat. Du sagst, er sei Brans Sohn. Wenn das stimmt, wird er mich zum Zweikampf der Häuptlinge herausfordern wollen! Und wenn er siegt, ist er Häuptling und kann bestimmen, wie sich das Felsenvolk zu Ber-Mar verhalten soll.«

Konvai baute sich breitbeinig vor Ulv auf und ballte die Hände zu Fäusten.

Ulv hörte das Raunen um sich herum. »Ich bin Ulv«, sagte er. »Aus dem Norden. Ich bin weit gewandert …«

Der Schlag traf ihn am Kiefer. Er fiel hintenüber und landete auf dem Rücken im Schnee. Konvai hob laut brüllend die Arme über den Kopf. Die Leute kamen näher. Ulv rappelte sich auf und zog sein Schwert aus der Scheide.

»Nein!« Dielan hängte sich an seinen Arm. »Keine Waffen, Männer! An diesem Abend soll niemand sterben! Schlagt euch, wenn ihr es für nötig haltet, aber bringt euch nicht gegenseitig um!«

Ulv stieß das Schwert in die Erde, als Konvai auf ihn zustürmte. Ulv rammte ihm den Ellbogen gegen die Brust und trat ihm gegen die Schienbeine. Der große Mann fiel mit dem Gesicht in den Schnee. Ulv warf sich auf ihn, griff ihm um den Hals und drückte die Finger über seiner Gurgel zusammen. Die Leute um ihn herum gafften mit offenen Mündern. Er hörte keinen Laut, nur das Rauschen seines eigenen Blutes, das ihn blind machte vor Zorn. Er könnte diesen Mann töten, wie er schon so oft getötet hatte. Es war ganz einfach.

Da fühlte er eine Hand auf der Schulter. Dielans Stimme drang wie durch dichten Nebel zu ihm. Der Alte sagte etwas. Er konnte die Worte nicht unterscheiden, aber er verstand ihn trotzdem. Er war dabei, Dielans Sohn zu erdrosseln, einen Mann aus seinem eigenen Volk. Er löste den Griff und stand auf. Konvai wälzte sich auf den Rücken, röchelte und hustete, war aber schnell auf den Beinen. Ulv sah ihn an. Derjenige, der den Kampf gewann, war Häuptling des Felsenvolkes. Bran hatte sein Volk verlassen. Sein Vater hatte sich aufs Meer hinausbegeben, dachte Ulv. Und er hatte Siréd versprochen, sie zu suchen. Er war ein Wanderer, kein Häuptling. Ulv biss die Zähne zusammen und ließ Konvai näher kommen. Der große Mann holte zu einem Schlag auf Ulvs Kiefer aus. Der Schlag war schwach, aber Ulv kniete sich auf die Erde und neigte den Kopf. Konvai trat in den Kreis der Zuschauer und stieß einen Siegesschrei aus, und das Volk rief jubelnd seinen Namen. Ulv hob den Blick, und Konvai reichte ihm die Hand. Ulv ergriff sie, und Konvai half ihm auf.

»Ich weiß nicht, wer du bist«, sagte er leise. »Vielleicht bist du wirklich Ulv. Vielleicht auch ein Jäger, der den geheimen Pass entdeckt hat. Wie dem auch sei, ich werde dich Ulv nennen. Denn du bist ein Mann von Ehre.«

Konvai schlug ihm auf den Rücken, und das Volk jubelte. Dielan hob lachend den Stock über den Kopf. Hagdar kam mit zwei Krügen, die er Ulv und Konvai reichte. Konvai hob den Krug, und Ulv stieß mit ihm an. Ulv ließ Konvai nicht aus den Augen, als er trank, weil er ihm nicht ganz traute. Konvai schüttete den Met in sich hinein, drehte den leeren Krug auf den Kopf und wischte sich mit dem Wamsärmel über den Bart. Er schwankte einen Schritt nach hinten, aber da trat eine Frau vor und stützte ihn.

Dielan hob die Arme über den Kopf, und wieder wurde es still auf dem Platz. Der Alte hinkte zu Ulv und Konvai, stellte sich zwischen sie und legte seine Hände auf ihre Schultern.

»Freunde!«, rief Dielan laut, damit alle ihn hörten. Die Frauen ermahnten die Kinder, still zu sein. »Frauen und Männer von Kraggs Volk! Hört mich an, denn ich habe euch Wichtiges zu sagen!«

Ulv merkte, wie die Finger des Alten sich in seine Schulter bohrten. »Nun wisst ihr alle, dass Ulv, Tirs und Brans Sohn, zu uns zurückgekommen ist! Was für ein Glück bedeutet das für unser Volk!«

Die Männer streckten die Fäuste in die Luft, sie brüllten und jubelten, stießen miteinander an und lachten.

»Aber nun ...« Dielan gab ihnen ein Zeichen zu schweigen. »Ulv hat Neuigkeiten aus Ber-Mar mitgebracht. Seine Freunde sind dort gefangen. Brage, der Sohn von Karr, dem Meisterschmied, ist einer von ihnen. Seht euch Ulv an, Freunde. Seht die Verletzungen in seinem Gesicht!«

Dielan schob Ulv der Menge entgegen, und Hagdar trat vor, um eine Fackel an sein Gesicht zu halten. Ulv fasste sich an die Schrammen. Die Leute zeigten auf ihn.

»Brans Sohn ist ein Krieger wie sein Vater.« Dielan zupfte Ulv am Ärmel, damit er sich auf seine Schulter stützen konnte. »Er hat gegen die schwarzen Männer in Ber-Mar gekämpft, um seine Freunde zu retten. Aber Brage war angekettet, und deswegen bat er Ulv, Mian mitzunehmen und mit ihr hierher in unser Tal zu kommen. Und das tat Ulv. Er kehrte zu seinem Volk zurück. Und nun braucht er unsere Hilfe! Wir haben allzu lange zugeschaut, wie unser Brudervolk leidet. Die Zeit ist reif, dass wir unsere Schwerter nehmen und in den Kampf ziehen!«

Dielan wandte sich an Konvai. Der Metkrug des Häuptlings war erneut gefüllt worden, und er trank in aller Ruhe.

»Ich habe meinen Sohn um Rat gefragt.« Dielan entfernte sich hinkend von Ulv und Konvai und stellte sich vor die Menschenmenge. »›Du bist unser Häuptling‹, sagte ich. ›Willst du der Nachwelt als Ehrenmann in Erinnerung bleiben? Oder willst du, dass unsere Söhne und Töchter dich als den in Erinnerung behalten, der sich abgewandt hat, als unser Freundesvolk in Ber-Mar unsere Hilfe brauchte?‹«

Konvai drückte Dielan seinen Metkrug in die Hand. Dann verschränkte er die Arme vor der Brust und ließ seinen Blick über die Versammlung gleiten. »Es heißt, ein Mensch sollte so leben, dass man sich an ihn erinnert. Selbst die Götter waren einmal Menschen. Die Erinnerung an ihr ehrenvolles Leben hat sie unsterblich gemacht, sagt man.«

Ulv ging zu seinem Schwert, das noch immer in der Erde steckte. Niemand beachtete ihn. Die Männer nickten zustimmend zu Konvais Worten. Ulv schob das Schwert zurück in die Scheide.

»Mein Vater fragt mich, ob ich meinem Volk als Ehrenmann im Gedächtnis bleiben möchte.« Konvai trat neben Dielan und legte ihm den Arm um die Schulter. »Mein Vater ist ein kluger Mann, und ich höre auf seinen Rat. Aber ist es ehrenvoll, unsere Männer in einen Krieg zu schicken? Ist es ehrenvoll, seine Freunde in einen Kampf gegen einen großen und mächtigen Feind zu führen? Würdet ihr Frauen es ehrenvoll nennen, wenn ich alleine zurückkehre und euch mitteile, dass eure Männer und Söhne gefallen sind?«

Dielan schob Konvais Arm von seiner Schulter und ging zu Ulv. »Wir sind stark«, rief er. »Wir können die Schwarzen besiegen. Wenn Bran hier wäre …«

»Aber Bran ist nicht hier.« Konvai zeigte zu den Bergen im Süden. »Dein Bruder hat uns verlassen, Vater. Also lass uns nicht weiter darüber reden. Du hast mich gebeten, eine Entscheidung zu treffen, und das habe ich getan.«

Ulv stützte Dielan, als der alte Mann sich am ganzen Leib zitternd an seinen Arm klammerte.

»Ich werde Männer nach Ber-Mar senden.« Konvai schaute in die Runde. »Aber sie sollen aus freiem Willen gehen, und es sollen nicht mehr als vierzig sein.«

»Vierzig Mann?« Dielan humpelte auf ihn zu. »Niemand kann Ber-Mar mit vierzig Mann einnehmen! Ulv sagt, dass die Schwarzen vierhundert Krieger haben. Wir brauchen mehr Männer, Konvai!«

Konvai stemmte die Hände in die Hüften. »Vierzig Mann werde ich schicken, wenn sich so viele melden. Einen Mann für jedes Jahr, das Ulv fort war. Mehr kann ich nicht entbehren. Wir brauchen Jäger für die Winterjagd.«

Dielan schob ihn beiseite und sah mit zusammengekniffenen Augen auf die versammelte Menschenmenge. Niemand sagte etwas. Ulv sah, wie die Männer ihn anstarrten. Orm und Gorm hatten die Köpfe zusammengesteckt und sprachen leise miteinander.

Da schlug Dielan mit dem Stock auf die gefrorene Erde. »Also gut, dann gehen eben vierzig Männer. Ich bin der erste dieser vierzig!«

Ulv stellte sich an seine Seite. »Und ich bin der zweite«, sagte er. »Ich habe Mian versprochen ...«

»Ich bin der dritte!« Hagdar hob die Faust über den Kopf, aber der Schwarzbärtige, der Ulv am Morgen entdeckt hatte, klopfte ihm auf die Schulter und schüttelte den Kopf. »Du wirst hier gebraucht, Vater. Niemand versteht sich so gut aufs Schmiedehandwerk wie du. Ich werde an deiner Stelle gehen.« Der Schwarzbärtige gesellte sich zu Dielan und Ulv. »Ich, Karga, bin der dritte Krieger.«

Dielan legte ihm lächelnd die Hand auf den Arm. Karga reichte Ulv die Hand, und Ulv drückte die kräftige Pranke. Als Nächster trat der Weißhaarige, der ihn begrüßt hatte, aus der Menge. Er breitete die Arme aus und umarmte Karga und Ulv, ehe er sich an die Versammlung wandte. »Ich, Virga, bin der vierte Krieger, der nach Ber-Mar reitet. Und meine Söhne werden mich begleiten!«

Zwei Männer mit blonden Bärten kamen zu ihm. Ulv ergriff ihre Hände, und Dielan humpelte zwischen den Männern hin und her und rief ihnen zu, dass sie im Sinne seines Bruders handelten. Und nun kam Bewegung in die Menge, immer mehr Männer kamen, um sich als Krieger zu melden. Hagdars Söhne und Enkel stießen mit Met an und schworen Dielan und Ulv und allen anderen, die mit ihnen zusammen kämpfen wollten, Treue. Tirgar und Rotschwert gehörten dazu, und Torden und Kais Sohn. Norre musste Narien versprechen, gesund und unversehrt zurückzukehren, und Ormson und Garan wollten die Pferde zusammentreiben und auf der Stelle losreiten. Bald waren sie mehr Männer, als Ulv zählen konnte.

Da hob Dielan seinen Stock über den Kopf und bat um Ruhe. »Freunde! Verwandte! Männer des Felsenvolkes! Spart eure Worte, bis ihr zurückkehrt und von euren ehrenvollen Taten berichten könnt! Und jetzt lasst mich zählen. Vier mal zehn ist unsere Zahl.«

»Du brauchst nicht zu zählen, Vater.« Konvai trat zwischen die Männer. »Es sind bereits viel mehr. Aber ich habe mir gemerkt, wer die Ersten waren. Von denen sollen vierzig Männer in den Kampf ziehen. Aber der Erste werde ich sein. Ich werde an deiner statt in den Kampf reiten, so wie Karga für Hagdar reitet.«

»Das wirst du nicht!« Dielan kämpfte sich unter Einsatz seiner Ellbogen zu Konvai durch und rüttelte ihn an der Schulter. »Ich werde mit euch reiten, ob du es willst oder nicht! Diesmal können deine Frau und du mich nicht ins Haus verbannen, Sohn. Ich bin es leid, wie ein altes Weib behandelt zu werden!«

Konvai kratzte sich im Nacken, während Dielan, den Stock über dem Kopf schwingend, in die Menge rief: »Ich bin der erste der vierzig Krieger, Freunde! Und morgen brechen wir auf!«

»Morgen!«, antworteten Orm und Gorm. »Morgen brechen wir auf!«

Ulvs Hand lag auf dem Schwertgriff. Die Männer hoben die Metkrüge und prosteten sich zu. Sie klopften sich gegenseitig auf den Rücken, riefen durcheinander und grölten. Die Männer in diesem Tal schienen sehr von sich überzeugt, dachte er. Wenn sie erst nach Ber-Mar kamen, würde ihnen der Mut schon vergehen. Vierzig Mann waren keine Bedrohung für die vierhundert Krieger der Kanathener. Und wieder einmal schien es, als ob Dielan seine Gedanken lesen konnte, als er die Arme hob und die Menge anhielt zu schweigen. »Lasst uns die Luren blasen, Freunde! Wir wollen das Volk in Kragg-Nar rufen. Sie stehen in unserer Schuld, weil wir ihnen im letzten Winter mit Getreide ausgeholfen haben. Blast die Luren, Männer! Klettert auf den Osthang und blast fünf Signale!«

Ulv sah die erstaunten Gesichter der Männer. Hagdar blickte zu dem Berghang im Osten. »Die fünf Signale? Aber das heißt doch, dass wir in Gefahr sind, Dielan.«

»Sie werden es verstehen, wenn sie kommen.« Dielan sog die milde Abendluft ein. »Wir sind auf ihre Unterstützung angewiesen.«

»So soll es sein«, sagte Konvai. Er ging an das große Feuer, stieg auf einen Holzklotz und sprach zu seinem Volk: »Zwei Männer klettern bei Sonnenaufgang den Osthang hinauf. Blast fünf Signale und ruft die Krieger von Kragg-Nar hierher, damit wir ihnen von dem Eid, den vierzig unserer Männer für unsere Freunde in Ber-Mar geschworen haben, erzählen und sie auffordern können, uns zu folgen, wenn sie wollen. Aber dann können wir morgen noch nicht aufbrechen. So schnell schaffen sie es nicht über den Pass.«

»Doch, wir brechen morgen auf!« Dielan schwang den Stock über dem Kopf. »Wir haben keine Zeit mehr zu verlieren! Die Krieger von Kragg-Nar sind schnell und werden uns einholen, ehe wir Ber-Mar erreichen. Wir ziehen morgen los, Männer! Morgen!«

Lautes Geschrei setzte ein. Konvai sprang kopfschüttelnd von dem Klotz. Ulv blieb stehen, als Dielan in der Menge verschwand. Hagdar gesellte sich zu ihm und lud ihn ein, noch einen Met mit ihm zu trinken, und Ulv folgte dem alten Schmied. Die Menschenmenge begann allmählich, sich aufzulösen. Die Männer verteilten sich an die kleinen Feuer, und viele Frauen begleiteten ihre Kinder in die Langhäuser. Die Flötenspieler spielten wieder auf, und der Tanz ging weiter. Aber die Frauen tanzten jetzt alleine, weil die jungen Männer mit ihren Vätern zusammenstanden und sich beratschlagten. Ulv trank einen großen Schluck und merkte, wie sich Wärme in seinem Magen ausbreitete. Hagdars Mund unter dem grauen, buschigen Bart war zu einem breiten Grinsen verzogen. Ulv nahm noch einen Schluck Met und ließ den Blick auf dem Feuer ruhen. Die Flammen leckten um die trockenen Birkenscheite und streckten sich hoch in den Himmel. Dies war die längste Nacht des Jahres, aber das Feuer trotzte der Dunkelheit, die über dem Tal lag. Er hoffte, dass Siréd auch ein Feuer hatte, an dem sie sich wärmen konnte. Und er hoffte, dass sie sich noch an ihn erinnerte.

Als Ulv seinen Krug leer getrunken hatte, wollte Hagdar ihm nachschenken, aber Ulv lehnte ab und verabschiedete sich von ihm. Dielan war in ein Gespräch mit Konvai vertieft, also ging Ulv allein über den Pfad zu der anderen Lichtung. Er hatte kein gutes Gefühl bei all dem Gerede über Ber-Mar und dem Rachezug; er musste Mian unbedingt erzählen, was sie planten. Als er hinter Hagdars Schmiede aus dem Wald kam, lief er eilig weiter zum Haus des Häuptlings. Draußen war niemand zu sehen, darum schob er ohne zu klopfen die Tür auf und betrat den dunklen Raum. Die Tür knarrte, als er sie hinter sich schloss. Mian lag vor dem breiten Kamin in der Mitte des Langhauses. Ihre Augen waren geschlossen. Plötzlich hatte er Angst, dass das Fieber sie getötet hatte. Er sah ein kleines Mädchen auf einer der Schlafbänke an der Wand, aber sonst war niemand da.

Ulv schlich zum Kamin und setzte sich auf den Rand der Feuerstelle, um trockene Zweige nachzulegen und das Feuer anzublasen. Da drehte Mian sich um. Sie machte den Mund auf und sah ihn unter schweren Augenlidern an. »Nordländer … Du warst lange fort, Nordländer.« Sie strecke die Hand nach ihm aus.

»Sie feiern die Wintersonnenwende.« Er nahm ihre Hand. Ihre Finger waren eiskalt. »Und sie haben einen Beschluss gefasst. Konvai wird Männer nach Ber-Mar schicken. Einen für jedes Jahr, das ich fort war.«

Mian schluckte mühsam und versuchte, sich aufzurichten. Als sie das nicht schaffte, sank sie zurück auf die Decke und legte den Kopf auf die Seite. »Seon ... Er war so lange weg.«

»Wir werden nach Ber-Mar reiten.« Ulv legte die Hand neben ihren Körper und zog die Decke bis an ihr Kinn. »Ich werde Seon und Brage holen. Und Garr, wenn er noch lebt.«

»Sie sind nicht mehr da ...« Mian starrte an die Decke. »Tot. Die Schwarzen ... Sie töten alle.«

Ulv warf einen Blick zu dem Mädchen auf der Schlafbank. Sie war aufgewacht, stützte sich auf den Ellbogen und rieb sich die Augen.

»Du denkst, ich sei eine schwache Frau.« Mian sprach mit geschlossenen Augen mit ihm. »Eine, die widerspruchslos den Männern dient. Eine Verräterin, die im Haus eines Kaans lebt. Dort habt ihr mich gefunden. Auf dem Dachboden ...«

Ulv beugte sich vor und befühlte ihre Stirn. Sie war warm und feucht. In ihr brannte das Fieber. Er sollte gehen und sie schlafen lassen.

»Ja, ich habe dem Kaan gedient.« Mian befreite ihren Oberkörper von der Decke und drehte sich auf die Seite. Ihre Brust war mit sauberen Leinentüchern verbunden. »Was hätte ich anderes tun können? Vendhur hat meinen Vater getötet. Er ließ ihn hinrichten, und ich musste zusehen. Die Krieger ... Sie haben mich festgehalten. Ich konnte nicht ... Nach Vaters Tod hatte ich nichts mehr. Und der Kaan brauchte ein Dienstmädchen. Seine Frauen gaben mir zu essen. Hass mich nicht dafür, Seon!«

Ulv sah die Tränen, die aus ihren geschlossenen Augen quollen. »Ich bin nicht Seon«, sagte er. »Ich bin Ulv, der Nordländer.«

»Du hättest mich damals mitnehmen sollen, Seon.« Mian schlug die Augen auf und sah mit leerem Blick in die Dunkelheit. »Wir hätten nach Süden reiten und neu anfangen können in der Wüste. Wir hatten doch uns, Seon. Ich habe dich geliebt. Ich hätte alles für dich getan. Du sagtest, du wolltest immer da sein. Für mich, Seon.«

Mian drehte sich wieder auf den Rücken, und Ulv deckte sie zu. »Die Monde, die du bei mir warst ...« Mian lächelte und legte die Hand an die Wange, als wünschte sie, Seon wäre da und würde sie berühren. »Da waren wir glücklich. Und eines Tages wachte ich auf, und du warst fort. Da ist alles in mir gestorben. Ich starb, Seon. Du hast mich getötet. Wofür lohnt es sich zu leben, wenn du nicht mehr da bist?«

Ulv hatte genug gehört. Mian wollte ihn festhalten, aber er stand auf und ging zur Tür. Als er über die Türschwelle schritt, sah er, dass das Mädchen von der Schlafbank aufstand. Sie schlich barfuß durch den Raum und kniete sich neben Mian. Ulv schloss die Tür hinter sich und folgte dem ausgetretenen Pfad zu Hagdars Langhaus. Von Gorms Lichtung tönten noch immer Flötenspiel und Gelächter herüber. Als er zum Waldrand blickte, entdeckte er zwischen den Bäumen Dielan, der sich auf seinen Stock stützte. Er winkte Ulv zu sich und humpelte mühsam zu Hagdars Langhaus. Als Ulv ihn erreichte, griff der alte Mann nach seinem Arm und murmelte, dass es spät geworden sei und dass er nach ihm gesucht habe. Er habe schon befürchtet, dass die Geister ihn wieder aus dem Tal fortgelockt hätten. Ulv half ihm unter das Vordach von Hagdars Schmiede, aber vor der Tür drehte Dielan sich noch einmal um und zeigte nach Süden. Der Wind hatte gedreht und blies jetzt milde Luft vom Meer herauf. Das sei ein Zeichen der Götter, meinte der Alte. Aber er konnte nicht sagen, ob es gut oder schlecht war.

Gemeinsam gingen sie ins Haus. Ulv legte sich gleich unter das Fell vor dem Kamin, aber Dielan schenkte sich noch einen Krug Met ein, den er mit wenigen Schlucken leerte, ehe er sich auf eine der Schlafbänke zurückzog. Der Alte scherte sich nicht darum, seine Kleider auszuziehen, er legte sich nur eine Decke über die Beine. Als er zu schnarchen begann, war Ulv längst eingeschlafen.

Ulv hatte einen unruhigen Schlaf. Er träumte von Vendhur, dem gefürchteten Krieger, dem Heerführer der Kanathener. Vendhur war ein Hüne; er überragte seine Männer, wie ein Jäger das kniehohe Steppengras überragt. Jeder Grashalm war ein Mann, und Vendhur schwang sein Schwert gegen sie und mähte sie alle nieder, während seine Lippen immer wieder dasselbe Wort formten: Tarkin. Sein Gesicht war von Nebel eingehüllt. Ulv war einer der Männer und sah Vendhur stetig näher kommen. Seine Füße wateten knöcheltief in Blut. Da stieg die Sonne über Vendhurs Haupt und verbrannte seine Haut, bis sie schwarz war. Die Männer begannen, den Namen des Hünen zu raunen, aber nun war es nicht mehr Vendhur, der dort auf dem Feld todgeweihter Krieger stand. Es war Tarkin selbst. Er trug dicke Goldreifen an den Armen, und seine gewaltigen Hände umschlossen eine schwarze Lanze, wie Ulv sie bei den schwarzen Kriegern gesehen hatte. Tarkin spießte die Männer auf seiner Lanze auf. Ulv hatte Angst, aber er konnte nicht fliehen. Und so wartete er, während die Männer vor ihm mit Tarkins Lanze im Bauch in den Himmel gehoben wurden. Am Ende war Ulv der einzige Lebende auf dem Feld, und Tarkin durchbohrte auch ihn mit der Lanze und hob ihn über seinen Kopf. Aber Ulv schrie nicht. Er schaute über das Feld, auf dem die Krieger auf der blutroten Erde verstreut lagen. Jeder Einzelne hatte sein Gesicht.

Bis Anbruch des Tages wachte Ulv mehrmals auf, als Hagdars Söhne und Enkel und deren Frauen und Kinder im Lauf der Nacht von dem Fest heimkehrten. Hagdar selbst kam kurz vor Morgengrauen mit Karga angeschwankt. Sie ließen die Tür angelehnt, und als Ulv den Lichtstreifen auf dem Boden sah, wusste er, dass Morgen war. Er zog sich an und wollte gerade das Feuer anblasen, als eine der Frauen wach wurde. In ihre Decke gewickelt, holte sie Zweige von dem Stapel neben der Tür, kniete sich vor den Kamin und legte das Holz auf die Glut.

Ulv ging nach draußen. Es würde ein sonniger Tag werden. Die milde Luft, die er schon am Abend gespürt hatte, schien sich zu halten. Die niedrig stehende Sonne war noch nicht stark genug, um den Schnee zu schmelzen, aber als er so vor dem Langhaus stand, hatte er fast das Gefühl, die erste Frühjahrssonne im Gesicht zu spüren. Er legte die Hand über die Augen und schaute über den Platz. Auf der anderen Seite am Waldrand standen ein Mann und ein paar Hunde. Ulv erinnerte sich nicht an den Namen des Mannes, aber er war einer von denen, die ihn am Abend vorher willkommen geheißen hatten. Der Jäger winkte ihm zu, ehe er auf seinen langen Schneeschuhen mit den Hunden auf den Fersen zwischen den Bäumen verschwand.

Da hörte er das Hornsignal. Es schallte über das ganze Tal; ein tiefes Heulen, das zwischen den Berggipfeln widerhallte. Das Signal kam von dem Berghang im Osten, und Ulv erinnerte sich, dass Konvai zwei Männern aufgetragen hatte, dort hinaufzusteigen und die Luren zu blasen. Erneut ertönte das Heulen. Die Krähen stiegen von den schneebedeckten Eichen auf und flohen nach Westen. Beim dritten Signal begannen die Pferde in den Ställen unruhig zu wiehern, und nach dem vierten Signal erschien Dielan in der Tür und blinzelte ins Morgenlicht. Der fünfte Heulton war länger als die anderen und schien gar nicht mehr enden zu wollen. Ulv folgte mit dem Blick den Spuren der Männer den Berghang hinauf. Sie endeten auf einer kleinen Bergkuppe ein paar Pfeilschüsse über dem Talgrund, aber er konnte niemanden dort oben sehen. Nachdem das fünfte Signal verebbt war, wurde es wieder still. Dielan legte eine Hand auf seine Schulter. Ulv hörte ein Husten und Kindergeschrei. Türen schlugen auf, und zottige Hunde stürmten ins Freie und schnüffelten im Schnee, ehe sie das Bein hoben. Das Dorf erwachte, und bald schon kam der erste verkaterte Mann mit Joch und Bottichen nach draußen, um am Fluss Wasser zu holen. Frauen scheuchten die alten Männer nach draußen, die sich noch nicht von der kurzen, durchzechten Nacht erholt hatten und sich die Augen rieben und erschöpft auf die Bänke an den Hauswänden sanken. Das Knistern von trockenem Brennholz war zu hören, und aus den Schornsteinen stiegen die ersten Rauchsäulen.

»Das wird ein guter Tag«, sagte Dielan und schnäuzte sich in den Ärmel. »Die Götter wissen, dass wir in den Kampf ziehen wollen. Wir haben viel zu lange zugesehen, wie unsere Freunde in Ber-Mar leiden. Durch deine Rückkehr hat Konvai sich in seiner Häuptlingsmacht bedroht gefühlt; er hat begriffen, dass er sich unserem Volk als starker Anführer beweisen muss. Ich glaube, das ist der Grund, warum er sich am Ende entschieden hat, Männer nach Ber-Mar zu schicken.«

»Nicht ich habe ihn bedroht.« Ulv fuhr sich über das Kinn. Die schwarzen Bartstoppeln kratzten an seiner Hand. »Er hat zuerst zugeschlagen.«

Dielan ging nicht darauf ein. »Die Frauen kochen Fleisch und Getreidegrütze.« Dielan rieb sich den Bauch. »Komm, lass uns zu Konvais Haus gehen und dort etwas essen. Ich möchte dir etwas zeigen.«

Sie gingen an den Langhäusern vorbei. Ulv hatte schon verstanden, dass der Alte nicht mehr über den gestrigen Vorfall reden wollte. Der alte Mann lief vornübergebeugt, das Gehen fiel ihm sichtlich schwer. Zwischendurch schien er die Knie kaum beugen zu können, dann setzte er den Stock auf und schwang das Bein mit einem gequälten Schwung nach vorn. Ulv sprach ihn nicht darauf an. Dielan hatte gesagt, dass er mit nach Ber-Mar reiten wollte, und er wollte sicher nicht daran erinnert werden, wie alt und schwach er geworden war.

Die Tür zu Konvais Langhaus stand offen. Dielan und Ulv traten ein und gingen zum Kamin. Überall liefen Frauen und Kinder durcheinander, die Männer schliefen noch. Nur Konvai war auf den Beinen. Er trug ein sauberes Wams und eine Hirschlederhose, saß vor dem Feuer und tätschelte einen großen Wolfshund.

»Vater«, sagte er. »Ulv. Setzt euch schon mal an den Tisch. Cyna ist gleich mit dem Essen fertig.«

Dielan zog Ulv mit sich am Kamin vorbei. Genau wie in Hagdars Haus stand der Tisch hinter der Feuerstelle. In der Mitte der grob gehauenen Tischplatte stand eine Holzschale mit Talg und einem Docht, aber bisher hatte noch niemand das Licht angezündet. Dielan kümmerte sich nicht darum, aber er ließ Ulv los und stakste in den hintersten, dunkelsten Winkel des Langhauses. Ächzend ließ er sich auf die Knie nieder und zog Teppiche und Felle unter der Schlafbank hervor, die dort stand. Dann beugte er sich vor und schaute unter die Bank, schien zu entdecken, was er suchte, und griff danach. Es schien zu schwer zu sein, weil Dielan sich unverrichteter Dinge aufrichtete und erschöpft mit dem Rücken an die Schlafbank lehnte.

»Ulv, komm.« Dielan winkte ihn schwer atmend zu sich. »Du musst mir helfen. Ich hab sie vor vielen Jahren hier unter das Bett geschoben. Mach die Planke dort unten los.« Er rüttelte an dem Querbalken zwischen den Beinen der Bank. »Die habe ich mit einem Holzzapfen dort befestigt, damit die Kinder nicht in Brans Sachen herumwühlen.«

Ulv kniete sich neben ihn und rüttelte an der Planke. Ganz offenbar hatte Dielan dahinter das Eigentum seines Vaters versteckt.

»Dort ist der Zapfen.« Dielan zeigte auf ein Astloch an dem einen Ende der Planke. »Den musst du rausziehen. Aber er sitzt fest.«

Ulv zog den Zapfen heraus und nahm die Planke ab. Dahinter befand sich eine Kiste, wie die Händler sie für ihre Waren benutzten. Er zog sie unter der Bank hervor. Die rostigen Scharniere quietschten, als er den schweren Deckel öffnete.

»Diese Kiste hat deine Mutter mitgebracht, als sie Bran gegeben wurde.« Dielan strich über die angeschlagenen Kanten. »In Tirga hat man das so genannt. Aber dein Vater und deine Mutter haben sich wirklich geliebt. Sieh her, das ist das Kleid, das sie trug, als Visikal sie Bran vorgeführt hat.« Dielan hob ein weißes Leinenkleid aus der Kiste und reichte es Ulv.

Er schnupperte daran, aber ihr Duft war natürlich lange verflogen. Dann breitete er es aus und befühlte den dünnen Stoff. Sie musste schlank gewesen sein, denn das Kleid war für ein zartes Wesen genäht worden.

»Die Axt deines Vaters.« Dielan lüftete einen braunen Wollumhang. »Nimm sie in die Hand, Ulv. Das ist eine schwere Waffe.«

Ulv schlug den Wollumhang zurück, und darunter kam eine zweischneidige Kampfaxt zum Vorschein. Der Griff war aus Eisen und beinahe so lang wie der Arm eines ausgewachsenen Mannes. Er war mit Lederriemen umwickelt und lag gut in der Hand. Ulv hob die Axt hoch und befühlte die geschwungenen Schneiden. Sie waren scharf. Auf Ulvs Fingerkuppen blieb ein glänzender Film zurück.

»Ich schmiere sie jeden Sommer mit Talg und Fett ein«, sagte Dielan. »Ich weiß nicht genau, warum, wahrscheinlich, weil ich die Hoffnung nicht aufgegeben habe, Bran könnte eines Tages zurückkehren.« Der Alte wühlte zwischen den abgetragenen Umhängen herum und angelte ein länglich verschnürtes Lederbündel aus der Kiste. Ulv erkannte auf den ersten Blick, dass es ein Schwert war. Dielan löste die Lederriemen und legte es in Ulvs Hände.

»Deine Mutter bekam dieses Schwert, als sie die Frau deines Vaters wurde. Ihr Vater Visikar, Visikals Bruder, hatte es ihr nach seinem Tod hinterlassen.« Dielan klopfte auf die blanke Lederscheide. »Auch diese Waffe habe ich gepflegt. Sie gehören jetzt beide dir, Ulv. Du sollst sie tragen, wenn wir in den Kampf ziehen.«

Ulv zog das Schwert aus der Scheide. Das Eisen war dunkler als bei dem Schwert, das er im Westwald gefunden hatte, und die Schneide war nicht so scharf. Der Blutrand schlängelte sich wie eine Schlange von der Spitze bis zum Griff. Der Querbügel war zwei Hörnern nachempfunden, die sich zum Schwertblatt bogen. Der Griff selbst war mit hellem Leder umwickelt und am Ende wie ein Wolfskopf geschmiedet. Die Augen des Wolfs glänzten rot, und als er mit dem Finger darüber fuhr, stellte er fest, dass es zwei Edelsteine waren. Die Familie seiner Mutter musste reich gewesen sein. Die Barkas hätten viele Felle für solche Steine getauscht, denn es hieß, dass gute Geister in ihnen lebten. Er wog die Waffen in den Händen und erhob sich. Da niemand in der Nähe war, machte er einen Probeschlag mit der Axt. Dann trat er einen Schritt nach vorn, stieß mit dem Schwert zu, wich zurück und hielt die Waffen wie einen Schild gegen einen unsichtbaren Feind vor sich.

»Ich will sie beide tragen«, sagte er. »Wenn wir in Ber-Mar einreiten, werde ich mit der Axt meines Vaters und dem Schwert meiner Mutter kämpfen.«

Dielan legte das Kleid in die Kiste zurück und klappte den Deckel zu. Dann schob er sie unter die Schlafbank und befestigte die Planke mit dem Holzzapfen. Als er sich wieder aufgerichtet hatte, hinkte er zu Ulv. »Das freut mich, Sohn meines Bruders. Du sprichst wie dein Vater. Die Götter werden dich ehrenvoll kämpfen sehen und uns den Sieg bescheren.«

Ulv schob die Schwertscheide so auf den Gürtel, dass das Schwert über seinem linken Bein hing. Die Axt hatte eine Lederschlaufe, die er um den Gürtel schlang und an einer Öse am Griff einhakte. Die Waffen wogen schwer, als Dielan ihn zum Tisch führte. Ein paar Kinder saßen bereits am Tisch und gafften Ulv an, während sie schmatzend ihre Holzlöffel in den Mund schoben. Konvai half seiner Frau, den Kessel zum Tisch zu tragen. Dielan rieb sich wohlig den Bauch und setzte sich auf den Platz neben Shian. Konvai und ein paar andere Männer rutschten ebenfalls auf die Bänke. Ulv wusste nicht, wo er sich hinsetzen sollte.

»Wie ich sehe, hat Ulv Brans Kampfaxt bekommen«, sagte Konvai mit einem Nicken zu Ulv und beugte sich über den Tisch zu seinem Vater. »Du scheinst darauf zu vertrauen, dass er eine solche Waffe führen kann. Bran war ein mächtiger Krieger, Vater. Und Ulv ist ein Wanderer. Vielleicht wäre es besser gewesen, du hättest mir die Axt gegeben.«

Dielan spuckte auf den Tisch. »Ulv ist der Sohn meines Bruders und bekommt die Axt! Und genauso wird er Tirs Schwert tragen! Stell nicht ständig meine Urteilskraft in Frage, Konvai!«

Konvais Frau stellte eine leere Holzschale vor Dielan auf den Tisch und drückte ihm einen Lappen in die Hand. Dann drehte sie ihm den Rücken zu und schüttelte das schwarze Haar aus der Stirn, ehe sie die Kinder mit Grütze versorgte. Konvais Frau hieß Cyna und schien hier im Langhaus das Sagen zu haben. Sie sagte etwas zu den Kindern und nickte Dielan auffordernd zu. Es missfiel ihr, dass er auf den Tisch spuckte; sie wollte nicht, dass die Kinder sich ein Beispiel an ihm nahmen. Der Alte nahm Shians Grützeschale und schob ihm seine leere hin, die der Junge Cyna hinhielt. Sie funkelte Dielan an, der die Schale an die Brust drückte und die Grütze vom Löffel leckte. Im nächsten Moment schüttelte sie lächelnd den Kopf und tat erst Shian und dann sich selbst Grütze auf, ehe sie am Ende des Tisches Platz nahm.

Ulv setzte sich neben Dielan. Konvai reichte ihm eine Schale mit Grütze und einen Löffel. Ulv versuchte, es den anderen nachzumachen, aber er war diese Art zu essen nicht gewohnt. Also legte er den Löffel auf den Tisch und aß die Grütze mit den Fingern. Die Kinder am anderen Ende des langen Tisches zeigten kichernd auf ihn, und prompt legten ein paar von ihnen ebenfalls ihre Löffel beiseite und machten es ihm nach, aber da schlug Cyna ihnen auf die Finger und ermahnte sie, das bleiben zu lassen.

»Virga und seine Söhne treiben die Pferde zusammen.« Konvai wischte sich Grützereste aus dem Bart. »Die Jungtiere aus dem Stall können wir nicht nehmen. Sie sind nicht abgehärtet genug.«

»Dann nehmen wir also die Wildpferde.« Dielan leckte seinen Löffel ab. »Virga und ich haben sie schon gezähmt, da warst du noch ein kleiner Junge, Konvai. Ich komme schon mit den Wildhengsten zurecht. Mach dir deswegen keine Sorgen, Sohn.«

»Ich mache mir keine Sorgen«, erwiderte Konvai. »Ich denke nur, dass du, da du doch vor mir Häuptling warst, hier bleiben solltest. Du bist ein großer Krieger, Vater. Und du wirst hier im Tal gebraucht, falls wir geschlagen werden und die Kanathener unsere Spuren bis hierher zurückverfolgen.«

Dielan grinste verschmitzt. »Ungefähr das Gleiche hat Karga auch zu seinem Vater gesagt. Mir ist schon klar, was du im Sinn hast, Sohn. Du hast Angst um mich, das ist es. Aber wenn es zum

Kampf kommt, könnt ihr Jungen euch den einen oder anderen Kniff bei mir abgucken. Ich bin ein zäher Ast, der nicht so leicht zu brechen ist, Sohn.«

Konvai zuckte resigniert mit den Schultern und beugte sich erneut zu Dielan hinüber, aber Ulv hörte nicht, was er sagte, weil ein anderes Geräusch seine Aufmerksamkeit ablenkte, ein fernes Heulen. Es klang wie ein Wolf, und er dachte an die Nächte im Barkasfjell, als er auf den Felsen gesessen und den Wolfsrudeln geantwortet hatte. Das Heulen ertönte noch mehrere Male, ehe es wieder still war.

Dielan und Konvai stritten sich noch immer, und alle anderen, die am Tisch saßen, sahen ihnen dabei zu. Dielan fuchtelte wild mit den Armen und wollte nichts davon hören, dass sein Sohn vorschlug, erst einmal vorzureiten zu den Kanathenern, weil er selbst der Erste sein wollte. Konvai seinerseits weigerte sich, Packpferde für Metfässer mitzunehmen, aber Dielan bestand darauf, dass die Männer etwas zum Aufwärmen bräuchten, falls es wieder kälter wurde.

So fuhren sie eine ganze Weile fort. Ulv aß unterdessen seine Grütze, und Cyna ging um den Tisch und tat allen ein zweites Mal auf. Ulv bekam den Rest, nachdem die Kinder satt waren. Die Männer erhoben sich einer nach dem anderen vom Tisch, aber die Kinder blieben sitzen und gafften Ulv an, während er weiteraß. Er kratzte die Schale mit dem Finger sauber und bekam einen Krug Wasser vorgesetzt. Die Frauen saßen schwatzend um den Kamin, und Ulv hörte aus ihren Worten heraus, dass im Winter drei Familien in diesem Langhaus lebten. Im Sommer hatten sie ihre eigenen Langhäuser, aber in der kalten Jahreszeit zogen sie zusammen, um Feuerholz zu sparen. Cyna schien etliche Winter jünger zu sein als er. Ulv sah zum Häuptling, der gerade mit der Faust auf den Tisch schlug und energisch den Kopf schüttelte. Aber Dielan gab nicht nach. Der Alte hielt sich einfach die Ohren zu, um sich nicht anhören zu müssen, was sein Sohn zu sagen hatte.

Da ging die Tür auf, und eine Männerstimme fragte nach Konvai. Gleich darauf tauchte Karga, Hagdars Sohn, hinter dem Kamin auf und ließ sich auf die Bank fallen. Er legte seine Hirschlederkappe auf den Tisch und wischte sich den Schweiß von der Stirn. »Die Pferde sind da«, sagte er und nahm einen Schluck aus Konvais Krug. »Virga und ich haben damit gerechnet, dass wir sechzig Tiere brauchen, also haben wir die Herde von der Kleewiese herübergetrieben.«

»Gut.« Konvai schnappte sich den Krug zurück. »Habt ihr Nachricht aus Kragg-Nar?«

Karga zuckte mit den Schultern. »Irgendwo aus dem nördlichen Teil des Tals kam eine Antwort. Das müssen Jäger gewesen sein, vielleicht sogar welche aus Kragg-Nar. Sie ziehen auf ihrer Hirschjagd ja ziemlich weit nach Süden. Aber es könnten genauso gut unsere Männer gewesen sein, die den Ziegenspuren gefolgt sind.«

»Ich denke, es waren unsere Männer.« Dielan strich sich über den Bart. »Wahrscheinlich haben sie die fünf Signale weitergetragen. Spätestens jetzt müsste unser Ruf Kragg-Nar erreicht haben. Die Wachen in den Bergpässen haben sicher gehört, dass wir die Luren geblasen haben.«

»Aber sie hätten schon längst antworten müssen«, sagte Konvai. »Wenn sie nicht antworten, heißt das, dass sie nicht bereit sind zu kommen.«

»Die Männer aus Kragg-Nar sind unsere Freunde.« Dielan stieß Ulv mit dem Ellbogen in die Seite, und als Ulv sich erhob, rutschte der alte Mann ans Ende der Bank und streckte seine steifen Knochen. »Sie werden schon kommen. Aber wir haben keine Zeit, auf sie zu warten. Wir müssen heute noch aufbrechen, wie wir uns geeinigt haben.«

Konvai sagte nichts darauf, er kratzte sich im Nacken und ging zur Vorderseite des Kamins. Shian, der die ganze Zeit am Tisch gesessen und den Männern zugehört hatte, lief hinter ihm her. Ulv hörte, wie er seinen Vater anflehte, mitkommen zu dürfen, aber Konvai brummte ihn an wie ein mürrischer Bär und schickte ihn nach draußen, um Feuerholz zu holen.

»Komm.« Dielan winkte Ulv zu sich. »Wir suchen jetzt ein passendes Pferd für dich.«

Ulv folgte ihm nach draußen. Als der Alte über die Schwelle ins Freie trat, blinzelte er in die Sonne und räusperte sich. »Du denkst sicher, dass mein Sohn und ich viel streiten, und fragst dich, warum ich, der ich Häuptling unseres Volkes war, ihm die Macht übergeben habe, bevor die Götter mich holen.«

»Ich habe viele Fragen.« Ulv stapfte durch den nassen Schnee. »Zum Beispiel, wann wir endlich aufbrechen. Vielleicht sterben Seon und Brage gerade in diesem Moment, wo wir miteinander reden.«

»Wir brechen noch vor Sonnenuntergang auf.« Dielan legte die Hand über die Augen. »Das verspreche ich dir. Konvai will warten, bis die Männer aus Kragg-Nar da sind, aber es ist ungewiss, ob sie überhaupt kommen. Selbst wenn sie sich entscheiden, uns zu helfen, wird es ein paar Tage dauern, bis sie über den Pass im Norden gelangen. Aber zerbrich dir nicht den Kopf darüber, Ulv. Wir suchen dir jetzt ein gutes Pferd, das dich im Kampf tragen kann. Kannst du überhaupt reiten, Ulv?«

Ulv schüttelte den Kopf. Er erinnerte sich an seine Flucht vor den Sklavenhändlern, als das riesige Tier ihn hinter sich hergeschleift hatte. Dielan tätschelte ihm den Arm und summte vor sich hin. Dann nahm er seinen Stock und steuerte auf den Pfad zwischen zwei Langhäusern zu. Sie folgten ihm bis zu Gorms Lichtung, wo bereits eine Hand voll Männer die zusammengetriebenen Pferde sattelte. Die zottigen Tiere waren kräftig gebaut. Dielan zeigte auf einen Hengst, der ein wenig abseits am Rand des Platzes stand. Er erklärte Ulv, dass das ein Abkömmling des Pferdes sei, auf dem Bran immer auf die Jagd geritten war. Das würde für Ulv passen, da es zum Häuptlingsgeschlecht gehörte. Ulv näherte sich dem Hengst. Er legte die Hand auf die Mähne und streichelte dem Tier über das warme Maul. Der Hengst lief nicht vor ihm weg. Als Virga ihm einen Sattel brachte, konnte Ulv ihn widerstandslos über den Rücken legen und den Sattelgurt unter dem

Bauch festzurren. Virga zeigte ihm, wie er das Zaumzeug befestigen musste, ehe Ulv in den Sattel stieg und im Schritt am Waldrand entlangritt.

Dielan hatte angekündigt, dass die vierzig Krieger des Felsenvolkes das Tal verlassen würden, ehe die Sonne hinter den Bergen versank, aber als das Flammenrad seinen höchsten Punkt über den Berggipfeln im Süden erreicht hatte, waren die Männer noch lange nicht fertig mit den Vorbereitungen. Die Pferde waren gesattelt, und die Packpferde standen mit schweren Lasten auf dem Rücken da. Hagdars Söhne, Virgas Familie und viele andere standen auf Gorms Lichtung und blickten zum Waldrand. Sie warteten auf Konvai, Dielan und die anderen Männer. Aber außer Hagdars Söhnen und Virgas Familie, die beim Packen ihrer Waffen, Felle und Vorratsbündel schneller als alle anderen gewesen waren, saßen die meisten Männer noch in ihren Langhäusern und bestückten ihre Pfeilköcher. Die Frauen schnitten dicke Scheiben von dem besten Trockenfleisch und stopften es mit Kornfett in Leinenbeutel. Virga und Sortsverd waren von Haus zu Haus gegangen und hatten von der Zeit erzählt, als sie an Brans Seite im großen Krieg gegen die Vandarer und Mansarer gekämpft hatten. Sie hatten die Männer aufgefordert, alle Pfeile mitzunehmen, die sie besaßen, und zwei Speere an den Sattel zu binden. Darüber hinaus nahmen die Männer Schwerter und Äxte mit, gute Waffen, die von Hagdar und seinen Söhnen geschmiedet worden waren. Hagdar hatte das Geheimnis des Stahls bei Karr gelernt, und man sagte, er beherrsche das Schmiedehandwerk ebenso gut wie der Meisterschmied. Das Gerücht, dass Karr von den Schwarzen getötet worden war, hatte auch das letzte Langhaus erreicht, und jetzt wollten die Männer nach Ber-Mar reiten, um den neuen Meisterschmied zu befreien, damit er das Handwerk seines Vaters weiterführen konnte. Die Frauen suchten die wärmsten Decken zusammen und kleideten ihre Männer in Loden und Pelzumhänge, wissend, wie wichtig und ehrenvoll es war, dass diese vierzig Männer sich auf den Weg machten. Aber nirgendwo war Ehre stärker als Liebe, und als die Sonne am Westhimmel sank und Konvai die Krieger zum Aufbruch zusammenrief, drückten die Frauen ihre Männer und Söhne an sich und flehten sie an, unversehrt nach Hause zurückzukehren.

Schließlich waren die vierzig Krieger auf Gorms Lichtung versammelt und stiegen in ihre Sättel. Dielan war auf Ulvs und Konvais Hilfe angewiesen, aber als er erst einmal im Sattel saß, trabte er mit seinem Pferd von einem Reiter zum anderen und rief Worte von Ehre und Rache. Die Männer sahen an den Himmel. Der Tag war schon weit fortgeschritten, ihr erstes Lager würden sie am Ende der Südklamm aufschlagen. Die Packpferde waren mit Feuerholz und Birkenrinde beladen; es würde eine kalte Nacht werden auf der Hochebene.

Konvai kümmerte sich nicht um das Murren der Männer. Er wusste, dass er in den Kampf reiten musste, um sein Ansehen zu wahren und seine Macht als Häuptling zu behalten. Er zog sein Schwert, hob es über den Kopf und lenkte sein Pferd nach Süden. Die Männer folgten ihm in einer langen Reihe. Sie winkten den Frauen, Kindern und Freunden, die auf der Lichtung zurückblieben, ein letztes Mal zu, ehe sie unter den Ästen der Eichen verschwanden. Auf dem Langplatz hatten sich noch mehr Bewohner versammelt, um sie zu verabschieden. Aber Dielan trieb die Männer an, so dass sie schnell über den Platz ritten und den Pfad erreichten, der an Turvis Grab vorbeiführte. Sie überquerten den Fluss und trieben die Pferde den Hang zur Südklamm hoch.

Ulv folgte auf seinem Hengst. Die kräftigen Tiere bewegten sich in raschem Tempo auf die Klamm zu. Das Zaumzeug knarrte, und den Pferden standen weiße Atemwolken vor den Mäulern. Konvai und Karga schienen geübte Reiter zu sein, sie hatten bereits den Eingang der Klamm erreicht. Dort stiegen sie ab und schnallten sich Schneeschuhe unter die Stiefel. Nach einem kurzen Blick zurück über die Schulter zogen sie die Pferde an den Zügeln hinter sich her. Wenig später waren sie zwischen den verschneiten

Felsblöcken verschwunden. Dielan stieg nicht ab, sondern ließ sein Pferd im Schritt hinter ihnen herlaufen. Ulv erreichte neben Virga als einer der Letzten die Klamm. Der weißhaarige Mann nickte ihm zu und klopfte auf den Schwertgriff an seinem Gürtel. Ulv lächelte zurück.

Ehe Ulv die Südklamm betrat, schaute er noch einmal über das Tal. Er war nicht länger als einen Tag hier gewesen, aber im Laufe dieses Tages hatten sein Stamm und seine Familie ihn aufgenommen und wie einen der ihren behandelt. Er hatte jetzt ein Volk, er hatte eine Familie und ein Zuhause. Er ritt in den Kampf, um seine Freunde zu befreien und die Kanathener in Ber-Mar zu besiegen. Die Männer verließen ihre Frauen und Kinder, um mit ihm wie Klansbrüder zu kämpfen. Diesen Tag würde er niemals vergessen. Und wenn die Götter nun von ihren Ebenen an der Himmelskuppel herabblickten, sahen sie ihn hoffentlich. Denn er war kein einsamer Mann mehr. Er ritt mit seinen Klansbrüdern in den Kampf. Die Skalden würden diesen Tag noch besingen, wenn er schon lange tot war.

Das Ende des Kaans

Sie standen am Flussufer. Talma und seine zwölf Krieger suchten mit den Augen die gelben Sanddünen ab. Ihre blauen Tücher und Schals, die sie sich um den Kopf gewickelt hatten, waren vom Sand und der beinahe einen Mond andauernden Reise grau geworden. Jetzt hatten die Krieger ihre Bögen gespannt, denn sie standen an der Brücke über den Fluss, an der die hurischen Räuberbanden häufig die Karawanen überfielen. Siréd saß einen Steinwurf von der Brücke entfernt im Sattel, doch Talma hatte die Heiler als Wachen bei ihr zurückgelassen. Sie beobachtete jede Bewegung der Männer. Ein paar Krieger krochen die steile Böschung zum Fluss hinunter, und Talma leitete die übrigen zur Brücke.

Talma fürchtete diesen Platz. Sie waren dem Fluss jetzt einen Mond gefolgt, doch hier mussten sie ihn überqueren, um nach Süden in das Arak-Gebirge zu kommen. Talma hatte in den letzten Tagen nur wenig gesprochen, und wenn er schlief, dachte Siréd oft daran, einen Wasserschlauch zu stehlen und zu fliehen, doch einer der Krieger bewachte sie immer.

Talma betrat die Brücke. Er ging bis zu den verkohlten Balken, die aus dem Wasser ragten. Jemand hatte die Brücke in Brand gesteckt, und der mittlere Teil war eingestürzt. Siréd freute sich darüber; sie wünschte sich fast, dass die Hurer angriffen, denn wenn die Männer kämpften und ihre Pfeile abschossen, könnte sie vielleicht fliehen. Doch die goldene Landschaft war so still wie immer. Der Fluss floss zwischen den grünen Ufern nach Westen, doch jenseits dieses schmalen lebendigen Streifens schoben sich die Sanddünen immer näher heran. Die ganze Zeit über brannte die Sonne auf das Land herab. Sie hatte Schal und Umhang von Talma bekommen, denn sonst hätte die Sonne sie längst verbrannt. Doch in den Nächten war es ebenso kalt wie im Norden.

Das Fieber war schon lange abgeklungen. Sie war inmitten der alten Maissäcker zu sich gekommen und hatte ihren Blick über die unzähligen Kanäle schweifen lassen, die die Sklaven gegraben hatten, um das Wasser des Flusses auf die Felder zu leiten. Doch niemand baute dort noch etwas an; die Wüste hatte die Äcker erobert und war im Begriff, die Kanäle zu füllen. Am Ende der verödeten Felder hörte der Weg auf. Sie ließen den Wagen stehen, denn es war unmöglich, ihn über den lockeren Sand zu ziehen. Siréd bekam ein Pferd und ritt viele Tage hinter Talma her. Abends, wenn Talma Wache hatte und die anderen Krieger schliefen, redete er mit ihr. Stammelnd berichtete er von den Pflichten der Kaane. Er vertraute ihr an, dass er sich wünschte, noch immer ein Kundschafter zu sein und dass sie das Zeichen Tarkins nicht trüge. Und sie verstand, was er meinte. Sie wusste, was er sagen wollte, jedoch niemals auszusprechen wagte.

Jetzt winkte Talma sie zum Fluss hinunter. Die Heiler saßen

auf, und sie folgte ihnen. Das Gefolge war groß. Es waren zweimal zehn und sieben weitere Pferde. Außer Talma und seinen zwölf Kriegern trugen auch die beiden hurischen Heiler Waffen. Vielleicht hatten die Räuber sie entdeckt, dachten aber, dass die Kanathener zu stark waren. Auf jeden Fall hängten sich die Männer die Bögen über die Schultern und trieben die Pferde die Böschung zum Fluss hinunter. Talma hatte den Befehl gegeben, den Fluss zu durchwaten.

Siréd sprang aus dem Sattel und ließ das Tier den anderen die Böschung hinunter folgen. Der Fluss war nicht tief; sie sah große Steine in der Mitte des Flussbetts aus dem graublauen Wasser ragen. Ein paar Balken trieben langsam mit der schwachen Strömung nach Westen. Talma deutete darauf, ehe er den Männern etwas in seiner eigenen Sprache zurief.

Sie saßen auf. Siréd folgte ihrem Vorbild, denn Talma kam immer gleich angeritten und half ihr, wenn sie zu langsam war. Sie mochte es nicht, wenn er sie berührte. Abends saß er mit den anderen Kriegern zusammen und aß, und sie konnte sie reden hören. Inzwischen verstand sie so viele ihrer Worte, dass sie erraten konnte, worüber sie sprachen. Die Krieger sehnten sich nach ihren Frauen, und häufig fassten sie sich in den Schritt, wenn sie sie anstarrten. Einmal hatte einer der Krieger, ein narbiger Mann mit dem Zeichen Tarkins auf der Brust, gesagt, Talma solle sie doch an die Hurer verkaufen und mit dem Gold nach Norden gehen. Da hatte Talma einen Stock aus dem Feuer genommen und ihn geschlagen. Talma duldete es nicht, wenn jemand so über sie sprach, das hatte sie verstanden. Doch in ihren Augen war er der größte Übeltäter von allen. Er war es, der sie von Kosh gekauft und in dieses verlorene Land gebracht hatte.

Talma ritt als Erster in den Fluss hinein. Sein Pferd warf den Kopf zurück und wieherte, doch Talma schlug ihm mit der flachen Seite seines Säbels auf die Flanken. Er zog das Packpferd am Zügel hinter sich her, ehe der nächste Krieger sein Pferd ins Wasser trieb.

Sie ritten nicht direkt zur anderen Seite hinüber, sondern in einem Bogen an den Balken vorbei. Siréd war in der Mitte der Reihe und sah, wie die Männer zu beiden Seiten ins Wasser starrten. Es reichte bis an die Bäuche der Pferde, so dass die Tiere nur langsam vorankamen. Das Wasser war lehmig und trüb. Vielleicht hielten die Männer nach Fischen Ausschau, auf die sie schießen konnten, denn einige von ihnen trieben ihre Pferde mit zusammengepressten Knien nach vorn, während sie die Wasseroberfläche mit gespannten Bögen beobachteten.

Talma hatte beinahe das andere Ufer erreicht, als der Krieger hinter Siréd aufschrie. Sie drehte sich rasch genug im Sattel um, um die Kiefer des Raubtieres zu sehen, die sich um ein Vorderbein seines Pferdes schlossen. Das Pferd wieherte und trat zur Seite, doch das Raubtier drehte sich herum und riss das Bein ab. Siréd sah den schuppigen Körper und den langen, peitschenden Schwanz. Es sah wie eine Rieseneidechse aus. Die Balken waren jetzt verschwunden, doch sie erkannte die Umrisse weiterer Echsen direkt unter der Wasseroberfläche. Das verwundete Pferd stürzte zur Seite, und die Echsen stürzten sich darauf und zerrissen es. Der Krieger sprang aus dem Sattel, doch die Raubtiere packten sein Bein und zogen ihn unter Wasser.

Siréd trieb ihr Pferd an. Die Krieger schrien wie Verrückte, während sie ihre panischen Pferde zum Ufer trieben. Nur Talma wandte sich um und ritt noch einmal in den Fluss hinaus. Er rief sie, während er einen Pfeil an die Sehne legte und seinen Hengst weitertrieb. Sie stieß die Hacken in die Flanken ihres Pferdes, doch es wollte nicht laufen. Es blieb stehen und warf den Kopf hin und her. Schaum quoll aus dem weit aufgerissenen Maul. Sie blickte ins Wasser hinab. Eine Echse hatte das Hinterbein des Pferdes gepackt. Der schlammgrüne Körper drehte sich herum und riss eine lange Wunde in den Schenkel des Pferdes.

Sie bekam den Fuß aus dem Steigbügel und trat nach den schmalen Augen der Echse, und das Raubtier ließ das Bein los und sank ins Wasser hinab, ehe es plötzlich wieder herausschoss und nach ihr schnappte. Die Kiefer schlossen sich um ihren Stiefel, und nur mit Mühe konnte sie sich an der Mähne festklammern.

Da war Talma zur Stelle. Er schoss einen Pfeil in den Echsenkörper, ehe er mit dem Bogen auf das Hinterteil des Pferdes schlug. Das Tier kämpfte sich weiter. Siréd stieß die Hacken in die Flanken des Pferdes und schlug mit den Zügeln.

»Weiter!« Talma schoss Pfeil um Pfeil ins Wasser. »Die Taigame packen dich, wenn du stehen bleibst! Weiter Frau! Weiter!«

Das Pferd zog sein verletztes Bein durch das schlammige Wasser. Sie hörte die Aufschreie der Männer hinter sich und warf einen Blick über die Schulter zurück. Vor dem Ufer auf der anderen Seite des Flusses kochte das Wasser. Zwei der Männer hatten es geschafft, zum Nordufer zurückzureiten, doch die Echsen hatten reichlich Beute gemacht.

Talma schoss auf alles, was sich bewegte, doch ihnen schienen keine Echsen mehr zu folgen. Bald darauf erreichten sie das Ufer, wo die Heiler und sieben der Krieger gemeinsam mit den meisten Packpferden warteten. Die Männer standen still da und starrten ins Wasser. Die Schreie waren verstummt. Die Echsen kämpften um die Toten, und die Überlebenden am anderen Ufer winkten Talma zu. Talma rief etwas zurück, worauf die zwei Männer ihre Pferde die Böschung emportrieben.

Siréd sprang aus dem Sattel und nahm ihren Schal ab. Der Riss im Schenkel des Pferdes war so lang wie ihr Unterarm. Sie wickelte den Stoff fest um die Wunde.

»Die Heiler werden sich das ansehen.« Talma ritt mit seinem Pferd ans Ufer.

Einer der Heiler sagte etwas zu ihm, woraufhin Talma das Pferd wendete. Der hurische Mann trug einen schmutzig weißen Umhang und hatte sein gelbes Kopftuch unter der Kapuze versteckt.

»Ja«, antwortete ihm Talma und warf Siréd einen Blick zu. »Ich habe fünf Männer verloren, aber ich habe die Frau gerettet.«

»Tarkinar Ethem«, sagte der Heiler.

Talma spuckte in den Sand. Dann saß er ab und führte sein

Pferd zur Böschung. Die zwei auf der anderen Seite des Flusses gaben ihren Pferden die Sporen und ritten in die Richtung zurück, aus der sie gekommen waren.

Sie schlugen ihr Lager oben auf der Böschung auf. Siréd blickte über den Fluss, während die Männer die Zeltplanen aufspannten und Feuer entzündeten. Talma und einige der anderen hielten das Pferd fest, als die Heiler die Wunde im Pferdeschenkel zusammennähten. Sie kümmerte sich nicht darum, und es war ihr auch nicht wichtig, dass die Krieger sie beobachteten. Aber sie hörte, was sie sagten, und spürte, dass ihnen die Geschehnisse ganz und gar nicht gefielen. Sie hatten gesehen, wie Talma ins Wasser geritten war, um sie zu retten, doch dass er sich nicht um die anderen Männer gekümmert hatte, die um Hilfe schreiend auf ihn zugeschwommen waren. Sie nannten ihn ehrlos und meinten, er habe seine Pflicht als Kaan nicht erfüllt. Siréd wunderte sich darüber, dass sie es wagten, ihre Vorwürfe so laut zu äußern, denn Talma stand direkt daneben und hörte jedes Wort. Auch zuvor hatten sie sich bereits so aufgeführt und behauptet, Talma gebe ihr mehr Wasser als ihnen und suche ihr immer das beste Stück Fleisch heraus. Doch jedes Mal, wenn sie sich beschwerten, drohte Talma ihnen bloß mit der Faust und sagte, er würde ihnen allen die Zunge herausschneiden, wenn sie nicht den Mund hielten. Solche Drohungen zeigten ein paar Tage Wirkung, doch dann begannen die Männer erneut, sich zu beschweren.

Als sich die Männer an den Feuern versammelt hatten, rief Talma nach ihr. Das Leintuch war wie ein Halbdach aufgespannt, und die Männer scharten sich um das Feuer, auf dem das Essen gekocht wurde. Sie duckte sich unter das Tuch und setzte sich zu ihnen. Die Männer ließen ihr immer einen Platz neben Talma frei, und niemand wagte es, sie zu berühren oder ihr etwas zu trinken anzubieten. Immer war es Talma, der ihr Fleisch, Brot und Wasser reichte.

Es wurde Abend. Die Männer aßen schweigend, und nur die

hurischen Heiler saßen etwas abseits und flüsterten miteinander. Siréd beobachtete die Blicke der Krieger. Sie versuchte, aus den Mienen der schwarzen Krieger zu lesen, und bemerkte, wie sie Talma über ihre Zinnkrüge anstarrten. Talma sah von Mann zu Mann, und sie schlugen ihre Blicke nieder, sobald er sie anstarrte. Er schien ihre Willenskraft auf die Probe zu stellen.

Als die Sterne über dem Fluss blinkten, erhob sich Siréd und ging vom Feuer weg. Talma schnippte mit den Fingern, und ein paar der Krieger folgten ihr. Sie hielten einen gewissen Abstand, wie Talma das gefordert hatte. Siréd wandte sich um und legte die Hände auf ihren Bauch. Da rief Talma die Männer zurück und ging selbst zu ihr. Er bellte den Kriegern einen Befehl zu, woraufhin diese die Köpfe senkten und ihnen den Rücken zuwandten. Sie kannten die Zeichen.

Talma stellte sich neben sie und nickte. Sein schwarzes Gesicht verschwamm mit der Nacht, doch seine Augen waren ganz weiß und schienen im Dunkel zu schweben. Sie ging zu den Pferden, denn diese boten den einzigen Schutz. Talma wandte sich etwas ab, als sie sich hinhockte und ihr Gewand hochzog. Er tat das immer, obgleich sie wusste, dass er sie ansah.

»Ich muss mit dir reden«, sagte sie. »Jetzt, da deine Männer glauben, dass ...«

»Tu, was du tun musst.« Talma blickte zum Lager. »Heute Nacht muss ich wachen. Die Geister der toten Krieger könnten uns heimsuchen.«

»Du musst das nicht tun.« Sie ließ ihr Gewand herunter und näherte sich ihm. »Du musst mich nicht zu Tarkin bringen. Wir könnten nach Norden fliehen. Du kannst die anderen töten. Heute Nacht ...«

Er nahm ihren Arm und zog sie hoch. Seine weißen Augen starrten sie an, und er schüttelte den Kopf und schob sie zum Lager zurück. Sie bereute es, das gesagt zu haben. Es war dumm zu glauben, Talma würde sich den Worten der Priester widersetzen. Er selbst hatte ihr erklärt, wie sie sein Volk retten konnte. Sie trug das Schicksal seines Landes in sich, hatte er gesagt. Talma warf seinen Umhang über die Schultern zurück und hockte sich ans Feuer. Er zog ein wässriges Stück Fleisch aus dem Topf und steckte es sich in den Mund. Die Heiler waren jetzt verstummt. Sie saßen etwas abseits im Dunkel unter der Zeltplane. Sie sank neben Talma zu Boden. Bald würde sie schlafen und von der Zeit träumen, in der sie frei gewesen war.

Bei Tagesanbruch brachen sie wie immer das Lager ab. Die Männer rollten die Planen zusammen und banden sie auf eines der Packpferde, ehe sie zum Fluss hinuntergingen und die Wasserschläuche füllten. Siréd wusste, dass sie den Fluss hier verlassen und sich nach Süden wenden mussten. Ein langer Ritt lag vor ihnen, ehe sie das nächste Tal und die Berge erreichen würden. Die gefährlichste Strecke lag jetzt vor ihnen, denn die Räuberhorden ritten oft aus dem Arak-Gebirge heraus und plünderten die Karawanen und Reisenden.

»Threta!« Talma gab seinen Männern den Befehl zum Aufbruch, als er im Sattel saß. Die Krieger schwangen sich auf ihre Pferde. Die Heiler ritten wie üblich ganz hinten. Siréd folgte direkt hinter Talma. Sie ritt auf einem der Packpferde, doch das verwundete Reitpferd ging gleich dahinter. Erneut brüllte Talma einen Befehl. Dieses Wort hatte sie während ihrer Reise schon oft gehört. Die Kanathener maßen die Zeit nicht bloß in Tagen und Monden, sie hatten das ganze Jahr auch in »Trethas« eingeteilt, in Abschnitte von jeweils sieben Tagen. Es waren sieben Tage bis ins Arak-Gebirge, dachte sie. Sieben Tage ohne Wasser und Schutz vor den Sandstürmen. Und sieben Krieger. Sie drehte sich um und blickte zurück. Sieben Krieger und die beiden Heiler. Die zwei Hurer ritten gebeugt unter ihren schmutzig weißen Gewändern. Ihre Gesichter waren schmaler als die von Talma und seinem Volk, und beide Heiler hatten zwölf schmale Narben auf dem Nasenrücken. Wie allen Dienern Tarkins war ihnen ein Ohr abgeschnitten worden. Talma hatte auf sie gedeutet und gesagt, das sei so Brauch in Kanath. Siréd fürchtete die Heiler mehr als alle anderen des Gefolges.

An diesem Tag frischte der Wind auf. Als die Sonne hoch vom Himmel brannte, entdeckte einer der Krieger eine gelbe Wolke im Westen. Die Männer schützten sich sogleich mit ihren Schals und Umhängen, saßen ab und zogen ihre Pferde an den Zügeln weiter, wobei sie den Schweif des Pferdes vor ihnen festhielten. Als die Sandwolke sie erreichte, beugten sie sich gegen den Wind und lösten die Lanzen von ihren Packpferden. Siréd hatte das schon einmal gesehen und wusste, warum sie das taten. Talma hatte ihr erklärt, dass es leichter war, den Kurs zu halten, wenn sie den geraden Lanzenschaft an der Seite des Pferdes nach vorne streckten, denn mehr als eine Armlänge konnte man kaum sehen, wenn es so wie jetzt stürmte.

Doch die Sandwolken fegten rasch über sie hinweg. So war es immer in Nataz-Ka; die Menschen nannten die Wolken »Staubriesen«, denn sie kamen wie wilde Riesen über die Dünen gestürmt.

Die Sonne sank zum Horizont, als die Männer den Sand aus ihren Kleidern schüttelten und die Tränen aus den Augen der Pferde rieben. Talma warf einen Blick zurück, wie um sich zu vergewissern, dass sie nicht versuchte, während des Sandsturms zu fliehen. Siréd blies sich den Sand aus der Nase und warf die Kapuze zurück, ehe sie in den Sattel stieg. Sie hatte oft an Flucht gedacht, doch das Land und die Hitze hätten sie und das Pferd getötet, ehe Talma und die Krieger sie finden würden. Talma war sich dessen sicher bewusst, denn hier draußen in der Wüste bewachte er sie nicht mehr so genau wie zuvor. Sie hatten eine weite Reise hinter sich, und er war kein Fremder mehr. Der Hass, den sie auf ihn verspürt hatte, loderte nicht mehr so stark in ihr. Vielleicht hoffte sie deshalb, er könne mit ihr nach Norden fliehen. Häufig malte sie sich aus, wie er die Heiler und die Krieger tötete und gemeinsam mit ihr zur Küste ritt. Dort würden sie ein Schiff finden, das sie mitnehmen würde, und sie würden sich trennen und ein Abkommen treffen: Er würde nach Pethar zurückreiten und dort berichten, dass das Gefolge von einer Räuberbande überfallen worden sei und er als Einziger überlebt habe, und sie würde mit den Worten der Kanathener zum Ausdruck bringen, dass sie ihm vergab. Und danach würde sie weder ihn noch sein Land jemals wiedersehen.

Siréd ritt bei diesen Gedanken mit geschlossenen Augen. Das alles war wie ein Traum, und sie durfte nicht einmal hoffen, dass Talma ihr helfen würde. Seine raue Stimme riss sie aus ihren Gedanken, und sie blinzelte in die Abendsonne, die die Sanddünen in Gold hüllte. Talma war aus dem Sattel gestiegen und packte ihr Pferd beim Zaumzeug.

»Wir schlagen das Lager auf.« Er strich sich über seinen dichten, schwarzen Bart. »Bleib bei mir, Frau. Die Männer ... Sie mögen Talma nicht. Ich sehe es in ihren Augen.«

Sie sprang aus dem Sattel in den Sand. Die Männer lösten die Planen von einem der Packpferde und breiteten sie aus. Talma sprach mit ihnen. Er hatte die eine Hand auf den Säbelgriff gelegt, während er mit der anderen auf die Männer und die Packpferde deutete. Die Krieger hatten ihn von Anfang an nicht sonderlich gemocht, doch jetzt zeigten sie es auch ganz offen. Er hatte verstanden, dass sie dachten, er habe den Rang eines Kaans zu schnell erlangt, aber dennoch hatten sie niemals zuvor so widerwillig das Lager aufgeschlagen.

Als sie endlich die Tücher aufgespannt und die Kornsäcke am Zaumzeug befestigt hatten, hockten sich die sieben Männer hin und gruben eine Vertiefung in den Sand. Die Heiler saßen wie immer schweigsam unter dem Halbdach. Die Krieger spähten zu Talma hinüber und holten Trockenfleisch und Brot aus ihren Satteltaschen; selbst beim Essen ließen sie ihn nicht aus den Augen.

Talma deutete auf die Vertiefung im Sand und sagte etwas zu ihnen, und Siréd begriff, was er wollte. Die Männer sollten ein Feuer entzünden. Das war ihre Aufgabe. Ein Kaan durfte nicht für seine Männer Feuer machen.

Einer der Krieger zeigte auf sie. Es war der narbige Mann mit dem Zeichen Tarkins auf der Brust. Er sagte etwas, doch sie verstand es nicht. Talma trat einen Schritt auf ihn zu und zog seinen krummen Dolch. Doch der narbige Mann erhob sich und zeigte noch einmal auf sie. Jetzt verstand sie, was er wollte. Er verlangte, dass sie Feuer machte.

Talma ergriff ihren Arm. Er spuckte in den Sand und schrie die Männer an. Sie war seine Frau. Sie durfte für gewöhnliche Krieger kein Feuer machen.

Da verschränkte der Narbige die Hände vor der Brust. »Tarkinar Ethem«, sagte er, in ihre Richtung nickend. Es folgten noch weitere Worte, doch Siréd wusste bereits, was er sagen wollte. Talma hatte sich verraten. Er hatte sie als seine Frau bezeichnet. Doch für die Männer war sie die Gezeichnete, Tarkins Weib.

»Tarkinar Ethem«, wiederholte der eine Heiler.

Da umklammerte Talma ihren Arm noch fester. »Sag, dass du mir gehörst«, verlangte er. »Sag, dass du Talmas Frau bist, bis wir bei Tarkin sind!«

Sie riss sich von ihm los und rannte zu den Pferden. Talma blieb stehen und sah ihr nach.

»Ich bin nicht deine Frau.« Siréd legte die Hand auf die Mähne des verletzten Tieres. »Ich bin Siréd vom Klan der Cogach!«

Talma winkte sie zu sich, doch sie rührte sich nicht. Da brachen die Männer in Lachen aus. Sie sprangen auf und bewarfen ihn mit Sand. Sie hatte gesehen, dass sie das bei anderen getan hatten, nie aber bei Talma. Es war ein Zeichen des Spotts.

Talma sprang auf den Narbigen zu und drückte ihn in den Sand. Der Krieger zog seinen Säbel aus der Scheide, doch Talma presste ihn zu Boden und trat ihm auf das Handgelenk. Er zückte seinen Dolch und setzte sich rittlings auf den strampelnden Körper. Der Mann schrie, als Talma mit der Klinge über seine Lippen fuhr. Dann drückte er die Klinge des Dolchs in den aufgerissenen Mund. Der Mann stöhnte und drückte die Hände in den Sand. Talma machte eine kreisförmige Bewegung mit der Hand, ehe er sich erhob und den Mann liegen ließ. Blut troff von seinem Dolch. Der Narbige wälzte sich herum und kroch zu den anderen. Kurz vor der Feuergrube öffnete er den Mund und spuckte aus. Die Zunge rutschte zwischen seinen zerschmetterten Zähnen hindurch in den Sand. Er hob sie auf und stöhnte. Doch die Krieger waren jetzt verstummt, und die Heiler saßen regungslos im Schatten.

Siréd ließ die Mähne des Pferdes los. Ihre Hände schwitzten. Der blutige Mann drehte sich um und sah Talma an, der seinen Dolch hob und in Richtung der Sanddünen deutete. Da erhob er sich. Er taumelte aus dem Lager und ging weiter. Es wurde langsam dunkel. Siréd sah ihm nach. Der Mann schwankte von ihnen weg, doch einen Steinwurf vom Lager entfernt blieb er noch einmal stehen und sah sich um. Wieder streckte Talma seinen Dolch in Richtung der Dünen aus. Der Mann drehte sich wieder um und ging weiter. Bald darauf war er im Dunkel verschwunden.

Talma wachte in dieser Nacht. Er setzte sich außerhalb der Plane auf einen Sattel und blieb dort sitzen und beobachtete die Männer. Niemand entzündete ein Feuer, doch als die Sterne am Himmel leuchteten, verkrochen sich die Krieger unter ihren Decken. Siréd schlief im Sand bei den Pferden; sie wälzte sich unter ihrem Umhang hin und her, während aus der kühlen Nacht langsam der Morgen wurde. Die Dämmerung kam, die Männer brachen das Lager ab und verschnürten das Gepäck auf den Packpferden. Niemand erwähnte den Krieger, der sie am Abend zuvor verlassen hatte, und niemand suchte ihn, als sich der Trupp in Bewegung setzte.

Ein Tag folgte dem anderen. Die Pferde liefen nach Süden, und die Männer saßen schwankend im Sattel. Talma ließ sie nicht öfter als dreimal täglich trinken, denn sie mussten Wasser sparen. Siréd dachte, dass böse Geister die Wasserschläuche verzaubert hätten, denn das Wasser wurde auch dann weniger, wenn sie nicht trank. Vielleicht war es die Sonne selbst, die die lebenswichtigen Tropfen stahl, denn der Schweiß hatte nicht einmal die Zeit, über ihre Stirn herabzurinnen, ehe er verdunstete. Die Pferde trugen Tonnen und Wasserschläuche und tranken jeden Abend Eimer voll Wasser, aber dennoch wurden sie mit jedem Tag dünner und schwächer. Am vierten Morgen nach ihrem Aufbruch am Fluss befahl Talma ihnen, den Pferden etwas von ihren eigenen Wasserrationen zu lassen, und obgleich die Männer missmutig brummten, taten sie, was er sagte. Siréd hatte Talma nicht mehr schlafen sehen, seit er den Narbigen getötet hatte. Jeden Abend setzte er sich, den Säbel zwischen den Beinen, auf den Sattel. So hockte er, wenn sie einschlief, und wenn sie am nächsten Morgen aufwachte, sattelte er bereits wieder sein Pferd. Aber sie sah, dass er müde war. Sein Gesicht war schmal geworden, und seine Augen waren blutunterlaufen.

Am fünften Tag erreichten sie die Anhöhe inmitten der Wüste. Eine felsige Kuppe, die sich wie eine eingestürzte Festung über die Sanddünen erhob. Talma streckte seine Hand zur Anhöhe aus.

Sie ritten zum höchsten Punkt. Die Steinkuppe bildete nach Osten eine masthohe Abbruchkante, und Talma ging ganz bis zum Abgrund vor und blinzelte zum diesigen Horizont. Siréd hatte oft über die Sanddünen geblickt und gesehen, wie sich das Land in der Sonne drehte. Talma sagte, das käme von der Hitze, doch sie glaubte ihm nicht. Nur Geister konnten ein Land wie dieses erschaffen. Sie hielt sich die Hand über die Augen und blickte nach Osten. Ganz dort hinten am flimmernden Horizont erkannte sie etwas Dunkles, das sich über die Wüste erhob.

Talma wendete sein Pferd und ritt zu den Männern zurück. »Das Arak-Gebirge«, sagte er, als er an ihr vorbeiritt. »Zwei oder drei Tage.«

Er sprach in seiner eigenen Sprache mit seinen Männern. Siréd führte ihr Pferd an den Abgrund heran. Das Tier blieb ein paar Speerlängen vor der Kante stehen, doch sie wusste, dass es nach vorne springen würde, wenn sie ihre Hacken zusammendrückte. Dann wäre alles vorüber. Die Ahnen würden sie holen, und sie wäre wieder bei ihrem Klan.–

»Frau!« Talma rief sie. »Komm, Frau!«

Sie wendete das Pferd und ließ es zu den anderen laufen. Krieger und Heiler saßen ab und setzten sich zwischen die Steine. Talma gefiel das nicht, und er rief sie zurück und befahl ihnen, irgendwo ein Feuer zu machen, wo er sie sehen konnte.

Siréd blickte zum Himmel auf. Die Sonne stand tief im Westen, doch bis Sonnenuntergang würde es sicher noch eine Weile dauern. Vielleicht war Talma müde, dachte sie. Vielleicht hatte er so wenig geschlafen, dass er das schon für den Abend hielt. Die Männer luden das Holz von den Packpferden und stapelten die Zweige übereinander. Sie zündeten die Feuer hier draußen in der Wüste immer erst dann an, wenn es dunkel war, denn sie mussten Brennholz sparen. Doch Talma schwankte zum Holzstapel und trat einem der Krieger in den Rücken, so dass er sich hinhockte und Funken in den Zunder schlug.

Die Krieger und die heilkundigen Männer versammelten sich um das Feuer, und Talma setzte sich, das Gesicht ihnen zugewandt, auf den Sattel. Siréd blieb außerhalb des Lagerplatzes. Sie aß bei den Pferden und trank gierig aus dem Wasserschlauch, wenn die Männer sie nicht sehen konnten. Talma rief sie nicht wie gewöhnlich zu sich. Vielleicht glaubte er, sie käme von der Felskuppe nicht herunter, ohne dass die Männer es bemerkten, oder er war ganz einfach zu müde, um sich darum zu kümmern. Sie konnte erkennen, wie sein Kopf immer wieder nach vorne kippte, doch jedes Mal, wenn die Krieger etwas sagten, richtete er sich auf und legte die Hand auf den Säbelschaft.

Siréd wartete, bis es richtig dunkel wurde, ehe sie zum Gepäck ging. Sie blutete bereits den zweiten Tag und brauchte einen neuen Leinenlappen. Der Stoff war in ihrer Satteltasche, sie wechselte ihn aber nicht gerne im Hellen. Sie löste den Schal, den sie um ihre Hüften gewickelt hatte. Er war braun von getrocknetem Blut. Das letzte Mal hatte sie ihn im Fluss ausgewaschen, doch hier draußen durfte sie dafür kein Wasser verschwenden. Sie blickte sich um. Die Männer starrten in die Flammen. Einer hob den Kopf und schnupperte in ihre Richtung. Talma war, die Ellbogen auf die Knie gestützt, vornübergekippt. Er schlief.

Sie packte den schmutzigen Leinenschal ein und wickelte sich den neuen wie einen Lendenschurz um die Hüften. Dann zog sie ihr Gewand herunter und wandte sich wieder den Männern zu. Die sechs Krieger senkten die Blicke, als sich Talma aufrichtete. Er drehte sich um und sah sie an. Dann winkte er ihr zu und deutete hinter sich auf den Boden. Sie nahm die Decke aus ihrem Gepäck und legte sich eine Speerlänge hinter ihm hin. Auch sie war müde, und ihr Unterleib schmerzte.

Siréd blieb liegen und blickte zu den Sternen empor. Sie wagte es nicht einzuschlafen, ehe sie die Männer am Feuer schnarchen hörte. Die Sterne, die über ihr blinkten, waren die gleichen wie die, die sie damals gesehen hatte, als sie mit ihrem Klan im Norden geritten war. Aber hier sahen sie anders aus, als hätten sie sich gedreht. Ihre Mutter hatte gesagt, es seien die Ältesten gewesen, die Riesen, die vor den Menschen auf der Erde lebten, die ihre Pfeile durch das Himmelszelt geschossen hätten. Durch diese Löcher schien das Tageslicht von Gottes ewiger Steppe auf sie herab.

Sie schloss die Augen und dachte an die Jahre, in denen sie im Norden lebte. Sie erinnerte sich an die Zeit, als sie noch ein kleines Mädchen war und zwei Sommer und zwei Winter lang Frieden herrschte. Der Klan ritt über weite Strecken und suchte im Norden und Osten nach Rentierherden. Sie lernte Bogenschießen, und ihr ältester Bruder zeigte ihr, wie man ein Messer warf. Doch da rief Mutter sie zu sich, denn sie war der Ansicht, dass die Männer im Klan keine solche Frau wollten. Doch sie kümmerte sich nie darum. Und dann kam der Krieg, und niemand sprach noch über etwas anderes als die Kämpfe. Der Wolfsmann war der einzige Mann, den sie gespürt und umarmt hatte, doch wie die Männer, die aus den Kämpfen nicht zurückkamen, war auch er aus ihrem Leben verschwunden. Manchmal fragte sie sich, wo sie sein würden, wenn ihnen an dem Abend, als er den Sklavenhändler tötete, die Flucht gelungen wäre. Vielleicht wären sie in den Wäldern des Nordens. Vielleicht hätten sie sich die Pferde der Sklavenhändler aneignen und nach Osten reiten können. Ihr gefiel die Vorstellung, dass sie zusammenblieben, dass sie die beiden letzten Überlebenden ihres Klans wären. Doch das waren nur Träume.

Es war noch immer dunkel, als sie aufwachte. Jemand berührte ihren Arm. Sie kroch weg, doch die groben Fäuste hielten sie fest. Sie öffnete den Mund, um zu schreien, doch da erkannte sie, dass es Talma war, der neben ihr saß. Er legte die Hand auf ihren Mund und nickte in Richtung Pferde. Dann warf er einen Blick über die Schultern zurück und erhob sich.

Siréd rappelte sich auf und rieb sich die Augen. Die Männer am Feuer schliefen noch immer. Das Licht der Glut warf Schatten auf ihre schwarzen Gesichter. Talma war bereits bei den Pferden. Das Zaumzeug knirschte, als er den Sattel auf den Pferderücken hob.

Sie sah ihn an. Talma spannte den Sattelgurt unter dem Bauch des Pferdes fest, während er unablässig zu den Männern hinüberstarrte. Er legte einige Bündel und Wasserschläuche auf ein paar Packpferde, ehe er das ihm am nächsten stehende Pferd mit ihrem Sattel versah. Siréd nahm ihre Stiefel in die Hand und schlich zu ihm hinüber. Talma lächelte sie an und nahm die Zügel. Vorsichtig führte er die Pferde in einem weiten Bogen um die schlafenden Männer herum. Sie folgte ihm, wobei sie abwechselnd auf die Krieger und den unebenen Boden achtete. Die eisenbeschlagenen Pferdehufe schlugen auf die Steine, doch die Männer schienen es nicht zu bemerken. Als sich einer von ihnen auf den Rücken drehte und hustete, nahm Talma den Bogen von der Schulter. Doch der Krieger gähnte und blieb liegen.

Sie führten die Pferde die felsige Anhöhe hinab. Als sie die Sanddünen erreichten, saß Talma auf. »Die Berge«, flüsterte Talma. »Dort können wir uns verstecken.«

Wieder lächelte Talma sie an. Sie stieg in den Sattel und ergriff die Zügel. Die Mondsichel stand bereits tief am Horizont. Siréd sah noch einmal zur Anhöhe empor. Wenn die Männer erwachten, würden sie ihren Spuren folgen.

Das erste Stück des Weges ließen sie die Pferde im Schritt gehen. Als die Anhöhe ein paar Pfeilschüsse hinter ihnen lag, trieben sie die Pferde an und ließen sie traben. Rascher konnten sie nicht reiten, denn die Packpferde litten unter der Last von Proviant und Wasser. Siréd war übel, und sie hatte Durst. Aber sie wusste, dass sie nicht anhalten durften. Talma hatte seinen Eid gebrochen, und die Männer würden ihn jagen wie ein Tier. Vielleicht war es die Erschöpfung, die ihn gezwungen hatte, die Männer zu verlassen, vielleicht erinnerte er sich aber auch an die Worte über eine gemeinsame Flucht, die sie ihm zugeflüstert hatte. Zum ersten Mal seit ihrer Gefangennahme war sie frei. Kaum hatte sie diesen Gedanken, huschte ihr Blick über das schwere Gepäck auf dem Rücken der Packpferde. Talma hatte es mit ein paar Riemen am Sattel der Tiere festgebunden, hinter denen sie ritt. Eine Lanze war unter die Riemen geschoben worden. Sie könnte sie herausziehen und Talma in den Rücken schleudern. Erst dann wäre sie wirklich frei. Sie schloss zu dem Packpferd auf und streckte sich nach der Lanze.

Da drehte Talma sich um. Er schüttelte den Kopf, ehe er auf den grauen Horizont deutete. »Die Berge«, sagte er. »In den Bergen brauchst du die Waffe. Ich war schon einmal dort. Wir haben Hurer gesehen, Räuber.«

Siréd ließ die Lanze, wo sie war. Sie brauchte ihn, um ins Gebirge zu kommen. Vielleicht kannte er einen Weg nach Norden am Fuß der Berge entlang. Dort konnte sie Schutz suchen und sich verstecken, bis die Krieger und die heilkundigen Männer wieder nach Hause ritten. Doch wenn Talma sich entschloss, sie nach Süden zu Tarkin zu bringen, würde sie ihn töten.

Sie bemerkten sie bei Tagesanbruch. Die Männer mussten früh erwacht sein, denn die Staubwolken deuteten darauf hin, dass sie bereits auf ihrer Spur waren. Siréd konnte die Berge im Osten erkennen, wo sie wie eine Reihe spitzer Zähne in den bleichen Himmel ragten. Die felsige Anhöhe war hinter den Sanddünen verschwunden, doch noch immer hatten sie einen guten Tagesritt vor sich.

Talma richtete sich im Sattel auf und blickte in Richtung Staubwolke. Siréd zog an den Zügeln und hielt das Pferd an. Das Tier hatte weißen Schaum vor dem Mund, und sie wusste, dass es Wasser brauchte.

»Sie kommen näher.« Talma setzte sich. »Sie galoppieren.«

Siréd wandte das Pferd in Richtung Berge. »Du hättest sie töten sollen. Jetzt werden sie uns jagen. Gib mir eine Waffe. Einen Bogen. Du kannst sie nicht allein auf Distanz halten.«

Talma neigte den Kopf zur Seite und sah sie aus schmalen Augen an. Dann sprang er in den Sand und löste einen Pfeilköcher aus dem Gepäckbündel. Sie fing ihn auf, als er den Köcher zu ihr hinüberwarf. Danach reichte er ihr einen Bogen und ein Kurzschwert.

»Ich verlasse mich auf dich«, sagte er. »Denn du bist meine Frau.«

Siréd band sich den Pfeilköcher und die Schwertscheide an den Gürtel. Den Bogen hängte sie sich über die Schulter. Sie antwortete ihm nicht und sah weg, als er einen Wasserschlauch an ihren Sattel band. Als Talma seine Hand auf ihr Knie legte und zu ihr aufblickte, drückte sie die Hacken in den Pferdebauch und ließ das Tier galoppieren. Talma sprang gleich hinter ihr in den Sattel, durchtrennte die Riemen der Packpferde und folgte ihr.

»Wir müssen sie zurücklassen«, rief er, als er zu ihr aufschloss. »In den Bergen finden wir etwas zu essen!«

Siréd antwortete nicht. Sie hatte ein Pferd, Waffen und einen vollen Pfeilköcher, wie damals, als sie mit ihren Brüdern über die Steppe im Norden ritt. Sie war keine geknechtete Sklavin mehr. Wenn Talmas Krieger sie jetzt einholten, würde sie sterben, wie es einer Frau ihres Klans würdig war.

Sie ritten, bis die Sonne hoch unter dem wolkenlosen Himmel stand. Dann ließen sie die Pferde ausruhen und gaben ihnen aus den Schläuchen zu trinken. In der letzten Zeit war das Gelände zu den Bergen hin angestiegen, und der Boden lag steinig und fest unter den Hufen der Tiere. Viele Pfeilschüsse hinter sich konnten sie die Krieger erkennen. Die acht Gestalten kamen näher, doch noch hatten Talma und sie einen guten Vorsprung.

Siréd wischte den Schaum vom Maul des Pferdes, ehe sie wieder in den Sattel stieg. Das Leder war blutfleckig, denn der Leinenschal verrutschte immer wieder. Die Innenseiten ihrer Schenkel klebten, aber Talma saß auf und trieb die Pferde weiter, und sie wusste, dass jetzt nicht die Zeit war, sich um so etwas zu kümmern. Sie ließ das Tier in Richtung Berge galoppieren. Die grauen Klippen ragten immer höher in den Himmel. Sie sah tiefe Schluchten und Klüfte, die sich zwischen den steilen Berghängen auftaten. Die wenigen Bäume, die sich an den Hängen festklammerten, sahen vor den gewaltigen Klippen wie Büsche aus. Aber bis dahin war es noch ein weiter Weg. Sie schätzte, dass sie erst im Laufe der Nacht ankommen würden.

Die Sonne ging hinter ihnen unter, und noch immer ritten sie. Siréd hatte ihren Blick auf den Boden vor dem Pferd geheftet, denn es wurde immer steiniger, je näher sie den Bergen kamen. Die graue Bergwand reckte sich hoch in den Nachthimmel, doch Talma schien zu wissen, wohin er wollte. Sie waren nach Norden geritten, und jetzt, da sich die Dunkelheit über sie senkte, ritten sie einen sanften Hang zu einem Tal hinunter, das am Fuß der Bergkette verlief. Dort unten glitzerte Wasser; ein Fluss floss inmitten des Tales nach Süden.

Sie ließen die Pferde den Hang hinuntertraben und erreichten kurz darauf das Flussufer. Dort stiegen sie ab und tranken von dem dunklen Wasser. Siréd ließ ihr Pferd trinken, während sie das verschwitzte Fell mit Wasser besprizte. Dann füllte sie die Wasserschläuche und wusch sich zwischen den Beinen. Das Wasser war kühl und schmeckte lehmig. Als sie ins Wasser waten wollte, um noch mehr zu trinken, zog Talma sie zurück. Er deutete in den Fluss, und da bemerkte auch sie die Geschöpfe an der Wasseroberfläche. Es waren Taigame, die gleichen Echsen, die sie angegriffen hatten, als sie den Fluss nördlich der Wüste überquert hatten.

Ein paar Pfeilschüsse weiter südlich gelangten sie über den Fluss. Das Wasser war hier flacher, doch als sie das Grasland zwischen Fluss und Gebirge erreichten, richtete Talma sich im Sattel auf und starrte auf den Hang hinter sich. Siréd hielt ihr Pferd an und lauschte. Sie hörten Hufschläge.

Talma trieb sein Pferd an. Der Fuß des Gebirges war jetzt nur noch etwa einen Pfeilschuss entfernt. Die Felswände ragten wie eine Burgmauer aus der Ebene empor, doch ein Stück weiter südlich tat sich eine felsige Kluft auf, auf die sie zuritten. Es war der einzige Ort, an dem sie sich verstecken konnten.

Siréd ritt hinter Talma her zu den Felsen. Sie ließ ihr Pferd in den Schatten der riesigen Felsbrocken treten, ehe sie es anhielt und zu dem Hang zurückblickte. Da sah sie die Krieger. Ihre schwarzen Silhouetten zeichneten sich vor dem Sternenhimmel ab. Sie wusste, dass sie ihre Spuren im sandigen Flussufer finden würden. Die Krieger würden sehen, wo sie den Fluss überquert hatten, und die Felsen, zwischen denen sie sich befanden, waren das einzige Versteck weit und breit.

Talma und Siréd ritten zwischen die Steinblöcke. Sie sah, dass sie in eine Klamm gekommen waren, denn zu beiden Seiten reckten sich die Felsen steil in den Himmel. Die Felsbrocken mussten aus den Wänden gebrochen sein, dachte sie, denn in der steilen Wand waren tiefe Klüfte und Wunden. Talma war still und führte sein Pferd zwischen Steinhalden und gewaltigen Brocken hindurch.

Siréd folgte ihm und lauschte auf Hufschläge und Stimmen. Wenn Talma wie sie dachte, mussten sie bald einen Platz finden, an dem sie ihre Verfolger in einen Hinterhalt locken konnten. Sie hielt nach Felsen Ausschau, die groß genug waren, damit sie sich darauf legen und die Verfolger von oben beschießen konnten, doch sie fand nichts. Talma drehte den Kopf hin und her. Manchmal hielt er sein Pferd an und richtete sich im Sattel auf. Dann ritt er weiter.

Sie ritten weit in die Klamm hinein, doch als der Himmel heller wurde, erkannten sie, dass es bald nicht mehr weitergehen würde. Die Klamm verengte sich, bis sich die Felswände schließlich einen Pfeilschuss vor ihnen schlossen. Talma zog an den Zügeln und führte sein Pferd hinter einen Felsen.

»Wir kommen nicht weiter«, sagte er.

Siréd streichelte dem Pferd über das weiche Maul. Das Tier schnaubte und stampfte mit den Hufen auf den Boden, doch als es sich beruhigte, hörte sie, was sie befürchtet hatte. Hufe schlugen auf Stein. Die Krieger waren in der Klamm.

»Was hattest du erwartet?« Talma strich sich die langen Haare aus der Stirn. »Talma hat sie verraten. Er hat sein ganzes Volk verraten.«

Siréd blickte in ihren Pfeilköcher. Sechzehn Pfeile. Sie war immer eine Meisterin des Bogens gewesen. »Ich kann sie töten«, sagte sie. »Wir legen uns in einen Hinterhalt.«

Talma sah an den Felswänden empor. »Uns bleibt keine andere Wahl. Aber ich muss höher, wenn ich auf sie zielen soll.«

Siréd saß ab und führte ihr Pferd hinter einen Felsblock. Sie band die Zügel um einen Busch und tätschelte den Nacken des Tieres. Talma folgte ihrem Vorbild und holte ein Stück Brot aus seiner Satteltasche. Er zerkrümelte es auf dem Boden vor den Tieren. »Sie werden ruhiger, wenn sie etwas zu essen bekommen.« Er lächelte sie an. »Und wenn sie beieinander stehen, haben sie keine Angst.«

Sie ging von ihm weg, aber Talma packte ihren Arm.

»Frau.« Er nahm ihre Hand und legte sie auf seine Wange. »Hab keine Angst, ich werde dich beschützen.«

Siréd zog ihre Hand zurück. »Du hättest mich gehen lassen sollen. Ich wäre nicht hier, wenn du nicht ...«

Talma blickte zur Seite. Auch sie hatte das Geräusch gehört. Die Krieger waren näher gekommen. Sie hatten im Schutz der Nacht die Tiere so heftig angetrieben wie nur möglich. Jetzt, da der Morgen in der Klamm dämmerte, waren sie leichter zu sehen.

Sie gingen etwas weiter in die Schlucht, ehe sie einen Felsen dicht an der Felswand fanden. Ein schmaler Kamin führte an der Wand empor. Sie kletterten in ihm nach oben und gelangten auf den Felsen. Er war an der Oberfläche flach und breit genug für zwei Personen, doch nicht höher als zwei Mann. Talma kletterte noch weiter empor, denn eine Mastlänge über ihnen war ein Felsvorsprung. Dort schien sich der Felsblock einmal gelöst zu haben.

Siréd legte sich auf den Bauch und breitete die Pfeile vor sich aus. Die Felsen am Boden der Klamm boten gute Versteckmöglichkeiten für die Krieger. Sie würden in Deckung gehen, kaum dass sie den ersten Pfeil abgeschossen hatte, doch wenn sie schnell genug war, konnte sie vielleicht zwei oder drei von ihnen treffen. Sie legte den Bogen vor sich hin und spuckte auf die Sehne. Angst hatte sie keine, wusste aber, dass sie sich eigentlich fürchten sollte. Mit den Heilern waren es acht Krieger, und sie waren nur zu zweit. Sie blickte zu Talma empor. Er hatte den Felsvorsprung erreicht, der gerade groß genug war, damit er sich hinter der Kante verstecken konnte. Er nahm zwei Pfeile in den Mund und legte einen dritten an die Sehne. Dann drückte er sich in den schmalen Schatten.

Sie warteten, während sich die Hufschläge näherten. Die Sonne erhob sich langsam über den Bergen und schien in die Klamm. Als die Hufschläge verstummten, nahm sie den Bogen und blickte über den Rand des Felsblocks. Sie sah weder Pferde noch Krieger, konnte aber Schritte und Flüstern hören. Die Krieger mussten gesehen haben, dass die Klamm hier endet, und vermuteten sicher, dass sie und Talma sich in einen Hinterhalt gelegt hatten. Sie blickte nach oben zum Felsvorsprung. Talma stand im Schutz des Schattens, doch sie sah die Spitze des Pfeils, den er an die Sehne gelegt hatte. Sie konnte ihn nicht mehr hassen. Er hatte auf sie gehört und war vor den Heilern und den Kriegern geflohen. Sie legte den ersten Pfeil an die Sehne und kroch zum Rand des Felsens. Der Bogen war hart, und sie musste sich hinknien, um ihn zu spannen. Doch noch immer sah sie keine Männer. Sie schlichen sich im Schutz der Felsblöcke vorwärts. Bald mussten sie bei den Pferden sein.

Siréd legte sich auf den Rücken und spannte den Bogen so weit es nur ging. Vater hatte ihr gezeigt, wie er Hirsche aus dem Dickicht lockte. Sie schoss einen Pfeil über die Bäume. Wenn dieser auf dem Boden aufschlug, glaubten die Hirsche, die Jäger seien auf der anderen Seite, und kamen direkt auf sie zugerannt. Talma stand regungslos an der Felswand. Sie richtete den Bogen auf die Felswand etwas weiter unterhalb in der Klamm und schoss den Pfeil ab. Die Sonne blinkte auf der Pfeilspitze, und sie rollte sich herum und hörte den Pfeil an die Felswand schlagen. Dann kroch sie zur Kante. Es war still in der Klamm. Sie legte einen weiteren Pfeil an die Sehne und hob den Kopf. Da sah sie zwei Männer. Sie schlichen sich aus ihren Verstecken und stahlen sich lautlos zur anderen Seite der Klamm hinüber. Ein dritter Mann richtete sich hinter einer breiten Felsplatte auf, hob den Kopf und schnupperte. Sie hielt den Atem an. Der Mann wandte sein Gesicht in ihre Richtung, und sie schoss den Pfeil ab. Sein Mund öffnete sich, doch er brachte kein Wort mehr über die Lippen. Siréd kniete sich hin, als der Pfeil seinen Hals durchbohrte. Auch Talma schoss einen Pfeil auf die Männer ab, doch dieser klatschte an die Felswand. Siréd zielte auf den nächsten der beiden, die panisch Schutz suchten. Ein Pfeil versank tief im Bauch eines Kriegers. Sie wartete nicht, bis sie ihn fallen sah, sondern schoss gleich einen weiteren auf den anderen Krieger ab. Der Pfeil durchbohrte den Schenkel des Mannes, als er hinter einem Felsblock in Deckung gehen wollte.

Sie lauschte auf Schritte, doch das Einzige, was sie hörte, war das Jammern des Mannes, dem sie in den Bauch geschossen hatte.

Zwei Pfeile klatschen an den Felsvorsprung, doch Talma schoss nicht zurück. Sie wusste, dass er warten musste, bis die Krieger aus ihren Verstecken kamen. Jetzt würden sie versuchen, sich anzuschleichen. Sie schloss die Augen. Irgendwo kratzte ein Bogen oder eine Schwertscheide über einen Stein. Leder knirschte. Die Männer kamen.

Plötzlich sprangen zwei Krieger aus dem Schutz eines Felsens hervor. Sie drückte sich zu Boden, als der erste Pfeil über ihren Kopf zischte. Dann richtete sie sich auf, zielte und schoss. Der Pfeil traf den Boden zwischen den Beinen eines der Krieger. Sie griff sogleich nach einem weiteren Pfeil, doch der Krieger war schneller. Sie sah die Pfeilspitze blinken, als der Pfeil auf sie zuschoss, und spürte einen Stich im Arm, ehe sie Talma oben auf dem Felsvorsprung brüllen hörte. Sie krümmte sich zusammen und rollte sich auf den Rücken, während sie die Hand auf ihren Unterarm presste. Der Pfeil hatte ihren Arm aufgerissen, doch sie konnte ihre Hand noch bewegen. Talma schoss Pfeil um Pfeil auf die Krieger ab. Dann schlüpfte er wieder in den Schutz des Felsvorsprungs.

Sie blieb liegen und hörte, wie die Krieger aus dem Schutz der Felsen krochen. Als die Pferde wieherten, wusste sie, dass die Männer bereits sehr nah herangekommen waren. Bis zu den Pferden war es nur ein knapper Steinwurf. Wieder tauchte Talma aus dem Schutz der Felsen auf. Er stand direkt über ihr. Sie sah, wie er einen Pfeil abschoss und einen weiteren an die Sehne legen wollte, doch dieses Mal war er nicht schnell genug. Ein Pfeil traf sein Bein. Er zog sich in den Schutz der Wand zurück. Siréd riss sich ihren Schal herunter und wickelte ihn um ihren Arm. Die Wunde pochte. Sie sammelte ihre Pfeile zusammen und steckte sie in den Köcher. Sie musste von dem Felsen herunter und weiter in die Klamm hinein. Vielleicht gab es dort ein besseres Versteck. Vater hatte von Helden erzählt, die aus einem guten Versteck heraus ganze Klane mit ihrem Bogen auf Abstand gehalten hatten.

Da tauchte Talma wieder aus seinem Versteck auf. Er brüllte die Krieger an. Der Pfeil hatte sein Bein durchbohrt, doch er hielt sich noch immer aufrecht. Er schoss einen Pfeil zwischen die Felsblöcke und tastete nach einem weiteren, als er erneut getroffen wurde. Talma blickte auf den dünnen Schaft herab, der aus seinem Bauch ragte. Dann legte er einen Pfeil an auf die Sehne und hob seinen Bogen. Er spannte ihn und schoss den Pfeil ab, ehe er über die Kante stürzte. Siréd rollte sich auf die Seite. Talma schlug auf dem Rand des Felsblocks auf und blieb mit herabhängenden Beinen liegen. Den Bogen hielt er noch immer in der Hand.

Sie zog ihn zu sich. Talma versuchte, sich zu erheben, doch er konnte seine Beine nicht bewegen. Sie legte ihre Arme auf seine Brust und drückte ihn zu Boden. Er wurde von Krämpfen geschüttelt.

»Ich werde dich mitnehmen ...« Talma hustete Blut und legte einen weiteren Pfeil an die Sehne. »Komm mit mir, Frau. Wir reiten in dein Land. Nach Norden ...«

Sie legte die Hand um den Pfeilschaft in seinem Bauch. Er bewegte sich nicht einmal, als sie den Pfeil abbrach. Der Sturz hatte ihn gelähmt.

»Du bist meine Frau«, flüsterte er. »Talma hat das zu spät verstanden ...«

Siréd wischte das Blut von seiner Wange, und Talma riss die Augen auf und lächelte. »Eine Frau wie du ... im Norden, bevor dich die Sklavenhändler fingen ... du musst da doch einen Mann gehabt haben.«

Sie sah weg. Seine Worte weckten in ihr die Erinnerung an den bärtigen Wolfsmann. Doch sie war niemals seine Frau gewesen. Trotzdem rief Talma in ihr die Gedanken an die Zeit wach, als sie den Sklaven in ihren Armen hielt und sein Rücken von den Peitschenhieben zerschunden war.

»Sieh zu, dass du weiterkommst, Frau.« Talma griff zu seinem Pfeilköcher, doch er war leer.

Ein Pfeil schlug über ihnen an die Felswand. Siréd blickte über die Kante. Einer der Krieger richtete sich hinter den Felsblöcken bei den Pferden auf. Sie duckte sich wieder neben Talma.

»Hilf mir zur Kante.« Er legte den Bogen neben sich und holte tief Luft.

Sie schob den schweren Körper zum Rand des Felsens vor. Talma schlug immer wieder mit den Lidern, um das Blut aus seinen Augen zu bekommen. Sie drehte ihn auf die Seite und legte den Bogen in seine Hände.

»Gib mir Pfeile.« Er leckte sich das Blut von den Lippen und tastete blind vor sich. Sie hielt seine Hand fest und schob drei Pfeile hinein.

Dann kroch sie von ihm weg und kletterte in dem Spalt an der Felswand nach unten. Sie sprang zwischen die Steine und rannte gebückt tiefer in die Klamm hinein. Ein Pfeil schlug hinter ihr an die Felswand, doch dann hörte sie Talmas Stimme. Er sprach in seiner eigenen Sprache mit den Kriegern. Pfeile sangen durch die Klamm.

Siréd kämpfte sich zwischen den Felsblöcken vorwärts, bis sie nicht mehr weiterkam. Am Ende der Klamm hockte sie sich hinter einen großen Felsblock und sah an den Felswänden hoch, die steil über ihr emporragten. Sie hätte versuchen können, nach oben zu klettern, denn der Fels war voller Vorsprünge und Klüfte. Doch die Wände waren lang, und ganz oben gab es keine Verstecke mehr. Sie musste sich verbergen und Pfeile auf die Krieger abschießen, wenn sie sie suchen kamen. Es waren nur noch drei Krieger, oder fünf, wenn die Heiler sie in die Klamm begleitet hatten. Sie konnte es schaffen.

Die Männer schrien und brüllten, während sie sich zwischen den Felsen entlangschlich. Sie folgten ihr nicht, doch als sie hinter eine Steinplatte kroch, sah sie, dass sie Talma gefunden hatten. Die Heiler hielten ihn zwischen sich, während ihm die Krieger seine langen Haare abschnitten. Sie wusste, dass die Haare ein Zeichen des Ranges bei den Kanathenern waren. Nur Kundschafter und Kaane hatten das Recht, lange Haare zu tragen.

Siréd zählte die Pfeile in ihrem Köcher. Es waren noch acht.

Doch sie konnte erst schießen, wenn die Männer nah genug waren.

Sie kletterte auf den nächsten Felsblock. Auch dieser war oben flach, doch er lag schräg, so dass sie sich hinter dem Rand verstecken konnte. Sie hockte sich seitlich hin und legte einen Pfeil an die Sehne. Dann blickte sie über die Kante. Die Heiler standen am Fuß des Spalts, durch den Talma nach oben geklettert war. Sie hielten ihn noch immer zwischen sich fest. Seine schwarzen Haare lagen in Büscheln vor seinen Füßen. Die Krieger hatten ihre Bögen gehoben und suchten die Felsblöcke ab. Sie zog die Pfeilhand ans Kinn und zielte.

»Tarkinar Ethem!« Einer der Heiler hob die Hand. »Tarkinar Ethem, ich sehe deine Gedanken!«

Sie senkte den Bogen und kauerte sich hin. Der Heiler schrie wie ein heiserer Rabe. Sie hatte nicht gewusst, dass er ihre Sprache konnte. Vielleicht hatte er alles gehört, was sie zu Talma gesagt hatte. Sie spuckte auf die Bogensehne und biss die Zähne zusammen. Der Heiler versuchte, ihr Angst einzujagen. Ihn wollte sie als Ersten erschießen.

Erneut kniete sie sich hin. Sie spannte den Bogen und hob die Pfeilspitze über den Rand des Felsens. Der Heiler, der sie gerufen hatte, hielt ein Messer an Talmas Kehle. »Dein Freund lebt noch! Komm heraus, dann kann er uns zum Tempel Tarkins begleiten!«

Sie zielte auf den Heiler und schoss den Pfeil ab. Er schnitt sich durch die Luft und durchstach den weiten Ärmel des schmutzig weißen Gewandes. Der Heiler stand regungslos da. Dann blickte er hinter sich zu Boden und grinste. »Tarkins Geist beschützt mich!«

Sie legte sich hin und wartete auf die Pfeile. Doch es kamen keine. Die Krieger hatten sie noch nicht gesehen.

»Talma will, dass du herauskommst!« Erneut schrie der Heiler zu ihr herüber. »Hör, wie er dich ruft!«

Das Heulen hallte zwischen den Bergwänden wider. Sie stützte sich auf den Ellbogen auf und blickte über die Felskante. Die Heiler hatten Talma zwischen den Steinen abgelegt. Der eine hielt ihn am Handgelenk, während der andere ein blutiges Messer über den Kopf reckte. Er warf etwas Rotes zwischen die Steine. Blut floss aus seiner zerstückelten Hand. Die Heiler hatten ihm den Zeigefinger abgeschnitten.

»Hörst du das?« Der Heiler legte die Hand hinters Ohr. »Hast du das gehört, Frau? Dann muss Talma dich wohl noch einmal rufen.« Er beugte sich über den schlaffen Körper und legte das Messer an Talmas Finger.

Siréd ließ den Bogen los und hielt sich die Ohren zu. Der Schrei durchzuckte sie. Dann war wieder die heisere Stimme des Heilers zu hören. Er rief sie und wollte, dass sie sich zeigte. Sie kroch zur Kante. Talmas Hand glänzte vor Blut. Sie wollte ihm einen Pfeil in die Brust schießen und seinem Leiden ein Ende bereiten, doch die Heiler verdeckten ihn.

»Komm heraus, Tarkinar Ethem!« Erneut heulte Talma auf, ehe sein Heulen in ein verzweifeltes Schluchzen überging. Die Heiler zogen ihn hoch und lehnten ihn an die Felswand. Talma warf den Kopf hin und her, als sie ihn am Arm packten und das Messer an sein Handgelenk legten.

»Nein!« Sie erhob sich und spannte den Bogen. Gleich darauf zitterte ein Pfeil im Rücken eines der Heiler. Sie konnte nicht erkennen, wen von beiden sie getroffen hatte, denn jetzt hatten die Krieger sie entdeckt. Der erste Pfeil traf sie in den Schenkel, doch es brannte nicht. Dann spürte sie einen Schlag auf der Stirn. Sie fasste sich an den Kopf und taumelte nach hinten, ehe sie über die Kante des Felsens rutschte. Verzweifelt krallte sie sich mit den Fingernägeln am Stein fest, doch sie stürzte zu Boden. Unten wälzte sie sich auf den Bauch und versuchte, zwischen die Felsen zu robben, doch die Krieger kamen bereits zwischen den Blöcken zum Vorschein. Siréd verstand nicht, warum sie noch am Leben war, schließlich hatte sie der Pfeil am Kopf getroffen.

Dann wurde sie unter den Armen gepackt. Schmerzen pochten auf ihrer Stirn, als sie sie hochhoben. Sie wand sich in den Armen der Krieger hin und her, doch sie ließen sie nicht los. Der eine packte sie bei den Knöcheln, und schließlich wurde sie zu den Heilern getragen. Dort stützten die Krieger sie an einen Felsen und nahmen ihr das Schwert ab.

Da erklang die heisere Stimme des Heilers. Er schob die Männer zur Seite, und hinter ihm erblickte sie Talmas leblosen Körper. Blut quoll aus seiner aufgeschnittenen Kehle.

Der Heiler schob die Krieger weg, packte ihr Kinn und drehte ihren Kopf hin und her. Sie spürte seine Finger an der Schwellung auf ihrer Schläfe. Die Krieger mussten stumpfe Pfeile auf sie abgeschossen haben, doch Siréd wünschte sich, es wären richtige Pfeile gewesen, denn jetzt war sie wieder gefangen.

»Du wehrst dich gut, Frau.« Der Heiler schob sich die Kapuze in den Nacken und fasste sich an die Stummel seines abgeschnittenen Ohres. »Deine Stärke wird dem wiedergeborenen Tarkin gut tun.«

Sie spuckte ihn an. Der Heiler wischte seine narbige Nase ab, ehe er ihr mit der flachen Hand ins Gesicht schlug. Dann trat er einen Schritt zurück und sprach mit den Kriegern, wobei er sie allerdings nicht aus den Augen ließ. Schließlich beugte er sich wieder zu ihr vor. »Ich habe ihnen gesagt, dass sie dich gut behandeln sollen«, flüsterte er. »Doch wenn du dich mir und dem Willen Tarkins erneut widersetzt, werde ich sie tun lassen, was sie wollen.«

Siréd sah weg. Die drei Krieger packten sie am Arm, ehe sie sie zurück zu den Pferden schleppten. Sie konnte kaum laufen, doch jedes Mal, wenn die Knie unter ihr nachgaben, zerrten die Krieger sie weiter.

Die Männer trieben die Pferde in der Klamm zusammen. Sie hatten ihr Pferd und das von Talma gefunden und brachten sie zu den anderen. Auch dem vierten Krieger, der sich hinter einem Stein versteckt hatte, wurde zu den Tieren geholfen. Siréd kletterte in den Sattel, und während ihr die Männer die Hände auf dem Rücken fesselten, sah sie, wie der Heiler die Pfeilspitze abbrach und den Pfeil am Schaft herauszog. Sie wünschte sich nur, besser getroffen zu haben. Sie bewegte ihre Hände. Die Fesseln saßen eng. Einer der Männer, ein magerer Kanathener mit kurz geschorenen Haaren, fädelte ein Seil durch das Zaumzeug ihres Pferdes und befestigte es an seinem Sattelknauf. Dann half der Heiler dem Verwundeten zu einem der Pferde und bekam ihn schließlich in den Sattel. Er suchte Leinenlappen und einen Krug aus seiner eigenen Satteltasche und verband den verwundeten Schenkel des Mannes. Dann wandte er sich Siréd zu. Er murmelte, dass Tarkin sie für die Wunden strafen würde, die sie ihr zugefügt hatten, ehe er den Schal abwickelte, den sie um ihren Arm gebunden hatte. Siréd hatte ihr Gesicht in der Mähne des Pferdes vergraben, als der Heiler ihre Wunde mit einer stinkenden Salbe einrieb. Schließlich verband er ihren Arm wieder mit sauberen Tüchern, um dann zu seinem Pferd zurückzugehen und den Krug wieder in die Satteltasche zu stecken. Siréd blickte zu dem blauen Himmel über der Klamm auf. Schwarze Vögel kreisten dort oben. Sie schrien wie Raben. Sie senkte den Kopf und schloss die Augen. Die Männer gaben den Pferden die Zügel.

Es war warm geworden, als sie aus der Klamm herausritten. Die Sonne brannte unter der Himmelswölbung, und die Männer wischten sich den Schweiß von der Stirn. Der Heiler ritt jetzt voran, er deutete nach Süden und führte sie zurück zum Flussufer. Sie ließen die Pferde zum Ufer laufen, während sie die Wasseroberfläche beobachteten. Die Tiere tranken gierig von dem lehmigen Wasser. Einer der Krieger saß ab und füllte ein paar halb leere Wasserschläuche. Auch Siréd hatte Durst, doch sie wollte die Krieger um nichts bitten. Die Männer tranken aus den Wasserschläuchen, die an ihren Sätteln befestigt waren, und sprachen miteinander in ihrer Sprache. Dann ritt der Heiler weiter, und die Krieger folgten ihm.

Sie ritten lange an diesem Tag. Während sie dem Fluss nach Süden folgten, lag die Bergkette immer einen Pfeilschuss im Osten von ihnen. Siréd schwankte im Sattel, denn sie konnte sich mit den auf dem Rücken gefesselten Händen nicht festhalten. Die Stelle am Unterarm, an der sie der Pfeil getroffen hatte, schmerzte, und ihre Fingerkuppen waren wund. Zu sehr hatte sie versucht, sich an den Steinen festzuklammern, als sie vom Felsen rutschte. Auch ihre Knie waren steif und voller schmerzhafter Schürfwunden. Einmal hatte der Heiler kehrtgemacht und nach ihr gesehen. Er hatte auf ihre Schenkel gedeutet, und sie hatte den Blutfleck bemerkt, der sich auf ihrer sonnenverbrannten Haut abzeichnete. Der Heiler fragte, ob sie verletzt sei, doch sie schüttelte den Kopf. Der Heiler schien zu verstehen, denn er ließ sie in Frieden und ritt wieder nach vorne.

Als die Sonne hinter den Hügeln im Westen versank, führten die Männer ihre Pferde ein Stück vom Flussufer weg. Sie blieb im Sattel sitzen, während die Kanathener Decken ausbreiteten und das Gepäck von den Pferden nahmen. Die letzten Sonnenstrahlen verwandelten das Flusswasser in goldene Bronze. Vater hatte einmal gesagt, dass derjenige, der weit genug gegen den Strom ritt, die Geister der Toten über den Nebel flussabwärts tanzen sehen könnte. Wenn sie mit ihnen sprach und ihrer gedachte, würden sie ihr vielleicht helfen. Doch sie glaubte nicht mehr an alles, was ihr Vater erzählt hatte. Sie hatte zu fliehen versucht, doch weder die Ahnen noch die Geister hatten ihr zur Seite gestanden. Jetzt war sie müde und hatte nicht mehr die Kraft, sich zu widersetzen. Als die Krieger ihre Fesseln lösten, blieb sie im Sattel sitzen, bis sie sie nach unten zogen. Sie taumelte zum Feuer und brach am Rand des Lagers zusammen. Der Heiler kam mit einem Wasserschlauch zu ihr herüber, und unter den Blicken der Krieger trank sie. Doch es wunderte Siréd nicht, dass die Männer sie hassten. Sie hatte zwei von ihnen getötet und einen dritten verwundet, und hätte sie nicht ein Muttermal, das wie die gekreuzten Lanzen Tarkins aussah, hätten sie sie ohne zu zögern umgebracht. Doch es war das gleiche Muttermal, das sie als Talmas Gefangene in den Süden gebracht hatte, es war das Zeichen, nach dem die Priester suchten.

Oft hatte sie gedacht, dass diese Geschehnisse dem Willen der Götter entsprechen mussten, doch wenn es so war, müssten sich die Ahnen auf der himmlischen Steppe zum Kampf aufgestellt haben. Sie hätten die Pforten der Götter niedergebrannt und für sie gekämpft. Die Sterne würden auflodern, und sie würde die alten Riesen brüllen hören. Doch vielleicht war das nur ein Traum, geboren aus Erschöpfung und verzweifelter Hoffnung. Denn nun, da sich die Dunkelheit über das Flusstal senkte und die Menschen die Decken um sich schlugen, kamen die Sterne am Himmel zum Vorschein. Und die Nacht war still und kalt.

In den folgenden Tagen führte der Heiler Siréd und die vier Krieger Richtung Süden am Fluss entlang. Die Landschaft veränderte sich nicht; zur Linken lagen die grauen Berge und im Westen die sonnenverbrannten Hügel, die den Flusslauf säumten. Sie blieben im Flusstal und kamen selten so hoch, dass sie die Wüste sehen konnten, doch wenn der Westwind über sie hinwegfegte, wickelten sie sich die Tücher um die Gesichter und ritten mit gebeugten Rücken durch die Sanddünen. Siréd beklagte sich nicht und versuchte, die Krieger nicht anzusehen. Die dunkelhäutigen Männer ließen sie in Frieden, und nur der Heiler sprach mit ihr. Er wusch die Wunden auf ihren Knien und wechselte den Verband an ihrem Arm. Die stinkende Salbe hatte geholfen, denn die Wunden verheilten schnell und eiterten nicht. Abends sammelten die Krieger Treibholz am Flussufer und zündeten Feuer an, um die Taigame vom Lager fern zu halten, und sie kaute Trockenfleisch und trank das Wasser, das ihr der Heiler gab. Die Nächte wurden immer kälter, doch tagsüber brannte die Sonne wie ein blendendes Feuerrad vom Himmel. Der Heiler sagte, dass sie sich dem Bergpass näherten, der zur Spalte Arak führte, der bodenlosen Kluft südlich von Tarkins Tempel.

Siréd hörte den Männern zu, sie setzte die fremden Worte zusammen und las das Mienenspiel ihrer schwarzen Gesichter. Jeden Abend hatte sie so neue Worte gelernt, denn jetzt, da Talma tot war, war es wichtiger als je zuvor zu wissen, welche Pläne sie hatten. Die Männer sahen sie oft mit einem Grinsen an und sagten etwas. Wenn sich der Heiler entfernte, um nach dem verletzten Pferd zu sehen oder Wasser im Fluss zu holen, legten die Krieger manchmal ihre Hände auf die Schäfte ihrer krummen Dolche und nannten sie »terhathe zeta«. Sie hatte diese Worte oft gehört, und schließlich hatten sie für sie eine Bedeutung bekommen. Sie war eine terhathe, eine Frau aus einem fremden Volk. Doch in der kanathenischen Sprache gab es nur ein Wort für Fremde oder Sklaven. Und die Männer sprachen oft über Zetaer, die sie in Pethar oder Hur getroffen hatten; sie zahlten viele Goldmünzen für die Frauen, die sich dort in den westlichen Häfen anboten. Deshalb hielt sie Abstand zu ihnen und antwortete ihnen nicht, wenn sie sie so nannten. Für diese Männer war sie nichts anderes als eine versklavte Hure.

Sie dachte oft daran, während sie am Fluss entlangritten. Die Männer verachteten sie, doch sie wussten genau, warum die Priester sie darum gebeten hatten, sie zu Tarkin zu bringen. Die Priester hatten gesagt, sie sei Kanaths letzte Hoffnung. Tarkin sollte durch seinen eigenen Sohn wiedergeboren werden, und sie war die Frau, die die Priester auserkoren hatten. Wenn es so war, hätten die Krieger sie wie einen kostbaren Schatz behandeln müssen. Doch vielleicht glaubten sie ebenso wenig daran wie sie selbst. Vielleicht waren sie zufrieden mit dem Leben, das sie führten. Denn ein Land in Not brauchte immer Krieger. So war das auch bei ihrem Klan gewesen. Die Ältesten wussten von den Helden der vergangenen Zeiten zu berichten; dabei handelte es sich um Sänger und Medizinmänner oder um Pfadfinder, die ihren Klan sicher durch die Schneestürme führten. Doch in ihrer Zeit brauchte der Cogach-Klan keine solchen Helden mehr. Sie brauchten Krieger. Sie brauchten Männer, die töten konnten.

Sie zählte die Tage mit den Fingern ab. Seit die Männer sie in der Klamm gefangen hatten, waren bald so viele Tage vergangen, wie sie Finger an vier Händen hatte. Auch tagsüber war es kälter geworden. Der Himmel war nicht mehr klar, sondern von dunklen Wolken verhangen, die nach Osten auf die Berge zutrieben, und der Heiler blickte beständig zu den Hügeln auf der anderen Seite des Flusses hinüber. Auch die Männer murmelten an den Feuern; in Nataz-Ka war Winter, und hier bedeutete der Winter Sturm. Bald würden sie am Bergpass sein, wo ihnen die Felsen Schutz bieten konnten. Doch der Himmel wurde mit jedem Tag dunkler, und sie konnten die Stürme im Westen bereits brüllen hören.

Siréd zählte die Tage mit der fünften Hand, als der Heiler die Männer aufforderte, die Wasserschläuche auf allen Packpferden zu füllen. Sie würden den Flusslauf verlassen und in die Berge reiten. Die Quellen an den Füßen der Riesen waren schon seit vielen Jahren ausgetrocknet. Die Krieger führten die Pferde zum Wasser und ließen sie trinken, während sie die Wasserschläuche und Tonnen füllten. Es war eine große Zahl Pferde für sechs Männer, denn obgleich es weniger Krieger geworden waren, folgten ihnen die Tiere noch immer. Siréd stand am Rand des Lagers, während der Heiler die Decken zusammenrollte und sich die Hände mit Sand rieb. Er tat das jeden Morgen, wusch sich aber nie mit Wasser. Sie verstand den mageren Mann nicht. Er kniete im Sand und strich sich die schwarzen Haare aus dem Gesicht, ehe er seinen Zeigefinger auf die gebogene Hakennase legte. Die andere Hand drückte er auf das abstoßende Loch an der Seite seines Gesichts. Sie wusste, dass Priester und Heiler Tarkin ehrten, indem sie sich ein Ohr abtrennten, konnte es aber dennoch nicht verstehen. Auch die Narben auf seinem Nasenrücken waren ihm eingeritzt worden. Sie wandte sich von ihm ab.

Da riefen die Krieger wild durcheinander. Sie sprangen am Ufer auf und zogen die Pferde hinter sich her, doch sie konnte keine Taigame sehen. Die Krieger rannten zu ihren Bögen und Pfeilköchern, die im Lehm an die Sättel gelehnt waren. Der Heiler richtete sich auf, und jetzt bemerkte auch Siréd, was vor sich ging.

Eine lange Reihe von Kriegern ritt umgeben von einer Staubwolke aus der Schlucht am Fuß der Berge. Sie hörte das Donnern der Hufe. Die Männer spannten ihre Bögen und stapelten die Sättel zu einem jämmerlichen Schutzwall übereinander. Siréd warf einen Blick auf die Pferde unten am Wasser. Für eine Flucht war es zu spät. Die Reiter verteilten sich und kamen auf das Lager zugeritten, als hielten sie sich für unverwundbar durch menschliche Pfeile.

Siréd kauerte sich hinter den Kriegern hin. Sie spannten ihre Bögen, doch da richtete sich der Heiler vor ihnen auf. Er streckte den Reitern die Hände entgegen. Siréd machte sich ganz klein. Es waren mindestens dreißig Räuber. Sie hatten schwarze Haut, waren aber größer und schmaler gebaut als die Krieger aus Pethar. Die meisten ihrer Pferde waren weiß. Die Reiter hielten die Zügel mit einer Hand, in der anderen hatten sie eine Lanze, wie sie Talma und die anderen Späher getragen hatten. Sie ließen ihre Pferde im Trab gehen, ehe sie einen Steinwurf vom Lager entfernt stehen blieben.

Der Heiler rief ihnen etwas mit seiner heiseren Stimme zu. Er machte viele Worte, doch Siréd verstand nur wenig davon. Sie seien auf dem Weg zum Tempel Tarkins, sagte er, und dass die Pferde Öle und Salben aus dem Westen mit sich trügen.

Einer der Reiter führte sein Pferd zu ihm. Es war ein breitschultriger Mann mit langen, sehnigen Armen und einem krummen Dolch an einem schräg über die Brust gehängten Gürtel. Wie die meisten der anderen Reiter hatte er einen nackten Oberkörper und trug weite lederne Hosen. Die Reiter hatten sich Tücher um die Füße gewickelt und starrten den Heiler mit großen, gelblichen Augen an. Sie konnte die Rippen unter ihrer schwarzen Haut erkennen.

Der Reiter bellte dem Heiler ein paar Worte zu und deutete dann auf die Krieger, die sich hinter den Sätteln verschanzt hatten. Der Heiler schüttelte den Kopf. Die Krieger seien ihm von den Priestern in Pethar mitgegeben worden, sagte er. Da führte der

Reiter das Pferd dicht an ihn heran. Er beugte sich zum Heiler hinunter und neigte den Kopf zur Seite. Siréd verstand nicht, was er sagte, denn er sprach einen anderen Dialekt und verdrehte die Laute ganz seltsam. Doch der Heiler antwortete, die Krieger seien mitgekommen, um die Pferde vor den Taigamen zu schützen und nicht vor ehrenvollen Kriegern wie ihnen. Sie hätten nichts Wertvolles bei sich.

Siréd zog die Kapuze über ihren Kopf. Der Reiter sah sie an und beugte sich dann wieder zum Heiler hinunter. Erneut betonte dieser, sie hätten nichts Wertvolles. Die Frau sei eine Priesterin, die zum Tempel Tarkins wollte, um die Schriften zu studieren.

Der Reiter führte sein Pferd ein Stück weg und rief seinen Männern etwas zu. Als er lachte, erwiderten diese sein Lachen. Dann wandte er das Pferd wieder dem Heiler zu, und die Räuber verstummten sofort. Siréd begriff, dass dieser Mann eine Art Häuptling sein musste. Jetzt machte er viele Worte. Der Heiler streckte ihm seine offenen Handflächen entgegen und schüttelte den Kopf. Einer der Männer habe den Verstand verloren, behauptete er. Sie seien in die Klamm im Norden geritten, um ihn zu holen, doch er habe ihnen aufgelauert und viele von ihnen erschossen. Da reckte der Häuptling zwei Finger in die Höhe. Seine Männer hätten die Leichen und die Pfeile begutachtet, die überall verstreut gewesen seien, und sie seien der Ansicht, es müsste sich um zwei Männer gehandelt haben, die gegen viele gekämpft hätten. Doch der Heiler leugnete das. Sie hätten bloß gegen einen Mann gekämpft. Einen der ihren. Die Hitze habe ihm den Verstand geraubt.

Der Häuptling winkte einen der Reiter zu sich. Der junge Mann ritt in einem Bogen um Siréd und die Krieger herum und näherte sich dann den Packpferden, um das Gepäck zu überprüfen. Er nahm sich viel Zeit, und weder der Heiler noch der Häuptling sagten etwas, bis er zurückkam. Der junge Mann flüsterte dem Räuberhäuptling etwas zu, der mit einem Nicken antwortete und sich dann wieder dem Heiler zuwandte. Er führte sein Pferd dicht an ihn heran und deutete mit der Lanze auf ihn.

Siréd lauschte, und jetzt gelang es ihr, ein paar der Worte zu verstehen. Der Häuptling der Reiter sprach über einen Zoll, den sie zu entrichten hätten, um durch den Pass zu reiten. Er habe die Absicht gehabt, sie zu töten, doch da der Heiler ein Mann seiner Rasse sei, wollte er sie am Leben lassen. Dann schweifte sein Blick über Siréd und die Pferde. Der Heiler beobachtete ihn und sagte dann leise: »Die Pferde. Du kannst die Pferde nehmen, sie sind mehr wert als die Frau.«

Der Häuptling stieß die Hacken in die Flanken des Pferdes und ritt auf sie zu. Siréd wich ein paar Schritte zurück, doch der Häuptling folgte ihr. Der magere Mann fasste sich in den Schritt und flüsterte ihr etwas zu, doch plötzlich hielt er das Pferd an und wandte sich zu den Reitern um. Er sagte etwas, und erneut lachten die Reiter. Dann zog er die Zügel zur Seite und ritt auf die Pferde zu. Langsam ritt er zwischen den Tieren hindurch, betastete ihre Mähnen und tätschelte ihre Mäuler. Siréd warf einen Blick auf die lange Reihe der Reiter. Alle starrten sie an; sie konnte sich denken, warum. Sie zog sich die Kapuze ins Gesicht. Sicher hatten sie noch nie eine Frau mit weißer Haut gesehen.

Der Räuberhäuptling wendete das Pferd und ließ es zurück zu den Männern laufen. Siréd stand zwischen dem Heiler und den Kriegern, die noch immer hinter den Sätteln hockten. Der magere, dunkle Häuptling führte sein Pferd noch einmal zu ihr, doch dieses Mal wich sie nicht zurück. Männer wie er konnten Furcht riechen. Sie war es leid zu fliehen und wusste, dass es der Heiler niemals zulassen würde, dass die Räuber sie mitnahmen.

Die verschwitzte Haut des Häuptlings glänzte, als er aus dem Sattel sprang und auf sie zukam. Siréd blieb stehen, sah ihm in die Augen und verschränkte die Arme vor der Brust. Als der Räuber ihr die Kapuze vom Kopf streifte, kam der Heiler eilig zu ihnen. Doch der Häuptling schob ihre langen Haare nach hinten, und sie sah, wie er die Augenbrauen zusammenzog und wütend mit den Zähnen knirschte, ehe er sich zum Heiler umwandte und seinen Dolch zückte. Er packte den Heiler an der Schulter und stieß ihn zu Boden, dann hockte er sich rittlings auf ihn und legte die Klinge an seine Stirn. Er fauchte ihn an. Der Heiler versuchte nicht, sich zu befreien, sondern antwortete ruhig, die Frau sei jung und noch nicht als Dienerin Tarkins gezeichnet worden. Der Räuberhäuptling führte die Spitze des Dolches zu der runden Narbe auf der Seite seines Kopfes. Siréd wusste, was er meinte. Der Häuptling verstand nicht, wie sie eine Priesterin sein konnte, wenn ihr noch nicht das Ohr abgetrennt worden war. Der Heiler sprach schnell und heiser auf den Häuptling ein, doch dieser legte seinen Dolch an sein anderes Ohr. Der Heiler schüttelte den Kopf und schrie auf, als sich der Dolch in sein Ohr schnitt. Da hielt der Räuberhäuptling inne und fragte ihn noch einmal. Siréd verstand ihn jetzt, denn er sprach langsam. Der Häuptling wollte wissen, ob sie wirklich eine heilige Frau sei oder eine Sklavin, die sie mitnehmen konnten. Eine heilige Frau, antwortete der Heiler. Da erhob sich der Häuptling und ließ ihn liegen. Er sah zu ihr hinüber und spuckte rechts und links neben sie. Dann beugte er sich hinunter und wusch sich das Gesicht mit Sand. Er deutete auf sie, während er sich auf die Brust schlug und ein paar Beschwörungen fauchte, doch dann wandte er ihr den Rücken zu und sprang wieder in den Sattel.

Siréd blieb bei den Sätteln stehen, während die Räuber zum Flussufer hinunterritten und die Pferde zusammentrieben. Der Heiler rappelte sich auf, Blut troff von seinem Ohr. Die mageren Männer banden die Pferde an die Knäufe ihrer Sättel und ritten aus dem Tal, und als der Häuptling heulend seine Lanze hob, gaben die Männer den Pferden die Zügel und galoppierten davon. Siréd blieb stehen und sah der Staubwolke nach, in der sie verschwanden. Die Räuber ritten zurück ins Gebirge.

Die Krieger erhoben sich hinter den Sätteln. Sechs Pferde standen noch am Fluss. Sie ging zum Ufer hinunter, während der Heiler mit den Männern sprach. »Sie fürchten uns«, sagte er. »Sie fürchten die Rache Tarkins. Deshalb haben sie uns unsere Reitpferde gelassen.« Die Männer antworteten ihm nicht.

Sie ritten weiter, während die Sonne am Himmel emporkletterte. Doch jetzt folgten sie nicht mehr dem Flusslauf. Der Heiler hatte sein Ohr verbunden und Kurs auf das Gebirge genommen. Die wenigen Wasserschläuche, die ihnen noch geblieben waren, hatten sie gefüllt und die Pferde aus dem Tal auf die Ebene geführt. Siréd ritt hinter dem Heiler, gefolgt von den vier Kriegern. Sie sah die schmale Schlucht, die sich wie ein Schatten auf der Bergwand im Südosten abzeichnete. Die Räuber waren weiter aus dem Norden gekommen, und der Heiler meinte, sie fürchteten den Pass. Die Riesen ständen am Eingang und sähen in die Seele der Menschen hinein, und kein Unwürdiger würde jemals an ihnen vorbeikommen.

Siréd glaubte nicht mehr an solche Geschichten; sie fürchtete weder Geister noch Götter. Sie hatten ihr niemals etwas Böses getan. Es waren Männer gewesen, Männer aus Fleisch und Blut, die sie verletzt und ihr die Freiheit genommen hatten. Diese Männer musste sie fürchten. Männer wie den Heiler und seine Krieger. Männer wie die Räuber. Männer wie die Reiter des Trei-Klans. Und wenn es böse Geister gab, dann lebten diese in den Seelen dieser Männer. Wenn es so war, wie der Heiler behauptete, würden die Riesen die Bosheit in den Männern erkennen. Deren Begierde und Blutdurst. Und sie würden sehen, wie sehr sie sich nach Rache sehnte.

Als die Sonne unterging, hatten sie den Bergpass noch immer nicht erreicht. Sie ritten am Gebirge entlang, und Siréd spürte die kalten Fallwinde, die aus den grauen Bergen herabwehten. Sie sah die Wolken am Abendhimmel und verstand nicht, warum die aus Westen kommenden Wolken nicht über die Berge trieben. Dunkle Sturmwolken quollen zwischen den zackigen Klippen hervor und wehrten den Wind aus Westen ab. Als habe sich der Himmel in einen Mahlstrom schwarzer Gewitterwolken verwandelt, die sich unmittelbar über der Felswand versammelten. Als die Krieger Schutz fanden und die Pferde hinter einen gewaltigen Felsblock leiteten, hörte sie den ersten Donner. Der Heiler blickte zum Himmel auf und murmelte, dass ein Gewitter ohne Regen nur wenig nütze. Siréd blieb im Sattel sitzen, während die Krieger einen dürren Busch abhackten und die Decken im Schutz des Felsens ausbreiteten. Sie starrte zum Himmel und sah die Wolken, die sich unter der dunklen Wölbung zusammenballten. Dann donnerte es erneut. Das Pferd wieherte, aber sie tätschelte sein Maul und beruhigte es. Der Heiler beobachtete sie, jederzeit bereit, in den Sattel zu springen und sie zu verfolgen, sollte sie auf die Idee kommen zu fliehen. Doch Siréd floh nicht. Sie hörte die Götter, die auf dem Himmelsdach herumtrampelten. Sie brüllten einander wie Riesen im Kampf an. Mit Donnerstimmen riefen sie ihre Heere. Sie streckte die Arme zum Himmel aus und schloss die Augen, denn vielleicht würden sie sie sehen und sie nach oben holen. Doch da spürte sie die knochige Hand des Heilers an ihrem Knöchel. Er zog ihren Fuß aus dem Steigbügel und bat sie abzusitzen. Sie mussten Schutz suchen, denn der Wind kündigte Sturm und Unwetter an.

In dieser Nacht begann es zu stürmen. Siréd saß am Felsen und hatte die Decke um sich geschlagen. Sie lauschte den Stimmen des Himmels und erinnerte sich an etwas, das Mutter ihr einmal erzählt hatte. Wenn die Götter alt und müde waren, würden sie sich erheben und auf die Erde herabsteigen. Sie würden alle Menschen zu einer letzten Schlacht versammeln, und in dieser Schlacht würden die Götter selbst untergehen und die Volksstämme aussterben. Dann würde sich Schnee auf das Land legen und die Gefallenen zudecken. Drei Jahre sollte dieser Winter dauern, doch dann würde es wieder warm werden. Der Schnee würde schmelzen, und die toten Körper würden ins Meer getrieben. Neue Menschenrassen würden aus den Wäldern kommen, wo sie versteckt vor Göttern und anderen Menschen gelebt hatten. Sie würden zur Sonne aufblicken und sich ihre blassen Gesichter wärmen lassen. Und aus ihnen würden mächtige Geschlechter entstehen, die die Welt bevölkerten. Neue Götter würden aus der Hoffnung und den Fragen der Menschen geboren werden, doch nicht einmal diese würden ewig leben. Die neuen Menschenrassen würden wie ihre Vorgänger enden, in grauenvollen Schlachten und Kriegen.

Siréd behielt die Gedanken für sich. Der Heiler und drei der Krieger lagen an der Glut. Sie hatten dem Wind den Rücken zugedreht und die Decken fest um sich geschlagen. Der vierte Krieger hielt Wache, denn sie ließen sie niemals aus den Augen. Sein Kopf kippte häufig nach vorn, aber immer, wenn sie sich bewegte, hob er den Blick und griff zu seinem Bogen. Sie versuchte, sich wach zu halten, denn noch immer hatte sie die leise Hoffnung, im Laufe der Nacht fliehen zu können. So hatte sie auch in den Ketten der Sklavenhändler gesessen, und oft stellte sie sich vor, dass der Wolfsmann bei ihr wäre. Dass er an ihrer Seite säße und den Krieger anstarrte. Er schlief nicht ein. Er hielt sich Nacht für Nacht wach, bis die Krieger und der Heiler erschöpft waren, und wenn sie endlich schliefen, würde er sich erheben und ihnen die Waffen stehlen. Er schösse Pfeile in die schlafenden Körper und würde dann nach Norden reiten. Manchmal sah sie sich selbst auf einem der Pferde, andere Male sah sie bloß ihn. Er war ein Traum, ein Symbol der Hoffnung, die sie einmal gehabt hatte.

Sie wachte in der Morgendämmerung auf, aß ein Stück Trockenfleisch und trank ein paar Schlucke aus dem Wasserschlauch, bevor die Krieger die Pferde sattelten und der Heiler sie weiterführte. Der Sturm zerrte an ihren Gewändern, aber sie mussten weiter. Die Krieger sprachen mit dem Heiler, denn sie machten sich Sorgen und hielten es für das Beste, zum Fluss zurückzureiten. Sie hätten nicht genug Wasser, das Gebirge zu durchqueren, meinten sie. Doch der Heiler kannte einen Bach ein paar Tagesritte vom Pass entfernt. Trotz der Trockenheit der letzten Jahre sollte es noch immer möglich sein, dort die Wasserschläuche zu füllen. Und fanden sie dort kein Wasser, konnten sie immer noch eines der Pferde schlachten und die Schläuche mit Blut füllen.

Den ganzen Tag über ritten sie an den Felswänden entlang. Sie hatten sich die Tücher über die Nasen gezogen und die Pferdeohren nach unten gebunden, denn der Sturm trug den Wüstensand mit sich. Die Pferde schlugen mit ihren Köpfen und weigerten sich weiterzugehen, doch die Männer zwangen sie vorwärts. Der Heiler hatte gesagt, dass sie den Pass noch vor der Dämmerung erreichen würden, wenn sie keine Pause machten.

Siréd blickte oft in die tiefen Scharten, die die Felswände zerrissen. Die Wände reckten sich in den Himmel und schienen bis zum Ende der Welt nach Osten weiterzuführen. In ihrer Kindheit war der Klan oft nach Osten geritten zu den Steppen, die von hohen Hügeln durchzogen waren, doch ein Gebirge wie dieses hatte sie noch nie gesehen. Fast sah es aus, als drücke sich das Rückgrat der Erde aus dem Boden. Der Heiler spähte in die Scharten und Klüfte, und Siréd wurde klar, dass er nach dem Pass suchte. Für sie sahen alle Schluchten gleich aus, doch der Heiler hatte von den Riesen gesprochen, die den Eingang bewachten. Sie fragte sich, was für Geschöpfe das wohl sein mochten. Vielleicht waren es gigantische Krieger, einohrige Männer mit langen Bögen, die am Eingang des Passes auf sie warteten. Es könnten aber auch Wesen der Berge sein, wie die Drachen, von denen sie in den ältesten Sagen gehört hatte. Fast wünschte sie sich, die Räuber hätten sie mitgenommen, denn das waren wenigstens Menschen aus Fleisch und Blut. Außerdem hatte sie gelernt, die Handlungsweisen der Männer vorherzusehen, ohne Furcht zu zeigen. Doch dieses Land voller senkrechter Klippen erschreckte sie. Der Wind heulte durch die Scharten, als flüstere ihr das ganze Gebirge etwas zu.

Der Sturm nahm im Laufe des Tages noch zu. Er zerrte wütend an ihren Gewändern und blies Sand in die Augen der Pferde. Donner rollten am Himmel, denn das Unwetter schob sich von Westen heran und stieß an die Berge. Es war dunkel, doch Siréd blickte oft zu den schwarzen Wolken empor, um den Schein der göttlichen Speere zu sehen. Sie stachen wie Speere aus frisch geschmiedetem, glühendem Eisen durch die Wolken. Dann brüllten die Götter dort oben, als ob einer von ihnen getroffen worden und verwundet zu Boden gestürzt wäre.

Das graue Tageslicht erlosch langsam, als der Heiler die Hand hob und das Zeichen zum Anhalten gab. Im Osten öffneten sich die Berge zu einer der zahlreichen Schluchten. Siréd sah keinen Unterschied zu all den anderen Schluchten und Klammen, an denen sie vorbeigeritten waren, doch der Heiler trieb das Pferd an und ritt in die Schlucht hinein. Sie sah, wie die Krieger zu ihren Säbeln griffen und zu den überhängenden Felswänden emporblickten. Sie ritten an einer Steinhalde vorbei und gelangten zwischen spitze Felsen. Hier entdeckte sie eine Spur, eine Art Pfad im trockenen Gras. Er führte geradewegs in die Schlucht hinein. Die Krieger zögerten, doch der Heiler trieb sie weiter. Sie sammelten sich in einer Reihe hinter Siréd, so dass ihr keine andere Wahl blieb, als weiterzureiten. Die Klamm, durch die sie ritten, glich derjenigen, in der Talma und sie Zuflucht gesucht hatten, doch diese war schmaler, und die Felswände waren senkrecht und glatt wie Burgmauern.

Als sie einen Pfeilschuss in die Klamm hineingeritten waren, wichen die Felswände zurück, und der Heiler führte sie auf einen breiten Platz, der von hohen Wänden umgeben war. Hoch über den Klippen, die den grasbewachsenen Platz umgaben, sah sie den Himmel. Auf der anderen Seite des Platzes verengte sich die Schlucht wieder zu einem talartigen Einschnitt, der weiter in die Berge hineinzuführen schien. Der Heiler hielt sein Pferd an. Er ließ die Zügel sinken und streckte seine geöffneten Handflächen in Richtung Tal. Siréd erkannte ein paar seltsame, glatte Vorsprünge an der Felswand. Die Krieger saßen mit gesenkten Köpfen da, während der Heiler murmelnd die Hände auf seine Brust legte und die Seite seines Kopfes, an der das Ohr fehlte, in Richtung Tal wandte. Doch sie hörte auch noch etwas anderes, eine Art Gesang. Die Stimmen ertönten bei jedem Windhauch und flüsterten einander Worte zu, die sie nicht kannte. Das Pferd wieherte. Es witterte Gefahr.

Da kam der Mond zwischen den Wolken zum Vorschein. Weißes Licht fiel über die Felswände, und Siréd sah die Riesen, die den Eingang des Tales bewachten. Sie erkannte ihren grauen Steinkörper und hörte ihr Flüstern.

»Seht die Riesen!« Der Heiler streckte die Hand zu den gigantischen Statuen aus. »Tarkin lässt den Mond auf sie scheinen, damit wir seine Gegenwart spüren.«

Siréd ließ ihr Pferd weiter auf den Platz treten. Die Steinriesen waren aus den Felsen gehauen. Sie reichten vom Boden bis zur Oberkante der Felswände. Die Gestalt auf der rechten Seite des Tales sah aus wie ein kanathenischer Krieger. Er war nackt, und lange Haare hingen über seine Schultern herab. In seinen kräftigen Händen hielt er eine gebrochene Lanze. Sein Gesicht war so lebensecht aus dem Stein gehauen worden, dass man glauben konnte, ein echter Riese stünde dort. Sie sah, wie er die Zähne fletschte und voller Wut die Nase rümpfte. Der andere Riese war noch größer, kniete aber mit einer Lanzenspitze im Bauch. Das Schwert lag zu seinen Füßen, und sein Gesicht war schmerzverzerrt. Doch es war kein Mann, den der Kanathener mit seiner Lanze niedergestochen hatte, denn Hörner, die wie das Geweih eines Hirschs aussahen, wuchsen aus seinem Kopf.

»Sieh Krim, den Mächtigen!« Der Heiler deutete auf den Lanzenkrieger und drehte sich im Sattel um. »Sieh, Tarkinar Ethem! Sieh, wie er Cernunnos tötete, den größten Krieger der nordischen Götter.«

Siréd ritt an ihm vorbei. Sie hielt ihr Pferd mitten auf dem Platz an, denn sie wagte es nicht, sich den so lebendig wirkenden Steinriesen weiter zu nähern. Doch jetzt erkannte sie die Gesichtzüge unter dem Hirschgeweih. Dieses Gesicht hatte sie schon einmal gesehen. Dort, wo der Steinriese mit schmerzverzerrter Miene zum Himmel aufblickte, waren blaue Augen gewesen. Es war das Gesicht des Sklaven im Norden. Es war der Wolfsmann.

»Dreihundert Jahre sind seit dem letzten Kriegszug vergangen.« Der Heiler ritt beim Sprechen näher. »Dort ist Krim, Tarkinar Ethem. Krim war Tarkins Erster Heerführer, wie heute Vendhur. Er hat alle Länder des Nordens erobert. Er kämpfte gegen die

Götter des Nordens; Karr war der stärkste von ihnen, denn er entstammte einem Volk von Riesen. Cernunnos war der Letzte dieser Riesen. Doch auch er musste sich Tarkins Macht beugen. Krim tötete ihn mit seiner Lanze.«

Sie starrte auf den knienden Steinriesen. Fast schien er sie anzusehen, als blitze in seinen Augen plötzlich Leben auf. Er flüsterte ihr zu und sagte, dass er sie finden und mit nach Norden nehmen würde. »Cernunnos …« Ihre Lippen formten den uralten Namen. Sie streckte die Hand zu ihm aus und wollte ihn berühren, um seine Schmerzen zu lindern.

»Cernunnos«, wiederholte der Heiler. »Er hatte viele Namen. Die Völker im Norden nannten ihn Horngott. Die Galuenen in Ar beteten ihn als Adharkach an, Der, der Hörner trägt. Doch Krim tötete ihn. Krim war der Stärkere. Sieh dir Krim an, Tarkinar Ethem. Sieh dir den Held deines Volkes an.«

Doch Siréd warf keinen Blick auf Krim. Der Wind blies durch die Schlucht und trug ihr die Worte des Wolfsmannes zu, denn Cernunnos flüsterte mit seiner Stimme. Bald, flüsterte er. Bald würde er nach Süden wandern und sie suchen. Hoffe, sang die Stimme. Verliere nicht die Hoffnung. Er wird niemals aufgeben. Er wird sie finden.

Der Heiler nahm ihr die Zügel aus den Händen und rief seine Krieger. Sie ritten rasch zwischen den Steinriesen hindurch. Als sie in das schmale Tal kamen, drehte Siréd sich um. Doch jetzt hatten sich die Wolken vor den Mond geschoben, und Cernunnos zog sich zurück und wurde wieder zu einem Teil der Felswand.

Ein paar Pfeilschüsse im Innern des Tales schlugen sie ihr Lager auf. Das Gelände stieg steil vor ihnen an, und der Pfad, dem sie folgten, wand sich zwischen Klippen und Steinhalden hindurch. Er würde sie aufs Hochland führen, hinüber auf die andere Seite des Arak-Gebirges. Während die Krieger einen Dornenbusch abhackten und ihre Decken im Schutz einer Steinhalde ausbreiteten, kauerte sich der Heiler im Wind hin und sprach mit heiserer Stimme auf sie ein. Siréd stand da und blickte talabwärts. Sie kümmerte sich nicht um den kalten Wind. Der Heiler sagte, sie wären bereits weit gekommen. Er hielt es für möglich, in zwei Monden am Tempel Tarkins zu sein. Doch Tarkin würde sie ohnehin erst bei der nächsten Wintersonnenwende als die seine annehmen. Er könne das nur in jener Nacht, sagte der Heiler. Tarkins Geist würde ihn während der Empfängnis verlassen und sich mit ihrem Kind vereinen, und so würde Tarkin erneut wiedergeboren werden. Doch es seien noch zwölf Vollmonde bis zur nächsten Wintersonnenwende, und bis dahin würden sich die Priesterinnen gut um sie kümmern. Essen und Trinken würde ihr mit Karawanen aus ganz Kanath gebracht werden, und sie würde, geschützt vor Krieg und Leid in der Welt, ein ruhiges Leben führen.

Siréd sagte nichts dazu, doch als die Krieger das Feuer entzündet hatten und der Heiler sie zu kommen bat, spuckte sie vor ihm zu Boden und warf den Kopf nach hinten. Sie hatte zu keiner Zeit vergessen, warum sie sie durch dieses fremde Land führten. Und niemals würde sie sich Tarkin hingeben. Eher würde sie sich mit den eigenen Nägeln die Kehle aufreißen.

Sie hockte sich in möglichst großem Abstand zu den Kriegern ans Feuer. Der Heiler reichte ihr ein Stück Trockenfleisch. Sie riss es ihm aus der Hand und kaute auf den zähen Fasern herum. Die Krieger hatten ihre Umhänge um sich geschlagen und sich die Tücher um die Köpfe gewickelt, doch sie sah, wie ihre weißen Augen sie über das Feuer hinweg anstarrten. Sie setzte sich mit dem Rücken zu den Flammen und blickte über das Tal und die Felsen. Der Heiler sprach mit den Kriegern. Sie hörte, dass sie über die Zeit der Stürme sprachen. Im Norden, auf der anderen Seite des Meeres, war jetzt Winter. Wenn sie bei ihrem Klan wäre, würde sie jetzt unten am Fluss vor den Schneestürmen Schutz suchen. Vielleicht hätte Vater den Klan nach Norden in die Fichtenwälder geführt, wo sie ihr Lager zwischen den Bäumen hätten aufschlagen können.

Lange saß Siréd dort am Feuer. Sie hörte das Schmatzen der

Krieger und das Flüstern des Heilers, der von den schneebedeckten Scharten erzählte, durch die der Weg sie führen würde. Die Krieger wunderten sich darüber, denn sie hatten noch niemals zuvor Schnee gesehen. Der Verletzte klagte über Eiter in der Wunde, und sie hörte, wie er sie verfluchte. Doch sie kümmerte sich nicht um die Männer und versperrte ihre Ohren für ihre Stimmen. Sie lauschte dem Wind und sah die Wolken unter dem schwarzen Himmel dahinjagen. Jedes Mal, wenn die Lichtspeere aufblitzten, blickte sie über ein zerklüftetes Land voller Klippen und Steinhalden. Sie sah das schmale Tal, das zu dem Platz hinunterführte, an dem die Steinriesen für immer an der Felswand erstarrt waren, und ihr war so, als hörte sie dort unten etwas. Als flüstere Cernunnos ihr zu und flehe sie an, ihn nicht zu vergessen. Und sie erwiderte sein Flüstern. Sie würde sich immer an ihn erinnern.

Als sich die Krieger unter ihren Decken zur Ruhe legten, saß sie noch immer dort. Der Heiler bewachte sie in dieser Nacht. Es war hier in den Bergen kälter, und so schlug sie die Decke um sich und kauerte sich am Feuer zusammen. Hinter den Kriegern standen die Pferde und blickten mit großen, schwarzen Augen ins Dunkel. Sie mochten den Sturm nicht, dachte sie. Auch die Pferde ihres Klans mochten keinen Wind. Sie schlossen die Augen, wenn die Böen am Hang entlangfegten. Es sind Geister im Wind, hatte Mutter gesagt. Vater hatte sie Vurminge genannt. Sie ritten auf dem Wind und sangen den Menschen etwas vor, doch nur die furchtlosen Krieger konnten verstehen, was sie sagten. Und furchtlose Krieger waren laut ihrem Vater entweder verrückt oder lebensmüde.

Siréd sah ihn in der Umzäunung stehen und in die Sonne blinzeln. Sie stand neben ihm, doch war sie kein kleines Mädchen mehr. Sie trug das gleiche, schmutzige Kleid, das sie jetzt am Feuer trug. Die Pfeilwunde am Unterarm schmerzte, und sie war müde von der endlosen Reise. Vater lächelte sie an und deutete nach Norden. Sie sah die Bergkette, die sich aus der Steppe erhob. Hohe schneebedeckte Berge. Sie ging darauf zu, doch als sie sich umdrehte, war Vater verschwunden und mit ihm das ganze Lager. Sie war allein auf der Steppe. Deshalb wandte sie sich wieder den Bergen zu, schlug den Umhang enger um sich, beugte sich gegen den Wind und ging los.

Es wurde kälter, je näher sie den Bergen kam. Als sie zum Himmel emporblickte, bemerkte sie, dass es Nacht geworden war. Doch der Mond schien über die Gipfel, und sie war jetzt so nah herangekommen, dass sie die Birken erkennen konnte, die am Hang wuchsen. Da blieb sie stehen, denn sie sah eine Gestalt am Fuß der Berge. Einen Mann, der auf sie zukam. Sie war müde von der langen Wanderung, doch der Mann näherte sich mit raschen Schritten. Er war wie ein Krieger gekleidet, trug eine Ringbrünne und ein Fell über den Schultern. Sie kannte diesen Mann. Es war der Wolfsmann. In der einen Hand hielt er eine Axt und in der anderen ein Schwert, doch jetzt ließ er die Waffen fallen. Unmittelbar vor ihr blieb er stehen, streckte die Hand aus und berührte ihre Wange. Er war kalt, und nun bemerkte sie die Wunde in seinem Bauch und die Schnitte in seinem stillen Gesicht. Er blickte auf seine Hände, legte sie wie einen Becher zusammen und streckte sie ihr entgegen. Und sie bemerkte das Blut, das aus seiner rechten Hand troff. Aus der anderen floss Wasser. Jetzt hob er den Kopf und blickte zum Himmel auf. Schnee fiel aus den grauen Wolken. Die weißen Flocken rieselten durch das Dunkel und legten sich auf den Boden. Sie legte die Arme um ihn, und der Wolfsmann legte seine Hände auf ihre Schultern. Sie sah ihm in die Augen, doch sie waren nicht mehr blau, sondern schwarz.

Die Schlacht um Ber-Mar

Die Männer ritten schweigend am Waldrand entlang. Sie kannten die Gegend und wussten, dass sie bald das Tal der Schmiede am Meer erreichen würden. Sie hatten mehrere Tage gebraucht, sich an den Hängen der Berge durch das Unterholz zu arbeiten. Sie bewegten sich im Schutz der Bäume westwärts, und nachts, wenn sie um ihre Feuer saßen, schliffen sie ihre Pfeile. Gerüchte von der Macht der Kanathener gab es mehr als genug, aber die Männer fürchteten sich nicht. Sie waren mit kräftigen Waffen aus Hagdars Schmiede ausgerüstet, und jeder Einzelne von ihnen besaß eine Ringbrünne, die er anlegen wollte, ehe sie in Ber-Mar einritten. Gute Bogenschützen waren sie alle, und Karga prahlte, er könne drei Kanathener töten, ehe sie auch nur einen Pfeil angelegt hatten. Jeder Mann hatte zwei Bärentöter an den Sattel gebunden, und als ob das noch nicht reichte, hatten Hagdars Söhne prall gefüllte Wasserschläuche mit Met mitgenommen. Das würde den Männern die schlimmste Furcht nehmen, meinte Dielan und erinnerte sich an die Reise über das Meer und an die Völker im Süden. Dort hatte er grauenvolle Dinge zu sehen bekommen, die selbst den mutigsten Krieger in Angst und Schrecken versetzt hätten. Aber während Angst und Schrecken die einen lähmten, machten sie andere stark.

Sie hatten die Hochebene bei mildem Wetter überquert und waren mit brennenden Fackeln durch den Höhlengang marschiert. Wie die Feuerdrachen aus den alten Sagen waren die vierzig Männer durch die Dunkelheit geritten, bis sie schließlich den gefrorenen Wasserfall erreichten. Dort hatten Hagdars Söhne mit ihren Äxten die Öffnung so weit verbreitert, dass die Pferde hindurchpassten. In dieser Nacht lagerten sie in dem Kar neben dem Wasserfall. Ulv dachte an die Nacht, die Mian und er dort verbracht hatten. Da war er noch mutlos gewesen. Und nun, nur wenige Tage später, kehrte er mit zahlreichen Reitern nach Ber-Mar zurück. Wenn die Götter auf seiner Seite standen, waren Seon und Brage noch am Leben. Er würde sie finden und ins Tal bringen. Damit hatte er sich immer wieder Mut gemacht, als er auf den langen Schneeschuhen über den Schnee gegangen war. Als sie die Pferde am Berghang entlangführten, hatte er zu den Felsen hinaufgeschaut und sich an den Tag erinnert, als er und Mian den gleichen Weg in entgegengesetzter Richtung gegangen waren. Schließlich hatte Konvai den Trupp in den Wald geführt, wo sie über Abhänge und zwischen umgestürzten Bäumen hindurch bis fast an den Rand der Ebene geklettert waren. Dort war der Hang nicht mehr so steil, und die dicht stehenden Bäume hatten den Schnee abgehalten, so dass die Männer wieder in ihre Sättel steigen und weiterreiten konnten. Seitdem ritten sie am Waldrand entlang.

Sieben Tage waren vergangen, seit sie das Tal verlassen hatten. Ulv ritt an Konvais Seite an der Spitze des Zuges. Der Häuptling hatte ihn darum gebeten. Der Tag war bereits weit fortgeschritten, als Ulv den Geruch von Rauch und Pferdedung bemerkte. Sie näherten sich Ber-Mar.

Sie ritten noch eine Weile weiter, bis Konvai den Arm hob und seinen Männern das Zeichen gab, stehen zu bleiben. Als Ulv die Zügel lockerte, scharrte das Pferd mit dem Huf den Schnee weg und fraß gefrorenes Moos.

»Wir brauchen Späher.« Konvai sprach zu seinen Männern. »Drei Männer kommen mit mir. Ulv …«

Ulv ergriff die Zügel und sah Konvai an. Bis jetzt hatte Konvai ihn nie direkt angesprochen. Es war immer Dielan gewesen, der ihn über Ber-Mar und die schwarzen Krieger ausfragte, wenn sie am Abend um die Feuer gesessen hatten.

»Zeig uns die Baracke, in der Seon und Brage gefangen gehalten werden.« Konvai löste einen Bogen von seinem Sattel.

»Und Garr.« Ulv zog die Fellhandschuhe aus und stopfte sie in die Satteltasche. Dann sprang er aus dem Sattel und zog die Schneeschuhe aus dem Deckenbündel. »Garr hat uns gezeigt, wo wir Mian finden. Ihn haben sie auch gefangen genommen.«

Konvai sagte nichts darauf und wählte zwei Männer aus. Karga und Virga spannten ihre Bögen und befestigten die Pfeilköcher am Gürtel. Dann stiegen sie ab, schnallten die Schneeschuhe unter die Füße und folgten Ulv und Konvai zum Waldrand.

Als sie in den Tiefschnee außerhalb des Waldes kamen, stellte Ulv fest, dass sie bereits näher an der Stadt waren, als er geglaubt hatte. Nur wenige Pfeilschüsse vor ihnen fiel die Ebene zum Meer ab. Die See war als dunkler Streifen am unteren Rand des diesigen Winterhimmels im Westen zu sehen, und über dem Tal kreisten Möwen. Die Flusssenke ein paar Pfeilschüsse südlich von ihnen war nur als schwacher Schatten zu erkennen. Es lag fast einen Mond zurück, seit er mit Brage und Seon diesen Weg gekommen war.

Die Schneeschuhe trugen sie schnell über den verharschten Schnee. Ulv wickelte sich fester in den Umhang, weil vom Meer ein kalter Wind heraufwehte, der ihn frösteln ließ. Die Schneeschuhe knarrten unter seinen Stiefeln, und er musste an das erste Mal denken, als er ein paar Barkasjäger damit über den Schnee hatte laufen sehen. Seitdem baute er sich diese Rahmen, sobald der erste Schnee fiel. Er sah an den diesigen Horizont im Westen. Die Sonne war nur als schwache Luftspiegelung hinter den treibenden Wolkenbänken zu erkennen. Der Tag war fortgeschritten, was ihnen nur recht war. Sie hatten darüber beratschlagt und waren alle der Meinung gewesen, dass es das Beste wäre, nachts anzugreifen, damit die Kanathener nicht gleich sahen, wie wenige sie waren.

Sie näherten sich dem Tal in raschem Tempo. Sobald sie die Langschiffe und die Häuser am Strand sehen konnten, legten sie sich auf den Boden und robbten vorsichtig an den Rand der Ebene. An der Brücke über den Fluss waren zwei Wachen postiert, und in der Mitte der Stadt stand ein Turm aus Baumstämmen. Die schwarzen Krieger waren gerade dabei, die Fackeln zu entzünden. Ulv legte sich bäuchlings in den Schnee, und die anderen taten es ihm gleich. Unten am Strand vor der Stadt lagen sechs Langschiffe. Zwischen den Langhäusern liefen Männer und Frauen umher. In einer Koppel bei den Baracken, am Fuß des Berghangs, standen Pferde. Mit Lanzen bewaffnete Wachen patrouillierten auf den Pfaden. Das Sonnenlicht blitzte in den blanken Lanzenspitzen. Ulv biss die Zähne zusammen. So eine Lanze hatte sein Bein durchbohrt. In seiner Satteltasche lag eine Ringbrünne. Dielan hatte gesagt, sie sei aus Stahl, und Stahl sei stärker als gewöhnliches Eisen. Die Ringbrünnen sollten die Männer vor den Waffen der Kanathener schützen, doch Ulv zweifelte daran. Dielan hatte während der letzten Tage viele sonderbare Dinge erzählt.

»Sie haben viele neue Häuser gebaut, seit ich das letzte Mal hier war«, sagte Konvai mit einem Nicken zu den Baracken unten am Fluss. »Die Gebäude gab es damals noch nicht.«

»Das war alles schon da, als ich hier war«, erklärte Ulv. »Aber der Wachturm ist neu.«

»Von dort aus sehen sie uns sofort, wenn wir vorstoßen.« Karga robbte neben Ulv und schob die Mütze in den Nacken. »Wir müssen die Wachen auf dem Turm töten, bevor wir angreifen. Das kann ich übernehmen, Konvai. Du weißt, dass ich ein guter Bogenschütze bin.«

»Ja, das weiß ich.« Konvai stützte sich auf die Ellbogen und spähte in die Stadt hinunter. »Aber derjenige, der die Wachen auf dem Turm übernimmt, muss unbemerkt in die Stadt gelangen, um in Schussweite zu kommen.«

Karga nickte. »Ich könnte dem Flussbett folgen. Dort können sie mich nicht sehen.«

Ulv sog die Luft ein, die aus dem Tal aufstieg. Irgendwo erklang ein Amboss. Garr hatte erzählt, dass die Kanathener die Schmiede zwangen, Waffen für sie zu schmieden. Die schwarzen Männer waren Krieger, aber Konvai, Virga und die übrigen Männer waren Jäger. Die Reiter von Kragg-Nar waren noch nicht aufgetaucht, und Dielan hatte die Befürchtung geäußert, dass um diese Jahreszeit der Pass in den Bergen noch verschneit sein könnte. Der Alte sagte ihnen einen schweren Kampf voraus, weil auf jeden von ihnen zehn Kanathener kamen. Ulv fragte sich, ob Dielan das befreundete Volk nicht doch lieber seinem Schicksal überlassen würde, aber als er ihn darauf ansprach, sah Dielan ihm tief in die Augen und erwiderte, dass die Götter schon auf ihrer Seite kämpfen würden.

»Ulv?« Virga rüttelte ihn an der Schulter. »Was sagst du zu Kargas Vorschlag?«

Ulv sah den schwarzbärtigen Mann an. Karga zeigte nach Süden. »Wir reiten zum Fluss«, flüsterte er. »Über das Eis, runter zum Strand und von dort aus wieder in nördlicher Richtung. An der Stelle, wo der Fluss ins Meer mündet, ist er am flachsten. Dort überqueren wir ihn und greifen die Stadt von der Seeseite an. So, wie wir einen Bären aus seiner Höhle vertreiben.«

Ulv sah mit gerunzelter Stirn zur Stadt hinunter. Seon hätte ihnen sagen können, was zu tun war, aber Seon war nicht da. Er selbst wusste nur wenig über Kriegsführung. Aber Kargas Plan schien ihm zu riskant. Die vierhundert Kanathener würden sie in die Zange nehmen. Vielleicht wäre es besser, von dem Bergkamm im Süden in die Stadt zu reiten. Er blickte zu dem verschneiten Hang. Mitten auf der weißen Fläche ragte ein Speer auf, an dessen Spitze ausgebleichte Knochen baumelten. Sicher eine Warnung der Kanathener. Der Bergkamm fiel zu einer Landspitze ab, die weit ins Meer hineinreichte. Es sah zwar so aus, als ob der Strand um die Landspitze herumführte, aber selbst, wenn es möglich wäre, um sie herumzureiten, würden sie sich immer noch vom Strand bis in die Stadt vorkämpfen müssen. Er sah zu den Baracken am Fluss. »Seon und Brage werden in einer der Baracken dort unten gefangen gehalten«, sagte er. »Wenn es uns gelingt, sie zu befreien, reiten wir zurück in den Wald.«

»Wir müssen sie alle töten.« Virga robbte zurück und kniete sich hin. »Wenn wir sie leben lassen, folgen sie unseren Spuren und finden das Tal.«

Konvai rollte sich auf die Seite und schaute über die Stadt. »Kannst du mir die Baracke zeigen, in der die Männer gefangen gehalten werden?«

Ulv hob den Kopf. Bei seiner Flucht mit Mian war keine Zeit gewesen, sich umzusehen. Die Baracken zogen sich in zwei Reihen von dem offenen Platz bei der Brücke bis zu dem Hang im Osten. Er hatte die Männer in der zweiten oder dritten Baracke von der Brücke aus gefunden, nicht weit von den Langhäusern entfernt.

»Dort!«, sagte er. »Drei Baracken von der Brücke entfernt. Es ist die dritte, die am dichtesten bei den Langhäusern steht.«

»Das werden wir uns merken.« Konvai blickte zum Himmel. »Aber jetzt müssen wir umkehren. Es wird bald dunkel.«

In diesem Moment knirschte es hinter ihnen im Schnee. Ulv rollte sich auf den Rücken und riss den Bogen von der Schulter. Aber es war kein kanathenischer Späher, es war Dielan. Er schwankte auf seinen langen Schneeschuhen auf sie zu, den Stock in der einen, den Bogen in der anderen Hand.

»Dielan!« Virga lief geduckt auf ihn zu. »Auf den Boden mit dir, die Wachen könnten dich sehen!«

Der alte Mann ließ sich auf die Knie fallen und kroch mit Mühe zu Ulv, Konvai und Karga. Als Dielan die Langschiffe und die Krieger im Tal sah, legte er die Stirn in Falten und wischte sich mit dem Wamsärmel den Tropfen an der Nase ab. Er schüttelte den Kopf, murmelte unverständliche Worte vor sich hin und setzte sich in Bewegung. Konvai hielt ihn am Bein fest.

»Wir müssen warten, bis es dunkel ist, Vater.« Er zog Dielan zurück. »Dann werden wir die schwarzen Krieger von der Seeseite angreifen.«

»Von der Seeseite?« Dielan rümpfte die Nase und sah mit zusammengekniffenen Augen zum Strand hinunter. »Ist das dein Plan?«

»Karga hat gesagt ...«

»Karga hat keine Ahnung vom Krieg.« Dielan hockte sich auf die Knie und spähte ins Tal, bis Konvai ihn wieder auf die Erde zog. »Ulv weiß, was wir zu tun haben«, sagte der Alte. »Er hat schon einmal gegen diese Krieger gekämpft.«

Ulv strich sich das Haar aus der Stirn. Die bleiche Sonnenscheibe hing tief über dem Meer. Bald würde sich die Dunkelheit über das Tal senken. Sie würden im Schutz der Nacht angreifen, aber sie konnten nicht einfach in die Stadt reiten und die Wachen überfallen. Ihre Schreie würden die anderen Krieger herbeirufen, und innerhalb kürzester Zeit wären sie von vierhundert kanathenischen Kriegern umringt.

Virga kratzte sich am Bart. »Als ich in Tirgas Heer kämpfte, habe ich erlebt, wie die Vandarer mit Feuerpfeilen auf unser Schiff schossen. Das Gleiche könnten wir doch auch machen. Mit dem Unterschied, dass wir nicht ihre Schiffe, sondern ihre Häuser in Brand stecken.«

»Ihre Häuser?« Konvai schüttelte den Kopf. »Es könnten sich Ber-Marer in den Häusern aufhalten.«

Ulv zeigte auf den Hügel am Nordende des Tals. Das Tor in der Steinmauer stand offen, und drei Männer in schwarzen Umhängen kamen heraus und liefen durch die Wagenspuren in die Stadt. »Dort oben auf dem Hügel«, sagte er. »Hinter der Steinmauer leben nur Kanathener. Die Häuser können wir in Brand setzen. Das Feuer wird die Krieger aus den Baracken auf den Hügel locken, um das Feuer zu löschen.«

»Und dann greifen wir an.« Dielan legte eine Hand auf seinen Arm. »Wir reiten über die Brücke und dringen von Süden in die Stadt ein. Ein paar Männer sollten am Hang platziert werden und von dort auf die Krieger schießen, die mit dem Löschen des Feuers beschäftigt sind. Dann glauben sie, wir hätten das Tal eingekreist.«

»Das ist ein guter Plan.« Virga nickte zustimmend. »Bran hätte es genauso gemacht. Aber wir sind nach wie vor zu wenige. Wenn nur die Krieger aus Kragg-Nar kommen würden.«

»Du vergisst die Ber-Marer.« Dielan räusperte sich und spuckte in den Schnee. »Sie werden mit uns kämpfen.«

Konvai half Dielan auf die Beine. Ulv blieb noch liegen, als die Männer schon zum Wald zurückgingen. Er schloss die Augen und lauschte, ob er Seons und Brages Stimmen hören konnte. Aber das Einzige, was er hörte, waren die kanathenischen Wachen. Der Schnee knirschte unter ihren Stiefeln. Irgendwo knallte eine Tür, und ein Mann lachte. Ulv machte die Augen wieder auf. Eine der Wachen war auf dem Weg zu den Baracken. Er ging an der ersten vorbei, dann an der zweiten. An der dritten klopfte er an die Tür. Sie wurde geöffnet, und eine andere Wache kam nach draußen. Danach stellten sie sich zu zweit vor der Tür auf und legten ihre

Speere an die Schulter. Jetzt war Ulv sicher. Wenn Seon und Brage noch am Leben waren, wurden sie in der dritten Baracke gefangen gehalten.

Die übrigen Männer erwarteten sie hinter dem Waldrand. Sie hatten Futtersäcke ans Zaumzeug gebunden und ließen die Pferde von dem Getreide fressen, das sie mitgenommen hatten. Die Männer selbst liefen geschäftig hin und her und bereiteten sich auf den Kampf vor. Hagdar hatte dafür gesorgt, dass jeder von ihnen eine Ringbrünne hatte, obgleich die Männer ihn oft ausgelacht hatten, weil er Waffen und Brünnen schmiedete, die niemand brauchte. Jetzt kamen sie ihnen zugute. Die Männer legten ihre Pelzumhänge ab und zogen die schweren Stahlhemden über den Kopf. Sie legten die Waffengürtel an, befestigten die gefüllten Pfeilköcher hinter der Hüfte und hängten sich ihre Bögen über die Schulter.

»Männer!« Konvai hob den Arm, und alle drehten sich zu ihm um. »Wir haben die Schwarzen gesehen. Sie sind zahlreich, aber wir werden im Schutz der Nacht in die Stadt reiten.«

»Habt ihr die Gefangenen gesehen?« Virgas Sohn trat vor seinen Vater und hielt ihm einen Streifen getrocknetes Fleisch hin. »Habt ihr sie gesehen, Vater? Sind sie noch am Leben?«

»Gesehen haben wir sie nicht«, antwortete Virga. »Aber Ulv weiß, wo sie sind. Während wir kämpfen, muss jemand die Baracken nach ihnen absuchen.«

Die Männer schauten über die Ebene. Einige steckten die Köpfe zusammen und berieten sich leise miteinander. Dielan stützte sich hustend auf seinen Stock. Es war jetzt dunkel, und mit der Dunkelheit kam die Kälte, die in ihre Kleider kroch, die vom Liegen im Schnee nass geworden waren. Ulv ging zu seinem Pferd und holte seinen Pelzumhang, um ihn Dielan über die Schultern zu legen. Der alte Mann brauchte ihn dringender als er.

»Die Schwarzen haben auf dem Hügel am Nordende des Tals hohe Häuser gebaut.« Konvai zeichnete einen Lageplan in den Schnee, und die Männer scharten sich um ihn. »Ein paar Männer müssen über die Mauer klettern und die Häuser in Brand stecken. Die Übrigen überqueren den zugefrorenen Fluss und warten im Süden. Wir reiten den Hang hinab, über die Brücke und in die Stadt. Sie werden glauben, es mit mehr Angreifern zu tun zu haben, als wir eigentlich sind. Ulv hat gesagt ...«

»Lass Ulv selbst sagen, was er denkt!« Virgar trat aus der Menge. Ulv hatte sich neben Dielan gestellt, weil der Alte schwer atmete. Aber Dielan schob Ulv beiseite und richtete sich auf.

»Du hast schon einmal gegen die Kanathener gekämpft, Ulv.« Virgar stellte sich zwischen Ulv und die übrigen Männer. »Was sollen wir deiner Meinung nach tun? Mit den Männern aus Kragg-Nar können wir nicht mehr rechnen, diese Schlacht müssen wir allein schlagen. Es heißt, dort unten seien vierhundert Krieger. Kann jeder von uns zehn von ihnen töten?«

Ulv richtete seinen Blick auf das Tal. Noch immer war das Klingen des Ambosses zu hören. Es roch nach Rauch und Dung, und er hörte die Stimmen der Wachen. Wenn er die Augen schloss, sah er sie dort unten im Schein der Fackeln an der Brücke stehen. Er spürte am eigenen Leib, wie sie froren und sich nach ihren Schlafbänken und Feuerstellen sehnten.

»Feuer«, sagte er. »Als die Kanathener Krugant angriffen, haben sie zuerst die Stadt und die Festung in Brand gesteckt. Sie haben uns ausgeräuchert. Jetzt werden wir das Gleiche mit ihnen machen. Aber wir dürfen keine Feuerpfeile schießen, weil sie dann sofort wissen, dass sie angegriffen werden. Wir werden es so machen, wie Virgar es vorgeschlagen hat; ein paar von uns klettern über die Mauer und legen Feuer an den Häusern oben auf dem Hügel.«

Die Männer tauschten schweigend Blicke. Das war eine gefährliche Aufgabe. Sie waren zwar Jäger, aber sie waren es nicht gewohnt, sich an Menschen anzupirschen.

»Du musst das machen, Ulv.« Virgar stand halb zu den Männern gewandt, als suche er ihre Unterstützung für das, was er sagte. »In deinen Adern fließt Brans Blut. Du bist der Mutigste und Stärkste von uns allen. Und ich werde dich begleiten!«

Ulv senkte den Blick. Er spürte nichts von dem Mut und der Stärke seines Vaters. Aber er erinnerte sich sehr gut daran, wie die Kanathener ihn gejagt hatten. Er hatte Angst, aber er wusste, dass er den Männern gegenüber keine Schwäche zeigen durfte.

Dielan schob Virgar mit seinem Stock beiseite. »Nein«, sagte er. »Ulv muss uns anführen, wenn wir die schwarzen Krieger angreifen. Er ist der einzige Krieger unter uns. Wir sind auf ihn angewiesen, wenn die Schwarzen zurückschlagen.«

Virga trat vor und legte seinem Sohn die Hand auf die Schulter. »Ich nehme Virgar und Tonmach mit, um Feuer bei den Kanathenern zu legen. Wenn ihr angreift, ziehen wir uns an den Berghang zurück und schießen von dort aus Pfeile auf die schwarzen Männer.«

Dielan nickte. »Das ist gut. So soll es sein. Wenn die Schwarzen mit dem Löschen des Brandes beschäftigt sind, greifen wir aus dem Süden an. Und jetzt lasst uns etwas essen. Wir warten, bis die Nacht den Kanathenern Schlaf bringt. Möge Kragg seine Flügel schützend über uns ausbreiten.«

Ulv ging zu seinem Pferd, schnallte die Schneeschuhe ab und band sie an den Sattel. Dann öffnete er eine Satteltasche und nahm die Handschuhe heraus. Dielan hatte sie ihm gegeben, weil es kalt war, die Zügel zu halten, wenn der Wind am Berghang entlangpfiff. Die Ringbrünne hatte er in die andere Satteltasche gepackt, aber er wollte sie erst später anlegen. Zuvor wollte er sich noch ein wenig ausruhen.

Er setzte sich zu Konvai und Dielan. Sie hatten ein Fell gegen einen Baumstamm gelegt, und Dielan zerteilte gerade ein zähes, faseriges Stück Trockenfleisch mit seinem Messer. Keiner der Männer machte ein Feuer, damit sie sich nicht durch den Rauch verrieten, falls der Wind drehte. Ulv zog die Axt von seinem Gürtel und lehnte sie gegen den Stamm. Dielan lächelte ihn an, und Ulv glaubte zu wissen, was dem Alten durch den Kopf ging. Das war Brans Axt gewesen. Er hatte sie von Visikal bekommen, dem Onkel seiner Mutter aus Tirga. Bran hatte mit der zweischneidigen

Axt im Krieg gegen die Vandarer und Mansarer gekämpft. Sein Vater war ein mächtiger Krieger gewesen, und Ulv hoffte, dass er seinem Namen keine Schande machen würde. Er brauchte Mut, einen furchtlosen Verstand und göttliche Stärke, wie sein Vater sie in sich vereint hatte. Dielan hatte Ulv jeden Tag von Bran erzählt, seit sie das Tal verlassen hatten. Bran war ein Held, einer, an den sich das Felsenvolk voller Ehrfurcht erinnerte. Jetzt erwarteten sie von ihm, dass er ebenso mutig kämpfte wie sein Vater. Aber Ulv war nicht sicher, ob er dazu wirklich in der Lage war. Auf dem Ritt durch die Berge nach Ber-Mar hatte er begonnen zu bereuen, dass er das Felsenvolk gebeten hatte, ihm in die Schlacht gegen die Kanathener zu folgen. Sie konnten ja gar nicht anders, als zu glauben, dass er ein ebenso großer Krieger wie Bran war, wenn er sie zum Kampf gegen eine derartige Übermacht aufrief. Und als er nun frierend neben Dielan saß, fühlte er sich überhaupt nicht wie ein Krieger. Er war erschöpft und wünschte sich, im letzten Frühjahr niemals seine Wanderung nach Süden angetreten zu haben. Es war seine Schuld, wenn die Männer getötet wurden. Er hatte sie zu diesem Krieg aufgehetzt, aber was wussten sie schon von der Grausamkeit der Kanathener? Sie hatten nicht gesehen, wie sie ihre Gegner in Krugant aufgespießt hatten. Er hätte alleine nach Ber-Mar zurückkehren müssen. Wenn die Kanathener ihn dann schnappten, würde er wenigstens nicht vierzig Mann mit in den Tod reißen.

Ulv stand auf und ging zum Waldrand. Dort blieb er eine ganze Weile stehen und blickte über die Ebene. Der Flusslauf schlängelte sich wie ein grauer Schatten durch die Eiswüste und verlor sich irgendwo im Osten in der Nacht. Er sah mit zusammengekniffenen Augen in die Dunkelheit. Als die schwarzen Männer mit Siréd davongeritten waren, hatte er ihr hinterhergerufen, dass er sie finden würde. Wenn sie sich noch an ihn erinnerte, hatte sie sein Versprechen hoffentlich längst vergessen. Denn wenn er in dieser Nacht fiel, könnte er nicht nach Süden wandern, um sie zu suchen. Die Erinnerung an sie würde mit ihm sterben.

Dielan rief nach ihm. Während des Rittes aus den Bergen hatte der Alte ihm von Turvi erzählt, dem einbeinigen, weisen Mann, der Bran zu Lebzeiten mit Rat und klugen Gedanken zur Seite gestanden hatte. Turvi hatte als Einziger des Felsenvolkes schreiben können, aber er war gestorben, ehe er sein Wissen an einen der anderen hatte weitergeben können. Jetzt zeichnete Dielan die Geschichte des Felsenvolkes auf. Er malte Figuren und Symbole an die Wände einer Höhle direkt neben der Südklamm, weil er es sich zur Aufgabe gemacht hatte, die Geschichte des Felsenvolkes für die Nachwelt zu bewahren. Mit einem tiefen Seufzer hatte der alte Mann zum Himmel geblickt und gemurmelt, dass er mit jedem Jahr, das verging, Turvi ähnlicher würde. Er begann, Selbstgespräche zu führen, und mäkelte ständig an seinem Sohn herum. Manchmal glaubte er, in den Schatten des Hauses seine toten Freunde zu erkennen, und beratschlagte sich mit ihnen.

Ulv ging zurück zu den anderen. Die Männer saßen zwischen den Bäumen, manch einer hatte sich zum Schlafen unter sein Fell gelegt. Das Beste, was sie machen konnten, dachte Ulv. Es würde eine lange Nacht werden. Er setzte sich neben Dielan. Der Alte klopfte ihm aufs Knie und erzählte ihm mehr über die Männer von Kragg-Nar. Sie nannten sich Narer, aber das Felsenvolk hatte ihnen als Zeichen ihrer Freundschaft und guten Absichten zusätzlich noch den Namen des Himmelsvogels gegeben. Sie lebten auf der anderen Seite des Fjellpasses am Nordende des Tals. Im Sommer kamen sie oft über die Berge, um Felle zu tauschen. Die Leute aus Kragg-Nar sprachen eine merkwürdige Sprache, aber Dielan war einen Sommer lang mit ihnen auf der Jagd gewesen und hatte genug gelernt, um sie zu verstehen. Einige Frauen und Männer aus Kragg-Nar hatten sich einen Partner im Felsenvolk gesucht, und die beiden Völker hatten gelobt, sich bei Hungersnöten oder drohender Gefahr gegenseitig zu helfen.

Die Worte des Alten ermüdeten Ulv; er lehnte sich mit dem Rücken gegen den Stamm und wickelte sich in seinen Umhang. Dielan reichte ihm einen Wasserschlauch, aber als Ulv der süßliche

Geruch des Mets in die Nase stieg, gab er ihn dem Alten zurück, ohne etwas zu trinken. Dielan sagte, das sei gut, um sich vor einer großen Schlacht zu beruhigen. Aber Ulv schüttelte den Kopf und schob eine Hand voll Schnee in den Mund. Seine Augenlider waren schwer. Er hörte, wie die Männer flüsternd miteinander sprachen. Ihre breiten Waffengürtel knarrten. Irgendwo schmatzte jemand, und gleich hinter sich hörte er Kargas Stimme. Die Pferde schnauften unruhig. Sie spürten, dass etwas bevorstand.

Dielan weckte ihn, indem er ihm mit dem Stock in die Seite stach. Er trug bereits ein Schwert und einen Pfeilköcher am Gürtel. »Es ist so weit«, sagte er. »Es ist mitten in der Nacht. Virga und seine Söhne haben sich auf den Weg gemacht. Die Männer sind bereit.«

Ulv setzte sich auf und rieb sich die Augen. Die Männer standen in ihren langen Ringbrünnen am Waldrand aufgereiht. Einige hatten runde Schilde an ihre Unterarme gebunden, andere trugen Helme über den bärtigen Gesichtern. Konvai hielt einen langen Speer in der Hand. Er war barhäuptig und hatte das Haar hinter seinem Kopf zusammengebunden. Der Häuptling rammte den Speer in den Schnee und verschränkte die Arme vor der Brust. Konvai hatte sich beeilt, die Männer zum Aufbruch zu sammeln. Er musste seine Häuptlingsmacht unter Beweis stellen und die Männer anführen, wenn sie in die Stadt einritten.

Ulv zog die Ringbrünne aus der Satteltasche. Das Pferd stampfte mit dem Vorderbein auf, als er das schwere Stahlhemd über dem Sattel ausbreitete. Er zog Handschuhe und Umhang aus und verstaute sie in der leeren Satteltasche. Die Packpferde wieherten leise. Sie waren zwischen den Bäumen angebunden, gut verborgen vor den Blicken aus dem Tal.

»Nargar wird auf sie aufpassen, bis wir zurückkommen«, sagte Dielan. »Ich denke, es ist das Beste, wenn wir die Packtiere hier lassen.«

Ulv nickte. Sie konnten nicht mit den Packpferden die Stadt stürmen. Er zog die Brünne über und legte den Schwertgürtel um die Taille. Er besaß weder Helm noch Speer, stattdessen hängte er die Axt seines Vaters an den Gürtel. Danach ergriff er die Zügel und führte sein Pferd zu den Männern. Konvai klopfte ihm auf die Schulter, aber das war keine freundschaftliche Geste, sondern ein weiterer Beweis seiner Macht. Ulv zog an den Zügeln und mischte sich unter die Männer. Er hatte sie zum Krieg aufgerufen, und in dieser Nacht würde er den Männern beweisen müssen, dass er tatsächlich Brans Sohn war. Er musste kämpfen, wie sein Vater gekämpft hätte.

Ulv verließ den Wald, dicht gefolgt von Konvai. Die übrigen Männer verteilten sich auf der Ebene, warfen wachsame Blicke ins Tal und zogen die Pferde hinter sich her durch den tiefen Schnee. Virga, Dielan und all die Männer, die alt genug waren, um sich an die Zeit des Unfriedens zu erinnern, bevor sie sich in dem Tal im Norden niederließen, sagten, dass ein Reiter selten von am Boden kämpfenden Kriegern vom Pferd geholt wurde. Aber Ulv dachte an sein Erwachen nach der Schlacht in Krugant. Er wusste, dass die Pferde kein Schutz vor den Lanzen der Kanathener waren.

Während sie im Wald gewartet hatten, hatte der Wind aufgefrischt, und als sie die Flusssenke erreichten, blies eine kühle Meeresbrise durch das Tal. Die Männer blickten an den Berghang im Norden des Tals. Virga und seine Söhne hatten so viele Fackeln mitgenommen, wie sie tragen konnten, aber es würde noch eine Weile dauern, bis sie den Hügel erreicht hatten und die Häuser in Brand stecken konnten. Konvai sah die Böschung hinunter, die zu der zugeschneiten Eisfläche führte. Es war zu steil für die Pferde. Also suchten die Männer weiter, bis Karga mit einem Mal die Schneeschuhe abschnallte und hinter einem großen Felsen verschwand. Der kräftige Mann sackte tief in den Schnee ein, als er hinter dem Rand der Böschung abtauchte. Konvai rief hinter ihm her, aber Dielan ermahnte ihn, still zu sein. Gleich darauf kam Karga auf dem Uferstreifen wieder zum Vorschein. Er nickte und zeigte zur Böschung. Hier konnten sie hinabsteigen.

Die Männer führten ihre Pferde um den Felsen herum und folgten Kargas Spuren schräg über die Böschung. Der Fluss war hier kaum breiter als einen Steinwurf. Karga stand am Ufer und blickte das Flussbett hinab. Es war seine Aufgabe, dem Wasserlauf zu folgen und in Schussweite des Wachturms zu gelangen. Ulv hoffte, dass Karga ein guter Schütze war, sonst würden die Wachen sie vom Turm aus sehen und die anderen warnen, ehe sie überhaupt die Langhäuser erreicht hatten.

Ulv zog das Pferd hinter sich aufs Eis, aber etwa eine Speerlänge vom Ufer entfernt blieb der schwarze Hengst stehen und begann unruhig zu schnauben und den Kopf hin und her zu werfen. Das Pferd hat Angst, dachte Ulv. Es witterte Gefahr. Konvai und Hagra hatten hinter Ulv das Eis betreten. Ulv zog am Zügel, aber das Pferd folgte ihm nicht.

Da ging ein Krachen durch das Eis. Ulv ließ die Zügel los. Der Schnee sackte in einen breiten Riss in der Mitte des Flusses. Er stemmte sich hoch, als das Eis plötzlich unter ihm nachgab. Die Männer hasteten zurück zur Böschung. Dielan wollte Ulv entgegenlaufen, aber Konvai hielt ihn zurück. Ulv stieß sich ab und machte einen Satz auf das Ufer zu. Als er landete, gab das Eis unter ihm nach. Er breitete die Arme aus und fand Halt an einer Eisscholle. Das kalte Wasser drang in Windeseile durch seine Kleider. Die Strömung zog an seinen Beinen. Er klammerte sich an die Eisscholle, während er flussabwärts getrieben wurde. Die Männer liefen am Ufer neben ihm her.

»Taue!« Dielan stolperte im Schnee und hielt sich an dem Mann fest, der ihm am nächsten war. »Werft Taue aus, Vare!«

Der glatzköpfige Mann riss eine Taurolle vom Sattel. Ulv trat mit den Beinen, aber die Strömung trieb ihn vom Ufer weg ins tiefe Wasser. Vare hielt ein Tauende fest und warf die Taurolle über den Fluss. Das steife Seil traf Ulv im Gesicht, er ließ die Eisscholle los und bekam das Tau zu fassen. Die Ringbrünne zog ihn nach unten, und die Kälte schnitt in sein Gesicht. Er strampelte sich an die Oberfläche, während Vare und Karga ihn an Land zogen. Endlich spürte er Boden unter den Füßen und taumelte auf den Uferstreifen.

»Zieht ihm die Kleider aus!« Dielan schnallte Ulvs Schwertgürtel auf und warf ihn in den Schnee. »Gebt ihm trockene Kleider, Männer!«

Sofort waren Männer da, die ihm die Brünne und das Wams auszogen. Er blieb im Schnee liegen, während die Männer ihn auszogen. Dann halfen Vare und Karga ihm auf die Beine und legten ihm eine Decke um die Schultern.

»Es hat keinen Sinn, das Eis zu überqueren«, sagte Karga. »Wir müssen von der Ebene aus angreifen. Aus dem Osten.«

»Dann sehen sie uns, sobald wir auf die Stadt zureiten.« Vare schüttelte den Kopf. »Sie werden mit ihren Pfeilen auf uns schießen. Wir werden sterben, ehe wir die Langhäuser erreicht haben.«

Ulv rieb sich mit der Decke warm, während die Männer weiterstritten. Er zog die Hose und die Schuhe an, die Dielan ihm reichte, und wickelte die Schnüre der Lederstrümpfe um die Waden. Die Männer, die sich nicht in den Streit einmischten, holten Kleidungsstücke aus ihren Satteltaschen und reichten sie ihm. Von Hagra bekam er ein graues Leinenhemd, und Dielan half ihm mit einem speckigen Lederwams aus. Er schüttelte das Wasser aus der Brünne und zog sie wieder an, bevor einer der Männer ihm einen Wollumhang über die Schultern legte. Ulv bewegte die eiskalten Finger. Seine Zehen schmerzten.

»Der Weg über den Fluss ist versperrt.« Konvai trat ans Ufer und sah den treibenden Eisschollen hinterher. In der Mitte des Flusses hatte sich eine breite Rinne aufgetan. »Das Eis ist nicht mehr sicher. Einer von uns muss Virga warnen. Wir können jetzt nicht angreifen.«

Dielan stützte sich auf seinen Stock. »Das schaffen wir nicht. Virga und seine Söhne sind nicht mehr weit von der Mauer entfernt. Wir können jetzt nicht mehr umkehren, Konvai. Wir müssen angreifen.«

Karga schaute ans gegenüberliegende Ufer. »Ich könnte mich

doch trotzdem durch das Flussbett anschleichen und die Wachen im Turm erschießen.«

Konvai kratzte sich im Nacken. »Wenn wir von Osten aus angreifen, müssen wir durch die ganze Stadt, um zu den Baracken zu gelangen. Der Hang im Osten ist lang, und der Schnee liegt dort besonders hoch.«

»Es ist Winter, Konvai!« Dielan stieß ihm mit dem Stock gegen das Bein. »Da liegt der Schnee überall hoch! Das wussten wir bereits, als wir aus dem Tal aufgebrochen sind. Wir wussten, dass es schwierig werden würde! Du warst derjenige, der beschlossen hat, dass wir mit nur vierzig Kriegern reiten!«

»Wir hätten auf die Männer aus Kragg-Nar warten sollen!« Konvai sah seinen Vater finster an. »Aber du musstest dich ja unbedingt einmischen, wie immer. Hätten wir nach meinem Willen gehandelt, säßen wir jetzt friedlich in unseren Häusern im Tal.«

Dielan hielt ihm die Faust vors Gesicht. »Wäre Bran hier, hätte er sich deiner geschämt! Du bist der Häuptling des Felsenvolkes, Sohn! Beweise deinen Mut, wie es deine Vorgänger getan haben!«

»So wie du, Vater? Du bist Häuptling geworden, nachdem Bran uns verlassen hat. Was weißt du denn schon vom Krieg?«

Der Alte ließ den Stock fallen und schlug Konvai aufs Kinn. Konvai taumelte nach hinten, und Dielan stürzte sich auf ihn. Die Männer starrten erstaunt auf Vater und Sohn, die sich im Schnee wälzten. Konvai versuchte, sich aus der Umklammerung seines Vaters zu befreien, aber Dielan hielt ihn am Kragen fest und schüttelte ihn heftig.

Ulv hob seinen Bogen aus dem Schnee auf. Er legte den Schwertgürtel um die Taille und befestigte den Pfeilköcher daran. Die Axt hing schwer über seinem Oberschenkel. Vielleicht hatte Konvai ja Recht, dachte Ulv, als er die Schneeschuhe anlegte. Seine Hände zitterten, als er die vereisten Riemen spannte. Er zog die Kapuze über den Kopf, weil sein langes Haar gefroren war. Dann schloss er die Augen und schnupperte in den Wind. Virga und seine Söhne hatten die Häuser noch nicht in Brand gesteckt. Sonst hätte er das Feuer gerochen und die Schreie der Kanathener gehört, das Klagen der Frauen, die aus den brennenden Häusern flohen.

Er rieb sich die Augen. Ihm war schwindlig vor Kälte. Die Nacht lag dunkel über der Flusssenke, und als er sich zu den Männern umdrehte, hatten sie zu streiten aufgehört. Ein paar krochen mit Pfeilen im Rücken über den Boden, andere waren von langen Lanzen aufgespießt. Er wandte den Blick schnell ab und kniff die Augen zusammen, in der Hoffnung, dass die grausamen Bilder verschwanden. Aber da hörte er Dielans schwache Stimme. Der alte Mann hing unten am Fluss über einer Lanze. Er hob den Kopf und flüsterte Ulv zu, er solle nach Süden gehen und Bran suchen. Er solle nicht zögern. Er sei der Wanderer, der Wiedergeborene.

Ulv sackte im Schnee zusammen. Er hielt sich die Ohren zu, weil er das Stöhnen der sterbenden Männer nicht länger ertrug. Er hatte sie hier in die Stadt am Meer geführt. Er hatte sie in den Tod getrieben.

»Ulv!« Jemand rüttelte ihn an der Schulter. Er blinzelte und sah auf. Karga stand über ihn gebeugt. Der schwarzbärtige Mann packte ihn am Arm und zog ihn auf die Füße. »Was ist mit dir, Ulv? Hast du Krämpfe?«

Ulv atmete tief ein. Dielan saß rittlings auf Konvais Brustkorb, vergaß für einen kurzen Moment seinen Sohn und blickte Ulv unter hochgezogenen Augenbrauen an. Die Männer zogen den Alten von Konvai herunter. Er beugte sich vor und hustete. Konvai erhob sich und wischte sich den Schnee von den Schultern.

Ulv stellte sich vor die Männer und hängte den Bogen über die Schulter. »Geht«, sagte er. »Geht zurück in euer Tal. Konvai hat Recht.«

Dielan schob die Männer beiseite und kam auf ihn zugehumpelt. Ulv sah, wie er den Stock über den Kopf hob und Atem schöpfte, um etwas zu sagen, doch eine Hustenattacke kam ihm zuvor. Konvai legte einen Arm um die Schulter seines Vaters und strich ihm über den Rücken.

»Schickt jemanden zu Virga und seinen Söhnen.« Ulv wandte sich halb von ihnen ab. »Und dann geht so schnell wie möglich zurück in die Berge. Dies ist nicht euer Krieg.«

Karga trat neben ihn. »Und was wird aus dir? Willst du Ber-Mar allein angreifen?«

Ulv folgte mit den Augen dem Flusslauf, der von der Dunkelheit zwischen den steilen Böschungen verschluckt wurde. Karga hatte gesagt, dass man einen gefrorenen Wasserfall hinabklettern müsse, um in Schussweite des Wachturms zu gelangen.

»Geht nach Hause«, sagte Ulv. »Zieht euch in den Schutz des Waldes zurück, ehe es hell wird.«

Dielan schob sich zwischen die beiden Männer, packte Ulv an der Schulter und sah ihm in die Augen. Ulv wandte den Blick ab. Ihm war klar, was der Alte sagen wollte. Wenn sie Ber-Mar nicht angriffen, sollte er mit ihnen ins Tal zurückkehren.

»Nein.« Ulv legte eine Hand auf Dielans Arm. »Ich kann nicht mitkommen. Ich habe Mian versprochen, Seon und Brage zu holen.«

Dielan verstärkte seinen Griff um Ulvs Schulter, als Konvai seinen Vater bat, zu ihm zu kommen. Ulv wandte den Blick ab, als Dielans Griff sich lockerte. Einige Männer halfen dem Alten auf sein Pferd. Der Schnee knirschte unter ihren Schuhsohlen. Da kehrte er ihnen den Rücken zu und ging davon.

Ulv schaute sich nicht um, bis er ein gutes Stück am Flussufer zurückgelegt hatte. Die Männer standen noch immer da und sahen ihm nach. Dielan saß vornübergebeugt auf dem Pferderücken. Die Männer hielten ihre Pferde an den Zügeln. Der Wind blies durch die Flusssenke und zerrte an ihren Umhängen. Ulv bewegte die kalten Finger und ging rasch weiter. Er musste dicht an der Eiskante entlanggehen, weil der Uferstreifen immer schmaler wurde und bald in die steile Böschung überging. Die Männer blickten hinter ihm her. Er hatte versprochen, ins Tal zurückzukommen, aber wahrscheinlich wussten sie, dass dies das letzte Mal war, dass sie ihn sahen. Vielleicht würde es ihm sogar gelingen, Brage, Seon und Garr zu befreien, aber die kanathenischen Krieger würden ihre Spuren verfolgen und nicht aufgeben, bis sie sie eingeholt hatten. Es war unvernünftig, allein in die Stadt schleichen zu wollen. Er sollte lieber nach Süden gehen, so lange er noch die Gelegenheit dazu hatte. Er sollte Ber-Mar hinter sich lassen und über die Ebene wandern. Irgendwo im Süden wartete Siréd auf ihn. Aber er schaffte es nicht, Ber-Mar einfach den Rücken zu kehren. Er wusste, wie es war, gefangen zu sein. Nur zu gut erinnerte er sich an die Peitschenhiebe und sein rastloses Zerren an der Kette. Kein Mann hatte es verdient, so zu sterben. Und falls seine Freunde noch am Leben waren, würde er ihre Ketten aufbrechen und an ihrer Seite bis zum letzten Atemzug kämpfen.

Er folgte dem Flusslauf, der in einem Bogen zwischen riesigen Steinbrocken und breiten Felsspalten vorbeifloss. Ulv hörte das Gurgeln des Wassers unter dem Eis. Als er sich umschaute, sah er die Männer die Böschung zur Ebene hochklettern. Konvai stand am oberen Rand und winkte die Männer zu sich. In der Dunkelheit und aus der Entfernung konnte Ulv ihre Gesichter nicht mehr unterscheiden. Sie trieben die Pferde vor sich die Böschung hinauf und führten sie auf die Ebene. Kurz darauf waren nur noch ihre Spuren im Schnee zu erkennen. Er hörte das Schnauben der Pferde und das Knirschen des Schnees unter den Schneeschuhen. Die Männer waren auf dem Weg zurück zum Waldrand.

Ulv ging vorsichtig aufs Eis und trat zwischen die Felsblöcke. Vor ihm stürzte der Fluß in einem Eisstrudel in die Tiefe. Er nahm die Schneeschuhe ab und schob sich bis zum Rand vor. Wenige Speerlängen unter ihm lief der Fluss durch eine schmale Kluft weiter nach Norden. Die Felswände ragten aus dem schneebedeckten Eis. Als er mit Seon und Brage über den nördlichen Hang zu dem Hügel gegangen war, hatte er den Fluss nur als dunklen Streifen am südlichen Rand der Stadt gesehen. Im Schutz der Felsen könnte er ungesehen bis kurz oberhalb der Brücke gelangen. Dort würde er in die Felswand klettern und die Wachen im Turm erschießen. Wenn er gut zielte, wären sie tot, ehe sie Alarm schlagen konnten. Danach würde er zu den Baracken schleichen und die Gefangenen suchen.

Eine Windbö fegte durch die Kluft, als er den Dolch aus der Scheide unter der Ringbrünne zog. Er hängte die Schneeschuhe über die Schulter und nahm das Schwert in die andere Hand. Es war lange her, dass er einen vereisten Wasserfall hinabgeklettert war, und er erinnerte sich noch gut daran, wie er einmal den Halt verloren und aus der Höhe einer alten Fichte abgestürzt war. Damals war der tiefe Schnee seine Rettung gewesen, hier aber würde er in einem Becken voller Steine und Eisbuckel landen. Er drehte sich mit dem Rücken zur Kluft und schob den Schnee von der Kante weg. Dann rammte er den Dolch ins Eis, legte sich auf den Bauch und ließ sich über den Rand gleiten. Er suchte mit den Füßen nach einem Halt in der Eiswand und stieß das Schwert an einer anderen Stelle ins Eis. So hangelte er sich Stück für Stück nach unten. Seine Finger schmerzten vor Kälte, als er den Fuß des Wasserfalls erreichte, aber er zog die Schneeschuhe an und hastete weiter. Der Wind pfiff durch die Kluft und blies ihm Schnee ins Gesicht, als er plötzlich die Wellen hörte, die sich am Strand brachen. Er legte die Hand auf die Pfeile im Köcher. Falls die Wachen ihn entdeckten, musste er so viele von ihnen töten wie möglich. Er durfte es nicht dazu kommen lassen, dass sie ihn einkreisten. Dann würden sie ihn mit ihren Lanzen durchbohren und ihn aufspießen, wie die Krieger in Krugant.

Am Ende der Kluft war noch ein Wasserfall. Er trat an die Kante. Von hier aus konnte er das ganze Tal überblicken. Unterhalb des gefrorenen Wasserfalls strömte der Fluss eingeengt von den Böschungen unter der Brücke hindurch, bis er sich etwas weiter südlich verzweigte und ins Meer mündete. Die Brücke war nicht weiter als einen Pfeilschuss von dem Wasserfall entfernt, das hieß, dass die Baracken direkt vor ihm auf der rechten Flussseite liegen mussten. Er befand sich etwa auf gleicher Höhe mit dem Wachturm, war aber noch zu weit entfernt, um die Wachen von hier aus treffen zu können. Der Mond stand hoch über dem Meer, sein weißer Schild schien über die Eisberge und malte Silberstreifen auf die Brandung, die auf den Strand rollte. Ulv sah zu dem Hügel im Norden. Konvai hatte sicher ein paar Männer losgeschickt, um Virga und seine Söhne zurückzuholen. Sie mussten sich beeilen, wenn sie sie erreichen wollten, ehe sie die Häuser in Brand steckten. Als Ulvs Blick die kahlen Laubbäume vor der schwarzen Steinmauer streifte, sah er, wie sich dort etwas bewegte. Möglicherweise ein Tier, aber vielleicht auch Virga und seine Söhne.

Ulv hängte die Schneeschuhe über die Schulter und sah den vereisten Wasserfall hinunter. Er war höher als der erste und teilte sich eine knappe Mastlänge unter der Kante über einem Felsen. Hatte er es erst einmal bis dorthin geschafft, würde er den Rest auch bewältigen. Er packte das Schwert und den Dolch und rammte sie oberhalb der Kante ins Eis. Wieder ließ er sich über den Rand gleiten, suchte mit den Füßen nach einem Halt und stieß abwechselnd Schwert und Dolch in das Eis. So arbeitete er sich Stück für Stück zwischen den Eiswülsten nach unten, bis er weichen Schnee unter den Füßen spürte. Er trat den Schnee beiseite und ließ sich vorsichtig auf den Felsen hinabgleiten, der wie eine Schwertspitze aus der Eiswand ragte. Als er sicher stand, warf er einen Blick auf die Eisfläche am Fuß des Wasserfalls. Bis dort unten waren es mindestens noch drei Speerlängen, und die Eiswand unter ihm war ebenmäßig und glatt. Mit einem Tau hätte er sich abseilen können. Er warf einen Blick zu den Baracken. Der Mond schien auf die schneebedeckten Dächer, aber zwischen den dunklen Bretterwänden war es dunkel. Wenn er den Wasserfall hinter sich hatte, musste er nach einer Stelle Ausschau halten, wo er die Böschung hinaufklettern konnte. Die zwei Wachen auf dem Turm schauten in verschiedene Richtungen. Wäre es bewölkt gewesen, hätte er sich im Schutz der Dunkelheit anpirschen können, doch in dem hellen Mondlicht würden sie ihn sofort entdecken, wenn er auf die Baracken zulief. Und die Wachen auf dem Turm waren nicht die Einzigen, die ihn sehen könnten. Auf dem Platz bei der Brücke standen fünf Männer im Schein der Fackeln. Drei weitere kamen von den Baracken herüber. Er schob sich auf den Vorsprung zurück. Das waren zu viele für ihn allein. Er würde es niemals schaffen, unentdeckt zu den Gefangenen zu gelangen. Sie würden ihre Speere auf ihn schleudern und ihn abschlachten wie ein Stück Vieh.

Da hörte er die Rufe. Sie kamen von dem Hügel. Und als er den Blick nach Norden wandte, sah er die Flammen. Sie züngelten an den Wänden eines der hohen Häuser empor. Virga und seine Söhne hatten die Häuser erreicht. Die Wachen auf dem Turm stießen ins Horn, worauf Krieger mit nackten Oberkörpern aus den Baracken gerannt kamen. Das Tor in der Steinmauer wurde geöffnet. Ulv erhob sich auf dem Vorsprung. Jetzt brannten schon mindestens drei Häuser. Rauch quoll aus den Fensterluken und kräuselte sich um die Dachfirste. Frauen und Männer flohen mit Kindern auf dem Arm aus den Häusern. Die ersten Krieger rannten bereits mit Bottichen an den Strand, während die meisten den Karrenweg zum Hügel hinaufstürmten. Die Bewohner der Langhäuser traten ebenfalls vor ihre Türen und sahen den vorbeieilenden Kriegern hinterher. An ihrer blassen Hautfarbe erkannte Ulv, dass es Ber-Marer waren. Einer von ihnen zeigte zum Hügel. Aber keiner machte Anstalten, den Kanathenern zu helfen.

Ulv zog die Axt vom Gürtel. An der Brücke standen jetzt nur noch zwei Wachen. Er durfte nicht länger warten. Sobald die Krieger die Fackeln entdeckten, würden sie wissen, dass das Feuer gelegt worden war, und die Verfolgung der Brandstifter aufnehmen. Er ließ die Axt fallen. Sie versank tief im Schnee. Dann hielt er die Pfeile fest und stellte sich an die Felskante. Es war weit bis zum Fuß des Wasserfalls. Aus so einer Höhe war er noch nie gesprungen. Er stieß sich ab und sprang ins Dunkle. Im Fall breitete er die Arme aus und biss die Zähne zusammen. Im nächsten Augenblick trafen seine Füße auf den Boden. Ein stechender Schmerz schoss durch seine Beine, bevor er auf die Seite rollte. Er hielt die Hand vor den Mund, um nicht laut zu schreien. Hornsignale gellten durch das Tal. Er suchte die Axt im Schnee, hängte sie wieder an den Gürtel und rieb sich die steif gefrorenen Hände. Als er aufstehen wollte, gab das schmerzende Bein unter ihm nach. Er legte die Hände um die Zehen und rieb die schmerzenden Fußsohlen, aber seine Beine waren nicht verletzt, er konnte beide Füße bewegen. Er wischte den Schnee von den Waden und befestigte die Schneeschuhe. Dann richtete er sich auf. Vom Hügel schallten die Schreie und Rufe der Kanathener herüber. Der Rauch der brennenden Häuser stieg ihm in die Nase. Er hatte keine Zeit zu verlieren.

Ulv folgte dem Ufer, bis er einen Pfad entdeckte, der neben der Brücke die Böschung hinaufführte. Direkt am Ufer war ein Loch ins Eis gehackt worden. Er zog sich in den Schatten der Böschung zurück, falls plötzlich Kanathener auftauchten, um an dem Wasserloch ihre Bottiche zu füllen. Als er keine Schritte hörte, lief er im Schutz der Böschung bis zu dem Pfad. Er schnallte die Schneeschuhe ab und hängte sie sich über den Rücken. Dann sah er zu den vereisten Baumstämmen der Brücke hoch. Direkt über ihm lag der offene Platz, auf dem er die beiden Wachen gesehen hatte. Er nahm den Bogen von der Schulter. Er musste die Krieger auf dem Platz und die Wachen auf dem Turm töten, bevor sie ihn entdeckten. Er wünschte, Bran wäre bei ihm. Sein Vater hätte keine Furcht vor den Kanathenern. Sein Vater war ein Krieger, hatte Dielan gesagt. Ulv schlug den Umhang über die Schultern und legte einen Pfeil an die Sehne. Seine Hände zitterten, er konnte nicht sagen, ob vor Kälte oder Furcht. Als er den Pfad hinaufschlich, hörte er plötzlich Schritte und Stimmen bei der Brücke. Er duckte sich, von Angst übermannt. Es war sinnlos, gegen die schwarzen Krieger zu kämpfen. Sie waren zu viele. Und er war kein Kämpfer wie sein Vater. Er war nur ein Jäger.

Ein Krieger kam den Pfad heruntergelaufen. Der Kanathener trug in jeder Hand einen Bottich und blieb abrupt stehen, als er Ulv sah. Er ließ die Bottiche fallen und riss ein Kurzschwert aus der Scheide. Ulv richtete sich auf und sah in ein Paar weißer Augen. Der Kanathener öffnete den Mund, um etwas zu rufen, aber da hatte Ulv schon den Bogen gespannt und den Pfeil auf die Brust des Feindes abgeschossen. Der Krieger fiel hintenüber. Als Ulv über ihn stieg, legte er einen neuen Pfeil an. Jetzt gab es kein Zurück mehr. Der Verletzte packte sein Bein, aber Ulv schüttelte ihn ab. Er erreichte den oberen Rand der Böschung und rannte über den Platz. Unter den Fackeln standen zwei Krieger. Den ersten Pfeil schoss Ulv im Laufen ab, dann zog er den zweiten aus dem Köcher und kniete sich hin. Einer der Krieger drehte sich zu ihm um und hob seinen Speer. Ulv schoss den Pfeil ab, als der Kanathener den Speer warf. Er flog auf ihn zu, aber Ulv warf sich zur Seite. Die beiden verletzten Wachen schleppten sich von ihm weg. Der eine zog seinen Säbel und versuchte, sich zu erheben.

Ulv atmete tief ein und sah sich um. Auf der freien Fläche zwischen den Baracken und den Langhäusern liefen Krieger hin und her. Die Wachen auf dem Turm stießen in ihre Hörner, während die Flammen auf dem Hügel sich immer höher in den Himmel streckten. Er warf einen Blick zu dem Hang im Osten. Es war niemand mehr zu sehen. Konvai und die anderen waren umgekehrt. Er war allein.

Er rannte auf die Rückseite der Baracken und ging hinter einem Holzstapel in Deckung. Der Verwundete kniete auf dem Platz und wedelte mit den Armen, worauf ein paar andere Krieger ihre Bottiche fallen ließen und zu ihm liefen. Ulv legte einen Pfeil an die Sehne, kniff das eine Auge zu und zielte auf die dunklen Umrisse der Wachen auf dem Turm. Sie standen Schulter an Schulter, und ihre Umhänge flatterten im Wind. Ulv zielte einen Fingerbreit gegen den Wind. Seine Hände zitterten noch immer. Das Herz hämmerte in seiner Brust. Jetzt wurden an der Brücke Stimmen laut. Sie hatten ihn entdeckt.

Der Pfeil löste sich vom Bogen und verschwand in der Dunkelheit. Er beobachtete die Wachen, aber keine von beiden ging zu Boden. Stattdessen drehten sie sich in seine Richtung. Einer der beiden kletterte die Leiter an der Außenseite des Turms herunter, der andere blies Alarm. Ulv legte einen neuen Pfeil an die Sehne und zielte. Der Pfeil schoss durch die Nacht. Die Wache ließ das Horn fallen und griff sich an die Seite.

Ulv wartete nicht ab, bis er ihn fallen sah, da er drei Krieger von der Brücke auf sich zulaufen sah. Er rannte los und verschwand zwischen den Baracken. Bis zur Flussböschung waren es nur wenige Speerlängen, und es gab nichts, wo er sich verstecken konnte. Die drei Krieger riefen etwas hinter ihm her, das er nicht verstand. Da entdeckte er hinter den Baracken eine Koppel. Die aufgescheuchten Pferde wieherten. Offenbar ließen die Kanathener sie auch im Winter im Freien laufen. Wenn er es bis dorthin schaffte, konnte er sich ein Pferd schnappen und aus dem Tal reiten. Allein war er diesen Kriegern nicht gewachsen. Erst jetzt ging ihm auf, was er getan hatte. Er zog einen Pfeil aus dem Köcher, als er sie hinter sich rufen und schreien hörte. Er war ein toter Mann.

Er drehte sich um und zielte. Die Krieger warfen sich auf die Erde, also senkte er den Bogen und schickte den Pfeil in die Dunkelheit. Der Mittlere stieß einen Schrei aus und blieb am Boden liegen, als die anderen aufstanden und die Lanzen über die Köpfe hoben. Ulv drückte sich an die Bretterwand. Die Kanathener kamen näher. Er löste die Axt von seinem Gürtel.

Die Krieger warfen ihre Lanzen. Er bekam einen Schlag in den Bauch, der ihn nach hinten gegen die Wand schleuderte, fiel vornüber und erbrach sich. Die Lanze, die ihn getroffen hatte, lag vor seinen Füßen. Er tastete nach dem rußgeschwärzten Schaft. Offensichtlich hatte die Ringbrünne die Lanzenspitze abgewehrt.

Der Tritt traf ihn an der Wange. Er kippte zur Seite. Einer der Krieger setzte ihm den Fuß auf die Kehle und zwang ihn zu Boden. Ulv spannte die Halsmuskeln an und versuchte sich wegzudrehen, aber da trat der Krieger fester zu. Der zweite Kanathener hielt seinen Arm fest und knotete ein Seil um sein Handgelenk.

Ulv tastete mit der freien Hand über den Boden, bekam einen Holzgriff zu fassen, hob die Waffe und stach blind auf den Krieger ein, der über ihm stand. Der Kanathener heulte auf und ging in die Knie. Der zweite eilte zu ihm und zog die Lanzenspitze aus seiner Hüfte, doch währenddessen richtete Ulv sich auf und hob die Axt vom Boden. Der Verletzte riss die Lanze hoch, und der andere zog seinen Säbel. Ulv wartete nicht ab, ob der Verwundete die Lanze warf, er trat einen Schritt auf den unversehrten Krieger zu und zielte mit der Axt auf seinen Arm. Der Kanathener sprang zur Seite und holte mit dem Säbel aus, doch Ulv wehrte den Hieb mit der Axt ab und schlug seine Faust in das schwarze Gesicht. Der Kanathener stürzte nach hinten. Ulv trat ihm gegen das Knie und schwang die Axt gegen seinen Hals. Der Krieger blieb auf dem Rücken im Schnee liegen.

Der Schlag traf ihn an der Schulter, und Ulv ließ die Axt fallen. Der verletzte Krieger trat ihm in den Bauch und holte zu einem weiteren Schlag aus, doch Ulv duckte sich, zog sein Schwert, drückte dem anderen die Spitze gegen die Brust und stieß ihn nach hinten. Der Krieger drehte sich zur Seite, als die Schwertspitze die Lederbrünne durchbohrte und in seinen Körper eindrang. Ulv zögerte, als der Mann stumm auf das Schwertblatt blickte. Dann hob er den Kopf, und einen Augenblick lang standen sie stumm voreinander und sahen sich an. Aber als der Kanathener den Mund öffnete, um nach Hilfe zu rufen, stach Ulv zu. Der Kanathener rutschte im Schnee aus, und Ulv ließ sich über ihn fallen und drückte mit seinem ganzen Gewicht auf den Schwertgriff. Das Blatt versank in der Brust des Kriegers. Er wimmerte wie ein kleines Kind, Tränen rannen über seine schwarzen Wangen. Ulv zog das Schwert heraus. Der sterbende Mann keuchte und streckte seine Hand nach ihm aus. Dann fielen seine Arme in den Schnee, und die feuchten Augen starrten mit leerem Blick in die Nacht.

Ulv lief an den Baracken entlang. Die Rufe der Kanathener schallten durch das ganze Tal. Er hängte die Axt an den Gürtel und schob das blutige Schwert in die Scheide, ehe er in den schmalen Durchgang zwischen zwei Baracken tauchte. Er atmete tief durch und legte die Hand an die Pfeile in dem Köcher. Ein paar waren noch übrig. Er griff sich an die Schulter und merkte erst jetzt, dass der Bogen weg war. Er musste ihn bei dem Angriff der Kanathener verloren haben.

Da hörte er Stimmen. Blitzschnell presste er sich gegen die Wand. Ein Stück entfernt waren mehrere Krieger. Sie hatten die Toten entdeckt. Gleich würden sie seine Spuren finden. Er schlich bis an die Ecke des Durchschlupfes. Die Kanathener hatten auf dem breiten Weg zwischen den Baracken Fackeln entzündet. Er befand sich jetzt ungefähr an der Stelle, wo Seon, Brage und Garr gefangen waren. An der Brücke waren einige Wachen postiert, aber hier zwischen den Baracken stand niemand. Er zählte die Gebäude von der Brücke aus. Die dritte Baracke lag direkt vor ihm. Die gelben Mulden im Schnee an der Hauswand erzählten ihm, dass die Männer lange Wachen vor der Tür hatten. Unmittelbar hinter ihm waren Schritte zu hören. Er durfte nicht länger warten.

Ulv huschte aus dem Durchschlupf auf den Weg, rannte auf die Baracke zu und warf sich mit der Schulter gegen die Tür. Aber sie ging nicht auf. Ulv packte den Türgriff und zog daran, aber die Tür rührte sich nicht. Der Griff war aus Eisen geschmiedet und ließ sich nach unten drücken. Darunter war eine handbreite Eisenplatte mit einem Loch genagelt. Er rüttelte noch einmal an der Tür, aber sie gab nicht nach.

Er huschte zurück in den Durchschlupf. Die Tonne stand noch immer dort. Aber das Fenster war geschlossen. Er kletterte auf die Tonne, als er im Durchschlupf auf der anderen Seite der Baracke Stimmen und Schritte hörte. An die Wand gedrückt, schaute er auf den Weg. Die fünf Krieger verteilten sich zwischen den Baracken und riefen den Männern an der Brücke etwas zu. Ulf zog den Umhang über die Schultern und rieb über das vereiste Glas, ehe er sich auf die Zehenspitzen stellte und hineinschaute. Auf der Feuerstelle lag ein Gluthaufen, ansonsten war der Raum dunkel. Er warf einen Blick auf den Weg. Da er niemanden sah, nahm er an, dass die Wachen zurück zur Brücke gelaufen waren. Er zog das Schwert und schlug mit dem Griff gegen die Scheibe. Sie zerbrach wie gefrorenes Eis. Er wickelte den Umhang um die Hand und drückte die Splitter nach innen. Da sah er eine Bewegung im Dunkeln. Ein Mann hustete.

Ulv nahm den Umhang ab und legte ihn über den Fensterrahmen, ehe er den Oberkörper durch die Öffnung schob. Ketten rasselten, und dann sah er einen Mann Zweige auf die Glut legen. Ulv zog die Axt in den Raum, wand sich durch den Fensterrahmen und landete auf dem Tisch vor der Wand.

»Nordländer?«

Ulv strich sich das Haar aus dem Gesicht. Es war Brage, der dort an der Feuerstelle stand. Die Flammen leckten über die Zweige und erleuchteten sein bärtiges Gesicht. Der Schmied drehte sich zur Wand und half einem zweiten Mann auf, offenbar Garr. Die beiden Männer waren mit einem Fuß an die Wand gekettet. Die Fußschellen klirrten, als sie sich mit kleinen Schritten auf ihn zubewegten.

»Brage.« Ulv ging zu ihnen. »Ich bin zurückgekommen.«

Brage drückte ihn an sich. Der Schmied roch nach Schweiß und Blut. Er sagte nichts, aber Ulv hörte, dass er weinte. Garr nahm ein paar Scheite von einem Holzstapel neben dem Kamin und legte sie aufs Feuer. Allmählich breitete sich das Licht im ganzen Raum aus.

»Was geht hier vor, Nordländer?« Garr setzte sich auf den Rand der Feuerstelle und sah ihn fragend an. Sein Gesicht war schmutzig und hohlwangig.

»Ja, was geht da draußen vor?«, fragte Brage mit einem Nicken zur Tür und machte einen Schritt nach hinten. »Die Kanathener sind ja gewaltig in Aufruhr. Hast du das Felsenvolk mitgebracht und die Stadt angegriffen?«

Ulv sah sie an. »Wir haben keine Zeit zum Reden. Wo ist Seon?«

»Sie haben ihn vor ein paar Tagen mitgenommen.« Brage senkte den Kopf. »Ich glaube nicht, dass er noch lebt.«

Garr stützte die Hände auf die Knie und stand auf. »Sie haben ihn schwer gefoltert, weil sie glauben, dass er aus dem Heer im Osten geflohen ist. Sie haben ihn mitgenommen.«

»Wohin, haben sie nicht gesagt.« Brage schüttelte den Kopf. »Uns haben sie hier gelassen. Die Ketten sind gerade lang genug, dass wir Feuer machen können, um nicht zu erfrieren.«

Ulv griff nach der Axt. Die Männer folgten ihm schweigend mit dem Blick, als er Brage zur Seite schob und zur Wand ging. Die Ketten hingen an Nägeln, die in einen Querbalken hineingetrieben worden waren.

»Es ist sinnlos«, sagte Brage. »Wir haben jede Nacht an den Ketten gezogen. Sie sitzen fest.«

Ulv stellte sich breitbeinig vor den Balken und holte aus. Die schwere Axt sank tief in das Holz. Er legte beide Hände um den Griff und legte sein ganzes Körpergewicht in die Schläge. Er kümmerte sich nicht darum, ob die Wachen ihn hörten. Wenn es ihm nur gelingen würde, Brage und Garr zu befreien, konnten sie gemeinsam aus der Stadt fliehen. Solange die Kanathener mit dem Feuer zu kämpfen hatten, konnten sie keine Krieger hinter ihnen herschicken.

Der Balken zerbarst mit einem Krachen. Brage und Garr fielen nach hinten. Das Dach knackte. Die Männer wickelten die Ketten um die Arme und liefen zur Tür. Ulv blickte an die rußgeschwärzten Deckenbalken. Er hatte nicht bedacht, dass über ihnen noch ein Raum war. Dort wo der Balken gestanden hatte, begann die Decke, sich durchzubiegen.

»Nordländer!« Brage rüttelte an dem Türgriff. »Schlag die Tür auf, sie ist verschlossen.«

Die Tür zitterte, als er die Axt über dem Handgriff ins Holz schlug. Die Bretter zersplitterten unter dem geschwungenen Axtblatt. Er schlug dreimal zu, als Brage ihn aufforderte, zur Seite zu gehen. Neben der Tür stand der Holzriegel. Brage nahm ihn und rammte ihn mit voller Wucht gegen die Tür. Die Bretter brachen, und die Tür sprang auf.

Die schwarzen Krieger standen direkt vor ihnen. Ulv stieß einen lauten Schrei aus, als die Bogenschützen die Bögen anlegten. Er warf sich zur Seite und riss Brage mit sich. Die Pfeile verfehlten sie um Haaresbreite und prallten gegen die Wand im hinteren Teil des Raums. Garr stöhnte und griff an den Pfeil, der in seiner Brust steckte, ehe er auf die Knie fiel. Die Bogenschützen legten neue Pfeile an.

Ulv stürzte auf sie zu. Er schlug die Axt ins Gesicht des Kriegers, der der Tür am nächsten stand, und riss einem zweiten den Bogen aus der Hand. Er brüllte vor Wut und Schmerz, als sie ihm ihre Lanzen in den Rücken rammten. Die Axt schlug auf die schwarzen Körper ein, und er wand sich und versuchte, die Lanzen abzuwehren. Er sah nicht, wie viele es waren, aber jeder, der fiel, wurde sogleich durch einen neuen ersetzt. Als er sich den Weg zur Tür frei gekämpft hatte, stürzte Brage nach draußen und riss Ulv das Schwert aus der Scheide. Der Schmied hinkte in den Fußeisen nach vorn und schwang die Waffe gegen die Kanathener. Ulv hob die Axt und stürmte los. Sie würden beide sterben. Die Kanathener würden sie mit ihren Lanzen aufschlitzen. Er schlug die Axt in eins der brüllenden Gesichter, entriss dem Feind die Lanze und drosch wild um sich. Die Krieger versuchten, sie auf den Platz vor der Brücke zu treiben. Zwischen den Baracken tauchten immer mehr Krieger auf. Ulv schlug in dem verzweifelten Versuch auf sie ein, sich einen Weg freizukämpfen. Aber die Kanathener hatten ihn umringt.

Da hörte er die Luren. Der lang gezogene Heulton kam von dem Talhang östlich der Stadt. Mit neuer Kraft schwang er seine Axt und drängte die Kanathener zurück, ehe er seinen Blick dem Hang zuwenden konnte. Männer liefen durch den Schnee und zogen Pferde an den Zügeln hinter sich her. Einige trugen Fackeln, andere schossen im Laufen Pfeile ab. Es waren viele. Die Männer aus Kragg-Nar waren gekommen. Ihre bemalten Oberkörper glänzten. Die ersten Krieger, die den Fuß des Hanges erreicht hatten, sprangen in die Sättel und spornten ihre Pferde an.

Die Kanathener bliesen die Hörner. Ulv stellte sich Rücken an Rücken mit Brage den Gegnern, als die schwarzen Krieger sich plötzlich zurückzogen und zur Brücke rannten. Die Toten und Verletzten blieben im Schnee liegen. Einer von ihnen kam mühsam auf die Beine, hielt sich den Unterarm und taumelte hinter den anderen her. Seine Hand hing nur noch an einem Streifen Fleisch am Gelenk. Brage spuckte in den blutbefleckten Schnee und fasste sich an den Arm. Sein schmutziges Wams war zerfetzt und blutig von den Schnittwunden, die die Lanzen ihm zugefügt hatten.

Ulv drehte sich um. Er konnte keine weiteren Krieger zwischen den Baracken entdecken. Sie schienen sich alle bei der Brücke zu sammeln, wo ein langhaariger Kanathener mit einem schwarzen Umhang Befehle schrie und zum Osthang zeigte.

»Die Männer aus Kragg-Nar sind gekommen. Sie kämpfen zusammen mit meinem Volk.« Sein Atem ging schwer, als er den Reitern mit dem Blick folgte. Der letzte Krieger hatte seine Schneeschuhe abgeschnallt und schwang sich in den Sattel.

»Ich kenne den Mann.« Brage streckte den Arm aus und zeigte auf den verwundeten Krieger, der auf halber Strecke zur Brücke durch den Schnee humpelte. Der Schmied ließ das Schwert sinken und lief los. »Das ist der Gefangenenwärter, Ulv! Er hat die Schlüssel!«

Der Schmied kam nicht weit, bis er über die Kette an seinen Fußgelenken stolperte, aber Ulv hatte ihn bereits eingeholt. Der Kanathener drehte sich um und schüttelte den Kopf, als Ulv die Axt hob. Ulv schlug ihn nieder und stellte einen Fuß auf seinen gesunden Arm. Die Schlüssel waren mit einem Eisenring an seinem Gürtel befestigt. Ulv zog den Dolch und schnitt ihn durch. Der Gefangenenwärter blieb reglos liegen, als Ulv von ihm abließ. Ulv stieß ihn mit dem Fuß an. Der Mann war tot.

Brage rief ihn. Ulv drehte sich um und lief zu ihm. Er gab dem Schmied die Schlüssel, der sie nacheinander in das Loch in den Fußschellen steckte. Der zweite Schlüssel passte. Das Schloss sprang auf.

»Garr hat es erwischt«, sagte Brage. »Ein Pfeil hat ihn in die Brust getroffen. Ich muss nach ihm sehen.«

Sie liefen zurück zu der Gefängnisbaracke. Garr lag an der gleichen Stelle, an der er gefallen war, auf dem Bretterboden unmittelbar vor der Türschwelle. Brage kniete sich neben ihn, legte Garrs Kopf gegen sein Bein und legte zwei Finger an seinen Hals. Ulv blieb in der Türöffnung stehen. Der Schmied legte den Toten wieder auf den Boden, fasste sich an die Stirn und schüttelte den Kopf.

Ulv ging nach draußen und hob das Schwert auf. Das ganze Tal hallte jetzt von Schlachtlärm wider. Er hörte Schreie, das Wiehern der Pferde und den Klang von Schwertern, die sich mit Säbeln kreuzten. Die Hörner der Kanathener erschallten, und aus den Flammen stiegen Funken in den Nachthimmel auf. Die Krieger, die sich an der Brücke versammelt hatten, rannten in Richtung der Langhäuser. Ulv stieg der Geruch von Feuer und Blut in die Nase. Sein Volk kämpfte. Sie kämpften Schulter an Schulter mit den Kriegern aus Kragg-Nar. Er konnte nicht hier stehen bleiben. Er musste mit ihnen kämpfen.

Brage trat mit Garr auf den Armen aus der Baracke. Er legte den toten Mann in den Schnee, wandte sich zu der Baracke um und nickte. Rauch quoll aus der Tür, Flammen knisterten. Brage hatte die Hütte in Brand gesteckt.

»Wir kämpfen«, sagte Brage. Er hob eine Lanze vom Boden auf und wandte sich in die Richtung, aus der der Schlachtlärm kam.

Ulv warf einen Blick zur Brücke. Dort war kein Krieger mehr zu sehen. Wahrscheinlich waren die Kanathener zum Osthang gelaufen, um dem Angriff zu begegnen. Gleich hinter den Baracken waren Schreie und das Klirren von Schwertern zu hören.

»Für Garr und Seon.« Brage umfasste die Lanze. »Folge mir, Nordländer!«

»Für Garr und Seon!« Ulv sog die rauchschwangere Luft ein. »Und für Mian und Siréd. Heute Nacht kämpfen wir für sie.«

Sie bogen um die Hausecke in den Durchschlupf. Als sie auf die freie Fläche zwischen den Baracken und den Langhäusern kamen, konnten sie die Flammen sehen, die auf dem Hügel aus den Dächern loderten. Die Krieger flohen durch das Tor und überließen das Feuer sich selbst. Überall kämpften schwarze Kanathener gegen die Reiter, die von der Ebene in die Stadt gestürmt waren. Ulv und Brage liefen an den Langhäusern vorbei und folgten dem Schlachtlärm in die Mitte des Tals. Als sie einen umgekippten Holzstapel umrundeten, rutschte Brage im Schnee aus. Der große Mann rappelte sich fluchend wieder auf, als Ulv jäh stehen blieb. Vor den Langhäusern führte eine breite Straße vorbei, die er bereits von der Ebene gesehen hatte. Er erkannte Konvai und Karga im dichten Kampfgetümmel; sie hatten sich hinter einem toten Pferd verschanzt und stachen mit ihren Bärentötern nach den Schwarzen. Die Männer des Felsenvolkes stiegen über tote Leiber und wichen langsam vor der Übermacht der Kanathener zurück.

Brage stürzte sich mit einem Brüllen in den Kampf, doch Ulv zögerte noch; seine Angst vor den schwarzen Kriegern hielt ihn zurück. Er warf einen Blick zu der Ebene im Osten, wohl wissend, dass er nicht fliehen konnte. Nicht jetzt, wo sein ganzes Volk an seiner Seite kämpfte. Und so rannte er hinter Brage her und griff die Kanathener von der Seite an. Ulv fällte einen Krieger, indem er ihm die Axt in den Rücken schlug, und bahnte sich einen Weg zwischen den Kämpfenden hindurch. Er nahm die Schläge und Stöße gegen seine Brünne hin und schlug vom Zorn getrieben mit Axt und Schwert in schwarze Gesichter. Er hieb auf Arme, Lanzen und Schilde ein, stieg über Tote, duckte sich unter Schilden und schlug den Männern die Beine unterm Leib weg. Bald war er nur noch von schreienden Männern umgeben. Er schob sie beiseite, richtete sich auf und schwang die Axt über seinem Kopf.

»Sie ziehen sich zurück!«, übertönte eine Stimme den Kampflärm. »Verfolgt sie, Männer! Lasst sie nicht entkommen!«

Ulv sah Dielan auf dem Rücken seines Pferdes zwischen Konvai und Karga und einigen gefallenen Kriegern. Der Alte stieß laute Rufe aus und stach mit seinem Speer nach den Kanathenern. Plötzlich rannten Männer an ihm vorbei. Pfeile flogen durch die Luft, und überall waren Schreie zu hören. Ulv taumelte zurück und schnappte nach Luft. Die schwarzen Krieger flohen über den Karrenweg.

Ulv entfernte sich von den Männern, die schreiend und stöhnend im Schnee herumkrochen. Brage lief mit Konvai und den anderen hinter den Flüchtenden her.

»Ulv! Sohn meines Bruders! Wir haben dich nicht im Stich gelassen!« Dielan lenkte sein Pferd zu ihm. »Die Männer aus Kragg-Nar sind doch noch gekommen, wie ich es gesagt habe!«

Ulv sah zu dem alten Mann hoch. Dielan trug einen Bogen über der Schulter und hielt einen Speer in der Hand. Als er aus dem Sattel zu Ulv herunterschaute, legte sich seine Stirn in Falten. »Bist du verletzt, Ulv? Du humpelst!«

»Nein.« Ulv griff sich ans Bein. »Ich bin nicht verletzt.« Er taumelte zurück und lehnte sich gegen eine Hauswand, weil sein Bein schmerzte. Im Straßendreck wälzte sich ein Kanathener und versuchte, seine grauen Eingeweide in den Bauch zurückzustopfen.

»Einige unserer Männer kämpfen oben auf dem Weg zum Hügel. Ich kann Virga und seine Söhne erkennen. Und Konvai sammelt gerade eine große Truppe unten an der Brücke. Mein Sohn ist ein guter Krieger. Ich hab gar nicht gewusst, was in ihm steckt. Aber ich …«

Der Pfeil bohrte sich in seinen Rücken. Der Alte ließ die Zügel los. Das Pferd trampelte rückwärts, und Dielan rutschte aus dem Sattel.

Ulv ließ die Waffen fallen und warf sich neben ihm auf den Boden. Der Pfeil hatte Dielan zwischen den Schulterblättern getroffen, so dass die Spitze direkt unter dem Schlüsselbein wieder aus der Brust herausgekommen war. Ulv zog ihn zu der Hauswand und legte den Kopf des Alten auf sein Bein. Dielan hustete und holte röchelnd Luft.

»Ich bringe dich hier weg.« Ulv strich ihm das Haar aus den Augen. »Ich werde dich in den Wald tragen. Da bist du sicher.«

»Nein …« Dielan schob ihn stöhnend von sich weg. »Lass mich hier liegen. Die anderen brauchen dich.«

»Hier kannst du nicht liegen bleiben.« Ulv legte Dielans Arm über seine Schulter. »Die Schwarzen werden dich finden.«

Dielan ächzte und zog den Arm zurück, riss die Augen auf und starrte Ulv an. Dann sank er gegen die Bretterwand. Sein Kopf fiel zur Seite, und die Augen schlossen sich.

Da hörte Ulv Schritte. Er fuhr herum und sah ein paar Kanathener die Wagenstraße vom Hügel herunterlaufen. Die Krieger waren weniger als einen Steinwurf von ihm entfernt. Sie warfen ihre Bögen weg und zogen ihre Säbel.

Ulv hob seine Waffen vom Boden auf und stellte sich ihnen in den Weg. Sie hatten Dielan getötet. Sie hatten ihm den einzigen Menschen genommen, der sich um ihn gekümmert hatte. Dafür sollten sie sterben. Er hob die Axt und stürmte los. Gleich darauf war er von den Kriegern umringt. Er schlug mit der Axt um sich, aber sie hielten Abstand und stießen ihm mit ihren Lanzen in den Rücken. Als Ulv herumschnellte, stolperte er und fiel. Die Lanzenspitzen drückten gegen die Ringbrünne. Er kroch durch den Schnee und schlug nach ihren Beinen. Sie wichen ihm aus, schlugen ihm in den Nacken und stachen immer wieder zu.

Plötzlich brach ein Krieger über ihm zusammen. Er hörte laute Schreie und das Brechen von Knochen. Als er wieder auf die Beine kam, sah er, dass die Kanathener von einer Schar bärtiger Männer umringt waren, die mit Schmiedehämmern, Äxten und Holzkeulen auf sie einschlugen. Die Kanathener duckten sich unter ihren Schlägen, aber die Männer mit den nackten Oberkörpern schlugen sie zu Boden, traten ihnen die Helme vom Kopf und zerschmetterten ihnen die Schädel. Dann nahmen sie ihnen die Lanzen und Schilde ab. Ulv hinkte fort von den Toten. Ber-Mars Männer hatten ihn gerettet. Sie wälzten die Kanathener auf den Rücken und schnallten ihre Waffengürtel ab.

»Wie viele seid ihr?« Einer der Ber-Marer, ein glatzköpfiger Mann mit dichter Brustbehaarung, wog einen Säbel in der Hand und musterte Ulv abschätzend.

»Wir waren vierzig Mann von meinem Volk.« Ulv schob das Schwert in die Scheide. »Und dazu die Männer aus Kragg-Nar.«

»Zu welchem Volk gehörst du?« Der Glatzköpfige stieg über die Toten. »Woher kommst du?«

»Aus dem Tal«, sagte Ulv. »Wir sind das Felsenvolk aus dem Tal.«

Mehr wollten die Männer nicht wissen. Bewaffnet mit den Säbeln, Lanzen und Schilden der Toten liefen sie die Wagenstraße hinunter. Ulv blieb stehen. Dielan saß an die Hauswand gelehnt da, ebenso reglos wie die toten Kanathener. Die Hände lagen geöffnet in seinem Schoß. Er sah aus, als schliefe er. Ulv wandte den Blick ab. Seine Augen brannten, als er zu dem Feuer auf dem Hügel blickte. Die Flammen flackerten im Wind. Die Baracken hatten ebenfalls Feuer gefangen, und die Straße war übersät mit Verletzten und Toten. Auf dem offenen Platz bei der Brücke kam es zum Kampf, diesmal allerdings waren die Kanathener umringt. Die Ber-Marer kämpften mit Keulen, Schmiedehämmern und Lanzen, während die Männer des Felsenvolkes und die Reiter aus Kragg-Nar zwischen den Langhäusern nach flüchtenden Kriegern suchten.

Ulv humpelte die Wagenstraße hinunter. Sein Rücken schmerzte, und er konnte mit dem einen Bein kaum auftreten. Dielan hatte ihn gebeten zu kämpfen, und das würde er tun. Erst jetzt fiel ihm auf, dass die Morgendämmerung Schatten in den Schnee malte. Er unterdrückte den Schmerz und lief zwischen den Verwundeten hindurch. Manche versuchten wegzukriechen, andere lagen auf dem Rücken im Schnee und hielten sich die blutenden Wunden. Ulv ging an ihnen vorbei; er wollte die sterbenden Männer nicht ansehen. Ihr Blut klebte an seinen Händen.

Immer mehr Ber-Marer kamen aus ihren Langhäusern und strömten auf den Platz bei der Brücke. Einige waren auf die Dächer gestiegen und schossen von dort aus mit Pfeilen auf die schwarzen Krieger, die über die Brücke zu fliehen versuchten. Ulv humpelte an einer Hausecke vorbei, wo ein Junge einen halb toten Krieger trat. Er nahm die Axt in die linke und das Schwert in die rechte Hand. Dies war nicht die Zeit für Reue. Er war hierher gekommen, um Seon und Brage zu befreien und das Unrecht zu rächen, das die Schwarzen ihm angetan hatten. Sie hatten ihm Siréd weggenommen. Und sie hatten Dielan getötet. Dafür sollten sie büßen.

Er hinkte auf den Platz. Überall lagen Gefallene. Er stieg über einen Kanathener und zwängte sich an einem Pferd vorbei, das mit einer Lanze im Bauch zuckend am Boden lag. Dann mischte er sich unter die brüllenden Männer, baute sich neben den halb nackten Ber-Marern auf und schlug mit dem Schwert auf einen schwarzen Krieger ein. Der Kanathener hob seinen Schild, um sich zu schützen, was ein anderer nutzte, um ihm einen Speer in die Rippen zu stoßen. Ulv trampelte ihn nieder und rückte weiter vor. Die schwarzen Krieger versuchten, sich mit ihren Schilden zu schützen, aber die Ber-Marer zertrümmerten die dicken Eichenbretter mit ihren Schmiedehämmern und stießen mit Lanzen zu. Die Kanathener schrien. Ulv sah die nackte Angst in ihren Gesichtern, als er neben den Ber-Marern nach vorne drängte. Irgendwo hörte er Brages Stimme, und rechts von sich sah er Karga und Virga.

»Sie weichen zurück!«, riefen die Ber-Marer über den Lärm hinweg. »Die Kaane sind tot! Die Krieger fliehen!«

Ulv wich einer Lanze aus, ließ das Schwert los und packte den schwarzen Schaft. Der Kanathener zog am anderen Ende, aber Ulv schlug ihm mit der Axt auf die Finger.

»Schlagt sie nieder!« Der Ber-Marer an seiner Seite brüllte, um die Schreie und das Klirren der Waffen zu übertönen.

Ulv riss die Lanze an sich und stieß sie gegen die Schwarzen. Da schrie der Ber-Marer neben ihm auf. Ulv kniff die Augen zu, als ihm das Blut ins Gesicht spritzte. Der halb nackte Mann griff sich an den Hals und kippte vornüber. Ulv stieg über ihn hinweg. Da wichen die Kanathener plötzlich zurück und verbarrikadierten sich hinter ihren Schilden. Einige warfen ihre Lanzen weg, andere knieten wimmernd vor den Männern, die sie umringten.

»Sie ergeben sich!«, brüllte Konvai seinen Männern zu. »Bringt keinen mehr um! Sie werfen ihre Waffen weg!«

Ulv trat einen Schritt zurück. Es schepperte metallisch, als die

Krieger ihre Waffen fallen ließen. Einige Ber-Marer sprangen vor und schlugen auf sie ein, aber Konvai rief sie zurück. Die Verletzten stöhnten und wälzten sich im blutigen Schnee. Die Ber-Marer rissen ihnen die Schilde vom Arm und zwangen sie zu Boden, bis alle Krieger auf dem Bauch im Schnee lagen. Einer von ihnen führte ein Horn an den Mund und blies drei Signale. Ulv warf einen Blick über die Schulter. Zwischen den Langhäusern waren noch ein paar Kanathener, aber auch die warfen ihre Waffen weg.

Er wandte sich von den schwarzen Männern ab und ging davon. Als der Kampflärm verstummt war, hallten das Jammern und die Todesschreie der Verletzten durch das Tal. Überall lagen sie wie blutige, dunkle Bündel im Schnee. Ulv schaute zur Brücke und zum Fluss. Auch dort lagen Tote. Ein Verletzter krümmte sich zuckend neben dem Wasserloch und hielt sich den Bauch. Ulv wandte den Blick ab. Die Männer machten sich daran, die Kanathener an den Strand zu treiben. Es hatten viele überlebt, aber für jeden Krieger, der zwischen den Steinen am Wasser kniete, waren zwei auf dem Schlachtfeld geblieben. Ulv stützte sich auf das Brückengeländer und sah zu, wie die Ber-Marer sich im Kreis um die Männer aufbauten, sie mit unverhohlenem Hass anstarrten und die Lanzen auf sie richteten. Konvai und Karga gingen zu den Langhäusern, und die Reiter aus Kragg-Nar kamen vom Hügel heruntergeritten. Einer von ihnen trug eine Lure an einem Gurt über der Brust. In der Mitte des Platzes blieb er stehen, lenkte das Pferd zwischen die toten Kanathener und führte die Lure zum Mund. Ulv neigte den Kopf, als das Heulen durch das Tal hallte. Sie hatten die Schlacht gewonnen. Die Kanathener hatten die Waffen gestreckt. Jetzt folgte die Zeit, in der die Frauen die Toten beweinten.

Ulv stand auf der Brücke, als die Sonne im Osten über der Ebene aufging. Er blickte aufs Meer, wo der Wind weiße Schaumränder auf die Brandung malte. Die See war übersät von Eisschollen und Schneeblöcken, die mit der Strömung an den Felsen am Nordende des Tals vorbeitrieben. Westwärts erstreckte sich die Bergkette wie eine Mauer, die das Land von der See trennte. Dielan hatte erzählt, dass sein Volk hier an Land gegangen war. Bran hatte sie über das Meer geführt, sie waren aus dem Süden hierher gesegelt, um das Tal aus seinen Träumen zu suchen. Hier hatte Bran die Schiffe auf den Strand gezogen, und das Felsenvolk hatte seinen Göttern gedankt, dass sie endlich das gelobte Land erreicht hatten.

Ulv ging über die Brücke und folgte dem Pfad zu den Langschiffen. Die Wellen spülten über die schwarzen Steine bis zwischen die Schiffe, die von Stämmen gestützt und mit dicken Seilen vertäut auf dem Strand ruhten wie schlafende Drachen. Vielleicht war sein Vater auch von hier wieder in See gestochen. Vielleicht hatte er sein Langschiff zum Horizont im Westen gelenkt und sich vom Wind forttragen lassen von Schmerzen und Sorgen.

Ulv ging bis zu den Langschiffen. Er drehte sich nicht zur Stadt um, wo noch immer das Wehklagen und Schreien der Verletzten zu hören war. Die Waffen hingen schwer an seinem Gürtel. Er ging an einem geteerten Schiffsrumpf vorbei, bis das Wasser seine Füße umspülte. Da kniete er sich hin und tauchte die Hände ins Wasser. Er wusch das Blut ab und spritzte sich Wasser ins Gesicht. Es war viele Jahre her, seit er zum ersten Mal einen Menschen in Notwehr getötet hatte, und er hatte es nie bereut. Aber die Kanathener auf dem Platz bei der Brücke, die unter ihren Schilden Schutz gesucht hatten und unter seiner Axt starben, hatten ihm nie etwas getan. Sie hatten Worte gerufen, die er nicht verstand, und er hatte die Furcht in ihren Augen gesehen. Trotzdem hatte er zugeschlagen. Etwas zog sich in seiner Brust zusammen, als er daran dachte. Es war wie damals, als er das Muttertier geschossen und kurz darauf das Kitz gefunden hatte. Er hatte die Kanathener getötet, um Dielan zu rächen, doch jetzt fühlte er nur noch Trauer. Er bereute es, die Männer aufgefordert zu haben, ihm nach Ber-Mar zu folgen. Hätte er das nicht getan, wäre Dielan noch am Leben.

Er erhob sich, lehnte sich mit dem Rücken gegen den Schiffsrumpf und schloss die Augen. Er ließ den Tränen freien Lauf. Wäre er in jenem Frühjahr nur nie nach Süden aufgebrochen. Wohin er auch kam, der Unfrieden schien ihm zu folgen. Loke hatte es Schicksal genannt und den Willen der Götter, aber der Weißbärtige war kaum mehr als eine ferne Erinnerung. Er war ein Traum, und seine Worte ertranken in den Schreien der Verwundeten.

Ulv watete aus dem Wasser. Als er den Blick zur Stadt wandte, glitt er auf einem Stein aus und schlug mit der Schulter gegen die Schiffswand. Er schloss die Augen und biss die Zähne zusammen. Die Sonne war ein gnadenloser Gott, sie schien über dem Schlachtfeld und offenbarte ihm, was die Dunkelheit verborgen hatte.

Plötzlich hörte er ein Geräusch im Schiffsbauch. Jemand klopfte von innen gegen die Wand. Ulv zog sein Schwert. Vorn am Bug hing eine Strickleiter über die Reling. Vielleicht ein paar Kanathener, die sich in dem Schiff versteckt hatten, als sie sahen, dass die Schlacht für sie verloren war. Er schlug das Schwert gegen den Rumpf. Der Schlag wurde mit zweimaligem Klopfen beantwortet. Das war seltsam. Ein Kanathener würde sich still verhalten, um nicht entdeckt zu werden.

Er steckte das Schwert in die Scheide und kletterte die Strickleiter nach oben. Als er sich über die Reling zog und aufs Deck rollte, sah er die Spuren im Schnee. Er hielt sich an der Reling fest und bückte sich. Die Stiefel hatten deutliche Abdrücke im Schnee hinterlassen, und was immer die beiden Männer auf das Schiff geschleppt hatten, sie hatten es nicht wieder mit zurückgenommen. Als er die Hand in eine der Spuren legte, stellte er fest, dass sie hart waren. Sie waren über Nacht gefroren, und seitdem war hier niemand mehr gegangen.

»Seon?« Ulv ging zu der Luke und klappte den Deckel mit dem Fuß zurück. »Bist du das, Seon?«

Es antwortete niemand, aber er hörte, wie sich dort unten im

Dunkeln etwas regte. Das Tageslicht fiel auf eine rußige Feuerstelle direkt unterhalb der Luke.

»Seon?« Er kniete sich vor die Öffnung. Eine Leiter führte in das Halbdunkel unter Deck. Die Raum war hoch und bot Platz für viele Kanathener. Jemand gab ein unterdrücktes Stöhnen von sich. Seon würde antworten, dachte Ulv.

»Zeig dich.« Er schlug mit dem Schwert gegen den Rand der Luke. »Die Schlacht ist vorbei. Komm raus, ehe wir das Schiff in Brand stecken.«

Noch immer kam keine Antwort, aber jetzt klang es, als ob sich jemand über den Boden schleppte. Er nahm das Schwert in die andere Hand, als ein buschiger, schwarzer Kopf unter der Luke zum Vorschein kam. Der Mann kroch in den Lichtkegel und legte eine Hand auf die untere Leitersprosse. Die Fingerspitzen waren rot von getrocknetem Blut. Das Wams hing in Fetzen an ihm herunter. Die andere Hand griff nach der nächsten Sprosse. Dann kippte er zur Seite. Ulv ließ das Schwert fallen. Es war tatsächlich Seon, der dort unten lag und die Arme dem Licht entgegenstreckte. Ulv sah in das zerschlagene Gesicht. Das eine Auge war zugeschwollen. Die Nase war von Blutpfropfen verstopft, was ihn zwang, durch den Mund zu atmen. Seine Vorderzähne waren ausgeschlagen.

Ulv kletterte die Leiter hinunter, kniete sich neben ihn und nahm ihn in den Arm. Seon ächzte und schluckte, als wollte er etwas sagen. Ulv beugte sich zu ihm, aber da griff Seon nach seinem Gürtel und versuchte, sich aufzurichten.

»Sind noch mehr hier?« Ulv legte Seons Arm über seine Schulter.

Seon schüttelte den Kopf und legte das Gesicht an Ulvs Ringbrünne. »Mian …« Ihr Name kam als schwaches Keuchen über seine geplatzten Lippen. »Du bist geflohen … Ist Mian …«

»Sie ist in Sicherheit.« Ulv fasste ihm um den Rücken und wollte mit ihm die Leiter nach oben klettern, aber mit dem schmerzenden Bein war er nicht in der Lage, das zusätzliche Gewicht zu tragen. Er setzte Seon wieder auf den Boden und kletterte allein an Deck. Am Mast hing eine Taurolle. Er entrollte sie und warf das Tauende durch die Luke nach unten, ehe er hinterherkletterte und das Seil um Seons Oberkörper band. Seon stöhnte, als Ulv ihn gegen die Leiter lehnte, an Deck kletterte und Seon vorsichtig nach oben zog.

»Ich habe Kampfgeschrei gehört«, flüsterte Seon, als Ulv ihn auf dem Deck in den Schnee legte. »Schreie. Flammen ... Kriegslärm.«

Ulv zog ihn hoch und legte ihm den Arm um den Rücken. So humpelten sie zur Reling. Seons Atem ging schwer und langsam, als er in das Tal blickte.

Überall lagen Tote. Die Ber-Marer liefen zwischen den Häusern hin und her und drehten jeden Körper um. Die Verletzten schleppten sie an den Strand. Sie durchsuchten alle Baracken. Die Flammen hatten von der Gefängnisbaracke auf die anderen Gebäude übergegriffen, und inzwischen brannten mehrere Baracken. Oben auf dem Hügel stiegen immer noch Flammen aus den Häusern der Kanathener. Der Wind hatte das Feuer nach Osten getrieben. Die ersten Gebäude waren bereits eingestürzt. Die Frauen, Krieger und Kinder wurden von Ber-Marern über die Wagenstraße an den Strand geführt. Ulv sah die bemalten Oberkörper der Reiter aus Kragg-Nar, die die Stadt nach überlebenden Kriegern absuchten. Die ersten Frauen hatten das Schlachtfeld erreicht und knieten laut klagend neben den Toten. Ulv wandte den Blick ab. So hatte er sich das Ganze nicht vorgestellt.

»Ihr habt gut gekämpft.« Seon hustete und streckte den Arm zum Tal aus. »Die Kanathener ... Ihr Blut färbt den Schnee.«

Ulv führte ihn zu der Leiter. Seon stöhnte laut auf, als Ulv ihn gegen die Reling lehnte und seinen Blick schweifen ließ. Die Schwarzen knieten am Strand und wurden von bewaffneten Männern bewacht. Drüben bei der Brücke sah er Konvai. Sein Gesicht war blutverschmiert. Er ging zu einer bermarischen Frau, legte ihr die Hand auf die Schulter und zeigte zwischen die Langhäuser.

Ulv hörte nicht, was er sagte, aber er verstand es auch so. Konvai suchte seinen Vater.

Er unterdrückte den Schmerz, als er Seon über die Schulter legte und über die Reling stieg. Als er über die Strickleiter nach unten geklettert war, setzte er Seon wieder auf dem Boden ab und legte ihm den Arm um die Schultern. Dielan wäre stolz auf ihn gewesen, dachte Ulv, denn Dielan war es, der das Felsenvolk überredet hatte, die Stadt anzugreifen und die Kanathener zu vertreiben. Sie hatten es geschafft. Die Frauen knieten bei ihren gefallenen Männern. Und die Verwundeten schrien ihren Schmerz in den kalten Wintermorgen.

Sie folgten dem Pfad über die vereiste Holzbrücke. Seon zog das Bein nach, aber Ulv stützte ihn. Sie liefen an den Toten vorbei, wo die Erde fleckig von Blut und Erbrochenem war. Ulv blickte in die schwarzen Gesichter und hatte das Gefühl, dass sie noch immer schrien. Ein junger Bursche starrte mit weit aufgerissenen Augen in die Luft, ein anderer lag mit einem Bärentöter im Rücken da. Karga kniete vor der Baracke, die der Brücke am nächsten war. Ulv erkannte den Mann wieder, den Karga an sich drückte. Es war ein Mann aus dem Tal, einer seiner eigenen Leute.

Ulv bahnte sich einen Weg zwischen den Toten hindurch. Er wusste nicht, wohin er wollte, er wollte nur fort von all dem Blut und dem Elend. Am Ende des Platzes sank er neben einem umgekippten Holzstapel auf den Boden und lehnte sich mit dem Rücken gegen die Holzscheite. Die Hunde der Ber-Marer heulten wie in Trauer um die Gefallenen. Ein paar der zottigen Köter streunten zwischen den Gefallenen herum und leckten ihnen das Blut von den Gesichtern. Angeekelt wandte Ulv den Blick ab. Seon lag neben ihm, und erst jetzt bemerkte Ulv, dass nur ein paar Stofffetzen um Seons Füße gewickelt waren, zwischen denen offenes Fleisch zu sehen war. Sie hatten ihm die Fußsohlen aufgeschnitten.

»Karga! Virgar und Torden!« Das war Konvais Stimme. Der

Häuptling kam zwischen zwei Langhäusern zum Vorschein. Er trug Dielan auf seinen Armen.

»Karga! Komm und hilf mir!« Konvai kniete sich in den Schnee, den Kopf des Alten an seine Brust gedrückt. Er wischte sich über die Augen und streichelte seinem Vater über den Bart.

Karga lief über den Platz. Konvai legte seinen Vater in den Schnee und verbarg das Gesicht in den Händen. Die Männer unten am Strand drehten sich um. Die Worte gingen in Windeseile von Mund zu Mund. »Dielan ist tot. Der Alte ... Er ist gefallen.«

Ulv stemmte sich hoch und hinkte zu den Männern. Dielan lag auf dem Rücken. Konvai hielt die Hand seines Vaters zwischen seinen Händen. Er schluchzte und ließ seinen Tränen freien Lauf. Sein Gesicht war verzerrt vor Trauer. Alle Härte, mit der der Häuptling Ulv zuvor angesehen hatte, war aus seinem Blick gewichen.

»Sie haben ihn erschossen.« Ulv legte Dielan die Hand auf die Schulter. Der Pfeil ragte direkt unterhalb des Schlüsselbeins aus dem Wams.

Karga beugte sich vor und legte sein Ohr an die halb geöffneten Lippen des Alten.

»Ich habe sie nicht kommen sehen«, sagte Ulv. »Ich wollte ihn gerade von dort wegbringen, aber dazu bin ich nicht mehr gekommen.«

Konvai packte Ulv am Kettenhemd. »Wärst du nicht gewesen, würde er noch leben!« Der Häuptling sah ihn mit feuchten Augen an. »Du hast ihn umgebracht, Ulv! Du und dein Gerede von Ehre! Was hat uns das gebracht?«

Karga legte Konvai die Hand auf den Arm. »Niemand hat ihn umgebracht ...«

»Ulv hat ihn umgebracht!« Konvai stieß Karga beiseite. »Vater war zu alt für diese Schlacht! Wäre Ulv nicht gekommen und hätte behauptet, er sei Brans Sohn, säßen wir jetzt friedlich im Tal und ...«

»Niemand hat ihn umgebracht!« Karga schlug Konvai mit der

flachen Hand ins Gesicht. »Jetzt hör mir doch endlich zu, Konvai! Dein Vater ist nicht tot!«

Ulv blickte in das runzlige Gesicht. Er legte die Hand an den Hals des Alten und fühlte den Herzschlag. Dielan lebte; der Pfeil schien ihm nur die Besinnung geraubt zu haben.

Konvai warf sich seinem Vater um den Hals, aber Karga schob ihn beiseite.

»Wir müssen den Pfeil so schnell wie möglich herausziehen«, erklärte er. »Am besten, bevor er wieder wach wird. Roll ihn auf die Seite, Ulv.«

Ulv drehte den alten Mann so, dass die verletzte Schulter nach oben zeigte. Karga schnitt Umhang, Wams und Leinenhemd des Alten auf. Dielan trug keine Brünne, und Konvai schimpfte über die Unvernunft seines Vaters, während er sich die Augen trocknete und zwischen den Fingern schnäuzte.

»Er schläft genauso fest wie nach dem Metfest im Frühjahr«, sagte Konvai lächelnd, als Karga den Pfeil unmittelbar über der Haut am Rücken abschnitt. Ulv stützte den Kopf des Alten mit seinem Bein und hielt seine Arme fest. Da packte Karga den Pfeil hinter der Spitze und zog ihn mit einem Ruck heraus.

Dielan riss die Augen auf, schlug mit den Armen um sich und wälzte sich japsend auf den Rücken. Aus der Wunde quoll Blut. Dielan stemmte sich hoch und kroch von ihnen weg. Er kam nicht weit, ehe er sich zitternd zusammenkrümmte, hustete und in den Schnee spuckte.

Die Männer hoben ihn hoch und trugen ihn in das nächste Langhaus, eins der größten in der Siedlung. Die Wände waren mit Fellen und gewebten Teppichen behängt. Dielan hielt sich die Schulter und rang nach Atem, als sie ihn auf eine Schlafbank legten. Am Kamin im hinteren Teil des Raums stand eine Frau. Sie hielt eine Axt umklammert und musterte die Männer misstrauisch, als wäre sie noch unsicher, ob es sich um Freunde oder Feinde handelte.

»Die Schlacht ist vorbei«, sagte Karga mit einem Nicken zur offenen Tür. »Du bist sicher.«

Die Frau blieb stehen. Ulv hörte ein Rascheln in der dunkelsten Ecke hinter dem Kamin. Dort hatten sich ein paar Kinder unter einer Schlafbank versteckt. Die Frau warf ihnen einen kurzen Blick zu, worauf die Kinder augenblicklich wieder still wurden.

»Er wird es schaffen.« Karga drückte die Wundränder zusammen und strich dem alten Mann über die Stirn. »Bitte sie, uns Wasser zu bringen. Wir müssen die Wunde säubern und verbinden.«

Konvai legte Dielan die Hand auf die Wange, aber als Dielan hustete und nach Met verlangte, ging der Häuptling zu der Frau und zeigte auf seinen Vater. Ulv hörte nicht, was er sagte, da Konvai sehr leise sprach. Wahrscheinlich ging es um die anderen Verletzten. Die Ber-Marer sollten sie in ihre Langhäuser holen, damit sie versorgt werden konnten.

Die Frau zeigte Konvai die Wassertonne an der Wand und drückte ihm eine Eisenschale und einen Leinenlappen in die Hand. Ulv neigte den Kopf. Das Jammern der Verwundeten vermischte sich mit dem Wehklagen der Witwen. Mit einem kurzen Blick zu Dielan verließ er das Haus.

Seon lag noch vor dem Holzstapel, wie Ulv ihn zurückgelassen hatte. Er ging zu ihm und hob ihn hoch.

»Hörst du die Huldigung an den Sieger ...« Seon legte eine Hand hinter das Ohr. »Die Kanathener singen sie für dich, Ulv ... Sie beweinen ihre Toten.«

Ulv antwortete nicht. Er sah die Frauen, die neben den blutigen Leibern auf dem Platz bei der Brücke knieten. Er hörte ihre Schreie und sah, wie sie die Verletzten durch den Schnee schleppten. Einige Ber-Marer kamen ihnen zu Hilfe, andere wandten sich ab.

Ulv trug Seon in das Langhaus. In der Zwischenzeit waren noch zwei weitere Verletzte gebracht worden. Er legte Seon auf die Bank gleich neben der Tür und breitete ein paar Decken über ihn. Seon fasste ihn am Handgelenk, während so etwas wie ein Lächeln über sein zerschlagenes Gesicht huschte.

Da flog die Tür auf, und Brage, das Schwert in der Hand und mit blutverschmiertem Bart, stürzte herein. Der Schmied sah sich schwer atmend um. Als er Ulv und Seon entdeckte, ließ er das Schwert fallen und taumelte auf die beiden zu. Er zog Seon unter den Decken hervor und drückte ihn an sich.

»Wir waren sicher, du wärst tot!« Brage schlug ihm mit der Hand auf den Rücken. »Wo hast du gesteckt, Seon? Haben sie dich in eine andere Baracke gebracht?«

Der Schmied ließ ihn wieder auf die Bank zurücksinken. Seon blinzelte sich eine Träne aus dem gesunden Auge. »Auf dem Schiff«, sagte er kaum hörbar. »Sie wollten mich mit nach Süden nehmen. Nach Kanath ...« Er hob den Arm und zog Brage an dem schmutzigen Wams zu sich herunter. Das Sprechen fiel Seon sichtlich schwer.

»Nach Kanath ... In Tarkins Land. Dort wollten sie mich meiner gerechten Strafe zuführen. Sie glaubten, ich wäre aus dem Heer geflohen.« Seon fasste sich an den Kopf und verzog vor Schmerz das Gesicht.

»Haben sie dir das Auge ausgestochen, Seon?« Brage fasste ihn am Kinn und zwang seinen Kopf nach hinten.

Seon stöhnte auf, als der Schmied das zugeschwollene Augenlid betastete. Ulv konnte etwas Weißes darunter erkennen; das musste das Auge sein.

»Du hast Glück gehabt«, sagte Brage und ließ Seons Kinn los. »Und deine Zähne werden dir im Alter auch keinen Kummer mehr bereiten, dafür haben die Kanathener bereits gesorgt, wie ich sehe. Aber wir haben dich und alle anderen gerächt. Jetzt treiben wir die Überlebenden am Strand zusammen. Sie haben die Waffen gestreckt.«

Ulv überließ die beiden sich selbst und sah zu Dielan hinüber. Konvai saß bei seinem Vater und hielt seine Hand. Am besten ließ er sie alle in Ruhe, dachte Ulv und ging zur Tür. Er trat ins Freie und lenkte seine Schritte zu dem Platz an der Brücke, wo die Frauen noch immer bei ihren gefallenen Männern saßen. Einige

Ber-Marer liefen herum und sammelten die Waffen der Toten ein. Die schwarzen Frauen beachteten sie gar nicht, sie hielten ihre toten Männer im Arm und strichen ihnen über das Haar und die blutverschmierten Wangen. Ulv schlang die Arme um seinen Oberkörper. Es schmerzte ihn, die Frauen so zu sehen. Das hatte er nicht gewollt.

Er verlagerte das Gewicht auf das gesunde Bein. In seinem Kopf hallten die Schreie wider. Er hatte Rache gewollt und in wilder Raserei getötet. Doch jetzt wollte er nur noch vor den Schreien fliehen. Er wollte wandern, so wie er es immer getan hatte. Denn das Blut und das Leid fesselten ihn genauso wie dereinst die Ketten. Und die Schreie waren wie Peitschenhiebe.

Er drehte sich um, wollte so schnell wie möglich weg von den Toten. Dabei stolperte er über einen Leichnam, kroch durch den Schnee und rappelte sich wieder auf. Niemand rief hinter ihm her, als er zwischen die Langhäuser lief. Er rannte auf den Hang im Osten zu, so schnell seine Beine ihn trugen. All die Worte, die aus der Erinnerung aufgetaucht waren, all die Prohezeiungen, die Loke ihm offenbart hatte, waren vergessen. Er wollte vor dem Unfrieden fliehen, nach Süden wandern und Siréd finden. Gemeinsam würden sie dann nach Norden gehen, wie sie es besprochen hatten. Sie würden sich in den Wäldern verbergen. Dort könnten sie leben. Nur sie zwei.

Er bog um eine Hausecke und glitt in einer Blutlache aus. Vor seinen Füßen lag ein Mann, ein dunkelhäutiger Krieger, der versuchte, sich aufzurichten. In seiner Brust steckte ein Pfeil. Der Kanathener griff nach seinem Säbel. Als Ulv an seinen eigenen Gürtel griff, stellte er fest, dass er die Axt abgelegt hatte. Der Kanathener richtete sich auf, sank aber sofort wieder zurück. Mit letzter Kraft zog er die schwere Waffe aus der Scheide. Ulv blieb stehen und sah ihn an. Der Krieger war alt, seine Schläfenhaare waren grau und sein Gesicht war faltig. Er ließ den Säbel fallen und kippte vornüber. Ulv nahm die Waffe an sich. Der alte Mann schloss die Augen und drückte das Gesicht in den Schnee. Er unternahm keinen Versuch mehr, sich zu verteidigen. Ulv betrachtete die Waffe in seiner Hand; der Säbel hatte den gleichen, bläulichen Schimmer wie das Schwert, das Brage ihm gegeben hatte. Die Schneide war frisch geschliffen und kam wahrscheinlich aus einer bermarischen Schmiede. Er warf den Säbel weg. Er hatte genug Tod gesehen.

Der Kanathener zuckte zusammen, als Ulv den Pfeil über der Brust abbrach. Er konnte den Mann nicht über die Schulter legen und schleppte ihn an den Armen hinter sich her zu den Langhäusern. Die Ber-Marer waren dabei, ihre Verletzten auf die Häuser zu verteilen. Virga trug einen seiner Söhne aus der Flusssenke herauf. Sein Haar war blutrot.

Ulv schleppte den kanathenischen Krieger zu dem Langhaus, in dem auch Seon und Dielan lagen. Alle Blicke wandten sich ihm zu, als er in den Raum trat. Konvai sah ihn an und zog die Augenbrauen voller Abscheu hoch. Aber Ulv zog den Verletzten unbeirrt vor die Feuerstelle, wo er die Riemen der Lederbrünne aufschnitt. Der Pfeil steckte tief zwischen den Rippen, und der Mann stöhnte laut auf, als er ihn auf die Erde legte.

»Kümmert euch um ihn«, sagte er zu den Frauen. Ihre Kleider waren voller Blutflecken. In der Luft hing der saure Gestank von Erbrochenem.

»Ich brauche Hilfe«, erklärte er. »Wir müssen den Pfeil herausziehen.«

Es wurde still im Raum. Als niemand Anstalten machte, ihm zu helfen, stellte er sich breitbeinig über den Kanathener und legte die Hand um den Pfeilschaft. Der schwarze Mann heulte laut auf, als Ulv daran zu ziehen begann.

Brage, der bei Seon gesessen hatte, erhob sich. »Ich werde dir helfen. So darfst du es nicht machen.«

Der Schmied kam zu ihm. Ulv hielt die Arme des Kanatheners fest, als Brage den Pfeil hin und her drehte, ehe er ihn mit einem Ruck herauszog. Die Spitze hatte einen tiefen Riss hinterlassen, aber Brage betastete die Wunde und nickte zufrieden. »Der Pfeil hat keine lebenswichtige Ader verletzt«, sagte er. »Wenn er die Nacht überlebt, ist er über den Berg.«

Brage erhob sich und stemmte die Hände in die Seiten. »Was ist, was steht ihr hier rum? Seht zu, dass die Verletzten in die Häuser gebracht werden! Kanathener sind auch Menschen. Sie betrauern ihre Toten nicht weniger als wir.«

Ein paar Männer verließen den Raum und trommelten noch andere zusammen. Die Kanathener sollten sehen, dass sie großmütig und rechtschaffen waren. Kein Verletzter sollte im Schnee liegen bleiben und leiden. Ulv setzte sich auf den Rand der Feuerstelle und stützte sich mit den Ellbogen auf den Knien ab. Der verletzte Kanathener hielt sich die Wunde und stöhnte leise vor sich hin.

Der Brand auf dem Hügel erlosch erst, als die Sonne im Westen im Meer versank. Der Wind hatte das Feuer in östliche Richtung getragen, und mindestens die Hälfte der Häuser war abgebrannt. Die verkohlten Blockhauswände ragten zwischen den eingestürzten Dächern nach oben. Die Männer durchsuchten die Häuser und Ascheberge nach Leichen, aber außer geschmolzenen Eisengegenständen und den Resten von Kupferkesseln und Krügen fanden sie nichts. Die Männer aus Kragg-Nar, das Felsenvolk und die Ber-Marer waren erleichtert darüber, da sich in den Häusern auf dem Hügel hauptsächlich Frauen und Kinder aufgehalten hatten. Die Krieger wohnten in den Baracken, aber auch dort fanden die Ber-Marer keine Toten. Fünf Bretterbuden waren abgebrannt; in den übrigen sammelten die Männer die Waffen und trugen Kisten mit Getreide und Trockenfisch nach draußen. Die Waffen wollten sie zu Karrs Schmiede oben am Berghang bringen, denn selbst, wenn die kanathenischen Krieger gut bewacht wurden, war es sicherer, ihre Waffen so weit weg wie möglich zu lagern. Der Vorschlag wurde laut, die Waffen ins Meer zu werfen oder auf ein Langschiff zu verfrachten und es abzubrennen. Aber Brage beriet sich mit den anderen Schmieden, und sie kamen überein, dass die

Waffen, die samt und sonders in Ber-Mar geschmiedet worden waren, zu wertvoll waren, um zerstört zu werden. Jetzt, nachdem die Kanathener besiegt waren, konnten die jungen Schmiedelehrlinge wieder nach Ulverham gehen, um dort ihr Glück zu machen, so wie Brage es damals getan hatte. Die Ber-Marer wollten von dem Schmied wissen, was passiert war; sie fragten ihn, wo er gewesen war und ob er das Felsenvolk um Hilfe gebeten hatte, ehe er gefangen genommen worden war. Brage schüttelte den Kopf und erzählte ihnen von dem Nordländer, dem er in der Festung von Krugant begegnet war. Damals war Ulv noch ein Fremder für Seon und ihn gewesen, aber mit der Zeit hatten sie ihn kennen gelernt. Er war es, der den geheimen Weg in das Tal in den Bergen gefunden hatte, sagte Brage. Und wenn jemandem für das, was geschehen war, Ehre gebührte, dann Ulv und seinen Kriegern.

Ulv verbrachte den größten Teil des Tages in dem Langhaus; er war erschöpft nach der Schlacht, und sein verletztes Bein schmerzte noch immer. Als die Frauen ihn fragten, ob er auch verletzt wäre, schüttelte er den Kopf und wandte das Gesicht ab, worauf sie ihn in Frieden ließen. Brage hatte ebenfalls keine tiefen Wunden, aber er jammerte und wand sich, als die Frauen die Schnitte an seinem Arm säuberten. Danach bestürmten ihn die Männer mit Fragen darüber, was eigentlich geschehen war. Ulv setzte sich neben den Schmied, der den Ber-Marern von der Schlacht berichtete und wiedergab, was er von Konvai und dem Häuptling von Kragg-Nars Reitern erfahren hatte. Die Ber-Marer wandten ihre Blicke zu den Bergen im Norden und dankten dem Schmiedegott Karr, dass er ihnen zum Sieg verholfen habe. Brage schüttelte den Kopf und sagte, dass die Götter wenig mit dem Sieg zu tun hätten. An dieser Stelle ergriff Ulv das Wort und erzählte von Virga und seinen Söhnen, die die Häuser auf dem Hügel in Brand gesteckt hatten, und Brage meinte, nur dadurch hätten sie die Schlacht gewinnen können. Die wenigen Wachen, die in dieser Nacht Dienst hatten, waren alle zum Hügel gelaufen, um das Feuer zu löschen. Als die Wachen Alarm bliesen, wurden die Krieger wach und kamen aus ihren Baracken. Nur die wenigsten begriffen, dass sie angegriffen wurden. Dann hatten die vierzig Krieger vom Felsenvolk und Kragg-Nars Reiter die Stadt gestürmt. Sie griffen in der Mitte der Stadt an und auf der Wagenstraße, die auf den Hügel führte, wo sie die Kanathener zwischen der Mauer und den brennenden Häusern einkesselten. Viele Kanathener fielen unter den Pfeilen der Reiter aus Kragg-Nar, und ehe die schwarzen Krieger begriffen, was geschah, hatten sich Ber-Mars Männer ebenfalls in die Schlacht gestürzt. Gemeinsam war es ihnen gelungen, die Übermacht der vierhundert kanathenischen Krieger zu brechen. »Nicht die Stärke der Götter hat uns zum Sieg verholfen«, sagte Brage mit einem ernsten Blick auf seine Zuhörer. »Sondern die Dunkelheit, die uns Schutz bot und die Kanathener glauben ließ, sie hätten es mit einem riesigen Heer zu tun. Wir haben klug und mutig gehandelt, und unsere toten Väter wären stolz auf uns gewesen.«

Ulv sah den Schmied an, der sich in den Ärmel schnäuzte und über die Augen wischte. Die Männer klopften ihm auf die breiten Schultern und bedrängten ihn nicht weiter. Ulv erinnerte sich, was Garr über Brages Vater gesagt hatte. Er gehörte zu den ersten Opfern der Kanathener. Weder Rache noch ehrenvolle Siege würden ihn wieder lebendig machen.

Mit der Dämmerung ließ der Westwind nach. Der Qualm der abgebrannten Häuser legte sich über das Tal und hinterließ eine feine Ascheschicht auf dem Schnee. Die gefallenen Kanathener waren an den Strand getragen worden und lagen in einer langen Reihe nebeneinander aufgebahrt. Die Verletzten waren auf die Langhäuser verteilt und die Überlebenden in die Baracken gesperrt worden. Konvai, Karga und die übrigen Männer des Felsenvolkes hatten zwei ihrer eigenen Männer zu beklagen. Ulv kannte keinen der beiden, aber er sah den anderen an, dass es ein großer Verlust war. Die Toten hatten Frauen und Kinder im Tal. Aber die Ber-Marer hatte es noch härter getroffen. Als sie die Schreie und das Kampfgetümmel hörten, hatten die Männer sich ihre Holzäxte und Schlaghölzer gegriffen und waren halb nackt in die Kälte hinausgerannt. Die Pfeile und Lanzen der Kanathener hatten vielen von ihnen das Leben genommen. Niemand hatte die Toten gezählt, aber die Schreie aus den Langhäusern ließen ahnen, dass die Nacht noch mehr Männer in das Reich der Götter holen würde. Die Männer aus Kragg-Nar schwiegen über die Zahl ihrer Gefallenen. Sie beweinten ihre toten Pferde, und nachdem sie ihre Lederwämser über ihre bemalten Oberkörper gezogen und ihre Toten auf Tragbahren mit Tüchern bedeckt hatten, wussten nur Kragg-Nars Götter, wie viele Seelen das bemalte Volk verlassen hatten.

Kragg-Nars Häuptling, Konvai und die meisten Ber-Marer versammelten sich auf dem Platz bei der Brücke, um zu beratschlagen, was sie mit den überlebenden Kanathenern machen sollten. Ewig konnten sie sie nicht gefangen halten. Die schwarz geteerten Langschiffe lagen unbeschädigt am Strand, und von mehreren Seiten kam der Vorschlag, die Kanathener heim in das Land segeln zu lassen, wo sie herkamen.

Ulv hatte am Strand gestanden und aufs Meer geblickt, aber als er die Stimmen der vielen Männer auf dem Platz hörte, hatte er sich losgerissen und war zu ihnen gegangen. Er stellte sich auf die Brücke, weil er von dort den besten Überblick hatte. Konvai und ein rotbärtiger Ber-Marer in knielangem Wams standen in der Mitte der Menge. Der Rotbärtige hob den Arm und bat um Ruhe, ehe er die Arme in die Seiten stemmte und mit tiefer Stimme zu reden begann. Ulv verstand nicht alles, der Tonfall war anders als beim Felsenvolk, und er setzte die Worte in eine andere Reihenfolge. Aber so viel verstand Ulv, dass er seine Dankbarkeit ausdrückte und sagte, dass sie diesen Moment seit vielen Sommern und Wintern erwartet hatten. Konvai nickte zu den Worten des Ber-Marers, und ein Raunen ging durch die Menge. Ein Reiter aus Kragg-Nar trat vor. Er trug einen Bärenfellumhang und hatte sich einen Bärenschädel wie einen Helm auf den Kopf gesetzt. Ulv hatte ihn im Schlachtgetümmel gesehen. Er trug eine knorrige

Keule über der Schulter und stellte sich vor Konvai und den Ber-Marer. Seine Worte klangen fremd in Ulvs Ohren, und er sah, dass die anderen Männer ihn ebenso wenig verstanden. Er zeigte aufs Meer und zu den Bergen im Norden, ehe er sich auf die nackte Brust schlug und Konvai die Hand auf die Schulter legte. Der Häuptling lächelte und legte seine Hand auf den Unterarm des Mannes.

Da fiel Ulvs Blick auf Brage, der aus dem Langhaus kam, in dem Dielan und Seon lagen. Der Schmied stapfte auf den Platz, ging in einem Bogen um die Versammelten herum und stellte sich neben Ulv auf die Brücke. Er hörte sich an, was der Ber-Marer zu sagen hatte, der mit vor der Brust verschränkten Armen vorgetreten war. Der rotbärtige Mann sprach von den Gefallenen. Die Männer wurden still und neigten die Köpfe. So standen sie eine Weile da, bis der Ber-Marer den Kopf hob und aufs Meer zeigte. Von dort waren die Kanathener gekommen, sagte er. Und das Meer sollte sie auch wieder forttragen.

Die Männer nickten zustimmend. Die Langschiffe lagen von den Flammen unbehelligt am Strand. Das war eine gute Entscheidung. Die überlebenden Krieger sollten ihre Frauen und Kinder nehmen und zurück in das Land segeln, aus dem sie kamen.

Brage schüttelte den Kopf, als er das hörte. Er lehnte sich zur Seite und flüsterte Ulv zu: »Die Kanathener werden zu Hause berichten, was hier passiert ist, und dann werden noch mehr Schiffe kommen, um Ber-Mar zurückzuerobern. Aber ich will nicht derjenige sein, der vorschlägt, die Frauen und Kinder der Kanathener abzuschlachten.«

Ulv sah ihn an. Dieser Gedanke war ihm überhaupt noch nicht gekommen, aber er wusste, dass Brage Recht hatte. Das musste verhindert werden. Die Frauen und Kinder hatten niemandem etwas getan.

Jetzt ergriff der bemalte Reiter aus Kragg-Nar wieder das Wort. Er sagte etwas zu Konvai, aber Konvai zuckte mit den Schultern. Sie hatten keine andere Wahl, sagte er. Die Kanathener waren überall, und früher oder später würden die Überlebenden eine Festung oder eroberte Siedlung erreichen und die Krieger dort warnen. Der bemalte Mann legte die Keule über die Schulter und zeigte zu den Baracken. Konvai senkte den Blick.

Wieder verharrten die Männer in Schweigen. Als der rotbärtige Ber-Marer sich schließlich zu Wort meldete, nickte Brage und beugte sich wieder zu Ulv. »Das ist Gortar«, sagte er. »Gorrs Sohn. Ich kenne ihn als rechtschaffenen und klugen Mann. Er ist der Sohn von Garrs Bruder.«

Gortar zeigte aufs Meer und hob die andere Hand über den Kopf. Als er die Männer aufforderte zu zeigen, ob sie mit ihm einer Meinung waren, streckten alle die Hände in die Luft, sogar der Häuptling aus Kragg-Nar, obwohl Ulv nicht sicher war, ob dieser verstanden hatte, was Gortar gesagt hatte.

Brage legte Ulv den Arm um die Schulter, und gemeinsam verließen sie die Brücke. Dielan habe nach ihm verlangt, sagte der Schmied. Er war wach geworden und wollte den Sohn seines Bruders sehen. Ulv folgte dem Schmied zum Langhaus und ließ die Männer allein weiter verhandeln.

Der Geruch von Schweiß und Blut schlug ihnen entgegen, als sie über die Türschwelle traten. Auf jeder Schlafbank und auf dem Boden vor der Feuerstelle lagen Verwundete. Der lange Tisch war in den Lichtschein vor dem Kamin gezogen worden. Vier Männer hielten einen Kanathener fest, während eine schwarze Frau seinen Bauch zunähte. Dielan ruhte auf der Schlafbank, auf die sie ihn gelegt hatten. Die Frauen hatten seine Schulter mit sauberen Leinenstreifen verbunden, ihm den Rücken mit Fellen gestützt und ihn mit warmen Decken zugedeckt.

Ulv setzte sich auf die Bettkante und nahm die Hand des Alten. »Dielan«, sagte er. »Schläfst du?«

Der Alte schlug die Augen auf und lächelte. »Um mich zu betäuben, braucht es schon mehr Met.« Er drehte den Kopf zur Seite. Neben dem Tisch stand eine Tonne.

Brage zog einen Schemel an die Schlafbank. »In einem der Häuser auf dem Hügel haben sie Met gefunden. Den kriegen die Verletzten, das dämpft den Schmerz.«

»Ich habe um mehr gebeten«, flüsterte Dielan. »Aber sie haben gesagt, dass die, die schwerer als ich verletzt wurden, ihn dringender brauchen. Dann scheint es ja nicht gar so schlimm um mich bestellt zu sein.«

»Du wirst bald wieder gesund sein.« Ulv strich dem Alten über die Hand. Seine Finger waren warm, was ein gutes Zeichen war.

»Kannst du mir nicht ein kleines bisschen mehr Met besorgen, Ulv?« Dielan fasste sich an den Bart. »Wir haben allen Grund zum Feiern. Nur einen Krug. Sie haben ihn unter die Bank gestellt.«

Ulv zog den Krug unter der Bank hervor, füllte ihn in der Tonne und nahm selbst einen Schluck. Der Kanathener auf dem Tisch schrie und wand sich vor Schmerzen. Die Männer hatten alle Hände voll zu tun, ihn festzuhalten. Er lag in einer Blutlache. Ulv drehte sich weg und ging zu Dielan zurück. Brage war zu Seon gegangen und wischte ihm gerade mit einem Lappen den Schweiß von der Stirn.

Der Alte griff gierig nach dem Metkrug, als Ulv sich zu ihm auf die Schlafbank setzte. Er nahm einen großen Schluck und leckte sich die Lippen, bevor er sich suchend im Raum umblickte. »Wo ist mein Sohn?«, fragte er.

»Sie halten Rat.« Ulv nahm ihm den Krug ab, weil die Hand des Alten zitterte, führte sie an Dielans Lippen und ließ ihn trinken. »Sie haben sich bei der Brücke versammelt und beratschlagen, was sie mit den Kanathenern machen sollen.«

Anstatt zu antworten, nahm Dielan noch einen Schluck, legte den Kopf in den Nacken und schmatzte vor Wohlbehagen. Seine Schulter schien ihm keine Schmerzen zu bereiten. Es musste ein kräftiges Gebräu sein, das sie im Haus der Kanathener gefunden hatten. Der Alte schloss die Augen und gähnte. Ulv zog ihm die Decke bis unters Kinn und stellte den Krug neben die Schlafbank.

Ulv blieb bei Dielan sitzen, während der Abend in die Nacht überging. Die Frauen entzündeten die Talglichter an den Wänden, kochten Grütze und brieten Fische über der Glut. Wenig später kamen die Männer zum Essen. Ulv massierte sein Bein. Langsam begann er, sich Sorgen zu machen, dass die alte Lanzenwunde niemals ganz verheilen würde. Die Barkas hatten Recht, wenn sie sagten, Menschen seien gefährlicher als Wölfe und Bären zusammen; kein Tier hatte ihm bisher solche Wunden zugefügt. Kosh hatte ihn bis aufs rohe Fleisch ausgepeitscht, und in Krugant hatten die Kanathener sein Bein mit einer Lanze durchbohrt. An der Schulter hatte er eine Narbe von einem Messerstich, und nun fing die Wunde an seinem Bein wieder zu schmerzen an. Aber vielleicht sollte es so sein. Er war vom Leben gezeichnet, so wie die Bäume von kalten Wintern gezeichnet waren.

Konvai betrat den Raum. Er schüttelte den Schnee von seinem Umhang und ging zu Ulv und Dielan. Ulv rückte zur Seite, als der große Mann sich vor die Schlafbank kniete. Der Häuptling strich seinem Vater über die Hand. Dielan blinzelte, öffnete den Mund und hustete. Konvai legte die Hand auf die nackte Brust des alten Mannes, worauf er wieder ruhiger atmete. Er drehte den Kopf zur Seite und lächelte seinen Sohn an.

»Ich habe mit den Ber-Marern gesprochen.« Konvai strich sich das Haar aus der Stirn. Die Schneeflocken schmolzen auf seiner Haut.

»Sie sind klug«, flüsterte Dielan. »Wir sollten auf Ber-Mars Volk hören.«

Konvai nickte. »Wir sprachen über die Kanathener. Gortar sagte, dass jeden Sommer Langschiffe hierher kommen, um neue Krieger zu bringen und andere mit zurück in das Land im Süden zu nehmen. Die Ber-Marer haben Angst. Sie bitten uns, im Frühjahr zurückzukommen, um an ihrer Seite gegen die schwarzen Krieger zu kämpfen, wenn sie mit ihren Schiffen kommen.«

Dielan runzelte die Stirn, winkte Ulv zu sich und sah bittend zu dem Metkrug vor seinem Bett. Ulv legte den Krug an seinen Mund und gab ihm etwas zu trinken.

»Ich habe ihm geantwortet, dass wir nicht noch mehr Männer

verlieren wollen.« Konvai blickte zu Boden, als er das sagte. »Ich habe gesagt, besser wäre es, wenn sie mit uns ins Tal kämen. Dort können sie Land bestellen und Korn säen. Wild gibt es auch genug, wenn wir die Fjellpässe im Norden dazunehmen, wo die Wölfe jagen. Ich habe dort Hirschspuren im Schnee gesehen.«

Dielan wischte sich mit der Decke den Bart ab, und Ulv setzte sich ans Fußende der Schlafbank und stellte den Krug auf seinem Knie ab. Der alte Mann rülpste und kratzte sich an der Brust. »Es ist richtig, was du sagst«, erwiderte er. »Wir hatten immer reichlich Wild im Tal und bauen genug Getreide an, dass es für alle reicht. Die Ber-Marer könnten auf Gorms Lichtung ihre Langhäuser bauen. Im Norden des Tals könnten sie den Wald roden. Aber bedenke, dass sie nicht für immer bleiben können. Das ist das Tal des Felsenvolkes, mein Sohn. Mein Bruder hat es in seinen Träumen gesehen und uns über das Meer geführt. Die Ber-Marer gehören hierher, nach Ber-Mar.«

»Aber die Kanathener werden sie abschlachten. Auf ein Langschiff passen viele Krieger, Vater. Die Überlebenden werden berichten, was hier vorgefallen ist. Und die Kanathener werden kommen, um ihre Toten zu rächen.«

Dielan hob den Arm, und Ulv reichte ihm den Metkrug. Der Alte nahm einen Schluck. »Was meinst du, Ulv?« Dielan schnalzte mit der Zunge und sah ihn an. »Du bist Brans Sohn, und du hast uns hierher geführt. Sollen wir den Ber-Marern anbieten, uns in unser Tal zu folgen?«

Ulv schaute zur Seite. Der Kanathener lag noch immer auf dem Tisch, und nur sein Brustkorb, der sich hob und senkte, zeigte, dass er noch am Leben war. Die schwarze Frau wusch das Blut von seinen Hüften. Sie weinte, und bald würde ihre Trauer in Hass umschlagen.

»Sie können nicht hier bleiben«, sagte Ulv. »Wenn sie bleiben, war alles vergebens. Die Kanathener werden zurückkehren und die Ber-Marer umbringen und ihre Häuser niederbrennen.«

Dielan griff nach Konvais Hand. »Sag den Ber-Marern, dass sie mit uns kommen sollen. Bitte sie, so viel Nahrung einzupacken, wie sie tragen können, und Bögen und Pfeile. Wir brechen auf, sobald die Verwundeten kräftig genug sind.«

»Noch haben wir Zeit.« Konvai strich dem Alten übers Haar. »Du musst jetzt erst einmal zu Kräften kommen, Vater. Ich werde mich um dich kümmern.«

Dielan leerte den Krug und reichte ihn Konvai. »Dann bring mir mehr Met, das ist gut für die Wundheilung.«

Konvai tat ihm den Gefallen. Als er mit dem Krug zurückkam, stand Ulv auf und ging zum Kamin. Er setzte sich auf den Rand der Feuerstelle. Eine Frau füllte eine Schale mit Grütze und gab sie ihm. Er lächelte sie an, aber sie beachtete ihn kaum. Ihre Augen waren rot, und ihr zerfurchtes Gesicht war vor Kummer verzerrt. Sie hat bestimmt jemanden verloren, dachte Ulv. Ihren Mann oder Vater oder einen Sohn. Vielleicht war sie Garrs Frau. Er wusste es nicht, und er wollte es auch nicht wissen. Er wandte sich ab und aß schweigend seine Grütze.

Der Gesang des Sturms

Am nächsten Morgen verbrannten die Kanathener ihre Toten. Ber-Mars Männer umringten sie stumm, als sie ihre Gefallenen vom Strand auf die Anhöhe nördlich des Tales trugen. Sie bahrten ihre Toten in den ausgebrannten Häusern auf dem Hügel auf, bedeckten sie mit Zweigen und verkohlten Balken, und bald darauf reckten sich die Flammen zum Himmel, während die Sonne aufging. Die Kanathenerinnen nahmen sich bei den Händen und sangen, und sogar die Ber-Marer, die sie mit Lanzen und Bögen bewachten, blickten voller Trauer zu Boden. Beinahe die Hälfte der kanathenischen Krieger war in dieser Schlacht gefallen, und viele waren schwer verwundet worden. Die Leichenfeuer flackerten in dem diesigen Morgen.

Gortar, der jetzt zum neuen Häuptling Ber-Mars gewählt worden war, ließ die Frauen nicht lange trauern. Als die Sonne hoch am Himmel stand, ließ er Kragg-Nars Reiter in die Luren blasen. Der Beschluss war den Kanathenern bereits mitgeteilt worden; sie sollten Proviant, Wasser, Kleider und ihre Verwundeten in die Langschiffe schaffen, nach Süden segeln und nie wieder zurückkehren. Die Männer der Kanathener wurden zum Strand geführt, wo sie den Schnee von den Schiffsdecks schaufelten und die Querbäume zur Mastspitze hochzogen. Die Frauen brachten die Kinder an Bord der Schiffe, ehe sie den Männern halfen, Felle, getrocknetes Fleisch, Wasser und Getreide unter Deck zu schaffen. Die Ber-Marer trugen die Verwundeten aus den Langhäusern. Ulv stand am Strand, als die Kanathener ihre verwundeten Landsleute über die Reling hievten. Er hörte das halb erstickte Stöhnen und wusste, dass viele sterben würden, ehe sie Land erreichten. Doch er wusste auch, dass dies die einzige Möglichkeit war. Brage stand einen Steinwurf von den Schiffen entfernt. Er hatte seine Fäuste in die Hüften gestemmt, und der Wind spielte mit seinen braunen, struppigen Haaren. Er hatte gesagt, dass die Kanathener niemanden verschont hätten, wenn sie die Schlacht gewonnen hätten. Als Seon erfahren hatte, dass sie die Kanathener davonsegeln lassen wollten, hatte er den Kopf geschüttelt und gesagt, dass sie die kanathenischen Siedlungen im Süden warnen würden. Doch Brage hatte ihm in die Augen gesehen und gesagt, dass die Ber-Marer keine Frauen und Kinder töten würden. Dann sollten die Kanathener lieber ihren Landsleuten berichten, was für eine Niederlage sie in der Stadt der Schmiede erlitten hatten.

Die letzten Verwundeten wurden an Bord gebracht. Die Kanathener versammelten sich am ersten Schiff, stemmten sich mit den Schultern gegen den Schiffsrumpf und schoben das lange Schiff ins Wasser. Dann wuchsen die Ruder aus den Seitenöffnungen, während sich das Schiff in der Brandung drehte und mit der Breitseite zum Strand zeigte. Die Männer gingen zum nächsten Schiff, schoben es ins Wasser und liefen weiter. Ulv betrachtete die schwarz geteerten Drachen, die in den Wellen auf und ab wogten, und wusste, dass er diese Schiffe nicht das letzte Mal gesehen hatte. Die Kanathener würden zurückkommen.

Als die Schiffe gewassert waren, gingen die Männer an Bord. Einige der Langschiffe waren vom Strand abgetrieben, so dass sie schwimmen mussten, um die Strickleitern zu erreichen, die über die Reling herabhingen. Bis auf einen Mann am Ruder verschwanden alle unter Deck. Dann ertönten die Stimmen der Ruderer; sie fanden ihren Takt und drehten die Schiffe vom Land weg.

Die Ber-Marer blieben am Strand stehen. Ulv lauschte dem Platschen der Ruder im Wasser. Ein Säugling weinte. Taue knirschten, und Wellen klatschten gegen die schwarzen Schiffsrümpfe. Ulv blickte den Langschiffen nach. Als sie ein paar Pfeilschüsse vom Land entfernt waren, kamen einige Männer an Deck. Die Rahsegel wurden gehisst, und die Kanathener strafften die Schot.

Die Schiffe drehten und bekamen Fahrt. Die Ber-Marer hängten die Bögen über ihre Schultern, als die Schiffe in südlicher Richtung davonsegelten.

Ulv ging über die Brücke und stieg auf den Hügel, der im Süden der Stadt lag. Brage und ein paar andere Ber-Marer folgten ihm. Dort oben blieben sie stehen, bis die Schiffe am diesigen Horizont verschwanden. Als die Männer zurück in die Stadt gingen, blieb Ulv noch eine Weile auf dem Hügel allein, denn noch immer hörte er die Ruderschläge im Wasser. Der Wind trug ihm schwache Laute zu. Die Stimmen von Männern und Kindergeschrei. Eine Frauenstimme. Doch die Geräusche wurden immer schwächer, und als die Sonne im Westen unterging, drehte er sich um und ging ins Tal zurück.

Die Männer aus Kragg-Nar brachen bei Sonnenuntergang auf. Ulv saß an Dielans Bett, doch als er hörte, dass sich die bemalten Krieger zum Aufbruch bereitmachten, ging er nach draußen. Die Reiter hatten sich auf dem Platz an der Brücke versammelt. Konvai stand beim Häuptling und tätschelte das Maul des Pferdes. Auch Karga, Virga und die anderen waren da, und Ulv gesellte sich zu ihnen. Brage stand etwas abseits der Menge. Ulv legte ihm die Hand auf die Schulter und nickte in Richtung der Krieger. Sie ritten nicht mehr mit bloßem Oberkörper, sondern trugen warme Jacken, Pelzmützen und Umhänge. Der Häuptling trug noch immer sein Bärenfell.

»Sie haben ihre Pferde aus der Koppel geholt«, sagte Brage, ließ die Reiter aber nicht aus den Augen. »Zwölf ihrer eigenen Pferde wurden getötet, deshalb haben wir ihnen neue gegeben.«

Ulv kratzte sich im Nacken. Konvai nickte und lächelte dem Reiter mit dem Bärenfell zu. Der Häuptling beugte sich im Sattel vor und sah zu ihm herab. Seine langen, verfilzten Haare fielen ihm ins Gesicht. Konvai reichte ihm die Hand, und der Reiter drückte sie, ehe er wieder nach den Zügeln griff. Das Pferd tänzelte nach hinten, stampfte mit den Hufen auf und schnaubte. Der Reiter sprach mit seiner rauen Stimme und legte seine Hand zwischen die Ohren des Tieres. Da beruhigte sich das Pferd, und der Reiter führte es auf den Pfad, der zwischen den Langhäusern emporführte. Die Männer traten zurück, als ihm die Krieger aus Kragg-Nar folgten. Es waren weit mehr als die vier mal zehn Mann, die Ulv aus dem Tal gefolgt waren, doch viele der Pferde zogen Schlitten mit Verwundeten oder Toten hinter sich her. Das Felsenvolk hatte ihnen einmal mit Getreide ausgeholfen, als in Kragg-Nar eine Hungersnot herrschte. Als Gegenleistung waren sie gekommen, als sie die fünf Hornstöße aus dem Tal des Felsenvolkes hörten. Sie waren mit ihnen in die Schlacht gezogen und ritten jetzt mit ihren Toten heim. Eine teure Gegenleistung für ein paar Säcke Korn, dachte Ulv. Doch das war es, was die Männer Ehre nannten. Jetzt würden sie niemals vergessen werden.

Sie folgten den Reitern an den Langhäusern vorbei. Ulv ging neben ihnen und sah immer wieder zu den bärtigen Männern in ihren Pelzen auf. Auf dem Rücken trugen sie lange Bögen und Pfeilköcher, und ihre Lanzen und Kriegskeulen hatten sie an den

Sätteln befestigt. Ihre bärtigen Gesichter waren noch immer voller Ruß und blauer Kriegsbemalung. Der Wind spielte mit ihren langen Haaren.

Die Männer des Felsenvolkes begleiteten die Reiter bis zur Anhöhe östlich der Stadt. Dort hoben die Reiter ihre Hände und wünschten ihnen Frieden, ehe sie die Hacken in die Flanken der Pferde stießen und die Tiere im Schnee bergan trieben. Ulv und Brage standen mit den anderen Männern zusammen und sahen sie über dem Kamm reiten, und als die letzten Bahren entschwunden waren, drehten sich die Männer um und gingen zurück zu den Langhäusern. Es war Zeit, zu essen und nach den Verwundeten zu sehen. Ulv ging gemeinsam mit Brage hinunter zu dem Haus, in dem Seon und Dielan lagen. Er fragte sich, wer die bemalten Reiter eigentlich waren. Sie waren in die Stadt geritten und hatten wie wilde Wölfe gekämpft. Und dann hatten sie ihre Toten unter Decken verborgen und sie auf den Ziehschlitten wieder mitgenommen, als sollte niemand wissen, dass sie hier in Ber-Mar gewesen waren.

Als sie ins Langhaus kamen, hatten die Frauen Fleisch und Grütze gekocht. Die Männer setzten sich an den Langtisch und bekamen das Essen in tiefen Schalen serviert. Ulv setzte sich zu ihnen. Die Ber-Marer waren still, denn ihre Toten hatten die ewige Ruhe noch nicht gefunden. Konvai saß bei Dielan und hielt die Hand seines Vaters. Der Alte hatte tiefe Furchen auf der Stirn, während er mit seinem Sohn sprach.

Ulv aß das Fleisch und kratzte die Grütze mit den Fingern aus der Schale. Er aß rasch auf und legte sich dann vor die Feuerstelle. Seon saß auf der Schlafbank und aß Grütze, und Brage deutete lachend auf Seons zerschundenes Gebiss. Seons aufgeplatzte Lippen verzogen sich zu einem Lächeln. Bald würde er bei Mian sein, dachte Ulv und schlug den Umhang um sich. Sie wartete auf ihn und auf ihren Bruder. Brage würde sie in seinen Armen halten und lachen, und Seon würde sein Gesicht in ihren Haaren verbergen.

Konvai würde zu Frau und Sohn zurückkehren, und Dielan konnte sich beim alten Hagdar an die Feuerstelle setzen und von der Schlacht und der Ehre berichten, die sie gewonnen hatten. Alle hatten sie jemanden im Tal des Felsenvolkes.

Als die Frauen die Talglichter löschten, war Ulv bereits eingeschlafen. Er hatte sich mit dem Rücken zum Feuer zusammengerollt. Seine Hand umklammerte noch immer den Schwertgriff an seinem Gürtel. Eine der alten Frauen versuchte, seine Finger zu lösen, doch als es ihr nicht gelang, breitete sie eine Decke über ihn und ließ ihn in Ruhe. Ulv atmete durch den halb geöffneten Mund. Die Frauen, die hereinkamen und Schnee für den Schmelzkessel brachten, flüsterten, dass er träumte, denn seine Augenlider zuckten, und seine Stirn war gedankenschwer in Falten gelegt. Als er plötzlich die Augen aufriss und sie anstarrte, erschraken sie und ließen den Schnee zu Boden fallen. Sie baten ihn, sich lieber auf die Felle ganz hinten im Raum zu legen, doch Ulv hörte sie nicht. Er zuckte mit den Lidern und drehte sich auf den Rücken. Dann schlossen sich seine Augen wieder, und er träumte weiter. Die Wände um ihn herum verschwanden, und der Boden verwandelte sich in Sand. Er richtete sich auf und blickte über ein Meer von Sanddünen. Die Sonne brannte vom Himmel. Er warf den Umhang ab und zog sein Hemd aus. Den Schwertgürtel hängte er sich schräg über die Brust. Das Meer aus Sand erstreckte sich in alle Richtungen, doch im Süden ragte ein Gebirge in den Himmel. Er nahm die Witterung auf. Er konnte sie riechen.

Tage und Nächte lief er. Die Sonne brannte auf seinen Rücken herab, und er dürstete und sehnte sich nach Schlaf. Doch als er endlich den Fuß des Gebirges erreichte, sah er an der Felswand nach oben und rief ihren Namen. Und Siréd antwortete auf sein Rufen; sie erschien in einer Öffnung in der Felswand und blickte auf ihn herab. Ihre Haare waren hell, wie er sie in Erinnerung hatte, und sie war in weiße Tücher gehüllt. »Wolfsmann«, sagte sie. »Ich habe Angst.«

Er kletterte an der Felswand empor. Siréd legte sich auf den Felsvorsprung und streckte ihm den Arm entgegen. Er krallte sich in dem klüftigen Fels fest, drückte sich an die kalte Bergwand und kletterte nach oben. Ihre blauen Augen riefen ihn. Sie öffnete den Mund und flüsterte: »Adharkach ... Ich warte auf dich. Du hast mir versprochen zu kommen.« Er streckte sich nach ihr aus, doch die Felswand war hoch, und er erreichte sie nicht.

»Siréd!« Er schüttelte seine Stiefel ab und presste die Zehen in einen Felsspalt. Die Haut löste sich von seinem Fuß, als er sich zu ihr nach oben drückte. Da ertönte ein Donnern am Himmel, und als er zu ihr nach oben blickte, war sie verschwunden. Er brüllte vor Wut und Trauer, als es zu regnen begann.

Ulv kletterte weiter. Er klammerte sich an Felsnasen und Spalten und hielt an der Wand nach weiteren Vorsprüngen Ausschau. Vielleicht stand sie dort oben, irgendwo über ihm. Der Regen übertönte ihre Stimme. Er musste weiter. Er durfte nicht aufgeben.

Es wurde Nacht, doch Ulv kletterte noch immer. Sein Körper war schwer, und der Schwertriemen drückte sich in seine Brust. Seine Finger hatte er auf den nassen Steinen blutig gescheuert. Er fror. Regenwasser rann an der Felswand herab und spülte das Blut von seinen Fingern.

Eine ganze Nacht kletterte er durch die Felswand. Die Schmerzen ließen ihn vergessen, und so wehte die Erinnerung bald nur noch wie ein entferntes Flüstern durch seine Gedanken. Er kletterte, aber er wusste nicht mehr, mit welchem Ziel. Alles, was er spürte, waren das Schwert auf seinem Rücken und die Felswand unter seinen Händen. Seine Arme waren stark, und sein Atem quoll wie grauer Rauch aus seinem Mund. Jedes Mal, wenn er einen Vorsprung erreichte, richtete er sich auf und blickte zu den Berggipfeln empor. Denn dorthin musste er.

Am Morgen erreichte er das flache Plateau der Bergspitze. Knie und Hände waren blutig gescheuert, doch er rappelte sich auf und zog sein Schwert. Um ihn herum lag eine Welt aus Ebenen, Meeren und lang gestreckten Gebirgen. Er hörte das Kriegsgeheul der Heere, die über das Land zogen, und blickte auf. Sein Geweih kratzte an der Himmelswölbung. Er war zum Kampf bereit.

Tarkin erwartete ihn in der Mitte des Plateaus. Der schwarze Riese hatte sich vornübergebeugt und hielt einen Kriegsspeer in der Hand. Ulv trat auf ihn zu und zückte sein Schwert. Er rief die Namen der alten Götter. Ekserk. Man.

Der Riese erhob sich. Ulv legte beide Hände um den Schwertschaft und sprach die Namen der Götter. Manannan. Karr. Kragg. Er hielt inne, hörte seinen eigenen Atem und spürte den Regen auf seinem Rücken. Die Heere sangen am Fuß des Gebirges. Tarkin ... Tarkin ... Der schwarze Riese kam auf ihn zu und senkte die Lanze. »Cernunnos ...«, flüsterte er. »Du bist aus dem Tod erwacht. Wie ich wirst du wiedergeboren.« Ulv fauchte ihn an. Sein Schwert schnitt einen Riss in den Himmel, als er zum Schlag ausholte. Die goldenen Ringe an Tarkins Arm glänzten. »Cernunnos ... Horngott ... Mit dir stirbt die alte Zeit.«

Die Lanze durchbohrte ihn. Ulv sackte in die Knie, als Tarkin den Kriegsspeer in ihn hineinstieß. Er schrie zum Himmel, und sein Schrei riss die dunkle Wölbung entzwei. Tarkin stellte seinen Fuß auf den Schaft der Lanze und brach ihn ab. Ulv griff nach seinem Schwert. Er tastete sich mit den Fingern zur scharfen Klinge vor, doch Blut quoll aus seinem Mund, als er die Finger um den Griff legte.

Die Schritte weckten ihn. Er lag auf der Seite neben der Feuerstelle und hatte die Hand an die Klinge seines Schwertes gelegt. Über seine Beine war eine Decke gebreitet. Brage stand an der Tür und drückte tröstend eine Frau aus Ber-Mar an sich. Ulv richtete sich auf und sah durch die geöffnete Tür. Sie hatten sich am Strand versammelt; Frauen, Männer und Kinder. Die Männer hielten Fackeln in den Händen, und der Klagegesang der Flöten schwebte über das Meer.

Ulv ging gemeinsam mit Brage hinaus. Die meisten Männer des

Felsenvolkes standen bereits unten am Wasser. Konvai legte die Toten nebeneinander, und der Rest seiner vierzig Krieger half ihm, sie mit Steinen zu bedecken. Sogar Dielan war gekommen. Der Alte streckte seine Hand zu den Gefallenen aus, als wollte er sie ein letztes Mal grüßen. Dann wandte er den Blick zum Meer, und Konvai kam zu ihm herüber und legte seinen Arm um ihn.

Die Ber-Marer hatten ihre Toten bereits auf dünne Holzflöße gebettet. Als das Felsenvolk die letzten Toten mit Steinen abgedeckt hatte, kippten die Schmiede Teer auf die Floßhölzer und ließen die Frauen der Toten die Flöße entzünden. Niemand weinte, als die Männer die Toten mit trockenen Zweigen bedeckten und die Feuer noch einmal richtig anfachten. Die Frauen pressten sich Tücher auf den Mund, und manche von ihnen wandten sich ab. Ulv sah Brage fragend an, und der Schmied erklärte ihm, dass es Brauch sei in Ber-Mar, die Toten in aller Stille ihre letzte Reise antreten zu lassen. Sie sollten über das Meer wandern bis zu der Stelle, wo die Wellen endeten und sich die Wölbung des Himmels aus dem Meer erhob. Dort sollten sie in das Reich der Götter eintreten, wo sie bereits von ihren Ahnen und all jenen, die die Toten vermisst hatten, erwartet wurden.

Ein Floß nach dem anderen wurde aufs Meer hinausgeschoben. Der Wind hatte im Laufe der Nacht gedreht und trieb die Toten mit den Wellen vom Land weg. Flammen leckten um die Flöße, die sich auf dem Meer verteilten und gegen das Dunkel ankämpften. Doch der Teer brannte lange, und die Flöße waren weit vom Ufer entfernt, als die Feuer erloschen. Jetzt verstummten die Flöten. Das Meer hatte die Toten zu sich genommen.

In den folgenden Tagen ging Ulv oft zum Strand hinunter und blickte über das Meer. Manchmal wachte er vor dem Morgengrauen auf, so dass nur die Hunde, die vor der Feuerstelle schliefen, ihre Köpfe hoben und ihm nachblickten, wenn er sich aus dem Haus schlich. Er nahm den Weg über die Brücke und stieg auf den Hügel südlich der Stadt. Von dort aus spähte er nach Süden an der

Küste entlang. Er stand dort, während die Sonne über der verschneiten Ebene aufging, spürte die Meeresbrise in den Haaren und hörte den Wind in den Bäumen am Hang rauschen. Wieder sangen die Stimmen der Geister in ihm, wie sie es im Frühling getan hatten. Fast ein Jahr war vergangen, seit er aus dem Barkasfjell hinabgestiegen war, doch jetzt hatte ihn erneut die Unruhe gepackt. Abends lauschte er den Ber-Marern, denn einige von ihnen waren nach Süden gesegelt und wussten viel von dort zu berichten. Brage erzählte von den Schwarzen Bergen; dort hausten blutrünstige Klane, die ihn gejagt hatten, als er jung und abenteuerlustig gewesen war. Doch am meisten erfuhr Ulv von Dielan über die Länder und Küsten im Süden. Ulv hörte ihm zu, bis das Feuer heruntergebrannt war; der Alte sprach über rote Dämonen und gewaltige Mahlströme, die stark genug waren, um ganze Langschiffe zu verschlingen. Flüsternd berichtete er von den Seeschlangen, die er gesehen hatte, als er mit Bran gesegelt war. Die Küste im Süden sei gefährlich, meinte der Alte. Und das Landesinnere sei von bösen Geistern bevölkert. Sie hätten sie in den Wäldern heulen hören. Es sei ein Land für die verrückten Spukgestalten des Waldes, für wilde Tiere und Wölfe. Und die Männer des Felsenvolkes täten am besten daran, hier im Norden zu bleiben.

Ulv dachte oft an Siréd, doch diese Gedanken behielt er für sich. Er wanderte zwischen den Langhäusern hindurch und folgte dem Pfad, der im Norden am Hang zwischen den kahlen Laubbäumen emporführte. Es war, als würde er im Tal keinen Frieden finden, denn wohin er sich auch wandte, überall waren Menschen. Nachts lag er an der Feuerstelle und lauschte dem Atmen der Frauen und dem Schnarchen der Männer, und wenn die Frauen ihre Kinder zum Essen hereinriefen, setzte er sich mit Konvai, Brage, Karga und den Ber-Marern, die sich im Langhaus aufhielten, an einen Tisch. Doch wenn die bermarischen Männer und Frauen ihre Becher auf den Sieg und die Freiheit erhoben, war es ihm unmöglich, mit ihnen zu trinken. Und so ging er einsam seiner Wege, stand am Strand, sah den Eisbergen in der Strömung nach und ließ sich von seinen Gedanken nach Süden tragen. Er konnte sie vor sich sehen, wie sie gemeinsam mit den Kundschaftern der Kanathener davonritt. Er zerrte an den Ketten, schrie und ruckte an der eisernen Halsschelle, bis das Blut an seinem Nacken herabrann. Siréd verschwand aus seinem Blick, und er sank in dem nassen Gras zusammen. Tarkinar Ethem ... Ulv hatte Siréd an sich gedrückt und versucht, sie hinter seinem vernarbten Rücken vor den schwarzen Männern zu verbergen. Die Kundschafter waren von Vendhur ausgesandt worden und sprachen von einer Prophezeiung. Über Tarkin und den Sohn, den die Gezeichnete Frau empfangen sollte. Und bereits als Kosh und der schwarze Mann noch über den Preis stritten, hatte Ulv verstanden, dass Siréd die Frau war, nach der sie suchten.

Man hatte sich entschlossen, den Verwundeten etwas Ruhe zu gönnen und sie wieder zu Kräften kommen zu lassen, ehe die Ber-Marer das Felsenvolk ins Tal begleiteten, doch alle wussten, dass sie nicht zu lange warten durften. Das Volk der Schmiede fürchtete, die Kanathener könnten zu einer ihrer Siedlungen an der Küste segeln, und niemand wusste, wie weit das nächste Küstenfort entfernt war. Die Ber-Marer hatten die Wachen in letzter Zeit über Nachschub reden hören, der per Schiff aus den Festungen im Süden gebracht werden sollte, und so rechneten sie jeden Tag damit, dass die Langschiffe voll geladen mit rachsüchtigen Kriegern zurückkommen würden. Doch Gortar, der neue Häuptling Ber-Mars, hatte sich mit Konvai beraten und gemeinsam mit ihm entschieden, dass niemand fortziehen sollte, ehe die Verwundeten nicht stark genug für die Reise waren. Dennoch packten die bermarischen Frauen schon einmal Kleider und Waffen in Säcke und Satteltaschen, und die Männer fütterten die Pferde und baten die Kinder, in der Nähe der Langhäuser zu bleiben, falls die Langschiffe zurückkamen und sie in aller Eile fliehen mussten.

Während sich die Ber-Marer um ihre eigenen Dinge kümmerten, lief Ulv zwischen den Langhäusern umher. Die Schmiede standen unter den Vordächern und wickelten Hämmer und Zangen in rußige Häute. Sie schmiedeten nicht mehr, sondern bereiteten sich auf die Abreise vor. Andere hackten Holz oder nagelten Planken vor die Fenster der Langhäuser. Ulv hatte inzwischen erfahren, dass die durchsichtigen Scheiben kein Eis waren. Die Schmiede nannten es Glas und sagten, dass es ebenso wertvoll wie Gold sei, und dann zeigten sie ihm die Goldmünzen, die sie vor den Kanathenern versteckt hatten. Doch Ulv verstand nicht, warum sie diese glänzenden Goldstücke verborgen hatten. Gold wärmte nicht, und essen konnte man es auch nicht. Trotzdem liebten die Ber-Marer ihr Gold und trugen es dicht am Körper.

Am neunten Tag nach dem Abzug der Kanathener bestiegen Ulv und Brage den Kanathenerberg, wie die Ber-Marer die Anhöhe im Nachhinein nannten. Ulv hatte gehört, dass die Männer darüber gesprochen hatten, am nächsten Tag aufzubrechen, und Brage hatte ihn gebeten, ihn zu begleiten, um ein letztes Mal die Häuser zu durchsuchen. Der Schmied wühlte mit dem Fuß in der Asche und drehte ein paar Türbalken um. Die Raben flatterten von den verkohlten Leichenfeuern auf, während Ulv und Brage dem Karrenweg zwischen den verbrannten Häusern nach oben folgten. Es stank nach Aas und Tod, und wohin sie sich auch wandten, sahen sie Berge von halb verbrannten Pferdekadavern. Seit dem Abend, an dem sie gekommen waren, um Mian zu holen, war Ulv nicht mehr auf der Anhöhe gewesen, und jetzt, im hellen Tageslicht, erkannte er erst, wie groß die Häuser der Kanathener waren. Sie waren beinahe so hoch wie Bäume und an den Ecken mit merkwürdigen Zeichen und Figuren verziert. Die Häuser im Osten der Anhöhe waren eingestürzt, und die Ber-Marer hatten die angekohlten Tragbalken nach unten in die Stadt gezogen, um Brennmaterial zu haben. Ulv und Brage schlugen einen Weg ein, der nach Westen führte. Fensterläden klapperten im Wind, und Schnee rutschte von den Dächern. Brage trat zu einer halb geöffneten Tür, drückte sie auf und trat ein. Drinnen im Haus war es dunkel. Ulv trat auf den aufgesprungenen Dielenboden und blinzelte. Hinten an der Wand erkannte er eine Treppe. Dort war auch ein geöffnetes Fenster. An der Nordwand zu seiner Rechten befand sich ein Kamin, und in der Mitte des Raumes stand ein Langtisch. Brage stieg die schmale Treppe empor. Die Stufen knirschten unter dem schweren Mann.

Ulv trat ans Fenster und schloss es. Er entdeckte ein paar Krüge auf einem Regalbrett, nahm sie herunter und roch daran. Der Dunst eines starken Trunks stieg ihm in die Nase, und so stellte er die Krüge wieder zurück. Er trat an die andere Wand, an der jemand einen Strauß trockene Blumen aufgehängt hatte. Die Kronenblätter hatten sich dicht um die Knospen gelegt, doch als er daran roch, bemerkte er, dass sie ihren süßen Duft bewahrt hatten. Die Kanathener hatten seltsame Gewohnheiten, dachte er. Sie nahmen Blumen mit in ihre Häuser und hängten sie auf, um den Duft zu bewahren. Er schob die Daumen hinter seinen Gürtel und schlenderte zur Treppe. Im Haus roch es noch immer nach Menschen, und er stellte sich vor, wie die Frauen am Kamin gesessen und die Kinder auf dem Boden herumgetollt hatten. Die Männer hatten wie die Ber-Marer in der Mitte des Raumes am Langtisch gesessen. Sie hatten getrunken und gelacht und nichts von den Geschehnissen geahnt, ehe sie den Qualm rochen und die Schreie hörten.

An der Treppe hockte er sich hin. Unter der untersten Stufe lag eine Art Bündel. Er hob es hoch und hielt es in das Licht des Fensters. Das Lederbündel war mit trockenem Gras ausgestopft und so zusammengeschnürt, dass es einem kleinen Kind glich. Das Gesicht hatte Holzstückchen als Augen, und Nase und Mund waren so genäht, das es einem Lächeln glich. Er roch daran. Der Geruch erinnerte ihn an Siréd.

»Nordländer!« Brage rief ihn von oben. »Komm herauf, Nordländer! Ich habe etwas gefunden!«

Ulv ließ das Bündel fallen und ging die Treppe hinauf. Brage saß an der Wand unter der schmalen Fensteröffnung. Er zog eine kleine Kiste unter einer niedrigen Schlafbank hervor.

»Am Tag nach der Schlacht habe ich dieses Haus durchsucht, aber hier oben unter der Schlafbank habe ich nicht nachgesehen.« Brage packte die Griffe der Kiste und hob sie an.

»Suchst du etwas Bestimmtes?« Ulv trat einen Schritt zur Seite, als Brage die Kiste vor seinen Füßen abstellte.

Brage strich sich mit dem Ärmel seines Hemdes über die Stirn. »Vaters Siegel. Ich habe es nicht in der Schmiede gefunden, und deshalb dachte ich, die Kanathener hätten es vielleicht an sich genommen.«

Ulv kniete sich hin. Die Kiste war nur ein paar Handbreit hoch, aus Bronze geschmiedet und mit eisernen Bändern beschlagen. Der Deckel war mit Lederriemen festgebunden.

»Gib mir deinen Dolch.« Brage streckte die Hand aus.

Ulv zückte seinen Dolch und gab ihn Brage. Der Schmied durchtrennte den Riemen und öffnete das Schloss. Ulv beugte sich vor. Die Kiste war voller Schriftrollen.

»Pergamente!« Brage nahm die Rollen aus der Kiste. »Kanathenische Pergamente! Bei allen Schmiedehämmern Karrs! Was soll ich denn damit?« Er warf sie auf den Boden und grub mit den Händen in der Kiste. Seine Stirn legte sich in Falten. Ulv blickte in die Kiste. Zwischen den Pergamenten glitzerte es.

»Gold!« Brage ließ die Münzen durch seine Finger rieseln. »Kriegsbeute. Schätze von Ber-Marer Familien. Das geht heute Abend zurück an die Alten. Gold brauche ich nicht!«

Der Schmied kippte die Kiste auf die Seite, und die Goldmünzen rollten über den Boden. Dann schleuderte Brage die Kiste an die Wand und trat mit dem Fuß auf die Münzen. Ulv erhob sich. Der Schmied fluchte und machte wilde Gebärden. »Ich brauche das Siegel«, sagte er. »Ohne das kann ich Vaters Rang als Meisterschmied nicht weitertragen. Gortar redet davon, im Frühling einen Schmiedewettkampf durchzuführen, um zu entscheiden, wer der Neue werden soll. Doch Vater hat gesagt, ich solle sein Erbe weiterführen. Ich soll ...«

Brage warf sich auf die Knie. Mitten zwischen den Goldmünzen lag ein verrußter Eisenwürfel. Er nahm ihn in die Hand und hielt ihn vor sich.

»Ist das das Siegel?« Ulv sah zu ihm hinüber.

Brage nickte langsam, ehe er den Würfel drehte und Ulv entgegenstreckte. »Da, Nordländer. Das ist das Siegel des Meisterschmieds. Der Rabe.«

Ulv sah den Würfel an. Er erkannte den Umriss eines Raben. Er erinnerte sich an die Flagge, die an Brages Ochsenkarren geflattert hatte, als er damals nach Krugant gekommen war. Ein schwarzer Rabe auf rotem Grund. Das Symbol Ber-Mars.

»Vater schlug das Siegel in frisch geschmiedete Schwerter und Äxte. Alles, was er schmiedete, trug sein Siegel.« Brage legte den Würfel auf seinen Handrücken und schlug wie mit einem unsichtbaren Hammer darauf, um seine Worte zu unterstreichen. »Jetzt bin ich es, der Vaters Siegel meisterlich nutzen wird.«

Ulv hob ein paar der Pergamente auf. Sie waren voller merkwürdiger Zeichen und Striche.

»Wir nehmen die Pergamente mit zu Seon«, sagte Brage. »Er kann Mansarisch. Das ist ähnlich wie Kanathenisch, wenn ich mich recht erinnere. Vielleicht kann er die Sachen deuten.«

Der Schmied verstaute das Siegel in seiner Gürteltasche und begann, die Münzen und Pergamente einzusammeln. Er legte sie in die Kiste, und Ulv half ihm, sie die Treppe hinunterzutragen.

Brage und Ulv verließen das Haus und folgten dem Weg zur Mauer. Dort blieb Ulv stehen, denn der Wind wehte ihm vom Meer entgegen. Einer der Eisberge kippte langsam auf die Seite, ehe ein gewaltiges Stück abbrach und ins Meer rutschte.

»Warmluft«, sagte Brage. »Die Eisberge kalben.«

Ulv umklammerte den Griff seines Schwertes und sah zu den Wolken auf. Der Wind hatte gedreht. Die Langschiffe der Kanathener wurden nach Süden geblasen.

Sie nahmen die Kiste mit hinunter zu den Langhäusern. Dort zeigte Brage den anderen das Haussiegel. Die Männer ergriffen seine Hände und gossen Met in tiefe Krüge. Ulv setzte sich an die Feuerstelle, während die Männer tranken, und bald darauf kamen die Schmiede aus den anderen Häusern vorbei, um zu erfahren, was geschehen war. Das wieder gefundene Siegel war eine große Freude für das Volk von Ber-Mar, doch Ulv sonderte sich ab, als die Männer feierten. Er bekam eine Schale Grütze, und während langsam der Abend anbrach, saß er bei Dielan. Der Alte sprach über all jene, die im Tal auf sie warteten. Er tätschelte Ulvs Arm und sah ihn an. Jetzt würde eine gute Zeit kommen, sagte der Alte. Eine Zeit des Friedens. Wenn der Frühling kam, würden sie im Tal nach Norden reiten. Dort würde er Ulv zeigen, wo sich die Hirsche versteckten. Dielan kannte einen Bergsee, einen Ort, der fast so aussah wie der kleine Weiher, an dem er mit Bran immer sein Lager aufgeschlagen hatte, als sie als Jungen im Lanzengebirge die Schafe hüteten. Dorthin könnten sie gemeinsam reiten, sagte der Alte und griff sich an den Verband an seiner Schulter. Die Frauen sagten, er würde einen steifen Arm bekommen, doch das machte nichts. Jetzt, da Ulv zurückgekehrt war, wusste er, dass ihn die Götter noch ein paar Winter leben lassen würden.

Ulv saß bei Dielan, bis dieser einschlief. Dann breitete er die Decke über seine Brust und ging zurück zum Feuer. Die Männer saßen am Langtisch hinter der Feuerstelle. Sie redeten laut und lachten, stießen mit den Bechern an und prosteten sich zu. Einige der Verwundeten hatten sich erhoben, um mit ihnen zu trinken. Seon saß auf seiner Bettkante, den Rücken zur Wand gedreht. Er hatte die Decke um sich geschlagen und starrte in den Raum. Die Wundränder auf seinem Gesicht glänzten im Licht des Feuers. Ulv legte sich mit dem Rücken zum Feuer hin und schlief bald darauf ein.

Es knisterte leise in der Feuerstelle, als er aufwachte. Er lag auf dem Rücken unter der Decke und spürte die Wärme des Feuers. Ulv richtete sich auf und rieb sich die Augen. Vor seinen Füßen hockten Seon und Brage auf einem Fell, vor sich die Bronzekiste. Auf dem Boden ausgebreitet lagen zahlreiche Pergamente.

»Das ist vom letzten Jahr«, murmelte Seon und starrte auf das entrollte Pergament. »Korn ... Fisch ... Bei dem Zeichen weiß ich nicht, wofür es steht.«

Ulv sah zu den Schlafstätten hinüber. Die anderen hatten sich hingelegt. Dielan teilte sich seinen Platz mit Konvai. Der alte Mann schnarchte laut.

»Nordländer.« Brage sah ihn mit erhobenem Krug an. »Wir lesen die Pergamente. Seon meint, sie stammen von einem Kaan.«

Seon beugte sich vor. »Es ist auf Kanathenisch geschrieben, aber ich kenne einige der Zeichen. Und es gibt mansarische Erklärungen.« Er reichte Brage das Pergament, der es an Ulv weitergab.

»Die keilförmigen Zeichen unten sind Mansarisch.« Seon legte sich die Decke über die Schultern und leckte sich die Lippen. Ohne seine Schneidezähne fiel es ihm schwer zu sprechen. »Das ist die Bestätigung eines mansarischen Hafenmeisters ... Der Kaan hat um Fisch und um Korn gebeten, und der Hafenmeister ...« Seon befeuchtete erneut seine Lippen. »Der Hafenmeister schreibt, dass er getan hat, um was ihn der Kaan gebeten hat. Im Auftrag der Stadt Taraman hat er das Schiff des Kaans mit fünfzehn Tonnen Getreide und Fisch beladen.«

Ulv warf einen Blick auf das Pergament. Überall auf dem glatten Leder waren kleine Striche und Schnörkel. Er konnte nicht fassen, wie jemand Worte daraus entnehmen konnte.

»Der Kaan war auf dem Weg nach Norden,« sagte Brage. »Seon liest, was er geschrieben hat. Vielleicht verraten uns die Pergamente, wie weit es bis zur nächsten Siedlung ist.«

Ulv setzte sich an den Rand der Feuerstelle, den Rücken den Flammen zugewandt. Seon legte das Pergament in die Kiste zurück und zog ein anderes heraus.

»Das ist auch auf Kanathenisch geschrieben.« Seon fuhr mit dem Finger über das Pergament. »Das verstehe ich nicht. Aber ganz unten ist eine Aufschrift. Dies hier ist in Torman geschrieben worden.«

Brage starrte auf die Haut. »Ist das nicht eine Stadt in Vandar?«

Seon nickte. »Ganz im Westen von Vandar. Die Mansarer bezeichnen die Stadt als die ihre, aber sie ist vandarisch. Das Schiff des Kaans hat dort seine Wassertonnen aufgefüllt.«

Er legte das Pergament beiseite und entrollte ein weiteres. »Das ist auch aus Torman«, sagte er und legte es in die Kiste. »Wir brauchen eins von der Küste nördlich des Sturmrandes.«

Brage kratzte sich im Nacken und reichte Ulv den Metkrug, der einen Schluck nahm und ein Stück vom Feuer wegrutschte.

»Hier steht etwas über das Wetter, glaube ich.« Seon drehte ein Pergament auf die Seite. »Dieses Zeichen steht für die Windrichtung. Der Kaan hat jeden Tag etwas vermerkt. Das ist bei denen so üblich.«

Ulv reichte den Metkrug an Brage. Der Schmied gähnte, ehe er den Krug an die Lippen setzte und ihn leerte. Seon nahm ein weiteres Pergament von seinem Schoß, rieb sich die Augen und entrollte es. »Hier ist eins auf Mansarisch.« Er ließ seinen Blick über das Pergament schweifen. »Das ist ein Torach, der Befehl eines obersten Heerführers. Vendhur selbst muss dieses Pergament geschrieben haben.«

Brage runzelte die Stirn und blickte auf das Pergament hinunter. »Mansarisch oder Kanathenisch, beides gleich unleserlich für mich. Lies laut, Seon.«

Ulv sah, wie Seon seinen Blick über die goldene Haut nach unten schweifen ließ. »Es ist an einen Kaan in Mansar gerichtet. Dort steht …« Seon sah zu Ulv hinüber. »Da steht etwas über die Gezeichnete.«

Ulv riss ihm das Pergament aus der Hand. Es war voller Zeichen, schwarzer Punkte und Striche. »Was steht da, geht es um Siréd? Steht da, wo sie ist?«

Brage beugte sich zu ihm vor. Ulv wollte ihm das Pergament nicht geben, doch der Schmied legte ihm die Hand auf den Arm. »Wir wissen, was du uns über diese Sklavin im Norden erzählt hast. Lass Seon lesen, Nordländer.«

Ulv gab das Pergament zurück. Seon hielt es in den Schein der Flammen und blinzelte. »*Der fünfte Mond im 196. Jahr Tarkins. Das ist fast vier Jahre her*«, sagte er und deutete auf die Zeichen ganz oben auf dem Pergament. »Die Kanathener rechnen die Zeit nach den Lebensjahren Tarkins. Die Rechnung beginnt jedes Mal aufs Neue, wenn er stirbt und ein neuer Tarkin seinen Platz einnimmt. Hier ist Vendhurs Siegel. Nur er darf das Zeichen der gekreuzten Lanzen nutzen.«

Seon drehte das Pergament herum und streckte es zu Ulv und Brage. Ganz oben waren zwei gekreuzte Lanzen zu erkennen. Ulv berührte die steife Haut. Das Zeichen sah aus wie das Muttermal auf Siréds Rücken.

Seon legte sich das Pergament in den Schoß und blickte auf die Zeichen. »Da steht etwas über die Tarkinar Ethem, die Gezeichnete. Es ist eine Botschaft.« Er sah zu Ulv hinüber. »Bist du sicher, dass ich es lesen soll, Ulv? Wozu soll das gut sein? Sie ist verschwunden, und es ist sicher das Beste, wenn du sie vergisst.«

Ulv deutete auf das Pergament. »Ich will wissen, was da über Siréd steht.«

Seon leckte sich über die Lippen, ehe er den Kopf senkte und mit dem Zeigefinger über die Schrift fuhr. »*Ich, Vendhur, richte mich mit diesen Worten an dich, Gilach, höchster der Kaane Taramans. Mögen deine Frauen dir viele Kinder schenken und möge deinen Söhnen das Kriegsglück hold sein.*« Seon kratzte sich an der Stirn. »Es ist lange her, dass ich zuletzt Südmansarisch gelesen habe. Sie schreiben die Zeichen anders. Aber ich glaube, dass Vendhur noch ein paar Zeilen weiter mit diesen Segenswünschen fortfährt.« Seon führte seinen Zeigefinger von rechts nach links über das Pergament nach unten. »Hier«, sagte er und deutete mit seinem nagellosen Zeigefinger auf die Haut. »Hier steht etwas über die Gezeichnete.« Er räusperte sich und hielt das Pergament ins Licht. »*Befiel deinen Männern, nach der Frau zu suchen, die Tarkins Zeichen auf dem Rücken trägt. Sie muss zu Ihm gebracht werden, denn Er wird sie als die Seine annehmen, und sie wird*

Ihm einen Sohn gebären. Und in diesem Sohn wird Tarkin erneut wiedergeboren werden.«

Seon hob den Blick. Ulv ballte die Fäuste. Er wusste, warum die Kundschafter sie ihm entrissen hatten. Sie hatten mit Kosh darüber gesprochen und gesagt, dass sie Tarkins Sohn empfangen sollte. Jedes Mal, wenn die schmerzhaften Gedanken kamen, wusste er, dass er bereits weit im Süden sein sollte. Er musste sie finden, ehe sie sie zu Tarkin brachten. Er durfte das nicht zulassen. Er kniff die Augen zusammen und verbarg sein Gesicht in den Händen. Wieder sah er den schwarzen Riesen aus seinen Träumen und die Lanze in seinen mächtigen Händen. Er hatte Angst.

»Da steht noch mehr«, sagte Seon. »*Alle zweihundert Jahre haben unsere Krieger eine Frau gefunden, die sein Zeichen trägt. Uns bleiben nicht mehr ganz fünf Jahre. Tarkins Körper siecht und unser Land mit ihm. Finde die Gezeichnete Frau, und Kanath wird dich belohnen.*«

Ulv blickte auf. »Noch fünf Jahre? Was geschieht in fünf Jahren? Wie können sie wissen ...«

»Sie zählen die Jahre nach Tarkins Leben«, sagte Seon. »Dieses Pergament wurde 195 Jahre und fünf Monde nach der Geburt des jetzigen Tarkin geschrieben, also knapp fünf Jahre vor seinem Tod. Aber bis dahin sind es nicht mehr fünf Jahre – sondern nur noch ein Jahr. Das Pergament wurde vor vier Jahren geschrieben.«

Brage beugte sich vor. »Zur Wintersonnenwende ist das letzte von Tarkins zweihundert Jahren angebrochen. Das stimmt doch, Seon, oder?«

»Das stimmt«, bestätigte Seon. »Das letzte Jahr ist zur Wintersonnenwende angebrochen ... Hier geht es weiter.« Seon breitete das Pergament aus und fuhr mit dem Finger über die Zeichen. »*Das Gebot geht an alle Kaane und Kundschafter nördlich des Meeres. Wer die Gezeichnete findet, soll sie nach Kanath zu den Priestern bringen, und die Priester werden prüfen, ob sie die Richtige ist. Sie wird zum Tempel Tarkins an der Spalte Arak im Arak-Gebirge gebracht werden, und dort wird sie ...*«

Ulv nahm ihm das Pergament aus den Händen. »Arak-Gebirge?« Er drehte und wendete das Pergament hin und her. »Wo ist das? Ich muss es wissen, Seon. Sag mir, wo das ist.«

Brage nahm ihm das Pergament ab. »Wir verstehen deine Gefühle, Nordländer. Aber nimm Seon nicht immer das Pergament weg.«

Ulv setzte sich an den Rand der Feuerstelle. Er hielt die Luft an und ließ seinen Blick durch den dunklen Raum schweifen. Fast schien er sie hören zu können. Irgendwo, weit entfernt, rief sie ihn. Er hatte versprochen, ihr zu folgen. Und jetzt wusste er, wohin sie sie bringen wollten. »Kanath«, sagte er. »Das ist auf der anderen Seite des Meeres, nicht wahr?«

»Auf der anderen Seite des Meeres, südlich der Schwarzen Berge.« Seon schluckte und streckte seinen Arm nach Süden aus. »Südlich der mansarischen Küste, südlich von zwei Meeren. Das ist weit.«

Ulv stützte seine Stirn auf die Hände. »Steht da noch mehr?«

Seon sah auf das Pergament hinab. »Nur ein paar Zeilen. Ich werde sie dir vorlesen, Ulv. Vendhur wiederholt, was geschehen wird. Er schreibt: *Tarkin wird bis zur letzten, längsten Nacht warten* ...«

»Wintersonnenwende.« Brage kratzte sich am Bart. »Damit ist die nächste Wintersonnenwende gemeint, Seon.«

Seon nickte. »Bei der nächsten Wintersonnenwende wird es geschehen.«

Ulv sah zu dem schmalen Fenster an der Längsseite des Hauses hinüber. Ein Monat war vergangen, seit das Felsenvolk die längste Nacht des Jahres gefeiert hatte. Die Sonne stieg jetzt wieder höher, und das Jahr ging auf Frühling und Sommer zu. Und wenn es erneut Winter wurde, wollte Tarkin Siréd nehmen.

» *...wird bis zur letzten, längsten Nacht warten, da sein Geist bereit ist, den sterbenden Körper zu verlassen.*« Seon las weiter. »*Dann wird Tarkin die Gezeichnete befruchten und bei Sonnenaufgang sterben. Kanath wird warten, bis Tarkin wiedergeboren* *wird, und den Neugeborenen dann im Blut der Frau baden, die für Kanaths Glück und die Fruchtbarkeit der Felder geopfert werden wird.«*

Ulv sah ihn an. »Geopfert? Sie soll geopfert werden?«

Seon runzelte die Stirn und blickte auf das Pergament. »*... für Kanaths Glück und die Fruchtbarkeit der Felder.* Das ist so Brauch in Kanath. Mutter hat mir davon erzählt.«

Ulv schlang die Arme um sich. In knapp einem Jahr wollte der Gott der Krieger des Südens sie zur Frau nehmen, und wenn sie sein Kind ausgetragen hatte, würden sie sie töten. Seine Kehle schnürte sich zu. Was Seon las, handelte von Siréd. Von der Frau, die ihn umarmt und ihn gepflegt hatte, als sein Rücken von der Peitsche aufgerissen war. Die Frau mit den blonden Haaren. Die Frau aus seinen Träumen.

»Ganz unten steht eine Notiz von Gilach.« Seon rollte das Pergament zusammen. »Er bestätigt, dass er Vendhurs Torach erhalten hat und dass er das Pergament mit dem kanathenischen Boten zurück zu Vendhurs Langschiff sendet. Das ist alles.«

Ulv wandte sich von ihnen ab. Die Flammen leckten über das verkohlte Holz. Er schloss die Augen, denn der Lichtschein brannte in seinen Augen. Schmerzen schossen durch seine Adern, sammelten sich in seiner Brust und ließen seine Augen feucht werden. Wieder spürte er dieses quälende Gefühl, das in ihm emporgestiegen war, als sie sie ihm geraubt hatten. Er sehnte sich nach ihr.

Brage nahm ein anderes Pergament hervor, doch Seon legte die Hand auf seinen Arm. »Wir haben noch genug Zeit«, sagte er. »Das können wir uns morgen ansehen.« Er sammelte die Pergamente zusammen und legte sie in die Kiste.

Der Schmied legte seinen Arm um Seons Rücken und half ihm zur Schlafbank, wo er unter die Decke kroch. Brage ging langsam hinter die Feuerstelle, wo er ein Fell an der Schmalseite des Hauses ausgebreitet hatte. Bald war es wieder still im Haus.

Ulv blieb an der Feuerstelle sitzen. Er konnte nicht schlafen.

Die Worte, die Seon vorgelesen hatte, hallten flüsternd in seinen Ohren wider. Für Kanaths Glück geopfert ... Dann wird Tarkin die Gezeichnete befruchten ... Der schwarze Krieger wollte sie vergewaltigen wie der dicke Sklavenhändler. Doch dieses Mal war er nicht bei ihr. Dieses Mal würde er sie nicht mit seinem eigenen Leben beschützen können.

Lange blieb er dort am Feuer sitzen. Als die Flammen heruntergebrannt waren, stand er auf und legte sich die Decke wie einen Umhang um die Schultern. Er ging zu Dielan und blickte auf den alten Mann hinab. Er lag auf dem Rücken, den Kopf auf zwei Lagen Felle gebettet. Ulv sah an der Wand entlang. Männer und Frauen lagen dicht an dicht auf ihren Schlafbänken. Alle schliefen. Er wandte sich zur Tür. Die Frauen hatten Felle, Kleider und Umhänge zusammengepackt und an der Schmalseite des Hauses aufgestapelt. Sie waren zum Aufbruch bereit, dachte er. Wenn die Sonne aufging, würden sie die Pferde zusammentreiben, die Verwundeten auf die Schlitten betten und in die Berge wandern. In das Tal des Felsenvolkes.

Als er die Tür öffnete, schlug ihm die Kälte entgegen. Der Wind heulte zwischen den Langhäusern. Er ging hinaus. Wellen spülten über den Strand. Das Meer trieb Streifen aus Schaum nach Süden, und die Eisberge waren verschwunden. Er sah zum Himmel. Überall waren Sterne. Er erkannte einige Bilder wieder. Der Jäger stand jetzt hoch, doch mit jeder Nacht, die verging, stieg er weiter und weiter nach Norden ab. Den ganzen Sommer über würde er verschwunden sein, um im Spätherbst zurückzukehren.

Ulv schlug die Decke um sich und ging zur Brücke hinunter. Er schritt über die vereisten Balken und folgte dem Pfad, der auf die Anhöhe im Süden führte. Die Windböen schlugen gegen seinen Rücken. Es war jetzt kalt, wie es sich für die Jahreszeit gehörte. Der Schnee war hart und knirschte unter seinen Füßen. Das war ein Winter, wie er ihn aus dem Barkasfjell kannte.

Als er die Spitze der Anhöhe erreicht hatte, peitschten seine Haare im Wind. Er hielt die Decke zusammen, während sein Blick der Küstenlinie folgte. Rechts von ihm fiel die Anhöhe steil zum Meer hin ab, und er sah den Schnee, der sich auf der Landzunge türmte. Weiter im Süden sank die Ebene sanft zum Strand hin ab, auf dem sich die Brandung als weißer Schaumrand auf den schwarzen Steinen abzeichnete. Weiter draußen schwollen die Wellen wie graue Klippen an. Die Kanathener waren die Einzigen draußen auf dem Meer, dachte er. Vielleicht waren die Langschiffe im Sturm gesunken. Mit Kindern, Frauen und Verwundeten.

Eine Weile blieb er dort stehen und blickte über das Meer. Es erschreckte ihn, wie ihn dereinst die Ebene erschreckt hatte. Dielan hatte von Seeschlangen gesprochen, die unter den Wellen hausten. Das Meer sei gefährlich, hatte er gesagt. Doch es gab etwas dort draußen, etwas im Dunkel über der stürmischen See, das ihn anzog. Es war etwas im Wind, als sänge ihm der Sturm Worte, die nur die Götter verstehen konnten. Und nicht nur das Meer lockte ihn an, sondern auch die Ebene, die schneebedeckt vor ihm lag. Sie dehnte sich wie endlos in die Nacht aus, doch jetzt wusste er, dass sie irgendwo dort im Süden endete. Seon hatte von den Schwarzen Bergen gesprochen und einem Meer im Süden. Und am Ende dieses Meeres lagen ein weiteres Land und ein weiteres Meer. Südlich dieses Meeres lag Kanath, und dort war Siréd. Seon hatte die Zeichen auf dem Pergament ausgesprochen. Die schwarzen Kundschafter sollten sie zum Tempel Tarkins bringen. An der Spalte Arak im Arak-Gebirge. Wenn er nur über das Meer käme, würde er es schon finden. Doch zwei Meere und zwei Länder musste er durchqueren. Und das alles vor der nächsten Wintersonnenwende.

Ulv hockte sich hin und schlug die Decke enger um sich. Er hatte versprochen, ihr zu folgen. Ehe er ins Tal des Felsenvolkes gekommen war, war sie die Einzige gewesen, die er gehabt hatte. Doch jetzt hatte er das Tal gefunden, das ihm seine Träume gezeigt hatten, und einen Klan und eine Familie, die am Feuer für ihn Platz machten. Das hatte er niemals zuvor gehabt. Und erst jetzt, da er an all die Geschehnisse zurückdachte, wurde ihm bewusst, dass er sich danach gesehnt hatte, solange er denken konnte.

Sie waren in seinen Träumen zu ihm gekommen, doch er hatte nicht verstanden. Das tat er erst jetzt.

Er saß dort, während der Mond am Himmel emporstieg. Die Nacht war kalt, und die Sturmböen heulten an den Berghängen über der Stadt. Doch weder der Wind noch die Kälte quälten ihn. Er saß mit geschlossenen Augen da und versuchte, den Geisterstimmen zu lauschen, wie er es früher getan hatte, wenn sich schwere Gedanken seiner bemächtigt hatten. Doch in dieser Nacht schwiegen die Geister.

Als der Mond im Westen herabsank, stieg Ulv vom Hügel herunter. Er folgte dem Weg zur Brücke, stieg über die Balken und ging hinunter zum Strand. Die Wellen spülten bis zu den Grabhügeln, und so blieb er im Schutz des Fischerhauses stehen und sog den salzigen Duft von Meer und Tang ein. Es war so fremd für ihn, dieses weitläufige Reich voller Wind und Wasser. Er zog die Kette unter seinem Hemd hervor und befühlte die scharfen Zähne. Bran hatte sie von einem Volk im Süden bekommen, hatte Dielan gesagt. Vater hatte das Meer geliebt und zu guter Letzt sein Volk verlassen, um wieder hinauszusegeln. Vielleicht hatte er im Tal keinen Frieden gefunden. Ulv ließ die Kette wieder in sein Hemd gleiten. Vielleicht lebte Vater noch immer irgendwo dort draußen. Er drehte dem Strand den Rücken zu und sah zu den Langhäusern hinauf. Wenn der Morgen kam, würden die Ber-Marer ihr Gepäck an die Sättel binden und Konvai und den anderen in die Berge folgen. Sie flüchteten vor den Kanathenern. Und Dielan erwartete, dass er mit ihnen ging.

Den Rest der Nacht lief er zwischen den Langhäusern umher. Er nahm den Weg hinauf zu Karrs Schmiede und ging dann zur Steilküste. Er folgte den Fußspuren von Virga und dessen Söhnen durch das Tal und lief über die Flächen zwischen dem Fluss und den Hügeln im Norden. Oft blieb er stehen, er hörte seinen eigenen Atem zwischen den Windböen und dachte an die Tage, in denen er dem

Wagen der Sklavenhändler gefolgt war. Für ihn war das bloß eine schreckliche Erinnerung. Doch Siréd war noch immer gefangen.

Ulv stapfte durch den Schnee, er ging wieder ins Tal hinunter und rannte am Strand auf und ab. Die Worte, die Seon gelesen hatte, hatten seine Erinnerungen geweckt, und jetzt konnte er an nichts anderes mehr denken. Er dachte an die Nächte, in denen er neben ihr unter dem Wagen gelegen und ihren weichen Körper an dem seinen gespürt hatte. Er schloss die Augen und erinnerte sich daran, wie er sein Gesicht in ihren Haaren verbergen konnte und wie sie einander flüsternd von dem Leben erzählten, das sie vor der Gefangennahme durch die Sklavenhändler gelebt hatten. Sie hatte ihm vom Klan der Cogach erzählt, von ihren Brüdern und der Schlacht, die sie ausgerottet hatte. Ulv blickte über das Meer, während er sich an den Rücken fasste und die steifen Narben unter dem Hemd spürte. Die lang gestreckten Streifen waren von Koshs Peitsche gezeichnet worden. Niemals war er dem Tod so nahe gewesen wie damals. Und hätte sie ihn nicht in diesen ersten Tagen gehalten, er hätte nicht überlebt. Sie hatte seine Wunden gewaschen. Sie hatte ihn verbunden und ihm Worte der Kraft zugeraunt. Sie hatte ihn an sich gedrückt. Niemand hatte das jemals zuvor getan. Sie hatte ihn gebeten, stark zu sein, und gesagt, dass sie ihn brauche.

Als der Morgen kam, stand Ulv wieder unten am Strand. Er hörte, wie die Türen geöffnet wurden. Axthiebe erklangen zwischen den Langhäusern. Hunde bellten, und Frauen riefen Kinder und Männer zu Tisch.

Ulv ging hinein und setzte sich gemeinsam mit Konvai, Brage und den anderen an den Tisch. Brage war an diesem Morgen schweigsam, doch Ulv sah, wie er ihn beobachtete, als erwartete der Schmied etwas Bestimmtes von ihm. Die Verwundeten bekamen ihre Schale mit Grütze in ihren Betten, obgleich alle wussten, dass der Aufbruch nahte. Ulv sah sich um. Einige der Frauen hatten die Ledersäcke und das Gepäck bereits nach draußen getragen. Die Kinder trugen dicke Pelzkleider und warme Stiefel. Die Männer aßen schnell, und als sie vom Tisch aufstanden, sammelten die Frauen die Schalen ein und wuschen sie im Schnee. Sie schoben die Becher und Spindeln zwischen die zusammengebundenen Kleider und Decken und trugen sie zur Tür. Die Männer streckten sich, hoben die Gepäckstücke auf ihre Schultern und gingen hinaus.

Dielan saß auf seiner Schlafbank und gähnte, während Ulv seine Waffen zusammensuchte. Er bekam eine Decke des Alten und rollte alles mit dem Pelz und seiner schmutzigen Wolldecke zusammen. Die Pelzfäustlinge schob er zwischen Decke und Fell, ehe er Schneeschuhe und Pfeilköcher seitlich daran lehnte und dann alles mit Sehnen festband. Zu guter Letzt befestigte er auf beiden Seiten des Bündels einen Lederriemen, so dass er es auf dem Rücken tragen konnte. Den Bogen hängte er sich über die Schulter, und Axt und Schwertscheide befestigte er an seinem Gürtel. Als er so weit war, kam Konvai herein und half seinem Vater auf. Die Schlitten waren an den Sätteln befestigt worden und die Pferde bereit. Die Zeit für den Aufbruch war gekommen.

Das Volk von Ber-Mar hatte sich auf dem Platz vor der Brücke versammelt. Dort standen die Männer und spannten die zusammengerollten Decken auf die Rücken der Packpferde. Die Verwundeten lagen auf Bahren und wurden in warme Pelze gehüllt. Die Frauen drückten die Kinder an sich, banden sich Schneeschuhe an die Füße und riefen diejenigen, die sich noch immer in den Langhäusern aufhielten. Konvai legte seinen Vater auf einen Schlitten. Dielan hustete und zog sich die Decke bis zum Hals.

Ulv blieb am Langhaus stehen, während sie sich zum Aufbruch bereitmachten. Er sah Virga und dessen Söhne, Karga und all die anderen, die ihm aus den Bergen gefolgt waren. Brage streckte Seon seine Hände hin, als dieser in den Sattel seiner gelben Stute kletterte. Seon lächelte den Schmied an und nahm die Zügel. Dann sah er zum Langhaus hinauf. Ulv senkte den Blick.

»Ulv!« Konvai hob seinen Arm und winkte. »Karga hat dein Pferd geholt! Willst du dein Gepäck nicht festmachen?«

Ulv lief zu ihnen nach unten. Karga führte den schwarzen Hengst zu ihm. Ulv strich dem Tier über das Maul. Die Mähne flatterte im Wind. Die Frauen riefen ihre Kinder. Zaumzeug knirschte, als die Kleinen in die Sättel gehoben wurden. Er sah zwischen den Langhäusern nach oben. Ein Mann kam über den Pfad nach unten gelaufen. Eine Tür knallte. Die letzten Ber-Marer hasteten nach unten zum Platz.

Er stellte sein Gepäck am Boden ab. Karga neigte den Kopf zur Seite, als würde er nicht verstehen. Dann ging Ulv zu Dielan. Konvai hatte ihn mit mehreren Fellen zugedeckt. Der alte Mann sah zu ihm auf. »Ulv«, sagte er. »Bist du nicht bereit?«

Ulv hockte sich neben den Schlitten und legte die Hand des Alten zwischen die seinen. Falten zeichneten sich auf Dielans Stirn ab. Er erkannte, dass etwas nicht stimmte. Ulv kniete sich in den Schnee. Dielan legte ihm die Hand auf die Schulter. Seine Finger zitterten. »Du kommst nicht mit uns«, flüsterte er. »Ich sehe es in deinen Augen. Der Sohn meines Bruders ... Du bist wie dein Vater.«

Ulv senkte den Blick. Dielan drückte ihn an sich und streichelte ihm über den Nacken. »Sag, dass es nicht so ist, Ulv.« Der alte Mann bewegte den Kopf hin und her. »Sag, dass du mit uns ins Tal kommst. Dass du in meinen letzten Jahren bei mir bist.«

Ulv schluckte und versuchte zu sprechen, doch er brachte kein Wort über die Lippen. Die Schmerzen brannten in seiner Brust. Gerne hätte er den Alten und sein Volk begleitet, doch er wusste, dass es ihm nicht gelingen würde.

»Ich muss ...« Er richtete sich auf und rieb sich die Augen. Dielan hielt seinen Arm fest, als wollte er ihn nicht gehen lassen.

»... ich muss nach Süden gehen.« Ulv warf einen Blick auf den Hügel südlich der Stadt. »Dort ist Siréd. Ich muss sie finden.«

Dielan strich sich lächelnd unter den Augen entlang. »Die Frau ... Du hast von ihr gesprochen, Ulv. Sie haben sie dir genommen.«

Ulv stand auf. »Ich werde zurückkehren. Wenn ich sie gefunden habe, werde ich mit ihr ins Tal kommen, und wir werden in Frieden leben.«

Er hörte, dass der alte Mann weinte, doch er konnte ihn einfach nicht ansehen. Konvai und Karga standen bei den Pferden und starrten ihn mit ernsten Gesichtern an. Seon beruhigte das Pferd und ließ es zwischen die Ber-Marer treten. Die Männer liefen um ihn herum zusammen.

»Was soll das, Nordländer?« Brage nahm seinen Arm. »Sag jetzt nicht, dass dieses Pergament ...«

Ulv legte die Hand auf seinen Arm. »Ich habe schon lange daran gedacht. Seit sie sie gefangen genommen haben. Ich darf nicht noch länger warten.«

Seon hielt sich am Sattelknauf fest und beugte sich vor. »Sie sind überall, Ulv. Vendhurs Männer werden dich töten.«

Ulv richtete seinen Blick aufs Meer. »Ihr müsst jetzt aufbrechen. Die Tage sind kurz in dieser Jahreszeit.«

Brage zog ihn an sich und klopfte ihm auf den Rücken. »Du musst zurückkommen, Nordländer. Wir werden auf dich warten, und wenn du kommst, werden wir unsere Krüge füllen und sie auf dein Wohl erheben.«

»Daran werde ich mich erinnern, Brage.« Ulv ergriff seine Hand. »Das vergesse ich nicht.«

Der Schmied lächelte und blickte zu Seon auf, der mit gesenktem Haupt im Sattel saß. Ulv grüßte ihn mit der offenen Hand. Da richtete Seon sich auf, straffte die Zügel und nickte ihm zu. Dann drückte er die Hacken in die Flanken des Tieres und ließ es zwischen den Langhäusern hindurchlaufen. Brage zögerte. Er blieb stehen und sah Seon nach, ehe er sich wieder an Ulv wandte.

»Deine Schwester wartet auf dich.« Ulv verschränkte die Arme vor der Brust. »Geh jetzt. Sieh dich nicht um.«

Der Schmied nahm die Deckenrolle aus dem Schnee und warf sie sich über die Schulter. Er blickte zu Ulv hinüber, lächelte und stapfte hinter Seon her.

Da rief Gortar. Zaumzeug knirschte. Männer husteten und Hunde bellten. Die Ber-Marer setzten sich in Bewegung. Die Pferde zogen die Schlitten den Weg hinauf. Ulv schloss die Augen. Er wollte so stehen bleiben, bis auch Konvai sein Pferd antrieb, denn Dielan lag noch immer auf der Bahre vor seinen Füßen, und er verkraftete es einfach nicht, den alten Mann weinen zu sehen.

»Ulv«, sagte Konvai. »Brans Sohn. Sieh mich an.«

Ulv öffnete die Augen. Konvai ging um das Pferd herum. Karga stand noch immer da und hielt den schwarzen Hengst an den Zügeln fest. Konvai zog ein Leinenbündel aus seinem Gepäck. »Trockenfleisch. Es reicht für viele Tage. Nimm es mit, Ulv.«

Ulv nahm das Bündel und band es an seinen Gürtel. Dann nahm Konvai Karga die Zügel ab und reichte sie Ulv. »Und du brauchst ein Pferd. Nimm dieses. Es ist ein Nachkomme von Brans Pferd. Es hat dich aus dem Tal nach unten getragen, und es wird dich zu der Frau tragen, nach der du suchst.«

»Jetzt wandere ich allein.« Ulv blinzelte in die Sonne, die über der Ebene aufgegangen war. »Die Schneeschuhe werden mich tragen. Wenn der Frühling kommt, werde ich schon weit im Süden sein.«

Konvai gab Karga die Zügel zurück. Der Mann mit dem schwarzen Bart sah Ulv mit zusammengezogenen Augenbrauen an, ehe er den Männern auf dem Platz zunickte. Die Ber-Marer waren bereits auf der Steigung östlich der Stadt, doch die Männer des Felsenvolkes hatten auf ihren Häuptling gewartet.

»Geht«, sagte Konvai. »Vater und ich kommen nach.«

Die Männer saßen auf. Ulv blieb an Dielans Schlitten stehen, während die Männer ihre Hände zum Gruß hoben und über den Weg davontrabten. Bald waren nur noch Konvai und Dielan da. Der alte Mann hustete und rang nach Atem. Ulv hockte sich neben ihn, und Dielan nahm seine Hand und drückte sie auf seine Wange.

»Sohn meines Bruders ...« Der Alte sah ihn an. »Du musst mir versprechen zurückzukommen.«

»Ich verspreche es«, sagte Ulv. »Wenn ich sie gefunden habe, werde ich wieder nach Norden wandern.«

Dielan tätschelte seine Hand. »Vergiss nicht, was ich dir erzählt habe, Ulv. Über die Geschichte deines Volkes. Über deine Mutter und deinen Vater. Und wenn die Götter es wollen, wirst du in den Spuren deines Vaters wandeln und ihn dort im Süden finden. Dein Vater ...« Der Alte fasste sich an den Mund und hustete. Er spannte seinen Körper an und stöhnte auf, ehe er sich wieder auf die Bahre sinken ließ.

»Mein Vater.« Ulv streichelte mit seiner Hand über die Stirn des Alten. »Ich werde mich an alles erinnern, was du mir über ihn erzählt hast.«

Dielan neigte den Kopf zur Seite. »Im Süden ... Du musst suchen ...«

Ulv beugte sich tiefer hinunter, denn der Alte konnte kaum noch sprechen.

»Wenn es der Wille der Götter ist ...« Dielan holte tief Luft und legte seine Hand auf Ulvs Nacken. »Wenn er noch immer lebt ... Er hinkt, Ulv. Er hat deine Augen. Bitte ihn, nach Hause zu kommen. Sag ihm, wer du bist. Er hat so viele Jahre nach dir gesucht, Ulv. Sag ihm, dass wir auf euch warten.«

Ulv senkte den Kopf. Der alte Mann atmete schwer und langsam. Das Pferd wieherte und stampfte mit den Hufen. Es gefiel ihm nicht, zurückzubleiben, wenn sich der Rest der Herde entfernte. Konvai trat in den Schnee. Es war an der Zeit, den anderen zu folgen.

Ulv löste seinen Gürtel und zog die Schwertscheide herunter. »Das Schwert meiner Mutter.« Er hielt es vor sich. Das blanke Eisen glänzte in der Sonne. »Ich möchte es nicht mitnehmen.«

Er legte es auf die Brust des alten Mannes, und Dielan faltete seine Hände darum.

»Vaters Axt soll meine Waffe sein.« Ulv zog die schwere Axt hinter seine Hüfte. »Aber ich würde das Schwert meiner Ahnen nicht zurücklassen, wenn ich nicht wiederkommen würde. Pflege es für mich, wie du es vor meiner Ankunft getan hast.« Dielan blinzelte und wischte sich über die Augen. Ulv stand auf und sah zu Konvai. »Warte nicht länger. Führe das Volk von Ber-Mar ins Tal.«

Konvai ergriff die Zügel. Der Schnee knirschte unter dem Schlitten. Der Häuptling führte das Pferd zwischen den Langhäusern hindurch. Dielan umklammerte das Schwert. Ulv folgte ihnen mit dem Blick, bis der Schlitten hinter einer Hausecke verschwand. Dann ging er zu seinem Gepäck und warf es sich über die Schultern. Er schritt zur Brücke, blieb dort aber erneut stehen und blickte zurück zum Hang. Die Ber-Marer waren bereits oben auf der Ebene, während die Männer des Felsenvolkes hintereinander den Hang emporritten.

Einer nach dem anderen verschwand hinter der Kuppe. Als Konvai und Dielan das Ende des Hangs erreichten, blieb der Häuptling stehen und drehte sich um. Sie waren jetzt weit entfernt, aber Ulv sah, dass Konvai den Arm hob, und der alte Mann auf der Bahre tat es seinem Sohn nach. Ulv trat auf die Brücke und streckte die flache Hand in die Höhe. Da ließ Konvai den Arm sinken und ging wieder nach vorn zu den Zügeln. Ulv sah noch immer Dielan, der auf der Bahre zwischen den Decken lag. Doch Konvai führte das Pferd weiter, und bald waren auch sie hinter der Kuppe verschwunden.

Ulv blieb lange auf der Brücke stehen. Er versuchte, Stimmen oder Schritte im Schnee zu hören, doch die einzigen Laute, die ihm zugetragen wurden, gehörten dem Wind. Sein Blick glitt über den Hügel im Osten der Stadt, denn etwas in ihm bereute es, nicht mitgegangen zu sein. Jetzt war er allein. Wie früher. Er sah zu den stillen Langhäusern hinüber. Der Sturm sang um die Hausecken. Oben am Hang beugten sich die nackten Zweige bei jeder Böe. Er schnupperte in den Wind. Es roch nach Kälte und Frost.

Er ging über die Brücke und zog die Schneeschuhe an. Das Leinenbündel, das er von Konvai erhalten hatte, verstaute er in seinem Gepäck. Dann warf einen Blick zum Hügel im Süden der

Stadt, drehte sich um und lief zum Strand hinunter. Das Meer sollte ihn nach Süden leiten, wie es seinen Vater geleitet hatte. Er ging zu den schneebedeckten Ufersteinen und wandte sich nach Süden. Die Wellen spülten über seine Schneeschuhe, als er die Landzunge umrundete. Vor ihm erstreckte sich die Küste bis zum Horizont. Er zog das Gepäck höher auf seine Schultern. Er musste wandern, wie er es immer getan hatte. Zwei Länder und zwei Meere musste er passieren. Die Tage sollten ihn führen, und die Nächte sollten ihn vor den Lanzen der Kanathener verbergen. Siréd wartete auf ihn. Er durfte sich nicht ausruhen.

BLANVALET

RAYMOND FEIST
DER MIDKEMIA-ZYKLUS

Raymond Feists Midkemia-Zyklus – das unerreichte Fantasy-Epos von Liebe, Krieg, Freundschaft und Verrat, Magie und Erlösung.

»Wenn es einen Autor gibt, der im Fantasy-Himmel zur rechten von J. R. R. Tolkien sitzen wird, dann ist es Raymond Feist.«
The Dragon Magazine

Die Verschwörung der Magier
24914

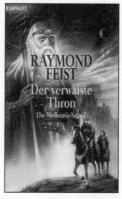

Der verwaiste Thron
24617

BLANVALET

DRACHENLANZE

Der Fantasy-Welterfolg

Die legendären Abenteuer aus Krynn – der phantastischen Welt, in der Magie und Zauber, dunkle Mächte und tapfere Kämpfer regieren.

Die Zitadelle des Magus
24538

Schattenreiter
24673

Die Ritter des Schwerts
24887

Drachennest
24782